钱基博著作集

中国文学史

上

钱基博 著

上 海 古 籍 出 版 社

图书在版编目（CIP）数据

中国文学史/钱基博著. —上海：上海古籍出版社，2011.11（2023.2重印）
ISBN 978-7-5325-6026-4

Ⅰ.①中… Ⅱ.①钱… Ⅲ.①中国文学—文学史 Ⅳ.①I209

中国版本图书馆CIP数据核字（2011）第161808号

钱基博著作集
中国文学史
（全三册）
钱基博 著
上海世纪出版股份有限公司
上 海 古 籍 出 版 社 出版
（上海市闵行区号景路159弄1-5号A座5F 邮政编码201101）
(1)网址：www.guji.com.cn
(2)E-mail：gujil@guji.com.cn
(3)易文网网址：www.ewen.cc
上海世纪出版股份有限公司发行中心发行经销
上海展强印刷有限公司印刷
开本 850×1240 1/32 印张 32.875 插页 6 字数 838,000
2011年11月第1版 2023年2月第5次印刷
印数：6,451-7,250
ISBN 978-7-5325-6026-4

I·2397 定价：108.00元

如有质量问题，请与承印公司联系
电话：021-66366565

出版说明

钱基博(1887—1957),字子泉,别号潜庐,江苏无锡人,著名学者、教育家。

钱氏出身书香门第,四岁起即读《四书五经》,十五岁时读《资治通鉴》、《续通鉴》、《读史方舆纪要》等书。少年时期所受的教育,决定了他一生的学术走向。钱氏在思想上基本上秉持了“中学为体,西学为用”这一根本理路,以中国传统的经史之学为自撰门径,同时亦以此为驾驭新知识、新学问的一种方法。

辛亥革命兴,钱氏曾在军政府中任职,但其一生的事业主要还是在于教育。钱氏自十九岁始任家庭教师,二十六岁任无锡第一小学教员,二十九岁任吴江丽则女子中学教员,此后更历任上海圣约翰大学国文教授、上海光华大学教授、国立浙江大学教授、湖南国立师范学院教授、国文系主任等职,直至最后以华中师范学院教职工的身份去世,钱氏一生可说是与教育结下了不解之缘。这种教育者的身份,使得钱氏在秉持和改造传统学术理念的同时,又十分注意传统学问的传播和普及。从三十多岁时出版的《语体文范》到四十多岁时出版的《国学文选类纂》、《老子道德经解题及其读法》等一系列著作,钱氏在学术上的所作所为均有推广和规范传统学问的意旨。在研究传统学问的同时,又力图使其成为普通知识人的日常所需,这构成了钱氏治学的另一特色,而这种特色又反过来使得钱氏的著作成了普通读者迈进国学门槛的绝佳指引。

钱氏一生著述甚多,《国学必读》、《经学通志》、《古籍举要》、《中国文学史》、《增订新战史例孙子章句训义》、《文心雕龙校读记》、《读庄子天下篇疏记》、《四书解题及其读法》、《周易解题及其读法》等均可看作其在学术上的代表作品。此次所出版的《钱基博著作集》，以收录钱氏有代表性的单行著作为主，同时选收具有学术意义的代表性论文。其中《周易解题及其读法》、《四书解题及其读法》、《老子道德经解题及其读法》、《文史通义解题及其读法》、《古文辞类篹解题及其读法》五种合为一编，名为《国学要籍解题及其读法》。诸书所用底本，皆经精心选择。为适应现代阅读习惯，均改以简体横排，同时对原书所用的不符合现代习惯的标点符号进行了处理。对于原来存在较大问题的书，如《文心雕龙校读记》，由于原书夹注中并无点断，几至无法阅读，则重新进行了校点。诸书中所引的重要引文均进行了核校，除去一些明显的错字、古今字、繁简字径改之外，对原书文字的改动均用页下注的形式标明，以存原貌。对于那些可能引起误解的繁简字、异体字等，则不行简化，皆保持原样。钱氏的著作是普通读者学习国学很好的入门途径，相信我们的工作将会对广大读者大有裨益。

上海古籍出版社

2011年5月

目　　录

上　　册

第一编　绪　　论

第二编　上　古　文　学

第三编 中古文学

第四编　近古文学上

中　　册

第五编　近古文学下

下　　册

第六编　近代文学

附　　录

第一编
绪　　论

第一章　文　　学

治文学史，不可不知何谓文学；而欲知何谓文学，不可不先知何谓文。请先述文之涵义。

文之含义有三：（甲）复杂　非单调之谓复杂。《易·系辞传》曰："文相杂，故曰文。"《说文·文部》："文错画；象交文。"是也。（乙）组织　有条理之谓组织。《周礼·天官·典丝》："供其丝纩组文之物。"注："绘画之事，青与赤谓之文。"《礼·乐记》："五色成文而不乱。"是也。（丙）美丽　适娱悦之谓美丽。《释名·释言语》："文者，会集众彩以成绵绣；会集众字以成辞义，如文绣然。"是也。综合而言，所谓文者，盖复杂而有组织，美丽而适娱悦者也。复杂乃言之有物。组织，斯言之有序。然言之无文，行之不远。故美丽为文之止境焉。

文之涵义既明，乃可与论文学。

文学之定义亦不一：（甲）狭义的文学，专指"美的文学"而言。所谓美的文学者，论内容，则情感丰富，而或不必合义理；论形式，则音韵铿锵，而或出于整比，可以被弦诵，可以动欣赏。梁昭明太子萧统序《文选》："譬诸陶匏为入耳之娱，黼黻为悦目之玩"者也。"若夫姬公之籍，孔父之书……老庄之作，管孟之流，盖以立意为宗，不以能文为本；今之所撰，又以略诸。若贤人之美辞，忠臣之抗直，谋夫之话，辩士之端，冰释泉涌，金相玉振，所谓坐狙丘，议稷下，仲连之却秦军，食其之下齐国，留侯之发八难，曲逆之吐六奇，盖乃事美一时，语流千载，概见坟籍，旁出子史，若斯之流，又亦繁博，虽传之简牍，而事异篇章；今之所集，亦所不取。至于记事之史，系年之书，所以褒贬是非，纪别异同，方之篇翰，亦已不同。若其赞论之综辑辞采，序述之错比文华，事出于沉思，义归乎翰藻，故与夫篇什，杂而集之，……名曰《文选》云耳。”所谓“篇什”者《诗》雅颂十篇为一什，后世因称诗卷曰篇什。由萧序上文观之，则赋耳，诗耳，骚耳，颂赞耳，箴铭耳，哀诔耳，皆韵文也。然则经姬公之籍，孔父之书。非文学也，子老庄之作，管孟之流。非文学也，史记事之文，系年之书。非文学也；惟赞论之“综缉辞采”，序述之“错比文华”，“事出沉思”，“义归翰藻”，与夫诗赋骚颂之成篇什者，方得与于斯文之选耳。梁元帝《金楼子·立言》篇以“扬榷前言，抵掌多识者谓之笔；咏叹风谣，流连哀思者谓之文。”又云：“至如文者，惟须绮縠纷披，宫征靡曼，唇吻遒会，情灵摇荡。”刘勰《文心雕龙·总术》篇曰：“今之常言，有文有笔；以为无韵者笔也，有韵者文也。夫文以足言，理兼《诗》《书》，别目两名，自近代耳。颜延年以为‘笔之为体，言之文也；经典则言而非笔，传记则笔而非言。’请夺彼矛，还攻其楯矣。何者？《易》之《文言》，岂非言文？若笔果言文，不得云经典非笔矣。”持萧统之说以衡，虽唐宋韩、柳、欧、苏、曾、王八家之文，亦不得以厕文学之林；以事虽出于沉思，而义不归乎翰藻，盖以立意为宗，不以能文为本者也。颜延之以文限于韵文，此论最狭，萧统《文选》，文与笔皆称为文，所选已不限于韵文。刘勰著《文心雕龙》，则经子史皆称为文，又同于六朝以前，所谓“文学”者，“著述之总称”。然吾人傥必持颜延之之说以绳文学，则所谓文学者，殆韵文之专利品耳，与萧统之说即相背。（乙）六朝以前的文学。“文学”二字，始见《论语》。子曰：“博学于文。”“文”指《诗》《书》六艺而言，不限于韵文也。孔门四科，“文学子游子夏”；不闻游夏能韵文也。《韩非子·五蠹》篇力攻文学，而指斥及藏管、商、孙、吴之书者；管商之书，法家言也；孙吴之书，兵家言也；而亦谓之文学。汉司马迁《史记·自序》曰：“汉兴，萧何次律令，韩信申军法，张苍为章程，叔孙通定礼仪，则文学彬彬稍进。”举凡律令、军法、章程、礼仪，皆归于文学。班固撰《汉书·艺文志》，凡六略；六艺百三家，诸子百八十九家，诗赋百六家，兵书五十三家，数术百九十家，方技三十六家，皆入焉。傥以狭义的文学绳之，六略之中，堪入艺文者，惟诗赋百六家耳。其六艺百三家，则萧序所谓“姬公之籍，孔父之书”也。至《国语》、《国策》与夫《楚汉春秋》、《太史公书》之并隶入《春秋》家者，则萧序所谓“记事之史，系年之书”也。诸子、兵书、方技、术数之属，则萧序所谓“老、庄之作，管、孟之流，盖以立宪为宗，不以能文为本”者也。则“文学”者，述作之总称耳。今之所谓文学者，既不同于述作之总称，亦异于以韵文为文。所谓文学者，用以会通众心，互纳群想，而兼发智情；其中有重于发智者，如论辨、序跋、传记等是也，而智中含情；有重于抒情者，如诗歌、戏曲、小说等是也。大抵智在启悟，情主感兴。《易》、《老》阐道而文间韵语，《左》、《史》记事而辞多诡诞，此发智之文而智中含情以感兴之体为之者也。后世诗人好质言道德，明议是非，作俑于唐之昌黎，极盛于宋之江西，忘比兴之指，失讽谕之义，则又以主情之文而为发智之用，亦不背于智中含情之意。譬如舟焉，智是其舵，情为帆棹；智标理悟，情通和乐；得乎人心之同然者也。是文学者兼发情智而以情为归者也。又近世之论文学，兼及形象，是经子史中之文，凡寓情而有形象者，皆可归于文学，则今之所谓文学，兼包经子史中寓情而有形象者，又广于萧统之所谓文矣。

文学与哲学科学不同：

哲学解释自然　乃从自然之全体观察，复努力以求解释之。

科学实验自然　乃为自然之部分观察，以求实验而证明之。

文学描写自然　科学家实验自然之时，必离我于自然，即以我为实验者之谓也。文学家描写自然之时，必融我入自然，即我与自然为一之谓也。

第二章　文学史

文学之义既明，请论史之为物。

《说文·史部》："史，记事者也，从又持中，正也。"然则史之云者，又《说文》："又，手也。"持中以记事也。中者，不偏之谓。夫史以传信。所贵于史者，贵能为忠实之记载，而非贵其有丰厚之情绪也；夫然后不偏不党而能持以中正。推而论之：文学史非文学。何也？盖文学者，文学也。文学史者，科学也。文学之职志，在抒情达意；而文学史之职志，则在纪实传信。文学史之异于文学者，文学史乃纪述之事，论证之事，而非描写创作之事；以文学为记载之对象，如动物学家之记载动物，植物学家之记载植物，理化学家之纪载理化自然现象，诉诸智力而为客观之学，科学之范畴也。不如文学抒写情志之动于主观也。更推是论之：太史公《史记》不纯为史。何也？盖发愤之所为作，工于抒慨而疏于记事。其文则史，其情则骚也。胡适《五十年来之中国文学》不纯为文学史。何也？盖褒弹古今，好为议论，大致主于扬白话而贬文言，成见太深而记载欠翔实也。夫记实者，史之所为贵；而成见者，史之所大忌也。于戏，是则偏之为害，而史之所以不传信也！史之云者，又持中以记事也。《周书·周祝》、《荀子·性恶》注："事，业也。"又《荀子·非十二子》注："事业，谓作业也。"然则记事云者，记作业也。史之云者，持中正之道，记人之作业也。文学史云者，记吾人之文学作业者也。然则所谓中国文学史者，记中国人之文学作业云尔。

第三章　中国文学史

中国无文学史之目。而“文史”之名,始著于唐吴兢《西斋书目》,宋欧阳修《唐书·艺文志》因之,凡《文心雕龙》、《诗品》之属,皆入焉。后世史家乃以诗话文评,别于总集后出一文史类。《中兴书目》曰:“文史者,所以讥评文人之得失。”盖重文学作品之讥评,而不重文学作业之记载者也,有史之名而亡其实矣。

自范晔《后汉书》创《文苑传》之例,后世诸史因焉;此可谓之文学史乎?然以余所睹记,一代文宗,往往不厕于文苑之列:如班固、蔡邕、孔融,不入《后汉书·文苑传》。潘岳、陆机、陆云、陈寿、孙楚、干宝、习凿齿、王羲之,不入《晋书·文苑传》。王融、谢朓、孔稚珪,不入《南齐书·文学传》。谢灵运、颜延之、鲍照、王融、谢朓、江淹、任昉、王僧孺、沈约、徐陵,不入《南史·文学传》。元结、韩愈、张籍、李翱、柳宗元、刘禹锡、杜牧,不入《旧唐书·文苑传》。欧阳修、曾巩、王安石、苏轼、苏辙、陈亮、叶适,不入《宋史·文苑传》。宋濂、刘基、方孝孺、杨士奇、李东阳,不入《明史·文苑传》。然则入文苑传者,皆不过第二流以下之文学家尔。且作传之旨,在于铺叙履历,其简略者仅以记姓名而已,于文章之兴废得失不赞一辞焉。呜呼,此所以谓之文苑传,而不得谓之文学史也。盖文学史者,文学作业之记载也;所重者,在综贯百家,博通古今文学之嬗变,洞流索源,而不在姝姝一先生之说;在记载文学作业,而不在铺叙文学家之履历。文学家之履历,虽或可借为考证之资。欧西批评文学家尝言:“人物,环境,时代,三者构成艺术之三要素也。欲研究一种著作,不可不先考究作者之人物、环境及时代。”质而言之,即不可不先考证文学家之履历也。然而所以考证文学家之履历者，其主旨在说明文学著作。舍文学著作而言文学史，几于买椟还珠矣。

文学著作之日多，散无统记，于是总集作焉。一则网罗放佚，使零章残什，并有所归。一则删汰繁芜，使莠稗咸除，菁华毕出。是固文章之衡鉴，著作之渊薮矣。昔挚虞始作二书：一曰《文章志》，一曰《文章流别》。《文章志》四卷，《文章流别集》三十卷，见《晋书》本传。今其书佚不见，而体裁犹可悬揣而知。盖志如今之严可均《全上古三代秦汉三国六朝文》，以人为纲；而流别疑如姚鼐《古文辞类纂》，以文体为纲者也。尔后作者，代不乏人：梁昭明太子之《文选》，宋姚铉之《唐文粹》，吕祖谦之《宋文鉴》，真德秀之《文章正宗》，元苏天爵之《元文类》，明唐顺之之《文编》，黄宗羲之《明文海》，清严可均之《全上古三代秦汉三国六朝文》，姚鼐之《古文辞类纂》，姚椿之《国朝文录》，李兆洛之《骈体文钞》，曾国藩之《经史百家杂钞》，王先谦黎庶昌之《续古文辞类纂》，王闿运之《八代文选》，其差著者也。然有文学著作而无记载，以体裁分而鲜以时代断，于文章嬗变之迹，终莫得而窥见焉。则是文学作品之集，而非文学作业之史也。独严氏书仿明梅鼎祚《文纪》，起皇古，迄隋，博蒐毕载，是为总集家变例，然而与史有别者；以所孜矻者，不在文学作业之纪载，而在文学作品之集录也。此只以与文史、文苑传，供文学史编纂之材料焉尔。

昔刘知幾谓作史有三难：曰才，曰学，曰识。而余则谓作史有三要：曰事，曰文，曰义；孟子谓："其事则齐桓晋文，其文则史，其义则丘窃取之"者也。夫文学史之事，捃采诸史；文学史之文，滂沛寸心；而义则或于文史之属有取焉。然设以人体为喻：事，譬则史之躯壳耳，必敷之以文而后史有神彩焉，树之以义而后史有灵魂焉。余以为作中国文学史者，莫如义折衷于《周易》，文裁则于马、班。《易·系辞传》曰："圣人有以见天下之动而观其会通。"又曰："《易》有圣人之道，……以动者尚其变；……通其变，遂成天下之文。"而文学史者，则所以见历代文学之动而通其变，观其会通者也。此文学史之所为取义也。至司马迁作《史记》，于六艺而后，周秦诸子，若孟、荀、三邹、老、庄、申、韩、管、晏、屈原、贾生、虞卿、吕不韦诸人，情辞有连，则裁篇同传；知人论世，详次著述；约其归趣，详略其品；抑扬咏叹，义不拘墟；在人即为列传，在书即为叙录。其后班书合传，体仍司马，而参以变化；一卷之中，人分首尾；两传之合，辞有断续；传名既定，规制綦密；然逸民、四皓之属，王贡之附庸也；王吉、韦贤诸人，儒林之别族也；附庸如颛臾之寄鲁，署目无闻；别族如田陈之居齐，重开标额；征文则相如侈陈词赋；辨俗则东方不讳谐言；盖卓识鸿裁，犹未可量以一辙矣。人分首尾，斯义分主从；传详著述，则文有征信；倘可取裁而以为文学史之文者也。然而世之能读马班书而通其例者鲜，读《周易》而发其义于史者尤鲜。太史公上稽仲尼之意，会《诗》、《书》、《左传》、《国语》、《世本》、《战国策》、《楚汉春秋》之言，通黄帝、尧、舜至于秦汉之世，可谓观其会通者矣。所惜者，观会通于帝王卿相之事为者多，观会通于天下之动者少，不知以动者尚其变耳。

试翻十九朝唐、虞、夏、商、周、秦、汉、魏、晋、宋、齐、梁、陈、隋、唐、宋、元、明、清。之史，每一鼎革，政治、学术、文艺，亦若同时告一起讫而自为段落。然事以久而后变，道以穷而始通。殷因夏礼，周因殷礼，其所损益者微也。秦燔诗书，汉汲汲修补，惟恐不逮，其所创获者浅也。六代骈俪，沿东京之流。北朝浑朴，启古文之渐。唐之律诗，远因陈、隋。宋之诗余，又溯唐季。唐之韩、柳，宋之欧、苏，欲私淑孟、庄、荀、韩以复先秦之旧也。元之姚、虞，明之归、唐，清之方、姚，又祖述韩、柳、欧、苏以追唐宋之遗也。是则代变之中，亦有其不变者存。然事异世变，文学随之，积久而著，迹以不掩；而衡其大较，可得而论。兹以便宜，分为四期：第一期自唐虞以迄于战国，名曰上古；骈散未分，而文章孕育以渐成长之时期也。第二期自两京以迄于南北朝，名曰中古；衡较上古，文质殊尚。上古之文，理胜于词。中古之文，渐趋词胜而辞赋昌，以次变排偶，驯至俪体独盛之一时期也。第三期自唐以迄于元，谓之近古；中古之世，文伤于华；而近古矫枉，则过其正，又失之野。律绝之盛而辞曲兴，骈文之敝而古文兴，于是俪体衰而诗文日趋于疏纵之又一时期也。第四期明清两朝以迄于清，谓之近代；唐之韩愈，文起八代之衰，宋之言文章者宗之，于是"唐宋八大家"之名以起。而始以唐宋为不足学者，则明之何景明、李梦阳也。尔后治文章者，或宗秦汉，或持唐宋，门户各张；迄于清季，辞融今古，理通欧亚，集旧文学之大成而要其归，蜕新文学之化机而开其先。虽然，中国文学史之时代观，有不可与学术史相提并论者。试以学术言：唐之经学，承汉魏之训诂而为正义，佛学袭魏晋之翻译而加以华妙，似不宜与宋之理学比，而附于陈隋之后为宜。而自文学史论：沈宋出而创律诗，韩柳出而振古文，温韦出而有倚声，则开宋元文学之先河，而以居宋元之首为宜。故谓学术史之第二期，始两汉而终五代，与文学史同其始，而不同其终。而第三期则始于宋而终于明，与文学史殊其终，并不同其始。盖明之学术，实袭宋朱、陆之成规而阐明之；不如文学之有何、李、王、李复古运动，轩波大起也。

民国肇造，国体更新，而文学亦言革命，与之俱新。尚有老成人，湛深古学，亦既如荼如火，尽罗吾国三四千年变动不居之文学，以缩演诸民国之二三十年间，而欧洲思潮又适以时澎湃东渐，入主出奴，聚讼盈庭，一哄之市，莫衷其是。榷而为论，其蔽有二：一曰执古。二曰骛外。何谓骛外？欧化之东，浅识或自菲薄，衡政论学，必准诸欧；文学有作，势亦从同，以为："欧美文学不异话言，家喻户晓，故平民化。太炎、畏庐，今之作者；然文必典则，出于尔雅；若衡诸欧，嫌非平民。"又谓："西洋文学，诗歌、小说、戏剧而已。唐宋八家，自古称文宗焉，倘准则于欧美，当摈不与斯文。"如斯之类，今之所谓美谈，它无谬巧，不过轻其家丘，震惊欧化，降服焉耳。不知川谷异制，民生异俗。文学之作，根于民性；欧亚别俗，宁可强同。李戴张冠，世俗知笑；国文准欧，视此何异。必以欧衡，比诸削足，屦则适矣，足削为病；兹之为蔽，谥曰骛外。然而茹古深者又乖今宜；崇归、方以不祧，鄙剧曲为下里，徒示不广，无当大雅；兹之为蔽，谥曰执古。知能藏往，神未知来；终于食古不化，博学无成而已。余耽嗜文学，行年六十，诵记所及，辄有撰论；不苟同于时贤，亦无矜其立异；树义必衷诸古，取材务考其信；约为是编，观其会通。治国闻者，倘有取焉。

第二编
上 古 文 学

第一章　先　　秦

第一节　文章原始

积字成句，积句成文。欲溯文章之缘起，先穷造字之源流。上古之时，有语言而无文字。凡字义皆起于右旁之声，任举一字，闻其声，即知其义。凡同声之字，但举右旁之声，不必举左旁之迹，皆可通用。且字义既起于声，并有不举右旁为声之本字；任举同声之字，即可用为同义。故一义仅有一字。其有一义数字，一物数名者，半由方言不同。由语言而造文字，而同义之字，声必相符。文字者，基于声音者也。上古未造字形，先有字音，以言语流传，难期久远，乃结绳为号，以辅言语之穷。相传黄帝之史仓颉，见鸟兽蹄迒之迹，知分理之可相别异也，乃易结绳为书契，而文字之用以兴。字训为饰，《广雅》《玉篇》并云："字，饰也。"《广韵》注引《春秋纬说题词》亦云："字，饰也。"与文之为绣训同。足证上古之初，言与字分：宣之在口曰言，饰之以文为字。然文字初兴，勒书简毕，有漆书刀削之劳，抄写匪易，传播维艰；故学术授受，胥借口耳相传。又虑其艰于记忆也，原本歌谣，杂以韵偶，寡其辞，协其音，以文其言，以便记诵，而语言之中有文矣。

上古之时，先有语言，后有文字。有声音，然后有点画。有谣谚，然后有诗歌。谣谚二体，皆为韵语。谣训徒歌，《尔雅》："徒歌谓之谣。"歌者，永言之谓也。谚训传言，《说文》："谚，传言也。"言者，直言之谓也。生民之初，文字未著，感物吟志，情动于中而形于言，徒有讴歌吟咏；

纵令和以土鼓苇籥，必无文字雅颂之声；如此则时虽有乐，容或无诗；搢绅士夫莫得而载其辞焉；厥为有音无辞之世。及书契既兴，唐虞文章，则焕乎始盛，乃有依声按韵，诵其言，咏其声，播之文字而为声诗者。然而文字之起，以代结绳，记事而已，不以抒情。故文字之用，记载最先，而声诗次之；载籍可考，厥有明征。《史记》托始黄帝，而咏歌则征虞舜；以歌咏出之天籁，无假文字；而记载尤切人事，必亟著录也。然则文章肇始，不出二体：大抵言志者为诗，出之永言，婉转抑扬而托于文；记事者为史，杂以俪句，简劲奥质而略近语。其大较也。

第二节 六　经

欲观二帝唐、虞三王夏、商、周之文，六经其灿然者已。独乐微眇，以音律为节，又为郑卫所乱，故无遗法。其可考论者，大抵《易》《书》二经，媲于《诗》而饰以文者也。《礼》及《春秋》，托于史而略近语者也。试陈其略：

（甲）《易》　宓戏氏仰观象于天，俯观法于地，观鸟兽之文与地之宜，近取诸身，远取诸物，于是始作八卦以通神明之德，以类万物之情。至于殷周之际，纣在上位，逆天暴物。文王以诸侯顺命而行道，天人之占，可得而效；于是重《易》六爻，作上下篇。孔子为之《彖》、《象》、《系辞》、《文言》、《序卦》之属十篇，明天之道，察民之故。圣人有以见天下之动，而观其会通；一阴一阳之谓道；道有变动，故曰爻；爻有等，故曰物；物相杂，故曰文。义出于沉思，辞归于翰藻；音韵克谐，奇偶相生。试诵《蒙》卦之辞曰：

> 蒙，亨。匪我求童蒙，童蒙求我。初筮告，再三渎，渎则不告。利贞。

又《震》卦之辞曰：

震，亨。震来虩虩韵，笑言哑哑韵。震惊百里，不丧匕鬯。

此音韵克谐也。其在《系辞传》曰：

天尊地卑，乾坤定矣。卑高以陈，贵贱位矣。动静有常，刚柔断矣。下二句与上二句相为偶。方以类聚，物以群分，两句偶。吉凶生矣。在天成象，在地成形，两偶句。变化见矣。此“在天成象”三句，与上“方以类聚”三句，亦自为偶。是故刚柔相摩，八卦相荡。以下皆两句为偶。鼓之以雷霆，润之以风雨韵。日月运行，一寒一暑韵。乾道成男，坤道成女韵。乾知大始，坤作成物。

通体俪偶，独首两句单领起，则是奇偶相生也。

（乙）《书》　《书》之所起远矣。黄帝首立史官，以仓颉为左史，沮诵为右史，左史记言，右史记动。惟至唐虞，益臻明备。尧、舜二典，备载一君终始，是纪传体之权舆也。而《禹贡》推表山川以叙九州，为地理志之滥觞。《甘誓》详叙事由以起誓辞，为记事本末之滥觞。周室微而《书》缺有间。至孔子观书周室，得虞、夏、商、周四代之典，乃删其善者，上断于尧，下讫秦缪，凡百篇。而为文章，奇偶相生，音韵克谐，亦无不与《易》同。其在《尧典》曰：

曰若稽古帝尧，曰放勋韵，钦明韵，文思，安安，允恭，克让二字为偶；光被四表，格于上下。克明俊德，以亲九族韵。九族既睦韵，平章百姓韵。百姓昭明韵。此“平章百姓，百姓昭明”两句，与上“以亲九族，九族既睦”两句相为偶。协和万邦韵。黎民于变，时雍韵。

（丙）《诗》　舜之命夔曰：“诗言志，歌永言。”是诗教之始也，有夏承之，篇章泯弃，靡有孑遗。迩及商王，不风不雅。周尚文，妇人女子，亦解歌讴，动中律吕；于是太史采于十国者谓之《风》，出自王朝者谓之《雅》《颂》；其文三千余篇。及至孔子，去其重，取可施于礼义，上采契后稷，中述殷周之盛，至幽厉之缺，始于衽席；故曰：“《关雎》之乱，以为《风》始。《鹿鸣》为《小雅》始。《文王》为《大雅》始。《清庙》

为《颂》始。”凡三百五篇，其体为风、雅、颂，其辞有赋、比、兴。赋者，直陈其事者也。如《出其东门》之诗曰：

出其东门，有女如云。虽则如云，匪我思存。缟衣綦巾，聊乐我员。

出其闉阇，有女如荼。虽则如荼，匪我思且。缟衣茹藘，聊可与娱。

此夫告其妻以矢无他，言有女虽则如云，与娱自有我思也。又如《无衣》之诗曰：

岂曰无衣，与子同袍。王于兴师，修我戈矛，与子同仇。
岂曰无衣，与子同泽。王于兴师，修我矛戟，与子偕作。
岂曰无衣，与子同裳。王于兴师，修我甲兵，与子偕行。

此君不恤民以怨其上，言平日不恤饥寒，有急则厉兵役也。比者，以物取譬者也。如《蝃蝀》之诗曰：

蝃蝀在东，莫之敢指。女子有行，远父母兄弟。
朝隮于西，崇朝其雨。女子有行，远兄弟父母。
乃如之人兮，怀婚姻也；大无信也，不知命也。

此以蝃蝀之人莫敢指，喻女子有遗行之必为父母兄弟所远也。又如《相鼠》之诗曰：

相鼠有皮，人而无仪；人而无仪，不死何为！
相鼠有齿，人而无止；人而无止，不死何俟！
相鼠有体，人而无礼；人而无礼，胡不遄死！

此以鼠之有皮有体，喻人之不可无礼无仪也。兴者，感物抒兴者也。如《淇奥》之诗曰：

瞻彼淇奥，绿竹猗猗。有匪君子，如切如磋，如琢如磨。瑟兮僩兮，赫兮咺兮；有匪君子，终不可谖兮。

瞻彼淇奥，绿竹青青。有匪君子，充耳琇莹，会弁如星。瑟兮僩兮，赫兮咺兮；有匪君子，终不可谖兮。

瞻彼淇奥，绿竹如箦。有匪君子，如金如锡，如圭如璧。宽兮绰兮，猗重较兮；善戏谑兮，不为虐兮。

此睹绿竹之猗青，而兴怀君子之有匪也。又如《蒹葭》之诗曰：

蒹葭苍苍，白露为霜。所谓伊人，在水一方。溯洄从之，道阻且长。溯游从之，宛在水中央。

蒹葭萋萋，白露未晞。所谓伊人，在水之湄。溯洄从之，道阻且跻。溯游从之，宛在水中坻。

蒹葭采采，白露未已。所谓伊人，在水之涘。溯洄从之，道阻且右。溯游从之，宛在水中沚。

此睹蒹葭之苍，白露之霜，而兴怀伊人之不见也。赋易知而比兴难别。比切事而兴触绪。不惟《诗》三百篇有之，其他《易》、《书》、《礼》、《春秋》亦有之。《书》之记言，《春秋》之记事，《礼》之记礼，直书所记；此辞之媲于赋者也。然《易》之《系辞》，《乾》象云龙，《坤》利牝马，语多取譬；有比有兴，与三百篇同矣，而音韵相和，三百篇于不规律中渐有规律，尤为后世一切诗体之宗。而其叶韵之法有三：首句次句连用韵，而自第三句以下，隔句用韵者，如《蒹葭》及《关雎》之一章曰：

关关雎鸠韵，在河之洲韵。窈窕淑女，君子好逑韵。

是也。凡汉以下诗及唐人律绝近体诗之首句用韵者源于此。自首至末，隔句为韵者，如《蝃蝀》之一章二章，及《卷耳》之一章曰：

采采卷耳，不盈顷筐韵。嗟我怀人，寘彼周行韵。

是也。凡汉以下诗及唐人律绝近体诗之首句不用韵者源于此。自首至末，句句用韵者，如《出其东门》、《相鼠》，及《卷耳》之二章三章四章曰：

陟彼崔嵬韵，我马虺隤韵。我姑酌彼金罍韵，维以不永怀韵。

陟彼高冈韵，我马玄黄韵。我姑酌彼兕觥韵，维以不永伤韵。此章与上章为偶。

陟彼砠韵矣。我马瘏韵矣两句为偶。我仆痡韵矣。云何吁韵矣。

是也。凡汉以下诗若魏文《燕歌行》之类句句用韵源于此。自此而变，则转韵矣。转韵之始，亦有连用隔用之别，而不可以一体拘。于是有上下各自为韵者，如《采薇》之一章四章曰：

采薇采薇，薇亦作韵止。曰归曰归，岁亦莫韵止。靡室靡家，猃狁之故韵。不遑启居，猃狁之故韵。

彼尔维何？维常之华韵。彼路斯何？君子之车韵。四句两两作偶。戎车既驾，四牡业业韵。岂敢定居，一月三捷韵。

有首末自为一韵，中间自为一韵者，如《车攻》之五章曰：

决拾既佽，韵。与末句柴为韵。弓矢既调韵。调读如同。射夫既同韵，助我举柴韵。柴音恣。

有隔半章自为韵者，如《生民》之卒章曰：

卬盛于豆，于豆于登韵。其香始升韵，上帝居歆韵。胡臭亶时韵？后稷肇祀韵。庶无罪悔，以迄于今韵。

有首提二韵，而下分二节承之者，如《有瞽》之诗曰：

有瞽有瞽，韵。与下虡、羽、鼓、圉、举诸句为韵。在周之庭。韵。与下声、鸣、听、成诸句为韵。设业设虡韵，崇牙树羽韵。应田县鼓韵，鞉磬柷圉韵。既备乃奏，箫管备举韵。喤喤厥声韵，肃雍和鸣韵。先祖是听韵。我客戾止，永观厥成韵。

此皆诗之变格。惟是声律之用，本于性初，发之天籁。故古人之文，化工也；自然而合于音，则虽无韵之文，而往往有韵，《易》《书》是也。

苟其不然，则虽有韵之文，而时亦不用韵，如《诗》是也。《诗》为有韵之文，而三百篇之中，有二三句不用韵者，有全章不用韵者，亦有全篇无韵者，难更以仆数。而文则四言单行，时出俪偶，体格略与《书》同。然则后世有作，韵文多为偶，而散文多用奇。而在三代以上，韵文不尽偶，而散文不必奇。观《易》《书》《诗》三经，文章之美，凝重多出于偶，流美多出于奇；体虽骈，必有奇以振其气；势虽散，必有偶以植其骨。仪厥错综，致为微妙已。

（丁）《礼》 殷因夏礼，损益可知。周因殷礼，损益可知。武王崩，成王少，周公乃摄行政当国，兴正礼乐，制度于是改，而曲为之防，事为之制，故曰："礼经三百，威仪三千。"监于二代，郁郁乎文，详六官之官属职掌，而作《周礼》。损益前代之冠、昏、丧、祭、朝、聘、射、飨之礼而记之，名之曰《仪礼》。一王大法，一朝掌故，洪纤毕举，条理井然。凡后世史、志、通典、通考等之作，皆此为其权舆也。惟其辞简质，不杂偶语韵文，与《易》《书》《诗》不同；则以昭书简册，悬布国门，犹后世律例公文，义取通俗，故不为文也。

（戊）《春秋》 《春秋》者，鲁史记之名也。记事者，以事系日，以日系月，以月系时，以时系年，年有四时，故错举以为所记之名。仲尼因鲁史策书成文，断自隐公，下迄哀公十四年，十二公，据鲁，亲周，故殷，运之三代，约其文辞而指博，其微显阐幽，裁成义类者，皆经国之常制，周公之垂法；约言示制，推以知例；大事书之于策，小事简牍而已。此如后世会典之有事例，律之有例案，直书其事，记载有定式，而无取偶语韵文以厕其间，故亦与《易》《书》《诗》不同。

大抵文能宗经，体有六义：一则情深而不诡，二则风清而不杂，三则事信而不诞，四则义直而不回，五则体约而不芜，六则文丽而不淫。故论说辞序，则《易》统其旨；诏策章奏，则《书》发其源；赋颂歌赞，则《诗》立其本；书志六典，则《礼》总其端；纪传编年，则《春秋》为根；并穷高以树表，极远以启疆，所以百家腾跃，终入环内者也。然周之衰，诸侯将逾法度，恶其害己，皆灭去其籍，自孔子时而不具。于是七十二弟子之徒，知今温古，考前代之宪章，参当时之得失，俱以所见，各记旧闻，错综鸠聚，《礼记》之目，于是乎在。虽标题记礼，而义贯六经，其间众家纷纭，反复申论；惟以单行之语，述经叙理，动辄千言，缅缅不休；此则论难之语，又于《礼》及《春秋》之外，别出一格，而以弥纶群言，研精一理者已。

佛书三科曰经、论、律。而籀我古籍，亦不越此三者：一曰文，藻绘成文，杂以韵偶，垂之不刊，以资讽诵，如《易》《书》《诗》是也，是即佛书之经科。一曰语，辞有论难，义贵畅发，多用单行之语，如《礼记》之属，是即佛书之论科也。一曰例，明法布令，语简事赅，义取共晓，以便遵行，如《周礼》《仪礼》及《春秋》，是即佛书之律科也。后世以降，排偶之文，皆经科也。单行之文，皆论科也。典制之文，皆律科也。故经、律、论三者，可以赅古今文体之全焉。

第三节　孔　子

孔子之时，周室微而礼乐废，诗书缺。追迹三代之礼，叙《书》传，上纪唐虞之际，下至秦缪，编次其事，曰："夏礼，吾能言之，杞不足征也；殷礼，吾能言之，宋不足征也。文献不足故也，足则吾能征之矣。"观殷夏所损益，曰："虽百世可知也！""周监于二代，郁郁乎文哉！吾从周。"故《书》传、《礼记》自孔氏。孔子语鲁太史："乐其可知也，始作翕如也，从之纯如也，皦如也，绎如也以成。""吾自卫反鲁，然后乐正雅颂，各得其所。"古者诗三千余篇，孔子纯取周诗，上采殷，下取鲁，三百五篇，孔子皆弦歌之以求合《韶》《武》《雅》《颂》之音。礼乐自此可得而述，以备王道，成六艺。孔子晚而喜《易》，序《彖》《系》《象》《说卦》《文言》，读《易》，韦编三绝，曰："假我数年，若是我于《易》则彬彬矣。"孔子以《诗》《书》《礼》《乐》教弟子，盖三千焉，身通六艺者七十二人。子贡曰："夫子之文章，可得而闻也。夫子之言性与天道，不可得而闻也。”颜渊喟然叹曰：“仰之弥高，钻之弥坚；瞻之在前，忽焉在后。夫子循循然善诱人，博我以文，约我以礼，欲罢不能。既竭吾才，如有所立卓尔，虽欲从之，末由也已。”颜渊死，孔子曰：“天丧予！”及西狩见麟，反袂拭面，涕沾袍，曰：“孰为来哉！”“吾道穷矣。”“吾何以自见于后世哉！”以鲁，周公之国，礼文备物，史官有法。故据行事而作《春秋》，因兴以立功，败以成罚，假日月以定历数，借朝聘以正礼乐。孔子在位听讼，文辞有可与人共者，弗独有也。至于为《春秋》，笔则笔，削则削，子夏之徒不能赞一辞，孔子曰：“后世知丘者以《春秋》，而罪丘者亦以《春秋》！”孔子以六艺题目不同，指意殊别，恐道离散，后世莫知根源，故作《孝经》以总会之，明其枝流虽分，本萌于孝者也。孔子既卒，门人相与辑而论纂，接于夫子之语，为《论语》二十篇。盖继往开来，而集二帝三王文学之大成者也。而孔子之所以有造于中国文学者又有五焉。

（甲）正文字　仓颉之初作书，盖依类象形，故谓之文；其后形声相益，即谓之字；著于竹帛谓之书；书者，如也。以迄五帝三王之世，改易殊体，封于泰山者七十有二代，靡有同焉。及周宣王太史籀著大篆十五篇，与古文或异。至孔子将从事于删述，则先考正文字。春秋之时，文字虽秉仓史之遗，而古之作字者多家，其文往往犹在，或相诡异。至于别国，殊体尤众。孔子之至是邦也，必闻其政，又观于旧史氏之藏，百二十国之书，佚文秘记，远俗方言，尽知之矣。于是修定六经，择其文之近雅驯者用之，而书以古文。以六经文字极博，指义万端，间有仓史文字所未赡者，则博稽于古，不主一代；刑名从商，爵名从周之例也。春秋异国众名，则随其成俗曲期；物从中国，名从主人之例也。其后太史公书屡称孔氏古文，以虽出仓史文字，而经孔子考定以书六经，则谓孔氏古文焉。子所雅言，《诗》《书》执礼。六经不经孔子删定，其文不雅驯也。意孔子当日必有专论文字之书，其见引于许慎《说文》书者，如“一贯三为王”；“推十合一为士”；“黍可为酒，禾入水也”；“儿，仁人也，在人下故诘屈”；“乌，盱呼也，取其助气，故以为乌呼”；“牛羊之字，以形举也”；“狗，叩也，叩气吠以守”；“视犬之字如画狗也”；“貉之为言恶也”；“粟之为言续也”；如此之类，其说皆引出孔子，此孔子正文字之证。

（乙）订诗韵　古诗皆被弦歌；诗，即乐也；故知诗为乐心，声为乐体；乐以协律，诗以持志。而《诗》三百五篇，孔子皆弦歌之以求合《韶》《武》《雅》《颂》之音；是所以订《诗》之韵谱也。以三百五篇之《诗》，地涉江汉，时亘殷周，作之非一人，采之非一国，殊时异俗，其韵安能尽合？孔子皆弦歌之以求合，而于韵之未安者，则正之使合于《雅》《颂》，故曰：“乐正《雅》《颂》，各得其所。”乐正《雅》《颂》者，乐以《雅》《颂》为正也，即所谓“求合《韶》《武》《雅》《颂》之音”也。《雅》《颂》之音，宗周之正韵也，故以为正。然则孔子未正以前，或不协于弦歌；既正以后，学者即据之为韵谱，故《易象》、《楚辞》、秦碑、汉赋，用韵与《诗》三百合，皆以孔子为准矣。

（丙）用虚字　上古文运初开，虚字未兴，罕用语助之辞，故《书》典、谟、誓、诰，无抑扬顿挫之文，木强寡神。至孔子之文，虚字渐备。赞《易》《彖》《象》《系辞》，用“者”“也”二字特多；而《论语》二十篇，其中“之”“乎”“也”“者”“矣”“焉”“哉”无不具备。浑噩之语，易为流利之词，作者神态毕出，此实中国文学一大进步。盖文学之大用在表情，而虚字，则情之所由表也，文必虚字备而后神态出。

（丁）作《文言》　《文言》者，孔子之所作也。孔子以前，有言有文。直言者谓之言，修辞者谓之文。而孔子则以直言之语助，错综于用韵比偶之文，奇偶相生，亦时化偶为排，特创文言一体，以赞《易》《乾》《坤》二卦；堆垛之迹，尽化烟云，晓畅流利，自成一格。其在《乾·文言》曰：

> 元者，善之长也。亨者，嘉之会也。利者，义之和也。贞者，事之干也。君子体仁足以长人，嘉会足以合礼，利物足以和义，贞固足以干事。以上八句，四句一组，化偶为排。君子行此四德者，故曰：“乾，元、亨、利、贞。”初九曰“潜龙勿用”，何谓也？子曰：

“龙德而隐者也。不易乎世，不成乎名；韵。两句偶。遁世无闷，韵。不见是而无闷；乐则行之，忧则违之，两句偶。确乎其不可拔，‘潜龙’也。”九二曰“见龙在田，利见大人”，何谓也？子曰：“龙德而正中者也。庸言之信，韵，庸行之谨；韵。两句偶。闲邪存其诚，韵。善世而不伐，德博而化。两句偶。《易》曰：‘见龙在田，利见大人’，君德也。”九三曰“君子终日乾乾，夕惕若厉，无咎”，何谓也？子曰：“君子进德修业：忠信，所以进德韵也；修辞立其诚，所以居业韵也。两句为偶。知至至之，可与几韵也。知终终之，可与存义韵也。四句两两为偶。是故居上位而不骄，在下位而不忧。两句为偶。故乾乾因其时而惕，虽危，无咎矣。”九四曰“或跃在渊，无咎”，何谓也？子曰：“上下无常，非为邪也。进退无恒，非离群也。四句两两为偶。君子进德修业，欲及时也，故无咎。”九五曰“飞龙在天，利见大人”，何谓也？子曰：“同声相应，同气相求。两句偶。水流湿，火就燥。两句偶。云从龙，风从虎。韵。两句偶。圣人作而万物睹。本乎天者亲上，本乎地者亲下，韵。两句偶。则各从其类也。”上九曰“亢龙有悔”，何谓也？子曰：“贵而无位，高而无民，贤人在下位而无辅，三句排。是以动而有悔也。”潜龙勿用，下韵也。见龙在田，时舍韵也。终日乾乾，行事韵也。或跃在渊，自试韵也。飞龙在天，上治韵也。亢龙有悔，穷之灾韵也。乾元用九，天下治也。潜龙勿用，阳气潜藏。见龙在田，天下文明。韵。终日乾乾，与时偕行。韵。或跃在渊，乾道乃革。韵。飞龙在天，乃位乎天德。韵。亢龙有悔，与时偕极。韵。乾元用九，乃见天则。韵。乾元者，始而亨韵者也。利贞韵者，性情韵也。乾始能以美利利天下，不言所利，大矣哉！大哉乾乎！刚健中正，纯粹精韵也；六爻发挥，旁通情韵也。时乘六龙，以御天也。云行雨施，天下平韵也。君子以成德为行，日可见之行韵也。潜之为言也，隐而未见，行而未成，两句偶。是以君子弗用也。君子学以聚之，问以辨之，宽以居之，仁以行之。

排句。《易》曰“见龙在田，利见大人”，君德也。九三重刚而不中，上不在天，下不在田，两句偶。故乾乾因其时而惕，虽危无咎矣。九四重刚而不中，上不在天，下不在田，中不在人，三句排。故或之。或之者，疑之也，故无咎。夫大人者，与天地合其德，与日月合其明，与四时合其序，与鬼神合其吉凶；四句排。先天而天弗违，后天而奉天时；两句偶。天且弗违，而况于人乎，况于鬼神乎！两句偶。亢之为言也，知进而不知退，知存而不知亡韵，知得而不知丧韵。三句排。其惟圣人乎，知进退存亡而不失其正者，其惟圣人乎！

自孔子作《文言》以昭模式，于是孔门著书，皆用文言。子夏序《诗》以明六义，文言也；左丘明受经仲尼，著《春秋传》，文言也；有子曾子之门人，记夫子语，成《论语》一书，亦文言也；《礼记》有《檀弓》《礼运》两篇，皆子游之门人所记，亦文言也。时春秋百二十国，孔门弟子三千，所占国籍不少，言语异声，文字异形，如使人人各操国语著书，征之载记，齐语鲁语，已形扞格，更何论南蛮鴂舌，如所称吴楚诸国。故曰："言之无文，行而不远。"此孔子于《易》所以著《文言》之篇，而昭弟子式者欤。盖自孔子作《文言》，而后中国文章之规模具也。文言者，折衷于文与言之间。在语言，则去其方音俚俗，而力求简洁，而于文，则取其韵语偶俪，而不为典重。音韵铿锵以为节，语助吟叹以抒情，流利散朗，蕲于辞达而已。后世议论叙述之文，胥仍其体。自文言而益藻密，则为齐梁之骈体。自文言而益疏纵，则为唐宋之古文。此其大较也。

（戊）编总集　古者诗三千余篇，及至孔子去其重，《关雎》以为《风》始，《鹿鸣》，《小雅》始，《文王》，《大雅》始；《清庙》，《颂》始。三百五篇，厥为诗之第一部总集。又删虞夏商周四代之典，为《尚书》百篇，所以宣王道之正义，发话言于臣下，故其所载皆典、谟、训、诰、誓、命之文，厥为文之第一部总集。则是总集之编，导源《诗》《书》，而出于孔子者也。惟《诗》者，风、雅、颂以类分；而《书》则虞、夏、商、周以代次。则是《诗》者，开后世总集类编之先河；而《书》则为后世总集代次之权舆焉。

子以四教，而文居首，及游夏并称文学之彦；而子夏发明章句，开汉代经学之祖。懿欤休哉，此所以为六艺之宗，称百世之师欤！

第四节　左丘明

孔子明王道，论史记旧闻，兴于鲁而次《春秋》，所贬损大人，当世君臣，有威权势力。约其辞文。七十子之徒，口受其传指，为有所刺讥褒讳挹损之文辞，不可以书见也。鲁君子左丘明惧弟子人人异端，各安其意，失其真，故论本事而作传，明夫子不以空言说经也。故传或先经以始事，或后经以终义，或依经以辩理，或错经以合异，随义而发其例之所重。旧史遗文，略不尽举，非圣人所修之要故也。身为国史，躬览载籍，必广记而备言之；纷者整之，孤者辅之，板者活之，直者婉之，俗者雅之，枯者腴之，剪裁运化之方，斯为大备。《春秋》文见于此，而起义在彼，左丘明能窥其秘，故其为文虚实互藏，两在不测，信圣人之羽翮，而述者之冠冕也。至文章之雄丽，从容委曲，词不迫切，而意独深至，反复低昂，辞气铿訇，使人精神振发，兴趣悠长，以采自列国史书，故其文有方言，又喜引《诗》《书》之辞，其文整齐，故多偶句；薄物细故，无不穷态尽妍；浮夸，尤喜说鬼，怪怪奇奇。而叙战事，纷纷错综，能令百世之下，颇见本末。试举数事以见例。

北戎侵郑，郑伯御之，患戎师，曰："彼徒我车，惧其侵轶我也。"公子突曰："使勇而无刚者，尝寇而速去之。君为三覆以待之。戎轻而不整，贪而无亲；胜不相让，败不相救。先者见获，必务进；进而遇覆，必速奔。后者不救，则无继矣。乃可以逞。"从之。戎人之前遇覆者奔。祝聃逐之，衷戎师，前后击之，尽殪。戎师大奔。十一月甲寅，郑人大败戎师。隐九年传宋华父督见孔父之妻于路，目逆而送之，曰："美而艳！"二年春，宋督攻孔氏，杀孔父而取其妻。公怒，督惧，遂弑殇公。君子以督为有无君之心而后动于恶，故先书弑其君。经书宋督弑其君与夷及其大夫孔父。会于稷，以成宋乱。为赂故，立华氏也。宋殇公立，十年十一战，民不堪命。孔父嘉为司马。督为大宰，故因民之不堪命，先宣言曰："司马则然。"桓二年传

晋侯梦大厉，被发及地，搏膺而踊曰："杀余孙不义。余得请于帝矣！"坏大门及寝门而入。公惧，入于室。又坏户。公觉，召桑田巫。巫言如梦。公曰："何如？"曰："不食新矣。"公疾病，求医于秦。秦伯使医缓为之。未至，公梦疾为二竖子，曰："彼，良医也；惧伤我，焉逃之？"其一曰："居肓之上，膏之下；若我何？"医至，曰："疾不可为也。在肓之上，膏之下。攻之不可，达之不及，药不至焉，不可为也。"公曰："良医也。"厚为之礼而归之。六月，晋侯欲麦，使甸人献麦，馈人为之。召桑田巫，示而杀之。将食，张，如厕，陷而卒。成十年传

宋人或得玉，献诸子罕。子罕弗受。献玉者曰："以示玉人，玉人以为宝也，故敢献之。"子罕曰："我以不贪为宝，尔以玉为宝。若以与我，皆丧宝也；不若人有其宝。"稽首而告曰："小人怀璧，不可以越乡；纳此，以请死也。"子罕寘诸其里，使玉人为之攻之，富而后使复其所。襄十五年传

公薨之月，子产相郑伯以如晋。晋侯以我丧故，未之见也。子产使尽坏其馆之垣而纳车马焉。士文伯让之曰："敝邑以政刑之不修，寇盗充斥，无若诸侯之属辱在寡君者何；是以令吏人完客所馆，高其闬闳，厚其墙垣，以无忧客使。今吾子坏之。虽从者能戒，其若异客何？以敝邑之为盟主，缮完葺墙以待宾客。若皆毁之，其何以共命？寡君使匄请命。"对曰："以敝邑褊小，介于大国，诛求无时，是以不敢宁居，悉索敝赋以来会时事。逢执事之不闲，而未得见；又不获闻命，未知见时；不敢输币，亦不敢暴

露。其输之，则君之府实也；非荐陈之，不敢输也。其暴露之，则恐燥湿之不时而朽蠹，以重敝邑之罪。”

“侨闻文公之为盟主也，宫室卑庳，无观台榭；以崇大诸侯之馆，馆如公寝。库厩缮修，司空以时平易道路，圬人以时塓馆宫室。诸侯宾至：甸设庭燎，仆人巡宫；车马有所，宾从有代；巾车脂辖，隶人牧圉各瞻其事；百官之属，各展其物。公不留宾，而亦无废事；忧乐同之，事则巡之；教其不知，而恤其不足。宾至如归，无宁菑患，不畏盗寇，而亦不患燥湿。今铜鞮之宫数里，而诸侯舍于隶人，门不容车，而不可逾越；盗贼公行，而夭疠不戒。宾见无时，命不可知，若又勿坏，是无所藏币以重罪也。敢请执事将何以命之？虽君之有鲁丧，亦敝邑之忧也。若获荐币，修垣而行，君之惠也。敢惮勤劳。”文伯复命。

赵文子曰：“信。我实不德，而以隶人之垣以赢诸侯；是吾罪也。”使士文伯谢不敏焉。晋侯见郑伯有加礼，厚其宴好而归之。乃筑诸侯之馆。叔向曰：“辞之不可以已也如是夫！子产有辞，诸侯赖之；若之何其释辞也！”**襄三十一年传**

楚公子围聘于郑，且娶于公孙段氏。伍举为介。将入馆，郑人恶之。使行人子羽与之言，乃馆于外。既聘，将以众逆。子产患之，使子羽辞曰：“以敝邑褊小，不足以容从者；请墠听命。”令尹命大宰伯州犁对曰：“君辱贶寡大夫围，谓围将使丰氏抚有而室。围布几筵，告于庄、共之庙而来。若野赐之，是委君贶于草莽也，是寡大夫不得列于诸卿也；不宁唯是，又使围蒙其先君，将不得为寡君老。其蔑以复矣。唯大夫图之。”子羽曰：“小国无罪，恃实其罪。将恃大国之安静已，而无乃包藏祸心以图之？小国失恃，而惩诸侯，使莫不憾者，距违君命而有所壅塞不行是惧。不然，敝邑，馆人之属也，其敢爱丰氏之祧！”伍举知其有备也，请垂橐而入。许之。正月，乙未，入逆而出，遂会于虢。**昭元年传**

郑徐吾犯之妹美，公孙楚聘之矣。公孙黑又使强委禽焉。

犯惧，告子产。子产曰："是国无政，非子之患也。唯所欲与。"犯请于二子，请使女择焉。皆许之。子皙盛饰入，布币而出。子南戎服入，左右射，超乘而出。女自房观之曰："子皙信美矣。抑子南夫也。夫夫妇妇，所谓顺也。"适子南氏。子皙怒；既而櫜甲以见子南，欲杀之而娶其妻。子南知之，执戈逐之，及冲，击之以戈。子皙伤而归，告大夫曰："我好见之，不知其有异志也，故伤。"大夫皆谋之。子产曰："直钧。幼贱有罪，罪在楚也。"乃执子南而数之曰："国之大节有五，女皆奸之：畏君之威，听其政，尊其贵，事其长，养其亲，五者所以为国也。今君在国，女用兵焉，不畏威也。奸国之纪，不听政也。子皙，上大夫，女嬖大夫，而弗下之，不尊贵也。幼而不忌，不事长也。兵其从兄，不养亲也。"君曰："余不女忍杀，宥女以远。勉速行乎，无重而罪！"五月，庚辰，郑放游楚于吴。昭元年传

其文缓，其旨远；将令学者原始要终，寻其枝叶，究其所穷；优而柔之，使自求之；餍而饫之，使自趋之；若江海之浸，膏泽之润，涣然冰释，怡然理顺，然后为得也。

左丘明既为《春秋内传》，又稽其逸文，纂其别说，分周、鲁、齐、晋、郑、楚、吴、越八国事，起自周穆王，终于鲁悼公，别为《春秋外传》，即《国语》，合为二十一篇。其事以方内传，或重出而小异。而其体则《左传》以经编年，《国语》以国分部，体制不同。《国语》以国为分，盖本《诗》之十五《国风》；然《国风》为有韵之诗，而《国语》则无韵之文也。大抵周鲁多掌故，齐多制，晋越多谋；文之佳者，深闳杰异；不同《左传》之从容委曲；而《越语》尤奇峻。然亦有委靡繁絮，不能振起者；不如《左传》之婉而成章，镕铸如出一手；其辞多枝叶，盖由当时列国之史，材有厚薄，学有浅深，故不能醇一耳。或说："丘明之传《春秋》也，盖先采集列国之史，国别为语；旋猎其英华，作《春秋传》。而先所采集之语，草稿具存，时人共传习之，号曰《国语》；殆非丘之所欲出也。"

第五节 诸 子

三代之文奥，六经是也。春秋之辞缓，《论语》《左氏传》是也。战国之气激，诸子、《国策》、《楚辞》是也。独《老子》冠时独出，为诸子之祖；薄仁义，贵道德，与孔子异趣；而文章安雅，语约而有余于意，其味黯然而长，其光油然而幽，排偶之辞，而出于俯仰揖让，不为巉刻斩绝之言，与《论语》同。其文不以放纵为高，则以时代相同也。试互勘以为况：

载营魄抱一，能无离乎？专气致柔，能婴儿乎？涤除玄览，能无疵乎？爱民治国，能无知乎？天门开阖，能为雌乎？明白四达，能无为乎？以上《老子》

子曰："学而时习之，不亦说乎！有朋自远方来，不亦乐乎！人不知而不愠，不亦君子乎！"以上《论语》

天下皆知美之为美，斯恶已。皆知善之为善，斯不善已。故有无相生，难易相成，长短相较，高下相倾，音声相和，前后相随。是以圣人处无为之事，行不言之教；万物作焉而不辞，生而不有，为而不恃，功成而弗居。夫唯弗居，是以不去。以上《老子》

子曰："圣人，吾不得而见之矣；得见君子者，斯可矣。善人，吾不得而见之矣；得见有恒者，斯可矣。亡而为有，虚而为盈，约而为泰，难乎有恒矣！"以上《论语》

视之不见名曰夷，听之不闻名曰希，搏之不得名曰微，此三者不可致诘，故混而为一。以上《老子》

子曰："视其所以，观其所由，察其所安，人焉廋哉？人焉廋哉？"以上《论语》

天地不仁，以万物为刍狗。圣人不仁，以百姓为刍狗。以上《老子》

子曰："君子上达，小人下达。"以上《论语》

我有三宝，持而保之：一曰慈，二曰俭，三曰不敢为天下先。慈，故能勇；俭，故能广；不敢为天下先，故能成器长。以上《老子》

孔子曰："君子有三畏：畏天命，畏大人，畏圣人之言。小人不知天命，而不畏也；狎大人；侮圣人之言。"以上《论语》

信言不美，美言不信。以上《老子》

子曰："君子和而不同，小人同而不和。"以上《论语》

如此之类，未可以更仆终。老子，李氏，名耳，字聃，周守藏室之史也。孔子适周，尝问礼焉。而或者好为奇论，乃谓《老子》书疑出战国，而与《论语》《左氏传》辞气不伦。《老子》书与《论语》之非辞气不伦，则既然矣；而所为不同于《左氏传》者：辞以简隽称美，不如《左氏传》之以曲畅为肆；意以微妙见深，不如《左氏传》之以净夸为奇。若其文缓而旨远，余味曲包，则固与《左氏传》如出一辙者也。《左氏传》耐人诵，《老子书》耐人思。

老子言："以正治国，以奇用兵。"春秋之末，齐人有孙子武者能阐其义以著十三篇，而为兵家之祖，极奇正之变，而归之于道；深切喜往复，其旨不乖于孔子。子路问于孔子曰："子行三军则谁与？"子曰："暴虎冯河，死而无悔者，吾不与也。必也临事而惧，好谋而成者也。"孙子论兵，则先计而后战，而开宗明义以发之于《计》篇曰：

孙子曰："兵者，国之大事，死生之地，存亡之道，不可不察也。故经之以五事，校之以计而索其情：一曰道，二曰天，三曰地，四曰将，五曰法。道者，令民与上同意也；故可与之死，可与之生，而民不畏危。天者，阴阳，寒暑，时制也。地者，远近，险易，广狭，死生也。将者，智，信，仁，勇，严也。法者，曲制官道，主用也。凡此五者，将莫不闻；知之者胜，不知者不胜。故校之以计而索其情曰：主孰有道？将孰有能？天地孰得？法令孰行？兵众孰强？士卒孰练？赏罚孰明？吾以此知胜负矣！将听吾计，用之必胜；留之。将不听吾计，用之必败；去之。计利以听，乃为之势以佐其外；势者，因利而制权也。兵者，诡道也；故能而示之不能，用而示之不用；近而示之远；远而示之近；利而诱之，乱而取之，实而备之，强而避之，怒而挠之，卑而骄之，佚而劳之，亲而离之，攻其无备，出其不意；此兵家之胜，不可先传也。夫未战而庙算胜者，得算多也。未战而庙算不胜者，得算少也。多算胜，少算不胜，而况于无算乎？吾以此观之，胜见负矣。”

孙子以兵法见于吴王阖闾，卒以为将，西破强楚，入郢；北威齐晋，显名诸侯，孙子与有力焉。或以其人不见《春秋左氏传》，而疑十三篇后人伪托。然余诵其文，抑扬爽朗，而参排句以利机势，用语助以尽顿挫，首尾秩然，有伦有脊，遣言措意，似《大学》《中庸》；抑亦衍孔子《文言》之体，而与七十二弟子之徒相类，切近的当而不为滥漫恣肆，则固断乎其为春秋之作者，而不同于战国之诸子也。

战国诸子，当以庄子为首出。

庄子名周，与梁惠王、齐宣王同时；其学无所不窥，然其要本归于老子之言；而寓真于诞，寓实于玄，以谬悠之说，荒唐之言，无端崖之辞，时恣纵而不傥，不以觭见之也；以天下为沉浊，不可与庄语，以卮言为曼衍，以重言为真，以寓言为广；独与天地精神往来，而不敖倪于万物，不谴是非以与世俗处；其书虽瑰玮而连犿，无伤也。其言洸洋自恣以适己。其在《逍遥游》曰：

北冥有鱼，其名为鲲。鲲之大，不知其几千里也。化而为鸟，其名为鹏。鹏之背，不知其几千里也；怒而飞，其翼若垂天之云。是鸟也，海运则将徙于南冥。南冥者，天池也。《齐谐》者，志怪者也。《谐》之言曰：“鹏之徙于南冥也，水击三千里，抟扶摇而上者九万里，去以六月息者也。”野马也，尘埃也，生物之以息相吹也。天之苍苍，其正色耶？其远而无所至极耶？其视下也，亦若是则已矣。且夫水之积也不厚，则其负大舟也无力。覆杯水于坳堂之上，则芥为之舟；置杯焉则胶，水浅而舟大也。风之积也不厚，则其负大翼也无力；故九万里，则风斯在下矣。而后乃今培风，背负青天而莫之夭阏者，而后乃今将图南。蜩与学鸠笑之曰："我决起而飞，枪榆枋。时则不至而控于地而已矣。奚以之九万里而南为！"适莽苍者，三飡而反，腹犹果然。适百里者，宿舂粮。适千里者，三月聚粮。之二虫又何知？小知不及大知，小年不及大年。奚以知其然也？朝菌不知晦朔，蟪蛄不知春秋，此小年也。楚之南有冥灵者，以五百岁为春，五百岁为秋。上古有大椿者，以八千岁为春，八千岁为秋。而彭祖乃今以久特闻。众人匹之，不亦悲乎！

汤之问棘也是已：穷发之北有冥海者，天池也。有鱼焉，其广数千里，未有知其修者，其名为鲲。有鸟焉，其名为鹏，背若泰山，翼若垂天之云，抟扶摇羊角而上者九万里，绝云气，负青天，然后图南，且适南冥也。斥鴳笑之曰："彼且奚适也？我腾跃而上，不过数仞而下，翱翔蓬蒿之间，此亦飞之至也。而彼且奚适也？"此小大之辨也。故夫知效一官，行比一乡，德合一君而征一国者，其自视也亦若此矣。而宋荣子犹然笑之。且举世誉之而不加劝，举世非之而不加沮，定乎内外之分，辨乎荣辱之境，斯已矣；彼其于世未数数然也。虽然，犹有未树也。夫列子御风而行，泠然善也，旬有五日而后反，彼于致福者未数数然也。此虽免乎行，犹有所待者也。若夫乘天地之正，而御六气之辩，以游无穷者，彼且恶乎待哉！故曰："至人无己，神人无功，圣人无名。"

故其著书十余万言，大抵率寓言也。作《渔父》《盗跖》《胠箧》，以诋訾孔子之徒，以明老子之术。畏累虚、亢桑子之属，皆空语无事实；然其属书离辞，指事类情，用剽剥儒墨；虽当世宿学，不能自解免也。其辞虽参差而俶诡可观。

孟子，邹人也；名轲，鲁公族孟孙之后也。生有淑质，师孔子之孙子思，治儒术之道；通五经，尤长于《诗》《书》。道既通，游事齐宣王，宣王不能用；适梁，梁惠王不果所言，则见以为迂阔而远于事情。天下方务于合从连横，以攻伐为贤；而孟轲乃述唐虞三代之德，是以所如者不合；退而与万章之徒，序《诗》《书》，述仲尼之意，作《孟子》七篇，包罗天地，揆叙万类，以浩然之气，发仁义之言；无心于文，而开辟抑扬，高谈雄辩，曲尽其妙；终而又曰："予岂好辩哉，予不得已也。"一纵一横，论者莫当。尝应彭更以自明志曰：

彭更问曰："后车数十乘，从者数百人，以传食于诸侯，不以泰乎？"孟子曰："非其道，则一箪食不可受于人。如其道，即舜受尧之天下，不以为泰；子以为泰乎？"曰："否，士无事而食，不可也。"曰："子不通功易事，以羡补不足，则农有余粟，女有余布。子如通之，则梓匠轮舆，皆得食于子。于此有人焉，入则孝，出则弟，守先王之道，以待后之学者，而不得食于子。子何尊梓匠轮舆而轻为仁义者哉？"曰："梓匠轮舆，其志将以求食也。君子之为道也，其志亦将以求食与？"曰："子何以其志为哉；其有功于子，可食而食之矣。且子食志乎？食功乎？"曰："食志。"曰："有人于此，毁瓦画墁，其志将以求食也；则子食之乎？"曰："否。"曰："然则子非食志也，食功也。"

儒者之文，至《孟子》而极跌宕顿挫之妙。道家之文，至《庄子》而尽荡逸飞扬之致。盖庄子之学，出于老子，而解散辞体，出以疏纵；犹孟子之学，出于孔子，而解散辞体，发为雄肆；其揆一也。辞气激宕，消息世运；文章之变，盖至此极。孔老之文，雍容浑穆，如天闲良骥，鱼鱼雅雅，自中节度。而孟庄则神锋四出，如千金骏足，飞腾飘瞥，蓦涧跃波；虽皆极天下之选，而以德以力，则略有间矣。然孟与庄又自不同。盖孟文开阖变化，庄更益以缥缈；孟文光辉发越，庄又出以诙诡。庄生玄而入幻，孟子正而不谲。其大较也。

荀卿，赵人，年五十，始来游学于齐。齐襄王时，而荀卿最为老师。孟子者亦大儒，以人之性善。荀卿后孟子百余年，荀卿以为人性恶，故非孟子以作《性恶》一篇。荀卿善为《诗》《礼》《易》《春秋》，尤精言礼；行应绳墨，安贫贱。荀卿卒不用于世，疾浊世之政，亡国乱君相属，不遂大道，而营于巫祝，信禨祥，鄙儒小拘，如庄周等，又滑稽乱俗，于是推儒墨道德之行事兴坏，序列著三十二篇。其《劝学》篇曰：

> 积土成山，风雨兴焉。积水成渊，蛟龙生焉。积善成德而神明自得，圣心备焉。故不积跬步，无以至千里；不积小流，无以成江海。骐骥一跃，不能十步；驽马十驾，功在不舍。锲而舍之，朽木不折；锲而不舍，金石可镂。螾无爪牙之利、筋骨之强，上食埃土，下饮黄泉，用心一也；蟹六跪而二螯，非蛇蟺之穴无可寄托者，用心躁也。是故无冥冥之志者，无昭昭之明；无惛惛之事者，无赫赫之功。行衢道者不至，事两君者不容。目不能两视而明，耳不能两听而聪。螣蛇无足而飞，梧鼠五技而穷。《诗》曰："尸鸠在桑，其子七兮。淑人君子，其仪一兮。其仪一兮，心如结兮。"故君子结于一也。

其为文章灵警不如庄生，雄肆亦逊孟子；而体裁绮密，出之以铿锵鼓舞，又是一格。然气亦激矣。敷陈往古，掎挈当时，又托于《成相》以喻意曰：

> 请成相：世之殃：愚暗愚暗堕贤良；人主无贤，如瞽无相何伥伥！请布基，慎圣人。愚而自专事不治；主忌苟胜，群臣莫谏必逢灾。论臣过，反其施，尊主安国尚贤义。拒谏饰非，愚而上同国必祸。曷谓罢？国多私，比周还主党与施。远贤近谗，忠臣蔽塞主势移。曷谓贤？明君臣，上能尊主爱下民。主诚听之，天下为一海内宾。主之孽，谗人达，贤能遁逃国乃蹶。愚以重愚，暗以重暗成为桀。

词赋亦自名家，立言指事，根极理要。然体物写志有余，铺采摛文不足，此所以为儒也。特其一以隐语，一以意答，五赋一格，殊少变化。

录《赋篇》之卒章曰：

> 天下不治，请陈佹诗。天地易位，四时易乡。列星陨坠，旦暮晦盲。幽晦登昭，日月下藏。公正无私，反见从横。志爱公利，重楼疏堂。无私罪人，憼革贰兵。道德纯备，谗口将将。仁人绌约，敖暴擅强。天下幽险，恐失世英。螭龙为蝘蜓，鸱枭为凤凰。比干见刳，孔子拘匡。昭昭乎其知之明也，郁郁乎其遇时之不祥也；拂乎其欲礼义之大行也，暗乎天下之晦盲也。皓天不复，忧无疆也。千岁必反，古之常也。弟子勉学，天不忘也。圣人拱手，时几将矣。与愚以疑，愿闻反辞。其小歌曰：念彼远方，何其塞矣。仁人绌约，暴人衍矣。忠臣危殆，谗人服矣。琁玉瑶珠，不知佩也。杂布与锦，不知异也。闾娵子奢，莫之媒也。嫫母力父，是之喜也。以盲为明，以聋为聪，以危为安，以吉为凶。呜呼上天，曷维其同！

至诚悖恪，颇有恻隐古诗之意。而促节急弦，慨当以慷，以视三百篇之温柔敦厚者殊矣。

韩非者，韩之诸公子也；喜刑名法术之学，而其归本于黄老。非为人口吃，不能道说，而善著书，与李斯俱事荀卿，斯自以为不如。非见韩之削弱，数以书谏韩王，韩王不能用。于是韩非疾治国不务修明其法制，执势以御其臣下，富国强兵，而以求人任贤；反举浮淫之蠹，而加之于功实之上。以为："儒者用文乱法，而侠者以武犯禁。宽则宠名誉之人，急则用介胄之士。今者所养非所用，所用非所养。"悲廉直不容于邪枉之臣，观往者得失之变，故作《孤愤》《五蠹》《内外储》《说林》《说难》十余万言。其《五蠹篇》曰：

> 今有不才之子，父母怒之弗为改，乡人谯之弗为动，师长教之弗为变。夫以父母之爱，乡人之行，师长之智，三美加焉而终不动其胫毛，不改。州部之吏，操官兵，推公法，而求索奸人，然后恐惧，变其节，易其行矣。故父母之爱，不足以教子，必待州部

之严刑者，民固骄于爱，听于威矣。故十仞之城，楼季弗能逾者，峭也。千仞之山，跛牂易牧者，夷也。故明主峭其法而严其刑也。布帛寻常，庸人不释。铄金百镒，盗跖不掇。不必害，则不释寻常。必害手，则不掇百镒。故明主必其诛也。是以赏莫如厚而信，使民利之。罚莫如重而必，使民畏之。法莫如一而固，使民知之。故主施赏不迁，行诛无赦；誉辅其赏，毁随其罚，则贤不肖俱尽其力矣。……故明主用其力，不听其言；赏其功，必禁无用；故民尽死力以从其上。

夫耕之用力也劳，而民为之者，曰可得以富也。战之为事也危，而民为之者，曰可得以贵也。今修文学，习言谈，则无耕之劳，而有富之实；无战之危，而有贵之尊；则人孰不为也。是以百人事智，而一人用力。事智者众，则法败。用力者寡，则国贫。此世之所以乱也。故明主之国，无书简之文，以法为教；无先王之语，以吏为师；无私剑之捍，以斩首为勇。是境内之民，其言谈者必轨于法，动作者归之于功，为勇者尽之于军。是故无事则国富，有事则兵强，此之谓王资。

生平恶文学之士而贵耕战，然其著书，则文理整赡，而曲折顿挫，百态千状，博辩明透，少伤惨礉；其为《内、外储说》，古以为连珠之体所肇；迨汉《淮南·说山》，实首模效之，扬雄班固乃约其体而为《连珠》矣。

大抵儒家重实际，其文多平实。道家主想象，其文多超逸。法家尚深刻，其文多峭峻。此外如墨杂家之文质，名家小说家之文琐，农家之文鄙，杂家之文驳，譬之自郐，弗欲观已。然兵家如《吴子》之平实，杂家如《吕氏春秋》之博丽，略其大体，举其一鳞一爪，亦往往非后世所可及。

诸子文章之不同于六经者辞气，而不能脱其窠臼者，则文、语、例三者之体制。大抵韵偶者谓之文，论难者谓之语，发凡者谓之例。《老子》及《荀子·成相》篇、《赋》篇，皆属于文者也。孙、庄、孟、荀、韩，皆属于语者也。《墨子·经上、下篇》，《韩非·内、外储说》，皆属于例者也。

第六节　屈原　宋玉

屈原者，名平，楚之同姓也；博闻强志，娴于辞令；遭怀王，忧谗畏讥，乃幽思冥索，作《离骚》《九歌》《天问》《九章》《远游》《卜居》《渔父》二十五篇，导源古诗，另辟门径，名曰《楚辞》。平既遭际困穷，故多侘傺噫郁之音。然托陈引喻，点染幽芬，于烦乱瞀扰之中，具悃款悱恻之旨，得《三百篇》之遗音，为辞赋之鼻祖。惟扩展诗体，特出以激楚。《诗》三百篇，四言为多，节短而势不险。而《离骚》则长言永叹，辞繁而调益促，此其不同也。又体物写志，语多比兴，读者睹其丽辞，罕会英旨。其《山鬼》篇《九歌》之一曰：

> 若有人兮山之阿，被薜荔兮带女萝。既含睇兮又宜笑，子慕予兮善窈窕。乘赤豹兮从文狸，辛夷车兮结桂旗。被石兰兮带杜衡，折芳馨兮遗所思。余处幽篁兮终不见天，路险难兮独后来。表独立兮山之上，云容容兮而在下。杳冥冥兮羌昼晦，东风飘兮神灵雨。留灵修兮憺忘归，岁既晏兮孰华予。采三秀兮于山间，石磊磊兮葛蔓蔓。怨公子兮怅忘归。君思我兮不得闲。山中人兮芳杜若，饮石泉兮荫松柏。君思我兮然疑作。雷填填兮雨冥冥。猿啾啾兮狖夜鸣。风飒飒兮木萧萧，思公子兮徒离忧。

又假主客之辞，托为《卜居》以见意曰：

> 屈原既放三年，不得复见，竭智尽忠，蔽鄣于谗，心烦意乱，不知所从，乃往见太卜郑詹尹曰："余有所疑，愿因先生决之。"詹尹乃端策拂龟曰："君将何以教之？"屈原曰："吾宁悃悃款款，朴以忠乎？将送往劳来，斯无穷乎？宁诛锄草茅以力耕乎？将游

> 大人以成名乎？宁正言不讳以危身乎？将从俗富贵以偷生乎？宁超然高举以保真乎？将呢訾栗斯，喔咿嚅唲以事妇人乎？宁廉洁正直以自清乎？将突梯滑稽，如脂如韦以洁楹乎？宁昂昂若千里之驹乎？将氾氾若水中之凫乎？与波上下，偷以全吾躯乎？宁与骐骥抗轭乎？将随驽马之迹乎？宁与黄鹄比翼乎？将与鸡鹜争食乎？此孰吉孰凶？何去何从？世溷浊而不清！蝉翼为重，千钧为轻；黄钟毁弃，瓦釜雷鸣；谗人高张，贤士无名。吁嗟嘿嘿兮，谁知吾之廉贞！”詹尹乃释策而谢曰：“夫尺有所短，寸有所长；物有所不足，智有所不明；数有所不逮，神有所不通。用君之心，行君之意，龟策诚不能知此事。”

意出尘外，怪生笔端，文境之缥缈诙诡。就《离骚》而论，屈原略与庄生相似；惟原以激楚之韵文，而庄以隽逸之散文耳。不善读者疑为于此于彼，恍惚无定；不知国手置棋，观者迷离，置者明白。然缥缈虽同，而意趣不一。有路可走，卒归于无路可走；如屈子所谓：“登高吾不说，入下吾不能”是也。无路可走，卒归于有路可走，如庄生所谓：“今子有五石之瓠，何不虑以为大樽，而浮于江湖”，“今子有大树，何不树之于无何有之乡、广莫之野”是也。而二子之书之全旨，亦可以此概之。

屈原既死，楚有宋玉、唐勒、景差之徒，皆好辞而以赋见称，然皆祖屈之从容辞令，而宋玉为著。其为《登徒子好色赋》曰：

> 大夫登徒子侍于楚王，短宋玉曰：“玉为人体貌闲丽，口多微辞；又性好色。愿王勿与出入后宫。”王以登徒子之言问宋玉。玉曰：“体貌闲丽，所受于天也。口多微辞，所学于师也。至于好色，臣无有也。”王曰：“子不好色，亦有说乎？有说则止，无说则退。”玉曰：“天下之佳人，莫若楚国。楚国之丽者，莫若臣里。臣里之美者，莫若臣东家之子。东家之子：增之一分则太长，减之一分则太短；著粉则太白，施朱则太赤；眉如翠羽，肌如白雪；腰

如束素，齿如含贝；嫣然一笑，惑阳城，迷下蔡。然此女登墙窥臣三年，至今未许也。登徒子则不然：其妻蓬头挛耳，龂唇历齿；旁行踽偻，又疥且痔。登徒子悦之，使有五子。王孰察之，谁为好色者矣？”

是时秦章华大夫在侧，因进而称曰：“今夫宋玉盛称邻之女以为美色愚乱之邪？臣自以为守德谓不如彼矣。且夫南楚穷巷之妾，焉足为大王言乎？若臣之陋，目所曾睹者，未敢云也。”王曰：“试为寡人说之。”大夫曰：“唯唯。臣少曾远游，周览九土，足历五都，出咸阳，熙邯郸，从容郑、卫、溱、洧之间。是时，向春之末，迎夏之阳；鸧鹒喈喈，群女出桑。此郊之姝，华色含光。体美容冶，不待饰装！臣观其丽者，因称诗曰：‘遵大路兮揽子祛。’赠以芳华，辞甚妙。于是处子怳若有望而不来，忽若有来而不见；意密体疏，俯仰异观，含喜微笑，窃视流眄，复称诗曰：‘寤春风兮发鲜荣，洁斋俟兮惠音声。赠我如此兮不如无生！’因迁延而辞避。盖徒以微辞相感动，精神相依凭。目欲其颜，心顾其义，扬诗守礼，终不过差；故足称也！”于是楚王称善。宋玉遂不退。

按登徒，姓也；子者，男子之通称。《战国策》曰：“孟尝君出行国，至楚，献象床，郢之登徒，直使送之。”意楚王之侍从，而赋假以为辞，讽于淫也。辞意胎自《诗》三百，而采之《郑风》者为多，以托谕于溱洧之間也。溱、洧，郑二水名。《郑风·溱洧》之诗曰：“维士与女，伊其相谑，赠之以芍药。”《诗大序》曰：“变风发乎情，止乎礼义”，赋之所为取意也。故卒之曰：“盖徒以微辞相感动，精神相依凭。目欲其颜，心顾其义，扬诗守礼，终不过差。”以明作者之旨，崇精神之契合，葆女贞之洁清，与所作《神女赋》末归重“自持不可犯干”者，同一用意；比于《国风》好色而不淫者也。至“遵大路兮揽子祛”，既明袭郑诗遵大路之辞《郑风·遵大路》曰：“遵大路兮掺执子之祛兮。”而“赠以芳华辞甚妙”，尤暗偷溱洧赠芍之意。“鸧鹒喈喈”，取语《小雅》《小雅·出车》。“群女出桑”，亦采《豳风》。斯尤凿凿有据。惟风人发以永言之歌诗，而玉则托之主客之酬对耳。玉赋好色而归之扬诗守礼，而《钓赋》则称尧、舜、禹、汤以圣贤为竿，道德为纶，仁义为钩，禄利为饵，四海为池，万民为鱼。至于《九辩》，乃曰："独耿介而不随兮，愿慕先圣之遗教。处浊世而显荣兮，非予心之所乐。与其无义而有名兮，宁穷处而守高。食不偷而为饱兮，衣不苟而为温。窃慕诗人之遗风兮，愿托志乎素餐。"观其游文六艺，留意仁义，盖同于荀卿之儒；而骨气奇高，辞采华茂，新丽顿挫，自胜荀卿之平典。盖荀卿规旋以矩步，故伦序而寡状。宋玉腾茂以蜚英，斯卓荦而为杰矣！所作《登徒子好色赋》及《风赋》《高唐赋》《神女赋》《九辩》《招魂》，其殊胜者。香草美人，朗丽以哀志，其原盖出屈原；而变化以促节激弦，错综震荡，不如屈原之哀怨缠绵，使人味之，亹亹不倦。后人乃裒屈原、宋玉、景差之作，以为《楚辞》。

《楚辞》者，上承三百篇之《诗》，下开汉人之赋，体纵于三代，而风雅于战国，乃纵横之别子，而诗教之支流也。屈原、宋玉以赋见称，而娴于辞令。观其骨鲠所树，肌肤所附，虽取镕经义，亦自铸伟辞。故《骚经》《九章》，朗丽以哀志；《九歌》《九辩》，绮靡以伤情；《远游》《天问》，瑰诡而惠巧；《招魂》《招隐》，耀艳而深华。《卜居》标放言之致，《渔父》寄独往之才。故能气往轹古，辞来切今；遂客主以首引，极声貌以穷文。铺张扬厉，媲于纵横，体物写志，原本诗教；奇文郁起，莫与争能矣。

第七节 国　　策

战国者，纵横之世也。纵横之学，本于古者行人之官。自春秋时，列国争衡，使者往来其间，尚辞令，崇舌辨，而纵横之端绪开。战国初，鬼谷子更发明揣摩捭阖纵横之说。而游说权谋之徒，见贵于俗；是以苏秦、代、厉、张仪、公孙衍之属，主纵横短长之说，左右倾侧。苏秦为纵，张仪为横，横则秦帝，纵则楚王；所在国重，所去国轻，抵掌揣摩腾说以取富贵。其辞敷张而扬厉，变其本而恢奇焉，不可谓非行人辞命之极也。然孔子不云乎：“诵《诗》三百，使于四方，不能专对，虽多奚为！”是则比兴之旨，讽谕之义，固行人之所肄也；纵横家者流，推而衍之，是以能委折而入情，微婉而善讽。盖由诗教之比兴，解散辞体而为韵文，则为楚《骚》之扬厉；由诗教之比兴，解散辞体而为语言，则为《国策》之纵横；虽语文攸异，而为比兴一也。战国之时，君德浅薄，为之谋策者，不得不因势而为资，据时而为画，故其谋扶急持倾，为一切之权；虽不可以临教化，兵革救急之势也。秦兼天下而辑其辞说以著《战国策》，其篇有东西二周、秦、齐、燕、楚、三晋、宋、卫、中山，合十二国，分为三十三卷。夫谓之“策”者；盖录而不序，故即简以为名。或云：汉代刘向以战国游士为之策谋，因谓之《战国策》。录一二以见例：

苏秦为赵合从，说齐宣王曰：“齐，南有泰山，东有琅邪，西有清河，北有渤海，此所谓四塞之国也。齐地方二千里，带甲数十万，粟如丘山。齐车之良，五家之兵，疾如锥矢，战如雷电，解如风雨。即有军役，未尝倍泰山、绝清河、涉渤海也。临淄之中七万户，臣窃度之，下户三男子，三七二十一万；不待发于远县，而临淄之卒，固已二十一万矣。临淄甚富而实，其民无不吹竽鼓瑟，击筑弹琴，斗鸡走犬，六博蹋鞠者。临淄之途，车毂击，人肩摩，连衽成帷，举袂成幕，挥汗成雨，家殷人足，志高气扬。夫以大王之贤与齐之强，天下不能当；今乃西面事秦，窃为大王羞之。且夫韩魏所以畏秦者，以与秦接界也。兵出而相当，不至十日，而战胜存亡之机决矣。韩魏战而胜秦，则兵半折，四境不守；战而不胜，以亡随其后。是故韩魏之所以重与秦战而轻为之臣也。今秦攻齐则不然。倍韩魏之地，至闱阳晋之道，径亢父之险：车不得方轨，马不得并行；百人守险，千人不能过也。秦虽欲深入，则狼顾，恐韩魏之议其后也。是故恫疑虚喝，高跃而不敢进，则秦不能害齐，亦明矣。夫不料秦之不奈我何也，而欲西面事秦，是群臣之计过。今臣无事秦之名，而有强国之实，臣固愿大王之少留计！”齐王曰：“寡人不敏，今主君以赵王之诏告之，敬奉社稷以从。”

田单将攻狄，往见鲁仲子。仲子曰：“将军攻狄，不能下也。”田单曰：“臣以五里之城，七里之郭，破亡余卒，破万乘之燕，复齐墟。攻狄而不下，何也？”上车弗谢而去。遂攻狄，三月而不克之也。齐婴儿谣曰：“大冠若箕，修剑柱颐。攻狄不能下，垒枯丘。”田单乃惧，问鲁仲子曰：“先生谓单不能下狄，请问其说。”鲁仲子曰：“将军之在即墨，坐而织蒉，立则杖插，为士卒倡曰：‘可往矣，宗庙亡矣！亡日尚矣！归于何党矣！’当此之时，将军有死之心，而士卒无生之气，闻若言，莫不挥泣奋臂而欲战，此所以破燕也。当今将军，东有夜邑之奉，西有淄上之虞，黄金横带而驰乎淄渑之间，有生之乐，无死之心，所以不胜者也。”田单曰：“单有心，先生志之矣。”明日，乃厉气循城，立于矢石之所及，援枹鼓之。狄人乃下。

学者惟拘声韵为之诗，而不知言情达志，敷陈讽谕，抑扬涵泳之文，皆本于诗教，观《战国策》可知也。夫难显之情，他人所不能达者，战国策士因事设譬，意趣横生，盖诗人比兴之教也。如：

苏厉谓周君曰：“败韩魏，杀犀武，攻赵，取蔺、离石、祁者，皆白起，是攻用兵又有天命也。今攻梁，梁必破，破则周危。君不若止之。”谓白起曰：“楚有养由基者善射；去柳叶者百步而射之，百发百中。左右皆曰：‘善。’有一人过曰：‘善射，可教射也矣。’养由基曰：‘人皆善，子乃曰可教射。子何不代我射之也？’客曰：‘我不能教子支左屈右。夫射柳叶者百发百中，而不以善息；少焉，气力倦，弓拨矢钩，一发不中，前功尽矣。今公破韩魏，杀犀武，而北攻赵，取蔺、离石、祁者，公也。公之功甚多。今公又以秦兵出塞，过两周，践韩而以攻梁。一攻而不得，前功尽灭。公不若称病不出也。'"

齐欲伐魏。淳于髡谓齐王曰:"韩子卢者,天下之疾犬也。东郭逡者,海内之狡兔也。韩子卢逐东郭逡,环山者三,腾山者五;兔极于前,犬废于后;犬兔俱罢,各死其处。田父见之,无劳倦之苦而擅其功。今齐魏久相持以顿其兵,敝其众,臣恐强秦、大楚承其后,有田父之功。"齐王惧,谢将休士。

皆巧于构思,罕譬而喻,他人所百思不到者,既读之而适为人人意中所有。然而其气疏宕,其文散朗,跌宕昭彰,盖太史公文之所自昉焉。

《国语》与《国策》,记言体同,又皆国别史,而文章攸殊。《国语》寓偶于散以植其骨,《左传》之支流也。《国策》解偶为散以振其气,迁史之前茅也。《国策》之文粗,《国语》之文细。《国语》之气萎,《国策》之气雄。《国语》,左氏末弩乎;《国策》,司马氏先鞭乎。虽《国策》一书,多记当时策士智谋。然亦时有奇谋诡计,一时未用,而著书之士,爱不能割,假设主臣问难以快其意,如苏子之于薛公及楚太子事,其明征也。然则贫贱而托显贵交言,愚陋而附高明为伍,策士夸诈之风,又值言辞相矜之际,天下风靡久矣。《孟子》书,梁惠、齐宣诸王及门弟子问,而孟子答之,意以往复而始发,理以诘难而有明,亦客主之辞,乃战国文体尔。

第二章　秦

第一节　李　　斯

秦始皇并天下，虽召文学，置博士，然焚烧诗书，蔑弃古典。史载始皇除谥法制，报李斯议封建，及二世诏李斯、冯去疾诸制诏，铺张事业，着墨不多，而吐属峻重，天威大声，词不敷腴，而其文峻简，其旨刻峭，不同成周之温厚，亦异汉帝制诏之雄赡也。其丞相李斯，与韩非同事荀卿，不师儒者之道，而以法术为治。六国之时，文字异形，斯乃奏同之，罢其不与秦文合者。是时秦大发吏卒，兴戍役，官狱职务繁，初有隶书以趋约易，而学法令以吏为师。民间所存，医药卜筮种树之书而已。然李斯颇有文采，而所为文章，深于诗教。上书论逐客，多方设譬，得《诗》比兴之意。而为泰山、琅琊诸刻石文，敷政诵德，亦《诗》《雅》、《颂》之体。或嫌法家辞气，体乏弘润。而不知《雅》以为后世法，《颂》诵德广以美之，天心布声，讽切治体，本自与十五《国风》之体物言志，优游涵泳者不同。特以斯之笔情轻侠，秋声朝气，揄扬未能雍容，气韵自欠深远，未能如《雅》、《颂》之天心布声，优游涵泳，达其深旨也。至于上书谏逐客，辞特弘赡，而用笔急转直驶，终是削刻本色。大抵秦法峻急，秦文刻核，骨多少肉，气峻无韵，比周文意欠温醇，视汉代气不宏远；峭削崚嶒，觇其祚促。声音之道，与政通矣。然如斯之疏而能壮，亦一代之绝采已！

斯初入秦，以楚人拜客卿，会韩国人郑国来间秦，已而觉，秦宗室大臣请一切逐客，李斯议亦在逐中。斯乃上书曰：

臣闻吏议逐客，窃以为过矣！昔缪公求士，西取由余于戎，东得百里奚于宛，迎蹇叔于宋，求丕豹、公孙支于晋。此五子者，不产于秦，而缪公用之，并国二十，遂霸西戎。孝公用商鞅之法，移风易俗，民以殷盛，国以富强，百姓乐用，诸侯亲服，获楚魏之师，举地千里，至今治强。惠王用张仪之计，拔三川之地；西并巴蜀，北收上郡，南取汉中，包九夷，制鄢郢，东据成皋之险，割膏腴之壤，遂散六国之纵，使之西面事秦，功施到今。昭王得范雎，废穰侯，逐华阳，强公室，杜私门，蚕食诸侯，使秦成帝业。此四君者，皆以客之功。由此观之，客何负于秦哉？向使四君却客而不内，疏士而不用，是使国无富利之实，而秦无强大之名也。

今陛下致昆山之玉，有随和之宝，垂明月之珠，服太阿之剑，乘纤离之马，建翠凤之旗，树灵鼉之鼓，此数宝者，秦不生一焉。而陛下说之，何也？必秦国之所生然后可，则是夜光之璧不饰朝廷，犀象之器不为玩好，郑卫之女不充后宫，而骏良駃騠不实外厩，江南金锡不为用，西蜀丹青不为采。所以饰后宫，充下陈，娱心意，说耳目者，必出于秦然后可，则是宛珠之簪，傅玑之珥，阿缟之衣，锦绣之饰不进于前；而随俗雅化，佳冶窈窕赵女不立于侧也。夫击瓮叩缶，弹筝搏髀而歌呼呜呜快耳者，真秦之声也。郑卫桑间、《韶虞》《武象》者，异国之乐也。今弃击瓮叩缶而就郑卫，退弹筝而取《韶虞》，若是者何也？快意当前，适观而已矣。今取人则不然。不问可否，不论曲直，非秦者去，为客者逐。然则是所重者在乎色乐珠玉，而所轻者在乎人民也。此非所以跨海内、制诸侯之术也。

臣闻地广者粟多，国大者人众，兵强则士勇。是以泰山不让土壤，故能成其大；河海不择细流，故能就其深；王者不却众庶，故能明其德。是以地无四方，民无异国，四时充美，鬼神降福，此五帝三王之所以无敌也。今乃弃黔首以资敌国，却宾客以业诸侯，使天下之士退而不敢西向，裹足不入秦，此所谓借寇兵而赍盗粮者也。夫物不产于秦，可宝者多；士不产于秦，而愿忠者众。今逐客以资敌国，损民以益雠，内自虚而外树怨于诸侯，求国无危，不可得也。

秦王乃除逐客之令，复李斯官，卒用其计谋，二十余年，竟并天下，尊王为皇帝，以斯为丞相，一法度衡石丈尺，车同轨，书同文字。于是始皇乃遂上泰山，立石，封祠祀；并渤海以东，穷成山，登之罘；南登琅琊，作琅琊台；北之碣石，东南上会稽，望于南海，所至立石，刻颂秦德，以明得意，其文多出李斯手。其《会稽石刻》文曰：

皇帝休烈，平一宇内，德惠修长。卅有七年，亲巡天下，周览远方。遂登会稽，宣省习俗，黔首斋庄。群臣颂功，本原事迹，追道高明。秦圣临国，始定刑名，显陈旧章。初平法式，审别职任，以立恒常。六王专倍，贪戾慠猛，率众自强。暴虐恣行，负力而骄，数动甲兵。阴通闲使，以事合纵，行为辟方。内饰诈谋，外来侵边，遂起祸殃。义威诛之，殄熄暴悖，乱贼灭亡。圣德广密，六合之中，泽被无疆。皇帝并宇，兼听万事，远近毕清。运理群物，考验事实，各载其名。贵贱并通，善否陈前，靡有隐情。饰省宣义，有子而嫁，倍死不贞。防隔内外，禁止淫泆，男女絜诚。夫为寄豭，杀之无罪，男秉义程。妻为逃嫁，子不得母，咸化廉清。大治濯俗，天下承风，蒙被休经。皆遵轨度，和安敦勉，莫不顺令。黔首修洁，人乐同则，嘉保太平。后敬奉法，常治无极，舆舟不倾。从臣诵烈，请刻此石，光垂休铭。

三句为韵，泰山、之罘、碣石诸刻石皆然，惟《琅琊台刻石》二句取韵，略与三百篇同耳。

第三编
中 古 文 学

第一章　发　　凡

由汉至隋，文章迁变，昭然可征者，约有四焉。

西汉代兴，文区二体：赋、颂、箴、铭，源出于文者也；论、辩、书、疏，源出于语者也。观邹邹阳枚枚乘枚皋扬扬雄马司马相如之流，咸工作赋，沉思翰藻，不歌而诵，旁及箴、铭、骚、七，咸属有韵之文。若贾生作论，史迁报书，刘向、匡衡之献疏，虽记事记言，昭书简册，不欲操觚率尔，或加润色之功；然大抵皆单行之语，不杂骈俪之辞；或出语雄奇，或行文平实，咸能抑扬顿挫，以期语意之爽朗。东京以降，论、辩、书、疏诸作，亦杂用排体，往往以单行之语，运排偶之辞，而奇偶相生，致文体迥殊于西汉。建安之世，七子继兴，偶有撰著，悉以排偶易单行。即非有韵之文，亦用偶文之体，而华靡之作，遂开四六之先，而文体一归于骈俪。由歧趋一，其迁变者一也。

西汉攸作，纵笔所至，故句法长短错综，不拘一格；或以数十字成一句，或以二三字成一句，而形容事物，神理毕出，如贾谊论奏，《史记》纪传是也。东汉之文，句法渐有定式，研炼而出以简化；往往以四字成一语。而魏代之文，则合二语成一意。或上句用四字，下句用六字；或上句用六字，下句用四字；或上句下句皆用四字，而上联咸与下联成对偶，诚以非此不能尽其意也。由复趋简，其迁变者二也。

西汉之时，虽骚赋之韵文，而对偶之法未严。其为文章，或此段与彼段互为对偶之词，以成排比之体；或一句之中，以上半句对下半句，皆得谓之偶文，非拘于用同一之句法也，亦非拘拘于用一定之声律也。东汉则字句之间，渐互对偶。若魏代之体，则又以声色相矜，以藻绘相饰，虽多华靡，尚有清气。至晋宋以降，靡曼纤冶，则又偏重辞华矣。由散趋整，其迁变者三也。

西汉文人，若扬马之流，类皆湛深小学，故相如作《凡将篇》，而子云亦作《方言》；故选辞遣字，亦能古训是式，沉博典丽，注之者既备述典章，笺之者复详征诂故。非明六书假借之用者，不能通其辞。东汉文苑，既与儒林分列，故文辞古奥，远逊西京。魏代之文，则奇字古文，用者甚少，语意易明，而无俟后儒之解诂。由奥趋显，其迁变者四也。

又不仅是。古者朝有典谟，官存法令，风诗采之闾里，敷奏登之庙堂，未有人自为书，家存一说者也。古人之言，所以为公也，未尝矜于文辞而私据为己有也。六经者，三代盛时典章法度见于政教行事之实，而非圣人有意作为文字以传后世也。自治学分途，百家风起，周秦诸子，不胜纷纭，识者已病大道之裂矣。然而诸子思以其学易天下，固将以其所谓道者争天下之莫可加。而语言文字，未尝私其所出也，又苟足显其业而可以传授于其徒，则其说亦遂止于是，而未尝有参差庞杂之文也。两汉文章渐富，为著作之始衰。然贾生奏议，编入新书；相如辞赋，但记目录。皆成一家之言，与诸子不甚相远。初未尝有汇次诸体，裒次而为文集者也。自东京以降，讫乎建安、黄初之间，文章繁矣。然范晔《后汉书》、陈寿《三国志》所次文士诸传，识其文笔，皆云"所著诗、赋、碑、箴、颂、诔若干篇"，而不云"文集若干卷"；则文集之实已具，而文集之名犹未立也。晋挚虞创为《文章流别集》，学者便之。于是别聚古人之作，标为别集。则文集之名，实仿于晋代。然挚虞《文章流别集》，乃是后人集前人。人自为集，自齐之王文宪俭集始。而集之为言，辞章不专家，而萃聚文墨以为龙蛇之菹也。经学不专家，而文集有经义。史学不专家，而文集有碑传。诸子不专家，而文集有论辩。由专而杂，由公而私，亦文章得失之林也。具以冠于篇。

第二章　西　　汉

第一节　发　　凡

汉兴，去古未远，其文章盖战国之余波也。大要不出三派：其一，高帝之世，有蒯通、郦生、娄敬；迄于汉武，主父偃、徐乐、严安之伦，因势合变，抵掌而谈，以干时主，《国策》之尾闾也。其二，陆贾说高祖马上得之，不可以马上治，著秦所以失，汉所以得。文帝时有颍川贾山、洛阳贾谊、颍川鼂错，达于奏议，而根切理要，语有据依。至武帝兴贤良，董仲舒对策言天人相与之际，弥纶群言，诸子之遗意也。其三，高祖好楚声，当世多化之。武帝尤喜《楚辞》，使淮南王为《离骚》作传。《七发》造于枚乘，借吴、楚以为客主。如朱买臣等，多以能为《楚辞》进。相如独变其体，益为恢诡广博无涯涘。摛藻扬葩，篇章不匮，《楚骚》之遗音也。三者之为文不同，而尚气善辩，辞意铿訇，要得战国纵横之意，则无乎不同。然则《国策》者，尤西汉文章之根极乎。及司马迁厥协六经异传，整齐百家杂语，为《太史公书》百三十篇，盖尝见意于《屈原列传》，隐以自喻，谓："信而见疑，忠而被谤，能无怨乎？屈平之作《离骚》，盖自怨生也。《国风》好色而不淫，《小雅》怨诽而不乱，若《离骚》者，可谓兼之矣。上称帝喾，下道齐桓，中述汤武，以刺世事。明道德之广崇，治乱之条贯，靡不毕见。"及至自序其著书之意，亦自以遭李陵之祸，意有所郁结不得通，故述往事，思来者，于是卒述陶唐以来，至于麟止；则亦依仿《离骚》而作，特得其意而不必袭其辞。

若论其辞，则犹《国策》纵横之体耳！是以太史公文兼括六艺百家之旨，变化捭阖，不可方物；第论其惨怛之情，抑扬之致，则得于《诗》三百篇及《离骚》居多。而学《离骚》，得其情者为太史公，得其辞者为司马相如；史公善用奇，而衍上古之语，以开唐宋八家之古文；相如媲于偶，而衍上古之文，以成汉魏六朝之骈文，标然特出，号两司马，并驾齐足，模楷百代，盖后世韵散文大宗也。而辞赋得楚《骚》之怨悱，议论如战国之纵横，先两司马而驰誉，冠东西京而首出，兼能并美，迭用奇偶者，莫如贾谊。

第二节 贾谊附贾山 鼂错 董仲舒

贾谊，洛阳人。年十八，以能诵诗书属文，河南守吴公召置门下。文帝初立，闻吴公治平为天下第一，征为廷尉。廷尉乃言谊年少，颇通诸子百家之书，文帝召以为博士，年二十余，最为少。每诏令议下，诸老先生未能言，贾生尽为之对，人人各如其意所出。文帝悦之，一岁之中，超迁至大中大夫。既而为绛、灌、东阳侯冯敬之属嫉毁，出为长沙王太傅。谊意不自得，及渡湘水，为赋以吊屈原，盖以自谕也。谊之文，不为雕饰，而疏俊瑰伟，仍战国之逸响。观其《陈政事疏》《上疏请封建子弟》及《过秦论》，得《国策》之雄肆，而出以明允笃诚，不斅苏张之侈诞诙戏。《鹏鸟赋》《惜誓》及《吊屈原文》，有楚《骚》之哀激，而抒为绚明切当，微逊屈宋之瑰丽缠绵。昔人称《骚经》《九章》朗丽以哀志。谊之学《骚》，哀志则然矣，盖有其朗而无其丽者乎。谊以汉兴至文帝二十余年，仍袭秦故，而未能明仁义，乃作《过秦论》以见意。

《过秦论》上：

秦孝公据殽函之固，拥雍州之地，君臣固守，以窥周室，有席卷天下、包举宇内、囊括四海之意，并吞八荒之心。当是时，商君佐之，内立法度，务耕织，修守战之备；外连衡而斗诸侯，于是秦人拱手而取西河之外。孝公既没，惠王、武王蒙故业，因遗册，南兼汉中，西举巴蜀，东割膏腴之地，北收要害之郡。诸侯恐惧，会盟而谋弱秦，不爱珍器重宝肥美之地，以致天下之士，合从缔交，相与为一。当是时，齐有孟尝，赵有平原，楚有春申，魏有信陵，此四君者，皆明知而忠信，宽厚而爱人，尊贤重士，约从离横，并韩、魏、燕、楚、齐、赵、宋、卫、中山之众。于是六国之士，有宁越、徐尚、苏秦、杜赫之属为之谋，齐明、周最、陈轸、昭滑、楼缓、翟景、苏厉、乐毅之徒通其意，吴起、孙膑、带佗、儿良、王廖、田忌、廉颇、赵奢之伦制其兵。尝以十倍之地，百万之众，叩关而攻秦。秦人开关延敌，九国之师逡巡遁逃而不敢进。秦无亡矢遗镞之费，而天下诸侯已困矣。于是从散约解，争割地而奉秦。秦有余力而制其敝，追亡逐北，伏尸百万，流血漂卤，因利乘便，宰割天下，分裂河山，强国请服，弱国入朝。延及孝文王、庄襄王，享国日浅，国家无事。及至秦王，续六世之余烈，振长策而御宇内，吞二周而亡诸侯，履至尊而制六合，执棰拊以鞭笞天下，威振四海。南取百越之地，以为桂林、象郡，百越之君俯首系颈，委命下吏。乃使蒙恬北筑长城而守藩篱，却匈奴七百余里，胡人不敢南下而牧马，士不敢弯弓而报怨。于是废先王之道，焚百家之言，以愚黔首。堕名城，杀豪俊，收天下之兵，聚之咸阳，销锋铸鐻，以为金人十二，以弱黔首之民。然后斩华为城，因河为池，据亿丈之城，临不测之溪以为固。良将劲弩守要害之处，信臣精卒陈利兵而谁何。天下已定，秦王之心，自以为关中之固，金城千里，子孙帝王万世之业也。秦王既没，余威震于殊俗。

陈涉瓮牖绳枢之子，甿隶之人，而迁徙之徒也。才能不及中人，非有仲尼、墨翟之贤，陶朱、猗顿之富，蹑足行伍之间，而倔起什伯之中，率罢散之卒，将数百之众，转而攻秦。斩木为兵，揭竿为旗，天下云集响应，赢粮而景从，山东豪俊遂并起而亡秦族矣。且夫天下非小弱也，雍州之地，殽函之固，自若也。陈涉之位，非尊于齐、楚、燕、赵、韩、魏、宋、卫、中山之君；锄耰棘矜，非铦于钩戟长铩也；谪戍之众，非抗于九国之师；深谋远虑，行军用兵之道，非及曩时之士也。然而成败异变，功业相反也。试使山东之国，与陈涉度长絜大，比权量力，则不可同年而语矣！然秦以区区之地，致万乘之权，招八州而朝同列，百有余年矣。然后以六合为家，殽函为宫。一夫作难而七庙隳，身死人手，为天下笑者，何也？仁义不施而攻守之势异也。

《过秦论》中：

秦并海内，兼诸侯，南面称帝，以养四海。天下之士斐然乡风，若是者何也？曰：近古之无王者久矣。周室卑微，五霸既没，令不行于天下，是以诸侯力政，强侵弱，众暴寡，兵革不休，士民罢敝。今秦南面而王天下，是上有天子也。既元元之民，冀得安其性命，莫不虚心而仰上。当此之时，守威定功，安危之本，在于此矣。秦王怀贪鄙之心，行自奋之智，不信功臣，不亲士民；废王道，立私权；禁文书而酷刑法，先诈力而后仁义，以暴虐为天下始。夫并兼者高诈力，安定者贵顺权，此言取与守不同术也。秦离战国而王天下，其道不易，其政不改，是其所以取之守之者异也。孤独而有之，故其亡可立而待。借使秦王计上世之事，并殷周之迹，以制御其政，后虽有淫骄之主，而未有倾危之患也。故三王之建天下，名号显美，功业长久。

今秦二世立，天下莫不引领而观其政。夫寒者利短褐，而饥者甘糟糠，天下之嗷嗷，新主之资也，此言劳民之易为仁也。乡使二世有庸主之行而任忠贤，臣主一心而忧海内之患，缟素而正先帝之过，裂地分民以封功臣之后，建国立君以礼天下，虚囹圄而免刑戮，除去收帑污秽之罪，使各反其乡里；发仓廪，散财币，以振孤独穷困之士，轻赋少事，以佐百姓之急，约法省刑，以持其后。使天下之人皆得自新，更节修行，各慎其身，塞万民之望，而以威德与天下,天下集矣。即四海之内,皆欢然各自安乐其处,惟恐有变。虽有狡猾之民,无离上之心,则不轨之臣,无以饰其智,而暴乱之奸止矣。二世不行此术,而重之以无道,坏宗庙与民,更始作阿房宫;繁刑严诛,吏治刻深;赏罚不当,赋敛无度;天下多事,吏弗能纪;百姓困穷,而主弗收恤。然后奸伪并起,而上下相遁,蒙罪者众,刑戮相望于道,而天下苦之。自君卿以下,至于众庶,人怀自危之心,亲处穷苦之实,咸不安其位,故易动也。是以陈涉不用汤武之贤,不借公侯之尊,奋臂于大泽,而天下响应者,其民危也。故先王见始终之变,知存亡之机。是以牧民之道,务在安之而已。天下虽有逆行之臣,必无响应之助矣。故曰:"安民可与行义,而危民易与为非。"此之谓也。贵为天子,富有天下,身不免于戮杀者,正倾非也。是二世之过也。

《过秦论》下:

秦并兼诸侯,山东三十余郡,缮津关,据险塞,修甲兵而守之。然陈涉以戍卒散乱之众数百,奋臂大呼,不用弓戟之兵,锄耰白梃,望屋而食,横行天下。秦人阻险不守,关梁不阖,长戟不刺,强弩不射。楚师深入,战于鸿门,曾无藩篱之限。于是山东大扰,诸侯并起,豪俊相立。秦使章邯将而东征,章邯因以三军之众,要市于外,以谋其上。群臣之不信,可见于此矣。子婴立,遂不寤。借使子婴有庸主之才,仅得中佐,山东虽乱,秦之地可全而有,宗庙之祀,未当绝也。

秦地被山带河以为固,四塞之国也。自缪公以来,至于秦王,二十余君,常为诸侯雄,岂世世贤哉?其势居然也。且天下尝同心并力而攻秦矣。当此之世,贤智并列,良将行其师,贤相通其谋,然困于阻险而不能进,秦乃延入战而为之开关,百万之徒,逃北而遂坏,岂勇力智慧不足哉?形不利,势不便也。秦小邑并大城,守险塞而军,高垒毋战,闭关据扼,荷戟而守之。诸侯

> 起于匹夫,以利合,非有素王之行也。其交未亲,其下未附,名为亡秦,其实利之也。彼见秦阻之难犯也,必退师。安土息民以待其敝,收弱扶罢以令大国之君,不患不得意于海内。贵为天子,富有天下,而身为禽者,其救败非也。秦王足己不问,遂过而不变。二世受之,因而不改,暴虐以重祸。子婴孤立无亲,危弱无辅。三主惑而终身不悟,亡,不亦宜乎?
>
> 当此时也,世非无深虑知化之士也,然所以不敢尽忠拂过者,秦俗多忌讳之禁,忠言未卒于口,而身为戮殁矣。故使天下之士,倾耳而听,重足而立,钳口而不言。是以三主失道,忠臣不敢谏,智士不敢谋,天下已乱,奸不上闻,岂不哀哉!先王知壅蔽之伤国也,故置公卿大夫士,以饰法设刑而天下治。其强也,禁暴诛乱而天下服;其弱也,五伯征而诸侯从;其削也,内守外附而社稷存。故秦之盛也,繁法严刑而天下震;及其衰也,百姓怨望而海内畔矣。故周王序得其道,而千余岁不绝。秦本末并失,故不长久。由此观之,安危之统,相去远矣。野谚曰:"前事之不忘,后事之师也。"是以君子为国,观之上古,验之当世,参以人事,察盛衰之理,审权势之宜,去就有序,变化有时。故旷日长久,而社稷安矣。

谊《陈政事疏》,开首自陈:"验之往古,按之当今之务。"而《过秦论》入后亦云:"观之上古,验之当世。"陈古以刺今,亦谊之所以学屈原。《史记·屈原列传》历叙《离骚》:"上称帝喾,下道齐桓,中述汤武,以刺世事,明道德之广崇,治乱之条贯,靡不毕见。"是即谊所谓"观之上古,验之当世"也。不过屈原文繁而辞微,而在贾生,事核而义明,故能气往轹古,辞来切今。世传有贾谊《新书》。

同时有贾山者,颍川人也,议论激切,善指事意。上书文帝,言治乱之道,名曰《至言》,借秦为谕,亦贾生《过秦》之指。其文去战国未远,疏荡有奇气,而不用绳墨。然语极醇实,不同苏、张之浮夸;气又宏肆,亦异秦文之瘦硬;敷陈往古,掎挈当时,根极理要,而出以博辩,略似《荀子》，而跌宕昭彰过之。

鼂错，亦颍川人，学申、商刑名于轵张恢生所，为人峭直刻深。文帝时，拜太子家令，以其辩得幸太子。太子家号曰智囊。是时匈奴强，数寇边，文帝发兵以御之。而错上书言兵事；言守边备塞，务农力本，当世急务二事；复言募民徙塞下，重农贵粟。大抵酌古以御今，指事类情，辨析疏通；然瘦硬而未雄，裁核而不肆，未能如贾山、贾谊之辞气铿訇，使人精神振发，盖于法家为近，而贾山、贾谊则博辩似纵横家。盖贾山、贾谊以儒者而兼纵横，急言竭论，略近孟荀。而鼂错则以法家而兼兵农，开塞耕战，一同商韩。其《重农贵粟书》曰：

圣王在上而民不冻饥者，非能耕而食之，织而衣之也，为开其资财之道也。故尧禹有九年之水，汤有七年之旱，而国亡捐瘠者，以蓄积多而备先具也。今海内为一，土地人民之众，不避汤禹；加以亡天灾数年之水旱，而蓄积未及者，何也？地有遗利，民有余力，生谷之土未尽垦，山泽之利未尽出也，游食之民未尽归农也。民贫则奸邪生。贫生于不足，不足生于不农，不农则不地著，不地著则离乡轻家，民如鸟兽，虽有高城深池，严法重刑，犹不能禁也。夫寒之于衣，不待轻暖；饥之于食，不待甘旨；饥寒至身，不顾廉耻。人情一日不再食则饥，终岁不制衣则寒。夫腹饥不得食，肤寒不得衣，虽慈母不能保其子，君安能以有其民哉？明主知其然也，故务民于农桑，薄赋敛，广蓄积，以实仓廪，备水旱，故民可得而有也。民者，在上所以牧之，趋利如水走下，四方亡择也。夫珠玉金银，饥不可食，寒不可衣；然而众贵之者，以上用之故也。其为物轻微易藏，在于把握，可以周海内而亡饥寒之患。此令臣轻背其主，而民易去其乡，盗贼有所劝，亡逃得轻赍也。粟米布帛，生于地，长于时，聚于力，非可一日成也。数石之重，中人弗胜，不为奸邪所利；一日弗得，而饥寒至。是故明君贵五谷而贱金玉。

今农夫五口之家，其服役者不下二人，其能耕者不过百亩。

百亩之收,不过百石。春耕夏耘,秋获冬藏,伐薪樵,治官府,给徭役,春不得避风尘,夏不得避暑热,秋不得避阴雨,冬不得避寒冻,四时之间,亡日休息;又私自送往迎来,吊死问疾,养孤长幼在其中。勤苦如此,尚复被水旱之灾。急政暴虐,赋敛不时,朝令而暮改。当其有者半贾而卖,亡者取倍称之息,于是有卖田宅、鬻子孙以偿责者矣。而商贾大者积贮倍息,小者坐列贩卖,操其奇赢,日游都市,乘上之急,所卖必倍。故其男不耕耘,女不蚕织;衣必文采,食必粱肉;亡农夫之苦,有仟佰之得。因其富厚,交通王侯,力过吏势,以利相倾;千里游敖,冠盖相望,乘坚策肥,履丝曳缟。此商人所以兼并农人,农人所以流亡者也。今法律贱商人,商人已富贵矣;尊农夫,农夫已贫贱矣。故俗之所贵,主之所贱也;吏之所卑,法之所尊也。上下相反,好恶乖迕,而欲国富法立,不可得也。

方今之务,莫若使民务农而已矣。欲民务农,在于贵粟。贵粟之道,在于使民以粟为赏罚。今募天下,入粟县官,得以拜爵,得以除罪。如此富人有爵,农民有钱,粟有所渫。夫能入粟以受爵,皆有余者也。取于有余,以供上用,则贫民之赋可损,所谓损有余,补不足,令出而民利者也。顺于民心,所补者三:一曰主用足,二曰民赋少,三曰劝农功。今令,民有车骑马一匹者,复卒三人。车骑者,天下武备也,故为复卒。《神农之教》曰:"有石城十仞,汤池百步,带甲百万,而亡粟,弗能守也。"以是观之,粟者,王者大用,政之本务。令民入粟受爵,至五大夫以上,乃复一人耳,此其与骑马之功相去远矣。爵者,上之所擅,出于口而亡穷。粟者,民之所种,生于地而不乏。夫得高爵与免罪,人之所甚欲也。使天下人入粟于边,以受爵免罪,不过三岁,塞下之粟必多矣。

《商君书·农战》曰:"国之所以兴者,农战也。"又《算地》曰:"故民生则计利,死则虑名;名利之所出,不可不审也。利出于地,则民尽力;名出于战,则民致死。入使民尽力,则草不荒;出使民致死,则胜敌。

胜敌而草不荒，则富强之功可立而致也。”韩非子曰：“孔墨不耕耨，则国何得焉。曾史不战攻，则国何利焉。”盖亦推本《商君书》，而为错之学所自出焉。对贤良策，始于错，其文不传，而广川董仲舒独以《贤良对策》擅名于千古！

仲舒少治春秋，为博士，下帷讲诵，三年不窥园，而进退容止，非礼不行，学士皆师尊之。及武帝即位，诏举贤良方正直言极谏之士，亲策问之。仲舒为对，推颂孔子，抑黜百家，立学校之官，州郡举茂才孝廉，皆自仲舒此对发之。其辞曰：

> 陛下发德音，下明诏，求天命与情性，皆非愚臣之所能及也。臣谨按《春秋》之中，视前世已行之事，以观天人相与之际，甚可畏也！国家将有失道之败，而天乃先出灾害以谴告之，不知自省，又出怪异以警惧之；尚不知变，而伤败乃至，以此见天心之仁爱人君而欲止其乱也。自非大亡道之世者，天尽欲扶持而全安之。事在强勉而已矣。强勉学问，则闻见博，而知益明；强勉行道，则德日起而大有功，此皆可使还至而立有效者也。《诗》曰：“夙夜匪懈。”《书》云：“茂哉茂哉。”皆强勉之谓也。道者，所繇适于治之路也，仁义礼乐，皆其具也。故圣王已没，而子孙长久，安宁数百岁，此皆礼乐教化之功也。王者未作乐之时，乃用先王之乐宜于世者，而以深入教化于民。教化之情不得，《雅》《颂》之乐不成，故王者功成作乐，乐其德也。乐者，所以变民风，化民俗也。其变民也易，其化人也著，故声发于和而本于情，接于肌肤，藏于骨髓；故王道虽微缺，而管弦之声未衰也。夫虞氏之不为政久矣。然而乐颂遗风，犹有存者，是以孔子在齐而闻《韶》也。夫人君莫不欲安存而恶危亡。然而政乱国危者甚众，所任者非其人，而所繇者非其道，是以政日以仆灭也。夫周道衰于幽厉，非道亡也，幽厉不繇也。至于宣王，思昔先王之德，兴滞补弊，明文武之功业，周道粲然复兴，诗人美之而作。上天祐之，为生贤佐，后世称诵，至今不绝，此夙夜不懈行善之所致也。孔子曰：“人能

弘道，非道弘人也。”故治乱废兴在于己，非天降命不可得反，其所操持悖谬，失其统也。

臣谨按《春秋》之文，求王道之端，得之于正，正次王，王次春，春者天之所为也，正者王之所为也。其意曰：上承天之所为，而下以正其所为，正王道之端云尔。然则王者欲有所为，宜求其端于天。天道之大者在阴阳。阳为德，阴为刑，刑主杀而德主生。是故阳常居大夏，而以生育长养为事；阴常居大冬，而积于空虚不用之处，以此见天之任德不任刑也。天使阳出布施于上，而主岁功；使阴入伏于下，而时出佐阳。阳不得阴之助，亦不能独成岁终；阳以成岁为名，此天意也。王者承天意以从事，故任德教而不任刑。刑者不可任以治世，犹阴之不可任以成岁也。为政而任刑，不顺于天，故先王莫之肯为也。今废先王德教之官，而独任执法之吏治民，毋乃任刑之意欤？孔子曰：“不教而诛谓之虐。”虐政用于下，而欲德教之被四海，故难成也。

臣谨按《春秋》谓一元之意，“一”者物之所从始也，“元”者辞之所谓大也。谓“一”为“元”者，视大始而欲正本也。《春秋》深探其本而反自贵者始。故为人君者正心以正朝廷，正朝廷以正百官，正百官以正万民，正万民以正四方。四方正，远近莫敢不一于正，而亡有邪气奸其间者。是以阴阳调而风雨时，群生和而万民殖，五谷熟而草木茂。天地之间，被润泽而大丰美；四海之内，闻盛德而皆徕臣；诸福之物，可致之祥，莫不毕至，而王道终矣。三王之教，所祖不同，而皆有失。或谓久而不易者，道也；意岂异哉？臣闻夫乐而不乱、复而不厌者谓之道。道者万世无弊，弊者道之失也。先王之道，必有偏而不起之处，故政有眊而不行，举其偏者以补其弊而已矣。三王之道，所祖不同，非其相反，将以救溢扶衰，所遭之变然也。故孔子曰：“无为而治者，其舜虖！”改正朔，易服色，以顺天命而已，其余尽循尧道，何更为哉？故王者有改制之名，亡变道之实。然夏上忠，殷上敬，周上文者，所继之救，当用此也。孔子曰："殷因于夏礼，所损益可知也。周因于殷礼，所损益可知也。其或继周者，虽百世可知也。"此言百世之用，以此三者矣。夏因于虞，而独不言"所损益"者，其道如一，而所上同也。道之大原出于天，天不变，道亦不变。是以禹继舜，舜继尧，三圣相受而守一道，亡救弊之政也，故不言其"所损益"也。繇是观之，继治世者其道同，继乱世者其道变。

今汉继大乱之后，若宜少损周之文，致用夏之忠者。陛下有明德嘉道，愍世俗之靡薄，悼王道之不昭，故举贤良方正之士，论谊考问，将欲兴仁谊之休德，明帝王之法制，建太平之道也。臣愚不肖，述所闻，诵所学，道师之言，廑能勿失尔。若乃论政事之得失，察天下之息耗，此大臣辅佐之职，三公九卿之任，非臣仲舒所能及也。然而臣窃有怪者：夫古之天下，亦今之天下；今之天下，亦古之天下，共是天下，古亦大治，上下和睦，习俗美盛，不令而行，不禁而止，吏无奸邪，民亡贼盗，囹圄空虚，德润草木，泽被四海，凤凰来集，麒麟来游，以古准今，壹何不相逮之远也？安所缪戾而陵夷若是？意者有所失于古之道与？有所诡于天之理与？试迹之古，返之于天，傥可得见乎？

夫天亦有所分予：予之齿者去其角，傅之翼者两其足，是所受大者，不得取小也。古之所予禄者，不食于力，不动于末，是亦受大者不得取小，与天同意者也。夫已受大，又取小，天不能足，而况人乎？此民之所以嚣嚣苦不足也。身宠而载高位，家温而食厚禄，因乘富贵之资力，以与民争利于下，民安能如之哉？是故众其奴婢，多其牛羊，广其田宅，博其产业，畜其积委，务此而亡已，以迫蹴民。民日削月朘，浸以大穷。富者奢侈羡溢，贫者穷急愁苦。穷急愁苦而上不救，则民不乐生；民不乐生，尚不避死，安能避罪。此刑罚之所以蕃，而奸邪不可胜者也。故受禄之家，食禄而已，不与民争业，然后利可均布，而民可家足。此上天之理，而亦太古之道，天子之所宜法以为制，大夫之所当循以为行也！故公仪子相鲁，之其家，见织帛，怒而出其妻；食于舍而茹葵，愠而拔其葵，曰："吾已食禄，又夺园夫红女利乎！"古之贤人君子，在列位者皆如是。是故下高其行而从其教，民化其廉而不贪鄙。

及至周室之衰，其卿大夫缓于谊而急于利，亡推让之风，而有争田之讼。故诗人疾而刺之曰："节彼南山，维石岩岩。赫赫师尹，民具尔瞻。"尔好谊，则民乡仁而俗善。尔好利，则民好邪而俗败。由是观之：天子大夫者，下民之所视效，远方之所四面而内望也。近者视而放之，远者望而效之，岂可以居贤人之位，而为庶人行哉！夫皇皇求财利，常恐乏匮者，庶人之意也。皇皇求仁义，常恐不能化民者，大夫之意也。《易》曰："负且乘，致寇至。"乘车者，君子之位也；负担者，小人之事也，此言居君子之位而为庶人之行者，其患祸必至也。若居君子之位，当君子之行，则舍公仪休之相鲁，亡可为者矣。

《春秋》大一统者，天地之常经，古今之通谊也。今师异道，人异论，百家殊方，指意不同，是以上亡以持一统，法制数变，下不知所守。臣愚以为诸不在六艺之科，孔子之术者，皆绝其道，勿使并进。邪辟之说灭息，然后统纪可一，而法度可明，民知所从矣。

大抵祖述《春秋》，观天人相与之际，以明王者有改制之名，无变道之实。其文雄骏不如贾生，辩挈亦逊鼌错，而纵笔之所之，气流墨中，不可以绳墨拘，划然轩昂，自仍战国纵横之体。然气象光昌，不同策士之支离构辞，诡激会巧。风恢恢而能远，流洋洋而不溢，王庭之美对也。于时，贾谊、鼌错、董仲舒以议著。枚乘、司马相如以辞赋显。

第三节　枚乘附李陵　苏武　司马相如

枚乘，字叔，淮阴人也，为吴王濞郎中。吴王怨望，谋为逆，乘上书谏，吴王不用，卒见擒灭，由是知名。景帝召拜乘为弘农都尉。乘久为大国上宾，与英俊并游，得其所好，不乐郡吏，去游梁。梁孝王客皆善属辞赋，乘尤高。孝王薨，乘归淮阴。武帝自为太子，闻乘名，及即位，乃以安车蒲轮征乘。其文有《七发》，遂创七体之格，而实赋之别子为祖也。辞曰：

楚太子有疾，而吴客往问之，曰："伏闻太子玉体不安，亦少闲乎？"太子曰："惫。谨谢客！"客因称曰："今时天下安宁，四宇和平；太子方富于年，意者久耽安乐，日夜无极，邪气袭逆，中若结轖；纷屯澹淡，嘘唏烦酲；惕惕怵怵，卧不得瞑；虚中重听，恶闻人声；精神越渫，百病咸生；聪明眩耀，悦怒不平；久执不废，大命乃倾。太子岂有是乎？"太子曰："谨谢客！赖君之力，时时有之，然未至于是也。"客曰："今夫贵人之子，必宫居而闺处。内有保母，外有傅父，欲交无所。饮食则温淳甘膬，腥醲肥厚；衣裳则杂遝曼暖，燂烁热暑。虽有金石之坚，犹将销铄而挺解也，况其在筋骨之间乎哉！故曰：'纵耳目之欲，恣支体之安者，伤血脉之和。'且夫出舆入辇，命曰蹷痿之机。洞房清宫，命曰寒热之媒。皓齿蛾眉，命曰伐性之斧。甘脆肥醲，命曰腐肠之药。今太子肤色靡曼，四支委随，筋骨挺解，血脉淫濯，手足惰窳。越女侍前，齐姬奉后，往来游宴，纵恣乎曲房隐闲之中，此甘餐毒药，戏猛兽之爪牙也。所从来者至深远，淹滞永久而不废，虽令扁鹊治内，巫咸治外，尚何及哉！今如太子之病者，独宜世之君子，博闻强识，承闲语事，变度易意，常无离侧，以为羽翼；淹沈之乐，浩唐之心，遁佚之志，其奚由至哉？"太子曰："诺。病已，请事此言。"客曰："今太子之病，可无药石针刺灸疗而已，可以要言妙道说而去也，不欲闻之乎？"太子曰："仆愿闻之。"

客曰："龙门之桐，高百尺而无枝。中郁结之轮菌，根扶疏以分离。上有千仞之峰，下临百丈之溪。湍流溯波，又澹淡之。其根半死半生。冬则烈风漂霰，飞雪之所激也；夏则雷霆霹雳之所感也；朝则鹂黄鳱鴠鸣焉，暮则羁雌迷鸟宿焉。独鹄晨号乎其上，鹍鸡哀鸣翔乎其下。于是背秋涉冬，使琴挚斫斩以为琴，野茧之丝以为弦，孤子之钩以为隐，九寡之珥以为约，使师堂操畅，伯子牙为之歌。歌曰：'麦秀蔪兮雉朝飞，向虚壑兮背槁槐，依绝区兮临回溪。'飞鸟闻之，翕翼而不能去；野兽闻之，垂耳而不能行；蚑蟜蝼蚁闻之，拄喙而不能前。此亦天下之至悲也，太子能强起听之乎?"太子曰："仆病未能也！"

客曰："刍牛之腴，菜以笋蒲。肥狗之和，冒以山肤。楚苗之食，安胡之饭，抟之不解，一啜而散。于是使伊尹煎熬，易牙调和。熊蹯之臑，勺药之酱。薄耆之炙，鲜鲤之鲙。秋黄之苏，白露之茹。兰英之酒，酌以涤口。山梁之餐，豢豹之胎。小饭大歠，如汤沃雪。此亦天下之至美也，太子能强起尝之乎?"太子曰："仆病未能也！"

客曰："钟岱之牡，齿至之车。前似飞鸟，后类距虚。穱麦服处，躁中烦外。羁坚辔，附易路。于是伯乐相其前后，王良、造父为之御，秦缺、楼季为之右。此两人者，马佚能止之，车覆能起之，于是使射千镒之重，争千里之逐。此亦天下之至骏也，太子能强起乘之乎?"太子曰："仆病未能也！"

客曰："既登景夷之台，南望荆山，北望汝海，左江右湖，其乐无有。于是使博辩之士，原本山川，极命草木，比物属事，离辞连类，浮游览观，乃下置酒于虞怀之宫，连廊四注。台城层构，纷纭玄绿。辇道邪交，黄池纡曲。溷章白鹭，孔雀鹓鹄，鹓雏䴔䴖，翠鬣紫缨。螭龙德牧，邕邕群鸣。阳鱼腾跃，奋翼振鳞。漃漻薵蓼，蔓草芳苓，女桑河柳，素叶紫茎。苗松豫章，条上造天，梧桐并榈，极望成林。众芳芬郁，乱于五风。从容猗靡，消息阳阴。列坐纵酒，荡乐娱心。景春佐酒，杜连理音。滋味杂陈，肴糅错该。练色娱目，流声悦耳。于是乃发激楚之结风，扬郑卫之皓乐，使先施、征舒、阳文、段干、吴娃、闾娵、傅予之徒，杂裾垂髾，目窕心与。揄流波，杂杜若，蒙清尘，被兰泽，嬿服而御。此亦天下之靡丽皓侈广博之乐也，太子能强起游乎?”太子曰:“仆病未能也!”

客曰:“将为太子驯骐骥之马，驾飞軨之舆，乘牡骏之乘；右夏服之劲箭，左乌号之雕弓；游涉乎云林，周驰乎兰泽，弭节乎江浔，掩青蘋，游清风，陶阳气，荡春心，逐狡兽，集轻禽。于是极犬马之才，困野兽之足，穷相御之智巧；恐虎豹，慴鸷鸟；逐马鸣镳，鱼跨麋角；履游麕兔，蹈践麖鹿；汗流沫坠，冤伏陵窘，无创而死者，固足充后乘矣! 此校猎之至壮也，太子能强起游乎?”太子曰:“仆病未能也!”然阳气见于眉宇之间，侵淫而上，几满大宅。客见太子有悦色也，遂推而进之曰:“冥火薄天，兵车雷运。旌旗偃蹇，羽旄肃纷，驰骋角逐，慕味争先。徼墨广博，望之有圻，纯粹牷牺，献之公门。”太子曰:“善! 愿复闻之!”客曰:“未既。于是榛林深泽，烟云暗莫，兕虎并作。毅武孔猛，袒裼身薄。白刃硙硙，矛戟交错。收获掌功，赏赐金帛。掩蘋肆若，为牧人席。旨酒嘉肴，羞炰脍炙，以御宾客。涌触并起，动心惊耳。诚必不悔，决绝以诺。贞信之色，形于金石。高歌陈唱，万岁无斁! 此真太子之所喜也，能强起而游乎?”太子曰:“仆甚愿从，直恐为诸大夫累耳。”然而有起色矣!

客曰:“将以八月之望，与诸侯远方交游，兄弟并往，观涛乎广陵之曲江。至则未见涛之形也，徒观水力之所到，则卹然足以骇矣。观其所驾轶者，所擢拔者，所扬汩者，所温汾者，所涤汔者，虽有心略辞给，固未能缕形其所由然也。怳兮忽兮，聊兮栗兮，混汩汩兮；忽兮怳兮，俶兮傥兮，浩瀇瀁兮，慌旷旷兮。秉意乎南山，通望乎东海。虹洞兮苍天，极虑乎涯涘。流揽无穷，归神日母。汩乘流而下降兮，或不知其所止。或纷纭其流折兮，忽缪往而不来。临朱汜而远逝兮，中虚烦而益怠。莫离散而发曙兮，内存心而自持。于是澡概胸中，洒练五藏，澹澉手足，頮濯发齿，揄弃恬怠，输写淟浊。分决狐疑，发皇耳目，当是之时，虽有淹病滞疾，犹将伸伛起躄，发瞽披聋而观望之也，况直眇小烦懑酲醲病酒之徒哉！故曰：发蒙解惑，不足以言也。”太子曰：“善！然则涛何气哉？”客曰：“不记也。然闻于师曰：似神而非者三。疾雷闻百里；江水逆流，海水上潮；山出内云，日夜不止。衍溢漂疾，波涌而涛起。其始起也，洪淋淋焉，若白鹭之下翔；其少进也，浩浩溰溰，如素车白马帷盖之张。其波涌而云乱，扰扰焉如三军之腾装；其旁作而奔起也，飘飘焉如轻车之勒兵。六驾蛟龙，附从太白。纯驰浩蜺，前后络绎。颙颙卬卬，椐椐强强，莘莘将将。壁垒重坚，沓杂似军行。訇隐匈磕，轧盘涌裔，原不可当。观其两旁，而滂渤怫郁，暗漠感突，上击下碑，有似勇壮之卒，突怒而无畏。蹈壁冲津，穷曲随隈，逾岸出追，遇者死，当者坏。初发乎或围之津涯，荄轸谷分，回翔青篾，衔枚檀桓，弭节伍子之山，通厉胥母之场，陵赤岸，篲扶桑，横奔似雷行。诚奋厥武，如振如怒。沌沌浑浑，状如奔马。混混庉庉，声如雷鼓。发怒庢沓，清升逾跇，侯波奋振，合战于藉藉之口。鸟不及飞，鱼不及回，兽不及走。纷纷翼翼，波涌云乱；荡取南山，背击北岸，覆亏丘陵，平夷西畔。险险戏戏，崩坏陂池，决胜乃罢。㳄汩潺湲，披扬流洒；横暴之极，鱼鳖失势，颠倒偃侧，沋沋湲湲，蒲伏连延。神物怪疑，不可胜言。直使人踣焉，洄暗凄怆焉。此天下怪异诡观也，太子能强起观之乎？”太子曰：“仆病未能也！”

客曰：“将为太子奏方术之士有资略者，若庄周、魏牟、杨朱、墨翟、便蜎、詹何之徒，使之论天下之精微，理万物之是非。孔老览观，孟子持筹而算之，万不失一。此亦天下要言妙道也，太子岂欲闻之乎？”于是太子据几而起曰：“涣乎若一听圣人辩士之言，涊然汗出，霍然病已！”

借吴楚以为客主，分条侈说，其中以最后观涛一段为穷态极研，惊心动魄；次游宴、校猎二段，亦绚发新丽，有声有色；起音乐一段，尚著意写；次滋味、车马二段，则平平；以后则一段浓似一段，至观涛而极；浓淡相间，节节顿挫；前后相映，弥臻瑰丽；而涤畅以任气，盖原本楚骚之詄丽，而旁参国策之纵横者。虽有甚泰之辞，而不没其讽谕之义；其大指在声色游观之娱视听，不如要言妙道之餍心志；而入后要言妙道一段，只寥寥数语，不如前七段声色游观之铺张扬厉者。盖行文之旨，全在裁制，无论细大，皆可驱遣。当其闲漫纤碎处，反宜动色而陈，凿凿娓娓，使读者见其关系，寻绎不倦。至大议论，人人能解者，不过数语发挥，关于含蓄。譬如渴虹饮水，霜隼搏空，瞥然一见，瞬息灭没，神力变态，转更夭矫。读枚乘《七发》而可参悟者也。自乘作《七发》，而后汉属文之士，若傅毅、张衡、崔骃、崔瑗、马融之徒，承其流而作之者纷焉，有《七激》、《七辩》、《七依》、《七苏》、《七广》之篇，或以恢大道而导幽滞，或以黜瑰奓而托讽咏，皆依仿于乘也。

诗之五言，亦始自乘，世传《古诗十九首》，《玉台新咏》以为出于乘者八篇，姑系于此。其辞曰：

> 行行重行行，与君生别离。相去万余里，各在天一涯。道路阻且长，会面安可知？胡马依北风，越鸟巢南枝。相去日已远，衣带日已缓。浮云蔽白日，游子不顾反。思君令人老，岁月忽已晚。弃捐勿复道，努力加餐饭！
>
> 青青河畔草，郁郁园中柳。盈盈楼上女，皎皎当窗牖；娥娥红粉妆，纤纤出素手。昔为倡家女，今为荡子妇。荡子行不归，空床难独守！
>
> 西北有高楼，上与浮云齐；交疏结绮窗，阿阁三重阶。上有弦歌声，音响一何悲！谁能为此曲，无乃杞梁妻？清商随风发，中曲正徘徊。一弹再三叹，慷慨有余哀。不惜歌者苦，但伤知音稀。愿为双鸣鹤，奋翅起高飞。
>
> 涉江采芙蓉，兰泽多芳草。采之欲遗谁？所思在远道。还顾望旧乡，长路漫浩浩。同心而离居，忧伤以终老。
>
> 庭中有奇树，绿叶发华滋。攀条折其荣，将以遗所思。馨香

盈怀袖，路远莫致之。此物何足贵，但感别经时。

迢迢牵牛星，皎皎河汉女。纤纤擢素手，札札弄机杼。终日不成章，泣涕零如雨。河汉清且浅，相去复几许。盈盈一水间，脉脉不得语。

东城高且长，逶迤自相属。回风动地起，秋草萋已绿。四时更变化，岁暮一何速！晨风怀苦心，蟋蟀伤局促。荡涤放情志，何为自结束！燕赵多佳人，美者颜如玉。被服罗裳衣，当户理清曲。音响一何悲，弦急知柱促。驰情整中带，沉吟聊踯躅。思为双飞燕，衔泥巢君屋。

明月何皎皎，照我罗床帏。忧愁不能寐，揽衣起徘徊。客行虽云乐，不如早旋归。出户独彷徨，愁思当告谁？引领还入房，泪下沾裳衣。

观其结体散文，直而不野，婉转附物，怊怅切情，实五言之冠冕也。其体原出于《国风》，盖比兴意多而出以柔厚，柔则意婉而不为倾泻，厚则味永而不同寒瘦。不能不言，而又不欲竟言，托物寓意，于是乎有比兴。特《国风》多四言之结体，而此为五言之开山。又《国风》语短而调缓，此则句长而弦促，凄激有余响，操调略似《楚骚》，或逊《国风》之雅意深笃。风会变迁，非缘人力也。

《古诗十九首》，自乘八篇外，其《冉冉孤生竹》一篇，《文心雕龙·明诗》以为东汉傅毅之作。而《青青陵上柏》、《今日良宴会》、《明月皎夜光》、《回车驾言迈》、《驱车上东门》、《去者日以疏》、《生年不满百》、《凛凛岁云暮》、《孟冬寒气至》、《客从远方来》十篇，则不知作者姓名，或以为桓帝灵帝时作。其辞曰：

青青陵上柏，磊磊涧中石。人生天地间，忽如远行客。斗酒相娱乐，聊厚不为薄。驱车策驽马，游戏宛与洛。洛中何郁郁，冠带自相索；长衢罗夹巷，王侯多第宅；两宫遥相望，双阙百余尺。极宴娱心意，戚戚何所迫！

今日良宴会，欢乐难具陈。弹筝奋逸响，新声妙入神。令德唱高言，识曲听其真。齐心同所愿，含意俱未申。人生寄一世，奄忽若飙尘，何不策高足，先据要路津！无为守穷贱，轗轲长苦辛。

明月皎夜光，促织鸣东壁。玉衡指孟冬，众星何历历。白露沾野草，时节忽复易；秋蝉鸣树间，玄鸟逝安适。昔我同门友，高举振六翮；不念携手好，弃我如遗迹。南箕北有斗，牵牛不负轭。良无盘石固，虚名复何益！

回车驾言迈，悠悠涉长道。四顾何茫茫，东风摇百草。所遇无故物，焉得不速老！盛衰各有时，立身苦不早。人生非金石，岂能长寿考。奄忽随物化，荣名以为宝。

驱车上东门，遥望郭北墓。白杨何萧萧，松柏夹广路。下有陈死人，杳杳即长暮；潜寐黄泉下，千载永不寤。浩浩阴阳移，年命如朝露。人生忽如寄，寿无金石固。万岁更相送，圣贤莫能度。服食求神仙，多为药所误。不如饮美酒，被服纨与素。

去者日以疏，生者日以亲。出郭门直视，但见丘与坟。古墓犁为田，松柏摧为薪。白杨多悲风，萧萧愁杀人。思还故里闾，欲归道无因。

生年不满百，常怀千岁忧。昼短苦夜长，何不秉烛游。为乐当及时，何能待来兹。愚者爱惜费，但为后世嗤。仙人王子乔，难可与等期。

凛凛岁云暮，蝼蛄夕鸣悲。凉风率已厉，游子寒无衣。锦衾遗洛浦，同袍与我违。独宿累长夜，梦想见容辉。良人惟古欢，枉驾惠前绥；愿得常巧笑，携手同车归。既来不须臾，又不处重闱。亮无晨风翼，焉能凌风飞。眄睐以适意，引领遥相睎。徙倚怀感伤，垂涕沾双扉。

孟冬寒气至，北风何惨栗。愁多知夜长，仰观众星列。三五明月满，四五蟾兔缺。客从远方来，遗我一书札：上言长相思，下言久离别。置书怀袖中，三岁字不灭。一心抱区区，惧君不识察。

客从远方来，遗我一端绮。相去万余里，故人心尚尔。文彩双鸳鸯，裁为合欢被；著以长相思，缘以结不解。以胶投漆中，谁能别离此！

低徊细诵，气调实与枚乘不同。盖乘之八篇，宛转附物，多美人香草之思，文温以丽。而此十篇，则意悲而激，惊心动魄，其妙处似质而腴，骨最苍，气最遒。以枚乘为况：乘妍冶饶姿态，此遒劲见骨力。乘所病儿女情多，此独臻风云气遒。大抵汉诗五言，杂有《国风》之温柔，楚《骚》之哀怨，而发之以边塞之凄厉悲壮，考之以七雄之纵横家气调，故不同风人之和雅，而亦异《楚辞》之缠绵，观于古诗及乘而可知矣。至于结言端直，而发音遒激者，其体盖出《小雅》也。

五言之作，枚乘而外，《文选》所引李陵诗尤著。陵与苏武友善。武使匈奴被系，而陵兵败，为匈奴执降。及武之归，陵以诗赠别，文多凄怨，自有清拔之气，激楚似《骚》，温厚如《诗》，与枚乘同一风格。凡三章，录其二章，辞曰：

良时不再至，离别在须臾。屏营衢路侧，执手野踟蹰。仰视浮云驰，奄忽互相逾。风波一失所，各在天一隅。长当从此别，且复立斯须。欲因晨风发，送子以贱躯。

携手上河梁，游子暮何之。徘徊蹊路侧，悢悢不得辞。行人难久留，各言长相思。安知非日月，弦望自有时？努力崇明德，皓首以为期。

篇无警句，句无切响，而自然高亮，如秋雁唳空；情韵不匮，音响有余；意悲而远，惊心凄魄！

任昉《文章缘起》、钟嵘《诗品》标李陵为五言宗，而不言苏武，刘勰《文心雕龙·明诗》篇云："李陵、班婕妤见疑于后代。"亦无苏武，而世传古诗四章，出之苏武，录其三章，辞曰：

黄鹄一远别，千里顾徘徊；胡马失其群，思心常依依。何况双飞龙，羽翼临当乖。幸有弦歌曲，可以喻中怀。请为游子吟，泠泠一何悲；丝竹厉清声，慷慨有余哀。长歌正激烈，中心怆以摧。欲展清商曲，念子不能归。俯仰内伤心，泪下不可挥。愿为双黄鹄，送子俱远飞。

结发为夫妻，恩爱两不疑。欢娱在今夕，嬿婉及良时。征夫怀往路，起视夜何其。参辰皆已没，去去从此辞。行役在战场，相见未有期。握手一长叹，泪为生别滋。努力爱春华，莫忘欢乐时！生当复来归，死当长相思。

烛烛晨明月，馥馥我兰芳。芬馨良夜发，随风闻我堂。征夫怀远路，游子恋故乡。寒冬十二月，晨起践严霜。俯观江汉流，仰视浮云翔。良友远离别，各在天一方；山海隔中州，相去悠且长。嘉会难再遇，欢乐殊未央。愿君崇令德，随时爱景光。

玩其词旨，亦系送别，非答李陵，而语多相袭。李陵第一首“良时不再至，离别在须臾”，苏武第三首“结发为夫妻，恩爱两不疑。欢娱在今夕，嬿婉及良时”四句，即从之化出。特李用赋，苏比兴；李激切，苏婉深。李第一首“仰视浮云驰，奄忽互相逾；风波一失所，各在天一隅”，苏第四首“俯观江汉流，仰视浮云翔，良友远离别，各在天一方”，辞意雷同，尤属显然。而苏第二首“黄鹄一远别，千里顾徘徊”六句，从李第一首“长当从此别，且复立斯须”脱胎。特李直赋，苏比兴。“愿为双黄鹄，送子俱远飞”，从李第一首“欲因晨风发，送子以贱躯”脱胎，特李晨风，苏黄鹄。李以“努力崇明德”结三篇，苏以“愿君崇令德”结四篇。当是后人拟李作而托之苏乎？特李雕润恨少，无惭清劲；而苏才章富健，厥旨渊放。李则气过其文，而苏质有其文。以此而论，苏为长矣。拟古之作，得未曾有。

司马相如，字长卿，蜀郡成都人；以赀为郎，事景帝为散骑常侍，非其好也。是时梁孝王来朝，从辞赋之士邹阳、枚乘之徒，相如见而悦之，因病免，客游梁，得与诸侯游士居。数岁，乃著《子虚》之赋。蜀人杨得意为狗监，侍武帝。帝读《子虚赋》而善之，曰："朕独不得与此人同时哉！"得意曰："臣邑人司马相如自言为此赋。"帝惊，乃召问相如。相如曰："有是。然此乃诸侯之事，请为天子游猎之赋。"帝令尚书给笔札。相如以子虚，虚言也，为楚称；乌有先生者，乌有此事也，为齐难；亡是公者，亡是人也，欲明天子之义，故虚借此三人为辞，因以讽谏。其辞曰：

楚使子虚使于齐。王悉发车骑，与使者出畋。畋罢，子虚过奼乌有先生，亡是公存焉。坐定，乌有先生问曰："今日畋乐乎？"子虚曰："乐。""获多乎？"曰："少。""然则何乐？"对曰："仆乐齐王之欲夸仆以车骑之众，而仆对以云梦之事也。"曰："可得闻乎？"子虚曰："可！王车驾千乘，选徒万骑，畋于海滨；列卒满泽，罘网弥山，掩兔辚鹿，射麋脚麟；骛于盐浦，割鲜染轮；射中获多，矜而自功，顾谓仆曰：'楚亦有平原广泽游猎之地，饶乐若此者乎？楚王之猎，孰与寡人乎？'仆下车对曰：'臣，楚国之鄙人也，幸得宿卫十有余年，时从出游，游于后园，览于有无，然犹未能遍睹也；又焉足以言其外泽乎？'齐王曰：'虽然，略以子之所闻见而言之。'仆对曰：'唯唯！'

'臣闻楚有七泽，尝见其一，未睹其余也。臣之所见，盖特其小小者耳，名曰云梦。云梦者，方九百里，其中有山焉。其山则盘纡岪郁，隆崇嵂崒；岑崟参差，日月蔽亏；交错纠纷，上干青云；罢池陂陀，下属江河。其土则丹青赭垩，雌黄白坿，锡碧金银，众色炫耀，照烂龙鳞。其石则赤玉玫瑰，琳瑉昆吾；瑊玏玄厉，碝石碔砆。其东则有蕙圃：衡兰芷若，芎䓖菖蒲；江蓠蘪芜，诸柘巴苴。其南则有平原广泽：登降陁靡，案衍坛曼；缘以大江，限以巫山。其高燥则生葴菥苞荔，薛莎青薠；其埤湿则生藏莨蒹葭，东蘠雕胡，莲藕觚卢，庵闾轩于，众物居之，不可胜图。其西则有涌泉清池，激水推移，外发芙蓉菱华，内隐巨石白沙。其中则有神龟蛟鼍，瑇瑁鳖鼋。其北则有阴林，其树楩柟豫章，桂椒木兰，檗离朱杨，樝梨梬栗，橘柚芬芳。其上则有鹓雏孔鸾，腾远射干。其下则有白虎玄豹，蟃蜒貙犴。于是乎乃使剸诸之伦，手格此兽。

楚王乃驾驯驳之驷，乘雕玉之舆，靡鱼须之桡旃，曳明月之珠旗，建干将之雄戟，左乌号之雕弓，右夏服之劲箭。阳子骖乘，孅阿为御。案节未舒，即陵狡兽：蹴蛩蛩，辚距虚，轶野马，韢陶駼，乘遗风，射游骐，倏眒倩浰，雷动猋至，星流霆击；弓不虚发，中必决眦；洞胸达掖，绝乎心系；获若雨兽，揜草蔽地。于是楚王乃弭节徘徊，翱翔容与，览乎阴林，观壮士之暴怒，与猛兽之恐惧，徼𠨘受诎，殚睹众物之变态。

于是郑女曼姬，被阿緆，揄纻缟，杂纤罗，垂雾縠；襞积褰绉，纡徐委曲；郁桡溪谷，衯衯裶裶；扬袘戌削，蜚襳垂髾；扶舆猗靡，翕呷萃蔡，下靡兰蕙，上拂羽盖，错翡翠之威蕤，缪绕玉绥，眇眇忽忽，若神仙之仿佛。于是乃相与獠于蕙圃，媻姗勃窣，上乎金堤；揜翡翠，射鵔鸃；微矰出，孅缴施；弋白鹄，连驾鹅；双鸧下，玄鹤加。怠而后发，游于清池，浮文鹢，扬旌栧；张翠帷，建羽盖；罔瑇瑁，钩紫贝。摐金鼓，吹鸣籁；榜人歌，声流喝；水虫骇，波鸿沸；涌泉起，奔扬会，礧石相击，硠硠礚礚，若雷霆之声，闻乎数百里之外。将息獠者，击灵鼓，起烽燧，车按行，骑就队，缅乎淫淫，般乎裔裔。于是楚王乃登云阳之台，泊乎无为，澹乎自持，勺药之和，具而后御之。不若大王终日驰骋，曾不下舆，脟割轮焠，自以为娱。臣窃观之，齐殆不如。'于是齐王无以应仆也。"

乌有先生曰："是何言之过也？足下不远千里，来贶齐国。王悉发境内之士，备车骑之众，与使者出畋，乃欲戮力致获，以娱左右；何名为夸哉？问楚地之有无者，愿闻大国之风烈，先生之余论也。今足下不称楚王之德厚，而盛推云梦以为高，奢言淫乐而显侈靡，窃为足下不取也。必若所言，固非楚国之美也。无而言之，是害足下之信也。彰君恶，伤私义，二者无一可；而先生行之，必且轻于齐而累于楚矣。且齐东陼巨海，南有琅琊，观乎成山，射乎之罘，浮渤澥，游孟诸；邪与肃慎为邻，右以汤谷为界；秋田乎青丘，徬徨乎海外，吞若云梦者八九于其胸中，曾不蒂芥。若乃俶傥瑰玮，异方殊类，珍怪鸟兽，万端鳞崪；充牣其中，不可胜记。禹不能名，卨不能计。然在诸侯之位，不敢言游戏之乐，苑囿之大。先生又见客，是以王辞不复；何为无以应哉！"

亡是公听然而笑曰："楚则失矣；而齐亦未为得也。夫使诸侯纳贡者，非为财币，所以述职也。封疆画界者，非为守御，所以禁淫也。今齐列为东藩，而外私肃慎，捐国逾限，越海而田，其于义固未可也。且二君之论，不务明君臣之义，正诸侯之礼；徒事争于游戏之乐，苑囿之大，欲以奢侈相胜，荒淫相越，此不可以扬名发誉，而适足以贬君自损也。

且夫齐楚之事，又乌足道乎？君未睹夫巨丽也，独不闻天子之上林乎？左苍梧，右西极；丹水更其南，紫渊径其北；终始灞浐，出入泾渭；酆镐潦潏，纡余委蛇，经营乎其内；荡荡乎八川分流，相背而异态。东西南北，驰骛往来，出乎椒丘之阙，行乎洲淤之浦；经乎桂林之中，过乎泱漭之野；汩乎混流，顺阿而下，赴隘陿之口，触穹石，激堆埼，沸乎暴怒，汹涌彭湃；滭弗宓汩，偪侧泌瀄；横流逆折，转腾潎洌；滂濞沆溉，穹隆云桡；宛潬胶盭，逾波趋浥；涖涖下濑，批岩冲拥，奔扬滞沛；临坻注壑，瀺灂霣坠；沈沈隐隐，砰磅訇磕；潏潏淈淈，湁潗鼎沸；驰波跳沫，汩漂疾；悠远长怀，寂漻无声，肆乎永归；然后灏溔潢漾，安翔徐回；翯乎滈滈，东注太湖，衍溢陂池。于是乎蛟龙赤螭，䱭䲛渐离，鰅鳙鰬魠，禺禺魼鳎，揵鳍掉尾，振鳞奋翼，潜处乎深岩。鱼鳖欢声，万物众夥：明月珠子，的乐江靡。蜀石黄碝，水玉磊砢，磷磷烂烂，采色澔汗，藂积乎其中。鸿鹔鹄鸨，驾鹅属玉，交精旋目，烦鹜庸渠，箴疵鵁卢，群浮乎其上。泛淫泛滥，随风澹淡，与波摇荡，奄薄水渚，唼喋菁藻，咀嚼菱藕。

于是乎崇山矗矗，巃嵸崔巍；深林巨木，崭岩参差。九嵕巀嶭，南山峨峨，岩陁甗锜，摧崣崛崎；振溪通谷，蹇产沟渎，谽呀豁閜，阜陵别坞，崴磈嵔廆；丘虚堀礨，隐辚郁𡾋；登降施靡，陂池貏豸；沇溶淫鬻，散涣夷陆；亭皋千里，靡不被筑。掩以绿蕙，被以江蓠。糅以蘼芜，杂以留夷。布结缕，攒戾莎。揭车衡兰，稾本射干；茈姜蘘荷，葴持若荪；鲜支黄砾，蒋芧青薠；布濩闳泽，延曼太原；离靡广衍，应风披靡；吐芳扬烈，郁郁菲菲；众香发越，肸蚃布写，晻薆咇茀。于是乎周览泛观，缜纷轧芴，芒芒恍忽，视之无端，察之无涯。日出东沼，入乎西陂。其南则隆冬生长，踊水跃波。其兽则獼旄貘犛，沈牛麈麋；赤首圜题，穷奇象犀。其北则盛夏含冻裂地，涉冰揭河。其兽则麒麟角端，騊駼橐驼；蛩蛩驒騱，駃騠驴骡。

于是乎离宫别馆，弥山跨谷；高廊四注，重坐曲阁；华榱璧珰，辇道纚属；步榈周流，长途中宿。夷嵕筑堂，累台增成，岩突洞房。頫杳眇而无见，仰攀橑而扪天；奔星更于闺闼，宛虹拖于楯轩。青龙蚴蟉于东厢，象舆婉僤于西清。灵圄燕于闲馆；偓佺之伦，暴于南荣。醴泉涌于清室，通川过于中庭；盘石振崖，嵚岩倚倾；嵯峨嶕嶫，刻削峥嵘，玫瑰碧琳，珊瑚丛生。瑉玉旁唐，玢豳文鳞。赤瑕驳荦，杂臿其间。晁采琬琰，和氏出焉。于是乎卢橘夏熟，黄甘橙楱，枇杷橪柿，亭奈厚朴，梬枣杨梅，樱桃蒲陶，隐夫薁棣，荅遝离支，罗乎后宫，列乎北园；貤丘陵，下平原；扬翠叶，杌紫茎；发红华，垂朱荣；煌煌扈扈，照耀巨野。沙棠栎槠，华枫枰栌，留落胥邪，仁频并闾，欃檀木兰，豫章女贞，长千仞，大连抱，夸条直畅，实叶葰楙，攒立丛倚，连卷欐佹，崔错癹骫，坑衡閜砢，垂条扶疏，落英幡纚，纷溶萷蔘，猗狔从风，藰莅卉歙，盖象金石之声，管籥之音；偨池茈虒，旋还乎后宫，杂袭絫辑，被山缘谷，循阪下隰，视之无端，究之无穷。于是乎玄猿素雌，蜼玃飞蠝；蛭蜩蠼猱，獑胡豰蛫，栖息乎其间，长啸哀鸣，翩幡互经，夭蟜枝格，偃蹇杪颠，隃绝梁，腾殊榛，捷垂条，掉希闲，牢落陆离，烂漫远迁，若此者数百千处。娱游往来，宫宿馆舍，庖厨不徙，后宫不移，百官备具。

于是乎背秋涉冬，天子校猎，乘镂象，六玉虬；拖霓旌，靡云旗；前皮轩，后道游；孙叔奉辔，卫公参乘，扈从横行，出乎四校之中。鼓严簿，纵猎者，江河为阹，泰山为橹，车骑雷起，殷天动地；先后陆离，离散别追，淫淫裔裔；缘陵流泽，云布雨施；生貔豹，搏豺狼；手熊罴，足野羊；蒙鹖苏，绔白虎；被斑文，跨野马；凌三嵕之危，下碛历之坻，径峻赴险，越壑厉水；椎蜚廉，弄獬豸；格虾蛤，铤猛氏；罥騕袅，射封豕；箭不苟害，解脰陷脑；弓不虚发，应声而倒。于是乘舆弭节徘徊，翱翔往来；睨部曲之进退，览将帅之变态；然后侵淫促节，儵敻远去，流离轻禽，蹴履狡兽；轊白鹿，捷狡兔；轶赤电，遗光耀；追怪物，出宇宙；弯蕃弱，满白羽；射游枭，栎蜚遽；择肉而后发，先中而命处；弦矢分，艺殪仆。然后扬节而上浮，凌惊风，历骇猋，乘虚无，与神俱；躏玄鹤，乱昆鸡；遒孔鸾，促鵔鸃；拂翳鸟，捎凤皇；捷鹓雏，揜焦明。道尽途殚，回车而还，消摇乎襄羊，降集乎北纮，率乎直指，晻乎反乡。蹶石阙，历封峦，过鳷鹊，望露寒，下棠梨，息宜春；西驰宣曲，濯鹢牛首；登龙台，掩细柳；观士大夫之勤略，均猎者之所得获，徒车之所辚轹，步骑之所蹂若，人臣之所蹈借，与其穷极倦𠎝，惊惮慑伏，不被创刃而死者，他他借借，填坑满谷，掩平弥泽。

于是乎游戏懈怠，置酒乎颢天之台，张乐乎胶葛之寓；撞千石之钟，立万石之虡；建翠华之旗，树灵鼍之鼓；奏陶唐氏之舞，听葛天氏之歌；千人唱，万人和；山陵为之震动，川谷为之荡波。巴渝宋蔡，淮南干遮，文成颠歌；族居递奏，金鼓迭起，铿锵闛鞈，洞心骇耳。荆吴郑卫之声，韶濩武象之乐，阴淫案衍之音，鄢郢缤纷，激楚结风；俳优侏儒，狄鞮之倡，所以娱耳目，乐心意者，丽靡烂漫于前，靡曼美色于后。若夫青琴宓妃之徒，绝殊离俗，妖冶娴都；靓妆刻饰，便嬛绰约；柔桡嫚嫚，妩媚孅弱；曳独茧之褕绁，眇阎易以恤削；便姗嫳屑，与俗殊服；芬芳沤郁，酷烈淑郁；皓齿粲烂，宜笑的皪；长眉连娟，微睇绵藐；色授神与，心愉于侧。于是酒中乐酣，天子芒然而思，似若有亡；曰：'嗟乎，此大奢侈！朕以览听余闲，无事弃日，顺天道以杀伐，时休息于此，恐后叶靡丽，遂往而不返，非所以为继嗣创业垂统也。'

于是乎乃解酒罢猎，而命有司曰：'地可垦辟，悉为农郊，以赡萌隶。隤墙填堑，使山泽之人得至焉。实陂池而勿禁，虚宫馆而勿仞；发仓廪以救贫穷，补不足，恤鳏寡，存孤独。出德号，省刑罚；改制度，易服色，革正朔，与天下为更始。'于是历吉日以斋戒，袭朝服，乘法驾，建华旗，鸣玉鸾，游于六艺之囿，驰骛乎仁义之涂。览观《春秋》之林，射《貍首》，兼《驺虞》，弋玄鹤，舞干戚，载云罕，掩群雅，悲《伐檀》，乐乐胥；修容乎礼园，翱翔乎书圃，述易道，放怪兽，登明堂，坐清庙，次群臣，奏得失。四海之内，靡不受获！于斯之时，天下大悦；乡风而听，随流而化。卉然兴道而迁义；刑错而不用，德隆于三王，而功羡于五帝，若此故猎乃可喜也。若夫终日驰骋，劳神苦形；罢车马之用，抏士卒之精；费府库之财，而无德厚之恩；务在独乐，不顾众庶；忘国家之政，贪雉兔之获，则仁者不繇也。从此观之，齐、楚之事，岂不哀哉！地方不过千里，而囿居九百：是草木不得垦辟，而人无所食也。夫以诸侯之细，而乐万乘之侈，仆恐百姓被其尤也。"于是二子愀然改容，超若自失，逡巡避席曰："鄙人固陋，不知忌讳，乃今日见教，谨受命矣。"

主客问难，辞意铿訇，丽而不靡，壮而能遒，此正行以战国纵横之辞也。赋者，古诗之流，而为纵横之继别；比兴讽谕，本于《诗》教；铺张扬厉，又出纵横。故曰："赋者，铺也；铺张扬厉，体物写志也。"体物写志，故曰"古诗之流"；铺张扬厉，乃见纵横之意；遂客主以首引，极声貌以穷文。相如《子虚》《上林》，与宋玉《登徒》，枚乘《七发》，一脉相传。妙在疏古之气，腴而奥，圆而劲，有纵横之意，无排比之迹。宋玉以女色为主，相如以游畋为主，而枚乘则更遍及于音乐、滋味、驰骋、游宴、校猎、观涛，恣意佚乐，所以讽也；而见用意处，不在铺张扬厉，而在闲闲一二冷语，此文章之体要，而辞赋之写志，然使一直说出，有何意味？后人无铺张之才，纯以议论见意；写志有之，体物则未也。独相如与枚乘，以体物为写志，极铺张扬厉之能，此所以为辞赋之宗也。赋奏，天子大悦，以为郎。数岁，会唐蒙使略通夜郎，征发巴、蜀吏卒千人，郡又多为发转漕卒万余人，用军兴法诛其渠率。巴、蜀人大惊恐。上闻之，乃遣相如责唐蒙等，因喻告巴、蜀人以非上之意也。乃著书假蜀父老为辞，而己以语难之，以讽天子，因宣其使指，令百姓知天子意焉。其辞曰：

> 汉兴七十有八载，德茂存乎六世。威武纷纭，湛恩汪涉。群生沾濡，洋溢乎方外。于是乃命使西征，随流而攘，风之所被，罔不披靡。因朝冉从駹，定笮存邛，略斯榆，举苞蒲，结轨还辕，东乡将报，至于蜀都。耆老大夫搢绅先生之徒二十有七人，俨然造焉。辞毕，进曰："盖闻天子之牧夷狄也，其义羁縻勿绝而已。今罢三郡之士，通夜郎之涂，三年于兹，而功不竟，士卒劳倦，万民不赡，今又接之以西夷。百姓力屈，恐不能卒业。此亦使者之累也，窃为左右患之。且夫邛笮西夷之与中国并也，历年兹多，不可记已。仁者不以德来，强者不以力并，意者其殆不可乎？今割齐民以附夷狄，敝所恃以事无用，鄙人固陋，不识所谓。"
>
> 使者曰："乌谓此乎！必若所云，则是蜀不变服，而巴不化俗也。仆常恶闻若说。然斯事体大，固非观者之所觏也。余之行急，其详不可得闻已。请为大夫粗陈其略：盖世必有非常之人，然后有非常之事；有非常之事，然后有非常之功。夫非常者，固常人之所异也，故曰：'非常之原，黎民惧焉。'及臻厥成，天下晏如也。昔者洪水沸出，泛滥衍溢，民人升降移徙，崎岖而不安。夏后氏戚之，乃堙洪塞源，决江疏河，洒沈澹灾，东归之于海，而

天下永宁。当斯之勤,岂惟民哉?心烦于虑而身亲其劳,躬胰胝无胈,肤不生毛,故休烈显乎无穷,声称浃乎于兹。

且夫贤君之践位也,岂特委琐喔龊,拘文牵俗,修诵习传,当世取说云尔哉?必将崇论宏议,创业垂统,为万世规。故驰骛乎兼容并包,而勤思乎参天贰地。且《诗》不云乎:'普天之下,莫非王土。率土之滨,莫非王臣。'是以六合之内,八方之外,浸淫衍溢,怀生之物,有不浸润于泽者,贤君耻之。今封疆之内,冠带之伦,咸获嘉祉,靡有阙遗矣!而夷狄殊俗之国,辽绝异党之域,舟车不通,人迹罕至,政教未加,流风犹微,内之则时犯义侵礼于边境;外之则邪行横作,放杀其上,君臣易位,尊卑失序,父老不辜,幼孤为奴虏,系缧号泣,内向而怨,曰:'盖闻中国有至仁焉,德洋恩普,物靡不得其所;今独曷为遗己!'举踵思慕,若枯旱之望雨。戾夫为之垂涕,况乎上圣,又焉能已?故北出师以讨强胡,南驰使以诮劲越,四面风德,二方之君,鳞集仰流,愿得受号者以亿计!故乃关沫若,徼牂牁,镂灵山,梁孙原,创道德之涂,垂仁义之统,将博恩广施,远抚长驾,使疏逖不闭,曶爽暗昧,得耀乎光明,以偃甲兵于此,而息讨找于彼。遐迩一体,中外禔福,不亦康乎!夫拯民于沉溺,奉至尊之休德,反衰世之陵夷,继周氏之绝业,天子之亟务也。百姓虽劳,又恶可以已乎哉?且夫王者固未有不始于忧勤,而终于逸乐者也。然则受命之符,合在于此。方将增太山之封,加梁父之事;鸣和鸾,扬乐颂,上减五,下登三。观者未睹旨,听者未闻音;犹鷦鹏已翔乎寥廓之宇,而罗者犹视乎薮泽,悲夫!"于是诸大夫茫然丧其所怀来,失厥所以进,喟然并称曰:"允哉汉德!此鄙人之所愿闻也。百姓虽劳,请以身先之。"敞罔靡徙,迁延而辞避!

开譬切至,盖辞命而非辞赋。然于严辞诘数之中,有雍容揄扬之意。大抵相如之辞赋,侈丽而有《国策》纵横之意;相如之辞命,辩肆而得楚《骚》缠绵之味。绮而能遒,丽而不靡,婀娜刚健,所以为难。若以与司马迁相提并论，大抵司马迁得楚《骚》之情，而抒以纵横之辞。相如得楚《骚》之辞，而运以纵横之气。司马迁叙事浩落，于权奇中饶妩媚。相如属辞绵丽，于婀娜中见刚健。其大较也。相如为《子虚》、《上林赋》，意思萧散，不复与外事相关；控引天地，错综古今，忽然如睡，焕然而兴，几百日而后成。其友人盛览，字长通，牂牁名士，尝问以作赋。相如曰："合綦组以成文，列锦绣而为质，一经一纬，一宫一商，此赋之迹也。赋家之心，包括宇宙，总揽人物，斯乃得之于内，不可得而传。"览乃作《合组歌》、《列锦赋》而退，终身不敢言作赋之心矣。

第四节　司马迁

司马迁生龙门，耕牧河山之阳，年十岁，则诵古文，二十而南游江淮，上会稽，探禹穴，窥九疑，浮于沅湘，北涉汶泗，讲业齐鲁之都，观孔子之遗风，乡射邹峄。于是父谈为太史公，而迁世其官，绅史记石室金匮之书。会李陵兵败降匈奴，而迁白其无罪，遂遭腐刑；既而为中书令，尊宠任职。故人益州刺史任安乃与书，责以进贤之义。而迁自以著书未成，故忍辱被刑而不死，乃发愤报书，其辞曰：

> 太史公牛马走司马迁再拜言。少卿足下：曩者辱赐书，教以慎于接物，推贤进士为务。意气勤勤恳恳，若望仆不相师，而用流俗人之言。仆非敢如此也。仆虽罢驽，亦尝侧闻长者之遗风矣。顾自以为身残处秽，动而见尤，欲益反损，是以独郁悒而谁与语。谚曰："谁为为之，孰令听之！"盖钟子期死，伯牙终身不复鼓琴。何则？士为知己者用，女为说己者容。若仆大质已亏缺矣，虽材怀隋、和，行若由、夷，终不可以为荣，适足以见笑而自点耳。书辞宜答，会东从上来，又迫贱事，相见日浅，卒卒无须臾之闲，得竭志意。今少卿抱不测之罪，涉旬月，迫季冬，仆又薄从上

雍，恐卒然不可为讳。是仆终已不得舒愤懑以晓左右，则长逝者魂魄，私恨无穷。请略陈固陋，阙然久不报，幸勿为过。

仆闻之：修身者，智之符也。爱施者，仁之端也。取与者，义之表也。耻辱者，勇之决也。立名者，行之极也。士有此五者，然后可以托于世，而列于君子之林矣。故祸莫憯于欲利，悲莫痛于伤心，行莫丑于辱先，诟莫大于宫刑。刑余之人，无所比数，非一世也，所从来远矣：昔卫灵公与雍渠同载，孔子适陈。商鞅因景监见，赵良寒心。同子参乘，袁丝变色。自古而耻之。夫以中材之人，事有关于宦竖，莫不伤气，而况于慷慨之士乎？如今朝廷虽乏人，奈何令刀锯之余，荐天下之豪俊哉？仆赖先人绪业，得待罪辇毂下二十余年矣。所以自惟：上之不能纳忠效信，有奇策材力之誉，自结明主。次之又不能拾遗补阙，招贤进能，显岩穴之士。外之不能备行伍，攻城野战，有斩将搴旗之功。下之不能积日累劳，取尊官厚禄，以为宗族交游光宠。四者无一遂，苟合取容，无所短长之效，可见于此矣。向者仆亦尝厕下大夫之列，陪奉外廷末议；不以此时引纲维，尽思虑，今已亏形为扫除之隶，在阘茸之中，乃欲仰首伸眉，论列是非，不亦轻朝廷、羞当世之士邪？嗟乎，嗟乎！如仆尚何言哉，尚何言哉！

且事本末未易明也。仆少负不羁之才，长无乡曲之誉。主上幸以先人之故，使得奏薄技，出入周卫之中。仆以为戴盆何以望天？故绝宾客之知，忘室家之业，日夜思竭其不肖之才力，务一心营职，以求亲媚于主上。而事乃有大谬不然者。

夫仆与李陵俱居门下，素非相善也。趋舍异路，未尝衔杯酒，接殷勤之余欢。然仆观其为人，自守奇士，事亲孝，与士信，临财廉，取与义，分别有让，恭俭下人，常思奋不顾身以徇国家之急。其素所蓄积也，仆以为有国士之风。夫人臣出万死不顾一生之计，赴公家之难，斯已奇矣。今举事一不当，而全躯保妻子之臣，随而媒孽其短，仆诚私心痛之。且李陵提步卒不满五千，深践戎马之地，足历王庭，垂饵虎口，横挑强胡，仰亿万之师，与单于连战十有余日，所杀过当。虏救死扶伤不给，旃裘之君长咸震怖，乃悉征其左右贤王，举引弓之民，一国共攻而围之；转斗千里，矢尽道穷，救兵不至，士卒死伤如积。然陵一呼劳军，士无不起，躬自流涕，沬血饮泣，更张空拳，冒白刃，北向争死敌者。陵未没时，使有来报，汉公卿王侯皆奉觞上寿。后数日，陵败书闻，主上为之食不甘味，听朝不怡；大臣忧惧，不知所出。仆窃不自料其卑贱，见主上惨怆怛悼，诚欲效其款款之愚。以为李陵素与士大夫绝甘分少，能得人之死力，虽古之名将，不能过也。身虽陷败，彼观其意，且欲得其当而报于汉。事已无可奈何，其所摧败，功亦足以暴于天下矣。仆怀欲陈之而未有路。适会召问，即以此指推言陵之功，欲以广主上之意，塞睚眦之辞，未能尽明。明主不晓，以为仆沮贰师，而为李陵游说，遂下于理。拳拳之忠，终不能自列，因为诬上，卒从吏议。家贫，货赂不足以自赎；交游莫救视，左右亲近不为一言。身非木石，独与法吏为伍，深幽囹圄之中，谁可告诉者！此真少卿所亲见，仆行事岂不然乎？李陵既生降，隤其家声；而仆又佴之蚕室，重为天下观笑，悲夫，悲夫！事未易一二为俗人言也。

仆之先人，非有剖符丹书之功；文史星历，近乎卜祝之间，固主上所戏弄，倡优所畜，流俗之所轻也。假令仆伏法受诛，若九牛亡一毛，与蝼蚁何以异？而世俗又不与能死节者次比，特以为智穷罪极，不能自免，卒就死耳。何也？素所自树立使然也。

人固有一死，死有重于泰山，或轻于鸿毛，用之所趋异也。太上不辱先，其次不辱身，其次不辱理色，其次不辱辞令，其次诎体受辱，其次易服受辱，其次关木索、被棰楚受辱，其次剔毛发、婴金铁受辱，其次毁肌肤、断肢体受辱，最下腐刑极矣。传曰："刑不上大夫。"此言士节不可不勉励也。猛虎在深山，百兽震恐；及在槛阱之中，摇尾而求食，积威约之渐也。故士有画地为牢，势不可入；削木为吏，议不可对，定计于鲜也。今交手足，受木索，暴肌肤，受榜棰，幽于圜墙之中；当此之时，见狱吏则头枪地，视徒隶则心惕息，何者？积威约之势也。及已至是，言不辱者，所谓强颜耳，曷足贵乎？且西伯，伯也，拘于羑里。李斯，相也，具于五刑。淮阴，王也，受械于陈。彭越、张敖，南面称孤，系狱抵罪。绛侯诛诸吕，权倾五伯，囚于请室。魏其，大将也，衣赭衣，关三木。季布为朱家钳奴。灌夫受辱于居室。此人皆身至王侯将相，声闻邻国；及罪至罔加，不能引决自裁。在尘埃之中，古今一体，安在其不辱也！由此言之，勇怯，势也；强弱，形也。审矣，何足怪乎！夫人不能早自裁绳墨之外，以稍陵迟，至于鞭棰之间，乃欲引节，斯不亦远乎？古人所以重施刑于大夫者，殆为此也。夫人情莫不贪生恶死，念父母，顾妻子。至激于义理者不然，乃有所不得已也。今仆不幸，早失父母，无兄弟之亲，独身孤立，少卿视仆于妻子何如哉？且勇者不必死节，怯夫慕义，何处不勉焉。仆虽怯懦，欲苟活，亦颇识去就之分矣，何至自沉溺缧绁之辱哉！且夫臧获婢妾，犹能引决，况仆之不得已乎！所以隐忍苟活，幽于粪土之中而不辞者，恨私心有所不尽，鄙陋没世，而文采不表于后世也。

古者富贵而名磨灭，不可胜记，惟倜傥非常之人称焉。盖文王拘而演《周易》；仲尼厄而作《春秋》；屈原放逐，乃赋《离骚》；左丘失明，厥有《国语》；孙子膑脚，兵法修列；不韦迁蜀，世传《吕览》；韩非囚秦，《说难》、《孤愤》；《诗》三百篇，大抵贤圣发愤之所为作也。此人皆意有所郁结，不得通其道，故述往事，思来者。乃如左丘无目，孙子断足，终不可用，退而论书策，以舒其愤，思垂空文以自见。仆窃不逊，近自托于无能之辞，网罗天下放失旧闻，略考其行事，综其终始，稽其成败兴坏之纪，上计轩辕，下至于兹，为十表，本纪十二，书八章，世家三十，列传七十，凡百三十篇，亦欲以究天人之际，通古今之变，成一家之言。草创未就，会遭此祸，惜其不成，是以就极刑而无愠色。仆诚已著此书，藏之名山，传之其人，通邑大都。则仆偿前辱之责，虽万被戮，岂有悔哉！然此可为智者道，难为俗人言也。

且负下未易居，下流多谤议。仆以口语，遇遭此祸，重为乡党所笑，以污辱先人，亦何面目复上父母之丘墓乎！虽累百世，垢弥甚耳。是以肠一日而九回，居则忽忽若有所亡，出则不知其所往。每念斯耻，汗未尝不发背沾衣也。身直为闺阁之臣，宁得自引，深藏岩穴邪？故且从俗浮沉，与时俯仰，以通其狂惑。今少卿乃教以推贤进士，无乃与仆私心剌谬乎。今虽欲自雕琢，曼辞以自饰，无益于俗，不信，适足取辱耳。要之死日，然后是非乃定。书不能悉意，略陈固陋。谨再拜。

文字贵炼贵净，而迁此书全不炼不净，粗枝大叶，任意写去，而矫健磊落，笔力真如走蛟龙、挟风雨，而且峭句险字，往往不乏，读之但见其奇肆而不得其结构。《中庸》称“有余不敢尽”，此则既无余矣，犹哓哓不已，于文字宜不为佳。然风神横溢，笔情恣肆，读者多服其跌宕不群，翻觉炼净者之为琐小，不如迁之意态豪纵不羁，其所为尽而有余，此所由笔力卓越。惟贾谊《过秦论》同此奇矫雄肆。自来文章惟《国策》善用其尽，跌宕昭彰，尽而不为声嘶气竭，只见恣肆横溢，仪态万方，于粗豪出妩媚，以雄快为洄澜。汉文得《国策》之尽，而夭矫余怒，力沉气猛者，惟贾谊与司马迁。然贾谊明辩，尽以雄快。马迁悲愤，尽而沉郁。既以身遭腐刑，而恨文采不表于后世。罔罗天下放失旧闻，上起黄帝，下穷汉武，十二本纪以包举大端，七十列传以委曲细事；十表以谱列年爵，八书以总括政典；逮于天文地理，国制朝章，显隐必该，洪纤靡失，合百三十篇，因鲁史旧名，目之曰《太史公书》，后称《史记》。其意则楚《骚》之情兼雅怨，其体则史记之事该本末，而其文则《国策》之辞极纵横，跌宕昭彰，独超众类。其为《秦楚之际月表序》曰：

太史公读《秦楚之际》，曰：初作难，发于陈涉；虐戾灭秦，自项氏；拨乱诛暴，平定海内，卒践帝祚，成于汉家。五年之间，号令三嬗；自生民以来，未始有受命若斯之亟也。昔虞、夏之兴，积善累功数十年，德洽百姓，摄行政事，考之于天，然后在位。汤、武之王，乃由契、后稷修仁行义十余世，不期而会孟津八百诸侯，犹以为未可；其后乃放弑。秦起襄公，章于文、缪；献、孝之后，稍以蚕食六国，百有余载，至始皇，乃能并冠带之伦。以德若彼，用力如此，盖一统若斯之难也。秦既称帝，患兵革不休，以有诸侯也；于是无尺寸之封，堕坏名城，销锋镝，锄豪杰，维万世之安。然王迹之兴，起于闾巷，合从讨伐，轶于三代。乡秦之禁，适足以资贤者，为驱除难耳。故发愤其所为天下雄；安在无土不王；此乃传之所谓大圣乎？岂非天哉！非大圣，孰能当此受命而帝者乎！

《春秋》文见于此，起义在彼；而《太史公书》亦妙得此意。即如《项羽本纪》，叙其战胜攻取；《高祖本纪》叙其屡为项王所败，而首详其符命，诸父老皆曰"平生所闻刘季诸珍怪当贵"；《项羽本纪》末叙垓下之败，借羽口中喝出"天之亡我，非战之罪也"一语；而《高祖本纪》叙高祖临崩，亦称"吾以布衣，提三尺剑，取天下，岂非天命乎"。两相照映，言下见得高祖并无功德，所以得天下，不过命当贵，得天独厚耳。此序《秦楚之际月表》，历称虞、夏之兴，汤、武之王，及秦起襄公，云"以德若彼，用力如此"。而高祖则德力两无可称，乃起闾巷，而合从讨伐轶三代，不得已归之于天；极意颂扬之中，辞带讽刺，与《本纪》羽口中"非战之罪"，高祖自云"岂非天命"，语气熔成一片。及序《六国表》，又称："论秦之德义，不如鲁、卫之暴戾者。量秦之兵，不如三晋之强。然卒并天下，盖若天所助。"以天所助归之于秦，而以德义与兵两层"不如"夹出，正与《秦楚之际月表序》"以德若彼，用力如此"两语对照，为汉作影子。而卒之曰："战国之权变，亦颇有可采者，何必上古。秦取天下多暴；然世异变，近己而俗变相类，议卑而易行。"意尤跃然，见秦取天下多暴，而为汉所取法；汉之治天下，不过承战国之权变，袭秦之故耳。叙事不合参入断语，而太史公寓主意于客位，允称微妙！

《太史公书》与《左传》一揆。左氏先经以始事，后经以终义，依经以辩理，错经以合异；而太史公善叙事理，或由本以之末，或操末以续颠，或繁条而约言，或一传而数事，夹叙夹议，于左氏法已不移而具。

文章之道，时为大。即以《左传》、《史记》而论：强左为马，则噍杀；强马为左，则啴缓；惟与时为消息，故不同，正所以同也。若逸气纵横，则左谢为马。若襜裾礼乐，则马不继左。马迁文字，一二百言作一句下，更点不断；惟长句中转得意出，所以为豪。而"学无所不窥"，"善指事类情"，太史公以是传《庄子》，亦自况也。文如云龙雾豹，出没隐现，变化无方，此庄、骚、太史所同。

第五节　王　褒

西京文章，雄矫遒变。宣元之间，风骨渐陨。经生则为匡刘之诵数，承贾董之流波，开东京许慎、郑玄一派，记诵博而论议疏。词人则为王褒之铺排，袭枚马之余韵，开东京崔骃、蔡邕一派，骨力衰而风华靡矣。

王褒，字子渊，蜀人也。宣帝时，修武帝故事，讲论六艺群书；征能为《楚辞》，召高材刘向、张子侨、华龙等，待诏金马门。天下殷富，数有嘉应；上颇作歌诗，欲兴协律之事。于是益州刺史王襄欲宣风化于众庶，闻王褒有俊材，请褒作《中和乐职宣布》诗。好事者习而歌之，转而上闻，因荐褒有轶材。上乃征褒，至则诏为《圣主得贤臣颂》，其辞曰：

夫荷旃被毳者，难与道纯绵之丽密。羹藜含糗者，不足与论太牢之滋味。今臣僻在西蜀，生于穷巷之中，长于蓬茨之下，无有游观广览之知，顾有至愚极陋之累；不足以塞厚望，应明旨。虽然，敢不略陈愚心而抒情素。记曰："恭维《春秋》法五始之要，在乎审己正统而已。"夫贤者，国家之器用也；所任贤，则趋舍省而功施普；器用利，则用力少而就效众。故工人之用钝器也，劳筋苦骨，终日矻矻。及至巧冶铸干将之璞，清水淬其锋，越砥敛其锷，水断蛟龙，陆刳犀革，忽若篲氾画涂。如此，则使离娄督绳，公输削墨，虽崇台五层，延袤百尺而不溷者，工用相得也。庸人之御驽马，亦伤吻弊筴而不进于行，胸喘肤汗，人极马倦。及至驾啮膝，骖乘旦，王良执靶，韩哀附舆，纵骋驰骛，忽如影靡；过都越国，蹶如历块；追奔电，逐遗风，周流八极，万里一息，何其辽哉？人马相得也。故服絺绤之凉者，不苦盛暑之郁燠。袭貂狐之暖者，不忧至寒之凄怆。何则？有其具者易其备。贤人君子，亦圣王之所以易海内也，是以呕喻受之，开宽裕之路，以延天下之英俊也。

夫竭智附贤者，必建仁策。索人求仕者，必树伯迹。昔周公躬吐握之劳，故有圄空之隆。齐桓设庭燎之礼，故有匡合之功。由此观之：君人者勤于求贤，而逸于得人。人臣亦然。昔贤者之未遭遇也，图事揆策，则君不用其谋；陈见悃诚，则上不然其信；进仕不得施效，斥逐又非其愆；是故伊尹勤于鼎俎，太公困于鼓刀，百里自鬻，宁戚饭牛，离此患也。及其遇明君，遭圣主也，运筹合上意，谏诤则见听，进退得关其忠，任职得行其术，去卑辱奥渫而升本朝，离蔬释跻而享膏粱，剖符赐壤而光祖考，传之子孙以资说士。故世必有圣智之君，而后有贤明之臣。故虎啸而谷风冽，龙兴而致云气，蟋蟀俟秋吟，蜉蝣出以阴。《易》曰："飞龙在天，利见大人。"《诗》曰："思皇多士，生此王国。"故世平主圣，俊乂将自至。若尧、舜、禹、汤、文、武之君，获稷、契、皋陶、伊尹、吕望之臣，明明在朝，穆穆列布，聚精会神，相得益彰。虽伯牙操

> 递钟，蓬门子弯乌号，犹未足以喻其意也。故圣主必待贤臣而弘功业，俊士亦俟明主以显其德。上下俱欲，欢然交欣，千载一会，论说无疑，翼乎如鸿毛遇顺风，沛乎若巨鱼纵大壑。其得意如此，则胡禁不止，曷令不行？化溢四表，横被无穷。遐夷贡献，万祥必臻。是以圣主不遍窥望而视已明，不殚倾耳而听已聪，恩从祥风翱，德与和气游，太平之责塞，优游之望得，遵游自然之势，恬淡无为之场；休征自至，寿考无疆，雍容垂拱，永永万年；何必偃仰诎信若彭祖，煦嘘呼吸如乔松，眇然绝俗离世哉？《诗》曰："济济多士，文王以宁"；盖信乎其以宁也。

是时上颇好神仙，故褒对及之；极力铺排，而振采失鲜，负声无力；然舒徐自在，亦正于不用力处见雅润。上令褒与张子侨等并待诏，数从褒等放猎，所幸宫馆，辄为歌颂；第其高下，以差赐帛。议者多以为淫靡不急。上曰："不有博弈者乎，为之犹贤乎已！辞赋，大者与古《诗》同义，小者辩丽可喜，譬如女工有绮縠，音乐有郑卫，今世俗皆以此娱悦耳目，辞赋比之，尚有仁义讽谕鸟兽草木多闻之观，贤于倡优博弈远矣。"顷之，擢褒为谏大夫。其后太子体不安，苦忽忽善忘，不乐。诏使褒等皆之太子宫，虞侍太子，朝夕诵读奇文及所自造作，疾平复，乃归。太子喜褒所为《甘泉》及《洞箫赋》，令后宫贵人左右皆诵读之。其《洞箫赋》，著意扬诩，大约本枚乘《七发》之龙门之桐一发，而推衍之，然徒为繁缛而逊其遒健，风骨陨矣。其他诸文，如《九怀》托众芳之零落，悲贤人之放逐，亦是屈子遗意，而敲金击石，特为急节，则又不如屈子之缠绵情深。《僮约》铺排而出以疏野，特诙诡有奇趣。

第六节　刘氏向、歆附匡衡 谷永

西汉奏议，自宣帝而后，风气亦一变：由排宕而温醇，由纵横而儒雅，刘氏向、歆、匡衡、谷永其选也。其为文章，引经据典，好以诵数为功，而傅会时事，裁以己意。刘氏向、歆，父子世学，尤一代之杰焉。

向，字子政，本名更生。年十二，以任为郎，既冠，以行修饬，擢谏大夫。是时宣帝循武帝故事，招选名儒俊才，置左右。更生以通达能属文辞，与王褒、张子侨等并进对，献赋颂凡数十篇。会初立《穀梁春秋》，更生受《穀梁》，讲论《五经》于石渠。元帝时，石显等用事，数上书言事，遂废不用十余年。成帝即位，显等伏辜，更生乃复进用，更名向，累官光禄大夫。成帝以书颇散亡，使谒者陈农求遗书，诏向校。每一书已，向辄条其篇目，撮其指意。及为文章，词赋摹楚《骚》而稍嫌平钝，疏议本经术而务为驯雅。言有据依，属辞比事，不以驰骋见长，而辞意肫恳，素所蓄积然也。其《理甘延寿陈汤疏》曰：

> 郅支单于囚杀使者吏士以百数，事暴扬外国，伤威损重，群臣皆闵焉。陛下赫然欲诛之，意未尝有忘。西域都护延寿，副校尉汤，承圣指，倚神灵，总百蛮之君，揽城郭之兵，出百死，入绝域，遂蹈康居，屠五重城，搴歙侯之旗，斩郅支之首，县旌万里之外，扬威昆山之西，扫谷吉之耻，立昭明之功；万夷慑伏，莫不惧震。呼韩邪单于见郅支已诛，且喜且惧，乡风驰义，稽首来宾，愿守北藩，累世称臣。立千载之功，建万世之安，群臣之勋莫大焉。昔周大夫方叔、吉甫为宣王诛猃狁而百蛮从，其《诗》曰："焯焯焞焞，如霆如雷；显允方叔，征伐猃狁。蛮荆来威"，《易》曰："有嘉折首，获匪其丑"；言美诛首恶之人，而诸不顺者皆来从也。今延寿汤所诛震，虽《易》之折首，《诗》之雷霆，不能及也。论大功者不录小过。举大美者不疵细瑕。《司马法》曰："军赏不逾月"；欲民速得为善之利也，盖急武功，重用人也。吉甫之归，周厚赐之，其《诗》曰："吉甫宴喜，凡多受祉。来归自镐，我行永久。"千里之镐，犹以为远，况万里之外？其勤至矣。
>
> 延寿汤既未获"受祉"之报，反屈捐命之功，久挫于刀笔之前，非所以劝有功，厉戎士也。昔齐桓公前有尊周之功，后有灭

项之罪,君子以功覆过,而为之讳行事。贰师将军李广利损五万之师,靡亿万之费,经四年之劳,而厪获骏马三十匹,虽斩宛王毋鼓之首,犹不足以复费,其私罪恶甚多。孝武以为万里征伐,不录其过,遂封拜两侯,三卿,二千石百有余人。今康居国强于大宛,郅支之号重于宛王,杀使者罪甚于留马。而延寿、汤不烦汉士,不费斗粮,比于贰师,功德百之。且常惠随欲击之乌孙,郑吉迎自来之日逐,犹皆裂土受爵。故言威武勤劳,则大于方叔、吉甫。列功覆过,则优于齐桓、贰师。近事之功,则高于安远、长罗。而大功未著,小恶数布,臣窃痛之。宜以时解县通籍,除过勿治,尊宠爵位,以劝有功。

西汉文章,马迁、相如之雄伟,此天地遒劲之气,得于阳与刚之美者也,此天地之义气也。刘向、匡衡之渊懿,此天地温厚之气,得于阴与柔之美者也,此天地之仁气也。刘向、匡衡文皆本经术。然向倾吐肝胆,诚恳恻悱,说经却转有大意处;而衡则说经较细,然觉志不逮辞矣。西汉奏议,贾、董、匡、刘皆名儒者。然贾董气激,笔阵雄快而失之矜。匡刘气平,辞意笃雅而不免弱。贾董主于议论,而援引亦出以议论,所以化堆垛为烟云。匡刘好为援引,而议论即托于援引,斯其不徒托于空言。是则贾董与匡刘之异也。特是匡衡引经据典,语无归宿。刘向殚见洽闻,笔有裁制。匡衡不免肤泛,刘则语必切核,斯刘之所为胜于匡也。刘向奏议,以《谏营昌陵疏》浑融遒逸,当为第一。次则《谏用外戚封事》,忠厚悱恻,若有所甚不得已于中者,足以贯三光而通神明。是故识精而不炫,气盛而不矜;料王氏之必篡,思有以早为之所,而又无诛灭王氏之意,宅心平实,指示确凿,皆本忠爱二字弥纶周浃而出。

匡衡上疏言政治得失,上疏言治性正家,上疏戒妃匹劝经学威仪之则,则古称先,缘饰经术,而语不切核,意未肫挚。

谷永建始三年举方正对策,复对,陈善责难,以经术为缘饰,同于刘向、匡衡;特明白切核,不同匡衡之浮泛无指实,而过为讦直,则逊刘向之忠厚悱恻。故当雄于匡衡，浅于刘向。独其上疏讼陈汤，密而能疏，雄而不快，足与刘向《理甘延寿陈汤疏》相匹。

向子歆，字子骏。成帝初，待诏宦者署，为黄门郎，亦湛靖有谋，累官侍中奉车都尉光禄大夫。歆好《左氏春秋》，欲立于学官。哀帝令歆与五经博士讲论其义。诸博士不肯置对。歆因移书太常博士，责让深切。然峻而不迫，安而能劲，其文章最为人所称道。后改名秀，字颖叔。王莽篡汉，歆博见强志，能以经术缘饰其事。莽之居摄三年，莽母功显君死，意不在哀。太后诏议其服。歆为少羲和，乃献议曰：

> 居摄之义，所以统立天功，兴崇帝道，成就法度，安辑海内也。昔殷成汤既殁，而太子早夭，其子太甲幼少不明，伊尹放诸桐城而居摄，以兴殷道。周武王既殁，周道未成，成王幼少，周公屏成王而居摄，以成周道。是以殷有翼翼之化，周有刑错之功。今太皇太后比遭家之不造，委任安汉公宰尹群僚，衡平天下；遭孺子幼少，未能共上下；皇天降瑞，出丹石之符，是以太皇太后则天明命，诏安汉公居摄践祚，将以成圣汉之业，与唐、虞、三代比隆也。摄皇帝遂开秘府，会群儒，制礼作乐，卒定庶官，茂成天功。圣心周悉，卓尔独见，发得周礼，以明因监，则天稽古而损益焉；犹仲尼之闻韶，日月之不可阶；非圣哲之至，孰能若兹。纲纪咸张，成在一篑，此其所以保祐圣汉，安靖元元之效也。今功显君薨。礼，庶子为后，为其母缌。传曰："与尊者为体，不敢服其私亲也。"摄皇帝以圣德承皇天之命，受太后之诏，居摄践祚，奉汉大宗之后；上有天地社稷之重，下有元元万机之忧，不得顾其私亲。故太皇太后建厥元孙，俾侯新都，为哀侯后；明摄皇帝与尊者为体，承宗庙之祭奉，共养太皇太后，不得顾其私亲也。周礼曰："王为诸侯缌缞，弁而加环经，同姓则麻，异姓则葛。"摄皇帝当为功显君缌缞，弁而加麻环经，如天子吊诸侯服，以应圣制。

其为文章，俯仰揖让，动引经典，而不为浑浩流转之句，铿锵鼓舞之音，大率皆此类也。然不能仗气爱奇，以视马迁、相如之行神如空，控物自富，吞吐万有，浩气苍莽，固自有间，虽淹雅无惭于古，而风骨少隤矣。

第七节　王莽　扬雄

刘氏向、歆湛深经术，鎔裁自我，其节安，其气舒。王莽、扬雄诵法三代，依仿为古，其辞矜，其格赝，而好称引奇诞，文字烂然，浮于质矣。

王莽，字巨君。父曼，孝元皇后弟，蚤死，不侯。莽孤贫，勤身博学，收赡名士，虚誉隆洽，遂为大司马，辅政；迎立平帝，拜太傅，封安汉公，进号宰衡，加九锡；平帝崩，迎立宣帝玄孙广戚侯子婴为皇太子，年二岁，谓之孺子，自称摄皇帝；文章尔雅，典诰是则。东郡太守翟义起兵讨之，莽惶惧，仿周公作《大诰》，班于天下，谕以摄位当反政孺子之意。义灭，寻即真，定有天下之号曰新。莽乃策命孺子曰：

> 咨尔婴！昔皇天右乃太祖，历世十二，享国二百一十载，历数在于予躬。《诗》不云乎，“侯服于周，天命靡常。”封尔为定安公，永为新室宾。于戏，敬天之休，往践乃位，毋废予命！

读策毕，莽亲执孺子手，流涕歔欷曰：“昔周公摄位，终得复子明辟。今余独迫皇天威命，不得如意！”哀叹良久。敢为激发之行，处之不惭恧。置司恭，司徒，司明，司聪，司中大夫。策曰：

> 予闻上圣欲昭厥德，罔不慎修厥身，用绥于远，是用建尔，司于五事。毋隐尤；毋将虚；好恶不愆，立于厥中。呜呼勖哉！

盖色取仁而行违，诵六艺以文奸言，大率仿此。莽稽古有作，好为依仿，布政本《周官》，行文学《尚书》，虽非其诚，而简质渊悫，其气峻，其辞奥。今观其文，如上书辞赏新野田，小心寅畏，不啻若自口出。《大诰》诘屈磬牙而气流墨中。诏去刚卯，出力钱，以峻重出流利。诏限田，禁奴婢，从辨要得奥简。自说德祥事，总说符命，矫诬神人，妙在居之不疑。下书责七公，策命统睦侯陈崇，申诰卿士，俨若临之在上。要之文章之道，本于性情。貌很自臧，持必不移，此其气之所以能峻。言伪而辩，顺非以泽，此其文之所以追古。茂丽宏肆，不如扬雄；从容游衍，亦逊刘歆；而特以方重奥峭，别出一格；奸人之雄，曹操、司马懿之师，岂得以末路不振而轻之。

扬雄，字子云，蜀郡成都人也。博览无所不见，顾尝好辞赋。先是时，蜀有司马相如作赋，甚宏丽温雅。雄心壮之，每作赋，常拟之以为式。又以赋莫深于楚《骚》，反而广之，又效《惜诵》以下至《怀沙》一卷，名曰《畔牢愁》。成帝时，客有荐雄文似相如者，召雄待诏。岁余，奏《羽猎赋》，除为郎，给事黄门，与王莽、刘歆并。哀帝之初，又与董贤同官。既而贤用事，诸附丽之者，或起家至二千石。时雄方草《太玄》，有以自守，泊如也。或嘲雄以玄尚白，而雄解之，效东方朔《答客难》文，号曰《解嘲》。雄以为："赋者，将以风之，必推类而言，极丽靡之辞，闳侈巨衍，竞于使人不能加也。既乃归之于正，然览者已过矣。往时武帝好神仙，相如上《大人赋》，欲以风帝，反缥缥有陵云之志。繇是言之，赋劝而不止明矣。又颇似俳优淳于髡、优孟之徒，非法度贤人君子诗赋之正也。"于是辍不复为，非圣哲之书不好也。以为：经莫大于《易》，故作《太玄》。传莫大于《论语》，作《法言》。史篇莫善于《仓颉》，作《训纂》。箴莫善于《虞箴》，作《州箴》。皆斟酌其本，相与仿依而驰骋云。特仿相如，能得其茂丽，而逊其纵横。《反离骚》，则袭其奇辞，而无其高气。效《虞箴》，又有其精微，而失其洁净。徒以无所不学，无所不似，泽古者深，遂臻化境。虽较相如为缓懦，而视王褒则雄丽。王褒气缓而不遒，辞缛而不丽；而扬雄则丽辞瑰气，张皇周流，句法历落，不入排偶。渊云并称，王故不及扬也。大抵武帝以前，铺张扬厉，调依屈赋，而出之激楚；跌宕昭彰，词出纵横，而杂以譬况，战国之余响也，而贾谊实为前茅。昭宣而后，则古称先，缘饰经术，而出于诵数；雍容揄扬，渐为排偶，而不免阐缓，东京之权舆也，而扬雄则其例外。雄用心于内，不求于外，历成、哀、平三世不徙官。及王莽篡汉，谈说之士，用符命称功德获封爵者甚众，雄以往时司马相如作《封禅》一篇，以彰汉氏之休；诚乐昭著新德，光之罔极；依仿献《剧秦美新》一篇；然相如《封禅》，以“兴必虑衰，安必思危”作收，犹有颂不忘规之意；而《剧秦美新》，则一味颂谀矣。特浓腴而饶古色，沉郁而有婉致；奥词宏澜，出以炼劲；意常语新，不害其为杰作。以耆老久次转为大夫，实好古而乐道，其意欲求文章成名于后世；既博诵古籍，无所不仿效，辄复无所不似。自雄之殁，其《法言》大行。录《吾子》篇曰：

降周迄孔，成于王道。然后诞章乖离，诸子图徽。撰《吾子》。

或问吾子少而好赋。曰：“然，童子雕虫篆刻。”俄而曰：“壮夫不为也。”或曰：“赋可以讽乎？”曰：“讽则已。不已，吾恐不免于劝也。”或曰：“雾縠之组丽。”曰：“女工之蠹矣。”

或问：“景差、唐勒、宋玉、枚乘之赋也，益乎？”曰：“必也淫。”“淫则奈何？”曰：“诗人之赋丽以则。辞人之赋丽以淫。如孔氏之门用赋也，则贾谊升堂，相如入室矣。如其不用何！”或问：“屈原智乎？”曰：“如玉如莹，爰变丹青；如其智，如其智！”

或曰：“君子尚辞乎？”曰：“君子事之为尚。事胜辞则伉。辞胜事则赋。事辞称则经；足言足容，德之藻矣。”或问：“公孙龙诡辞数万以为法；法欤？”曰：“断木为棋，梡革为鞠，亦皆有法焉。不合乎先王之法者，君子不法也。”

“观书者，譬诸观山及水。升东岳而知众山之峛崺也，况介丘乎？浮沧海而知江河之恶沱也，况枯泽乎？舍舟航而济乎渎者末矣，舍《五经》而济乎道者末矣。弃常珍而嗜乎异馔者，恶睹其识味也！山径之蹊，不可胜由矣。向墙之户，不可胜入矣。”曰：“恶由入？”曰：“孔氏。孔氏者户也。”曰：“子户乎？”曰：“户哉户哉，吾独有不户者矣！”

为文章多方仿依。其初摹长卿以追楚《骚》，纵横铿訇；继而诵仲尼以袭经言，简古奥峭。王莽仿《尚书》，仿《礼》；而雄效《易》，仿《论语》，心摹口追，何所不似。然从来足于道者，文心自然流出；《太玄》、《法言》，抑何气尽力竭耶！

第三章 东　　汉

第一节 发　　凡

王莽诛灭，光武中兴，虽承炎统，而文章风轨，与前不同。前汉恢张扬厉，袭战国纵横捭阖之遗，而自出变化。东汉舂容整赡，得儒者俯仰揖让之态，而好为依仿。前汉张而不弛，东汉弛而不张。前汉为周秦纵横之余，东汉开齐梁骈偶之风。由疏而密，由朴而丽，文章之变，此其转关。

东汉文章，前有班固，后有蔡邕，后先辉映，最为特称，号曰班蔡。而排衍阐缓，冯衍开其前路。

冯衍，字敬通，京兆杜陵人也。天下兵起，尚书仆射鲍永行大将军事，安集北方。衍说以纵横之计，与上党太守田邑等缮甲养士，扞卫并土。既而光武即位，获邑母弟妻子，邑乃遣使献璧马，即拜为上党太守，因遣招永、衍。永、衍忿邑背前约，乃遗邑书曰：

> 盖闻晋文出奔，而子犯宣其忠。赵武逢难，而程婴明其贤。二子之义当矣。今三王背叛，赤眉危国，天下蚁动，社稷颠陨，是忠臣立功之日，志士驰马之秋也。伯玉擢选剖符，专宰大郡。夫上党之地，有四塞之固；东带三关，西为国蔽。奈何举之以资强敌，开天下之匈，假仇仇之刃，岂不哀哉！衍闻之：委质为臣，无有二心。挈瓶之智，守不假器。是以晏婴临盟，拟以曲戟，不易其辞。谢息守郕，胁以晋鲁，不丧其邑。由是言之：内无钩颈之

祸，外无桃莱之利，而被叛人之声，蒙降城之耻，窃为左右羞之。

且郑庶其窃邑叛君以要大利，曰贱而必书。莒牟夷以土地求食，而名不灭。是以大丈夫动则思礼，行则思义，未有背此而身名能全者也。为伯玉深计，莫若与鲍尚书同情戮力，显忠贞之节，立超世之功。如以尊亲系累之故，能捐位投命，归之尚书，大义既全，敌人纾怨，上不损剖符之质，下足救老幼之命，申眉高谈，无愧天下。若乃贪上党之权，惜全邦之实，恐伯王必怀周赵之忧，上党复有前年之祸。昔晏平仲纳延陵之诲，终免栾高之难。孙林父违穆子之戒，故陷终身之恶。以为伯玉闻此至言，必若刺心；自非婴城而坚守，则策马而不顾也。圣人转祸而为福。智士因败以成胜。愿自强于时，无与俗同。

虽有纵横捭阖之意，而开阐缓比偶之体。既降光武，遂见摈弃，乃作赋自厉，命其篇曰《显志》。体仿《离骚》，辞尚排比，而音采不赡丽，气亦少靡矣！其乡人有杜笃者，字秀雅，博学不修小节；居美阳，美阳令与游。数从请托，不谐，遂相恨，令系送京师。会大司马吴汉薨，光武诏诸儒诔之。笃于狱中为诔辞最高；赐笃免刑。笃以关中表里山河，先帝旧京，不宜改营洛邑；诚见司马相如、扬子云作辞赋以讽主上，乃上奏《论都赋》一篇，其体沿《子虚》、《上林》，辞不甚壮丽，而特和雅可诵，体密思靡，盖班固《两都》之所由昉云。特班固恢张雒邑，而笃则盛称长安耳。

第二节 班固附崔骃 张衡附傅毅

班固，字孟坚，扶风安陵人也。父彪，字叔皮。王莽败，三辅大乱。时隗嚣拥众天水，彪乃避难从之，以嚣有叛汉之志，乃著《王命论》以感之。而嚣终不寤，遂改事河西大将军窦融，为从事，画策事汉，草章奏。及融征还京师，光武问知为彪所为，雅闻其才，因召见，举司隶茂才，拜徐令；以病免。后数应三公之命，辄去。彪既才高而好述作，遂专心史籍之间。武帝时，司马迁著《史记》，自太初以后，阙而不录。后好事者，颇或缀集时事，然多鄙俗，不足以踵继其书。彪乃继采前史遗事，傍贯异闻，作《后传》数十篇，因斟酌前史而讥正得失，其略论曰："迁之所记，从汉元至武以绝，则其功也。至于采经摭传，分散百家之事，甚多疏略，不如其本，务欲以多闻广义为功，论议浅而不笃。其论术学，则崇黄老而薄五经；序货殖，则轻仁义而羞贫穷；道游侠，则贱守节而贵俗功，此其大敝伤道。然善述序事理，辩而不华，质而不俚，文质相称，盖良史之才也。司马迁序帝王，则曰本纪；公侯传国，则曰世家；卿士特起，则曰列传；又进项羽陈涉而黜淮南衡山。细意委曲，条例不经。若序司马相如举郡县，著其字；至萧、曹、陈平之属，及董仲舒并时之人，不记其字，或县而不郡者，盖不暇也。"论者以为得实。

固承其学，遂博贯载籍。父彪卒，固居乡里，而以彪所续前史未详，乃潜精研思，欲就其业。既而有人告固私改作国史者，诏下郡收固系京兆狱。固弟超乃诣阙上书，得召见，具言固所著述意。显宗甚奇之，召诣校书郎，除兰台令史，与前睢阳令陈宗、长陵令尹敏、司隶从事孟异，共成《世祖本纪》，迁为郎，典校秘书。固又撰功臣、平林、新市、公孙述事。作列传、载记二十八篇，奏之。帝乃复使终成前所著书。固乃起元高祖，终于孝平王莽之诛，十有二世，二百三十年，综其行事，为十二纪，十志，八表，七十列传，勒成一史，目为《汉书》，盖仿《虞书》、《夏书》、《商书》、《周书》之名。其文体异于《尚书》，全仿司马迁例也，但不为世家，改书曰志而已。惟迁文直而气肆，固辞赡而裁密；迁寄微情妙旨于文辞蹊径之外，而固则情旨尽露于文辞蹊径之中。然固自永平中始受诏，潜精积思，二十余年，廑乃成书，学者莫不讽诵焉。录《公孙弘传赞》曰：

> 公孙弘、卜式、倪宽，皆以鸿渐之翼，困于燕雀，远迹羊豕之间；非遇其时，焉能致此位乎？是时汉兴六十余载，海内乂安，府

库充实，而四夷未宾，制度多阙。上方欲用文武，求之如弗及，始以蒲轮迎枚生，见主父而叹息。群士慕向，异人并出；卜式拔于刍牧，弘羊擢于贾竖，卫青奋于奴仆，日殚出于降虏，斯亦曩时版筑饭牛之朋已。汉之得人，于兹为盛。儒雅则公孙弘、董仲舒、倪宽，笃行则石建、石庆，质直则汲黯、卜式，推贤则韩安国、郑当时，定令则赵禹、张汤，文章则司马迁、相如，滑稽则东方朔、枚皋，应对则严助、朱买臣，历数则唐都、洛下闳，协律则李延年，运筹则桑弘羊，奉使则张骞、苏武，将帅则卫青、霍去病，受遗则霍光、金日磾，其余不可胜纪。是以兴造功业，制度遗文，后世莫及。孝宣承统，纂修洪业，亦讲论六艺，招选茂异；而萧望之、梁丘贺、夏侯胜、韦玄成、严彭祖、尹更始，以儒术进，刘向、王褒，以文章显；将相则张世安、赵充国、魏相、邴吉、于定国、杜延年，治民则黄霸、王成、龚遂、郑弘、召信臣、韩延寿、尹翁归、赵广汉、严延年、张敞之属；皆有功迹，见述于后世，参其名臣，亦其次也。

借公孙弘以综叙一代人物，虽不如司马迁之卓荦为杰，而和雅春容，不大声色而意度宏远，亦非司马迁之好奇负气所有；特意尽于辞，无迁之微情妙旨！为郎后，遂见亲近，会京师修起宫室，浚缮城隍，而关中耆老，犹望朝廷西顾。固感前世相如、寿王、东方之徒，造构文辞，终以讽劝，乃上《两都赋》，盛称洛邑制度之美，以折西宾淫侈之论，而序其意曰：

或曰，赋者，古诗之流也。昔成康没而颂声寝，王泽竭而《诗》不作。大汉初定，日不暇给。至于武宣之世，乃崇礼官，考文章，内设金马石渠之署，外兴乐府协律之事，以兴废断绝，润色鸿业；是以众庶悦豫，福应尤盛。白麟、赤雁、芝房、宝鼎之歌，荐于郊庙；神雀、五凤、甘露、黄龙之瑞，以为年纪。故言语侍从之臣，若司马相如、虞丘寿王、东方朔、枚皋、王褒、刘向之属，朝夕论思，日月献纳。而公卿大臣，御史大夫倪宽、太常孔臧、太中大

> 夫董仲舒、宗正刘德、太子太傅萧望之等，时时间作。或以抒下情而通讽谕，或以宣上德而尽忠孝；雍容揄扬，著于后嗣，抑亦雅颂之亚也。故孝成之世，论而录之，盖奏御者千有余篇；而后大汉之文章，炳焉与三代同风。
>
> 且夫道有夷隆，学有粗密，因时而建德者，不以远近易则。故皋陶歌虞，奚斯颂鲁，同见采于孔氏，列于《诗》《书》；其义一也。稽之上古则如彼，考之汉室又如此。斯事虽细，然先臣之旧式，国家之遗美，不可阙也！臣窃见海内清平，朝廷无事；京师修宫室，浚城隍而起宛囿，以备制度。西土耆老，咸怀怨思，冀上之眷顾，而盛称长安旧制，有陋洛邑之议。故臣作《两都赋》以极众人之所眩曜，折以今之法度。

其赋分两篇，盖因杜笃《论都赋》而作；《西都》极其眩曜，主于讽刺，所谓抒下情而通讽谕也；《东都》折以法度，主于揄扬，所谓宣上德而尽忠孝也。主客对扬，依仿《子虚》《上林》。然相如体隽而气骏，楮墨殆不任轶荡；固则采富而骨重，藻丽只尽于扬诩；而序特和雅，但即眼前铺叙，更不钩深，却自无不尽；节奏最浑妙，舒徐典润，有自然之顿挫，盖蕴藉深，故气度闲；舂容大雅，无意与相如争能；而志节和平，东京本色，乃转以掩相如之铿訇，而别出一格。盖相如恢张，气溢于彩；而固序淡雅，辞有余妍也。固又撰《典引》，述叙汉德，以为相如《封禅》靡而不典，扬雄《美新》典而不实，盖自谓得其致焉。相如骨气奇高，辞笔生动，有飞舞之势。雄则辞采丽茂，好用奇字，然运而无所积。班固体平词茂，结言端直，气少于长卿，文薄于子云，在扬马间别构一体；尚规矩，不贵绮错。其他词赋多可观。

涿郡崔骃，字亭伯，博学，善属文。少游太学，与班固齐名。顾以典籍为业，未遑仕进。时人或讥其太玄静。骃拟扬雄《解嘲》，作《达旨》以答焉。肃宗巡狩方岳，骃上《四巡颂》，辞甚典美。帝嗟叹之，谓侍中窦宪曰："公爱班固而忽崔骃，此叶公之好龙也。"然寻骃所作，旨浮而力缓，气益靡矣，不如固之闳丽也。

张衡字平子，南阳西鄂人也。东京之有班固、张衡，犹西汉之有司马相如、扬雄，萧规曹随，有意相犯。然扬雄不如司马之雄骏，而辞益瑰丽；张衡不如班固之茂密，而气特恢宏；善用其长而自出变化，后先辉映，尽有独至。班固作《两都》，衡赋《两京》。班固作《幽通》，衡赋《思玄》。班固有《答宾戏》，衡作《应间》。衡少善属文，而从容淡静。永元中，举孝廉，不行；连辟公府，不就。时天下承平日久，自王侯以下，莫不逾侈。衡乃拟班固《两都赋》，作《二京赋》，因以讽谏；《西京》全袭班固《西都赋》而语加恢张，参差历落，其文法之变化，亦撷《左氏》之雅练，于整齐中见错落，自成一格，不作排比；此实衡刻意求工，不欲效颦《西都》也。《东京赋》则历数大典，安详整暇，气肃而度舒，几欲掩过其上。盖班固于《东都》，以不写为写；而衡赋《东京》，则以写为写，而详固之所略也。然才欲窥深，词务索广，故思能入巧而不制繁，便觉神气不贯，虑详而力缓；此衡所为不如也。及为侍中，上疏请得专事东观，收检遗文，毕力补缀；又条上司马迁、班固所叙，与典籍不合者十余事；又以为王莽本传，但应载篡事而已；至于编年月，纪灾祥，宜为元后本纪。又更始居位，人无异望；光武初为其将，然后即真；宜以更始之号，建于光武之初。议论文章，盖欲驾固而出其上焉。

固自以志郁道滞，仿《离骚》，作《幽通赋》以自畅；而衡亦为《思玄赋》。《幽通赋》意祖《离骚》，而辞多诘屈，似有意学扬雄；然辞奇而气不疏，遂不能运；又平典似道德论；赋家以体物为铺排，而《幽通赋》独以议论引古为结构，正言未能若反，转以正襟未能高谈，不耐寻味。然《幽通》写意以直赋；而《思玄》则叙事为比兴，仿屈原《远游》之意而推广之，布局尽宏，而用意甚紧，以视《幽通》之艰涩平板者，何啻后贤之畏。但仿古太似则不新，立局太宽则不紧，此所以不如前人也。扬雄有言："诗人之赋丽以则。"东京词赋，大抵则而不丽；而丽者又或欠骏逸，茂于辞而不疏于气，班固、张衡，其焯焯也。独马融作《广成颂》，典丽矞皇，波澜壮阔；王延寿作《鲁灵光殿赋》，藻采焕发，气机流动，苍劲古逸，胥有西京之遗云。然东京文章阐缓，而诗特警遒；文章绮茂，而诗特疏朗；所以逸响高调，挺拔而为俊矣。

傅毅，字武仲，扶风茂陵人也。少博学；以显宗求贤不笃，士多隐处，故作《七激》以为讽。又刘勰《文心雕龙·明诗》称傅毅为《冉冉孤生竹》一诗，亦此意也。其辞曰：

冉冉孤生竹，结根泰山阿。与君为新婚，兔丝附女萝。兔丝生有时，夫妇会有宜；千里远结婚，悠悠隔山陂。思君令人老，轩车来何迟。伤彼蕙兰花，含英扬光辉；过时而不采，将随秋草萎。君亮执高节，贱妾亦何为。

雅得风人比兴之意，辞不华藻，而特高亮凄激。建初中，肃宗博召文学之士，以毅为兰台令史，拜郎中，与班固贾逵共典校书；而固讥"武仲下笔不能自休"；今观毅所作，虽不如固之云兴车屯，辞笔奔会，而凝厚之中，饶有流动，堆垛尽化烟云。著诗、赋、诔、颂、祝文、七激、连珠凡二十八篇；造怀指事，诗最清峻。至张衡为《四愁诗》，则益原本屈宋，依仿楚声，七言腾踊而为新体。其辞曰：

我所思兮在太山，欲往从之梁父艰，侧身东望涕沾翰。美人赠我金错刀，何以报之英琼瑶。路远莫致倚逍遥，何为怀忧心烦劳！

我所思兮在桂林，欲往从之湘水深，侧身南望涕沾襟。美人赠我金琅玕，何以报之双玉盘。路远莫致倚惆怅，何为怀忧心烦伤！

我所思兮在汉阳，欲往从之陇阪长，侧身西望涕沾裳。美人赠我貂襜褕，何以报之明月珠。路远莫致倚踟蹰，何为怀忧心烦纡！

我所思兮在雁门，欲往从之雪纷纷，侧身北望涕沾巾。美人赠我锦绣段，何以报之青玉案。路远莫致倚增叹，何为怀忧心烦惋！

时天下渐弊，郁郁不得志；乃仿屈原，以美人为君子，珍宝为仁义，水深雪雰为小人；思以道术相报，贻于时君；而惧谗邪不得以通，自抒其郁陶云尔。衡所作诗，如《怨篇》四言和雅，得三百篇之敦厚；《同声歌》五言婉笃，异《十九首》之哀思。而《怨篇》托兴于秋兰，《同声歌》取譬于淑女，香草美人以喻君子，则又出于楚《骚》也；然取《骚》之意而不为其体。《四愁诗》朗丽以哀志，则又袭《骚》体而异其调；楚《骚》缠绵，而此则哀激也。

第三节　蔡　　邕

司马迁、相如，才骏而气逸。班固、张衡，辞丽而体闳。而蔡邕，则不能骏逸而为冲和者也，不能闳丽而为雅淡者也。蔡邕，字伯喈，陈留圉人也。少博学，好辞章；献帝时，累拜左中郎将；封高阳乡侯。董卓为司空，重邕才学，厚相遇待。及卓诛，并被收付廷尉。邕前在东观，与卢植、韩说等撰补《后汉记》，会遭事流离，不及得成。至是乃陈辞谢，乞黥首刖足，继成汉史，卒被杀。其撰集汉事，未见录，以继后史，适作《灵纪》及《十意》，又补别诸列传四十二篇，因李傕之乱，湮没多不存。所著诗、赋、碑、诔、铭、赞、连珠、箴、吊、论议、《独断》、《劝学》、《释诲》、《叙乐》、《女训》、《篆势》、祝文、章表、书记，凡百四篇，今存九十篇，而墓碑居其半，曰碑、曰铭、曰神诰、曰哀赞，其实一也。处士郭泰有高名，及死，邕为作碑曰："吾为人作碑，未尝不有惭容；惟为郭有道颂，无愧色耳！"其辞曰：

先生，讳泰，字林宗，太原界休人也。其先出自有周，王季之穆，有虢叔者，实有懿德；文王咨焉，建国命氏，或谓之郭；即其后也。先生诞膺天衷，聪叡明哲，孝友温恭，仁笃慈惠。夫其器量宏深，姿度广大，浩浩焉，汪汪焉，奥乎不可测已。若乃砥节砺行，直道正辞，贞固足以干事，隐括足以矫时。遂考览六经，探综图纬，周流华夏，随集帝学，收文武之将坠，拯微言之未绝。于时，缨緌之徒，绅佩之士，望形表而影附，聆嘉声而响和者，犹百川之归巨海，鳞介之宗龟龙也。尔乃潜隐衡门，收朋勤诲，童蒙赖焉，用祛其蔽。州郡闻德，虚己备礼，莫之能致。群公休之，遂辟司徒掾，又举有道，皆以疾辞；将蹈鸿涯之遐迹，绍巢许之绝轨，翔区外以舒翼，超天衢以高峙。禀命不融，享年四十有二，以建宁二年正月乙亥卒。凡其四方同好之人，永怀哀悼，靡所置念，乃相与惟先生之德，以谋不朽之事；佥以为先民既没，而德音犹存者，亦赖之于见述也；今其如何而阙斯礼？于是树碑表墓，昭铭景行，俾芳烈奋于百世，令闻显于无穷。其辞曰：

於休先生，明德通玄；纯懿淑灵，受之自天。崇壮幽浚，如山如渊。礼乐是悦，诗书是敦；匪惟摭华，乃寻厥根。宫墙重仞，允得其门。懿乎其纯，确乎其操。洋洋搢绅，言观其高；栖迟泌丘，善诱能教。赫赫三事，几行其招。委辞召贡，保此清妙。降年不永，民斯悲悼。爰勒兹铭，摛其光耀。嗟尔来世，是则是效。

邕之文，泽古者深；其辞坦迤如不经意，而暗与之合。大抵以《书》之端凝植其骨，以《诗》之安和植其节，以《左氏》之整暇调其机。其文以意度胜人，不以骨力见高；舒详安雅，而气如莹，沨沨乎三代之遗音也。然有余于安和，不足于警切；叙事不具本末，议论亦欠分晓。集中《郭有道》、《陈太丘》两碑，最为名篇；而浮辞满纸，绝不见其人性情。词赋依效《离骚》，亦无跌宕伟丽之观；平流徐行，盖其素性然云。东京作者，骈称班蔡；然邕虑详而力缓，温雅以循规；不如固之雅壮而多风，情高以会采也。世传有《蔡中郎集》六卷，或十卷。

第四节　孔融附祢衡

遒文壮节，足以振靡起懦者，于汉季得一人焉，曰孔融。融，字文举，鲁国人，孔子二十世孙。性好学，博涉多该览。建安中，献帝都许，累拜将作大匠。既见曹操雄诈渐著，数不能堪，故发辞偏宕。操惮融名重天下而建正议，虑鲠大业。山阳郗虑承望风旨，以微法奏免融官；操遂构成其罪，令路粹枉状奏融："前与白衣祢衡跌宕放言，更相赞扬，衡谓融曰：'仲尼不死。'融答曰：'颜回复生。'"竟坐诛。所著诗、颂、碑文、论议、六言、策文、表、檄、教令、书记，凡二十五篇。虽体属骈丽，然卓荦遒亮，信含异气，笔墨之性，殆不可胜。而与曹公《论盛孝章书》，纵笔无结构，然雄迈之气，弥以不掩。其辞曰：

岁月不居，时节如流；五十之年，忽焉已至。公为始满，融又过二。海内知识，零落殆尽，惟会稽盛孝章尚存。其人困于孙氏，妻孥湮没，单孑独立，孤危愁苦；若使忧能伤人，此子不能复永年矣。《春秋传》曰："诸侯有相灭亡者，桓公不能救，则桓公耻之！"今孝章，实丈夫之雄也；天下谈士，依以扬声。而身不免于幽縶，命不期于旦夕；是吾祖不当复论损益之友，而朱穆所以绝交也。公诚能驰一介之使，加咫尺之书，则孝章可致，友道可宏矣。今之少年，喜谤前辈，或能讥评孝章。孝章要为有天下大名；九牧之人，所共称叹！燕君市骏马之骨，非欲以骋道里，乃当以招绝足也。惟公匡复汉室，宗社将绝，又当正之；正之之术，实须得贤。珠玉无胫而自至者，以人好之也；况贤者之有足乎？昭王筑台以尊郭隗；隗虽小才而逢大遇，竟能发明主之至心；故乐毅自魏往，剧辛自赵往，邹衍自齐往。向使郭隗倒悬而王不解，临溺而王不拯，则士亦将高翔远引，莫有北首燕路者矣。凡所称引，自公所知；而复有云者，欲公崇笃斯义；因表不悉。

不甚斫削，然疏俊可诵！又《荐祢衡表》，则于典丽之中，能为疏宕；虽野于班固，而茂于蔡邕。建安文章，雅壮多风，结两汉之局，而开魏晋之派者，盖融有以先之也。融所为五言杂诗，如"岩岩钟山首"一首，气郁勃而辞遒壮；"远送新行客"一首，意凄惋而笔曲达；骨气奇高，不假藻饰。融与广陵陈琳孔璋、山阳王粲仲宣、北海徐幹伟长、陈留阮瑀元瑜、汝南应玚德琏、东平刘桢公干，并称建安七子。六子皆与操子丕植友善，各被操辟为掾属；独融为汉尽命。

平原祢衡，字正平，亦有文采，而不在七人之列。自以有才辩，而气尚刚傲，好矫时慢物，惟善于融，融亦深爱其才。衡始弱冠，而融年四十，遂与为交友；既为疏荐之，数称述于曹操。操欲见之，而衡素相轻疾。操怀忿，而以其才名，不欲杀之，于是遣人骑送之荆州刘表，复侮慢于表。表耻不能容，以江夏太守黄祖性急，故送衡与之，卒以见害，年二十六。其文章多亡，独传《鹦鹉赋》，未极铺采摛文之能。其他文章，俪体行文，亦伤平典；雅而不壮，未及孔融之逸气贯注，淋漓行墨间也。盖融气盛于为笔，衡则思锐于为文，有偏美焉。

第四章　三　　国

第一节　发　　凡

燕赵多慷慨悲歌之士，江左擅绮丽纤靡之文，自古然矣；顾有不可论于三国者。魏武帝崛起称霸，开基青豫，以文武姿，掞藻扬葩，把酒临江，横槊赋诗，固一世之雄也。子桓、子建，兄弟竞爽，亦擅词采；然华而不实，上有好者，下必殆甚。陈琳、阮瑀以符檄擅声，王粲、徐幹以辞赋标美，刘桢情高以全彩，应玚学优以得文，皆一时之秀。而何晏、王弼妙善玄言，嵇康、阮籍轻世肆志，已萌晋世清谈之习，而开江左六朝绮丽之风矣。夫江左六朝，建国金陵，阻长江为天堑，与北方抗衡；其端实自孙氏启之。孙权称制江东，号吴大帝；然文笔雅健，不为绮丽；《与诸将令》、《责诸葛瑾诏》，卓荦有西京之风焉。虞翻《谏猎》之书，简而能要。骆统《理张温表》，语亦详畅。而诸葛恪《救国》之论，慨当以慷，尤吴人文之可诵者。吴之末造，韦曜《博弈论》，渐近偶俪，然质而不靡，以视魏武父子之风情隽上，辞彩秀拔，固有间矣。谁则谓南朝文士尽华靡者乎？至蜀为司马相如、扬雄辞赋家产地，而诸葛亮文彩不艳，陈寿亦不与相如竞艳，而质直过之。是南人之文质直，转不如北人之藻逸工言情矣。岂非古今一变例也哉！

第二节　魏武帝　文帝　曹植附王粲

徐幹 陈琳 阮瑀 应玚 刘桢 杨修

三国之文，莫盛于魏。西汉之文骏朗，东京之文丽则；而魏则总两汉之菁英，导六朝之先路，丽而能朗，疏以不野，藻密于西汉，气疏于东京；此所以独出冠时，而擅一代之胜也。方汉建安之世，魏武帝实秉国钧，推奖文学，俊彦蔚集。文帝为五官将，及弟平原侯植，皆好文章，王粲、徐幹、陈琳、阮瑀、应玚、刘桢并见友善；而"七子"之目，实自文帝；其为《典论·论文》曰：

> 文人相轻，自古而然。傅毅之于班固，伯仲之间耳；而固小之，与弟超书曰："武仲以能属文为兰台令史，下笔不能自休。"夫人善于自见；而文非一体，鲜能备善；是以各以所长，相轻所短。里语曰："家有弊帚，享之千金"；斯不自见之患也。今之文人，鲁国孔融文举、广陵陈琳孔璋、山阳王粲仲宣、北海徐幹伟长、陈留阮瑀元瑜、汝南应玚德琏、东平刘桢公干。斯七子者，于学无所遗，于辞无所假；咸以自骋骥騄于千里，仰齐足而并驰；以此相服，亦良难矣。盖君子审己以度人，故能免于斯累，而作论文。王粲长于辞赋。徐幹时有齐气，然粲之匹也。如粲之《初征》、《登楼》、《槐赋》、《征思》，幹之《玄猿》、《漏卮》、《圆扇》、《橘赋》，虽张蔡不过也；然于他文，未能称是。琳、瑀之章表书记，今之隽也。应玚和而不壮，刘桢壮而不密。孔融体气高妙，有过人者，然不能持论，理不胜辞，以至乎杂以嘲戏；及其所善，扬、班俦也。常人贵远贱近，向声背实，又患暗于自见，谓己为贤。
>
> 夫文，本同而末异。盖奏议宜雅，书论宜理，铭诔尚实，诗赋欲丽。此四科不同，故能之者偏也；惟通才能备其体。文以气为主。气之清浊有体，不可力强而致；譬诸音乐，曲度虽均，节奏同

检;至于引气不齐,巧拙有素;虽在父兄,不能以移子弟。盖文章,经国之大业,不朽之盛事。年寿有时而尽,荣乐止乎其身;二者必至之常期,未若文章之无穷;是以古之作者,寄身于翰墨,见意于篇籍,不假良史之辞,不托飞驰之势,而声名自传于后。故西伯幽而演《易》,周旦显而制《礼》,不以隐约而弗务,不以康乐而加思。夫然,则古人贱尺璧而重寸阴,惧乎时之过已。而人多不强力;贫贱则慑于饥寒,富贵则流于逸乐,遂营目前之务,而遗千载之功;日月逝于上,体貌衰于下,忽然与万物迁化,斯志士之大痛也。融等已逝,唯幹著论成一家言。

文帝缛采有余,而《典论》独为淡雅,出以散朗。其他诸作如《与钟大理书》,以君子比德于玉,铺采摛文,赋心书体,若嫌浓至;《与朝歌令吴质书》,追想南皮之游,触绪感慨,情文并茂,缛不害骨,致为隽篇。而《与吴质第二书》,则意与《典论·论文》相发,以徐、陈、应、刘一时俱逝作骨,俯仰绵邈,不以缛采见才藻,而于粗朴觇情深,疏疏落落,当为第一。

徐幹于七子中最为清玄体道,著《中论》二十篇,其大指原本经训,指陈人事,而归于圣贤之道;《大臣篇》极推荀卿而不取游说之士;《考伪篇》以求名为圣人之至禁;辞意典雅,而无奇矫之致,可谓彬彬君子矣,不复以华采为工也。

王粲溢才,捷而能密;属文举笔便成,无所改定;然正复精意覃思,亦不能加也。著诗赋、论议,垂六十篇。文帝称其长于辞赋;然辞有余惬,气无激韵;而《登楼》一赋,盖依荆州刘表,意有所郁结不得通,蕲于发愤一吐;然低徊俯仰,曲涧沦漪,无长江大河波涛汹涌之观。而《为刘荆州与袁谭、袁尚》两书,亦同《左氏》之优游缓节,而异战国之卓荦为杰;文帝所为惜其体弱,不起其文者也。其《登楼赋》曰:

登兹楼以四望兮,聊暇日以销忧。览斯宇之所处兮,实显敞而寡仇。挟清漳之通浦兮,倚曲沮之长洲;背坟衍之广陆兮,临皋隰之沃流。北弥陶牧,西接昭丘。华实蔽野,黍稷盈畴。虽信美而非吾土兮,曾何足以少留!遭纷浊而迁逝兮,漫逾纪以迄今。情眷眷而怀归兮,孰忧思之可任?凭轩槛以遥望兮,向北风而开襟。平原远而极目兮,蔽荆山之高岑。路逶迤而修回兮,川既漾而济深。悲旧乡之壅隔兮,涕横坠而弗禁。昔尼父之在陈兮,有归欤之叹音;钟仪幽而楚奏兮,庄舄显而越吟。人情同于怀土兮,岂穷达而异心。惟日月之逾迈兮,俟河清其未极。冀王道之一平兮,假高衢而骋力。惧匏瓜之徒悬兮,畏井渫之莫食。步栖迟以徙倚兮,白日忽其将匿。风萧瑟而并兴兮,天惨惨而无色;兽狂顾以求群兮,鸟相鸣而举翼。原野阒其无人兮,征夫行而未息。心凄怆以感发兮,意忉怛而憯恻。循阶除而下降兮,气交愤于胸臆。夜参半而不寐兮,怅盘桓以反侧。

朗丽哀志,楚《骚》遗调,摘其诗赋,则七子之冠冕乎。

陈琳、阮瑀,则文帝所云章表书记之隽;武帝并以为司空军谋祭酒,管记室;军国书檄,多琳、瑀所作也,而琳尤健爽。帝平张鲁,曹洪以都督随征,琳乃为洪与文帝书曰:

前初破贼,情侈意奢,说事颇过其实。得九月二十书,读之喜笑,把玩无厌。亦欲令陈琳作报,琳顷多事,不能得为。念欲远以为欢,故自竭老夫之思;辞多不可一二,粗举大纲,以当谈笑。

汉中地形,实自险固;四岳三涂,皆不及也。彼有精甲数万,临高守要,一夫挥戟,万人不得进;而我军过之,若骇鲸之决细网,奔兕之触鲁缟,未足以喻其易。虽云王者之师,有征无战;不义而强,古今常有。故唐虞之世;蛮夷猾夏;周宣之盛,亦仇大邦;《诗》、《书》叹载,言其难也。斯皆凭阻恃远,故使其然。是以察兹地势,谓为中材处之,殆难仓卒。来命陈彼妖惑之罪,叙王师旷荡之德，岂不信然。是夏殷所以丧，苗扈所以毙；我之所以克，彼之所以败也。不然，商周何以不敌哉？昔鬼方聋昧，崇虎谗凶，殷辛暴虐，三者，皆下科也。然高宗有三年之征，文王有退修之军，孟津有再驾之役，然后殪戎胜殷，有此武功；未有星流景集，飚奋霆击，长驱山河，朝至暮捷若今者也。由此观之，彼固不惮下愚；则中才之守，不然明矣。

在中才则谓不然，而来示乃以为彼之恶稔，虽有孙田墨厘，犹无所救。窃又疑焉。何者？古之用兵，敌国虽乱，尚有贤人，则不伐也；是故三仁未去，武王还师。宫奇在虞，晋不加戎。季梁犹在，强楚挫谋。暨至众贤奔绌，三国为墟，明其无道有人，犹可救也。且夫墨子之守，萦带为垣，高不可登；折箸为械，坚不可入；若乃距阳平，据石门，摅八阵之列，骋奔牛之权；焉肯土崩鱼烂哉？设令守无巧拙，皆可攀附；则公输已陵宋城，乐毅已拔即墨矣；墨翟之术何称？田单之智何贵？老夫不敏，未之前闻。盖闻过高唐者效王豹之讴，游睢涣者学藻缋之采。间自入益部，仰司马、扬、王遗风，有子胜斐然之志；故颇奋文辞，异于他日。怪乃轻其家丘，谓为"倩人"，是何言欤？夫騄骥垂耳于坰牧，鸿雀戢翼于污池，亵之者，固以为园圃之凡鸟，外厩之下乘也。及其整兰筋，挥劲翮，陵厉清浮，顾盼千里；岂可谓其借翰于晨风，假足于六驳哉？恐犹未信丘言，必大噱也。洪白。

腴而得峭，骏而为婉，词气纷纭，远胜王粲之文秀而质羸也。王粲属文，举笔便成，篇中无幽奥之辞，雕镂之字；低徊往复，蕲于自抒胸臆。而琳则著力锻语，以细为弘，以琢为肆，遂觉色浓而味腴矣。

阮瑀书记，亦称翩翩。武帝既丧师赤壁，吴绝不通，瑀乃为作书与孙权曰：

离绝以来，于今三年，无一日而忘前好；亦犹姻媾之义，恩情已深，违异之恨，中间尚浅也。孤怀此心，君岂同哉？每览古今所由改趣，因缘侵辱，或起瑕衅，心忿意危，用成大变；若韩信伤心于失楚，彭宠积望于无异，卢绾嫌畏于已隙，英布忧迫于情漏，此事之缘也。孤与将军，恩如骨肉。割授江南，不属本州，岂若淮阴捐旧之恨？抑遏刘馥，相厚益隆，宁放朱浮显露之奏？无匿张胜贷故之变，非有阴构贲赫之告，固非燕王淮南之衅也。而忍绝王命，明弃硕交，实为佞人所构会也。夫似是之言，莫不动听；因形设象，易为变观。示之以祸难，激之以耻辱；大丈夫雄心，能无愤发？昔苏秦说韩，羞以牛后；韩王按剑，作色而怒；虽兵折地割，犹不为悔，人之情也。仁君年壮气盛，绪信所嬖；既惧患至，兼怀忿恨，不能复远度孤心，近虑事势；遂赍见薄之决计，秉翻然之成议；加刘备相扇诱，事结衅连，推而行之。想畅本心，不愿于此也。

孤以德薄，位高任重，幸蒙国朝将泰之运，荡平天下，怀集异类，喜得全功，长享其福；而姻亲坐离，厚援生隙；常恐海内多以相责，以为老夫包藏祸心，阴有郑武取胡之诈，乃使仁君翻然见绝。以是忿忿，怀惭反侧。常思除弃少事，更申前好，二族俱荣，流祚后嗣，以明雅素。中诚之效，抱怀数年，未得散意。

昔赤壁之役，遭离疫气，烧船自还，以避恶地；非周瑜水军所能抑挫也。江陵之守，物尽谷殚，无所复据，徙民还师；又非瑜之所能败也。荆土本非己分，我尽与君，冀取其余；非相侵肌肤，有所割损也。思计此变，无伤于孤；何必自遂于此，不复还之？高帝设爵以延田横，光武指河而誓朱鲔；君之负累，岂如二子？是以至情，愿闻德音。往年在谯，新造舟船，取足自载，以至九江，贵欲观湖漅之形，定江滨之民耳；非有深入攻战之计。将恐议者大为已荣，自谓策得，长无西患；重以此故，未肯回情。然智者之虑，虑于未形；达者所规，规于未兆。是故子胥知姑苏之有麋鹿；辅果识智伯之为赵禽；穆生谢病，以免楚难；邹阳北游，不同吴祸：此四士者，岂圣人哉？徒通变思深，以微知著耳。以君之明，观孤术数；量君所据，相计土地；岂势少力乏，不能远举，割江之表，晏安而已哉？甚未然也。若恃水战，临江塞要，欲令王师终不得渡，亦未必也。夫水战千里，情巧万端。越为三军，吴曾不御。汉潜夏阳，魏豹不意。江河虽广，其长难恃也。凡事有宜，不得尽言；将修前好而张形势，更无以威胁重敌人；然有所恐，恐书无益。何则？往者军逼而自引还；今日在远而兴慰纳，辞逊意狭，谓其力尽；适以增骄，不足相动；但明效古人，当自图之耳。

昔淮南信左吴之策，隗嚣纳王元之言，彭宠受亲吏之计；三夫不寤，终为世笑。梁王不受诡胜，窦融斥逐张元；二贤既觉，福亦随之。愿君少留意焉。若能内取子布，外击刘备，以效赤心，用复前好；则江表之任，长以相付；高位重爵，坦然可观；上令圣朝无东顾之劳，下令百姓保安全之福，君享其荣，孤受其利，岂不快哉！若忽至诚，以处侥幸，婉彼二人，不忍加罪；所谓小人之仁，大仁之贼；大雅之人，不肯为此也。若怜子布，愿言俱存；亦能倾心去恨，顺君之情，更与从事，取其后善；但禽刘备，亦足为效；开设二者，审处一焉。闻荆扬诸将，并得降者，皆言交州为君所执，豫章距命不承执事，疫旱并行，人兵损减，各求进军；其言云云。孤闻此言，未以为悦。然道路既远，降者难信。幸人之灾，君子不为。且又百姓，国家之有；加怀区区，乐欲崇和。庶几明德，来见昭副。不劳而定，于孤益贵。是故按兵守次，遣书致意。古者兵交，使在其中。愿仁君及孤，虚心回意，以应诗人补衮之叹，而慎《周易》牵复之义。濯鳞清流，飞翼天衢，良时在兹，勖之而已。

条畅任气，优柔怿怀，虽不及陈琳之铦劲，然俊而能婉，所以难能。陈琳之为袁绍《檄豫州》，为魏武《檄吴将校部曲》，乘势恐喝。而瑀此书，当败军之后，固不能以形势自夸，有倍难于措辞者。情讽理喻，入后余波淋漓，是尺牍佳境，正于率处见风度；与陈琳著力锻语，于锻处见遒健者，故不同也。建安七子，王粲徐幹，文秀而质羸；孔融陈琳，气骏而笔遒；而瑀翩翩书记，介于其间，故当雄于王徐，靡于孔陈。琳瑀书记，得苏张纵横之辩，而无其雄直骏快。王粲词赋，有屈宋朗丽之风，而逊其瑰诡惠巧。追风以入丽，沿波而得奇，虽阐缓于七雄，而疏俊于东汉也！应玚汝颍之士，流离世故，意气渐平，以故其文和而不壮。刘桢采缛而辞窳，碌碌丽辞，斯为下矣！

曹植为临菑侯，秉意投杨修；以修与王粲、陈琳、徐幹、刘桢、应玚并论，而不数阮瑀。弘农杨修，字德祖，太尉彪子也；文博而才捷，不在七人之列。曹植与以书曰：

> 数日不见，思子为劳，想同之也。仆少小好为文章，迄至于今二十有五年矣！然今世作者，可略而言也。昔仲宣独步于汉南，孔璋鹰扬于河朔，伟长擅名于青土，公幹振藻于海隅，德琏发迹于北魏，足下高视于上京。当此之时，人人自谓握灵蛇之珠，家家自谓抱荆山之玉。吾王于是设天网以该之，顿八纮以掩之；今悉集兹国矣。然此数子，犹复不能飞轩绝迹，一举千里。以孔璋之才，不闲于辞赋，而多自谓能，与司马长卿同风；譬画虎未成，反为狗也。前有书嘲之，反作论盛道仆赞其文。夫钟期不失听，于今称之。吾亦不能妄叹者，畏后世之嗤余也。
>
> 世人之著述，不能无病。仆尝好人讥弹其文，有不善者，应时改定。昔丁敬礼常作小文，使仆润色之。仆自以才不过若人，辞不为也。敬礼谓仆："卿何所疑难？文之佳恶，吾自得之；后世谁相知定吾文者耶？"吾常叹此达言，以为美谈。昔尼父之文辞，与人通流；至于制《春秋》，游夏之徒，乃不能措一辞；过此而言不病者，吾未之见也。盖有南威之容，乃可以论于淑媛；有龙泉之利，乃可以议于断割。刘季绪才不能逮于作者，而好诋诃文章，掎摭利病。昔田巴毁五帝，罪三王，訾五霸于稷下，一旦而服千人；鲁连一说，使终身杜口。刘生之辩，未若田氏；今之仲连，求之不难；可无叹息乎？人各有好尚，兰茝荪蕙之芳，众人所好，而海畔有逐臭之夫；《咸池》《六茎》之发，众人所共乐，而墨翟有非

之之论；岂可同哉？

今往仆少小所著辞赋一通相与。夫街谈巷说，必有可采。《击辕》之歌，有应风雅。匹夫之思，未易轻弃也。辞赋小道，固未足以揄扬大义，彰示来世也。昔扬子云，先朝执戟之臣；犹称壮夫不为也。吾虽德薄，位为蕃侯；犹庶几戮力上国，流惠下民，建永世之业，留金石之功；岂徒以翰墨为勋绩，辞赋为君子哉。若吾志未果，吾道不行；则将采庶官之实录，辩时俗之得失，定仁义之衷，成一家之言；未能藏之于名山，将以传之于同好；非要之皓首，岂今日之论乎？其言之不惭，恃惠子之知我也。明早相迎，书不尽怀。

其文体貌英逸，梗概而多气，然亦有平有激；激者，露才扬己，仿佛孔融，而健笔有纵横之意；平者，敛才就范，差似蔡邕，而缓辔有蹀躞之致；佳处在作得有肉，高处在骨力驱遣，而要之有华有锋。魏文之才，洋洋清绮；而仗气爱奇，则不如植。然植思捷而才俊，诗丽而表逸；文帝虑详而力缓，故不竞于先鸣；而乐府清越，《典论》辩要，迭用短长，亦无懵焉。世传《曹子建集》十卷。

植既以才捷为文帝所嫉，及帝即位，迭遭贬斥；帝以太后故，仍改进封王；因以峻法绳植及诸王。黄初四年，诸王朝京师。任城王彰暴薨，诸王既怀友于之痛；植及白马王彪还国，欲同路东归，以叙隔阔之思，而监国使者不听；植发愤告离而作诗曰：

谒帝承明庐，逝将归旧疆。清晨发皇邑，日夕过首阳。伊洛广且深，欲济川无梁。泛舟越洪涛，怨彼东路长。顾瞻恋城阙，引领情内伤。太谷何寥廓，山树郁苍苍。霖雨泥我涂，流潦浩纵横；中逵绝无轨，改辙登高岗。修坂造云日，我马玄以黄。

玄黄犹能进，我思郁以纡。郁纡将难进，亲爱在离居；本图相与偕，中更不克俱。鸱枭鸣衡轭，豺豹当路衢；苍蝇间白黑，谗巧令亲疏。欲还绝无蹊，揽辔止踟蹰。

踟蹰亦何留，相思无终极。秋风发微凉，寒蝉鸣我侧。原野何萧条，白日忽西匿；归鸟赴乔林，翩翩厉羽翼；孤兽走索群，衔草不遑食。感物伤我怀，抚心长太息。

太息将何为，天命与我违。奈何念同生，一往形不归！孤魂翔故域，灵柩寄京师。存者忽复过，亡没身自衰。人生处一世，去若朝露晞。年在桑榆间，影响不能追。自顾非金石，咄唶令心悲。

心悲动我神，弃置莫复陈。丈夫志四海，万里犹比邻。恩爱苟不亏，在远分日亲。何必同衾帱，然后展殷勤。忧思成疾疢，无乃儿女仁。仓卒骨肉情，能不怀苦辛？

苦辛何虑思，天命信可疑。虚无求列仙，松子久吾欺。变故在斯须，百年谁能持。离别永无会，执手将何时。王其爱玉体，俱享黄发期。收泪即长路，援笔从此辞。

植诗多比兴；独《赠白马王彪》六章，据事直书，发愤一道，更不雕琢；只莽莽苍苍，以气驱遣，而情景两融，意态绝浓，于激昂中出缠绵，于宽譬中见哀愤，跌宕昭彰，《小雅》之嗣音也。直书见事，直书目前，直书胸臆，淋漓悲壮，与他篇空论泛咏者不同；遂开盛唐之杜甫一脉焉。然植有忧生之嗟，辞采华茂，情兼雅怨。或蓄愤斥言，如《赠白马王彪》此诗是也。或环譬托讽，如《箜篌引》、《美女》、《白马》、《名都》诸篇乐府是也。以情纬文，以文被质，骨气奇高。录辞如下：

箜篌引

置酒高殿上，亲友从我游。中厨办丰膳，烹羊宰肥牛。秦筝何慷慨，齐瑟和且柔；阳阿奏奇舞，京洛出名讴。乐饮过三爵，缓带倾庶羞。主称千金寿，宾奉万年酬。久要不可忘，薄终义所尤。谦谦君子德，磬折欲何求？惊风飘白日，光景驰西流。盛时不可再，百年忽我遒。生存华屋处，零落归山丘。先民谁不死，知命亦何忧。

美女篇

美女妖且闲，采桑歧路间。柔条纷冉冉，落叶何翩翩。攘袖见素手，皓腕约金环。头上金爵钗，腰佩翠琅玕。明珠交玉体，珊瑚间木难。罗衣何飘飖，轻裾随风还。顾盼遗光彩，长啸气若兰。行徒用息驾，休者以忘餐。借问女安居，乃在城南端。青楼临大路，高门结重关。容华耀朝日，谁不希令颜。媒氏何所营，玉帛不时安。佳人慕高义，求贤良独难。众人何嗷嗷，安知彼所观。盛年处房室，中夜起长叹。

白马篇

白马饰金羁，连翩西北驰。借问谁家子，幽并游侠儿。少小去乡邑，扬声沙漠垂。宿昔秉良弓，楛矢何参差；控弦被左的，右发摧月支；仰手接飞猱，俯身散马蹄。狡捷过猴猿，勇剽若豹螭。边城多警急，胡虏数迁移。羽檄从北来，厉马登高堤。长驱蹈匈奴，左顾陵鲜卑。弃身锋刃端，性命安可怀。父母且不顾，何言子与妻！名编壮士籍，不得中顾私。捐躯赴国难，视死忽如归。

名都篇

名都多妖女，京洛出少年。宝剑直千金，被服丽且鲜。斗鸡东郊道，走马长楸间。驰骋未能半，双兔过我前；揽弓捷鸣镝，长驱上南山，左挽因右发，一纵两禽连。余巧未及展，仰手接飞鸢。观者咸称善，众工归我妍。归来宴平乐，美酒斗十千，脍鲤臇胎鰕，炮鳖炙熊蹯。鸣俦啸匹侣，列坐竟长筵。连翩击鞠壤，巧捷惟万端。白日西南驰，光景不可攀。云散还城邑，清晨复来还。

骨劲而气完，态浓而致远，粲溢今古矣。植之为诗，骨气奇高，禀之乃父，而辞采华茂则远过之，然苍坚不如。

魏武帝曹操诗风古直，甚有悲凉之句；仗气爱奇，动多振绝，但气过其文，雕润恨少。其乐府《苦寒行》曰：

北上太行山，艰哉何巍巍！羊肠阪诘屈，车轮为之摧。树木何萧瑟，北风声正悲。熊罴对我蹲，虎豹夹路啼。谿谷少人民，雪落何霏霏。延颈长叹息，远行多所怀。我心何怫郁，思欲一东归。水深桥梁绝，中道正徘徊。迷惑失故路，薄暮无宿栖。行行日已远，人马同时饥。担囊行取薪，斧冰持作糜。悲彼《东山》诗，悠悠使我哀。

其辞清拔，其音凄怆，其原出李陵乎？大抵武帝诗苍茫雄直，气直而逐层顿断，不一顺平放，时时换气换势；寻其意绪，无不明白；玩其笔势，凝重屈蟠；而粗朴不为雕镂，自是开国气象。

文帝曹丕之才，洋洋清绮，兴托不奇；苍古不如乃父，华彩亦逊哲弟；勉作壮语，终非沉雄；独《燕歌行》绍张衡《四愁》而开七言，善为凄戾之词，自有清拔之气，其辞曰：

秋风萧瑟天气凉，草木摇落露为霜，群燕辞归雁南翔。念君客游思断肠，慊慊思归恋故乡，何为淹留寄他方？贱妾茕茕守空房，忧来思君不敢忘，不觉泪下沾衣裳。援琴鸣弦发清商，短歌微吟不能长，明月皎皎照我床。星汉西流夜未央，牵牛织女遥相望，尔独何辜限河梁。

文帝诗美赡可玩，而不足于高亮；独《燕歌行》为变体。大抵以诗而论：魏武父子，文多凄怆，怨者之流，而有不同。魏武感时伤乱，其辞悲凉。文帝伤逝嗟生，其气消沉。植则忧谗畏讥，其意郁结；而植以风人之比兴，发《小雅》之怨悱，体被文质，独得诗教温柔敦厚之旨。魏武气过其文，雕润恨少；文帝力缓于辞，风骨不飞；而植则异气禀之魏武，茂彩过于难兄，兼擅父兄之美，独出冠时，足以上继古诗枚李，下开盛唐李杜。然古诗枚李，不假思索；而植则起调轶荡，喷薄以出。古诗枚李，不假烹铸；而植则使字尖颖，时时琢炼。古诗枚李，不调平仄；而植则宫羽克谐，渐露唐律。此汉魏之所以判也；然结体行气，尚不失西汉之旧。七子诗以陈琳徐幹为最，而琳则骨劲而辞少雕润，幹则辞婉而气不遒爽。然如琳《饮马长城窟行》，古直悲凉，仿佛魏武；

幹之《情诗》、《室思》，缠绵凄恻，略似枚乘，各得植之一体。而钟嵘《诗品》，乃以植而下，刘桢独步，谓“仗气爱奇，动多振绝，真骨陵霜，高风跨俗，但气过其文，雕润恨少。”今观桢所作，乃知誉过其实。如桢《公宴诗》《赠五官中郎将》四首，语颇腴而意不深，何尝雕润恨少。《赠徐幹》一首，气较爽而语多率，岂遽气过其文。《赠从弟》，稍紧健而气则促，亦不见所谓“仗气爱奇，动多振绝，真骨陵霜，高风跨俗”也。乃云“自陈思以下，桢称独步”，其然，岂其然乎！以桢之视陈思，何啻跛鳖之与骐骥。王粲《咏史》、《七哀》诸诗，直道所见，更不著一绮靡语，苍劲有骨力，不为文秀，特征气劲。《从军》诗铺张排比，气骨少驽。《杂诗》“联翻飞鸾鸟”、“鸷鸟化为鸠”两首，意在比兴，而辞特紧健；就枯处炼出腴采，色古力遒，乃真所谓“真骨陵霜，高风跨俗，仗气爱奇，雕润恨少”者；而《诗品》谓其“文秀质羸”，想见胸中全无泾渭。应玚《侍五官中郎将建章台集》诗，不为颂谀，别起一波，脱去公宴恒径，而以旅雁为比兴，昔调悲切而浏亮。《别诗》两首，亦凄悲遒激。其源出于李陵，于七子中与王粲为近，惟粲泽以文秀，而玚得其古直。应璩，应玚之弟，所为《百一诗》、《杂诗》，得讽谕之旨，不如乃兄之鲜明紧健，亦异魏文之洋洋清绮，特为殷勤婉笃。而《诗品》谓其祖袭魏文，亦所不解也。

应璩，字休琏，明帝世，历官散骑常侍，稍迁侍中大将军长史；博学好属文，尤善书记；《与满公琰书》曰：

> 璩白：昨者不遗，猥见照临；虽昔侯生纳顾于夷门，毛公受眷于逆旅，无以过也。外嘉郎君谦下之德，内幸顽才见诚知己，欢欣踊跃，情有无量。是以奔骋御仆，宣命周求。阳书喻于詹何，杨倩说于范武，故使鲜鱼出于潜渊，芳旨发自幽巷。繁俎绮错，羽爵飞腾。牙旷高徽，义渠哀激。当此之时，仲孺不辞同产之服，孟公不顾尚书之期。徒恨宴乐始酣，白日倾夕，骊驹就驾，意不宣展；追惟耿介，迄于明发。适欲遣书，会承来命，知诸君子复有漳渠之会。夫漳渠，西有伯阳之馆，北有旷野之望；高树翳朝

云，文禽蔽绿水；沙场夷敞，清风肃穆，是京台之乐也，得无流而不反乎？适有事务，须自经营，不获侍坐，良增邑邑。因白不悉。璩白。

为文章多所称引，义托比兴，辞必偶俪；有余于翰藻，不足于风致。魏文帝谓“应玚和而不壮”；吾则谓应璩整而未暇；只以征事为腴，琢句为工；文体相辉，而风骨少陨矣；盖任昉之所祖欤。

第三节　嵇康　阮籍

魏室既建，经籍道息。文明继代，斧藻文章，未遑则古；而丧乱弘多，音节哀变；乃有不屑屑于翰藻，而轻世肆志，以畅玄风者；俶落于何晏、王弼，而文明于嵇康、阮籍，不事修饰，自然艳绝，亦文章之奇也。

何晏，字平叔，汉大将军何进孙也。母尹氏，为武帝夫人。晏长于宫省，又尚公主，少以才秀知名，作《道德论》及诸文赋著述，凡数十篇；好庄老玄胜之谈，理过其辞，淡乎寡味；其称丽则者，惟有《景福殿赋》。魏明帝将东巡，恐夏热，故许昌作殿，名曰景福；既成，命人赋之。晏遂有作，其体制依仿王延寿《鲁灵光殿赋》；而文势俊逸，于琢炼中出娟便；苍坚稍逊《灵光》，而畅肆过之；主文而谲谏，正言若反；其兴建也，因财因力，不至筑怨筑愁；其临莅也，兴让兴仁，而非为游为豫，是以规为颂也。何晏以为圣人无喜怒哀乐，其论甚精。钟会等述之。王弼与不同，以为：“圣人茂于人者，神明也。同于人者，五情也。神明茂，故能体冲和以通无。五情同，故不能无哀乐以应物。然则圣人之情，应物而无累于物者也。今以其无累，便为不复应物，失之多矣。”晏不能难也。弼，字辅嗣，好论儒道，辞才逸辩。何晏为吏部尚书，甚奇弼，叹之曰：“仲尼称后生可畏；若斯人者，可与言天人之际乎！”弼注《易》及《老子》，甚有奇丽之言；然坦迤其辞，而气不遒壮；

有清识而无茂裁，建安风力尽矣。独嵇康用旷迈之才，变创文体；阮籍仗清刚之气，赞成厥美；发明奇趣，振起玄风，一隽一遒，挺拔而为俊矣。

嵇康，谯国铚人，字叔夜；家世儒学。少有才俊，旷迈不群，高亮任性，不修名誉，宽简有大量；学不师授，博洽多闻。长而好老庄之业，恬静无欲。性好服食，常采御上药。善属文论。弹琴咏诗，自足于怀抱之中。以为神仙者禀之自然，非积学所致；至于导养得理以尽性命，若安期、彭祖之伦，可以善求而得也；著《养生论》。知自厚者，所以丧其所生；其求益者，必失其性；超然独达，遂放世事，纵意于尘埃之表。司马昭为大将军，尝欲辟康。康既有绝世之言；及山涛为选曹郎，举康自代；康答书拒绝，因自说不堪流俗而非薄汤武。《与山巨源绝交书》曰：

康白：足下昔称吾于颍川，吾尝谓之知言。然经怪此意尚未熟悉于足下，何从便得之也？前年从河东还，显宗、阿都说足下议以吾自代，事虽不行，知足下故不知之。足下旁通，多可而少怪。吾直性狭中，多所不堪；偶与足下相知耳。间闻足下迁，惕然不喜。恐足下羞庖人之独割，引尸祝以自助；手荐鸾刀，漫之膻腥；故具为足下陈其可否。

吾昔读书，得并介之人；或谓无之，今乃信其真有耳。性有所不堪，真不可强。今空语同知有达人，无所不堪，外不殊俗，而内不失正，与一世同其波流，而悔吝不生耳。老子、庄周，吾之师也，亲居贱职。柳下惠、东方朔，达人也，安乎卑位。吾岂敢短之哉？又仲尼兼爱，不羞执鞭。子文无欲卿相，而三登令尹。是乃君子思济物之意也；所谓达能兼善而不渝，穷则自得而无闷。以此观之，故尧舜之君世，许由之岩栖，子房之佐汉，接舆之行歌，其揆一也。仰瞻数君，可谓能遂其志者也。故君子百行，殊涂而同致；循性而动，各附所安；故有处朝廷而不出，入山林而不反之论。且延陵高子臧之风，长卿慕相如之节，志气所托，不可夺也。

吾每读尚子平、台孝威传，慨然慕之，想其为人。

少加孤露，母兄见骄，不涉经学；性复疏懒，筋驽肉缓；头面常一月十五日不洗，不大闷痒，不能沐也。每常小便而忍不起，令胞中略转，乃起耳。又纵逸来久，情意傲散；简与礼相背，懒与慢相成；而为侪类见宽，不攻其过。又读《庄》、《老》，重增其放；故使荣进之心日颓，任实之情转笃。此犹禽鹿少见驯育，则服从教制；长而见羁，则狂顾顿缨，赴蹈汤火；虽饰以金镳，飨以嘉肴，逾思长林而志在丰草也。阮嗣宗口不论人过，吾每师之而未能及；至性过人，与物无伤，惟饮酒过差耳。至为礼法之士所绳，疾之如仇；幸赖大将军保持之耳。吾不如嗣宗之贤，而有慢弛之阙；又不识人情，暗于机宜，无万石之慎，而有好尽之累；久与事接，疵衅日兴；虽欲无患，其可得乎。又人伦有礼，朝廷有法，自惟至熟，有必不堪者七，甚不可者二：卧喜晚起，而当关呼之不置，一不堪也。抱琴行吟，弋钓草野；而吏卒守之，不得妄动，二不堪也。危坐一时，痹不得摇；性复多虱，把搔无已；而当裹以章服，揖拜上官，三不堪也。素不便书，又不喜作书；而人间多事，堆案盈几；不相酬答，则犯教伤义；欲自勉强，则不能久，四不堪也。不喜吊丧，而人道以此为重，已为未见恕者所怨，至欲见中伤者；虽瞿然自责，然性不可化；欲降心顺俗，则诡故不情，亦终不能获无咎无誉；如此，五不堪也。不喜俗人而当与之共事；或宾客盈座，鸣声聒耳，嚣尘臭处，千变百伎，在人目前，六不堪也。心不耐烦，而官事鞅掌，机务缠其心，世故繁其虑，七不堪也。又每非汤武而薄周孔，在人间不止此事，会显世教所不容，此甚不可一也。刚肠疾恶，轻肆直言，遇事便发，此甚不可二也。以促中小心之性，统此九患，不有外难，当有内病；宁可久处人间耶？

又闻道士遗言，饵术黄精，令人久寿；意甚信之。游山泽，观鱼鸟，心甚乐之。一行作吏，此事便废，安能舍其所乐而从其所惧哉？夫人之相知，贵识其天性，因而济之。禹不逼伯成子高，全其节也。仲尼不假盖于子夏，护其短也。近诸葛孔明不逼元直以入蜀，华子鱼不强幼安以卿相；此可谓能相终始，真相知者也。足下见直木必不可以为轮，曲者必不可以为桷；盖不欲以枉其天才，令得其所也。故四民有业，各以得志为乐；惟达者为能通之。此足下度内耳，不可自见好章甫，强越人以文冕也；己嗜臭腐，养鸳雏以死鼠也。吾顷学养生之术，方外荣华，去滋味，游心于寂寞，以无为为贵。纵无九患，尚不顾足下所好者。又有心闷疾，顷转增笃。私意自试，必不能堪其所不乐，自卜已审。若道尽涂穷，则已耳。足下无事冤之，令转于沟壑也。

吾新失母兄之欢，意常凄切。女年十三，男年八岁，未及成人；况复多病，顾此悢悢，如何可言。今但守陋巷，教养子孙，时与亲奋叙阔，陈说平生，浊酒一杯，弹琴一曲，志愿毕矣。足下若嬲之不置，不过欲为官得人，以益时用耳。足下旧知吾潦倒粗疏，不切事情；自惟亦皆不如今日之贤能也。若以俗人皆喜荣华，独能离之，以此为快；此最近之，可得言耳。然使长才广度，无所不淹，而能不营，乃可贵耳。若吾多病困，欲离事自全，以保余年，此真所乏耳，岂可见黄门而称贞哉？若趣欲共登王途，期于相致，时为欢益；一旦迫之，必发其狂疾；而非重怨不至于此也。野人有快炙背而美芹子者，欲献之至尊；虽有区区之意，亦已疏矣。愿足下勿似之。其意如此，既以解足下，并以为别。嵇康白。

康正名辩物，颇核持论，而气不奇，采不遒，意思安闲，只是以质率妙造自然；而不同阮籍之仗气爱奇，动多振绝；亦异曹植之丽辞腾踊，采翔藻逸。而《三国志》本传谓康"文辞壮丽，好言老庄，而尚奇任侠"。好言老庄，则有之矣；壮丽尚奇，窃未见然。独此《与山巨源绝交书》，于坦迤中出激宕，气度俊伟，别是一格。其他如所为《琴赋》，脱胎王褒《洞箫赋》、马融《长笛赋》；而倜傥不如王，腴炼亦逊马。又依仿屈原《卜居》而为《卜疑篇》，有意振奇，而票姚之势，铿訇之致，终远逊之。性识所无，不可强也。传有《嵇中散集》十七卷。世云壮丽，又曰华妙。嵇康妙而不华，阮籍壮而未丽；而脱尽畦径，要皆一代之秀。

阮籍，字嗣宗，阮瑀子也。旷远不羁，不拘礼俗。性至孝，居丧虽不率常检，而毁几至灭性。兖州刺史王昶请与相见，终日不得与言；昶叹赏之，自以不能测也。太尉蒋济闻而辟之，遂奏记《诣蒋公》曰：

> 籍死罪死罪。伏惟明公以含一之德，据上台之位；群英翘首，俊贤抗足。开府之日，人人自以为掾属。辟书始下，下走为首。子夏处西河之上，而文侯拥篲。邹子居黍谷之阴，而昭王陪乘。夫布衣穷居韦带之士，王公大人所以屈体而下之者，为道存也。籍无邹卜之德，而有其陋；猥见采擢，何以当之。方将耕于东皋之阳，输黍稷之税，以避当涂者之路。负薪疲病，足力不强，补吏之日，非所克堪。迄回谬恩，以光清举。

济既辟籍，恐不至；得记欣然，遣卒迎籍，已去。济大怒，与籍书，劝说之。于是乡亲共喻籍，乃就吏。后为尚书郎，曹爽参军，以疾归田里；岁余，爽诛，司马懿父子乃以为从事中郎。后朝论以其名高，欲显崇之；籍以世多故，禄仕而已。闻步兵校尉缺，厨多美酒，营人善酿酒，求为校尉；遂纵酒昏酣，遗落世事。时率意独驾，不由径路，车迹所穷，辄恸哭而反。既以逼于司马氏，意有郁结不得摅，故游心于物外以为轻世肆志，所为《东平赋》、《亢父赋》，气激而辞遒；《达庄论》、《大人先生论》，旨放而韵逸；错综震荡，气过其文，颇得孔融之一体。孔融辞丽而气卓，籍则有其逸气而逊其华采；独此奏记《诣蒋公》，及《为郑冲劝晋王笺》，风流调达，别是一格。

正始明道，诗杂仙心；何晏之徒，亦多浮浅；惟嵇康清峻，而籍旨遥深。康过为峻切，讦直露才，而诗多危苦之言；至籍《咏怀》之什，微文见意，多悲魏氏，愤司马之词；凡八十二首，其尤激切者七首，辞曰：

> 夜中不能寐，起坐弹鸣琴。薄帷鉴明月，清风吹我衿。孤鸿

号外野，朔鸟鸣北林。徘徊将何见，忧思独伤心。

嘉树下成蹊，东园桃与李。秋风吹飞藿，零落从此始。繁华有憔悴，堂上生荆杞。驱马舍之去，去上西山趾。一身不自保，何况恋妻子！凝霜被野草，岁暮亦云已。

天马出西北，由来从东道。春秋非有托，富贵焉常保。清露被皋兰，凝霜沾野草。朝为媚少年，夕暮成丑老。自非王子晋，谁能常美好！

登高临四野，北望青山阿。松柏翳冈岑，飞鸟鸣相过。感慨怀辛酸，怨毒常苦多。李公悲东门，苏子狭三河！求仁自得仁，岂复叹咨嗟！

昔闻东陵瓜，近在青门外。连畛距阡陌，子母相拘带。五色曜朝日，嘉宾四面会。膏火自煎熬，多财为患害。布衣可终身，宠禄岂足赖！

昔年十四五，志尚好书诗。被褐怀珠玉，颜闵相与期。开轩临四野，登高望所思。丘墓蔽山冈，万代同一时。千秋万岁后，荣名安所之！乃悟羡门子，噭噭今自蚩。

灼灼西隤日，余光照我衣。回风吹四壁，寒鸟相因依。周周尚衔羽，蛩蛩亦念饥。如何当路子，磬折忘所归。岂为夸誉名，憔悴使心悲。宁与燕雀翔，不随黄鹄飞。黄鹄游四海，中路将安归。

虽事在刺讥，而文多诡隐，徒以气褊而心危，故意隐而情迫；语与兴驱，势逐情起，全不雕琢，苍茫直吐。骨气高奇似陈王，而辞采不华茂；宗旨玄默同嵇康，而辞气加锋烈；顾言在耳目之内，情寄八荒之表，厥旨渊放，归趣难求；令言之者无罪，会之者得意。大抵嵇康安闲以得趣，而激扬于当众；而籍则和同以谐俗，而悲愤以隐心；此其所以全身于篡盗，而不遘于祸也。传有《阮嗣宗集》二卷。三国诗人，集于曹魏。魏武以下，文多凄怆，气则遒宕，其源实出李陵；而傅以老庄之玄言，则陵之所未晓。魏武、陈琳、应玚，苍茫雄直，于陵尤近。陈王、王粲，泽以华采，才高而辞丽。嵇康与籍，傅以仙心，虑澹而气激。籍与山涛、嵇康、向秀、刘伶、阮咸、王戎七人，互相标题，号竹林七贤；竞慕老庄，托之酣饮。

刘伶，字伯伦，遂为《酒德颂》以见意曰：

> 有大人先生，以天地为一朝，万期为须臾；日月为扃牖，八荒为庭衢。行无辙迹，居无室庐；幕天席地，纵意所如。止则操卮执觚，动则挈榼提壶；唯酒是务，焉知其余。有贵介公子，搢绅处士，闻吾风声，议其所以；乃奋袂攘衿，怒目切齿；陈说礼法，是非锋起。先生于是方捧罂承槽，衔杯漱醪；奋髯箕踞，枕麹藉糟；无思无虑，其乐陶陶。兀然而醉，豁尔而醒；静听不闻雷霆之声，熟视不睹泰山之形；不觉寒暑之切肌，利欲之感情；俯观万物，扰扰焉如江汉之载浮萍。二豪侍侧焉，如蜾蠃之与螟蛉。

撮庄生之旨，为颂歌之文，极真率，极豪迈，潇洒自得，浩浩落落，亦逸才也。其他山涛唯以启事著称；向秀《思旧赋》，寂寥失采；王戎阮咸，罕传篇什；虽其玄谈肆志，结契同符；而文章之美，自推嵇康阮籍矣。而籍承建安之风格，含《易》《老》之名理，畅宣玄风，尤为振奇。清谈以盛，遂习成俗。王戎从弟衍，有重名，与南阳乐广，并称王乐。衍总角尝造山涛，涛嗟叹良久，既去，目送之曰："何物老妪，生此宁馨儿。然误天下苍生者，未必非此人也！"卫瓘逮与正始中诸名士谈论，见乐广，奇之曰："昔诸贤既没，常恐微言将绝，而今乃复闻斯言于君矣！"然此后竞以析理为务，文采顿减。乐广善清言而不长于笔，将让尹，请潘岳为表。岳曰："当得君意。"广乃作二百语句，述己之志。岳因取次比，便成名笔。时人咸云："若广不假岳之笔，岳不取广之旨，无以成斯美也！"然谭玄者不必擅文藻，而工文者无不溺玄风；入晋以还，逐流不返，则魏有以启之也。综观魏文，可分四派：如魏文帝、曹植、王粲、陈琳、阮瑀、应玚、应璩、杨修、吴质、繁钦、李康之伦，辞彩斐茂，顾盼清扬，上希枚马之踪，近接孔融之武；盖以辞赋家之茂美，并纵横家之疏快，而融裁为一手者，此正统也。亦有不事修饰，自然隽逸，如何晏、嵇康、阮籍等，发挥名理，以畅玄风者，此新派也。其他如曹冏、王肃、高堂隆、傅嘏、张茂、杜恕等，抑扬爽朗，疏宕入古，汲西京贾董之流者也。又邯郸淳、钟会、卫觊等，温醇尔雅，婉笃有度，袭东汉崔蔡之体者也。虽亡老成人，尚有典型，亦不可谓非一代之矫矫也。未能备举，而著姓氏以待考论焉。

第四节　蜀诸葛亮　秦宓　谯周　李密　陈寿

蜀汉昭烈帝，当汉祚渐移，不得骋志中原；而拥梁益一隅，称尊号；规模未备，文物无足称；而后世史氏每尊蜀汉为正统者，则因诸葛亮《出师表》而重也。亮，字孔明，为琅邪阳都人；遭汉末扰乱，避难荆州，躬耕于野。时昭烈帝以左将军屯新野，乃三顾亮于草庐。亮遂解带写诚，规取荆益，与魏吴鼎立，以定天下三分之局。帝以亮为军师将军；及称尊号，拜亮丞相录尚书事。帝既殂落，后主幼弱，事无巨细，亮皆专之；于是外连东吴，内平南越，立法施度，整理戎旅；自以无身之日，则未有抗衡魏朝者，而欲及身定之；北征则虑后主富于春秋，朱紫难别；临发，上《出师表》曰：

先帝创业未半，而中道崩殂！今天下三分，益州疲弊；此诚危急存亡之秋也。然侍卫之臣，不懈于内；忠志之士，忘身于外者；盖追先帝之殊遇，欲报之于陛下也。诚宜开张圣听，以光先帝遗德，恢弘志士之气；不宜妄自菲薄，引喻失义，以塞忠谏之路也。宫中府中，俱为一体；陟罚臧否，不宜异同。若有作奸犯科及为忠善者，宜付有司，论其刑赏，以昭陛下平明之理；不宜偏私，使内外异法也。侍中侍郎郭攸之、费祎、董允等，此皆良实，志虑忠纯，是以先帝简拔以遗陛下。愚以为宫中之事，事无大小，悉以咨之，然后施行；必能裨补阙漏，有所广益。将军向宠，性行淑均，晓畅军事，试用于昔日，先帝称之曰能，是以众议举宠为督。愚以为营中之事，悉以咨之，必能使行阵和睦，优劣得所。亲贤臣，远小人，此先汉所以兴隆也；亲小人，远贤臣，此后汉所以倾颓也；先帝在时，每与臣论此事，未尝不叹息痛恨于桓灵也。侍中，尚书，长史，参军，此悉贞良死节之臣，愿陛下亲之信之；则汉室之隆，可计日而待也。

臣本布衣，躬耕于南阳，苟全性命于乱世，不求闻达于诸侯。先帝不以臣卑鄙，猥自枉屈，三顾臣于草庐之中，谘臣以当世之事；由是感激，遂许先帝以驰驱。后值倾覆，受任于败军之际，奉命于危难之间，尔来二十有一年矣。先帝知臣谨慎，故临崩寄臣以大事也。受命以来，夙夜忧勤，恐托付不效，以伤先帝之明。故五月渡泸，深入不毛。今南方已定，兵甲已足，当奖率三军，北定中原，庶竭驽钝，攘除奸凶，兴复汉室，还于旧都。此臣所以报先帝，而忠陛下之职分也。至于斟酌损益，进尽忠言，则攸之、祎、允之任也。愿陛下托臣以讨贼兴复之效；不效，则治臣之罪，以告先帝之灵。若无兴德之言，则责攸之、祎、允等之慢，以彰其咎。陛下亦宜自谋以谘诹善道，察纳雅言，深追先帝遗诏。臣不胜受恩感激。今当远离，临表涕泣，不知所云。

绝去雕饰，沛然如肝肺中流出；而风神高远，自然朗隽；盱衡当世，足以配之者，唯魏武帝一人而已。魏武帝文出掇拾，完篇者少；然就余所睹，质悫明白，若与其生平不类；开心沥胆，蔑权奇之气，饶肫诚之意；意密而体疏，气俊而辞质；及功名既盛，遂有逼主之嫌，而下令《辞爵土以见本志》曰：

孤始举孝廉，年少，自以本非岩穴知名之士，恐为海内人之所见凡愚。欲为一郡守，好作政教，以建立名誉，使世士明知之；故在济南，始除残去秽，平心选举。违迕诸常侍，以为强豪所忿；

恐致家祸，故以病还。去官之后，年纪尚少；顾视同岁中年有五十，未名为老；内自图之：从此却去二十年，待天下清，乃与同岁始举者等耳；故以其时归乡里，于谯东五十里筑精舍，欲秋夏读书，冬春射猎；求底下之地，欲以泥水自蔽，绝宾客往来之望，然不能得如意。后征为都尉，迁典军校尉，意遂更欲为国家讨贼立功，欲望封侯，作征西将军，然后题墓道言“汉故征西将军曹侯之墓”；此其志也。而遭值董卓之难，兴举义兵。是时合兵，能多得耳；然常自损，不欲多之；所以然者，兵多意盛，与强敌争，倘更为祸始。故汴水之战数千，后还到扬州，更募亦复不过三千人；此其本志有限也。

后领兖州，破降黄巾三十万众。又袁术僭号于九江，下皆称臣，名门曰建号门，衣被皆为天子之制，两妇预争为皇后；志计已定，人有劝术使遂即帝位，露布天下。答言“曹公尚在，未可也！”后孤讨禽其四将，获其人众；遂使术穷亡解沮，发病而死。及至袁绍据河北，兵势强盛。孤自度势实不敌之；但计投死为国，以义灭身，足垂于后；幸而破绍，枭其二子。又刘表自以为宗室，包藏奸心，乍前乍却，以观世事，据有荆州；孤复定之，遂平天下。身为宰相，人臣之贵已极，意望已过矣。今孤言此，若为自大；欲人言尽，故无讳耳。设使国家无有孤，不知当几人称帝，几人称王。或者人见孤强盛，又性不信天命之事，恐私心相评，言有不逊之志，妄相忖度，每用耿耿。齐桓晋文所以垂称至今日者，以其兵势广大，犹能奉事周室也。《论语》云：“三分天下有其二，以服事殷，周之德，可谓至德矣！”夫能以大事小也。昔乐毅走赵，赵王欲与之图燕；乐毅伏而垂泣，对曰：“臣事昭王，犹事大王。”臣若获戾放在他国，没世然后已；不忍谋赵之徒隶，况燕后嗣乎！胡亥之杀蒙恬也，恬曰：“自吾先人及至子孙，积信于秦，三世矣。今臣将兵三十余万，其势足以背叛；然自知必死而守义者，不敢辱先人之教，以忘先帝也。”孤每读此二人书，未尝不怆然流涕

> 也。孤祖父以至孤身，皆当亲重之任，可谓见信者矣；以及子植兄弟，过于三世矣。孤非徒对诸君说此也，尝以语妻妾，皆令深知此意。孤谓之言："顾我万年之后，汝曹皆当出嫁，欲令传道我，使他人皆知之。"孤此言，皆肝鬲之要也。所以勤勤恳恳叙心腹者，见周公有《金縢》之书以自明，恐人不信之故。然欲孤便尔委捐所典兵众以还执事，归就武平侯国，实不可也。何者？诚恐己离兵，为人所祸也。既为子孙计；又己败，则国家倾危；是以不得慕虚名而处实祸，此所不得为也。
>
> 前朝恩封三子为侯，固辞不受；今更欲受之，非欲复以为荣；欲以为外援，为万安计。孤闻介推之避晋封，申胥之逃楚赏，未尝不舍书而叹，有以自省也。奉国威灵，仗钺征伐，推弱以克强，处小而禽大；意之所图，动无违事；心之所虑，何向不济；遂荡平天下，不辱主命；可谓天助汉室，非人力也。然封兼四县，食户三万，何德堪之？江湖未静，不可让位。至于邑土，可得而辞。今上还阳夏、柘、苦三县户二万，但食武平万户，且以分损谤议，少减孤之责也。

其他教令，皆经事综物，文彩不艳，而过于丁宁周至，无不与诸葛亮气象相类。魏武帝擥申商之法术，该韩白之奇策，官方授材，各因其器；而诸葛亮亦为后主写《申》、《韩》、《管子》、《六韬》一通，整理戎旅，科教严明，循名责实，刑政虽峻，而无怨者；尊闻行知，亦无不同。然魏武帝运筹演谋，鞭挞宇内；而亮才于治戎为长，奇谋为短。魏武帝欲用亮；亮自陈不乐出身；武帝谢遣之曰："义不使高世之士，辱于污君之朝也！"而与亮书，奉鸡舌香五斤以表微意，则亦甚服亮矣。世传有《诸葛忠武侯文集》四卷，《附录》二卷，《诸葛故事》五卷。特亮中原人士，以用蜀土，非其地著。若其导扬蜀学，擅美州部；则秦宓专对有余，文藻壮美，慕相如之风；而谯周词理渊通，为世硕儒，有扬雄之规，皆雍容风议，君子有取焉。

秦宓，字子敕，广汉绵竹人。有才学，州郡辟命，辄称疾不往。奏记《益州牧刘焉荐任安》、《答王商书》，典缛而不滞于机，颇卓卓有异气也。宓见《帝系》之文，五帝皆同一族；宓辩其不然之本，又论皇帝王霸养龙之说，甚有通理。或谓宓曰："足下欲自比于巢、许、四皓，何故扬文藻，见瑰颖乎？"宓答曰："仆文不能尽言，言不能尽意，何文藻之有扬乎？夫虎生而文炳，凤生而五色，岂以五采自饰画哉？天性自然也。"诸葛亮领益州牧，选宓，迎为别驾，寻拜左中郎将，长水校尉。吴遣使张温来聘，百官往饯，众人集而宓未往。亮遣使促。温曰："彼何人也？"亮曰："益州学士也。"及至，温问曰："君学乎？"宓曰："五尺童子皆学，何必小人。"温复问曰："天有头乎？"宓曰："有之。"温曰："在何方也？"宓曰："在西方。《诗》曰：'乃眷西顾。'以此推之，头在西方。"温曰："天有耳乎？"宓曰："天处高而听卑。《诗》云：'鹤鸣九皋，声闻于天。'若其无耳，何以听之？"温曰："天有足乎？"宓曰："有！《诗》曰：'天步艰难，之子不犹。'若其无足，何以步之？"温曰："天有姓乎？"宓曰："有。"温曰："何姓？"宓曰："姓刘。"温曰："何以知之？"答曰："天子姓刘，故以此知之。"温曰："日生于东乎？"宓曰："虽生于东而没于西。"答问如响，应声而出；宓之文辩，皆此类也。谯周少时数往谘访，记录其言焉。

谯周，字允南，巴西西充国人也。耽古笃学，家贫未尝问产业，诵读典籍，欣然独笑以忘寝食。研精六经，尤善书札。而体貌素朴，性推诚不饰，无造次辩论之才。亮领益州牧，命周为劝学从事。亮卒于敌境，周在家闻问，即便奔赴。寻有诏禁断，惟周以速行得达。后主立太子，以周为仆，转家令，徙中散大夫，犹侍太子。于时军旅数出，百姓雕瘁。周与尚书令陈只论其利害，退而书之，谓之《仇国论》，其辞曰：

> 因余之国小，而肇建之国大，并争于世，而为仇敌。因余之国，有高贤卿者，问于伏愚子曰："今国事未定，上下劳心。往古之事，能以弱胜强者，其术何如？"伏愚子曰："吾闻之，处大无患者恒多慢，处小有忧者恒思善。多慢则生乱，思善则生治，理之

常也。故周人养民，以少取多。句践恤众，以弱毙强。此其术也。”贤卿曰：“曩者项强汉弱，相与战争，无日宁息。然项羽与汉约，分鸿沟为界，各欲归息民；张良以为民志既定，则难动也；寻帅追羽，终毙项氏；岂必由文王之事乎？肇建之国，方有疾疢；我因其隙，陷其边陲，觊增其疾而毙之也。”

伏愚子曰：“当殷周之际，王侯世尊，君臣久固，民习所专，深根者难拔，据固者难迁。当此之时，虽汉祖，安能杖剑鞭马而取天下乎？当秦罢侯置守之后，民疲秦役，天下土崩，或岁改主，或月易公，鸟惊兽骇，莫知所从。于是豪强并争，虎裂狼分，疾搏者获多，迟后者见吞。今我与肇建，皆传国易世矣。既非秦末鼎沸之时，实有六国并据之势；故可为文王，难为汉祖。夫民疲劳，则骚扰之兆生。上慢下暴，则瓦解之形起。谚曰：‘射幸数跌，不如审发。’是故知者不为小利移目，不为意似改步。时可而后动，数合而后举。故汤武之师，不再战而克；诚重民劳而度时审也。如遂极武黩征，土崩势生，不幸遇难；虽有知者，将不能谋之矣。若乃奇变纵横，出入无间，冲波截辙，超谷越山，不由舟楫而济盟津者；我愚子也，实所不及。”

其为文章靡密以闲畅，主客对扬，盖蜀之风土然也。以视诸葛亮之解散辞体，而发轸以高骧者，有雄靡之分矣。顾亦有靡密闲畅，而不害仁孝肫挚者，李密是已。

李密，字令伯，犍为武阳人也。父早亡，母何更嫁。密见养于祖母，事祖母以孝闻，侍疾，日夜未尝解带。蜀平后，晋武帝征为太子洗马，诏书累下，郡县逼迫。密上《陈情表》曰：

臣密言：臣以险衅，夙遭闵凶：生孩六月，慈父见背。行年四岁，舅夺母志。祖母刘闵臣孤弱，躬亲抚养。臣少多疾病，九岁不行，零丁孤苦，至于成立。既无叔伯，终鲜兄弟，门衰祚薄，晚有儿息。外无期功强近之亲，内无应门五尺之童，茕茕孑立，形影相吊。而刘夙婴疾病，常在床蓐。臣侍汤药，未曾废离。逮逢圣朝，沐浴清化。前太守臣逵，察臣孝廉；后刺史臣荣，举臣秀才。臣以供养无主，辞不赴命。诏书特下，拜臣郎中；寻蒙国恩，除臣洗马，猥以微贱，当侍东宫，非臣陨首所能上报！臣具以表闻，辞不就职。诏书切峻，责臣逋慢；郡县逼迫，催臣上道；州司临门，急于星火。臣欲奉诏奔驰，则刘病日笃；欲苟顺私情，则告诉不许；臣之进退，实为狼狈。

伏惟圣朝以孝治天下；凡在故老，犹蒙矜育；况臣孤苦，特为尤甚。臣少仕伪朝，历职郎署，本图宦达，不矜名节。今臣亡国贱俘，至微至陋，过蒙拔擢，宠命优渥；岂敢盘桓，有所希冀？但以刘日薄西山，气息奄奄，人命危浅，朝不虑夕。臣无祖母，无以至今日；祖母无臣，无以终余年。母孙二人，更相为命；是以区区不能废远。臣密今年四十有四，祖母刘今年九十有六；是臣尽节于陛下之日长，报养刘之日短。乌鸟私情，愿乞终养。臣之辛苦，非独蜀之人士及二州牧伯所见明知；皇天后土，实所共鉴。愿陛下矜愍愚诚，听臣微志；庶刘侥幸，保卒余年。臣生当陨首，死当结草。臣不胜犬马怖惧之情，谨拜表以闻。

初不著意为文，而本之性情，发为雅练，丽而能质朴，缛而有顿挫，此与诸葛亮《出师表》同一情至而文自生者也。然而靡密闲畅，导扬蜀风。顾亦有不囿土风，自然朗隽，而练核事情，足以知亮之意理者；是则与周同郡之安汉陈寿也。

陈寿，字承祚；少师事周，为文章，不如周之典丽，而闲畅过之。盖周有扬子云之遗规，而未得其瑰奇；而寿则太史公之别子，而变之以简隽者也。仕蜀，为观阁令史。入晋，举孝廉，除佐著作郎，出补阳平令，撰蜀相《诸葛亮集》凡二十四篇，奏之；其辞曰：

臣寿等言：臣前在著作郎，侍中领中书监济北侯臣荀勖，中书令关内侯臣和峤，奏使臣定故蜀丞相诸葛亮故事。亮毗佐危国,负阻不宾;然犹存录其言,耻善有遗;诚是大晋光明至德,泽被无疆;自古以来,未之有伦也。辄删除复重,随类相从,凡为二十四篇,篇名如右。

亮少有逸群之才,英霸之器,身长八尺,容貌甚伟,时人异焉。遭汉末扰乱,随叔父玄避难荆州,躬耕于野,不求闻达。时左将军刘备以亮有殊量,乃三顾亮于草庐之中。亮深谓备雄姿桀出,遂解带写诚,厚相结纳。及魏武帝南征荆州,刘琮举州委质;而备失势众寡,无立锥之地。亮时年二十七,乃建奇策,身使孙权,求援吴会。权既宿服仰备,又睹亮奇雅,甚敬重之;即遣兵三万人以助备。备得用与武帝交战,大破其军,乘胜克捷,江南悉平。后备又西取益州;益州既定,以亮为军师将军。备称尊号,拜亮为丞相,录尚书事。及备殂殁,嗣子幼弱,事无巨细,亮皆专之。于是外连东吴,内平南越,立法施度,整理戎旅,工械技巧,物究其极;科教严明,赏罚必信,无恶不惩,无善不显;至于吏不容奸,人怀自厉,道不拾遗,强不侵弱,风化肃然也。当此之时,亮之素志,进欲龙骧虎视,包括四海;退欲跨陵边疆,震荡宇内;又自以为无身之日,则未有能蹈涉中原、抗衡上国者;是以用兵不戢,屡耀其武。然亮才于治戎为长,奇谋为短;理民之干,优于将略;而所与对敌,或值人杰;加众寡不侔,攻守异体,故虽连年动众,未能有克。昔萧何荐韩信,管仲举王子城父,皆忖己之长,未能兼有故也。亮之器能政理,抑亦管萧之亚匹也;而时之名将无城父韩信,故使功业陵迟,大义不及耶?盖天命有归,不可以智力争也?青龙二年春,亮帅众出武功,分兵屯田,为久驻之基;其秋,病卒。黎庶追思,以为口实;至今梁益之民,咨述亮者,言犹在耳;虽《甘棠》之咏召公,郑人之歌子产,无以远譬也。孟轲有云:“以逸道使民,虽劳不怨;以生道杀人,虽死不忿”,信矣!

论者或怪亮文彩不艳,而过于丁宁周至。臣愚以为咎繇,大

> 贤也。周公,圣人也。考之《尚书》,咎繇之谟略而雅,周公之诰烦而悉。何则?咎繇与舜禹共谈,周公与群下矢誓故也。亮所与言,尽众人凡士,故其文指不得及远也;然其声教遗言,皆经事综物;公诚之心,形于文墨,足以知其人之意理,而有补于当世。
>
> 伏维陛下迈踪古圣,荡然无忌;故虽敌国诽谤之言,咸肆其辞而无所革讳,所以明大通之道也。谨录写上诣著作。臣寿诚惶诚恐,顿首顿首,死罪死罪!

其文章不事雕饰而波澜老成,一出一入,高简有法;撰魏、蜀、吴《三国志》凡六十五篇。时人称其善叙事,有良史之才;于司马迁、班固以外,自成一格。盖史公短长相生,而出以雄肆;《汉书》奇偶错综,而求为雅练;寿志三国,雄肆不如史公,雅练亦逊班固;而不矜才气,自然温润,平流跃波,曲折都到焉。马迁意态雄杰,寿则体态闲暇;此其较也。

第五节 吴大帝 诸葛恪 胡综 韦昭附薛莹 华核

吴大帝孙权袭父兄之烈,称帝江左,特工诏令,推心披腹,辞笔质悫,而有岸异之气,恺恻之忱,贯注字里。人之杰矣,故能自擅江表,成鼎峙之业。然性多嫌忌,果于杀戮,暨臻末年,弥以滋甚。而大臣信任,保全始终者,独诸葛瑾。瑾,字子瑜,诸葛亮兄也。大帝遣瑾使蜀,通好刘备;与亮公会相见,退无私面;既而从讨关羽,取荆州,封宣城侯;以绥南将军领南郡太守,住公安。刘备东伐吴以报羽败。瑾乃与备笺曰:

> 奄闻旗鼓,来至白帝。或恐议臣以吴王侵取此州,危害关羽,怨深祸大,不宜答和;此用心于小,未留意于大者也。试为陛

> 下论其轻重及其大小。陛下若抑威损忿，暂省瑾言，计可立决，不复咨之于群后也。陛下以关羽之亲，何如先帝？荆州大小，孰与海内？俱应仇疾，谁当先后？若审此数，易如反掌。

备不听。而瑾为文章，未尝激肆，微见风采，粗陈指归，大率类此。时或言瑾别遣亲人与备相闻。大都督陆逊表保明瑾无此事，宜以散其意。大帝报曰：

> 子瑜与孤从事积年，恩如骨肉，深相明究；其为人非道不行，非义不言。玄德昔遣孔明至吴，尝与子瑜曰："卿与孔明同产，且弟随兄，于义为顺；何以不留孔明？孔明若从卿者，孤当以书解玄德，意自随人耳。"子瑜答孤言："弟亮以失身于人，委质定分，义无二心。弟之不留，犹瑾之不往也。"其言足贯神明；今岂当有此乎！孤前得妄语文疏，即封示子瑜，并手笔与子瑜，即得其报，论君臣大节，一定之分。孤与子瑜，可谓神交，非外言所间也。知卿意至，辄封来表以示子瑜，使知卿意。

开诚布公，朗畅不如诸葛亮，而粗朴差似魏武帝；雕润恨少，骨气奇高矣。瑾既先大帝死，及大帝老病，乃征诸葛恪以大将军领太子太傅中书令，属以后事。

恪字元逊，诸葛瑾之子也。少帝嗣位，诏有司诸事，一统于恪。于是罢视听，息校官，原逋责，除关税，事崇恩泽，众莫不悦。恪每出入，百姓延颈，思见其状。恪乃使司马李衡往蜀，说姜维令举兵，曰："圣人不能为时。时至，亦不可失。今魏政在私门，外内猜隔，兵挫于外，而民怨于内；自曹操以来，彼之亡形，未有如今者也。"数出伐魏，欲以应蜀。而诸大臣谏以为劳民；恪乃著论谕众意曰：

> 夫天无二日，土无二王。王者不务兼并天下，而欲垂祚后世，古今未有之也。昔战国之时，诸侯自恃兵强地广，互有救援，谓此足以传世，人莫能危；恣情从怀，惮于劳苦，使秦渐得自大，遂以并之，此既然矣。近者刘景升在荆州，有众十万，财谷如山；

不及曹操尚微，与之力竞，坐观其强大，吞灭诸袁。北方都定之后，操率三十万众来向荆州；当时虽有智者，不能复为画计，于是景升儿子交臂请降，遂为囚虏。凡敌国欲相吞，即仇雠欲相除也；有雠而长之，祸不在己，则在后人，不可不为远虑也。昔伍子胥曰："越十年生聚，十年教训，二十年之外，吴其为沼乎！"夫差自恃强大，闻此邈然，是以诛子胥而无备越之心；至于临败悔之，岂有及乎？越小于吴，尚为吴祸；况其强大者耶！昔秦但得关西耳，尚以并吞六国。今贼皆得秦、赵、韩、魏、燕、齐九州之地；地悉戎马之乡，士林之薮。今以魏比古之秦，土地数倍。以吴与蜀，比古六国，不能半之。然今所以能敌之；但以操时兵众，于今适尽；而后生者未悉长大，正是贼衰少未盛之时。加司马懿先诛王凌，续自陨毙；其子幼弱而专彼大任，虽有智计之士，未得施用。当今伐之，是其厄会。圣人急于趋时，诚谓今日。若顺众人之情，怀偷安之计，以为长江之险，可以传世；不论魏之终始，而以今日遂轻其后；此吾所以长叹息者也。

自本以来，务在产育。今者贼民岁月繁滋，但以尚小，未可得用耳；若复十数年后，其众必倍于今。而国家劲兵之地，皆已空尽，惟有此见众，可以定事；若不早用之，端坐使老；复十数年，略当损半，而见子弟数不足言。若贼众一倍，而兵损半；虽复使伊、管图之，未可如何。今不达远虑者，必以此言为迂。夫祸难未至而豫忧虑，此固众人之所迂也。及于难至，然后顿颡；虽有智者，又不能图。此乃古今所病，非独一时。昔吴始以伍员为迂，故难至而不可救。刘景升不能虑十年之后，故无以诒其子孙。今恪无具臣之才，而受大吴萧霍之任，智与众同，思不经远；若不及今日，为国斥境；俯仰年老，而仇敌更强，欲刎颈谢责，宁有补耶？今闻众人或以百姓尚贫，欲务闲息；此不知虑其大危而爱其小勤者也。昔汉祖幸已自有三秦之地，何不闭关守险以自娱乐？空出攻楚，身被疮痍，甲胄生虮虱，将士厌困苦；岂甘锋刃

> 而忘安宁哉？虑于长久，不得两存者耳。每览荆邯说公孙述以进取之图，近见家叔父表陈与贼争竞之计，未尝不喟然叹息也。夙夜反侧，所虑如此；故聊疏愚言以达二三君子之末。若一朝殒殁，志画不立，贵令来世知我所忧，可思于后。

颇异乃父之简尽，而同蜀相之恳到；操心虑危，依仿《后出师表》，得其曲畅，而逊其轩昂。于是大发州郡二十万众，兵出无功，死伤载道，百姓忿恫，遂为孙峻所诛。然才高气壮，抑扬爽朗，危言苦意，亦亮之亚也。此则大吴伟人，国之元辅，不以文章施用。若其摅辞扬采以为国华；胡综文章经国，称辞命之美；韦昭博综吴故，有记述之才；辞义典雅，足传于后。

胡综，字伟则，汝南固始人。少孤，母将避难江东。综年十四，大帝亦稚弱，以综侍读书。既而大帝统事，遂见信任；诸文诰策命，邻国书符，略皆综之所造也。及大帝称尊号；蜀遣卫尉陈震来申前好，乃参分天下，豫、青、徐、幽属吴；兖、冀、并、凉属蜀；其司州之土，以函谷关为界。综为盟文，文章甚美，其辞曰：

> 天降丧乱，皇纲失序；逆臣承衅，劫夺国柄。始于董卓，终于曹操，穷凶极恶，以覆四海。至令九州幅裂，普天无统，民神痛怨，靡所戾止。及操子丕，桀逆遗丑，荐作奸回，偷取天位。而叡么么，寻丕凶积，阻兵盗土，未伏厥诛。昔共工乱象，而高辛行师。三苗干度，而虞舜征焉。今日灭叡，擒其徒党；非汉与吴，将复谁任！夫讨恶翦暴，必声其罪；宜先分裂，夺其土地，使士民之心，各知所归。是以春秋晋侯伐卫，先分其田以畀宋人；此其义也。
>
> 且古建大事，必先盟誓；故《周礼》有司盟之官，《尚书》有告誓之文。汉之与吴，虽信由中；然分土裂境，宜有盟约。诸葛丞相德威远著，翼戴本国，典戎在外，信感阴阳，诚动天地，重复结盟，广诚约誓，使东西士民，咸共闻知；故立坛杀牲，昭告神明，再

> 歃加书，副之天府。天高听下，灵威棐谌，司慎司盟，群神群祀，莫不临之。
>
> 自今日汉吴既盟之后，戮力一心，同讨魏贼，救危恤患，分灾共庆；好恶齐之，无或携贰。若有害汉，则吴伐之；若有害吴，则汉伐之；各守分土，无相侵犯，传之后叶，克终若始。凡百之约，皆如载书；信言不艳，实居于好。有渝此盟，创祸先乱，违贰不协，慆慢天命；明神上帝，是讨是督；山川百神，是纠是殛；俾坠其师，无克祚国。于尔大神，其明鉴之！

辞气铿訇，点窜《左氏》，而颇雅练，得班蔡之意；不如建安七子之蹈厉发扬也。时魏降人，或云魏都督河北振威将军吴质颇见猜疑。综乃伪为质作降文，反复低昂，亦有辞观；其文既布，而质召入侍中矣。质，字季重，济阴人，以文才为魏文帝兄弟所赏；尤工笔札，曹植称其文采委曲；传有《答魏太子笺》，《答东阿王书》，优柔怿怀，而稍未遒。然文秀而质羸，亦王粲之亚也。

韦昭，字弘嗣，吴郡云阳人。好学能属文，大帝以为太子中庶子。时蔡颖亦在东宫，性好博弈；太子和以为无益，命昭论之。其辞曰：

> 盖闻君子耻当年而功不立，疾没世而名不称。故曰："学如不及，犹恐失之。"是以古之志士，悼年齿之流迈，而惧名称之不立也；故勉精厉操，晨兴夜寐，不遑宁息，经之以岁月，累之以日力。若宁越之勤，董生之笃，渐渍德义之渊，栖迟道艺之域。且以西伯之圣，姬公之力，犹有日昃待旦之劳；故能兴隆周道，垂名亿载；况在臣庶而可以已乎？历观古今立功名之士，皆有累积殊异之迹；劳身苦体，契阔勤思，平居不堕其业，穷困不易其素。是以卜式立志于耕牧，而黄霸受道于囹圄，终有荣显之福，以成不朽之名。故山甫勤于夙夜，而吴汉不离公门，岂有游堕哉。
>
> 今世之人，多不务经术，好玩博弈，废事弃业，忘寝与食，穷日尽明，继以脂烛。当其临局交争，雌雄未决，专精锐意，心劳体

> 倦，人事旷而不修，宾旅阙而不接；虽有太牢之馔，《韶》《夏》之乐，不暇存也。至或赌及衣物，徙棋易行，廉耻之意弛，而忿戾之色发；然其所志不出一枰之上，所务不过方罫之间，胜敌无封爵之赏，获地无兼土之实；技非六艺，用非经国，立身者不阶其术，征选者不由其道。求之于战阵，则非孙吴之伦也；考之于道艺，则非孔氏之门也；以变诈为务，则非忠信之事也；以劫杀为名，则非仁者之意也。而空妨日废业，终无补益；是何异设木而击之，置石而投之哉。且君子之居室也，勤身以致养；其在朝也，竭命以纳忠；临事且犹旰食，而何博弈之足耽。夫然，故孝友之行立，贞纯之名彰也。
>
> 方今大吴受命，海内未平，圣朝乾乾，务在得人；勇略之士，则受熊虎之任；儒雅之徒，则处龙凤之署；百行兼苞，文武并骛，博选良才，旌简髦俊，设程试之科，垂金爵之赏。诚千载之嘉会，百世之良遇也。当世之士，宜勉思至道，爱功惜力，以佐明时；使名书史籍，勋在盟府；乃君子之上务，当今之先急也！夫一木之枰，孰与方国之封？枯棋三百，孰与万人之将？衮龙之服，金石之乐，足以兼棋局而贸博弈矣。假令世士移博弈之力，而用之于《诗》《书》；是有颜、闵之志也；用之于智计，是有良、平之思也：用之于资货，是有猗顿之富也；用之于射御，是有将帅之备也。如此，则功名立而鄙贱远矣。

其文渐即于俳偶，气疏而不茂，辞俪而未壮，奕奕清畅，未能如胡综之气往轹古，词来切今也。和废后，为黄门侍郎。诸葛恪辅政，表昭为太史令，撰《吴书》；华核、薛莹等皆与参同。

薛莹，字道言，沛郡竹邑人。华核，字永先，吴郡武进人。核与韦昭、薛莹共事而极推之：自谓："愚浅才劣，适可为莹等作注而已。莹涉学既博，文章尤妙，同寮之中，莹为冠首；而昭在吴，亦汉之史迁也。"然昭典诰尤美。华核文赋之才，有过于昭；而与诰不及也。

大抵东汉之文，典重而或入板滞，儒缓而流为拘牵；而于是建安七子化以疏朗，竹林七贤益臻清玄，一张一弛，盖运会之自然；如餍刍豢者之旨蔬笋，羁朝绅者之羡野服也。而吴与蜀偏霸一方，犹仍故步，得风气稍迟；故不如魏氏地处中原者之有开必先云。

第五章　两　　晋

第一节　发　　凡

两晋文章，其回翔于汉魏之际而渐定所趋者乎？其大要不出二派：其一派奇丽藻逸，撷两汉之葩，潘岳、陆氏机云、左思其尤，以开太康之盛；又一派清微淡远，袭七贤之风，王羲之、陶潜为著，以结东晋之局。斯一代之冠冕，而文词之命世也。其他张载、张协，才绮而相埒，可谓鲁卫之政，兄弟之文也；而张亢则微不逮。刘琨雅壮而多风，卢谌情发而理昭，亦遇之于时势也。郭璞艳逸，足冠中兴；《江赋》既穆穆以大观，《仙诗》亦飘飘而凌云矣。葛洪之明仙，靡密以闲畅；干宝之说鬼，循理而清通；亦笔端之良工也。袁宏发轸以高骧，故卓出而多偏。孙绰规旋以矩步，故伦序而寡状。殷仲文之孤兴，谢混之闲情，并解散辞体，缥渺浮音，虽滔滔风流，而大浇文意。独陶潜文章不群，辞彩精拔，丽而不缛，淡而能旨，抑扬爽朗，莫之与京；故是一代风雅之宗矣。

第二节　陆机附弟云　潘岳附从子尼 张载 张协 张亢

魏季，才士放达，振起玄风，文采顿减。至晋武帝，底定吴蜀，区宇始一；太康之中，文彦云会；而三张、二陆、两潘、一左，勃尔复兴，踵武前汉，风流未沫，亦文章之中兴也。左思奇才，业深覃思，尽锐于《三都》，拔萃于《咏史》，足以自张一军矣。而张载、张亢，不及张协。二陆则弟逊于兄，两潘则尼不如岳。而冠冕群英，实推潘陆。史称之曰："机文喻海，岳藻如江。"一世之雄也。然潘之机利而笔不遒，陆之体重而势不骏。潘岳才思清绮，秀爽有余，承建安之风流。而机则文章丽典，宫商相变，开永明之新制；特是语多偶排，气未清壮，情隐于辞繁，势驽于藻缛；所患意不逮辞，情急于藻，偶语胜而古意亡矣。

陆机，字士衡，吴郡人。祖逊，吴丞相。父抗，吴大司马。机少有异才，伏膺儒术；抗卒，领父兵，为牙门将。年二十而吴灭，退居旧里，闭门勤学，积有十年。以孙吴文章，清畅奕奕，不为轶丽；而机以亡国之余，独振华采；以孙氏有大勋于江表，深慨孙皓举而弃之，乃论权所以得，皓所以亡，遂作《辨亡论》二篇；其体仿汉贾生《过秦论》而抒以排偶，虽有余于赡丽，不足于雄肆；然高词迥映，炫曜京洛，遂与弟云造太常张华。张华字茂先，范阳方城人；辞藻温丽，尝赋《鹪鹩》以寓意，抚时感事，以为处尊不如安贫之足乐，有才不如无用之能全也；言有浅而可以托深，名重一时。与武帝定策平吴，封广武县侯，累官太常。性好人物，诱进不倦，一见机云，如旧相识，曰："伐吴之役，利获二俊！"机天才秀逸，辞藻宏丽；华谓之曰："人之为文，常恨少才；而子更患其多。"惠帝朝，官著作郎，有《吊魏武帝文》，情文恻怆。其辞曰：

> 元康八年，机始以台郎出补著作，游乎秘阁，而见魏武帝遗令，忾然叹息，伤怀者久之。客曰："夫始终者，万物之大归。生死者，性命之区域。是以临丧殡而后悲，睹陈根而绝哭。今乃伤心百年之际，兴哀无情之地；意者无乃知哀之可有，而未识情之可无乎？"机答之曰：夫日食由乎交分，山崩起于朽壤，亦云数而已矣。然百姓怪焉者，岂不以资高明之质，而不免卑浊之累；居长安之势，而终婴倾离之患故乎？夫以回天倒日之力，而不能振形骸之内；济世夷难之智，而受困魏阙之下。已而格乎上下者，藏于区区之木；光于四表者，翳乎蕞尔之土。雄心摧于弱情，壮

图终于哀志；长算屈于短日，远迹顿于促路。呜呼，岂特瞽史之异阙景，黔黎之怪颓岸乎！

观其所以顾命冢嗣，贻谋四子，经国之略既远，隆家之训亦宏。又云："吾在军中，持法是也；至于大愤怒，小过失，不当效也。"善乎达人之谠言矣！持姬女而指季豹，以示四子，曰"以累汝！"因泣下。伤哉，曩以天下自任，今以爱子托人。同乎尽者无余，而得乎亡者无存。然而婉娈房闼之内，绸缪家人之务，则几乎密欤。又曰："吾婕妤伎人，皆著铜雀台；于台堂上施八尺床繐帐，朝晡上脯糒之属；月朝十五，辄向帐作伎。汝等时时登铜雀台，望吾西陵墓田。"又云："余香可分与诸夫人；诸舍中无所为，学作履组卖也。吾历官所得绶，皆著藏中。吾余衣裘，可别为一藏；不能者，兄弟可共分之。"既而竟分焉。亡者可以勿求，存者可以勿违，求与违不其两伤乎！悲夫，爱有大而必失，恶有甚而必得。智慧不能去其恶，威力不能全其爱，故前识所不用心，而圣人罕言焉。若乃系情累于外物，留曲念于闺房，亦贤俊之所宜废乎？于是遂愤懑而献吊云尔。

接皇汉之末绪，值王途之多违。伫重渊以育鳞，抚庆云而遐飞。运神道以载德，乘靈风而扇威。摧群雄而电击，举勍敌其如遗。指八极以远略，必翦焉而后绥。釐三才之阙典，启天地之禁闱。举修纲之绝纪，纽太音之解徽。扫云物以贞观，要万途而来归。丕大德以宏覆，援日月而齐辉。济元功于九有，固举世之所推。彼人事之大造，夫何往而不臻？将覆篑于浚谷，挤为山乎九天。苟理穷而性尽，岂长算之所研？悟临川之有悲，固梁木其必颠。当建安之三八，实大命之所艰。虽光昭于曩载，将税驾于此年。惟降神之绵邈，眇千载而远期。信斯武之未丧，膺灵符而在兹。虽龙飞于文昌，非王心之所怡。愤西夏以鞠旅，溯秦川而举旗。逾镐京而不豫，临渭滨而有疑。冀翌日之云瘳，弥四旬而成灾。咏归涂以反旆，登崤渑而揭来。次洛汭而大渐，指六军曰念哉。

伊君王之赫奕,实终古之所难。威先天而盖世,力荡海而拔山。厄奚险而弗济,敌何强而不残。每因祸以禔福,亦践危而必安。迄在兹而蒙昧,虑噤闭而无端。委躯命以待难,痛没世而永言。抚四子以深念,循肤体而颓叹。迨营魄之未离,假余息乎音翰。执姬女以嚬瘁,指季豹而漼焉;气冲襟以呜咽,涕垂睫而汍澜。违率土以靖寐,戢弥天乎一棺。咨宏度于峻邈,壮大业之允昌。思居终而恤始,命临没而肇扬。援贞吝以惎悔,虽在我而不臧。惜内顾之缠绵,恨末命之微详:纡广念于履组,尘清虑于余香。结遗情之婉娈,何命促而意长。陈法服于帷座,陪窈窕于玉房,宣备物于虚器,发哀音于奋倡;矫戚容以赴节,掩零泪而荐觞。物无微而不存,体无惠而不亡。庶圣灵之响像,想幽神之复光。苟形声之翳没,虽音景其必藏。徽清弦而独奏,进脯糒而谁尝。悼繐帐之冥漠,怨西陵之茫茫。登爵台而群悲,伫美目其何望。既晞古以遗累,信简礼而薄葬。彼裘绂于何有,贻尘谤于后王。嗟大恋之所存,故虽哲而不忘。览遗籍以慷慨,献兹文而凄伤。

文亦闳美,欲入卿云之室;而所为不如两汉者,气肆以傈,不及相如之遒逸;辞丽未奥,则逊子云之卓炼;体懈而弛,亦异班固之方重;虽闳赡自足,而风骨少隤;才高辞赡,排语作态,所以闳美在此,而不甚苍坚亦在此。然如《五等诸侯论》、《豪士赋序》,虽是俪体,而辞锋英伟,笔笔顿挫,直能以贾董之笔,行于排偶之中,抑扬爽朗,庶几笔势纵放,不减《过秦》者;信一集之弁冕,而斯文之雄杰也。观才士之所作,有以得其用心,放言遣辞,可得而言;恒患意不称物,文不逮意;因论作文之利害所由,而作《文赋》;其大要以为:“夸目者尚奢,惬心者贵当。”“诗缘情而绮靡,赋体物而浏亮,碑披文以相质,诔缠绵而凄怆,铭博约而温润,箴顿挫而清壮,颂优游以彬蔚,论精微而朗畅,奏平彻以闲雅,说炜晔而谲诳。虽区分之在兹,亦禁邪而制放。要辞达而理举，故无取乎冗长。或文繁理富，而意不指适；立片言而居要，乃一篇之警策。虽众辞之有条，必待兹而效绩。”扬榷文体，发凡起例，实刘勰《文心雕龙》之前导，而为中国文学批评之初祖也。又依仿班固，《演连珠》五十首；录其五以备体曰：

臣闻鉴之积也无厚，而照有重渊之深；目之察也有畔，而视周天壤之际。何则？应事以精不以形，造物以神不以器。是以万邦凯乐，非悦钟鼓之娱；天下归仁，非感玉帛之惠。

臣闻览影偶质，不能解独；指迹慕远，无救于迟。是以循虚器者，非应物之具；玩空言者，非致治之机。

臣闻弦有常音，故曲终则改；镜无畜影，故触形则照。是以虚己应物，必究千变之容；挟情适事，在观万殊之妙。

臣闻目无赏音之察，耳无照景之神。故在乎我者，不诛之于己；存乎物者，不求备于人。

臣闻理之所开，力所常达；数之所塞，威有必穷。是以裂火流金，不能焚景；沉寒凝海，不能结风。

所谓连珠者，兴于汉章之世，班固、傅毅尝受诏作之，其文体辞丽而言约，不指说事情，必假喻以达其旨，而览者微悟，合于《诗》三百讽兴之义；欲使历历如贯珠，易看而可悦，故谓之连珠。至是机演为之，而偶对既工，音律克谐，则开辞赋之别派，而为四六之滥觞焉。诗则偶语十居七八，铺陈整赡，而以开谢灵运之前茅；然辞虽俪偶而未甚缛藻，意致疏散，不以排偶累其驰骋之势，犹有建安遗韵。如乐府《猛虎行》曰：

渴不饮盗泉水，热不息恶木阴。恶木岂无枝，志士多苦心。整驾肃时命，杖策将远寻。饥食猛虎窟，寒栖野雀林。日归功未建，时往岁载阴。崇云临岸骇，鸣条随风吟。静言幽谷底，长啸高山岑。急弦无懦响，亮节难为音。人生诚未易，曷云开此衿！眷我耿介怀，俯仰愧古今。

然机亦有悲凉古直，粲然逸古，而不贵绮错者，如乐府《门有车马客行》曰：

> 门有车马客，驾言发故乡。念君久不归，濡迹涉江湘。投袂赴门涂，揽衣不及裳。拊膺携客泣，掩泪叙温凉。借问邦族间，恻怆论存亡；亲友多零落，旧齿皆雕丧。市朝互迁易，城阙或丘荒；坟垄日月多，松柏郁芒芒。天道信崇替，人生安得长！慷慨惟平生，俯仰独悲伤。

澹而不绮，散而不整，于机为别调。而机好为俪语，矜重而不赡逸；其为藻丽缛密者，则开谢灵运之偶对；而有清刻疏爽者，亦导谢玄晖之警秀，如《招隐》、《挽歌》是也。要之诗之由古体开律意，文之由建安为永明，不得不推机为风气转变之枢焉。传有《陆士衡集》十卷。弟云尝与书曰："兄文自为雄，非累日精拔，卒不可得。古今文兄所未得与校者，亦惟兄所道数都赋耳。云谓兄作'二京'，必得无疑。"

陆云，字士龙；六岁能属文，与兄机齐名，号曰二陆。陆机才欲窥深，词务索广，故思能入巧而不制繁。而云则檃范《诗》、《骚》，多欲练辞；而才不窥深，思未入巧，未能如哲兄之桀然自树质干；然辞务索广而不制繁，则与阿兄同病，所以辞溺则伤乱，理郁者苦晦。刘勰《文心雕龙》称："士龙朗练，以识检乱，故能布采鲜净，敏于短篇"；殊未见其云然。义华而声悴，情隐而文泽，辞则练矣，朗何有焉？布采宁谓鲜净。然而与机书曰："兄文章之高远绝异，不可复称言；然犹皆欲微多。但文实无贵于为多；多而如兄文者，人不餍其多也；但清新相接，不以此为病耳。云今意视文，乃好清省，欲无以尚。"其论文先辞而后情，尚絜而不取悦泽。乃知"布采鲜净，敏于短篇"，特其所蕲尚如是，而有志未逮。传有《陆士龙集》十卷。士龙研练而未昭晰，机则赡丽而乏风骨；其诗亦通赡具足，而绚采无力，遂开排偶一派；采缛于正始，力柔于建安；西京以来空灵矫健之意，不复存矣。

潘岳，字安仁，荥阳中牟人，少以才颖见称，乡邑号为奇童。及长，才藻妍丽，与陆机骈称曰潘陆。岳富于情，机骁于气；而岳特工哀诔之文，巧于序悲，易入新切；其为《杨仲武诔》曰：

杨经，字仲武，荥阳宛陵人也；中领军肃侯之曾孙，荆州刺史戴侯之孙，东武康侯之子也。八岁丧父；其母郑氏，光禄勋密陵成侯之元女；操行甚高，恤养幼孤，以保乂夫家而免诸艰难。戴侯、康侯，多所论著，又善草隶之艺。子以妙年之秀，固能综览义旨，而轨式模范矣。虽舅氏隆盛，而孤贫守约，心安陋巷，体服菲薄；余甚奇之。若乃清才隽茂，盛德日新；吾见其进，未见其已也。既藉三叶世亲之恩，而子之姑，余之伉俪焉。往岁卒于德宫里。丧服周次，绸缪累月，苟人必有心，此亦款诚之至也。不幸短命；春秋二十九，元康九年夏五月己亥卒。呜呼哀哉！乃作诔曰：

伊子之先，奕叶熙隆。惟祖惟曾，载扬休风。显考康侯，无禄早终。名器虽光，勋业未融。笃生吾子，诞茂淑姿：克岐克嶷，知章知微。钩深探赜，味道研几。匪直也人，邦家之辉。子之遘闵，曾未龀髫；如彼危根，当此冲飚。德之休明，靡幽不乔。弱冠流芳，隽声清劭。尔舅惟荣，尔宗惟瘁。幼秉殊操，违丰安匮。撰录先训，俾无陨坠。旧文新艺，罔不毕肄。潘杨之穆，有自来矣；矧乃今日，慎终如始。尔休尔戚，如实在己。视余犹父，不得犹子。敬亦既笃，爱亦既深。虽殊其年，实同厥心。日昃景西，望子朝阴。如何短折，背世湮沉。呜呼哀哉！寝疾弥留，守兹孝友。临命忘身，顾恋慈母。哀哀慈母，痛心疾首；嗷嗷同生，凄凄诸舅。春兰擢茎，方茂其华；荆宝挺璞，将剖于和；含芳委耀，毁璧摧柯。呜呼仲武，痛哉奈何！

德宫之艰，同次外寝。惟我与尔，对筵接枕。自时迄今，曾未盈稔。姑侄继殒，何痛斯甚！呜呼哀哉！披帙散书，屡睹遗文；有造有写，或草或真。执玩周复，想见其人；纸劳于手，涕沾于巾。龟筮既袭，埏隧既开，痛矣杨子，与世长乖。

朝济洛川，夕次山隈。归鸟颉颃，行云徘徊。临穴永诀，抚榇尽哀。遗形莫绍，增恸余怀。魂兮往矣，梁木实摧。呜呼哀哉！

辞气凄婉；传有《潘黄门集》六卷。为文章短于赋事而工叙哀；叙哀能于寻常中出凄婉，赋事却于铺写中少遒变，故诔工而赋平也。诗有《悼亡》三篇，亦为世传诵。其辞曰：

荏苒冬春谢，寒暑忽流易。之子归穷泉，重壤永幽隔。私怀谁克从，淹留亦何益。俛俯恭朝命，回心返初役。望庐思其人，入室想所历。帏屏无仿佛，翰墨有遗迹。流芳未及歇，遗挂犹在壁。怅恍如或存，周皇忡警惕。如彼翰林鸟，双栖一朝只；如彼游川鱼，比目中路析。春风缘隙来，晨溜承檐滴。寝息何时忘，沉忧日盈积。庶几有时衰，庄缶犹可击。

皎皎窗中月，照我室南端。清商应秋至，溽暑随节阑。凛凛凉风升，始觉夏衾单。岂曰无重纩，谁与同岁寒？岁寒无与同，朗月何胧胧；展转眄枕席，长簟竟床空。床空委清尘，虚室来悲风。独无李氏灵，仿佛睹尔容。抚衿长叹息，不觉涕沾胸。沾胸安能已？悲怀从中起。寝兴目存形，遗音犹在耳。上惭东门吴，下愧蒙庄子。赋诗欲言志，此志难具纪。命也可奈何，长戚自令鄙！

曜灵运天机，四节代迁逝；凄凄朝露凝，烈烈夕风厉。奈何悼淑仪，仪容永潜翳！念此如昨日，谁知已卒岁。改服从朝政，哀心寄私制。茵帱张故房，朔望临尔祭。尔祭讵几时，朔望忽复尽；衾裳一朝撤，千岁不复引。亹亹期月周，戚戚弥相愍。悲怀感物来，泣涕应情陨。驾言陟东阜，望坟思纡轸；徘徊墟墓间，欲去复不忍。徘徊不忍去，徙倚步踟蹰。落叶委埏侧，枯荄带坟隅。孤魂独茕茕，安知灵与无。投心遵朝命，挥涕强就车，谁谓帝宫远，路极悲有余！

辞来切情，情往引哀，只就闺房细碎，抒写追慕，情文相生，如闻呜咽，以岳固工于叙哀也。其他集中如《秋兴》、《怀旧》、《寡妇》、《闲居》诸赋，亦皆抒情之作，而为世所称；虽不如陆机之赡美，而写得事情出，疏秀爽达；盖直取胸中者吐之纸上，故风调自别。机文深而芜，岳文浅而净。体质凝厚，排奡流宕，则机胜岳。轻清爽利，出口如脱，则岳胜机。独为《马汧督诔》，腾骧磊落，神与古会，得史公之沉郁，含相如之遒逸，骨节强于机，驱迈疾于云，其辞哀且劲，盖岳之变体焉。从子尼，字正叔；与岳俱以文章见知；性静退不竞，惟以勤学著述为事，扬历显要，从容而已。而岳性轻躁，趋世利，卒以诛死。

安平张载，字孟阳；与弟协，字景阳；亢，字季阳，并号三张。载有《剑阁铭》，为时所称；然筋驽肉缓，句既未遒，势亦欠紧。协文采为茂，依仿枚乘《七发》、曹植《七启》作《七命》，气骨不如《七发》，而辞彩葱菁过植。植则意质而句缛，气不足以运；而协一意雕绘，所以翻不竭也。特是枚乘《七发》，每一发浓淡相间，调多变化；而协则丽辞碌碌，只是一格。其为诗巧构形似之言，雄于潘岳，而靡于左思，风流调达，称旷代之高手。传有《咏史》、《杂诗》诸什；而《杂诗》遒丽，则开鲍照之雕藻，而胜陆机之阐缓者也，录其四篇曰：

> 秋夜凉风起，清气荡暄浊；蜻蛚吟阶下，飞蛾拂明烛。君子从远役，佳人守茕独。离居几何时，钻燧忽改木。房栊无行迹，庭草萋以绿。青苔依空墙，蜘蛛网四屋。感物多所怀，沉忧结心曲。
>
> 大火流坤维，白日驰西陆。浮阳映翠林，回飚扇绿竹。飞雨洒朝兰，轻露栖丛菊。龙蛰暄气凝；天高万物肃。弱条不重结，芳蕤岂再馥。人生瀛海内，忽如鸟过目；川上之叹逝，前修以自勖。
>
> 朝霞迎白日，丹气临汤谷。翳翳结繁云，森森散雨足。轻风摧劲草，凝霜竦高木；密叶日夜疏，丛林森如束。畴昔叹时迟，晚节悲年促。岁暮怀百忧，将从季主卜。

> 黑蜧跃重渊，商羊舞野庭。飞廉应南箕，丰隆迎号屏。云根临八极，雨足洒四溟。霖沥过二旬，散漫亚九龄。阶下伏泉涌，堂上水衣生。洪潦浩方割，人怀昏垫情。沉液漱陈根，绿叶腐秋茎。里无曲突烟，路无行轮声。环堵自颓毁，垣间不隐形。尺烬重寻桂，红粒贵瑶琼。君子守固穷，在约不爽贞。虽荣田方赠，惭为沟壑名。取志于陵子，比足黔娄生。

协之丽偶，与陆机同；特其工于造语，丽而能遒，偶而不滞，所以风骨警挺，音韵铿锵。诗以琢炼出警遒，极于鲍照，而萌于张协。然照过为巧琢，颇流险仄；而炼不伤气，不得不让协出一头地也。载驰誉《七哀》，沉郁顿挫，无惭哲弟，而色泽不如。协《杂诗》感慨苍凉，风流调达，有陆机之举体华美，而异其芜缛；同左思之仗气卓荦，而出以葱菁；辞丽而气遒，盖陈王之具体矣。亢才藻不逮二昆，亦有属缀；棣萼相辉：洎乎二陆入洛，三张减价；然时人犹谓载、协、亢与陆机、云曰二陆三张，故以缀于篇。

第三节　左思　刘琨　郭璞附葛洪　干宝

左思，字太冲，齐国临淄人。貌寝口讷，而辞藻壮丽，欲仿班固《两都赋》、张衡《两京赋》而赋蜀、吴、魏三都。妹芬亦有文采；武帝纳为贵嫔。移家京师，乃诣张载，访岷蜀之事；遂构思十年，门庭藩溷，皆著笔纸；遇得一句，即便疏之。自以所见不博，求为秘书郎。初陆机入洛，欲为此赋；闻思作之，抚掌而笑；与弟云书曰："此间有伧父，欲作《三都赋》，须其成，当以覆酒瓮耳。"及思赋出，机绝叹伏，以为不能加也。第相其笔力，非但不及班张，似犹在机之下，以其语缛而机滞也。惟只苦心琢炼，字争奇，句争巧，功积力久，暨后凑合成章，遂文彩烂然。其味态尽浓腴，第骨力未强，无驱运跌宕之势；不能如班张之以翻空出奇，而以征实为贵。然思愈周，则力愈缓；事愈实，则格愈平。至其典确详核，实为前人所难，故足多也。惟托讽谕之致以为《咏史》诗，胸次高旷，笔力又复雄迈，陶冶汉魏，自铸伟辞，故是一代作手；岂复潘陆辈所能比埒。其辞曰：

弱冠弄柔翰，卓荦观群书；著论准《过秦》，作赋拟《子虚》。边城苦鸣镝，羽檄飞京都。虽非甲胄士，畴昔览穰苴。长啸激清风，志若无东吴。铅刀贵一割，梦想骋良图。左眄澄江湘，右盼定羌胡。功成不受爵，长揖归田庐。

郁郁涧底松，离离山上苗。以彼径寸茎，荫此百尺条。世胄蹑高位，英俊沉下僚；地势使之然，由来非一朝。金张藉旧业，七叶珥汉貂。冯公岂不伟，白首不见招。

吾希段干木，偃息藩魏君。吾慕鲁仲连，谈笑却秦军。当世贵不羁，遭难能解纷。功成耻受赏，高节卓不群。临组不肯绁，对珪宁肯分。连玺耀前庭，比之犹浮云。

济济京城内，赫赫王侯居。冠盖荫四术，朱轮竟长衢。朝集金张馆，暮宿许史庐；南邻击钟磬，北里吹笙竽。寂寂扬子宅，门无卿相舆。寥寥空宇中，所讲在玄虚。言论准宣尼，辞赋拟相如。悠悠百世后，英名擅八区。

皓天舒白日，灵景耀神州。列宅紫宫里，飞宇若云浮。峨峨高门内，蔼蔼皆王侯。自非攀龙客，何为欻来游？被褐出阊阖，高步追许由。振衣千仞冈，濯足万里流。

荆轲饮燕市，酒酣气益震。哀歌和渐离，谓若傍无人。虽无壮士节，与世亦殊伦。高眄邈四海，豪右何足陈。贵者虽自贵，视之若埃尘；贱者虽自贱，重之若千钧。

主父宦不达，骨肉还相薄。买臣困采樵，伉俪不安宅。陈平无产业，归来翳负郭。长卿还成都，壁立何寥廓。四贤岂不伟，遗烈光篇幅。当其未遇时，忧在填沟壑；英雄有迍邅，由来自古昔。何世无奇才，遗之在草泽。

习习笼中鸟，举翮触四隅。落落穷巷士，抱影守空庐。出门无通路，枳棘塞中涂。计策弃不收，块若枯池鱼。外望无寸禄，内顾无斗储。亲戚还相蔑，朋友日夜疏。苏秦北游说，李斯西上书。俯仰生荣华，咄嗟复雕枯。饮河期满腹，贵足不愿余；巢林栖一枝，可为达士模。

《咏史》之名，起自班固，但指一事；不过美其事而咏叹之，檃栝本事，不加藻饰；此正体也。而思多摅胸臆，不必专咏一人，专咏一事；咏古人而己之性情俱见；本事不过借以为影子，不脱不黏。错综震荡，创格新特，而造语奇伟，不为陆机之绮练，亦异潘岳之清浅，骨气雄高，足追陈王。而《诗品》乃谓其源出于公干；以刘桢之平钝，视左思之雄逸，岂仅跛鳖之与骐骥乎！《诗品》又以左思野于陆机，深于潘岳；深于潘岳则有之矣，野于陆机，亶其然乎？陆藻缛而机滞，不如思之植骨遒。潘气清而味薄，不如思之得天厚。潘岳、陆机、张协与思，一时竞秀，咸有诗名，而蹊径不同。就体制论：潘岳、陆机、张协排偶，开齐梁之新声；独左思倜傥，得汉魏之古意。就骨彩论，陆文丽以为工，潘流靡以自妍，格调不同，而同归于风骨不飞，气病其弩；协琢炼以警遒，思错综而震荡，风格亦不同，而同归于挺拔为俊，气过其文。而刘琨清刚，郭璞超逸，与思代兴，力矫轻绮；诚足嗣汉魏之逸响，而障潘陆之颓波已。

又晋承魏风，贵黄老，稍尚虚谈；于时篇什，理过其辞，淡乎寡味；爰及江表，微波尚传，孙绰、许询、桓温、庾亮诸公，诗皆平典似道德论；建安风力尽矣。其间郭璞用俊上之才，创变其体。刘琨仗清刚之气，亦复济美。

刘琨，字越石，中山魏昌人。少有朗俊之目，文咏颇为当时所许；累拜大将军，都督并州诸军事，加侍中太尉。会天下丧乱，为石勒所败。幽州刺史鲜卑段匹磾数遣信要琨；及赴，为所拘。琨自知必死，神色怡如也。范阳卢谌，字子谅，善属文，琨以为从事中郎；及琨败，卢谌求为段匹磾别驾，笺诗与琨。琨答谌以四言诗，并书曰：

损书及诗，备辛酸之苦言，畅经通之远旨，执玩反复，不能释手，慨然以悲，欢然以喜。昔在少壮，未尝检括，远慕老庄之齐物，近嘉阮生之放旷，怪厚薄何从而生，哀乐何由而至。自顷辀张，困于逆乱，国破家亡，亲友雕残。负杖行吟，则百忧俱至；块然独坐，则哀愤两集；时复相与举觞对膝，破涕为笑，排终身之积惨，求数刻之暂欢；譬犹积疢弥年，而欲一丸销之，其可得乎！

夫才生于世，世实须才。和氏之璧，焉得独曜于郢握；夜光之珠，何得专玩于隋掌。天下之宝，当与天下共之；但分析之日，不能不怅恨耳！然后知聃周之为虚诞，嗣宗之为妄作也。昔騄骥倚辀于吴坂，长鸣于良乐，知与不知也。百里奚愚于虞而智于秦，遇与不遇也。今君遇之矣，勖之而已。不复属意于文二十余年矣，久废则无次，想必欲其一反，故称指送一篇，适足以彰来诗之益美耳。琨顿首顿首。

书辞出以俪偶，而悲壮磊落，不伤于缛，有建安诸人气韵；固非二陆、三张之丽词碌碌，采乏风骨者所可比伦也。而诗则善为凄戾之辞，自有清拔之气；《重赠卢谌》五言一首曰：

握中有悬璧，本自荆山璆。惟彼太公望，昔在渭滨叟。邓生何感激，千里来相求。白登幸曲逆，鸿门赖留侯。重耳任五贤，小白相射钩。苟能隆二伯，安问党与仇。中夜抚枕叹，想与数子游。吾衰久矣夫，何其不梦周？谁云圣达节，知命故不忧。宣尼悲获麟，西狩涕孔丘。功业未及建，夕阳忽西流；时哉不我与，去乎若云浮。朱实陨劲风，繁英落素秋。狭路倾华盖，骇驷摧双辀。何意百炼钢，化为绕指柔！

琨诗托意非常，摅畅幽愤，远想张陈，感鸿门、白登之事，用以激谌。谌素无奇略，以常词酬和，殊乖琨心。琨意多郁结，而气自激昂；自非词人雕琢求工者所及也。英雄失路，万感悲凉，故其诗随笔倾吐，哀音无次，宣尼二句，一人互用。想见仓猝成章，不暇推敲。而自然遒亮；不如郭璞之文体相辉，彪炳可玩，足变永嘉平淡之体，而称中兴第一也。

郭璞，字景纯，河东闻喜人。好经术，博学有高才，而讷于言论；辞赋为中兴之冠。好古文奇字，注释《尔雅》，别为《音义图谱》，又注《三仓》、《方言》、《穆天子传》、《山海经》及《楚辞》、《子虚》、《上林赋》数十万言；妙于阴阳算历卜筮之术。元帝初镇建业，遂称尊号。璞以中兴王宅江外，乃著《江赋》，述川渎之美，其辞甚伟。复作《南郊赋》。然赋者铺也，铺采摛文，体物写志也。而璞为赋，体物著意铺排，写志无当比兴。即如《江赋》，多用水旁奇字堆砌成句，而佳处却不在此。凡作文字，贵用意奇警，不贵屼嵼面目也。中段叙江中物产，为一赋大铺排处；却于错综处见笔法，于点缀处见精彩。帝见而嘉之，以为著作佐郎。寻大将军王敦以武昌作难，请璞为记室参军。璞惧祸及，而为羁系；乃托屈原《远游》之指，以赋《游仙》诗；其辞曰：

京华游侠窟，山林隐遁栖。朱门何足荣，未若托蓬莱。临源挹清波，陵冈掇丹荑。灵谿可潜盘，安事登云梯。漆园有傲吏，莱氏有逸妻，进则保龙见，退则触藩羝。高蹈风尘外，长揖谢夷齐。

青谿千余仞，中有一道士。云生梁栋间，风出窗户里。借问此何谁，云是鬼谷子。翘迹企颍阳，临河思洗耳。阊阖西南来，潜波涣鳞起。灵妃顾我笑，粲然启玉齿，蹇修时不存，要之将谁使？

翡翠戏兰苕，容色更相鲜。绿萝结高林，蒙笼盖一山。中有冥寂士，静啸抚清弦。放情陵霄外，嚼蕊挹飞泉。赤松临上游，驾鸿乘紫烟。左挹浮丘袖，右拍洪涯肩。借问蜉蝣辈，宁知龟鹤年。

六龙安可顿，运流有代谢。时变感人思，已秋复愿夏。淮海变微禽，吾生独不化。虽欲腾丹谿，云螭非我驾。愧无鲁阳德，回日向三舍。临川哀年迈，抚心独悲咤。

逸翮思拂霄，迅足羡远游。清源无增澜，安得运吞舟。珪璋虽特达，明月难暗投。潜颖怨青阳，陵苕哀素秋。悲来恻丹心，零泪缘缨流。杂县寓鲁门，风暖将为灾。吞舟涌海底，高浪驾蓬莱。神仙排云出，但见金银台。陵阳挹丹溜，容成挥玉杯。姮娥扬妙音，洪崖颔其颐。升降随长烟，飘飖戏九垓。奇龄迈五龙，千岁方婴孩。燕昭无灵气，汉武非仙才。

晦朔如循环，月盈已复魄。蓐收清西陆，朱羲将由白。寒露拂陵苕，女萝辞松柏；蕣荣不终朝，蜉游岂见夕。圆丘有奇草，钟山出灵液；王孙列八珍，安期炼五石。长揖当涂人，去来山林客。

《游仙》之作，曹植集中最多；以世网见缚，而游心方外也。郭璞为之，骨气雄高，磊落英多，直追子建。而《诗品》谓其宪章潘岳；不知潘岳凄怆而气清，郭璞慷慨而骨遒；以为宪章，殊拟非其伦。郭璞气调岸异，当与左思刘琨为辈；而非宪章潘岳。辞多慷慨，心怀郁纡，其云"逸翮思拂霄"，又云"迅足羡远游"，乃是坎壈咏怀，非列仙之趣也。后为王敦所杀。然而郭璞托于游仙，而志不在仙也，亦有葛洪，冲以避世，而真欲超世者焉。

葛洪，字稚川，丹阳句容人。从祖玄，吴时，学道得仙，号曰葛仙公；以其炼丹秘术授弟子郑隐。洪就隐学；又师事南海太守上党鲍玄。玄亦耽内学，见洪，深重之，妻以女。洪传玄业，兼综练医术，凡所著撰，皆精核是非，而才章富赡，大凡内外一百一十六篇，号曰《抱朴子》；《内篇》论神仙修炼符箓刻治诸事，为道家之支与流裔；《外篇》则论时政得失，人事臧否，多作排偶之体；而词旨辩博，饶有名理，要其本归于黄老。而阐不死之理，发金丹之秘，则非老子道德之意也。

又有干宝者，字令升，新蔡人；博览书记，著《晋纪》，自宣帝迄于愍帝五十三年，凡二十卷，书佚；仅传《总论》，依仿贾生《过秦论》而出以整赡者也。尤好鬼神机祥之事，撰集古今神祇灵异人物变化，名为《搜神记》二十卷，传于世；有鬼董狐之目。干宝搜神以说鬼，葛洪论仙以畅玄，非耳目所经，亦晋文之绝出也。然洪文缛丽，略同陆机，而指则玄；道家之别子也。而宝坦迤，似准陈寿，而事则怪；稗史之开山也。兹录两家之作以互勘比。

抱朴子

盈乎万钧，必起于锱铢；竦秀凌霄，必始于分毫。是以行潦集，而南溟就无涯之旷；寻常积，而玄圃致极天之高。

阆风玄圃，不借高于丘垤；悬黎结绿，不假观于琼珉。是以英伟不群，而幽蕙之芬弦；峻概独立，而众禽之响振。

威施之艳，粉黛无以加；二至之气，吹呼不能增。是以怀英逸之量者，不矜风格以示异；体邈俗之器者，不恤小誉以徇通。以上原《博喻》篇

搜神记

晋世新蔡王昭平犊车在厅事上，夜无故自入斋室中，触壁而出，后又数闻呼噪攻击之声，四面而来。昭乃聚众设弓弩战斗之备，指声，弓弩俱发。而鬼应声接矢数枚，皆倒入土中。原卷十六

吴中有一书生，皓首，称胡博士，教授诸生。忽复不见。九月初九日，士人相与登山游观，闻读书声，命仆寻之，见空冢中群狐罗列，见人即走。老狐独不去，乃是皓首书生。原卷十八

豫章有一家婢在灶下，忽有人长数寸来灶间壁；婢误以履践之，杀一人。须臾，遂有数百人，着衰麻服，持棺迎丧，凶仪皆备，出东门，入园中覆船下。就视之，皆是鼠妇。婢作汤灌杀，遂绝。原卷十九

宝记怪怪奇奇，神仙鬼狐，不名一端；盖唐人小说之所本焉；特不刻意构画其事，其辞坦迤，淡乎若无味，恬乎若无事。傥非后来之所能及乎？以稍矜张，便嫌诞妄。

第四节　王羲之　陶潜

晋自中朝贵玄，江左称盛，因谈余习，流成文体，是以世极迍邅，而辞意夷泰；诗必道德之旨归，赋乃漆园之义疏。故知文变染乎世

情，兴废系乎时序：原始以要终，虽百世可知也。但理过其辞，雕润恨少；而葛洪才章赡丽，自成一子，又嫌缛而伤隽。若乃无雕虫之功，而探怀以抒，可以陶性灵，发幽思，言在耳目之内，情寄尘埃之表；洋洋乎会于风雅，使人忘其鄙近，自致旷观者，其惟王羲之、陶潜乎。

王羲之，字逸少，琅邪临沂人。大将军王敦、宰相王导之从子也。幼讷于言；及长，辩赡，尤善隶书，为古今之冠；深为从伯敦、导所器重，累官右军将军、会稽内史。羲之雅好服食养性，不乐在京师；既赴会稽，有佳山水；宰相谢安未仕时，亦居焉。孙绰、李充、许询、支遁等，皆以文义冠世，并筑室东土，与羲之同好；尝宴集会稽山阴之兰亭。羲之自为之序以申其志曰：

> 永和九年，岁在癸丑，暮春之初，会于会稽山阴之兰亭，修禊事也。群贤毕至，少长咸集。此地有崇山峻岭，茂林修竹；又有清流激湍，映带左右；引以为流觞曲水，列坐其次。虽无丝竹管弦之盛，一觞一咏，亦足以畅叙幽情。是日也，天朗气清，惠风和畅，仰观宇宙之大，俯察品类之盛，所以游目骋怀，足以极视听之娱，信可乐也。
>
> 夫人之相与，俯仰一世。或取诸怀抱，晤言一室之内。或因寄所托，放浪形骸之外。虽趋舍万殊，静躁不同；当其欣于所遇，暂得于己，快然自足，曾不知老之将至。及其所之既倦，情随事迁，感慨系之矣。向之所欣，俯仰之间，已为陈迹；犹不能不以之兴怀；况修短随化，终期于尽。古人云：'死生亦大矣。'岂不痛哉！每览昔人兴感之由，若合一契；未尝不临文嗟悼，不能喻之于怀；固知一死生为虚诞，齐彭殇为妄作。后之视今，亦犹今之视昔，悲夫！故列叙时人，录其所述。虽世殊事异，所以兴怀，其致一也。后之览者，亦将有感于斯文。

苍凉感叹之中，逸趣横生，故是俊人。尤工书札，风神高远，飒飒移人。寻以与扬州刺史王述不洽，遂称病去郡；与谢安弟万书曰：

> 古之辞世者，或被发佯狂，或污身秽迹，可谓艰矣。今仆坐而获逸，遂其宿心。其为庆幸，岂非天赐？违天不祥。顷东游还，修植桑果，今盛敷荣；率诸子抱弱孙，游观其间，有一味之甘，割而分之，以娱目前。虽植德无殊邈，犹欲教养子孙以敦厚退让；或有轻薄，庶令举策数马，仿佛万石之风。君谓此何如？

辞若面对，自然高妙；而世论独赏其草隶，犹是徇声之谈。然羲之身在轩冕，哀乐未忘；不如陶潜之胸次浩然，亭亭物表也。

陶潜，字元亮，大司马侃之曾孙；世有贵仕，而潜少怀高尚，颖脱不羁，任真自得，因著《五柳先生传》以自况；其辞曰：

> 先生不知何许人也，亦不详其姓氏。宅边有五柳树，因以为号焉。闲静少言，不慕荣利。好读书，不求甚解；每有会意，便欣然忘食。性嗜酒，家贫不能常得；亲旧知其如此，或置酒而招之，造饮辄尽，期在必醉；既醉而退，曾不吝情去留。环堵萧然，不蔽风日；短褐穿结，箪瓢屡空，晏如也。尝著文章自娱，颇示己志，忘怀得失，以此自终。
>
> 赞曰：黔娄有言："不戚戚于贫贱，不汲汲于富贵。"其言兹若人之俦乎？酬觞赋诗，以乐其志，无怀氏之民欤？葛天氏之民欤？

其自序如此，时人谓之实录。又托为《桃花源记》以寄意世外；其辞曰：

> 晋太元中，武陵人，捕鱼为业。缘溪行，忘路之远近。忽逢桃花林，夹岸数百步；中无杂树，芳草鲜美，落英缤纷，渔人甚异之。复前行，欲穷其林；林尽水源，便得一山；山有一口，仿佛若有光；便舍船从口入，初极狭，才通人；复行数十步，豁然开朗，土地平旷，屋舍俨然；有良田美池，桑竹之属，阡陌交通，鸡犬相闻。其中往来种作，男女衣着，悉如外人；黄发垂髫，并怡然自乐。见渔人，乃大惊，问所从来。具答之。便要还家，设酒杀鸡作食。村中闻有此人，咸来问讯。自云："先世避秦时乱，率妻子邑人来

此绝境，不复出焉；遂与外人间隔。”问今是何世，乃不知有汉，无论魏晋。此人一一为具言所闻；皆叹惋。余人各复延至其家，皆出酒食。停数日辞去。此中人语云：“不足为外人道也！”既出，得其船，便扶向路，处处志之。及郡下，诣太守说如此。太守即遣人随其往，寻向所志，遂迷，不复得路。南阳刘子骥，高尚士也，闻之欣然，规往，未果，寻病终。后遂无问津者。

以冲淡闲远之致，写愤世嫉俗之怀，独超众类，若未尝经意；质而为绮，疏而能隽，而以魏武、蜀相之浑简，抒嵇康、阮籍之怀抱；然其文不可以学而能；非文之难，有其胸次为难也。然篇章不多；而诗绝工，尤为后世所称，情真景真，事真意真，只是就本色炼得入细，如作瘿瓢籐杖，本色不雕一毫，水磨又极精细。止任元朴者或拥肿不堪，刘琨是也。专事工夫者又矫揉无味，陆机是也。而潜则直率语却自追琢中出，所以耐咀嚼。诗多不能备，录其七篇：

归园田居一首

野外罕人事，穷巷寡轮鞅。白日掩荆扉，虚室绝尘想。时复墟曲中，披草共来往；相见无杂言，但道桑麻长。桑麻日已长，我土日已广。常恐霜霰至，零落同草莽。

移居二首

昔欲居南村，非为卜其宅；闻多素心人，乐与数晨夕。怀此颇有年，今日从兹役。敝庐何必广，取足蔽床席。邻曲时时来，抗言谈在昔。奇文共欣赏，疑义相与析。

春秋多佳日，登高赋新诗。过门更相呼，有酒斟酌之。农务各自归，闲暇辄相思。相思则披衣，言笑无厌时。此理将不胜，无为忽去兹。衣食当须纪，力耕不吾欺。

读山海经诗一首

孟夏草木长，绕屋树扶疏。众鸟欣有托，吾亦爱吾庐。既耕亦已种，且还读吾书。穷巷隔深辙，颇回故人车。欢言酌春酒，摘我园中蔬。微雨从东来，好风与之俱。泛览周王传，流观《山海》图。俯仰终宇宙，不乐复何如。

杂诗二首

结庐在人境，而无车马喧。问君“何能尔”？心远地自偏。采菊东篱下，悠然见南山。山气日夕佳，飞鸟相与还。此中有真意，欲辨已忘言。

秋菊有佳色，裛露掇其英。泛此忘忧物，远我遗世情。一觞虽独进，杯尽壶自倾。日入群动息，归鸟趋林鸣。啸傲东轩下，聊复得此生！

挽诗一首

荒草何茫茫，白杨亦萧萧。严霜九月中，送我出远郊。四面无人居，高坟正嶕峣。马为仰天鸣，风声自萧条。幽室一已闭，千年不复朝。千年不复朝，贤达无奈何。向来相送人，各自还其家。亲戚或余悲，他人亦已歌。死去何所道，托体同山河。

就浅景写得入妙，就浅意写得入奥；大约皆以傥来得趣，百练下笔，洗净铅华，自然发艳。虽然，巧于斧斤者多拟其拙，窘于检括者辄病其放；孔子曰：“宁武子，其智可及也，其愚不可及也！”后此唐之王维、储光羲、韦应物、柳宗元、白居易；宋之王安石、苏轼，学焉而皆得其性之所近。然韦应物、白居易、苏轼，失之平易，而少追琢。储光羲、柳宗元、王安石，不免巉刻，又损自然。王维秀丽疏朗，差为近之，而微华靡；终莫有及焉者也。《诗品》称：“宋征士陶潜，其源出于应璩，又协左思风力。”今诵潜诗，清微淡远，不矜左思之风力，亦异应璩之讽谕；只是自抒胸怀，朴实说理，以枯淡出腴润，含悲凉于解脱；潘岳、陆机，视之为靡；左思、刘琨，又逊其和；平淡而不为懦钝，遒亮而出以浑雅。《诗品》以曹陈王为“骨气奇高，辞采华茂”，而潜则骨气不矜奇高而特为超逸；辞采不喜华茂而发之朗秀。天挺此才，以结晋代之诗局，而与陈王后先辉映。陈王华贵而发以沉郁，潜则感慨而发以高浑；粲然逸古，可谓清音独远矣。传有《陶渊明集》十卷。

第六章　南　　朝

第一节　发　　凡

文之骈体，成于南朝；大抵编字不只，捶句皆双，修短取均，奇偶相配，故应以一言蔽之者，辄足为二言；应以三句成文者，必分为四句；其原出于陆机。机缛旨星稠，繁文绮合，丰藻克赡，而风骨不飞，碌碌丽辞，遂开骈体。降自梁陈，专工对仗，边幅复狭，令阅者白日欲卧，未必非士衡为之滥觞也。刘宋之世，颜延之、谢灵运，弁冕南朝，体裁明密，并称文章第一。而鲍照雕藻淫艳，异军特起，才秀人微，骖驾其间，并方轨前秀，垂范后昆。沉约继起，更唱声律于齐梁之际；欲使宫羽相变，低昂舛节；若前有浮声，则后须切响；一简之内，音韵尽殊；两句之中，轻重悉异；至云“灵均已来，此秘未睹”。而不获邀赏于梁武；声病拘牵，固非英雄所喜也。求其俪体行文，无伤逸气者，江淹、任昉，庶几近之。二子纵横骈偶，不受羁靮，故能超妙。而孔稚圭更于声偶之中，发挥奇趣；所为《北山移文》，雕章琢句，务为新颖，亦六朝文之善者也。夫三代以前，文无声偶，八音克谐，司马子长所以铿锵鼓舞也。浸淫六季，制句切响，千英万杰，莫能跳脱；所可自异者，死生气别耳。历观骈体，前有江淹、任昉，后有徐陵、庾信，皆以生气见高，遂称俊物。而庾信华实相扶，抽黄对白之中，灏气舒卷，遂集六朝之大成，而导唐初四杰之先路。他家学步寿陵，菁华先竭，犹责细腰以善舞，窃为忧其饿死也。于是作者虽众，极其所之，总而为论，略有三体：一则启心闲绎，托辞华旷，虽存巧绮，终致迂回；宜登公宴，本非准的；而疏慢阐缓，膏肓之病；典正可采，酷不入情，此体之源出灵运而成也。次则缉事比类，非对不发，博物可嘉，职成拘制；或全借古语，用申今情，崎岖牵引，直为偶说，惟睹事例，全失精彩；此则傅咸五经，应璩指事，虽不全似，可以类从。次则发唱惊挺，操调险急，雕藻淫艳，倾炫心魂；亦犹五色之有红紫，八音之有郑卫；斯鲍照之遗烈也。但自然英旨，罕值其人；恒患事尽于形，情急于藻，义牵其旨，韵移其意。文胜之敝，欲救以质；于是钟嵘品诗，不贵用事；刘勰文心，首标《原道》；物极必反，理有宜然。何待苏绰之《大诰》，韩愈之《原道》，而后知文章之必变，征词体之解散乎？盖所由来者渐也。

第二节　宋谢灵运附弟惠连　颜延之　鲍照附汤惠休　袁淑　谢庄

宋初文咏，体有因革；庄老告退而山水方滋；俪采百字之偶，争价一句之奇，情必极貌以写物，辞必穷力而追新；谢灵运雕镌山水，还乎自然；此实为之倡也。灵运，陈郡阳夏人；晋车骑将军玄之孙也。博学善文章，袭祖封康乐公，车服鲜丽，衣物多改旧形制，世共宗之，咸称谢康乐也。宋武帝受命，降公爵为侯，为太子左卫率。少帝即位，以非毁执政，出为永嘉太守。郡有名山水，灵运素所爱好，出守既不得志，遂肆意游遨，所至辄为诗咏以致其意；有《晚出西射堂》、《登池上楼》、《登江中孤屿》诸诗，兴多才高，寓目辄书；录其三篇：

晚出西射堂

步出西掖门，遥望城西岑。连障叠巘崿，青翠杳深沉。晓霜枫叶丹，夕曛岚气阴。节往戚不浅，感来念已深：羁雌恋旧侣，迷鸟怀故林。含情尚劳爱，如何离赏心。抚镜华缁鬓，揽带缓促衿。安排徒空言，幽独赖鸣琴。

登池上楼

潜虬媚幽姿，飞鸿响远音。薄霄愧云浮，栖川怍渊沉。进德智所拙，退耕力不任。徇禄反穷海，卧疴对空林。衾枕昧节候，褰开暂窥临。倾耳聆波澜，举目眺岖嵚。初景革绪风，新阳改故阴。池塘生春草，园柳变鸣禽。祁祁伤豳歌，萋萋感楚吟。索居易永久，离群难处心。持操岂独古，无闷征在今。

登江中孤屿

江南倦历览，江北旷周旋。怀新道转迥，寻异景不延。乱流趋正绝，孤屿媚中川。云日相辉映，空水共澄鲜。表灵物莫赏，蕴真谁为传。想象昆山姿，缅邈区中缘。始信安期术，得尽养生年。

在郡一周，称疾去职。灵运父祖并葬始宁县，并有故宅及墅；遂移籍会稽，修营旧业，傍山带江，尽幽居之美；与隐士王弘之、孔淳之等放荡为娱。名章迥句，处处间起；每一诗出，莫不竞写，宿昔间士庶皆遍。作《山居赋》并自注以言其事。然灵运名冠宋代，而文章不称，彩乏雕润，气无崖异。《山居赋》有意为卓荦，而平直少姿致。诗则气无奇类，殊未俊发。后人好以陶、谢并称。然陶情喻渊深，自然倜傥。谢体裁绮密，动见拘束。谢之视陶，亦何啻跛鳖之于骥足。而《诗品》称："其源出于陈思，杂有景阳之体，故尚巧似，而逸荡过之，颇以繁富为累。"然陈思骨气雄高，而灵运颇平钝；景阳风流调达，而灵运乖秀逸；辞繁不杀，累则有之；而风骨不飞，何逸荡之有焉。惟《岁暮》一篇，寂寥短章，而吐言天拔；其辞曰：

殷忧不能寐，苦此夜难颓。明月照积雪，朔风劲且哀。运往无淹物，年逝觉已催。

浩气直落，于灵运为别调；其他丽辞碌碌，殊乏抑扬爽朗之致也。然山水闲适，时发理趣，在诗家亦为独辟之境；如《石壁精舍还湖中作》曰：

昏旦变气候，山水含清晖。清晖能娱人，游子憺忘归。出谷日尚早，入舟阳已微。林壑敛暝色，云霞收夕霏。芰荷迭映蔚，蒲稗相因依。披拂趋南径，愉悦偃东扉。虑澹物自轻，意惬理无违。寄言摄生客，试用此道推。

陶、谢诗不以理语为累，以其浑化得理趣，而不落滞境也。晋孙绰、许询、桓温、庾亮诸公诗皆平典似道德论。此由乏理趣耳，夫岂尚理之过哉。所不同者，特陶公心处闲逸，而灵运辞出刻缕；陶公寓意于田园，灵运寄兴于山水。文帝即位，起灵运为秘书监，寻迁侍中，赏遇甚厚。灵运自以名辈应参时政，至是唯以文义见接；意既不平，称疾不朝，屡被劾，赐假东归，寻免官。灵运既东，与族弟惠连、东海何长瑜、颍川荀雍、太山羊璇之以文章赏会，共为山泽之游，时称四友。惠连十岁能属文，灵运加赏之云："每有篇章，对惠连辄得佳语。"尝于永嘉西堂思诗，竟日不就；忽梦见惠连，即得"池塘生春草"，大以为工，每云："此语有神功，非吾语也！"灵运后徙广州，有言其谋叛，奏收之，于广州弃市。

谢惠连为《雪赋》，侔色揣称，不为先汉扬马之雄矫，亦异东京班张之典丽，特以警秀见奇。其辞曰：

岁将暮，时既昏。寒风积，愁云繁。梁王不悦，游于菟园；乃置旨酒，命宾友；召邹生，延枚叟；相如末至，居客之右。俄而微霰零，密雪下。王乃歌《北风》于卫诗，咏南山于周《雅》，授简于司马大夫曰："抽子秘思，骋子妍辞，侔色揣称，为寡人赋之。"

相如于是避席而起，逡巡而揖曰："臣闻雪宫建于东国，雪山峙于西域。岐昌发咏于来思，姬满申歌于黄竹。《曹风》以麻衣比色，楚谣以幽兰俪曲。盈尺，则呈瑞于丰年；袤丈，则表沴于阴德。雪之时义远矣哉。请言其始。若乃玄律穷，严气升；焦溪涸，汤谷凝；火井灭，温泉冰；沸潭无涌，炎风不兴；北户墐扉，裸壤垂缯。于是河海生云，朔漠飞沙。连氛累霭，掩日韬霞。霰淅沥而先集，雪纷糅而遂多。其为状也，散漫交错，氛氲萧索。藹藹浮浮，瀌瀌奕奕。联翩飞洒，徘徊委积。始缘甍而冒栋，终开帘而入隙。初便娟于墀庑，末萦盈于帷席。既因方而为珪，亦遇圆而成璧。眄隰则万顷同缟，瞻山则千岩俱白。于是台如重璧，逵似连璐；庭列瑶阶，林挺琼树。皓鹤夺鲜，白鹇失素；纨袖惭野，玉颜掩嫮。若乃积素未亏，白日朝鲜，烂兮若烛龙衔耀照昆山。尔其流滴垂冰，缘霤承隅，粲兮若冯夷剖蚌列明珠。至夫缤纷繁骛之貌，皓汗皦洁之仪。回散萦积之势，飞聚凝曜之奇。固展转而无穷，嗟难得而备知。若乃申娱玩之无已，夜幽静而多怀。风烛槛而转响，月承幌而通晖。酌湘吴之醇酎，御狐貉之兼衣。对庭鹍之双舞，瞻云雁之孤飞。析园中之萱草，摘阶上之芳薇。践霜雪之交积，怜枝叶之相违。驰遥思于千里，愿接手而同归。”

邹阳闻之，懑然心服，有怀妍唱，敬接末曲；于是乃作而赋《积雪》之歌，歌曰：“携佳人兮披重幄，援绮琴兮坐芳缛。燎薰炉兮炳明烛，酌桂酒兮扬清曲。”又续而为《白雪》之歌，歌曰：“曲既扬兮酒既陈，朱颜酡兮思自亲。愿低帷以昵枕，念解佩而褫绅。怨年岁之易暮，伤后会之无因。君宁见阶上之白雪，岂鲜耀于阳春？”歌卒，王乃寻绎吟玩，抚览扼腕；顾谓枚叔，起而为乱。乱曰：“白羽虽白，质以轻兮；白玉虽白，空守贞兮。未若兹雪，因时兴灭。玄阴凝，不昧其洁；太阳曜，不固其节。节岂我名，洁岂我贞。凭云升降，从风飘零。值物赋象，任地班行。素因遇立，污随染成。纵心浩然，何虑何营。”

丽句清辞，秀色可餐，脱尽前人浓重之气，另成一格。然入后乱曰：“未若兹雪，因时兴灭”云云，亦灵运诗“虑淡物自轻，意惬理无违”之意。而着意描写，转成理障。至云不立节，不守洁，伤教害义；不如灵运之浑融无碍也。灵运炼句用字，在生熟深浅之间。传有《谢康乐集》四卷，《拾遗》一卷。惠连之于灵运，犹潘岳之于陆机。惠连疏秀爽达，不如灵运之拙累，而遒古之意亦益减矣。

颜延之，字延年，琅邪临沂人。文章冠绝当世，与灵运齐名；而二人文辞，迟速悬绝。文帝敕拟乐府《北上》篇，延之受诏便成，灵运久之乃成。《宋书·谢灵运传》曰："纵横俊发，过于延之，深密则不如也。"又《传论》曰："爰逮宋氏，颜谢腾声；灵运之兴会标举，延年之体裁明密。"谈者称其得实。自今观之：延年之体裁明密，未以为病。灵运之兴会标举，实为过誉。何者？以诗论：灵运模山范水，务为精密，巧构形似，原出张景阳，而无其风流条达；又以繁富为累，而逊景阳之文体华净；碌碌丽辞，而气无奇类，何能兴会标举？转不如延之《五君咏》之磊落英多，《北使洛还至梁城作》之悲凉遒丽，铲锤在手，极流动酣适之趣。盖延之体密而救以气俊，故密而得明；灵运辞密而不免体拘，斯密以伤滞也。至灵运意气虽自纵横，文章何曾俊发？观其所为《征赋》、《山居赋》，造语非不卓荦，而行文伤于平直；发则有之，俊于何有？而延之则文质相宣，体裁明密之中，自有抑扬爽朗之致。《赭白马赋》穷态极妍，曲终雅奏而归之只慎；则相如《上林》、子云《羽猎》之嗣音也；虽不及相如之雄丽，子云之琢炼，而安行徐步之中，自具顿挫。《阳给事诔》，苍雄古健；《祭屈原文》，凄丽沉郁；辞与事称，各肖其人之生平；亦何尝以雕文纂组，有害俊发？《武帝谥议》亦腴畅。《庭诰》雅意深笃，善贻厥谋，可谓有德之言，不得以文章工拙论。人谓颜不如谢，吾谓谢定逊颜，可与知者道，难为寻声逐响之士谈也。延之疏诞，不能取容权要，辞意激扬，乃作《五君咏》以述竹林七贤；而山涛、王戎，乃以贵显被黜。其词曰：

阮步兵籍

阮公虽沦迹，识密鉴亦洞。沉醉似埋照，寓辞类托讽。长啸若怀人，越礼自惊众。物故不可论，途穷能无恸。

嵇中散康

中散不偶世，本自餐霞人。形解验默仙，吐论知凝神。立俗忤流议，寻山洽隐沦。鸾翮有时铩，龙性谁能驯？

刘参军伶

刘伶善闭关，怀情灭闻见。鼓钟不足欢，荣色岂能眩。韬精日沉饮，谁知非荒宴。颂酒虽短章，深衷自此见。

阮始平咸

仲容青云器，实禀生民秀。达音何用深，识微在金奏。郭奕已心醉，山公非虚觏。屡荐不入官，一麾乃出守。

向常侍秀

向秀甘淡薄，深心托毫素。探道好渊玄，观书鄙章句。交吕既鸿轩，攀嵇亦凤举。流连河里游，恻怆山阳赋。

调响意圆，每首中四句排偶，已开后世之律体，然明密足为模楷；以其字字称量而出，无一苟下也。左太冲《咏史》似论体，颜延之《五君咏》似传体；而要之托古人以寄意，其原出《诗》三百之比兴。尝问鲍照，己与谢灵运优劣，照曰："谢五言如初发芙蓉，自然可爱。君诗若铺锦列绣，亦雕缋满眼。"延之终身病之。延之诗体裁绮密：四言五言，动无虚散，尤不工发端；四言如《应诏宴曲水作》诗，五言如《拜陵庙作》、《赠王太常》、《夏夜呈从兄散骑车长沙》；中权尽多警丽，发唱未能透快；有余于辞华，不足于风力；气无奇类，文有异彩。《诗品》谓"其源出于陆机"，信然。然如《北使洛还至梁城作》及《五君咏》，则擅陆机之华美，协左思之风力，俪对而饶有遒变，雄快而出以凝厚；沉郁顿挫，亦何曾以体裁绮密而乖秀逸。其《北使洛还至梁城作》一首曰：

眇然轨路长，憔悴征戍勤。昔迈先徂师，今来后归军。振策眷东路，倾侧不及群。息徒顾将夕，极望梁陈分。故国多乔木，空城凝寒云。丘垄填郛郭，铭志灭无文。木石扃幽闼，黍苗延高坟。惟彼雍门子，吁嗟孟尝君！愚贱同堙灭，尊贵谁独闻。曷为久游客，忧念坐自殷。

延之诗喜作壮丽语，而失之重滞晦涩，此篇独见悲凉。以壮丽之意，写悲凉之态，流动酣适，则何尝以"铺锦列绣"为病。它所为文章，世所传诵者:《三月三日曲水诗序》,丽而伤缛,则滞于机。《陶征士诔》,和而未茂,故懦于笔。振采无力,与诗同讥。独《代湘州刺史张邵祭屈原文》,文采高丽,工于发端。其辞曰:

惟有宋五年月日,湘州刺史吴郡张邵,恭承帝命,建旟旧楚;访怀沙之渊,得捐佩之浦,弭节罗潭,艤舟汨渚。乃遣户曹掾某敬祭故楚三闾大夫屈君之灵:兰薰而摧,玉缜则折;物忌坚芳,人讳明洁。曰若先生,逢辰之缺。温风怠时,飞霜急节。嬴芈遘纷,昭怀不端。谋折仪尚,贞蔑椒兰。身绝郢阙,迹遍湘干。比物荃荪,连类龙鸾。声溢金石,志华日月。如彼树芳,实颖实发。望汨心欷,瞻罗思越。藉用可尘,昭忠难阙。

结尾两句,意涉晦,虽工发端,而踬末篇。大抵谢灵运密于为对而辞未俊,颜延之工于造辞而机或滞。若夫追琢之辞,出以俊逸,慷慨任气,磊落使才,要不得不推鲍照出一头地。嗟其才秀人微,故取湮当代。

鲍照字明远,东海人。尝谒临川王义庆,未见知,欲贡诗言志,人或止之。照勃然曰:"千载上有英才异士,沉没而不闻者,安可数哉!大丈夫岂可遂蕴知能,使兰艾不辨,终日碌碌与燕雀相随乎!"于是奏诗。义庆奇之,甚见知赏。文帝以为中书舍人。帝好文章,自谓人莫能及;照悟其旨,为文章,多鄙言累句;咸谓照才尽,实不然也。所为诗文,以俊逸之笔,写豪壮之情,发唱惊挺,操调险急,而模山范水,情文骏发,尤推《登大雷岸与妹书》。其辞曰:

吾自发寒雨,全行日少。加秋潦浩汗,山溪猥至,渡溯无边,险径游历;栈石星饭,结荷水宿。旅客贫辛,波路壮阔。始以今日食时,仅及大雷。涂登千里,日逾十晨。严霜惨节,悲风断肌;去亲为客,如何如何!向因涉顿,凭观川陆,遨神清渚,流睇方曛,东顾五洲之隔,西眺九派之分,窥地门之绝景,望天际之孤云,长途大念,隐心者久矣。

南则积山万状，争气负高，含霞饮景，参差代雄；凌跨长陇，前后相属，带天有匝，横地无穷。东则砥原远隰，亡端靡际。寒蓬夕卷，古树云平。旋风四起，思鸟群归。静听无闻，极视不见。北则陂池潜演，湖脉通连；苎蒿攸积，菰芦所繁，栖波之鸟，水化之虫，智吞愚，强捕小，号噪惊聒，纷牣其中。西则回江永指，长波天合；滔滔何穷，漫漫安竭。创古迄今，舳舻相接。思尽波涛，悲满潭壑，烟归八表，终为野尘；而是注集，长写不测，修灵浩荡，知其何故哉！西南望庐山，又特惊异，基压江潮，峰与辰汉连接。上常积云霞，雕锦缛，若华夕曜，岩泽气通，传明散彩，赫似绛天，左右青霭，表里紫霄，从岭而上，气尽金光；半山以下，纯为黛色。信可以神居帝郊，镇控湘汉者也。若潀洞所积，溪壑所射，鼓怒之所豗击，涌澓之所宕涤，则上穷荻浦，下至狶洲，南薄燕爪，北极雷淀，削长埤短；可数百里。其中腾波触天，高浪灌日；吞吐百川，写泄万壑；轻烟不流，华鼎振涾；弱草朱靡，洪涟陇蹙；散涣长惊，电透箭疾；穹溘崩聚，坻飞岭覆；回沫冠山，奔涛空谷；碪石为之摧碎，碕岸为之虀落。仰视大火，俯听波声，愁魄胁息，心惊栗矣。

至于繁化殊育，诡质怪章，则有江鹅海鸭鱼鲛水虎之类，豚首象鼻芒须针尾之族，石蟹土蚌燕箕雀蛤之俦，折甲曲牙逆鳞反舌之属，掩沙涨，被草渚，浴雨排风，吹涝弄翮。夕景欲沉，晓雾将合，孤鹤寒啸，游鸿远吟。樵苏一叹，舟子再泣，诚足悲忧，不可说也！风吹雷飚，夜戒前路，下弦内外，望达所届。寒暑难适，汝专自慎。夙夜戒护，勿为我念。恐欲知之，聊书所睹。临涂草蹙，辞意不周。

驱迈苍凉之气，惊心动魄之辞，运意深婉，融情于景，无句不锤炼，无句不俊逸；颇喜巧琢，与颜延之同。然延之巧琢而或伤堆砌，照则巧琢而出以喷薄。延之采缛而肌沉，负声无力；照则骨劲而气猛，振藻高翔。丽而能遒，此其所为与延之异也。谢灵运文不警切，以不知扣题；而照则巧于驭题，随事赋形；如赋《舞鹤》，不呆写鹤，而写舞之穷态极妍；赋《芜城》，不泛写芜，而扣定城字写芜；赋《野鹅》，不呆写鹅，而写鹅之意欲适野；《飞白书势铭》，不泛写书，而刻意写飞白之势；题面题神，一丝不走，此其所为与灵运殊也。

诗则以警丽发悲凉，故彩有余遒；以排奡出险急，斯句无懦响；气警而骨奇，调响而语峭，俊而能发，不如谢灵运之发而不俊，腴而能炼，亦异颜延之之丽而或缛。颜谢扬声，而照以才秀人微，骖驾而三；其诗亦如颜谢之多偶对以开唐律，而特善自发诗端，气有奇类；尤自长于夸饰，故光焰腾于纸墨之表。《诗品》谓："得景阳之俶诡，含茂先之靡嫚，骨节强于谢混，驱迈疾于颜延，总四家而擅美，跨两代而孤出。"信然。吾则谓模山范水以发理趣，灵运所长；抒情造事以出警调，则照特快。灵运语排意排，只是律体，不免平板；而照错综震荡，奇偶无迹，绰见警遒。乐府尤俊逸，如《东门行》、《京洛篇》、《东武吟》、《别鹤操》、《出自蓟北门行》、《升天行》、《苦热行》、《结客少年场行》、《边居行》、《行路难》诸篇，孚甲新意，雕画奇辞；尽是赡丽，尽是对偶，而气最劲，语最峭，调最响，不以繁采损风力；惟藻耀而高翔，所以才锋峻立，符采克炳；异于灵运之采乏风骨也。五言诗如《赠故人马子乔》之"踯躅城上羊"、"松生陇坂上"、"双剑将别离"三章，《拟古》之"鲁客事楚王"、"十五讽诗书"、"幽并重骑射"三章，《学刘公干体》之"胡风吹朔雪"一章及《咏史》，抑扬爽朗，高风跨俗，亦以乐府之体为之，而《上浔阳还都道中作》，《行京口至竹里》两篇，语偶而势遒，虽俪辞不碌碌也；按眼前景，字字新隽，颇得陶潜之一体；特有遒响而无远韵，光焰长而意味不长，所以不如陶之吐言渊永，有弦外音也。陶诗如璞玉，浑成天然，而照则如错采镂金，非不绚烂光耀，却少温润之意；特多健句而出以追琢，句含金石，字挟风霜，录乐府四篇：

代东武吟

主人且勿喧，贱子歌一言。仆本寒乡士，出身蒙汉恩。始随张校尉，占募到河源；后逐李轻车，追虏穷塞垣；密途亘万里，宁岁犹七奔。肌力尽鞍甲，心思历凉温。将军既下世，部曲亦罕存。时事一朝异，功绩复谁论？少壮辞家去，穷老还入门。腰镰刈葵藿，倚杖牧鸡豚。昔如鞲上鹰，今似槛中猿。徒结千载恨，空负百年怨。弃席思君幄，疲马恋君轩。愿垂晋主惠，不愧田子魂。

代出自蓟北门行

羽檄起边亭，烽火入咸阳。征骑屯广武，分兵救朔方。严秋筋竿劲，虏阵精且强。天子按剑怒，使者遥相望。雁行缘石径，鱼贯度飞梁。箫鼓流汉思，旌甲被胡霜。疾风冲塞起，沙砾自飘扬。马毛缩如蝟，角弓不可张。时危见臣节，世乱识忠良。投躯报明主，身死为国殇。

代结客少年场行

骢马金络头，锦带佩吴钩。失意杯酒间，白刃起相仇。追兵一旦至，负剑远行游。去乡三十载，复得还旧丘。升高临四关，表里望皇州：九涂平若水，双阙似云浮；扶宫罗将相，夹道列王侯。日中市朝满，车马若川流；击钟陈鼎食，方驾自相求。今我独何为，埳壈怀百忧！

代东门行

伤禽恶弦惊，倦客恶离声。离声断客情，宾御皆涕零。涕零心断绝，将去复还诀；一息不相知，何况异乡别？遥遥征驾远，杳杳落日晚。居人掩闺卧，行子夜中饭。野风吹草木，行子心肠断。食梅常苦酸，衣葛常苦寒。丝竹徒满坐，忧人不解颜。长歌欲自慰，弥起长恨端。

晋宋以还，五言诗全体对偶，惟陶潜篇中时时以单行出之；而鲍照则以单运偶，而出以琢炼。凡琢炼，对语不难，单语难；奇语不难，常语难；而潜与照特以单语常语见妙。但陶多澹宕之言，鲍多陵厉之笔。唐诗蹊径，不出二家：陶开王维孟浩然储光羲韦应物先路，鲍辟岑参高适韩愈孟郊一派。而郊首联多对起，多警辟语，皆从鲍来也。只是操调险急，故下句无懦响；虽温厚之意稍衰，然却奇俊。汤惠休诗淫靡，情过其才；世遂匹之鲍照，恐殊商周矣。羊曜璠云："是颜公忌鲍之文，故立休鲍之论。"颜延之每薄汤惠休诗，谓人曰："惠休制作，委巷中歌谣耳。"宁足与鲍照颉颃？传有《鲍参军集》十卷。

此外如袁淑、谢庄，亦有称于时。袁淑效古诗，效曹植《白马篇》，皆为时诵，遒劲差似太冲，典腴亦仿士云，在颜谢之间。而谢庄为灵运族子，善赋诔；所谓《月赋》，与谢惠连《雪赋》丽句清辞，同一格调。然惠连赋雪，刻意描写，不免著迹；而庄之《月赋》，则意趣洒然；如云："气霁地表，云敛天末；洞庭始波，木叶微脱。"又曰："凉夜自凄，风篁成韵。"又曰："隔千里兮共明月。"大致只写月下之情，非为赋月也；看似平淡而实精缛，所谓写神则生，写貌则死。而骈辞偶句，如贯珠联璧，遂开初唐四六之先；则两赋如出一辙，此其较也。

第三节　范晔　刘义庆附裴松之

鲍照为诗，寓奇于偶，磊落以使才；范晔论史，化偶为排，跌宕以尽势；而一为诗人之变格，一为史论之别调，俳体之盛，略可睹已。

范晔，字蔚宗，顺阳人。父泰，累官侍中左光禄大夫国子祭酒，博览篇籍，好为文章，撰《古今善言》二十四篇及文集，传于世。晔少懒学问，晚成人，年三十许，政始有向耳。自尔以来，转为心化，往往有微解，口机不调利，言乃不能自尽，以此无谈功；至于所通解处，皆自得之于胸怀，文章转进。常耻作文士，患其事尽于形，情急于藻，义牵其旨，韵移其意；虽时有能者，大较多不免此累。常谓："年少中，谢庄最有其分，手笔差易，文不拘韵故也。情志所托，故当以意为主，以文传意。以意为主，则其旨必见；以文传意，则其辞不流；然后抽其芬芳，振其金石耳。"此中情性旨趣，千条百品，屈曲有成理，自谓颇识其数；尝为人言，多不能赏，意或异故也。累为尚书吏部郎；以得罪彭城王义康，出为宣城太守；不得志，乃删众家《后汉书》为一家之作，《本纪》十卷，《列传》八十卷，别有《后汉书论赞》五卷，后人以论赞散于纪传之后；至于屈伸荣辱之际，未尝不致意焉。文帝以为左卫将军，太子詹事；寻以谋反系狱，将诛，与诸甥侄书，自叙作《后汉书》之意，谓："自古体大而思精，未有此也。吾杂传诸序论，皆有精意深旨；笔势放纵，实天下之奇作；其中合者往往不减《过秦论》；比方班氏所作，非但不愧之而已。赞自是吾文之杰思，殆无一字空设，奇变不穷，同合异体，乃自不知所以称之。"其自得意如此。而世尤传诵者，《皇后纪序论》、《宦者传序论》、《逸民传序论》、《二十八将传论》；然细籀所作，平平叙去，腴畅有之；而排体乏跌宕之致，比班氏稍加典缛，而苍劲不及。独《左雄传论》依仿《汉书·公孙宏传赞》，抑扬爽朗，差似放纵。其辞曰：

古者诸侯岁贡士，进贤受上赏，非贤贬爵土；升之司马，辩论其才；论定然后官之，任官然后禄之。故王者得其人，进仕劝其行，经邦弘务，所由久矣。汉初，诏举贤良方正，州郡察孝廉秀才，斯亦贡士之方也。中兴以后，复增敦朴、有道、贤能、直言、独行、高节、质直、清白、敦厚之属。荣路既广，觖望难裁；自是窃名伪服，浸以流竞；权门贵仕，请谒繁兴。

自左雄任事，限年试才，虽颇有不密，固亦因识时宜。而黄琼、胡广、张衡、崔瑗之徒，泥滞旧方，互相诡驳；循名者屈其短，算实者挺其效。故雄在尚书，天下不敢妄选；十余年间，称为得人；斯亦效实之征乎！顺帝始以童弱反政，而号令自出，知能任使；故士得用情。天下喁喁，仰其风采。遂乃备玄纁玉帛以聘南阳樊英；天子降寝殿，设坛席；尚书奉引，延问失得；急登贤之举，虚降己之礼。于是处士鄙生，忘其拘儒，拂巾衽褐以企旌车之招矣。至乃英能承风，俊乂咸事：若李固、周举之渊谟弘深，左雄、黄琼之政事贞固，桓焉、杨厚以儒学进，崔瑗、马融以文章显，吴祐、苏章、种皓、栾巴，牧民之良干，庞参、虞诩，将帅之宏规，王龚、张皓，虚心以推士，张纲、杜乔，直道以纠违；郎颉阴阳详密，张衡机术特妙。东京之士，于兹盛焉。向使庙堂纳其高谋，疆埸宣其智力，帷幄容其謇辞，举措禀其成式，则武宣之轨，岂其远而。《诗》云“靡不有初，鲜克有终”，可为恨哉！

及孝桓之时，硕德继兴。陈蕃、杨秉处称贤宰，皇甫、张、段出号名将，王畅、李膺弥缝衮阙，朱穆、刘陶献替匡时，郭有道奖鉴人伦，陈仲弓弘道下邑；其余宏儒远智，高心絜行，激扬风流者，不可胜言。而斯道莫振，文武陵坠，在朝者以正议婴戮，谢事者以党锢致灾；往车虽折而来轸方遒，所以倾而未颠，决而未溃，岂非仁人君子心力之为乎！呜呼！

其为文章，奇偶错综，与班固同，然班固体密而气尚疏，范晔偶胜而机则滞；班固《汉书》诸序论，思能入微，而才复足以笼巨；而晔《后汉》诸序论，文欲放笔，而气不足以运辞；一则杰然自树质干，一则隤然不复振起。班固赡茂而能遒肆，其力劲；而晔整赡而未骏发，其气窳。衡厥得失，晔实愧班。而论者乃以蔚宗参踪于贾谊刘知幾《史通》语，岂以自道笔势放纵，不减《过秦》耶？何其借誉之甚也！

刘义庆《世说新语》，散朗得陈寿之笔；而范晔《后汉书》，特整赡衍班固之遗。《世说新语》者，临川王义庆所撰也。义庆性简素，寡嗜欲，爱好文义，为宋宗室之令；历官平西将军荆州、江州、南兖州刺史，并带都督；所著有《徐州先贤传》十卷，《世说新语》十卷，《集林》二百卷；而《世说》尤传诵人人。《世说》之名，肇于刘向，其书已亡；故义庆所集名《世说新书》，不知何人改为《新语》。其书取汉至晋轶事琐语，分为三十八门；叙述名隽，为清言之渊薮。录其五事：

管宁、华歆，共园中锄菜，见地有片金。管挥锄与瓦石不异，华捉而掷去之。又尝同席读书，有乘轩冕过门者，宁读如故，歆废书出看。宁割席分坐曰：“子非吾友也！”原卷上之上《德行》

赵母嫁女。女临去，敕之曰：“慎勿为好。”女曰：“不为好，可

为恶邪?”母曰:“好尚不可为,其况恶乎!”原卷下之上《贤媛》

邓艾口吃,语称艾艾。晋文王戏之曰:“卿云艾艾,定是几艾?”对曰:“凤兮凤兮,故是一凤。”原卷上之上《言语》

王戎丧儿万子。山简往省之,王悲不自胜。简曰:“孩抱中物,何至于此?”王曰:“圣人忘情。最下不及情。情之所钟,正在我辈。”简服其言,更为之恸。原卷下之上《伤逝》

竺法深在简文坐。刘尹问:“道人何以游朱门?”答曰:“君自见其朱门,贫道如游蓬户。”原卷上之上《言语》

其事多为范晔《后汉书》、陈寿《三国志》所不采者,拾遗补阙,颇广异闻。又有闻喜裴松之者,字世期,博览坟籍。文帝即位,官中书侍郎;诏使注陈寿《三国志》。松之鸠集传记,掇三国轶事,其寿所不载,事宜在录者,则罔不毕取以补其阙;或同说一事,而辞有乖杂;或出事本异,疑不能判,并皆抄内以备异闻;若乃纰缪显然,言不附理,则随违矫正以惩其妄。书奏,文帝曰:“裴世期为不朽矣!”其书嗜奇爱博,而辞笔散朗,丽典新事,络绎奔会,不为峻整,亦《世说》之流也;惟简隽逊之,颇以繁富为累耳。

第四节　齐王融　谢朓　沈约附范云　何逊

宋自明帝以下,文理替矣。明帝雅好文学,每宴集赋诗,武人或买以应诏;虽多藻缋,而无胜韵。及齐武帝建元永明,而后文章复盛。其时吴兴沈约、陈郡谢朓、琅邪王融,以气类相推毂。汝南周颙善识声韵。约等文皆用宫商,以平上去入为四声,以此制韵,不可增减;世呼为永明体。永明体者,承元嘉之流风,而更钻研声律者也;于是四声八病之说始起,八病一曰平头,第一第二字不得与第六第七字同声,如“今日良宴会,欢乐莫具陈”;“今”“欢”皆平声。二曰上尾,第五字不得与第十字同声,如“青青河畔草,郁郁园中柳”,“草”“柳”皆上声。三曰蜂腰,第二字不得与第五字同声，如“闻君爱我甘，窃欲自修饰”；“君”“甘”皆平声，“欲”“饰”皆入声。四曰鹤膝，第五字不得与第十五字同声，如“客从远方来，遗我一书札，上言长相思，下言久离别”；“来”“思”皆平声。五曰大韵，如“声”“鸣”为韵，上九字不得用“惊”“倾”“平”“荣”字。六曰小韵，除第一字外，九字中不得有两字同韵。七曰旁纽，八曰正纽；十字内两字叠韵为正纽，若不共一纽而有双声为旁纽。如流久为正纽，流柳为旁纽。立骈文之鸿轨，启律诗之先路。当时竟陵王子良实有提奖之功。竟陵王者，齐武帝次子也；礼士好文，天下词客，多集其门。而梁武帝与王融、谢朓、任昉、沈约、陆倕、范云、萧琛八人，尤见敬异，号曰竟陵八友。八人之中，谢朓长于诗，任昉长于笔，沈约则文笔兼美；而声律之说，则发之王融。

王融，字元长，博涉有文才；以父宦不通，弱年便欲绍兴家业，启齐武帝求自试。永明九年，芳林园褉宴，使融为《曲水诗序》；又奉诏为《策秀才文》，咸以文藻富丽，为时所称。然丽而伤缛，赡而未宏；未若《求自试启》之倜傥骏发，奕奕顾盼也。其辞曰：

> 臣闻春庚秋蟀，集候相悲；露木风萤，临年共悦。夫惟动植，且或有心；况在生灵，而能无感？臣自奉望宫阙，沐浴恩私；拔迹庸虚，参名盛列；缨剑紫复，趋步丹墀；岁时归来，夸荣邑里。然无勤而官，昔贤曾议；不任而禄，有识必讥。臣所用慷慨愤懑，不遑自安。诚以深恩鲜报，圣主难逢。蒲柳先秋，光阴不待。贪及明时，展悉愚效，以酬陛下不世之仁。若微诚获信，短才见序，文武吏法。唯所施用。夫君道含弘，臣术无隐。翁归乃居中自见，充国曰莫若老臣；窃景前修，敢蹈轻节，以冒不媒之鄙，式罄奉公之诚。抑又唐尧在上，不参二八，管夷吾耻之，臣亦耻之。愿陛下裁览。

虽文体已成骈偶，而抑扬爽朗，未为拘挛。至所为《策秀才文》前后十首，则通体排偶；然寓意微婉，实有散语所不能尽者；不廑以隶事见巧，缛句为工也。唐碑序，宋表启，多依仿其格；录其一首，辞曰：

问秀才：朕闻上智利民，不述于礼。大贤强国，罔图惟旧。岂非疗饥不期于鼎食，拯溺无待于规行？是以三王异道而共昌，五霸殊风而并烈。今农战不修，文儒是竞。弃本徇末，厥弊滋多。昔宋臣以礼乐为残贼，汉主比文章于郑卫；岂欲非圣无法，将以既道而权。今欲专士女于耕桑，习乡闾以弓骑，五都复而事庠序，四民富而归文学，其道奚若？尔无面从。

其他九首，格调大略相同；丽而能朗，故足尚也。独《三月三日曲水诗序》，最有盛名；而最平板滞拙，依仿颜延之作，全无活泼顿挫之致；而益之以浮靡肤庸，抛荒本题，若不看其首尾，竟不知中间是为曲水诗序而作；其藻愈肥而其味愈瘠。至于五言之作，调彩葱菁，举体华美，接武颜延之，而源出于陆机。然陆机感慨身世，犹有沉郁之意；而融巧用文字，务极华贵之态；所以有结藻而无流韵，辞采尽华茂，情喻不渊深；特其华彩而臻俊逸，远胜谢灵运之绮密而乖秀逸；丽典新声，络绎奔会，雄于谢灵运，靡于颜延之。乐府如《巫山高》、《芳树》，诗如《栖玄寺听讲毕游邸园应司徒教》、杂体《报范通直》、《古意》、《咏琵琶》、《咏池上梨花》，皆可诵览。《诗品》谓"词美英净"，则信然矣；而谓"五言之作，尺有所短"，则今所传录，莫非五言，诚亦未见其然。而融之所自得意，乃在通晓声律；尝谓颍川钟嵘曰："宫商与二仪俱生，自古词人不知之。惟颜宪子乃云律吕音调，而其实大谬。惟见范晔、谢庄，颇识之耳。尝欲进《知音论》未就。"王融创其首，谢朓、沈约扬其波。三贤或贵公子孙，幼有文辩；于是士流景慕，务为精密，襞积细微，专相陵架，故使文多拘忌，伤其真美。然则永明体之钻研声律，实发于王融，而成于谢朓、沈约也。

谢朓，字玄晖。文章清丽，诗尤有名，快语响调，独以清迥变谢灵运之沉郁，气变而韶，体变而灵，觉笔墨之中，笔墨之外，别有一种深情妙悟。王融诗，辞有余藻，而气无逸韵，未齐肩背。为齐随王子隆镇西功曹，转文学。子隆在荆州，好辞赋；朓尤被赏，不舍日夕。长史王秀之以朓年少相动，欲以启闻。朓知，因事求还，道中为诗《暂使下都夜发新林至京邑赠西府同僚》一首曰：

> 大江流日夜，客心悲未央。徒念关山近，终知返路长。秋河曙耿耿，寒渚夜苍苍。引领见京室，宫雉正相望；金波丽鳷鹊，玉绳低建章。驱车鼎门外，思见昭丘阳。驰晖不可接，何况隔两乡。风云有鸟道，江汉限无梁。常恐鹰隼击，时菊委严霜。寄言罻罗者，寥廓已高翔。

《诗品》颇讥朓诗，以为："善自发端而末篇多踬，此意锐而才弱也。"然如此篇感激顿挫，起"大江流日夜"固遒绝；而末劲快，亦何尝踬？所云鹰隼，云罻罗，盖以致怨于王秀之也。既至京邑，除新安王中军记室，因笺辞子隆曰：

> 故吏文学谢朓死罪死罪。即日被尚书召，以朓补中军新安王记室参军。朓闻潢污之水，愿朝宗而每竭；驽蹇之乘，希沃若而中疲。何则，皋壤摇落，对之惆怅；歧路西东，或以呜唈。况乃服义徒拥，归志莫从；邈若坠雨，翩似秋蒂。朓实庸流，行能无算。属天地休明，山川受纳，褒采一介，抽扬小善；故舍耒场圃，奉笔兔园。东乱三江，西浮七泽，契阔戎旃，从容宴语；长裾日曳，后乘载脂；荣立府庭，恩加颜色。沐发晞阳，未测涯涘；抚臆论报，早誓肌骨。不寤沧溟未运，波臣自荡；渤澥方春，旅翮先谢。清切藩房，寂寥旧荜。轻舟反溯，吊影独留。白云在天，龙门不见。去德滋永，思德滋深。唯待青江可望，候归艎于春渚；朱邸方开，效蓬心于秋实。如其簪履或存，衽席无改；虽复身填沟壑，犹望妻子知归。揽涕告辞，悲来横集；不任犬马之诚。

时荆州信去倚待，朓执笔便成，姿采幽茂，驱思入眇，抑声归细，绝去粉饰肥艳之习，而古力蟠注，情思宛妙。王融藻丽而缛，不如谢朓体艳以清。

明帝辅政，领记室；及即位，掌中书诏诰；敬皇后迁祔山陵，朓撰《哀策文》，齐世莫有及者。累官尚书吏部郎，被诛。然诗人皆以谢宣城称之，则以其为宣城太守时，吟咏最盛耳。其《宣城出新林浦向板桥》一诗曰：

> 江路西南永，归流东北骛。天际识归舟，云中辨江树。旅思倦摇摇，孤游昔已屡。既欢怀禄情，复协沧洲趣。嚣尘自兹隔，赏心于此遇。虽无玄豹姿，终隐南山雾。

此篇亦发端势壮，如千里来龙；而篇末句劲，如悬崖勒马；首尾匀称，不见所谓意锐而才弱也。凡为诗，必能状难写之景，如在目前；含不尽之意，见于言外；乃能为至。千古诗人，惟陶潜融意于境，造境以意，独为其至。其次则谢朓，如《登山曲》云："风荡飘莺乱，云行芳树低。"《游敬亭山》云："兹山亘百里，合沓与云齐。"《游东田》云："鱼戏新荷动，鸟散余花落。"《郡内高斋闲望答吕法曹》云："日出众鸟散，山暝孤猿吟。"《晚登三山还望京邑》云："白日丽飞甍，参差皆可见。余霞散成绮，澄江静如练。"《直中书省》云："红药当阶翻，苍苔依砌上。"《宣城郡内登望》云："寒城一以眺，平楚正苍然。"《移病还园示亲属》云："叶低知露密，崖断识云重。"《和王著作融八公山》云："日映涧疑空，云聚岫如复。"《新治北窗和何从事》云："池北树如浮，竹外山犹影。"《和徐都曹出新亭渚》云："日华川上动，风光草际浮。"《和萧中书直石头》云："川霞旦上薄，山光晚余照。"《奉和隋王殿下》云："四面寒飙举，千里白云来。"此所谓"状难写之景，如在目前"者也。《咏邯郸才人嫁为厮养卒妇》云："憔悴不自识，娇羞余故姿。梦中忽仿佛，犹言承燕私。"《铜雀台同谢谘议赋》云："玉座犹寂寂，况乃妾身轻。"《怀故人》云："清风动帘夜，孤月照窗时。"《观朝雨》云："朔风吹飞雨，萧条江上来。"《夜听妓》云："情多舞态迟，意倾歌弄缓。"又云："欢乐夜方静，翠帐垂沉沉。"此所谓"含不尽之意，见于言外"者也。至《休沐重还丹阳道中》云："云端楚山见，林表吴岫微。试与征徒望，乡泪尽沾衣！"《和刘西曹望海台》云："沧波不可望，望极与天平。往往孤山映，处处春云生。"《和宋记室省中》云："落日飞鸟远，忧来不可极。竹树澄远阴，云霞成异色。”则又所谓“融意于境，造境以意”者也。

其诗调彩葱菁，辞无虚散；然亦有沉郁顿挫，气有奇类者；如《暂使下都夜发新林至京邑赠西府同僚》、《之宣城郡出新林浦向板桥》及《铜雀台同谢谘议赋》、《别王丞僧孺》、《怀故人》、《观朝雨》、《宣城郡内遥望》、《和刘西曹望海台》、《和宋记室省中》诸篇，仗气爱奇，动多振绝。然亦有通体整丽，而混成一气，灭尽针线迹者；如《咏邯郸才人嫁为厮养卒妇》、《临高台》、《郡内高斋闲望答吕法曹》、《新亭渚别范零陵云》、《和伏武昌登孙权故城》、《和王主簿季哲怨情》、《和徐都曹出新亭渚》、《夜听妓》、《咏竹》诸篇，开合动荡，自然警丽；唐李白律绝，往往似之：细针密缕，何害高视阔步。鲍照《赠故人马子乔》、《咏史》、《拟古》、《学刘公干体》诸篇，沈雄俊逸，五言诗如乐府；而朓《入朝》《登山》诸曲，清丽工整，乐府如五言律。鲍照、王融及朓，同一才思富捷，句偶藻丽，然鲍照丽而俶诡，王融丽而高华，谢朓丽而清迥。总三家而擅誉，跨两代以鼎峙。其后李白、杜甫，运古于律，唐称两雄；然而杜媲于王，李则学谢。鲍之纵横俊发，谢之感激顿挫，王所不逮也。大抵宋之颜延年、谢灵运，语炼法整，然拘于偶对，明而未融；王融、谢朓一脉相承，而融化颜延之之铺张以雍容，朓化谢灵运之板重以秀逸；意态有余，风调可诵，运古于律，自然开合；唐贤三昧，由此而出。朓传有《谢宣城集》五卷。沈约常叹曰：“二百年来无此诗也。”

沈约，字休文；幼孤贫，笃志好学，不舍昼夜；母恐其以劳生疾，尝遣减油灭火；而昼之所读，夜辄诵之，遂博通群籍。齐永明之世，累迁太子家令，甚为文惠太子所遇。尝被敕撰《宋书》；遂增删何承天、徐爰诸家书，成百卷，喜造奇说，以诬前代，颇为时讥。独所为《宋书·谢灵运传论》，以灵运五言之冠冕，因借以扬榷诗家，究悉利钝；而要归于宫羽相变，低昂舛节。五言始于苏李，倡于东京，至建安而遒，至太康而丽，至元嘉而绮密；至约而后，研切声病，骎骎乎律矣。亦诗家升降之数也。初，梁武帝在竟陵王邸，与约游旧；遂居佐命。入梁，为尚书仆射，封建昌县侯。约左目重瞳子，腰有紫志，聪明过人，而雅意声律之论，又撰四声谱，以为在昔词人，累千载而不悟；而独得胸衿，自谓入神之作。梁武帝雅不好焉；尝问周舍曰："何谓四声？"舍曰："天子圣哲，是也。"然帝竟不甚遵用约也。约论四声，妙有诠辩；而诸赋亦往往与声韵乖；然曼声柔调，顾盼有情，自是六朝之俊。诗则有余于婉秀，不足于遒丽。谢朓以清迥变大谢之沉郁，而约以清婉变鲍照之惊挺；机抒不同，而要归于清以砭俗，灵以药滞。《别范安成》诗，最是压卷之作。其辞曰：

生平少年日，分手易前期。及尔同衰暮，非复别离时。勿言一樽酒，明日难重持。梦中不识路，何以慰相思？

一味说意，清空澈骨；此篇及《咏杜若》，一笔旋转而不为危仄，是唐诗孟浩然所祖。其他《早发定山》、《宿东园》、《游钟山》诗、《应西阳王教》、《新安江至清浅深见底贻京邑游好》诸篇，造语婉秀，寄意清旷，而模山范水，不为谢灵运之质闷落滞相；则又秀丽疏朗，开王维蹊径。录《早发定山》、《宿东园》。

早发定山

夙龄爱远壑，晚莅见奇山。标峰彩虹外，置岭白云间。倾壁忽斜竖，绝顶复孤圆。归海流漫漫，出浦水溅溅。野棠开未落，山樱发欲然。忘归属兰桂，怀禄寄芳荃。眷言采三秀，徘徊望九仙。

宿东园

陈王斗鸡道，安仁采樵路。东郊岂异昔，聊可闲余步。野径既盘纡，荒阡亦交互。槿篱疏复密，荆扉新且故。树顶鸣风飙，草根积霜露。惊麐去不息，征鸟时相顾。茅栋啸愁鸱，平冈走寒兔。夕阴带层阜，长烟引轻素。飞光忽我遒，岂止岁云暮。若蒙西山药，颓龄倘能度。

沈约诗佳处斫削，清瘦可爱；其音韵如闾阖疏钟，建章清漏，自有节度；唐诸家声律，皆出于此。《诗品》云："观休文众制，五言最优；详其文体，察其余论，固知宪章鲍明远也；所以不闲于经纶，而长于清怨。”今观约所为乐府《江篱生幽渚》、《却出东西门行》，华美而出以沉郁。《四时白纻歌》，靡曼而自有抗坠。《临碣石》、《襄阳蹋铜蹄歌》，寂寥短章，独臻高浑。名章迥句，处处间起，并有英篇，何啻五言最优？又详其气体，字句组丽，才调劲拔；不为颜延之之体裁绮密，动无虚散；亦异鲍照之气调险急，不避危仄，所以鲍氏俶诡，而约清遒。五言如《古意》与《冬节后至丞相第诣世子车中》作两篇，同一感激顿挫，而一研美，一沉郁。《悼亡》一篇，出辞华藻而峭促，庶几所谓宪章鲍明远者乎。《怀旧》诗以伤王融，伤谢朓，伤王谌，伤刘沨四章为沉郁顿挫；偶对而出以劲快，调响意警，其源出颜延之《五君咏》也。及其为文，辞称调谐，结藻清英，略开徐庾蹊径；然不如徐庾之纵横俊发，才力苦弱，故务于绮密，未得遒变之意。其《丽人赋》曰：

> 有客弱冠未仕，缔交戚里，驰骛王室，遨游许史。归而称曰：狭邪才女，铜街丽人。亭亭似月，嬿婉如春。凝情待价，思尚衣巾。芳逾散麝，色茂开莲。陆离羽佩，杂错花钿。响罗衣而不进，隐明镫而未前。中步檐而一息，顺长廊而回归。池翻荷而纳影，风动竹而吹衣。薄暮延伫，宵分乃至。出暗入光，含羞隐媚。垂罗曳锦，鸣瑶动翠。来脱薄妆，去留余腻。沾粉委露，理鬓清渠。落花入领，微风动裾。

柔声曼态，顾盼有情，而不免淫靡之讥。独《与约法师书悼周舍》，话念平生，于轶丽中出质悫，哀婉动人，脱胎魏文帝《与朝歌令吴质书》，而蹊径尽化。《齐故安陆昭王碑》，风标秀举，声调铿訇，绮密之体，难在疏俊；不徒以藻丽相矜也。至《奏弹王源》，以俪语道俗情，夹叙夹议，跌宕昭彰。而《与徐勉书》，自道病苦，呻吟如闻；以质为隽，所谓古情鄙事，每伫新奇，烂然总至，何必兰挥玉振哉。是魏晋之逸调，非齐梁之靡靡也。

范云，舞阴人。诗有律意，与沈约同；而清便宛转，亦差仿佛；虽体质之厚，不如颜谢；而松秀过之。梁武帝受禅，云与沈约同心翊赞，名位相亚，而文章不如。然诵其《赠张徐州谡》、《效古》、《之零陵郡次新亭》三诗，破空而来，磊落恣肆，驱以豪气，有飞沙走石之势，不止清便宛转。《之零陵郡次新亭》一诗，尤高浑，脱尽畦径。丘迟则沈约同郡后生，其为诗步趋谢灵运，好为模范而短兴象，同其利，亦同其病；然叙致窈折而秀爽，不如谢灵运之铺叙而滞板也。东海何逊诗，穷力追新，刻画清峻，则谢朓之嗣音。沈约谓曰："吾每读卿诗，一日三复，犹不能已。"倘亦以清丽见赏乎？诗境至此，又一变矣。由整而律，其势相因。由丽而清，其意相矫。汰肤存液，琢缛为削，祛其拙重，而雄茂亦逊焉。

第五节　江淹　任昉　刘峻　孔稚珪附吴均　丘迟

王融丽而缛，谢朓艳而轻，沈约绮而靡，雕画奇辞，未能滂沛轶气。而求其骨腾肉飞，字响句坚，极雕缋之能，而不落于沈腿；尽驰骋之势，而不入于轻肆；才锋峻立，符采克炳者，厥惟江淹、任昉；其次刘峻、孔稚珪也。

江淹，字文通，济阳考城人。少而沉敏，六岁能属诗；自以孤贱，厉志笃学。及长，爱奇尚异，不事章句之学，留情于文章。早为宋建平王景素镇军参军，领南东海郡丞，得罪黜。及齐高帝辅政，闻其才，召为尚书驾部郎，骠骑参军事；相府建，补记室参军。高帝让九锡及诸章表，皆淹笔也。齐受禅，累官秘书监侍中卫尉卿。同一俪体行文，淹骨力开张，气遒而笔拗；远胜沈约之盼睐弄姿，调靡而节平。诗则沈约研于声律，故诗篇婉秀，而气骨已衰，清便宛转，不如淹之直笔茂藻，厚重有古意。盖诗至刘宋，体变而整，句变而琢，不无沉闷；谢灵运固拘偶对，颜延之亦嫌重厚。沈约以清削祛颜谢之肤缛，幽艳而韵。而淹以朗丽救颜谢之拙重，疏爽以遒。然淹有古意也。晚节才思减退，云："为宣城太守时罢归，始泊禅灵寺渚，夜梦一人自称张景阳，谓曰：'前以一匹锦相寄，今可见还。'淹探怀中，得数尺与之。此人大恚曰：'那得割截都尽！'顾见丘迟，谓曰：'余此数尺，既无所用，以遗君。'"自尔淹文章踬矣。故不与永明声气之中。梁武帝革代，累迁金紫光禄大夫，封醴陵侯。传有《江文通集》十卷。淹仕历三朝，辞该众体；《恨》《别》二赋，音制一变，状景写物，缕缕入情，气舒而词丽，发唱尤警挺。《别赋》犹柔婉，而《恨赋》特激抗，通篇奇峭有韵，语法俱自千锤百炼中来；然而灵气遒骨，浑化一片；慷慨悲歌，读之英雄雪涕。其辞曰：

试望平原，蔓草萦骨，拱木敛魂。人生到此，天道宁论！于是仆本恨人，心惊不已；直念古者，伏恨而死。至如秦帝按剑，诸侯西驰。削平天下，同文共规；华山为城，紫渊为池。雄图既溢，武力未毕；方架鼋鼍以为梁，巡海右以送日。一旦魂断，宫车晚出。若乃赵王既虏，迁于房陵。薄暮心动，昧旦神兴。别艳姬与美女，丧金舆及玉乘。置酒欲饮，悲来填膺。千秋万岁，为怨难胜。至于李君降北，名辱身冤；拔剑击柱，吊影惭魂。情往上郡，心留雁门。裂帛系书，誓还汉恩。朝露溘至，握手何言。若夫明妃去时，仰天太息。紫台稍远，关山无极；摇风忽起，白日西匿，陇雁少飞，代云寡色。望君王兮何期，终芜绝兮异域。至乃敬通见抵，罢归田里，闭关却扫，塞门不仕；左对孺人，右弄稚子。脱略公卿，跌宕文史。赍志殁地，长怀无已。及夫中散下狱，神气激扬。浊醪夕引，素琴晨张；秋日萧索，浮云无光。郁青霞之奇意，入修夜之不旸。

或有孤臣危涕，孽子坠心。迁客海上，流戍陇阴。此人但闻悲风汩起，血下沾襟。亦复含酸茹叹，销落湮沉。若乃骑叠迹，车同轨。黄尘匝地，歌吹四起。无不烟断火绝，闭骨泉里。已矣哉！春草暮兮秋风惊，秋风罢兮春草生；绮罗毕兮池馆尽，琴瑟灭兮丘陇平。自古皆有死，莫不饮恨而吞声。

情喻渊深，气奇卓荦；入后陡落，有天骥下峻阪之势。至于长短篇什，情远而辞丽，才思有余，能写胸臆。《杂拟》三十首，曲尽心手之妙。爰自汉京，迄于宋齐，学一人，像一人，信可品藻渊流，穷五言之变也。又传淹罢宣城郡，遂宿冶亭，梦一美丈夫，自称郭璞，谓淹曰："我有笔在卿处多年矣，可以见还。"淹探怀中，得五色笔以授之，尔后为诗不复成语，故世传江淹才尽。任昉则少年为诗不工，故世称沈诗任笔。昉深恨之，晚节爱好虽笃，而无补遒变；倘亦性之所限。独长载笔，才思无穷。当时王公表奏，莫不请焉。昉起草而成，不加点窜；沈约一代辞宗，深所推挹。

任昉，字彦升，乐安博昌人。幼而聪明神悟，四岁诵诗数十篇，八岁能属文。身长七尺五寸。声闻借甚。为竟陵王记室参军。时王融自以才俊无对，当时见昉之文，恍然自失。书记翩翩，齐明帝深加器异，欲相擢引；会齐明帝废郁林王，始为侍中中书监，骠骑大将军，开府仪同三司，扬州刺史，录尚书事，封宣城郡公，使昉具让表。其辞曰：

> 臣本庸才，智力浅短。太祖高皇帝笃犹子之爱，降家人之慈。世祖武皇帝情等布衣，寄深同气。武帝大渐，实奉话言。虽自见之明，庸近所蔽；愚夫一至，偶识量已，实不忍自固于缀衣之辰，拒违于玉几之侧；遂荷顾托，导扬末命。虽嗣君弃常，获罪宣德；王室不造，职臣之由。何者，亲则东牟，任惟博陆；徒怀子孟社稷之对，何救昌邑争臣之讥；四海之议，于何逃责？且陵土未干，训誓在耳；家国之事，一至于斯；非臣之尤，谁任其咎。将何以肃拜高寝，虔奉武园？悼心失图，泣血待旦；宁容复徼荣于家耻，宴安于国危。
>
> 骠骑，上将之元勋；神州，仪形之列岳；尚书，古称司会；中书，实管王言。且虚饰宠章，委成御侮。臣知不惬，物谁谓宜。

> 但命轻鸿毛，责重山岳。存没同归，毁誉一贯。辞一官，不减身累；增一职，已黩朝经。便当自同体国，不为饰让。至于功均一匡，赏同千室，光宅近甸，奄有全邦，殒越为期，不敢闻命。亦愿曲留降鉴，即垂顺许。巨平之恳诚必固，永昌之丹慊获申，乃知君臣之道，绰有余裕；苟曰易昭，敢守难夺；故可庶心宏议，酌己亲物者矣。不胜荷惧屏营之诚。谨附某官某甲，奉表以闻。

昉既博物，动辄用事，所以诗不得奇，见讥于当代。而笺表则属辞比事，特为工巧；大约撮得事切，炼得意警，议论以经，性情以纬，点得明，应得响，以用事见姿态，而不以用事见堆铺，故能使人循讽不倦。又昉笺表当时所推，特以婉切如人意之所欲出；而此为《明帝让表》，感慨激发，则特峻遒。明帝恶其辞斥，遂黜不用也。至《为卞彬谢修卞忠贞墓启》、《上萧太傅固辞夺礼启》，则又出以俪语，而特避不用事，浅意淡写，却极浓至；炼而能净，是有意摹东汉崔蔡者。特其少年不工为诗，《诗品》称："晚节爱好既笃，文亦遒变，若铨事理，拓体渊雅，有国士之风。但昉既博物，动辄用事，所以诗不得奇。"则亦未见其然。盖昉祈向在谢灵运，心摹力追，苦于琢炼，短于兴会，所以有辞无笔，不能驱遣；长篇苦于机滞，短又嫌于幅窘，语有雅练，而味不渊永；以其兴会不能飙举，情喻亦未渊深，死著句下，体何能拓？而其诗不得奇，非关用事；昉诗亦不见多用事，只是滞运笔耳。梁武帝霸府初开，以为骠骑记室参军，专主文翰；每制书草，沈约辄求同署。尝被急召，昉出而约在，是后文笔，约参制焉。始梁武与昉遇于竟陵王西邸，从容谓昉曰："我登三府，当以卿为记室。"至是引昉，符昔言焉。及践帝位，禅让文诰，多昉所具；累官御史中丞，秘书监，出为新安太守。

昉好交结，奖进后生，得其延誉者，多见升擢。坐上客恒有数十，时人慕之，号曰任君，言如汉之三君也。彭城到溉与弟洽俱知名，有二到之誉。昉大相赏好。先是梁天监初，昉出守义兴，要溉、洽之郡，为山泽之游。及还，为御史中丞，益为后进所附。时有彭城刘孝绰、刘苞、刘孺，吴郡陆倕、张率，陈郡殷芸，沛国刘显及溉、洽，车轨日至，号曰兰台聚。既而昉死新安，有子东里、西华、南容、北叟，并无术业，不能自振；生平旧交，莫有收恤。西华冬月着葛帔练裙，道逢平原刘孝标，泫然矜之。

刘峻字孝标，乃著《广绝交论》，辞曰：

客问主人曰："朱公叔《绝交论》为是乎，为非乎?"主人曰："客奚此之问?"客曰："夫草虫鸣则阜螽跃，雕虎啸而清风起；故絪缊相感，雾涌云蒸，嘤鸣相召，星流电激。是以王阳登则贡公喜，罕生逝而国子悲。且心同琴瑟，言郁郁于兰茝；道叶胶漆，志婉娈于埙篪。圣贤以此镂金版而镌盘盂，书玉牒而刻钟鼎。若乃匠人辍成风之妙巧，伯子息流波之雅引，范张款款于下泉，殷班陶陶于永夕。骆驿纵横，烟霏雨散，巧历所不知，心计莫能测。而朱益州汩彝叙，粤谟训，捶直切，绝交游，比黔首以鹰鹯，媲人灵于豺虎。蒙有猜焉，请辨其惑。"

主人听然而笑曰："客所谓抚弦徽音，未达燥湿变响；张罗沮泽，不睹鸿雁云飞。盖圣人握金镜，阐风烈。龙骧蠖屈，从道污隆。日月联璧，赞亹亹之宏致，云飞电薄，显棣华之微旨。若五音之变化，济九成之妙曲。此朱生得玄珠于赤水，谟神睿而为言。至夫组织仁义，琢磨道德；欢其愉乐，恤其陵夷，寄通灵台之下，遗迹江湖之上，风雨急而不辍其音，霜雪寒而不渝其色；斯贤达之素交，历万古而一遇。逮叔世民讹，狙诈飙起，溪谷不能逾其险，鬼神无以究其变；竞毛雨之轻，趋锥刀之末；于是素交尽，利交兴。天下蚩蚩，鸟惊雷骇。然利交同源，派流则异；较言其略，有五术焉。

若其宠钧董石，权压梁窦，雕刻百工，炉捶万物；吐漱兴云雨，呼噏下霜露。九域耸其风尘，四海叠其熏灼，靡不望影星奔，借响川骛。鸡人始唱，鹤盖成阴；高门旦开，流水接轸；皆愿摩顶至踵，隳胆抽肠，约同要离焚妻子，誓同荆卿湛七族。是曰势交，其流一也。富埒陶白，赀巨程罗，山擅铜陵，家藏金穴，出平原而联骑，居里闬而鸣钟。则有穷巷之宾，绳枢之士，冀宵烛之末光，邀润屋之微泽，鱼贯凫跃，飒沓鳞萃，分雁鹜之稻粱，沾玉斝之余沥；衔恩遇，进款诚，援青松以示心，指白水而旌信。是曰贿交，其流二也。陆大夫燕喜西都，郭有道人伦东国；公卿贵其籍甚，缙绅羡其登仙。加以颔颐蹙额，涕唾流沫，骋黄马之剧谈，纵碧鸡之雄辨，叙温郁则寒谷成暄，论严苦则春丛零叶；飞沈出其顾指，荣辱定其一言。于是有弱冠王孙，绮纨公子，道不挂于通人，声未遒于云阁，攀其鳞翼，丐其余论，附驵骥之旄端，轶归鸿于碣石。是曰谈交，其流三也。阳舒阴惨，生民大情；忧合欢离，品物恒性。故鱼以泉涸而呴沫，鸟因将死而鸣哀。同病相怜，缀河上之悲曲；恐惧置怀，昭《谷风》之盛典。斯则断金由于湫隘，刎颈起于苫盖；是以伍员濯溉于宰嚭，张王抚翼于陈相。是曰穷交，其流四也。驰骛之俗，浇薄之伦，无不操权衡，秉纤纩；衡所以揣其轻重；纩所以属其鼻息；若衡不能举，纩不能飞，虽颜冉龙干凤雏，曾史兰薰雪白，舒向金玉渊海，卿云黼黻河汉，视若游尘，遇同土梗，莫肯费其半粟，罕有落其一毛！若衡重锱铢，纩微影撇，虽共工之搜慝，欢兜之掩义，南荆之跋扈，东陵之巨猾，皆为匍匐逶迤，折枝舐痔，金膏翠羽将其意，脂韦便辟导其诚。故轮盖所游，必非夷惠之室；苞苴所入，实行张霍之家；谋而后动，毫芒寡忒。是曰量交，其流五也。

凡斯五交，义同贾鬻；故桓谭譬之于阛阓，林回喻之于甘醴。夫寒暑递进，盛衰相袭；或前荣而后悴，或始富而终贫；或初存而后亡，或古约而今泰；循环翻覆，迅若波澜；此则殉利之情未尝异，变化之道不得一。由是观之，张陈所以凶终，萧朱所以隙末，断焉可知矣。而翟公方规规然勒门以箴客，何所见之晚乎！因此五交，是生三衅：败德殄义，禽兽相若，一衅也。难固易携，仇讼所聚，二衅也。名陷饕餮，贞介所羞，三衅也。古人知三衅之为梗，惧五交之速尤；故王丹威子以槚楚，朱穆昌言而示绝，有旨哉，有旨哉！

近世有乐安任昉，海内髦杰，早绾银黄，夙昭民誉。遒文丽藻，方驾曹王；英跱俊迈，联横许郭。类田文之爱客，同郑庄之好贤；见一善，则盱衡扼腕；遇一才，则扬眉抵掌；雌黄出其唇吻，朱紫由其月旦。于是冠盖辐辏，衣裳云合，辎軿击辖，坐客恒满。蹈其阃阈，若升阙里之堂；入其隩隅，谓登龙门之阪。至于顾盼增其倍价，翦拂使其长鸣，彯组云台者摩肩，趍走丹墀者迭迹；莫不缔恩狎，结绸缪，想惠庄之清尘，庶羊左之徽烈。及瞑目东粤，归骸洛浦，繐帐犹县，门罕渍酒之彦；坟未宿草，野绝动轮之宾。藐尔诸孤，朝不谋夕，流离大海之南，寄命瘴疠之地。自昔把臂之英，金兰之友，曾无羊舌下泣之仁，宁慕郈成分宅之德。呜呼，世路险巇，一至于此！太行孟门，岂云崭绝？是以耿介之士，疾其若斯，裂裳裹足，弃之长骛；独立高山之顶，欢与麋鹿同群，皦皦然绝其雰浊，诚耻之也！诚畏之也！

到溉见其论，抵之于地。其文刻画世态，亦但平平叙去；而点注有情，转折中节，遂觉意状踊跃，顾盼多姿。其摭事修辞，亦非有非常新奇，盖其得力处，乃在炼意炼调；疏宕清越，雕缛中有激韵，便觉态浓而骨峻也。

孝标本名法武，宋泰始初，魏克青州，孝标年八岁，为人所掠为奴；齐永明中，奔江南，更改名峻，孝标其字也。自以少时未开悟，晚更厉精，明慧过人。闻有异书，必往祈借，于是有书淫之目。文藻秀出。竟陵王子良招学生，孝标因人求为国职，吏部尚书徐孝嗣抑而不许用。及梁武帝招文学之士，有高才者，多被引进。孝标率性而动，不能随众沉浮。武帝每集文士，策经史事。时范云沈约之徒，皆引短推长。帝乃悦，加其赏赉。曾策锦被事，咸言已罄。帝试呼问孝标。孝标时贫悴，登请纸笔，疏十余事。坐客皆惊，帝不觉失色，自是恶之，竟不见用。乃著《辩命论》以寄其怀。论成，中山刘沼致书难之，凡再反。孝标申析以答。会沼卒，不见孝标后报之书，孝标乃为书以序之。孝标虽不得志，然节亮慷慨，溢于文墨；而发唱警挺，操调险急，以之骖驾江淹、任昉，仿佛宋之有鲍照，齐骋颜谢；不徒以赡丽为工，而欲以遒逸见劲，然微嫌不如鲍之雕而能华润，遒而不噍杀；特其仗气爱奇，故是齐梁之飞将，不同江任之雅步也。《辨命论》、《广绝交论》，绸缪世故，抑扬爽朗，不徒气势腾骧；而细筋入骨，似缓而实劲。《答郭峙书》，不过五十字，亦自气流墨中，卓荦偏人。《追答刘秣陵沼书》，甚是创格。风流郁烈，莫之逮也。然刻镂尽态，炼词炼格；孝标犹逊孔稚珪之精能。

孔稚珪，字德璋，会稽山阴人。少涉学，有美誉。齐高帝辅政，取为记室参军，与江淹对掌辞笔。入齐累迁太子詹事；而风韵清流，好文咏，不乐世务。居宅盛营山水，凭几独酌，傍无杂事。门庭之内，草莱不剪，中有蛙鸣；笑曰："以此当两部鼓吹。"汝南周显旧隐钟山，既而应诏出为海盐令，秋满入京，欲却过此山。稚珪乃假山灵意，为《北山移文》；其辞曰：

钟山之英，草堂之灵，驰烟驿路，勒移山庭。夫以耿介拔俗之标，潇洒出尘之想，度白雪以方洁，干青云而直上，吾方知之矣。若其亭亭物表，皎皎霞外，芥千金而不盼，屣万乘其如脱；闻凤吹于洛浦，值薪歌于延濑；固亦有焉。岂期终始参差，苍黄翻覆，泪翟子之悲，恸朱公之哭；乍回迹以心染，或先贞而后黩；何其谬哉！呜呼，尚生不存，仲氏既往；山阿寂寥，千载谁赏。

世有周子，俊俗之士，既文既博，亦玄亦史。然而学遁东鲁，习隐南郭；偶吹草堂，滥巾北岳；诱我松桂，欺我云壑。虽假容于江皋，乃撄情于好爵。其始至也，将欲排巢父，拉许由，傲百氏，蔑王侯。风情张日，霜气横秋。或叹幽人长往，或怨王孙不游。谈空空于释部，核玄玄于道流，务光何足比，涓子不能俦。及其鸣驺入谷，鹤书赴陇，形驰魄散，志变神动。尔乃眉轩席次，袂耸筵上，焚芰制而裂荷衣，抗尘容而走俗状；风云凄其带愤，石泉咽而下怆，望林峦而有失，顾草木而如丧。至其纽金章，绾墨绶，跨属城之雄，冠百里之首。张英风于海甸，驰妙誉于浙右。道帙长摈，法筵久埋，敲扑喧嚣犯其虑，牒诉倥偬装其怀。琴歌既断，酒赋无续。常绸缪于结课，每纷纭于折狱；笼张赵于往图，架卓鲁于前箓，希踪三辅豪，驰声九州牧。使我高霞孤映，明月独举，青松落阴，白云谁侣。涧户摧绝无与归，石径荒凉徒延伫。至于还飚入幕，写雾出楹。蕙帐空兮夜鹤怨，山人去兮晓猿惊。昔闻投簪逸海岸，今见解兰缚尘缨。于是南岳献嘲，北陇腾笑；列壑争讥，攒峰竦诮。慨游子之我欺，悲无人以赴吊。故其林惭无尽，涧愧不歇。秋桂遣风，春萝罢月。骋西山之逸议，驰东皋之素谒。

今又促装下邑，浪枻上京。虽情殷于魏阙，或假步于山扃。岂可使芳杜厚颜，薜荔蒙耻；碧岭再辱，丹崖重滓。尘游躅于蕙路，污渌池以洗耳。宜扃岫幌，掩云关，敛轻雾，藏鸣湍，截来辕于谷口，杜妄辔于郊端。于是丛条瞋胆，叠颖怒魄，或飞柯以折轮，乍低枝而扫迹。请回俗士驾，为君谢逋客。

炼词炼格，骨劲气完，意则深严，笔则飞舞。若论精神唤应，全在虚字旋转上，转折愈多，节脉愈紧，铿锵鼓舞，极骈文声调之能事矣。

吴均，字叔庠，吴兴人。文章为沈约所赏；而文特清拔，世效之为吴均体，不如约之涉绮靡也。《与宋元思书》、《与顾章书》，模山范水，亦矜刻镂；而特以清句戛造见遒，不以虚字旋转为妍。其《与宋元思书》曰：

风烟俱净，天山共色。从流飘荡，任意东西。自富阳至桐庐一百许里，奇山异水，天下独绝。水皆缥碧，千丈见底，游鱼细石，直视无碍。急湍甚箭，猛浪若奔。夹岸高山，皆生寒树，负势竞上，互相轩邈，争高直指，千百成峰。泉水激石，泠泠作响；好鸟相鸣，嘤嘤成韵。蝉则千啭不穷，猨则百叫无绝。鸢飞戾天者望峰息心，经纶世务者窥谷忘反。横柯上蔽，在昼犹昏；疎条交映，有时见日。

此书体势模拟，则鲍照《登大雷岸与妹书》波澜尚存；而不极雕藻，出以清迴，故逊鲍氏之驱迈，亦无鲍氏之危仄。简澹高素，绝去饾饤之习，其丽可及，其清不可及也。

丘迟，字希范，吴均同郡人。诗笔秀爽，仿佛沈约；而文特感慨顿挫，有轶宕之势。会平南将军陈伯之降魏，而迟《与陈伯之书》，尤其卓卓者；辞曰：

迟顿首。陈将军足下无恙，幸甚幸甚。将军勇冠三军，才为世出，弃燕雀之小志，慕鸿鹄以高翔。昔因机变化，遭遇明主，立功立事，开国称孤，朱轮华毂，拥旄万里，何其壮也！如何一旦为奔亡之虏，闻鸣镝而股战，对穹庐以屈膝，又何劣邪！寻君去就之际，非有他故，直以不能内审诸己，外受流言，沉迷猖獗，以至于此。圣朝赦罪责功，弃瑕录用，推赤心于天下，安反侧于万物，将军之所知，不假仆一二谈也。朱鲔喋血于友于，张绣剚刃于爱子，汉主不以为疑，魏君待之若旧。况将军无昔人之罪，而勋重于当世。夫迷涂知反，往哲是与，不远而复，先典攸高。主上屈法申恩，吞舟是漏。将军松柏不剪，亲戚安居，高台未倾，爱妾尚在，悠悠尔心，亦何可言。今功臣名将，雁行有序，佩紫怀黄，赞帷幄之谋，乘轺建节，奉疆埸之任；并刑马作誓，传之子孙。将军独靦颜借命，驱驰毡裘之长，宁不哀哉！夫以慕容超之强，身送东市，姚泓之盛，面缚西都。故知霜露所均，不育异类，姬汉旧邦，无取杂种。北虏僭盗中原，多历年所，恶积祸盈，理至焦烂。况伪孽昏狡，自相夷戮，部落携离，酋豪猜贰。方当系颈蛮邸，悬首藁街。而将军鱼游于沸鼎之中，燕巢于飞幕之上，不亦惑乎！

暮春三月，江南草长，杂花生树，群莺乱飞。见故国之旗鼓，感平生于畴日，抚弦登陴，岂不怆悢？所以廉公之思赵将，吴子之泣西河,人之情也,将军独无情哉?想早励良规,自求多福。当今皇帝盛明,天下安乐,白环西献,楛矢东来,夜郎滇池,解辫请职,朝鲜昌海,蹶角受化;惟北狄野心,倔强沙塞之间,欲延岁月之命耳。中军临川殿下,明德茂亲,总兹戎重,吊民洛汭,伐罪秦中。若遂不改,方思仆言。聊布往怀,君其详之。丘迟顿首。

辞气铿訇,侃侃而道,难在伉健中出婉媚,回肠荡气,不能不令人移情耳。丘迟《与陈伯之书》,以激壮出婉媚;吴均《与宋元思书》,以清新得遒丽;亦六朝之秀,绮而不靡者已。

第六节　梁武帝　昭明太子　简文帝　元帝附裴子野

自古刚健婀娜,而以枭雄擅藻采,父子兄弟,一门卓荦者,前有魏武父子,后有梁武父子。然魏武父子风骨腾骧,气余于彩;梁武父子丽采照映,辞胜其理;才为之,亦时为之。盖魏武承两汉而后,去古未远;而梁武袭六朝之盛,大璞已雕也。

梁武帝萧衍,本与沈约、任昉、范云同与竟陵八友之列;既受齐禅,诸贤并在辅佐,文宴侍从,郁郁乎文,虽建安邺下之盛,不是过也。少而笃学,能事毕究,万机多务,卷不辍手;为文下笔成章,雅不喜四声,而所作自合丽则。千赋百诗,直疏便就,虽怒徐摛之宫体,而其诗亦渐染艳情,不能遂革靡靡之习。世所传《子夜歌》、《白纻辞》、《东飞伯劳歌》、《河中之水歌》诸篇,是也。录《子夜歌》、《白纻辞》。

子夜歌

恃爱如欲进,含羞未肯前。朱口发艳歌,玉指弄娇弦。

白纻辞

朱丝玉柱罗象筵,飞琯促节舞少年。短歌流目未肯前,含笑一转私自怜。

纤腰袅袅不任衣，娇怨独立特为谁？赴曲君前未忍归，上声急调中心飞。

有余于婉媚，不足于雄直，有淫思而无古意，以视沈约《丽人赋》，可谓君君臣臣。为文章工于书牍，手书与萧宝夤，随激两化，辞令之美，宏奖文艺。

昭明太子萧统，生长典训，幼而聪睿。既冠，引纳才学之士，赏爱无倦；筑文选楼，与刘孝威、庾肩吾讨论坟籍，含咀英华，成《文选》三十卷，是总集传于今之最古者也。既成书而序其义类曰：

式观元始，眇觌玄风，冬穴夏巢之时，茹毛饮血之世，世质民淳，斯文未作。逮乎伏羲氏之王天下也，始画八卦，造书契，以代结绳之政，由是文籍生焉。《易》曰："观乎天文以察时变，观乎人文以化成天下。"文之时义远矣哉！若夫椎轮为大辂之始，大辂宁有椎轮之质；增冰为积水所成，积水曾微增冰之凛。何哉？盖踵其事而增华，变其本而加厉。物既有之，文亦宜然。随时变改，难可详悉。尝试论之曰：《诗序》云："诗有六义焉：一曰风，二曰赋，三曰比，四曰兴，五曰雅，六曰颂。"至于今之作者，异乎古昔。古诗之体，今则全取赋名，荀宋表之于前，贾马继之于末。自兹以降，源流实繁，邑居则有凭虚亡是之作，畋游则有《长杨》《羽猎》之制。若其纪一事，咏一物，风云草木之兴，鱼虫禽兽之流，推而广之，不可胜载矣。又楚人屈原，含忠履洁，君匪从流，臣进逆耳，深思远虑，遂放湘南。耿介之意既伤，抑郁之怀靡诉，临渊有怀沙之志，吟泽有憔悴之容。骚人之文，自兹而作。诗者，盖志之所之也，情动于中而形于言。《关雎》《麟趾》，正始之道著；桑间濮上，亡国之音表，故风雅之道，粲然可观。自炎汉中叶，厥涂渐异，退傅有在邹之作，降将著河梁之篇，四言五言，区以别矣。又少则三字，多则九言，各体互兴，分镳并驱。颂者所以游扬德业，褒赞成功，吉甫有穆若之谈，季子有至矣之叹。舒布为诗，既言如彼；总成为颂，又亦如此。次则箴兴于补阙，戒出于弼匡，论则析理精微，铭则叙事清润，美终则诔发，图像则赞兴。又诏诰教令之流，表奏笺记之列，书誓符檄之品，吊祭悲哀之作，答客指事之制，三言八字之文，篇辞引序，碑碣志状，众制锋起，源流间出。譬陶匏异器，并为入耳之娱；黼黻不同，俱为悦目之玩。作者之致，盖云备矣。

余监抚余闲，居多暇日，历观文囿，泛览辞林，未尝不心游目想，移晷忘倦。自姬汉以来，眇焉悠邈，时更七代，数逾千祀。词人才子，则名溢于缥囊；飞文染翰，则卷盈乎缃帙。自非略其芜秽，集其清英，盖欲兼功，大半难矣。若夫姬公之籍，孔父之书，与日月俱悬，鬼神争奥，孝敬之准式，人伦之师友，岂可重以芟夷，加之剪截？老庄之作，管孟之流，盖以立意为宗，不以能文为本，今之所撰，又以略诸。若贤人之美辞，忠臣之抗直，谋夫之话，辩士之端，冰释泉涌，金相玉振，所谓坐狙丘，议稷下，仲连之却秦军，食其之下齐国，留侯之发八难，曲逆之吐六奇，盖乃事美一时，语流千载，概见坟籍，旁出子史；若斯之流，又亦繁博，虽传之简牍，而事异篇章，今之所集，亦所不取。至于记事之史，系年之书，所以褒贬是非，纪别异同，方之篇翰，亦已不同。若其赞论之综缉辞采，序述之错比文华，事出于沉思，义归乎翰藻，故与夫篇什杂而集之。远自周室，迄于圣代，都为三十卷，名曰《文选》云耳。凡次文之体，各以汇聚。诗赋体既不一，又以类分。类分之中各以时代相次。

籀统所选，名曰《文选》；盖必文而后选，非文则不选也。凡以言语著之简策，不必以文为本者，皆经也，子也，史也；非可专名之为文也。专名为文，必“事出于沉思，义归乎翰藻”而后可也。南朝常言，有文有笔。无韵者笔，有韵者文。而所谓韵者，乃沈约《宋书·谢灵运传论》之所云：“欲使宫羽相变，低昂舛节。若前有浮声，则后须切响。一简之内，音韵尽殊，两句之中，轻重悉异，妙达此旨，始可言文。”乃以句中之同为犯而求其不齐；非如后世所谓韵脚之以句末之同为叶而求其大齐也。梁元帝《金楼子·立言》篇以扬榷前言，抵掌多识者谓之笔；咏叹风谣，流连哀思者谓之文。又曰："至如文者，惟须绮縠纷披，宫征靡曼，唇吻摇会，情灵摇荡。"此之谓"有韵者文"；亦此之为统之所欲选也。统美姿容，善举止，读书数行并下，过目皆忆；文章著述，属思便成，无所点易。尝《答弟湘东王后即位为梁元帝求文集书》曰："夫文，典则累野，丽亦伤浮。能丽而不浮，典而不野，文质彬彬，有君子之致；吾尝欲为之，但恨未遒耳。"其意趣如此。彭城到洽、刘孝绰、琅邪王筠、吴郡陆倕，皆名士为宫僚；而筠为文能压强韵，每公宴并作，辞必妍美。尝游宴玄圃，统执筠袖，抚孝绰肩而言曰："所谓左把浮丘袖，右拍洪崖肩。"其好士有如此者。先武帝薨，帝临哭尽哀，谥曰昭明。传有《昭明太子集》六卷。集中乐府多袭前人辞意，而柔肌脆骨，风力不飞，尽失古直之意。五言诗音靡节平，而又不如乃翁之婉媚；惟为排比，又好赞佛而无理趣；特文章舂容大雅，如《陶渊明集序》、《陶渊明传》及《文选序》，俊逸自然，特出以散朗，不必以辞彩精拔胜也；盖袭东汉蔡邕之规，有魏文《典论》之风焉。

简文帝萧纲，武帝第三子，昭明太子母弟也。六岁能属文，武帝弗之信，于前面试，纲揽笔便成文。武帝叹曰："常以东阿为虚，今则信矣。"初封晋安王。昭明太子既早死，遂代为皇太子也。齐永明中，王融、谢朓、沈约文章，始用四声以为新变，至是经生拘牵，酷不入情，虽矫丽靡，而转懦钝。简文乃《与湘东王书》论曰：

> 吾辈亦无所游赏，止事披阅；性既好文，时复短咏，虽是庸音，不能阁笔，有惭伎痒，更同故态。比见京师文体，懦钝殊常，竞学浮疏，争事阐缓，玄冬修夜，思所不得，既殊比兴，正背风骚。若夫六典三礼，所施则有地；吉凶嘉宾，用之则有所。未闻吟咏情性，反拟《内则》之篇，操笔写志，更摹《酒诰》之作；迟迟春日，翻学《归藏》，湛湛江水，遂同《大传》。吾既拙于为文，不敢轻有掎摭，但以当世之作，历方古之才人，远则扬、马、曹、王，近则潘、

陆、颜、谢，而观其遣辞用心，了不相似。若以今文为是，则古文为非；若昔贤可称，则今体宜弃。俱为盍各，则未之敢许。

又时有效谢康乐、裴鸿胪文者，亦颇有惑焉。何者？谢客吐言天拔，出于自然，时有不拘，是其糟粕。裴氏乃是良史之才，了无篇什之美。是为学谢，则不届其精华，但得其冗长；师裴，则蔑绝其所长，惟得其所短。谢故巧不可阶，裴亦质不宜慕。故胸驰臆断之侣，好名忘实之类，方分肉于仁兽，逞却步于邯郸，入鲍忘臭，效尤致祸。决羽谢生，岂三千之可及；伏膺裴氏，惧两唐之不传。故玉徽金铣，反为拙目所嗤；《巴人下里》，更合郢中之听。《阳春》高而不和，妙声绝而不寻，竟不精讨锱铢，核量文质，有异巧心，终愧妍手。是以握瑜怀玉之士，瞻郑邦而知退；章甫翠履之人，望闽乡而叹息。诗既若此，笔又如之。徒以烟墨不言，受其驱染；纸札无情，任其摇襞。甚矣哉，文章横流，一至于此。至如近世谢朓、沈约之诗，任昉、陆倕之笔，斯实文章之冠冕，述作之楷模。张士简之赋，周升逸之辩，亦成佳手，难可复遇。文章未坠，必有英绝；领袖之者，非弟而谁？每欲论之，无可与语，晤思子建，一共商榷，辩兹清浊，使如泾渭；论兹月旦，类彼汝南。朱白既定，雌黄有别，使夫怀鼠知惭，滥竽自耻。譬斯袁绍，畏见子将；同彼盗牛，遥羞王烈。相思不见，我劳如何。

扬榷利病，雅逸婉亮；其他文章，未能称是。所为《悔赋》，铺叙前史，吊古伤今，而卒之以“已矣哉”，悲歌慷慨，似仿江淹《恨赋》；然跌宕昭彰，不如淹之奇调间发，神气激扬，体制可以貌袭，而骨力不可伪为也。《筝赋》生材，制器、奏曲，逐层铺写，体制亦自王褒《洞箫赋》、马融《长笛赋》以来，陈陈相因；然王褒苍郁闳肆，马融腴炼缜密，有铺排处，便有提掇顿挫处；而铺排以凝厚出流动，提掇以顿挫见跌荡；而帝《筝赋》，风调流俊，全不见凝厚之意；盖其律调圆谐，辞笔绵丽，所以开唐四六之机调也。诗则调彩葱菁，弥近唐律，而往往遒变，出以清迴，骨节强于昭明，驱迈疾于武帝。情思婉妙，融之入景；如《雁门太守行》云："轻霜中夜下，黄叶远辞枝。寒苦春难觉，边城秋易知。"又云："陇暮风恒急，关寒霜自浓。"《临高台》云："高台半行云，望望高不极。草树无参差，山河同一色。"《折杨柳》云："叶密鸟飞碍，风轻花落迟。"《侍游新亭应令》云："柳叶带风转，桃花含雨开。"《经琵琶峡》云："夕波照孤月，山枝敛夜烟。"《旦出兴业寺讲诗》云："水照柳初碧，烟含桃半红。"《秋夜》云："檐重月没早，树密风声饶。"《送别》云："水苔随缆聚，岸柳拂舟垂。"《春日》云："落花随燕入，游丝带蝶惊。"名章迥句，处处间起。五言诗如《经琵琶峡》、《往虎窟山寺》，模山范水，刻意琢炼，特出以秀朗，而不为谢灵运之质闷。乐府如《从军行》之"云中亭障羽檄惊"一章、《陇西行》之"边秋胡马肥"一章、《雁门太守行》二章，劲气骏发，语无懦响，颇得鲍照之一体。《临高台》、《怨诗》，特高浑入古，不激不靡。《折杨柳》、《当置酒》，气爽辞华，于精缛中出生秀，雅似谢朓。《东飞伯劳歌》二章，及《乌栖曲》之"织成屏风金屈膝"一章，歌声靡曼而有抗坠之节，则厥考武帝之绳徽矣。为诗千言立成，尤好作艳曲；江左化之，称曰宫体；其为《乌栖曲》曰：

> 织成屏风金屈膝，朱唇玉面灯前出。相看气息望君怜，谁能含羞不自前。

晋之永嘉，诗崇黄老。至宋元嘉，则雕山水。极乎梁武父子，宕而不返；男女好会，古诗托之比兴；今乃侈其欢娱，倾侧宫体，风斯下矣。简文帝晚而悔之，敕徐陵撰玉台集以大厥体；今传《玉台新咏》十卷是也；是诗之第一部总集矣；与《昭明文选》辉映一世者也。新野庾肩吾、肩吾子信，与东海徐摛、摛子陵、彭城刘遵、刘孝仪孝威兄弟，同被赏接，亦一时之妙也。

元帝萧绎之于简文，其犹陈思之于魏文乎。同一雕丽，而简文之气缓散，元帝之笔警秀。简文语缛而势驽，故不矜于先鸣；元帝意警而辞秀，时卓出以偏骧。特是简文之缛而词滞，不如魏文之弱而气清；元帝之秀以警发，亦逊陈思之遒而雄出。此由世有升降，遂致气有厚薄耳。元帝，武帝第七子，简文帝异母弟也。初封湘东王，为镇西将军都督荆州刺史。及武帝为侯景所困，饿死台城，简文帝即位；帝以简文制于贼臣，不用其命。既而简文被弑，四方征镇王公卿士屡劝进，遂称帝。帝聪悟俊朗，天才英发，称其家儿；而属辞尽是典核，意趣仍复洒然；葩采迅发，情韵欲流；以古诗有“昔为倡家女，今为荡子妇，荡子行不归，空床难独守”之句，因依仿其意，为《荡妇秋思赋》曰：

> 荡子之别十年，倡妇之居自怜。登楼一望，惟见远树含烟；平原如此，不知道路几千。天与水兮相连，山与云兮共色。山则苍苍入汉，水则涓涓不测。谁复堪见鸟飞，悲鸣只翼？秋何月而不清，月何秋而不明；况乃倡楼荡妇，对此伤情。于时露萎庭蕙，霜封阶砌。坐视带长，转看腰细。重以秋水文波，秋云似罗。日黯黯而将暮，风骚骚而渡河。妾怨回文之锦，君思出塞之歌。相思相望，路远如何。鬓飘蓬而渐乱，心怀疑而转叹。愁萦翠眉敛，啼多红粉漫。已矣哉，秋风起兮秋叶飞，春花落兮春日晖；春日迟迟犹可至，客子行行终不归。

志不出于淫荡，辞不离于哀思；虽南朝之正声，实三百之郑曲也。然不好声色，颇慕高名，自号金楼子，因以名所著书；与河东裴子野、兰陵萧子云为布衣之交。然二人文章，颇乖时制，不与元帝同。子云依敕撰定《梁郊庙歌辞》，云用五经为本，已开复古之先河。

裴子野为文典而远，不尚靡丽，制多法古，与今文体异。当时或有诋诃者，及其末，皆翕然重之。尝删沈约《宋书》为《宋略》二十卷。约见而叹曰：“吾弗逮也。”又为《雕虫论》，论宋以来文章之敝曰：

> 宋明帝博好文章，才思朗捷，尝读书奏，号称七行俱下。每有祯祥及幸宴集，辄陈诗展义，且以命朝臣。其戎士武夫，则请托不暇，困于课限，或买以应诏焉。于是天下向风，人自藻饰；雕虫之艺，盛于时矣。梁鸿胪卿裴子野论曰：

古者四始六艺，总而为诗，既形四方之气，且彰君子之志；劝美惩恶，王化本焉。后之作者，思存枝叶，繁华蕴藻，用以自通。若悱恻芬芳，楚骚为之祖；靡漫容与，相如和其音。由是随声逐影之俦，弃指归而无执。赋诗歌颂，百帙五车，蔡邕等之俳优，扬雄悔为童子，圣人不作，雅郑谁分。其五言为家，则苏李自出；曹刘伟其风力，潘陆固其枝叶。爰及江左，称彼颜谢，箴绣鞶帨，无取庙堂。宋初迄于元嘉，多为经史。大明之代，实好斯文，高才逸韵，颇谢前哲。波流相尚，滋有笃焉。

自是闾阎年少，贵游总角，罔不摈落六艺，吟咏情性。学者以博依为急务，章句为专鲁，淫文破典，斐尔为功；无被于管弦，非止乎礼义，深心主卉木，远致极风云；其兴浮，其志弱，巧而不要，隐而不深，讨其宗途，亦有宋之遗风也。若季子聆音，则非兴国；鲤也趋庭，必有不敢。荀卿有言："乱代之征，文章匿而采。"斯岂近之乎！

其大指归于裁浮靡而崇六艺，物极必反，征圣宗经，其来有渐焉。裴子野，字几原，裴松之之曾孙也，累官鸿胪卿。简文帝与湘东王书所称"裴鸿胪，乃是良史之才"者也。

第七节　刘勰　钟嵘

雕藻之文既盛，非难之声亦起。齐刘勰评"言贵浮诡"，梁简文以"懦钝殊常"为病，子野有"淫文破典"之讥；虽所蔽不同，而为文敝一也，淳浇救靡，必出复古。"迁雄之体格"可以起殊常之懦钝，"经诰之指归"庶几式破典之淫文。止礼义以敷章，矫风骨而振靡，此唐之韩愈所以起八代之衰也。若夫雕琢性情，扬榷利病，而发其英议，导之前路者，厥有刘勰之《文心雕龙》、钟嵘之《诗品》，此吾国文学批评之开山也。

刘勰，字彦和，东莞莒人。早孤，笃志好学，家贫不婚娶，依沙门僧祐居，遂博通经论。年逾三十，则尝夜梦执丹漆之礼器，随仲尼而南行，寤而喜曰："大哉圣人之难见也，乃小子垂梦欤！自生人以来，未有如夫子者也。敷赞圣旨，莫若注经；而马郑诸儒，宏之已精；就有深解，未足立家。惟文章之用，实经典枝条；五礼资之以成，六典因之致用，君臣所以炳焕，军国所以昭明，详其本源，莫非经典；而去圣久远，文体解散；辞人爱奇，言贵浮诡，饰羽尚画，文绣鞶帨，离本弥甚，将遂讹滥。"于是撰《文心雕龙》五十篇，论古今文体，推阐文心，而冠以《原道》、《征圣》、《宗经》、《正纬》、《辨骚》为文之枢纽，自谓："本乎道，师乎圣，体乎经，酌乎纬，变乎骚。"《序志》第五十而圣文之雅丽，精理以为文，秀气而成采，固衔华而佩实者也《征圣》第二。《楚辞》者，体慢于三代，风杂于战国，所贵酌奇而不失其真；玩华而不坠其实也。《辨骚》第五此论文之枢纽也。诗者持也，持人情性。三百之蔽，义归无邪。《明诗》第六至于魏之三祖，气爽才丽，宰割辞调，音靡节平，观其"北上"众引、"秋风"列篇，或述酣宴，或伤羁戍，志不出于淫荡，辞不离于哀思，虽三调之正声，实《韶》《夏》之郑曲也《乐府》第七。至于赋者铺也，铺采摛文，体物写志也。文虽新而有质，色虽糅而有本，此立赋之大体也。然逐末之俦，蔑弃其本；虽读千赋，愈惑体要，遂使繁华损枝，膏腴害骨，无贵风轨，莫益劝戒；此扬子所以追悔于雕虫，贻诮于雾縠者也《诠赋》第八。此论文体者也。又以：怊怅述情，必始乎风。沉吟铺辞，莫先于骨。若丰藻克赡，风骨不飞，则振采失鲜，负声无力《风骨》第二十八。碌碌丽辞，昏睡耳目。何者？气无奇类，文乏异采故也《丽辞》第三十五。榷而论之：则黄唐淳而质，虞夏质而辨，商周丽而雅，楚汉侈而艳，魏晋浅而绮，宋初讹而新。从质及讹，弥近弥澹。何则？竞今疏古，风末气衰也。矫讹翻浅，还宗经诰《通变》第二十九。此论文心者也。持论大率类此；录《宗经》一篇以见指。

三极彝训，其书言经。经也者，恒久之至道，不刊之鸿教也。故象天地，效鬼神，参物序，制人纪，洞性灵之奥区，极文章之骨髓者也。皇世《三坟》,帝代《五典》,重以《八索》,申以《九丘》,岁历绵暖,条流纷糅。自夫子删述而大宝咸耀。于是《易》张《十翼》,《书》标七观,《诗》列四始,《礼》正五经,《春秋》五例。义既极乎性情,辞亦匠于文理,故能开学养正,昭明有融。然而道心惟微,圣谟卓绝,墙宇重峻,而吐纳自深;譬万钧之洪钟,无铮铮之细响矣。

夫《易》惟谈天,入神致用;故《系》称"旨远辞文";言中事隐,韦编三绝,固哲人之骊渊也。《书》实记言;而训诂茫昧,通乎尔雅,则文意晓然;故子夏叹《书》昭昭若日月之明,离离如星辰之行;言昭灼也。《诗》主言志,诂训同《书》,摛风裁兴,藻辞谲喻,温柔在诵,故最附深衷矣。《礼》以立体,据事制范,章条纤曲,执而后显,采掇片言,莫非宝也。《春秋》辨理,一字见义;五石六鹢,以详略成文;雉门两观,以先后显旨;其婉章志晦,谅以邃矣。《尚书》则览文如诡,而寻理即畅。《春秋》则观辞立晓,而访义方隐。此圣人之殊致,表里之异体者也。至根柢槃深,枝叶峻茂,辞约而旨丰,事近而喻远,是以往者虽旧,余味日新。后进追取而非晚,前修文用而未先,可谓太山遍雨,河润千里者也。

故论说辞序,则《易》统其首。诏策章奏,则《书》发其源。赋颂歌诗,则《诗》立其本。铭诔箴祝,则《礼》总其端。纪传铭檄,则《春秋》为根。并穷高以树表,极远以启疆;所以百家腾跃,终入环内者也。若禀经以制式,酌雅以富言,是仰山而铸铜,煮海而为盐也。故文能宗经,体有六义:一则情深而不诡,二则风清而不杂,三则事信而不诞,四则义直而不回,五则体约而不芜,六则文丽而不淫。扬子比雕玉以作器,谓《五经》之含文也。夫文以行立,行以文传,四教所先,符采相济。励德树声,莫不师圣;而建言修辞,鲜克宗经。是以楚艳汉侈,流弊不还;正末归本,不其懿欤。

赞曰:三极彝道,训深稽古。致化归一,分教斯五。性灵镕匠，文章奥府。渊哉铄乎，群言之祖！

昭明所选，名曰《文选》；盖必文而后选，非文则不选也；其曰："老庄之作，管孟之流，盖以立意为宗，不以能文为本"，斯所以立"文"与非文之畦封。所谓"文"者，"事出于沉思，义归乎翰藻"，"综缉辞采，错比文华"也；而勰揭《原道》以昭文心，论藻采而崇风骨，斯实昭明选文之诤臣，而为文章特起之异军。然而俪字不只，偶句成双，使事遣言，雕藻为甚；宁必本心如此，殆不免风气所囿乎？读者勿以辞害志可也。既成书，未为时流所称，欲取定于沈约，无由自达；乃负书候约于车前，状若货鬻者。约取读，大重之，谓深得文理，常陈诸几案。梁天监中，兼东宫通事舍人，迁步兵校尉，兼舍人如故；深被昭明太子爱接，而论文与昭明不同。

钟嵘，字仲伟，颍川长社人；与兄屼，弟屿，并好学有思理。嵘于梁天监中，累为诸王记室。刘勰《征圣》《宗经》以论文；而嵘出风入雅以评诗，撰成《诗品》三卷，论古诗十九首以下，上品十一人，中品三十九人，下品七十二人；而发挥论旨，冠以三序。囊括其义，大端有四：一曰赋比兴不偏废，二曰不堕理障，三曰不用事，四曰不拘声病。以为："《诗》有三义，曰赋比兴。文已尽而意有余，兴也。因物喻志，比也。直书其事，寓言写物，赋也。宏斯三义，酌而用之，干之以风力，润之以丹采；使味之者无极，闻之者动心，是诗之至也。若专用比兴，患在意深，意深则辞踬。若但用赋体，患在意浮，意浮则文散。"此赋比兴不偏废之说也。又谓："永嘉时，贵黄老，稍尚虚谈。于时篇什，理过其辞，淡乎寡味。爰及江表，微波尚传，孙绰、许询、桓、庾诸公诗，皆平典似道德论；建安风力尽矣。"独郭璞宪章潘岳，文体相辉，彪炳可玩，始变永嘉平淡之体，故称中兴第一。此不堕理障之说也。又曰："属辞比事，乃为通谈。若乃经国文符，应资博古，撰德驳奏，宜穷往烈。至乎吟咏情性，亦何贵乎用事？'思君如流水'，既是即目。'高台多悲风'，亦惟所见。'清晨登陇首'，羌无故实。'明月照积雪'，讵出经史。观古今胜语，皆由直寻。颜延、谢庄，尤为繁密，于时化之；故大明泰始间，文章殆同书抄。近任昉、王元长等辞不贵奇，竞须新事，尔来作者，浸以成俗，遂乃句无虚语，语无虚字，拘挛补衲，蠹文已甚。但自然英旨，罕值其人。"此不贵乎用事之说也。又曰："昔曹刘殆文章之圣，陆谢为体贰之才，锐精研思，千百年中，而不闻宫商之辨，四声之论。齐有王元长，尝欲进《知音论》，谢朓、沈约扬其波。三贤或贵公子孙，幼有文辨；于是士流景慕，务为精密，擘积细微，专相陵架；故使文多拘忌，伤其真美。余谓文制本须讽读，不可蹇碍；但令清俗通流，口吻调利，斯为足矣。至平上去入，则余病未能。蜂腰鹤膝，闾里已具。"此不拘声病之说也。

至于品藻众家，则以骨气为主，以辞采为辅。两者骈茂，上也，次之气过其文，又次文胜于气。如论魏陈思王植曰："骨气奇高，辞采华茂，情兼雅怨，体被文质，譬人伦之有周孔。"论宋临川太守谢灵运曰："原出陈思，杂有景阳。兴多才高，寓目辄书，内无乏思，外无遗物。名章迥句，处处间起；丽典新声，络绎奔会。"论宋参军鲍照曰："得景阳之俶诡，含茂先之靡曼，骨节强于谢混，驱迈疾于颜延；总四家而擅美，跨两代而孤出。"此皆骨气辞采，两俱骈茂者也。又如魏文学刘桢曰："仗气爱奇，动多振绝；真骨凌霜，高风跨俗；但气过其文，雕润恨少。"晋处士郭泰机、晋常侍顾恺之、宋谢世基、宋参军顾迈、戴凯曰："观此五子，文虽不多，气调警拔，吾许其进，则鲍照江淹，未足逮止。越居中品，佥曰宜哉。"此气过其文者也。又如魏侍中王粲曰："文秀而质羸。"晋司空张华曰："其体华艳，兴托不奇。巧用文字，务为妍冶。虽名高曩代，而疏亮之士，犹恨其儿女情多，风云气少。"此文胜于气者也。与其文胜，毋宁气过。气过，则厥旨渊放，忘其鄙近。文胜，则务为妍冶，流入淫靡。此其较也。匡时砭俗，颇曰知言，所以谓篇章之绳墨，文采之权量。然魏武悲壮，范晔华赡，屈居下第；元亮清远，鲍照遒丽，不列上品，铨次未允，颇有遗议。又所推原出于谁何，加之抑扬，第出以臆，而不必衷于情实，亦既随事纠正而明其疏；然其旨不可没也。

嵘尝求誉于沈约，约拒之。而详其文体，散朗任自然，如魏武帝临阵，意思安闲，如不欲战；又如太原公子，不衫不履，风神隽逸；在齐梁雕藻之中，另是一种蹊径。刘勰《文心》，句无虚散，齐梁之缛采也；钟嵘《诗品》，体任自然，魏晋之逸调也；宜约之赏勰而不赏嵘也。观约所制，体裁绮密，而嵘之作，风神朗照；盖体之疏密不同，故拒之而不与耶？

第八节　庾信　徐陵附江总 姚察

刘勰《文心》，钟嵘《诗品》，力崇气骨而薄藻采，贵自然而弃刻镂；然而彼众我寡，未能动俗。雕画奇辞，日竞于繁采；而能者为之，殊别在气，干以风力，藻耀高翔，大雅不群，是则庾信、徐陵其人也。徐陵，字孝穆，东海郯人。梁简文为太子时，与父摛并在东宫，得恩宠。时庾信亦与其父肩吾出入东宫，当时称为双俊。梁禅于陈，陵历事武帝、文帝、宣帝，盛被礼遇。凡梁陈禅让之诏策，及陈初之檄书诰命，皆出其手笔，盖犹任昉之于齐梁之际也。为文瑰丽，世与庾信并称徐庾体。一时后进之士，竞相仿效，隐为一代文宗。而庾信后入周，以南人而雄视北方，启隋唐之四六，所系者尤匪细焉。

庾信，字子山，南阳新野人，庾肩吾之子也。幼而俊迈聪敏，博览群书，尤精《春秋左氏》；及聘东魏，邺下文人学者皆盛称其文辞。梁亡，入西魏，遂仕于周。陈周通好，南北流寓之士，各归其乡，周武帝独留信与王褒，惜其人才，不放还。而信虽位望通显，常作乡关之思，居恒郁郁，此《哀江南赋》所由作也。然其才华富有，绮丽之作，本自青年渐染南朝数百年之靡。及其流转入周，重以飘泊之感，调以北方清健之音，故中年以后之作，能湔洒宫体之绮艳，而特见苍凉。随事着色，善于敷扬，流连篇章，感慨兴废，景自衰飒，语必清华；发楸怆之词，擅雕虫之功。尤善用事，据古况今，属辞比事，而出之以沉郁顿挫，所以堆砌化为烟云。才藻宏富，自然健举，植骨不高而气则雄。举止轩昂，动多振绝，所以丽典新声，络绎奔会，而不伤于襞积。余尝谓韩愈之古文，于浑灏中见矜重；而信之骈文，于整丽中出疏荡。韩愈雄而不快，而信密而能疏，组织出以流美，健笔寓于绮错。盖上摩汉魏辞赋之垒，下启唐宋四六之涂，实以信管其枢也。其《哀江南赋并序》曰：

粤以戊辰之年，建亥之月，大盗移国，金陵瓦解。余乃窜身荒谷，公私涂炭；华阳奔命，有去无归。中兴道销，穷于甲戌，三日哭于都亭，三年囚于别馆；天道周星，物极不反。傅燮之但悲身世，无处求生；袁安之每念王室，自然流涕。昔桓君山之志事，杜元凯之平生，并有著书，咸能自叙。潘岳之文彩，始述家风；陆机之辞赋，先陈世德。信年始二毛，即逢丧乱，藐是流离，至于暮齿。燕歌远别，悲不自胜；楚老相逢，泣将何及。畏南山之雨，忽践秦庭；让东海之滨，遂餐周粟。下亭漂泊，高桥羁旅。楚歌非取乐之方，鲁酒无忘忧之用；追为此赋，聊以纪言；不无危苦之辞，惟以悲哀为主。日暮途远，人间何世！将军一去，大树飘零；壮士不还，寒风萧瑟。荆璧睨柱，受连城而见欺；载书横阶，捧珠槃而不定。钟仪君子，入就南冠之囚；季孙行人，留守西河之馆。申包胥之顿地，碎之以首；蔡威公之泪尽，加之以血。钓台移柳，非玉关之可望；华亭鹤唳，岂河桥之可闻。孙策以天下为三分，众才一旅；项籍用江东之子弟，人惟八千。遂乃分裂山河，宰割天下。岂有百万义师，一朝卷甲，芟夷斩伐，如草木焉！江淮无涯岸之阻，亭壁无藩篱之固。头会箕敛者，合从缔交；锄耰棘矜者，因利乘便。将非江表王气，终于三百年乎！是知并吞六合，不免轵道之灾；混一车书，无救平阳之祸。呜呼，山岳崩颓，既履危亡之运；春秋迭代，必有去故之悲；天意人事，可以凄怆伤心者矣。况复舟楫路穷，星汉非乘槎可上；风飙道阻，蓬莱无可到之期。穷者欲达其言，劳者须歌其事。陆士衡闻而抚掌，是所甘心;张平子见而陋之,固其宜矣。

我之掌庾承周,以世功而为族;经邦佐汉,用论道而当官。禀嵩华之玉石,润河洛之波澜。居负洛而重世,邑临河而晏安。逮永嘉之艰虞,始中原之乏主;民枕倚于墙壁,路交横于豺虎。值五马之南奔,逢三星之东聚,彼凌江而建国,始播迁于吾祖。分南阳而赐田,裂东岳而胙土,诛茅宋玉之宅,穿径临江之府。水木交运,山川崩竭,家有直道,人多全节。训子见于淳深,事君彰于义烈。新野有生祠之庙,河南有胡书之碣。况乃少微真人,天山逸民,阶庭空谷,门巷蒲轮;移谈讲树,就简书筠。降生世德,载诞贞臣,文辞高于甲观,模楷盛于漳滨。嗟有道而无凤,叹非时而有麟。既奸回之奰逆,终不悦于仁人。

王子洛滨之岁,兰成射策之年;始含香于建礼,仍矫翼于崇贤。游洊雷之讲肆,齿明离之胄筵,既倾蠡而酌海,遂测管以窥天。方塘水白,钓渚池圆。侍戎韬于武帐,听雅曲于文弦。乃解悬而通籍,遂崇文而会武,居笠毂而掌兵,出兰池而典午。论兵于江汉之君,拭玉于西河之主。于是朝野欢娱,池台钟鼓,里为冠盖,门成邹鲁。连茂苑于海陵,跨横塘于江浦。东门则鞭石成桥,南极则铸铜为柱。橘则园植万株,竹则家封千户。西赍浮玉,南琛没羽。吴歈越吟,荆艳楚舞。草木之遇阳春,鱼龙之逢风雨。五十年中,江表无事,王歙为和亲之侯,班超为定远之使。马武无预于甲兵,冯唐不论于将帅。

岂知山岳暗然,江湖潜沸,渔阳有闾左戍卒,离石有将兵都尉。天子方删《诗》《书》,定礼乐,设重云之讲,开士林之学。谈劫烬之灰飞,辨常星之夜落。地平鱼齿,城危兽角。卧刁斗于荥阳,绊龙媒于平乐。宰衡以干戈为儿戏,搢绅以清谈为庙略。乘渍水以胶船,驭奔驹以朽索。小人则将及水火,君子则方成猿鹤。敝箄不能救盐池之咸,阿胶不能止黄河之浊。既而鲂鱼赪尾,四郊多垒。殿狎江鸥,宫鸣野雉。湛卢去国,艅艎失水。见披发于伊川，知百年而为戎矣。彼奸逆之炽盛，久游魂而放命，大则有鼷有鲵，小则为枭为獍，负其牛羊之力，凶其水草之性。非玉烛之能调，岂璿玑之可正。值天下之无为，尚有欲于羁縻，饮其琉璃之酒，赏其虎豹之皮。见胡柯于大夏，识鸟卵于条枝。豺牙密厉，虺毒潜吹，轻九鼎而欲问，闻三川而遂窥。

始则王子召戎，奸臣介胄，既官政而离逷，遂师言而泄漏。望廷尉之逋囚，反淮南之穷寇，出狄泉之苍鸟，起横江之困兽。地则石鼓鸣山，天则金精动宿，北阙龙吟，东陵麟斗。尔乃桀黠构扇，冯陵畿甸，拥狼望于黄图，填卢山于赤县。青袍如草，白马如练。天子履端废朝，单于长围高宴。两观当戟，千门受箭。白虹贯日，苍鹰击殿。竟遭夏台之祸，终视尧城之变。官守无奔问之人，干戚非平戎之战。陶侃空争米船，顾荣虚摇羽扇。将军死绥，路绝长围，烽随星落，书逐鸢飞。遂乃韩分赵裂，鼓卧旗折，失群班马，迷轮乱辙。猛士婴城，谋臣卷舌。昆阳之战象走林，常山之阵蛇奔穴。五郡则兄弟相悲，三州则父子离别。

护军慷慨，忠能死节；三世为将，终于此灭。济阳忠壮，身参末将，兄弟三人，义声俱倡，主辱臣死，名存身丧，敌人归元，三军凄怆。尚书多算，守备是长，云梯可拒，地道能防。有齐将之闭壁，无燕师之卧墙。大事去矣，人之云亡。申子奋发，勇气咆勃，实总元戎，身先士卒。胄落鱼门，兵填马窟，屡犯通中，频遭刮骨。功业夭枉，身名埋没。或以隼翼鷃披，虎威狐假，沾渍锋镝，脂膏原野。兵弱虏强，城孤气寡。闻鹤唳而心惊，听胡笳而泪下。据神亭而忘戟，临横江而弃马。崩于巨鹿之沙，碎于长平之瓦。于是桂林颠覆，长洲麋鹿。溃溃沸腾，茫茫墋黩。天地离阻，神人惨酷。晋郑靡依，鲁卫不睦。竞动天关，争回地轴。探雀鷇而未饱，待熊蹯而讵熟。乃有车侧郭门，筋悬庙屋。鬼同曹社之谋，人有秦庭之哭。

尔乃假刻玺于关塞，称使者之酬对。逢鄂坂之讥嫌，值彨门之征税。乘白马而不前，策青骡而转碍。吹落叶之扁舟，飘长风于上游。彼锯牙而钩爪，又循江而习流。排青龙之战舰，斗飞燕之船楼。张辽临于赤壑，王浚下于巴邱。乍风惊而射火，或箭重而回舟。未辨声于黄盖，已先沈于杜侯。落帆黄鹤之浦，藏船鹦鹉之洲。路已分于湘汉，星犹看于斗牛。若乃阴陵路绝，钓台斜趣。望赤壁而沾衣，舣乌江而不渡。雷池栅浦，鹊陵焚戍。旅舍无烟，巢禽无树。谓荆衡之杞梓，庶江汉之可恃。淮海维扬，三千余里，过漂渚而寄食，托芦中而渡水。届于七泽，滨于十死。嗟天保之未定，见殷忧之方始。本不达于危行，又无情于禄仕；谬掌卫于中军，滥尸丞于御史。信生世等于龙门，辞亲同于河洛。奉立身之遗训，受成书之顾托。昔三世而无惭，今七叶而方落。泣风雨于梁山，惟枯鱼之衔索。入欹斜之小径，掩蓬藋之荒扉，就汀洲之杜若，待芦苇之单衣。

于时，西楚霸王，剑及繁阳，鏖兵金匮，校战玉堂。苍鹰赤雀，铁轴牙樯。沈白马而誓众，负黄龙而渡江。海潮迎舰，江萍送王。戎车屯于石城，戈船掩于淮泗。诸侯则郑伯前驱，盟主则荀罃暮至。剖巢熏穴，奔魑走魅，埋长狄于驹门，斩蚩尤于中冀，燃腹为灯，饮头为器。直虹贯垒，长星属地。昔之虎踞龙蟠，加以黄旗紫气，莫不随狐兔而窟穴，与风尘而殄瘁。西瞻博望，北临玄圃，月榭风台，池平树古。倚弓于玉女窗扉，系马于凤凰楼柱。仁寿之镜徒悬，茂陵之书空聚。

若夫立德立言，谟明寅亮，声超于系表，道高于河上。更不遇于浮丘，遂无言于师旷。以爱子而托人，知西陵而谁望。非无北阙之兵，犹有云台之仗。司徒之表里经纶，狐偃之惟王实勤。横雕戈而对霸主，执金鼓而问贼臣。平吴之功，壮于杜元凯；王室是赖，深于温太真。始则地名全节，终则山称枉人。南阳校书，去之已远，上蔡逐猎，知之何晚。镇北之负誉矜前，风飙凛然。水神遭箭，山灵见鞭。是以蛰熊伤马，浮蛟没鸢，才子并命，俱非百年。

中宗之夷凶靖乱，大雪冤耻。去代邸而承基，迁唐郊而纂祀。反旧章于司隶，归余风于正始。沈猜则方逞其欲，藏疾则自矜于己。天下之事没焉，诸侯之心摇矣。既而齐交北绝，秦患西起。况背关而怀楚，异端委而开吴。驱绿林之散卒，拒骊山之叛徒。营军梁溠，搜乘巴渝。问诸淫昏之鬼，求诸厌劾之巫。荆门遭廪延之戮，夏口滥逵泉之诛。蔑因亲以教爱，忍和乐于弯弧，既无谋于肉食，非所望于论都。未深思于五难，先自擅于三端。登阳城而避险，卧砥柱而求安。既言多于忌刻，实志勇而形残。但坐观于时变，本无情于急难。地惟黑子，城犹弹丸。其怨则黩，其盟则寒。岂冤禽之能塞海，非愚叟之可移山。况以沴气朝浮，妖精夜殒。赤乌则三朝夹日，苍云则七重围轸。亡吴之岁既穷，入郢之年斯尽。周含郑怒，楚结秦冤。有南风之不竞，值西邻之责言。俄而梯冲乱舞，冀马云屯。伐秦车于畅毂，沓汉鼓于雷门。下陈仓而连弩，渡临晋而横船。虽复楚有七泽，人称三户。箭不丽于六麋，雷无惊于九虎。辞洞庭兮落木，去涔阳兮极浦。炽火兮焚旗，贞风兮害蛊。乃使玉轴扬灰，龙文折柱。下江余城，长林故营。徒思拑马之秣，未见烧牛之兵。章曼支以毂走，宫之奇以族行。河无冰而马渡，关未晓而鸡鸣。忠臣解骨，君子吞声。章华望祭之所，云梦伪游之地。荒谷缢于莫敖，冶父囚于群帅。硎谷折拉，鹰鹯批攒。冤霜夏零，愤泉秋沸。城崩杞妇之哭，竹染湘妃之泪。

水毒秦泾，山高赵陉，十里五里，长亭短亭。饥随蛰燕，暗逐流萤。秦中水黑，关上泥青。于时，瓦解冰泮，风飞电散。浑然千里，淄渑一乱。雪暗如沙，冰横似岸。逢赴洛之陆机，见离家之王粲，莫不闻陇水而掩泣，向关山而长叹。况复君在交河，妾在青波，石望夫而逾远，山望子而逾多。才人之忆代郡，公主之去清河。栩杨亭有离别之赋，临江王有愁思之歌。别有飘飖武威，羁旅金微，班超生而望返，温序死而思归。李陵之双凫永去，苏武之一雁空飞。

若江陵之中否，乃金陵之祸始。虽借人之外力，实萧墙之内起。拨乱之主忽焉，中兴之宗不祀。伯兮叔兮，同见戮于犹子。荆山鹊飞而玉碎，随岸蛇生而珠死。鬼火乱于平林，殇魂游于新市。

梁故丰徙，楚实秦亡。不有所废，其何以昌？有妫之后，将育于姜。输我神器，居为让王。天地之大德曰生，圣人之大宝曰位。用无赖之子弟，举江东而全弃。惜天下之一家，遭东南之反气。以鹑首而赐秦，天何为而此醉？

且夫天道回旋，生民预焉。余烈祖于西晋，始流播于东川。洎余身而七叶，又遭时而北迁。提挈老幼，关河累年。死生契阔，不可问天。况复零落将尽，灵光岿然。日穷于纪，岁将复始。逼迫危虑，端忧暮齿。践长乐之神皋，望宣平之贵里。渭水贯于天门，骊山回于地市。幕府大将军之爱客，丞相平津侯之待士。见钟鼎于金张，闻弦歌于许史。岂知灞陵夜猎，犹是故时将军；咸阳布衣，非独思归王子。

信以碑版之文擅名一代，然数篇以后，落调多同，用事多复，习见不鲜，遂成窠臼。不如赋之往往遒变，篇各有意。而赋有二种：一种绮情艳思，风光旖旎；如《春赋》、《荡子赋》是也。一种楚调哀歌，声调激越；如《哀江南赋》、《小园赋》、《枯树赋》是也。信之在周也，明帝、武帝，雅好文学，特蒙恩礼；至于赵、滕诸王，周旋款至，有若布衣之交。王公碑志，咸相托焉。然多兴朝贵人，雍容揄扬；独所为《大将军怀德公吴明彻墓志》，英雄失路，志士拊心，慷慨悲歌，自抒寥落之感焉。其辞曰：

公讳明彻，字通昭，兖州秦郡人也。西都列国，长沙王功被山河；东京贵臣，大司马名高西汉。岂直西河有守，智足抗秦；建平有城，威能动晋而已也。祖尚，南谯太守。父标，右军将军。抗拒淮沂，平夷济漆，代为名将，见于斯矣。

公志气纵横，风情倜傥。圯桥取履，早见兵书；竹林逢猿，遍知剑术。故得勇爵登朝，材官入选。起家东宫司直，后除左军。葛瞻始嗣兵戈，仍遭蜀灭；陆机才论功业，即值吴亡。公之仕梁，未为达也。自梁受终，齐卿得政。礼乐征伐，咸归舜后；是以威加四海，德教诸侯，萧索烟云，光华日月。公以明略佐时，雄图赞务，鳞翼更张，风飙遂远。冠军侯之用兵，未必师古；武安君之养士，能得人心。拟于其伦，公之谓矣。为左卫将军，寻迁镇军丹阳尹，北军中堠，总政六师；河南京尹，冠冕百郡。文武是寄，公无愧焉。潇湘之役，凭陵岛屿。风船火舰，周瑜有赤壁之兵；盖轴禬舻，魏齐有横江之战。仍为平南将军，开府仪同三司，都督湘衡桂武四州刺史，遂得左广回扃，辚车反畅。长沙楚铁，更入兵栏；洞浦藏犀，还输甲库。虽复戎歌屡凯，军幕犹张；淮南望廷尉之囚，合淝称将军之寇，莫不失穴惊巢，沉水陷火。为使持节侍中、司空、车骑大将军、都督南北兖青谯五州诸军事、南兖州刺史、南平郡开国公，食邑八千户，鼓吹一部。中台在玄武之宫，上将列文昌之宿。高蝉临鬓，吟鹭陪轩。平阳之邑万家，临淄之马千驷。坐则玉案推食，行则中分麾下。生平若此，功业是凭。既而金精气壮，师出有名；石鼓声高，兵交可远。故得舻舳所临，盖于淮泗；旌旆所袭，奄有龟蒙。魏将已奔，犹书马陵之树；齐师其遁，空望平阴之乌。

俄而南仲出车，方叔莅止，畅毂文茵，钩膺鞗革。遂以天道在北，南风不竞。昔者裨将失律，卫将军于是待罪；中军争济，荀桓子于焉受戮。心之忧矣，胡以事君。宣政元年，届于东都之亭。有诏释其鸾镳，蠲其衅社。始弘就馆之礼，即受登坛之策，拜持节大将军、怀德郡开国公，邑二千户。归平津之馆，时闻枥马之嘶；舍广城之传，裁见诸侯之客。廉颇眷恋，宁闻更用之期；

李广盘桓，无复前驱之望。霸陵醉尉，侵辱可知；东陵故侯，生平已矣。大象二年七月二十八日，气疾暴增，奄然宾馆，春秋七十七，即以其年八月十九日，寄瘗于京兆万年之县东郊，诏赠某官，谥某，礼也。江东八千子弟，从项籍而不归；海岛五百军人，为田横而俱死焉。呜呼哀哉！毛脩之埋于塞表，流落不存；陆平原败于河桥，死生惭恨。反公孙之柩，方且未期；归连尹之尸，竟知何日。游魂羁旅，足伤温序之心；玄夜思归，终有苏韶之梦。遂使广平之里，永滞冤魂；汝南之亭，长闻夜哭。呜呼哀哉！乃为铭曰：

九河宅土，三江贡职。彼美中邦，君之封殖。负才矜智，乘危恃力。浮磬戢鳞，孤桐垂翼。五兵早竭，一鼓前衰；移营减灶，空幕禽飞。羊皮讵赎，画马何追？荀罃永去，随会无归。存没俄顷，光阴凄怆。岳裂中台，星空上将。眷言妻子，悠然亭障。魂或可招，丧何可望。壮志沉沦，雄图埋没；西陇足抵，黄尘碎骨。何处池台，谁家风月？坟隧羁远，营魂流寓。霸岸无封，平陵不树。壮士之垅，将军之墓，何代何年，还成武库？

碑志之文，自蔡邕后，皆逐节敷写；至有唐韩愈，乃变其体。若庾信则犹守蔡氏矩矱；特蔡氏骈语雅润，而信则四六铿锵耳。观其每叙一事，多用单行，先将事略说明，然后援引故实，作成联语；皆可为骈散不能偏废之证。夫骈文之中，苟无散句，则意理不显，故信为碑志诸文，述及行履，出之以散，而骈俪诸句，则接于其下。如是则气既舒缓，不伤平滞，而辞义亦复轩爽。偶意共逸韵俱发，丽句与实事并流，必使理圆事密，迭用奇偶，清畅奕奕，所以贵耳。传有《庾子山集》十六卷。

徐陵字孝穆，东海郯人。庾信丽而能闳，碑志有名。徐陵遒而能婉，书记为美。梁太清中，以陵兼通直散骑常侍，使魏。齐文襄为相，留不遣。及侯景入寇，陵父摛先在围城之内。陵不奉家信，蔬食布衣。会齐受魏禅，梁元帝承制于江陵，复通使于齐，陵累求复命，终拘留不遣，乃致书于仆射杨遵彦，危心警露，哀响闻天，造怀指事，颇为时诵。及西魏平江陵，齐送贞阳侯明为梁嗣，乃遣陵随还，太尉王僧辩初拒境不纳。明往复致书，皆陵辞也。及明入，僧辩大喜得陵，以为尚书吏部，兼掌诏诰。其年陈武帝诛僧辩，于是废贞阳侯，而任约、徐嗣征乘虚袭石头。陵感僧辩旧恩，往赴约。约平，武帝释陵不问，以为尚书左丞；文檄军书，壹以相委。齐人以纳贞阳侯不得志，而据广陵以临江，屡告入寇。陵《为武帝作相时与齐广陵城主书》曰：

……辱告承上党殿下及匹娄领军应来江右，师出无名，此是何义？小之事大，差无违礼；彼之陵我，自是乖言。玄天所伐，匹马无还。翻见怨尤，一何非理。若彼鬼神有志，宁可斯背？鬼神无知，何用盟歃？去岁抑达磨等石头天井，连月亢阳；三子才降，连冬大雪，黄袍尽没，白帐皆浮。既因之以泥涂，兼加之以疾疫。萧裴既退，云雾便除。从尔以来，稍成灾旱。定知衣冠之国，礼乐相承，天道不言，不容都灭。长江渺渺，巨浪汤汤，如斗舰舟师，讵有深利？近梁山之战，即是前车；芜湖之役，可为明镜。昔晋侯不能乘郑马；赵将不能用楚兵；一非水土，难为骋力。扬州卑湿，厥土涂泥，如遇秋霖，杳同江汉。假令蚩尤重出，白起还生，控代马而陵波，蹑胡靴而湔水，终难逞效，讵有成功。六州勇士，虽有百万；十姓豪杰，徒劳千亿；不能为患，断可知矣。

昔我平世，天下乂安，人不识于干戈，时无闻于桴鼓；故得凶人侯景，济我横江；天步中危，实由忘战。自乱离已久，人解用兵，女子无愧于韩彭，童儿不殊于卫霍；吴钩甚利，蜀甲殊轻；槊动风霜，弩穿金石。高楼大舰，概日陵云。叱咤而起风雷，吹嘘如倒山岳。侯车骑国家重将，分陕上流，近隔以边尘，时亏表疏。王途既泰，贡赋相望，寻令子弟侍奉京邑。萧太保龙骧于贲海，王仪同虎视于洞庭，若望高烽，便当投袂。何则？凡诸将帅，各护家乡，非直吾人，独忧宗社。日者频辱司马行台及诸公有告，裴行台当今方召，此诸贤莫非英杰；其余军士，悉是骁雄。庸蜀氐羌之兵，乌丸百虏之骑，以此众战，谁能御之。来告以细柳之军，逾于灞上；吾恐今之赵括，不及廉颇也。足下既未知始末，容有疑怪。大军多士，希惠矜弘，量非此失，时腾表疏。幸停师旅，已存盟信；庶其小国，永申藩礼。天心无爽，遐迩一同。投笔慷慨，不复多白。陈讳顿首。

叙事尽情，辩言中理，随激两化，文质互宣，不徒以婉媚绮错见长；与阮瑀《为曹公作书与孙权》同一机杼。所不同者，阮当败军之后，语无惭怍；此乘新胜之气，辞不矜张。阮妙婉曲，出以情真理实；此为辩裁，告以形格势禁；辞令绝品，无独有偶，信辞令之美也。其他《劝进元帝表》，《与代贞阳侯致王僧辩、陈武帝》诸书，感慨兴亡，声泪并发。至羁旅篇牍，亲朋报章，苏李悲歌，犹见遗则；代马越鸟，能不凄然。《左氏传》曰："好整以暇。"陵与庾信称为骈体之宗，同于好整，而陵特以暇。虽更丧乱，慷慨伤怀，而出以沈吟呜咽，不为信之悲凉遒激；虽使辞之文质相称，而秉气之刚柔攸异，一柔婉，一雄丽也。传有《徐孝穆集》十卷。

汉文雄杰，故多大篇；论者每以齐梁小文鄙之，为才气薄弱，为用事不得奇，其说似矣。然庾信《哀江南赋》，徐陵《与杨仆射书》，驱旧典以入新杼，隐时踪于揽古躅，极衰飒事，写得奕奕，内无乏思，外无遗物。如此等篇，亦复气体恢宏，从汉文出，但类此者无多耳。若以唐文较之，唐代骈文，无不壮丽，其源出于徐庾两家。徐庾文体，亦极藻艳调畅，然皆有遒逸之致，非仅如唐文之能为博肆也。庾信《小园赋》，选声炼色，着意修饰而仍不黏滞。徐陵《玉台新咏序》，旖语闲情，极尽声偶而中有跌宕。五色相宣，八音迭奏，可谓六朝之渤澥，四杰之津梁。

庾信之诗，曼声协律，开初唐沈宋之前河；然句多矜贵，篇欠遒炼。文秀而质羸。方李杜不足于风力，比沈宋有余于妍媚，而五言胜于七言。其中流连光景，模山范水，出以清新，不为雕藻，绮而不缛。王摩诘诗中有画，自此而胎。徐陵诗有警句而无遒篇，体裁绮密，同于庾信；而逸宕转逊，雕文织彩，失之繁靡板垛，乃以伤格。而七言乐府，辞兴婉惬，风华清靡，则开长庆元白之先路，两人一也。录其一二以当举隅。

怨歌行庾信

家住金陵县前，嫁得长安少年。回头望乡泪落，不知何处天边。胡尘几日应尽？汉月何时更圆？为君能歌此曲，不觉心随断弦。

杂曲徐陵

倾城得意已无俦，洞房连阁未消愁。宫中本造鸳鸯殿，为谁新起凤凰楼？绿黛红颜两相发，千娇百态情无歇。舞衫回袖胜春风，歌扇当窗似秋月。碧玉宫妓自翩妍，绛树新声最可怜。张星旧在天河上，从来张姓本连天。二八年时不忧度，傍边得宠谁相妒？立春历日自当新，正月春幡底旧故。流苏锦帐挂香囊，织成罗幔隐灯光。只应私将琥珀枕，暝暝来上珊瑚床。

大抵调谐而响圆，音靡则节平。儿女情多，风云气少；有琴瑟之安节，无鼙鼓之激响。俯眺隋唐律体，开其谐畅；上视汉魏乐府，逊其气骨。美瞻可玩，未云大雅。

徐庾而外，一时以文章名者，南有阴铿，北有王褒。阴铿仕于陈代，与何逊并称阴何；然阴专工琢句，实不逮何。王褒与庾信齐名，留周不返，往往有感怆之句。大抵文自齐梁以来，其辞概绮艳而失于轻浮，其情则多哀思，几如听亡国之音，南风之不竞，是岂无故哉。而陈后主遂以《玉树后庭花》、《临春乐》等曲，酣歌淫舞，结江左偏安之局，而江总实为之相。

江总，字总持，济阳考城人也。笃学有文辞，尤工五言七言，溺于浮靡。陈宣帝时，为太子詹事，与后主为长夜之饮。后主即位，历吏部尚书、仆射、尚书令。既当权任宰，不持政务，但日与后主游宴后庭，有狎客之目。其为《陈六宫谢表》曰：

鹤籥晨启，雀钗晓映。恭承盛典，肃荷徽章。步动云袿，香飘雾縠。媿缠艳粉，无情拂镜；愁萦巧黛，息意临窗。妾闻汉水赠珠，人间绝世；洛川拾翠，仙处无双。或有风流行雨，窈窕初日，声高一笑，价起两环；乃可桂殿迎春，兰房侍宠。借班姬之扇，未掩惊羞；假蔡琰之文，宁披悚戴。

态冶思柔，一意雕绘；盖得徐陵之一体者也。然有余于涂泽，不足于清新。

吴兴姚察，字伯审，蹈履清直，仕陈后主，累官秘书监，领著作，知撰《梁史》；入隋，未及成书，戒子思廉续成之。而思廉凭其旧稿，加以新录，为《梁书》五十六卷；父子绍述，世济其美，媲于司马之谈迁，班氏之彪固。而行文则矫然特出，不逐风气，无意于班氏之典赡，而欲力追太史公之俶傥者。盖其时争尚骈俪，即序事之文，亦多四字为句，罕有用散文单行者，沈约之《宋书》，其尤著者也。而《梁书》则多以疏荡出之，如《韦叡传》叙合肥等处之功，《昌义之传》叙钟离之战，《康绚传》叙淮堰之作，皆劲气锐笔，曲折明畅，一洗六朝芜冗之习。唐李延寿撰《南史》，力求简净，然不能增损《梁书》一字也。至诸传论亦皆抒以散文。唐太宗撰《晋书·陆机、王羲之传论》，魏征撰《梁书·总论》，掞藻振葩，犹用骈偶；而《梁书》独卓然杰出于骈四俪六之上，则姚察为不可及也。世但知六朝之后，古文自唐韩愈倡之，而岂知姚察已振于陈隋之际也哉。

第七章　北　　朝

第一节　发　　凡

五胡递兴，典午南渡，河淮以北，鞠为战场；礼乐文章，荡然以尽。拓拔崛起，力征经营，日寻干戈，不遑文事。崔浩、高允，字义典正，未焕乎文也。孝文迁洛，慕尚文雅，用夏变夷，故能振起人文，革粗鄙之旧，扬雍容之风。自此而后，洛下江左，日竞于文，彼此好尚，雅有异同。江左宫商发越，贵于清绮；河朔辞义贞刚，重乎气质。气质则理胜其辞，清绮则文过其意，此其南北词人得失之大较也。济阴温子升，为北方之英，起自孤寒，郁然有文。而河间邢劭、巨鹿魏收，后先接踵，咸能综采繁缛，兴属雅清。比于建安之徐、陈、应、刘，太康之潘、陆、张、左，各一时也。有齐霸业云启，广延髦俊，而军国文翰，多是魏收作之。琅邪颜之推辞情典丽，自梁入齐，尤工尺牍，大为齐人所重，则犹庾信之在周乎。周文辅魏，欲革华靡，而参赞机密，厥云苏绰。然绰之建言，务存质朴，遂糠粃魏晋，宪章虞夏，虽属辞有师古之美，矫枉非适时之用，故莫能常行焉。既而革车电迈，渚宫云撤，梁荆之风扇于关右，狂简之徒斐然成俗；流宕忘返，无所取裁，词尚轻险，情多哀思，革以延陵之听，盖亦亡国之音也。隋文帝初统万机，每念斫雕为朴；发号施令，咸去浮华；然时俗辞藻，犹多淫丽。故宪台执法，屡飞霜简。炀帝初习艺文，有非轻侧之论，暨乎即位，一变其体；《与越公书》、《建东都诏》、《冬至受朝》诗及《拟饮马长城窟》，并存雅体；虽意在骄淫，而词无浮荡，故当时缀文之士，遂得依而取正焉。物极则反，文胜之弊，欲救以朴，心同理同，其机然也。

第二节　魏温子升附邢劭 魏收

温子升，字鹏举，自云太原人，晋大将军峤之后也。博览百家，足有才藻。为《寒陵山寺碑》，虽篇幅不闳，而铿訇有势。至《代孝庄帝杀尔朱荣大赦诏》，历叙本末，情事都到，而俪体行文，不害遒亮。既而事魏孝武帝，为侍读兼中书舍人。会齐神武帝辅政，孝武内欲相图，神武举兵南向，上表自明，谓：‘臣若敢负陛下，则使身受天殃，子孙殄绝。陛下若垂信赤心，使干戈不动，佞臣一二人，愿斟量废出。”子升为孝武草敕，以答神武曰：

前持心血，远以示王，深冀彼此共相体悉。而不良之徒，坐生间贰。今得王启，言誓恳恻，反复思之，犹所未解。以朕眇身，遇王武略，不劳尺刃，坐为天下；所谓生我者父母，贵我者高王。今若无事背王，规相攻讨，则使身及子孙，还如王誓；皇天后土，实闻此言！朕既暗昧，不知佞人是谁；可列其姓名，令朕知也。如闻库狄干语王云：“本欲取懦弱者为主，无事立此长君，使其不可驾御。今但作十五日行，自可废之，更立余者。”如此议论，自是王闲勋人，岂出佞臣之口。王若守诚不贰，晏然居北，在此虽有百万之众，终无图彼之心。王脱信邪弃义，举旗南指，纵无匹马只轮，犹欲奋空拳而鹿死。朕本寡德，王已立之，百姓无知，或谓实可。若为他人所图，则彰朕之恶；假令还为王杀，幽辱齑粉，了无遗恨。何者？王既以德见推，以义见举，一朝背德舍义，便是过有所归。本望君臣一体，若合符契，不图今日分疏到此。古语云：“越人射我，笑而道之。吾兄射我，泣而道之。”朕既亲王，情如兄弟，所以投笔拊膺，不觉歔欷。

不为藻丽，亦不驰骋，而以恳到发愤怒，于委婉见气劲，弓燥手柔，力虽不逮汉魏，格已高出齐梁，此固风会使然，抑亦地气所致。梁使张皋写子升文笔，传于江外。梁武称之曰："曹植、陆机，复生北土，恨我辞人，数穷百六。"而济阴王晖业尝云："江右文人，宋有颜延之、谢灵运；梁有沈约、任昉。我子升，足以陵颜轹谢，含任吐沈。"子升每谓人曰："诗章易作，逋峭难为。"辞致宏远，独步当时，与邢劭为文士之冠；世论谓之温邢。

邢劭，字子才，河间人。雅有才思。然劭气无奇类，文乏异采；独《贺平石头》一表，抑扬爽朗，小臻遒变，不如子升也。魏收，字伯起，巨鹿人。天才艳发，而年事在二人之后，子升死后，亦称邢魏焉。然子升辞义贞刚，风气河朔；邢魏文采瞻丽，希慕江左。而二人者又异所好。邢劭规模沈约，魏收私淑任昉。及两人互争名而相訾毁也，邢劭云："江南任昉，文体本疏。魏收非直模拟，亦大偷窃。"收闻，乃曰："伊常于沈约集中作贼，何意道我偷任。"任沈俱有重名，而邢魏好尚不同。黄门郎颜之推以二公意问仆射祖珽，珽答曰："见邢魏之臧否，即是任沈之优劣。"然任昉隶事精切，书记翩翩，全在点得明，应得响，而经以议论，纬以情性，所以不觉其铺砌，但见其圆润；而魏收则情性不真，议论不宏，点不明，应不响，所以不觉其茂典，但见其肤廓。沈约调圆语响，态有余妍；邢劭则辞哑意常，文乏遗韵。邢之所以不如沈者，有章句而无姿致，所以妆点与妍媚攸异。魏之所以不如任者，有排比而无筋节，所以痴肥与雄赡不同。魏收名盖齐代。文誉翔洽；然观其文章，惟《魏书》诸序论佳耳，他未能称。大抵气欲壮而笔不遒，所以振不起；意欲发而辞不警，所以透不足也。侯景叛入梁，寇南境。齐文襄令收为檄，五十余纸，不日而就。又檄梁朝，令送侯景，初夜执笔，三更便了，文过七纸。文襄善之，顾谓人曰："在朝今有魏收，便是国之光采，雅俗文墨，通达纵横。我亦使子才、子升，时有所作，至于辞气，并不及之。"文宣面贬劭曰："尔空字子才，然才不及魏收！"及禅魏国，诏收撰《魏书》，成一百三十卷；其史三十五例，二十五序，九十四论，前后二表一启，皆独出于收；而序论辞气铿訇，出以反复低昂，尤使人精神振发，兴趣悠长也。惟时论不以为允，谓“收祖宗姻戚，多被书录，饰以美言”。而有秽史之目。然寻《魏书·恩幸传》首列王叡，其子椿即收之姑夫；而传称“魏抚兄子收，情同己子”。乃不以旧恩曲回史笔，直道如此；纵被书录，岂必美言。而互考诸书，参证所记，亦未甚远于是非。婉而有章，繁而不芜，志存实录；秽史之称，无乃恩怨之辞乎？收历事齐文襄、文宣、孝昭、武成诸帝，累官尚书右仆射，位特进；以文章显，世称大邢小魏；盖收少邢劭十岁也。劭事文襄、文宣；累官太常卿，兼中书监，摄国子祭酒。劭与收虽并仕齐；然魏朝已有重名，盖与温子升骖驾先后云。

第三节　齐颜之推

颜之推，字介，琅邪临沂人也。九世祖含，从晋元东渡，官至侍中、右光禄、西平侯；世善《周官》《左氏》学。之推早传家业，不好虚谈，还习《礼》《传》；而博览群书，无不该洽。事梁元帝为散骑侍郎，江陵陷，入周，寻奔齐，累官黄门侍郎。齐亡，踵入周。自伤身历三朝，撰《观我生赋》，感慨废兴，亦如庾信之赋《哀江南》也。振笔直书，气过其文，雕润恨少，而粗朴入古。又述立身治家之法，成《颜氏家训》二十篇；大抵辨析世故，阐明人情，而衷于古道，文以经训，辞情典丽。录《文章篇》曰：

> 夫文章者，原出《五经》：诏命策檄，生于《书》者也；序述论议，生于《易》者也；歌咏赋颂，生于《诗》者也；祭祀哀诔，生于《礼》者也；书奏箴铭，生于《春秋》者也。朝廷宪章，军旅誓诰，敷显仁义，发明功德，牧民建国，施用多途。至于陶冶性灵，从容讽谏，入其滋味，亦乐事也。行有余力，则可习之。
>
> 然而自古文人，多陷轻薄：屈原露才扬己，显暴君过，宋玉体

貌容冶、见遇俳优，东方曼倩滑稽不雅，司马长卿窃资无操，王褒过章《僮约》，扬雄德败《美新》，李陵降辱夷虏，刘歆反复莽世，傅毅党附权门，班固盗窃父史，赵元叔抗竦过度，冯敬通浮华摈压，马季长佞媚获诮，蔡伯喈同恶受诛，吴质诋诃乡里，曹植悖慢犯法，杜笃乞假无厌，路粹隘狭已甚，陈琳实号粗疏，繁钦性无检格，刘桢屈强输作，王粲率躁见嫌，孔融、祢衡诞傲致殒，杨修、丁廙扇动取毙，阮籍无礼败俗，嵇康陵物凶终，傅玄忿斗免官，孙楚矜夸陵上，陆机犯顺履险，潘岳干没取危，颜延年负气摧黜，谢灵运空疏乱纪，王元长凶贼自贻，谢玄晖侮慢见及。凡此诸人，皆其翘秀者，不能悉纪，大较如此。至于帝王，亦或未免。自昔天子而有才华者，惟汉武、魏太祖、文帝、明帝、宋孝武帝，皆负世议，非懿德之君也。自子游、子夏、荀况、孟轲、枚乘、贾谊、苏武、张衡、左思之俦，有盛名而免过患者，时复闻之；但其损败居多耳。每尝思之，原其所积：文章之体，标举兴会，发引性灵，使人矜伐；故忽于持操，果于进取。今世文士，此患弥切。一事惬当，一句清巧，神厉九霄，志凌千载，自吟自赏，不觉更有傍人。加以砂砾所伤，惨于矛戟；讽刺之祸，速乎风尘。深宜防虑，以保元吉。……

凡为文章，犹人乘骐骥，虽有逸气，当以衔勒制之；勿使流乱轨躅，放意填坑岸也。文章当以理致为心肾，气调为筋骨，事义为皮肤，华丽为冠冕。今世相承，趋末弃本，率多浮艳。辞与理竞，辞胜而理伏；事与才争，事繁而才损。放逸者流宕而忘归，穿凿者补缀而不足。时俗如此，安能独违，但务去泰去甚耳。必有盛才重誉，改革体裁者，实吾所希。古人之文，宏才逸气，体度风格，去今实远；但缉缀疏朴，未为密致耳。今世音律谐靡，章句偶对，讳避精详，贤于往昔者多矣。宜以古之制裁为本，今之辞调为末，并须两存，不可偏弃也。

邢、魏为文，咸以北人而希江左之丽；而之推论文，欲以古制而裁今调之艳；窥其论锋，颇不慊于时制也。然古之制裁，今之辞调，犹云两存，不欲偏弃；而有裁古制以革今调者，则自周苏绰始。

第四节　周苏绰　宇文护

苏绰，字令绰，武功人。少好学，博览群书。宇文泰辅魏，乃召为行台郎中；在官岁余，诸曹疑事，皆询于绰而后定。所行公文，绰又为之条式，台中咸称其能。仆射周惠达称其有王佐才。泰曰："吾闻之久矣。"寻除著作佐郎，遂留绰。至夜，问以政道，卧而听之。绰既有口辩，于是指陈帝王之道，兼述申韩之要。泰乃起整衣危坐，不觉膝之前席，语遂达曙。诘朝，谓周惠达曰："苏绰真奇士。吾方任之以政。"累授大行台度支尚书，领著作，兼司农卿，参典机密。绰奏行六条诏书以励守令，周详委悉，仁人之言；起衰救弊，而端其本于先治心。泰方欲革易时政，务弘强国富民之道，故绰得尽其知能，反本修古，政典依仿《周官》，文章规模《尚书》；而以有晋之季，文章竞为浮华；泰欲革其弊，因魏帝祭庙，群臣毕至，乃命绰为《大诰》以式多士；其辞曰：

> 惟中兴十有一年仲夏，庶邦百辟，咸会于王庭。柱国泰洎群公列将，罔不来朝。时乃大稽百宪，敷于庶邦，用绥我王度。皇帝若曰："昔尧命羲和，允厘百工。舜命九官，庶绩咸熙。武丁命说，克号高宗。时休哉，朕其钦若。格尔有位，胥暨我太祖之庭。朕将丕命汝以厥官。"六月丁巳，皇帝朝格于太庙；凡厥具僚，罔不在位。皇帝若曰："咨我元辅、群公、列将、百辟卿士、庶尹御事，朕惟夤敷祖宗之灵命，稽于先王之典，以大诰乎尔在位：昔我太祖神皇，肇膺明命，以创我皇基。列祖景宗，廓开四表，底定武功。暨乎文祖，诞敷文德。袭惟孝武，不贯其旧。自时厥后，陵夷之弊，用兴大难于彼东土，则我黎庶咸坠涂炭。惟台一人缵戎

下武，夙夜祗畏，若涉大川，罔识攸济；是用稽于帝典，揆于王度，拯我民瘼。惟彼哲王，示我通训曰：‘天生黎蒸，罔克自乂；上帝降鉴叡圣，植元后以乂之。时惟元后，弗克独乂；博求明德，命百辟群吏以佐之。肆天之命辟，辟之命官，惟以恤民，弗惟逸豫。’辟惟元首，庶黎惟趾，股肱惟弼，上下一体，各勤攸司，兹用克臻于皇极。故皇其彝训曰：‘后克艰厥后，臣克艰厥臣，政乃乂。’今台一人膺天之嘏，既陟元后；股肱百辟，乂服我国家之命，罔不咸守厥职。嗟！后弗艰厥后，臣弗艰厥臣，政于何弗斁？呜呼艰哉！凡尔在位，其敬听命。”

皇帝若曰：“柱国，惟四海之不造，载繇二纪。我大祖、烈祖之命，用锡我以元辅。国家将坠，公惟栋梁；皇之弗极，公惟作相；百揆愆度，公惟大录；公其允文允武，克明克乂，迪七德，敷九功，龛暴除乱，下绥我苍生，傍施于九正；若伊之在商，周之有吕，说之相丁，用保我无疆之祚！”皇帝若曰：“群公太宰、太尉、司徒、司空，惟公作朕鼎足，以弼乎朕躬。宰惟天官，克谐六职。尉惟司武，武在止戈。徒惟司众，敬敷五教。空惟司土，利用厚生。惟时三事，若三阶之在天。惟兹四辅，若四时之成岁。天工，人其代诸！”皇帝若曰：“列将，汝惟鹰扬，作朕爪牙。寇贼奸宄，蛮夷猾夏，汝徂征；绥之以惠，董之以威。刑期无刑，万邦咸宁，俾八表之内莫违朕命，时汝功。”皇帝若曰：“庶邦列辟，汝惟守土作民父母。民惟不胜其饥，故先王重农；不胜其寒，故先王贵女工。民之不率于孝慈，则骨肉之恩薄；弗惇于礼让，则争夺之萌生。惟兹六物，实为教本。呜呼！为上在宽；宽则人怠，齐之以礼；不刚不柔，稽极于道。”皇帝若曰：“卿士庶尹，凡百御事，王省惟岁，卿士惟月，庶尹惟日，御事惟时。岁月日时，罔易其度；百宪咸贞，庶绩其凝。呜呼！惟若王官，陶君万国，若天之有斗，斟元气，酌阴阳。弗失其和，苍生永赖；悖其序，万物以伤。时惟艰哉！”皇帝若曰：“惟天地之道，一阴一阳；礼俗之变，一文一质。

> 爰自三五，以迄于兹，匪惟相革，惟其救弊。匪惟相袭，惟其可久。惟我有魏，承乎周之末流，接秦汉之遗弊，袭魏晋之华诞；五代浇风，因而未革；将以穆俗兴化，庸可暨乎！嗟我公辅、庶僚、列辟，朕惟否德，其一朕心力，祗慎厥艰，克遵前王之丕显休烈，弗敢怠荒。咨尔在位，亦叶于朕心；惇德允元，惟厥艰是务。克捐厥华，即厥实，背厥伪，崇厥诚。勿愆勿忘，一乎三代之彝典，归于道德仁义，用保我祖宗之丕命。荷天之休，克绥我万方，永康我黎庶。戒之哉，朕言不再。”
>
> 柱国泰洎庶僚百辟拜手稽首曰：“亶聪明作元后，元后作民父母。惟三五之王，率繇此道，用臻于刑措。自时厥后，历千载未闻。惟帝念功，将及叔世，逖致于雍熙，庸锡降丕命于我群臣。博哉王言，非言之难，行之实难。臣闻靡不有初，鲜克有终。《商书》曰：‘终始惟一，德乃日新。’惟帝敬厥始，慎厥终，以跻日新之德。则我群臣，敢不夙夜对扬。休哉！惟兹大谊，未光于四表，以迈种德；俾九域幽遐，咸昭奉元后之明训，率迁于道，永膺无疆之休。”帝曰：“钦哉！”

自是之后，文笔皆依此体。新莽而还，点窜《尧典》《舜典》字，摹诰范谟，此为第二次矣。然新莽以经诰之迟重，革七雄之纵横；而宇文以经诰之古朴，救六朝之浮艳；规模略同，而所救异也。于时王褒、庾信，南国丽人，栖迟周京；而世宗雅词云委，滕赵二王雕藻间发，咸筑宫虚馆，有如布衣之交。由是朝廷之人，闾阎之士，莫不忘味于遗韵，眩精于末光；而滕王之序庾信文，低昂往复，即似信笔。李昶之《答徐陵书》，婉转抑扬，亦具陵体。濡染南藻，式谷似之。大抵北齐依仿任沈，而周宗仰徐庾。绰创制一代，乃欲以谟诰变俪偶，而效之者，惟一卢辩，可谓吾道不行。然则绰之师古，亦何补于矫枉哉。顾相其笔势，如镕铸而成，佶屈聱牙，出之自然，而往复百折；惟骨劲而气猛，固辞笔之鸷翰也。前之王莽，有其辞而无其气；后之王通，得其理而遗其笔；神气索莫，负声无力，同一摹古，生死攸别矣。然而至情胜韵，自然英美，不得不推宇文护为第一手；则又吞吐汉魏，固非宪章虞夏者也。

宇文护，字萨保，泰兄子也。方泰辅魏之日，诸子冲幼，遂委任焉；每叹曰："此子志度类我。"泰之薨也，属以后事。护纲纪内外，抚循文武；于是讽魏帝行禅代之事。孝闵帝践阼，拜大司马，封晋国公；累拜大冢宰、太师、雍州牧。高祖即位，百官总己以听焉。初护母阎姬及诸戚属，并没在齐，被幽絷。护居宰相之后，每遣间使寻求，莫知音息；既而齐人许还朝，令人为阎作书报护曰：

天地隔塞，子母异所，三十余年，存亡断绝。肝肠之痛，不能自胜。想汝悲思之怀，复何可处。吾自念十九入汝家，今已八十矣；既逢丧乱，备尝艰阻，恒冀汝等长成，得见一日安乐。何期罪衅深重，存没分离。吾凡生汝辈三男三女，今日目下不睹一人；兴言及此，悲缠肌骨。赖皇齐恩恤，差安衰暮。又得汝杨氏姑及汝叔母纥干、汝嫂刘、新妇等同居，颇亦自适。但为微有耳疾，大语方闻；行动饮食，幸无多恙。今大齐圣德远被，特降鸿慈，既许归吾于汝，又听先致音耗，积稔长悲，豁然获展。此乃仁侔造化，将何报德。

汝与吾别之时，年尚幼小，以前家事，或不委曲。昔在武川镇，生汝兄弟，大者属鼠，次者属兔，汝身属蛇。鲜于修礼起日，吾之阖家大小，先在博陵郡住，相将欲向左人城行。至唐河之北，被定州官军打败，汝祖及二叔时俱战亡。汝叔母贺拔及儿元宝，汝叔母纥干及儿菩提，并吾与汝六人，同被擒捉，入定州城。未几闲将吾及汝送与元宝掌，贺拔、纥干，各别分散。宝掌见汝云："我识其祖翁，形状相似。"时宝掌营在唐城内，经停三日，宝掌所掠得男夫妇女，可六七十人，悉送向京。吾时与汝同被送，限至定州城南，夜宿同乡人姬库根家。茹茹奴望见鲜于修礼营火，语吾云："我今走向本军。"既至营，遂告吾辈在此。明旦日出，汝叔将兵邀截吾及汝等还得向营。汝时年十二，共吾并乘马随军，可不记此事缘由也。于后，吾共汝在受阳住。时元宝、菩提及汝姑儿贺兰盛洛并汝身四人同学。博士姓成，为人严恶，凌汝四人，谋欲加害。吾共汝叔母等闻知，各捉其儿打之；惟盛洛无母，独不被打。其后尔朱天柱亡岁，贺拔阿斗泥在关西遣人迎家累。时汝叔亦遣奴来富迎汝及盛洛等。汝时着绯绫袍，银装带；盛洛着紫织成缬，通身袍黄绫里，并乘骡同去。盛洛小于汝，汝等三人并呼吾作阿摩敦。如此之事，当分明记之耳。今又寄汝小时所着锦袍表一领至，宜检看；知吾含悲戚，多历年祀。

属千载之运，逢大齐之德，矜老开恩，许得相见。一闻此言，死犹不朽。况如今者，势必聚集。禽兽草木，母子相依。吾有何罪，与汝分离，今复何福，还望见汝。言此悲喜，死而更苏。世间所有，求皆可得，母子异国，何处可求？假汝贵极王公，富过山海，有一老母，八十之年，飘然千里，死亡旦夕，不得一朝暂见，不得一日同处，寒不得汝衣，饥不得汝食，汝虽穷荣极盛，光耀世间，汝何用为，于吾何益。吾今日之前，汝既不得申其供食，事往何论。今日以后，吾之残命，惟系于汝。尔戴天履地，中有鬼神，勿云冥昧而可欺负。汝杨氏姑今虽炎暑，犹能先发。关河阻远，隔绝多年。书依常体，卢汝致惑，是以每存款质，兼亦载吾姓名，当识此理，不以为怪。

护性至孝，得书，悲不自胜，左右莫能仰视；报书曰：

区宇分崩，遭遇灾祸，违离膝下，三十五年。受形禀气，皆知母子；谁同萨保，如此不孝。宿殃积戾，惟应赐钟；岂悟网罗，上婴慈母。但立身立行，不负一物，明神有识，宜见哀怜。而子为公侯，母为俘隶，热不见母热，寒不见母寒，衣不知有无，食不知饥饱，泯如天地之外，无由暂闻，昼夜悲号，继之以血。分怀冤酷，终此一生，死若有知，冀奉见于泉下尔。不谓齐朝解网，惠以德音，摩敦、四姑，并许矜放。初闻此旨，魂爽飞越，号天叩地，不能自胜。四姑即蒙礼送，平安入境，以今月十八日，于河东拜见，遥奉颜色，崩动肝肠。但离绝多年，存亡阻隔，相见之始，口未忍言。惟叙齐朝宽弘，每存大德；云与摩敦，虽处宫禁，常蒙优礼。今者来邺，恩遇弥隆；矜哀听许摩敦垂欸，曲尽悲酷，备述家事。伏读未周，五情屠割。

书中所道，无事敢忘。摩敦年尊，又加忧苦，常谓寝膳贬损，或多遗漏；伏奉论述，次第分明，一则以悲，一则以喜。当乡里破败之日，萨保年已十余岁，邻曲旧事，犹自记忆。况家门祸难，亲戚流离，奉辞时节，先后慈训，刻肌刻骨，常缠心腑。天长丧乱，四海横流。太祖乘时，齐朝抚运，两河三辅，各值神机；原其事迹，非相负背。太祖升遐，未定天保；萨保属当犹子之长，亲受顾命。虽身居重任，职当忧责；至于岁时称庆，子孙在庭，顾视悲摧，心情继绝。胡颜履戴，负愧神明。霈然之恩，既以沾洽；爱敬之至，施及旁人。草木有心，禽鱼感泽，况在人伦，而不铭戴。有家有国，信义为本，伏度来期，已应有日。一得奉见慈颜，永毕生愿，生死肉骨，岂过今恩；负山戴岳，未足胜荷。二国分隔，理无书信。主上以彼朝不绝子母之恩，亦赐许奉答；不期今日，得通家问。伏纸呜咽，言不宣心。蒙寄萨保别时所留锦袍表，年岁虽久，宛然犹识，抱此悲泣。至于拜见，事归忍死，知复何心。

一味情真，字字滴泪，而精神恺恻，为北朝第一篇文字，足与李密《陈情表》并垂千古。然李表全以质意胜，却正于质处具风度；宇文亦以质意胜，则转于质处见遒变；一则意尽迫切，而辞则优游缓节；一则笔极紧健，而意则历乱多端；李表之气舒，宇文之情激。而阎姬先报一书，不知何人代笔，家常絮语，的是老妪口吻；然以絮碎出神隽，以恳恻发岸异；虽不如护之遒炼，然篇碎而神完，语絮而情切，盖脱胎《史记·外戚世家》叙窦皇后弟窦广国一段文字者乎？足与护书称珠联璧合矣。其时人之论文体者有古今之异，而河东柳虬以为时有古今，非文有古今，为《文质论》，文佚不见。

第五节　隋李谔　王通

李谔字士恢，赵郡人也。博学解属文，事隋文帝，累迁治书侍御史。谔以时文体尚轻薄，文帝革之而未能，因上书论正文体曰：

臣闻古先哲王之化民也，必变其视听，防其嗜欲，塞其邪放之心，示以淳和之路。五教六行，为训民之本；《诗》《书》《礼》《易》，为道义之门；故能家复孝慈，人知礼让，正俗调风，莫大于此。其有上书献赋，制诔镌铭，皆以褒德序贤，明勋证理；苟非惩劝，义不徒然。降及后代，风教渐落。魏之三祖，更尚文词；忽君臣之大道，好雕虫之小艺。下之从上，有同影响，竞骋文华，遂成风俗。江左齐梁，其弊弥甚。贵贱贤愚，惟务吟咏；遂复遗理存异，寻虚逐微，竞一韵之奇，争一字之巧。连篇累牍，不出月露之形；积案盈箱，惟是风云之状。世俗以此相高，朝廷据兹擢士。禄利之路既开，爱尚之情愈笃；于是闾里童昏，贵游总丱，未窥六甲，先制五言。至如羲皇舜禹之典，伊傅周孔之说，不复关心，何尝入耳。以傲诞为清虚，以缘情为勋绩，指儒素为古拙，用词赋为君子；故文笔日繁，其政日乱。良由弃大圣之轨模，构无用以为用也。损本逐末，流遍华壤；递相师祖，久而愈扇。

及大隋受命，圣道聿兴，屏黜轻浮，遏止华伪。自非怀经抱质，志道依仁，不得引领搢绅，参厕缨冕。开皇四年，普诏天下公私文翰，并宜实录。其年九月，泗州刺史司马幼之文表华艳，付所司治罪。自是公卿大臣，咸知正路，莫不钻仰坟索，弃绝华绮，择先王之令典，行大道于兹世。如闻外州远县，仍踵弊风，选吏举人，未遵典则。至有宗党称孝，乡曲归仁，学必典谟，交不苟合；则摈落私门，不加收齿。其学不稽古，逐俗随时，作轻薄之篇章，结朋党而求誉；则选充吏职，举送天朝，盖县令刺史，未行风

> 教，犹挟私情，不存公道。臣既忝宪司，职当纠察；若闻风即劾，恐挂网者多。请勒诸司普加搜访，有如此者，具状送台。

虽志存于典谟，而词不离于偶对；碌碌丽词，不免风气所囿乎。文帝以谔所奏颁示天下，四海靡然向风，深革其弊。是时王通讲学河汾之间，门人自远而至，号文中子，乃续《诗》《书》，论《礼》乐，依《春秋》而修《元经》，籀《易》义而有赞《易》，述作多依经典，其言纯于儒术。方举世溺于华采，而通之作周情孔思。苏绰为文依仿《尚书》，而通则于六经无所不仿，无所不似。通之于隋，如扬雄之于新焉。惟雄之文奥丽，而通之辞易良。雄撰《法言》，而通有《中说》，即以拟《论语》者也。其论文曰："吾师也，辞达而已矣。"或问扬雄张衡，曰："古之振奇人也。其思苦，其言艰。"谓"荀悦史乎史乎，陆机文乎文乎，皆思过半矣。"子谓："文士之行可见。谢灵运小人哉，其文傲；君子则谨。沈休文小人哉，其文冶；君子则典。鲍照、江淹，古之狷者也，其文急以怨。吴筠、孔珪，古之狂者也，其文怪以怒。谢庄、王融，古之纤人也，其文碎。徐陵、庾信，古之夸人也，其文诞。"或问孝绰兄弟。子曰："鄙人也，其文淫。"或问湘东王兄弟。子曰："贪人也，其文繁。谢朓，浅人也；其文捷。江总，诡人也；其文虚。皆古之不利人也。"子谓："颜延之、王俭、任昉，有君子之心焉；其文约以则。"房玄龄问史。子曰："古之史也辩道，今之史也耀文。"子曰："古之文也约以达，今之文也繁以塞。"掎摭利病，归于典则，明其义曰辩道，挈其要曰辞达；经诰之旨，于是复振；而复古之运，积久渐熟焉。然而文章未能遒变也。通字仲淹。仁寿三年，通冠矣；慨然有济苍生之心。西游长安，见隋文帝。帝坐太极殿，召见；因奏太平十二策，其大要归于尊王道，推霸略。文帝大悦曰："天以生赐朕也。"既而通睹祸难未已，吾谋不用；遂归隐不仕云。

隋之文章，牛弘雅步儒服，气度舂容；杨素深文峻笔，自然英遒；一代大手笔，而皆不脱俪偶。杨素《谢炀帝手诏问劳表》，有曰："陛下拔臣于凡流，授臣以戎律。蒙心膂之寄，禀平乱之规。萧王赤心，人皆以死；汉祖大度，天下知归。妖寇廓清，岂臣之力。”辞笔抒谦，而顾盼岸异。至牛弘奏言雅乐定，其中谓：“永嘉之后，九服崩离。燕石苻姚，递据华土。此其戎乎，何必伊川之上；吾其左衽，无复微管之功。”开合动宕，已开宋四六之蹊径矣。

诗则北朝齐周沾濡齐梁之绮艳，未能拔戟自成一队。隋炀帝焯有气调，稍救齐梁之靡；而杨素、孙万寿、王胄、胡师耽诸人出，沉郁顿挫，虽不脱排比之格，而托体高浑，一变纤靡，为盛唐风格之滥觞焉。

第四编

近古文学上

第一章 发 凡

由唐至元，文章迁变，昭然可征者，约有三焉。

唐之兴也，文章承江左遗风，陷于雕章绘句之敝。贞元元和之际，韩愈、柳宗元出，倡为先秦之古文；一时才杰如李观、李翱、皇甫湜等应之，遂能破骈俪而为散体，洗涂泽而崇质素，上踵孟、荀、马、班，下启欧、苏、曾、王，盖古文之名始此。古文者，韩愈厌弃六朝骈俪之文，而返之于六经两汉，从而名焉者也。而其所以为变，由文体骈散之不同。方骈体大盛之世，刘宋范晔增损东汉一代，成《后汉书》，自谓无惭良直。而编字不只，捶句必双，修短取均，奇偶相配；故应以一言蔽之者，辄足为二言；应以三句成文者，必分为四句；弥漫重沓，不知所裁。初唐袭南朝之余，《晋书》作者，并擅雕饰，远弃史班，近宗徐庾。夫以琢彼轻薄之句，编为史籍之文；无异加粉黛于壮夫，服绮纨于高士；刘知幾著讥于《史通》，非虐谑也。及古文之既兴，而韩愈则以文为诗。至苏轼益大放厥词，别开生面；天生一枝健笔，有必达之隐，无难显之情。其门下客有江西黄庭坚者，得其疏宕豪俊之致，而益出之以奇崛，遂开江西诗派。诗势之成倾泻，亦由文体之已解散。六朝之骈文，一变而为唐宋之古文，又一转而为宋元之语录及平话小说，文之破整为散则然也。唐之律诗绝句，一变而为宋之词，又一转而为元之剧曲，诗之破整为散则然也。诗有六义，其二曰赋。赋者铺也，铺采摛文，体物写志，滥觞于诗人，而拓宇于文境者也。然而骈体之盛，不嫌赋媲于诗；及其古文之兴，则又赋同于文。试观徐庾诸赋，多类诗句；而王勃《春思赋》，则直七字之长歌耳。此骈体之盛，赋媲于诗也。若欧阳修之《秋声赋》，苏轼之《前、后赤壁赋》，则又体势略同于散文；盖宋袭韩柳之古文而归于质，重散之世也。由骈趋散，由华反质，其迁变者一也。

六朝之文，托风采，散郁陶；惟须绮縠纷披，宫征靡曼，唇吻翕会，性灵摇荡，其文主于抒情，其义归乎翰藻，楚艳汉侈，一往不返。迄于唐代，韩愈以《原道》倡为古文，由情入理，行之乎仁义之途，游之乎诗书之源。或问为文宜何师？必谨对曰："宜师古圣贤人。"曰："古圣贤人所为书具存，辞皆不同；宜何师？"必谨对曰："师其意，不师其辞。"又问曰："文宜易宜难？"必谨对曰："无难易，惟其是尔。"而李翱更以创义造言不相师阐发师说。正义明道，排斥佛老。欧曾继之，以文载道。而程朱诸儒变本加厉，明心见性，出入儒释，极力以求道体之所在，而不屑屑于文；以为徒雕琢其辞，亦末乎云尔。于是真德秀辑录《文章正宗》以模楷斯文，理在则然。盖以立意为宗，而义不归于翰藻者也。诗则汉魏以前，五言简古，不过写景抒情，一切细事猥语，皆著不得。即李白诗酒轶荡，怀奇负气，亦不屑意世故。独杜甫抒所欲言，杂以叙事，纬以议论，意到笔随，以尽天下之情事，逢原而泛应，而归之忠君爱国。至苏轼妙善玄言，济以旷世之逸气高情，驱驾万象，往复卷舒，一如意中所欲出，而属词比事，翻空易奇。及邵雍《击壤集》出，语不嫌俚，境务造悟，而以后元明之讲学家言诗者宗焉。独朱熹深于古诗，其效汉魏，至字字句句，平侧高下，亦相依仿；而命意托兴，必以经史事理，播之吟咏；岂徒苟为彬彬琅琅而已，仍是文以载道之旨。由情入理，由奥趋显，其迁变者二也。

六朝之文，义归翰藻，而辞尚焉，以声色相矜，以藻绘相饰。及韩愈古文之以单行易排偶，由奥趋显，由简入繁，由骈俪相偶之词，易为长短相生之体；而所以充其体，运其词者，则有养气之说焉。其说曰："气，水也；言，浮物也；水大而物之浮者大小毕浮。气之与言犹是也。气盛，则言之短长与声之高下者皆宜。"世称韩潮苏海，亦状其气之盛，辞之沛尔。苏辙道扬其指，以为："文者气之所形；然文不可以学而能，气可以养而致。孟子曰：'我善养吾浩然之气。'今观其文章，宽厚宏博，充乎天地之间，称其气之小大。太史公行天下，周览四海名山大川，与燕赵间豪俊交游，故其文疏荡颇有奇气。此二子者，岂尝执笔学为如此之文哉？其气充乎其中而溢乎其貌，动乎其言而见乎其文，而不自知也。”万言上书，数见不鲜；尚气纵横，下笔缅缅不能自休。秦汉之文，辞简理足，风气未开；后世文明日进，理欲其显，故格变而平；事繁于昔，故语演而长；此亦天演自然之理。诗则杜甫，唐称诗圣，运古于律，纵横挥斥，仗气爱奇，动多振绝；而五七言古之宏杰奔放，尤所不论。宋贤继之，才气所溢，遂成倾泻。词之兴也，本称诗余，以悠扬婉丽为宗；而苏轼一洗绮罗芗泽之态，摆脱绸缪婉转之度，使人高瞻远瞩，举首高歌，逸怀浩气，超乎尘埃之表，或以其音律小不谐，自是横放杰出，曲子内缚不住者；比之诗家之有韩愈，遂开南宋辛弃疾一派。弃疾才气俊迈，好为豪壮语，即法苏轼，为南宋词家大宗。由辞尚气，由敛趋肆，其迁变者三也。

虽然，近古文学之破整为散，由敛趋肆；特为社会士夫言之耳，要非所论于朝廷功令。唐以诗赋取士，宋元以经义取士，皆俪体也，遂为近代取士模楷。然则近古而后，社会士夫，即厌俪体之极敝，而救之以散行；而朝廷功令，方挽俪体之末运，而欣之以禄利。顾禄利既得，则又遁而之他，酣嬉颠倒而不厌；朝廷之禄利，岂足以易士夫之好尚？不可不察也。

第二章　唐

第一节　发　　凡

唐有天下三百年，文章无虑三变：高祖太宗大难始夷，沿江左余风，绣句绘章，揣合低昂，而王勃、杨炯为之俊。玄宗好经术，群臣稍厌雕琢，索理致，崇雅黜浮；苏颋、张说，波澜渐畅，而骈俪犹存。笃意真古，则元结、独孤及开其端。是时唐兴已百年，诸儒争自名家。大历贞元间，才美辈出，擩哜道真，涵泳圣涯；于是韩愈以古文为天下倡；柳宗元、李翱、皇甫湜和之；经诰之指归，迁雄之体格，自以为文起八代之衰，非三代两汉之书不敢观，抵轹晋魏，上轧汉周。然惟愈为之沛然若有余。而裴度与李翱书，遽诋愈"以文为戏"。度则与段文昌、白居易、令狐楚之伦，好整以暇，依然排偶。而楚才思俊丽，尤工为章奏；遂以其道传李商隐，始有四六之名，为俪文之极靡矣，此实唐文之正统。而如愈之肆而不制，近于草野，则所以求辞体之解放，而为文学之革新者尔。然唐代文学，最盛者莫如诗；由靡而健，积健为雄，有初、盛、中、晚之分。大抵高祖武德元年以后百年间，谓之初唐。玄宗开元元年以后五十年间，谓之盛唐。代宗大历元年以后八十年间，谓之中唐。宣宗大中元年以后，至于唐亡，谓之晚唐。初唐诗人，王勃、杨炯、沈佺期、宋之问承陈隋之后，风气渐转，而骨格未完。齐梁浓艳，尚有沾濡；排比之迹，盖益精整。而陈子昂特起于王、杨、沈、宋之间，始以高雅冲淡之音，夺魏晋之风骨，变齐梁之俳优，力追古意；后代因之，古体之名以立。杜审言、张说、张九龄亦各全浑厚之气，于音节疏畅之中；而张说辞彩精拔，跌宕昭彰，独超众类，尤开盛唐之具体。盛唐益臻雄变。储光羲、王维、孟浩然之清逸，王昌龄、高适之闲远，常建、岑参、李颀之秀拔，李白之豪俊，元结之奥卓，咸殊绝寡伦。而杜甫独以浑雄高古，创开风气，夹叙夹议，可以为史传，可以为奏议，称盛唐之宗焉。中唐乃矜琢炼。大历诸贤，刘长卿以古朴开宗；钱起、韦应物以秀隽擅胜。迄于元和，则有韩愈之雄怪，白居易之畅易，孟郊、贾岛之瘦炼，李贺之诡丽，尤称一时之杰也。晚唐体返雕镂，独杜牧欲以高华追老杜。而温庭筠、李商隐、绮靡自喜，开宋初西崑酬唱之体；司空图、方干，清迥独拔，亦西江清新之所自昉；斯皆晚唐之胜矣。晚唐诗单辞片语，一联数句之间，不乏精制；然格局未完，而雕镂愈工，真气弥伤，此所以不如中盛唐也。词称诗余，相传创于李白，而盛于晚唐五代。顾相传李白之词，声情悲壮，岂同靡靡之音。晚唐五代，惟以婉丽相高，风骨亦少陨矣；所谓亡国之音哀以思者乎。然而晚唐五代之诗，不及其词。诗极盛难为继，词草创易为妍也，固亦有其美焉。

第二节　唐太宗附虞世南　魏征附马周　王绩

唐太宗李世民智勇横绝，好文学。高祖世封秦王，加号天策上将，陕东道大行台，开文学馆，有友于志宁，记室参军事房玄龄、虞世南，兵曹杜如晦，参军事薛玄敬、蔡允恭，主簿薛收、李道玄，文学姚思廉、褚亮，军谘祭酒苏世长，仓曹李守素，参军事颜相时，及陆德明、孔颖达、许敬宗、盖文达、苏勖等，号十八学士。既即位，殿左置弘文馆，悉引学士更番直宿；听朝之闲，则与讨论典籍，杂以文咏。操笔成章，体沿六代而出以和雅。所作如《临层台赋》、《感旧赋》、《建玉华宫手诏》、《述圣赋序》，文温以丽，意悲而远，华而不缛，雄而不矜，逶迤而不靡。其他诏令如《备北寇诏》、《谕崇笃实诏》、《为战阵处立寺诏》、《答虞世南上圣德论手诏》、《荐举贤能诏》、《答魏征手诏》、《亲征高丽手诏》、《追赠殷太师比干谥诏》、《答有司请忌日仍理军务诏》、《克高丽辽东城诏》、《克高丽白岩城诏》、《破高丽赐酺诏》、《征辽还宴赐父老诏》、《存问并州父老玺书》、《帝范后序》,茂美渊懿而出以沉详整肃;训词深厚,而指事曲以尽,述意深而婉;泽以比兴,斯词不迫切;资以故籍,故言为典章也。诗则调采葱菁,举体华美,而又不同梁陈之轻艳;其源盖出于陆机。录诗二篇:

经破薛举战地

昔年怀壮气,提戈初仗节。心随朗日高,志与秋霜洁。移锋惊电起,转战长河决。营碎落星沉,阵卷横云裂。一挥氛沴静,再举鲸鲵灭。于兹俯旧原,属目驻华轩。沉沙无故迹,减灶有残痕。浪霞穿水净,峰雾抱莲昏。世途亟流易,人事殊今昔。长想眺前踪,抚躬聊自适。

秋日

菊散金风起,荷疏玉露圆。将秋数行雁,离夏几林蝉。云凝愁半岭,霞碎缬高天。还似成都望,直见峨眉前。

浑脱浏亮,丽而不滞,密而能壮。其他如《过旧宅之新丰停翠辇》、《还陕述怀》、《于北平作》、《望终南山》、《初秋》、《夜坐》诸诗,大都称是。《帝京篇》十首,铺张扬厉,而引之于节俭,洋洋清绮,盛世德音。摘句如《重幸武功》云:“孤屿含霜白,遥山带日红。”《出猎》云:“寒野霜氛白,平原烧火红。”绚烂。《赋得夏首启节》云:“早荷向心卷,长杨就影舒。”幽秀。诗笔草隶,卓越前古。唐三百年风雅之盛,帝实启之。帝谓侍臣曰:“朕戏作艳诗。”虞世南便谏曰:“圣作虽工,体制非雅;上之所好,下必随之;此文一行,恐致风靡。而今而后,请不奉诏。”帝曰:“卿诚恳若此,朕用嘉之。”乃赐绢五十匹。

虞世南为十八学士中文章第一;自少笃志勤学,善属文,常祖述徐陵。陵亦言世南得己之意。又同郡沙门智永善王羲之书；世南师焉，妙得其体，于是声名借甚。入唐，为秦府记室。及帝践祚，历宏文馆学士、秘书监。帝称其德行、忠直、博学、文词、书翰为五绝。其为诗多拟古之作，如《从军行》、《拟饮马长城窟》、《出塞》、《结客少年场行》、《中妇织流黄》、《飞来双白鹄》等篇，调采葱菁，辞意倜傥。录《结客少年场行》，辞曰：

韩魏多奇节，倜傥遗声利；共矜然诺心，各负纵横志。结交一言重，相期千里至。绿沉明月弦，金络浮云辔。吹箫入吴市，击筑游燕肆。寻源博望侯，结客远相求。少年怀一顾，长驱背陇头。焰焰戈霜动，耿耿剑虹浮。天山冬夏雪，交河南北流。云起龙沙暗，木落雁门秋。轻生殉知己，非是为身谋。

才高词赡，以铺叙出顿挫，其源出陆机，与太宗格调略同，而倜傥过之。文亦俪体结篇，不蹈困踬，如《狮子赋》、《孔子庙堂碑》，不为徐庾之靡丽，亦异扬班之博奥；而特以松秀轻爽，开宋四六一派；然机利太过，转不如诗之沉厚有郁意也。太宗诗文，绮丽之习未湔；世南虽谏诤艳诗，而风调无改。臣工赓和，其流益靡；而长孙无忌之《新曲》，李义府之《堂堂词》，音节靡靡，殆有甚焉。

魏征气有奇类，不逐时趋；其诗之传者，有《赋西汉》、《暮秋言怀》、《述怀》、《奉和正日临朝应诏》四首；而《述怀》一首，意尤骏爽，文明以健，骨遒而响圆，负声有力，高亮入古。其辞曰：

中原还逐鹿，投笔事戎轩，纵横计不就，慷慨志犹存。仗策谒天子，驱马出关门，请缨系南越，凭轼下东藩。郁纡陟高岫，出没望平原。古木鸣寒鸟，空山啼夜猿。既伤千里目，还惊九折魂。岂不惮艰险，深怀国士恩。季布无二诺，侯嬴重一言。人生感意气，功名复谁论！

气骨奇高，一变六朝绮艳之习，而出以安雅，不为驰骋，盛唐风格，发源于此。其云“纵横计不就，慷慨志犹存”；夫子自道，足概生平。征，字玄成，巨鹿曲城人；少孤贫落拓，有大志，不事生业，出家为道士。好读书，多所通涉，见天下渐乱，尤属意纵横之说。李密以魏公起兵，征典书记，干以十策，密虽奇之而不能用。及密为王世充所败，征随密降唐，至京师，久不见知，自请安辑山东，乃授秘书丞。驱传出关，此《述怀》一诗之所为作也。时徐世勣尚为密守黎阳，拥众不下。征与以书曰：

> 自隋末乱离，群雄竞逐，跨州连郡，不可胜数。魏公起自叛徒，奋臂大呼，四方响应，万里风驰，云合雾聚，众数十万。威之所被，将半天下。破世充于洛口，摧化及于黎山，方欲西蹈咸阳，北凌玄阙，扬旌瀚海，饮马渭川。翻以百胜之威，败于奔亡之虏。固知神器之重，自有所归，不可以力争。是以魏公思皇天之乃眷，入函谷而不疑。公生于扰攘之时，感知己之遇，根本已拔，确乎不动，鸠合遗散，据守一隅。世充以乘胜余勇，息其东略；建德因侮亡之势，不敢南叛。公之英声，足以振于今古。然谁无善始，终之虑难。去就之机，安危大节。若策名得地，则九族荫其余辉；委质非人，则一身不能自保。殷鉴不远，公所闻见。孟贲犹豫，童子先之。知幾其神，不俟终日。今公处必争之地，乘宜速之机，更事迟疑，坐观成败，恐凶狡之辈，先人生心，则公之事去矣。

世勣乃定计归唐，则征之说也。隐太子闻其名，引直洗马。征见太宗勋业日隆，劝早为之计。及太子败死，太宗召征，谓曰："汝离间我兄弟，何也？"征曰："太子若从征言，必无今日。"太宗壮之，引为詹事主簿。及践祚，累拜特进，知门下省事，封郑国公。征雅有经国之才，性又抗直，无所屈挠。太宗与之言，未尝不欣然接受；每曰："人言魏征举动疏慢，我但觉妩媚。"征亦感激知己，知无不言。而太宗之作飞山宫也，征以为不可，乃上疏曰：

> 臣观自古受图膺运，继体守文，控御英杰，南面临下，皆欲配

厚德于天地，齐高明于日月，本枝百代，传祚无穷。然而克终者鲜，败亡相继，其故何哉？所以求之失其道也。殷鉴不远，可得而言。昔在有隋，统一寰宇，甲兵强盛，四十余年，风行万里，感动殊俗。一旦举而弃之，尽为他人之有。彼炀帝岂恶天下之治安，不欲社稷之长久，故行桀虐以就灭亡哉？恃其富强，不虞后患。驱天下以从欲，罄万物以自奉；采域中之子女，求远方之奇异。宫宇是饰，台榭是崇，徭役无时，干戈不戢。外示威重，内多险忌，谗邪者必受其福，忠正者莫保其生。上下相蒙，君臣道隔，人不堪命，率土分崩。遂以四海之尊，殒于匹夫之手；子孙殄灭，为天下笑。深可痛哉！

圣哲乘机，拯其危溺，八柱倾而复正，四维绝而更张；远肃迩安，不逾于期月，胜残去杀，无待于百年。今宫观台榭，尽居之矣；奇珍异物，尽收之矣；姬姜淑媛，尽侍于侧矣；四海九州，尽为臣妾矣。若能鉴彼之所以亡，念我之所以得，日慎一日，虽休勿休。焚鹿台之宝衣，毁阿房之广殿，惧危亡于峻宇，思安处于卑宫，则神化潜通，无为而理，德之上也。若成功不毁，即仍其旧，除其不急，损之又损，杂茅茨于桂栋，参玉砌以土阶。悦以使人，不竭其力，常念居之者逸，作之者劳；亿兆悦以子来，群生仰而遂性，德之次也。若惟圣罔念，不慎厥终，忘缔构之艰难，谓天命之可恃；忽采椽之恭俭，追雕墙之侈靡，因其基以广之，因其旧而饰之，触类而长，不思止足，人不见德，而劳役是闻，斯为下矣。譬之负薪救火，扬汤止沸，以乱易乱，与乱同道，莫可则也，后嗣何观，则人怨神怒。人怨神怒，则灾害必下，而祸乱必作；祸乱既作，而能以身名令终者鲜矣。顺天革命之后，隆七百之祚，贻厥孙谋，传之万世，难得易失，可不念哉！

议论证据今古，独深切喜往复，而以俪偶出纵横，辞意铿訇，饶有西汉贾生《过秦》，贾山《至言》之风焉。其他如《论时政第二疏》、《为李密檄荥阳守郇王庆文》，尽有俪辞；而铿訇之气，感慨之意，腾跃篇章；盖战国苏张之枝流，而非南朝徐庾之嗣响也。当时茌平马周，亦工书疏；以为中郎将常何草奏陈便宜；太宗赏异，授监察御史，累进中书令；而有机辨，能敷奏。中书侍郎岑文本称其如苏张终贾，谓“援引事类，扬榷古今，听之靡靡，令人忘倦。”观周《上太宗疏》、《陈时政疏》，轩豁洞爽，特以讦直出妩媚，与魏征同一机杼；惟周则辞益坦迤，而魏征不免雕藻耳！古文之作，此其先路也。征以李密旧臣，显仕于唐；而其为《唐故邢国公李密墓志铭》也，歌咏功德，不加贬绝；匪惟推崇故主，抑亦深见卓识！昔太史公为《项羽本纪》，以“非战之罪，天也”为一篇结穴；既以天命攸归致颂汉高；又以“非战之罪”斡旋项王；两不相碍，语妙天下。而征此志，暗袭其意，特为俪体，抒以盛藻，抑扬爽朗，健笔凌云，殊旷代之高手矣。

魏征诗文，虽富有才气，而未脱缛丽。惟绛州王绩，词义疏旷，文体省静，其源一出陶渊明；力湔南朝俳偶缛肤之习，庶几所谓笃意真古者。绩，字无功，王通之弟；而天性真率，不随通聚徒讲学，献策干进。隋末，授秘书省正字，出为六合丞。嗜酒不任事。入唐，以前官待诏门下省。时太乐署史焦革家善酿，绩求为丞。革死，弃官归东皋，著书；传有《东皋子集》三卷。其中《醉乡记》，为韩愈、苏轼所诵说，而遒宕为一集之冠。辞曰：

> 醉之乡，去中国不知幾千里也。其土旷然无涯，无丘陵阪险。其气和平一揆，无晦明寒暑。其俗大同，无邑居聚落。其人甚精，无爱憎喜怒。吸风饮露，不食五谷。其寝于于，其行徐徐，与鸟兽鱼鳖杂处，不知有舟车器械之用。昔者黄帝氏尝获游其都，归而杳然丧其天下，以为结绳之政已薄矣。降及尧舜，作为千钟百壶之献，因姑射神人以假道，盖至其边鄙，终身太平。禹汤立法，礼繁乐杂，数十代与醉乡隔。其臣羲和，弃甲子而逃，冀臻其乡，失路而道夭，故天下遂不宁。至乎末孙桀纣，怒而升其糟丘，阶级千仞，南向而望，卒不见醉乡。武王得志于世，乃命公旦立酒人氏之职，典司五齐，拓土七千里，仅与醉乡达焉。三十

> 年，刑措不用。下逮幽厉，迄乎秦汉，中国丧乱，遂与醉乡绝。而臣下之爱道者，往往窃至焉。阮嗣宗、陶渊明等十数人，并游于醉乡，没身不返，死葬其壤，中国以为酒仙云。嗟乎！醉乡氏之俗，岂古华胥氏之国乎，何其淳寂也如是。余将游焉，故为之记。

亦陶渊明《桃花源记》之流也。其他如《游北山赋》，仿《归去来辞》，而少伤冗絮。然如《答冯子华处士书》、《答陈道士书》、《答刺史杜之松书》，辞兴婉惬，风华清靡。《无心子传》、《负苓者传》、《五斗先生传》、《自撰墓志铭》，理趣渊永，神志湛然。《荆轲刺秦王赞》、《祭关龙逄文》、《登箕山祭巢许文》，感慨伤怀，独有激响。诗则绰有风力，无碍俪体；《郊望》一首，最传人口。辞曰：

> 东皋薄暮望，徙倚欲何依。树树皆秋色，山山惟落晖。牧童驱犊返，猎马带禽归。相顾无相识，长歌怀采薇。

五律遂已具体，难在使笔如舌，绝不拘于偶对。而古意六首，则又陈子昂、张九龄《感遇》之先导也。录其二首。辞曰：

> 松生北岩下，由来人径绝。布叶捎云烟，插根拥岩穴。自言生得地，独负凌云洁。何曾畏斤斧，几度经霜雪。风惊西北枝，雹陨东南节。不知岁月久，稍觉枝干折，藤萝上下碎，枝干纵横裂；行当糜烂尽，坐共灰尘灭。宁关匠石顾，岂为王孙折。盛衰自有时，圣贤未尝屑。寄言悠悠者，无为嗟大耋。
>
> 桂树何苍苍，秋来花更芳。自言岁寒性，不知露与霜。幽人重其德，徙植临前堂。连蜷八九树，偃蹇二三行。枝枝自相纠，叶叶还相当。去来双鸿鹄，栖息两鸳鸯。荣荫诚不厚，斤斧亦勿伤。赤心许君时，此意那可忘。

格能遒健，境造古澹，而后南朝之脂纷涂泽，始一变以清迥焉。大抵绩之文，有陶渊明之萧闲旷逸，而逊其抑扬爽朗；诗则同陶渊明之跌宕昭彰，而异在绮练华整，此其较也。

第三节 王勃 杨炯 卢照邻 骆宾王

王勃与杨炯、卢照邻、骆宾王四人，号初唐四杰。承江左之风流，会六朝之华采，属辞绮错，可以代表初唐之体格，而勃为之冠。

王勃，字子安，王通之孙也。六岁，善文辞。九岁，得颜师古注《汉书》读之，作指瑕以摘其失。高宗之世，右相刘祥道巡行关内，勃上书自陈曰：

盖闻圣人以四海为家，英宰与千龄合契。用能不行而至，春霆仗天地之威；以息相推，时雨郁山川之兆。故有玄蛟晚集，凭鹤鼎而先鸣；苍兕晨惊，运龙韬而首出。并能风腾雾跃，指麾成烈士之致；蠖屈虬奔，谈笑坐群卿之右。未如越苍海，弃行间，排紫微，谒天子。于是遭不讳之主，拥非常之位，龙章凤黻照其前，锵金鸣玉叠其后。三灵叶赞，超然奉天下之图；四海承平，高步取寰中之托。君侯之富贵足矣，圣朝之付遇深矣。故知阳侯息浪，长鼷卧横海之鳞；风伯停机，大鹏息垂天之翼。及其投形巨壑，触丹浦而雷奔；假势灵飙，指青霄而电击。神气洋洋，谓鳞翮使之然也。殊不知两仪超忽，动止系于无垠；万化纠纷，舒卷存乎非我。是以陈平，昔之智士也，俯同降卒；百里奚，曩之达人也，亲为饿隶。当其背强敌，转康衢，雄卢耿于风云，危途迫于朝夕。岂自期荣称相府，西藩专虎据之图；宠冠斋坛，东向举熊飞之策。顾盼可以荡山岳，咄嗟可以降雷雨。遂令用与不用，是非于楚汉之间；知与不知，得失于虞秦之际。故死生有数，审穷达者系于天；材运相符，决行藏者定于己。君侯足下，可不谓然乎？

借如勃者，眇小之一书生耳，曾无击钟鼎石之荣，非有南隘北阁之援，山野悖其心迹，烟雾养其神爽。未尝降身摧气，逡巡于列相之门；窃誉干时，匍匐于群公之室。所以慷慨于君侯者，有气存乎心耳。实以四海兄弟，齐远契于萧韩；千载风云，托神知于管鲍。不然，则荷裳桂楫，拂衣于东海之东；菌阁松楹，高枕于北山之北。焉复区区屑屑，践名利之门哉？至尊以摇河徙岳之威，当立地开天之运。圣人有作，群材毕举。星辰入仕，揖让朱鸟之门；风雨称臣，奔走苍龙之阙。方欲停旒金室，引成康于己任；辟广瑶林，复尧舜于兹日。可谓明明穆穆，尽天子之容貌矣。抑尝闻之：丹山九仞，烟峰非数篑之功；紫极千门，云台俟万楹之力。故天下至旷，神器不可独专；天道无私，玄勋有待而立。《书》曰："元首明哉，股肱良哉。""好问则裕，自用则小。"况掌万国之权，受一人之宠，动见臧否，言知利害，君侯足下，何时易耶？虽有大命，不资童子之言；而恭此小心，敢进狂夫之说。

伏见辽阳未靖，大军频进，有识寒心，群黎破胆。昔明王之制国也，自近而至远，先仁而后罚，征实则效存，徇名则功浅。是以农疏千里，仅逾重石之乡；禹截九州，不叙流沙之境。岂才不及而智有遗哉？将以辨离方而存正功也。虽至人无外，甲兵曜天子之威；王事有征，金鼓发将军之气。而长城在界，秦汉所以失全昌；巨海横流，天地所以限殊俗。辟土数千里，无益神封；勤兵十八万，空疲帝卒。惊烽走传，骇秦鹿之甿；飞刍挽粟，竭淮海之费。于是乘奸放命者，出绳缨以生威；因公挟私者，入闾阎而竞法。虽一物失所，泰阶延旰食之忧；而百战方雄，中国鲜终年之乐。图得而不图失，知利而不知害，移手足之病，戒腹心之疾。征税屈于东西，威信蹇于表里。语曰："胜之不武，不胜为辱。"天下之责，四面至矣。诚可远凝高策，上荐忠言，决人事于去就，合天情于终始，遂令回麾转檄，背青丘而骛，列障分亭，巡苍波而守。

昔者齐侯以力，方城为楚国之辞；虞帝崇文，苗人失洞庭之险。况乎仗德绥乱，以直乘邪，明逆顺之端，耸华夷之望。虽复舳舻沸海，旌旗触天，铁山四面，金城千里，亦不能为敌人计矣。

此君侯之未谕一也。

盖闻《易》曰:"拔茅连茹,以其汇征吉。"岂非顺物不若招类,报国不如进贤?阳事升而雨露归,阴驾凝而风霜厉,莫不观时有记,抚气相求。穷则独善其私,达则兼善天下。而利己疵物者,以自任为身谋;知进忘退者,谓专荣而得计。岂知夫尺波易谢,寸晷难留,陵谷好迁,乾坤忌满。君侯足下,出纳王命,升降天衢,激扬凤扆之前,趋步麟台之上,亦复知天下有遗俊乎?夫心之精微,口不能言也;言之微妙,书不能文也。伏愿辟东阁,开北堂,待之以上宾,期之以国士,使得披肝胆,布腹心,大论古今之利害,高谈帝王之纲纪。然后鹰扬豹变,出蓬户而拜青墀;附景抟风,舍台衣而见绛阙。幸甚,斯不为难矣。庶几乎麑卵不弃,终感玄枵之精;骏骨时收,或致飞黄之锡。书生王勃死罪死罪再拜。

高丽自太宗用兵,而民疲于征战,故勃书及之。祥道以表于朝,对策高第,年未及冠,授朝散郎,数献颂阙下。沛王闻其名,召署府修撰。诸王斗鸡,勃戏为文檄;高宗见之,怒,以为兄弟构衅之渐也,坐罪废斥。父雍州司功参军福畤,亦以勃故,谪交阯令。勃往省,度海溺水,悸而卒,年二十九。初,道出钟陵,九月九日,洪州牧阎伯屿大宴滕王阁;有婿,才子也,宿命之作序以出夸客。因命纸笔遍请客,莫敢当。至勃,抗笔不辞。阎怒起更衣,遣吏伺其文辄报;一再报,至"落霞与孤鹜齐飞,秋水共长天一色"句,矍然曰:"天才也!"遂极欢罢。勃作文初不精思,先磨墨数升,则酣饮,引被覆而卧;及寤援笔成篇,不易一字,时人谓勃为腹稿。传有《王子安集》十六卷。其为诗文,发楸怆之词,怨者之流,文秀而质羸,其原出于庾信。诗七言古如《秋夜长》、《采莲曲》、《临高台》、《滕王阁》诸篇,五言古如《铜雀伎》二首,音韵铿锵,文体相辉,得开府之清新。五言律兴托不奇,未能宏赡;然体物颇有工语;如《咏风》结语云:"日落山水静,为君起松声。"《麻平晚行》结语云:"羁心何处尽,风急暮猿清。"悠然不尽,篇有余韵。又《饯韦兵曹》云："川霁浮烟敛，山明落照移。"《仲春郊外》云："鸟飞村觉曙，鱼戏水知春。"《郊兴》云："雨去花光湿，风归叶影疏。"《秋日别王长史》云："野色笼寒雾，山光敛暮烟。"融情于景，风味隽永。文则书疏之文，志气盘桓，颇含殊采。如《上右相刘祥道书》及《上绛州上官司马书》、《为人与蜀城父老两书》、《上从舅侍郎启》、《上吏部裴侍郎启》，托风采，散郁陶，诡丽辐辏，杼轴尺素。赋则如《游庙山赋》、《驯鸢赋》、《江曲孤凫赋》、《涧底寒松赋》、《青苔赋》，虽是律体，而体物写志，颇臻遒亮。《九成宫颂》，规模虽宏，波澜未壮。序如《游冀州韩家园序》、《山亭兴序》、《山亭思友人序》、《秋晚入洛于毕公宅别道王宴序》，虽多寂寥短章，而情高以会采，浏亮顿挫；其后李白多学之。而《滕王阁饯别》一序，铿锵鼓舞，辞笔纷纭，独为传诵。碑则铺张排比，只此一格；殊逊开府之驱迈苍凉，独臻遒变也。

华阴杨炯闻时人以四杰称，乃自言曰："吾愧在卢前，耻居王后。"炯自幼聪敏博学，善属文。年十一，举神童，授校书郎，为崇文馆学士。武后时，左转梓州司法参军。秩满，迁婺州盈川令，卒于官。传有《盈川集》十卷。其为诗仗气卓荦，如《广溪峡》、《西陵峡》、《从军行》诸篇，俱可诵。录《从军行》，辞曰：

> 烽火照西京，心中自不平。牙璋辞凤阙，铁骑绕龙城。雪暗雕旗画，风多杂鼓声。宁为百夫长，胜作一书生。

语与兴驱，势逐情起，不申作意，气格自高，文则承庾信一脉，与王勃同调，而布局颇谨，驶篇未遒，不如勃之奕奕清畅。

卢照邻，字升之，范阳人。十岁，从曹宪、王义方授苍雅；调邵王府典签。王有书十二车，照邻总披览，略能记忆。王爱重，比之相如。调新都尉，染风疾，去官；居太白山，以服饵为事。又客东龙门山，疾甚足挛，一手又废；乃去阳翟具茨山下，买园数十亩，疏颍水周舍；复豫为墓偃卧其中。后不堪其苦，与亲属诀，投颍水死，年四十。尝著《五悲文》《释疾文》以自明；传有《幽忧子集》七卷。其诗文皆俪偶而颇臻遒变；虽波澜不大，然鲜明紧健，去凡俗远矣。虽调采葱菁，不如王勃；而风骨则照邻为俊拔。勃流韵清绮，承南朝之遗，为时体；而照邻则造语奇伟，骎骎逮古；特文则不免危仄，颇伤清雅之调。《穷鱼赋》仗气爱奇，最为卓荦入古。辞曰：

余曾有横事被拘，为群小所使，将致之深议，友人救护得免。窃感赵壹穷鸟之事，遂作《穷鱼赋》，常思报德，故冠之篇首云。

有一巨鳞，东海波臣。洗静月浦，涵丹锦津。映红莲而得性，戏碧浪以全身。宕而失水，届于阳濒。渔者观焉，乃具竿索，集朋党，凫趋雀跃，风驰电往，竞下任公之钓，争陈豫且之网。蝼蚁见而甘心，獱獭闻而抵掌。于是长舌利嘴，曳纶争钩；拖鬐挫鬣，抚背扼喉。动摇不可，腾跃无由。有怀纤润，宁望洪流。大鹏过而哀之曰："昔予为鲲也，与尔游乎？自余羽化之后，子其遗孤。"俄抚翼而下，负之而趋，南浮七泽，东泛五湖。是鱼也，已相望于江海；而渔者犹怅望于泥涂。

其他如《病梨树赋》、《秋霖赋》、《杨明府过访诗序》、《宴风泉石翁神祠诗序》，词圆调响，流韵清绮。《五悲文》、《释疾文》，错综震荡，以写幽忧；然悲凉而少沉郁之意，气过其文，遂成倾泻，揽之无余味。诗则雅壮而多风，以开府之华整，协参军之俊逸，气调警拔。录《长安古意》，辞曰：

长安大道连狭斜，青牛白马七香车，玉辇纵横过主第，金鞭络绎向侯家。龙衔宝盖承朝日，凤吐流苏带晚霞。百丈游丝争绕树，一群娇鸟共啼花。游蜂戏蝶千门侧，碧树银台万种色，复道交窗作合欢，双阙连甍垂凤翼。梁家画阁天中起，汉帝金茎云外直。楼前相望不相知；陌上相逢讵相识。借问吹箫向紫烟，曾经学舞度芳年。得成比目何辞死，愿作鸳鸯不羡仙。比目鸳鸯真可羡，双去双来君不见。生憎帐额绣孤鸾，好取门帘帖双燕。双燕双飞绕画梁，罗帏翠被郁金香。片片行云著蝉鬓，纤纤初月上鸦黄。鸦黄粉白车中出，含娇含态情非一。妖童宝马铁连钱，娼妇盘龙金屈膝。

御史府中乌夜啼，廷尉门前雀欲栖。隐隐朱城临玉道，遥遥翠幰没金堤。挟弹飞鹰杜陵北，探丸借客渭桥西。俱邀侠客芙蓉剑，共宿娼家桃李蹊。娼家日暮紫罗裙，清歌一啭口氛氲。北堂夜夜人如月，南陌朝朝骑似云。南陌北堂连北里，五剧三条控三市。弱柳青槐拂地垂，佳气红尘暗天起。汉代金吾千骑来，翡翠屠苏鹦鹉杯。罗襦宝带为君解，燕歌赵舞为君开。别有豪华称将相，转日回天不相让。意气由来排灌夫，专权判不容萧相。专权意气本豪雄，青虬紫燕坐春风。自言歌舞长千载，自谓骄奢凌五公。

节物风光不相待，桑田碧海须臾改；昔时金阶白玉堂，即今惟见青松在。寂寂寥寥扬子居，年年岁岁一床书。独有南山桂花发，飞来飞去袭人裾。

态浓而致远，盖本曹植《名都篇》而别出一格。长安大道，豪贵骄奢，狭邪艳冶，无所不有。自嬖宠而侠客，而金吾，而权臣，皆向娼家游宿，自谓可永保富贵矣！然转瞬沧桑，徒存墟墓，不如读书自守者之为得也。借言子云，即以自况云尔。其他如《关山月》、《紫骝马》、《梅花落》、《结客少年场行》、《咏史》四首、《早度分水岭》、《三月曲水宴得尊字》、《于时春也慨然有江湖之思寄赠柳九陇》、《赠益府群官》、《同临津纪明府》、《孤雁》、《失群雁》、《行路难》、《刘生》、《芳树》、《昭君怨》、《入秦川界》、《春晚山庄率题》、《初夏日幽庄》、《羁卧山中》、《送幽州陈参军赴任寄呈乡曲父老》、《曲池荷》、《寒风蝉》诸篇，善为凄戾之词，自有清拔之气。

骆宾王，义乌人。七岁能赋诗。初为道王府属，历武功主簿，调长安主簿。作《帝京篇》，亦卢照邻《长安古意》之流，而特感慨以抒牢郁。辞曰：

山河千里国，城阙九重门；不睹皇居壮，安知天子尊。皇居帝里崤函谷，鹑野龙山侯甸服；五纬连影集星躔，八水分流横地轴。秦塞重关一百二，汉家离宫三十六；桂殿嵚岑对玉楼，椒房窈窕连金屋。三条九陌丽城隈，万户千门平旦开。复道斜通鳷鹊观，交衢直指凤凰台。剑履南宫入，簪缨北阙来；声名冠寰宇，文物象昭回。钩陈肃兰戺，璧沼浮槐市；铜羽应风回，金茎承露起。校文天禄阁，习战昆明水。朱邸抗平台，黄扉通戚里。平台戚里带崇墉，炊金馔玉待鸣钟。小堂绮帐三千户，大道青楼十二重。宝盖雕鞍金络马，兰窗绣柱玉盘龙。绣柱璇题粉壁影，锵金鸣玉王侯盛。王侯贵人多近臣，朝游北里暮南邻。陆贾分金将宴喜，陈遵投辖正留宾。赵李经过密，萧朱结交亲。

丹凤朱城白日暮，青牛绀幰红尘度。侠客珠弹采杨道，娼妇银钩采桑路。娼家桃李自芳菲，京华游侠盛轻肥。延年女弟双飞入，罗敷使君千骑归。同心结缕带，连理织成衣。春朝桂樽樽百味，秋夜兰灯灯九微。翠幌珠帘不独映，清歌宝瑟自相依。且论三万六千是，宁知四十九年非。

古来荣利若浮云，人生倚伏信难分。始见田窦相倾夺，俄闻卫霍有功勋。未厌金陵气，先开石椁文。朱门无复张公子，灞亭谁畏李将军。相顾百龄皆有待，居然万化咸应改；桂枝芳气已销亡，柏梁高宴今何在！春去春来苦自驰，争名争利徒尔为。久留郎署终难过，空扫相门谁见知。当时一旦擅豪华，自言千载常骄奢。倏忽抟风生羽翼，须臾失浪贱泥沙。黄雀徒巢桂，青门遂种瓜。黄金销铄素丝变，一贵一贱交情见。红颜夙昔白头新，脱粟布衣轻故人。故人有湮沦，新知无意气；灰死韩安国，罗伤翟廷尉。

已矣哉，归去来！马卿辞蜀多文藻，扬雄仕汉乏良媒。三冬自矜诚足用，十年不调几邅回。汲黯薪逾积，孙弘阁未开。谁惜长沙傅，独负洛阳才。

当时以为绝唱。武后时，数上疏言事，下除临海丞，鞅鞅不得志，弃官去。既而武后称制，改唐为周。徐敬业以扬州起兵，署宾王为府属；为敬业传檄天下，斥武后罪。辞曰：

伪周武氏者，人非温顺，地实寒微。昔充太宗下陈，曾以更衣入侍。洎乎晚节，秽乱春宫；密隐先帝之私，阴图后房之嬖。入门见嫉，蛾眉不肯让人；掩袖工谗，狐媚偏能惑主。陷元后于翚翟，致吾君于聚麀。加以虺蜴为心，豺狼成性；近狎邪佞，残害忠良；杀姊屠兄，弑君鸩母。人神之所共弃，天地之所不容。犹复包藏祸心，窥窃神器。君之爱子，幽在别宫；贼之宗盟，委之重任。呜呼，霍子孟之不作，朱虚侯之已亡。燕啄皇孙，知汉祚之将尽；龙漦帝后，识夏庭之遽衰。

敬业，皇唐旧臣，公侯冢子；奉先君之成业，荷本朝之厚恩。宋微子之兴悲，良有以也；袁君山之流涕，岂徒然哉。是以气愤风云，志安社稷；因天下之失望，顺宇内之推心，爰举义旗，以清妖孽。南连百越，北尽三河，铁骑成群，玉轴相接。海陵红粟，仓储之积靡穷；江浦黄旗，匡复之功何远。班声动而北风起，剑气冲而星斗平；喑呜则山岳崩颓，叱咤则风云变色。以斯制敌，何敌不摧；以斯图功，何功不克。

公等或居汉地，或叶周亲；或膺重寄于话言，或受顾命于宣室。言犹在耳，忠岂忘心？一抔之土未干，六尺之孤安在！傥能转祸为福，送往事居，共立勤王之师，无废大君之命，凡诸爵赏，同指山河。若或眷恋穷城，徘徊歧路，坐昧先几之兆，必贻后至之诛。请看今日之域中，竟是谁家之天下。

武后读檄，至"一抔之土未干，六尺之孤安在"，矍然曰："谁为之?"或以宾王对。后曰："宰相安得失此人！"敬业败，宾王亡命，不知所之。传有《骆宾王集》十卷。初唐四杰，骆称殿军；今诵其诗才高词赡，以俪偶出排荡，上承王粲陆机，下开杜陵香山，如《帝京篇》及《夏日游德州赠高四》、《咏怀古意上裴侍郎》、《从军中行路难》、艳情《代郭氏答卢照邻》、《渡瓜步江》、《在狱咏蝉》、《边夜有怀》、《咏怀》诸篇，沉郁顿挫，不仅天才绮练；于四杰中最为卓荦。王勃则气少于卢，文劣于骆；骆俳而气古，王俳而气今。文则调彩葱蒨，音韵铿锵，承庾信之枝脉，与王勃为同工，而异卢之危仄；辞笔纷纭，书记尤工，如《上吏部裴侍郎书》、《与程将军书》、《上瑕丘韦明府启》、《上司刑太常伯启》、《上李少常启》、《上兖州刺史启》、《上兖州崔长史启》、《上兖州张司马启》、《上齐州张司马启》、《上廉使启》、《上梁明府启》、《上吏部侍郎帝京篇启》，急于呈身，不免露才扬己；而以南朝徐庾之体，得西京枚马之笔，语尽排偶，意涉纵横。《代徐敬业讨武氏檄》，气激而词腴，味态无穷，最为传作。《兵部奏姚州破逆贼两露布》，指画形势，跌宕昭彰。《为齐州父老请陪封禅表》，以造语见姿态，隶事精切，而出以顿挫，弥见遒警。《答员半千书》，愤发而托志。《与博昌父老书》，情高以会彩。《自叙状》、《钓矶应诘文》，独为散朗，不矜组练，于集中为别裁矣。

第四节　沈佺期　宋之问附李峤　苏味道　崔融　杜审言等

王、杨、卢、骆，皆不得志于武后。然武后染翰流丽，宏奖文学，先讽高宗广召词章之士入禁中修撰，谓之北门学士。及改周以后，大搜遗逸；天下向风。苏、李、沈、宋，接声并骛。而诗五言至沈佺期、宋之问，始可称律；律为音律法律，天下无严于是者；知虚实平仄不得任情，而律体备矣。建安以后，诗律屡变；至王融、沈约，始以音韵相婉附，属对精整；及佺期、之问，又加密焉，回忌声病，约句准篇，学者宗之，号为沈宋。

沈佺期，字云卿，相州内黄人。武后时，与宋之问预修《三教珠英》。之问，字延清，一名少连，汾州人。之问伟仪貌，雄于辩。甫冠，武后召与杨炯分直习艺馆，累转尚方监丞、左奉宸内供奉。武后游洛南龙门，召从臣赋诗。左史东方虬诗先成，后赐锦袍。之问俄顷献诗，后览之嗟赏，更夺袍以赐。于时，张易之等烝昵宠甚；之问、佺期倾心媚附。易之所赋诸篇，多之问代为；至为易之奉溺器，大为士论所薄，而因诋其诗文俳体轻靡。传有《宋之问集》二卷。今诵其诗，雅壮多风，往往清拔，固不为俳体轻靡。五言古如《夜饮东亭》、《题张老松树》、《浣纱篇赠陆上人》、《雨从箕山来》、《入崖口五渡寄李适》、《温泉庄卧病寄杨七炯》、《答田征君》、《见南山夕阳召监师不至》、《游陆浑南山自歇马岭到枫香林以诗代书答李舍人适》、《早发大庾岭》、《自洪府舟行直书其事》、《下桂江县黎壁》、《奉使嵩山途经缑岭》、《使至嵩山等杜四不遇慨然复伤田洗马韩观主因以题壁赠杜四》，《玩郡斋海榴》等篇，解散辞体，体物写志。录《题张老松树》、《奉使嵩山途经缑岭》两首。

题张老松树

岁晚东岩下，周顾何凄恻。日落西山阴，众草起寒色。中有乔松树，使我长叹息，百尺无寸枝，一生自孤直。

奉使嵩山途经缑岭

使星发洛城，城中歌吹声。毕景至缑岭，岭上烟霞生。草树饶野意，山川多古情。大隐德所薄，归来可退耕。

以高雅冲澹之韵，为跌宕昭彰之体，蜕苏李之风骨，异齐梁之俳优。七言古如《寒食还陆浑别业》、《寒食江州满塘驿》、《明河篇》、《龙门应制》、《桂州三月三日》、《有所思》诸诗，抑扬爽朗，音靡而节不平。录《寒食还陆浑别业》、《有所思》二首。

寒食还陆浑别业

洛阳城里花如雪，陆浑山中今始发。旦别河桥杨柳风，夕卧伊川桃李月。伊川桃李正芳新，寒食山中酒复春。野老不知尧舜力，酣歌一曲太平人。

有所思

洛阳城东桃李花，飞来飞去落谁家？幽闺女儿惜颜色，坐见落花长叹息：今年花落颜色改，明年花开复谁在！已见松柏摧为薪，更闻桑田变成海。古人无复洛城东，今人还对落花风；年年岁岁花相似，岁岁年年人不同。寄言全盛红颜子，须怜半死白头翁。此翁白头真可怜，伊昔红颜美少年。公子王孙芳树下，清歌妙舞落花前。光禄池台交锦绣，将军楼阁画神仙。一朝卧病无相识，三春行乐在谁边？婉转蛾眉能几时，须臾鹤发乱如丝；但看古来歌舞地，惟有黄昏鸟雀飞。

圆美流转，辞清而体润，则婉媚而不为绮错。五言律如《扈从登封途中作》、《陆浑山庄》、《奉和幸长安故城未央宫应制》、《送杨六望赴金水》、《登粤王台》、《灵隐》、《早入清远峡》、《发端州初入西江》、《留别之望舍弟》、《题大庾岭北驿》诸诗，气体深稳，遒宕天成。录《扈从登封途中作》、《陆浑山庄》、《早入清远峡》三首。

扈从登封途中作

帐殿郁崔嵬，仙游实壮哉。晓云连幕卷，夜火杂星回。谷暗千骑出，山鸣万乘来。扈从良可赋，终乏掞天才。

陆浑山庄

归来物外情，负杖阅岩耕。源水看花入，幽林采药行。野人相问姓，山鸟自呼名。去去独吾乐，无能愧此生。

早入清远峡

传闻峡山好，旭日耀前沂。雨色摇丹嶂，泉声聒翠微。两岩天作带，万壑树披衣。秋菊迎霜序，春藤碍日辉。翳潭花似织，缘岭竹成围。寂历环沙浦，葱茏转石圻。露余江未热，风落瘴初稀。猿饮排虚上，禽惊掠水飞。榜童夷唱合，樵女越吟归。良候斯为美，边愁自有违。谁言望乡国，流涕失芳菲。

《扈从》之作，沉雄浑脱；而《陆浑山》、《清远峡》两篇，则传音振逸，鸣节疏韵，一洗南朝脂粉涂泽之习，何尝彩丽竞繁而兴寄都绝？文则囿于时习，气无奇类；而《为梁王武三思妃让封表》、《为定王武攸暨请降王位》两表，《在桂州与修史学士吴兢书》，深切往复，独为感激顿挫。《为长安马明府亡母请邑号状》、《祭王城门文》、《祭杨盈川文》，雅意深笃，其辞恻怛，使人味之亹亹不倦；亦非缥渺浮音，丽辞碌碌之比也。

沈佺期文婉谐而或伤俗滥，謦遒又不免危仄，殊无足观。诗极有名，今诵其七言《古风箫曲》、《七夕曝衣篇》，七言律《古意呈补阙乔知之》，调采葱菁，音韵铿锵，的是徐庾之遗。录《凤箫曲》。辞曰：

> 八月凉风动高阁，千金丽人卷绡幕。已怜池上歇芳菲，不念君恩坐摇落。世上荣华如转蓬，朝随阡陌暮云中。飞燕侍寝昭阳殿，班姬饮恨长信宫。长信宫，昭阳殿，春来歌舞妾自知，秋至帘栊君不见。昔时嬴女厌世纷，学吹凤箫乘彩云。含情转睐向萧史，千载红颜持赠君。

诚不免缘情绮靡。然如五言古《凤笙曲》、《拟古别离》、《别侍御严凝》、《同工部李侍郎适访司马子微》、《自昌乐郡溯流至白石岭下行入郴州》、《过蜀龙门》、《枉系》二首、《黄鹤》、《古镜》、《铜雀台》、《巫山高》二首、《陇头水》、《紫骝马》诸篇，风骨遒高，或同阮籍之《咏怀》，或为左思之《咏史》，或效郭璞之《游仙》，或拟谢灵运之山水，不拘一格，自写胸怀。录《凤笙曲》、《铜雀台》、《陇头水》、《紫骝马》四首：

> **凤笙曲**
>
> 忆昔王子晋，凤笙游云空。挥手弄白日，安能恋青宫。岂无婵娟子，结念罗帏中？怜寿不贵色，身世两无穷。
>
> **铜雀台**
>
> 昔年分鼎地，今日望陵台。一旦雄图尽，千秋遗令开。绮罗君不见，歌舞妾空来。恩共漳河水，东流无重回。

陇头水

陇山飞落叶，陇雁度寒天。愁见三秋水，分为两地泉。西流入羌郡，东下向秦川。征客重回首，肝肠空自怜。

紫骝马

青玉紫骝鞍，骄多影屡盘。荷君能剪拂，躞蹀喷桑干。跣足追奔易，长鸣遇赏难。扨金一万里，霜露不辞寒。

沉郁顿挫，不止流靡自妍而已。其他五言律如《乐城白鹤寺》、《游少林寺》、《夜宿七盘岭》、《十三四时尝从巫峡过偶然有思》、《秦州薛都督挽词》、《初冬从幸汉故青门应制》、《仙萼池亭侍宴应制》、《三日独坐驩州思忆旧游》、《从驩州廨宅移住山间水亭》、《赠苏使君》、《赦到不得归题江上石》、《答魑魅代书寄家人》诸诗，跌宕昭彰，格律浑成。录《游少林寺》、《秦州薛都督挽词》、《初冬从幸汉故青门应制》三首：

游少林寺

长歌游宝地，徙倚对珠林。雁塔风霜古，龙池岁月深。绀园澄夕霁，碧殿下秋阴。归路烟霞晚，山蝉处处吟。

秦州薛都督挽词

十里绛山幽，千年汾水流。碑传门客建，剑是故人留。陇树烟含夕，山门月对秋。古来钟鼎盛，共尽一蒿丘！

初冬从幸汉故青门应制

汉王建都邑，渭水对青门。朝市俱东逝，坟陵共北原。荒凉萧相阙，芜没邵平园。全盛今何在？英雄难重论。故基仍岳立，遗堞尚云屯。当极土功壮，安知人力烦。天游戒东首，怀昔驻龙轩。何必金汤固，无如道德藩。微臣谅多幸，参乘偶殊恩；预此陈古事，敢奏兴亡言。

不尚浮华，自饶风力，亦非巧用文字，务为研冶之作。则继沈宋之所以为诗者，承初唐四杰之律体，精研韵律，使永明宫商之论，发展而为唐代之律诗，而力湔藻缛，固非南朝靡丽之遗。然后知风气之变也，有开必先。王勃、骆宾王，文为徐庾，而以排偶出纵横，化以西京之枚马；沈佺期、宋之问，诗继永明而加以律化，以清遒发宫商，不为南朝之靡丽，气调犹是也，而神明已非；固有莫之为而为，不自知其所以者。

赵州李峤，与沈佺期、宋之问同修《三教珠英》，而峤实为修书使。峤本与同里苏味道齐名，号苏李；又与齐州崔融、襄阳杜审言，并号文章四友。

崔融为文，辞尚雅切，丽典新声，当时称未有辈者；朝廷大笔，多手敕委之。特以雕文织彩，过为精密，遂致气不逮文，辞过于意。而《代皇太子请给庶人衣服表》、《为宗监请停政事表》、《为温给事请致仕归侍表》，指事殷勤，雅意深笃；《拔四镇议》、《报三原李少府书》，气调卓荦，颇为振绝；综观所作，此为秀拔。

杜审言诗笔整栗，小让沈宋；而气度高逸，神情圆畅，自开盛唐之音。

李峤富才思，有所属词，人多传诵。武后时，汜水获瑞石；峤为御史，上《皇符》一篇，为世讥薄。然其仕前与王勃杨炯接，中与崔融苏味道齐名，晚诸人没而为文章老宿，一时学者取法焉。今诵其诗，稳称有余，遒变未臻。惟《鹧鸪》、《汾阴行》两诗，感慨苍凉，倜傥有古意。其余摘句，如“雨余林气静，山空夜响哀”，亦复情景两融。文则惟《秋望赋》，自伤牢落，颇脱胎江淹《恨》《别》二赋，而逊其标致；《上雍州高长史书》、《与夏县崔少府书》、《答李清河书》，感激顿挫，气调警拔；《攀龙台碑》，错综震荡，才章富健，斯则集中之胜。其他四六表章，颇伤冗滥；中以《为百寮贺恩制表》、《让鸾台侍郎表》、《为公主辞家人畜产官给料表》、《自叙表》，顿挫浏亮，不同琭琭。要之拘于偶律，诗文同病；视王勃逊其流韵清绮，比杨炯又嫌体气驽缓；王杨才人吐属；李峤达官能文，未能骖驾也。然而玄宗读峤《汾阴行》，叹曰：“李峤真才子也！”武后之世，武三思奉敕修《三教珠英》一千三百卷，荟萃一时文人，得四十七人；崔融汇集其所赋诗，为《珠英学士集》，各题爵里，以官班为次，而峤为首。其他可考见者，峤而外，有员半千、崔湜、张说、徐坚、阎朝隐、徐彦伯、宋之问、沈佺期、富嘉谟、刘知幾、刘元济、李适、王无竞、尹元凯、乔备等十余人而已。武后在高宗时，已奖进文学；始则以北门学士诸人，纂集群书；至是《三教珠英》之集，引拔尤众；一时文士如苏、李、沈、宋之诗篇，陈子昂、卢藏用之古文，富嘉谟、吴少微之经典，刘知幾之史学，以及张说之词笔，徐坚之博洽，并腾誉文坛，上总初唐之丽则，下启开元之极盛。有唐一代，律诗与古文之体，度越前代，而皆发于武后时，可谓彬彬焉。

第五节　陈子昂 附富嘉谟 吴少微 卢藏用

唐兴，文章承徐庾余风，竞为绮丽。射洪陈子昂始奋发自为，追古作者。子昂，字伯玉；家世富豪，而苦志读书。善属文，而诗尤首唱平淡清雅之音，力排雕镂凡近之气。初为《感遇诗》三十首，录其九首。辞曰：

兰若生春夏，芊蔚何青青。幽独空林色，朱蕤冒紫茎。迟迟白日晚，袅袅秋风生。岁华尽摇落，芳意竟何成。

苍苍丁零塞，今古缅荒途。亭堠何摧兀，暴骨无全躯。黄沙漠南起，白日隐西隅。汉甲三十万，曾以事匈奴。但见沙场死，谁怜塞上孤。

乐羊为魏将，食子殉军功。骨肉且相薄，他人安得忠。吾闻中山相，乃属放麑翁。孤兽犹不忍，况以奉君终。

吾爱鬼谷子，青溪无垢氛。囊括经世道，遗身在白云。七雄方龙斗，天下久无君。浮荣不足贵，遵养晦时文。舒可弥宇宙，卷之不盈分，岂徒山木寿，空与麋鹿群。

圣人不利己，忧济在元元。黄屋非尧意，瑶台安可论。吾闻

> 西方化，清净道弥敦。奈何穷金玉，雕刻以为尊？云构山林尽，瑶图珠翠烦。鬼工（一本作“功”）尚未可，人力安能存。夸愚适增累，矜智道逾昏。
>
> 蜻蛉游天地，与世本无患。飞飞未能止，黄雀来相干。穰侯富秦宠，金石比交欢。出入咸阳里，诸侯莫敢言。宁知山东客，激怒秦王肝。布衣取丞相，千载为辛酸。
>
> 翡翠巢南海，雄雌珠树林。何知美人意，骄爱比黄金。杀身炎州里，委羽玉堂阴。旖旎光首饰，葳蕤烂锦衾。岂不在遐远，虞罗忽见寻。多材信为累，叹息此珍禽。
>
> 可怜瑶台树，灼灼佳人姿。碧华映朱实，攀折青春时。岂不盛光宠，荣君白玉墀。但恨红芳歇，凋伤感所思。
>
> 朔风吹海树，萧条边已秋。亭上谁家子，哀哀明月楼。自言幽燕客，结发事远游。赤丸杀公吏，白刃报私仇。避仇至海上，被役此边州。故乡三千里，辽水复悠悠。每愤胡兵入，常为汉国羞。何如七十战，白首未封侯。

京兆司功王适读而惊曰：“此子必为天下文宗矣。”年二十一，游京师。始至，不为人知。有卖胡琴者价百万，豪贵传视，无辨者。子昂突出，顾左右以千缗市之。众惊问，答曰：“余善此乐。”皆曰：“可得闻乎？”曰：“明日可集宣阳里。”如期偕往，则酒肴毕具，置胡琴于前；食毕，捧琴语曰：“蜀人陈子昂有文百轴，驰走京毂，碌碌尘土，不为人知。此乐贱工之役，岂宜留心。”举而碎之，以其文轴遍赠会者；一日之间，声华溢都。以进士对策高第。属唐高宗崩于洛阳，灵驾将西归，子昂乃献书阙下。武后览其书而壮之，召见问状。子昂貌寝寡援，然言王霸大略，君臣之际，甚慷慨焉。特其所作《大周受命颂》及《进表》、《请追上太原王帝号表》、《大崇福观记》诸篇，以文字献媚女主，大为儒林所薄。官至右拾遗，传有《陈拾遗集》十卷。诗则五言古如《感遇》、《登幽州台歌》，寄兴无端，词气铿訇，追建安之风骨，变齐梁之绮靡；而《感遇》尤世所传诵。其他如《度峡口山赠乔补阙知之王二无竞》、《答韩使同在边》、《送别》、《出塞》、《登蓟丘楼》、《送贾兵曹入都》、《登泽州城北楼宴》、《晚次乐乡县》、《送魏大从军》、《和陆明府赠将军重出塞》、《还至张掖古城闻东军告捷赠韦五虚己》诸诗，倜傥昭彰，举止岸异，语尽偶对，气自横杰。至文则风气将变，体格未纯。有骈俪仍徐庾之余风者，如《为陈御史上奉和秋景观竞渡诗表》、《为河内王等论军功表》、《为永昌父老劝追尊中山王表》、《为副大总管屯营大将军苏宏晖谢表》、《薛大夫山亭宴序》、《别中岳二三真人序》、《送吉州杜司户审言序》、《晖上人房饯齐少府使入京府序》、《送麹郎将使默啜序》、《窅冥君古坟记铭序》等篇，虽是俪体而抑扬爽朗，亦臻英奇。有雅练摹崔蔡之逸调者，如《大周受命颂》、《为人陈情表》、《为程处弼辞放流表》、《为将军程处弼谢放流表》、《为义兴公求拜扫表》、《为义兴公陈请终丧第二表》、《谢免罪表》、《为金吾将军陈令英请免官表》、《唐故朝议大夫梓州长史杨府君碑铭》、《上殇高氏墓志铭》、《唐陈州宛丘县令高君夫人河南宇文氏墓志铭》、《馆陶郭公薛氏墓志铭》、《我府君有周居士文林郎陈公墓志铭》等篇，不加雕削而曲写毫介，文洁体清。然亦有论议疏快，词直义畅，上承贾董，下开苏王者，当以论事书疏如《为乔补阙论突厥表》、《上军国机要事》、《上军国利害事》、《谏灵驾入京书》、《谏雅州讨生羌书》、《谏刑书》、《谏用刑书》、《申宗人冤狱书》、《复仇议状》诸篇；为八家之前导，六朝之驱除焉！录《复仇议状》。辞曰：

先王立礼，所以进人也；明罚，所以齐政也。夫枕干仇敌，人子之义；诛罪禁乱，王政之纲。然则无义不可以训人，乱纲不可以明法。故圣人修礼理内，饬法防外，使夫守法者不以礼废刑，居礼者不以法伤义；然后暴乱不作，廉耻以兴，天下所以直道而行也。窃见同州下邽人徐元庆，先时，父为县吏赵师蕴所杀；遂鬻身庸保，为父报仇，手刃师蕴，束身归罪。虽古烈者，亦何以多。诚足以激清名教，立懦夫之志，振下士之靡者也。然按之国章，杀人者死，则国家画一之法也。法之不二，元庆宜伏辜。又按《礼》经，父仇不同天，亦国家劝人之教也。教之不苟，元庆不宜诛。

然臣闻在古，刑之所生，本以遏乱。仁之所利，盖以崇德。今元庆报父之仇，意非乱也；行子之道，义能仁也。仁而无利，与乱同诛，是曰能刑，未可以训。元庆之可宥，显于此矣。然而邪由正生，理必乱作。昔礼防至密，其弊不胜；先王所以明刑，本实由此。今傥义元庆之节，废国之刑，将为后图，政必多难；则元庆之罪，不可废也。何者？人必有子，子必有亲，亲亲相仇，其乱谁救？故圣人作始，必图其终，非一朝一夕之故，所以全其政也。故曰："信人之义，其政不行。"且夫以私义而害公法，仁者不为；以公法而徇私节，王道不设。元庆之所以仁高振古，义伏当时，以其能忘生而及于德也。今若释元庆之罪以利其生，是夺其德而亏其义；非所谓杀身成仁，全死无生之节也。如臣等所见，谓宜正国之法，置之以刑，然后旌其闾墓，嘉其徽烈，可使天下直道而行。编之于令，永为国典。谨议。

杀其身，旌其人，如何说得通，极是不情不理，而偏有本有原，清空辨折，笔有断制；固与徐庾之以词采见珍者异矣。当时议者咸以子昂为是。子昂父在乡，为县令段简所辱。子昂闻之归省，简乃因事收系狱，发愤死，年四十余。友人黄门侍郎卢藏用哀之而为序其诗文，盛行于世。

同时武功富嘉谟，与新安吴少微以文章同官友善。先是文士撰碑颂，皆以徐庾为宗，气调渐劣。嘉谟与少微属词皆以经典为本，时人钦慕之，文体一变，称为富吴体。今观所传嘉谟之文，殊未称意；丽辞琭琭，时涉淫靡，不脱南朝窠臼。少微名亚嘉谟，而诗文胜之。《为任虚白陈情表》，意激而辞婉，得《小雅》怨诽不怒之旨；而《唐北京崇福寺铜钟铭》，创语新特，错综震荡，最为时诵。诗则五言古《长门怨》、七言古《古意》等篇，缘情绮靡，徐庾之遗，不脱南朝窠臼；而文格则蕲于遒变以自名家，然不如子昂之吐辞天拔，浩落有致也。

卢藏用与子昂交游，观其所为子昂《文集序》及《谏营兴泰宫疏》、《答毛杰书》，感激顿挫，颇以疏朴见倜傥，不以俪体自限。《析滞论》，虽是俪辞，而有理致，醇茂痛快，指归经诰。有开必先，亦韩愈之陈项，而子昂之流亚也。

第六节　刘知幾

刘知幾扬榷史家，谓徐庾不宜以载笔；然而《史通》之作，藻去缛浮而辞仍偶俪，亦囿于时习也。知幾，字子玄，彭城人。自称年在纨绮，便受《古文尚书》，每苦其辞艰琐，难为讽读，虽屡捶挞而业不成。闻父为诸兄讲《春秋左氏传》，每废书而听；逮讲毕，即为诸兄说之，因窃叹曰："若使书皆如此，吾不复怠矣。"父奇其意，于是授以《左传》；于时年十有二，大义略举，乞观余部以广异闻。读班谢两《汉书》，便怪《前书》不应有《古今人表》，《后书》宜为更始立纪。既欲知古今沿革，历数相承；于是触类而观，不假师训，自汉中兴已降，迄乎本朝实录，年十有七而窥览略周。洎年弱冠，射策登朝。武后时，官获嘉主簿。时吏横酷，公卿冤诛；知幾悼士无良而甘于祸，作《思慎赋》以刺时。苏味道、李峤见之赏叹，比之陆机《豪士赋》。亦预《珠英》学士之列，累迁凤阁舍人，兼修国史。中宗时，迁秘书少监，仍领史事。凡所著述，常欲行其旧议；而当时同作诸士及监修贵臣，多与凿枘，抑不施用。乃撰《史通》五十二篇以伸其意；其书《内篇》论史家体例，凡三十九篇，今佚其三篇；《外篇》述史籍源流与古人得失，凡十三篇。每谓："文之与史，较然异辙。故以张衡之文，而不闲于史；以陈寿之史，而不习于文。其有赋述两都，诗裁八咏，而能编次汉册，勒成宋典，若斯人者，其流几何。是以略观近代，有齿迹文章而兼修史传，其为式也，罗含、谢客，宛为歌颂之文，萧绎、江淹，直成铭赞之序，温子升尤喜复语，卢思道雅好丽词，江总猖獗以沉迷，庾信轻薄而流宕。此其大较也。然向之数子，所撰者，盖不过偏记杂说，小卷短书而已；犹且乖滥踳驳，一至于斯；而况责之以刊勒一家，弥纶一代，使其始末圆备，表里无咎，盖亦难矣。但自世重文藻，词宗丽淫；于是沮诵失路，灵均当轴。每西省虚职，东观伫才，凡所拜授，必推文士，遂使握管怀铅，多无铨综之职；连章累牍，罕逢微婉之言(《覆才》第三十一)。而大唐修《晋书》，作者皆当代词人，远弃史班，近宗徐庾。夫以饰彼轻薄之句，而编为史籍之文，无异加粉黛于壮夫，服绮纨于高士"(《论赞》第九)。盖魏文《典论》，始评文章；迄梁刘勰继之，遂著《文心雕龙》，大放厥辞；而揆其所论，多详于词笔，而略于史记。至知幾乃扬榷前言，括囊史例，其所剽剥，虽马班不能自解免，以成一家之言；古所未有也。独恨任当其职而吾道不行，见用于时而美志不遂，忽忽不乐，于是发愤《与监修国史萧至忠等书》曰：

仆幼闻《诗》《礼》，长涉艺文；至于史传之言，尤所耽悦。寻夫左史右史，是曰《春秋》《尚书》；素王素臣，斯称微婉志晦。两京三国，班、谢、陈、习阐其谟；六朝江左，王、陆、干、孙纪其历。刘石僭号，方策委于和张；宋齐应录，惇史归于萧沈。亦有汲冢古篆，禹穴残编，孟坚所亡，葛洪刊其杂记；休文所缺，荀绰裁其拾遗。凡此诸家，其流盖广。莫不赜彼泉薮，寻其枝叶；原始要终，备知之矣。若乃刘峻作传，自述长于论才；范晔为书，盛言矜其费体。斯又当仁不让，庶几前哲者焉。

然自策名仕伍，待罪朝列，三为史臣，再入东观，竟不能勒成国典，贻彼后来者，何哉？静言思之，其不可有五故也。何者？古之国史，皆出自一家，如鲁、汉之丘明、子长，晋、齐之董狐、南史，咸能立言不朽，藏诸名山。未闻藉以众功，方云绝笔。唯后汉东观，大集群儒，著述无主，条章靡立。由是伯度讥其不实，公理以为可焚。张蔡二子，纠之于当代；傅范两家，嗤之于后叶。今者史司取士，有倍东京，人自以为荀袁，家自称为政骏。每欲记一事，载一言，皆阁笔相视，含毫不断；故首白可期，而汗青无日。其不可一也。前汉郡国计书，先上太史，副上丞相；后汉公卿所撰，始集公府，乃上兰台。由是史官所修，载事为博。爰自近古，此道不行。史臣编录，唯自询采；而左右二史，阙注起居；衣冠百家，罕通行状。求风俗于州郡，视听不该；讨沿革于台阁，簿籍难见。虽使尼父再出，犹且成其管窥；况仆限以中才，安能遂其博物。其不可二也。昔董狐之书法也，以示于朝；南史之书弑也，执简以往。而近代史局，皆通籍禁门，深居九重，欲人不见；寻其义者，盖由杜彼颜面，防诸请谒故也。然今馆中作者，多士如林，皆愿长嘴，无闻齰舌。傥有五始初成，一字加贬，言未绝口而朝野具知，笔未栖毫而搢绅咸诵。夫孙盛纪实，取嫉权门，王劭直书，见雠贵族，人之情也，能无畏乎？其不可三也。古者刊定一史，纂成一家，体统各殊，指归咸别。夫《尚书》之教也，以疏通致远为主；《春秋》之义也，以惩恶劝善为先；《史记》则退处士而进奸雄，《汉书》则抑忠臣而饰主阙。斯并曩时得失之例，良史是非之准，作者言之详矣。顷史官注记，多取禀监修，杨令公则云必须直词，宗尚书则云宜多隐恶。十羊九牧，其令难行；一国三公，适从何在。其不可四也。窃以史置监修，虽古无式，寻其名号，可得而言。夫言监者，盖总领之义耳。如创立纪年，则年有断限；草传叙事，则事有丰约；或可略而不略，或应书而不书，此刊削之务也。属辞比事，劳逸宜均；挥毫奋墨，勤惰须等。某表某篇，付之此职；某传某志，归之彼官。此铨配之理也。斯并宜明立科条，审定区域。傥人思自勉，则书可立成。今监之者既不指授，修之者又无遵奉，用使争学苟且，务相推避，坐变炎凉，徒延岁月。其不可五也。凡此不可，其流实多；一言以蔽，三隅自反。而时谈物议，安得笑仆编次无闻者哉。

比者伏见明公每汲汲于劝诱，勤勤于课责，或云坟籍事重，努力用心；或云岁序已淹，何时辍手。窃以纲维不举，而督课徒勤，虽威以刺骨之刑，勖以悬金之赏，终不可得也。必谓诸贤载削非其所长，以仆铨铨铰铰，推为首最；就如斯理，亦有其说。何者？仆少小从仕，早蹑通班。当皇上初临万邦，未亲庶务，而以守兹介直，不附奸臣；遂使官若土牛，弃同刍狗。逮銮舆西幸，百寮毕从，自惟官曹务简，求以留后居台；常谓朝廷不知，国家于我已矣。岂谓一旦忽承恩旨，州司临门，使者结辙；既而驱驷马，入函关，排千门，谒天子，引贾生于宣室，虽叹其才；召季布于河东，反增其愧。明公既位居端揆，望重台衡，飞沉属其顾盼，荣辱由其俯仰。曾不上祈辰极，申之以宠光；佥议搢绅，縻我以好爵。其相见也，直云"史笔阙书，为日已久；石渠扫第，思子为劳。今之仰追，惟此而已"。抑明公足下，独不闻刘炫蜀王之说乎？

昔刘炫仕隋，为蜀王侍读。尚书牛弘尝问之曰："君王遇子，其礼如何？"曰："相期高于周孔，见待下于奴仆。"弘不悟其言。炫曰："吾王每有所疑，必先见访；是相期高于周孔。酒食，左右皆餍，而我余沥不沾；是见待下于奴仆也。"仆亦窃不自揆，辄敢方于鄙宗。何者？求史才，则千里降追；语宦途，则十年不进。意者得非相期高于班马，见待下于兵卒乎？又人之品藻，贵识其性。明公视仆，于名利何如哉？当其坐啸洛城，非隐非仕，惟以守愚自得，宁以充诎撄心。但今者黾勉从事，挛拘就役，朝廷厚用其才，竟不薄加其礼；求诸隗始，其义安施？傥使士有澹雅若严君平，清廉如段干木，与仆易地而处，亦将弹铗告老，积薪为恨。况仆未能免俗，能不蒂芥于心者乎！当今朝号得人，国称多士。蓬山之下，良直差肩；芸阁之中，英奇接武。仆既功亏刻鹄，笔未获麟，徒殚太官之膳，虚索长安之米。乞已本职，还其旧居；多谢简书，请避贤路。惟明公足下哀而许之。

至忠得书大惭，无以酬答。其他文章亦不脱俪体，而辞笔腾跃；如《思慎赋》困心横虑；《孝经》《老子》注，《易传议》，辨析疏通。而《史通·自叙》，自道生平；与《上萧至忠》此书之急言竭论，境界不同；而气流墨中，声动简外，虽不免露才扬己，要是才人之笔已。

第七节　苏颋　张说附薛稷 阎朝隐 韩休等　张九龄

唐代文章，莫盛于开元天宝。而开风气之先，成一王之法，则有燕国公张说，许国公苏颋，以辅相之重，擅述作之才，佐佑王化，粉泽典章，骈称燕许。而张说诗兼李、杜、王、孟之长，文开唐代小说之局，雄辞逸气，耸动群听；郁郁之文，于是乎在。顾苏颋稍先起。

苏颋，字廷硕，武功人，宰相许国公瑰之子也；武后时，拜中书舍人。时瑰同中书门下三品，父子同坐禁管。玄宗初平内难，书诏填委，颋在太极后阁，口占授书史。书史白曰："丐公徐之；不然，手腕脱矣！"李峤曰："舍人思若涌泉，吾不及。"帝谓颋曰："卿所为诏令，别录副本，署臣某撰；朕当留中。"后世传其制敕代言，采入《文苑英华》及《全唐文》者，乃至五卷；然丽词琭琭，绝鲜异彩；惟《幸新丰及同州敕》，清新不肤；其他《上开元神武皇帝册文》、《右仆射太子少师唐璿神道碑》、《高安长公主神道碑》、《唐紫微侍郎赠黄门监李乂神道碑》，虽文体未遒，而篇章赡肆；《太阳亏为宰臣乞退表》、《谢弟诜除给事中自求改职表》，指事殷勤，感激顿挫，亦为佳作。而《双白鹰赞》，弈弈清畅而跻英逸，最为一集之胜。辞曰：

> 开元乙卯岁，东夷君长自肃慎扶余而贡白鹰一双，其一重三斤有四两，其一重三斤有二两，皆皓如练色，斑若彩章，积雪全映，飞花碎点，所谓金气之英，瑶光之精；高髻伟臆，长距秀颈，奋发而锐，坚刚则厉，摩天绝海，雷击飙逝。观其行时令，顺秋杀，指麾应捷，顾眄余雄，当落雕之赏，蔑仇鹞之敌，实稀代之尤也。皇上只膺圣图，钦若王道，方宝贤重谷，尊儒食艾；后宫撤绣绮，前殿焚珠玉；与王侯卿士朝夕论思。异无所贵，轻卫公之好鹤；奇无所珍，同汉皇之却马。畋岂务于驰骋，猎以存乎蒐狩；未尝合围掩群，载羽洒血，乃强不攫而猛不噬矣。然以万方入贡，怀

其来也；三年重译，嘉其至也。故仁为之心，有仁则勇；威为之力，有威则重。况此鸟猛过于众，重倍于凡；礼于君则劝忠，祭于祖则立敬，壮其体则用武，綷其翼则成文。彼宠而服之，鹗也能果；荣而戴之，蝉也能洁。矧乎职命司寇，师惟尚武，闻箴刺奸，择善为吏，盖选士之是式，非从禽之足云。此谓备于图而儆在位也。微臣奉制，敢称赞曰：

鹰之大者，精明竦峻。劲而横绝，雄则远振。锦文素彩，珠联玉润。往乃奋威，将军所徇。鹰之次者，勇锐光芒。截海而至，乘风载扬。络以红点，文其彩章。下鞲必中，惟吏之良。

辞不脱于俪偶，而六朝浮藻，湔洗尽矣。然它文未能称是。颋袭封许国公，以制诏碑颂称大手笔。张说稍后起，封燕国公，亦能文章，品望与颋略等。今诵颋所传诗文，动无虚散，颇乖秀逸，远不如说之倜傥卓荦，风力遒矫；又喜用古事，弥见拘束。诗则披沙拣金，惟五言律《小园纳凉即事》，七言律《景龙观送裴士曹》，五言绝《汾上惊秋》、《山驿闲卧即事》四首，词兴婉惬，殊得风流媚趣；而才力苦弱，故务其清浅。以视说之词采华茂，风流调达，亦何异跛鳖之与骐骥哉。

张说，字道济，洛阳人。武后初革命，大搜遗逸，四方之士，应制者向万人。武后御洛阳城南门，亲自临试，而说对策为天下第一。其警语曰："昔三监玩常，有司既纠之以猛。今四罪咸服，陛下宜济之以宽。"拜太子校书，仍令写策本于尚书省。玄宗时，累官中书令，封燕国公，朝廷大述作，多出其手。帝好文辞，有所为，必使视草。传有《张燕公集》三十卷，今佚五卷。唐诗自陈子昂夺魏晋之风骨，变梁陈之俳优，力追古意，而规模未大。说则材力标举，尤臻宏肆；或遒壮抑扬以导李杜之前驱，或清拔孤秀以开王孟之先河，而触景生悟，有会象外，则又似谢灵运，得其理趣而祛其质闷；不名一格，而变化极焉，不可不为盛唐之具体也。五言古如《赠崔公》、《忆郡》、《过汉南城叹古坟》、《巡边在河北作》、《岳州作》、《岳阳早霁南楼》、《闻雨》、《山夜闻钟》、《杂诗》四首、《岳州夜坐》，五言律如《蜀路》、《岳州宴别潭州王熊》二首、《过庾信宅》、《奉和圣制过王浚墓应制》、《巴丘春作》、《清远江峡山寺》诸诗，以偶对出跌宕，以感慨见抱负。录十首：

赠崔公

我闻西汉日，四老南山幽；长歌紫芝秀，高卧白云浮。朝野光尘绝，榛芜年貌秋。一朝驱驷马，连辔入龙楼。昔遁高皇去，今从太子游。行藏惟圣节，福祸在人谋。卒能匡惠帝，岂不赖留侯。事随年代远，名与图籍留。平生钦淳德，慷慨景前修。蜯蛤伺阴兔，蛟龙望斗牛。无嗟异飞伏，同气幸相求。

巡边在河北作

抚剑空余勇，弯弧遂无力。老去事如何，据鞍长叹息。故交索将尽，后进稀相识。独怜半死心，尚有寒松直。

闻雨

多雨绝尘事，寥寥入太玄。城阴疏复合，檐滴断还连。念我劳造化，从来五十年。误将心徇物，近得还自然。闲居草木侍，虚室鬼神怜。有时进美酒，有时泛清弦。声真不世识，心醉岂言诠。

山夜闻钟

夜卧闻夜钟，夜静山更响。霜风吹寒月，窈窱虚中上。前声既舂容，后声复晃荡。听之如可见，寻之定无像。信知本际空，徒挂生灭想。

蜀路

云埃夜澄廓，山日晓晴鲜。叶落苍江岸，鸿飞白露天。磷磷含水石，幂幂覆林烟。客心久无绪，秋风殊未然。

岳州宴别潭州王熊二首

丝管清且哀，一曲倾一杯。气将然诺重，心向友朋开。古木无生意，寒云若死灰。赠君芳杜草，为植建章台。

缙云连省阁，沟水遽西东。然诺心犹在，荣华岁不同。孤城临楚塞，远树入秦宫。谁念三千里，江潭一老翁。

过庾信宅

兰成追宋玉，旧宅偶词人。笔涌江山气，文骄云雨神。包胥非救楚，随会反留秦。独有东阳守，来嗟古树春。

奉和圣制过王浚墓应制

牛斗三分国，龙骧一统年。智高宁受制，风急肯回船。有策擒吴嚭，无言让范宣。援孤因势屈，功重为谗偏。旧迹灰尘散，枯坟古老传。百代逢明主，何辞死道边。

清远江峡山寺

流落经荒外，逍遥此梵宫。云峰吐月白，石壁淡烟红。宝塔灵仙涌，悬龛造化功。天香涵竹气，虚呗引松风。檐牖飞花入，廊房激水通。猿鸣知谷静，鱼戏辨江空。静默将何贵，惟应心境同。

沉郁顿挫，寓纵横颠倒于整密中，上承颜延之、谢朓，下开李、杜、王、孟，驰骋有余，安详合度。七言古变动阖辟，亦骁风力。录两首。

邺都引

君不见魏武草创争天禄，群雄睚眦相驰逐，昼携壮士破坚阵，夜接词人赋华屋。都邑缭绕西山阳，桑榆汗漫漳河曲。城郭为虚人代改，但有西园明月在。邺傍高塚多贵臣，娥眉曼睩共灰尘。试上铜台歌舞处，惟有秋风愁杀人。

同赵侍御乾湖作

江南湖水咽山川，春江溢入共湖连。气色纷沦横罩海，波涛鼓怒上漫天。鳞宗壳族嬉为府，弋叟罛师利焉聚。觟帆侧柁弄风口，赴险临深绕湾浦。一湾一浦怅邅回，千曲千溠恍迷哉。乍见灵妃含笑往，复闻游女怨歌来。暑来寒往运洄洑，潭生水落移陵谷。云间坠翮散泥沙，波上浮查栖树木。昨暮飞霜下北津，今朝行雁度南滨。处处沟洚清源竭，年年旧苇白头新。天地盈虚尚难保，人间倚伏何须道；秋月皛皛泛澄澜，冬景青青步纤草。

念君宿昔观物变，安得踌躕不衰老！

纵横挥霍，已非徐庾阐缓之音，而凄惋得江山之助。观其《过庾信宅》诗云："笔涌江山气，文骄云雨神。"盖不啻夫子自道矣。文则仍是徐庾俪体，而血脉动宕，意度春容，亦健笔有凌云意。尤工为诏表碑颂，而《大唐封祀坛颂》、《论神兵军大总管功状》、《唐开元十三年陇西监牧颂德碑》、《兵部尚书代国公赠少保郭公行状》四篇，局阵开张，笔情踔厉，尤为卓荦入奇。独所为《虬髯客传》，集中不收，盛传于世，事尽谬悠而情辞雄丽，写英雄美人，栩栩如生，刻意构画，以别出于魏晋散记，异军突起，而开唐代小说之局，尤为伟观。辞曰：

> 隋炀帝之幸江都，命司空杨素守西京。素骄贵，又以时乱，天下之权重望崇者，莫我若也；奢贵自奉，礼异人臣。每公卿入言，宾客上谒，未尝不踞床而见，令美人捧出，侍婢罗列，颇僭于上。末年愈甚，无复知所负荷，有扶危持倾之心。一日，卫公李靖以布衣上谒，献奇策。素亦踞见。公前揖曰："天下方乱，英雄竞起。公为帝室重臣，须以收罗豪杰为心，不宜踞见宾客。"素敛容而起，谢公，与语，大悦，收其策而退。
>
> 当公之骋辩也，一妓有殊色，执红拂立于前，独目公。公既去，而执拂者临轩指吏问曰："去者处士第几？住何处？"公具以对。妓颔而去。公归逆旅，其夜五更初，忽闻叩门而声低者。公起问焉，乃紫衣带帽人，杖一囊。公问谁，曰："妾，杨家之执拂妓也。"公遽延入，脱衣去帽，乃十八九佳丽人也，素面画衣而拜。公惊答拜。曰："妾侍杨司空久，阅天下之人久矣，无如公者。丝萝非独生，愿托乔木，故来奔耳。"公曰："杨司空权重京师，如何？"曰："彼尸居余气，不足畏也。诸妓知其无成，去者甚众矣，彼亦不甚逐也。计之详矣，幸无推焉。"问其姓，曰："张。"问其伯仲之次，曰："最长。"观其肌肤仪状，言词气语，真天人也。公不自意获之，愈喜愈惧，瞬息万虑不安，而窥户者无停屦。数日，亦

闻追讨之声，意亦非峻；乃雄服乘马，排闼而去。将归太原，行次灵石旅邸，既设床；炉中烹肉且熟。

张氏以发长委地，立梳床前。公方刷马；忽有一人，中形，赤髯而虬，乘蹇驴而来，投革囊于炉前，取枕攲卧，看张梳头。公怒甚未决，亲犹刷马。张熟视其面，一手握发，一手映身摇示公，令勿怒。急急梳头毕，敛衽前问其姓，卧客答曰："姓张。"对曰："妾亦姓张，合是妹。"遽礼问"第几？"曰："第三。"因问"妹第几？"曰："最长。"遂喜曰："今多幸逢一妹！"张氏遥呼"李郎且来见三兄。"公骤礼之；遂环坐。曰："煮者何肉？"曰："羊肉，计已熟矣。"客曰："饥。"公出市胡饼。客抽腰匕首，切肉共食。食竟，余肉乱切送驴前，食之甚速。客曰："观李郎之行，贫士也，何以致斯异人？"曰："靖虽贫，亦有心者焉。他人见问，固不言；兄之问，则无隐耳。"具言其由。曰："然则何之？"曰："将避地太原。"曰："然！故非君所致也。"曰："有酒乎？"曰："主人西则酒肆也。"公取酒一斗，既巡。客曰："吾有少下酒物，李郎能同之乎？"曰："不敢！"于是开革囊，取一人头并心肝，却头囊中，以匕首取心肝共食之，曰："此人天下负心者，衔之十年。今始获之，吾憾释矣！"又曰："观李郎仪形器宇，真丈夫也。亦闻太原有异人乎？"曰："尝识一人，愚谓之真人也，其余将帅而已。"曰："何姓？"曰："靖之同姓。"曰："年几？"曰："仅二十。"曰："今何为？"曰："州将之子也。"曰："似矣，亦须见之。李郎能致吾一见乎？"曰："靖之友刘文静者与之狎。因文静见之，可也。然兄何为？"曰："望气者言太原有奇气，使吾访之。李郎何日到太原？"靖计之日，曰："期达之明日，日方曙，候我于汾阳桥。"言讫，乘驴而去，其行若飞，回顾已失。公与张氏且惊且喜，久之，曰："烈士不欺人；固无畏。"促鞭而行。及期，入太原。候之，果相见；大喜，偕诣刘氏。诈谓文静曰："有善相者思见郎君，请迎之。"文静素奇其人，一旦闻有客善相，遽遣使迎之。使回而至，不衫不履，裼裘而来，神气扬扬，貌与常异。虬髯默然居末坐，见之心死。饮数杯，招靖曰："真天子也。"公以告刘。刘益喜自负。既出，而虬髯曰："吾见之十八九定矣，亦须道兄见之。李郎宜与一妹复入京，某日午时，访我于马行东酒楼，楼下有此驴及瘦驴，即我与道兄俱在于上矣，到即登焉。"又别，而公与张氏复应之。

及期，访焉，宛见二乘，揽衣登楼。虬髯与道士方对饮，见公惊喜，召坐同饮十数巡，曰："楼下柜中有钱十万，择一深稳安妹处。某日复会于汾阳桥。"如期至，即道士与虬髯已先到矣，俱谒文静。时方弈棋，起揖而语。少焉，文静飞书召文皇看棋。道士对文静弈，虬髯与靖旁立而视。俄而文皇来，长揖就坐，神清气朗，满坐风生，顾盼炜如也。道士一见惨然，敛棋子曰："此局全输矣。于此失却局，奇哉，救无路矣。"罢弈，请去。既出，谓虬髯曰："此世界，非公世界也。他方可勉图之，勿以为念！"因共入京。虬髯路语靖曰："计李郎之程，某日方到。到之明日，可与一妹同诣某坊小宅。为李郎往复相从，一妹悬然如磬，欲令新妇只谒从容，无令前却。"言毕，吁嗟而去。靖亦驰马速征，俄即到京，与张氏同往。至一小板门，叩之，有应者，出拜曰："三郎令候李郎一娘子久矣。"延入重门，门益壮丽；奴婢三十余人，罗列于前；青衣二十人，引靖入东厅。厅之陈设，穷极珍异，巾箱妆奁冠镜首饰之盛，非人间之物，巾栉装饰毕备。请更衣，衣又珍奇。甫毕，传云："三郎来！"乃虬髯也。纱帽紫衫，趋走有龙虎之状，相见欢然；命妻出拜，亦天人也。遂延中堂，陈设盘筵之盛，虽王公亦不侔也。四人对坐陈馔，次出女乐二十人，旅奏于庭，似从天降，非人间之曲度。食毕，行酒，有苍头自西堂舁出二十床，各覆以锦帕。既列，尽去其帕，乃文簿匙钥之类。虬髯指告靖曰："此皆珍宝货帛之数，吾之所有，悉以充赠。何者？某本欲于此世界求事，或当龙战二三年，建少功业。今既有主，住亦何为！太原李氏，真英主也；三五年内，即当太平。李郎以英特之才，辅清平之主，竭心尽力，必极人臣。一妹以天人之姿，蕴不世之艺，从夫之贵，荣及轩裳。非一妹不能识李郎，非李郎不能遇一妹。圣贤起陆之渐，际会如期，虎啸风生，龙腾云合，固非偶然也。将予之赠，以助真主，施功立业，勉之勉之！此后十余年，东南数千里外有异事，是吾得意之秋也，一妹与李郎，可沥酒相贺。"复引家僮列拜曰："李郎，一妹，是汝主也，可善事之。"言讫，与其妻戎服乘马，一奴从后，数步遂不复见。

靖据其宅，遂为豪家，得以助文皇缔构之资，遂匡大业。贞观中，公以左仆射平章事，适东南蛮奏曰："有海船千艘，甲兵数十万，入扶余国，杀其主自立，国已定矣。"靖知虬髯成功也，归告张氏，共沥酒向东南拜贺之。乃知真人之兴，非英雄所冀，况非英雄者乎！人臣之谬思乱者，乃螳臂之拒走轮耳。我皇家垂福万叶，岂虚然哉！或曰："卫公之兵法，半是虬髯所传也。"

抑英雄以明真主，其意本之班彪《王命论》，别出机杼而托之小说。小说家者流，盖出于稗官，就所睹记，曲道人物风俗、学术、方伎以拾史官之遗，如虞初之周说九百，刘义庆之《世说新语》，多当时实事也。其下或及神怪，时有目睹，不乃得之风闻，而不刻意构画其事，如干宝《搜神记》之伦，亦多记传说，盖不违于街谈巷语，道听途说者所造；未有辞尚浮夸，事出意构者也。若乃以谲怪诡奇相尚，以惊世骇俗为志，因物骋辞，事贵传奇者，当自说《虬髯客传》始。

开元中，说为集贤殿大学士十余年。常与学士徐坚论近代文士，悲其凋丧。坚曰："李赵公、崔文公之笔术，擅价一时，其间孰优？"说曰："李峤、崔融、薛稷、宋之问之文，如良金美玉，无施不可。富嘉谟之文，如孤峰绝岸，壁立万仞，浓云郁兴，震雷俱发，诚可畏也；若施于廊庙，则骇矣。杨炯文思如悬河注水，酌之不竭，既优于卢，亦不减王，耻居王后，信然；愧在卢前，谦也。阎朝隐之文，如丽服靓妆，燕歌赵舞，观者忘疲；若类之风雅，则罪人矣。"问后进词人之优劣，说曰："韩休之文，如太羹旨酒，雅有典则，而薄于滋味。许景先之文，如丰肌腻理，虽秾华可爱，而微少风骨。张九龄之文，如轻缣素练，实济时用，而微窘边幅。王翰之文，如琼杯玉斝，虽烂然可珍，而多有玷缺。”坚以为然。然余睹记所及，则亦有可信有不可信。薛稷，汾阳人，为文不脱俪体，而诗如《早春鱼亭山》、《秋日还京陕西十里作》、《春日登楼野望》三篇，清新遒亮，绰有古思。阎朝隐，赵州栾城人，诗颇遒爽而调欠沉郁，文亦丽赡而韵未清迥，知为华士而非正人也。韩休，京兆人，文亦俪体，而《许国文宪公苏颋文集序》，辞笔朗畅，出之疏宕；《梁宣帝、明帝二陵碑》，才调警拔，发以顿挫；骈文得此，亦大手笔。而说谓如太羹旨酒，薄于滋味，殊未为然也。

张九龄，字子寿，韶州曲江人。七岁知属文，擢进士，官中书舍人，出为洪州都督。张说以为后出词人之冠，荐为集贤院学士。俄拜中书侍郎，同平章事。玄宗每谓侍臣曰：“张九龄文章，自有唐名公皆不如也。朕终身师之，不得其一二，此人真文场之元帅也。”传有《曲江集》廿卷。其诗文大抵稳称有余，雄丽不足，而文尤窘边幅，独其代玄宗敕边将夷酋诸书，随事抒写，不大声色，而指示殷勤，吐属矜贵，军情虏势，朗如列眉，可以上追西京，俯视南朝。录敕文六篇。

敕北庭将士书

敕北庭将士瀚海军使盖嘉运已下：逆胡忿戾，乘此猖狂，驱率匪人，围犯边镇。皆如素虑，不出下策。卿等虽在绝境，且据坚城，将士一心，莫非义勇。观衅而动，取乱在兹，宜临事筹之，无失此便。但苏禄本以奸诈，诳诱群胡，无德在人，何能有国。今乃驱乌合之众，作不义之举，师曲在老，族灭其时。卿可因其不固之心，乘其已疲之众，犄角归路，翦灭逋丑，此亦天与，岂直人谋。仍熟料之，取万全也。国之重赏，惟待奇功，岂在言之，自良图耳。比秋气已冷，卿及将士百姓并安好。遣书指不多及。

敕安西节度王斛斯书

敕王斛斯：得卿表，知诸将接勇，亦有克捷，是卿指麾，获此凶丑。苏禄背德，敢此寇仇，自毙犬马之群，我无毫厘之失。闻其狼狈，疲羸满道，乘此翦扑，势若摧枯。张羲之等虽各行诛，犹恨其少。古之善用兵者，不必在众；能制敌者，会在出奇。狂贼此来，真亦送死，众既不整，心且非一；乌合之虏，持久气衰，向有奇决，破之必矣。且如所奏，亦足申威。其将士立功，擒杀有状，各据实闻奏，当加优赏。顷来诸军奏请，所患在于不实。将既虚叙，人则妄求，如此相蒙，自然挠法。朕以信示下，以赏劝劳，岂于其间，亦容有诡？故委卿在远，所寄则深，必取诚实，勿令致此。冬初已冷，卿等及将士以下并平安好。遣书指不多及。

敕幽州节度张守珪书

敕幽州节度副大使兼御史中丞张守珪：渔阳平卢，东北重镇，匈奴断臂，山戎扼喉。节制之权，莫不在此。朕所以雅仗才识，诚思远图，既膺此举，当成本志。今奚贼残破，固不足言。契丹余孽，犹且为梗，将遂扫荡，悬赏须明。至如寇抄之来，边境常事，苟非大敌，不劳我师。顷者偏小邀功，或亦附益其事。言而不实，示信何归，赏而有虚，叙劳何劝。适使贪嗜小利之辈，不思翦灭大举之策，则深谋重赏，更待何人；而革弊成功，当在卿尔。其有贼非大下，因有擒馘，灼然殊效者，可量事奏闻；其余微劳，并任军中赏赐，冀能自勉，令有后图。若信其苟为，终若成事，而纲纪不立，夷狄笑人。以卿之明，固在目击也。秋气已冷，卿及将吏以下并平安好。遣书指不多及。

敕平卢使乌知义书

敕乌知义：两蕃既已归我，突厥仍敢犯边，此其不顺，诚可残灭。适闻契丹及奚等并力合谋，同破凶丑；卿亦继进，相与成功；此之一捷，使其丧气。然斗防困兽，诱备羸师，兵家之难，慎在终始。卿是宿将，当自明之。若见可则行，务须灵敏，固在临事，难用预言，必图万全，不可轻举。已敕守珪与卿计会，可须观衅裁之。秋凉，卿及将士已下并平安好。遣书指不多及。（以上敕边将）

敕契丹都督泥礼书

敕契丹都督泥礼：往者屈烈突干凶恶，无心忧矜百姓，背叛于我，终日自防，丁壮不得耕耘，牛马不得生养；及依附突厥而课税又多，部落吁嗟，卿所见也。李过折因众人之忿，诛顽凶之徒；诸部酋豪相率归我，已令随事赏赐，亦云且得安宁。过折封王，岂直赏功而已，亦为百姓众意赖其抚存。不知近日已来，若为非理，亦闻杀害无罪，棒打又多，众情不安，遂致非命。然卿彼之蕃法，多无义于君长，自昔如此，朕亦知之。然是卿蕃王，有恶径杀，为此王者，不亦难乎？但恐卿今为王，后人亦常不自保，谁愿作王？卿虽蕃人，是当土豪杰，亦须防虑后事，岂取快志目前。过折既亡，卿初知都督，百姓诸处分，复得安宁以否？卿应有官赏，即有处分。夏中甚热，卿及首领百姓并安好。今赐卿锦衣一副，并细腰带七事，至宜领取。遣书指不多及。

敕吐蕃赞普书

皇帝问赞普：缘国家先代公主，既是舅甥，以今日公主，即为子婿；如是重姻，何待结约。遇事足以相信，随情足以相亲。不知彼心复同然否？近得四镇节度使表，云"彼使人与突骑施交通"。但苏禄小蕃，负恩逆命。赞普既是亲好，即合同嫉顽凶，何为却与恶人密相往来，又将器物交通赂遗？边镇守捉，防遏是常。彼使潜行，一皆警觉，夜中格拒，人或死伤，比及审知，亦不总损。所送金银诸物及偷盗人等，并付悉诺勃藏却将还。彼既与赞普亲厚，岂复以此猜疑。自欲坦怀，略无所隐，纵通异域，何虑异心。至于边将在远，下人邀功，变好为恶，诚亦有此。非独相规，亦当自诫。如此觉察，更有何忧。万事之间，一无所限隔，所以细故无不尽言，想所知之，体至怀也。晚春极暄，赞普及平章事首领并平安好。有少信物，别具委曲。遣书指不多及。（以上敕夷酋）

语无枝辞，意有余诚，而经事综物，指挥若定。大抵敕边将书，机宜曲尽，于周详中出英明，于温慰中见肃毅。敕夷酋书，雅意深笃，于宣慰中尽情伪，于诰诫中见体恤。自魏武、蜀相而后，诸为教令，罕见如此之恳到周详者也。其他《上姚令公书》，感慨激发，自臻英逸；《景龙观山亭集送密县高赞府序》、《岁除陪王司马登薛公逍遥台序》、《韦司马别业集序》，顿挫浏亮，亦昭倜傥；《狮子赞序》，胎息茂古，立言能见其大；《故瀛州司户参军李府君碑铭》、《后汉征君徐君碣铭》，载笔清畅，抒藻不免于缛；虽未瑰伟，而亦可诵。

张九龄诗则排律居多，而五言古《杂诗》五首，《感遇》十二首，独盛传于世。录诗三首：

杂诗

孤桐亦胡为，百尺傍无枝。疏阴不自覆，修干欲何施？高冈地复迥，弱植风屡吹。凡鸟已相噪，凤凰安得知。

感遇

兰叶春葳蕤，桂华秋皎洁。欣欣此生意，自尔为佳节。谁知林栖者，闻风坐相悦。草木有本心，何求美人折！

孤鸿海上来，池潢不敢顾。侧见双翠鸟，巢在三珠树。矫矫珍木巅，得无金丸惧？美服患人指，高明逼神恶。今我游冥冥，弋者何所慕。

跌宕昭彰，解散辞体，蔚彼风力，文明以健。而《望月怀远》一律，文温以丽，凄怆怨者之流，又是一格；辞曰：

海上生明月，天涯共此时。情人怨遥夜，竟夕起相思。灭烛怜光满，披衣觉露滋。不堪盈手赠，还寝梦佳期。

意悲而远，情高会采，风味隽永，尤为独绝；其他碌碌，未能称是。柳宗元谓张说擅著述，张九龄工比兴；而不以比兴许张说。然以我观之，篇章之盛，体气之完，以备盛唐之格，而开李杜之风者，张九龄何能及张说。而九龄之诗，《杂诗》《感遇》，古调仅弹，佗未能称；虽是清拔以洗梁陈之绮靡，而未遒壮以树李杜之风骨，所以不如张说也。

第八节　李白　杜甫　王维　孟浩然附储光羲　崔颢　王昌龄附王之涣　李颀　高适　岑参　常建　钱起附郎士元　刘长卿

唐代文学，莫盛于诗，诗莫盛于开元天宝。无诗，则唐文学不感，无开元天宝，则无盛唐。而李白、杜甫，独为盛唐之冠。先是太宗朝，魏征、王绩，首开草昧之风；而陈子昂特以雄丽遒茂振一代之势；沈佺期、宋之问、张说、张九龄，运古于律，力湔藻缛，亦各擅清拔之气，于音节圆畅之中；旁薄郁积，久而势厚。至李白、杜甫，茹古涵今，独以浑遒高亮，创开风气，结汉魏六朝之局，而开唐以后诗家之派；而杜甫之体备，李白之气奇。

李白，字太白，其先陇西成纪人，隋末，以罪徙西域，既而遁归于蜀。白之生，母梦长庚星，因以命之。十岁，通诗书；既长，隐岷山，州举有道，不应。苏颋为益州长史，见白，异之曰："此子天才奇特，可比相如。"然喜纵横术，击剑为任侠，而门多长者车，常欲一鸣惊人，慷慨自负。出游荆州，《与刺史韩朝宗书》曰：

> 白闻天下谈士相聚而言曰："生不用封万户侯，但愿一识韩荆州。"何令人之景慕一至于此耶？岂不以有周公之风，躬吐握之事，使海内豪俊奔走而归之。一登龙门，则声价十倍。所以龙盘凤逸之士，皆欲收名定价于君侯？愿君侯不以富贵而骄之，贫贱而忽之，则三千宾中有毛遂，使白得脱颖而出，即其人焉。
>
> 白，陇西布衣，流落楚汉。十五好剑术，遍干诸侯；三十成文章，历抵卿相。虽长不满七尺，而心雄万夫，王公大臣许与气谊。此畴曩心迹，安敢不尽于君侯。惟君侯制作侔神明，德行动天地，笔参于造化，学究于天人。幸愿开张心颜，不以长揖见拒。必若接之以高宴，纵之以清谈，日试万言，倚马可待。今天下以

君侯为文章之司命，人物之权衡，一经品题，便作佳士；而君侯何惜阶前盈尺之地，不使白扬眉吐气，激昂青云耶？

昔王子师为豫章，未下车，即辟荀慈明；既下车，又辟孔文举。山涛作冀州，甄拔三十余人，或为侍中尚书。先代所美。而君侯亦荐一严协律，入为秘书郎；中间崔宗之、房习祖、黎昕、许莹之徒，或以才名见知，或以清白见赏。白每观其衔恩抚躬，忠义奋发。白以此感激，知君侯推赤心于诸贤腹中，所以不归他人，而愿委身国士。傥急难有用，敢效微躯。且人非尧舜，谁能尽善？白谟猷筹画，安能尽矜；至于制作，积成卷轴，则欲尘秽视听，恐雕虫小伎，不合大人。若赐观刍荛，请给以纸墨兼之书人。然后退归闲轩，缮写呈上，庶青萍结绿，长价于薛卞之门。幸推下流，大开奖饰，惟君侯图之。

朝宗延饮，白拜；朝宗让以何不长揖，白曰："酒以成礼。"朝宗大悦。既而之京师，秘书监贺知章闻其名，首访之，请所为文。白出《蜀道难》，读未竟，叹曰："子，谪仙人也！"白酷好酒，知章解金龟换酒，与倾尽醉。言于玄宗，召见，论当世事，赐食亲为调羹，有诏供奉翰林。开元中，禁中初重牡丹，得四本红、紫、浅红、通白者，植兴庆池东，沉香亭前。花方繁开，玄宗携太真妃宴赏。李龟年以歌擅一时之名，手捧檀板，押众乐前，将歌。上曰："赏名花，对妃子，焉用旧辞！"命龟年持金花笺宣赐白立进《清平调辞》三章。白宿酲未解，乃欣然援笔，辞曰：

云想衣裳花想容，春风拂槛露华浓。若非群玉山头见，会向瑶台月下逢。

一枝红艳露凝香，云雨巫山枉断肠。借问汉宫谁得似，可怜飞燕倚新妆。

名花倾国两相欢，长得君王带笑看。解释春风无限恨，沈香亭北倚阑干。

龟年以歌辞进,上命调抚丝竹歌之。太真妃持颇梨七宝杯,酌西凉州葡萄酒,笑领歌辞,意甚厚。上因调玉笛以倚曲,每曲遍将换,则迟其声以媚之。太真妃饮罢,敛绣巾重拜,顾不慊白之以飞燕相譬况。白自知不为所容,益放于酒,与贺知章及汝阳王琎、崔宗之、苏晋、张旭、焦遂,为酒中八仙。恳求放还。安禄山反,转侧宿松匡庐间。永王璘起兵,辟为僚佐。璘败,诏长流白夜郎,会赦,还浔阳,再坐事下狱。寻依当涂令李阳冰,而卒于当涂。传有《李太白集》三十卷。

白以诗歌为一代宗,而诵其文章,不脱骈偶组俪之习,饶有纵横遒逸之意,如《与韩荆州书》及《春夜宴从弟桃李园序》、《暮春于江夏送张祖监丞之东都序》、《秋于敬亭送从侄耑游庐山序》,磊落嵚崎。所谓卓卓有异气,笔墨之性,殆不可胜。大抵以词赋为纵横,如汉枚乘司马相如一流人,具体而微,不仅靡密以闲畅也。诗则气象高朗,风骨恢张。观其抒写,直取自然,初非琢炼之劳,吐以匠心之感,《咏怀》同阮嗣宗,《游仙》似郭景纯,不为凄戾,自臻清拔,仗气爱奇,动多振绝;然而不贵绮错,有伤直致。录五七言古、五七言律、五七言绝共十六首:

古风

桃花开东园,含笑夸白日。偶蒙东风荣,生此艳阳质。岂无佳人色,但恐花不实。宛转龙火飞,零落早相失。讵知南山松,独立自萧瑟。

长干行

妾发初覆额,折花门前剧。郎骑竹马来,绕床弄青梅。同居长干里,两小无嫌猜。十四为君妇,羞颜未尝开;低头向暗壁,千唤不一回。十五始展眉,愿同尘与灰;常存抱柱信,岂上望夫台?十六君远行,瞿塘滟预堆;五月不可触,猿声天上哀。门前迟行迹,一一生绿苔。苔深不能扫,落叶秋风早;八月蝴蝶来,双飞西园草。感此伤妾心,坐愁红颜老。早晚下三巴?预将书报家。相迎不道远,直至长风沙。

月下独酌

花间一壶酒，独酌无相亲，举杯邀明月，对影成三人。月既不解饮，影徒随我身。暂伴月将影，行乐须及春。我歌月徘徊，我舞影零乱。醒时同交欢，醉后各分散；永结无情游，相期邈云汉。

望终南山寄紫阁隐者

出门见南山，引领意无限，秀色难为名，苍翠日在眼。有时白云起，天际自舒卷；心中与之然，托兴每不浅。何当造幽人，灭迹栖绝巘。（以上五言古）

蜀道难

噫吁嚱，危乎高哉！蜀道之难难于上青天！蚕丛及鱼凫，开国何茫然。尔来四万八千岁，不与秦塞通人烟。西当太白有鸟道，可以横绝峨眉巅。地崩山摧壮士死，然后天梯石栈方钩连。上有六龙回日之高标，下有冲波逆折之回川；黄鹤之飞尚不得过，猿猱欲度愁攀缘。青泥何盘盘，百步九折萦岩峦。扪参历井仰胁息，以手抚膺坐长叹。问君西游何时还，畏途巉岩不可攀。但见悲鸟号古木，雄飞雌从绕林间。又闻子规啼夜月，愁空山。蜀道之难难于上青天，使人听此凋朱颜。连峰去天不盈尺，枯松倒挂倚绝壁。飞湍暴流争喧豗，砯崖转石万壑雷。其崄也若此；嗟尔远道之人胡为乎来哉！剑阁峥嵘而崔嵬，一夫当关，万夫莫开。所守或非亲，化为狼与豺。朝避猛虎，夕避长蛇。磨牙吮血，杀人如麻。锦城虽云乐，不如早还家。蜀道之难难于上青天，侧身西望长咨嗟。

将进酒

君不见黄河之水天上来，奔流到海不复回。君不见高堂明镜悲白发，朝如青丝暮成雪。人生得意须尽欢，莫使金樽空对月。天生我材必有用，千金散尽还复来。烹羊宰牛且为乐，会须一饮三百杯。岑夫子，丹丘生，将进酒，君莫停！与君歌一曲，请君为我倾耳听：钟鼓馔玉不足贵，但愿长醉不用醒。古来圣贤皆寂寞，惟有饮者留其名。陈王昔时宴平乐，斗酒十千恣欢谑。主人何为言少钱，径须沽取对君酌。五花马，千金裘，呼儿将出换美酒，与尔同销万古愁。

梦游天姥吟留别

海客谈瀛洲，烟涛微茫信难求。越人语天姥，云霓明灭或可睹。天姥连天向天横，势拔五岳掩赤城。天台一万八千丈，对此欲倒东南倾。我欲因之梦吴越，一夜飞渡镜湖月。湖月照我影，送我至剡溪；谢公宿处今尚在，绿水荡漾清猿啼。脚著谢公屐，身登青云梯。半壁见海日，空中闻天鸡。千岩万壑路不定，迷花倚石忽已暝。熊咆龙吟殷岩泉，栗深林兮惊层巅。云青青兮欲雨，水澹澹兮生烟。列缺霹雳，丘峦崩摧。洞天石室，訇然中开。青冥浩荡不见底，日月照耀金银台。霓为衣兮风为马，云之君兮纷纷而来下；虎鼓瑟兮鸾回车，仙之人兮列如麻。忽魂悸以魄动，恍惊起而长嗟。惟觉时之枕席，失向来之烟霞。世间行乐亦如此，古来万事东流水。别君去兮何时还？且放白鹿青崖间，须行即骑访名山。安能摧眉折腰事权贵，使我不得开心颜。（以上七言古）

送友人

青山横北郭，白水绕东城。此地一为别，孤蓬万里征。浮云游子意，落日故人情。挥手自兹去，萧萧班马鸣。

访戴天山道士不遇

犬吠水声中，桃花带雨浓。树深时见鹿，溪午不闻钟。野竹分青霭，飞泉挂碧峰。无人知所去，愁倚两三松。（以上五言律）

登金陵凤凰台

凤凰台上凤凰游，凤去台空江自流。吴宫花草埋幽径，晋代衣冠成古丘。三山半落青天外，二水中分白鹭洲。总为浮云能蔽日，长安不见使人愁。

鹦鹉洲

鹦鹉来过吴江水，江上洲传鹦鹉名。鹦鹉西飞陇山去，芳洲之树何青青。烟开兰叶香风暖，岸夹桃花锦浪生。迁客此时徒极目，长洲孤月向谁明。（以上七言律）

夜思

床前明月光，疑是地上霜。举头望明月，低头思故乡。

敬亭独坐

众鸟高飞尽，孤云去独闲。相看两不厌，只有敬亭山。（以上五言绝）

越中怀古

越王句践破吴归，战士还家尽锦衣。宫女如花满春殿，只今惟有鹧鸪飞。

送孟浩然之广陵

故人西辞黄鹤楼，烟花三月下扬州。孤帆远影碧空尽，惟见长江天际流。

望天门山

天门中断楚江开，碧水东流向北回。两岸青山相对出，孤帆一片日边来。（以上七言绝）

大抵才雄而气遒，笔力变化，极于七言歌行。语短而情长，词意隽永，尤妙五七言绝。然余独爱其五言古，能寓意思安闲，于笔阵排宕之中，得明远之俶诡，含元亮之旷真，风调高雅，笔力遒古，体被文质，为莫尚已。于时，玄宗雅好声乐，有《好时光》之词，而太真妃有《阿那曲》；白则制《清平调》三章以娱媚之，婉丽精切；而玩其体，则七言绝也。徒以调或未谐，则用律绝诗体，裁为长短句以就曲拍。而传有《桂殿秋》两阕，《连理枝》两阕，《菩萨蛮》、《忆秦娥》各一阕，《清平乐》五阕；开后世填词之风。录二首。

菩萨蛮

平林漠漠烟如织。寒山一带伤心碧。暝色入高楼，有人楼上愁。　　玉阶空伫立，宿鸟归飞急。何处是归程？长亭更短亭。

忆秦娥

箫声咽，秦娥梦断秦楼月。秦楼月，年年柳色，灞陵伤别。

乐游原上清秋节，咸阳古道音尘绝。音尘绝，西风残照，汉家陵阙。

律绝莫盛于唐，然律绝盛而词兴。而词者，则律绝之解散辞体，如《菩萨蛮》，合五言七言而成；而《忆秦娥》长短句错落，则裁之于七言，或有余，或不足，皆以协和其调也，遂为词家之祖焉。

杜甫，字子美，杜审言之孙，本襄阳人，后徙河南巩县。初应进士不第，天宝末献《三大礼赋》，玄宗奇之。会安禄山乱，陷贼中，脱身奔凤翔，肃宗用为左拾遗。后依严武居成都。武卒居夔州，旋至夔州，去夔出峡，下江陵，溯沅湘以登衡山，因客耒阳，卒。传有《杜工部集》三十卷。甫以诗歌与李白齐名，世称李杜。诵其文章，殊不如白，同白之骈俪而异其遒逸，有白之靡密而无其闲畅。独诗则别出于白以自名一家。白富于想象，运以逸气；而甫工为叙述，尤擅议论。白存古意，甫开今体。白才气无双，每论诗云："梁陈以来，艳薄斯极。沈休文又尚以声律。将复古道，非我而谁，况使束于声调俳优哉！"肆意为之，摆脱拘束。而甫不免苦吟，于古人诗无所不学，而学曹植，学陶潜，学大小谢，学鲍照，学庾信诸家者，辙迹尤显然。每谓"读书破万卷，下笔如有神"；又曰："别裁伪体亲风雅，转益多师是汝师。"顾白自负文格放达，讥以诗曰："饭颗山头逢杜甫，头戴笠子日卓午。借问别来太瘦生，总为从前作诗苦。"盖白以才气胜，甫以学养胜也。五七言古，同一跌宕昭彰，而白出以奔迸，甫抒以沉郁。近体则白擅绝句，而甫工律体。汉魏以前，诗格简古，世间一切琐事猥语，皆著不得；即李白诗酒轶荡，怀奇负气，亦不屑意世故。独杜甫抒所欲言，意到笔随，以尽天下之情事，逢源而泛应。五言古如《赠卫八处士》曰：

> 人生不相见，动如参与商。今夕复何夕，共此灯烛光。少壮能几时，鬓发各已苍。访旧半为鬼，惊呼热中肠。焉知二十载，重上君子堂。昔别君未婚，儿女忽成行；怡然敬父执，问我来何方。问答乃未已，儿女罗酒浆，夜雨剪春韭，新炊间黄粱。主称会面难，一举累十觞。十觞亦不醉，感子故意长。明日隔山岳，世事两茫茫。

深情挚语，不假雕琢，若不经意，而自然渊永，其源盖出陶潜也。又如《石壕吏》曰：

> 暮投石壕村，有吏夜捉人。老翁逾墙走，老妇出门看。吏呼一何怒，妇啼一何苦；听妇前致词："三男邺城戍。一男附书至，二男新战死。存者且偷生，死者长已矣！室中更无人，惟有乳下孙；有孙母未去，出入无完裙。老妪力虽衰，请从吏夜归。急应河阳役，犹得备晨炊。"夜久语声绝，如闻泣幽咽。天明登前途，独与老翁别。

直书其事，调响而意激；鲍明远有其警挺，而无此古直。又如《新婚别》曰：

> 兔丝附蓬麻，引蔓故不长；嫁女与征夫，不如弃路旁。结发为妻子，席不暖君床；暮昏晨告别，无乃太匆忙。君行虽不远，守边赴河阳。妾身未分明，何以拜姑嫜！父母养我时，日夜令我藏。生女有所归，鸡狗亦得将。君今往死地，沉痛迫中肠。誓欲随君去，形势反苍黄。勿为新婚念，努力事戎行。妇人在军中，兵气恐不扬。自嗟贫家女，久致罗襦裳；罗襦不复施，对君洗红妆。仰视百鸟飞，大小必双翔。人事多错迕，与君永相望。

含羞难言之情，而出以放声长号；尽情抉露之词，而不碍新人羞口。笔力矫健，笔情警细。又如《赠友》曰：

元年己巳月，郎有焦校书。自夸足膂力，能骑生马驹。一朝被马踏，唇裂板齿无。壮心不肯已，欲得东擒胡。

戏也，而大笔如椽，寥寂短章，亦复雄奇倔强，此是少陵本色。七言古如《今夕行》曰：

今夕何夕岁云徂，更长烛明不可孤。咸阳客舍一事无，相与博塞为欢娱；凭陵大叫呼五白，袒跣不肯成枭卢。英雄有时亦如此，邂逅岂即非良图。君莫笑，刘毅从来布衣愿，家无担石输百万。

琐细事写得豪，寻常事写得辞意铿訇，所以为雄。又如《哀王孙》曰：

长安城头头白乌，夜飞延秋门上呼。又向人家啄大屋，屋底达官走避胡。金鞭断折九马死，骨肉不得同驰驱。腰下宝玦青珊瑚，可怜王孙泣路隅。问之不肯道姓名，但道困苦乞为奴。已经百日窜荆棘，身上无有完肌肤。高帝子孙尽隆准，龙种自与常人殊。豺狼在邑龙在野，王孙善保千金躯。不敢长语临交衢，且为王孙立斯须。昨夜东风吹血腥，东来橐驼满旧都。朔方健儿好身手，昔何勇锐今何愚。窃闻天子已传位，圣德北服南单于。花门剺面请雪耻，慎勿出口他人狙。哀哉王孙慎勿疏，五陵佳气无时无。

轩然而来，乱后情景，从乌写起，真觉满目凄凉，如闻如睹；中间"可怜王孙泣路隅"，折入正意；入后"哀哉王孙慎勿疏"，结醒题面；丁宁恻怛，曲尽眉语目视光景；而以跌宕昭彰之笔，写路隅畏泣之情，道路以目，欲言不言，神妙直到秋毫巅。又如《茅屋为秋风所破歌》曰：

八月秋高风怒号，卷我屋上三重茅。茅飞渡江洒江郊，高者挂罥长林梢，下者飘转沈塘坳。南村群童欺我老无力，忍能对面为盗贼，公然抱茅入竹去；唇焦口燥呼不得，归来倚杖自叹息。俄顷风定云墨色，秋天漠漠向昏黑。布衾多年冷似铁，娇儿恶卧踏里裂。床头屋漏无干处，雨脚如麻未断绝。自经丧乱少睡眠，长夜沾湿何由彻。安得广厦千万间，大庇天下寒士俱欢颜，风雨不动安如山！呜呼，何时眼前突兀见此屋，吾屋独破受冻死亦足！

放笔为直干，而笔笔驶转，如狮跳虎卧，通身解数；尽是闾巷委琐，到公笔下，无不俊迈跌宕；夹叙夹议，有识有笔，其气足以举之也。五言律如《得舍弟消息》曰：

乱后谁归得，他乡胜故乡。直为心厄苦，久念与存亡。汝书犹在壁，汝妾已辞房。旧犬知愁恨，垂头傍我床。

不假雕饰，自然沉哀。七言律如《早秋苦热堆案相仍》曰：

七月六日苦炎蒸，对食暂餐还不能。每愁夜中自足蝎，况乃秋后转多蝇。束带发狂欲大叫，簿书何急来相仍。南望青松架短壑，安得赤脚踏层冰。

以粗朴臻老健，亦以粗朴见诙诡，后来韩愈、黄庭坚多学之。又如《客至》曰：

舍南舍北皆春水，但见群鸥日日来。花径不曾缘客扫，蓬门今始为君开。盘飧市远无兼味，樽酒家贫只旧醅。肯与邻翁相对饮，隔篱呼取尽余杯。

幽情逸调，得陶之意兴婉惬。又如《闻官军收河南河北》曰：

剑外忽传收蓟北，初闻涕泪满衣裳。却看妻子愁何在，漫卷诗书喜欲狂。白日放歌须纵酒，青春作伴好还乡。即从巴峡穿巫峡，便下襄阳向洛阳。

笔能赴情，情来引文，自在流出，一笔挥洒；悲喜交集，声情如绘。七言绝如《漫兴》曰：

手种桃李非无主，野老墙低还是家。恰似春风相欺得，夜来吹折数枝花。

熟知茅斋绝低小，江上燕子故来频。衔泥点污琴书内，更接飞虫打著人。

二月已破三月来，渐老逢春能几回。莫思身外无穷事，且尽生前有限杯。

肠断江春欲尽头，杖藜徐步立芳洲。颠狂柳絮随风去，轻薄桃花逐水流。

天趣旷真，第一二两首借墙低屋矮生发，而骂春风相欺，怪燕子来频，匪夷所思，笔情奇警。第三首以排遣悲凉。而第四首即景生情，妙在叱柳问桃；曰"随风"，曰"逐水"，见得我尽肠断，而桃柳自在，我有情而桃柳无情，此柳之所以为"颠狂"，桃之所以为"轻薄"也。造语奇而用思曲。其浅率平易处，有愚夫老妪所欲言，所不尽能言者；难在极猥琐之境，写以极浩落之笔，造辞坚卓，立意浑大，遇物写难状之景，如在目前，抒情出不说之意，意在言外。而此笔人人所无，此境人人所历，所以继往开来而为百世所宗也。

诗以言志。汉魏六朝人诗，多写景抒情，而罕议论记事。杜甫天挺雄豪，境界独开；叙事则气势排荡，而出以沉郁顿挫，如太史公书；议论则跌宕昭彰，而抒以流涕太息，似贾太傅疏。大力控抟，奇趣洋溢。五言古如《塞芦子》曰：

五城何迢迢，迢迢隔河水。边兵尽东征，城内空荆杞。思明割怀卫，秀岩西未已。回略大荒来，崤函盖虚尔。延州秦北户，关防犹可倚。焉得一万人，疾驱塞芦子。岐有薛大夫，旁制山贼起；近闻昆戎徒，为退三百里。芦关扼两寇，深意实在此。谁能叫帝阍，胡行速如鬼。

地势兵情，跌宕昭彰，不意诗人之篇什，而具兵家之形势。以诗歌写抱负，古人之所有；而以诗歌抒经纶，惟甫为开山矣。又如《九成宫》曰：

苍山八百里，崖断如杵臼。层宫凭风回，岌嶪土囊口；立柱扶栋梁，凿翠开户牖。其阳产灵芝，其阴宿牛斗。纷披长松倒，揭嶭怪石走。哀猿啼一声，客泪迸林薮。荒哉隋家帝，制此今颓朽。向使国不亡，焉为巨唐有！虽无新增修，尚置官居守。巡非瑶水远，迹是雕墙后。我行属时危，仰望嗟叹久。天王守太白，驻马更搔首。

陈古以监今，于六义为风人之比兴，于论文为贾生之《过秦》。入后"向使国不亡，焉为巨唐有"一折，眼前指点，耸切动人。又如《义鹘行》曰：

阴崖有苍鹰，养子黑柏颠。白蛇登其巢，吞噬恣朝餐。雄飞远求食，雌者鸣辛酸，力强不可制，黄口无半存。其父从西归，翻身入长烟。斯须领健鹘，痛愤寄所宣。斗上捩孤影，噭哮来九天。修鳞脱远枝，巨颡折老拳，高空得蹭蹬，短草辞蜿蜒。折尾能一掉，饱肠皆已穿。生虽灭众雏，死亦垂千年。物情有报复，快意贵目前。兹实鸷鸟最，急难心炯然。功成失所在，用舍何其贤。近经潏水湄，此事樵夫传。飘萧觉素发，凛欲冲儒冠。人生许与分，只在顾盼间；聊为义鹘行，用激壮士肝。

奇情雄笔，夭矫灭没，极兔起鹘落之致，所谓巨刃摩天扬也。于文家中，惟太史公有此笔仗，亦惟太史公有此胸襟。又如《留花门》曰：

花门天骄子，饱肉气勇决，高秋马肥健，挟矢射汉月。自古以为患，诗人厌薄伐。修德使其来，羁縻固不绝。胡为倾国至，出入窥金阙。中原有驱除，隐忍用此物。公主歌《黄鹄》，君王指白日。连云屯左辅，百里见积雪。长戟鸟休飞，哀笳曙幽咽。田家最恐惧，麦倒桑枝折。沙苑临清渭，泉香草丰洁。渡河不用船，千骑常撇烈。胡尘逾太行，杂种抵京室。花门既须留，原野转萧瑟。

急言竭论，而出以具体描绘，形象鲜明，含意深刻，如贾谊《陈政事疏》；跌宕昭彰，辞无不达，亦正似之。又如《佳人》曰：

绝代有佳人，幽居在空谷。自云良家子，零落依草木。关中昔丧败，兄弟遭杀戮。官高何足论，不得收骨肉。世情恶衰歇，万事随转烛；夫婿轻薄儿，新人美如玉。合昏尚知时，鸳鸯不独宿；但见新人笑，那闻旧人哭。在山泉水清，出山泉水浊。侍婢卖珠回，牵萝补茅屋。摘花不插鬓，采柏动盈掬。天寒翠袖薄，日暮倚修竹。

静女如姝，天然爱好；乃知曹子建《美人篇》故作身分之不免诲淫；而冲澹深粹之情事，出以太史公之沉郁呜咽，慨当以慷，则是甫本色如此。又如《送重表侄王砅评事使南海》曰：

我之曾祖姑，尔之高祖母。尔祖（王珪）未显时，归为尚书妇。隋朝大业末，房杜俱交友。长者来在门，荒年自糊口。家贫无供给，客位但箕帚。俄顷羞颇珍，寂寥人散后；入怪鬓发空，吁嗟为之久。自陈翦髻鬟，鬻市充沽酒。上云"天下乱，宜与英俊厚。向窃窥数公，经纶亦俱有。"次问"最少年，虬髯十八九。子等成大名，皆因此人手。"下云"风云合，龙虎一吟吼。愿展丈夫雄，得辞儿女丑！"秦王时在坐，真气惊户牖。及乎贞观初，尚书践台斗。夫人常肩舆，上殿称万寿。六宫师柔顺，法则化妃后。至尊呼嫂叔，盛事垂不朽。

凤雏无凡毛，五色非尔曹。往者胡作逆，乾坤沸嗷嗷。吾客左冯翊，尔家同遁逃。争夺至徒步，块独委蓬蒿。逗留热尔肠，十里却呼号。自下所骑马，右持腰间刀。左牵紫游缰，飞走使我高。苟活到今日，寸心铭佩牢。乱离又聚散，宿昔恨滔滔。水花笑白首，春草随青袍。廷评近要津，节制收英髦。北驱汉阳传，南泛上泷舠。家声肯坠地，利器当秋毫。番禺亲贤领，筹运神功操。大夫出卢宋，宝贝休脂膏。洞主降接武，海胡舶千艘。我欲就丹砂，跋涉觉身劳。安能陷粪土，有志乘鲸鳌。或骖鸾腾天，聊作鹤鸣皋。

只是亲戚情话，追念旧事；而文章不群，骨飞肉腾，如读太史公《项羽本纪》、《李广列传》，此之谓大手笔。七言古如《兵车行》曰：

车辚辚，马萧萧，行人弓箭各在腰。耶娘妻子走相送，尘埃不见咸阳桥。牵衣顿足拦道哭，哭声直上干云霄。道旁过者问行人，行人但云点行频。或从十五北防河，便至四十西营田。去时里正与裹头，归来头白还戍边。边亭流血成海水，武皇开边意未已。君不闻汉家山东二百州，千村万落生荆杞。纵有健妇把锄犁，禾生陇亩无东西。况复秦兵耐苦战，被驱不异犬与鸡！长者虽有问，役夫敢申恨。且如今年冬，未休关西卒。县官急索租，租税从何出？信知生男恶，反是生女好。生女犹得嫁比邻，生男埋没随百草。君不见，青海头，古来白骨无人收；新鬼烦冤旧鬼哭，天阴雨湿声啾啾。

长歌当哭，何啻贾生痛哭流涕长太息；惟贾发以议论，而甫托于叙述，只就目睹抒写，不著一些议论；而疲民以逞，意溢言表。跌宕顿挫，扪之有芒。又如《饮中八仙歌》曰：

知章骑马似乘船，眼花落井水底眠。汝阳三斗始朝天，道逢麹车口流涎，恨不移封向酒泉。左相日兴费万钱，饮如长鲸吸百川，衔杯乐圣称避贤。宗之潇洒美少年，举觞白眼望青天，皎如玉树临风前。苏晋长斋绣佛前，醉中往往爱逃禅。李白一斗诗百篇，长安市上酒家眠，天子呼来不上船，自称臣是酒中仙。张旭三杯草圣传，脱帽露顶王公前；挥毫落纸如云烟。焦遂五斗方卓然，高谈雄辩惊四筵。

类叙八人，直起直落，就“饮中”二字生发，描写八人性情，绘影绘声，各极其妙。写八人同而不同，不类而类，此太史公《游侠》《滑稽》诸传体也。尤难大笔淋漓，如酒气拂拂之从十指中出；此之谓景与人称，人与事称。又如《丽人行》曰：

三月三日天气新，长安水边多丽人，态浓意远淑且真，肌理细腻骨肉匀。绣罗衣裳照暮春，蹙金孔雀银麒麟。头上何所有？翠微匐叶垂鬓唇。背后何所有？珠压腰衱稳称身。就中云幕椒房亲，赐名大国虢与秦。紫驼之峰出翠釜，水精之盘行素鳞。犀箸餍饫久未下，鸾刀缕切空纷纶。黄门飞鞚不动尘，御厨络绎送八珍。箫鼓哀吟感鬼神，宾从杂遝实要津。后来鞍马何逡巡，当轩下马入锦茵。杨花雪落覆白蘋，青鸟飞去衔红巾。炙手可热势绝伦，慎莫近前丞相嗔。

柔声曼调，意态曲尽，脱胎庾子山。而沉郁顿挫，于浓腴中出奇峭，则少陵之所独。结句云“炙手可热势绝伦，慎莫近前丞相嗔”，满腹块垒，只是如此戛然而止，令人意会言外。然同一伤心时事，悲歌慷慨；而《兵车行》以尽为奇，《丽人行》以不尽为奇；亦见逆鳞可犯，城狐难瞋。又如《丹青引赠曹将军霸》曰：

将军魏武之子孙，于今为庶为青门。英雄割据虽已矣，文彩风流犹尚存。学书初学卫夫人，但恨无过王右军。丹青不知老将至，富贵于我如浮云。开元之中常引见，承恩数上南薰殿。凌烟功臣少颜色，将军下笔开生面。良相头上进贤冠，猛将腰间大羽箭；褒公鄂公毛发动，英姿飒爽来酣战。先帝御马玉花骢，画工如山貌不同。是日牵来赤墀下，迥立阊阖生长风。诏谓将军拂绢素，意匠惨澹经营中。斯须九重真龙出，一洗万古凡马空。玉花却在御榻上，榻上庭前屹相向。至尊含笑催赐金，圉人太仆皆惆怅。弟子韩幹早入室，亦能画马穷殊相。幹惟画肉不画骨，忍使骅骝气凋丧。将军画善盖有神，每逢佳士亦写真。即今飘泊干戈际，屡貌寻常行路人。途穷反遭俗眼白，世上未有如公贫。但看古来盛名下，终日坎壈缠其身。

起段“丹青不知老将至”两句，直注篇末，为全文关锁。中间写其画人画马，至尊含笑，圉人惆怅，真乃显名当朝，一时煊赫。然后折到“即今飘泊干戈际”云云，盛衰相形；富贵浮云，感喟苍凉，极沉郁顿挫之致。观其跌宕昭彰，笔势矫变，无一句落平直；然而章妥句适，前后照映，无一笔不深稳。又如《三绝句》曰：

前年渝州杀刺史，今年开州杀刺史；群盗相随剧虎狼，食人更肯留妻子！

二十一家同入蜀，惟残一人出骆谷。自说二女啮臂时，回头却向秦云哭。

殿前兵马虽骁雄，纵暴略与羌浑同。闻道杀人汉水上，妇女多在官军中！

绝句多以婉惬见蕴藉，而此独以爽辣臻老到，惊心动魄，巨刃摩天扬，令人躲闪不得。语不惊人死不休，叹观止矣！

模山范水，古称谢客，然拘于偶对，差拟形似，未极山川之壮，刻画之致；虽有兴象，而未生动。至甫天生一枝雄笔，缒幽凿险，力破余地；篇章之磊落，称山川之嵚崎，拔天倚地，划然轩昂。而云属波委，官止神行，奇横之趣，自然之致，二者兼擅其胜；雄矫而不为生硬，妙造自然，此所以为精能之至也。录《三川观水涨》曰：

我经华原来，不复见平陆。北上惟土山，连天走穷谷。火云出无时，飞电常在目。自多穷岫雨，行潦相豗蹙。蓊匌川气黄，群流会空曲。清晨望高浪，忽谓阴崖踣。恐泥窜蛟龙，登危聚麋鹿。枯查卷拔树，礧磈共充塞。声吹鬼神下，势阅人代速。不有万穴归，何以尊四渎。及观泉源涨，反惧江海覆。漂沙坼岸去，漱壑松柏秃。乘陵破山门，回斡裂地轴。交洛赴洪河，及关岂信宿。应沉数州没，如听万室哭。秽浊殊未清，风涛怒犹蓄。何时通舟车，阴气不黪黩？浮生有荡汩，吾道正羁束。人寰难容身，石壁滑侧足；云雷屯不已，艰险路更局。普天无川梁，欲济愿水缩。因悲中林士，未脱众鱼腹。举头向苍天，安得骑鸿鹄！

字炼语奇，而出以节短势险，遂开昌黎一派。又如《石龛》曰：

熊罴咆我东，虎豹号我西。我后鬼长啸，我前狨又啼。天寒昏无日，山远道路迷。驱车石龛下，仲冬见虹蜺。伐竹者谁子，悲歌上云梯；为官采美箭，五岁供梁齐；苦云直簳尽，无以充提携。奈何渔阳骑，飒飒惊烝黎！

又如《木皮岭》曰：

首路栗亭西，尚想凤凰村。季冬携童稚，辛苦赴蜀门。南登木皮岭，艰险不易论。汗流被我体，祁寒为之暄。远岫争辅佐，千岩自崩奔。始知五岳外，别有他山尊。仰干寒大明，俯入裂厚坤。再闻虎豹斗，屡局风水昏。高有废阁道，摧折如短辕。下有冬青林，石上走长根。西崖特秀发，焕若灵芝繁。润聚金碧气，清沙无土痕。忆观昆仑图，目击玄圃存。对此欲何适？默伤垂老魂。

又如《龙门阁》曰：

清江下龙门，绝壁无尺土。长风驾高浪，浩浩自太古。危途中萦盘，仰望垂线缕。滑石欹谁凿，浮梁袅相拄。目眩陨杂花，头风吹过雨。百年不敢料，一坠那得取！饱闻惊瞿塘，足见度大庾；终身历艰险，恐惧从此数。

三首雕琢山水，人骇鬼眩，而不害韵味深美。七言古如《渼陂行》曰：

岑参兄弟皆好奇，携我远来游渼陂。天地黤惨忽异色，波涛万顷堆琉璃。琉璃汗漫泛舟入，事殊兴极忧思集。鼍作鲸吞不复知，恶风白浪何嗟及。主人锦帆相为开，舟子喜甚无氛埃；凫鸥散乱棹歌发，丝管啁啾空翠来。沈竿续蔓深莫测，菱叶荷花净如拭，宛在中流渤澥清，下归无极终南黑。半陂以南纯浸山，动影袅窕冲融间，船舷暝戛云际寺，水面月出蓝田关。此时骊龙亦吐珠，冯夷击鼓群龙趋。湘妃汉女出歌舞，金支翠旗光有无。咫尺但愁雷雨至，苍茫不晓神灵意。少壮几时奈老何，向来哀乐何其多！

风波灭没，写以游仙，奇情幻思，辞与景称。五言律如《江亭》曰：

坦腹江亭暖，长吟野望时。水流心不竞，云在意俱迟。寂寂春将往，欣欣物自私。江东犹苦战，回首一颦眉。

笔臻浑化，而不极意刻画，纯以神行。又如《客夜》曰：

客睡何曾著，秋天不肯明。卷帘残月影，高枕远江声。计拙无衣食，途穷仗友生。老妻书数纸，应悉未归情。

写夜，写客夜，融情于景，笔能赴情。又如《旅夜书怀》曰：

细草微风岸，危樯独夜舟。星垂平野阔，月涌大江流。名岂文章著，官应老病休。飘飘何所似，天地一沙鸥。

四十字作一笔书，笔意高浑，波澜老成。七言绝如《漫成》曰：

江月去人只数尺，风灯照夜欲三更。沙头宿鹭联拳静，船尾跳鱼拨剌鸣。

诗中有画，此非画之所能到也；而描写如睹，神来之笔。至于集中《发秦州》以下至成都府五言古二十五首，历记旅途山水，如柳宗元永州西山诸记，分之则各自结篇，合之则一气相生，跌宕俊伟，转换无迹。柳之笔清峭，甫之诗沉雄；同一融情于景，而柳寄意山水，以放旷为牢骚；甫寄意山水，以险恶见况瘁。柳记凄神寒骨，悄怆幽邃，其音哀；甫则奇景雄笔，瑰玮飞腾，其势壮。而五言古《石龛》、《木皮岭》、《龙门阁》三首，则《发秦州》以下之第九首、第十四首、第十九首云。

诗家重古体而轻近体。诗格尊五言而卑七言。杜甫间以七言近体供戏笔；至于五言古则如礼法之士，冠佩端绅，动作不苟，无竭言急词，无弛筋懈骨，篇篇庄重。七古别有敧岖拗折之调；而无篇不著歌“行”字，其不著此字者，晚作短篇三五首而已。李白则多用“吟”字，皆本乐府古歌之意，要使可以协律歌唱；与五言之叙事称古诗者，体意趣致为不同。盖歌行自有体，须句句得长言咏叹之意；不比五言古诗可以逐细叙事。然叙事即不能无，观其融裁无迹，出以浑化；虽叙事，而以唱叹行乎其间。惟李杜最得此意，而李豪宕，杜沉郁，声调各极其变。然李尚是别调，如杜乃成绝唱。杜甫峭调拗对，所以折常语使见标格也。韩愈硬句骜字，所以压强韵使其调伏也。至于五言律，则甫纯以意胜，无所谓炼字炼句者；其沉郁顿挫处，无非精意所结撰；而词句略无新异。七律则不炼句而炼格，炼句则伤其浑融之气，炼格则存其卓荦之风。贞元元和以后，炼句转工，而气日趋于薄，故其格益逊。合观《杜集》，未尝有一句炼处；乃知炼句非大家所贵；至于炼字，抑末矣。昔尝谓李白得明远之俶诡，含元亮之旷真，风调高浑，格力遒古。甫则协子建之风力，擅开府之靡漫，骨气奇高，辞采华茂；而后来韩愈、黄庭坚得其拗怒，白居易、苏轼得其疏宕，杜牧、李商隐得其赡丽，皆衍甫之一体者也。盛唐诗宗，骈称李杜；而继往开来，厥推杜甫。一传而为元和，得韩愈、白居易焉，皆学杜甫者也。特韩更欲高，白更欲卑；韩得其峻，白得其平。自白衍而益为绮，则为温庭筠、李商隐，为宋之西昆。自韩流而入于拗，则为孟郊、贾岛，为宋之西江焉。

李白、杜甫，既以雄浑高奇为盛唐之宗；而王维、孟浩然，生与同时，又以清微萧远别张一军，而自开蹊径，其源盖出陶潜也。然王维朗而能丽，孟浩然澹而入古，则又同而不同。

王维，河东人，好释氏，故字摩诘。开元九年，擢进士第一，累官尚书右丞。而立性高致，得宋之问辋川别业，啸吟其中，山水胜绝。传有《王右丞集》六卷。其为诗通于绘画音乐之理，摛藻轶丽，措思冲旷，而出以庄重闲雅，浑然天成。柔厚而不为华靡，简澹而不伤寒俭。格调高浑，而寄兴复远。录五言古诗律诗绝诗六首。

青溪

言入黄花川，每逐青溪水。随山将万转，趣途无百里。声喧乱石中，色静深松里。漾漾泛菱荇，澄澄映葭苇。我心素已闲，清川澹如此。请留盘石上，垂钓将已矣！（以上五言古）

辋川闲居赠裴秀才迪

寒山转苍翠，秋水日潺湲。倚杖柴门外，临风听暮蝉。渡头余落日，墟里上孤烟。复值接舆醉，狂歌五柳前。

山居秋暝

空山新雨后，天气晚来秋。明月松间照，清泉石上流。竹喧归浣女，莲动下渔舟。随意春芳歇，王孙自可留。（以上五言律）

鹿柴

空山不见人，但闻人语响。返景入深林，复照青苔上。

竹里馆

独坐幽篁里，弹琴复长啸。深林人不知，明月来相照。

辛夷坞

木末芙蓉花，山中发红萼。涧户寂无人，纷纷开且落。

一字一句，皆出常境。往往意兴发端，神情傅合，由工入微，不犯痕迹，所以为佳。而意太深，气太雄，色太浓，亦是诗家一病；维则行所无事，转以不著力臻于高浑，此所以异于李杜也。然亦有沉郁顿挫者，五言古如《献始兴公》曰：

身栖野树林，宁饮涧水流；不用食粱肉，崎岖见王侯。鄙哉匹夫节，布褐将白头。任智诚则短，守仁固其优。侧闻大君子，安问党与仇；所不卖公器，动为苍生谋。贱子跪自陈，可为帐下不？感激有公议，曲私非所求。

慨当以慷，气有余激。七言古如《老将行》曰：

少年十五二十时，步行夺取胡马骑。射杀山中白额虎，肯数邺下黄须儿。一身转战三千里，一剑曾当百万师。汉兵奋迅如

> 霹雳，虏骑崩腾畏蒺藜。卫青不败由天幸，李广无功缘数奇。自从弃置便衰朽，世事蹉跎成白首。昔时飞箭无全目，今日垂杨生左肘。路旁时卖故侯瓜，门前学种先生柳。苍茫古木连穷巷，辽落寒山对虚牖。誓令疏勒出飞泉，不似颍川空使酒。贺兰山下阵如云，羽檄交驰日夕闻。节使三河募年少，诏书五道出将军。试拂铁衣如雪色，聊持宝剑动星文。愿得燕弓射大将，耻令越甲鸣吾君。莫嫌旧日云中守，犹堪一战立功勋。

此诗纯以队仗胜，而寓疏荡于队仗之中；卖瓜种柳，极形落寞；而烈士暮年，壮心未已，跃跃欲试，是何意态雄且杰耶！亦有清扬婉丽者，如七言古《洛阳女儿行》曰：

> 洛阳女儿对门居，才可颜容十五余。良人玉勒乘骢马，侍女金盘脍鲤鱼。画阁朱楼尽相望，红桃绿柳垂詹向。罗帷送上七香车，宝扇迎归九华帐。狂夫富贵在青春，意气骄奢剧季伦！自怜碧玉亲歌舞，不惜珊瑚持与人。春窗曙灭九微火，九微片片飞花琐。戏罢曾无理曲时，妆成只是薰香坐。城中相识尽繁华，日夜经过赵李家。谁怜越女颜如玉，贫贱江头自浣纱。

词尽俪语，气有奇类。然而论王维诗者，多称其清微澹远，罕道其雄奇苍郁；喜言其萧散旷真，不知其精整华丽；是所谓知其一而不知其二。大抵意寄清旷，而出以跌宕昭彰，上承陶潜之血脉；格调高亮，而发以沉郁顿挫，近媲杜陵之气体；法度森严，神情俱诣，驰迈前架，雄概名隽矣。

孟浩然，襄阳人。少时隐居鹿门山。后入长安，应进士试，失意归。相传王维私邀之入内署，俄而玄宗至，浩然匿床下。维以实对。帝喜曰："朕闻其人而未见也。"诏浩然出。帝问其诗，再拜自诵所为。至"不才明主弃"之句，帝曰："卿不求仕，而朕未尝弃卿，奈何诬朕？"恐不可信。传有《孟浩然集》四卷。浩然之诗，不钩奇斗靡，随景入咏，语参禅悦，出以排比，其原出谢灵运；而冲淡得陶公之婉惬，秀爽有小谢之清迴，而会心不远，清空拗折，行乎自在，理趣洒然。五言律绝，尤匠心独妙，尽是偶对，而出以浑化，不烦绳削而自合；纯以神行，不为巧琢。录五言律绝五首。

晚春

二月湖水清，家家春鸟鸣。林花扫更落，径草踏还生。酒伴来相命，开樽共解酲。当杯已入手，歌妓莫停声。

过故人庄

故人具鸡黍，邀我至田家。绿树村边合，青山郭外斜。开筵面场圃，把酒话桑麻。待到重阳日，还来就菊花！

望洞庭湖赠张丞相

八月湖水平，涵虚混太清。气吞云梦泽，波撼岳阳城。欲济无舟楫，端居耻圣明。坐观垂钓者，徒有羡鱼情。（以上五言律）

春晓

春眠不觉晓，处处闻啼鸟。夜来风雨声，花落知多少？

寻菊花潭主人不遇

行至菊花潭，村西日已斜。主人登高去，鸡犬空在家。（以上五言绝）

随事抒怀，由静入语，而悠远深厚，超以象外。王维朗秀而不华靡，浩然则专心古澹，伫兴造思，自然超妙。惟咏洞庭诗，一起高浑，三四雄阔，为难得之作。

储光羲，兖州人。官监察御史。安禄山陷长安，任伪职，后贬死岭南。储诗以写山水田园著称，与王维、孟浩然同工异曲。有《储光羲诗》五卷。录五言古绝各一首。

田家杂兴四首之二

众人耻贫贱，相与尚膏腴，我情既浩荡，所乐在畋渔。山泽时晦冥，归家暂闲居。满园种葵藿，绕屋树桑榆。禽雀知我闲，翔集依我庐。所愿在优游，州县莫相呼。日与南山老，兀然倾一壶。

江南曲四首之三

日暮长江里，相邀归渡头。落花如有意，来去逐轻舟。

储诗写隐士归田园之闲适，兼及乐府民歌之情味。

崔颢，汴州人。官至尚书司勋员外郎，以《黄鹤楼》诗著名。录七言律与五言绝三首。

黄鹤楼

昔人已乘黄鹤去，此地空余黄鹤楼。黄鹤一去不复返，白云千载空悠悠。晴川历历汉阳树，芳草萋萋鹦鹉洲。日暮乡关何处是？烟波江上使人愁。

长干行(四首之一二)

“君家住何处？妾住在横塘。停船暂借问，或恐是同乡。”

“家临九江水，来去九江侧。同是长干人，生少不相识。”

《唐诗纪事》崔颢下注称“世传太白云：‘眼前有景道不得，崔颢题诗在上头。’遂作《凤凰台》诗以较胜负。”《凤凰台》诗起首实仿《黄鹤楼》。《长干行》写情真挚，本于民歌。

王昌龄，字少伯，长安人。官至校书郎，后贬龙标尉。以七言绝句著名，录七绝七首。

从军行七首之四五

青海长云暗雪山，孤城遥望玉门关。黄沙百战穿金甲，不破楼兰终不还。

大漠风尘日色昏，红旗半卷出辕门。前军夜渡洮河北，已报生擒吐谷浑。

出塞二首之一

秦时明月汉时关，万里长征人未还。但使龙城飞将在，不教胡马度阴山。

闺怨

闺中少妇不知愁，春日凝妆上翠楼。忽见陌头杨柳色，悔教夫婿觅封侯。

长信秋词五首之三

奉帚平明金殿开，暂将团扇共徘徊。玉颜不及寒鸦色，犹带昭阳日影来。

采莲曲二首之一

荷叶罗裙一色裁，芙蓉向脸四边开。乱入池中看不见，闻歌始觉有人来。

芙蓉楼送辛渐二首之一

寒雨连江夜入吴，平明送客楚山孤。洛阳亲友如相问，一片冰心在玉壶。

王昌龄《从军》之作，意气飞扬，《出塞》之作用思深远，《闺怨》及《长信秋词》体贴入微，《采莲曲》本于民歌而别出新意，《芙蓉楼》表达志事，皆语言精练，形象鲜明，为七绝中杰出之作。

王之涣，并州人。与高适、王昌龄相唱和，有“旗亭画壁”事。录五七言绝各一首。

登鹳雀楼

白日依山尽，黄河入海流。欲穷千里目，更上一层楼。

凉州词

黄河远上白云间，一片孤城万仞山。羌笛何须怨杨柳，春风不度玉门关。

王之涣《登鹳雀楼》以雄浑之笔，发深邃之思，不但以情韵取胜。其《凉州词》，境界阔大，而以孤城相映照，借羌笛以抒战士之情。

李颀，赵郡人，寄籍颍川。官新乡尉。以《古从军行》著称。录七言古律各一首。

古从军行

白日登山望烽火，黄昏饮马傍交河。行人刁斗风沙暗，公主琵琶幽怨多。野云万里无城郭，雨雪纷纷连大漠。胡雁哀鸣夜夜飞，胡儿眼泪双双落。闻道玉门犹被遮，应将性命逐轻车。年年战骨埋荒外，空见蒲桃入汉家。

送魏万之京

朝闻游子唱离歌，昨夜微霜初渡河。鸿雁不堪愁里听，云山况是客中过。关城树色催寒近，御苑砧声向晚多。莫是长安行乐处，空令岁月易蹉跎。

李颀之《古从军行》，于雄奇中寓战士之幽怨，借玉门被遮，蒲桃入汉以作讽，寓意深沉。送别诗一起倒装，发唱惊挺。中间既点送别，又点到京。一结出以勖勉，措辞得体。

高适，字达夫，一字仲武，渤海蓨人。曾参河西节度幕府，有从军边塞生活。安史乱起，任淮南节度使、西川节度使，官终散骑常侍。以边塞诗著名，有《高常侍集》。录七言古绝各一首。

燕歌行

汉家烟尘在东北，汉将辞家破残贼。男儿本自重横行，天子非常赐颜色。摐金伐鼓下榆关，旌旆逶迤碣石间。校尉羽书飞瀚海，单于猎火照狼山。山川萧条极边土，胡骑凭陵杂风雨。战士军前半死生，美人帐下犹歌舞。大漠穷秋塞草腓，孤城落日斗兵稀。身当恩遇恒轻敌，力尽关山未解围。铁衣远戍辛勤久，玉箸应啼别离后。少妇城南欲断肠，征人蓟北空回首。边庭飘摇那可度，绝域苍茫无所有。杀气三时作阵云，寒声一夜传刁斗。相看白刃血纷纷，死节从来岂顾勋？君不见沙场征战苦，至今犹忆李将军。

别董大

千里黄云白日曛，北风吹雁雪纷纷。莫愁前路无知己，天下谁人不识君。

高适《燕歌行》暗指营州都督张守珪，命裨将逼平卢军使乌知义邀击叛奚，战败，高适讳败为功。诗既赞战士为国奋战，又讥将领之贪恋歌舞，高亢之音与忧伤之情，交互并作，一结婉讽。送别诗，结合塞外荒凉以表达友情，情意深挚。

岑参，南阳人，迁居江陵。曾充安西节度使府掌书记及安西北庭节度判官，有出塞从军之生活经历。最后官嘉州刺史，有《岑嘉州集》。以边塞诗著称，录七言古一首。

走马川行奉送封大夫出师西征

君不见走马川，雪海边，平沙莽莽黄入天。轮台九月风夜吼，一川碎石大如斗，随风满地石乱走。匈奴草黄马正肥，金山西见烟尘飞，汉家大将西出师。将军金甲夜不脱，半夜行军戈相拨，风头如刀面如割。马毛带雪汗气蒸，五花连钱旋作冰，幕中草檄砚水凝。虏骑闻之应胆慑，料知短兵不敢接，车师西门伫献捷。

天宝十三载，岑参为安西北庭节度判官，在轮台，送北庭都护封常清出兵西征。诗写轮台风光奇险，大军意气飞扬，瑰奇壮丽，为边塞诗中名篇。与《白雪歌送武判官归京》，称："北风卷地白草折，胡天八月即飞雪。忽如一夜春风来，千树万树梨花开。"比喻奇丽，同为名作。

常建，长安人，曾任盱眙尉。诗写景抒情，皆极警辟。选五言古律各一首。

吊王将军墓

嫖姚北伐时，深入强千里。战余落日黄，军败鼓声死。尝闻汉飞将，可夺单于垒。今与山鬼邻，残兵哭辽水。

题破山寺后禅院

清晨入古寺，初日照高林。曲径通幽处，禅房花木深。山光悦鸟性，潭影空人心。万籁此俱寂，但余钟磬音。

《吊王将军墓》诗，既工于叙悲，又借霍嫖姚与汉飞将写王将军之深入善战，悲壮警切。题禅院诗，工于写景。“曲径”一联，欧阳修尝欲效之而不得（见《题青州山斋》），亦为传诵之作。

钱起，字仲文，吴兴人。官终考功郎中。与郎士元齐名，为大历时代诗人。清词丽句，颇饶韵味。有《钱仲文集》。录七绝一首。

归雁

潇湘何事等闲回？水碧沙明两岸苔。二十五弦弹夜月，不胜清怨却飞来。

一起于提问中暗含归雁，归结到湘灵鼓瑟之不胜清怨，情思含蓄，意境凄迷，为创新之作。

郎士元，字君胄，中山人。官终郢州刺史，有《郎士元集》。录七绝一首。

柏林寺南望

溪上遥闻精舍钟，泊舟微径度深松。青山霁后云犹在，画出东南四五峰。

此诗诗中有画，从闻钟至微径度深松，至青山，用以衬托柏林寺，则又画中有诗。

刘长卿，字文房，河间人。曾官监察御史及随州刺史。工于五言律，七言律亦精。深婉不迫，富有情味。录五七言律及五绝三首。

秋日登吴公台上寺远眺

古台摇落后，秋入望乡心。野寺人来少，云峰水隔深。夕阳依旧垒，寒磬满空林。惆怅南朝事，长江独至今。

过贾谊宅

三年谪宦此栖迟，万古长留楚客悲。秋草独寻人去后，寒林空见日斜时。汉文有道恩犹薄，湘水无情吊岂知？寂寞江山摇落处，怜君何事到天涯。

逢雪宿芙蓉山主人

日暮苍山远，天寒白屋贫。柴门闻犬吠，风雪夜归人。

登吴公台是怀古，台为陈将吴明澈弩台，用以攻江都城者，今则唯有夕阳依旧垒，从而伤今，惟有寒磬满空林，因有望乡之心，飘泊之感，情景交融。过贾谊宅，吊贾谊远贬，亦所以自伤。汉文一联，感慨尤深。宿芙蓉山，工于写景，情事如绘。

上列高适、岑参与李、杜、王、孟唱酬。适五十学诗，以气质自高，感激顿挫，腾踊篇章，得杜甫之一体。参则遒劲少逊高，而属辞尚清，用意尚切，其有得意，迥拔孤秀。近体融情入景，以清迥出朗丽，毗于右丞。古体运笔如舌，以轶荡见沉郁，亦似杜陵，语逸体俊，尤长于边塞也。储光羲有孟浩然之古，而无其深远。岑参有王维之秀，而或流华靡。而李颀则以工七言律与王岑骖驾，然李有风调而不甚丽，岑参才甚丽而情不足，惟王差备美尔。至于常建好以拗峭警炼之笔，写杳冥变幻之境，气以沉郁出顿挫，笔以清迥出幽秀，而饶生拗之气，无轻靡之态，则又于王、孟、李、杜外别出一格。迄于大历，遂矜卓炼，而为中唐。刘长卿以高秀得韵，钱起、韦应物以旷真寄趣。而应物五言，闲澹简远，差似王维；特应物诗韵高而气清，维则诗格老而辞丽尔。

韦应物，长安人。少以三卫郎事明皇，晚更折节读书。德宗之世，累官左司郎中，拜苏州刺史，传有《韦苏州集》十卷。其诗近体不如古体，五言胜于七言。录五言古绝四首：

寄全椒山中道士

今朝郡斋冷，忽念山中客。涧底束荆薪，归来煮白石。欲持一瓢酒，远慰风雨夕。落叶满空山，何处寻行迹？

春游南亭

川明气已变，岩寒云尚拥。南亭草心绿，春塘泉脉动。景煦听禽响，雨余看柳重。逍遥池馆华，益愧专城宠。

宿永阳寄璨师

遥知郡斋夜，冻雪封松竹。时有山僧来，悬灯独自宿。

秋夜寄邱员外

怀君属秋夜，散步咏凉天。山空松子落，幽人应未眠。

大抵源出于陶，而参以大小谢，故真而不朴，秀而不绮；超然出于畦径之外，辞不迫切，而语甚炼，味甚长也。

第九节　萧颖士　李华　元结　独孤及

唐诗至开元天宝而新变已极，唐文至开元天宝而新变方始，于是兰陵萧颖士、赵州李华，乃奋起崇尚古文。颖士，字茂挺；华，字遐叔；两人同开元二十三年进士，而颖士对策第一，以文章与华相切磨，世称萧李。颖士有《萧茂挺文集》一卷，华有《李遐叔文集》四卷，并传于世。颖士《赠韦司业书》，自称："平生属文，格不近俗，凡所拟议，必希古人；魏晋以来，未尝留意。"今观其文，波澜畅矣；然骈俪犹存；惟《为邵翼作上张兵部书》，仗气爱奇，拓体卓荦，一变初唐雕采之辞，而于风气有创变之功。至于李华解散辞体，亦复明而未融；有意拗折而未臻爽朗，时为雅练而或乏温润；惟《吊古战场文》，感激顿挫，虽是词赋，而健笔有纵横之意。辞曰：

浩浩乎平沙无垠，敻不见人。河水萦带，群山纠纷。黯兮惨悴，风悲日曛。蓬断草枯，凛若霜晨。鸟飞不下，兽挺亡群。亭长告余曰："此古战场也，常覆三军。往往鬼哭，天阴则闻。"伤心哉！秦欤汉欤？将近代欤？吾闻夫齐魏徭戍，荆韩召募，万里奔走，连年暴露。沙草晨牧，河冰夜渡。地阔地长，不知归路。寄身锋刃，腷臆谁诉。秦汉而还，多事四夷，中州耗斁，无世无之。古称戎夏，不抗王师。文教失宣，武臣用奇。奇兵有异于仁义，王道迂阔而莫为。呜呼噫嘻！

吾想夫北风振漠，胡兵伺便。主将骄敌，期门受战。野竖旄旗，川回组练。法重心骇，威尊命贱。利镞穿骨，惊沙入面。主客相搏，山川震眩，声折江河，势奔雷电。至若穷阴凝闭，凛冽海隅；积雪没胫，坚冰在须。鸷鸟休巢，征马踟蹰，缯纩无温，堕指裂肤。当此苦寒，天假强胡，凭陵杀气，以相剪屠。径截辎重，横攻士卒。都尉新降，将军覆没。尸填巨港之岸，血满长城之窟。无贵无贱，同为枯骨。可胜言哉！鼓衰兮力尽，矢竭兮弦绝，白刃交兮宝刀折，两军蹙兮生死决。降矣哉，终身夷狄；战矣哉，暴骨沙砾。鸟无声兮山寂寂，夜正长兮风淅淅，魂魄结兮天沉沉，鬼神聚兮云幂幂。日光寒兮草短，月色黄兮霜白。伤心惨目，有如是耶！

吾闻之：牧用赵卒，大破林胡，开地千里，遁逃匈奴。汉倾天下，财殚力痡，任人而已，其在多乎。周逐猃狁，北至太原，既城朔方，全师而还；饮至策勋，和乐且闲，穆穆棣棣，君臣之间。秦起长城，竟海为关，荼毒生人，万里朱殷。汉击匈奴，虽得阴山，枕骸遍野，功不补患。苍苍蒸民，谁无父母？提携捧负，畏其不寿。谁无兄弟，如足如手？谁无夫妇，如宾如友？生也何恩，杀之何咎？其存其没，家莫闻知；人或有言，将信将疑。悁悁心目，寝寐见之。布奠倾觞，哭望天涯。天地为愁，草木凄悲。吊祭不至，精魂无依。必有凶年，人其流离。呜呼噫嘻！时耶命耶，从古如斯！为之奈何？守在四夷。

华文辞绵丽，少宏杰之气；而颖士则倜傥自喜，时谓华所不及。而华自疑过之，因作《吊古战场文》，极思研榷，已成，污为古书，杂置梵书之皮。他日，与颖士读之，称工。华问今谁可及。颖士曰："君加精思，便能至矣！"华愕然而服。然颖士及华，碌碌丽辞，犹嫌湔洗不尽；不如元结之瘦硬通神，范经铸子，务铲绮靡以臻于简古不蹈袭。

元结，字次山，河南鲁山人。天宝十二年进士。礼部侍郎阳浚曰："一第污元子耳，有司得元子是赖。"遂登高第。及安禄山反，逃难于猗玗洞，因招集邻里二百余家奔襄阳。玄宗异而征之，值结移居瀼溪，乃寝。乾元二年，李光弼拒史思明于河阳；肃宗欲幸河东，闻结有谋略，虚怀召问。结陈兵势，献《时议》三篇。上大悦曰："卿果破朕忧！"遂止不行。乃拜结右金吾兵曹参军，摄监察御史，充山南西道节度参谋，仍于唐邓汝蔡等州招辑义军。方在军旅，与瀼溪邻里不得如往时相见游，又知其人困于力役，故作诗与之曰：

> 昔年苦逆乱，举族来南奔。日行几十里，爱君此山村。峰谷呀回映，谁家无泉源。修竹多夹路，扁舟皆到门。瀼溪中曲滨，其阳有闲园。邻里昔赠我，许之及子孙。我尝有匮乏，邻里能相分。我尝有不安，邻里能相存。斯人转贫弱，力役非无冤。终以瀼滨讼，无令天下论。

又《喻瀼溪乡旧游》曰：

> 往年在瀼滨，瀼人皆忘情。今来游瀼乡，瀼人见我惊。我心与瀼人，岂有辱与荣？瀼人异其心，应为我冠缨。昔贤恶如此，所以辞公卿。贫穷老乡里，自休还力耕。况曾经逆乱，日厌闻战争；尤爱一溪水，而能存让名（瀼溪亦名让溪）。终当来其滨，饮啄全此生。

其为诗自写胸次，不欲规模古人，振笔而书，遂开韩愈以文为诗一脉；特韩愈发之以雄鹜，结则出之以坦迤，不为豪曲快语而为奇响逸趣，不为苍坚而为幽秀，近开元和之郊岛，远则明季之钟谭，色夷气清，在中唐别开蹊径。而以讨贼功，拜水部员外郎兼殿中侍御史，又参山南东道，知节度观察使事。代宗登极，例加封邑。结逊让不受，遂归养亲。特蒙褒嘉，乃拜著作郎；遂家于武昌之樊口，名其湖曰㾓湖，名其谷曰退谷；而作《退谷铭》，指曰"干进之客，不能游之"，作《㾓湖铭》，指曰"为人厌者，勿泛㾓湖"；以孟士源尝黜官，无情干进，而守武昌，不为人厌，可游退谷，可泛㾓湖：故作诗招之曰：

风霜枯万物，退谷如春时；穷冬涸江海，梧湖澄清漪。湖尽到谷口，单船近阶墀。湖中更何好？坐见大江水；攲石为水涯，半山在湖里。谷口更何好？绝壑流寒泉，松桂荫茅舍，白云生坐边。武昌不干进，武昌人不厌。退谷正可游，梧湖任来泛。湖上有水鸟，见人不飞鸣；谷口有山兽，往往随人行。莫将车马来，令我鸟兽惊。

意到笔随，自然清遒，其素所蓄积也。寻起家为道州刺史。先是西原贼入道州，焚烧杀掠几尽而去；既而贼又攻永破邵，独不犯道州，盖知州之瘠也。顾民苦征敛，有司莫恤，而结哀之，乃作《贼退示官吏》曰：

昔岁逢太平，山林二十年。泉源在庭户，洞壑当门前。井税有常期，日宴犹得眠。忽然遭世变，数岁亲戎旃。今来典斯郡，山夷又纷然。城小贼不屠，人贫伤可怜；是以陷邻境，此州独见全。使臣将王命，岂不如贼焉？今何征敛者，迫之如火煎。谁能绝人命，以作时世贤！思欲委符节，引竿自刺船；将家就鱼麦，归老江湖边。

性不谐俗，制行高洁，而闵时忧国，忠诚之意，形于纸墨。寻转容府都督兼侍御史本管经略使，传有《元次山文集》十卷。而碑颂开昌黎之肃括，山水有柳州之刻镂。如《大唐中兴颂》曰：

天宝十四年，安禄山陷洛阳；明年，陷长安。天子幸蜀，太子即位于灵武。明年，皇帝移军凤翔。其年复两京，上皇还京师。于戏！前代帝王有盛德大业者，必见于歌颂。若今歌颂大业，刻之金石，非老于文学，其谁宜为？颂曰：

噫嘻前朝，孽臣奸骄，为昏为妖。边将骋兵，毒乱国经，群生失宁。大驾南巡，百僚窜身，奉贼称臣。天将昌唐，繄睨我皇，匹马北方。独立一呼，千麾万旗，戎卒前驱。我师其东，储皇抚戎，荡攘群凶。复服指期，曾不逾时，有国无之。事有至难，宗庙再安，二圣重欢。地辟天开，蠲除妖灾，瑞庆大来！凶徒逆俦，涵濡天休，死生堪羞。功劳位尊，忠烈名尊，泽流子孙。盛德之兴，山高日升，万福是膺。能令大君，声容沄沄，不在斯文？湘江东西，中直浯溪，石崖天齐。可磨可镌，刊此颂焉，何千万年！

又如《峿台铭》曰：

浯溪东北二十余丈，得怪石焉，周行三百余步，从未申至丑寅，崖壁斗绝，左属回鲜，前有磴道，高八九十尺，下当洄潭；其势硋礧，半出水底，苍然泛泛，若在波上。石巅胜异之处，悉为亭堂。小峰歁窦，宜间松竹，掩映轩户，毕皆幽奇。于戏！古人有蓄愤闷，与病于时俗者，力不能筑高台以瞻眺，则必山巅海畔，伸颈歌吟以自畅达。今取兹石，将为峿台；盖非愁怨，乃所好也。铭曰：

湘渊清深，峿台峭峻。登临长望，无远不尽。谁厌朝市，羁牵局促？借君此台，一纵心目。阳崖砻琢，如瑾如珉。作铭刻之，彰示后人。

浯溪者，吾溪也；峿台者，吾台也；爱其胜异，彰所独有，而名之曰浯溪、峿台。其为文章，宁朴无华，宁瘦无腴，宁拙无巧，而微伤削薄，未能雄浑。长于使劲，短于运气，以故遒而寡变，清而不宏，然戛戛自异。唐文在韩柳以前，力扫雕藻绮靡之习，而出之以清刚简质者，不得不推结为俶落权舆。韩愈柳宗元之有元结，犹陈涉之开汉高项羽乎？所惜顿宕而波澜不大，拗折而筋节太露。韩愈文雄而茂，笔险以浑；结则不能雄而为遒，不能浑而为削。柳宗元文雅而健，笔廉以悍；结则不同雅而同健，不同悍而同廉。此结之所为具体而微也。独孤及与结并世能文，而亦以开韩柳之前茅。然元结之笔遒峭，独孤及之势宽衍；结之规模狭，而及之波澜平。

独孤及，字至之，河南洛阳人。少孤，母长孙氏高行明识，训导甚至。及以渐教成器，卓然有立，著《延陵论》，诵者谓评议之精，在古人右。天宝十三年，应诏至京师。时玄宗好道，黄老列于学官。及以洞晓玄经对策高第，解褐，拜华阴尉。同县房琯方有重名而贰宪都，请及相见，及因论三代之质。又问六经之指归，王政之根源。琯大骇曰："非常之才也！"李华、苏源明并许词宗。由是声名日起。累拜常州刺史，本州都团练使，卒谥宪。传有《毗陵集》二十卷，立言遣辞，有古风格，辨论裁正，昭德塞违，浚波澜而去流荡，得菁华而无枝叶；最称杰作者，《仙堂》《函谷》二铭、《瑯琊溪述序》、《风后八阵图记》，为世所诵。录《瑯琊溪述序》曰：

陇西李幼卿，字长夫，以右庶子领滁州，而滁人之饥者粒，流者召，乃至无讼以听。故居多暇日，常寄傲此山之下，因凿石引泉，酾其流以为溪。溪左右建上下坊，作禅堂琴台以环之，探异好古故也。按《图经》，晋元帝之居瑯琊邸而为镇东也，尝游息是山，厥迹犹存，故长夫名溪曰瑯琊。他日，赋八题于岸石。及亦状而述之。是岁大历六年，岁次辛亥春三月丙午日。述曰：

自有此山，便有此泉；不浚不刊，几万斯年。造物遗功，若俟后贤。天钟灵奇，公润色之；疏为回溪，削成崇台。山不过十仞，意拟衡霍；溪不袤数丈，趣侔江海。知足造适，境不在大。怪石皑皑，涌湍潺潺；洞壑无底，云兴其间。仲春气至，万木华发，亘陵被坂，吐火喷云。公登山乐，乐者毕同；无小无大，乘兴从公。公举二觞，酒酣气振，溪水为主，而身为宾。舍瑟咏歌，同风舞雩。时时醉归，与夕鸟俱。明月满山，朱轓徐驱。石门松风，声类笙竽。于戏！人实弘道，物不自美。向微羊公，游汉之涘，岘山寂寞，千祀谁纪？彼美新溪，维公嗣之；念兹疲人，繄公其肥。后之聆清风而叹息者，把我于泉乎而已。

刻镂山水，字铸语炼，盖有柳州之雅健焉。然亦有坦迤出之，辞明而理昭，如宋人之随事抒论者；如《慧山寺新泉记》曰：

此寺居吴西神山之足，山小多泉，其高可凭而上。山下灵池异花，载在方志。山上有真僧隐客，遗事故迹；而披胜录异者，贱近不书。无锡令敬澄，字深源，以割鸡之余，考古索图，葺而筑之，乃饰乃圬。有客竟陵陆羽，多识名山大川之名，与此峰白云相与为宾主，乃稽厥创始之所以而志之；谈者然后知此山之方广，胜掩他境。其泉伏涌潜泄，潗漘舍下，无沚无窦，蓄而不注。深源因地势以顺水性，始双垦袤丈之沼，疏为悬流，使瀑布下钟，甘溜湍激，若酾醴乳喷，发于禅床，周于僧房；灌注于德地，经营于法堂，潺潺有声，聆之耳清。濯其源，饮其泉，能使贪者让，躁者静，静者勤道，道者坚固，境净故也。夫物不自美，因人美之。泉出于山，发于自然，非夫人疏之凿之之功，则水之时用不广；亦犹无锡之政烦民贫，深源导之，则千室襦袴；仁智之所及，功用之所格，动若响答，其揆一也。予饮其泉而悦之，乃志美于石。

工文章，尤长论议；大抵以立宪诫世，褒贤遏恶为用，非特以词采为胜，而韩愈为古文之所师焉。

第十节　陆　　贽

古文者，唐文之所以别树一帜，而湔六朝之浮滥。然朝廷大制作，必以骈文，而骈文厥为文章之正统；古文者，不过欲以革骈文之命，而篡其统焉尔。特古文之机构，未能骤备以济于用；而骈文之浮滥，不可不湔以制其宜。则有陆贽崛起中唐，模楷一代，仍骈文之体，而不用典，不雕藻，辞欲其清，笔欲其畅，跌宕昭彰，意无不达，尽泯排比堆垛之迹焉。

陆贽，字敬舆，吴郡苏人。年十八，登进士第，应博学鸿辞，授郑县尉，以书判拔萃调渭南簿，御史府以监察换之。德宗为太子时，知名；及即位，召对翰林，即日为学士，由祠部员外郎转考功郎中。朱泚以泾原帅居京师，为泾原卒所拥，逐德宗，幸奉天。时车驾播迁，诏书旁午，贽洒翰即成，不复起草；初若不经思虑，及成而奏，无不曲尽事情，中于机会；仓卒填委，同职者无不拱手叹伏。而天下叛乱，诏大赦以安人心。贽乃上《论赦书事条状》曰：

奉宣圣旨，并以中书所撰赦文示臣，令臣“审看可否。如有须改张处，及事宜不尽，条录奏来”者。臣谨如诏旨，详省再三，犹惧所见不周，兼与诸学士等参考得失，佥以为纲条粗举，文理亦通，事多循常，辞不失旧；用于平昔，颇亦可行，施之当今，则恐未称。何则？履非常之危者，不可以常道安；解非常之纷者，不可以常语谕。

自陛下嗣承大宝，志壹中区，穷用甲兵，竭取财赋。甿庶未达于暂劳之旨，而怨咨已深；昊穹不假以悔祸之期，而患难继起。复以刑谪太峻，禁防伤严，上下不亲，情志多壅。乃至变生都辇，盗据宫闱，九庙鞠陷于匪人，六师出次于郊邑；奔逼忧厄，言之痛心。自古祸乱所钟，罕有若此之暴。今重围虽解，逋寇尚存，裂土假王者四凶，滔天僭帝者二竖；又有顾瞻怀贰，叛援党奸，其流实繁，不可悉数。皇舆未复，国柄未归，劳者未获休，功者未及赏，困穷者未暇恤，滞抑者未克申。将欲纾多难而收群心，惟在赦令诚言而已。安危所属，其可忽诸！动人以言，所感已浅，言又不切，人谁肯怀？

昔成汤遇灾，祷于桑林，躬自髡剔以为牺牲。古人所谓割发宜及肤，剪爪宜侵体；良以诚不至者物不感，损不极者益不臻。今兹德音，亦类于是。悔过之意，不得不深，引咎之辞，不得不尽；招延不可以不广，润泽不可以不弘；宣畅郁堙，不可不洞开襟抱；洗刷疵垢，不可不荡去瘢痕。使天下闻之，廓然一变，若披重昏而睹朗曜，人人得其所欲，则何有不从者乎？应须改革事条，谨具别状同进。除此之外，尚有所虞：窃以知过非难，改过为难；言善非难，行善为难。假使赦文至精，止于知过言善，犹愿圣虑，更思所难。《易》曰：“圣人感人心而天下和平。”夫感者，诚发于心而形于事。人或未谕，故宣之以言，言必顾心，心必副事，三者符合，不相越逾，本于至诚，乃可求感。事或未致，则如勿言；一亏其诚，终莫之信。伏惟陛下先断厥志，乃施于辞，度其可行而宣之，其不可者措之，无苟于言以重其悔。言克诚而人心必感，人心既感而天下必平。事何可不详，言何可不务？罄输愚恳，伏听圣裁。谨奏。

上从之；故行在诏书始下，虽武人悍卒，无不挥涕激发。议者以德宗克平寇乱，不惟师武臣之力，盖亦资贽文章之助焉。德宗果于自任，将帅进退，必禀庙算；而贽不以为可，乃上奏曰：

臣闻将贵专谋，兵以奇胜。军机遥制则失变，戎帅禀命则不威。是以古之贤君，选将而任；分之于阃，誓莫干也；授之以钺，俾专断也。夫然，故军败则死众，战胜则策勋，不用刑而师律贞，不劳虑而武功立。其于委任之体，岂不博大哉；其于责成之利，岂不精核哉。自昔帝王之所以夷大难、成大业者，由此道也。其或疑于委任，以制断由己为大权；昧于责任，以指麾顺旨为良将。锋镝交于原野，而决策于九重之中；机会变于斯须，而定计于千里之外。违令则失顺，从令则失宜；失顺则挫君之严，失宜则败君之众。用舍相碍，否臧皆凶，上有掣肘之讥，下无死绥之志，其于分画之道，岂不两伤哉，其于经纶之术，岂不都谬哉。自昔帝王之所以长乱繁刑，丧师戚国者，由此道也。

今四夷之最强盛，为中国甚患者，莫大于土蕃。举国胜兵之徒，才当中国十数大郡而已；其于内虞外患，亦与中国不殊；所能寇边，数则盖寡，且又器非犀利，甲不坚完，识迷韬钤，艺乏趫敏。动则中国惧其众而不敢抗，静则中国惮其强而不敢侵，厥理何哉？良以中国之节制多门，蕃丑之统帅专一故也。夫统帅专一则人心不分，人心不分则号令不贰，号令不贰入则进退可齐；进退可齐则疾徐如意，疾徐如意则机会靡愆，机会靡愆则气势自壮；斯乃以少为众，以弱为强。变化翕辟，在于反掌之内，是由臂之使指,心之制形。若所任得人,则何敌之有！夫节制多门则人心不一,人心不一则号令不行,号令不行则进退难必,进退难必则疾徐失宜,疾徐失宜则机会不及,机会不及则气势自衰;斯乃勇废为尫,众散为弱,逗挠离析,兆乎战阵之前;是犹一国三公,十羊九牧,欲令齐肃,其可得乎！彼攻有余,我守不足;盖彼之号令由将,而我之节制在朝;彼之兵众合并,而我之部分离析。夫部分离析则纪律不一,而气势不全。节制在朝则谋议多端,而机权多失。兹道得失,兵家大枢;当今事宜,所系尤切。盖以寇盗内发,乘舆播迁,人心有观变之摇,王室无自固之重。秦梁回缭,千里而遥。临之以威,则力势不制;授之以策,则阻远不精。

顷者骤降诏书,教谕群帅,事无大小,悉为规裁。及乎章表陈诚,使臣复命,进退迟速,率乖圣谋。岂皆乐于违忤哉?亦由传闻与指实不同,悬算与临事有异故也。设使其中或有肆情奸命者,陛下能于此时戮其违诏之罪乎?臣窃恐未能也。陛下复能夺其兵而易其将帅乎?臣亦恐未能也。是则违命者既不果行罚,从命者又未必合宜。徒费空言,只劳睿虑;匪惟无益,其损实多。何则?时方艰屯,下陵上替,凡在执干戈而卫社稷者,皆自谓勋业由己,义烈发心,安于专行,病于羁制。陛下宜俯徇斯意,因而委之,遂其所安,护其所病;敦以付授之义,固以亲信之恩,假以便宜之权,待以殊常之赏;其余细故,悉勿关言。所赐诏书,务从简要,慎其言以取重,深其托以示诚;言见重则君道尊,托以诚则人心感;尊则不严而众服,感则不令而事成。其势当令智者骋谋,勇者奋力,小大咸极其分,贤愚各适其怀,将自效忠,兵自乐战。与夫迫于驱制,不得已而从之者,志气何啻百倍哉。夫君上之权,特异臣下者,惟不自用乃能用人,其要在顺于物情,其契在通于时变,今之要契,颇具于兹。傥蒙究思,或有可取。谨奏。

启沃谋猷,特所亲信;艰难扈从,行在辄随。有时宴语,不以公卿指名，但呼陆九而已。累拜中书侍郎平章事。敷陈治道，尤善奏议，上以格君心之非，下以通天下之志；论深切于事情，言不离于道德。德宗以苛刻为能，而贽谏之以忠厚；德宗以猜疑为术，而贽劝之以推诚；德宗好用兵，而贽以消兵为先；德宗好聚财，而贽以散财为急。至于用人听言之法，治边驭将之方，罪己以收人心，改过以应天道，去小人以除民患，惜名器以待有功，如此之流，未易悉数。传有《翰苑集》二十二卷。其为文章，仍是俪体；然不贵雕藻而能曲达，力祛堆垛而为清畅；纡余委备，往复百折，而条达疏畅，无所间断；气尽语极，急言竭论，而无艰难劳苦之态。其文体尽是南朝之排比，而辞笔则开宋人之机调，此所以断然自为一家之文，而不同于徐庾也。

第十一节　韩愈附李翱　皇甫湜　孙樵　孟郊　贾岛　姚合　李贺　柳宗元附刘禹锡

唐代文学之所以异军突起，而陵驾魏晋，继述周秦者，以诗有李杜，继往开来以尽其变；而文有韩柳，错偶用奇以复于古。盖唐之文，无虑三变：太宗经文纬武以夷大难，沿江左余风，絺句绘章，揣合低昂，故王杨（王勃杨炯）为之伯，如丽服靓妆，燕歌赵舞，虽绮丽盈前，而殊乏风骨，一也。及玄宗好经术，群臣稍嫌雕琢，索理致，崇雅裁滥，不懈而及于古，则萧李（萧颖士李华）擅其誉，波澜畅矣，然骈俪犹存，二也。元结力湔浮滥，骈俪祛矣，而规模未宏。及韩愈宏中肆外，务反近体，经诰之指归，迁雄之气格，抒意立言，自成一家。柳宗元翼之，茹古涵今，齐梁绮艳，毫发都捐，而后古文之体以立。三也。

韩愈，字退之，河内修武人。三岁而孤；七岁好学，言出成文。自以孤子，幼刻苦学儒，不俟奖励，日记数千百言；比长，尽能通六经百家学。大历贞元之间，文字多尚古学，效扬雄董仲舒之述作，而独孤及最称渊奥。愈从其徒游，锐意钻仰，欲自振于一代。贞元八年，宰相陆贽知贡举，擢愈进士第，时年二十五；而故相郑余庆亦为延誉，由是知名。然屡试博学宏词，不第，乃与韦舍人书曰：

> 应博学宏词前进士韩愈谨再拜上书舍人阁下：天池之滨，大江之渍，曰有怪物焉，盖非常鳞凡介之品汇匹俦也。其得水，变化风雨，上下于天，不难也。其不及水，盖寻常尺寸之间耳，无高山大陵，旷途绝险为之关隔也；然其穷涸不能自致乎水，为猵獭之笑者，盖十八九矣。如有力者哀其穷而运转之，盖一举手、一投足之劳也。然是物也，负其异于众也，且曰"烂死于沙泥，吾宁乐之；若俯首帖耳，摇尾而乞怜者，非我之志也。"是以有力者遇之，熟视之，若无睹也；其死其生，固不可知也。今又有有力者当其前矣；聊试仰首一鸣号焉，庸讵知有力者不哀其穷，而忘一举手一投足之劳，而转之清波乎？其哀之，命也。其不哀之，亦命也。知其在命而且鸣号之者，亦命也。愈今者实有类于是，是以忘其疏愚之罪而有是说焉。阁下其亦怜察之！

此愈二十六岁少作也。八代之衰，其文内竭而外侈；愈则易之以万怪惶惑，抑遏蔽掩，而指归本之六经，气格融蜕两汉，议论学贾谊董仲舒，序跋似刘氏向歆，传记模《国策》《史记》，碑志参班固蔡邕；而运以司马迁之逸气浩致，以上窥周秦诸子之宏肆，缀以扬子云之奇字瑰句，以下概班范二书之雅健；所以起八代之衰，只是集两汉之成。累官考功郎中，知制诰。彰义军节度使吴元济以淮西叛。宪宗诏裴度以宰相节度彰义军，宣慰淮西，请愈以行。于是以愈兼御史中丞，参度军事，为行军司马。淮西之平，愈有力焉；迁刑部侍郎。诏撰《平淮西碑》，辞曰：

> 天以唐克肖其德，圣子神孙继继承承，于千万年，敬戒不怠。全付所覆，四海九州，罔有内外，悉主悉臣。高祖、太宗既除既治。高宗、中、睿休养生息。至于玄宗，受报收功，极炽而丰，物众地大，孽牙其间。肃宗、代宗、德祖、顺考，以勤以容；大慝适

去，稂莠不薅。相臣将臣文恬武嬉，习熟见闻，以为当然。睿圣文武皇帝既受群臣朝，乃考图数贡曰："呜呼！天既全付予有家。今传次在予，予不能事事，其何以见于郊庙。"群臣震慑，奔走率职。明年平夏，又明年平蜀，又明年平江东，又明年平泽潞，遂定易、定，致魏、博、贝、卫、澶、相，无不从志。皇帝曰："不可究武，予其少息。"

九年，蔡人立其子元济以请。不许。遂烧舞阳，犯叶、襄城，以动东都，放兵四劫。皇帝历问于朝，一二臣外，皆曰："蔡帅之不廷授，于今五十年，传三姓四将，其树本坚，兵利卒顽，不与他等。因抚而有，顺且无事。"大官臆决唱声，万口附和，并为一谈，牢不可破。皇帝曰："惟天惟祖宗所以付任予者，庶其在此；予何敢不力？况一二臣同，不为无助。"曰："光颜！汝为陈、许帅，维是河东、魏、博、郃阳三军之在行者，汝皆将之！"曰："重胤！汝故有河阳、怀，今益以汝；维是朔方、义成、陕、益、凤翔、延、庆七军之在行者，汝皆将之！"曰："弘！汝以卒万二千，属而子公武往讨之！"曰："文通！汝守寿，维是宣武、淮南、宣歙、浙西四军之行于寿者，汝皆将之！"曰："道古！汝其观察鄂、岳！"曰"愬！汝帅唐、邓、随，各以其兵进战！"曰"度！汝长御史，其往视师！"曰："度！惟汝予同，汝遂相予，以赏罚用命不用命！"曰："弘！汝其以节都统诸军！"曰："守谦！汝出入左右，汝惟近臣，其往抚师！"曰："度！汝其往衣服饮食予士，无寒无饥，以既厥事，遂生蔡人。赐汝节斧，通天御带，卫卒三百。凡兹廷臣，汝择自从；惟其贤能，无惮大吏！庚申，予其临门送汝。"曰："御史！予闵士大夫战甚苦！自今以往，非郊庙祠祀，其无用乐！"

颜、胤、武合攻其北，大战十六，得栅城县二十三，降人卒四万。道古攻其东南，八战，降万三千，再入申，破其外城。文通战其东，十余遇，降万二千。愬入其西，得贼将，辄释不杀，用其策，战比有功。十二年八月，丞相度至师；都统弘责战益急；颜、胤、武合战益用命；元济尽并其众洄曲以备。十月壬申，愬用所得贼将自文城因天大雪，疾驰百二十里，用夜半到蔡，破其门，取元济以献，尽得其属人卒。辛巳，丞相度入蔡，以皇帝命赦其人。淮西平，大飨赉功。师还之日，因以其食赐蔡人。凡蔡卒三万五千，其不乐为兵，愿归为农者十九，悉纵之。斩元济京师。册功，弘加侍中；愬为左仆射，帅山南东道；颜、胤皆加司空；公武以散骑常侍帅鄜、坊、丹、延；道古进大夫；文通加散骑常侍。丞相度朝京师，道封晋国公，进阶金紫光禄大夫，以旧官相；而以其副总为工部尚书，领蔡任。既还奏，群臣请纪圣功，被之金石。皇帝以命臣愈。臣愈再拜稽首而献文曰：

唐承天命，遂臣万邦。孰居近土，袭盗以狂。往在玄宗，崇极而圮，河北悍骄，河南附起。四圣不宥，屡兴师征，有不能克，益戍以兵。夫耕不食，妇织不裳。输之以车，为卒赐粮。外多失朝，旷不岳狩。百隶怠官，事忘其旧。帝时继位，顾瞻咨嗟："惟汝文武，孰恤予家！"既斩吴蜀，旋取山东。魏将首义，六州降从。

淮蔡不顺，自以为强；提兵叫欢，欲事故常。始命讨之，遂连奸邻；阴遣刺客，来贼相臣。方战未利，内惊京师。群公上言，"莫若惠来！"帝为不闻，与神为谋；乃相同德，以讫天诛。乃敕"颜、胤、愬、武、古、通，咸统于弘，各奏汝功！"三方分攻，五万其师。大军北乘，厥数倍之。常兵时曲，军士蠢蠢。既翦陵云，蔡卒大窘。胜之邵陵，郾城来降。自夏入秋，复屯相望。兵顿不励，告功不时。帝哀征夫，命相往厘。士饱而歌，马腾于槽，试之新城，贼遇败逃；尽抽其有，聚以防我，西师跃入，道无留者。頟頟蔡城，其疆千里。既入而有，莫不顺俟。帝有恩言，相度来宣："诛止其魁，释其下人。"蔡之卒夫，投甲呼舞。蔡之妇女，迎门笑语。蔡人告饥，船粟往哺。蔡人告寒，赐以缯布。

始时蔡人，禁不往来；今相从嬉，里门夜开。始时蔡人，进战退戮；今旰而起，左飧右粥。为之择人，以收余惫。选吏赐牛，教

> 而不税。蔡人有言："始迷不知。今乃大觉，羞前之为。"蔡人有言："天子明圣。不顺族诛，顺保性命！汝不吾信，视此蔡方：孰为不顺，往斧其吭。凡叛有数，声势相倚；吾强不支，汝弱奚恃？其告而长，而父而兄。奔走偕来，同我太平！"淮蔡为乱，天子伐之。既伐而饥，天子活之。始议伐蔡，卿士莫随；既伐四年，小大并疑。不赦不疑，由天子明。凡此蔡功，惟断乃成。既定淮蔡，四夷毕来。遂开明堂，坐以治之。

其辞主裴度，而著李愬入蔡之功，列于诸将。顾愬自以先入蔡州，擒吴元济，为首功，特不平之。愬妻出入禁中，因诉碑辞不实。诏磨愈文，而命翰林学士段文昌重撰勒石，辞曰：

> 夫五兵之设，本以助文德而成教化，故圣人不专任之。其有桀骜暴邪，干纪作孽；道德不服，则兵以威之；文告不谕，则兵以静之；在禁暴除害而已。自黄帝尧舜，不能无诛；至汤武受命，武功浸盛，其本之以仁义，行之以吊伐，惟帝与王，率由兹道。于戏！创业之君，劳而后定。守文之主，安而忘战。故三代之衰，功在五伯。未有中叶之后，再安生灵；前古所无，归于圣代。
>
> 我唐运之兴也，高祖太宗，以仁义之兵，除暴隋之乱，戎功祖武，百代丕承。玄宗尝亦内翦奸邪，外清夷狄。所以继文之代，协帝之明。既而祸起于微，乱生于理；由是髋髀之众，结固于两河；斤斧不用，绵历于五代。肃宗代宗，亲翦大憝，且务生育。德宗顺宗，观于天象，察于人事，以理运未至，沴气犹凝，运启升平，以俟后圣。
>
> 惟我后握枢出震，端扆向明，考上玄之心，思祖宗之意，扫涤区宇，光启帝图。不以万乘为尊，四海为富；尊大禹栉风之志，有光武乙夜之勤。以为景擒七国而汉民安，成翦三监而周化洽。焉有患难未去，而德教可兴。日者惠琳恃近狄之固，刘辟凭坤维之险，李锜保长江之冲，从史资太行之阻，四凶相扇，继为乱常；

三数年间，尽膏铁锧。太尉茂昭以中山之地，尽室来朝；司空弘正以全魏之邦，举宗向阙；义风所激，莫不归心。况彭城从折简之召，横海展执珪之勤；向之谈虞虢之存亡，议辅车之形势，莫不刳心断臂，继踵为忠。既而麟见于巴賨之间，河清于鄘卫之际，固同本之贶，昭圣祚之符，廓清寰海，兆于此矣。而长淮右地，连山四起，控扼吴楚，密迩轘辕；有上帝濯龙之池，同冀方多马之国，戈鋋雪照，驵骏云屯，二姓三凶，凭阻作孽。岁在甲午，吴少诚积祸而毙，余殃聚于逆嗣，氛祲淮渍。我后方吊人省冤，垦灾除秽；犹命使者持节往申宠赙，以柔服之义，示含弘之仁。

元济劫众拒境，滔天肆逆，剽叶县，烧舞阳，侵襄城，伊洛之间，骚然震恐。乃询廷议，咸愿假以墨绖，授以兵符。天子渊默以思，霆驰以断，独发宸虑，不询众谋；汉宣从屯田之议，晋武决平吴之计，至圣不惑，群议自消。于是会凫藻之师，得鹰扬之帅：以中军帅李光颜，往者平朔边，静庸蜀；双矛电激，孤剑飙驰，亦犹冯异之总军锋，子颜之将突骑，才气雄武，可扫欃枪；总魏博、河阳、郃阳，凡三军，自临颍而前。以河阳军帅乌重允，当从史内怵邪谋，外阻兵势，精诚奋发，密应王师，故得虏魏豹于军中，缚吕布于麾下，识虑中正，可革枭音；益以汝海之地、总朔方、义成、陕虢、剑南、西川、凤翔、延州、宁庆，凡七军，由襄阳而进。宣武帅韩宏请以子公武领精卒一万二千，时集洄曲。栾书作帅，针为戎右；充国讨虏，卬统支军；是能从帅之命，成父之志。又以寿春守李文通，夙精戎韬，累习军旅，明于守备，可保金汤；总宣武、淮南、宣歙、浙西、徐泗，凡五军，扼固始之险。以鄂岳都团练使李道古，以先曹王皋有任城之武，昔征凶渠，尝取安陆，授以戎柄，嗣其家声；乘五关之隘。以唐邓随帅李愬，温敏能断，静深有谋；昔赵孟慕成季之勋，复能霸晋；亚夫绍绛侯之武，亦克擒吴；想其英徽，必有以似；总山南东道、荆南，凡两军，自文成而东。乃命御史中丞裴度布挟纩之恩，奉如丝之命，以谕群帅，以抚舆师。

且以古之会兵，必谋元帅，令归于一，势不欲分；令宣武军帅韩宏为诸道行营都统，假陆逊之钺，拜韩信之坛，指踪画奇正之机，发号申严凝之令，然后有司马之法，申节制之师。而寒暑再罹，贼巢未下。又命内掌枢密之臣梁守谦肃将天威，尽护诸将，悬白日于千里，推赤心于万人。由是甘宁奋升城之勇，君文励击郾之志，焚上蔡以翦其翼，拔郾城以扼其吭。以轩后攻蚩尤之乱，殷宗伐鬼方之罪，周公诛淮夷之叛，虽以圣讨逆，皆三年后定。百辟之议，且谓久劳；将决其机，以安海内。复命丞相裴度拥淮蔡之节，抚将帅之臣，分邓禹之麾旆，盛窦宪之幕府，四牡业业，于蕃于宣。

先是光颜、重允、公武，戎旅同心，垒垣齐列；常蛇之势，首尾相从；胡骑之雄，纷纭纵击；逐余孽如鸟雀，猎残寇似狐狸，干矛如林，行次于洄曲。丞相之来也，群帅之志气逾励，统制之号令益明，势如雷霆，功在漏刻。贼乃悉其精锐以备洄曲之师。唐随帅李愬新总伤痍之军，稍励奔北之气，城孤援绝，地逼势危；而能养貔虎之威，未尝矍视；屈鸷鸟之势，不使露形；是以收文城栅而降吴秀琳，下兴桥而擒李祐。祐果敢多略，众以留之或谓蓄患，不利吾军。愬诚明在躬，秉信不挠；爰命释缚，授之亲兵。祐感慨之心，出于九死，纵横之计，果效六奇。粤十月既望，阴凝雪飞，天地尽闭；愬乃遣其将史旻、仇良辅，留镇文城，备其侵轶；命李祐领突骑三千以为向导；自领中权三千，与监军使李诚义继进；又遣其将田进诚领马步三千以殿后。郊云晦冥，寒可堕指；一夕卷旆，凌晨破关。铺敦淮渍，仍执丑虏。虽魏军得田畴为道，潜出卢龙；邓艾得田章先登，长驱绵竹；用奇制胜，与古为俦。四纪逋诛，一朝荡定，摅宗庙之宿愤，致黎庶之大安，周汉以还，莫斯为盛！

帝命策勋，进宏为侍中；光颜、重允，并为司空；愬为左仆射，帅山南东道；公武加散骑常侍，节制鄜、坊、丹、延；道古进御史大夫，文通加散骑常侍。王师获金爵之赏，环境蒙优复之恩；掩骼埋胔，除瑕宥罪，跻群生于寿域，还比户于可封；东西南北，无思不服。丞相旋请来朝，后加金紫光禄大夫，封晋国公；乃眷淮渍，烝人生殖，俾择循吏，抚其疾伤；以宣慰副使刑部侍郎马总领淮蔡之任。天子议功云台，追美将帅，俾刻金石，以扬休勋。而百辟佥谋，群帅克让，推义士之志，敢贪天功；征贤臣之言，实在君德。于是搢绅之士，暨侯服之臣，上献鸿名，式昭徽册，然后光辉千古，声名百蛮。诏命掌文之臣文昌勒铭淮浦，庶乎阅《周雅》者，美宣王之中兴；观《剑铭》者，戒蜀川之恃险。铭曰：

天有肃杀，万物以感；雷风为令，霜霰为刑。君有武节，四海以宁。陈之原野，阻以甲兵。在昔圣主，恪宁邦国；武以禁暴，刑以助德。牧除害马，农去蟊贼。苟非戎功，孰静群慝？明明我后，神算精微；九重独运，千里不违。宵衣旰食，再安中宇。始翦朔漠，旋枭蜀虏。丹徒钬濞，白门缚布。服兹四罪，岂劳一旅。

淮夷怙乱，四十余年；长蛇未翦，寰宇骚然。逮于孽童，逆志滔天。怀柔匪及，告谕罔悛。帝念生人，乃申薄伐；飞将鹰扬，前锋电发。斋坛命信，灵旗指越。我武惟扬，祆氛未灭。集于洄曲，决战摧凶。豹略临晋，维留沓中。桓桓襄帅，奇谋成功；浮罂暗渡，束马潜攻。合以长围，绝其飞走，布德灭妖，升城获丑。商不易肆，农安其亩。洄曲残兵，投戈束手。帝嘉群帅，赏不逾时。画社启封，珪组陆离。洎于蛮貊，服我英威。刻之金石，作戒淮夷。

其辞主李愬，与愈之主裴度者异趣；然张皇六师，归美庙算，则与愈同一机杼。特愈以古文，文昌以骈，岂徒将相之争功，抑亦骈散之竞爽乎？

段文昌，字墨卿，一字景初，西河人。元和中，累转祠部郎中，知制诰，名辈于裴度为后，而与愈差比肩；然好俪体以持斯文之统，则与愈异，与度同。度《与皇甫湜书》，论唐中叶以前文家，而于愈独致贬词。至《寄李翱书》，则曰："文人之异，在气格之高下，思致之浅深，不在其礫裂章句，隳废声韵也。昌黎韩愈恃其捷足，往往奔放，不以文立制，而以文为戏，可乎？"于时，愈之倡古文也，虽欲以振六朝之懦缓，而未以餍时人之观听，持异议者正大有人，而度特其矫矫者耳。然愈不以为意，而为之益力，语于人曰："仆为文久，每自测，意中以为好，则人必以为恶矣。小称意，人亦小怪之；大称意，即人必大怪之也。时时应事作俗下文字，下笔令人惭；及示人，则人以为好矣。小惭者，亦蒙谓之小好；大惭者，即必以为大好矣。然百物，朝夕所见者，人皆不注视也；及睹其异者，则共观而言之；夫文，岂异于是乎？汉朝人莫不能为文，独司马相如、太史公、刘向、扬雄为之最；然则用功深者，其收名也远；若皆与世浮沉，不自树立，虽不为当时所怪，亦必无后世之传也。"尝自道其所以用功者，以《答李翊书》曰：

愈白李生足下：生之书辞甚高，而其问何下而恭也？能如是，谁不欲告生以其道，道德之归也有日矣，况其外之文乎？抑愈所谓望孔子之门墙而不入于其宫者，焉足以知是且非耶？虽然，不可不为生言之，生所谓立言者是也。生所为者与所期者甚似而几矣，抑不知生之志，蕲胜于人而取于人耶？将蕲至于古之立言者耶？蕲胜于人而取于人，则固胜于人而可取于人矣。将蕲至于古之立言者，则无望其速成，无诱于势利，养其根而俟其实，加其膏而希其光；根之茂者其实遂，膏之沃者其光晔；仁义之人，其言蔼如也。

抑又有难者，愈之所为，不自知其至犹未也？虽然，学之二十余年矣。始者非三代两汉之书不敢观，非圣人之志不敢存，处若忘，行若遗，俨乎其若思，茫乎其若迷；当其取于心而注于手也，惟陈言之务去，戛戛乎其难哉。其观于人，不知其非笑之为非笑也。如是者亦有年，犹不改；然后识古书之正伪，与虽正而不至焉者，昭昭然白黑分矣，而务去之，乃徐有得也。当其取于心而注于手也，汩汩然来矣。其观于人也，笑之则以为喜，誉之则以为忧，以其犹有人之说者存也。如是者亦有年，然后浩乎其沛然矣。吾又惧其杂也，迎而距之，平心而察之，其皆醇也，然后肆焉。虽然，不可以不养也。行之乎仁义之途，游之乎诗书之源，无迷其途，无绝其源，终吾身而已矣。

气，水也；言，浮物也；水大而物之浮者大小毕浮，气之与言犹是也，气盛，则言之短长与声之高下者皆宜。虽如是，其敢自谓几于成乎？虽几于成，其用于人也奚取焉？虽然，待用于人者，其肖于器耶？用与舍属诸人。君子则不然。处心有道，行己有方，用则施诸人，舍则传诸其徒，垂诸文而为后世法，如是者其亦足乐乎，其无足乐也？有志乎古者希矣。志乎古，必遗乎今；吾诚乐而悲之。亟称其人，所以劝之，非敢褒其可褒而贬其可贬也。问于愈者多矣，念生之言，不志乎利，聊相为言之。愈白。

自道所得，理足而辞沛。愈自谓于文章"宏其中而肆其外"，"上窥姚姒，浑浑无涯；周诰殷盘，诘屈聱牙；《春秋》谨严，《左氏》浮夸；《易》奇而法，《诗》正而葩，下逮《庄》《骚》，太史所录；子云相如，同工异曲"；"沈浸醲郁，含英咀华。"此其所谓"非三代两汉之书不敢观"也。当其所得，粹然一出于正，刊落陈言，横骛别驱；汪洋大肆，自诩因文见道。累官吏部侍郎，卒谥曰文。传有《昌黎先生集》四十卷，乃其侄女婿陇西李汉所编。后人搜其阙遗，为《昌黎先生外集》十卷，《遗文》一卷。

愈之为文，论说记事，兼能并擅；而相其论说，不外二端：其一托物取譬，抑扬讽谕，为诗教比兴之遗；如《杂说》、《获麟解》、《师说》、《伯夷颂》是也。录《杂说》、《伯夷颂》。

杂说

龙嘘气成云，云固弗灵于龙也。然龙乘是气，茫洋穷乎玄间，薄日月，伏光景，感震电，神变化，水下上，汩陵谷；云亦灵怪矣哉。云，龙之所能使为灵也。若龙之灵，则非云之所能使为灵也。然龙弗得云，无以神其灵矣；失其所凭依，信不可欤。异哉！

其所凭依，乃其所自为也！《易》曰："云从龙。"既曰龙，云从之矣。

世有伯乐，然后有千里马。千里马常有，而伯乐不常有；故虽有名马，只辱于奴隶人之手，骈死于槽枥之间；不以千里称也。马之千里者，一食或尽粟一石；食马者，不知其能千里而食也。是马也，虽有千里之能，食不饱，力不足，才美不外见，且欲与常马等不可得，安求其能千里也？策之不以其道，食之不能尽其材，鸣之而不能通其意，执策而临之曰天下无马。呜呼！其真无马耶？其真不知马也！

伯夷颂

士之特立独行，适于义而已，不顾人之是非；皆豪杰之士，信道笃而自知明者也。一家非之，力行而不惑者寡矣；至于一国一州非之，力行而不惑者，盖天下一人而已矣。若至于举世非之，力行而不惑者，则千百年乃一人而已耳。若伯夷者，穷天地，亘万世而不顾者也。昭乎日月不足为明，崒乎泰山不足为高，巍乎天地不足为容也。当殷之亡，周之兴，微子，贤也，抱祭器而去之。武王、周公，圣也，从天下之贤士，与天下之诸侯，而往攻之，未尝闻有非之者也。彼伯夷叔齐者，乃独以为不可。殷既灭矣，天下宗周；彼二子乃独耻食其粟，饿死而不顾。由是而言，夫岂有求而为哉？信道笃而自知明也。今世之所谓士者，一凡人誉之，则自以为有余；一凡人沮之，则自以为不足；彼独非圣人而自是如此。夫圣人，乃万世之标准也。余故曰若伯夷者，特立独行，穷天地，亘万世而不顾者也。虽然，微二子，乱臣贼子接迹于后世矣。

此论说之一种也。其一论事析理，轩昂洞豁，汲《孟子》七篇之流；如《原道》、《原性》、《原毁》、《原人》、《原鬼》、《对禹问》、《守戒》是也。录《对禹问》、《守戒》。

对禹问

或问曰："尧舜传诸贤，禹传诸子，信乎？"曰："然。""然则禹之贤，不及于尧与舜也欤？"曰："不然。尧舜之传贤也，欲天下之得其所也。禹之传子也，忧后世争之之乱也。尧舜之利民也大，禹之虑民也深。"曰："然则尧舜何以不忧后世？"曰："舜如尧，尧传之；禹如舜，舜传之。得其人而传之，尧舜也。无其人，虑其患而不传者，禹也。舜不能以传禹，尧为不知人。禹不能以传子，舜为不知人。尧以传舜为忧后世，禹以传子为虑后世。"

曰："禹之虑也则深矣，传之子而当不淑，则奈何？"曰："时益以难理，传之人则争，未前定也。传之子则不争，前定也。前定虽不当贤，犹可以守法。不前定而不遇贤，则争且乱。天之生大圣也不数，其生大恶也亦不数。传诸人，得大圣，然后人莫敢争。传诸子，得大恶，然后人受其乱。禹之后四百年，然后得桀；亦四百年，然后得汤与伊尹。汤与伊尹，不可待而传也。与其传不得圣人而争且乱，孰若传诸子？虽不得贤，犹可守法。"

守戒

《诗》曰："大邦维翰。"《书》曰："以蕃王室。"诸侯之于天子，不惟守土地、奉职贡而已，固将有以翰蕃之也。今人有宅于山者，知猛兽之为害，则必高其柴楥而外施陷阱以待之。宅于都者，知穿窬之为盗，则必峻其垣墙而内固扃镝以防之。此野人鄙夫之所及，非有过人之智而后能也。今之通都大邑，介于屈强之间，而不知为之备，噫，亦惑矣！野人鄙夫能之，而王公大人反不能焉；岂材力为有不足欤？盖以谓不足为而不为耳。

天下之祸，莫大于不足为；材力不足者次之。不足为者，敌至而不知。材力不足者，先事而思，则其于祸也有间矣。彼之屈强者，带甲荷戈，不知其多少；其绵地则千里，而与我壤地相错，无有丘陵江河洞庭孟门之关其间；又自知其不得与天下齿，朝夕举踵引颈，冀天下之有事以乘吾之便；此其暴于猛兽穿窬也甚矣。呜呼，胡知而不为之备乎哉！贲育之不戒，童子之不抗；鲁鸡之不期，蜀鸡之不支。今夫鹿之与豹，非不巍然大矣；然而卒为之禽者，爪牙之材不同，猛怯之资殊也。曰："然则如之何而备之？"曰："在得人。"

此论说之又一种也。而细意籀诵，盖有两种笔力：《杂说》、《守戒》，笔能奔放，如风发云涌，笔力之能雄肆者也。《伯夷颂》、《对禹问》，语有断制，如刀斩斧截，笔力之能崭峭者也。其后王安石崭峭而不雄肆，苏轼奔放而欠崭峭，各得韩愈之一体。

记事之文，愈尤所擅，或诙诡以发奇趣，或直书以垂监戒。如《蓝田县丞厅壁记》曰：

丞之职，所以贰令，于一邑无所不当问。其下主簿尉，主簿尉乃有分职。丞位高而逼，例以嫌不可否事。文事行，吏抱成案诣丞，卷其前，钳以左手，右手摘纸尾，雁鹜行以进，平立睨丞曰"当署"。丞涉笔占位署惟谨，目吏问"可不可？"吏曰"得"，则退；不敢略省，漫不知何事。官虽尊，力势反出主簿尉下。谚数慢必曰丞，至以相訾謷。丞之设，岂端使然哉？

博陵崔斯立，种学积文以蓄其有，泓涵演迤，日大以肆。贞元初，挟其能战艺于京师，再进再屈于人。元和初，以前大理评事言得失，黜官；再转而为丞兹邑。始至，喟曰："官无卑，顾材不足塞职。"既噤不得施用，又喟曰："丞哉丞哉，余不负丞而丞负余！"则尽枿去牙角，一蹑故迹，破崖岸而为之。丞厅故有记，坏漏污不可读。斯立易桷与瓦，墁治壁，悉书前任人名氏。庭有老槐四行，南墙钜竹千挺，俨立若相持。水濊濊循除鸣。斯立痛扫溉，对树二松，日哦其间；有问者，辄对曰："余方有公事；子姑去！"

此诙诡以发奇趣者，而《试大理评事王君墓志铭》，亦其比也。又如《故太学博士李君墓志铭》曰：

太学博士顿丘李于，余兄孙女婿也，年四十八，长庆三年正月五日卒；其月二十六日，穿其妻墓而合葬之，在某县某地。子三人，皆幼。初于以进士为鄂岳从事，遇方士柳泌，从受药法。服之，往往下血；比四年，病益急，乃死。其法以铅满一鼎，按中为空，实以水银，盖封四际，烧为丹砂云。余不知服食说自何世起，杀人不可计，而世慕尚之益至，此其惑也。在文书所记，及耳闻相传者不说，今直取目见，亲与之游，而以药败者六七公以为世诫。工部尚书归登、殿中御史李虚中、刑部尚书李逊、逊弟刑部侍郎建，襄阳节度使工部尚书孟简、东川节度御史大夫卢坦、金吾将军李道古，此其人皆有名位，世所共识。工部既食水银得病，自说若有烧铁杖，自颠贯其下者，摧而为火，射窍节以出，狂痛号呼乞绝。其茵席常得水银，发且止，唾血十数年以毙。殿中疽发其背死。刑部且死，谓余曰："我为药误！"其季建一旦无病死。襄阳黜为吉州司马。余自袁州还京师，襄阳乘舸邀我于萧洲，屏人曰："我得秘药，不可独不死。今遗子一器，可用枣肉为丸服之。"别一年而病。其家人至，讯之，曰："前所服药误，方且下之；下则平矣！"病二岁，竟卒。卢大夫死时，溺出血，肉痛不可忍，乞死，乃死。金吾以柳泌得罪，食泌药，五十死海上。此可以为诫者也。蕲不死，乃速得死，谓之智，可不可也？五谷三牲，盐醯果蔬，人所常御。人相厚勉，必曰强食。今惑者皆曰："五谷令人夭，不能无食，当务减节。"盐醯以济百味，豚鱼鸡三者古以养老，反曰："是皆杀人，不可食！"一筵之馔，禁忌十常不食二三。不信常道而务鬼怪，临死，乃悔。后之好者又曰："彼死者，皆不得其道也。我则不然。"始病，曰："药动故病；病去，药行，乃不死矣。"及且死，又悔。呜呼，可哀也已，可哀也已！

此直书以见事实者，而《郓州溪堂诗序》、《赠太傅董公行状》，亦其比也。碑传文有两体：其一蔡邕体，语多虚赞而纬以事历，魏、晋、宋、齐、梁、陈、隋、唐人碑多宗之；其一韩愈体，事尚实叙而裁如史传，唐以下欧、苏、曾、王诸人碑多宗之。而愈之所以为文者有二：有炼语拗舌，而故为迟重生奥者。有振笔直书，而发以坦迤爽朗者。如《贞曜先生墓志铭》曰：

唐元和九年，岁在甲午八月己亥，贞曜先生孟氏卒；无子，其配郑氏以告。愈走位哭，且召张籍会哭。明日，使以钱如东都供葬事。诸尝与往来者，咸来哭吊。韩氏遂以书告兴元尹故相余庆。闰月，樊宗师使来吊，告葬期，征铭。愈哭曰："呜呼，吾尚忍铭吾友也夫！"兴元人以币如孟氏赙，且来商家事。樊子使来速铭曰："不则无以掩诸幽。"乃序而铭之。

先生，讳郊，字东野。父庭玢，娶裴氏女，而选为昆山尉，生先生及二季酆郢而卒。先生生六七年，端序则见。长而愈骞，涵而揉之，内外完好，色夷气清，可畏而亲。及其为诗，刿目鉥心，刃迎缕解，钩章棘句，掐擢胃肾，神施鬼设，间见层出。惟其大玩于词而与世抹摋，人皆劫劫，我独有余。有以后时开先生者，曰："吾既挤而与之矣，其犹足存耶？"年几五十，始以尊夫人之命，来集京师，从进士试，既得即去。间四年，又命来选；为溧阳尉，迎侍溧上。去尉二年，而故相郑公尹河南，奏为水陆运从事，试协律郎；亲拜其母于门内。母卒五年，而郑公以节领兴元军，奏为其军参谋，试大理评事；挈其妻行，之兴元。次于阌乡，暴疾卒，年六十四。买棺以敛，以二人舆归。酆郢皆在江南。十月庚申，樊子合凡赠赙，而葬之洛阳东，其先人墓左，以余财附其家而供祀。将葬，张籍曰："先生揭德振华，于古有光。贤者故事有易名，况士哉？如曰贞曜先生，则姓名字行有载，不待讲说而明。"皆曰"然。"遂用之。初先生所与俱学同姓简，于世次为叔父，由给事中观察浙东；曰："生吾不能举。死吾知恤其家。"铭曰：

于戏贞曜，维执不猗，维出不訾，维卒不施，以昌其诗。

此炼语拗舌而故为迟重生奥者，而《平淮西碑》、《施先生墓铭》、《赠司勋员外郎孔君墓志铭》、《清河郡公房公墓碣铭》、《曹成王碑》、《唐故相权公墓碑》、《柳州罗池庙碑》、《赠太尉许国公神道碑铭》，亦其比也。

又如《乳母墓铭》曰：

> 乳母李，徐州人，号正真。入韩氏，乳其儿愈。愈生未再周月孤，失怙恃。李怜不忍弃去，视保益谨，遂老韩氏。及见所乳儿愈举进士第，历佐汴徐军，入朝为御史、国子博士、尚书都官员外郎、河南令，娶妇，生二男五女。时节庆贺，辄率妇孙，列拜进寿。年六十四，元和六年三月十八日疾卒。卒三日，葬河南县北十五里。愈率妇孙视窆封，且刻其语于石，纳诸墓，为铭。

此振笔直书而出以坦迤爽朗者，而《柳子厚墓志铭》、《殿中少监马君墓志》、《太学博士李君墓志铭》、《赠太傅董公行状》，亦其比也。综愈所为碑志，其中人物，如《清边郡王杨燕奇碑文》、《曹成王碑》、《刘统军碑》、《唐故检校尚书左仆射右龙武统军刘公墓志铭》、《唐故相权公墓碑》、《赠太尉许国公神道碑铭》，王侯将相也。《唐故江西观察使韦公墓志铭》、《唐故虞部员外郎张府君墓志铭》、《唐故河南令张君墓志铭》、《唐故江南西道观察使太原王公神道碑铭》、《唐故朝散大夫尚书库部郎中郑君墓志铭》、《唐故国子司业窦公墓志铭》、《故江南西道观察使赠散骑常侍太原王公墓志铭》，文武具寮也。《施先生墓铭》、《贞曜先生墓志铭》、《南阳樊绍述墓志铭》，经生文儒也。《国子助教河东薛君墓志铭》、《赠司勋员外郎孔君墓志铭》、《试大理评事王君墓志铭》、《殿中侍御史李君墓志铭》、《故幽州节度判官赠给事中清河张君墓志铭》，忠臣畸士也。《殿中侍御史李君墓志铭》、《唐故监察御史卫府君墓志铭》、《故太学博士李君墓志铭》，服食方士也。《李元宾墓志铭》、《柳州罗池庙碑》、《柳子厚墓志铭》、《河南府法曹参军卢府君夫人苗氏墓志铭》、《韩滂墓志铭》、《女挐圹铭》、《乳母墓铭》，至亲好友也。随事赋形，各肖其人；其气浑灏以转，其辞铸炼以嶷，气载其辞，辞凝其气;奇词奥句,不见滞笔,豪曲快字,不见佻意,骨重气驶,章安句适,各体之中,此为第一。

愈文起八代之衰,而诗亦参李杜之长,融裁以别开一派。盖杜甫诗有二种:一种气调高浑,珠圆玉润,而出以雍容。一种笔力拗怒,狮跳虎卧,而故为雄矫。愈则效其拗怒而祛其雍容,以想像出诙诡,以生铲为刻画,以单驶见奔迸,以排奡臻妥帖,效杜而亦参李。观其《调张籍》曰:"李杜文章在,光焰万丈长。""伊我生其后,举颈遥相望。夜梦多见之,昼思反微茫。徒观斧凿痕,不瞩治水航。想当施手时,巨刃摩天扬。垠岸划崩豁,乾坤摆雷硠。""我愿生两翅,捕逐出八荒。精诚忽交通,百怪入我肠。刺手拔鲸牙,举瓢酌天浆。腾身跨汗漫,不著织女襄。"即此可以见生平蕲尚及功力之所在焉。盖以想像出诙诡,以单驶见奔迸,其源自李;而以生铲为刻画,以排奡臻妥帖,则得之杜也。杜工于刻画,而李富有想像。李任性自然,初非琢炼;而愈则以生铲为雕镌;此其得之于杜,所以殊于李也。杜物态曲尽,工为写实之篇;而愈则以想像融事实,此其得之于李,所以异于杜也。李天怀坦荡,不为凄厉;而愈则凄厉而有殊坦荡。杜身世迍邅,多为沉郁;而愈则恣肆而不为沉郁。刘勰籀文心,而愈则尚诗胆;其《送无本师归范阳》曰:"无本于为文,身大不及胆。吾尝示之难,勇往无不敢。蛟龙弄牙角,造次欲手揽;众鬼囚大幽,下觑袭玄窞。天阳熙四海,注视首不颔。鲸鹏相摩窣,两举快一啖。夫岂能必然,固已谢黯黮。狂词肆滂葩,低昂见舒惨。奸穷变怪得,往往造平澹。"此诗贵有胆,然后有笔之说也。诗之体,至杜甫而备。诗之胆,至韩愈乃大。顾观愈《荐士》一诗,所以称孟郊者,则曰:"横空盘硬语,妥帖力排奡。敷柔肆纡余,奋猛卷海潦。荣华肖天秀,捷疾逾响报。"则先敷柔而后奋猛,由荣华而出捷疾,似与《送无本》之说不同,而意实相发。盖变怪必造于平澹,妥帖而后出排奡;奇横之趣,自然之致,二者并进,乃为成体。今诵其诗,万怪惶惑,往往盛气喷薄而出,跌宕淋漓,曲折如意,不复知其为有韵之文;不惟五七言古猖狂恣睢,肆意有作;而律绝近体，寂寥短章，亦复拔天倚地，句句欲活；是所谓“狂词肆滂葩，低昂见舒惨；奸穷变怪得，往往造平澹”；亦即“横空盘硬语，妥帖力排奡”之说也。大抵愈之为诗，笔力蕲于雄矫，意境务为诙诡。顾有力造诙诡而诙诡者；五言古如《慰孟东野失子》曰：

失子将何尤，吾将上尤天：“女实主下人，与夺一何偏？彼于女何有，乃令蕃且延？此独何罪辜，生死旬日间？”上呼无时闻，滴地泪到泉。地只为之悲，瑟缩久不安；乃呼大灵龟，骑云款天门。问：“天主下人，薄厚胡不均？”

天曰：“天地人，由来不相关。吾悬日与月，吾系星与辰。日月相噬啮，星辰踣而颠。吾不女之罪，知非女由因。且物各有分，孰能使之然？有子与无子，祸福未可原。鱼子满母腹，一一欲谁怜？细腰不自乳，举族长孤鳏。鸱枭啄母脑，母死子始翻。蝮蛇生子时，坼裂肠与肝。好子虽云好，未还恩与勤。恶子不可说，鸱枭蝮蛇然。有子且勿喜，无子固勿叹！上圣不待教，贤闻语而迁。下愚闻语惑，虽教无由悛！”大灵顿头受，即日以命还。地祇谓大灵：“女往告其人。”东野夜得梦，有夫玄衣巾。闯然入其户，三称天之言。再拜谢玄夫，收悲以欢欣。

又如《双鸟诗》曰：

双鸟海外来，飞飞到中州。一鸟落城市，一鸟集岩幽。（朱子以双鸟指己与孟郊而作，落城市者己也，集岩幽者孟也。《韵语阳秋》已有此说。）不得相伴鸣，尔来三千秋。两鸟各闭口，万象衔口头。春风卷地起，百鸟皆飘浮。两鸟忽相逢，百日鸣不休；有耳聒皆聋，有口反自羞。百舌旧饶声，从此恒低头；得病不呻唤，泯默至死休。

雷公告天公：“百物须膏油。自从两鸟鸣，聒乱雷声收。鬼神怕嘲咏，造化皆停留。草木有微情，挑抉示九州。虫鼠诚微物，不堪苦诛求。不停两鸟鸣，百物皆生愁。不停两鸟鸣，自此无春秋。不停两鸟鸣，日月难旋辀。不停两鸟鸣，大法失九畴；周公不为公，孔丘不为丘。”

天公怪两鸟，各捉一处囚；百虫与百鸟，然后鸣啾啾。两鸟既别处，闭声省愆尤。朝食千头龙，暮食千头牛。朝饮河生尘，暮饮海绝流。还当三千秋，更起鸣相酬。

又如《嘲鲁连子》曰：

鲁连细而黠，有似黄鹞子。田巴兀老苍，怜汝矜爪觜。开端要惊人，雄跨吾厌矣。高拱禅鸿声，若辍一杯水。独称唐虞贤，顾未知之耳。（按此当有与公争名者，而公甘以名让之。禅，让也，鸿声乃名也。）

七言古如《月蚀诗效玉川子作》曰：

元和庚寅斗插子，月十四日三更中。森森万木夜僵立，寒气屃赑顽无风。月形如白盘，完完上天东。忽然有物来啗之，不知是何虫。如何至神物，遭此狼狈凶！星如撒沙出，攒集争强雄。油灯不照席，是夕吐焰如长虹。玉川子涕泗下中庭独行，念此日月者，为天之眼睛。此犹不自保，吾道何由行？尝闻古老言，疑是虾蟆精，径圆千里纳女腹，何处养女百丑形？杷沙脚手钝，谁使女解缘青冥？黄帝有四目，帝舜重其明；今天只两目，何故许食使偏盲？尧呼大水浸十日，不惜万国赤子鱼头生；女于此时若食日，虽食八九无馋名。赤龙黑乌烧口热，翎鬣倒侧相搪撑。婪酣大肚遭一饱，饥肠彻死无由鸣。后时食月罪当死，天罗磕帀何处逃汝形！

玉川子立于庭而言曰：“地行贱臣同，再拜敢告上天公：臣有一寸刃，可刳蟇肠凶。无梯可上天，天阶无由有臣踪。寄笺东南风，天门西北祈风通。丁宁附耳莫漏泄，薄命正值飞廉慵。东方青色龙，牙角何呀呀；从官百余座，嚼啜烦官家。月蚀汝不知，安用为龙窟天河？赤鸟司南方，尾秃翅觰沙。月蚀于汝头，汝口开呀呀；虾蟆掠汝两吻过，忍学省事不以汝觜啄虾蟆？於菟蹲于西，旗旄卫毵毪。既从白帝祠，又食于禧礼有加。忍令月被恶物食，枉于汝口插齿牙？乌龟怯奸，怕寒缩颈，以壳自遮。终令夸蛾抉汝出，卜师烧锥钻灼满板如星罗。此外内外官，琐细不足科。臣请悉扫除，慎勿许语令啾哗，并光全耀归我月，盲眼镜净无纤瑕。弊蛙拘送主府官，帝箸下腹尝其皤。依前使兔操杵臼，玉阶桂树闲婆娑。嫦娥还宫室，太阳有室家。天虽高，耳属地，感臣赤心，使臣知意。”虽无明言，潜喻厥旨，有气有形，皆吾赤子。虽忿大伤，忍杀孩稚。还女月明，安行于次。尽释众罪，以蛙磔死。

他如五言古《南山》、《驽骥》、《三星行》、《苦寒》、《杂诗》、《初南食贻元十八协律》、《猛虎行》、《读东方朔杂事》、《送张道士》、《嘲鼾睡》两首，七言古《陆浑山火和皇甫湜用其韵》、《记梦》，奇趣横生，人骇鬼眩，皆力造诙诡而诙诡者也。亦有无意诙诡而诙诡者，琐碎事物而恢张之使奇，寻常山水而刻画之使诡。五言古如《醉后》曰：

煌煌东方星，奈此众客醉。初喧或忿争，中静杂嘲戏；淋漓身上衣，颠倒笔下字。人生如此少，酒贱且勤置。

又如《醉赠张秘书》曰：

人皆劝我酒，我若耳不闻。今日到君家，呼酒持劝君。为此座上客，及余各能文。君诗多态度，蔼蔼春空云。东野动惊俗，天葩吐奇芬。张籍学古淡，轩鹤避鸡群。阿买不识字，颇知书八分。诗成使之写，亦足张吾军。所以欲得酒，为文俟其醺。酒味既冷冽，酒气又氛氲，性情渐浩浩，谐笑方云云。此诚得酒意，余外徒缤纷。长安众富儿，盘馔罗膻荤，不解文字饮，惟能醉红裙，虽得一饷乐，有如聚飞蚊。今我及数子，固无莸与薰；险语破鬼胆，高词媲皇坟，至宝不雕琢，神功谢锄耘。方今向太平，元凯承华勋。（《左传》文十二年有才子八元八恺。《书》称尧曰放勋，舜曰重华。)吾徒幸无事,庶以穷朝曛。

又如《符读书城南》曰:

木之就规矩,在梓匠轮舆。人之能为人,由腹有诗书。诗书勤乃有,不勤腹空虚。欲知学之力,贤愚同一初;由其不能学,所入遂异闾。两家各生子,提孩巧相如;少长聚嬉戏,不殊同队鱼。年至十二三,头角稍相疏。二十渐乖张,清沟映污渠。三十骨骼成,乃一龙一猪。飞黄腾踏去,不能顾蟾蜍。一为马前卒,鞭背生虫蛆。一为公与相,潭潭府中居。问之何因尔,学与不学欤。

金璧虽重宝,费用难贮储。学问藏之身,身在则有余。君子与小人,不系父母且。不见公与相,起身自犁锄?不见三公后,寒饥出无驴?文章岂不贵,经训乃菑畬。潢潦无根源,朝满夕已除。人不通古今,马牛而襟裾;行身陷不义,况望多名誉。时秋积雨霁,新凉入郊墟。灯火稍可亲,简编可卷舒。岂不旦夕念?为尔惜居诸。恩义有相夺,作诗劝踌躇。

七言古如《雉带箭》曰:

原头火烧静兀兀,野雉畏鹰出复没。将军欲以巧伏人,盘马弯弓惜不发。地形渐窄观者多,雉惊弓满劲箭加。冲人决起百余尺,红翎白镞随倾斜。将军仰笑军吏贺,五色离披马前堕。

又如《汴泗交流赠张仆射》曰:

汴泗交流郡城角,筑场千步平如削。短垣三面缭逶迤,击鼓腾腾树赤旗。新秋朝凉未见日,公早结束来何为?分曹决胜约前定,百马攒蹄近相映。球惊杖奋合且离,红牛("牛"一作"氂")缨绂黄金羁,侧身转臂著马腹,霹雳应手神珠驰。超遥散漫两闲暇,挥霍纷纭争变化;发难得巧意气粗,欢声四合壮士呼。此诚习战非为剧,岂若安坐行良图。当今忠臣不可得,公马莫走须杀贼!

又如《赠侯喜》曰：

吾党侯生字叔记，呼我持竿钓温水。平明鞭马出都门，尽日行行荆棘里。温水微茫绝又流，深如车辙阔容辀。虾蟆跳过雀儿浴，此纵有鱼何足求。我为侯生不能已，盘针擘粒投泥滓。晡时坚坐到黄昏，手倦目劳方一起。暂动还休未可期，虾行蛭渡似皆疑。举竿引线忽有得，一寸才分鳞与鬐。是日侯生与韩子，良久叹息相看悲。我今行事尽如此，此事正好为吾规。半世遑遑就举选，一名始得红颜衰。人闲事势岂不见，徒自辛苦终何为！便当提携妻与子，南入箕颍无还时。叔记君今气方锐，我言至切君勿嗤。君欲钓鱼须远去，大鱼岂肯居沮洳？

又如《赠刘师服》曰：

羡君齿牙牢且洁，大肉硬饼如刀截。我今呀豁落者多，所存十余皆兀巇。匙钞烂饭稳送之，合口软嚼如牛呞。妻儿恐我生怅望，盘中不饤栗与梨。只今年才四十五，后日悬知渐莽卤。朱颜皓颈讶莫亲，此外诸余谁更数。忆昔太公仕进初，口含两齿无嬴余。虞翻十三比岂少，遂自惋恨形于书。丈夫命存百无害，谁能检点形骸外？巨缗东钓傥可期，与子共饱鲸鱼脍。

此琐碎事物而恢张之使奇者也。五言古如《陪杜侍御游湘西两寺独宿有题一首因献杨常侍》曰：

长沙千里平，胜地犹在险；况当江阔处，斗起势匪渐。深林高玲珑，青山上琬琰。路穷台殿辟，佛事焕且俨。剖竹走泉源，开廊架崖广。是时秋之残，暑气尚未敛。群行忘后先，朋息弃拘检。客堂喜空凉，华榻有清簟。涧蔬煮蒿芹，水果剥菱芡。伊余夙所慕，陪赏亦云忝。幸逢车马归，独宿门不掩。

山楼黑无月，渔火灿星点。夜风一何喧，杉桧屡磨飐。犹疑在波涛，怵惕梦成魇。静思屈原沉，远忆贾谊贬；椒兰争妒忌，绛灌共谗谄。谁令悲生肠，坐使泪盈脸。翻飞乏羽翼，指摘因瑕玷。珥貂藩维重，政化类分陕；礼贤道何优，奉己事苦俭。大厦栋方隆，巨川楫行剡。经营诚少暇，游宴固已歉。旅程愧淹留，徂岁嗟荏苒。平生每多感，柔翰遇频染。展转岭猿鸣，曙灯青睒睒（祝本、魏本作“琰琰”）。

又如《洞庭湖阻风赠张十一署》曰：

十月阴气盛，北风无时休。苍茫洞庭岸，与子维双舟。雾雨晦争泄，波涛怒相投。犬鸡断四听，粮绝谁与谋！相去不容步，险如碍山丘。清谈可以饱，梦想接无由。男女喧左右，饥啼但啾啾。非怀北归兴，何用胜羁愁。云外有白日，寒光自悠悠；能令暂开霁，过是吾无求（廖本作“无”，魏本作“何”）。

又如《庭楸》曰：

庭楸止五株，共生十步间。各有藤绕之，上各相钩联；下叶各垂地，树颠各云连。朝日出其东，我常坐西偏；夕日在其西，我常坐东边；当昼日在上，我在中央间。仰视何青青，上不见纤穿。朝暮无日时，我且八九旋。濯濯晨露香，明珠何联联。夜月来照之，蒨蒨自生烟。我已自顽钝，重遭五楸牵。客来尚不见，肯到权门前？权门众所趋，有客动百千；九牛亡一毛，未在多少间。往既无可顾，不往自可怜。

七言古如《山石》曰：

山石荦确行径微，黄昏到寺蝙蝠飞。升堂坐阶新雨足，芭蕉叶大支子肥。僧言古壁佛昼好，以火来照所见稀。铺床拂席置羹饭，疏粝亦足饱我饥。夜深静卧百虫绝，清月出岭光入扉。天明独去无道路，出入高下穷烟霏。山红涧碧纷烂漫，时见松枥皆十围。当流赤足蹋涧石，水声激激风吹衣。人生如此自可乐，岂必局束为人鞿！嗟哉吾党二三子，安得至老不更归。

又如《李花》二首曰：

平旦入西园，梨花数株若矜夸。旁有一株李，颜色惨惨似含嗟；问之不肯道所以，独绕百匝至日斜。忽忆前时经此树，正见芳意初萌芽。奈何趁酒不省录，不见玉枝攒霜葩。泫然为汝下雨泪，无由反旆羲和车。东风来吹不解颜，苍茫夜气生相遮。冰盘夏荐碧实脆，斥去不御惭其花。

当春天地争奢华，洛阳园苑尤纷拿。谁将平地万堆雪，剪刻作此连天花？日光赤色照未好，明月暂入都交加。夜领张彻投卢同，乘云共至玉皇家。长姬香御四罗列，缟裙练帨无等差。静濯明妆有所奉，顾我未肯置齿牙。清寒莹骨肝胆醒，一生思虑无由邪。

七言绝如《盆池》曰：

老翁真个似童儿，汲水埋盆作小池。一夜青蛙鸣到晓，恰如方口钓鱼时。

莫道盆池作不成，藕梢初种已齐生。从今有雨君须记，来听萧萧打叶声。

池光天影共青青，拍岸才添水数缾。且待夜深明月去，试看涵泳几多星。

又如《晚春》曰：

草树知春不久归，百般红紫斗芳菲。杨花榆荚无才思，惟解漫天作雪飞。

谁收春色将归去？慢绿妖红半不存。榆荚只能随柳絮，等闲撩乱走空园。

此寻常风景而刻画之使诡者也。他如五言古《归彭城》、《县斋有怀》、《岳阳楼别窦司直》、《龊龊》、《落齿》、《崔十六少府摄伊阳以诗及书见投因酬三十韵》、《送侯参谋赴河中幕》、《东都遇春》、《送进士刘师服》、《赠张籍》、《答孟郊》、《泷吏》、《斗鸡联句》，七言古《赠郑兵曹》、《八月十五夜赠张功曹》、《谒衡岳遂宿岳寺题门楼》、《杏花》、《郑群赠簟》、《游青龙寺赠崔大补阙》、《赠崔立之评事》、《醉留东野》、《酬四门卢四兄云夫院长望秋作》、《听颖师弹琴》、《短灯檠歌》，五言排律《叉鱼赠张功曹》，七言绝《和归工部送僧约》、《遣兴》、《镇州初归》、《同水部张员外曲江春游寄白二十二舍人》；粗话说得细，俗语说得俊，无不可咏之景物，无不可抒之情怀，愈粗朴，愈妩媚，戏笑怒骂，皆成文章。李白诗工为比兴，杜甫有赋有比兴；而愈则赋多而比兴少，如《驽骥》、《苦寒》、《双鸟诗》、《月蚀诗效玉川子作》、《猛虎行》、《记梦》等篇，尽是托物寄兴，而尽情刻画，如实有其事；则是比兴之意而赋之体也。杜诗有叙事，有写景，有议论，而愈则叙事多而议论少；尤善叙人物，跌宕昭彰，以史笔为诗篇；七言古如《永贞行》，是一篇《顺宗实录》；而五言古如《送惠师》、《送灵师》、《寄崔二十六立之》、《孟生诗》，七言古如《刘生诗》、《寄卢同》等篇，不惟其人之声音笑貌，跃跃纸上，呼之欲出；而详次生平，夹叙夹议，则是以诗篇为史传也。奇辞大句，得瑰玮飞腾之气驱之以行，其辞俊迈跌宕而不可以方物。惟《秋怀》十一首，感慨身世，托物寄兴，独为《文选》体，敛而不肆，盖集中之别调；然而气有奇类，力湔浮藻，殆同建安之风骨，而非齐梁之缛丽也。从愈游者，皇甫湜、李翱，雄于文；孟郊、贾岛，工为诗；而张籍独以乐府著名。

张籍，字文昌，和州乌江人。孟郊尝为愈言籍有文章，而愈延见，开怀听说，称以诗曰："张籍学古淡，轩鹤避鸡群。"遂为荐扬，登贞元十五年进士第，累官国子司业。顾籍性狷直，方始缔交，连两书抵愈，责以不宜博塞，及为驳杂之说，论议好胜人而不能著书。愈无以难也。传有《张司业集》八卷。其文多佚，独与愈两书存。属词诘难，易为骏快，而蓄以顿挫；相其笔力，奇崛不如皇甫湜，而矜慎略似；安雅逊于李翱，而迟重胜之。尤喜为诗，而乐府称绝。同时白居易有诗称之曰："张公何为者，业文三十春。尤工乐府词，举代少其伦。"录两首。

节妇吟寄东平李司空

君知妾有夫，赠妾双明珠；感君缠绵意，系在红罗襦。妾家高楼连苑起，良人执戟明光里。知君用心如日月，事夫誓拟同生死。还君明珠双泪垂，恨不相逢未嫁时！

宴客词

上客不用顾金羁，主人有酒君莫违。请君看取园中花，地上渐多枝上稀。山头树绿不见石，溪水无风应更碧。人人齐醉起舞时，谁觉翻衣与倒帻。明朝花尽人已去，此地独来空绕树。

清丽深婉，与元稹、白居易一律，专以道得人心中事为工；但白才多而意切，元体轻而词躁，籍则思深而语婉尔。

李翱，陇西成纪人。娶韩愈从兄弇之女，从愈学为文。而年少于籍，博雅好古。登贞元十四年进士第，累官检校户部尚书，襄州刺史，充山南东道节度。亦以文章见推当时，卒谥曰文，与愈同。生平持论，以为："人号文章为一艺者，乃时世所好之文，或有盛名于近代者是也。其能到古人者，则仁义之辞也，恶得以一艺而名之哉。列天地，立君臣，亲父子，别夫妇，明长幼，浃朋友，六经之旨矣。浩乎若江海，高乎若丘山，赫然若日火，包乎若天地，掇章称咏，津润怪丽，六经之词也。创意造言，皆不相师；故其读《春秋》也，如未尝有《诗》也；其读《诗》也，如未尝有《易》也；其读《易》也，如未尝有《书》也；其读屈原庄周也，如未尝有六经也；故义深则意远，意远则理辩，理辩则气直，气直则词盛，词盛则文工。天下之语文章，有六说焉：其尚异者，则曰文章辞句奇险而已；其好理者，则曰文章叙意苟通而已；其溺于时者，则曰文章必当对；其病于时者，则曰文章不当对；其爱难者，则曰文章宜深不当易；其爱易者，则曰文章宜通不当难。此皆情有所偏，滞而不流，未识文章之所主也。古之人能极于工而已，不知其词之对与否，易与难也。《诗》曰：'忧心悄悄，愠于群小。'此非对也。又曰：'遘闵既多，受侮不少。'此非不对也。《书》曰：'朕堲谗说殄行，震惊朕师。'《诗》曰：'菀彼柔桑，其下侯旬。将采其刘，瘼此下人。'此非易也。《书》曰：'允恭克让，光被四表，格于上下。'《诗》曰：'十亩之间兮，桑柘闲闲兮，行与子旋兮。'此非难也。学者不知其方，而称说云云，如前所陈者，非吾之敢闻也。六经之后，百家之言，与老聃、列御寇、庄周、鹖冠、田穰苴、孙武、屈原、宋玉、孟轲、吴起、商鞅、墨翟、鬼谷子、荀况、韩非、李斯、贾谊、枚乘、司马迁、相如、刘向、扬雄，皆足以自成一家之文，学者之所师归也。故义虽深，理虽当，词不工者不成文，宜不能传也。文、理、义三者兼并，乃能独立于一时，而不泯灭于后代，能必传也。陆机曰：'怵他人之我先。'韩退之曰：'惟陈言之务去。'假令述笑哂之状曰'莞尔'，则《论语》言之矣；曰'哑哑'，则《易》言之矣；曰'粲然'，则《谷梁子》言之矣；曰'攸尔'，则班固言之矣；曰'辗然'，则左思言之矣；吾复言之，与前文何以异也？此创意造言之大归。然吾所以不协于时而学古文者，悦古人之行也；悦古人之行者，爱古人之道也。故学其言，不可以不行其行；行其行，不可以不重其道；重其道，不可以不循其礼。"又自言"所叙《高愍女》《杨烈妇传》，不在班孟坚蔡伯喈下。"传有《李文公集》十八卷。其文章弈弈清畅，俯仰有度，不似愈之猖狂恣睢，肆意有所作。而所为《韩愈行状》，当为集中第一篇文字；只是从幼到老，顺次叙去，而提挈顿挫，自然起伏，明归有光论《史记》如平地忽见高山，如地高高下下相因，乃去得长，如水平平流去，忽然遇石激起来。而读翱《韩愈行状》，波澜意境，乃真如此。其他如《故东川节度使卢公传》、《赠司空柏公神道碑》、《赠左仆射傅公神道碑》、《赠司空杨公墓志铭》、《赠工部尚书武公墓志铭》，凝重而不伤板滞，平直而致有波澜，亦为集中之胜。大抵翱之文，不宜驰骋，不适铺排，只宜顺理成章，自然安而得道。《故处士侯君墓志》、《叔氏墓志铭》、《昌黎韩君夫人京兆韦氏墓志铭》，则又拗峭之笔，饶有妩媚，别出机杼，而脱胎愈《赠司勋员外郎孔君》、《试大理评事王君》两墓志笔意者也。至《高愍女碑》、《杨烈妇传》，翱自诩不在班孟坚蔡伯喈下；然以议论为波澜，既太著迹；而尤病在不能强，又不安于弱；既不能为孟轲太史公之勇猛健举，又不如班固蔡邕之优游缓节，一振不起，便觉声嘶力竭；此如秦武王无乌获之力，而为乌获之举鼎，不免绝膑；天分所限，无可如何。《杨烈妇传》以议论作结，而重系以《赞曰》，更叠床架屋，不免刘子玄所讥矣。

皇甫湜，字持正，睦州新安人。元和元年擢进士第，累官工部郎中，传有《皇甫持正集》六卷。其为文章，与李翱同出韩愈。翱得愈之醇雅，而湜得愈之奇崛。翱文章贵平正，而湜议论务为奇怪；翱文章求洁净，而湜词笔不湔缛藻。集中答翱三书，盛气攻辨，其大指以为："意新则异于常，异于常则怪矣。词高则出众，出众则奇矣。虎豹之文，不得不炳于犬羊；鸾凤之音，不得不锵于乌鹊；金玉之光，不得不炫于瓦石；非有意先之也，乃自然也。夫文者非他，言之华者也。其用在通理而已，固不务奇。然言亦可以通理矣，而以文为贵者，无他，文则远，无文即不远也。以非常之文，通至正之理，是所以不朽也！《书》之文不奇，《易》之文可谓奇矣，岂碍理伤圣乎！如'龙战于野，其血玄黄'，'见豕负涂，载鬼一车'，'突如其来如，焚如，死如，弃如'，此何等语也！"今观所作，欲学韩愈之怪怪奇奇，而不能；识议文笔，不如李翱远甚；而矜己自足过之。李翱《帝王所尚问》，仿韩愈《对禹问》；《知凤》仿《获麟解》；尚是仿其体格。而湜则《孟荀言性论》，直袭《原性》三品之说；《上江西李大夫书》，直袭《与于襄阳书》"上之人负其位，下之人负其才"之辞；不惮公然抄袭。然愈纵笔一挥，如兔起鹘落，捉拿不住；而湜则跬步左次，无一句活脱；驽之视雄，何啻跛鳖之与骐骥。徒以气矜之隆，有意奥奇，襞积字句，而无大力控抟，转成拙累。叙事不见端委，而拗调涩句，刺口棘舌；议论亦无本末，而矜气夸调，连篇累章；惟《韩文公墓铭》，字铸句练，敩韩愈《曹成王碑》、《贞曜先生墓志铭》笔意，无一率语，字字如履危崖而下；然骨重而神流，遥逸横生。他未能称也。夫韩愈之文，所以开八家之宗而不为伧野者，在运气以驶辞，又铸辞以凝气，所以疏而能密，雄而不快。李翱得其笔而辞未雄，皇甫湜敩其辞而气不疏。迄唐之末也，关东孙樵，自称"得为文真诀于来无择，来无择得之于皇甫持正，皇甫持正得之于韩吏部退之。”其论文一主于奇，承皇甫湜之绪。然清言奥旨，出以融铸，笔峭而韵流，不以削薄为嫌，远胜皇甫之肤字縟句，硬砌生填，无裨文采，徒为冗累。皇甫以文句涩艰为奇，樵则以笔势紧健为奇。皇甫之学韩，不能古健而为艰涩；而樵之学韩，不能雄茂而为峻削。皇甫不免于滞，樵则往往遒变，可谓青出于蓝矣。有集十卷行世。

孟郊与韩愈友善，愈文至高而郊长于五言，时号孟诗韩笔。郊，字东野，湖州武康人。愈赋《荐士诗》以称之；又曰：“郊以其诗鸣，其高出魏晋，不懈而及于古。”传有《孟东野集》十卷。其为诗，工于凄寂之音，比兴之词，独长五言。如《遣兴》曰：

> 弦贞五条音，松直百尺心。贞弦含古风，直松凌高岑。浮声与狂葩，胡为欲相侵？

又如《寓言》曰：

> 谁言碧山曲，不废青松直。谁言浊水泥，不污明月色。我有松月心，俗骋风霜力；贞明既如此，摧折安可得。

又如《偶作》曰：

> 利剑不可近，美人不可亲。利剑近伤手，美人近伤身。道险不在广，十步能摧轮。情忧不在多，一夕能伤神。

以质出炼，拗直成峭，短于蓄势，而善使劲；不能运气，而为炼格；诗骨甚遒，诗涛未壮。昔人称陶潜诗跌宕昭彰，独超众类；而吾观郊之诗抑遏蔽掩，乃见孤诣。观其《戏赠无本》，有句云：“诗骨耸东野，诗涛涌退之”，所以自许者固自有在。愈之诗，猖狂恣睢，肆意有所作；而郊则敛雄为遒，出之矜炼，欲以少许胜多许，此诗涛之所以涌退之，而郊欲避所短而不犯者也。他如《长安羁旅行》、《送远吟》、《古薄命妾》、《古怨别》、《伤春》、《夜感自遣》、《秋怀》、《梦泽行》、《京山行》、《赠崔纯亮》、《峡哀》诸篇，凄戾之词，清拔之气，固是情与景称，辞与题称。然亦有风物妍华，不害古直，而出以凄戾者；如《古乐府》曰：

　　夭桃花清晨，游女红粉新。夭桃花薄暮，游女红粉故。树有百年花，人无一定颜；花送人老尽，人悲花自闲。

亦有风物妍华，不为凄戾，而抒以婉媚者；如《邀人赏蔷薇》曰：

　　蜀色庶可比，楚丛亦应无。醉红不自力，狂艳如索扶。丽蕊惜未扫，宛枝长更纡。何人是花侯，诗老强相呼。

亦有辞气清拔，不为凄戾，而发为萧旷者；如《游终南龙池寺》曰：

　　飞鸟不到处，僧房终南巅。龙在水长碧，雨开山更鲜。步出白日上，坐依清溪边。地寒松桂短，石险道路偏。晚磬送归客，数声落遥天。

又如《送豆卢策归别墅》曰：

　　短松鹤不巢，高石云不栖。君今潇湘去，意与云鹤齐。力买奇险地，手开清浅溪；身披薜荔衣，山陟莓苔梯。一卷冰雪文，避俗常自携。

亦有辞气敦厚，不为凄戾，而出以深挚者；如《静女吟》曰：

　　艳女皆妒色，静女独检踪。任礼耻任妆，嫁德不嫁容。君子易求品，小人难自从。此志谁与谅，琴弦幽韵重。

又如《游子吟》曰：

　　慈母手中线，游子身上衣。临行密密缝，意恐迟迟归。谁言寸草心，报得三春晖！

又如《山中送从叔简》曰：

　　莫以手中琼，言邀世上名；莫以山中迹，永向人间行。松柏有霜操，风泉无俗声。应怜枯朽质，惊此别离情。

又如《送丹霞子阮芳颜上人归山》曰：

松色不肯秋，玉性不可柔。登山须正路，饮水须直流。倩鹤附书信，索云作衣裘。仙村莫道远，枉策招交游。

韩愈之诗，粗语说得朴，常情写得诡；而郊之诗，直笔拗之曲，浅意抑之深。及郊之死，而愈极称贾岛，有诗云："孟郊死葬北邙山，日月风云顿觉闲。天恐文章浑断绝，再生贾岛在人间。"盖二人幽峭之致有相同也。"郊寒岛瘦"遂以骈称。

贾岛，字浪仙，范阳人。应试不第，遂为僧，即无本也。旋去浮屠，举进士，官遂州长江主簿。传有《长江集》十卷。其为诗力铲浮艳，刻意生炼，凄戾之音，清拔之气，与孟郊声气应求。而郊工五古，岛工五律；五古则意不如郊之炼得深，格不如郊之炼得遒，差可诵者，如《朝饥》，有遒格而意不渊永；《望山》、《寄迹》、《玩月》、《客喜》四篇，有生意而篇不遒发。其他语虽瘦硬，意未通神，所以郊笔峭而味永，岛体拗而意率也。五言律如《山中道士》、《寄白阁默公》、《题李凝幽居》、《题青龙寺镜公房》、《送金州鉴周上人》、《送谭远上人》、《寄山友长孙栖峤》、《马戴居华山因寄》、《宿山寺》九篇，融情入景，炼语归凝，不为凄苦，自臻幽秀，戛戛独造，南宋永嘉四灵徐照、徐玑、翁卷、赵师秀之所由出也。录五律三首：

寄白阁默公

已知归白阁，山远晚晴看。石室人心静，冰潭月影残。微云分片灭，古木落薪干。后夜谁闻磬，西峰绝顶寒。

马戴居华山因寄

玉女洗头盆，孤高不可言；瀑流莲岳顶，河注华山根。绝雀林藏鹘，无人境有猿。秋蟾才过雨，石上古松门。

宿山寺

众岫耸寒色，精庐向此分。流星透疏木，走月逆行云。绝顶人来少，高松鹤不群。一僧年八十，世事未曾闻。

同一生炼，而孟郊直笔拗之曲；岛则舒笔欲为直。同一幽僻，而孟郊浅意抑之深：岛则幽境欲为显。苏绛为《岛墓志》，称："所著文篇，不以新句绮靡为意，淡然蹑陶谢之踪，片云独鹤，高蹑尘表。"然岛以质出新，以瘦救靡，略同元亮之简澹，而非康乐之排比。特元亮跌宕昭彰，气舒而骨劲，味厚而神和；岛则瘦硬局促，貌癯而骨削，境幽而神郁；此其所以异也。

姚合，陕州人。《长江集》中《酬姚合校书》所谓"美酒倾易尽，好诗难卒酬"者也；举元和十一年进士，调武功主簿；以《武功县诗》三十首，为世传诵，后官至秘书少监，诗家终谓之姚武功，相习而不改也。传有《姚少监诗集》十卷。其诗亦即称武功体，不如岛之为凄苦；而务为瘦炼，抒以清拔，冥搜物象，刻意苦吟，则与岛为同调。五古不如五律，而五律尤刻意于中二联，亦与岛如一辙。集中《别贾岛》云："野客狂无过，诗仙瘦始真。"《寄贾岛》云："狂发吟如哭，愁来坐似禅。新诗有几首，旋被世人传。"《寄贾岛时任普州司仓》云："吟寒应齿落，才峭自名垂。"倾倒可知已；宜其诗之吟寒而才峭以与同调也。五言古如《寄狄拾遗时魏州从事》曰：

少在兵马间，长还系戎职。鸡飞不得远，岂要生羽翼。三年城中游，与君最相识；应知我中肠，不苟念衣食。主人树勋名，欲灭天下贼。愚虽乏智谋，愿陈一人力。人生须气健，饥冻缚不得。睡当一席宽，觉乃千里窄。古人不惧死，所惧死无益。至交不可合，一合难离坼。君尝相劝勉，苦语毒胸臆。百年心如披，谁限河南北。

生峭而出以警发，志气盘桓，胜孟郊之逼仄。而五言律如《送殷遥藩侍御游山南》曰：

诗境西南好，秋深昼夜蛩。人家连水影，驿路在山峰。谷静云生石，天寒雪覆松。我为公府系，不得此相从。

又如《过无可上人院》曰：

寥寥听不尽，孤磬与疏钟，烦恼师长别，清凉我暂逢。蚁行经古藓，鹤毳落深松。自想归时路，尘埃复几重。

七言律如《送别友人》曰：

独向山中觅紫芝，山人勾引住多时。摘花浸酒春愁尽，烧竹煎茶夜卧迟。泉落林梢多碎滴，松生石底足旁枝。明朝却欲归城市，问我来时总不知。

则又警炼之语，幽秀之格，而皆工于发端。南宋四灵，奉以为宗；而炼意炼格之未能，遂炼字句，可惋在碎；而有警语，罕遒篇矣。

李贺，字长吉，昌谷人。于时孟郊贾岛诗，以幽峭变韩愈；而李贺则以诡丽变韩愈。贺七岁能辞章，名动京邑。韩愈皇甫湜览其作，奇之而未信；遂相过其家，使赋诗。贺欣然援笔，赋《高轩过》，辞曰：

华裾织翠青如葱，金环压辔摇玲珑，马蹄殷耳声隆隆，入门下马气如虹。云是东京才子，文章巨公。二十八宿罗心胸，九精照耀贯当中。殿前作赋声摩空，笔补造化天无功。庞眉书客感秋蓬，谁知死草生华风。我今垂翅附冥鸿，他日不羞蛇作龙。

二人大惊，自是有名。以父名晋肃，或以为不得举进士；愈为作《讳辩》；然亦卒不就举。辞尚奇诡，而工乐府，为数十篇，合之弦管；官协律郎。传有《歌诗编》四卷，附《集外诗》一卷。其为诗亦如郊岛之衍韩愈而别出一体；不能为愈之雄怪，而出以诡奇；不能如愈之纵恣，而敛为矜炼，凄戾之音，危仄之体，与郊岛不同而同；不同者，辞有华朴；而同者，笔之拗涩也。惟郊岛五言，贺则乐府。郊岛以清峭为铸炼，不贵绮错；贺则以雕藻为铸炼，务求诡丽。郊岛取意眼前之情景，而出以精思；贺则好为虑表之诞幻，而语必生造。如《雁门太守行》曰：

黑云压城城欲摧，甲光向日金鳞开。角声满天秋色里，塞上燕脂凝夜紫。半卷红旗临易水，霜重鼓寒声不起。报君黄金台上意，提携玉龙为君死！

又如《苦昼短》曰：

> 飞光，飞光，劝尔一杯酒。吾不识青天高，黄地厚。惟见月寒日暖，来煎人寿。食龙则肥，食蛙则瘦。神君何在？太一安有？天东有若木，下置衔烛龙。吾将斩龙足，嚼龙肉；使之朝不得回，夜不得伏；自然老者不死，少者不哭。何为饵黄金，吞白玉？谁似任公子，云中骑碧驴。刘彻茂陵多滞骨，嬴政梓棺费鲍鱼。

无一笔肯坦迤，无一语不绮错，其辞若可解，若不可解，其意有可测，有不可测。五言如《咏怀》、《走马引》、《赠陈商》、《绿水辞》、《休洗红》，七言如《雁门太守行》、《苦昼短》及《南山田中行》、《宫娃辞》、《致酒行》、《开愁歌》、《公无出门》、《官不来》、《江楼曲》、《野歌》、《将进酒》、《美人梳头歌》诸篇，辞若可解，意有可测；然而跌宕俊迈，不可方物。其中五言之《赠陈商》，七言之《致酒行》、《官不来》，不为雕藻而特廉悍，直是《昌黎集》中诗篇；而《苦昼短》，奇想天开，亦昌黎《双鸟》、《月蚀》之流亚也。其他所作，饰夷以艰，袭昭以幽，易常以异，有意为之，不免意以辞夺，务为艰深，猝未易晓。宋刘辰翁好贺诗，谓“可以意会而不可以言诠”；然细籀其意，亦无甚深微妙。吴正子笺注，无可推详，亦只不解解之；此与樊宗师之文，好为险僻，同一舍康庄而走羊肠。盖唐至元和，诗势已尽！杜甫力破余地，韩愈弥以奇险；后来者欲居其上，而无可陵驾，不得不曲径通幽，别出奇兵，郊岛然，而贺亦然。元张枢《跋樊宗师绛守居园池记》，谓：“宗师与韩柳同时，又相好也，视二氏之逸驾绝足，瞠乎若恐后之；将掉鞅争先，则力之不及，欲俯仰袭沿，则耻为之下。于是瘁心竭液，恢诡险僻，务奇以掩之。”而贺之诗，与宗师之文，同一务奇。惟贺气词警迈，为胜宗师；而宗师文落滞相，气不足以运其辞，徒为诡僻。及至诡无可诡，诗境穷而必变；于是元稹、白居易，以乐易广博救危仄，以切近的当变诡异，诗格不能不谓之卑，而诗体不得不谓之大也。

樊宗师，字绍述，南阳人。为文吊诡，与常人不同；韩愈所为志其墓，谓“必以己出为贵，不袭蹈前人一字一句”者也。元和之后，文笔则学奇于韩愈，学涩于樊宗师。而愈之子昶，读宗师文而慕之；一旦为文，宗师大奇；其文中字或出于经史之外，宗师读不能通，昶以自喜也。宗师传有《蜀绵州越王楼诗并序》及《绛守居园池记》；而《绛守居园池记》，播诵人间，注家纷纭，推测钩贯，罔适定论焉。

柳宗元，字子厚，其先盖河东人。与韩愈同时，而文章差颉颃者，盖莫如柳宗元。宗元少聪警绝众，尤精西汉诗骚，下笔构思，与古为侔。贞元九年，登进士第，举博学鸿辞科，授校书郎，调蓝田尉。议论证据今古。为监察御史里行，善王叔文、韦执谊。二人者奇其才。及得政，引内禁近，与计事；转尚书礼部员外郎。俄而叔文败，与同辈刘禹锡、吕温等七人俱贬，而宗元为邵州刺史，在道，再贬永州司马。既罹窜逐，益自刻苦，务记览，为词章，泛滥渟蓄，为深博无涯涘，而自肆于山水间。乃作《始得西山宴游记》曰：

> 自余为僇人，居是州，恒惴栗。其隙也则施施而行，漫漫而游。日与其徒上高山，入深林，穷回溪，幽泉怪石，无远不到。到则披草而坐，倾壶而醉；醉则更相枕以卧。意有所极，梦亦同趣。觉而起，起而归；以为凡是州之山有异态者，皆我有也；而未始知西山之怪特。
>
> 今年九月二十八日，因坐法华西亭，望西山，始指异之。遂命仆过湘江，缘染溪，斫榛莽，焚茅茷，穷山之高而止。攀援而登，箕踞而遨，则凡数州之土壤，皆在衽席之下。其高下之势，岈然洼然，若垤若穴，尺寸千里，攒蹙累积，莫得遁隐，萦青缭白，外与天际，四望如一。然后知是山之特出，不与培塿为类，悠悠乎与灏气俱，而莫得其涯；洋洋乎与造物者游，而不知其所穷。引觞满酌，颓然就醉，不知日之入；苍然暮色，自远而至，至无所见，

而犹不欲归。心凝形释,与万化冥合。然后知吾向之未始游,游于是乎始,故为之文以志。是岁元和四年也。

钴鉧潭记

钴鉧潭在西山西,其始盖冉水自南奔注,抵山石,屈折东流,其颠委势峻,荡击益暴,啮其涯,故旁广而中深,毕至石乃止。流沫成轮,然后徐行。其清而平者且十亩,有树环焉,有泉悬焉。其上有居者,以予之亟游也,一旦款门来告曰:"不胜官租私券之委积,既芟山而更居;愿以潭上田,贸财以缓祸。"予乐而如其言。则崇其台,延其槛,行其泉于高者坠之潭,有声潨然;尤与中秋观月为宜,于以见天之高,气之迥。孰使予乐居夷而忘故土者,非兹潭也欤?

钴鉧潭西小丘记

得西山后八日,寻山口西北,道二百步,又得钴鉧潭。潭西二十五步,当湍而浚者为鱼梁。梁之上有丘焉,生竹树。其石之突怒偃蹇,负土而出,争为奇状者,殆不可数。其嵚然相累而下者,若牛马之饮于溪;其冲然角列而上者,若熊罴之登于山。丘之小不能一亩,可以笼而有之。问其主,曰:"唐氏之弃地,货而不售。"问其价,曰:"止四百。"余怜而售之。李深源、元克己时同游,皆大喜出自意外。即更取器用,铲刈秽草,伐去恶木,烈火而焚之;嘉木立,美竹露,奇石显。由其中以望,则山之高,云之浮,溪之流,鸟兽鱼之遨游,举熙熙然回巧献技,以效兹丘之下。枕席而卧,则清泠之状与目谋,潜潜之声与耳谋,悠然而虚者与神谋,渊然而静者与心谋。不匝旬而得异地者二,虽古好事之士或未能至焉。

噫!以兹丘之胜,致之沣、镐、鄠、杜,则贵游之士争买者,日增千金而愈不可得。今弃是州也,农夫渔父过而陋之;价四百,连岁不能售。而我与深源、克己,独喜得之。是其果有遭乎?书于石,所以贺兹丘之遭也。

至小丘西小石潭记

从小丘西行百二十步，隔篁竹，闻水声，如鸣珮环，心乐之。伐竹取道，下见小潭，水尤清洌；全石以为底，近岸卷石底以出，为坻，为屿，为嵁，为岩。青树翠蔓，蒙络摇缀，参差披拂。潭中鱼可百许头，皆若空游无所依，日光下澈，影布石上，佁然不动，俶尔远逝，往来翕忽，似与游者相乐。潭西南而望，斗折蛇行，明灭可见。其岸势犬牙参互，不可知其源。

坐潭上，四面竹树环合，寂寥无人，凄神寒骨，悄怆幽邃。以其境过清，不可久居，乃记之而去。同游者吴武陵、龚古，余弟宗玄。隶而从者，崔氏二小生，曰恕己，曰奉壹。

袁家渴记

由冉溪西南，水行十里，山水之可取者五，莫若钴鉧潭。由溪口而西，陆行，可取者八九，莫若西山。由朝阳岩东南，水行至芜江，可取者三，莫若袁家渴。皆永中幽丽奇处也。楚越之间，方言谓水之反流者为渴，音若衣褐之褐。渴上与南馆高嶂合，下与百家濑合。其中重洲小溪，澄潭浅渚，间厕曲折；平者深黑，峻者沸白。舟行若穷，忽又无际。

有小山出水中，山皆美石，石上生青丛，冬夏常蔚然。其旁多岩洞，其下多白砾。其树多枫柟石楠，楩槠樟柚；草则兰芷。又有异卉，类合欢而蔓生，轇轕水石。每风自四山而下，振动大木，掩苒众草，纷红骇绿，蓊勃香气，冲涛旋濑，退贮溪谷，摇扬葳蕤，与时推移。其大都如此，余无以穷其状。永之人未尝游焉。余得之不敢专也，出而传于世。其地世主袁氏，故以名焉。

石渠记

自渴西南行不能百步，得石渠，民桥其上。有泉幽幽然，其鸣乍大乍细。渠之广，或咫尺，或倍尺；其长可十许步。其流抵大石，伏出其下。逾石而往，有石泓，菖蒲被之，青鲜环周。又折西行，旁陷岩石下，北堕小潭。潭幅员减百尺，清深多儵鱼。又北曲行纡余，睨若无穷，然卒入于渴。其侧皆诡石怪木，奇卉美箭，可列坐而休焉。风摇其巅，韵动崖谷，视之既静，其听始远。

予从州牧得之，揽去翳朽，决疏土石，既崇而焚，既酾而盈。惜其未始有传焉者，故累记其所属，遗之其人，书之其阳；俾后好事者，求之得以易。元和七年正月八日，蠲渠至大石；十月十九日，逾石得石泓小潭，渠之美于是始穷也。

石涧记

石渠之事既穷，上由桥西北，下土山之阴，民又桥焉；其水之大，倍石渠三之。巨石为底，达于两涯，若床若堂，若陈筵席，若限阃奥。水平布其上，流若织文，响若操琴。揭跣而往，折竹扫陈叶，排腐木，可罗胡床十八九居之，交络之流，触激之音，皆在床下。翠羽之木，龙鳞之石，均荫其上。古之人其有乐于此邪？后之来者有能追余之践履邪？得意之日，与石渠同。

由渴而来者，先石渠，后石涧。由百家濑上而来者，先石涧，后石渠。涧之可穷者，皆出石城村东南，其间可乐者数焉。其上深山幽林，逾峭险，道狭，不可穷也。

小石城山记

自西山道口径北，逾黄茅岭而下，有二道：其一西出，寻之无所得。其一少北而东，不过四十丈，土断而川分，有积石横当其垠。其上为睥睨梁欐之形；其旁出堡坞，有若门焉，窥之正黑，投以小石，洞然有水声，其响之激越，良久乃已。环之可上，望甚远；无土壤而生嘉树美箭，益奇而坚。其疏数偃仰，类智者所施设也。

噫！吾疑造物者之有无久矣，及是愈以为诚有。又怪其不为之于中州，而列是夷狄，更千百年不得一售其技，是固劳而无用，神者傥不宜如是，则其果无乎？或曰：以“慰夫贤而辱于此者”。或曰：“其气之灵，不为伟人，而独为是物；故楚之南，少人而多石。”是二者余未信之。

其堙厄感郁，一寓诸文，读者咸悲恻。然众畏其才高，惩刈复进，无为用力者。雅善京兆尹许孟容、翰林萧俛、李建，诒书言情，沉郁顿挫，不亚太史公《报任少卿书》也。既而移柳州刺史；其为文思益深，尝著书一篇，号《贞符》。宗元少时嗜进，谓功业可就；既坐废，遂不振，然其才实高。所为《封建论》，囊括古今，笔势纵放，惟贾生《过秦论》足与相当，体大而思精，实天下之奇作；而原本生人之初，义与《贞符》相发；惟《贞符》雅健，而《封建论》则雄深；《贞符》肃穆，而《封建论》则恣肆；奥如旷如，各臻其妙。宗元为《永州龙兴州东丘记》曰："游之适，大率有二，旷如也，奥如也。"可以喻其文境。《贞符》，奥如也；《封建论》，旷如也。衡湘以南为进士者，皆以宗元为师；其经承宗元口讲指画，为文词者皆有法度可观。宗元有《答韦中立论师道书》曰：

> 二十一日，宗元白：辱书云欲相师。仆道不笃，业甚浅近，环顾其中，未见可师者；虽尝好言论为文章，甚不自是也。不意吾子自京师来蛮夷间，乃幸见取。仆自卜固无取，假令有取，亦不敢为人师。为众人师且不敢，况敢为吾子师乎？孟子称"人之患，在好为人师"。由魏晋氏以下，人益不事师。今之世不闻有师，有辄哗笑之以为狂人。独韩愈奋不顾流俗，犯笑侮，收召后学，作《师说》，因抗颜而为师。世果群怪聚骂，指目牵引，而增与为言词。愈以是得狂名，居长安，炊不暇熟，又挈挈而东，如是者数矣。屈子赋曰："邑犬群吠，吠所怪也。"仆往闻庸蜀之南，恒雨，少日；日出则犬吠。余以为过言。前六七年，仆来南二年，冬幸大雪，逾岭，被南越中数州；数州之犬，皆苍黄吠噬，狂走者累日，至无雪乃已。然后始信前所闻者。今韩愈既自以为蜀之日，而吾子又欲使吾为越之雪，不以病乎？非独见病，亦以病吾子。然雪与日岂有过哉？顾吠者犬耳。度今天下不吠者几人，而谁敢衒怪于群目，以召闹取怒乎？
>
> 仆自谪过以来，益少志虑。居南中九年，增脚气病，渐不喜

闹，岂可使呶呶者早暮咈吾耳，骚吾心；则固僵仆烦愦，愈不可过矣。平居望外遭齿舌不少，独欠为人师耳。抑又闻之，古者重冠礼，将以责成人之道，是圣人所尤用心者也。数百年来，人不复行。近有孙昌允者，独发愤行之。既成礼，明日造朝，至外廷，荐笏言于卿士曰："某子冠毕。"应之者咸怃然。京兆尹郑叔，则怫然曳笏却立曰："何预我耶？"廷中皆大笑。天下不以非郑尹而快孙子，何哉？独为所不为也。今之命师者大类此。

吾子行厚而辞深，凡所作皆恢恢然有古人形貌，虽仆敢为师，亦何所增加也？假而以仆年先吾子，闻道著书之日不后，诚欲往来言所闻，则仆固愿悉陈中所得者，吾子苟自择之，取某事，去某事，则可矣。若定是非以教吾子，仆材不足，而又畏前所陈者，其为不敢也决矣。吾子前所欲见吾文，既悉以陈之，非以耀明于子，聊欲以观子气色，诚好恶何如也。今书来言者皆大过。吾子诚非佞誉诬谀之徒，直见爱甚故然耳。

始吾幼且少，为文章以辞为工；及长，乃知文者以明道，是固不苟为炳炳烺烺，务采色，夸声音而以为能也。凡吾所陈皆自谓近道，而不知道之果近乎远乎？吾子好道而可吾文，或者其于道不远矣？故吾每为文章：未尝敢以轻心掉之，惧其剽而不留也；未尝敢以怠心易之，惧其弛而不严也；未尝敢以昏气出之，惧其昧没而杂也；未尝敢以矜气作之，惧其偃蹇而骄也。抑之欲其奥，扬之欲其明，疏之欲其通，廉之欲其节，激而发之欲其清，固而存之欲其重，此吾所以羽翼夫道也。本之《书》以求其质，本之《诗》以求其恒，本之《礼》以求其宜，本之《春秋》以求其断，本之《易》以求其动，此吾所以取道之原也。参之《穀梁》氏以厉其气，参之《孟》《荀》以畅其支，参之《庄》《老》以肆其端，参之《国语》以博其趣，参之《离骚》以致其幽，参之太史以著其洁，此吾所以旁推交通而以为之文也。凡若此者，果是耶，非耶，有取乎，抑其无取乎？吾子幸观焉择焉，有余以告焉；苟亟来以广是道，子不有得焉，则我得矣，又何以师云尔哉！取其实而去其名，无招越蜀吠怪，而为外廷所笑，则幸矣。宗元复白。

盖所以自道者如此。传有《柳先生集》四十三卷，《别集》二卷，《外集》二卷。韩愈评其文曰："雄深雅健似司马子长，崔蔡不足多也。"而宗元之论韩愈，则谓："退之所敬者，司马迁、扬雄。迁于退之，固相上下。若雄者，如《太玄》、《法言》及《四愁赋》，退之独未作耳；决作之，加恢奇。至他文过扬雄远甚。雄文遣言措意，颇短局滞涩；不若退之猖狂恣睢，肆意有所作。"互相推挹；而愈所穷年孜兀者，为《尚书》、《诗》三百篇、《庄子》、《离骚》、《太史公》、扬雄诸家；宗元之所致力，则在《尚书》、《诗》三百篇、《左传》、《国语》、《离骚》、《汉书》、扬雄之书。议论之文，韩愈雄肆而尽，宗元辩核而裁；若论持之有故，言之成理，则韩不如柳。何者？韩愈善用奇以畅气势，宗元工为偶以相比勘。韩愈急言竭论，孤行一意以发其辞；宗元比事属辞，巧设两端以尽其理。韩愈辞胜于理，宗元理胜于辞。昔贤以为辩者，别殊类，使不相害；序异端，使不相乱：柳子有焉。若韩公则烦辞以相假，饰辞以相惇，巧譬以相移，引人声使不得及其意尔。碑志之文，韩愈事多实叙而驶以奇，乃用太史公之传体；宗元语为虚美而凝以骈，厥承蔡伯喈之碑制；顾亦有袭徐庾体者，《南府君霁云睢阳庙碑》、《张公舟墓志铭》，是也。而《南府君庙碑》特奇伟；入后震荡以议论，堆砌化为烟云，笔力横恣，徐庾之所未逮者焉。韩愈服膺儒者，而宗元兼通佛学，于《南岳大明寺律和尚碑》之《碑阴》，称："凡葬大浮图，其徒广则能为碑。晋宋尚法，故为碑者多法。梁尚禅，故碑多禅。法不周施，禅不大行，而律存焉，故近世碑多律。"于时，禅宗衰而律代兴也。其为《龙安海禅师碑》曰：

佛之生也，远中国仅二万里；其没也，距今兹仅二千岁；故传道益微，而言禅最病。拘则泥乎物，诞则离乎真，真离而诞益胜。故今之空愚失惑，纵傲自我者，皆诬禅以乱其教，冒于嚚昏，放于淫荒。其异是者，长沙之南曰龙安师。

师之言曰：“由迦叶至师子，二十三世而离，离而为达摩；由达摩至忍，五世而益离，离而为秀、为能，南北相訾，反戾斗狠，其道遂隐。呜呼，吾将合焉！且世之传书，皆马鸣、龙树道也；二师之道，其书具存。征其书，合于志，可以不惑。”于是北学于惠隐，南求于马素，咸黜其异以蹈乎中，乖离而愈同，空洞而益实；作《安禅通明论》，推一而适万，则事无非真；混万而归一，则真无非事；推而未尝推，故无适；混而未尝混，故无归。块然趣定，至于旬时，是之谓施用；茫然同俗，极乎流动，是之谓真常。居长沙，在定十四日，人即其处而成室宇，遂为宝应寺。去于湘之西，人又从之，负大木，砻密石，以益其居，又为龙安寺焉。尚书裴公某、李公某，侍郎吕公某、杨公某，御史中丞房公某，咸尊师之道，执弟子礼。凡年八十一，为僧五十三，元和三年二月九日而没。

其弟子玄觉洎怀直、浩初等状其师之行，谒余为碑。曰：师，周姓，如海名也，世为士。父曰择交，同州录事参军。叔曰择从，尚书礼部侍郎。师始为释，其父违之志，使仕，至成都主簿，不乐也。天宝之乱，复其初心。尝居京师西明寺，又居岣嵝山，终龙安寺，葬其原。铭曰：

浮图之修，其奥为禅。殊区异世，谁得其传？遁隐乖离，浮游散迁；莫征旁行，徒听浮言。空有互斗，南北相残。谁其会之，楚有龙安。龙安之德，惟觉是则，苞并绝异，表正失惑。貌昧形静，功流无极，动言有为，弥寂而默。祠庙之严，我居不饰。贵贱之来，我道无得。逝耶匪追，至耶谁抑？惟世之几，惟道之微；既陈而明，乃去而归。象物徒设，真源无依。后学谁师，呜呼兹碑。

又为《南岳云峰寺和尚碑》曰：

乾元元年某月日，皇帝曰：“予欲俾慈仁怡愉，怡于生人，惟浮图道允迪。”乃命五岳求厥元德，以仪于下。惟兹岳上于尚书，其首曰云峰大师法证，凡莅事五十年，贞元十七年乃没。其徒曰诠、曰远、曰振、曰巽、曰素，凡三千余人。其长老咸来言曰："吾师轨行峻特，器宇弘大。有来受律者，吾师示之以为尊严整齐，明列义类，而人知其所不为。有来求道者，吾师示之以为高广通达，一其空有，而人知其所必至。元臣硕老，稽首受教，髫童毁齿，踊跃执役，故从吾师之命而度者凡五万人。吾师冬不燠裘，饥不丰食；每岁会其类读群经，俾圣言毕出，有以见其大。又率其仵，伐木墼土，作佛塔庙，洎刊经与，俾像法益广，有以见其用。将没，告门人曰：'吾自始学至去世，未尝有作焉。'然后知其动无不虚，静无不为，生而未始来，殁而未始往也。其道备矣。愿刻山石，知教之所以大。"其词曰：

师之教，尊严有耀。恭天子之诏，维大中以告，后学是效。师之德，简峻渊默，柔惠以直；涣焉而不积，同焉而皆得，兹道惟则。师之功，勤劳以庸，维奥秘必通，以兴祠宫，遐迩攸从。师之族，由虢而郭，世德有奕，从佛于释。师之寿，七十有八，惟终始罔缺，丕冒遗烈。厥徒蒸蒸，维大教是膺，维宪言是征。溥博恢弘，如川之增，如云之兴，如岳之不崩，终古其承之。

又为《南岳大明寺律和尚碑》曰：

儒以礼立仁义，无之则坏。佛以律持定慧，去之则丧。是故离礼于仁义者，不可与言儒。异律于定慧者，不可与言佛。达是道者，惟大明师。师姓欧阳氏，号曰惠开，唐开元二十一年始生，天宝十一载始为浮图，大历十一年始登坛为大律师，贞元十三年十一月十一日卒。元和九年正月，其弟子怀信、道嵩、尼无染等，命高道僧灵屿为行状，列其行事，愿刊之兹碑。

宗元今掇其大者言曰：师先因官，世家潭州，为大姓，有勋烈爵位。今不言，大浮图也。凡浮图之道衰，其徒必小律而去经。大明恐焉，于是从峻洎侃以究戒律，而大法以立；又从秀洎昱以通经教，而奥义以修。由是二道，出入隐显，后学以不惑，来求以有得。广德二年始立大明寺于衡山，诏选居寺僧二十一人，师为之首。乾元元年又命衡山立毗尼藏，诏选讲律僧七人，师应其数。凡其衣服器用，动有师法；言语行止，皆为物轨。执巾匜，奉杖屦，为侍者数百；剪发髦，被教戒，为学者数万，得众若独，居尊若卑；晦而光，介而大，灏灏焉无以加也。其塔在祝融峰西趾下，碑在塔东。其辞曰：

儒以礼行，觉以律兴。一归真源，无大小乘。大明之律，是定是慧。丕穷经教，为法出世。化人无疆，垂裕无际。诏尊硕德，威仪有继。道遍大州，徽音勿替。祝融西麓，洞庭南裔。金石刻辞，弥亿千岁。

谈空显有，深入理奥，难在虚无寂灭之教，写以宏深肃括之文。其气安重以徐，其笔辨析而肆，钩赜索隐，得未曾有，此固韩愈之所不屑为，而亦韩愈之所不能为者也。然宗元之文，有有意与韩愈争能者：韩愈有《元和圣德诗》、《平淮西碑》，而宗元则为《平淮西雅表》、《平淮西雅》及《贞符》，皆仿《诗》、《书》。韩愈有《感二鸟赋》、《复志赋》、《闵己赋》、《别知赋》，而宗元则为《佩韦》、《解祟》、《惩咎》、《闵生》诸赋，皆仿《离骚》。韩愈有《进学解》、《送穷文》，而宗元则为《瓶赋》、《牛赋》、《乞巧文》、《骂尸虫文》，皆学扬雄。韩愈有《争臣论》、《郓州溪堂诗序》，而宗元则为《馆驿使壁记》、《岭南节度使飨军堂记》、《邠宁进奏院记》、《兴州江运记》、《贺进士王参元失火书》，皆脱胎《左传》、《国语》。韩愈有《答崔立之书》、《与崔群书》，而宗元则为《寄许京兆孟容书》、《与杨京兆凭书》、《与萧翰林俛书》，皆脱胎太史公《报任少卿书》。韩愈有《伯夷颂》，而宗元则为《伊尹五就桀赞》，皆以自喻。韩愈有《五箴》，而宗元则为《戒惧箴》、《忧箴》，皆以自箴。韩愈有《杂说》、《获麟解》，而宗元则为《罴说》、《蝜蝂传》、《临江之麋》、《黔之驴》、《永某氏之鼠》、《鞭贾》，比物连类，抑扬讽谕，皆以诸子之议论，而托诗人之比兴；韩愈有《圬者王承福传》，而宗元则为《捕蛇者说》、

《种树郭橐驼传》、《梓人传》，借题抒慨，抑扬讽谕，又以诸子之议论，而为史家之传记；同为诸子之支与流裔也。他如韩愈有《师说》，宗元则有《答韦中立论师道书》；韩愈有《张中丞传后序》，宗元则有《段太尉逸事状》；韩愈有《驱鳄鱼文》，宗元则有《宥蝮蛇文》；韩愈有《后十九日复上宰相书》、《应科目时与人书》，宗元则有《上门下李夷简相公书》；辞意即异，蹊径尽似；若有意，若无意，或不及，或过之。韩愈轶荡雄肆，气运而化；宗元隽杰廉悍，辞辨以核。韩愈刻画人物，工于叙事；宗元冥搜物象，独擅写景。韩愈碑传，随事肖形，万怪惶惑，非宗元所能。而宗元记永柳山水，博揽物态，逸趣横生，而字矜句炼，语语如铸；穷态极妍，刻意镂画，而清旷自怡，萧闲出之；心凝形释，有在笔墨蹊径之外；亦岂韩愈所及哉。至其识古书之真伪，如《论语辨》、《辨列子》、《辨文子》、《辨鬼谷子》、《辨晏子春秋》、《辨鹖冠子》诸篇，读书得间，辨折拗峭之笔，清深旷邈之致，意绪风规，亦非韩愈《读仪礼》、《读荀子》、《读墨子》所能及也。诗工五言，往往融情入景，而托之禅悦，发挥理趣；铺张排比，其源出谢灵运，而祛其滞闷，出以秀朗。五言古如《晨诣超师院读禅经》曰：

> 汲井漱寒齿，清心拂尘服。闲持贝叶书，步出东斋读。真源了无取，妄迹世所逐；遗言冀可冥，缮性何由熟？道人庭宇静，苔色连深竹；日出雾露余，青松如膏沐。澹然离言说，悟悦心自足。

又如《秋晓行南谷经荒村》曰：

> 杪秋霜露重，晨起行幽谷。黄叶覆溪桥，荒村惟古木。寒花疏寂历，幽泉微断续。机心久已忘，何事惊麋鹿。

以陶之疏宕，运谢之排比，可谓智过其师。其他有古淡婉惬，径似陶者，五言古如《酬贾鹏山人郡内新栽松寓兴见赠》二首、《觉衰》。有沉郁顿挫，颇似杜者，五言古如《韦道安》、《掩役夫张进骸》，七言律如《登柳州城寄漳汀封连四州》、《别舍弟宗一》。然宗元诗有不经意出之，而以淡得厚，以质得绮，极耐人寻味者。五言古如《江雪》曰：

千山鸟飞绝，万径人踪灭。孤舟蓑笠翁，独钓寒江雪。

七言古如《渔翁》曰：

渔翁夜傍西岩宿，晓汲清湘然楚竹。烟销日出不见人，款乃一声山水绿。回看天际下中流，岩上无心云相逐。

文章天成，妙手偶得，看似容易却艰辛。韩愈诗以想像出诡诙，以生铲为琢炼；而宗元则以排遣为悲凉，以雅润出秀爽，此其较也。

刘禹锡，字梦得，彭城人。与宗元同登贞元九年进士，而以才名同官御史，为王叔文引进。元和初，又同贬官，为朗州司马。而发为歌咏，形之诗什，感慨沉郁，跌荡诙诡，上追杜陵，近媲昌黎，可惊可喜，可歌可泣，承风气之已开，而健笔有陵云意焉。其仿民歌所作《竹枝词》，尤为生面别开。录近体诗四首。

西塞山怀古

王浚楼船下益州，金陵王气黯然收。千寻铁锁沉江底，一片降幡出石头。人世几回伤往事，山形依旧枕寒流。今逢四海为家日，故垒萧萧芦荻秋。

金陵五首之一二　石头城　乌衣巷

山围故国周遭在，潮打空城寂寞回。淮水东边旧时月，夜深还过女墙来。

朱雀桥边野草花，乌衣巷口夕阳斜。旧时王谢堂前燕，飞入寻常百姓家。

竹枝词

山桃红花满上头，蜀江春水拍山流。花红易衰似郎意，水流无限似侬愁。

杨柳青青江水平，闻郎江上唱歌声。东边日出西边雨，道是无情还有情。

禹锡文则敛笔为遒，拓体以宏，遒健而不为肆，矜庄而不伤滞；不为昌黎之肆而得其重，略同柳州之廉而逊其悍；警辟以发奥，徐重以凝气，此所以卓荦为杰，别出于韩柳之外，而自名一家者也。《天论》上中下，纵横博辩；《上杜司徒书》，激昂慷慨，亦殊肆笔为之。而为人诗文集序，详次生平，约其归趣；叙录之文，而用传状之法，盖唐人文体如此；而不同唐以后序人诗文之发议论，抒交情；托体甚古，其源出于太史公《老庄》、《孟荀》诸传及《自序》，而《汉书·叙传》亦复如此。孟子所谓"诵其诗，读其书，不知其人，可乎，是以论其世也"。其中《唐故中书侍郎平章事韦公集纪》、《唐故相国赠司空令狐公集纪》两篇，骨峻重而气疏古。至于《天平军节度使厅壁记》、《山南西道节度使厅壁记》、《汴州刺史厅壁记》，隽杰廉悍，似昌黎《郓州溪堂诗序》；《代郡开国公王氏先庙碑》、《彭阳侯令狐氏先庙碑》，朴重茂典，似昌黎《乌氏庙》、《沂国公先庙》、《袁氏先庙》诸碑；《赠太师崔公神道碑》、《赠左散骑常侍王公神道碑》、《赠右仆射史公神道碑》，渊懿宏放，似昌黎《赠太尉许国公神道碑》、《唐故相权公墓碑》；皆得昌黎之一体。而尤深明佛法，晓畅禅机，以为："天生人而不能使情欲有节，君牧人而不能去威势以理。至有乘天工之隙以补其化，释王者之位以迁其人，则素王立中枢之教，懋建大中；慈氏起西方之教，习登正觉。然儒以中道御群生，罕言性命，故世衰而浸息；佛以大慈救诸苦，广起因业，故劫浊而益尊。自白马东来而人知像教，佛衣始传而人知心法，宏以权实，示其摄修，味真实者，即清净以观空，存相好者，怖威神而迁善，厚于求者植因以觊福，罹于苦者证业以销冤，革盗心于冥昧之间，泯爱缘于死生之际，阴助教化，总持人天，所谓生成之外，别有陶冶；刑政不及，曲为调柔。始由见性，终得自在。机有浅深，法无高下。分二宗者，众生存顿渐之见，说三乘者，如来开方便之门。名自外得，故生分别；道由内证，则无异同。"遂为《牛头山第一祖融大师新塔记》曰：

初，摩诃迦叶受佛心印，得其人而传之，至师子比丘，凡二十五叶，而达摩得焉。东来中华，华人奉之为第一祖。又三传至双峰信公。双峰广其道而歧之：一为东山宗，能、秀、寂，其后也。一为牛头宗，严持威、鹤林、径山，其后也。分慈氏之一支，为如来之别子，咸有祖称，粲然贯珠。大师，号法融，姓韦氏，延陵人。少为儒，博极群书；既而叹曰："此仁义言耳，吾志求出世间法。"遂入句曲，依僧炅，改逢掖而缁之。徙居是山，宴坐石室；以慧力感通，故旱麓泉涌；以神功示现，故皓雪莲生。巨蛇摧伏，群鹿听法。贞观中，双峰过江，望牛头，顿锡曰："此山有道气，宜有得之者！"乃东，果与大师相遇，性合神契，至于无言，同跻智地，密付真印；揭立江左，名闻九围。学徒百千，如水归海。由其门而为天人师者，皆脉分焉。显庆二年，报身示灭。道在后觉，神依故山；戒香不绝，龛座未饰，夫岂不思乎！盖神期冥数，必有所待。

大和三年，润州牧浙江西道观察使检校礼部尚书赵郡李公在镇三闰，百为大备，尚理信古，儒玄交修；始下令禁桑门贩佛以眩人者，而于真实相深达焉。尝谓大师像设，宜从本教；言自我启，因自我成。乃召主吏籍我月入，得缗钱二十万，俾秣陵令如符经营之。三月甲子，新塔成；事严而工人尽艺，诚达而山神来护；愿力既从，众心知归，撞钟告白，龙象大会，诸天声香之蕴，如见如闻；即相生敬，明幽同感。尚书欲传信于后，远命愚志之。夫上士解空而离相，中士著空而嫉有。不因相，何以示觉？不因有，何以悟无？彼达真谛而得中道者，当知为而不有，贤乎以不修为无也。

又《唐故衡岳律大师湘潭唐兴寺俨公碑》曰：

佛法在九州间，随其方而化。中夏之人汩于荣利，破荣莫若妙觉，故言禅寂者宗嵩山。北方之人锐以武力，摄武莫若示现，故言神通者宗清凉山。南方之人剽而轻，制轻莫若威仪，故言律藏者宗衡山。是三名山，为庄严国；必有达者，与山比崇。南岳律门，以津公为上首；津公之后，云峰证公承之；证公之后，湘潭俨公承之。星月丽天，珠玑同贯，由其门者为正法焉。

公，号智俨，曹氏子，世为柳之右姓。兆形在孕，母不嗜荤，成童在侣，独不嗜戏，其夙植固厚者欤。生九年，乐为僧，父不能夺其志。抱经笥，入岣嵝山，从名师执业。凡进品，受具闻，经传印，皆当时大长老。我入名门，不住诸乘。我得觉路，径入智地。居室方丈，名闻大千。护法大臣，多所宾礼。嗣曹王皋之镇湖南，请为人师，自是登坛莅事，三十有八载；由我得度者万有余人，人持宝衣，奉璎珞为礼。公色受之，谓门弟子曰："彼以有相求我，我以有为应之。"凡建宝幢，修废寺，饰大像，皆极其工，应物故也。元和十三年九月二十七日。中夜，具汤沐，剃颐顶，与门人告别。既即寂，而视身与色，无有坏相。呜呼！岂生能全吾真，故死不速朽，将有愿力耶？予不得而知也。问年八十二，问腊六十一。葬于寺东北隅。传律弟子中巽、道准，传经弟子圆皎、贞璨，与其徒圆静、文外、惠荣、明素、存政等，欲其师之道光且远，故咨予乞辞。乃作长句以偈铭之曰：

祝融灵山禹所治，非夫有道不可止。中有毗尼出尘士，以律视俨犹孙子。登坛人师四十纪，南方学徒宗奥旨。幼无童心至儿齿，识灭形全异凡死。长沙潭西逾五里，陶侃故居石头寺。门前一带湘江水，吁嗟律席之名兮，与湘流而不已。

紧健洞爽，理无障翳，语必遒雅，此固与宗元为同工，而为韩愈所不屑者也。传有《刘梦得文集》三十卷，《外集》十卷。

第十二节　白居易　元稹

元和以后，士大夫流风所被，文则学雄肆于韩愈，学奇涩于樊宗师；诗则学瘦硬于孟郊，学浅切于白居易，学淫靡于元稹，俱名为元和体也。

白居易，字乐天，其先太原人，徙下邽。贞元十四年进士，元和元年制策乙等，累官左赞善，以言事贬江州司马；后入为中书舍人，累转主客郎中，知制诰；外迁杭州刺史，又为苏州刺史。文宗立，召迁刑部侍郎。以朝多党祸，移病。还，起拜河南尹，寻以刑部尚书致仕。居易敏悟绝人；其始生七月，能展拇指书之无两字，虽试百数不差。九岁谙识声律，其笃于文章，盖天禀然。未冠，入京师，谒顾况。况，吴人，恃才少所许可，出见曰："长安居大不易！"既而献诗篇，有《赋得古原草送别》一章，辞曰：

> 离离原上草，一岁一枯荣。野火烧不尽，春风吹又生。远芳侵古道，晴翠接荒城。又送王孙去，萋萋满别情。

况读，叹曰："得此，居长安亦易矣！"遂以知名。居易于文章精切，然所自得意者在诗。与元稹为文字交，每下笔时，辄相顾语："患其意太切而理太周。理太周，则辞繁；意太切，则言激。然与足下为文所长在于此，所病亦在于此。"既而与稹书曰："圣人感人心而天下和平。感人心者，莫先乎情，莫始乎言，莫切乎声，莫深乎义。诗者，根情苗言，华声实义。上自贤圣，下至愚呆，微及豚鱼，幽及鬼神，群分而气同，形异而情一；未有声入而不应，情交而不感者。圣人知其然；因其言，经之以六义；缘其声，纬之以五音；音有韵，义有类；韵协则言顺，言顺则声易入；类举则情见，情见则感易交。五帝三王，所以直道而行，揭此以为大柄；言者无罪，闻者足戒。洎周衰秦兴，采诗官废，上不以诗补察时政，下不以歌泄导人情；乃至于谄成之风动，救失之道缺，于时，六义始刓矣。国风变为骚辞，五言始于苏李；苏李骚人，皆不遇者，各系其志，发而为文。故河梁之句，止于伤别；泽畔之吟，归于怨思；彷徨抑郁，不可及他耳。然去《诗》未远，梗概尚存；故兴感离别，则引双凫一雁为喻；讽君子小人，则引香草恶鸟为比。虽义类不具，犹得风人之十二三焉，于时，六义始缺矣。晋宋以还，得者盖寡，以渊明之高古，偏放于田园，江鲍之流，又狭于此。如梁鸿《五噫》之例者，百无一二焉；于时，六义浸微矣，陵夷矣。至于梁陈间，率不过嘲风雪，恋花草而已。噫！风雪花草之物，三百篇中岂舍之哉，顾所用何如耳。设如‘北风其凉’，假风以刺威虐也；‘雨雪霏霏’，因雪以愍征役也；‘常棣之华’，感华以讽兄弟也；‘采采芣苢’，美草以乐有子也。皆兴发于此而义起于彼，反是者，可乎哉？然则‘余霞散成绮，澄江净如练’，‘离花先委露，别叶乍辞风’之什，丽则丽矣，吾不知其所讽焉。故仆所谓嘲风雪，弄花草而已。于时，六义尽去矣。唐兴二百年，其间诗人不可胜数。所可举者，陈子昂有《感遇》诗二十首，鲍鲂有《感兴诗》十五首。又诗之豪者，世称李杜。李之作，才矣，奇矣，人不逮矣；索其风雅比兴，十无一焉。杜诗最多，可传者千余首；至于贯穿金石，觇缕格律，尽工尽善，又过于李；然撮其《新安》、《石壕》、《潼关吏》、《芦子关》、《花门》之章，‘朱门酒肉臭，路有冻死骨’之句，亦不过十三四；杜尚如此，况不逮杜者乎。自登朝来，年齿渐长，阅事渐多，每与人言，多询时务；每读书史，多求理道。始知文章合为时而著，歌诗合为事而作。仆当此日，擢在翰林，身是谏官，手请谏纸，启奏之外，有可以救济人病，裨补时阙，而难于直言者，辄咏歌之，欲稍稍递进闻于上；上以广宸聪，副忧勤；次亦酬恩奖，塞言责；下以复吾平生之志。凡所适所感，关于美刺兴比，因事立题，题为《新乐府》者，谓之《讽谕诗》。又或退公独处，或移病闲居，知足保和，吟玩情性者，谓之《闲适诗》。又有事物牵于外，情理动于内，随感遇而形于叹咏者，谓之《感伤诗》。又有五言七言，长句绝句，自一百韵至两韵者，谓之《杂律诗》。古人云：‘穷则独善其身，达则兼善天下。’仆虽不肖，常师此语，奉而始终之则为道，言而发明之则为诗，谓之《讽谕诗》，兼济之志也。谓之《闲适诗》，独善之义也。故览仆诗，知仆之道焉。其余《杂律诗》，或诱于一时一物，发于一笑一吟，率然成章，非平生所尚者。今仆之诗，人所爱者，悉不过《杂律诗》与《长恨歌》已下耳。时之所重，仆之所轻。至于《讽谕》者，意激而言质；《闲适》者，思澹而词迂；以质合迂，宜人之不爱也！”然《编集诗成因题卷末戏赠元九李二十》,有句曰:"一篇《长恨》有风情,十首《秦吟》近正声,每被老元偷格律,苦教短李伏歌行。"则《长恨歌》,亦为得意之作可知。其辞曰:

汉皇重色思倾国,御宇多年求不得。杨家有女初长成,养在深闺人未识。天生丽质难自弃,一朝选在君王侧。回眸一笑百媚生,六宫粉黛无颜色。春寒赐浴华清池,温泉水滑洗凝脂。侍儿扶起娇无力,始是新承恩泽时。云鬓花颜金步摇,芙蓉帐暖度春宵;春宵苦短日高起,从此君王不早朝。承欢侍宴无闲暇,春从春游夜专夜。后宫佳丽三千人,三千宠爱在一身;金屋妆成娇侍夜,玉楼宴罢醉和春。姊妹弟兄皆列土,可怜光彩生门户,遂令天下父母心,不重生男重生女。骊宫高处入青云,仙乐风飘处处闻。缓歌慢舞凝丝竹,尽日君王看不足。渔阳鼙鼓动地来,惊破霓裳羽衣曲。九重城阙烟尘生,千乘万骑西南行。翠华摇摇行复止,西出都门百余里。六军不发无奈何,宛转蛾眉马前死。花钿委地无人收,翠翘金雀玉搔头。君王掩面救不得,回看血泪相和流。

黄埃散漫风萧索,云栈萦纡登剑阁,峨嵋山下少人行,旌旗无光日色薄。蜀江水碧蜀山青,圣主朝朝暮暮情,行宫见月伤心色,夜雨闻铃肠断声。天旋地转回龙驭,到此踌躇不能去。马嵬坡下泥土中,不见玉颜空死处。君臣相顾尽沾衣,东望都门信马归。归来池苑皆依旧,太液芙蓉未央柳,芙蓉如面柳如眉,对此如何不泪垂。春风桃李花开日,秋雨梧桐叶落时。西宫南内多秋草,落叶满阶红不扫。梨园弟子白发新,椒房阿监青娥老。夕殿萤飞思悄然,孤灯挑尽未成眠,迟迟钟鼓初长夜,耿耿星河欲曙天。鸳鸯瓦冷霜华重,翡翠衾寒谁与共,悠悠生死别经年,魂魄不曾来入梦。

临邛道士鸿都客,能以精诚致魂魄。为感君王展转思,遂教方士殷勤觅。排云驭气奔如电,升天入地求之遍,上穷碧落下黄泉,两处茫茫皆不见。忽闻海上有仙山,山在虚无缥渺间,楼阁玲珑五云起，其中绰约多仙子。中有一人字太真，雪肤花貌参差是。金阙西厢叩玉扃，转教小玉报双成。闻道汉家天子使，九华帐里梦魂惊。揽衣推枕起徘徊，珠箔银屏逦迤开。云髻半偏新睡觉，花冠不整下堂来。风吹仙袂飘飘举，犹似《霓裳羽衣舞》。玉容寂寞泪阑干，梨花一枝春带雨。含情凝睇谢君王，一别音容两渺茫。昭阳殿里恩爱绝，蓬莱宫中日月长。回头下望人寰处，不见长安见尘雾。惟将旧物表深情，钿合金钗寄将去。钗留一股合一扇，钗擘黄金合分钿；但教心似金钿坚，天上人间会相见。临别殷勤重寄词，词中有誓两心知，七月七日长生殿，夜半无人私语时，"在天愿作比翼鸟，在地愿为连理枝"。天长地久有时尽，此恨绵绵无绝期。

情文相生，沉郁顿挫，哀艳之中，具有讽刺："汉皇重色思倾国"，"从此君王不早朝"，皆微词也。明皇践阼，开元厉精，几致太平；天宝以后，溺情床笫；而太真专宠，"六宫粉黛无颜色"，如有佳丽，辄配别宫幽锢焉；上阳，其一也；贞元中，尚有存者。居易著新乐府《上阳白发人》以愍之曰：

上阳人，上阳人，红颜暗老白发新。绿衣监使守宫门，一闭上阳多少春！玄宗末岁初选入，入时十六今六十。同时采择百余人，零落年深残此身。

忆昔吞悲别亲族，扶入车中不教哭。皆云入内便承恩，脸似芙蓉胸似玉。未容君王得见面，已被杨妃遥侧目；妒令潜配上阳宫，一生遂向空房宿。宿空房，秋夜长，夜长无寐天不明。耿耿残灯背壁影，萧萧暗雨打窗声。春日迟，日迟独坐天难暮。宫莺百啭愁厌闻，梁燕双栖老休妒。莺归燕去长悄然，春往秋来不记年。惟向深宫望明月，东西四五百回圆。今日宫中年最老，大家遥赐尚书号。小头鞋履窄衣裳，青黛点眉眉细长。外人不见见应笑，天宝末年时世妆。上阳人，苦最多，少亦苦，老亦苦，少苦老苦两如何。君不见昔时吕向《美人赋》，又不见今日上阳宫人白发歌。

只"惟向深宫望明月，东西四五百回圆"二语，宫人怨旷心事如绘，而"六宫粉黛无颜色"，非无颜色也，太真之嫉妒专宠，不许有颜色。居易天性恻怛，耳目所及，往往感时伤怀，播之歌咏，如《秦中吟》、《新乐府》，其辞质而径，欲见之者易谕也；其言直而切，欲闻之者深戒也；其事核而实，欲采之者传信也。《秦中吟》如《轻肥》曰：

意气骄满路，鞍马光照尘。借问何为者，人称是内臣。朱绂皆大夫，紫绶或将军。夸赴军中宴，走马去如云。鐏罍溢九酝，水陆罗八珍，果擘洞庭橘，脍切天池鳞。食饱心自若，酒酣气益振。是岁江南旱，衢州人食人。

又如《买花》曰：

帝城春欲暮，喧喧车马度，共道牡丹时，相随买花去。贵贱无常价，酬直看花数，灼灼百朵红，戋戋五束素。上张幄幕庇，旁织笆篱护，水洒复泥封，移来色如故。家家习为俗，人人迷不悟。有一田舍翁，偶来买花处。低头独长叹，此叹无人谕。一丛深色花，十户中人赋。

新乐府如《杜陵叟》曰：

杜陵叟，杜陵居，岁种薄田一顷余。三月无雨旱风起，麦苗不秀多黄死。九月降霜秋早寒，禾穗未熟皆青干。长吏明知不申破，急敛暴征求考课。典桑卖地纳官租，明年衣食将何如。剥我身上帛，夺我口中粟，虐人害物即豺狼，何必钩爪锯牙食人肉。不知何人奏皇帝，帝心恻隐知人弊；白麻纸上书德音，京畿尽放今年税。昨日里胥方到门，手持尺牒榜乡村。十家租税九家毕，虚受吾君蠲免恩。

又如《母别子》曰：

母别子，子别母，白日无光哭声苦。关西骠骑大将军，去年破虏新策勋，敕赐金钱二百万，洛阳迎得如花人。新人迎来旧人弃，掌上莲花眼中刺。迎新弃旧未足悲，悲在君家留两儿：一始扶行一初坐，坐啼行哭牵人衣。以汝夫妇新嬿婉，使我母子生别离。不如林中乌与鹊，母不失雏雄伴雌。应似园中桃李树，花落随风子在枝。新人新人听我语，洛阳无限红楼女；但愿将军重立功，更有新人胜于汝！

皆得《小雅》怨悱之旨焉。此外五言古如《燕诗示刘叟》曰：

梁上有双燕，翩翩雄与雌；衔泥两椽间，一巢生四儿。四儿日夜长，索食声孜孜。青虫不易哺，黄口无饱期。觜爪虽欲弊，心力不知疲；须臾十来往，犹恐巢中饥。辛勤三十日，母瘦雏渐肥。喃喃教言语，一一刷毛衣。一旦羽翼成，引上庭树枝。举翅不回顾，随风四散飞。雌雄空中鸣，声尽呼不归。却入空巢里，啁啾终夜悲。燕燕尔勿悲，尔当反自思：思尔为雏日，高飞背母时。当时父母念，今日尔应知。

读之油然生仁孝之情。又如《妇人苦》曰：

蝉鬓加意梳，蛾眉用心扫，几度晓妆成，君看不言好。妾身重同穴，君意轻偕老。惆怅去年来，心知未能道。今朝一开口，语少意何深；愿引他时事，移君此日心。人言夫妇亲，义合如一身。及至生死际，何曾苦乐均？妇人一丧夫，终身守孤孑，有如林中竹，忽被风吹折，一折不重生，枯死犹抱节。男儿若丧妇，能不暂伤情？应似门前柳，逢春易发荣，风吹一枝折，还有一枝生。为君委曲言，愿君再三听，须知妇人苦，从此莫相轻。

读之恻然笃伉俪之谊。至于《纳粟诗》曰：

有吏夜叩门，高声催纳粟。家人不待晓，场上张灯烛，扬簸净如珠，一车三十斛。犹忧纳不中，鞭责及僮仆。昔余谬从事，内愧才不足，连授四命官，坐尸十年禄。常闻古人语，损益周必复。今日谅甘心，还他太仓谷。

又《新制布裘》诗曰：

桂布白似雪，吴绵软于云；布重绵且厚，为裘有余温。朝拥坐至暮，夜覆眠达晨。谁知严冬月，支体暖如春。中夕忽有念，抚裘起逡巡，丈夫贵兼济；岂独善一身？安得万里裘，盖裹周四垠，稳暖皆如我，天下无寒人！

则尤现身说法，君子恺悌，发之以跌宕昭彰，本之于温柔敦厚；盖根柢六义之旨，而上欲以补察时政，下亦以宣导民隐，谓之《讽谕诗》者也。然仁于及物，旷以自怡，行吟踯躅，萧然尘外，不戚劳生，独欣暂闲。其形于诗者，五言古如《病假中南亭闲望》曰：

欹枕不视事，两日门掩关。始知吏役身，不病不得闲。闲意不在远，小亭方丈间；西檐竹梢上，坐见太白山。遥愧峰上云，对此尘中颜。

又如《秋山》曰：

久病旷心赏，今朝一登山。山秋云物冷，称我清羸颜。白石卧可枕，青萝行可攀。意中如有得，尽日不欲还。人生无几何，如寄天地间。心有千载忧，身无一日闲。何时解尘网，此地来掩关。

又如《山中独吟》曰：

人各有一癖，我癖在章句。万缘皆已销，此病独未去。每逢美风景，或对好亲故，高声咏一篇。恍若与神遇。自为江上客，半在山中住。有时新诗成，独上东岩路。身依白石崖，手攀青桂树；狂吟惊林壑，猨鸟皆窥觑。恐为世所嗤，故就无人处。

又如《负冬日》曰：

杲杲冬日出，照我屋南隅。负暄闭目坐，和气生肌肤，初似饮醇醪，又如蛰者苏。外融百骸畅，中适一念无，旷然忘所在，心与虚空俱。

又如《日长》曰：

日长昼加餐，夜短朝余睡。春来寝食间，虽老犹有味。林塘得芳景，园曲生幽致，爱水多棹舟，惜花不扫地。幸无眼下病，且向樽前醉。身外何足言，人间本无事。

逸趣横生，读之栩栩焉神愉而体轻。其见于文者，如《池上篇》曰：

十亩之宅，五亩之园，有水一池，有竹千竿。勿谓土狭，勿谓地偏，足以容膝，足以息肩。有堂有庭，有桥有船，有书有酒，有歌有弦。有叟在中，白须飘然，识分知足，外无求焉。如鸟择木，姑务巢安。如龟居坎，不知海宽。灵鹤怪石，紫菱白莲，皆吾所好，尽在吾前。时饮一杯，或吟一篇。妻孥熙熙，鸡犬闲闲。优哉游哉，吾将终老乎其间。

又如《齿落辞》曰：

嗟嗟乎双齿！自吾有尔，俾尔嚼肉咀蔬，衔杯漱水；丰吾肤革，滋吾血髓，从幼逮老，勤亦至矣。幸有辅车，非无龂腭，胡然舍我，一旦双落？齿虽无情，吾岂无情？老与齿别，齿随涕零。我老日来，尔去不回。嗟嗟乎双齿，孰谓而来哉，孰谓而去哉？

齿不能言，请以意宣："为口中之物，忽乎六十余年！昔君之壮也，血刚齿坚；今君之老矣，血衰齿寒。辅车龂腭，日削月朘，上参差而下卼臲，曾何以少安？嘻！君其听哉。女长辞姥，臣老辞主，发衰辞头，叶枯辞树；物无细大，功成者去。君何嗟嗟，独不闻诸道经，我身非我有也，盖天地之委形？君何嗟嗟，又不闻诸佛说，是身如浮云，须臾变灭？由是而言，君何有焉？所宜委百骸而顺万化；胡为乎嗟嗟于一牙一齿之间？”吾应曰“吾过矣，尔之言然”！

游戏名通，无营无待，胸次悠然，笔下洒然。而外形骸，齐得丧，每以长生为不足学。五言古《梦仙诗》及新乐府之《海漫漫》，戒求仙也。而五言古之《赠王山人》，及《和微之诗二十三首》之《和晨霞》、《和送刘道士游天台》，则谓长生不如无生，求仙不如学佛也。赠《王山人》曰：

闻君减寝食，日听神仙说。暗待非常人，潜求长生诀。言长本对短，未离生死辙；假使得长生，才能胜夭折。松树千年朽，槿花一日歇。毕竟共虚空，何须夸岁月？彭生徒自异，生死终无别。不如学无生，无生终无灭。

又《和微之晨霞》曰：

君歌仙氏真，我歌慈氏真。慈氏发真念，念此阎浮人。左命大迦叶，右召桓提因，千万化菩萨，百亿诸鬼神。上自非想顶，下及风水轮；胎卵湿化类，蠢蠢难具陈。弘愿在救拔，大悲忘辛勤。无论善不善，岂间冤与亲；抉开生盲眼，摆去烦恼尘，独以智慧日，洒之甘露津。千界一时度，万法无与邻。借问晨霞子，何如朝玉宸？

又《和送刘道士游天台》曰：

闻君梦游仙，轻举超世雰。握持尊皇节，统卫吏兵军。灵旂星月象，天衣龙凤纹。佩服交带箓，讽吟蕊珠文。阆宫缥缈间，钧乐依稀闻。斋心谒西母，暝拜朝东君。烟霏子晋裾，霞烂麻姑裙。倏忽别真侣，怅望随归云。

人生同大梦，梦与觉谁分？况此梦中梦，悠哉何足云。假如金阙顶，设使银河渍。既未出三界，犹应在五蕴。饮咽日月精，茹嚼沆瀣芬。尚是色香味，六尘之所薰。仙中有大仙，首出梦幻群。慈光一照烛，奥法相烟煴。不知万龄暮，不见三光曛，一性自了了，万缘徒纷纷。苦海不能漂，劫火不能焚。此是竺乾教，先王垂典坟。

又七言绝《客有说》、《答客说》曰：

近有人从海上回，海山深处见楼台。中有仙龛虚一室，多传此待乐天来。

吾学空门非学仙，今君此说是虚传。海上不是吾归处，归即应归兜率天。

栖神虚漠，超乎象外；而以视魏晋之贵黄老、赋游仙者异趣矣，亦文章得失之林也。然居易诗，亦有呜咽萧瑟，凄楚欲绝者，以情深也。《琵琶行》，一弹再三叹，慷慨有余哀，最为大篇传作。其他五言古如《秋凉闲卧》曰：

残暑昼犹长，早凉秋尚嫩。露荷散清香，风竹含疏韵。幽闲竟日卧，衰病无人问。薄暮宅门前，槐花深一寸。

五言绝如《勤政楼西老柳》曰：

半朽临风树，多情立马人。开元一株柳，长庆二年春。

七言律如《县西郊秋寄赠马造》曰：

紫阁峰西清渭东，野烟深处夕阳中。风荷落叶萧条绿，水蓼残花寂寞红。我厌宦游君失意，可怜秋思两心同。

又《杪秋独夜》曰：

无限少年非我伴，可怜清夜与谁同？欢娱牢落中岁少，亲故凋零四面空。红叶树飘风起后，白须人立月明中。前头更有萧条物，老菊衰兰三两丛。

七言绝如《村夜》曰：

霜草苍苍虫切切，村南村北行人绝。独出门前望野田，月明荞麦花如雪。

又《旧房》曰：

绕壁秋声虫络丝，入檐新影月低眉。床帷半故帘旌断，仍是初寒欲夜时。

又《暮江吟》曰：

一道斜阳铺水中，半江瑟瑟半江红。可怜九月初三夜，露似真珠月似弓。

上二句绚丽，下二句凄清，反正相生。又《叹春风兼赠李二十侍郎》曰：

树根雪尽催花发，池岸冰销放草生。惟有须霜依旧白，春风于我独无情。

上二句兴会，下二句凄咽，反正相生。然居易诗，有在凄寒之境，而为兴会之句者，如五言绝《问刘十九》曰：

绿蚁新醅酒，红泥小火炉。晚来天欲雪，能饮一杯无？

又七言绝《衰荷》曰：

白露凋花花不残，凉风吹叶叶初干。无人解爱萧条境，更绕衰丛一匝看。

此篇意境，与《杪秋独夜》同，而正言若反。居易诗，亦有风华婉媚，眷恋无已者，亦以情深也。如七言绝《春词》曰：

低花树映小妆楼，春入眉心两点愁。斜倚栏杆背鹦鹉，思量何事不回头？

菱叶萦波荷飐风，荷花深处小船通。逢郎欲语低头笑，碧玉搔头落水中。

婉婳如绘，艳语妙于蕴藉。又《下邽庄南桃花》曰：

村南无限桃花发，惟我多情独自来。日暮风吹红满地，无人解惜为谁开。

风流谁赏，顾影自怜。至《邯郸除夜思家》一绝曰：

邯郸驿里逢冬至，抱膝灯前影对身。想得家中夜深坐，还应说着远行人。

则更语浅而情挚矣。然其诗又有微言讽刺，语极尖冷者。七言绝如《过天门街》曰：

雪尽终南又欲春，遥怜翠色对红尘。千车万马九衢上，回首看山无一人。

又《夜题玉泉寺》曰：

遇客多言爱山水，逢僧尽道厌嚣尘。玉泉潭畔松间宿，要且经年无一人。

其为诗洞爽显豁，随意抒写，一一如所欲出；而浑成熨贴，无一点安排痕迹，亦绝不假一字纤巧雕琢，此居易之所长也。居易以长庆四年，始排缵所著诗文，因题曰《长庆集》；传有《前集》五十卷，《后集》二十卷，又《续》一卷。今诵所作，大抵《闲适诗》之融情入景，意兴婉惬，其源出于陶潜，得其旷真而逊其郁厚。《讽谕诗》之惊心动魄，辞笔倜傥，其源出于杜甫，有其昭彰而无其变化。而与人有情，于物无著，杂以诙戏，出之坦迤，则尤开从前未有之蹊径，而为宋诗苏轼之所自出。大抵古体多以铺叙畅达见长，而入后警发以出遒。短篇间以含蓄蕴藉生姿，而起笔铺张以立局。材力标举，篇幅恢张，而议论澜翻不竭。以行文之法，施之诗什，以琐俗之情，发为文言，与韩愈同出于杜；而韩愈奥如，居易旷如。韩愈怪怪奇奇，欲为其难，开宋之黄庭坚，力避俗熟。居易寻寻常常，务为其易，开宋之苏轼，力避生涩。韩愈拗笔以出，居易脱口如生。见理透，体物精，此韩之所为不如白也；取境旷，寓意适，此白之所为异于杜也；所以诗境无杜之郁厚，而旷真过之；诗笔无韩之雄伟，而透快过之。无不尽之情，无不达之辞，胸无挂碍，触手明通，涉笔游戏，得大自在；此所以异军突起，而成一家之言也。

长安有军使高霞寓，欲聘妓。妓大夸曰："我诵得白学士《长恨歌》，岂同他妓哉！"由是增价。而居易之过汉南也，适主人集众乐娱他宾。诸妓见居易来，指而相顾曰："此是《秦中吟》《长恨歌》主耳。"凡禁省观寺邮候墙壁之上，无不写居易之诗；自王公妾妇牛童马走之口，无不道居易之词；至于缮写模勒，衒卖于市井，或持之以交酒茗者，处处皆是。自篇章以来，未有流传如是之广者。而与元稹齐名。稹尝出行，见村中儿童竞习诗，即而问之。曰："先生教我乐天、微之诗。"固不知问者之为微之也。一时谓之元白。居易每戏语曰："仆与足下二十年来为文友诗敌，幸也，亦不幸也。吟咏情性，播扬名声，其适遗形，其乐忘老，幸也。然江南士女，语才子者，多云'元白'；以吾子之故，仆不得独步：亦不幸也。"

白居易文则学《尚书》，学《左传》，学陶潜，铺张排比，而出以坦迤，不为钩棘，掉臂游行，纡徐委备；此亦所以为白氏之文也。箴如《箴言》，传如《醉吟先生传》，碑碣如《和州刺史吴郡张公神道碑》、《故饶州刺史吴府君神道碑》、《赠尚书左仆射河南元公墓志铭》、《赵郡李公家庙碑》，叙记如《江州司马厅记》、《养竹》、《冷泉亭记》、《池上篇并序》、《白苹洲五亭记》，奏状如《初授拾遗献书》、《论制科人状》、《论颀裴裘均状》，书如《与杨虞卿》、《与元九书》、《与济法师书》，杂文如《落齿辞》，咸可诵览，而诗最有名。

元稹，字微之，河南人。九岁，学为赋诗。十六岁，读陈子昂《感遇诗》，吟玩激烈，即日为《寄思玄子诗》二十首，为长老所惊。既而得杜甫诗数百首，爱其浩荡津涯；乃病沈宋之不存寄兴，而讶子昂之未暇该备也。擢明经，判入等，补校书郎。始与白居易同官，诗章相赠答，气类相许与。而稹累官同中书门下平章事，拜武昌节度使。居易亦历官中外，而篇什酬寄。居易驱驾文字，穷极声韵，或为千言，或为五百言律诗以投稹。稹自度不能过之，往往戏排旧韵，别创新词，名为次韵相酬，自诩韵同意异，盖诗之和韵创于稹也。然居易酬和，则称："大凡依次用韵，韵同而意殊；约体为文，文成而理胜；此足下素所长者。然所见同者固不能自异，异者亦不能强同，同者谓之'和'，异者谓之'答'。"则谓"和"不妨韵同意等；而题"答"则必韵同意异矣。盛唐诗宗，李杜骈称。居易与稹书，始推杜以为过李；而稹撰《唐故工部员外郎杜君墓系铭并序》，更上下古今而推极言之，以申其指曰：

叙曰：予读诗至杜子美，而知古人之才有所总萃焉。始尧舜时，君臣以赓歌相和。是后诗人继作，历夏、殷、周千余年，仲尼缉拾选练，取其与于教化之尤者三百，余无闻焉。骚人作而怨愤之态繁；然犹去风雅日近，差相比拟。秦汉以还，采诗之官既废；天下妖谣民讴，歌颂讽赋，曲度嬉戏之词，亦随时间作。逮至汉武赋《柏梁诗》而七言之体具。苏子卿李少卿之徒，尤工为五言，虽句读文律各异，雅郑之音亦杂，而词意简远，指事言情，自非有为而为，则文不妄作。建安之后，天下文士遭罹兵战；曹氏父子鞍马间为文，往往横槊赋诗，故其遒文壮节，抑扬冤哀悲离之作，尤极于古。晋世，风概稍存。宋齐之间，教失根本，士以简慢歙习舒徐相尚，文章以风容色泽、放旷精清为高；盖吟写性灵，流连光景之文也，意义格力无取焉。陵迟至于梁陈，淫艳刻饰、佻巧小碎之词剧，又宋齐之所不取也。

唐兴，官学大振，历世之文，能者互出。而又沈宋之流，研练精切，稳顺声势，谓之为律诗，由是而后文体之变极焉。然而莫不好古者遗近，务华者去实，效齐梁则不逮于魏晋，工乐府则力屈于五言，律切则骨格不存，闲暇则纤秾莫备。

至于子美，盖所谓上薄风骚，下该沈宋，言夺苏李，气吞曹刘，掩颜谢之孤高，杂徐庾之流丽，尽得古今之体势，而兼人人之所独专矣。使仲尼考锻其旨要，尚不知贵其多乎哉。苟以为能所不能，无可不可，则诗人以来，未有如子美者。时山东人李白，亦以奇文取称，时人谓之李杜。予观其壮浪纵恣，摆去拘束，模写物象，及乐府歌诗，诚亦差肩于子美矣。至若铺陈终始，排比声韵，大或千言，次犹数百，词气豪迈而风调清深，属对律切而脱弃凡近，则李尚不能历其藩翰，况堂奥乎。予尝欲条析其文，体别相附，与来者为之准；特病懒未就。适子美之孙嗣业，启子美之柩，襄祔事于偃师，次于荆楚。雅知予爱言其大父为文，拜予为志。辞不可绝，予因系其官阀而铭其卒葬云。

系曰：晋当阳成侯姓杜氏，下十世而生依艺，令于巩。依艺生审言，善诗，官至膳部员外郎。审言生闲。闲生甫。闲为奉天令。甫，字子美！天宝中，献《三大礼赋》。明皇帝奇之，命宰相试文；文善，授率府曹属。京师乱，步谒行在，拜左拾遗。岁余以直言失官，出为华州司功；寻迁京兆功曹。剑南节度使严武拔为工部员外郎，参谋军事。旋又弃去，扁舟下荆楚间；竟以寓卒，旋殡岳阳，享年五十九。夫人，弘农杨氏女，父曰司农少卿怡，四十九年而终。嗣子曰宗武，病不克葬，殁命其子嗣业。嗣业以家贫无以给丧，收拾乞丐，焦劳昼夜，去子美殁后余四十年，然后卒先人之志，亦足为难矣。铭曰：

维元和之癸巳，粤某月某日之佳晨。合窆我杜子美于首阳之前山。呜呼！千岁而下，曰此文先生之古坟。

《旧唐书》、《新唐书》传杜甫，咸采其说；而继往开来，杜甫集诗家之大成，遂以论定，则自稹之说也。稹又有诗曰："杜甫天材颇绝伦，每寻诗卷似情亲。怜渠直道当时语，不著心源傍古人。"而稹尤推甫歌行以为后世法，谓："诗之流为二十四名，赋、颂、铭、赞、诔、箴、诗、行、咏、吟、题、怨、叹、章、篇、操、引、谣、讴、歌、曲、词、调，皆诗人六义之余。而由操而下八名，皆起于郊祭军宾，吉凶苦乐之际，在音声者因声以度词，审调以节唱，句度短长之数，声韵平上之差，莫不由之准度；而又别其在琴瑟者为操、引，采民氓者为讴、谣，备曲度者总得谓之歌、曲、词、调；斯皆由乐以定词，非选调以配乐也。由诗而下九名，皆属事而作，虽题号不同，而悉谓之为诗，可也。后之审乐者，往往采取其词，度为歌曲；盖由词以配乐，非选乐以定词也。自风雅至于乐流，莫非讽兴当时之事，以贻后代之人。而后之文人，达乐者少，沿袭古题，唱和重复，于文或有短长，于义咸为赘剩；尚不知寓意古题，刺美见事，犹有诗人引古以讽之义焉。曹、刘、沈、鲍之徒，时得如此，亦复稀少。近代惟诗人杜甫《悲陈陶》、《哀江头》、《兵车》、《丽人》等，凡所歌行，率皆即事名篇，无复倚傍。予少时与友人乐天谓是为当，遂不复拟赋古题。”此居易之所为作《新乐府》也。

稹以诗章与居易酬唱，天下传讽，号元和体。穆宗在东宫，妃嫔近习皆诵之，宫中呼元才子。而帝读《连昌宫词》，尤称叹；及即位，即擢祠部郎中，知制诰；变诏书体，务为纯厚明切，如《崔适等可翊麾校尉守左千牛备身制》曰：

> 敕三品子崔适等；左右备身，在吾旒扆之侧；非贵游子弟之可亲信者，不在选中。尔等阀阅甚崇，教诲斯至；事我如事父，畏法犹畏师，勿惰勿佻，以期无悔；斯可与成人并行于朝廷矣。

又《许天平军节度使刘总出家制》曰：

> 门下：朕闻西方有金仙子，自著书云：“昔我于无量劫中，舍国城妻子以求法要。”朕尝闻其语，未见其人；安知股肱之中，目验兹事。脱身羁网，诚乐所从，舍我絷维，能无永叹。遂其高尚，良用怃然。
>
> 具官刘总五岳孕灵，三台降瑞，位兼将相，代袭勋庸。视轩冕若浮云，弃妻孥犹脱屣，屡陈章表，恳愿舍家。勉喻再三，终然不夺。朕又移之重镇，宠以上公，莫顾中人之情，遂超开士之迹。於戏！张良却粒，尚想高踪；范蠡登舟，空瞻遗象。功留鼎鼐，誓著山河。长存鱼水之欢，勿忘香火之愿。宜赐法号大觉，仍赐僧腊五十夏。主者施行！

又《授李绛检校右仆射兼兵部尚书制》曰：

敕中大夫守御史大夫赐紫金鱼袋李绛：昔先皇帝诲予小子曰："尧时有神羊在廷，屈轶指佞，汝知之乎？夫邪正在人，焉有异物？朕有臣李绛，犹汉臣之汲黯也。我百岁后，尔其用之为神羊屈轶，斯可矣。"

予小子铭镂丕训，夙夜求思，是用致理之初，付授邦宪，且欲吾丞相以降，皆卑下之，以示优遇。朕亦常命安其步武，无为屑屑之仪。而绛屡以疾辞，不宁其职；又焉敢以劳倦之故，烦先帝旧臣？昔晋仆射何季元病足求免，犹命坐家视事。张子儒拜大司马，仍令兼录尚书。则卧理不独专于郡符，端右可以旁绥戎政，由古道也。尔其处议持平，勉居喉舌，慎所观听，为人司南。可检校尚书右仆射，兼兵部尚书，散官勋封如故。

又《授刘士泾太仆卿制》曰：

敕：卿寺甚重，不易其人；其或以勋以亲，以报以劝，又何爱焉。检校大理少卿驸马都尉刘士泾，去岁西戎跳入泾上，京师戒严，朕慨然有思廉颇李牧之志。而习事者言：尔父之在泾也，筑平凉等八城二堡，保定平原，使泾人益树麦禾以复后稷公刘之教，十有六年，犬戎不敢东顾。朕闻其人，思见其后。果有令子，在吾懿亲；与之讨论，自亦奇士，铺陈将略，殊有父风。访其班资，则曰"亚诸卿之间，尝十年矣"。今乃除其忧服，命以大僚。岂惟报尔先臣，荣吾戚里，亦欲使缘边诸将，视其爱子，为我竭诚。可守太仆卿驸马都尉，余如故。

又《骆怡等复职制》曰：

敕前江州司马员外同正员骆怡等：一眚而去其人，则改行自新之徒，蔑由进矣。况吏议不一，负累多门。原陟不必终于廉夫，而周处卒为名士，此亦曩时之明验也。尔等受谴既久，省宥斯频，各励日新，以期天秩；并复资品，宜乎慎终。

其他称是。大抵稹之制诰文，茹古涵今，惬理餍情，而抒之以感激顿挫，不漫为铺张排比，自诩“不拘属对，追用古道”；匪追《尚书》之诰体，盖用韩愈之古文。意必切核，语尚遒健，而于陆贽之外，足以别张一军焉。白居易之文，不废排比，而出以坦迤，陆贽之枝流乎？元稹之笔，力跻遒古，而出之峻重，韩愈之别子也。碑志文生峭奥衍，不懈而出以矫厉，尤得韩愈之仿佛，如《沂国公魏博德政碑》、《故中书令赠太尉沂国公墓志铭》，蹈厉发越，足追愈《曹成王》、《许国公》诸碑；《故万州刺史刘君墓志铭》，权奇倜傥，颇似愈《张彻》、《王适》诸志；笔力老健，当在韩门弟子皇甫湜之上。而《唐故工部员外郎杜君墓系铭并序》，则尤排荡顿挫而措之于章安句适，栗密窈眇而发之以鲸铿春丽；一笔挥洒，精能之至。其体格非韩愈，其气调则韩愈也。论者莫知，而盛传其诗以配白居易称为元白。然白不为刻镂，元颇务组丽。白机利而元笔重，白气直而元语涩。同一学杜，而白坦以出新，元遒以追古。白以坦为易，于显见微，意警而语浅；元以炼为雅，于遒见重，气激而旨浮。白情深而文明，元辞繁而情隐。元白齐名，元不如白；独悼亡之什，绝去雕饰，情事恻恻，多潘岳所未道。五言律如《夜闲》曰：

感极都无梦，魂销转易惊。风帘半钩落，秋月满床明。怅望临阶坐，沉吟绕树行。孤琴在幽匣，时迸断弦声。

又《除夜》曰：

忆昔岁除夜，见君花烛前。今宵祝文上，重叠叙新年。闲处低声哭，空堂背月眠。伤心小男女，撩乱火堆边。

七言律如《三遣悲怀》曰：

谢公最小偏怜女，自嫁黔娄百事乖。顾我无衣搜荩箧，泥他沽酒拔金钗；野蔬充膳甘长藿，落叶添薪仰古槐。今日俸钱过十万，与君营奠复营斋。

昔日戏言身后意，今朝都到眼前来。衣裳已施行看尽，针线犹存未忍开。尚想旧情怜婢仆，也曾因梦送钱财。诚知此恨人人有，贫贱夫妻百事哀。

闲坐悲君亦自悲，百年能是几多时。邓攸无子寻知命，潘岳悼亡犹费词。同穴窅冥何所望，他生缘会更难期。惟将终夜长开眼，报答平生未展眉。

七言绝如《六年春遣怀》曰：

婢仆晒君余服用，娇痴稚女绕床行。玉梳钿朵香胶解，尽日风吹瑇瑁筝。

伴客销愁长日饮，偶然乘兴便醺醺。怪来醒后傍人泣，醉里时时错问君。

又《哭子》曰：

才能辨别东西位，未解分明管带身。自食自眠犹未得，九重泉路托何人！

尔母溺情连夜哭，我身因事有时悲。钟声欲绝东方动，便是寻常上学时。

节量梨栗愁生疾，教示诗书望早成。鞭扑较多怜较少，又缘遗恨哭三声。

平生琐细，历历话念，自然凄惋，惟其情之真也。传有《元氏长庆集》六十卷。时人传诵篇什，而亦颇以淫靡相诋。稹自称："近世妇人晕淡眉目，绾约头鬟，衣服修广之度，及匹配色泽，尤剧怪艳，因为《艳诗》百余首。"其词或流淫靡，为当时之所好，然检集中不得；而就其存者，意固非淫，格亦未靡；特语以炼而不免滞，意以奥而转欠警尔。苏轼谓"元轻白俗"。然白浅切而非俗，元遒古而不轻；苏轼之论，亦未为得实也。荆州街子葛清，勇不肤挠，自颈已下，遍刺白居易诗。临淄段成式尝客荆州，呼观之，令其自解；背上亦能暗记，反手指其札处；至"不是此花遍爱菊"，则有一人持杯临菊丛。又"黄夹缬林寒有叶"，则指一树，树上挂缬，缬窠锁胜绝细。凡刻三十余处，首体无完肤，呼为白舍人行诗图。盖白诗之风行一代如此。

第十三节　杜牧　李商隐　温庭筠附唐彦谦 韩偓 吴融　皮日休　陆龟蒙　段成式

元白之诗，海内传讽。稍晚出而睥睨之者，杜牧而已。杜牧，字牧之，京兆万年人。太和二年，擢进士第，累官中书舍人。家世贵仕，不喜龊龊小谨，敢为激发之论。先是宝历中，敬宗大起宫室；而牧进士未第，年二十余，乃作《阿房宫赋》以讽之曰：

> 六王毕，四海一。蜀山兀，阿房出。覆压三百余里，隔离天日。骊山北构而西折，直走咸阳。二川溶溶，流入宫墙。五步一楼，十步一阁。廊腰缦回，檐牙高啄；各抱地势，钩心斗角。盘盘焉，囷囷焉，蜂房水涡，矗不知其几千万落。长桥卧波，未云何龙？复道行空，不霁何虹？高低冥迷，不知西东。歌台暖响，春光融融；舞殿冷袖，风雨凄凄；一日之内，一宫之间，而气候不齐。妃嫔媵嫱，王子皇孙，辞楼下殿，辇来于秦。朝歌夜弦，为秦宫人。明星荧荧，开妆镜也；绿云扰扰，梳晓鬟也；渭流涨腻，弃脂水也；烟斜雾横，焚椒兰也；雷霆乍惊，宫车过也，辘辘远听，杳不知其所之也。一肌一容，尽态极妍，缦立远视而望幸焉，有不见者三十六年。燕赵之收藏，韩魏之经营，齐楚之精英，几世几年，摽掠其人，倚叠如山。一旦不能有，输来其间。鼎铛玉石，金块珠砾，弃掷逦迤；秦人视之，亦不甚惜。
>
> 嗟呼！一人之心，千万人之心也。秦爱纷奢，人亦念其家。奈何取之尽锱铢，用之如泥沙！使负栋之柱，多于南亩之农夫；

> 架梁之椽，多于机上之工女；钉头磷磷，多于在庾之粟粒，瓦缝参差，多于周身之帛缕；直栏横槛，多于九土之城郭；管弦呕哑，多于市人之言语。使天下之人不敢言而敢怒，独夫之心日益骄固。戍卒叫，函谷举；楚人一炬，可怜焦土。呜呼！灭六国者，六国也，非秦也。族秦者，秦也，非天下也。嗟乎！使六国各爱其人，则足以拒秦。使秦复爱六国之人，则递三世，可至万世而为君，谁得而族灭也。秦人不暇自哀而后人哀之；后人哀之而不鉴之，亦使后人而复哀后人也！

虽不甚琢炼，而急言竭论，出之以铿锵鼓舞；铺采摛文，不害为抑扬爽朗。传有《樊川文集》二十卷，《外集》一卷，《别集》一卷。诗出杜甫，得其风调而逊其沉郁。文开苏轼，有其疏快而无其警切。集中《答庄充书》曰："凡为文以意为主，气为辅，以辞彩章句为之兵卫。未有主强盛，而辅不飘逸者，兵卫不华赫而辅庄整者。四者高下，圆折步骤，随主所指，无不如意。苟意不先立，止以文彩辞句，绕前捧后，是言愈多而理愈乱。意能遣辞，辞不能成意。"其持论归于先意气而后辞句。今观其文，指陈利病，敢论列大事，务肆以尽，欲以文章经世，厥为宋儒苏轼之先河。而宋祁修《新唐书》，录牧《罪言》以为《藩镇传叙》。欧阳修读之，叹曰："笔力亦不可及！"然辞畅而意不足，气盛而理转浮，苦于有笔力而无笔意。同于苏者，气之畅，辞之尽；而不如苏者，意之透，理之足也。论说然，书疏亦然。《阿房宫赋》陈古以监今，笔势放纵，而意特警发，集中之胜。其他所为如《燕将录》、《赠太尉牛公墓志铭》、《赠司徒周公墓志铭》、《唐故岐阳公主墓志铭》、《唐故歙州邢君墓志铭》、《唐故平卢军节度巡官陇西李府君墓志铭》、《赠吏部尚书沈公行状》，传志杂记之文，浑涵光芒，如行云流水，随笔曲注，而情事都尽；盖得韩公之雄直，而力祛涩艰；开宋人之机利，而妙尽顿挫；波有余渟，笔无滞机。叙事如此，乃苏轼之所难能；而世人顾以议论称之，亦妄已。晚唐学韩文而得其雄直者，杜牧也。学韩文而似其峻拗者，孙樵也。

杜牧开苏轼，孙樵开王安石。

于时，诗多柔靡，语尚矜炼，而牧则干之以风力，抒之为豪荡。五言古如《赠宣州元处士》曰：

陵阳北郭隐，身世两忘者。蓬蒿三亩居，宽于一天下。樽酒对不酌，默与玄相话。人生自不足，爱叹遭逢寡。

又《村行》曰：

春半南阳西，柔桑过村坞。娉娉垂柳风，点点回塘雨。蓑唱牧牛儿，篱窥蒨裙女。半湿解征衫，主人馈鸡黍。

七言律如《九日齐山登高》曰：

江涵秋影雁初飞，与客携壶上翠微。尘世难逢开口笑，菊花须插满头归。但将酩酊酬佳节，不用登临恨落晖。古往今来只如此，牛山何必独沾衣。

七言绝如《江南春》曰：

千里黥啼绿映红，水村山郭酒旗风。南朝四百八十寺，多少楼台烟雨中。

又《泊秦淮》曰：

烟笼寒水月笼沙，夜泊秦淮近酒家。商女不知亡国恨，隔江犹唱《后庭花》。

又《宫词》曰：

蝉翼轻绡傅体红，玉肤如醉向春风。深宫锁闭犹疑惑，更取丹砂试辟宫。

监宫引出暂开门，随例须朝不是恩。银轮却收金锁合，月明花落又黄昏。

又《山行》曰：

远上寒山石径斜，白云深处有人家。停车坐爱枫林晚，霜叶红于二月花。

华而有风，抑扬爽朗。其他五言古如《感怀诗》、《杜秋娘诗》、《郡斋独酌》、《张好好诗》、《冬至日寄小侄阿宜诗》、《洛中送冀处士东游》、《送沈处士赴苏州李丞招以诗赠行》、《雪中书怀》，五言律如《长安夜月》；五言长律如《昔事文皇帝三十二韵》、《春末题池州弄水亭》，七言古如《池州送孟迟先辈》、《大雨行》，七言律如《河湟》、《闻庆州赵纵使君与党项战中箭身死长句》、《润州》第一首、《湖南正初招李郢秀才》，七言绝如《齐安郡后池》、《寄扬州韩绰判官》、《赠别》二首、《遣怀》、《秋夕有感》诸作，藻丽茂典之什，而有感喟苍凉之意，所以丽而不缛，气能运藻；盖得杜甫之风调，而衍其赡丽者也。然有才调而无骨力，气不如甫之沉，骨不如甫之坚，所以丽而不雄，朗而伤易。人称小杜，以别于甫；尝为《唐故平卢军节度巡官陇西李府君戡墓志》，述戡之言："尝痛自元和已来，有元白诗者，纤艳不逞，非庄士雅人，多为破坏，流于民间，疏于屏壁，子父女母，交口教授，淫言媟语，冬寒夏热，入人肌骨，不可除去。"盖牧平日持论如此，而特假戡以发其意。文人相轻，苦不自知；其实元白不多纤艳，而牧诗尽有纤艳。集中《冬至日寄小侄阿宜》诗曰："李杜泛浩浩，韩柳摩苍苍。近者四君子，与古为强梁。"《读韩杜集》曰："杜诗韩笔愁来读，似倩麻姑痒处搔"；盖诗学杜而文宗韩也。牧之诗与白居易同出杜甫，特居易为甫之浩浩，而出以浅切，令人易晓；牧则为甫之浩浩，而得其赡丽，令人爱读；学焉而皆得性之所近。居易才大而繁不制，牧则风华而骨不植。元稹情隐而文泽，牧则辞达而旨浮。而思不窥深，骨未造坚，三人者不同病而同蔽。李商隐与牧之同时，亦称李杜；然牧同李之顿挫，而逊其沉郁；李有牧之圆润，而无其爽健。此牧之所以异于李商隐也。

李商隐，字义山，怀州河内人。开成二年进士，历佐节镇幕府，终于东川节度判官，检校工部郎中。传有《李义山诗集》六卷，《文集》五卷，论者颇以卑靡少之。然商隐诗，属对律切而不害抑扬，造词丽缛而尽有寄托。大抵杜甫诗有两种：一种气象高华，而出以圆润。其一辞笔拗怒，而故为雄矫。韩愈、孟郊，教其拗怒。杜牧、李商隐，出以圆润。观商隐《漫成》绝句曰："沈宋裁辞矜变律，王杨落笔得良朋。当时自谓宗师妙，今日惟观属对能"，则固自诩属对之外，别有能事。而论者徒诵其《锦瑟》、《碧城》诸律，以为巧用文字，务为妍冶；又疑其动辄用事，曲为笺注。然五言律如《蝉》曰：

本以高难饱，徒劳恨费声。五更疏欲断，一树碧无情。薄宦梗犹泛，故园芜已平。烦君最相警，我亦举家清。

又《桂林》曰：

城窄山将压，江宽地共浮。东南通绝域，西北有高楼。神护青枫岸，龙移白石湫。殊乡竟何祷？箫鼓不曾休。

七言律如《隋宫》曰：

紫泉宫殿锁烟霞，欲取芜城作帝家。玉玺不缘归日角，锦帆应是到天涯。于今腐草无萤火，终古垂杨有暮鸦。地下若逢陈后主，岂宜重问《后庭花》。

又《马嵬》曰：

海外徒闻更九州，他生未卜此生休。空闻虎旅传宵柝，无复鸡人报晓筹。此日六军同驻马，当时七夕笑牵牛。如何四纪为天子，不及卢家有莫愁。

五言绝如《乐游原》曰：

向晚意不适，驱车登古原。夕阳无限好，只是近黄昏。

七言绝如《夜雨寄北》曰：

君问归期未有期，巴山夜雨涨秋池。何当共剪西窗烛，却话巴山夜雨时。

又《贾生》曰：

宣室求贤访逐臣，贾生才调更无伦。可怜夜半虚前席，不问苍生问鬼神。

使事而不用典，律切而为浑脱，沉郁顿挫，抱负殊常。其他五言古如《骄儿诗》、《行次西郊作一百韵》，七言古如《偶成转韵七十二句赠四同舍》、《安平公诗》，五言律如《风雨》、《桂林路中作》、《寓兴》、《登霍山驿楼》，五言长律如《咏怀寄秘阁旧僚二十六韵》、《有感》二首、《摇落》、《戏赠张书记》，七言律如《荆门西下》、《筹笔驿》、《重有感》、《七月二十九日崇让宅宴作》、《春日寄怀》，七言绝如《南朝》诸作，悲歌慷慨，何曾巧为妍冶？跌宕昭彰，何用曲为笺注？即有巧为妍冶，如五言古《春风》曰：

春风虽自好，春物太昌昌。若教春有意，惟遣一枝芳。我意殊春意，先春已断肠。

又七言古《七月二十八日夜与王郑二秀才听雨后梦作》曰：

初梦龙宫宝焰燃，瑞霞明丽满晴天；旋成醉倚蓬莱树，有个仙人拍我肩。少顷远闻吹细管，闻声不见隔飞烟；逡巡又遇潇湘雨，雨打湘灵五十弦。瞥见冯夷殊怅望，鲛绡休卖海为田，亦逢毛女无憀极，龙伯擎将华岳莲。恍惚无倪明又暗，低迷不已断还连。觉来正是平阶雨，未背寒灯枕手眠。

又七言律《无题》曰：

来是空言去绝踪，月斜楼上五更钟。梦为远别啼难唤，书被催成墨未浓。蜡照半笼金翡翠，麝薰微度绣芙蓉。刘郎已恨蓬山远，更隔蓬山一万重。

相见时难别亦难，东风无力百花残。春蚕到死丝方尽，蜡炬成灰泪始干。晓镜但愁云鬓改，夜吟应觉月光寒。蓬山此去无多路，青鸟殷勤为探看。

又七言绝《为有》曰：

为有云屏无限娇，凤城寒尽怕春宵。无端嫁得金龟婿，辜负香衾事早朝。

其他如五言律《柳》、《赠柳》、《谑柳》、《僧院牡丹》、《清夜怨》，五言长律《赋得桃李无言》，七言律《辛未七夕》、《春雨》、《汉宫》，七言绝《日射》、《花下醉》诸作，即景生情，虽是巧为妍冶，而亦顿挫浏亮，无待曲为笺注也。七言古如《韩碑》，生崭而力为雄矫，仿佛韩愈。而《七月二十八日夜与王郑二秀才听雨后梦作》，及《无愁果有愁曲》、《北齐歌》、《射鱼曲》、《日高》、《海上谣》、《景阳宫井双桐》、《燕台诗》四首、《河内诗》二首、《烧香曲》，又七言律《锦瑟》、《碧城》诸作，奇丽而出以诞幻，又似李贺；可以意会而不可以迹求，虽笺注，亦不易解也。至如五言律《裴明府居止》曰：

爱君茅屋下，向晚水溶溶。试墨书新竹，张琴和古松。坐来闻好鸟，归去度疏钟。明日还相见，桥南贳酒醲。

又《北青萝》曰：

残阳西入崦，茅屋访孤僧。落叶人何在？寒云路几层？独敲初夜磬，闲倚一枝藤。世界微尘里，吾宁爱与憎。

会心不远，随景入咏，清微淡远，意兴婉惬，则又王孟之逸调矣，宁得香草美人，概以缛靡论之哉。

商隐初为古文，不喜偶对。令狐楚帅河阳，辟置之幕。楚才思俊丽，于笺奏制令尤善。商隐从受学，始为今体章奏，博学强记，下笔不能自休。王茂元镇河阳，爱其才，妻以女，而表掌书记。会文宗以杨贤妃谮，欲废太子永；宰相及群臣谏阻，不听。商隐《为濮阳公（茂元）论皇太子表》上奏，乃止，其辞曰：

臣某言：今月日，得本道进奏院状，报今月六日，宰臣郑覃等率三省官属入论皇太子事者。褫魄疆场，驰魂辇毂；莫知本末，伏用惊惶。臣闻《礼赞》元良，《易》标明两，是司匕鬯，以奉宗祧；华夏式瞻，邦冢大本。自昔质文或异，步骤虽殊，既立之以贤，则辅之有道。北宫养德，东序承荣，务近正人，用光继体。周则周公为太傅，太公为太师；汉则疏氏二贤，商山四老，内扬孝道，外尽忠规。尤在去彼猜嫌，辨其疑似；不由微细，轻致动摇。乃得守三十代之丕图，延四百年之景祚，著于史册，焕若丹青。

伏惟皇帝陛下道冠百王，功高三古，事窥化本，谋动机先。皇太子自正春坊，传辉望苑。陛下旁延俊乂，以赞温文，并学探渊源，气压浮竞。嗜鱼不进，求玦莫从。有王褒之献箴，无卞兰之奉赋。今纵粗乖睿旨，微慊圣心，当以犹属妙龄，未加元服，或携徒御，时纵逸游。乐野夏储，亦常观舞；南皮魏副，屡见飞觞。陛下浚发慈仁，殷勤指教，稍逾规戒，即振威灵。虽伐木析薪，必循其理；而逝梁发笱，亦有可虞。抑臣又闻父之于子也，有严训而无责善；君之于臣也，有掩恶而复录功。故得各务日新，并从夕改，同置于道，不伤其慈。倘犯在斯须，必遗天性；过当造次，遽抵国章，则以古以今，孰为令子？在朝在野，谁曰全臣？虚牵复之至言，失不贰之深旨。

伏惟陛下侔覆育于天地，霁赫怒于雷霆，复许省励宫闱，卑谢师傅，蹈殊休于列圣，尉钦嘱于兆人。臣才则荒凉，志惟朴呆。因缘代业，蒙被官荣；窃诸侯之土田，领大将之旗鼓。当车折槛，合首他人；沥胆刺心，正当今日。而名非朝籍，务切军机，道阻且修，伫立以泣。龙楼献真，戴逵之辞翰蔑闻凤阙；拜章，张俨之精诚未泯。干冒宸极，无任陨涕祈恩之至。

又《为濮阳公谢罚俸状》曰：

右，臣伏准御史壹牒，奉恩旨，以臣不先觉察妖贼贺兰进兴等，宜罚两月俸者。伏以雾市微妖，潢池小寇，有乖先觉，上黩宸聪。昔汉以捕盗不严，犹加黜削。晋以发奸无状，亦峻科条。岂

> 若皇帝陛下恩极好生，德惟宥过；与其漏网，止以罚金。臣与僚属等无任戴恩省罪屏营之至。

凡所草奏，气调警拔，有议论，有波澜，乃以古文之法，而运俪体之辞。其他如《为汝南公华州贺赦表》、《为京兆公陕州贺南郊赦表》、《为汝南公贺彗星不见复御正殿表》、《为柳州郑郎中上表》、《为濮阳公陈情表》、《为怀州李中丞谢上表》、《为荥阳公贺幽州破奚寇表》、《为汝南公贺元日御正殿受朝贺表》、《代仆射濮阳公遗表》、《代彭阳公（令狐楚）遗表》、《代安平公遗表》、《为荥阳公谢赐冬衣状》、《为濮阳公檄刘稹文》、《贺相国汝南公启》、《为河东公谢相国京兆公第二启》、《为柳珪谢京兆公第二启》、《献河东公启》二首、《上尚书范阳公启》第一第二两首、《为白从事上陈许李尚书启》、《谢河南公和诗启》、《为张周封上杨相公启》、《为李贻孙上李相公启》、《为贺拔员外上李相公启》、《为举人上翰林萧侍郎启》、《上时相启》、《上河东公启》第一首诸作，铺陈形势，指画天人；笔能健举，意必警发。陆贽奏议，不贵绮错，而妙能曲畅；商隐启奏，尽有绮错，而不害曲畅；意义则古茹今切，气调则大含细入，议论以纬，身世以经，卓然一家之言；足以上承庾信之健笔，近媲陆贽之奏议。至集中书、序、传、碑、杂著之文，则所谓"为古文，不喜偶对"者；然解散辞体，而气不足以举，辞不能以达；惟《李贺小传》、《记齐鲁二生》、《宜都内人》三四篇，生拗而能见本末，如孙樵之学韩愈耳。盖古文多少年之作，而不如今体章奏之殚毕生精力也。与太原温庭筠，南郡段成式齐名，三人者，并兄弟次十六，时号三十六体。

温庭筠，本名岐，字飞卿。数举进士不中第。然敏悟工辞章，与李商隐齐名，而文思清丽，庭筠且过之，故有温李之目也。然就世所传文三十四篇，录入《全唐文》者，与商隐同为四六，顾窘边幅，而不如商隐之波澜长；薄滋味，而不如商隐之议论多；徒为律切，未见才调。诗则与商隐抗手，传有《温庭筠诗集》七卷，《别集》一卷。特庭筠刻意奇丽，不免意以词夺；而商隐则自抒抱负，不徒才藻。庭筠则儿女情长，商隐亦风云意多。气调以商隐为畅肆，字句则庭筠为警丽。五七言律，商隐为胜；五七言古，庭筠则遒。而究其所以警丽，不在隶事之博奥，而在造语之铸炼；读书多，积理富，融裁生新，戛戛独造，亦自不知所以然；而笺注者必欲一字一句，求其来历，则亦可谓诬古人而失之凿也。商隐之律，善学杜甫；而庭筠之古，原本李贺。五言古如《碌碌古词》曰：

左亦不碌碌，右亦不碌碌！野草自根肥，羸牛生健犊。融蜡作杏蒂，男儿不恋家；春风破红意，女颊如桃花。忠言未见信，巧语翻咨嗟。一鞘无两刃，徒劳油壁车。

七言古如《塞寒行》曰：

燕弓弦劲霜封瓦，朴蔌寒雕睇平野。一点黄尘起雁喧，白龙堆下千蹄马。河源怒触风如刀，剪断朔云天更高；晚出榆关逐征北，惊沙飞迸冲貂袍。心许凌烟名不灭，年年锦字伤离别，彩毫一画竟何荣，空使青楼泪成血。

其他五言古如《故城曲》、《江南曲》、《侠客行》，七言古如《鸡鸣埭曲》、《织锦词》、《夜宴谣》、《莲浦谣》、《遐水谣》、《晓仙谣》、《锦城曲》、《舞衣曲》、《张静婉采莲曲》、《拂舞词》、《吴苑行》、《兰塘词》、《达摩支曲》、《水仙谣》、《醉歌》、《惜春词》、《苏小小歌》、《懊恼曲》、《三洲词》诸作，以雕藻为铸炼，以吊诡出新丽，语必生撰，意造惝恍，置之李贺歌诗编，直是一手；此在商隐为别调，而于庭筠则惯见也。然庭筠之律，则不以雕藻为铸炼，而以琢炼出清新。五言律如《题卢处士山居》曰：

西溪问樵客，遥指楚人家。古树老连石，急泉清露沙；千峰随雨暗，一径入云斜。日暮雀飞散，满庭荞麦花。

又《商山早行》曰：

晨起动征铎，客行悲故乡。鸡声茅店月，人迹板桥霜。槲叶落山路，枳花明驿墙。因思杜陵梦，凫雁满回塘。

七言律如《和赵嘏题岳寺》曰：

疏钟细响乱鸣泉，客省高临似水天。岚翠暗来空觉润，涧泉余爽不成眠。越僧寒立孤灯外，岳月秋当万木前。张邴宦情何太薄，远公窗外有池莲。

他如五言律《巫山神女庙》、《早秋山居》、《江岸即事》、《西游书怀》、《题造微禅师院》，七言律《春日偶作》、《春日访李十四处士》诸作，融情入景，托物寄与，上追盛唐之王孟，下开晚明之钟谭，只见以清远出生炼，何尝以侧艳为妍冶耶？至七言律如《过陈琳墓》、《过五丈原》、《苏武庙》、《寒食前有怀》，七言绝如《蔡中郎坟》、《瑶瑟怨》诸作，沉郁苍凉，亦出杜甫。而世论漫以侧艳轻之，亦寻声逐响之谈已。特薄于行，无检幅，而与公卿家无赖子弟游，能逐弦吹之音，唱侧艳之词，好为妍冶，遂成口实。

五代后蜀赵崇祚编《花间集》，选温庭筠词六十六首，列于卷首。首为《菩萨蛮》词十四首，尤著名，录一首。

小山重叠金明灭，鬓云欲度香腮雪。懒起画蛾眉，弄妆梳洗迟。　照花前后镜，花面交相映。新贴绣罗襦，双双金鹧鸪。

庭筠之词亦有清丽而情深者，如《忆江南》曰：

千万恨，恨极在天涯。山月不知心里事，水风空落眼前花。摇曳碧云斜。

梳洗罢，独倚望江楼。过尽千帆皆不是，斜晖脉脉水悠悠。肠断白苹洲！

又《更漏子》曰：

玉炉香，红蜡泪，偏照画堂秋思。眉翠满，鬓云残，夜长衾枕寒。　梧桐树，三更雨，不道离情正苦。一叶叶，一声声，空阶滴到明。

境以静而情幽，情以深而景融，此中有人，呼之欲出。于疏处运追琢，于幽处见神致，而曲折如志，潇洒疏俊，意以运词，固不在绘章饰句之末也。

唐彦谦，字茂业，并州晋阳人。少师温庭筠，而为诗慕李商隐，得其温丽感怆，后学杜甫。传有《鹿门先生集》三卷。录《采桑女》：

春风吹蚕细如蚁，桑芽才努青鸦嘴。侵晨采桑谁家女，手挽长条泪如雨："去岁初春当此时，今岁春寒叶放迟。愁听门外催里胥：官家二月收新丝。"

韩偓，字致尧，小名冬郎，京兆万年人。十岁即作诗送李商隐，商隐寄酬，称"桐花万里丹山路，雏凤清于老凤声"。后官至翰林承旨，受朱温排挤，全家入闽。录《春尽》。

惜春连日醉昏昏，醒后衣裳见酒痕。细水浮花归别涧，断云含雨入孤村。人闲易得芳时恨，地迥难招自古魂。惭愧流莺相厚意，清晨尤为到西园。

韩偓为李商隐所赏，称其句有老成之风；传有《香奁集》一卷，《韩内翰别集》一卷。而《别集》感时伤事之作，颇有变风变雅之遗；不徒以《香奁》艳曲传诵一时也。

吴融，字子华，山阴人。与偓同年进士，又同为翰林院学士，多相唱和；而融有《唐英歌诗》三卷，音节谐雅，有中唐遗风，与偓正复劲敌也。录《金陵感事》：

太行和雪叠晴空，二月郊原尚朔风。饮马早闻临渭北，射雕今欲过山东。百年徒有伊川叹，五利宁无魏绛功？日暮长亭正愁绝，哀笳一曲戍烟中。

晚唐婉丽，盖以温李结一代诗人之局焉。

皮日休，字袭美，襄阳人，为苏州刺史崔璞从事。陆龟蒙，字鲁望，长洲人，居松江甫里，称甫里先生，号天随子。亦来谒璞，与日休唱和，因得《松陵唱和集》十卷；而日休为之序曰："近代称温飞卿李义山为之最，以陆生参之，乌知其孰先孰后也?"是皮陆近体诗祈向温李，但古体诗多承韩愈体，趋向铺张奇崛。选皮陆近体古体诗各一首。

馆娃宫怀古 皮日休

艳骨已成兰麝土，宫墙依旧压层崖。弩台雨坏逢金镞，香径泥销露玉钗。研沼只留溪鸟浴，屧廊空信野花埋。姑苏麋鹿真闲事，须为当时一怆怀。

正乐府之二　橡媪叹 又

秋深橡子熟，散落榛芜冈。伛偻黄发媪，拾之践晨霜。移时始盈掬，尽日方满筐。几曝复几蒸，用作三冬粮。山前有熟稻，紫穗袭人香。细获又精舂，粒粒如玉珰。持之纳于官，私室无仓箱。如何一不余，只作五斗量。狡吏不畏刑，贪官不避赃。农时作私债，农毕归官仓。自冬及于春，橡实诳饥肠。吾闻田成子，诈仁犹自王。吁嗟逢橡媪，不觉泪沾裳。

白莲 陆龟蒙

素花多蒙别艳欺，此花端合在瑶池。无情有恨何人觉，月晓风清欲堕时。

五歌之一　放牛 又

江草秋穷似秋半，十角吴牛放江岸。邻肩抵尾作依偎，横去斜奔忽分散。荒陂断堑无端入，背上时时孤鸟立。日暮相将带雨归，田家烟火微茫湿。

段成式，字柯古，临淄人，宰相文昌子也；以文思清丽，与温庭筠、李商隐齐名，三人皆排行十六，故称其诗为三十六体。《全唐文》录其文十八首。然骈文丽典络绎，而失之碎，不成体段；不惟不能追李，抑亦远逊于温。独所为《酉阳杂俎》二十卷，《续集》十卷；古来佚文秘典，往往而在。而宋以后小说剧曲，多取其材为本事，独为说部之宗匠，而为谈苑所不废。录其数事。

太和中，郑仁本表弟不记姓名，尝与一王秀才游嵩山，扪萝越涧，境极幽夐，遂迷归路。将暮，不知所之。徙倚间，忽觉丛中鼾睡声；披榛窥之，见一人布衣甚洁白，枕一襆，方眠熟。即呼之曰："某偶入此径迷路；君知向官道否？"其人举首略视，不应，复寝。又再三呼之，乃起坐，顾曰："来此！"二人因就之，且问其所自。其人笑曰："君知月乃七宝合成乎？月势如丸，其影，日烁其凸处也。常有八万二千户修之，予即一数。"因开襆，有斤凿数事，玉屑饭两裹，授二人曰："分食此，虽不足长生，可一生无疾耳！"乃起，与二人指一支径："但由此自合官道矣。"言已，不见。（原《前集》卷一）

玄宗学隐形于罗公远，或衣带，或巾脚，不能隐。上诘之，公远极言曰："陛下未能脱屣天下，而以道为戏。若尽臣术，必怀玺入人家，将困于鱼服也。"玄宗怒，嫚骂之。公远遂走入殿柱中，极疏上失。上愈怒，令易柱破之。复大言于柱础中，乃易础观之，础明莹，见公远形在其中，长寸余。因碎为十数段，悉有公远形。上惧，谢焉，忽不复见。后中使于蜀道见之，公远笑曰："为我谢陛下。"（原《前集》卷二）

梵僧不空得总持门，能役百神。玄宗敬之。岁常旱，上令祈雨。不空言："可过某日。今祈之，必暴雨。"上乃令金刚三藏设坛请雨，连日暴雨不止，坊市有漂溺者；遽召不空令止之。不空遂于寺庭中捏泥龙五六，当溜水，胡言骂之。良久，复置之，乃大笑。有顷，雨霁。邙山有大蛇，樵者常见，头若丘陵，夜常承露气。见不空，作人语曰："弟子恶报！和尚何以见度？常欲翻河水，陷洛阳城以快所居也。"不空为授戒说苦空，且曰："汝以瞋心受此苦，复忿恨，吾力何及？当思吾言，此身自舍。"后旬月，樵者见蛇死于涧中，臭达数十里。不空每祈雨，无他轨则，但设數绣

座，手簸旋数寸木神，念咒掷之，自立于座上；伺木神吻角牙出，目瞚，则雨至。（原《前集》卷三）

长寿寺僧訔言：他时在衡山，村人为毒蛇所噬，须臾而死，发解，肿起尺余。其子曰："昝者若在，何虑？"遂迎昝至，乃以灰围尸，开四门。先曰："若从足入，则不救矣。"遂踏步握固，久而蛇不至。昝大怒，乃取饭数升，捣蛇形，诅之。忽蠕动出门。有顷，饭蛇引一蛇从死者头入，径吸其疮，尸渐低；蛇疱缩而死。村人乃活。（原《前集》卷五）

韦行规自言：少时游京西，暮止店中，更欲前进。店前老人方工作，谓曰："客勿夜行，此中多盗。"韦曰："某留心弧矢，无所患也。"因进发，行数十里，天黑，有人起草中尾之。韦叱不应；连发矢中之，复不退；矢尽，韦惧奔马。有顷，风雷总至。韦下马负一树，见空中有电光相逐如鞠杖，势渐逼树杪，觉物纷纷坠其前，韦视之，乃木札也。须臾，积札埋至膝。韦惊惧，投弓矢仰空乞命，拜数十。电光渐高而灭，风雷亦息。韦顾大枝干童矣。鞍驮已失，遂返前店，见老人方箍筩。韦意其异人，拜之，且谢有误也。老人笑曰："客勿恃弓矢，须知剑术！"引韦入院后，指鞍驮言："却须取相试耳。"又出桶板一片，昨夜之箭，悉中其上。韦请役力汲汤，不许，微露击剑事，韦亦得其一二焉。（原《前集》卷九）

建中末，书生何讽常买得黄纸古书一卷，读之。卷中得发卷，规四寸，如环无端。何因绝之，断处两头滴水升余。烧之，作发气。讽偶言于道者，吁曰："君固俗骨，遇此不能羽化，命也！据仙经曰：'蠹鱼三食神仙字，则化为此物，名曰脉望。夜以规映当天中星，星便立降，可求还丹，取此水和而服之，即时换骨上宾。'"因取古书阅之，数处蠹漏。寻义读之，皆"神仙"字；讽方哭伏。（原《续集》卷二）

石首县有沙弥道荫，常持念《金刚经》。宝历初，因他出，夜归，中路忽遇虎，吼掷而前。沙弥知不免，乃闭目而坐，但默念经，心期救护。虎遂伏草守之。及曙，村人来往，虎乃去。视其蹲处，涎流于地。（原《续集》卷七）

所记多荒怪不经，而一以坦迤出之，不刻意构画其事，随抒闻见，不为摘华掞藻，亦非范史仿子。辞笔高简而意态具足，足与干宝《搜神记》后先媲美，乃魏晋文章之枝流，而非唐人说部之浮滥。然记仙佛，记剑侠，记物异，则又唐人之意象，而扩魏晋之所未及。其曰《酉阳杂俎》者，取梁元帝“访酉阳之逸典”语，谓二酉山也。文章不朽，别有千秋，固不必以三十六体与温李分一席矣。

第十四节　司空图　方干附杜荀鹤 罗隐 徐铉

司空图，字表圣，河中虞乡人。咸通末擢进士第，僖宗行在用为知制诰中书舍人，归隐中条山王官谷。昭宗即位，征拜旧官，以户兵二部侍郎召，皆不起。朱温篡唐为梁，召拜礼部尚书，不食而死。传有《司空表圣诗集》五卷，《文集》十卷。图少学于张籍，生值唐季，感时伤乱，发之诗篇，清音泠然，而务为秀炼，实承韩门弟子之贾岛一派，而上以清远希中盛唐之王维、韦应物，下以幽瘦开南宋之四灵。尝自列其诗之有得于文字之表者，为《诗品》二十四首，辞曰：

雄浑

大用外腓，真体内充。返虚入浑，积健为雄。具备万物，横绝太空。荒荒油云，寥寥长风。超以象外，得其环中。持之非强，来之无穷。

冲淡

素处以默，妙机其微。饮之太和，独鹤与飞。犹之惠风，荏苒在衣。阅音修篁，美曰载归。遇之匪深，即之愈稀。脱有形似，握手已违。

纤秾

采采流水，蓬蓬远春。窈窕深谷，时见美人。碧桃满树，风日水滨。柳阴路曲，流莺比邻。乘之愈往，识之愈真。如将不尽，与古为新。

沉着

绿杉野屋，落日气清。脱巾独步，时闻鸟声。鸿雁不来，之子远行。所思不远，若为平生。海风碧云，夜渚月明。如有佳语，大河前横。

高古

畸人乘真，手把芙蓉。泛彼浩劫，窅然空纵。月出东斗，好风相从。太华夜碧，人闻清钟。虚伫神素，脱然畦封。黄唐在独，落落玄宗！

典雅

玉壶买春，赏雨茆屋。坐中佳士，左右修竹。白云初晴，幽鸟相逐。眠琴绿阴，上有飞瀑。落花无言，人淡如菊。书之岁华，其曰可读。

洗炼

犹矿出金，如铅出银。超心炼冶，绝爱淄磷。空潭泻春，古镜照神。体素储洁，乘月返真。载瞻星气，载歌幽人。流水今日，明月前身。

劲健

行神如空，行气如虹。巫峡千寻，走云连风。饮真茹强，蓄素守中。喻彼行健，是谓存雄。天地与立，神化攸同。期之以实，御之以终。

绮丽

神存富贵，始轻黄金。浓尽必枯，浅者屡深。雾余水畔，红杏在林。月明华屋，画桥碧阴。金尊酒满，伴客弹琴。取之自足，良殚美襟。

自然

俯拾即是，不取诸邻。俱道适往，著手成春。如逢花开，如瞻岁新。真予不夺，强得易贫。幽人空山，过水采苹。薄言情晤，悠悠天钧。

含蓄

不著一字，尽得风流。语不涉己，若不堪忧。是有真宰，与之沉浮。如渌满酒，花时返秋。悠悠空尘，忽忽海沤。浅深聚散，万取一收。

豪放

观化匪禁，吞吐大荒。由道返气，处得以狂。天风浪浪，海山苍苍。真力弥满，万象在旁。前招三辰，后引凤凰。晓策六鳌，濯足扶桑。

精神

欲返不尽，相期与来。明漪绝底，奇花初胎。青春鹦鹉，杨柳池台。碧山人来，清酒满杯。生气远出，不著死灰。妙造自然，伊谁与裁。

缜密

是有真迹，如不可知。意象欲生，造化已奇。水流花开，清露未晞。要路愈远，幽行为迟。语不欲犯，思不欲痴。犹春于绿，明月雪时。

疏野

惟性所宅，真取弗羁。控物自富，与率为期。筑屋松下，脱帽看诗。但知旦暮，不辨何时。倘然适意，岂必有为？若其天放，如是得之。

清奇

娟娟群松，下有漪流。晴雪满汀，隔溪渔舟。可人如玉，步屧寻幽。载行载止，空碧悠悠。神出古异，淡不可收。如月之曙，如气之秋。

委曲

登彼太行，翠绕羊肠。杳霭流玉，悠悠花香。力之于时，声之于羌。似往已回，如幽匪藏。水理漩洑，鹏风翱翔。道不自器，与之圆方。

实境

取语甚直，计思匪深。忽逢幽人，如见道心。晴涧之曲，碧松之阴。一客荷樵，一客听琴。情性所至，妙不自寻。遇之自天，泠然希音。

悲慨

大风卷水，林木为摧，适苦若死，招憩不来。百岁如流，富贵冷灰。大道日丧，若为雄才。壮士拂剑，浩然弥哀。萧萧落叶，漏雨苍苔。

形容

绝伫灵素，少回清真。如觅水影，如写阳春。风云变态，花草精神。海之波澜，山之嶙峋。俱似大道，妙契同尘。离形得似，庶几斯人。

超诣

匪神之灵，匪机之微。如将白云，清风与归。远引若至，临之已非。少有道契，终与俗违。乱山高木，碧苔芳晖。诵之思之，其声愈稀。

飘逸

落落欲往，矫矫不群。缑山之鹤，华顶之云。高人惠中，令色细缊。御风蓬叶，泛彼无垠。如不可执，如将有闻。识者已领，期之愈分。

旷达

生者百岁，相去几何。欢乐苦短，忧愁实多。何如尊酒，日往烟萝？花覆茆檐，疏雨相过。倒酒既尽，杖藜行过。孰不有古，南山峨峨。

流动

若纳水輨，如转丸珠。夫岂可道，假体如愚。荒荒坤轴，悠悠天枢。载要其端，载闻其符。超超神明，返返冥无。来往千载，是之谓乎？

钟嵘《诗品》，以人为主；而图则以境为主。每论诗，以为："文之难，而诗之难尤难！古今之喻多矣，而愚以为辨于味，而后可以言诗也。江岭之南，凡是资于适口者，若醯，非不酸也，止于酸而已。若鹾，非不咸也，止于咸而已。华之人以充饥而遽辍者，知其酸咸之外，醇美者有所乏耳。彼江岭之人，习之而不知辨也，宜哉。《诗》贯六义，则讽谕抑扬，渟蓄温雅，皆在其间矣。然直致所得，以格自奇；前辈编集亦不专工于此。国初，上好文章，风雅特盛。沈宋始兴之后，宏思于李杜，极矣。右丞、苏州，趣味澄夐，若清流之贯达。大历十数公，抑又其次。元白力劲而气孱，乃都市豪估耳。王右丞、韦苏州，澄澹精致，格在其中，岂妨于遒举哉。贾浪仙诚有警句，视其全篇，意思殊馁；大抵附于蹇涩，方可致才，亦为体之不备也。愚尝览韩吏部歌诗数百首，其驱驾气势，若掀雷挟电，撑抉于天地之间，物状奇怪，不得不鼓舞而徇其呼吸也。其次《皇甫祠部文集》所作，亦为遒逸；非无意于渊密，盖或未遑耳。方得柳诗，味其深搜之致，亦深远矣。噫！近而不浮，远而不尽，然后可以言韵外之致耳。"细籀图之所以为言者有二：曰格，曰味。盖以雄直立格，以渊永出味。格贵遒逸而不蹇，有矫举之奇；味宜深远而不尽，有韵外之致。王维、韦应物，韵不害格。韩愈、柳宗元，格能流韵。贾岛句警而思馁；元稹、白居易力劲而气孱；殆皆健于格而啬于韵者乎。与其格健而韵短，不如味幽而格瘦。今诵其诗，五言古如《秋思》曰：

身病时亦危，逢秋多恸哭。风波一摇荡，天地几翻覆！孤萤出荒池，落叶穿破屋。势利长草草，何人访幽独？

五言律如《塞上》曰：

万里隋城在，三边虏气衰。沙填孤障角，烧断故关碑。马色经寒惨，雕声带晚悲。将军正闲暇，留客换歌辞。

七言绝如《河湟有感》曰：

一自萧关起战尘，河湟隔断异乡春。汉儿尽作胡儿语，却向城头骂汉人。

又《南北史感遇》曰：

雨淋麟阁名臣画，雪卧龙庭猛将碑。不用黄金铸侯印，尽输公子买蛾眉。兵围梁殿金瓯破，火发陈宫玉树摧。奸佞岂能惭误国，空令怀古更徘徊。

其他五言古如《感时》，七言古如《冯燕歌》，七言律如《丁未岁归王官谷》、《退栖》，五言绝如《避乱》，七言绝如《洛中》三首之"不用频嗟世路难"一首、《狂题》十八首之"交疏自古戒言深"、"南华落笔似荒唐"二首，及《修史亭》三首诸作，感激顿挫，格遒而句警。至七言律如《归王官次年作》曰：

乱后烧残数架书，峰前犹自恋吾庐。忘机渐喜逢人少，览镜空怜待鹤疏。孤屿池痕春涨满，小阑花韵午晴初。酣歌自适逃名久，不必门多长者车。

五言绝如《杂题》曰：

孤枕闻莺起，幽怀独悄然。地融春力润，花泛晓光鲜。

又《偶书》曰：

衰谢当何忏，惟应悔壮图。磬声花外远，人影塔前孤。

七言绝如《白菊杂书》曰：

黄昏寒立更披襟，露浥清香悦道心。却笑谁家扃绣户，正薰龙麝暖鸳衾。

又《敷溪桥院有感》曰：

昔岁攀游景物同，药炉今在鹤归空。青山满眼泪堪碧，绛帐无人花自红。

其他五言律如《下方》两首、《华下送文浦》、《早春》、《赠圆昉公》，七言律如《争名》，五言绝如《春中》、《独望》、《退居漫题》七首之“花缺伤难缀”、“身外都无事”二首、《即事》九首之“衰鬓闲生少”、“林鸟频窥静”二首，七言绝如《闲夜》两首、《武陵路》、《偶题》三首之“小池随事有风荷”一首、《漫画》五首之“长拟求闲未得闲”、“溪边随事有桑麻”二首，秀丽疏朗，辞简而韵流。不为贾长江之蹇涩，亦异白香山之率易。大抵香山风靡，其末流为率易，为俚浅。温庭筠、李商隐，欲以雕藻救香山之俚浅；而图则以秀炼矫香山之易，以清远救香山之尽。香山力劲而气孱，图则格老而韵远；此其较也。所为文章，碑志一皆俪体，而论说、序跋、书牍、传状之文，则为古文。盖笔为拗劲，如孙樵之教韩愈；而意之曲而能尽，笔之劲而以达，不如樵也。惟《题东汉传后》、《与惠生书》，陈古以讽，议论既好，笔亦曲畅，斯为一集之胜。至《诗品》二十四首，抒以四言，语句精炼，趣味澄敻；穷态极妍，蹊径别开，可谓清音独远者矣。

于时有以不第进士，而诗特有名；亦以味幽格瘦，自湔拔于晚唐纤靡俚俗之中，而与司空图似者，方干也。干，字雄飞，桐庐人。始举进士，谒钱唐太守姚合。合视其貌陋，甚卑之。坐定，览诗卷，骇目变容，馆之数日，登山临水，无不与焉。咸通中，屡举进士不第，遂遁会稽，渔于鉴湖。然自咸通得名，迄文德，江以南，无有及者。既殁，宰相张文蔚奏名儒不第者五人，乞赐一官以慰英魂，干其一也。后进私谥曰玄英先生。传有《玄英集》八卷。其为诗冥搜物象，刻意瘦炼，故与姚合同调；而七言律之气格清迥，意度闲远，则于杜甫以外，自开一径，而为姚合之所未有。姚合特工五言，刻意苦吟，务求古人体貌所未到；而干则以其清瘦刻炼，并施之七言；以承元白温李之后，如餍肥鱼大肉，饷之蔬笋，入口清脆。五言律如《冬夜泊僧舍》曰：

江东寒近腊，野寺水天昏。无酒能消夜，随僧早闭门。照墙灯焰细，著瓦雨声繁。漂泊仍千里，清冷欲断魂！

又《詹碏山居》曰：

爱此栖心静，风尘路已赊。十余茎野竹，一两树山花。绕石开泉细，穿萝引径斜。无人会幽意，来往在烟霞。

又《山中》曰：

散拙亦自遂，粗将猿鸟同。飞泉高泻月，独树迥含风。果落盘盂上，云生箧笥中。未甘明圣日，终作钓渔翁。

七言律如《再题路支使南亭》曰：

行处避松兼碍石，即须门径落斜开。爱邀旧友看渔钓，贪听新禽驻酒杯。树影不随明月去，溪流常送落花来。睡时分得江淹梦，五色毫端弄逸才。

又《旅次洋州寓居郝氏林亭》曰：

举目纵然非我有，思量似在故山时。鹤盘远势投孤屿，蝉曳残声过别枝。凉月照窗攲枕倦，澄泉绕石泛觞迟。青云未得平行去，梦到江南身旅羁。

又《题故人废宅》曰：

举目凄凉入破门，鲛人一饭尚知恩。闲花旧识犹含笑，怪石无情更不言；樵叟和巢伐桃李，牧童兼草踏兰荪。壶觞笑咏随风去，惟有声声蜀帝魂。

又《水墨松石》曰：

三世精能举世无，笔端狼藉见工夫。添来势逸阴崖黑，泼处痕轻灌木枯。垂地寒云吞大漠，过江春雨入全吴。兰堂坐久心弥惑，不道山川是画图。

七言排律如《山中言事八韵寄李支》曰：

岂知经史深相误，两鬓垂丝百事休。受业几多为弟子，成名一半作公侯。前时射鹄徒抛箭，此日求鱼未上钩。竹里断云来枕上，岩边片月在床头。过庭急雨和花落，绕舍澄泉带叶流。缅想远书聆鹊喜，窥寻嘉果觉猿偷。旧诗改处空留韵，新酝尝来不满刍。阮瑀如能问寒馁，风光当日入沧洲。

其他警句：五言如"野渡波摇月，空城雨翳钟"，"闲云低覆草，片水静涵空"，"冻云愁暮色，寒色淡斜晖"，"木叶怨先老，江云愁暮寒"，"空窗闲月色，幽壁静虫声"，"暝雪细声积，晨钟寒韵疏"，"众木随僧老，高泉尽日飞"，"坐月何曾夜，听松不似晴"，"曙月落松翠，石泉流梵声"。七言如"曳响露蝉穿树去，斜行沙鸟向池来"，"岂惟啼鸟催人醉，更有繁花笑客愁"，"仰瞻青壁开天罅，斗转寒湾避石棱"，"细泉出石飞难尽，孤烛和云湿不明"，"稚子遮门留熟客，惊蝉入座避游禽"，"绕砌紫鳞攲枕钓，垂檐野果隔窗攀"，"泉迸幽音离石底，松含细韵在霜枝"，"孤云恋石寻常住，落絮萦风特地飞"，"古树含风长带雨，寒岩四月始知春"，"碎花若入樽中去，清气应归笔底来"，"满阁白云随雨去，一池寒月逐潮来"。体物写怀，融情入景。意境深而静，所以异元白之楞响而俚；气格清以炼，可以湔温李之绮丽而缛。然其清炼可为，其秀爽不可及也。宋苏轼手写方干七律，时自省览。以此殿温李之后，而结晚唐之局，如一服清凉散，亦可谓落莫而不落莫也已。

朱温篡唐为梁，天下大乱，递禅而为后唐，为石晋，为刘汉，为柴周，谓之五代。四海鼎沸，儒风不振。晚唐诗人，廑有存者，而负盛名，当推杜荀鹤、罗隐。

杜荀鹤，字彦之，号九华山人，池州石埭人。后依朱温，入梁为翰林学士，五日而死；其人品不足道。而诗律自成一家，世号晚唐格；传有《唐风集》三卷。其诗兼有白居易之俚，李商隐之纤，而独擅其弊者也；惟《春宫怨》一律，温丽得风人之意，或者以为赤城周朴作也。荀鹤以律体作诗而明白如话，此为难能。余律诗二首。

春宫怨

早被婵娟误，欲妆临镜慵。承恩不在貌，教妾若为容。风暖鸟声碎，日高花影重。年年越溪女，相忆采芙蓉。

山中寡妇

夫因兵死守蓬茅，麻纻衣衫鬓发焦。桑柘废来犹纳税，田园荒后尚征苗。时挑野菜和根煮，旋斫生柴带叶烧。任是深山更深处，也应无计避征徭。

罗隐，字昭谏，余杭人。罗隐不事朱温，而出依吴越王钱镠；及温称帝，以谏议大夫召，不行，传有《罗昭谏集》八卷。其为诗讽刺镵刻，而好为俚俗，与荀鹤同。录七律二首。

曲江春感

江头日暖花又开，江东行客心悠哉。高阳酒徒半凋落，终南山色空崔嵬。圣代也知无弃物，侯门未必用非才。一船明月一竿竹，家住五湖归去来。

绵谷回寄蔡氏昆仲

一年两度锦江游，前值东风后值秋。芳草有情皆碍马，好云无处不遮楼。山将别恨和心断，水带离声入梦流。今日因君试回首，淡烟乔木隔绵州。

荀鹤诗，如曰“只恐为僧僧不了，为僧得了尽输僧”。曰“乍可百年无称意，难教一日不吟诗”。曰“啼得血流无用处，不如缄口过残春”。曰“举世尽从愁里老，谁人肯向死前闲”。曰“世间多少能言客，谁是无愁行睡人”。曰“逢人不说人间事，便是人间无事人”。而隐之诗，如曰“今宵有酒今宵醉，明日愁来明日愁”。曰“只知事逐眼前去，不觉老从头上来”。曰“时来天地皆同力，运去英雄不自由”。曰“采得百花成蜜后，不知辛苦为谁甜”。脱口而出，明白如话，此则白话诗之权舆，而汲白居易之末流者也。文体尤浮浅猥俗。宣城蒯鳌，在南唐时，颇有意矫唐末纤丽之弊，而所作不概见。

徐铉，字鼎臣，会稽人。才思敏捷，下笔即成，故其诗流易有余，深警不足。录一首。

登甘露寺北望

京口潮来曲岸平，海门风起浪花生。人行沙上见日影，舟过江中闻橹声。芳草远迷扬子渡，宿烟深映广陵城。游人乡思应如橘，相望须含两地情。

徐铉文亦沿溯燕许，不能嗣韩柳之音；然在五季之中，则迥然孤秀矣。传有《骑省集》三十卷；实以文学侍从，为南唐后主信臣；除礼部侍郎，翰林学士，御史大夫，吏部尚书。既而宋师东讨，遂随后主入宋，历左散骑常侍。

第十五节　蜀韦庄　冯延巳　南唐二主

五代诗词，以蜀与南唐为最盛。南唐诸词，往往见于《尊前集》，有二卷，不著编者名氏。蜀有赵崇祚，编《花间集》十卷，著录词人，自中唐以讫五代，而蜀士为多，有韦庄、牛峤、毛文锡、牛希济、薛昭蕴、顾敻、魏承运、毛希震、李珣、欧阳炯、孙光宪等，当推韦庄为弁冕。

韦庄，字端己，杜陵人。乾宁元年，第进士；以中原多故，依蜀王建，掌书记；及建僭号，遂以为平章事。其词似直而纡，似达而郁，最为词中胜境。如《女冠子》曰：

四月十七，正是去年今日，别君时。忍泪佯低面，含羞半敛眉。　不知魂已断，空有梦相随。除却天边月，没人知。

昨夜夜半，枕上分明梦见，语多时。依旧桃花面，频低柳叶眉。　　半羞还半喜，欲去又依依。觉来知是梦，不胜悲。

又如《菩萨蛮》曰：

劝君今夜须沉醉，尊前莫话明朝事。珍重主人心，酒深情亦深。　　须愁春漏短，莫诉金杯满。遇酒且呵呵，人生能几何。

又如《谒金门》曰：

空相忆，无计得传消息。天上嫦娥人不识，寄书何处觅？　　新睡觉来无力，不忍把君书迹。满院落花春寂寂，断肠芳草碧。

南唐诸主多善为词，而后主尤工。词之有后主，犹诗之有杜，文之有韩；宋初词家，靡不祖述。五代文学之馨烈所扇，有开必先者，莫如词；而后主，则词家之宗也。

南唐自先主李昪以徐温养子，柄政而受吴禅，重开唐祚。嗣主李璟，足有才藻，有《浣溪沙》一词，《摊破浣溪沙》两词，为世所诵。其《摊破浣溪沙》第一词曰：

菡萏香销翠叶残，西风愁起绿波间。还与韶光共憔悴，不堪看。　　细雨梦回鸡塞远，小楼吹彻玉笙寒。多少泪珠何限恨，倚阑干。

沉以抒郁，凄咽欲绝，尤妙在"还与韶光共憔悴，不堪看"。沉之至，郁之至。词境要深静，词笔贵沉郁；惟沉斯深，惟郁乃静。所谓郁者，意在笔先，神余言外，以香草美人之思，寓体物写志之感。凡世态之炎凉，国事之艰虞，皆可于一草一木发之；而发之必若隐若见，欲露不露，反复缠绵，终不一语道破，令人会之于意象之表，此其所以为沉，此其所以为郁也。

南唐后主李煜词华足以承家，而庙谟未能经国。淫情艳思，恣意欢娱；如《一斛珠》曰：

晚妆初过，沉檀轻注些儿个。向人微露丁香颗。一曲清歌，暂引樱桃破。　罗袖裛残殷色可，杯深旋被香醪涴，绣床斜凭娇无那。烂嚼红茸，笑向檀郎唾。

又如《菩萨蛮》曰：

花明月暗笼轻雾，今宵好向郎边去。铲袜步香阶，手提金缕鞋。　画堂南畔见，一晌偎人颤。奴为出来难，教郎恣意怜。

铜簧韵脆锵寒竹，新声慢奏移纤玉。眼色暗相钩，秋波横欲流。　雨云深绣户，来便谐衷素。宴罢又成空，梦迷春睡中。

盖为昭惠后之妹作也。昭惠感疾，其妹入视，因留幸，故有"教君恣意怜"、"来便谐衷素"之语，声传外庭。昭惠既薨，遂册为后，备礼而已。志不出于淫荡，词何能以沉郁。昔贤以香草美人，寄其君国之思；后主以香草美人，恣为慆淫之乐，亡也忽焉，固其宜也。及为宋俘以抵汴京，封违命侯，怆怀家国，而又噤不敢发，一托之词，乃臻沉郁顿挫之境矣。如《浪淘沙》曰：

帘外雨潺潺，春意阑珊。罗衾不耐五更寒。梦里不知身是客，一晌贪欢。　独自莫凭阑，无限江山。别时容易见时难。流水落花春去也，天上人间。

又如《虞美人》曰：

春花秋月何时了，往事知多少？小楼昨夜又东风，故国不堪回首月明中。　雕阑玉砌应犹在，只是朱颜改。问君能有几多愁？恰似一江春水向东流。

语多呜咽，诚有不堪回首者已。

广陵冯延巳，字正中，事嗣主、后主，累官中书侍郎门下平章事。嗣主尝戏延巳曰："吹皱一池春水，干卿底事？"延巳曰："未如陛下小楼吹彻玉笙寒！"嗣主悦。盖一池春水，为延巳谒《金门词语》也；其全篇曰：

风乍起，吹皱一池春水。闲引鸳鸯芳径里，手挼红杏蕊。　　斗鸭阑干独倚，碧玉搔头斜坠。终日望君君不至。举头闻鹊喜。

又《归国谣》曰：

何处笛？深夜梦回情脉脉，竹风檐雨寒窗隔。　　离人几岁无消息。今头白，不眠特地重相忆。

又《点绛唇》曰：

荫绿围红，梦琼家在桃源住。画桥当路临水开朱户。　　春径深深，行到关情处。颦不语，意凭风絮吹向郎边去。

又《薄命妾》曰：

春日宴，绿酒一杯歌一遍，再拜陈三愿：一愿郎君千岁。二愿妾身长健。三愿如同梁上燕，岁岁长相见。

其词极沉郁之致，顿挫之妙，能以怨悱出忠厚，含疏俊于绵丽。宋初词家，得其绵丽者，晏殊也；得其疏俊者，欧阳修也。宋初诸家言词，靡不祖述二主，宪章延巳，譬之欧苏曾王之文，皆出昌黎。南唐君臣，其词多浓艳而隐秀，罕有清空辨折，以机利胜；盖温庭筠以来，一脉相承如此也。独韦庄运笔空灵，意婉辞直，遂变温氏面目，而宋词苏轼之滥觞也。

钱基博著作集

中国文学史

中

钱基博 著

上海古籍出版社

第五编

近 古 文 学下

第三章　北　　宋

第一节　发　　凡

宋之文章，大端不出二者，而推其原皆出于唐：其一原出李商隐；自宋初西昆之杨亿、刘筠、钱惟演以迄宋氏庠、祁兄弟、夏竦、胡宿、王珪，词取妍华而不免庸肤，此承唐人之颓波，而未能出新意者也。其一原本韩愈；自宋初柳开、穆修以迄石介、尹洙、苏舜钦、欧阳修、梅尧臣、王安石、曾巩、苏洵及其子轼、辙兄弟、秦观、张耒、黄庭坚、陈师道，气必疏快而力祛茂兴，此发宋文之机利，而以殊于唐格者也。诗古文然，推之于四六及词，亦无不然。其中欧、苏、曾、王，与唐之韩、柳，并称唐宋八大家，为后世言古文者之所宗。然惟欧阳修，碑传议论，兼能并擅。苏氏轼、辙，策论得欧阳之明快，而碑传殊无体要。曾巩、王安石，碑传同欧阳之峻洁，而议论未能警发。曾巩、王安石，以平实发浩瀚，得西汉董仲舒刘向之意；此宋人之学汉人文也。苏洵以廉悍为疏纵，有先秦孟轲韩非之风；此宋人之学周人文也。学焉而皆得古人之所近。惟欧阳修之容与闲易，苏轼之条达疏畅，虽是急言竭论，而无艰难劳苦之态；大而万言之书，短则数行之记，一以自在出之，抑扬爽朗，行所无事；此则宋人之所特长，而开前古未有之蹊径者也。然欧阳修早习四六以取科第，而排比绮靡，心有不慊；遂以古文之顿挫，用之俪体之整对，而异军别张，语必老到，无一毫妩媚之态；妙造自然，无用事用句之癖。他日见苏轼四六，亦谓其不减古文。盖尚议论，有气焰，与古文同一机抒也，而于是宋四六之体以成。诗则欧阳修以韩学杜，以文为诗，仗气爱奇。而苏轼抑扬爽朗，天生一枝健笔，有必达之辞，无难显之情，意到笔随，无不如已所欲出。而以俗为雅，以故为新，苏轼为其易，黄庭坚为其难；苏轼抒以疏快，黄庭坚欲为生拗；而要之以文为诗，以韩学杜，则固一脉相衍。于是宋诗之体以成。词则欧阳修以蜀词化南唐、抒深婉以疏俊，清新闲逸。而苏轼抗首高歌，蹊径尽脱，以散行纵横之笔，盘屈而为词，跌宕俊迈，不可以方物，一变唐五代之旧格，而浸浸乎以文为词，于是宋词之体以成。然则有宋文学之所以继往开来，而自成一代者，欧阳修、苏轼，或推之，或挽之，后先济美以有成功也。特是诗古文词，虽代变生新，而体犹袭唐。独经义之体，前无所因，始王安石，实为创格。盖古人说经，汉注唐疏，诵数以为功，援引以有据，或伤破碎，罕会其旨；而安石则以古文阐经义，清空辨折，纬以论议，不为训诂章句，通而已。盖元明清三朝科举取士之所昉，而八股文之开山也。俯仰千古，洵足以睥睨汉唐而无怍。以金人南下以牧马，高宗渡江而偏安，不竞于南风，而王业替矣。然而文章未衰，济济多士，有文士，有学者，而斐然述作，不离苏轼。文士自汪藻、綦崇礼、孙觌以迄洪氏适、迈、周必大，皆以四六擅声；而开合动荡，虽谨四六之格令，而以议论为波澜；盖衍欧苏而不同西昆。而汪藻之奏议杂记，綦崇礼之论兵，抑扬爽朗，尤见其用力于苏者深也。学者则朱熹教曾巩之平实，而微伤缓懦；陆九渊有苏轼之明快，而无其警辟。其他如金华、永康、永嘉学者之吕祖谦、陈亮、陈傅良、叶适辈，不谈心性，而侈经世，考古今成败，议论波澜，全是苏门法脉矣；固不仅词之有辛弃疾，诗之有陆游也。朱熹尤恶苏学，然辞而辟之，未能廓如也。一时学者翕然风从，而蜀士尤盛，至为之语曰："苏文熟，吃羊肉；苏文生，吃菜羹。"播诵人口，施及蛮貊。女真崛起，骑射纵横，亦既荡覆神州，奄有河洛；顾以能篡宋朝之治统，而不能夺苏氏之文统，一道同风，诗则苏诗，文则苏文，词则苏词，润色伧荒，波澜莫二也。於戏，异已。

第二节　杨亿附刘筠 钱惟演 夏竦　宋氏庠、祁 晏氏殊、幾道附胡宿 王珪

宋太祖少时受学于辛文悦，咏日有诗曰："欲出未出光辣达，千山万山如火发。须臾走向天上来，赶却流星赶却月。"国史润色之作两语曰："未离海峤千山黑，才到天心万国明。"词气卑弱，不如原作雄老多矣。及以武人为于大君，首用文吏而夺武臣之权，欲以文治销兵气。尤好读书，每曰："宰相须用读书人。"其后太宗、真宗在藩邸，已有好学之名。而太宗崇尚儒术，听政之暇，以观书为乐，置翰林侍读学士以备顾问。真宗克绍先志，兼置侍讲学士，且因内阁以设职名，俾鸿硕之士，更直迭宿，相与从容讲论。自来儒臣显荣，未有越于宋代者也。杨亿宏词博学，首出冠时；遂扬温李之余藻，而称一代之宗匠焉。

杨亿，字大年，建州浦城人。七岁，能属文，对客谈论，有老成风。十一岁，太宗闻其名，召对，试诗赋五篇，下笔立成。太宗深加赏异，授秘书省正字，谓曰："卿久离乡井，得无念父母乎？"对曰："臣见陛下，一如见父母。"上叹赏久之，令读书秘阁，献《二京赋》，命试翰林，赐进士第，迁光禄寺丞，时年二十一岁。以启谢执政曰："朝无绛灌，不妨贾谊之少年。坐有邹枚，未害相如之末至。"辞翻空而易奇，诵者称其警切。属三月后苑曲宴，而亿不得预，以诗贻同馆诸公曰："闲戴宫花满鬓红，上林丝管侍重瞳。蓬莱咫尺无由到，始信仙凡自不同。"诸公不敢匿，即时进呈。上讶有司不即召。宰相言："旧制：未贴职者不预。"即以亿直集贤院，免谢，令预曲宴。真宗以皇太子尹开封，邸中书疏，悉亿草定。及即位，累拜左司谏，知制诰，为翰林学士；作内外制，当时制诰，盖少其比。朝之近臣，凡有除命，愿出其手，俟其当直，即乞降命，故润笔之人，多于众人，盖故事为当笔者专得。亿以伤

廉，乃乞与同列均分。才思敏捷，及其作文，则与门人宾客饮博，投壶弈棋，笑语喧哗，而不妨构思。以小方纸细书，挥翰如飞，文不加点；每盈一纸，则令门人传录，往往疲于奔命，顷刻数千言。真宗以辽人入寇，御之澶渊；而亿守处州，未之从也，乃上《驾幸河北起居表》曰：

> 毳幕稽诛，銮舆顺动。羽卫方离于象魏，天威已震于龙荒。慰边氓徯后之心，增壮士平戎之气。臣闻涿鹿之野，轩皇所以亲征；单于之台，汉帝因之耀武。用歼夷于凶丑，遂底定于边陲。五材并陈，盖去兵之未可；六龙时迈，固犯顺以必诛。矧朔漠余妖，腥膻杂类，敢因胶折之候，辄为鸟举之谋。固已命将出师，擒俘献馘。虽夺名王之帐，未焚老上之庭；是用亲御戎车，躬行天讨，劳军细柳之壁，巡狩常山之阳。师人多寒，感恩而皆同挟纩；匈奴未灭，受命而孰不忘家。行当肃静塞垣，削平夷落，枭冒顿之首，收督亢之图；使辽阳八州之民，得闻声教；榆关千里之地，尽入提封。蛇豕之穴悉降，干戈之事永戢。然后登临瀚海，刻石以铭功；陟降云亭，泥金而典礼；远追八九之迹，永垂亿万之年。臣忝守方州，莫参法从，空励请缨之志，惭无扈跸之劳，唯聆三捷之音，远同百兽之舞。

其为文，一以李商隐为宗，传有《武夷新集》二十卷，铺张排比，妍炼稳称，好用事，而深警不足。惟《论灵州事宜疏》，缅缅千言，感慨激切，虽骈俪犹存，而波澜尽遒。《驾幸河北起居表》，《贺刁秘阁启》，亦于妍炼稳称之中，有抑扬爽朗之致，不徒为丽词碌碌。诗亦取材务博赡，炼辞务精整；而在两禁之日，与同馆刘筠、钱惟演、惟济、张咏、丁谓等十七人，以新诗更相属和；而亿编叙之，题曰《西昆酬唱集》，分上下二卷，得五七言律绝诗二百四十七首。大抵音节圆谐而不取高亮，字句妍华而未能清新，其源出李商隐。然商隐词为妍华，而尽有寄托；此则巧用文字而务为整炼；动辄用事，兴托不奇，号西昆体。而后进效之，乃至多窃取商隐诗句以为夸饰。尝内宴，优人有为商隐者，衣服败裂，告人曰："吾为诸馆职挦扯至此。"闻者大噱。然如亿七言律《咏汉武》一诗曰：

> 蓬莱金阙浪漫漫，弱水回风欲到难。光照竹宫劳夜拜，露溥金掌费朝飡。力通青海求龙种，死讳文成食马肝。待诏先生齿编贝，那教索米向长安。

言外寄托，不仅善于用事，虽商隐无以过也。其他摘句，如亿《代意》曰："易变肯随南地橘，忘忧虚对北堂萱。"《馆中新蝉》曰："贵伴金貂尊汉相，清含珠露怨齐王。"《明皇》曰："河朔畔臣惊舞马，渭桥遗老识真龙。"《无题》曰："只待倾城终未笑，不曾亡国自无言。"《成都》曰："漫传西汉祠神马，已见南阳起卧龙。"刘筠《南朝》曰："钟声但恐严妆晚，衣带那知敌国轻。"《咏鹤》曰："养气自怜鸡善胜，全身却许雁能鸣。"《咏荷》曰："已有万丝能结怨，不须千盖强障羞。"借事抒慨而不乏兴象，虽用故事，何害为佳也。又如刘筠《夕阳》曰："塞迥横烟紫，江清照叶丹。"钱惟演《秋夕池上》曰："丛暗禽栖密，松疏露下凉。"并不用事，而自然妍华。三人者，领袖西昆，名章迥句，处处间起；岂必死著商隐句下讨生活。而亿《武夷集》中诗，亦尽有不用事而高浑警切者；如五言律《至郡累旬恶风》，有句曰："大木行将拔，繁云黯不开。"可谓朴老。而五言排律《到郡满岁自遣》一诗曰：

> 迢递分符竹，因循度岁华。地将鲸海接，路与凤城赊。触石云频起，衔山日易斜。潮平聚渔市，木落见人家。吏隐偏知幸，民谣岂敢夸。无嫌句漏僻，且得养丹砂。

尤极清旷秀爽之致；岂得以浮华纂组一笔抹杀之哉。亿以文章幸于真宗；而在学士院，忽夜召见于一小阁，既见，赐茶，从容顾问。久之，出文稿数箧以示曰："卿识朕书迹，皆朕自起草，未尝命人代作也。"亿惶然不知所对，顿首再拜而出，乃知为人所谮，由是佯狂。当时学者翕然宗之。而博览强记，尤长典章制度；时多取正，喜诲诱后进，以成名者甚众。人有片辞可记，必为讽诵，手集当时之作，为《笔苑时文录》数千篇。

刘筠，字子仪，大名人。举进士，累官翰林学士承旨，兼龙图阁直学士。文善对偶，尤工为诗，初为杨亿所识拔，后遂与齐名，时号杨刘。历事真宗仁宗，三入翰林，意不怿，赋诗曰："蟠桃三窃成何味，上尽鳌峰迹转孤。"移疾不出。朝士问候者继至，询之；曰："虚热上攻。"一客笑曰："只消一服清凉散。"意谓擢两府始得用青凉伞也。夏竦与筠同在翰林，而筠为先达。仁宗即位，擢竦为枢密副使，骤登两府。筠益不平，作《堠子诗》曰："空呈厚貌临官道，更有人从捷径过。"

夏竦，字子乔，江州德安人。父承皓，与辽人战死；录竦为润州丹阳县主簿。竦资性明敏，为文章典雅藻丽，举贤良方正，寻擢中书舍人。奉诏使辽，辞不行，其表曰："义不戴天，难下穹庐之拜；礼当枕块，忍闻夷乐之声。"既以文学起家有名，一时朝廷大典策，累以属之；而挟数倾侧，世以为奸邪，屡遭抨弹；因作诗《寄知谏院张升》曰："弱羽惊弦势未安，孤飞殊不碍鹓鸾。黄金自有双南价，莫与游人作弹丸。"累官枢密使，封英国公，卒谥文庄；传有《文庄集》三十六卷。清人《四库提要》称"其文章词藻赡逸，风骨高秀，饶有燕许气象。"今观其诗藻丽而乏兴象；文则典雅而不警切；一同杨亿之西昆，而病亦如之；风骨不飞，何能高秀，所以词藻赡而不逸。诗之差有兴象而耐吟讽者，如七言古《黄鹤楼歌》；五言律《野步》、《鉴湖晚望》、《舟行即事》、《桐柏观》、《虎丘僧舍闲望》；五言长律《晚晴》；七言律《江城秋思》、《金陵》、《题东林寺》、《话道》十一篇，特为秀爽，于集中为别调。文则《上章圣皇帝乞应制举书》、《上开封府廉宪书》，气调岸异。《曹参守职论》、《开东阁论》，议论警快。《琼台双阙铭》、《三井铭》，辞意深警。而骈文如《青州到任谢上表》、《辞刑部尚书表》、《谢授刑部尚书表》、《孟州到任谢上表》、《辞兼侍中表》、《谢男安期加职表》、《乞依谏官抗议表》，差能于典雅出感慨，以偶对为顿挫。其他碌碌，未能称是也。

钱惟演，字希圣，吴越忠懿王钱俶之子也，从俶归朝。以博学能文辞，召试学士院。真宗称善，命直秘阁，修《册府元龟》，诏与杨亿分为之序。累官枢密使，加同中书门下平章事，卒谥文僖。所著《典懿集》三十卷，文辞清丽，名与杨亿刘筠相上下。而杨刘之后，兄弟竞爽，回翔馆阁，以演西昆之绪者，莫如宋氏庠、祁为一时之秀焉。

宋庠，原名郊，字公序；弟祁，字子京；安州安陆人。夏竦守安州，庠、祁兄弟尚布衣，竦异待之，命作《落花》诗。庠一联曰："汉皋佩冷临江失，金谷楼空到地香。"祁一联曰："将飞更作回风舞，已落犹存半面妆。"竦曰："咏落花而不言落，大宋当状元及第，又风骨秀重，异日当作宰相。小宋非所及，然亦须登严近。"庠，天圣初，举进士，开封试，礼部，皆第一。祁与兄庠同举进士；而礼部奏名，祁第一，庠第三。章献太后方称制，不欲以弟先兄，乃擢庠第一，而置祁第十。人呼曰二宋，以大小别之。庠累官枢密使，封莒国公，卒谥元宪；传有《元宪集》三十六卷，妍炼稳称，其诗盖出杨亿。惟杨亿华贵之词，一味雍容。庠则温雅之中，饶有凄惋。录五言古及五言律。

五言古如《秋晚禁庐独坐》曰：

霜日薄西牖，境寂趣自闲。风篁宿天籁，海碧沉云山。宫树未全落，栖乌相与还。心疑蹈虚宇，迹乃尘清班。自顾丘壑志，何施轩冕颜？终当谢绯服，戢翼榆枋间。

又《登大明寺塔》曰：

故岁摇落时，凭高望扬越。流光不我与，复此值凋节。孤塔踞层冈，仙盘涌寥穴。病足攀危梯，寸晷或三歇。浩荡佛界宽，凌兢客心折。远岫几培塿，空江一明灭。海日栖檐题，霜风语铃舌。荒墟自今古，大块靡封埒。豁若醯覆开，醒如豆聪撤。哀哉人间世，小智互纷结；豕虱论是非，蛮蜗定雄杰。伥伥百代俗，唧唧九流说；推致无穷中，秋毫共飘瞥。圣人小天下，乐意遗来哲。矧余蒙鄙姿，轻蹈荣利辙；溷浊六尘并，欢呶太和泄。薄言真境游，追悟生理缺。洗心刻来哲，回步惩曩跌。甘露多余滋，圣关有幽镝。咄嗟朝市人，此路非尔蹑。

五言律如《相州春日》曰：

北土无繁卉，空亭有暝阴。狂飞憎野絮，多舌恨春禽。地燥山如朽，池寒水不深。生平箕颍志，轩冕独何心。

耐人咀咏，转有在怅惘不甘中者。其他五言古如《正月望夕供养太阿罗汉画像作》、《啸台》、《海外遇寒食因发家书想望松楸不能自理偶成此诗示儿子》、《左散骑常侍东海徐公》、《岁晚许昌城隅登楼作》、《岁晏出沐感事内讼》一首、《京师故僚以余退居近畿数赐存问因叙怀自感》、《念衰》二首、《湖山》、《壬子岁四月甲申夜纪梦》、《过曹氏坟庵在灊皖间蜀僧修静自天柱退居于此》、《去年三月禊饮池上岁月易得忽复暮春因再宴僚属作》、《汉将》三首，七言古如《正月望夜闻影灯之盛斋中孤坐因写所怀》，五言律如《过璨师房》、《秋日小雨后作》、《小圃雨霁》、《淮上》、《秋圃感物》、《秋湖上晚景》四首、《和中丞晏尚书西园晚秋怀寄》、《孟津岁晚》十首之五、《春晦小雨》、《春夕》，七言律如《晚坐观风亭》三首之一、《府斋秋日》、《北台》、《新春雪霁坐郡圃池上》二首之二、《晚春出郭游北山佛寺》、《晚泊白村登舟回望因成拙句寄淮阳龙图王给事》、《题高明堂后池杂景》二首之一、《秋出近郊》，五言长律如《都下灯夕》、《游大明寺郡楼望嵩少作》、《宿鹿门寺》、《后园秋物》、《东园吏隐》、《登龟山上方寺》、《夏日对雨》、《访宋氏溪园》、《夜出芙蓉堂》，五言绝如《坐池上看水偶成五绝》之一之三，七言绝如《和中丞晏尚书忆谯涡》二首之一、《读史》二首、《新岁霁雪到西湖作》三首，皆含清迥于瑰丽，以绚烂出凄怆。大抵七言不脱西昆之窠臼，五言能嗣盛唐之遒浑。其他摘句：五言如“岸阔烟无著，窗虚日易明”，“斜日红初敛，晴山翠欲流”，“露浓蝉始罢，风急燕犹飞”，“不雨云中薄，澄沙水自微”，“江柳寒阴瘦，畦菘晚叶肥”，“蓬乱将风野，禽稀欲雪天”，“雾来灯似湿，萤过草疑燃”，“春色无情老，宵云有恨低”，“晓山天外紫，秋日雾中寒”，“木老争侵日，花寒各媚秋”，“竹雨无情碧，荷烟底事深”,“高云收雨意,淡日作秋光”,“山晴岩独雾,林暑涧常秋”,“乱流横掠野,残日倒穿林”,“野鸟千声异,江芜一色匀”,“左手螯初美,东篱菊尚开”,七言如“林间幽鸟自相语,水上落花何处来”,“风径舞花催暮色,雨梁归燕说春愁”,“风定草烟还阙殿,云开山色始归楼”,“压岸晚阴云著野,蘸渠春色柳随人”,“新笋偶随枯条出,野花闲抱老藤开”,“戏蝶有时飞自远,野禽终日语无情”,无不造语新警,体物浏亮;而抒以温丽,不为寒瘦。所为文如赋、颂、表、状、内外制诏、祭文、祝文、连珠等体,皆骈文,几占集之十八;而札子、答内降手诏、行状、墓志、序、记、碑铭、论、说之属,则寓骈于散,颇臻遒变。赋如《幽窗赋》、《登应州古城赋》,颂如《乾元节作圣寿颂》、《维摩经诸品颂》,表如《扬州谢到任表》、《再入参乞罢免重任表》、《乞致仕表》、《乞罢枢相表》、《乞罢相表》,札子如《贤良等科廷试设次札子》、《封畿札子》、《论蠲除杂税札子》,诏如《赐西平王赵元昊诏》,墓志铭如《宋故推诚翊戴功臣赠侍中曹公墓表》、《故朝奉郎济阳江府君墓志铭》、《宋故朝请大夫尚书工部郎中彭城刘府君墓志铭》,序如《送河南法掾张子野序》、《诸山留题王氏中隐堂诗序》,或以排比出轶宕,或含顿挫于温润。而《宋故推诚翊戴功臣赠侍中曹公墓志铭》,骈俪犹存,波澜极遒。其辞曰:

宋有忠勋之臣曰武威曹公,在天圣中,以宿将持节,分督河北军事,屯中山。庚午春正月乙卯,寝疾,薨于位,寿五十八。讣闻,天子震悼,不视崇德朝两日。以黄门监玺书告第,走命中谒者护其柩还京师。后九年,宝元之己卯,其孤等始以龟筮之吉,归窆封树。有诏鸿胪亚卿典丧事,奉常易其名曰武穆。冬十月乙酉,具卤簿鼓吹,葬公及其嫡冯掖夫人潘氏于南洛阳之金谷乡尹村原,从大墓,且言顺也。先是其家合官牒世谱,以状咨史氏,请辞刻石。让不遂,乃紬而叙焉。

公讳玮,字宝臣。其先,晋有清河太守泓,去官寄孥,始为郡姓。后裔再徙,占数真定之灵寿。曾祖讳业,祖讳芸,并遭时俶扰，仕本州为牙门大校，职以世及，功缘地偏，阴迈德美，储为庆灵。以至烈考枢密使累赠太师尚书令谥武惠讳彬，以明允笃诚，道参运始，禽吴馘蜀，助平天下，翊亮三圣，卒为元老。谂谋帷幄，溢动旂常，生极师臣之尊，没从大享之配，显扬追贲，为时第一。逮公之克济世美，及昆弟宗门之贵，交荷恤典，丛于先报；故今繇祖而上，皆赠太师尚书令；又封曾祖于荣，大父于越，俱为国公；曾祖妣张氏，祖妣李氏，皆累封齐韩二国太夫人。祢庙自始薨饰以济阳郡，再易冀鲁，并为真王；妣高氏及二刘氏，又别以秦齐陈三国为汤沐。

公即武惠王之第四子也，承是休烈，生而岐嶷，童龀英发，雅为先王所器。至道初，以任为西头供奉官，合门祗候。党项余种李继迁，盗弄朔方兵，穿塞首鼠，疆吏不能制。时武惠握机政，太宗面访雄俊以置边琐。久之，辄以公应诏。帝喜曰："卿有祁午，安遑遑更索耶?"即日召见，命有司加显秩以俟遣。武惠固辞，乃以本职试守陇西郡，年甫十九。公自以见知于父子之际，又为明主所适拔，感激忠孝，遂摅才蕴；由廷臣凡八迁至客省使。其间带高英康三州刺史、团练防御使各一，洊领华州，一降容州，皆为观察使，进主镇国彰化二军节度观察留后，昭武彰武两军节度使。其化条所莅，则戍镇戎军，守渭、邠、秦、莱、青、天雄、孟、兖七藩；而渭、天雄皆再。其瑞璋之总，则环庆、真定、泾原三路皆为兵马都钤辖，鄜延路为副都部署，环庆、真定两路，并为都部署。国论所咨，则领宣徽南北院使，署枢密院事。命秩之备，则阶三品，勋二品，视官帝傅，兼亚丞相，书社六千三百，实干一千六百，以四字为功号，烜赫光耀，冠映侯籍。迹公之策名展体，服劳中外，为国方召，多本西略。

初，继迁逋诛浸久，劫群羌为支辅，苛征暴戮，人思自拔。公之扞萧关也，尽条恩诏绥怀之意，以檄诸部。部人得书，皆东向感泣，或率众内属，奸党始离。寇略河湟，诸戎归重弗戒。公短兵鏖石门川上，狡众殆歼。赵德明初丧凶父，有首罪称藩之请。公以天厌余孽，宜时平荡，愿帅一队，缚竖子以衅鼓，驿书言状，虑密计周。时朝议前已许降，谋弗果用。扬珠玛哈之族，合万余落，乞援内徙。诸将惶惑，未知所受。公独抚其使，自将劲骑薄天都山，凡三日，尽拥其众，按道徐还，中外服其勇。再守渭也，古哩羌寇掠不已；公率所部合支军趣武延咸泊川，鼓行夹击；诸帐皆溃，系牛縶马以万计，遂破灭之。又袭叛姓巴勒臧于平凉，剪其巢窟；自是属国者倚汉与天等矣。镇天水也，植罝勒斯赉初盛，挟李遵妖妄，自谓吐蕃贵重，当雄西域，稍并他部，恣睢塞外；遵乃傍缘故事，上书求赞普之号。公密疏以《春秋》许外夷者不一而足。今二羌乌合，而所希无法；宜黜桀骜以尊国防。真宗纳焉，但授遵保顺节度制。后果窥伺边隙，包藏祸心，迫胁小种，扇动豪帅，连营方阵，号称十万，乘虚内奰，浸淫于三都之谷。公率军整旅，背城逆战，斩首千级，获利器杂畜三万计，追北至敦煌。骁将马布扎尔耻败负力，复屯野吴。公遣死士数百，夜捣其垒，自相蹂殪；群丑遂奔。古哩羌阴谋累年，规败疆事；先其未发，扫平庐栅；因是西南诸姓，皆纳款辕门。遵赉震怖，遁还故碛，不敢弯弓而取当。此式遏制胜之大较。

故事，边民挟弓矢，皆应募为奔命，斗劳赏薄，人情弗惬。公建言能垦境上旷土者蠲其租，春秋耕敛，出州兵以护作；而战者忘死矣。渠率内属，恩隆无等；公请百帐以上比古帕主，次比营司马赞书，拜授列为王官；而来者知劝矣。黠羌杀人，辄以羊马自赎；公按律令除其弊，犯华人者，论杀之，余从其俗，而刑无颇矣。秦人田讼，弥岁不解，曹吏投隙，窜易版书。公审其宿奸，一取质剂为验；亡契者，贷其负，使得自占，收脱户千六百，租钱四百万。台符宣告州郡以为后式，而文无害矣。此威怀安利之凡最。若其按秦汉旧迹，因长城之堑，稍筑坞堠以殊内外，斥境千里，建笼竿之壁，列弓门十寨，迭为藩蔽。班赏格，饰门具，缮梁表道，屯田足食，迄今为保障之利者，不可悉纪。

公之在关陇，以威名庄重，渊回山立，累功懋赏，皆即拜稍迁，倚而不召者，岁逾二纪。至于丁外内艰，泣血委印绶，率以墨缞夺服。天禧中，始有下邽观风之拜，犹副戎柄。时三陲宁晏，外虞讫息，佥以公壮猷盛烈，当敷及天下，于是有留使宣猷之授，入管枢极。公既践修世范，知无不为，秉义据正，勤劳夙夜，海内抗颂，归《缁衣》之美。终以勋高地逼，更由总管之任，出临西夏。谗党乘胜，又以容山之拜，徙守东藩。圣上始初清明，诛放憸猾，不俟辩谤，浸还旧物，奠营丘，藩全魏，养成明律，兴护北方。再陟斋坛，终屏王室。洪棱劲节，久而弥厉。方且桓圭皂马，伫来朝之仪，彤弓雕戈，将蕃锡之典；昊天不吊，歼良奄及，此哲侯所以深闻鼙之悼，邦人所以寄成蹊之泣者已。

呜呼！公之材之劭，本沈雄而施事干；然承藉先训，济之谦悫，保功约己，未尝有过。临政精悍，不独以军旅从事，故数佩州组，皆以最闻。大指道威信，必赏罚，以军之严移于郡则肃然畏，以郡之爱移于军则薰然和。伍符吏牍，参行不慁，古名将之烈，公优为之。前后褒勤赏捷，受方底书者以数十。若其询逮兵策，则宝跗细札，委曲纤悉，甚者手诏往反，如宣帝问后将军故事，决而后已。在常赵感疾方革；营卒以常过干军禁，左右劝宽其罚。公曰："以病易守，非吾节也！"卒置殊死。故公之约，所守如介石；公之重，所至为长城；言料敌，则焞龟；语应变，则奏刀。用能英声茂绩，超盖前代，行均椒兰之芬，威无藜藿之采，有由然也。论者犹以羌浑右鄙，事微敌脆，不足畅桓桓之举；睥睨幽朔，悲歌慷慨，常谓禅姑衍、铭燕然者，复何人哉！时方弭兵，公亦赍志，此又谋夫壮士击剑长怀而不能已也。

继室曰沈氏，今号吴兴郡夫人，故相仆射伦之孙，光禄少卿继宗之女。三子：长曰僖，任礼宾副使。次曰倚，终内殿崇班。曰偀，为供备库副使。噫，门阀隆贵，蝉联鱼贯，以功名世家者，今无偶矣。游谈故老，尚将传而不泯，又况图金刻，期陵岸，则公之终誉，其有既乎！铭曰：

岩岩常山，灵气磅礴。植为豪英，拔秀辽廓。洸洸侍中，实本浑熊；纂服肖善，自箕而弓。武惠知子，献之天扆。弗啬家宝，用参国器。党项猖狂，扰我西疆。公冠未升，戍于秦凉。治兵刺部，或征或抚。游魂残孽，莫敢余侮。娄娄大酋，交兵结仇。率尔蕃部，搏我边州。公计先定，聊秉武节。螳臂蛙跗，卒染车辙。蕃族震携，款塞就羁。灭烽卧龙，帝曰来归。计功酬绩，大使方伯。乃干鸿枢，柔惠正直。间因谗废，旋陟旧勋。三偃大藩，再帅中军。屏于北道，威声偃草。公侯干城，宜寿宜考。耳顺未逾，与世长违；彻我金汤，帝曰予思。貂蔽衮禭，哀荣并至。宠葬周原，陪先洛涘。俪画柳兮彷徉，公将傣兮幽堂。惟松楸兮嗣世，尚桥梓于家王。

夹叙夹议，随提随顿，奇偶错综，而无偶不奇，复语单势，厚集其气，而声彩炳焕，尤为一集之胜焉。

祁与兄庠，皆以文学显，而祁尤能文，善议论，然清约庄重不及庠。庠天资忠厚，近之，和气拂然袭人；而祁则英采秀发。累官工部尚书，翰林学士承旨，卒谥景文，传有《景文集》六十二卷。其诗文温文尔雅，以典丽出清新，近同西昆，上追温李，以远溯燕许，而推本徐庾。集中为《石太傅墓志》曰："天子好文学，而虢略杨亿以雄浑革五代之弊。公与中山刘筠，颍川陈越，推而肆之，故天下靡然变风。"又《石少师行状》曰："亿工文章，采缛闳肆，汇类古今，气象魁然如贞元元和，以此倡天下而为之师。公与刘陈诸公推毂趣和之，既乃大变；景德祥符间，号令彬彬，谓之尔雅；而五代之气尽矣。"推挹如不容口，平日蕲尚可知；所以诗好用事，词取妍华，亦如兄庠之同西昆；顾不如庠之恻怆有味外味。五言古如《长葛道中作寄侍读梅给事》、《秋香亭》、《清涟亭》、《春集东园诗赋得笋字》、《和登山城望京邑》、《次陕郊》、《杂咏》三首之二三、《湖山》、《杨秘校秋怀》三首之三、《度飞石岭》、《晓过二里山》、《常山杨氏有二怪石》、《风雨》、《秋兴》、《杂兴》四首之一二三、《揽镜》、《岁丰》，七言古如《拟东武曲》二首、《少年行》，五言律如《学舍直归晚霁》三首之三、《同张子春淮上作》、《东亭》、《游海云寺》、《闰月晦日舟中》三首之一、《晚眺城隅》、《晚意》、《黄花道》，七言律如《假节》，五言长律如《上春晦日到西湖呈转运叔文学士》、《三泉县龙洞》、《晚秋西园》，七言绝如《郡圃》诸作，语警而意辟，不徒为浮音飘渺。其他摘句，五言如"林静来晨燎，江喧入夜涛"，"树花红暗淡，城草绿陂陀"，"天缺云来暗，风微鸟去轻"，"岸石危相倚，桥嘶暮不流"，"斜阳挂高柳，落日淡遥城"，"林烟昏午日，柳影压池天"，"滩声逢石怒，山气附林昏"，"翠沉遥岭树，红敛瞑蕖花"，"暂云消树影，骤雨发荷香"，"断烟随鸟远，寒叶向人疏"，"影深天在底，红乱日摇痕"，"茂草平无际，残花惨更妍"，"荒藤依树老，残荧听波浮"，"轻风生树态，暖日淡云容"，"高树足危响，寒花无媚姿"，"林暖树改色，山晴云弄姿"，"水绕溪初浪，林乾籁自声"，"钿崒峰头碧，霞皴荔子丹"，"澄江限天阔，孤鹜透霞来"，"岸静鱼跳月，林喧鸟避蒿"，"树合天疑窄，川回地忽平"，"寒云终不雨，危叶自多声"，"树老经唐日，碑残刻汉年"，"归舟一叶小，秋水两崖深"，"草平天一色，风暖燕双高"，"乔柯寒自籁，荒菊晚犹花"，"春容来迥野，天脚入平芜"，"世态同波荡，交情敌酒浓"。七言如"头白羞论天下事，眼青欣举故人杯"，"天上有星宁免客，人间无地可埋忧"，"万里碧云随望合，半规红日有情低"，"骤生溪水迎人远，自喜林花索露开"，"溪态澄明初毕雨，日痕清澹不成霞"，"晓风递暖何妨细，宿雨留云未许高"，"翠含山气犹疑夜，紫动林梢已放春"，"故园丛菊无人赏，露压风欺只有花"诸句；言外有寄托，事外有兴象。文则骈文如《圆丘赋》、《皇帝后苑燕射赋》、《右史苑蒲桃赋》、《代章集贤让拜相第二表》、《代杨太尉让加节度使第一表》、《代杨太尉让枢密使第一表》、《第二表》、《代杨枢密让上皇太后第一表》、《代孙侍郎谢加龙图阁学士表》第二首、《代昭文为飞蝗乞罢第一表》、《代人陈情表》、《和戎论》、《送张都官知兖州序》、《春日同赵侍禁游白兆山寺序》、《凝碧堂记》、《蜀人李仲元赞并序》、《对太学诸生文》、《回郑资政书》、《上张太傅书》、《上吕相公书》、《回吕太傅书》二首、《上侍讲孙貮卿书》、《上端公启》、《代人求荐》、《代张相公乞致仕第四表》、《第六表》、《谢御笔批表》、《代昭文相公乞罢免第三表》、《代杨枢密让邑封第二表》、《代薛参政乞致仕上皇帝第一表》诸作，撮得事切，炼得意警；偶对之中，尽有顿挫。古文如《郭正不应为嫁母持服状》、《上便宜札子》、《送刁君绩序》、《送杜偁罢举北归序》、《送同年吴昌卿之上元序》、《送英州理掾诗序》、《相国张公听普印昕师弹琴诗序》、《庆历兵录序》、《山东德州重修鼓角楼记》、《寿州重修浮桥记》、《许州长葛县尉厅壁记》、《西斋休偃记》、《君山养猿记》、《故丞相文正王公碑阴记》、《鲁两生赞》、《平津侯东阁赞并序》、《严遵赞》、《论文帝不能用颇牧》、《萧望之论》、《酺说》、《王杲卿字说》、《杨太尉神道碑》、《范阳张公神道碑铭》、《张文懿公士逊旧德之碑》、《荆王墓志铭》、《防御使进封饶阳侯墓志铭》、《皇从兄赠虔州观察使墓志铭》、《李郡王墓志铭》、《文正王公墓志铭》、《仆射孙宣公墓志铭》、《文宪章公墓志铭》、《石太傅墓志铭》、《高观文墓志铭》、《杨太尉墓志铭》、《胡府君墓志铭》、《陇西郡君李氏墓志铭》、《故赠太师章公夫人张氏墓志铭》、《李郡王行状》、《孙仆射行状》、《杨太尉行状》、《石少师行状》、《冯侍讲行状》诸作，典制详核而不为诵数；辞笔疏快而能为和雅。碑志之作，尤为擅胜；如《张文懿公士逊旧德之碑》、《皇从兄赠虔州观察使墓志铭》、《李郡王墓志铭》，议叙兼行，奇偶错综。录《皇从兄赠虔州观察使墓志铭》曰：

秦悼王之穆曰广陵郡王，王之合曰南阳郡君张夫人，有子八房。嫡房曰赠虔州观察使。曾祢不书，尊帝也。王讳不书，著也。公名承睦，以皇根之茂，天跗之华，芳酣烈饪，遂用蕃衍。直质而不跲，逊志而自修，斤斤奉法，日以饬厉，守贵而无骄色，处乐而无流心。自右侍禁，践八官，而至左领军彭州团练使。朝家厚宗室，悉留京师；虽疏爵而王，列藩而侯，揭节而使，佩印而相，未有就国而操事也。不就国，则亲亲之谊，戚而弗疏；不操事，则优优之禄，肆而弗畏。有如公高冠大带，朝殿陛之下；量币黄流，祀家寝之庭；资忠移孝，靡有罪悔，奚其为政而后谓之功业哉？命之弗谌，享年四十有八。天子辍朝，行临吊之礼；中人奉诏，护丧窆之事；出中帑以襚之，庢廉车以饰之。棺于寝阶，殡于兰若，须时也。后三年，藏直甲申，分遣使者启蕺柩，卜夏四月癸卯，还葬汝州之梁县，以夫人陇西郡君董氏袝焉。男六人：克顺，克戒，太子右卫率府率。克协，克凝，克伸，右监门卫率府副率。克蠹，右内率府副率。有诏史臣铭其圹。铭曰：

郁郁芊芊，惟汝阳兮。若斧若堂，从家王兮。子也承祀，其代昌兮。

矜重而跻雄矫，排奡而兼温润。《张文懿公士逊旧德之碑》，大篇泱泱，雄茂蟠注，笔力足与庠《宋故推诚翊戴功臣赠侍中曹公墓志铭》相配，弟兄竞爽；盖兼权于庾信韩愈两家碑志，交祛所蔽，而力湔缛藻，亦排犷气，不竞不绿以别出队仗者也。顾祁语于人曰："余少为学，无师友，家贫无书，计粟米养亲，绍门阋耳。年二十四，以文投故相夏公，公奇之以为必取甲科，吾亦不知果是欤。天圣甲子，从乡贡试礼部；故龙图刘公叹所试辞赋，大称之朝；吾始自淬厉。年过五十，被诏作《唐书》，尽见前世诸著，乃知文章之难。取视五十以前所为文，赧然汗下，必欲烧弃。"撰《唐书》，务为艰涩，又删除骈体一字不登。大抵祁之为文，有《唐书》之文，有本集之文。本集之文，杨亿之后劲也；《唐书》之文，韩愈之嗣响也；固未可等眸齐观。如《唐书·外戚列传叙》曰：

凡外戚成败，视主德何如。主贤，则共其荣；主否，则先受其祸。故太宗检贵幸，裁赏赐，贞观时内里无败家。高中二宗，柄移艳私，产乱朝廷；武韦诸族，耄婴颈血，一日同污铁刃。玄宗初年，法行近亲，里表修敕。天宝夺明，委政妃宗，阶召反虏，遂丧天下；杨氏之诛，噍类不遗。盖数十年之宠，不偿一日之惨；甲第厚赀，无救同坎之悲，宁不哀哉！代德而降，阉尹参嬖；后宫虽多，无赫赫显门，亦无刀锯大戮。故用福甚者得祸酷，取名少者蒙责轻，理所固然。若乃长孙无忌之功，武平一之识，吴溆之忠，弗缘内宠者，自见别传云。

又《酷吏列传叙》曰：

太宗定天下，留心听断，著令州县论死三覆奏，京师五覆奏。狱已决，尚芊然为彻膳止乐；至晚节，天下刑几措。是时州县有良吏，无酷吏。武后乘高中懦庸，盗攘天权，畏下异己，欲胁制群臣，樯剪宗支，故纵使上飞变、构大狱。时四方上变事者，皆给公乘，所在护送，至京师，禀于客馆；高者蒙封爵，下者被赉赐，以劝天下。于是索元礼、来俊臣之徒，揣后密旨，纷纷并兴，泽吻磨牙，噬绅缨若狗豚然；至叛族臭达道路，冤血流离刀锯；忠鲠贵强之臣，朝不保昏，而后因以自肆，不出帏闼，而天命已迁，犹虑臣下弗惩，而六道使始出矣。

至载初，右台御史周矩谏后曰："凶人告讦，遂以为常。推劾之吏，以崄责痛诋为功；凿空投隙，相矜以残，泥耳笼首，枷楔兼暴，拉胁签爪，县发熏目，号曰狱持。昼禁食，夜禁寐，敲扑撼摇，使不得瞑，号曰宿囚。人苟赊死，何求不得。陛下不谅，试取告牒判无验者，使推其情，有司必上下其手，希合盛旨。今举朝胁息，谓陛下朝与为密，夕与为雠，一罹摄逮，便与妻子决。且周用仁昌，秦用刑亡，惟陛下察之。"后寤，狱乃稍息，而酷吏浸浸以罪去。天宝后，至肃代间，政颣事丛，奸臣作威，渠恡宿狡，颇用惨刻奋；然不得如武后时敢搏鸷杀戮矣。呜呼！非吏敢酷，时诱之为酷。观俊臣辈怵利放命，内怀滔天，又张汤郅都之土苴云。

造辞措以生拗，用字不嫌涩僻，务为劖削，以蕲矜重；其原出于韩愈《曹成王》、《许国公》、《贞曜先生》诸碑志，盖衍韩愈之一体；而与集中文之丽典同杨亿者异趣。但好用奇字，往往以更易旧文。欧阳修与共修撰，病之而不敢言，乃书“宵寐匪祯，扎闼洪庥”八字以戏之。祁不知其戏己，问此二语何出？当作何解？修言：“此即公撰《唐书》法也。宵寐匪祯者，谓夜梦不祥也；扎闼洪庥者，谓阖宅大吉也。”祁不觉大笑。祁晚年知成都，带《唐书》于本任刊修；每宴罢，开寝门，垂帘燃二椽烛，媵婢夹侍，和墨伸纸，远近皆知为尚书修《唐书》，望之如神仙焉。顾性轻佚，方仁宗时，祁为翰林学士；而晏殊当国，爱祁之才，欲朝夕相见，遂税一宅于旁近，延居之，其亲密如此。遇中秋启宴，召祁，出妓乐，饮酒赋诗，达旦方罢。翌日罢相，而祁草制，颇极诋斥，至云“广营产以殖赀，多役兵而规利”。方其得意疾书，昨夕余酲犹在。左右观者皆骇叹。而殊出知颍州，每愤士风凋落。营妓刘苏哥有所誓约，而其母禁之；方春物暄妍，驰马出郊，登高塚瞻望，长痛遂卒。殊得报，以诗吊之曰：“苏哥风味逼天真，恐是文君向上人。何日九原芳草绿，大家携酒哭青春。”而系以序曰：“士大夫受人眄睐，随燥湿变渝如翻覆手，曾狂女子不若。”盖意指祁云。

晏殊，字同叔，抚州临川人。七岁能属文。真宗以神童召，与进士千余人并试殿廷。殊神气不慑，援笔立成。赐同进士出身，累拜集贤殿学士，同平章事，兼枢密使。为文章赡丽，应用不穷，尤工为诗，闲雅有情思。卒谥元献，传有《晏元献遗文》一卷，《珠玉词》一卷。其文妍练稳称，大抵衍杨亿之西昆；而喜歌冯延巳词，及所自作，得其绵丽。如《浣溪沙》曰：

> 一曲新词酒一杯，去年天气旧亭台。夕阳西下几时回。　　无可奈何花落去，似曾相识燕归来。小园香径独徘徊。

又《雨中花》曰：

> 剪翠妆红欲就，折得清香满袖。一对鸳鸯眠未足，叶下长相守。　　莫傍细条寻嫩藕，怕绿刺罥衣伤手。可惜许月明风露好，恰在人归后。

融情入景，秀极成韵，馨烈所扇，遂为北宋倚声家开山。而殊爱才如不及。相传游大明寺，见王琪诗，大赏之，召至同步池上。时春晚有落花；殊曰：“每得句或弥年不能对；即如‘无可奈何花落去’，至今未能对。”琪应声曰：“似曾相识燕归来。”遂辟荐馆职也。两语亦见赋所七言律《假中示判官张寺丞王校勘》诗；不厌重出，可想见其得意；然婉丽自是词境，入诗不如入词也。

晏幾道，字叔原，晏殊幼子。以能词象贤，传有《小山词》一卷；而视乃翁，深婉同，而所以为深婉者不同：殊之体轻，而幾道之体重；殊之语秀，而幾道之语挚；殊之笔直，而幾道之笔曲。如《临江仙》曰：

梦后楼台高锁，酒醒帘幕低垂。去年春恨却来时，落花人独立，微雨燕双飞。　　记得小蘋初见，两重心字罗衣。琵琶弦上说相思。当时明月在，曾照彩云归。

又《南乡子》曰：

花落未须悲，红蕊明年又满枝。唯有花间人别后，无期，水阔山长雁字迟。　　今日最相思。记得攀条话别离。共说春来春去事，多时，一点愁心入翠眉。

皆极郑重殷勤之笔，而有绰约轻盈之致，化堆垛为烟云，以沈著为闲雅。如《更漏子》曰：

欲论心，先掩泪，零落去年风味。闲卧处，不言时，愁多只自知。　　到情深，俱是怨，惟有梦中相见。犹似旧，奈人禁。偎人说寸心。

又《菩萨蛮》曰：

相逢欲话相思苦，浅情肯信相思否？还恐谩相思，浅情人不知。　　忆曾携手处，月满窗前路。长到月来时，不眠犹待伊。

皆极浑脱浏亮之笔，而抒宛转难言之隐，掬肺肝如话言，以浅率为真挚。至如《鹧鸪天》曰：

> 十里楼台倚翠微，百花深处杜鹃啼。殷勤自与行人语，不似流莺取次飞。　　惊梦觉，弄晴时。声声只道不如归。天涯岂是无归意？争奈归期未可期。

又《阮郎归》曰：

> 旧香残粉似当初，人情恨不如。一春犹有数行书，秋来书更疏。　　衾凤冷，枕鸾孤，愁肠待酒舒。梦魂纵有也成虚，那堪和梦无。

皆极生拗曲折之笔，而传细意熨贴之情，意以折而深，笔以拗而警。大抵幾道之所以胜乃翁者，在以沈著为闲雅，则凝而不佻；以浅率为真挚，则淡而可味；以曲折为深婉，则遒而能警。后出居上，父不如子；词之有晏氏父子，犹古文之有苏氏父子矣。

晏殊工台阁之文，顾特以词著。晋陵胡宿、华阳王珪稍后出，亦工台阁之文，而名与宋氏庠祁相参伍。仁宗朝，相继知制诰，朝廷大典册，多出两人手，而宿辈行为先。

胡宿，字武平，晋陵人。英宗朝累拜枢密副使，卒谥文恭，有《文恭集》四十卷。《四库提要》称："当时文格未变，尚沿四六骈偶之习。而宿于是体尤工，所为朝廷大制作，典重赡丽，上法六朝。于韵语最长五七言律，其波澜壮阔，而结响宏远，亦可直造盛唐阃阈；洵足雄视一时，迥出杨亿、钱惟演诸人之上。"今观其诗文，咸尚整对，而好为妍练，不脱杨亿、钱惟演诸人之窠臼；然必谓其"典重赡丽，上法六朝；五七言诗直造盛唐阃阈，雄视一时"，则为誉过其实。其诗风骨高秀胜于夏竦，差为赡而能逸；而不如宋庠之耐人咀咏。宋庠以温丽出凄怆；宿则含清迥于妍华，故当警于夏竦，浅于大宋。五言古如《杂兴》、《怨诗初调示庞主簿及邓治中》；五言律如《山居》，力跻清遒，一洗铅华；然必誉其"波澜壮阔，而结响宏远"，则殊未能。文则独工碑志行状，运偶于奇，寓议于叙，如《赠太尉文肃郑公墓志铭》、《太傅致仕邓国公张公行状》，泱泱大篇，语繁不杀，而其气安雅，其笔遒重，足与宋氏庠、祁骈美，而当"波澜壮阔，结响宏远"之誉。其他《宋故奉直郎守侍御史王公墓志铭》、《赠吏部侍郎蒋公神道碑》，亦皆叙次有法，生平如睹，而以轶荡顿挫之笔出之，洵足雄视一代矣。至于四六骈偶之文，占集之十九，或铺张而失之驽蹇，或寂寥而窘于边幅，典而不重，丽亦未赡，警切尚逊夏竦，雍容不如二宋，更何能望六朝，未见于是体尤工也。

王珪，字禹玉，华阳人，仁宗以知制诰，为翰林学士；历英宗至神宗，迁学士承旨，典内外制十八年，累拜参知政事，进同中书门下平章事，集贤殿大学士，封岐国公。卒谥文。珪以文学进，流辈咸共推许其文宏侈瑰丽，自成一家，有《华阳集》四十卷。《四库提要》谓："其文章气象宏达，词笔典赡，足继二宋后尘。至其诗以富丽为主，挟藻敷华，细润熨贴。"而《四库简明目录》则曰："珪不出国门，坐致卿相，无壮游胜览，拓其心胸；亦无羁恨哀吟，形于笔墨，故其文多台阁之体，其诗善言富贵。"晏殊尝览李庆孙富贵诗，有"轴装曲谱金书字，树记花名玉篆牌"之句，笑曰："此乞儿相。余每言富贵，不言金玉锦绣，唯说气象。"而好事者传珪为诗，喜用金玉珠璧字，以为富贵，谓之至宝丹。乃至有人云："诗能穷人，且试作些富贵语看，如何？"思索数日，得一联云："胫脡化为红玳瑁，眼睛变作碧琉璃。"谈者以为笑也。今观珪诗之言富贵者，莫如七言《宫词百绝》，挟藻敷华，极是细润熨贴。录十二绝，辞曰：

小雨霏微润绿苔，石栏红杏傍池开。一枝插向银瓶里，捧进君王玉殿来。

燕子初来语更新，一声声报内家春。遥闻春苑樱桃熟，先进金盘奉紫宸。

选进仙韶第一人，才胜罗绮不胜春。重教按舞桃花下，只踏残红作地裀。

禁籞春来报踏青，御池波漾碧涟轻。内人争送秋千急，风隔桃花闻笑声。

碧桃花下试枰棋,误算筹先一著低。输却钿钗双翡翠,可胜重劝玉东西?

禁里春浓蝶自飞,御蚕眠处弄新丝。碧窗尽日教鹦鹉,念得君王数首诗。

斗草深宫玉槛前,青蒲如箭荇如钱。不知红药栏杆曲,日暮何人落翠钿。

夜深独倚栏干角,玉笛横吹弄月明。余响度云无处觅,人间闻得两三声。

数骑红妆晓猎还,销金罗袜镂金环。佯佯走马穿花过,拂拭雕弓对御弯。

钓线沉波漾翠舟,鱼争芳饵上龙钩。内人急捧金盘接,拨刺红鳞跃未休。

大家装着斗时宜,独自寻常拂淡眉。为染浅黄衫子色,金盆添水看鹅儿。

銮舆昨夜宿郊坛,月淡风低彩内寒。密写销金红榜字,宫中日日报平安。

歌舞升平,写得皇家富贵气象出;而传神阿堵,不在金玉珠璧字也。其他五言古如《和景彝诮扶出者》,七言古如《和梅圣俞感李花》,五言律如《梅花》、《喜雪》、《郊外》、《发会同馆》、《和人闻雁》二首,七言律如《书四望亭》、《金陵怀古》二首、《三乡怀古》、《工部尚书致仕王懿敏公挽词》、《赠侍中李良定公挽词》诸作;所以耐人咀诵者,乃不在典重高华,细意妍练;而在沉郁顿挫,老笔纷披。至于摘句如七言律《琼林苑御筵奉送致政太师潞国文公归西洛》,有句云"古来少有三师退,天下曾将大器安",如椽之笔,正不必以"揼藻敷华"为贵。而"星薄漏稀犹不寐,寒声通夕战疏桐","枕上月华清到晓,簟间风意冷如秋","舟中月白寒江阔,马上风酸紫塞长","霜天夕霁丹枫老,水国秋深紫蟹肥","今日对花不成饮,春愁已与草俱长"等句,尽有"羁恨哀吟,形于笔墨”，而恻恻动人，正不必以善言富贵为至宝丹也。文则奏表、内外制、册文、祝文、祭文、贺词、启，皆骈文，自是台阁之体；然多寂寥短章，不见所谓“闳侈瑰丽”。而内外制不拘属对，颇如元稹之“追用古道”。如《赐台谏官诏》、《皇长子颖王顼乞班在富弼允弼允良下不允诏》、《宰臣韩琦免恩命不允诏》、《起复文彦博免恩命不允诏》、《翰林学士欧阳修乞洪州不允诏》、《知定州张方平免恩命乞侍养不允诏》、《邵亢乞外郡第二札子不允诏》、《赐欧阳修乞退不允批答》、《赐曾公亮免南郊恩命第二表不允断来章批答》、《右正言知制诰蔡襄可起居舍人制》、《屯田郎中詹庠可都官郎中制》、《降授朝奉郎徐峣特复朝散郎致仕制》，皆以古文出之；其辞简切，其气疏宕，岂必以“闳侈瑰丽”为大手笔。及其为古文，如《御制龙图天章观三圣御书诗序》、《送太子少保致仕李柬之归西京诗序》、《送刑部侍郎致仕李受归庐山诗序》，雍容揄扬而出以跌宕昭彰。其他如《追封成国程公坦神道碑》、《夏文庄公竦神道碑》、《狄武襄公青神道碑》、《庞庄敏公籍神道碑》、《高烈武王琼神道碑》、《高穆武王继勋神道碑》、《贾文元公昌朝墓志铭》、《唐质肃公介墓志铭》、《邵安简公亢墓志铭》、《梁庄肃公适墓志铭》、《王懿敏公素墓志铭》、《赵康靖公概墓志铭》、《赠左谏议大夫吕公公绰墓志铭》、《翰林侍读学士贾君黯墓志铭》、《朝奉郎蒲君慎密墓志铭》、《朝散大夫晁君仲衍墓志铭》、《朝请大夫薛公季卿墓志铭》、《朝奉郎郑君民度墓志铭》、《知郑州寇公平墓志铭》、《朝奉郎李君丕旦墓志铭》、《秘书省著作佐郎郑君民彝墓志铭》、《宗室赠右领军卫将军墓志铭》、《宗室南阳侯墓志铭》、《宗室追封宣城郡公墓志铭》、《宗室博陵侯墓志铭》、《宗室广平侯墓志铭》、《宗室追封楚国公墓志铭》、《宗室洋州侯墓志铭》、《宗室高密郡公墓志铭》、《宗室追封博平郡王谥安恭墓志铭》、《宗室追封彭城郡公墓志铭》、《宗室追封相王谥孝定墓志铭》、《宗室左武卫大将军均州防御使殇子墓记》、《丹阳郡夫人李氏墓志铭》、《寿安县太君吕氏墓志铭》、《赵宗旦妻贾氏墓志铭》、《永寿郡太君朱氏墓志铭》，纡徐委备而能为条达疏畅。辞达而情昭，气舒而韵流，虽不如欧阳修之风神骀荡，而实同欧阳修之意思安闲；随笔曲注，若无意为文，而引物连类，不烦绳削而自合。而碑志之作，尤为冠绝；所叙皆同时朝贵，虽谀墓之文，而得失互见；其有事涉数人，往往事略于此而文著于彼，是非较然不掩，焯有史法；其言详而核，信而达。读《宋史》《夏竦、狄青、庞籍、宋庠、高琼、贾昌朝、邵亢、梁适、王素、赵概、贾黯》诸传，皆袭珪碑志之文。乃知珪之所为焯然自成一家者，在当日流辈之所推，虽是台阁体之“闳侈瑰丽”，而千古信史之所系，实在碑志文之详畅练核。《四库提要》及《简明目录》云云，特囿于一时流辈之所推许，而不免寻声逐响之谈也。如以台阁体之“闳侈瑰丽”而论，则肤词滥调，不如二宋警切多矣。

第三节　林逋附潘阆　种放　魏野　寇准附赵湘

宋初之诗，一为台阁贵人之诗，润色升平，词取妍华，杨亿为之弁冕，而刘筠、钱惟演以盛羽翼。一为江湖散人之诗，装点山林，格尚清迥；潘阆开其前路，而种放、魏野、林逋以播声气。而逋妻梅子鹤，尤以擅誉千古云。

潘阆，自号逍遥子，太谷人，既而移家钱唐。生于五代，及见宋兴，赋诗曰：“莫嗟黑鬓从头白，终见黄河到底清。”为时所诵。翰林学士宋白赠以诗曰：“宋朝归圣主，潘阆是诗人”，其见许也如是。传有《逍遥集》一卷；其为诗以清炼出幽峭，五言律尤工。如《夏日宿西禅》曰：

> 此地绝炎蒸，深疑到不能。夜凉如有雨，院静若无僧。枕润连云石，窗明照佛灯。浮生多贯贱，时日恐难胜。

又《岁暮自桐庐归钱唐晚泊渔浦》曰：

> 久客见华发，孤櫂桐庐归。新月无朗照，落日有余辉。渔浦

风水急，龙山烟火微。时惊沙上雁，一一背南飞。

凄神寒境；观集中《叙吟》曰：“发任茎茎白，诗须字字清”，宗旨可见。王禹偁叙其诗，以“寒苦清奇”赞之。顾狂放不羁，仍五代游士之余习，尝为诗曰：“散拽醉僧来蹴踘，乱拖游女上秋千”，此其自叙之实也。后以附会奸相卢多逊，太宗既逐多逊，购捕阆甚急，乃变姓名，僧服入中条山。有友许洞，亦狂士也，嘲以歌曰：“潘逍遥，平生志气如天高；倚天大笑无所惧，天公嗔尔口呶呶。罚教临老头，补衲归中条。我愿中条山神镇常在，驱雷叱电依前赶出这老怪。”会赦出，送信州安置。潘阆才气自喜，奔走公卿而不得富贵；种放肥遁鸣高，啸傲山林而卒跻显仕；亦有遇有不遇也。

种放，字明逸，河南洛阳人；往来嵩华间，慨然有山林意；既而隐终南豹林谷之东明峰，多为歌诗，有句云“看云时独坐”。太宗征之，令本州给装钱三万赴阙。放诣府受金治行，过友人张贺。贺曰：“君今赴召，不过得一簿尉耳；不如称疾，俟再召而行，当得好官。”即托贺草章奏称疾，转居穷僻，而名益高。至真宗特诏征起，以幅巾见，长揖宰相。杨亿嘲曰：“不把一言裨万乘，只叉双手揖三公。”即日授左司谏，直昭文馆，累拜工部侍郎。禄赐既优，晚节颇饰舆服，于长安广置良田，门人族属，依倚恣横。时议浸薄之，乃求还山。上命设筵禁廷，命廷臣赋诗以宠其行。翰林学士杜镐辞不能诗，诵《北山移文》一过。放不怿曰：“野人焉知大丈夫之出处哉！”种放既以朊仕而堕高节，魏野遂终遁放而称贞隐。真宗祀汾阴，登山，望林麓间有亭槛，问曰：“何所？”左右对：“隐士魏野草堂。”遣往召。野方鼓琴，教鹤舞，闻使至，遂抱琴逾垣遁去。而王嗣宗守长安，以放骄倨，遂上疏言：“陛下召魏野，野闭门避匿；而放阴结权贵以自荐达”，以为放不如野也。

魏野，字仲先，陕州人。嗜吟咏，不求闻达。居州之东郊，手植竹树，清泉环绕，傍对云山，凿土袤丈，曰乐天洞，前为草堂，弹琴其中。好事者多载酒肴从之游，啸咏终日。宰相王旦从东封泰山回过陕，野献诗曰：“圣朝宰相年年出，公在中书十二秋。西祀东封俱已了，好来相伴赤松游。”旦遂袖此诗求退。寇准以宰相出知陕州，敦先施之礼。野献诗曰：“有官居鼎鼐，无地起楼台。未暇瞻珪璧，先蒙话草莱。”其诗传播漠北。真宗末年，契丹使至，询译者曰：“那个是‘无地起楼台’相公？”时准方居散地，即起镇北都，而延野为上客。北都有妓女，美貌而举止生硬，人谓之生张八。因府会，准令乞诗于野。野援笔曰：“君为北道生张八，我是西州熟魏三。莫怪樽前无笑语，半生半熟未相谙。”诵者大笑。传有《东观集》十卷。观其五言律上寇准，以谒庐见下士；七言绝上王旦，以招隐为颂德。其辞若亢，其心则谀。即五言律《闲居书事》“无才动圣君，养拙住山村”，《述怀》“有名闲富贵，无事小神仙”之句，愈说脱屣富贵，愈见萦情好爵；口角津津，如见肺肝。惟《寻隐者不遇》一绝曰：

寻真误入蓬莱岛，香风不动松花老。采芝何处未归来，白云满地无人扫。

辞意洒然，令人神往。其他如《书友人屋壁》有“洗砚鱼吞墨，烹茶鹤避烟”之句，别致逸情，殊亦隽语。野在日，名重于林逋；而身后装点湖山，流风余韵，供人题咏，则不及逋。逋诗笔之清，过于魏野；而言下清，言外俗，则无不同。

林逋，字君复，杭州钱唐人。结庐西湖之孤山。常畜两鹤，纵之则飞入云霄，盘旋久之，复入笼内。逋常泛小艇游西湖诸寺。有客至，则一童子出应门，延客；为开笼放鹤，良久，逋必棹小舟返，盖常以鹤飞为验也。性爱梅花，有“疏影横斜水清浅，暗香浮动月黄昏”之句；又曰：“幸有微吟可相狎，不须檀板共金樽。”人谓其妻梅子鹤，以状高致。真宗闻其名，赐粟帛，诏长吏岁时劳问。自为墓于其庐侧，临终为诗，有“茂陵他日求遗稿，犹喜曾无封禅书”之句。州为上闻，仁宗嗟悼，赐谥和靖先生。传有《和靖诗集》四卷。而检集中篇什，以诗与一时名公酬唱，往往以物外鸿冥之人，而作世故周旋之语；如《送僧休复之京师》云“到京当袖刺，馆阁尽名公”，《寄吴肃秀才》云“明年重访旧，身带桂枝香”，《知县李太博替》云“相门如有相，他日愿持衡”，《送范仲淹寺丞》云“黼座垂精正求治，何时条对召公车”，《送史宫赞兰溪解印归阙》云“东南出宰才居最，畴为言扬向玉阶”，《送楚执中随侍入蜀》云“他日林间无所望，只求金榜看嘉名”，如此之类，不可胜举；口角津津，令人作呕。而《杂兴》四首之三云“一关兼是和云掩，敢道门无卿相车”，《小隐》云“鲁望无来已百年，又生吾辈在林泉。谁知隐遁为高尚，敢道文章到圣贤”，沾沾自喜，情溢纸墨。长揖公卿，妆点湖山，而诵其诗，想见其为人；身冷眼热，遂开后来山人无数法门；而逋其典型也。其诗工于写景，趣味澄敻，特衍司空图、方干一脉，以上追贾岛、姚合；下开晚宋四灵。七言不如五言。五言律如《湖楼晚望》曰：

湖水混空碧，凭阑凝睇劳。夕寒山翠重，秋净鸟行高。远意极千里，浮生轻一毫。丛林数未遍，杳霭隔渔舠。

又《秋日西湖闲泛》曰：

水气并山影，苍茫已作秋。林深望见寺，岸静惜移舟。疏苇先寒折，残虹带夕收。吾庐在何处？归兴起渔讴。

又《湖村晚兴》曰：

沧洲白鸟飞，山影落晴晖。映竹犬初吠，弄舡人合归。水波随月动，林翠带烟微。寺近疏钟起，萧然还掩扉。

七言绝如《水亭秋日偶书》曰：

巾子峰头乌臼树，微霜未下已先红。凭阑高看复低看，半在石池波影中。

又《竹林》曰：

寺篱斜夹千梢翠，山径深穿万箨乾。却忆贵家厅馆里，妆墙时画数茎看。

又《送易师还金华》曰：

吟卷田衣岁向残，孤舟夜泊大江寒。前岩百本长松色，及早还来带雪看。

又《小舟》曰：

舷低冷戛荷千柄，底舻斜穿月半轮。一笠一蓑人稳坐，晚风萧飒弄青蘋。

兴象清远，格律老成。而颇善发端，读之神往。如五言《上湖闲泛舣舟石函因过下湖小墅》曰："平皋望不极，云树远依依"，《中峰》曰"中峰一径斜，盘折上幽云"，《山中冬日》曰"残云照篱落，空山无俗喧"，《西湖与性上人话别》曰"秋山与湖山，远近如相送"，七言《溪上春日》曰"一池春水绿于苔，水上花枝竹间开"，意趣洒然，起得浑脱。其他摘句，五言如"片月通萝径，幽云在石床"，"鹤闲临水久，蜂懒采花疏"，"秋阶响松子，雨壁上苔衣"，"南廊一声磬，斜照独凝思"，"早烟村意远，春涨岸痕深"，"破林霜后月，孤寺水边山"，"静钟浮野水，深寺隔春城"，"石莎无雨瘦，秋竹共蝉清"，七言如"春水净于僧眼碧，晚山浓似佛头青"，"秋棱瘦出无多寺，古翠浓连一半云"，"鱼觉船行沉草岸，犬闻人语出柴扉"，"林藏野路秋偏静，水映渔家晚自寒"，又如五言"樵当云外见"，"一径草盘青"，"溪寒石色深"，七言"雨敲松子落琴床"，"苍烟和树晚来浓"，"屋檐斜入一枝低"，皆幽而得趣，淡而不枯。独以"疏影横斜水清浅，暗香浮动月黄昏"咏梅得名；王居卿谓："咏杏与桃李皆可。"苏轼应曰："可则可，但桃杏李不敢承当耳。"

魏野、林逋身栖山林，而诗多世故周旋之语，令人作呕；不如寇准位兼将相而诗含怅惘不甘之意，耐人咀咏。

寇准，字平仲，华州下邽人。太平兴国间举进士，累拜参知政事，年三十余。太宗语人曰："寇准，好宰相；但太少耳。"历相太宗、真宗，官至尚书右仆射、集贤殿大学士；寻得罪贬窜以死，追谥忠愍。传有《寇忠愍诗集》三卷。元方回作《罗寿可诗序》，称宋刬五代旧习，有白体、昆体、晚唐体；而列准于晚唐，与潘阆、魏野、林逋、赵湘并称。今按魏野、林逋以秀炼出澄夐，颇近姚合；而准则以婉丽为恻怆，差似杜牧。五言律如《秋思》曰：

秋气动天地，恍然情未穷。故园应坠叶，昨夜又西风。白草侵危堞，寒涛接远空。揞颐当此景，无语夕阳中。

七言律如《秋日》曰：

江天物候潜衰变，气爽初疑夏景余。雨渍乱苔侵古壁，风飘红叶满荒渠。晚云连岳幽藏寺，秋水澄江静见鱼。蝉惊一鸣无所恨，绿槐金蕊任萧疏。

五言绝如《春昼》曰：

午昼花阴静，春风数蝶飞。坐来生远思，深院燕初归。

七言绝如《书河上亭壁》曰：

堤草惹烟连野绿，岸花轻雨压枝红。年来多病辜春醉，惆怅河桥酒旆风。

又《早春》曰：

溪水觉暖微函碧，山杏经春半吐红。不向此时拌一醉，到头无计奈春风。

又《柳》曰：

丝翠最宜经宿雨，絮飞争忍逐香尘。帘垂独院无人处，一树风摇日午春。

又《江上》曰：

古岸萧萧闻去雁，平芜杳杳更斜晖。空江极目望不尽，枫叶半红人未归。

其他五言律如《春日登楼怀归》、《书山馆壁》、《暮秋感兴》、《夜坐有怀寄张士逊》、《题巴东寺》，七言律如《秋晚闲书》，五言绝如《偶书》、《杜陵》、《有寄》，七言绝如《南阳春日》、《秋日晚晴池上作》、《秋霁》，无不诗情凄婉，风华掩映。大抵准之同于杨亿者妍华，而不同者恻怆；异于魏野、林逋者恻怆，而不异者清澈。至于摘句，五言如"寒沙明夕照，败叶惊秋风"，"沙溪洁细流，庭木惊疏翠"，"暖觉寒冰销，静闻檐溜滴"，"河流经陕狭，山色入秦高"，"村迥遥峰出，溪明返照侵"，"众木雕寒色，空江喷暮声"，"泉声飞石壁，星影动林梢"，"梧桐疏影老，蟋蟀乱声秋"，"滩急舟难渡，山高日易斜"，"水净澄秋色，山高见夕阳"，"蝉稀疏叶盖，雨歇片云闲"，七言如"深秋寒气侵灯影，半夜疏林起雨声"，"牢愁闻雨眠疏屋，归梦随云澈故林"，"白鸟静投沙浦去，落花闲逐野泉来"，"人静独闻幽鸟语，风来时有好花香"。同一写景，而魏野、林逋幽适，准则凄惋；魏野、林逋清削，准则壮阔。野、逋刻炼为晚唐之遗，而准温丽有盛唐之意，未可以一例视之也。其门生范雍集录准诗，序称其平昔酷爱王右丞、韦苏州诗吟味。然酷爱之，吟味之，而不必即似之。王右丞、韦苏州诗清适无牢愁之意，情景两闲，林逋差为得似；而准则绮靡缘情，风华含凄，盖得杜甫之一体，而于杜牧为近者焉。

赵湘，字巨源，华州人。进士甲科，累官集贤院学士。传有《南阳集》六卷。其文力扫排偶而抒以瑰玮，如皇甫湜之效韩愈。诗则优赡婉凄，不如魏野之清适，而亦不同其寒瘦。五言律如《寄杨填》曰：

> 闭门苔自长，春恨极天涯。落日山横水，空城雨过花。断狂曾避蝶，多病更闻蛙。江上无消息，风吹渡柳斜。

《答徐本》曰：

> 天远草离离，秋霖寄信迟。相思逢叶尽，独坐听蝉悲。岳色寒前见，松心雪后知。频招犹未至，时复见清辞。

风情凄惋，格律高浑，颇有盛唐之风；而于寇准为近。大约宋初诗人，西昆而外，寇准、赵湘为一类，以温丽为恻怆，杜牧之遗音也。潘阆、种放、魏野、林逋为一类，以瘦炼出清新，姚合之嗣响也。

第四节　王禹偁附柳开　尹洙附穆修 苏舜钦　石介

方杨亿以西昆一体，穷态极妍，扬声台阁；而异军突起以开古文之风者，管城梁周翰，虞乡高锡，大名柳开，宗城范杲，习尚淳古，齐名友善，当时有高梁柳范之称；而开尤笃意真古。

柳开，字仲涂；幼颖锐。天水赵生，老儒也，持韩愈文数十篇相授曰："质而不丽，意若难晓，子详之何如?"开一览不能舍，叹曰："唐有斯文哉！其余不足观也。"因名肩愈，字绍元；肩愈者，肩随韩愈也；绍元者，绍柳宗元也。乃以撰述为志，博采世之逸事，居魏郭之东，著《野史》，自号东郊野夫，作《东郊野夫传》。年逾二十，慕文中子王通续经，且不得见，故经籍之篇，有亡其辞者，辄补之，自号补亡先生，作《补亡先生传》；乃改名开，字仲涂，意谓开古圣贤之涂，系之己也。应举时，以文章投主司于帘下，凡千轴，载以独轮车，引试衣襕，自拥车入，欲以此骇众取举。时张景能文有名，唯袖一书帘前献之。主司大称赏，擢优等。时人为之语曰："柳开千轴，不如张景一书。"而开举开宝六年进士，历典州郡。至真宗朝，官至如京使。传有《河东先生集》十六卷。虽气矜之隆，文未能称；气欲以驶其辞，辞未能达其意，叙事不具本末，议论难寻意绪，气尽雄矫，语转晦盲。惟碑志之文，皆学韩愈之涩体，尚有端绪可寻，而不失盘硬之致；故当雄于皇甫湜，驽于孙樵。雄于皇甫者，以字句不襞积，而气足以驶其辞也。驽于孙樵者，以意绪欠分晓，而辞未足副其意也。开尚气自信，好谈兵，其人颇似杜牧。特牧倜傥，而开矜诞；牧之文肆以畅，开之文肆以涩耳。开才不如牧之大，气不如牧之华。向以为骈文之绘章饰句者，意或不达；古文之气充辞沛者，理无不足；观于杜牧、柳开而知其不然。杜牧辞畅而意不足，有笔仗而无精意。开则笔峭而辞不透，有劲气而无达识；气爽语涩，三反难晓。然有宋一代，首倡韩愈，而以振五代之懦靡者，开实为之先导也。开之以盘硬拗涩学韩愈而伤于晦也，不如王禹偁之以明白晓畅学韩愈而为其易。

王禹偁，字元之，济州巨野人。七岁能文。宰相毕士安为州从事，闻其家以磨面为生，呼令作磨诗。禹偁不思，即应曰："但存心里正，无愁眼下迟。若人轻着力，便是转身时。"士安大奇之，留于子弟间讲学。一日，太守席上出诗句"鹦鹉能言争似凤"。坐客皆未有对。士安写之屏间；禹偁书其下"蜘蛛虽巧不如蚕"。士安叹曰："经纶之才也。"遂加以衣冠，呼为小友。太平兴国间举进士，历事太宗真宗，累官翰林学士，工部刑部郎中，知制诰，出知黄州。传有《小畜集》三十卷，《外集》七卷。其诗不为西昆之妍华，亦非韩孟之生拗；而五言古抑扬讽谕，颇参香山之容易；七言古放浪纵恣，亦得太白之俊逸；五七言律绝，则以秀爽为坦迤，与司空图、方干一脉相承；不苟为雕缛，而亦力矫涩艰。古文则一宗韩愈，不能教其闳深奥衍，而特出以平易疏畅，盖衍李翱之一体，俯仰雍容，不似柳开有矜心作意之态。如《送李学士序》曰：

> 唐韦处厚由考功员外郎出刺盛山，为诗十二章。当时名士自元白而下皆和之。韩文公为之序，以为考功显曹，盛山僻郡，非处厚道胜自遣，不能乐于诗什，流播编简，以为美谈。司封李学士当以文行策名江左。上即位之二祀，锁厅举进士，中甲科，在馆殿十余年；其间司外计，与大郡，亦多矣。又以名曹史职，出佐庐江；而怡然自得，何道胜之若是耶？将见乎吟咏江山，传闻辇毂，俾朝之名士若元白者，属和成集。某，希韩者也，愿为序以继其美。告行有期，聊以为送。

又《黄州新建小竹楼记》曰：

> 黄冈之地多竹，大者如椽。竹工破之，刳去其节，用代陶瓦；

> 比屋皆然，以其价廉而工省也。予城西北隅，雉堞圮毁，蓁莽荒秽；因作小楼二间，与月波楼通。远吞山光，平挹江濑，幽阒辽敻，不可具状。夏宜急雨，有瀑布声；冬宜密雪，有碎玉声；宜鼓琴，琴调虚畅；宜咏诗，诗韵清绝；宜围棋，子声丁丁然；宜投壶，矢声铮铮然；皆竹楼之所助也。
>
> 公退之暇，披鹤氅衣，戴华阳巾，手执《周易》一卷，焚香默坐，销遣世虑；江山之外，第见风帆沙鸟，烟云竹树而已。待其酒力醒，茶烟歇，送夕阳，迎素月，亦谪居之胜概也。彼齐云落星，高则高矣；井干丽谯，华则华矣；止于贮妓女、藏歌舞，非骚人之事，吾所不取。
>
> 吾闻竹工云："竹之为瓦，仅十稔；若重覆之，得二十稔。"噫！吾以至道乙未岁自翰林出滁上，丙申移广陵，丁酉又入西掖，戊戌岁除日有齐安之命，己亥闰三月到郡。四年之间，奔走不暇，未知明年又在何处，岂惧竹楼之易朽乎？幸后之人与我同志，嗣而葺之，庶斯楼之不朽也。咸平二年八月十五日记。

造端置辞，焯有意度，一唱三叹，敷腴温润。其他碑传如《有巢氏碑》、《前普州刺史康公预撰神道碑》、《宣徽南院使镇州都部署郭公墓志铭》、《谏议大夫臧公墓志铭》、《故侍御史累赠太子少师李公墓志铭》、《殿中丞赠太常少卿桑公神道碑铭》、《右卫将军秦公墓志铭》、《殿中丞赠户部员外郎孙府君墓志铭》、《监察御史朱府君墓志铭》、《唐河店妪传》、《滁州伍伯马进传》，杂记如《待漏院记》、《野兴亭记》，书如《荐丁谓与薛太保书》、《上许殿丞论榷酒书》、《与冯伉书》，赠序如《送牛冕序》、《送柳宜通判全州序》、《送翟骧序》，箴如《端拱箴》；急言竭论，而容与闲易，有一唱三叹之致；往复百折，而条达疏畅，无艰难劳苦之态；此欧阳修之所擅长，抑王禹偁为之前导。而生平持论，欲以易道易晓学韩愈，不贵语艰而义奥；谓："文，传道而明心也；古圣人不得已而为之也。其人能一乎心，至乎道，修身则无咎，事君则有立。及其无位也，惧乎心之所有，不得明乎外；道之所蓄，不得传乎后；于是乎有言焉；又惧乎言之易泯也，于是乎有文焉。信哉，不得已而为之也。既不得已而为之，又欲乎句之难道耶？又欲乎义之难晓耶？必不然矣。请以六经明之：《诗》三百篇，皆俪其句，谐其音，可以播管弦，荐宗庙；人人之所熟也。《书》者，上古之书，二帝三王之世之文也，言古文者无出于此；则曰'惠迪吉，从逆凶'，又曰'德日新，万邦惟怀，志自满，九族乃离'。在《礼·儒行》者，夫子之文也；则曰：'衣冠中，动作慎，大让如慢，小让如伪。'在乐，则曰：'鼓无当于五声，五声不得不和；水无当于五色，五色不得不彰。'在《春秋》，则全以属辞比事为教，不可备引焉。在《易》，则曰：'乾道成男，坤道成女。日月运行，一寒一暑。'夫岂句之难道耶？夫岂义之难晓耶？今为文而舍六经，又何法焉？若第取其《书》之所谓'吊由灵'，易之所谓'朋合簪'者，模其语而谓之古，亦文之弊也。近世为古文之主者，韩吏部而已；吾观吏部之文，未始句之难道也，未始义之难晓也。吏部曰'仆之为文，意中以为好者，人必以为恶焉。或时应事作俗，下笔令人惭，及示人，人即以为好'者；此盖唐初之文，有六朝淫风，有四子艳格。至贞元元和间，吏部首唱古文，人未之从；故吏部意中自是，而人能是之者，百不一二；下笔自惭，而人是之者，十有八九；故吏部有是叹也。今吏部自是者，著之于集矣；自惭者，弃之无遗矣。仆独意《祭裴少卿文》在焉。其略云'儋石为之储，不供于私室；方丈之食，每盛于宾筵'，此必吏部自惭，而当时人好之者也。又谓'汉朝人莫不能文，独司马相如、刘向、扬雄为之最'，是谓用功深，其收名远者。数子之文，班固取之，列于《汉书》；若相如《上林赋》、《喻蜀》、《封禅文》，刘向《谏山陵》，扬雄《议边事》，曷尝语艰而义奥乎！谓功用深者，取其理之当尔；非语迂义暗而谓之功用也。"然而韩愈之文，亦自有难有易：如《原道》、《原性》、《原毁》、《杂说》、《师说》、《讳辨》、《张中丞传后序》、《祭十二郎文》、《柳子厚墓志铭》、《殿中少监马君墓志》、《南阳樊绍述墓志铭》、《祭鳄鱼文》，振笔直书，跌宕昭彰；谓之易也，不亦宜乎！如《汴州东西水门记》、《郓州谿堂诗序》、《祭河南张员外文》、《曹成王碑》、《试大理评事王君墓志铭》、《贞曜先生墓志铭》、《平淮西碑》、《南海神庙碑》、《柳州罗池庙碑》、《许国公神道碑铭》、《送穷文》，硬语盘空，生峭拗捩；谓之难者，则亦有焉。韩门弟子，学焉而皆得其性之所近；皇甫湜、孙樵为其难，李翱为其易。原远而末益分，柳开为其难，穆修为其易；宋祁为其难，欧阳修为其易；而首倡易之一说，以开欧、苏、曾、王之风者，不得不推禹偁为开山。自称希韩；而骈文亦间为之，集中《右卫上将赠侍中宋公神道碑》，奉敕撰，缅缅五千言，尽是偶对，不害纵放；陵云健笔，往往振绝；顿挫清壮，亦杰制乎！顾独以韩文为天下倡焉。

于时，天下之言文章者，方为杨亿之学，务于言语声偶摘裂号为时文以相夸尚，未知为古文。郓州穆修乃继柳开而起，为诗古文，传有《河南穆公集》三卷。诗以清炼为工，不以妍华为美，与司空图方干一脉相承；然逊其冥搜物象，有爽致而无远韵。文则与柳开同出韩愈；而柳开之笔生拗，媲于孙樵；穆修之气清畅，差似李翱；然不能创意造言，笔似达而意不达，两人者不同病而同蔽；所以明而未融，陈理义不能明当，存置取舍繁简廉肉不能不失法，吐辞雅驯不能不芜也。

穆修，字伯长。真宗东封，诏举齐鲁经行之士，赐修进士出身，调泰州司理参军。负才与众龃龉，人欲与交，往往拒斥，遂穷以死。然一时士大夫称能文者，必曰穆参军。开封苏舜元、舜钦，河南尹源、洙，兄弟从修游，为古歌诗杂文；而尹源以古文，苏舜钦以诗，尤为欧阳修所称，有盛誉。

尹洙，字师鲁；少与兄源俱以儒学知名。天圣二年进士，累官右司谏，知渭州。仁宗在位十余年，天下久太平无事，以兵言者为妄人。独洙论兵，作《叙燕》、《息戍》二篇，以为武备不可弛也。既而元昊以西夏僭号为寇，凡五六岁，洙未尝不在兵间，故其议论益精密，而于西边尤习，述战守胜败，尽当时利害，无靡词，无溢气，而不同杜牧之浮夸。传有《河南先生集》廿七卷。宋之为古文而学韩愈者，至王禹偁而辞以舒，逮于洙而体以严。王禹偁不能敩愈之闳深奥衍，而出以平易疏畅，开欧阳修之逸；洙则不能为愈之雄怪矫变，而特为简直峭拗，开王安石之峻；各得愈之一体。集中诗五七言朴率无味；惟四言《皇雅》十首，叙次昭代之文治武烈，体峻而辞简，如《天监》曰：

《天监》，受命也。自梁至于周，兵难不息；宋受命，统一万方焉。

天监下民，乱靡有定。甚武且仁，祚厥真圣。仁实怀徕，武以执竞。匪虔匪刘，拯我大命。

自昔外禅，月经日营；令以挟制，政以阴倾。帝初治兵，志勤于征；奄受神器，匪谋而成。

淮潞弗虔，卒污叛迹。戎辂戒严，皇威有赫。彼寇诖民，吾勇其百。殄厥渠魁，贷其反侧。

帝朝法官，左右宗公。忮夫悍士，以雍以容。尔居尔室，尔工尔农；既息既养，惟天子功。

又《耆武》曰：

《耆武》，受俘也。命将伐南海，平金陵，俘二主以献。

耆武定功，时惟二方：淮服其义，海南遂荒。孰孱而戾，孰暴而猖？自底不谌，乃终灭亡。

帝戒二俘，同即尔诛！予惟民无辜，休息是图。时其辑矣，宁威独夫！

帝嗟污邦，久罹于兵。或暴下以征，或敷虐以刑。予命中典，协于国经。民服德音，室家以宁。

模雅范颂而语能朴老，笔臻遒变，足以追配韩愈之《元和圣德诗》、《平淮西碑》，而别出一格。至于《送光化县李庠序》曰：

自西师之兴，金帛粮糗之积，凡资于兵者，其费益广；铁革干羽之用，凡须于兵者，其取益夥。费之广，则吏之聚敛者进焉；取之夥，则吏之干力者进焉。上任其能，下收其功；自监司所部及

> 于郡县，由初仕至于久吏宿官，莫不以是为吏之优，为政之先。于是吏之强者益肆，弱者亦趋；甚者不恤困穷，不察有无，殚利以夸精，严期以名勤。有以治体为言者，必诋之曰："方事之艰，当求所以富国强兵之要；乌体之为哉！"故吏益材而民益愁；为吏者宁当然耶？
>
> 连君，君子人也，其仕五岁矣。予质其为吏之术，大概本于仁而达下之情。其于民也，知利之与宽之而已，职事无废也，期会无失也。考于古之为吏者，当以良称，而于今未得以材名也。噫！沿古未尝无兵也，国家仁育天下几百年；今一方兵兴，其资于民、役于民者，必视其货力，与之约束，岂重扰哉。而下之愁叹者，吏为之也。吏岂喜扰耶？亦欲以材自名而利其进也。是故奖材吏，则士益偷；贵良吏，则民遂其生。惟君子不可以利回；故乐与连君尽其说。

理达辞举，瘦硬而绰有议论，健举而不为肆快。其他论说如《兵制》，奏议如《论命令恩宠赐与三事疏》、《论朝政宜务大体疏》、《论朋党疏》，书启如《答黄秘丞书》、《上京兆杜侍郎启》、《上吕相公书》、《贺枢密副使富谏议启》、《贺兖州杜相公书启》，序如《送王胜之赞善序》、《浮图秘演诗集序》、《送随县尉李康侯序》、《送浮图回光序》诸篇，仿此。又如《题祥符县尉厅壁记》曰：

> 夏侯之纯为祥符尉。尹某尝至其治舍，观其决事，虑精而气果。凡事可否，当在已，无细大必行；行之，未尝报挫。县治都门外，所部多贵臣家。尉小官，能指置一如志，且有治称；难乎哉！前世赤县治京师，不以城内外为限，制事广而势任亦重。尉主大盗，又于县为剧官。今京城中，禁军大将领兵徼巡，衢市之民，不复知有赤县，此乃因循仪制，岂前世法哉。予既美之纯之政，且叹其不得尽其官之所掌，故书之于壁。

体峻辞足，简严而毕见情事，约举而不为疏漏。其他传状如《中大夫守太子宾客分司西京谢公行状》，碑志如《故龙图阁直学士朝散大夫刘公墓表》、《故大中大夫王公墓志铭》、《故三班奉职尹府墓志铭》、《故将作监主簿陈君墓志铭》、《故永安县君李氏墓志铭》、《故夫人王氏墓志铭》、《故乡贡进士谢君墓志铭》、《赠太常博士赵公墓志铭》、《故供备库使银青光禄大夫张公墓志铭》、《故朝散大夫陈公墓志铭》、《故夫人黄氏墓志铭》、《故金紫光禄大夫李公墓志铭》、《故大中大夫赠太傅韩公墓志铭》、《故西京左藏库使银青光禄大夫王公墓志铭》、《故金紫光禄大夫张公墓志铭》、《故朝奉郎司封员外郎张公墓志铭》、《故将仕郎任君墓志铭》诸篇，仿此。

洙少有高识，不逐时辈，从穆修游，力为古文；而洙深于《春秋》，故其文简严，精于耦，核于事。方钱惟演之为西京留守也，欧阳修为推官，而洙为户曹参军。惟演起双桂楼，命二人为记。修文先成，凡千余言。洙曰："某止用五百字。"修服其简古，自此始学为古文。而修之得韩文，自洙。洙殁，修为志墓，论其文曰"简而有法"。或疑"师鲁文章，不合只著一句道了"。修辨之曰："简而有法，在孔子六经中，惟《春秋》可当之；其他经非孔子自作，文章虽有法而不简也。修于师鲁之文不薄矣。"洙之为文，与修同出韩愈，而修之神圆，洙之体方；修之意茹，洙之气敛。修之为文，其辞舒，其意茹，以涵泳见致；然涵泳中有其简老，如《尹师鲁墓志铭》及《五代史》，是也。洙之为文，其辞尽，其气敛，以峭简见劲；然峭简中不废唱叹，如《浮图秘演诗集序》、《送随县尉李康侯序》、《题祥符县尉厅壁记》，是也。洙之为《浮图秘演诗集序》，似有意与修争能；而修撰《尹师鲁墓志铭》，亦有意乎洙之简而敩其所为；古贤以文会友之相观而善如此。

苏舜钦，字子美，状貌瑰伟，与兄舜元亦从穆修游，为古歌诗杂文；时人颇共非笑之，而舜钦不顾也。仁宗初，玉清昭应宫灾；舜钦年二十一，诣登闻鼓，上《火疏》。寻举进士，以极言时政得失，贵臣侧目。累官集贤校理，监进奏院。会祀神，辄用鬻故纸公钱，召妓乐，会宾客；御史劾，除名。寓苏州，买水石，作沧浪亭，卒以废死。有《苏学士集》十六卷。欧阳修序其端曰："子美之齿少于余，而余学古文，反在其后。"集中书如《应制科上省使叶道卿书》、《答马永书》、《答杜公书》，奏议如《乞纳谏书》、《代杜公谢官表》、《代杜公求退第二表》、《第四表》，记如《并州新修永济桥记》、《沧浪亭记》、《苏州洞庭山水月禅院记》，碑志如《处士崔君墓志》、《太原郡太君王氏墓志》、《两浙路转运使司封郎中王公墓表》，行状如《赠太子太保韩公行状》、《朝奉大夫赐紫金鱼袋王公行状》，祭文如《哀穆先生文》；峭直同尹洙，而峻洁不如；清畅似穆修，而深切过之，其原出于李翱。而《宋史·穆修传》，则节用舜钦《哀穆先生文》也。至其《代杜公谢官》、《求退》诸表，虽铺张排比，语仍俪体；而明白晓畅，力湔缛语；一味清劲，特为深切，其原出于陆贽。录《代杜公谢官表》曰：

两贡露奏，乞回命书；沓降玉音，不谅血恳。勉尔玺绂，安敢为荣。窃以宰相之任，臣实知之：盖以师表外廷，丹青万务，天下之所想望，王者之所仰成。上则调阴阳之惨舒，外则镇蛮夷之桀猾；置大器于颠危之外，纳生民于仁寿之中。必惟其人，乃可致此。是故峻其名数，宠之等威，黄阁黑旛，葱珩赤绂，或延登受策，或御坐为起，是国之所委者大，则礼之所属也隆。遇任既殊，责望宜厚。

臣立性褊直，有不可移之资；临事迂疏，必无能成之策。尘污近辅，贻诮多方；绩效不扬，讥议上彻。居常悚栗，日俟窜投。而陛下收臣于贱朽之中，拔臣于毁谤之内；以谓石庆老而弥谨，赵禹孤而能立，掩阙失而不问，惟忠鲠之是称。屡于中闱，亲被盛指；退自省阅，但增震惊。日月之光，下烛于蔀室；云雷之泽，遽发于枯荄；虽至糜躯，何报厚渥。敢不尽疲驽之力，宣宽大之恩；绝纤介之私回，讲长久之利疚。不敢惜死，唯知自公。苟晚节之或渝，必神明之所殛。上陈天览，安敢空言。

杜公者，其妇翁宰相杜衍也。唐人作四六者，多用古人语及广引故事以炫博学、夸多闻；而不思述事不畅，抒意不透；汲其流者，西昆也。其间陆贽始变格为清空辨折；至宋苏轼波澜遂畅，委曲旁达，成宋四六之一体；而首开风气以发其机者舜钦。舜钦既放废不用，则发愤为歌诗；其原出于李白，湔西昆台阁之妍靡，而返之浑；异江湖散人之瘦炼，而放以豪；感激顿挫，发其郁积。五言古如《感兴》曰：

　　瞽说圣所择，愚谋帝不罪。况乎言有文，白黑时利害。前日林书生，自谓胸臆大，潜心摭世病，荣成谓可卖，投颡触谏函，献言何耿介？云："昨见凶星，上帝下警戒。意若日昏椓，出处恣蜂虿。安坐弄神器，开门纳珍贿。宗支若系囚，亲亲礼日杀。大臣尸其柄，咋舌希龙拜。速速伐虎丛，无使自沉瘵。陛下幸察之，聪明即不坏。如忽贱臣言，不瞬防祸败。"一封朝飞入，群目已睚眦。力夫暮塞门，执缚不容喟，十手捽其胡，如负杀人债。幽诸死牢中，系灼若龟蔡，亦既下风指，黥而播诸海，长途万余里，一钱不得带，必令朝夕间，渴饥死于械。从前有口者，蹜朒气如韛。独夫已去除，易若吹糠粺。奈何上帝明，非德不可盖。倏忽未十旬，炎官下其怪，乙夜紫禁中，一燎不存芥。天王下床走，仓猝畏挂碍，连延奋寝廷，顽失若空塞。明朝黄纸出，大赦遍中外。嗟乎林书生，生命不可再；翻令凶恶囚，累累受恩贷。

七言古如《城南归值大风雪》曰：

　　一夜大雪风喧豗，未明跨马城南回。四方迷惑共一色，挥鞭欲进还徘徊。旧时崖谷不复见，纵有直道令人猜。低头抢朔风，两眼不敢开。时时偷看问南北，但见白羽之箭纷纷来。既以脂粉傅我面，又以珠玉缀我腮。天公似怜我貌古，巧意装点使莫偕。欲令学此儿女态，免使埋没随灰埃。据鞍照水失旧恶，容质洁白如婴孩。虽然外饰得暂好，自觉面目如刀裁。又不知胸中肝胆挂铁石，安能柔软随良媒？世人饰诈我尚笑，今乃复见天公乖。应时降雪故大好，慎勿改易吾形骸。

又《往王顺山值暴雨雷霆》曰：

苍崖六月阴气舒，一霆淫雨如绳粗。霹雳飞出大壑底，烈火黑雾相奔趋。人皆喘汗抱树立，紫藤翠蔓皆焦枯。逡巡已在天中吼，有如上帝来追呼。震摇巨石当道落，惊嗥时闻虎与貙。俄而青巅吐赤日，行到平地晴如初。回首绝壁尚可畏，吁嗟神怪何所无。

七言绝如《初晴游沧浪亭》曰：

夜雨连明春水生，娇云浓暖弄阴晴。帘虚日薄花竹静，时有乳鸠相对鸣。

跌荡昭彰而不为钩棘，风华旷真而出以感慨，自谓宗李白，而实同白居易之学杜。其他五言古如《蜀士》、《舟中感怀寄馆中诸君》、《送安素处士高文悦》、《依韵和胜之暑饮》、《和邻几登繁台塔》、《滞舟》、《夏热昼寝感咏》、《游山》、《金山寺》，七言古如《庆州败》、《蓝田悟真寺作》、《赠释秘演》、《中秋夜吴江亭上对月怀前宰张子野及寄君谟蔡大》、《越州云门寺》、《依韵和伯镇中秋见月九日遇雨之作》、《和子履雍家园》、《和永叔琅邪山庶子泉阳冰石篆诗》、《黄雍于西安修水之侧起佚老亭以奉亲》、《永叔石月屏图》、《演化琴德素高因为作歌以写其意》，五言律如《春日晚晴》、《独游辋川》，七言律如《游洛中内》、《宿华严寺与友生会话》、《夏中》、《答和叔春日舟行》、《和彦猷晚宴明月楼》二首、《晚泊龟山》，七言绝如《夏意》、《淮中晚泊犊头》、《暑中闲咏》诸篇，咸可诵览。盖宋诗至舜钦而后矫靡为雄，变仄以大，其气疏，其辞放。善草书，每酒酣落笔，争为人所传。而斥死，士论惜焉。

尹洙以文，苏舜钦以诗文，固为于举世不为之时，挽西昆之颓波，导欧苏之前驱，而未及有所议论。独为放言高论，诵说韩愈以盛斥杨亿者，石介也。

石介，字守道，兖州奉符人。学《春秋》于泰山孙复；复坐则立，升降则扶。二十六岁，举进士甲科，垢面跣足，躬耕徂徕山之麓，世称之曰徂徕先生。召入国子监直讲。是时兵讨元昊久无功，海内重困，仁宗奋然，思欲振起威德，宰相吕夷简、枢密使夏竦先后罢；而杜衍、章得象、晏殊、贾昌朝、范仲淹、富弼、韩琦，俱起执政；欧阳修、余靖、王素、蔡襄，并为谏官。介跃然喜曰："此盛事也！"乃作《庆历圣德颂》曰：

三月二十一日，大昕，皇帝御紫宸殿，朝百官，相得象、殊；拜竦枢密使；夷简以司徒归第。二十二日，制命昌朝参知政事，弼枢密副使。二十六日，敕除修、靖、素并充谏官。四月八日，皇帝御紫宸殿，朝百官，拜衍枢密使；仲淹、琦枢密副使；乃用御史中丞拱宸，御史邈，御史平，谏官修、靖十一疏，追竦枢密使敕。十三日，敕又除襄为谏官。天地人神，昆虫草木，无不欢喜皇帝退奸进贤，发于至聪，动于至诚，奋于睿断，见于刚克，陟黜之明，赏罚之公也。上视汉、魏、隋、唐、五代，凡千五百年，其间非无圣神之主，盛明之时；未有如此选人之精，得人之多，进人之速，用人之尽。实为希阔殊尤，旷绝盛事。在皇帝之德之功，为卓荦瑰伟，神明魁大。古者一云气之祥，一草木之异，一蹄角之怪，一羽毛之瑞，当时群臣犹且浓墨大字，金头钿轴以称述颂美时君功德，以为无前之休，丕天之绩。如仲淹、弼，实为不世出之贤；求之于古，尧则夔龙，舜则稷契，周则闳散，汉则萧曹，唐则房魏；陛下有之。诸臣亦皆今天下之人，望为宰相谏官者；陛下尽用之。此比云气、草木、蹄角、羽毛之异，万万不侔；岂可翻无歌诗雅颂以播吾君之休声烈光，神功圣德，刻于琬琰，流于金石，告于天地，奏于宗庙，存于万千年而无穷尽哉？臣实羞之。

臣尝爱慕唐大儒韩愈为博士日，作《元和圣德颂》千二百言，使宪宗功德赫奕炜烨，照于千古；至今观之，如在当日。陛下今日功德，无让宪宗。臣文学虽不逮韩愈，而亦官于大学，领博士职；歌诗赞颂，乃其职业；窃拟于愈，辄作《庆历圣德颂》一首，四言，凡九百六十字；文辞鄙俚，固不足以发扬臣子之心，亦欲使陛下功德赫奕炜烨，照于千古，万千年后观之如在今日也。臣不胜死罪。臣贱无路以进，姑藏诸家以待乐府之采焉。

于维庆历，三年三月。皇帝龙兴，徐出闱闼，晨坐太极，昼开阊阖，躬揽贤英，手锄奸柿。大声沨沨，震摇六合。如乾之动，如雷之发。昆虫蹢蠋，妖怪藏灭。同明道初，天地嘉吉。初闻皇帝，戚然言曰："予父予祖，付予大业。予恐失坠，实赖辅弼。汝得象、殊，重慎徽密。君相予久，予嘉君伐。君仍相予，笙镛斯协。昌朝儒者，学闻该洽。与予论政，傅以经术。汝贰二相，庶绩咸秩。

"惟汝仲淹，汝诚予察。太后乘势，汤沸火热。汝时小臣，危言岦岦；为予司谏，正予门阑；为予京兆，堲予谗说。贼叛于夏，往予式遏。六月酷日，大冬积雪；汝暑汝寒，同于士卒。予闻心酸，汝不告乏。

"予明得弼，予心弼悦。弼每见余，无有私谒；以道辅予，弼言深切。予不尧舜，弼自笞罚。谏官一年，奏疏满箧。侍从周岁，忠力尽竭。契丹亡义，梼杌饕餮，敢侮大国，其辞慢悖。弼将予命，不畏不慑。卒复旧好，民得食褐。沙碛万里，死生一节。视弼之肤，霜剥风裂；观弼之心，炼金锻铁。宠名大官，以酬劳渴。弼辞不受，其志莫夺。惟仲淹、弼，一夔一契。天实赉予，予其敢忽？并来弼予，民无瘥札。"

曰："衍汝来，汝予黄发。事予二纪，毛秃齿豁。心如一兮，率履弗越。遂长枢府，兵政毋蹶。予早识琦，琦有奇骨。其器魁礧，岂视店楔；其人浑朴，不施剞劂。可属大事，敦厚如勃。琦汝副衍，知人予哲。

"惟修、惟靖，立朝谳谳；言论磥砢，忠诚特达。禄微身贱，其志不怯。尝诋大臣，亟遭贬黜，万里归来，刚气不折；屡进直言，以补予阙。素相之后，含忠履洁。昔为御史，几叩予榻。至今谏疏，在予箱匣。襄虽小臣，名闻予彻。亦尝献言，箴予之失。刚守粹悫，与修俦匹。并为谏官，正色在列。予过汝言，无钳汝舌。”

皇帝明圣，忠邪辨别。举擢俊良，扫除妖魃。众贤之进，如茅斯拔；大奸之去，如距斯脱。“上倚辅弼，司予调燮；下赖谏诤，维予纪法；左右正人，无有邪孽。予望太平，日不逾浃。”皇帝嗣位，二十二年。神武不杀，其默如渊。圣人不测，其动以天。赏罚在予，不失其权。恭己南面，退奸进贤。知贤不易，非明不得。去邪惟艰，惟断乃克。明则不贰，断则不惑。既明且断，惟皇之德。群下踧踖，重足屏息；交相告语，曰：“惟正直；毋作侧僻，皇帝汝殛！”诸侯危栗，堕玉失舄；交相告语：“皇帝神明。四时朝觐，谨修臣职。”四夷走马，坠镫遗策，交相告语：“皇帝神武。解兵修贡，永为属国。”皇帝一举，群臣慑焉，诸侯畏焉，四夷服焉。臣愿陛下，寿万千年。

众贤尤颂范仲淹、富弼；大奸以斥夏竦；而斥竦一节文一百九十二字，以时忌删去；序称“九百六十字”，遂余七百六十八字也。颂出，竦切齿恨。而孙复见之曰：“子祸始此矣！”于是党论起，而人多侧目。范仲淹谓韩琦曰：“为此怪鬼坏事也。”顾仁宗方信用，思有以撼而未得其机；以苏舜钦、范仲淹之所荐，而杜衍婿也，乃以事中舜钦，坐监进奏院祀神，奏用市故纸钱会客为自盗，除名。舜钦负才望，所会客皆一时名士，悉坐贬逐；而后侧目者喜曰：“一网尽之矣！”介以杜衍、韩琦荐，累迁太子中允，直集贤院；而亦不安其位，求出通判濮州，未赴，反徂徕以死。夏竦言于仁宗曰：“介实不死，北走契丹矣。”寻有旨编管介妻子于江淮；又出中使与京东部刺史发介棺以验虚实；而吕夷简不可，乃止。传有《徂徕集》二十卷。

介之学，出于孙复，而加以迂僻。介之文，原于韩愈，而益为狂傲；讦以为直，敢发高论，以圣贤自许，亦以圣贤许人；以矜诞为颂谀，以排偶利驰骤，时纵恣而不傥，烦文以相假，盛气以相陵，烈于情，疏于理，语无检制，漫为糅杂，而纵横排奡，气矜之隆，其原出于韩门弟子之皇甫湜；方其得意疾书，亦尽有兀傲排荡之致，洋溢行墨，令人意移。如《怪说》中、《录微者言》、《辨惑》、《贤李》、《庆历圣德颂》、《祭孔中丞文》、《赵延嗣传》，错综震荡，独以劲语蟠泊，会而终于篇；而宋一代钩党之祸，遂以《庆历圣德颂》阶之厉焉。

于时，穆修、尹洙、苏舜钦、欧阳修，相继倡古文以变西昆体，学者翕然从之；其有为杨亿、刘筠之西昆体者，人戏之曰："莫太昆否？"石介深嫉杨刘，以为文章之弊，作《怪说》三篇以与佛老并排。其持论以为：

> 唐之初，承陈隋剥乱之后，余人薄俗，尚染齐梁流风，文体卑弱，气质丛脞，犹未足以鼓舞万物，声明六合。逮章武皇帝负羲轩之姿，怀唐虞之材，卓然起立于轩墀之上；以武功戡定海内，刮疵剔瑕，乾清坤宁；以文德化成天下，惊蛰烛幽，雷动日烜。韩吏部愈应期会而生，学独去常俗，直以古道在已，乃《空桑》《云和》千数百年希阔泯灭已亡之曲，独唱于千万人间，众人耳惯所听，惟郑卫滤滮之声；忽然闻其太古之上，无为之世，雅颂正始之音；恍惚茫昧，如丧聪，如失明，有骇而急走，有陋而窃笑，有怒而大骂，丛聚嘲噪，万口应答，声无穷休。爱而喜，前而听，随而和者，惟柳宗元、皇甫湜、李翱、李观、李汉、孟郊、张籍、元稹、白乐天，数十子而已。吏部志复古道，奋不顾死，虽摈斥摧毁，日百千端，曾不少改所守；数十子亦皆协赞附会，能穷精毕力，效吏部之所为；故以一吏部，数十子力，能胜百万千人之众人，能起三数百年之弊。唐之文章，所以坦然明白，揭于日月，浑浑灏灏，浸如江海，同于三代，驾于两汉者，吏部与数十子之力也。
>
> 本朝文章，视唐差劣。自翰林杨公唱淫辞哇声，变天下正音；四十年眩迷盲惑，天下聩聩晦晦，不闻有雅声。今之为文，其主者，不过句读妍巧，对偶的当而已；极美者，不过事实繁多，声律调谐而已。雕锼篆刻伤其本，浮华缘饰丧其真，于教化仁义，礼乐刑政，则缺然无仿佛者。昔杨翰林欲以文章为宗于天下，穷

态极妍，缀风月，弄花草，淫巧侈丽，浮华纂组，刓锼圣人之经，破碎圣人之言，离析圣人之意，蠹伤圣人之道，使天下不为《书》之典谟，《诗》之雅颂，《春秋》之经，《易》之十翼，而为杨亿之穷妍极态，缀风月，弄花草，淫巧侈丽，浮华纂组，其为怪也大矣。

于是新进后学，不敢复为杨刘体；则介之力也。翰林学士张方平者，尝劾罢夏竦，以高节为直臣；而雅不喜介，谓狂谲盗名。过友人，见案头有介书，曰："何为与此狂生游！"问："前日狂生以羔雁聘之不受；何不吃了羊，着了绢，一任作怪？何足与之较辞受义理也。"独欧阳修极口称之，屡形文墨，殁志其墓，至以孔孟为况。顾以介作书狂怪，点画任意，直者为斜，方者为圆；而曰我第行尧舜周孔之道，不妨自我作古，独贻书相规，谓"居太学，以教人为师，当履中道，秉常德；不宜好异取高，以惊世人而惑后生"云。

第五节　欧阳修　梅尧臣　张先　柳永　刘氏敞、攽

柳开、穆修、尹洙、石介，后先接踵，诵说韩文；然未能变韩文之格而为宋文也。若其创意造言，变韩文之格以自名家，而开宋文者，盖造端于王禹偁，而大成于欧阳修。

欧阳修，字永叔，庐陵人。四岁而孤；叔父晔任随州推官，而侍母往依焉。母氏郑，以荻画地，教以作字。及其稍长而家无书读，就闾里士人借而抄读，往往抄未毕而已成诵。过随州大姓李氏家，见有弊筐贮故书在壁间，发而视，乃《韩愈文集》六卷也，然颠倒脱落无次序，乞诸李氏而董理之。见其雄博而深厚，叹曰："学者当至于是而止尔！"天圣七年，补国子监生，是年取解，明年南省试皆第一；擢进士甲科，充西京留守推官。时钱惟演为西京留守，以文学仕至贵显，所至多招集文士；而尹洙、梅尧臣，皆在幕府，未尝责以吏职，遂以诗古文

日夕与修礲切。因出所藏《昌黎集》而补缀之，求人家所有旧本而校定之，笃嗜不厌。已而有诏戒天下学者尽为古文，独修古文传播四方，模楷群伦；皆以为两汉后五六百年，有韩愈；愈而后又数百年而修继出；柳宗元、李翱、皇甫湜之徒，不足多也。仁宗擢修以谏官知制诰；故事，必试而后命。帝曰："修之文章何待试。"累迁翰林学士。其学推韩愈孟轲以达于孔氏，著礼乐仁义之实，以合于大道。其文引物连类，折之于至理，辨明而曲畅，峻洁而舒迟，变动往来，有驰有止，而皆中于节，使人喜慕而不厌，天下翕然推服以为宗师。

眉山苏洵以文为贽，而先以书至曰："孟子之文，语约而意尽，不为巉刻斩绝之言，而其锋不可犯。韩子之文，如长江大河，浑浩流转，鱼鼋蛟龙，万怪惶惑，而抑遏蔽掩，不使自露，而人自见其渊然之光，苍然之色，亦自畏避不敢逼视。执事之文，纡余委备，往复百折，而条达疏畅，无所间断；气尽语极，急言竭论，而容与闲易，无艰难劳苦之态。此三者，皆断然自为一家之文也。惟李翱之文，其味黯然而长，其光油然而幽，俯仰揖让，有执事之态。陆贽之文，遣言措意，切近的当，有执事之实。而执事之才，又自有过人者；盖执事之文，非孟子韩子之文，而欧阳子之文也。"论者以为允。

于时，士子尚为险怪奇涩之文，号太学体；拟为石介而过也。及修以翰林学士知嘉祐二年贡举，痛排抑之，务求平淡典要。苏氏轼、辙，洵之子也，出于西川，人无知者，一旦拔在高等。榜出，士人纷然惊怒，聚噪于马首。其后稍稍信，而五六年间，文格遂变而复古，则修之力也。累拜枢密副使，参知政事，与韩琦同心辅政。初奉敕撰《唐书》，成纪十卷，志五十卷，表十五卷。而列传则宋祁撰，诏以体例不一而命修看详改定。修受命，退而曰："宋公于我为前辈。且人所见不同，岂可悉如己意！"于是一无窜易。书成奏御。旧制，惟署官最高者一人，修官高当署。修曰："宋公于传功深日久，岂可掩夺！"于是纪、志、表署修，而列传署祁。宋庠闻之，叹曰："自古文人好相陵掩。此事前所未有也。"生平于物无所嗜，独好收蓄古文图书，集三代以来金石铭刻而为之考题。成《集古录》一千卷，以校正史传百家之讹谬。晚年自号六一居士，曰："吾《集古录》一千卷，藏书一万卷，有琴一张，有棋一局，而当置酒一壶，吾一人老于其间，是谓六一。"自为传以刻石。卒，谥文忠，传有《欧阳文忠公集》一百五十三卷，又撰《五代史记》七十四卷，并行于世。

其为文章，苍坚雄遒，力模韩愈者，集中如《本论上》、《集古录目序》、《与张秀才第一书》、《送曾巩秀才序》、《送田画秀才宁亲万州序》、《送陈经秀才序》、《送杨子聪户曹序》、《送廖倚归衡山序》、《王彦章画象记》、《菱溪石记》、《丛翠亭记》、《祭苏子美文》，皆是。而《本论上》模韩愈《原道》，《与张秀才第一书》模《答窦秀才书》，《送廖倚归衡山序》模《送廖道士序》，《王彦章画象记》模《张中丞传后序》，《祭苏子美文》模《祭柳子厚文》，尤其辙迹显然者。特其文学韩愈而能自出变化。韩愈之不可及者在雄快而发以重难；而修之不可及者，在俊迈而出之容易。韩愈雄其辞，沛其气，举重若轻；修则舒其气，暇其神，以重驭轻。韩愈风力高骞，修则风神骀荡；然备尽众体，变化开合，因物命意，各极其工，而不可以一格拘，此所以不可及也。

碑传之文，随事曲注，而工为提掇，跌宕昭彰，大含细入，不矜愈之奇辞奥句。集中如《桑怿传》、《司封员外郎许公逖行状》、《赠兵部侍郎阎公象神道碑铭》、《赠司空兼侍中文惠陈公尧佐神道碑铭》、《资政殿学士户部侍郎文正范公仲淹神道碑铭》、《赠太师中书令程公天球神道碑铭》、《太尉文正王公旦神道碑铭》、《赠司空兼侍中晏公殊神道碑铭》、《忠武军节度使同中书门下平章事武恭王公德用神道碑铭》、《石曼卿延年墓表》、《胡先生瑗墓表》、《集贤校理丁君宝臣墓表》、《孙明复先生复墓志铭》、《尹师鲁洙墓志铭》、《赠中书令谥文简程公琳墓志铭》、《赠吏部尚书正肃吴公育墓志铭》、《赠右谏议大夫孙公甫墓志铭》、《梅圣俞尧臣墓志铭》、《徂徕石先生介墓志铭》、《集贤院学士刘公敞墓志铭》，及《五代史》谢彦章、郭崇韬、安重诲、周德威、孔谦、张延朗、刘延朗、任圜、赵凤、桑维翰、景延光、范延光、安重荣、

安从进、杨光远、冯道、李琪、卢文纪、马裔孙、刘岳、和凝诸传,《伶官传》,其可诵者也。录《石曼卿墓表》曰:

曼卿,讳延年,姓石氏,其上世为幽州人。幽州入于契丹,其祖自成,始以其族间走南归。天子嘉其来,将禄之;不可,乃家于宋州之宋城。父讳补之,官至太常博士。幽燕俗劲武,而曼卿少亦以气自豪,读书不治章句,独慕古人奇节伟行非常之功,视世俗屑屑,无足动其意者。自顾不合于时,乃一混于酒,然好剧饮大醉,颓然自放,由是益与时不合。而人之从其游者,皆知爱曼卿落落可奇,而不知其才之有以用也。年四十八,康定二年二月四日,以太子中允秘阁校理,卒于京师。曼卿少举进士不第,真宗推恩三举进士,皆补奉职。曼卿初不肯就。张文节公素奇之,谓曰:"母老,乃择禄耶?"曼卿矍然起就之,迁殿直。久之,改太常寺太祝,知济州金乡县。叹曰:"此亦可以为政也。"县有治声。通判乾宁军。丁母永安县君李氏忧,服除,通判永静军,皆有能名。充馆阁校勘,累迁大理寺丞,通判海州,还为校理。庄献明肃太后临朝,曼卿上书请还政天子。其后太后崩,范讽以言见幸,引尝言太后事者遽得显官,欲引曼卿,曼卿固止之,乃已。

自契丹通中国,德明尽有河南而臣属,遂务休兵养息,天下晏然,内外弛武三十余年。曼卿上书言十事,不报。已而元昊反,西方用兵,始思其言,召见,稍用其说,籍河北河东陕西之民,得乡兵数十万。曼卿奉使籍兵河东,还,称旨,赐绯衣银鱼。天子方思尽其才,而且病矣。既而闻边将有欲以乡兵捍贼者,笑曰:"此得吾粗也。夫不教之兵,勇怯相杂;若怯者见敌而动,则勇者亦率而溃矣。今或不暇教,不若募其敢行者,则人人皆胜兵也。"其视世事,蔑若不足为;及听其施设之方,虽精思深虑,不能过也。状貌伟然,喜酒自豪,若不可绳以法度。退而质其平生趣舍大节,无一悖于理者。遇人无贤愚,皆尽忻欢;及可否天下是非善恶,当其意者无几人。其为文章,劲健称其意气。有子济、

> 滋。天子闻其丧，官其一子，使禄其家。既卒之三十七日，葬于太清之先茔。其友欧阳修表于其墓曰：
>
> 呜呼曼卿！宁自混以为高，不少屈以合世，可谓自重之士矣。士之所负者愈大，则其自顾也愈重；自顾愈重，则其合愈难。然欲与共大事，立奇功，非得难合自重之士，不可为也。古之魁雄之人，未始不负高世之志，故宁或毁身污迹，卒困于无闻；或老且死而幸一遇，犹克少施于世。若曼卿者，非徒与世难合，而不克少有所施，亦其不幸不得至乎中寿，其命也夫，其可哀也夫！

韩愈碑志，苍坚迈古，然文而非史。独修据事直书，词无钩棘，不乖传体，而可入史；特出笔虽坦易，而下语极矜慎。集中《与杜訢论祁公墓志书》云："修文字简略，止记大节，期于久远，恐难满孝子意。范公家神刻，为其子擅自增损；尹氏子卒请韩太尉别为墓表；以此见朋友门生故吏，与孝子用心常异。然能有意于传久，则须纪大而略小，所纪事皆录实有稽据，皆大节，与人之所难者。其他常人所能者，在他人更无巨美，不可不书；于公为可略者，皆不暇书。"又《与渑池徐宰书》云："《范文正公神道碑》述吕公夷简事，于范公见德量包宇宙，忠义先国家；于吕公事各纪实，则万世取信。非如两仇相讼，各过其实，使后世不信，以为偏辞也。"又有《论尹师鲁墓志》一文，阐所以作志之意，中有云："述其文，则曰'简而有法'；此一句，在孔子六经，惟《春秋》可当之，其他经非孔子自作文章，故虽有法而不简也，修于师鲁之文不薄矣。而世之无识者，不考文之轻重，但责言之多少，云'师鲁文章，不合著一句道了'。若言古文自师鲁始；则前有穆修辈先达甚多，不敢断自师鲁始也。偶俪之文，苟合于理，未必为非，故不是此而非彼也。"可以想见下笔慎重，称量以出，不苟徇子孙之意，以为谀墓之文。《宋史》将相大臣如王旦、陈尧佐、晏殊、胡宿、范仲淹、王德用、杜衍、王尧臣、吴育、余靖、杜杞、蔡襄；儒林宿学如孙复、石介、胡瑗、石延年、尹源、尹洙、刘敞、苏舜钦诸传，多采修文。而薄物细故，随事赋形，如《砚谱》之简而流韵，《洛阳牡丹记》之琐而成章，老笔纷披，亦复卓然史裁，如网在纲，有伦有脊，不下《五代史》也。

论说之文，因事抒议，而工于辨析，条达疏畅，理惬情餍，不同愈之盛气强辩；如《朋党论》、《为君难论》上下、《言西边事宜第一状》、《论契丹争地界状》、《论台谏官唐介等宜早牵复札子》、《上范司谏书》及《五代史宦者传论》，其可诵者也。录《朋党论》曰：

> 臣闻朋党之说，自古有之，惟幸人君辨其君子小人而已。大凡君子与君子以同道为朋，小人与小人以同利为朋，此自然之理也。然臣谓小人无朋，惟君子则有之，其故何哉？小人所好者禄利也，所贪者财货也，当其同利之时，暂相党引以为朋者，伪也；及其见利而争先，或利尽而交疏，则反相贼害，虽其兄弟亲戚，不能相保；故臣谓小人无朋，其暂为朋者伪也。君子则不然：所守者道义，所行者忠信，所惜者名节。以之修身，则同道而相益，以之事国，则同心而共济，终始如一，此君子之朋也。故为人君者，但当退小人之伪朋，用君子之真朋，则天下治矣。
>
> 尧之时，小人共工驩兜等四人为一朋，君子八元八凯十六人为一朋。舜佐尧，退四凶小人之朋，而进元凯君子之朋，尧之天下大治。及舜自为天子，而皋、夔、稷、契等二十二人，并列于朝，更相称美，更相推让，凡二十二人为一朋；而舜皆用之，天下亦大治。《书》曰："纣有臣亿万，惟亿万心。周有臣三千，惟一心。"纣之时，亿万人各异心，可谓不为朋矣，然纣以亡国。周武王之臣，三千人为一大朋，而周用以兴。后汉献帝时，尽取天下名士囚禁之，目为党人；及黄巾贼起，汉室大乱，后方悔悟，尽解党人而释之，然已无救矣。唐之晚年，渐起朋党之论；及昭宗时，尽杀朝之名士，咸投之黄河，曰："此辈清流，可投浊流。"而唐遂亡矣。
>
> 夫前世之主，能使人人异心不为朋，莫如纣；能禁绝善人为朋，莫如汉献帝；能诛戮清流之朋，莫如唐昭宗之世；然皆乱亡其国。更相称美推让而不自疑，莫如舜之二十二臣，舜亦不疑而皆用之，然而后世不诮舜为二十二人朋党所欺，而称舜为聪明之圣

者，以能辨君子与小人也。周武之世，举其国之臣，三千人共为一朋；自古为朋之多且大，莫如周，然周用此以兴者，善人虽多而不厌也。夫兴亡治乱之迹，为人君者可以鉴矣。

修之为论，互殊类使之相勘，序异端使不相乱。而韩愈则烦辞以相假，盛气以相陵，巧譬以相炫，关人之口，夺人之心，使不及思。韩愈以雄肆骋意气，辩之强，争之疾；修则寓辨折于激昂，辩之明，引之达。韩愈汲孟轲七篇之流，修则为眉山三苏之宗。如《鉴画》曰：

萧条淡泊，此难画之意，画者得之，览者未必识也。故飞走迟速，意浅之物易见，而闲和严静，趣远之心难形。若乃高下向背，远近重复，此画工之艺尔，非精鉴者之事也。善言画者，多云鬼神易为工，以为画以形似为难，鬼神人不见也。然至其阴威惨淡，变化超腾，而穷奇极怪，使人见辄惊绝；及徐而定视，则千状万态，笔简而意足，是不亦为难哉。

宋画贵形似，元画尚写意；"笔简而意足"，此元画之所以别开生面，而殊于宋也，其义乃自修发之。他如论《易》不信《系辞》，论《诗》不徇《大、小序》，论《春秋》不信三《传》，虽论议不必尽是，而意到笔随，无不理达辞举，足以自伸其说。苏洵称其"急言竭论，而容与闲易，无艰难劳苦之态"。又谓"遣言措意，切近的当"。此苏氏父子之所长，而实导源于修也。然修之为文，尤工唱叹。或低徊往复，发人深慨，如《五代史·伶官传序》曰：

呜呼，盛衰之理，虽曰天命，岂非人事哉！原庄宗之所以得天下，与其所以失之者，可以知之矣。世言晋王之将终也，以三矢赐庄宗而告之曰："梁，吾仇也。燕王，吾所立；契丹与吾约为兄弟；而皆背晋而归梁。此三者，吾遗恨也。与尔三矢，尔其无忘乃父之志！"庄宗受而藏之于庙。其后用兵，则遣从事以一少牢告庙，请其矢，盛以锦囊，负而前驱，及凯旋而纳之。方其系燕父子以组，函梁君臣之首，入于太庙，还矢先王而告以成功，其意气之盛，可谓壮哉。及仇雠已灭，天下已定，一夫夜呼，乱者四应，仓皇东出，未及见贼，而士卒离散；君臣相顾，不知所归，至于誓天断发，泣下沾襟，何其衰也！岂得之难而失之易欤，抑本其成败之迹而皆自于人欤？

《书》曰："满招损。谦受益。"忧劳可以兴国，逸豫可以亡身，自然之理也。故方其盛也，举天下之豪杰，莫能与之争；及其衰也，数十伶人困之，而身死国灭，为天下笑。夫祸患常积于忽微，而智勇多困于所溺，岂独伶人也哉！

其他如集中《释秘演诗集序》、《释惟俨文集序》、《江邻几文集序》、《尚书屯田员外郎张君谷墓表》、《河南府司录张君汝士墓表》、《张子野墓志铭》、《黄梦升墓志铭》、《送杨寘序》、《秋声赋》、《祭石曼卿文》，皆是也。然亦有抑扬咏叹之作，优游缓节，而特出于模韩愈者；如《渤海县太君高氏墓碣》之模韩愈《殿中少监马君墓志》，是也。或雍容揄扬，系人思慕；如《丰乐亭记》曰：

修既治滁之明年夏，始饮滁水而甘；问诸滁人，得于州南百步之近。其上丰山，耸然而特立：下则幽谷，窈然而深藏；中有清泉，滃然而仰出。俯仰左右，顾而乐之。于是疏泉凿石，辟地以为亭，而与滁人往游其间。滁于五代干戈之际，用武之地也。昔太祖皇帝，尝以周师破李景兵十五万于清流山下，生擒其将皇甫晖、姚凤于滁东门之外，遂以平滁。修尝考其山川，按其图记，升高以望清流之关，欲求晖凤就擒之所，而故老皆无在者，盖天下之平久矣。

自唐失其政，海内分裂，豪杰并起而争，所在为敌国者，何可胜数。及宋受天命，圣人出而四海一，向之凭恃险阻，刬削消磨，百年之间，漠然徒见山高而水清，欲问其事而遗老尽矣。今滁介于江淮之间，舟车商贾四方宾客之所不至；民生不见外事，而安于畎亩衣食，以乐生送死，而孰知上之功德，休养生息，涵煦百年之深也？修之来此，乐其地僻而事简，又爱其俗之安闲。既得斯泉于山谷之间，乃日与滁人仰而望山，俯而听泉，掇幽芳而荫乔木，风霜冰雪，刻露清秀，四时之景，无不可爱。又幸其民乐其岁物之丰成，而喜与予游也。因为本其山川，道其风俗之美，使民知所以安此丰年之乐者，幸生无事之时也。夫宣上恩德以与民共乐，刺史之事也，遂书以名其亭焉。

其他如《醉翁亭记》、《有美堂记》、《相州昼锦堂记》、《洛阳牡丹记》、《泷冈阡表》皆是也。悲愉如量，因事抒感，神韵欲流，最旷而逸。至其于《五代史》，发论必以"呜呼"；曰："此治乱世之书也！"作文成，揭之壁间，朝夕改定；手写《秋声赋》凡数本。而韩琦索为《相州昼锦堂记》，起"仕宦至将相，富贵归故乡。"琦得之大喜。后数日，修复遣使别以本至，曰："前有未是！"琦再三玩之，但于"仕宦""富贵"下，各添一"而"字。每诏学者曰："著撰苟多，他日更自精择，少去其繁，则峻洁矣。然不必勉强。勉强简节之，则不流畅；须待自然之至。然作文之体，初欲奔驰，久当收节，使简重严正；或时肆放以自舒，勿为一体，则尽善矣。"晚年自窜定平生所为文，用思甚苦。其夫人止之曰："何自苦如此。尚畏先生嗔耶？"修笑曰："不畏先生嗔，却怕后生笑。"自谓："平生作文，多在三上，乃马上、枕上、厕上也；盖惟此尤可以属思尔。"文章擅天下，而乐成人之美；谓："所作古文，惟师鲁一见，展卷疾读，五行俱下，便晓人深处。"一时朋侪，论文推服尹洙；而论诗则推苏舜钦、梅尧臣，以谓："子美笔力豪隽，以超迈横绝为奇；圣俞覃思精微，以深远闲澹为意，各极其长。"而尧臣为难知。赋诗赞之曰："子美气尤雄，万窍号一噫。有时肆颠狂，醉墨洒滂沛，譬如千里马，已发不可杀。盈前尽珠玑，一一难拣汰。梅翁事精切，石齿漱寒濑。作诗三十年，视我犹后辈。文辞愈清新，心意虽老大。有如妖韶女，老自有余态。近诗尤古硬，咀嚼苦难嘬。又如食橄榄，真味久愈在。苏豪以气轹，举世徒惊骇。梅穷独我知，古货难今卖。"所以称许之者如此。

梅尧臣，宣城人，圣俞其字也。工诗而未为人知，以叔父学士询荫为河南主簿。钱惟演留守西京，特嗟赏之，为忘年交，引与酬唱，一府尽倾。欧阳修特以诗相切礴。尧臣语之曰："诗家虽主意，而造语亦难。若意新语工，得前人所未道者，为善也；必也状难写之景，如在目前；含不尽之意，见于言外，然后为至矣。贾岛云：'竹笼拾山果，瓦钵担石泉'，姚合云：'马随山鹿放，鸡逐野禽栖。'等是山邑荒僻，官况萧条，不如'县古槐根出，官清马骨高'为工也。"修曰："语之工者固如是；状难写之景，含不尽之意，何诗为然？"尧臣曰："作者得于心，览者会以意，殆难指陈以言也，虽然，亦可略道仿佛。若严维'柳塘春水慢，花坞夕阳迟'，则天容时态，融和骀荡，岂不如在目前乎？又若温庭筠'鸡声茅店月，人迹板桥霜'，贾岛'怪禽啼旷野，落日恐行人'，则道途辛苦，羁旅愁思，岂不见于言外乎？"修曰："韩退之笔力无施不可；而尝以诗为文章末事，有句云'余事作诗人'。然其资谈笑，助谐谑，叙人情，状物态，一寓于诗而曲尽其妙；此在雄文大手，固不足论。而余独爱其工于用韵。盖其得韵宽，则波澜横溢，泛入旁韵，乍还乍离，出入四合，殆不可拘以常格；如《此日足可惜》之类。得韵窄，则不复旁出，而因难见巧，愈险愈奇，如《病中赠张十八》之类。譬之善驭良马者，通衢广陌，纵横驰逐，惟意所之；至于水曲蚁封，疾徐中节，而不少蹉跌，乃天下之至工也。"尧臣戏曰："史言退之为人木强；若宽韵可自足而辄旁出；窄韵难独用而反不出，岂非拗强而然欤！"坐客皆为之笑也。大臣屡荐尧臣宜在馆阁；召试，赐进士出身，累官尚书都官员外郎，预修《唐书》。为人仁厚乐易，未尝忤于物；至其穷愁感愤，有所骂讥笑谑，一发于诗；然用以为欢而不怨怼。篇章流传；有人得西南夷布弓衣，馈修；而视其织文，乃尧臣诗句也，大喜，制为琴囊。修赋诗有曰："韩孟于文词，两雄力相当。寂寥二百年，至宝埋无光。郊死不为岛，圣俞发其藏。患世不愈出，孤吟在号霜。"盖以其诗原出孟郊也。传有《宛陵先生集》六十卷，而《诗集》占五十九卷。五言瘦硬而腴，其原自出孟郊；而悍怒以诡，则上攀韩愈；跌宕而昭，旁参白居易。五言古如《夏夜小亭有怀》曰：

西南雨气浓，林上昏月色。寒影不随人，寥寥空露白。

又《过小石潭》曰：

树老石连潭，潭深烟翠入。群鱼石下游，独鸟潭上立。泉暖草长绿，山高风自急。徘徊兴不穷，苔屐云沾湿。

此则拗瘦清腴，原出孟郊。其他五言古如《岭云》、《林翠》、《少林寺》、《轘辕道》、《自峻极中院步登太室中峰》、《登太室中峰》、《往东流江口寄内》、《寓言》、《云外庵》、《和持国石薜》、《拟水西寺东峰亭九咏》之《垂涧藤》《林中翠》《阴崖竹》三首，五言律如《田家》、《鲁山山行》，五言绝如《和资政侍郎湖亭杂咏绝句》十首之《远山》《莲塘》《渔潭》三绝、《杂诗绝句》十七首，皆是也。至于五言古如《同谢师厚宿胥氏书斋闻鼠甚患之》曰：

灯青人已眠，饥鼠稍出穴，掀翻盘盂响，惊聒梦寐辍；唯愁几砚扑，又恐架书啮。痴儿效猫鸣，此计诚已拙。

七言古如《秋雨篇》曰：

秋雨一向不解休，连昏接晨终穷秋。梅生不量仰天问，神官夜梦言语周：日月是天之两目，忽然生翳无药瘳；只知泪滴为赤子，赤子岂劳天公忧？天公哭霤霤，洒涕落九州。地祇不敢安，泥潦已没头。乃因从容告神官：后稷今在帝所不？从前后稷知稼穑，曾以筋力亲田畴。曷不告帝且辍泣，九谷正熟容其收？早时不泣此时泣，忧我欲活反扼喉。神官发怒髭奋虬，下土小臣安预谋！翻然惊觉汗交流，树上已听鸣鹁鸠。

此则悍肆傲诡，上攀韩愈。其他五言古如《希深惠书言与师鲁永叔子聪幾道游嵩因诵而韵之》、《猛虎行》、《范饶州坐中客语食河豚鱼》、《春雪》、《饮刘原父家原父怀二古钱劝酒》、《送下第亲旧》、《依韵和原父新置盆池》、《初冬夜坐忆桐城山行》、《两日苦风思江南》、《饮韩仲文家》、《送韩八太祝归京师求医》、《裴如晦自河阳至同韩玉汝谒之》、

《戊子三月二十一日殇小女称称》三首、《夜泊虹县同施景仁太博河上纳凉书事》、《淮岸》、《和晚花》、《答宣城张主簿遗鸦山茶次其韵》、《杂兴》二首、《寄李献甫》、《西施》、《闵冢》、《五月十日雨中饮》、《答孙直言都官卷》、《观邵不疑学士所藏名书古画》、《表臣斋中阅画而饮》、《送王介甫知毗陵》、《永叔内翰见索谢公游嵩书感叹》、《永叔内翰见过》，七言古如《永叔寄澄心堂纸二幅》、《送师厚归南阳会天大风遂宿高阳山寺》、《醉中留别永叔子履》、《回自青龙呈谢师直》、《寄题千步院兼示谭上人》、《同蔡君谟江邻几观宋中道书画》、《观何君宝画》、《观杨之美画》、《二十四日江邻几邀观三馆书画》、《答宋学士次道寄澄心堂纸百幅》、《睡意》、《咏欧阳永叔文石砚屏》第一首、《依韵和永叔澄心堂纸答刘原父》、《送通判黄国博入浙》、《潘歙州寄纸三百番石砚一枚》、《送方进士游庐山》、《设脍示坐客》、《胡公疏示祖择之卢氏石诗和之》、《赠张伯益》、《高车再过谢永叔内翰》、《重赋白兔》、《和江邻几学士画鬼拔河篇》，五言律如《入满浦》、《淮阴侯庙》，七言律如《东溪》，皆是也。五言古如《子美次道师厚登天清寺塔》曰：

二三君少壮，走上浮图巅。何为苦思我，平步犹不前？苟得从而登，两股应已挛。复想下时险，喘汗头目旋。不如且安坐，休用窥云烟。

七言古如《十一日垂拱殿起居闻南捷》曰：

二月雪飞鸡狗狂，锦衣走马回大梁。入奏邕州破蛮贼，绛袍玉座开明堂。腰佩金鱼服金带，榻前拜跪称圣皇。一朝严气变和气，泮涣大号诏四方。将军曰青才且武，先斩逗挠兵后强。从来儒帅空卖舌，未到已愁茆叶黄。徘徊岭下自称疾，诏书切责强起当。因人成功喜受赏，亲戚便拟封侯王。昔日苦病今不病，铜鼓弃掷无镖枪。

此则跌宕昭彰，旁参白居易。其他五言古如《游龙门自潜溪过宝应精舍》、《望芒砀山》、《一日曲》、《桓妒妻》、《寄题梵才大士台州安隐堂》、

《相逢》、《送刘定贤良下第赴广陵令》、《送周介之学士通判定州》、《赠狄梁公十二代孙国宾》、《汝州王待制以长篇劝予复饮酒因谢之》、《许发运待制见过夜话》，七言古如《妾薄命》、《啼乌》、《送罗职方知秀州》、《次韵奉和永叔谢王尚书惠牡丹》，五言律如《新晴》，皆是也。宋初诗人，台阁之昆体，专宗李商隐，其气靡。山林之处士，不出姚合，其势仄。自苏舜钦始窥李杜，而宋诗之势始雄，气始舒。至梅尧臣专攻韩孟，而宋诗之体始峻，笔始遒。

欧阳修与苏梅过从久，其诗出入二家；则以舜钦豪放之笔，抒尧臣瘦炼之句；而教李白之振奇，同韩愈之俶诡；非不欲为李也，欲为李而仅得韩也；人巧可阶，天才难为也。五言古如《自菩提步月归广化寺》曰：

> 春岩瀑泉响，夜久山已寂。明月净松林，千峰同一色。

五言绝如《和圣俞百花洲》曰：

> 野岸溪几曲，松蹊穿翠阴。不知芳渚远，但爱绿荷深。
> 荷深水风阔，雨过清香发。暮角起城头，归桡带明月。

此清炼似梅尧臣，而原出郊岛之寒瘦。其他五言古如《上方阁》、《宿广化寺》、《下牢溪》、《游琅琊山》、《幽谷泉》、《秋晚凝翠亭》、《秋怀》第二首、《寄圣俞弹琴效贾岛体》、《折刑部海棠戏圣俞》二首、《寄题刘羲叟家园效圣俞体》、《聚星堂前紫微花》、《夜闻风声有感奉呈原父圣俞》、《奉答原父九月八日见过会饮之作》、《二室道》、《自峻极中院步登太室中峰》、《玉女窗》、《天门泉峻极寺中峰》、《庭前两好树》、《新开棋轩呈元珍表臣》、《行次叶县》、《古瓦砚》、《送蟾上人游天台》、《幽谷晚饮》、《竹间亭》第二首、《拒霜花》、《晚步绿阴园遂登凝翠亭》，七言古如《归云洞》、《琅琊溪》、《石屏路》、《二月雪》、《双井茶》、《寄圣俞》，五言律如《广爱寺》、《劳停驿》、《初春》，七言律如《冬后三日陪丁元珍游东山寺》，五言长律如《初晴独游东山寺五言六韵》、《定力院七叶木》，七言长律如《夷陵书事定谢三舍人》、《寄梅圣俞夷陵作》，皆是也。五言古如《题滁州醉翁亭》曰：

四十未为老，醉翁偶题篇。醉中遗万物，岂复记吾年。但爱亭下水，来从乱峰间，声如自空落，泻向两檐前；流入岩下溪，幽泉助涓涓。响不乱人语，其清非管弦。岂不美丝竹？丝竹不胜繁。所以屡携酒，远步就潺湲。野鸟窥我醉，溪云留我眠，山花徒能笑，不解与我言。惟有岩风来，吹我还醒然。

七言古如《嘲少年惜花》曰：

纷纷红蕊落泥沙，少年何用苦咨嗟。春风自是无情物，肯为汝惜无情花？今年花落明年好，但见花开人自老。人老不复少，花开还更新。使花如解语，应笑惜花人。

又《晋祠》曰：

古城南出十里间，鸣渠夹路何潺潺。行人望祠下马谒，退即祠下窈水源。地灵草木得余润，郁郁古柏含苍烟。并儿自古事豪侠，战争五代几百年；天开地辟真主出，犹须再驾方凯旋。顽民尽迁高垒削，秋草自绿埋空垣。并人昔游晋水上，清镜照耀涵朱颜。晋水今入并州里，稻花漠漠浇平田。废兴仿佛无旧老，气象寂寞余山川。惟存祖宗圣功业，干戈象舞被管弦。我来览登为叹息，暂照白发临清泉。鸟啼人去庙门阖，还有山月来娟娟。

此俊逸似苏舜钦，而原出李杜之豪放。其他五言古如《哭曼卿》、《送杨辟秀才》、《班班林间鸠寄内》、《暮春有感》、《留题镇阳潭园》、《读圣俞蟠桃诗寄子美》、《怀嵩楼晚饮示徐无党无逸》、《飞盖桥玩月》、《送张洞推官赴永兴经略司》、《感兴》五首、《感事》四首、《南獠》、《送李太傅知冀州》、《读梅氏诗有感示徐生》、《偶书》，七言古如《镇阳残杏》、《洛阳牡丹图》、《沧浪亭》、《新霜》二首、《丰乐亭小饮》、《四月九日幽谷见绯桃盛开》、《希真堂东手种菊花十月始开》、《赠无为军李道士》二首、《食糟民》、《寄圣俞》、《赠沈遵》、《答圣俞莫饮酒》、《思白兔杂言戏答公仪忆鹤之作》、《戏答圣俞》、《醉翁吟赠沈博士》、《谢观文王尚书惠西京牡丹》、《奉答原父见过宠示之作》、《明妃曲和王介甫作》、《再和明妃曲》、《哭舜俞》、《鹎鵊词》、《明妃小引》、《忆焦陂》、《赠许道人》、《戏赠》、《春日西湖寄谢法曹歌》、《答谢景山遗古瓦砚歌》、《和对雪忆梅花》、《送韩子华》、《寿楼》，七言律如《戏答元珍》、《答通判李太博》、《和韩学士襄州闻喜亭置酒》、《唐崇徽公主手痕和韩内翰》、《送润州通判屯田》、《和刘原父平山堂见寄》，皆是也。至五言古如《忆山示圣俞》曰：

吾思夷陵山，山乱不可究，东城一堠余，高下渐冈阜。群峰迤逦接，四顾无前后。忆尝只吏役，巨细悉经觏。是时秋卉红，岭谷堆缬绣。林枯松鳞皴，山老石脊瘦。断径履颓崖，孤泉听清溜。深行得平川，古俗见耕耨。涧荒惊麏奔，日出飞雉雊。盘石屡敧眠，绿岩堪解绶。幽寻叹独往，清兴思谁侑。其西乃三峡，险怪愈奇富：江如自天倾，岸立两崖斗。黔巫望西属，越岭通南奏；时时县楼对，云雾昏白昼。荒烟下牢戍，百仞寒溪漱。虾蟆喷水帘，甘液胜饮酎。亦尝到黄牛，泊舟听猿狖。巉巉起绝壁，苍翠非刻镂。阴岩下攒丛，岫穴忽空透。遥岑耸孤出，可爱欣欲就。惟思得君诗，古健写奇秀。

今来会京师，车马逐尘瞀。颓冠各白发，举酒无翠袖；繁华不可慕，幽赏亦难遘。徒为忆山吟，耳热助嘲诟。

七言古如《黄牛峡祠》曰：

大川虽有神，淫祀亦其俗。石马系祠门，山鸦噪丛木。潭潭村鼓隔溪闻，楚巫歌舞送迎神。画船百丈山前路，上滩下峡长来去。江水东流不暂停，黄牛千古长如故。峡山侵天起青嶂，崖崩路绝无由上；黄牛不下江头饮，行人惟向舟中望。朝朝暮暮见黄牛，徒使行人过此愁。山高更远望犹见，不是黄牛滞客舟。（语曰："朝见黄牛，暮见黄牛；一朝一暮，黄牛如故。"言江恶难行，久不能过也。)

此以舜钦之俊迈,而抒梅氏之瘦峭。其他五言古如《登绛州富公嵩巫亭示同行者》、《水谷夜行寄子美圣俞》、《清明风雨三日不出因书所见呈圣俞》、《书怀感事寄梅圣俞》、《会峰亭》,七言古如《会饮圣俞家有作兼呈原父景仁圣从》、《归雁亭》,皆是也。五言古如《猛虎》曰:

猛虎白日行,心闲貌扬扬。当路择人肉,羆猪不形相。头垂尾不掉,百兽自然降。暗祸发所忽,有机埋路傍;徐行自踏之,机翻矢穿肠。怒吼震林丘,瓦落儿堕床。已死不敢近,目睛射余光。虎猛恃其外,爪牙利钩铓。人形虽羸弱,智巧乃中藏。恃外可摧折,藏中难测量。英心多决烈,自信不猜防。老狐足奸计,安居穴垣墙。穷冬听冰渡,思虑岂不长?引身入扱中,将死犹跳踉。狐奸固堪笑,猛虎诚可伤。

七言古如《百子坑赛龙》曰:

嗟龙之智谁可拘,出入变化何须臾。坛平树古潭水黑,沉沉影响疑有无。四山云雾忽昼合,瞥起直上拿空虚。龟鱼带去半空落,雷輷电走先后驱。倾崖倒涧聊一戏,顷刻万物皆涵濡。青天却扫万里静,但见绿野如云敷。明朝老农拜潭侧,鼓声坎坎鸣山隅。野巫醉饱庙门阖,狼藉乌鸟争残余。

此为李白之振奇,而同韩愈之俶诡。其他五言古如《金鸡五言十四韵》、《送荥阳魏主簿》、《自枝江山行至平陆驿五言二十四韵》、《答苏子美离京见寄》、《思二亭送光禄谢寺丞归滁阳》、《和徐生假山》,七言古如《绛守居园池》、《啼鸟》、《菱溪大石》、《紫石屏歌》、《葛氏鼎》、《吴学士石屏歌》、《盘车图》、《于刘功曹家见杨直讲女奴弹琵琶戏作呈圣俞》、《有赠端溪绿石枕蕲州竹簟呈原父圣俞》、《盆池》、《鬼车》、《感二子》、《送子野》、《石篆诗》,皆是也。七言绝则不为韩愈之拗强俶诡,而同白居易之乐易旷真；如《丰乐游春》三首、《画眉鸟》、《寄谢晏尚书二绝》、《鱼》、《鹭鸶》是也。录《鱼》曰：

秋水澄清见发毛，锦鳞行处水纹摇。岸边人影惊还去，时向绿荷深处跳。

又《鹭鸶》曰：

激石滩声如战鼓，翻天浪色似银山。滩惊浪打风兼雨，独立亭亭意愈闲。

以其才大而功深，无所不学，无所不似。大抵以中唐晚唐之清炼，祛盛唐之浮廓；而以盛唐中唐之豪荡，舒晚唐之危仄。由修而拗怒，则为黄庭坚，为陈师道；由修而舒坦，则为苏轼，为陆游。诗之由唐而宋，惟修管其枢也。修于唐诗最推李白，以谓："杜甫于白，得其一节而精强过之，至于天才自放，非甫可到也。"特文则宗韩愈而能变韩愈，诗亦推李白而不似李白。文虽力矫昆体，而诗不废昆体。集中诗如《双桂楼》、《钱相中伏日池亭宴会分韵》、《留守相公移镇汉东》五言长律三篇，皆为钱惟演酬唱而作，依然昆体，然犹少作也。及其与王珪同为翰林学士，故事，进春帖子，自皇后贵妃以下诸阁皆有。是时张贵妃薨，封温成皇后，而阁未废。词臣阙而不进。仁宗不怿，宣索。珪仓卒不知所措。修曰："某有一首。"从容挥翰，辞曰：

忽闻海上有仙山，烟锁楼台日月闲。花下玉容长不老，只应春色胜人间。

既进，上大喜。珪拊修背曰："君文章真含香丸子也！"顾此首集中不见。而集中载《春帖子》、《端午帖子》之作，无不词取妍华而有兴象，知用力于昆体者深尔。

修诗文皆变当时旧格，惟词为小技，与晏殊同出南唐，蹊径已变，而规模未大。然思路甚隽，而笔意有二：有冶丽同晏殊，而特为深婉以开秦观者。如《生查子》曰：

去年元夜时，花市灯如昼。月到柳梢头，人约黄昏后。今年元夜时，月与灯依旧。不见去年人，泪满春衫袖。

又《南歌子》曰：

凤髻金泥带，龙纹玉掌梳，走来窗下笑相扶，爱道："画眉深浅入时无？" 弄笔偎人久，描花试手初，等闲妨了绣工夫，笑问："双鸳鸯字怎生书？"

有空灵出韦庄，而抒以疏俊以开苏轼者，如《长相思》曰：

花似伊，柳似伊，花柳青春人别离，低头双泪垂。 长江东，长江西，两岸鸳鸯两处飞，相逢知幾时！

又《渔家傲》曰：

花底忽闻敲两桨，逡巡女伴来寻访。酒盏旋将荷叶当。莲舟荡，时时盏弃生红浪。 花气酒香清厮酿，花腮酒面红相向。醉倚绿阴眠一晌。惊起望，船头搁在沙滩上。

大抵晏词婉丽，尚是晚唐之风流；而欧笔屈折，已开苏词之跌宕。盖以南唐而参《花间》，此风气之有开必先也。

张先，字子野，吴兴人。为都官郎中，从修及晏殊游。尝为殊序《珠玉词》，而亦以词自喜。有客谓先曰："人皆谓公张三中，即'心中事'，'眼中泪'，'意中人'也。"先笑曰："何不目我为张三影？"客不晓。先曰："'云破月来花弄影'，'娇柔懒起帘压卷花影'，'柳径无人，堕飞絮无影'；此皆余平生所得意也。"传有《张子野词》二卷。所为丽而能朗，疏而不快，不失修及晏殊之温婉，而以开柳永苏轼之警新；宋词之变，先管其枢。如《菩萨蛮》曰：

牡丹含露真珠颗，美人折向帘前过。含笑问檀郎："花强妾貌强？" 檀郎故相恼，刚道花枝好。"花若胜如奴，花还解语无？"

又《更漏子》曰：

锦筵红，罗幕翠，侍燕美人姝丽。十五六，解怜才，劝人深酒杯。　　黛眉长，檀口小。耳畔向人轻道："柳阴曲，是儿家。门前红杏花。"

其词有酝藉处，亦有警发处；然酝藉不减晏欧，而警发处却俊雅耐吟味，不如苏轼之豪放，亦异柳永之亵诨。

柳永，初名三变；崇安人，景祐元年进士，官至屯田员外郎，世号柳屯田。而永为举子时，好狭斜游，善为歌词。教坊乐工，每得新腔，必求永为词，谐婉动人，有井水处，即能歌讽。苏轼拈出"霜风凄紧，关河冷落，残照当楼。"曰："唐人佳处，不过如此！"传有《乐章集》一卷。其词善于铺叙，羁旅行役，情文相生，尤为悱恻！如《昼夜乐》曰：

洞房记得初相遇，便只合长相聚。何期小会幽欢，变作别离情绪。况值阑珊春色暮，对满目乱花狂絮。直恐好风光，尽随伊归去。　　一场寂寞凭谁诉，算前言总轻负。早知恁地难拚，悔不当初留住。其奈风流端正好，更别有系人心处。一日不思量，也攒眉千度。

又《定风波》曰：

自春来、惨绿愁红，芳心是事可可。日上花梢，莺穿柳带，犹压香衾卧。暖酥销，腻云亸。终日厌厌倦梳裹。无那。恨薄情一去，音书无个。　　早知恁般么。悔当初、不把雕鞍锁。向鸡窗只与，蛮笺象管，拘束教吟哦。镇相随，莫抛躲。针线闲拈伴伊坐。和我。免使少年光阴虚过。

又《少年游》曰：

日高花谢懒梳头。无语倚妆楼。修眉敛黛，遥山横翠，相对结春愁。　　王孙走马长秋陌，贪迷恋少年游。似恁疏狂，费人拘管，争似不风流。

此为思妇楼头设想也。如《雨霖铃》曰：

寒蝉凄切，对长亭晚骤雨初歇。都门帐饮无绪，方留恋处，兰舟催发。执手相看泪眼，竟无语凝噎。念去去千里烟波，暮霭沉沉楚天阔。　　多情自古伤离别，更那堪冷落清秋节。今宵酒醒何处？杨柳岸晓风残月。此去经年，应是良辰好景虚设。便总有千种风情，更与何人说。

又《六幺令》曰：

澹烟残照，摇曳溪光碧；溪边浅桃深杏，迤逦染春色。昨夜扁舟泊处，枕展当滩碛。波声渔笛，惊回好梦，梦里欲归归不得。　　展转翻成无寐，因此伤行役。思念多媚多娇，咫尺千山隔。都为深情密爱，不忍轻离拆。好天良夕，鸳帷寂静，算得也应暗相忆。

又《凤衔杯》曰：

追悔当初辜深愿，经年价两成幽怨。任越山吴水，似屏如障，堪游玩。奈独自慵抬眼。　　赏烟花，听弦管，图欢笑，转加肠断。总时展丹青，强拈书信，频频看，又争似亲相见。

又《八声甘州》曰：

对萧萧暮雨洒江天，一番洗清秋。渐霜风凄紧，关河冷落，残照当楼。是处红衰绿减，苒苒物华休。惟有长江水，无语东流。　　不忍登高临远，望故乡渺邈，归思难休。叹年来踪迹，何事苦淹留。思佳人妆楼颙望，误几回天际识归舟。争知我倚栏杆处，正恁凝眸。

此以行役羁旅言之也。如怨如慕，只是实说；语语本色，却是字字旖旎。宜其流传人口，一时称俊。然闺房狎媟，不宜实说，而有本色描写，迹近诲淫者。如《斗百花》曰：

满搦宫腰纤细。年纪方当笄岁。刚被风流沾惹。与合垂杨双髻。初学严妆，如描似削身材，怯雨羞云情意。举措多娇媚。　　争奈心性，未会先怜佳婿。长是夜深，不肯便入鸳被。与解罗裳，盈盈背立银缸，却道你但先睡。

又《菊花新》曰：

欲掩香帷论缱绻，先敛双蛾愁夜短。催促少年郎，先去睡鸳衾图暖。　　须臾放了残针线，脱罗裳恣情无限。留着帐前灯，时时看伊娇面。

尽是实话，殊嫌秽口。以视欧阳修词之闺情冶思，犹托之兴象，而出以酝藉者，殊为好色而淫也。相传苏轼在玉堂日，有士善歌，因问我词何如柳七。对曰："柳郎中词，只合十七八女郎，执红牙板，歌'杨柳岸晓风残月'。学士词，须关东大汉，铜琵琶，铁绰板，唱'大江东去'。"轼为之绝倒。其实轼寓意高远，运笔雄矫，一洗绮罗香泽之态，寄慨无端，岂可与永之词相题并论。永之词，有轼之警新而逊其豪放；永不过浪子狭斜，轼自有才人抱负。而如永《斗百花》、《菊花新》等词，亦岂可以付十七八女郎，执红牙板歌，得无羞口耶？风斯下矣。张先与永齐名，而时以先不及永。然永笔警而意佻，不如先之词雅而韵高！虽同一闺帷媠婳之词，然先风情而无伤雅道，疏俊而饶能酝藉，意思安闲，于欧阳修为近，岂如永之好色而淫者哉。

刘敞，字原父，号公是，新喻人。登庆历六年进士上第。望欧阳修稍后出，而同为仁宗侍臣，学问文章，势不相下，然相重也。修称敞"议论宏博，词章烂然"。而敞亦谓修"学该古今，穷极贯变。"及修参知政事，言于宰相韩琦，欲以敞为翰林学士，而仁宗大渐，未之果也。敞累官集贤院学士，传有《公是集》五十四卷。其诗五七言古，跌宕昭彰而嫌未郁厚；五言律，五七言绝，凄惋清新而未臻老健。辞笔之豪放，意趣之渊永，未足与欧阳修颉颃以拔帜易帜。而近体不如古体，七律尤逊五律；大抵五七言古亦出杜甫，五七言绝颇参王韦，而浑脱浏亮，不如东坡；生拗遒变，又异山谷；在宋诗中，不足名家。文则波澜气象，远胜于诗，亦以无意与欧苏争能，气平而文缓，意度安闲。如《送福州文学蜀人范宗韩序》曰：

盖君子之仕也，辞贵不辞贱，辞富不辞贫。夫文学之位，可谓贱矣，其禄可谓贫矣，是范生所不得辞也。范生，蜀人，为古文章有名。或荐于上，上以福州文学处之。于是携其妻东南出巴峡以趋海滨。呜呼！太平以来，治贵和同，四方之士，未有特超而起者也。及其多事，而年少群不逞之人，逃奔蛮夷，为之谋主，以病中国。由是隐居之贤，以名高见疑，稍稍就吏矣。其禄虽宠，囚之实也；其籍虽仕，窜之实也；岂可谓非命也哉！

吾尝游福州，识张宜，太和诩诩，老儒也。其为人介而不别，同而不流；是以不为世俗知，而不为世俗患。子往从之乎，又何陋哉？

渟泓含蓄，波澜自然。又《先秦古器记》曰：

先秦古器十有一物，制作精巧，有款识，皆科斗书，为古学者莫能尽通。以他书参之，乃十得五六。就其可知者，校其世，或出周文武时，于今盖二千有余岁矣。嗟乎！三王之事，万不存一；《诗》、《书》所记，圣王所立，有可长太息者矣，独器也乎哉！兑之戈，和之弓，离磬崇鼎，三代传以为宝；非赖其用也，亦云上古而已矣。孔子曰："多见而识之，知之次也。"众不可概，安知天下无能尽辨之者哉？使工模其文，刻于石，又并图其象，以俟好古博雅君子焉。终此意者，礼家明其制度，小学正其文字，谱牒次其世谥，乃为能尽之。

欧阳修纂《集古录》，以史传证碑石；敞作《先秦古器记》，以经学辨彝器；遂为金石之学所托始。而敞言"礼家明其制度，小学明其文字，谱牒次其世谥"，遂发钟鼎考证之阃奥矣。又《皇侄孙故右内率府副率叔舍石记》曰：

> 太子右内率府副率叔舍，上之再从侄孙。曾祖曰德彝，昭德军节度使兼中书令，颍川郡王。祖曰承锡，左屯卫大将军，楚州团练使。父克辟，右千牛卫将军。母曰吴氏，陈留县君。嘉祐元年十一月己丑，生于宫邸；二年四月，以宗室长子赐名，为太子右内率府副率；四年六月甲子，以疾卒，厝奉先佛寺。五年十月，葬汝州梁县。
>
> 古之道，天下无生而贵者，故虽王者之子，犹胜衣冠而后爵之。然亦任以事，责以职，时有不能以恩全者矣。国朝变此制，公族虽疏远，皆以官禄富贵之，而终不任以事，使之必全，其待长嫡又加异。故叔舍未至能言而官矣。然亦夭阏早死，岂固有命耶？谨记。

不过一宗室之四岁下殇耳，而今古异制，即于言下见得，可当一篇《宋史·宗室传序》读，绝大史识，而全篇不足二百言。其他如《处士号议》、《为政》、《言畏》、《上仁宗论睦亲不当建神御殿》、《上仁宗论温成立忌》、《论让官疏》、《论契丹告哀》、《送江邻几序》、《送苏安上序》、《送王生序》、《送杨郁林序》、《送邵贤良序》、《送焦千之序》、《送潘况序》、《送从兄赴选序》、《送新安尉张诜序》、《皇兄赠昭化军节度使追封祁国公承裔墓志铭》、《皇侄孙赠右武卫大将军叔詹墓志铭》、《皇侄孙故内率府副率叔闻石记》、《皇侄曾孙太子右内率府副率持之石记》、《贞观刀记》、《杂录》，辞不铿訇，而自然朗畅，惬理餍心，其原盖出于《礼记》。大抵风神不如欧阳修之骀宕，议论不如苏氏父子之澜翻，体气不如曾王之峻茂，而特以从容中道，不大声以色。碑传之叙次有史裁，制诰之殷勤得古意，赋表书启四六之爽切无肤辞，足以抗行欧阳修而无愧色。至于设《侯公说辞》、《寓辩》之模《战国策》，《拟朝廷报契丹书》之模汉文《与赵佗书》，《谕客》之模东方朔《客难》、扬雄《解嘲》，《王配于京赋》之雍容揄扬，仿佛汉赋；《送王舒序》、《送湖南运使慎学士序》之遒茂古健，依仿汉文；似自振厉，若欲以警发时人愦愦者。然其议论亦欲匡时拂俗，以礲切当世士大夫；特出以从容讽议，而不为急言谒论耳。

刘攽，字贡父，号公非，敞弟，与敞同年登进士第。诗学中唐，出入刘白，爽朗有时似香山，警炼亦或似梦得；然气体差似，而秀发不足，盖才有以限之。文亦醇粹明白，不为雄夸澶漫之谈，亦无摇曳侧媚之态。而才调特胜乃兄；然亦以才调胜乃兄，而不安于平实，转不如乃兄之意度安详；其为得失与苏氏轼辙相反。辙之所以不如轼者，为才调不如，而不足于警快也。攽之所以不如敞者，以才调稍胜，而不安于平实也。传有《彭城集》四十卷。至南宋吕祖谦纂《宋文鉴》，多录刘氏敞、攽文，浸媲欧、苏、曾、王。朱熹、叶适，咸亟称之；于是敞、攽之文大显。今观敞、攽之文，抑遏掩蔽，伏其光气，自于欧、苏、曾、王以外，别一蹊径；然必欲抗之，以为突过欧、苏、曾、王，私心殊未谓然。何者？欧阳修神暇而趣永，二刘则度安而韵不流。三苏气骏而才雄，二刘则气驽而才亦逊。曾王体舒而气峻，二刘则体舒而不气峻。特自以才力之不如，知所短而不犯，不能渊永而为明白，不能雄骏而为平正，不能峻遒而为委备；所以韵不如欧阳之流，才不如三苏之大，体不如曾王之峻，而无害为善用其短。欧、苏、曾、王善用其长，而二刘善用其短，此所以别出蹊径，而卒无以相胜也。

第六节　苏洵　苏轼附秦观 黄庭坚 陈师道 张耒 晁补之 李廌　苏辙附子孙

苏洵，字明允，眉山人。以文章游欧阳修之门，而二子轼、辙，受知为弟子。顾文章体势，与修不同。修好为不尽，而苏洵父子则肆为尽。洵尤峻健，不同修之优游。洵兄涣，登进士第。而洵放废，至二十五岁，始发愤为学。举进士及茂才异等，皆不中程。乃悉焚曩所为文，闭户读书，遂通六经百家之说，而大肆其力于文章。诗人之优柔，骚人之精深，孟韩之温淳，迁固之雄刚，孙吴之简切，投之所向，无不如志。常以为："董生得圣人之经，其失也流而为迂。鼂错得圣人之权，其失也流而为诈。有二子之才而不流者，其惟贾生乎。"盖以贾生自许也。下笔千言，而未为世知。知雅州雷太简独知之，以书荐之成都尹张方平。方平读其文，以为似司马子长，资之携二子轼、辙游京师。以文谒欧阳修，且自叙生平而塍以书曰："洵少年不学，生二十五岁，始知读书从士君于游。年既已晚，而又不遂刻意厉行，以古人自期；而视与已同列者皆不胜己，则遂以为可矣。其后困益甚，然后取古人之文而读之，始觉其出言用意，与己大别。时复内顾自思其才，则又似夫不遂止于是而已者。由是尽烧曩时所为文数百篇，取《论语》、《孟子》、韩子及其他圣人贤人之文，而兀然端坐，终日以读之者七八年矣。方其始也，入其中而惶然，博观于其外而骇然以惊。及其久也，读之益精，而其胸中豁然以明，若人之言固当然者。然犹未敢自出其言也。时既久，胸中之言日益多，不能自制，试出而书之，已而再三读之，浑浑乎觉其来之易矣。然犹未敢自以为是也，执事观其如何？"修以为贾谊、刘向不能过，且语之曰："子之《六经论》，荀卿子之文也。"上其所著《几策》、《权书》、《衡论》二十二篇。既出，士大夫争传之，一时学者竞效苏氏为文章，其名翕然！群公执政待以上客。会重阳，韩琦置酒私第，惟修与一二执政，洵以布衣参其间，都人以为异礼。席间作诗，洵有"佳节已从愁里过，壮心时向醉中来"，其意气尤不少衰。而琦方为枢密使。时军政久弛，将骄卒惰，欲裁以法。洵探琦意，乃上书曰：

太尉执事：洵著书无他长，及言兵事，论古今形势，至自比贾谊。所献《权书》，虽古人已往成败之迹，苟深晓其义，施之于今，无所不可。昨因请见，求进末议，太尉许诺。谨撰其说，言语朴直，非有惊世绝俗之谈，甚高难行之论。太尉取其大纲，而无责其纤悉。

盖古者非用兵决胜之为难，而养兵不用之可畏。今夫水，激之山，放之海，决之为沟塍，壅之为沼沚，是天下之人能之。委江河，注淮泗，汇为洪波，潴为太湖，万世而不溢者，自禹之后，未之见也。夫兵者，聚天下不义之徒，授之以不仁之器，而教之以杀人之事。夫惟天下之未安，盗贼之未殄，然后有以施其不义之心，用其不仁之器，而试其杀人之事。当是之时，勇者无余力，智者无余谋，巧者无余技，故其不义之心，变而为忠，不仁之器，加之于不仁，而杀人之事，施之于当杀。及夫天下既平，盗贼既殄，不义之徒聚而不散，勇者有余力，则思以为乱；智者有余谋，则思以为奸；巧者有余技，则思以为诈；于是天下之患杂然出矣。盖虎豹终日而不杀，则跳踉大叫以发其怒；蝮蝎终日而不螫，则噬啮草木以致其毒；其理固然，无足怪者。

昔者刘项奋臂于草莽之间，秦楚无赖子弟千百为辈，争起而应者，不可胜数；转斗五六年，天下厌兵，项籍死而高祖亦已老矣。方是时，分王诸侯，改定律令，与天下休息；而韩信黥布之徒，相继而起者七国；高祖死于介胄之间，而莫能止也；连延及于吕氏之祸，讫孝文而后定。是何起之易而收之难也？刘项之势，初若决河，顺流而下，诚有可喜；及其崩溃四出，放乎数百里之间，拱手而莫能救也。呜呼！不有圣人，何以善其后？

太祖太宗躬擐甲胄，跋涉险阻，以斩刈四方之蓬蒿；用兵数十年，谋臣猛将满天下。一旦卷甲而休之，传四世而天下无变。此何术也？荆楚九江之地，不分于诸将；而韩信黥布之徒，无以启其心也。虽然，天下无变，而兵久不用，则其不义之心，蓄而无所发；饱食优游，求逞于良民；观其平居无事，出怨言以邀其上；一日有急，是非人得千金，不可使也。往年诏天下缮完城池，西川之事，洵实亲见。凡郡县之富民，举而籍其名，得钱数百万，以为酒食馈饷之费。杵声未绝，城辄随坏；如此者数年而后定。卒事，官吏相贺，卒徒相矜，若战胜凯旋而待赏者。比来京师，游阡陌间，其曹往往偶语无所讳忌。闻之土人，方春时尤不忍闻，盖时五六月矣！会京师忧大水，锄耰畚筑，列于两河之壖；县官日费千万；传呼劳问之声，不绝者数十里，犹且睊睊狼顾，莫肯效用。且夫内之如京师之所闻，外之如西川之所亲见，天下之势，今何如也。

御将者，天子之事也。御兵者，将之职也。天子者，养尊而处优，树恩而收名，与天下为喜乐者也，故其道不可以御兵。人臣执法而不求情，尽心而不求名，出死力以捍社稷，使天下之心系于一人，而已不与焉；故御兵者人臣之事，不可以累天子也。今之所患，大臣好名而惧谤，好名则多树私恩，惧谤则执法不坚。是以天下之兵豪纵至此，而莫之或制也。顷者狄公在枢府，号为宽厚爱人，狎昵士卒，得其欢心，而太尉适承其后。彼狄公者，知御外之术，而不知治内之道，此边将才也。古者兵在外，爱将军而忘天子；在内，爱天子而忘将军；爱将军，所以战；爱天子，所以守。狄公以其御外之心，而施诸其内。太尉不反其道，而何以为治？或者以为兵久骄不治，一旦绳以法，恐因以生乱。昔者郭子仪去河南，李光弼实代之，将至之日，张用济斩于辕门，三军股栗。夫以临淮之悍，而代汾阳之长者；三军之士竦然如赤子之脱慈母之怀，而立乎严师之侧，何乱之敢生？且夫天子者，天下之父母也。将相者，天下之师也。师虽严，赤子不敢以怨其父母；将相虽厉，天下不敢以咎其君，其势然也。天子者，可以生人，可以杀人。故天下望其生。及其杀之也，天下曰是天子杀之，故天子不可以多杀。人臣奉天子之法，虽多杀，天下无所归怨，此先王所以威怀天下之术也。

伏惟太尉思天下所以长久之道，而无幸一时之名；尽至公之心，而无恤三军之多言。夫天子推深仁以结其心，太尉厉威武以振其惰。彼其思天子之深仁，则畏而不至于怨；思太尉之威武，则爱而不至于骄。君臣之体顺，而畏爱之道立。非太尉，吾谁望耶？

琦见之大骇，惧其文播而三军哗也，谢不欲再见，微以咎修。而富弼当国，尤不乐之，曰："此君专劝人杀戮立威，岂得直如此要官做！"久之无成而归。累年始得召试策论舍人院，辞不至。而《上皇帝书》，指陈政事得失，缅缅五千言。执政欲不次用之。富弼持不可曰："姑少待之！"乃除试秘书省校书郎。时韩琦已为相，洵上书琦，诉贫且老，不能从州县待改官，譬豫章橘柚，非老人所种；且言："天下官，岂以某故而冗耶？"修亦为言，乃以为霸州文安县主簿，与陈州项城令姚辟，同修太常因革礼。而王安石亦以修荐为知制诰，议论高奇，方谈经术，见洵文，诋曰："此战国之文尔。"洵闻之，大恨。会张方平亦为安石所排，二人者，素相善也，洵乃作《辨奸论》，谓："今有人口诵孔老之言，身履夷齐之行，收召好名之士、不得志之人，相与造作言语，私立名字，以为颜渊孟轲复出；而阴贼险狠，与人异趣。夫面垢不忘洗，衣垢不忘浣，人之情也。今也衣臣虏之衣，食犬彘之食，囚首丧面而谈诗书，此岂其情也哉！凡事之不近人情者，鲜不为大奸慝！"盖以斥安石，献之方平，而不以示修。安石微知之，益不快，而两家之隙，遂不可解也。洵有《嘉祐集》二十卷；为文章特工议论，如《几策》之《审势》、《审敌》，《权书》之《心术》、《法制》、《强弱》、《攻守》、《六国》、《项籍》，《衡论》之《御将》、《广士》、《养才》、《申法》、《议法》，六经之《易》、《乐》、《诗》、《春秋》四论，《史论》上中下，《谏论》上下，《管仲论》、《明论》、《上韩枢密书》、《上田枢密书》、《上王长安书》、《上欧阳内翰第一书》、《苏氏族谱引》，指事类情，袅娜百折，烟波无限，令人往复而不厌。其学原本兵家之权谋，法家之刑名，而抒以纵横家之捭阖，切事情，明是非，其笔力一出一入，王安石目为战国之文，可谓知言。特以清畅肆辨折，而不为《国策》苏张之瑰奓。同一抵掌而谈，纵横跌宕，而一雄丽，一清遒；纵笔所之，风驰雨骤，极挥斥之致，而机势圆转如辘轳。同韩愈之驰骋雄迈，而无其沉浸酞郁；此所以为宋人之文也。然洵之文，有学韩愈而极神似者：《张益州画像记》，有意为愈之峻重而不为驰骋，仿佛《柳州罗池庙碑》、《郓州溪堂诗序》笔意。《木假山记》，有意为愈之盘郁而力跻诡变，仿佛《送廖道士序》、《蓝田县丞厅壁记》笔意。而《送石昌言为北使引》、《名二子说》,亦得韩愈嵚崎之致;知其用力于韩者深也。特其所以异军突起而成一家之言者,自在《策论》;观之上古,验之当世,参以人事,而察盛衰之理,审权势之宜,洞爽轩辟。而晓畅戎机,尤善论兵;如《权书》之《心术》曰:

为将之道,当先治心;泰山崩于前而色不变,麋鹿兴于左而目不瞬,然后可以制利害,可以待敌。凡兵上义,不义,虽利勿动;非一动之为害,而他日将有所不可措手足也。夫惟义,可以怒士,士以义怒,可与百战。凡战之道:未战养其财,将战养其力,既战养其气,既胜养其心。谨烽燧,严斥堠,使耕者无所顾忌,所以养其财。丰犒而优游之,所以养其力。小胜益急,小挫益厉,所以养其气。用人不尽其所欲为,所以养其心。故士常蓄其怒,怀其欲而不尽;怒不尽,则有余勇;欲不尽,则有余贪。故虽并天下而士不厌兵,此黄帝之所以七十战而兵不殆也。不养其心,一战而胜,不可用矣。凡将欲智而严,凡士欲愚。智则不可测,严则不可犯,故士皆委己而听命,夫安得不愚?夫惟士愚而后可与之皆死。凡兵之动,知敌之主,知敌之将,而后可以动于险。邓艾纵兵于穴中,非刘禅之庸,则百万之师,可以坐缚,彼固有所侮而动也。故古之贤将,能以兵尝敌,而又以敌自尝,故去就可以决。

凡为将之道:知理而后可以举兵,知势而后可以加兵,知节而后可以用兵。知理则不屈,知势则不沮,知节则不穷。见小利不动,见小患不避,小利小患不足以辱吾技也,夫然后可以支大利大患。有以养技而自爱者,无敌于天下,故一忍可以支百勇,一静可以制百动。兵有长短,敌我一也。敢问:吾之所长,吾出而用之,彼将不与吾校;吾之所短,吾蔽而置之,彼将强与吾角,奈何?曰:吾之所短,吾抗而暴之,使之疑而却;吾之所长,吾阴而养之,使之狎而堕其中。此用长短之术也。善用兵者,使之无所顾,有所恃。无所顾,则知死之不足惜;有所恃,则知不至于必

> 败。尺棰当猛虎，奋呼而操击；徒手遇蜥蜴，变色而却步，人之情也；知此者可以将矣。袒裼而按剑，则乌获不敢逼；冠胄衣甲据兵而寝，则童子弯弓杀之矣。故善用兵者以形固。夫能以形固，则力有余矣。

词约而意赅，天下之兵说，皆归其中，盖孙武以来所未见也。《六经论》，于经术甚疏，而《易》《乐》《诗》三论，持论不根，一说以臆；读之娓娓，若人之言固当然者。特以洞明世故，惬理餍情，而行文纵横，往往空中布景，绝处逢生，令人有陵云御风之意。欧阳修态有余妍，洵则笔有余劲。而《上韩枢密书》、《上欧阳内翰第一书》，得《国策》之雄诙，参《韩非》之峭劲，肆意有所作，而语有断制，出入西汉贾、晁，雄放当为宋人书中第一云。洵为人聪明辨智，遇人气和而色温，而好为策谋，务一出己见，不肯蹑故迹。谈兵尤喜自负，慨然有志于功名者也。顾不遇而肆之为文章；每于其穷达得丧，忧叹哀乐，念有所属，必发之于此。于古今治乱兴坏，是非可否之际，意有所择，亦必发之于此。于应接酬酢万事之变者，虽错出于外，而用心于内者，未尝不在此也。盖少或百字，多或千言，其指事析理，引物托喻，侈能尽之约，远能见之近，大能使之微，小能使之著，烦能不乱，肆能不流，而要由于笔力之劲以跻乎此。二子轼、辙，兄弟竞爽，以济厥美；而轼之才尤大。

苏轼，字子瞻，聪明天成。父游学四方，而母氏程亲授以书；闻古今成败，辄能语其要，读《后汉书》，至《范滂传》，问于母曰："儿若为滂，夫人亦许之乎?"母曰："儿为滂，吾独不能为滂母耶!"因抚轼喜曰："吾有子矣。"既而父命从同学刘巨学。巨赋《鹭鹚诗》，末云："渔人忽惊起，雪片逐风斜。"轼曰："断章无归宿，曷若'雪片落蒹葭'?"巨，宿儒也，乃惊谢曰："吾非若师。"及冠，学通经史，属文日数千言。嘉祐二年，试礼部。欧阳修实知贡举，而梅圣俞为之佐。疾时文之磔裂，士风之诡异，乃擢轼、辙高第以式多士。而圣俞得轼卷《刑赏忠厚之至论》，以为其文似孟子，呈修。修诵至"皋陶曰杀之三，尧曰宥之三"，按曰："此出何书?"圣俞曰："何须出处!"欲置第一；而修疑其客曾巩所为，抑为第二。复以《春秋》对义，擢第一。轼诣谢。圣俞问："皋陶三杀，尧三宥，出何书也？"轼徐曰："想当然耳！"既而诣修，修亦问，轼曰："事在《三国志·孔融传》注。"修检之无有，再问，轼曰："曹操以袁熙妻赐子丕。孔融曰：'昔武王以妲己赐周公。'操问何经见？融曰：'以今日之事观之，意其如此！'尧、皋陶之事，某亦意其如此。"修退而大惊曰："此人可谓善读书，善用书，吾当避此人出一头地。"顾轼终身服膺于修，每语人："欧阳公，天人也，恐未易过。非独不肖所不敢当也；天之生斯人，意其甚不易；非且使之休息千百年，恐未能复生斯人也。"及修以直言荐轼兄弟，而同召试者甚多。宰相韩琦语客曰："二苏在此，而诸人亦敢与之较试，何也？"其言传，而不试去者，盖十八九矣。时仁宗春秋高，策试举人罢朝，而色喜，告皇后曹氏曰："朕今日得才士二人，曰苏氏轼、辙；然吾老矣，虑不能用。将以遗子孙，不亦可乎！"历事仁宗、英宗、神宗、哲宗，累官端明殿翰林侍读学士。中间以与王安石议论不合，乃作《荀卿论》以相讥切。又发愤言："文字之衰，未有如今日者也，其源实出于王氏。王氏之文未必不善也，而患在于好使人同己。自孔子不能使人同，颜渊之仁，子路之勇，不能以相移，而王氏欲以其学同天下。地之美者，同于生物，不同于所生；惟荒瘠斥卤之地，弥望皆黄茅白苇，此则王氏之同也。"遂遘党祸，屡遭贬逐，才起而卒仆；至哲宗绍圣改元，贬知英州，移惠州、琼州；赦还，提举玉局观，故有苏学士、苏玉局之称。传有《东坡全集》一百十五卷。初好贾谊、陆贽书，论古今治乱，不为空言。既而读《庄子》，喟然叹曰："吾昔有见于中，口未能言；今见《庄子》，得吾心矣！"既以刺新法流弊而谪居黄州，杜门深居，驰骋翰墨，其文一变，如川之方至。而后读释氏书，深悟实相，参之孔孟，博辩无碍，浩然其无涯也。其思想出入佛老，旁参名法纵横。而为文章不拘一格，大体可得而论者有二：

其一调适而鬯遂，抒其胸次之高旷；如《滟滪堆赋》、《黠鼠赋》、《前、后赤壁赋》、《醉白堂记》、《喜雨亭记》、《超然台记》、《宝绘堂记》、

《墨宝堂记》、《放鹤亭记》、《思堂记》、《文与可筼筜谷偃竹记》、《石钟山记》、《游桓山记》、《睡乡记》、《画水记》、《方山子传》、《韩幹画马赞》、《石室先生画竹赞》、《答李廌书》第二首、《日喻》、《怪石供》等篇，博揽物态，清旷自怡。而短札小记，涉笔成趣，著墨不多，自然韵流；如《与毛维瞻尺牍》曰：

> 岁行尽矣，风雨凄然。纸窗竹屋，灯火青荧，时于此间，得少佳趣。无由持献，独享为愧。想当一笑也。

又如《题凤翔东院王画壁》曰：

> 嘉祐癸卯上元夜，来观王维摩诘笔。时夜已阑，残灯耿然，画僧踽踽欲动，恍然久之。

又如《记承天寺夜游》曰：

> 元丰六年十月十二日夜，解衣欲睡，月色入户，欣然起行。念无与为乐者，遂至承天寺，寻张怀民。怀民亦未寝，相与步于中庭。庭下如积水空明，水中藻荇交横，盖竹柏影也。何夜无月？何处无竹柏？但少闲人如吾两人耳。

盖欧阳修工于唱叹，虽颂美之文，亦发以唱叹；而轼则好为嬉笑，虽羁愁之文，亦出以嬉笑；萧然物外，逸趣横生，栩栩焉神愉而体轻，令人欲弃百事而从之游焉。

其一深切以往复，发其议论之宏辩，如《秦始皇帝论》、《魏武帝论》、《伊尹论》、《管仲论》、《孙武论》上下、《乐毅论》、《荀卿论》、《韩非论》、《留侯论》、《贾谊论》、《鼂错论》、《霍光论》、《大臣论》上下、《论武王》、《屈到嗜芝论》、《论战国养士》、《论秦》、《论鲁隐公》、《论隐公里克李斯郑小同王允之》、《论孔子》、《论周东迁》、《论商鞅》、《论始皇汉宣李斯》、《策略》、《策别》之《课百官》《决壅蔽》《专任使》《无责难》《无沮善》《均户口》《教战守》《去奸民》《倡勇敢》九篇、《策断》、《上神宗皇帝书》、《徐州上皇帝书》、《代张方平谏用兵书》、《代李琮论京东盗贼状》、《上富丞相书》、《上韩太尉书》、《上刘侍读书》、《应制举上两制书》等篇，指陈利害，议论出入今古，事核理当，而笔力雄伟，抒词高朗，极纵荡变化之能，不可羁勒；而落韵甚轻，若行所无事；如《论战国养士》曰：

春秋之末，至于战国，诸侯卿相，皆争养士；自谋夫说客谈天雕龙坚白同异之流，下至击剑扛鼎鸡鸣狗盗之徒，莫不宾礼；靡衣玉食，以馆于上者，何可胜数。越王勾践有君子六千人。魏无忌、齐田文、赵胜、黄歇、吕不韦皆有客三千人，而田文招致任侠奸人六万家于薛，齐稷下谈者亦千人，魏文侯、燕昭王、太子丹皆致客无数。下至秦汉之间，张耳、陈余号多士，宾客厮养，皆天下豪杰，而田横亦有士五百人，其略见于传记者如此。度其余，当倍官吏而半农夫也。此皆奸民蠹国者，民何以支，而国何以堪乎？苏子曰：此先王之所不能免也。国之有奸也，犹鸟兽之有猛鸷，昆虫之有毒螫也。区处条理，使各安其处，则有之矣；锄而尽去之，则无是道也。吾考之世变，知六国之所以久存，而秦之所以速亡者，盖出于此，不可以不察也。

夫智、勇、辨、力，此四者，皆天民之秀杰者也，类不能恶衣食以养人，皆役人以自养者也。故先王分天下之富贵，与此四者共之。此四者不失职，则民靖矣。四者虽异，先王因俗设法，使出于一：三代以上出于学，战国至秦出于客，汉以后出于郡县吏，魏晋以来出于九品中正，隋唐至今出于科举。虽不尽然，取其多者论之。六国之君虐用其民，不减始皇二世。然当是时，百姓无一人叛者，以凡民之秀杰者，多以客养之，不失职也。其力耕以奉上，皆椎鲁无能为者，虽欲怨叛而莫为之先，此其所以少安而不即亡也。始皇初欲逐客，用李斯之言而止。既并天下，则以客为无用；于是任法而不任人，谓民可以恃法而治；谓吏不必才，取能守吾法而已。故堕名城，杀豪杰；民之秀异者散而归田亩。向之食于四公子、吕不韦之徒者，皆安归哉？不知其能槁项黄馘以老死于布褐乎？抑将辍耕太息以俟时也？秦之乱虽成于二世，然使始皇知畏此四人者，有以处之，使不失职；秦之亡，不至若是速也。纵百万虎狼于山林而饥渴之，不知其将噬人，世以始皇为智，吾不信也。

楚汉之祸，生民尽矣，豪杰宜无几。而代相陈豨，从车千乘；萧曹为政，莫之禁也。至文景武之世，法令至密，然吴濞、淮南、梁王、魏其、武安之流，皆争致宾客；世主不问也。岂惩秦之祸，以为爵禄不能尽縻天下士，故少宽之，使得或出于此也邪？若夫先王之政则不然，曰：君子学道则爱人，小人学道则易使也。呜呼，此岂秦汉之所及也哉！

又如《策别》之《倡勇敢》曰：

臣闻战以勇为主，以气为决。天子无皆勇之将，而将军无皆勇之士。是故致勇有术。致勇莫先乎倡，倡莫善乎私。此二者，兵之微权；英雄豪杰之士所以阴用而不言于人，而人亦莫之识也。臣请得以备言之。

夫倡者何也？气之先也。有人人之勇怯，有三军之勇怯。人人而较之，则勇怯之相去，若莛与楹。至于三军之勇怯则一也，出于反覆之间，而差于毫厘之际，故其权在将与君。人固有暴猛兽而不操兵，出入于白刃之中而色不变者，有见虺蜴而却走，闻钟鼓之声而战栗者，是勇怯之不齐至于如此。然闾阎之小民，争斗戏笑，卒然之间，而或至于杀人。当其发也，其心翻然，其色勃然，若不可以已者；虽天下之勇夫，无以过之。及其退而思其身，顾其妻子，未始不恻然悔也。此非必勇者也，气之所乘，则夺其性而忘其故。故古之善用兵者，用其翻然勃然于未悔之间；而其不善者，沮其翻然勃然之心，而开其自悔之意，则是不战而先自败也。故曰致勇有术，致勇莫先乎倡。均是人也，皆食其食，皆任其事。天下有急，而有一人焉，奋而争先，而致其死，则翻然者众矣。弓矢相及，剑楯相搏，胜负之势，未有所决，而三军之士，属目于一夫之先登，则勃然者相继矣。天下之大，可以名劫也；三军之众，可以气使也。谚曰："一人善射，百夫决拾。"苟有以发之，及其翻然勃然之间而用其锋，是之谓倡。

倡莫善乎私，天下之人，怯者居其百，勇者居其一，是勇者难得也。捐其妻子，弃其身以蹈白刃，是勇者难能也。以难得之人，行难能之事，此必有难报之恩者矣。天子必有所私之将，将军必有所私之士，视其勇者而阴厚之。人之有异材者，虽未有功，而其心莫不自异；自异而上不异之，则缓急不可以望其为倡。故凡缓急而肯为倡者，必其上之所异也。昔汉武帝欲观兵于四夷，以逞其无厌之求，不爱通侯之赏，以招勇士；风告天下，以求奋击之人，卒然无有应者。于是严刑峻法，致之死地，而听其以深入赎罪，使勉强不得已之人，驰骤于死亡之地；是故其将降而兵破败，而天下几至于不测。何者？先无所异之人，而望其为倡，不亦难乎？私者，天下之所恶也，然而为己而私之，则私不可用；为其贤于人而私之，则非私无以济。盖有无功而可赏，有罪而可赦者，凡所以愧其心而责其为倡也。

天下之祸莫大于上作而下不应，上作而下不应，则上亦将穷而自止。方西戎之叛也，天子非不欲赫然诛之；而将帅之臣，谨守封略，外视内顾，莫有一人先奋而致命，而士卒亦循循焉莫肯尽力。不得已而出，争先而归。故西戎得以肆其猖狂，而吾无以应，则其势不得不重赂而求和。其患起于天子无同忧患之臣，而将军无腹心之士。西师之休十有余年矣，用法益密，而进人益难；贤者不见异，勇者不见私，天下务为奉法循令，要以如式而止。臣不知其缓急，将谁为之倡哉！

其长处在援引史实，属辞比事，尤善譬喻，巧于构想。他人所百思不到者，既读之，而适为人人意中所有。轩爽洞达，如与晓事人语，表里粲然，中边俱澈。苏洵以申韩之峭刻，变苏张之纵横，其气放，其笔拗；轼则以庄生之骀宕，化孟子之激切，其辞达，其势旷。苏洵瘦硬通神，轼则潇洒自得。

所为骈文委曲旁达，亦有议论波澜；内外制如《范子渊知峡州敕》、《杨王子二人荆王子七人并远州团练使敕》、《赐新除依前中大夫尚书右丞王存辞免恩命不允断来章批答》第二首、《赐新除知枢密安焘辞免恩命不许断来章批答》第一首，表奏如《谢中书舍人表》第二首、《代滕达道湖州谢上表》、《乞校正陆贽奏议上进札子》，书启如《谢制科启》二首、《谢王内翰启》、《贺欧阳少师致仕启》、《答王幼安宣德启》，祭文如《祭欧阳文忠公文》、《祭欧阳仲纯父文》，抑扬爽朗，一变西昆杨刘拘对组俪之习，欧阳修称其"四六述叙，委曲精尽，始得斯人，及见为幸"。其原出于陆贽。虽是四六述叙，而明切事情，卷舒自在，则与策论波澜莫二。

若其书牍之不为四六者有二：其一急言竭论，有识有笔，同策论之气体；如《上富丞相书》、《上韩太尉书》、《上王兵部书》、《上刘侍读书》、《上知府王龙图书》、《上梅直讲书》、《应制举上两制书》，抗其气，振其辞，于文章为健笔，于书简实非体；而唐宋八家书之入文集者皆如此；虽似有识有笔，而实不情不理。其一随事抒怀，不衫不履，乃书简之正宗；如《与谢民师推官书》、《答张文潜县丞书》、《答李廌书》第二首、《答舒尧文尺牍》第二首、《答毕仲举尺牍》第一首是也。如《答谢民师书》：

> 文理自然，姿态横生。孔子曰："言之不文，行之不远。"又曰："辞达而已矣。"夫言止于达意，疑若不文；是大不然。求物之妙，如系风捕影，能使是物了然于心者，盖千万人而不一遇也；而况使了然于口与手者乎？是之谓辞达。辞至于能达，则文不可胜用矣。扬雄好为艰深之词，以文浅易之说；若正言之，则人人知之矣。此正所谓"雕虫篆刻"者。其《太玄》、《法言》，皆是类也；而独悔于赋，何哉？

昔韩愈喜称扬雄，为文章力摹心追；而轼则以“艰深”“文浅易”讥之，不以奇字奥句为尚，此宋文之所以异于唐文，而轼之别出于韩愈以自名家者也。然轼之文，工于策论，疏于碑传。策论则横放侧出，实能以条鬯臻雄恣，焯有波澜。碑传则平铺直叙，未能以振提出精神，实伤冗絮。惟《表忠观碑》气跻苍坚，辞能劲敛，卓荦为杰，集中之冠；其次《万石君罗文传》，仿韩愈《毛颖传》，虽逊其古茂而得其波澜。又次则《富郑公神道碑》、《代张文定公作故龙图阁学士滕公墓志铭》、《代张文定公作赵康靖公神道碑》，虽差有振提，而已伤烂漫。至于《陈公弼传》、《司马温公行状》、《范景仁墓志铭》、《张文定公墓志铭》、《赵清献公神道碑》，虽为《宋史》诸传所本，而辞繁不杀，不知所以裁之，刺刺生厌。独《亡妻王氏墓志铭》，絮而不冗，澹而能挚。《杂记》记先夫人不残鸟雀，亦臻简永。条达是其所长，简老独为所短，可以抒议论，而不可以作碑传。尝自诩：“作文如行云流水，行乎所不得不行，止乎所不得不止；嬉笑怒骂，皆成文章。”“凡人文字，务使平和，至足之余，溢为奇怪，盖出于不得已尔。”“昔之为文者，非能为之为工，而不能不为之为工。”而诫：“少年为学，每读一书，当作数过尽之。书富如入海，百货皆有之；人之精力，不能兼收尽取，但得其所欲求者耳。故愿学者每次作一意求之，如欲求古人兴亡治乱，圣贤作用，但作此意求之，勿生余念。又别作一次求事迹故实，典章文物之类，亦如之。他皆仿此。此虽迂钝，而他日学成，八面受敌，与涉猎者不可同日而语。”盖亦自道所得焉。

诗于宋为一代宗。陈师道谓：“其诗初学刘禹锡，晚学李太白。”朱弁《曲洧旧闻》则引《参寥子》语，亦称轼早年致力禹锡。今观其诗学陶潜，学李白，学杜甫，学王维，学韦应物，学韩愈，学孟郊，学柳宗元，学白居易，皆有辙迹可寻；独不见所谓学刘禹锡。而按之轼生平议论，诗推陶潜，推杜甫，推韦应物、柳宗元；而亦不及刘禹锡。以谓：

> 吾于诗人无所好，独好渊明诗。渊明作诗不多，然质而实绮，癯而实腴；自曹、刘、鲍、谢、李、杜诸人，皆莫及也。予尝论

书：以谓钟王之迹，萧散简远，妙在笔画之外。至唐颜柳，始集古今笔法而尽发之，极书之变；天下翕然以为宗师，而钟王之法益微。至于诗亦然：苏李之天成，曹刘之自得，陶谢之超然，盖亦至矣。而李太白、杜子美，以英玮绝世之姿，陵跨百代，古今诗人尽废；然魏晋以来，高风绝尘，亦少衰矣。李杜之后，诗人继作，虽间有远韵，而才不逮意。独韦应物、柳宗元，发纤秾于简古，寄至味于澹泊，非余子所及也。唐末司空图崎岖兵乱之间，而诗文高雅，犹有承平之遗风。自论其诗以为得味外味。"绿树连村暗，黄花入麦稀。"此句最好。又云"棋声花院静，幡影石坛高"；吾尝游五老峰，入白鹤院，松阴满庭，不见一人，惟闻棋声；然后知此句之工也，但恨其寒俭有僧态。杜子美云"暗飞萤自照，水宿鸟相呼"，"四更山吐月，残夜水明楼"，则才力富健，去表圣之流远矣。今《太白集》中有《归来乎》、《笑矣乎》及《赠怀草书》数诗，决非太白作；盖唐末五代间，贯休、齐己辈诗也。余旧在富阳，见国清院太白诗，绝凡近；过彭泽唐兴院，又见太白诗，亦非是。良由太白豪俊，语不甚择，集中往往有临时卒然之句，故使妄庸敢尔。若杜子美，世岂有伪撰者耶？李白诗飘逸绝尘而伤于易，学之者又不至，玉川子是也；然犹有可观者。诗须要有为而作。用事当以故为新，以俗为雅。好奇务新，乃诗之病。柳子厚诗，晚年极似陶渊明，知诗病者也。柳子厚诗在陶渊明下，韦苏州上。退之豪放奇险则过之，而温丽静深不及也。所贵乎枯澹者，谓其外枯而中膏，似澹而实美；渊明、子厚之流是也。若中边皆枯澹，亦何足道？佛云："如人食密，中边皆甜。"人食五味，知其甘苦者皆是；能分别其中边者，百无一二也。（按以上引文见《书黄子思诗集后》，《书司空图诗》、《书李白集》等合编。）

天性洒脱，清旷自怡；及自为诗，学杜不得其沉郁，学韩又难为生划，而以白香山之容易，抒柳子厚之秀澹，上窥陶彭泽之旷真，旁参李太白之豪俊，其辞则跌宕昭彰，其境则清深旷邈，而托之禅悦，焯有理趣。五言古如《书焦山纶长老壁》曰：

法师住焦山，而实未尝住。我来辄问法，法师了无语。法师非无语，不知所答故。君看头与足，本自安冠屦。譬如长鬣人，不以长为苦；一旦或人问，每睡安所措，归来被上下，一夜无著处，展转遂达晨，意欲尽镊去。此言虽鄙浅，故自有深趣。持此问法师，法师一笑许。

又《开先漱玉亭》曰：

高岩下赤日，深谷来悲风。擘开青玉峡，飞出两白龙；乱沫散霜雪，古潭摇清空，余流滑无声，快泻双石硔。我来不忍去，月出飞桥东，荡荡白银阙，沉沉水晶宫。愿随琴高生，脚踏赤鲩公。手持白芙蕖，跳下清泠中。

又书《晁补之所藏与可画竹》三首曰：

与可画竹时，见竹不见人。岂独不见人，嗒然遗其身。其身与竹化，无穷出清新。庄周世无有，谁知此凝神！

若人今已无，此竹宁复有？那将春蚓笔，画作风中柳。君看断崖上，瘦节蛟蛇走。何时此霜竿，复入江湖手？

晁子拙生事，举家闻食粥。朝来又绝倒，谀墓得霜竹。可怜先生盘，朝日照苜蓿。吾诗固云尔，可使食无肉。

又《书鄢陵王主簿所画折枝》二首曰：

论画以形似，见与儿童邻。赋诗必此诗，定非知诗人。诗画本一律，天工与清新。边鸾雀写生，赵昌花传神。何如此两幅，疏淡含清匀。谁言一点红，解寄无边春。

瘦竹如幽人，幽花如处女。低昂枝上雀，摇荡花间雨。双翎决将起，众叶纷自举。可怜采花蜂，清蜜寄两股。若人富天巧，春色入毫楮。悬知君能诗，寄声求妙语。

七言古如《泗州僧伽塔》曰：

我昔南行舟系汴，逆风三日沙吹面。舟人共劝祷灵塔，香火未收旗脚转。回头顷刻失长桥，却到龟山未朝饭。至人无心何厚薄，我自怀私欣所便。耕田欲雨刈欲晴，去得顺风来者怨；若使人人祷辄遂，造物应须日千变。我今身世两悠悠，去无所逐来无恋。得行固愿留不恶，每到有求神亦倦。退之旧云三百尺，澄观所营今已换。不嫌俗土污丹梯，一看云山绕淮甸。

又《舟中夜起》曰：

微风萧萧吹菰蒲，开门看雨月满湖。舟人水鸟两同梦，大鱼惊窜如奔狐。夜深人物不相管，我独形影相嬉娱。暗潮生渚吊寒蚓，落月挂柳看悬蛛。此生忽忽忧患里，清境过眼能须臾。鸡鸣钟动百鸟散，船头击鼓还相呼。

又《大风留金山两日》曰：

塔上一铃独自语，明日颠风当断渡。朝来白浪打苍崖，倒射轩窗作飞雨。龙骧万斛不敢过，渔艇一叶从掀舞。细思城市有底忙，却笑蛟龙为谁怒。无事久留童仆怪，此风聊得妻孥许。灊山道人独何事，半夜不眠听粥鼓。

五言律如《大秦寺》曰：

晃荡平川尽，坡陁翠麓横。忽逢孤塔迥，独向乱山明。信足幽寻远，临风却立惊。原田浩如海，滚滚尽东倾。

七言律如《与毛令方尉游西菩提寺》曰：

路转山腰足未移，山清石瘦便能奇。白云自占东西岭，明月谁分上下池。黑黍黄粱初熟后，朱柑绿橘半甜时。人生此乐须天付，莫遣儿郎取次知。

又《书普慈长老壁》曰：

普慈寺后千竿竹，醉里曾看碧玉椽。倦客再游行老矣，高僧一笑故依然。久参白足知禅味，苦厌黄公聒昼眠。惟有两株红百叶，晚来犹得向人妍。

七言绝如《题西林壁》曰：

横看成岭侧成峰，远近高低各不同；不识庐山真面目，只缘身在此山中。

又《春日》曰：

鸣鸠乳燕寂无声，日射西窗泼眼明。午醉醒来无一事，只将春醉赏春晴。

又《惠崇春江晚景》曰：

竹外桃花三两枝，春江水暖鸭先知。蒌蒿满地芦芽短，正是河豚欲上时。

又《书李世南所画秋景》曰：

野水参差落涨痕，疏林攲倒出霜根。扁舟一棹归何处？家在江南黄叶村。

其他五言古如《李氏园》、《和子由闻子瞻将如终南太平宫溪堂读书》、《扶风天和寺》、《和子由记园中草木》十首、《别岁寄子由》、《许州西湖广陵会三同舍刘莘老》、《送岑著作》、《宿临安净土寺》、《自净土步至功臣寺》、《焦千之求惠山泉诗》、《秋怀》二首、《九日湖上寻周李二君不见君亦见寻于湖上以诗见寄明日乃次其韵》、《金山寺与柳子玉饮大醉卧宝觉禅榻夜分方醒书其壁》、《僧惠勤初罢僧职》、《游灵隐高峰塔》、《新城陈氏园次晁补之韵》、《出城送客不及步至溪上》第一首、《庐山卢敖洞》、《和顿教授见寄用除夜韵》、《西斋》、《京师哭任遵圣》、《答任师中家汉公》、《雨中过舒教授》、《中秋月》三首、《送参寥师》、《人日猎城南会者十人以“身轻一鸟过枪急万人呼”为韵得鸟字》、《罢徐州往南京马上走笔寄子由》五首、《游惠山》三首、《赠钱道人端午遍游诸寺得禅字》、《与客游道场何山得鸟字》、《送孙著作赴考城兼寄钱醇老李邦直二君于孙处有书见及》、《与王郎昆仲及儿子迈绕城观荷花登岘山晚入飞英寺分韵得月明星稀》四首、《御史台榆槐竹柏》四首、《定惠院颙师为余竹下开啸轩》、《冬至日赠安节》、《栖贤三峡桥》、《建昌李野夫公择故居》、《初别子由至奉新作》、《徐大正闲轩》、《金山妙高台》、《书王定国所藏王晋卿画著色山》二首、《文登蓬莱阁下弹子涡作诗遗垂慈堂老人》、《故周茂叔先生濂溪》、《题杨次公春兰》、《袁公济和刘景文登介亭诗复次韵答之》、《熙宁中轼通守此郡除夜直都厅囚系皆日暮不得返舍因题一诗于壁》、《九月十五日观月听琴西湖示坐客》、《泛颍》、《欧阳季默以油烟墨二丸见饷各长寸许戏作小诗》、《送运判朱朝奉入蜀》、《和陶饮酒》之第一、三、四、八、十三五首、《送蒋颖叔帅熙河》、《东府雨中别子由》、《谢运使仲适座送王敏仲北使》、《过庐山下》、《廉泉》、《碧落洞》、《峡山寺》、《白水山佛迹岩》、《和陶归园田居》六首、《雨后行菜圃》、《行琼儋间肩舆坐睡梦中得句云"千山动鳞甲万谷酣笙钟"觉而遇清风急雨戏作》、《安期生》、《午窗坐睡》、《藤州江下夜起对月赠邵道士》，七言古如《王维吴道子画》、《谢苏自之惠酒》、《腊日游孤山访惠勤惠思二僧》、《雨中游天竺灵感观音院》、《和蔡准郎中见邀游西湖》第二首、《游径山》、《和欧阳少师寄赵少师次韵》、《往富阳新城李节推先行三日留风水洞见待》、《法惠寺横翠阁自普照游二庵》、《和钱安道寄惠建茶》、《青牛岭高绝处有小寺人迹罕到》、《听贤师琴》、《留别释迦院牡丹呈赵倅》、《次韵僧潜见赠》、《次韵答舒教授观余所藏墨》、《九日黄楼作》、《李思训画长江绝岛图》、《登云龙山》、《百步洪》二首、《次韵秦大虚见戏耳聋》、《定惠院寓居月夜偶出》、《寓居定惠院之东杂花满山有海棠一株土人不知贵也》、《和蔡景繁海州石室》、《自兴国往筠宿石田驿南二十五里野人舍》、《寄吴德仁兼简陈季常》、《送杨杰登州海市》、《送陈睦知潭州》、《送表弟程六知楚州》、《赵令宴崔白大图幅径三丈》、《次韵子由书李伯时所藏韩幹马》、《庆源宣义王丈以累举得官为洪雅主簿雅州户掾有书来求红带作诗为戏》、《书王定国所藏烟江叠嶂图》、《寄蔡子华》、《喜刘景文至》、《次前韵送刘景文》、《轼在颍州与赵德麟同治西湖未成改扬州三月十六日湖成德麟有诗见怀次其韵》、《召还至都门先寄子由》、《次韵吴传正枯木歌》、《书晁说之考牧图后》、《鹤叹》、《子由新修汝州龙兴寺吴画壁》、《清远舟中寄耘老》、《寓居合江楼》、《十一月二十六日松风亭下梅花盛开》、《荔枝叹》、《独觉》，五言律如《游鹤林招隐》二首、《雨晴后步至四望亭下鱼池上遂自乾明寺东冈上归》二首、《倦夜》，七言律如《和子由渑池怀旧》、《楼观》、《是日宿水陆寺寄北山清顺僧》第二首、《秀州报本禅院乡僧文长老方丈》、《夜至永乐文长老院文时卧病退院》、《过永乐文长老已卒》、《寄黎眉州》、《同年王中甫挽词》、《和晁同年九日见寄》、《予以事系御史台狱作诗遗子由》、《初到黄州》、《正月二十日往岐亭郡人潘古郭三人送余于女王城东禅庄院》、《太守徐君猷通守孟亨之皆不饮酒以诗戏之》、《正月二十日与潘郭二生出郊寻春忽记去年是日同至女王城作诗乃和前韵红梅》第一首、《次韵子由送千之侄》、《送贾讷倅眉》第二首、《次韵刘景文见寄》，七言绝如《陌上花》等篇；言景如画，言情如话，不须矜才使气，兴会所到，险境发以雄，精理透之显；而行所无事，意思闲暇，舒以养气，显以发奥，四通六辟，使人心神融释；凡经史传记百家之言，信手拈来，无不贯穿协合，尽是毫飞墨喷，自然水到渠成，脱然畦封，似不经意而出；然句如坚城，而气极和厚；盘硬而不入于生涩，流宕而不落于率易，此所以卓然名家为不可及也。然亦有顿挫沉郁，酷似杜甫者，五言古如《八阵碛》、《白帝庙》、《神女庙》、《夜行观星》、《岘山》、《颍大夫庙》、《次韵子由论书》、《真兴寺阁》、《是日至下马碛憩于北山僧舍有阁曰怀贤南直斜谷西临五丈原诸葛孔明所从出师也》、《登常山绝顶广丽亭》、《赠狄崇班季子》、《冬至日赠安节》，七言古如《辛丑十一月十九日既与子由别于郑州西门之外马上赋诗一篇寄之》、《秦穆公墓》、《欧阳少师令赋所蓄石屏》、《游金山寺》、《自金山放船至焦山》、《孙莘老求墨妙亭诗》、《铁沟复赠乔太博》、《韩幹马十四匹》、《赠写御容妙善师》、《次韵答刘泾》、《携妓乐游张山人园》、《答范淳甫》、《虢国夫人夜游图》，五言律如《过巴东县不泊闻颇有莱公遗迹》、《鳊鱼》、《中隐堂诗》第二首，七言律如《次韵颜长道送傅倅》、《次韵穆父尚书侍祠郊丘引满醉吟》，是也。亦有诙诡生拗，颇学韩愈者，五言古如《诅楚文》，七言古如《石鼓歌》、《无锡道中赋水车》、《和李邦直沂山祈雨有应》、《郭祥正家醉画竹石壁上郭作诗为谢且遗二古铜剑》，是也。亦有瘦硬峭炼，偶似孟郊者，五言古如《读孟郊诗》二首、《次韵仲殊雪中游西湖》第一首，是也。三者皆集中之变体，而要非轼乐易坦荡之本来云。

宋词自晏殊婉丽开宗，瓣香南唐。欧阳修虽有疏俊，而未极豪放。至轼出，始摆脱婉转绸缪之态，创为激越之声调，抗首高歌，横放杰出。如《水龙吟》曰：

古来云海茫茫，蓬山绛阙知何处？人间自有赤城居士，龙蟠凤举。清净无为，坐忘遗照，八篇奇语。向玉霄东望，蓬莱晻霭，有云驾，骖风驭。　　行尽九州四海，笑纷纷落花飞絮。临江一见谪仙风采，无言心许。八表神游，浩然相对，酒酣箕踞。待垂天赋就，骑鲸路稳，约相将去。

又《水调歌头》曰：

明月几时有？把酒问青天。不知天上宫阙，今夕是何年？我欲乘风归去，又恐琼楼玉宇，高处不胜寒。起舞弄清影，何似在人间！　　转朱阁，低绮户，照无眠。不应有恨，何事长向别时圆？人有悲欢离合，月有阴晴圆缺，此事古难全。但愿人长久，千里共婵娟。

又《念奴娇》之《赤壁怀古》曰：

大江东去，浪淘尽千古风流人物。故垒西边，人道是三国周郎赤壁。乱石穿空，惊涛拍岸，卷起千堆雪。江山如画，一时多少豪杰。　　遥想公瑾当年，小乔初嫁了，雄姿英发，羽扇纶巾，谈笑间强虏灰飞烟灭。故国神游，多情应笑我早生华发。人间如梦，一樽还酹江月。

又《念奴娇》之《中秋》曰：

凭高眺远，见长江万里云无留迹。桂魄飞来，光射处，冷浸一天秋碧。玉宇琼楼，乘鸾来去，人在清凉国。江山如画，望中烟树历历。　　我醉拍手狂歌，举杯邀月，对影成三客。起舞徘徊风露下，今夕不知何夕。便欲乘风翻然归去，何用骑鲸翼。水晶宫里，一声吹断横笛。

又《哨遍》之《春词》曰：

睡起。画堂银蒜押帘，珠幕云垂地。初雨歇，洗出碧罗天，正溶溶养花天气。一霎晴风回芳草，荣光浮动，卷皱银塘水。方杏靥匀酥，花须吐绣，园林翠红排比。见乳燕捎蝶过繁枝，忽一线炉香逐游丝。昼永人闲，独立斜阳，晚来情味。　　便乘兴携将佳丽，深入芳菲里。拨胡琴语，轻拢慢撚总伶俐。看紧约罗裙，急趣檀板，霓裳入破惊鸿起。颦月临眉，醉霞横脸，歌声悠扬云际。任满头红雨落花飞坠，渐鸩鹊楼西玉蟾低，尚徘徊未尽欢意。君看今古悠悠，浮幻人间世；这些百岁光阴几日？三万六千而已。醉乡路稳不妨行，人生但要适情耳。

苏轼之于欧阳修，犹欧阳修之于晏殊，皆由门下开拓，不拘师法。而欧之境，去晏未远；苏之笔，视欧益豪。词之有苏轼，犹诗之有李白，往往高举无前，以歌行纵横之笔，盘屈而为词，跌宕排奡，一变晚唐五代之旧格，遂为辛弃疾一派开山。而清人刘熙载《词概》，则谓："太白《忆秦娥》声悲壮。晚唐五代惟趋婉丽，至东坡始能复古。后世论词者或转以东坡为变调；不知晚唐五代，乃变调也。"然轼之词，非尽大笔淋漓，亦有赋情婀娜。如《定风波》之《感旧》曰：

莫怪鸳鸯绣带长，腰轻不胜舞衣裳。薄幸只贪游冶去，何处？垂杨系马恣轻狂。　　花谢絮飞春又尽，堪恨，断弦尘管伴啼妆。不信归来但自看，怕见，为郎憔悴却羞郎。

又《江城子》之《悼亡》曰：

十年生死两茫茫。不思量，自难忘，千里孤坟无处话凄凉。纵使相逢应不识，尘满面，鬓如霜。　　夜来幽梦忽还乡：小轩窗，正梳妆；相顾无言，惟有泪千行。料得年年肠断处，明月夜，短松冈。

又《虞美人》曰：

冰肌自是生来瘦，那更分飞后。日长帘幕望黄昏，及至黄昏时候转销魂。　　君还知道相思苦，怎忍抛奴去？不辞迢递过关山，只恐别郎容易见郎难。

又《贺新郎》之《夏景》曰：

乳燕飞华屋。悄无人桐阴转午，晚凉新浴。手弄生绡白团扇，扇手一时似玉。渐困倚孤眠清熟。帘外谁来推绣户，枉教人梦断瑶台曲。又却是、风敲竹。　　石榴半吐红巾蹙。待浮花浪蕊都尽，伴君幽独。浓艳一枝细看取，芳心千重似束。又恐被秋风惊绿。若待得君来，向此花前对酒不忍触。共粉泪，两簌簌。

虽是情辞缠绵，依旧阵仗纵横；天生一枝健笔，有必达之辞，无难显之情。而性喜宏奖，一时文士，多游其门。分宁黄庭坚、高邮秦观、淮阴张耒、巨野晁补之，称苏门四学士；益以彭城陈师道、济南李廌，称苏门六君子。黄庭坚年最长，少东坡九岁，秦观少庭坚三岁，张耒少观三岁，陈师道、晁补之皆少耒一岁，诸子年龄才调皆相伯仲。而秦观之诗之词，黄庭坚之文之诗，皆欲别出于轼以自名一家。

秦观，字少游，一字太虚。少豪俊慷慨，溢于文词，举进士不第。

强志盛气，二十四岁读兵家书，以为与己意合也。闻苏轼为时文宗，欲往游其门，未果。会轼自杭倅移知密州，道经扬州；观预作轼笔语题一寺中。轼见之，大惊，自念："无此也，而何辞笔之似也?"大惑不解。及晤知庐州孙觉，出观诗词数百篇，读之曰："向书壁者，必此郎也。"遂结神交。二十九岁谒轼于彭城。轼每叹"少游文章如美玉无瑕。琢磨之功，殆未有出其右者"。三十七岁始登元丰八年进士第，调定海主簿，蔡州教授。元祐初，以贤良方正荐于朝，除太学博士，校正秘书省书籍，迁正字，而复为兼国史院编修官。绍圣改元，轼既贬逐；观坐党籍，累谪郴州，编管横州，又徙雷州。徽宗立，复官宣德郎，放还，至藤州，游华光亭，为客道梦中长短句，索水欲饮；水至，笑视而死。先自制挽词，其语甚哀。年五十三。轼闻叹曰："哀哉，世岂复有斯人乎！"传有《淮海集》十七卷，《后集》二卷，《词》一卷，《补遗》一卷，《续补遗》一卷。

秦观久从轼游，而诗与词皆别于轼以自成家。文则议论得轼之疏快，而碑传胜轼之冗絮；如《鲜于子骏行状》、《故龙图阁直学士中大夫赐紫金鱼袋李公常行状》、《陈偕传》、《魏景传》、《李状元墓志铭》、《庆禅师塔铭》、《葛宣德墓铭》、《泸州使君任公墓表》，不矜奇字奥语，亦不刻意构画其事；而用笔有提挈，叙事有裁断，洁净而具本末，坦迤而有波澜，俨然欧阳修义法；而不似轼之平铺直叙，徒乱人意。至于《高无悔所藏尺牍跋》、《录壮愍刘公遗事》，则尤生气奋动，笔力崭然，足称其人之生平，卓荦为杰，不懈而能追古，如韩愈《张中丞传后序》、欧阳修《王彦章画像记》之所为，看似莽苍而实瘦炼，尤非轼所能及也。虽其游戏之作，如《眇倡传》、《清和先生传》，亦复含茹吞吐，滂沛寸心；虽气溢墨外，笔力不敢望韩愈，而韵流简中，辞意庶几希欧阳。然观之文，有刻意模韩愈者，如《清和先生传》模韩愈《毛颖传》，《五百罗汉图记》模韩愈《画记》，其辙迹显然者也。其后吕本中尝言："少游尝从东坡游，而其文字乃自学西汉。"今观其文虽不及西汉，而要非轼一家所能限。惟其为赋，为四六，以议论出波澜，为跌宕为昭彰；为书，为策论，以往复尽情事，以明快跻深切，洞爽轩辟，此则轼之家法，而观衍其气体。赋如《寄老庵赋》、《叹二鹤赋》，四六如《代答范相公尧夫启》，书如《上王岐公论荐士书》，策如《安都》、《官制上》、《财用上》，论如《石庆论》、《李陵论》、《司马迁论》、《韩愈论》，其尤可诵者也。观其陈古以监今，惬理而餍情，策论一体，尤嗣轼法。而辞主于达，气异其激；俊迈轶荡，虽不如轼之澜翻不竭，而醇粹明白，意尽则言止，亦无轼好尽之累。至于《龙井题名记》，潇洒自得；《闲轩记》，倜傥不群，乐易旷真，亦得轼之一体。而《祖氏先茔芝记》，低徊咏慕，唱叹尽致；《送钱秀才序》，纡徐委备，自在流韵；则又优游缓节，欧阳之逸调焉。其论文以为：

有论理之文，有论事之文，有叙事之文，有托词之文，有成体之文。探道德之原，述性命之情，发天人之奥，明死生之变，此论理之文，如列御寇庄周之所作是也。别白黑，切事情，要其归宿，决其嫌疑，此论事之文，如苏秦张仪之所作是也。考同异，次旧闻，不虚美，不隐恶，人以为实录，此叙事之文，如司马迁班固之所作是也。原本山川，极命草木，比物属事，骇耳目，变心意，此托词之文，如屈原宋玉之所作是也。钩列庄之微，挟苏张之势，摭班马之实，猎屈宋之英，本之以《诗》《书》，折之以孔氏，此成体之文，韩愈之所作是也。盖前之作者多矣，而莫有备于愈。后之作者亦多矣，而无以加于愈。然则列、庄、苏、张、班、马、屈、宋之流，其学术才气皆出于愈之文；犹杜子美之于诗，积众家之长，适当其时而已。昔苏武李陵之诗长于高妙，曹植刘桢之诗长于豪逸，陶潜阮籍之诗长于冲澹，谢灵运鲍照之诗长于峻洁，徐陵庾信之诗长于藻丽。于是杜子美者，穷高妙之格，极豪逸之气，包冲澹之趣，兼峻洁之姿，备藻丽之态，而诸家之作所不及；然不集诸家之长，杜氏亦不能独至于斯也，岂非适当其时故耶？孟子曰："伯夷，圣之清者也。伊尹，圣之任者也。柳下惠，圣之和者也。孔子，圣之时者也。孔子之谓集大成。"呜呼，杜氏、韩氏，亦集诗文之大成者也!

聪明天生,而学成于自力。自称:“少时读书,一见辄能诵。暗疏之,亦不甚失。然负此自放,喜从滑稽饮酒者游,旬朔之间,把卷无几日,故虽有强记之力,而常废于不勤。比数年来,发愤自惩艾,悔前所为,而聪明衰耗,殆不如曩时十一二。每阅一事,必寻绎数终,掩卷茫然,辄复不省。故虽有勤苦之劳,而常废于善忘。比读齐史,见孙搴《答邢词》云‘我精骑数千,足敌君羸卒数万’,心善其说,因取经传子史事之可为文用者,得若干条,勒为若干卷,题曰《精骑集》。既从轼兄弟游,而深窥其学,得其所以为人;谓:苏氏之道,最深于性命自得之际;其次则器足以任重,识足以致远;至于议论文章,乃其与世周旋至粗者也。中书轼之道,如日月星辰,经纬天地,有生之类,皆知仰其高明。补阙辙则不然,其道如元气行于混沦之中,万物由之而不自知也;故中书自谓‘吾不及子由’,仆窃以为知言。”顾观之策论,最为类轼;而观之诗词,则绝异轼。诗律体不如古体,七古不如五古。律诗尽有妍丽,而气调少驽。七古绰有气调,而意思不警。七古惟《赠女冠畅师》、《送乔希圣》、《宿金山》三篇,可诵。五古如《泊吴兴观音院》、《寄曾逢原》、《田居》四首、《送李端叔从辟中山》、《和王忠玉提刑》、《病犬》、《幽眠》、《次韵参寥莘老》、《荷花》,多可诵者;而蹊径与轼五古绝不同。轼以疏澹为旷真,以坦迤出跌宕,由韦以希陶;观则以妍丽为清新,以追琢出秀爽,学柳以变谢;此其较也。至于词则思路之隽,略似欧;阵仗之雄,不如苏;而特寓深婉于疏俊,以妍媚出沉郁。如《捣练子》曰:

心耿耿,泪双双。皓月清风冷透窗。人去秋来宫漏永,夜深无语对银釭。

又《如梦令》曰:

门外绿阴千顷,两两黄鹂相应。睡起不胜情,月到碧梧金井。人静人静,风弄一枝花影。

又《虞美人》曰：

> 行行信马横塘畔，烟水秋平岸。绿荷多少夕阳中，知为阿谁凝恨背西风。　　红装艇子来何处？荡桨偷相顾。鸳鸯惊起不无愁，柳外一双飞去却回头。

又《南歌子》曰：

> 香墨弯弯画，燕脂淡淡匀。揉蓝衫子杏黄裙，独倚玉阑无语点檀唇。　　人去空流水，花飞半掩门。乱山何处觅行云，又是一钩新月照黄昏。

境由静而得深，情以婉而得挚，此中有人，呼之欲出。特晏欧有艳词而无村语，东坡有豪语而无俚词，而村语俚词，不嫌入词，自秦观始。如《品令》曰：

> 幸自得。一分索强，教人难吃。好好地恶了十来日。恰而今、较些不？　　须管啜持教笑，又也何须胳织。衡倚赖脸儿得人惜。放软顽、道不得。

又《品令》曰：

> 掉又臞。天然个品格。于中压一。帘儿下时把鞋儿踢。语低低，笑咭咭。　　每每秦楼相见，见了无限怜惜。人前强不欲相沾识。把不定、脸儿赤。

又《满园花》曰：

> 一向沉吟久。泪珠盈襟袖。我当初不合苦㨝就。惯纵得软顽，见底心先有。行待痴心守。甚捻著脉子，倒把人来僝僽！　　近日来非常罗皂丑。佛也须眉皱。怎掩得众人口。待收了孛罗，罢了从来斗。从今后。休道共我，梦见也不能够。

语不讳俗，融裁一片，纵笔挥洒，如弹丸脱手，几开元曲之蹊径矣。此自来词家所无，而轼虽豪放，未尝有此也。然观之于轼，终身服膺。而黄庭坚则颇树赤帜，每曰"盖有文章妙一世，而诗句不逮古人者"，以讥轼也。及轼之殁，庭坚在南康落星寺，闻之痛惜。已而顾寺僧，拈几上香合在手曰："此香匾子，自此却属老夫矣。"

黄庭坚，字鲁直；举进士，调叶县尉。熙宁初，举四京学官，第文为优，教授北京国子监。留守文彦博才之，留再任。苏轼尝见其诗文，以为"超轶绝尘，独立万物之表；世久无此作"。由是声名始振。及轼为侍从，举庭坚自代，至云："瑰伟之文，妙绝当世。孝友之行，追配古人。"哲宗即位，以秘书省校书召至京师；寻除神宗实录院检讨官，集贤校理；累迁著作佐郎、起居舍人。轼知贡举，举庭坚为佐，亦如欧阳修之于梅尧臣也。既坐党籍，以修史失实谪涪州别驾，黔州安置，移戎州。徽宗即位，召起吏部员外郎，未赴，再贬宜州，卒以斥死。生而奇逸通脱，五岁已诵五经。一日，问其师曰："人言六经，何独读其五?"师曰："《春秋》不足读。"庭坚曰："是何言也？既曰经，何得不读!"十日成诵，无一字遗。七岁，能作《牧童》诗；八岁，作诗送人赴举曰："送君归去玉帝前。若问旧时黄庭坚，谪在人间今八年。"二十二岁，以英宗治平三年丙午，赴乡举。诗题《野无遗贤》，主文衡者庐陵李询读其诗，有句云："渭水空藏月，傅岩深锁烟。"批云："此人不惟文理冠场，异日当以诗名擅四海。"既而之京师，于相国寺得宋祁《唐书》稿一册，归而熟观之，由是文章日进；此无他，见其窜易句字，与初造意不同，而识其用意所起故也。三十六岁，官太和令，将之任，而其舅氏李常以提点淮南西道刑狱自同安来，相见于舒州之皖口，遂游三祖山山谷寺，而爱其石牛洞之胜，有诗云："司命无心播物，祖师有记传衣。白云横而不度，高鸟倦而犹飞。"因自号山谷道人。传有《山谷内集》三十卷，《外集》十四卷，《别集》二十卷，《词》一卷，《简尺》二卷。其文以朴老而臻密栗，诚学韩愈而遗貌取神者也。顾诗独为世传诵，以与轼相配，称曰苏黄。顾轼则谓："每见鲁直诗，无不绝倒；然能绝倒者，已是可人。如蝤蛑江珧柱格韵高绝，盘餐尽废。然不可多食。

多食，则发风动气。”而庭坚独自负诗人之奇，诏人作诗，以谓：“举一纲而张万目，盖以俗为雅，以故为新；百战百胜，如孙吴之兵；棘端可以破镞，如甘蝇飞卫之射，此诗人之奇也。”盖自道功力所到，以俗为雅，以故为新；锻炼勤苦，尤工用事，剪裁镕铸，点化无痕。其文有《寄洪甥驹父》一书，谓：“自作语最难。老杜作诗，退之作文，无一字无来处。盖后人读书少，故谓韩杜自作此语。古之能为文章者，真能陶冶万物；虽取古人之陈言，入于翰墨，如灵丹一粒，点铁成金也。”然毕生功力，尽于下语；炼句而未能炼意，语新而意伤木；用事而或艰用笔，事融而笔未浑；所以势峻而或仄，笔老而不到。大抵古人文字，有辞达而意不警者，杜牧之古文是也。有笔老而意欠到者，黄庭坚之诗是也。就其可诵，笔老而到者，五言古如《阻风铜陵》曰：

顿舟古铜官，昼夜风雨黑。洪波崩奔去，天地无限隔。船人谨维笮，何暇思挂席。凭江裂嵌空，中有暗水滴；洞视不敢前，潭潭蛟龙宅。网师登长鳣，贾我腥釜鬲；斑斑被文章，突兀喙三尺；言语竟不通，噞喁亦何益；魁梧类长者，卒以筌饵得；浮沉江湖中，波友永相失，有生甚苦相，细大更啖食。安得无垢称，对榻忘语默。

又《劳坑入前城》曰：

刀坑石如刀，劳坑人马劳。窈窕篁竹阴，是常主逋逃。白狐跳梁去，豪猪森怒嗥。云黄觉日瘦，木落知风饕。轻轩息源口，饭羹煮溪毛。山农惊长吏，出拜家骚骚。借问淡食民，祖孙甘餔糟；赖官得盐吃，正苦无钱刀。

又《题竹石牧牛》曰：

野次山峥嵘，幽篁相倚绿。阿童三尺棰，御此老觳觫。石吾甚爱之，勿遣牛砺角。牛砺角尚可，牛斗残我竹。

七言古如《上大蒙笼》曰：

黄雾冥冥小石门，苔衣草路无人迹。苦竹参天大石门，虎远兔蹊聊倚息。阴风搜林山鬼啸，千丈寒藤绕崩石。清风源里有人家，牛羊在山亦桑麻。向来陆梁嫚官府，试呼使前问其故。衣冠汉仪民父子，吏曹扰之至如此。穷乡有米无食盐，今日有田无米食（史注云：无米食，当作无食米）。但愿清官不爱钱，长养儿孙听驱使。

又《常父答诗有"煎点径须烦绿珠"之句复次韵戏答》曰：

小鬟虽丑巧妆梳，扫地如镜能检书。欲买娉婷供煮茗，我无一斛明月珠。知公家亦阙扫除，但有文君对相如。政当为公乞如愿，作笺远寄宫亭湖。

又《赠送张叔和》曰：

张侯温如邹子律，能令阴谷黍生春。有齐先君之季女（埙字叔和，洛中人张焘龙图之后，娶山谷季妹），十年择对无可人。箕帚扫公堂上尘，家风孝友故相亲；庙中时荐南涧苹，儿女衣袴得补纫。两家俱为白头计，察公与人意甚真。吏能束缚老奸手，要使鳏寡无颦呻。但回此光还照己，平生倦学皆日新。我提养生之四印，君家所有更赠君。百战百胜，不如一忍；万言万当，不如一默。无可简择眼界平，不藏秋毫心地直。我肱三折得此医，自觉两踵生光辉。团蒲日静鸟吟时，铲薰一炷试观之。

又《薄薄酒》二章曰：

薄酒可与忘忧，丑妇可与白头。徐行不必驷马，称身不必狐裘。无祸不必受福，甘餐不必食肉。富贵于我如浮云，小者谴诃大戮辱。一身畏首复畏尾，门多宾客饱僮仆。美物必甚恶，厚味生五兵；匹夫怀璧死，百鬼瞰高明。丑妇千秋万岁同室，万金良药不如无疾。薄酒一谈一笑胜茶，万里封侯不如还家。

薄酒终胜饮茶，丑妇不是无家；醇醪养生等刀锯，深山大泽生龙蛇。秦时东陵千户食，何如青门五色瓜？传呼鼓吹拥部曲，何如春雨一池蛙？性刚太傅促和药，何如羊裘钓烟沙？绮席象床雕玉枕，重门夜鼓不停挝；何如一身无四壁，满船明月卧芦花？吾闻食人之肉，可随以鞭朴之戮；乘人之车，可加以铁钺之诛。不如薄酒醉眠牛背上，丑妇自能搔背痒。

五言律如《谢王炳之惠石香鼎》曰：

薰炉宜小寝，鼎制琢晴岚。香润云生础，烟明虹贯岩。法从空处起，人向鼻头参。一炷听秋雨，何时许对谈？

又《嘲小德》曰：

中年举儿子，漫种老生涯。学语啭春鸟，涂窗行暮鸦。欲嗔王母惜，稍慧女兄夸。解著《潜夫论》，不妨无外家。

七言律如《次韵裴仲谋同年》曰：

倾盖春风汝水边，客床相对卧僧毡。舞阳去叶才百里，贱子与公俱少年。白发齐生如有种，青山好去坐无钱。烟沙篁竹江南岸，输与鸬鹚取次眠。

又《宿广惠寺》曰：

鸦啼残照下层城，僧舍初寒夜气清。风乱竹枝垂地影，霜干桐叶落阶声。不遑将母伤今日，无以为家笑此生。都下苦无书信到，数行归雁月边横。

又《次韵元翁从王夔玉借书》曰：

为吏三年弄文墨，草莱心径失耕锄。常思天下无双祖，得读人间未见书（《后汉书·黄香传》京师号曰"天下无双，江夏黄童"。肃宗诏香诣东观读所未尝见书）。公子藏山真富有，小儒扪腹直空虚。何时管钥入吾手，为理签题扑蠹鱼。

又《和高仲本喜相见》曰：

雨昏南浦曾相对，雪满荆州喜再逢。有子才如不羁马，知公心是后雕松。闲寻书册应多味，老傍人门似更慵。何日晴轩观笔砚，一尊相属要从容。

庭坚七言律，中二联多兀傲不调平仄；然其笔端，实无丝毫俗韵，盖学杜得其一体。在杜如"爱汝玉山草堂静，高秋爽气相鲜新；有时自发钟磬响，落日时见渔樵人"，"锦官城西生事微，乌皮儿在还思归；昔去为忧乱兵入，今来惟恐邻人非"，不过百首之一二。而在庭坚，则十首之三四焉。七言绝如《上萧家峡》曰：

玉笥峰前几百家，山明松雪水明沙。趁墟人集春蔬好，桑菌竹萌烟蕨芽。

又《考试局与孙元忠博士竹间对窗夜闻元忠诵书声调悲壮戏作竹枝歌三章和之》曰：

南窗读书声吾伊，北窗见月歌竹枝。我家白发问乌鹊，他家红妆占蛛丝。

屋山啼乌儿当归，玉钗罥蛛郎马嘶。去时灯火正月半，阶前雪销萱草齐。

勃姑夫妇喜相唤，街头雪泥即渐干。已放游丝高百尺，不应桃李尚春寒。

又《戏答陈季常寄黄州山中连理松枝》二首曰：

故人折松寄千里，想听万壑风泉音。谁言五鬣苍烟面，犹作人间儿女心。

老松连枝亦偶然，红紫事退独参天。金沙滩头锁子骨，不妨随俗暂婵娟。

其他五言古如《溪上吟》、《次韵时进叔二十六韵》、《薛乐道自南阳来入都留宿会饮作诗饯饮》、《奉答子高见赠十韵》、《奉和王世弼寄上七兄先生用其韵》、《古诗二首上苏子瞻》、《丙寅十四首效韦苏州》、《次韵谢外舅病不能拜复官夏雨眠起之什》、《次韵奉送公定》、《次韵公定世弼登北都东楼》四首、《寄南阳谢外舅》、《赋未见君子忧心靡乐八韵寄李师载》之见心靡三韵、《以同心之言其臭如兰为韵寄李子先》之同心臭如兰五韵、《见子瞻粲字韵诗和答三人四返不困而愈崛奇辄次韵寄彭门》三首之二、《再和寄子瞻闻得湖州》、《春游》、《次韵感春》五首之三四五、《圣柬将寓于卫将乞食于齐有可怜之色再次韵感春五首赠之》之一二五、《送张沙河游齐鲁诸邦》、《再和答为之》（君勿嘲广文起句）、《次韵叔父夷仲送夏君玉赴零陵主簿》、《次韵伯氏长芦寺下》、《赠别李端叔》、《贵池》、《庚寅乙未犹泊大雷口》、《乙未移舟出口》、《灵龟泉上》、《发舒州向皖口道中作寄李德叟》、《过致政屯田刘公隐庐》、《次韵章禹直开元寺观画壁》、《寄陈适用》、《和孙公善李仲同金樱饵唱酬》二首之一、《题高君正适轩》、《癸丑宿早禾渡僧舍》、《宿观山》、《乙卯宿清泉寺》、《己未过太湖僧寺得宗汝为书寄山蓣白酒长韵诗寄答》、《庚申宿观音院》、《金刀坑迎将家待追浆坑十余户山农不至因题其壁》、《和答魏道辅寄怀》十首、《食笋》十韵、《读方言》、《送彦孚主簿》、《过家》、《明叔知县和示过家复次韵》、《铜官县望五松山集句》、《寄耿令几父过新堂邑作乃几父旧治之地》、《奉和文潜赠无咎篇末多见及以既见君子云胡不喜为韵》、《次韵答邢惇夫》、《和邢惇夫秋怀》十首之七八、《谢公定和二范秋怀五首邀余同作》之一三四、《子瞻诗句妙一世乃云效庭坚体盖退之喜效孟郊樊宗师之比以文滑稽恐后生不解故次韵道之》、《次韵张仲谋过酺池寺斋》、《次韵子瞻送顾子敦河北都运》二首、《送张天觉得登字》、《咏伯时画太初所获大宛虎脊天马图》、《咏伯时画冯登世所画大宛象龙图》、《清人怨戏效徐庾慢体》三首、《戏答俞清老道人寒夜》三首、《赠秦少仪》、《次韵谢黄斌老送墨竹十二韵》、《用前韵谢子舟为余作风雨竹》、《次韵答斌老病起独游东园》二首、《又和》二首、《又答斌老病愈遣闷》二首、《次韵杨明叔见饯》

十首、《以古铜壶送王观复》、《次前韵谢与迪惠所作五幅》、《题李亮功戴嵩牛图》、《次韵徐仲车喜董元达访之作南郭篇四韵》、《次韵仲车为元达置酒四韵》、《颜徒贫乐斋》二首、《道中闻松声》、《游愚溪》、《以柳子茶瓶寄德孺》二首，七言古如《清江引》、《还家呈伯氏》、《次韵谢子高读渊明传》、《次韵子瞻春菜》、《和谢公定征南谣》、《戏赠彦深》、《次韵晁补之廖正一赠答诗》、《赠张仲谋》、《阻水泊舟竹山下》、《长句谢陈适用惠送吴南雄所赠纸》、《送范德孺知庆州》、《送谢公定作竟陵主簿》、《答王道济寺丞观许道宁山水图》、《次韵子瞻和子由观韩幹马因论伯时画天马》、《送刘道纯》、《送薛乐道知郧乡》、《次韵王炳之惠玉版纸》、《博士王扬休碾密云龙同事十三人饮之戏作》、《答黄冕仲索煎双井并简扬休》、《戏答陈元舆》、《戏答赵伯充劝莫学书及为席子泽解嘲》、《观伯时画马》、《次韵子瞻以红带寄王宣义》、《听宋宗儒摘阮歌》、《和子瞻戏书伯时画好头赤》、《姨母李夫人墨竹》二首、《老杜浣花溪图引》、《送曹子方福建路运判兼简运使张仲谋》、《送少章从翰林苏公余杭》、《戏咏子舟画两竹两鸲鹆》、《送石长卿太学秋补》、《和王观复洪驹父谒陈无己长句》、《题子瞻画竹石》、《题莲华寺》、《武昌松风阁》、《次韵文潜》、《书磨厓碑后》、《明远庵》、《和范信中寓居崇宁遇雨》二首之二、《对酒歌答谢公静》、《走答明略适尧民来相约奉谒故篇末及之》、《答明略并寄无咎》、《赠赵言》、《再用旧韵寄孔毅父》、《寄题安福李令爱竹堂》、《戏和于寺丞乞王醇老米》、《送王郎以团茶洮州绿石砚赠无咎文潜》、《再答元舆》、《次韵答曹子方杂言》、《戏答欧阳诚发奉议谢余送茶歌》，五言律如《呻吟斋睡起五首呈世弼》、《次韵刘景文登邺王台见思》五首，七言律如《寄怀公寿》、《闰月访同年李夷伯子真于河上子真以诗谢次韵》、《次韵寅庵》四首之三四、《赠答晁次膺》、《题落星寺》四首之一二三、《登快阁》、《送刘季展从军雁门》二首之一、《寄黄几复》、《懋宗奉议有佳句咏冷庭叟野居庭坚于庭叟有十八年之旧故次韵赠之》、《次韵黄斌老晚游池亭》二首、《河舟晚饮呈陈说道》、《次韵李任道晚饮锁江亭》、《再次韵兼简履中南玉》三首、《次韵杨君全送酒》、《追和东坡壶中九华》、《梦中和觞字韵》、《次韵德孺惠贶秋字之句》，五言绝如《和凉轩》二首，七言绝如《和陈君仪读太真外传》五首、《和李才甫先辈快阁》五首、《酴醾》、《戏和舍弟船场探春》二首、《自门下后省归卧酺池寺观卢鸿草堂图》、《六月十七日昼寝梦李白诵竹枝词三叠》、《上南陵陂》、《次韵任道食荔支有感》三首、《病起荆江亭即事》十首之二五六七八、《谢答闻善二兄九绝句》、《病来十日不举酒》二首、《题小景扇》、《鄂州南楼书事》四首、《寄黄龙清老》三首、《戏简朱公武刘邦直田子平等篇》，避熟避易，力求生崭，而时出妍媚，虽籍苏门而不用苏法。苏轼以旷见真，以坦为激，以透能警；庭坚则以清为奥，以生出新，以涩作健；而"以故为新，以俗为雅"，其说实本苏轼而别出蹊径。苏近于欧，黄则似梅。苏轼以韦学陶，以白学杜，而间参以韩孟；庭坚以谢化孟，以韩学杜，而亦或用韦白。庭坚与秦观五言皆致力于二谢，而秦媲于柳，黄化以孟。尝曰："宁律不谐而不使句弱，用字不工，不使语俗；此庾开府之所长也。然有意于为诗也，犹恨雕琢功多耳。但熟观杜子美到夔州后古律诗，便得句法，简易而大巧出焉，平淡而山高水深，似欲不可企及。文章成就，更无斧凿痕，乃为佳耳。"然庭坚未泯釜凿，实伤雕琢；而其好用事以语僻难晓，则与西昆不同体而同蔽。西昆丽典新用，特以比兴为妍；庭坚整语碎用，欲以翦裁出奇。西昆比引有迹，庭坚点化无痕；此其所自得意而能胜一筹者也。

惟庭坚之诗出杜甫，以融裁为捃摭，不免巧琢；而庭坚之文教韩愈，以瘦硬出老成，却能浑化。序跋如《小山集序》、《庞安常伤寒论后序》、《道臻师画墨竹后序》、《题自书卷后》、《题东坡书道术后》、《题东坡所作马券》、《跋相鹤经》、《跋陷蕃王太尉家书》、《跋王荆公书陶隐居墓中文》、《跋张龙阁家问》、《跋秦氏所置法帖》、《书陶渊明责子诗后》、《跋刘梦得竹枝歌》、《跋子瞻木山诗》、《跋子瞻送二侄归眉诗》、《书王元之竹楼记后》、《书筠州学记后》、《题韩忠献诗杜正献草书》、《书刘景文诗后》、《书欧阳子传后》、《书所作官题诗后》、《跋招清公诗》、《题意可诗后》、《书林和靖诗》、《书邢居实南征赋后》、《跋王慎中胡笳集句》、《跋高子勉诗》、《题王观复所作文后》、《跋王介甫帖》、《书王荆公赠俞秀老诗后》、《跋俞秀老清老诗颂》、《书陈亚之诗后》、《书鲜洪范长江诗后》、《跋元圣庾清水岩记》、《题校诗图后》、《题渡水罗汉画》、《跋浴室院画六祖》、《题七才子画》、《题济南伏胜图》、《题赵公佑画》、《题摹燕郭尚父图》、《题明皇真妃图》、《题辋川图》、《书王荆公骑驴图》、《书刘壮舆漫浪图》、《题李伯时画天女》、《题崔白画风竹上鸲鹆》、《题东坡像》、《题画山水图》、《问画娘子军胡骑后》、《跋仁上座橘洲图》、《题惠崇九鹿图》、《题陈自然画》、《题徐巨鱼》、《书土星画》、《题画醉僧图》、《题宗室大年画小山丛竹永年画狗》、《题太宗皇帝御书》、《又跋兰亭》、《书右军文赋后》、《题瘗鹤铭后》、《题乐毅论后》、《题东方朔画赞后》、《题法帖》、《题绛本法帖》、《书遗教经后》、《题蔡致君家庙堂碑》、《题徐浩碑》、《题杨凝式书》、《跋张长史千字文》、《题颜鲁公帖》、《题颜鲁公麻姑仙坛记》、《书徐浩题经后》、《跋翟公巽所藏石刻》、《跋王立之诸家书》、《跋李后主书》、《跋李伯时所藏篆戟文》、《跋洪驹父诸家书》、《题东坡字后》、《跋东坡水陆赞》、《跋东坡书》、《跋东坡墨迹》、《题东坡小字两轴卷尾》、《跋东坡帖后》、《跋东坡书帖后》、《跋东坡论笔》、《跋东坡书远景楼赋后》、《书摹拓东坡书后》、《跋为王圣予作字》、《书缯卷后》、《跋自临东坡和陶渊明诗》、《跋自所书与宗室景道》、《跋与徐德修草书后》、《书自作草后》、《自评元祐间字》、《跋与张载熙书卷尾》、《跋旧书诗卷论黔州时字》、《跋湘帖群公书》、《跋五宰相书》、《跋常山公书》、《跋舅氏李公达所宝二帖》、《跋周子发帖》、《题王荆公书后》、《跋王才叔书》、《跋米元章书》、《跋王晋卿书》、《跋李康年篆》、《书家弟幼安作草后》、《跋淡墨砚铭》、《题传神》、《跋范文正公帖》、《跋范文正公书伯夷颂》、《书徐德占题壁后》、《跋王荆公禅简》、《跋匹纸》、《书枯木道人赋后》、《书梵志翻著袜诗》、《题刀镊民传后》，赠序如《李大耕大猎字序》、《书药说遗族弟友谅》、《书赠俞清老四首》、《书赠韩琼秀才》、《书赠福州陈继月》、《书赠晁师》，书如《答王子飞书》、《与王子予书》、《答洪驹父书》三首之二三，碑志如《朝请郎知吉州毕公墓志铭》、《西头供奉官潮州兵马监押尹君墓志铭》、《左藏库使知宣州党君墓志铭》、《太子中允致仕陈君墓志铭》、《萧济父墓志铭》、《王力道墓志铭》、《刘道原墓志铭》、《张大中墓志铭》、《刘咸临墓志铭》、《杨宽之墓志铭》、《全州盘石庙碑》、《圜明大师塔铭》、《法安大师塔铭》、《非熊墓铭》、《叔父和叔墓碣》、《章明扬墓碣》，杂记如《自然堂记》、《书吴无至笔》、《书侍其瑛笔二则》、《书小宗香》、《书幽芳亭》、《书壶中九华山石》，颂赞如《具茨颂》、《曹侯善政颂》、《清闲处士颂》，祭文如《代赵枢密祭韩康公文》、《祭姚大夫文》、《祭李承议文》，咸可诵览。其中碑志同昌黎之坚卓，而力祛奥僻；短题小记似东坡之诙诡，而特为简峻。东坡文章疏快，而骨力不免缓懦；庭坚骨力坚卓，而辞笔特以峻重；盖亦有意异军突起，而以自别于苏门者也。生平读书作文，用力甚劬，所以诏学者曰：

古人有言："并敌一向，千里杀将。"要须心地收汗马之功，读书乃有味；弃书策而游息，书味犹在胸中，久之，乃见古人用心处；如此则尽心于一两书，其余如破竹节，皆迎刃而解也。自作语最难。老杜作诗，退之作文，无一字无来处；盖后人读书少，故谓韩杜自作此语耳。古之能为文章者，真能陶冶万物，虽取古人之陈言，入于翰墨，如灵丹一粒，点铁成金也。文章为儒者末事，然素学之，不可不知其曲折。至于推之使高，如泰山之崇崛，如垂天之云；作之使雄壮，如沧江八月之涛，海运吞舟之鱼，又不可守绳墨，令俭陋也。凡作一文，皆须有宗有趣；终始关键，有开有合；如四渎虽纳百川，或汇而为广泽，汪洋千里，要自发源注海耳。刘勰论文章之难，云"意翻空而易奇，文征实而难工"，此语亦是。沈谢辈为儒林宗主时，好作奇语，故后生立论如此。好作奇语，自是文章病；但当以理为主，理得而辞顺，文章自然出群拔萃。观杜子美到夔州后诗，韩退之自潮州还朝后文章，皆不烦绳削而自合矣。往年尝问东坡作文章之法，东坡云："但熟读《礼记·檀弓》，当得之。”既而取《檀弓》读数百过，然后知后世作文章不及古人之病，如观日月也。文章自建安以来，好作奇语，故其气象衰苶，其病至今犹在。唐惟陈伯玉、韩退之、李习之，近世惟欧阳永叔、王介甫、苏子瞻、秦少游，乃免此病耳。东坡文章妙天下，其短处在好骂，慎勿袭其轨也。

盖洞明古今文章利钝，所以不懈而及于古如此。然而自来论庭坚者，多称其诗，扬之不免过誉，毁之亦嫌敚实；而要皆未明其渊源自出，利钝之由。陈师道独以谓：“其学博矣，而得法于少陵；其学少陵而不为者也，故其诗近之，而其进则未也。”若有不足于意者，而揄扬庭坚实已溢量。诗至少陵而体备矣，而力雄矣，谭何容易进于少陵耶？师道固有“人言我语胜黄语”之句，殆自以为进于庭坚者也。庭坚之诗，有奇而无妙，有斩截而无横放，铺张学问以为富，点化陈腐以为新，而浑然天成，如肺肝中流出者不足也。特以元祐诸贤，才气横溢，往往烂漫；而一时独有此一种拗瘦之作，见者遂以为高不可攀耳。师道以为“其学少陵而不为”，吾则谓其学少陵而未至者也。师道谓之“其进则未”者，尚以其拗怒有余劲，而未极逼仄之至，如己所为耳；此所以有“人道我语胜黄语”之句也。遂承庭坚以为江西诗派继别之宗云。

陈师道，字履常，一字无己，彭城人，与巨野晁说之俱学文于曾巩；既而师道得诗法于黄庭坚。他日，二人论文。说之曰：“吾曹不可负曾南丰。”既而论诗，师道曰：“吾此一瓣香，须为山谷老人烧也。”师道初携文卷见巩。巩览之，问曰：“曾读《史记》否？”师道对曰：“自幼年即读之矣。”巩曰：“不然！要当且置他书，熟读《史记》三两年尔。”师道如其言。及巩自明守亳，师道走泗州间，携文谒之，甚欢，曰：“读《史记》有味乎？”巩过荆襄，师道携所作以谒，因留款语，欲作一文字，事多，托师道为之，且授以意。师道穷日之力，仅数百言，以呈巩。巩曰：“大略也好，只是冗字多。”遂取笔抹数处，每抹处连一两行，凡削去一二百字，读之则其意尤完。师道叹服，遂以为法。每谓：“善为文者，因事以出奇。如江河之行，顺下而已；至其触山赴谷，风抟物激，然后尽天下之至奇也。”少好为诗，老而不厌，数以千计；及一见黄庭坚，尽焚其稿而学焉。庭坚以为：“譬之弈焉，弟子高师一著，仅能及之；争先则后矣。”世家彭城，后生从之游者常数十人。所居近城，有隙地林木；闲则与诸生徜徉林下。或愀然而归，径登榻引被自覆，呻吟久之，矍然而兴，取笔疾书，则一诗成矣。因揭之壁间，坐卧吟咏，有窜易至数十日乃定，有终不如意者，则弃去之。每登览得句，即急归卧一榻，以被蒙首，恶闻人声，谓之吟榻。家人知之，即猫犬皆逐去，婴儿稚子，抱寄邻家。呻吟累日，乃能成章。同时秦观则杯觞流行，篇咏错出，略不经意。故庭坚为赋诗曰：“闭门觅句陈无己，对客挥毫秦少游。”师道生平恶人节书，以为：“苟能尽记不忘，固善；不然，徒费日力而已。”夜与诸生会宿，忽思一事，必明烛翻阅，得之乃已。或以为可待旦者，师道曰：“不然。人情乐因循，一放过，则不复省矣。”故其学甚博而精。以荐充徐州学教授，移颍州、棣州，随除秘书省正字。馆中会茶，自秘监至正字咸集。或以谓少陵拙于为文，退之窘于作诗，申难纷然。独师道默无语，众乃诘之。师道曰：“二子得名，自古未易定价。若以为拙于文，窘于诗；或以为诗文初无优劣；则皆不可。少陵不合以文章似吟诗样做，退之不合以诗似做文样做。”于是议论始定，众乃服膺。每谓：“诗欲其好，则不能好；王介甫以工，苏子瞻以新，黄鲁直以奇。独子美之诗，奇常工，新易陈，无不好者。”又谓：“宁拙，毋巧。宁朴，毋华。宁粗，毋弱。宁僻，毋俗。”传有《后山集》二十四卷。其古文笔意峭健，不减孙樵；而名不甚著，特以诗掩。然诗境至师道而益仄，时境至师道而已穷，辞藻既以力湔，才气又不敢骋，无才无华，只见瘦硬。盖师道运思欲幽，造语欲僻，而倡为“宁拙”“宁朴”“宁粗”“宁僻”之论；又谓：“学者不由黄韩而为老杜，则失之浅。”余谓老杜诗探怀以出，无心于“好”“不好”，而刚健婀娜，自然妙造。白居易，苏轼，能为“好”者也；逸趣横生，寓怨悱于风情，以警快出闲暇。韩愈，能为“不好”者也；硬语盘空，发妩媚于粗朴，以迟重出雄矫。至于黄庭坚、陈师道，欲为“不好”者也；枯其笔，僻其句，而趣不足以发奥，气不能以运辞。然庭坚危仄之中，自有驱迈；而师道瘦硬以外，别无兴会。庭坚尚致力二谢而得其隽致，师道则一味韩黄而益为瘦硬。庭坚疏影横斜，尚有暗香浮动；师道枯株槎丫，只见瘦骨崚嶒。庭坚有奇而无妙，有斩截而无横放；师道虽僻而不奇，虽瘦硬而不斩截；欲为拙而不免巧，斯弄巧以成拙；欲为粗而不免弱，时再衰而三竭；所以朴而为伧，僻而为涩。庭坚欲为"不好"而尚能"好"者也；师道欲为"不好"而不讨"好"者也。而师道乃自扬诩，以为"人言我语胜黄语"。其然耶？其不然也。然师道五律诗之佳者，清深峭健，极瘦有骨，尽力无痕，学杜直到圣处，实非庭坚可比。如《寄外舅郭大夫》曰：

巴蜀通归使，妻孥且旧居。深知报消息，不敢问何如。身健何妨远，情亲未肯疏。功名欺老病，泪尽数行书。

《示三子》曰：

去远即相忘，归近不可忍。儿女已在眼，眉目略不省。喜极不得语，泪尽方一哂。了知不是梦，忽忽心未稳。

《登快哉亭》曰：

城与清江曲，泉流乱石间。夕阳初隐地，暮霭已依山。度鸟欲何向？奔云亦自闲。登临兴不尽，稚子故须还。

《野望》曰：

山开两岸柳，水绕数家村。地势倾崖口，风涛啮石根。平林霜著色，沙岸水留痕。剩寄还乡泣，难招去国魂。

《山口》曰：

湖阔疑无地，河回忽见山。登临聊自试，衰疾致身闲。四壁宁虞盗，千方莫驻颜。无风回远笛，有月待人还。

《登城楼》曰：

城郭春容晚，因行可当游。飞来双蛱蝶，自去一浮鸥。峡险山将合，江平水却流。同来端兴尽，且为小迟留。

字字锻炼，直以万钧九鼎之力，束于八句四十字之间。其他如《送外舅郭大夫夔路提刑》、《放怀》、《次韵观月》、《春夜》、《别叔父昆山丞》、《住雁》、《寓目》、《除夜对酒赠少章》、《和贾明叔秋晚见怀》、《沈道院有水墨壁画奇笔也惜其穷年无赏之者贾明叔请余同赋》、《和彦詹题远轩》，亦皆浑脱浏亮，最为一集之胜也。次则七言绝如《次韵答邢居实》二首、《次韵答学者》四首之一、三、四，《东阡》、《即事》、《绝句》、《春兴》、《何郎中出示黄公草书》四首之一、《绝句》四首之四、《徐仙书》三首之二、《和黄生出游三绝句》之三、《酬颜生惠茶库纸》，瘦铁屈蟠，以乾老出清新，亦得老杜之深趣。如《次韵答邢居实》二首曰：

汉庭用少公何在，不使群飞接羽翰。今代贵人须白发，挂冠高处未宜弹。

秋来为客意何如？千里河山信不疏。异日老人今则少，不妨红叶闭门书。

《次韵答学者》曰：

津津爽气贯眉目，十五男儿万里身。笔下倒倾三峡水，胸中别作一家春。

暗中摸索不难知，眼里轮囷却见稀。行地径须先八骏，刺天终不羡群飞。

太阿无前锋不缺，铅刀不堪供一切。至柔绕指刚则折，善而藏之光夺月。

《绝句四首》之四曰：

书当快意读易尽，客有可人期不来。世事相违每如此，好怀百岁几回开。

《酬颜生惠茶库纸》曰：

> 破卵剥膜肌理滑，削玉作版光气薰。老子尚堪哦七字，阿买颇能书八分。

其尤可诵者也。七言律诗如《送赵教授》、《次韵苏公督两欧阳诗》、《答颜生》、《上赵使君》、《题王平甫帖》，抑扬爽朗，语无枝叶，亦得杜之一体；而无沉郁顿挫之致，失之太快太尽。七言古如《赠二苏公》、《呜呼行》、《送杜侍御纯陕西转运》、《次韵苏公湖上徙鱼》第一首、《古墨行》、《蝇虎》、《寄邓州杜侍郎》、《答魏衍黄预勉余作诗》、《和魏衍闻莺》、《答黄生》、《谢寇十一惠端砚》、《五子相送至湖陵》、《湖陵与刘生别》、《大风》、《赠知命》、《赠黄氏子小德》，生崭盘硬，时出诙诡，乃学韩愈，学黄庭坚，辙迹显然。五言古如《妾薄命》二首、《送内》、《别三子》、《次韵苏公观月听琴》、《次韵苏公涉颍》、《寄参寥》、《寄答王直方》、《还里》、《送魏衍移沛》、《寄黄允》、《咸平读书堂》、《与魏衍寇国宝田从先二侄分韵得坐字》、《次韵答秦少章》、《次韵应物有叹》、《黄楼》、《次韵苏公独酌》、《次韵德麟吴越山水》、《送李奉议亳州判官》四首之一、三、四、《答无咎》、《画苑》，抑遏掩蔽，往往遒警，乃学孟郊，亦有孤诣。其他摘句：五言如"月到千家静，林昏一鸟归"，"雪余盖地白，春浅著梢红"，"鸟语催春事，窗明报夕阳"，"时要平安报，反愁消息真"，"归怀属有思，弃世不待怒，老境厌逶迟，人情费将护"，"庭梧自黄陨，风过成夜语"，"鸥没轻春水，舟横著浅沙"，"草与遥山碧，花欺晚照红"，"山断开平野，河回杀急流"，"冲风窗自语，涴壁虫成字"，"过雨作秋清，归云放月明"，"齿脱心犹壮，秋清意自悲"，"地平宜落日，野旷自多风"，"寒灯挑不焰，残火拨成灰"，"霜叶深于染，秋花晚自春"，"山静云盘髻，江空月印眉"；七言如"早年著眼觑文字，万卷初无一言契，多生绮语未经忏，半世虚名足为累"，"冷眼尚能看细字，白头宁复要时名"，"欲傍江山看日落，不堪花鸟已春深"，"闲处著身容我老，忙中见记识君情"，"年侵身要兼人健，节近花须满意黄"，"水兼汴泗浮天阔，山入青齐焕眼明"；亦皆情真格老，下字如铸。综观所作，学杜，学韩，学孟，学黄，而要之学杜而得其性之所近，尚未跻于具体而微。然杜、韩、孟无不自造语；而黄庭坚及师道不能自造语。往往挦扯古人诗句，强改一二字，而美其名曰点化，其实仍是饾饤。西昆之杨刘饾饤，西江之黄陈，何尝不饾饤？惟西昆以故事为饾饤，托为比语；而黄陈以成语为饾饤，欲如己出；此其较也。然师道刻意炼句，而有极拙，往往意枯而不淡永，笔瘦而不峭劲，语硬而不老靠；一生用死力炼句，而不能创意造言，只是掇撦古人语，饾饤成章；多读古人诗而不能自己做诗，食古不化，无句能活，有诗功而无诗情，无诗才，虽有善焉者寡矣。诗之为白苏者，务达务适；及其蔽也，调滑而语肤；为黄陈者，避俗避熟，及其蔽也，句僵而神木；为蔽不同，而不警不切，其境界之隔一也。其后婺州吕本中在南宋时以诗得名，传有《东莱诗集》二十卷，自言传衣江西，作《江西宗派图》，黄庭坚以降，列陈师道等二十五人，而己居其末以为法嗣，谓其源皆出庭坚也。庭坚尝与苏轼论书。轼曰："鲁直近字虽清劲，而笔势有时太瘦，几如树梢挂蛇。"庭坚亦曰："公之字固不敢轻议；然间觉扁浅，亦甚似石压虾蟆。"庭坚以《神宗实录》除起居舍人。苏辙方在政府，不悦，曰："庭坚除日，为尚书右丞，不预闻也。"盖不乐庭坚也。

黄庭坚之词，师道尤极称之，谓："子瞻以诗为词，虽工，非本色；今代词手，只秦七黄九耳。"以为媲秦观而胜苏轼也。其实庭坚之词，只是学苏轼而未至，而与秦观异趣。观所作，疏俊令人喜；而庭坚恶赖令人呕。观作间有俚词；庭坚连翩村语。如《归田乐引》曰：

> 对景还销瘦。被个人把人调戏，我也心儿有。忆我又唤我，见我嗔我，天甚教人怎生受！　　看承幸厮勾，又是樽前眉峰皱。是人惊怪冤我，忒捆就。拚了又舍了，一定是这回休了，及至相逢又依旧。

其他如《忆帝京》、《江城子》、《少年心》、《少年心添字》、《鼓笛令》、《归田乐令》，连篇累纸，刺刺不休。吊膀子，拆姘头，无不可恣情做，不奇；无不可对人说，大奇。剧而淫滥，尚干禁令；词而亵诨，更乖雅道。

庭坚论诗，蕲于以俗为雅，以故为新；傥亦欲以施之于词，而秽语村言，满纸胡柴，俗则俗矣，风雅何存？吊膀拆姘，信笔拈写，新则新矣，文章扫地。《四库提要》乃谓“造语高妙，脱尽畦町”。然意鄙而不高，语俚而不妙；畦町尽是脱尽，造语实为恶赖；岂只如所称《沁园春》等十余首，亵诨不可名状也耶。其有志不出于淫荡，而词无害为俊雅者；如《定风波》曰：

小院难图云雨期，幽欢浑待赏花时。到得春来君却去，相误，不须言语泪双垂。　　密约樽前难嘱付，偷顾，手搓金橘敛双眉。庭榭清风明月媚，须记，归时莫待杏花飞。

又《采桑子》曰：

城南城北看桃李，依倚年华。杨柳藏鸦，又是无言飐落花。　　春风一面长含笑，偷顾羞遮，分付谁家，把酒花前试问他。

含羞映媚，尚媠嫷有致。然而屈原香草美人，只托比兴。宋玉《高唐》《神女》，亦止礼义。而女子偷汉，男人调情，庭坚乃作正经事做，当正经话说，长言歌咏，此正词人之孽，文章之妖也。相传庭坚少时好为纤淫之词。法秀道人诫曰：“笔墨劝淫，应堕犁舌地狱。”庭坚答：“空中语耳。”晚年作词，往往用禅和子语，借题棒喝，如效宝宁勇禅师等《渔家傲》五首，是也；但又堕入理障，而绝无理境理趣，发人深思。庭坚之词，盖欲学苏轼而不能者也，欲为苏轼之豪迈而不能，故为倔强，出以鄙倍；欲为苏轼之超诣而不能，拈弄禅机，不免和障。学我者僵，似我者死，盖性分所限而无如何。惟《清平乐》曰：

春归何处？寂寞无行路。若有人知春去处，唤取归来同住。　　春无踪迹谁知。除非问取黄鹂；百啭无人能解，因风吹过蔷薇。

又《南歌子》曰：

> 槐绿低窗暗，榴红照眼明。玉人邀我少留行，无奈一帆烟雨画船轻。　　柳叶随歌皱，梨花与泪倾。别时不似见时情，今夜月明江上酒初醒。

绵丽而能爽朗，疏俊而为凄惋，颇得秦观之一体；然庭坚之所自负，而师道之所称许者，不在此也。师道亟称庭坚《西江月》"断送一生惟有，破除万事无过"之语；谓："韩诗有'断送一生惟有酒'，'破除万事无过酒'。才去一字，遂为切对而语益峻。"今按其词全阕曰：

> 断送一生惟有，破除万事无过；远山微影蘸横波，不饮傍人笑我。　　花病等闲瘦恶，春来没个遮阑。杯行到手莫留残，不道月明人散。

不过倔强作态，镕铸韩语作缩脚耳；然而篇外无余味，句中无余势，言尽则意止，犹是假苏轼也。而师道乃以苏词非本色，庭坚为词宗，其然，岂其然乎？传有《山谷词》一卷。

陈师道亦有《后山词》一卷，其词婉惬有文，不如诗之瘦硬无泽；然字句典雅，风味索莫，其病只在无兴象，无寄托。山谷词外强中干，师道则貌泽神索，惟不如庭坚之秽词可鄙，而亦无庭坚之警句可采。庭坚脱尽畦町，师道不乖矩矱；然言尽则意止，与庭坚不同而同也。庭坚早出苏轼门下，或曰后自名家，类相失云。

苏门六君子之三，得轼之笔，为文章波澜莫二者，曰晁补之、张耒、李廌。李廌，字方叔，济南人，传有《济南集》八卷。其文才辨纵横，去轼最近。轼亦最赏之，称其笔墨澜翻，有飞砂走石之势也。晁补之，字无咎，巨野人。初轼通判杭州；补之年甫十七，随父端友宰杭州之新城；轼见所作《钱塘七述》，大为称赏；由是知名。传有《鸡肋集》七十卷。今观其文，大抵好驰骋议论，有轼之体者也。张耒，字文潜，楚州淮阴人。初与秦观同学于轼。轼以为："秦得吾工，张得吾易。"而世谓"工可致，易不可致"；以耒为难云。耒幼而颖异，十三岁能为文；十七时作《函关赋》，传诵人口。游学于陈。而苏辙为学官，爱异之；因得从轼游。轼曰："无咎雄健峻拔，笔力欲挽千钧。文潜容衍靖深，若不得已于书者。"传有《宛丘集》七十六卷。

苏辙，字子由；十九岁，与轼同举登进士科，又同策制举，能文章，称大小苏。累拜尚书右丞，进门下侍郎；已而落职，累贬筠州、雷州、循州，再复大中大夫致仕。筑室于许，号颍滨遗老，自作传万余言。卒，追复端明殿学士，谥文定。自称："始学，得一书，伏而读之，不求其博，而惟其书之知；求之而莫得，则反覆而思之，至于终日而莫见，而后退而求其得，惧其入于心之易，而守之不坚也。及既长，乃观百家之书，纵横颠倒，可喜可愕，无所不读，泛然无所适从；盖晚而读《孟子》，而后遍观乎百家而不乱也。辙才术技艺，无以大过于中人，而何敢自附于孟子？然其所以泛观天下之异说，三代以来兴亡治乱之际，而皎然其有以折之者，盖其学出于孟子，而不可诬也。""辙生好为文，思之至深，以为文者气之所形；然文不可以学而能，气可以养而致！孟子曰：'我善养吾浩然之气。'今观其文章，宽厚宏博；充乎天地之间，称其气之小大。太史公行天下，周览四海名山大川，与燕赵间豪俊交游，故其文疏荡颇有奇气。此二子者，岂尝执笔学为如此之文哉？其气充乎其中而溢乎其貌，动乎其言而见乎其文，而不自知也。"传有《栾城集》五十卷，《后集》二十四卷，《三集》十卷，《应诏集》十二卷。今观其文疏于叙事，而善议论，辨明古今治乱得失，出以坦迤，抑扬爽朗，语无含茹，而亦不为钩棘；策论特其所长，碑传则其所短，与轼蹊径略同，而波澜不如；气不如轼之舒，笔不如轼之透。集中论如《商论》、《周论》、《六国论》、《三国论》、《晋论》、《七代论》、《隋论》、《唐论》、《五代论》、《老聃论》上下、《蜀论》、《北狄论》、《西戎论》、《西南夷论》、《燕赵论》，策如《君术策》一、二、《臣事策上》一、三、五、《臣事策下》三、《民政策上》二、四、五、《民政策下》一、二，叙如《元祐会计录叙》、《民赋叙》，书如《上神宗皇帝书》、《上昭文富丞相书》、《上刘长安书》、《陈州为张安道论时事书》。按之上古，验之当世，参以人事，深切喜往复，洞明得失，如《三国论》曰：

天下皆怯而独勇，则勇者胜；皆暗而独智，则智者胜。勇而遇勇，则勇者不足恃也；智而遇智，则智者不足用也。夫唯智勇之不足以定天下，是以天下之难，蜂起而难平。盖尝闻之：古者英雄之君，其遇智勇也以不智不勇，而后真智大勇乃可得而见也。悲夫！世之英雄，其处于世，亦有幸不幸耶！汉高祖、唐太宗，是以智勇独过天下而得之者也。曹公、孙、刘，是以智勇相遇而失之者也。以智攻智，以勇击勇，此譬如两虎相捽，齿牙气力，无以相胜，其势足以相扰而不足以相毙。当此之时，惜乎无有以汉高帝之事制之者也。

昔者项籍乘百战百胜之威，而执诸侯之柄，咄嗟叱咤，奋其暴怒，西向以逆高祖，其势飘忽震荡，如风雨之至。天下之人以为遂无汉矣。然高帝以其不智不勇之身，横塞其冲，徘徊而不得进；其顽钝椎鲁，足以为笑于天下，而卒能摧折项氏而待其死。此其故何也？夫人之勇力，用而不已，则必有所耗竭；而其智慧久而无成，则亦必有所倦怠而不举。彼欲用其所长以制我于一时，而我闭门而拒之，使之失其所求，逡巡求去而不能去，而项籍固已惫矣。

今夫曹公、孙权、刘备，此三人者，皆知以其才自取，而未知以不才取人也。世之言者曰：孙不如曹，而刘不如孙。刘备惟智短而勇不足，故有所不若于二人者；而不知因其所不足以求胜，则亦已惑矣。盖刘备之才，近似于高祖，而不知所以用之之术。

昔高祖之所以自用其才者，其道有三焉耳：先据势胜之地，以示天下之形。广收信越出奇之将，以自辅其所不逮。有果锐刚猛之气而不用，以深折项籍猖狂之势。此三事者，三国之君，其才皆无有能行之者。独有一刘备近之而未至。其中犹有翘然自喜之心，欲为椎鲁而不能纯，欲为果锐而不能达，二者交战于中而未有所定，是故所为而不成，所欲而不遂。弃天下而入巴蜀，则非地也；用诸葛孔明治国之才，而当纷纭征伐之冲，则非将也；不忍忿忿之心，犯其所短而自将以攻人，则是其气不足尚也。嗟夫！方其奔走于二袁之间，困于吕布而狼狈于荆州，百败而其志不折，不可谓无高祖之风矣，而终不知所以自用之才。夫古之英雄，惟汉高帝为不可及也夫！

策论至苏氏父子，原原本本，述往事，思来者，有以见天下之赜，古今之变，而观其会通，持之有故，言之成理，直与周秦诸子同为一家之言，固不仅文章之工。而观辙之所为，其学兼综兵农儒法，其文出入庄、孟、苏、张，虽不如洵之峭劲廉悍，而颇追轼之条达疏畅，意到笔随，无愧难弟也。轼尝称辙，以为："其文如其为人，故汪洋澹泊，有一唱三叹之声；而其秀杰之气，亦不可没。作《黄楼赋》，乃稍自振厉，若欲以警发愦愦者。"然轼辙之文，有余于汪洋，不足于澹泊；工于用尽，而不善于用有余；可振厉以警发愦愦之意，而未能唱叹以发人悠悠之思。惟辙《上枢密韩太尉书》，乃所谓"汪洋澹泊，有一唱三叹之声"，而亦不没其"秀杰之气"者，此于辙文为逸调，而可以弁冕全集。次则《王氏清虚堂记》、《武昌九曲亭记》，寄意旷真而出以浑融，颇得欧阳修之闲逸；《京西北路转运使题名记》，落笔骏重而抒以盘奡，则学韩愈之雄矫；亦一集之胜也。骈文如《郭逵自致仕起知潞州》、《姚兕磨勘转东上阁门使》、《刘挚右丞》、《曾肇中书舍人》、《曹诵遥团知保州》、《韩忠彦枢密直学士知定州》、《李之纯宝文阁直学士知成都府》、《太皇太后父遵甫唐王诸敕》、《尚书左丞韩忠彦免弟嘉彦尚主不允诏》第二首、《韩忠彦乞外任不许诏》第一首、《辞尚书右丞》第四状、《谢除中书舍人表》第一首、《除中书舍人谢执政启》、《贺欧阳副枢启》、《贺欧阳少师致仕启》，不漫为雕文绮错，而绰有议论波澜，其原出于陆挚，与轼同。至《田子谅湖南运判》、《钱畯知慎州》及《吕陶京西运副上官均比部员外郎》三敕，则又以古文行之，感慨肫挚，辞简而意足；同于元稹之纯厚明切，追用古道者也。

苏辙诗则五言古如《郭纶》、《夜泊牛口江上早起》、《入峡》、《寄题清溪寺在硖州鬼谷子故居》、《子瞻寄示岐阳十五碑》、《次韵子瞻凌虚台》、《和子瞻自净土步至功臣寺》、《登嵩山》十首之《玉女窗》、《峰顶寺》、《将军柏》三首、《游泰山》四首之《四禅寺》、《灵岩寺》两首、《和韩宗弼暴雨》、《和鲜于子骏益昌官舍八咏》之《桐轩》、《竹轩》、《柏轩》、《巽堂》、《山斋》、《闲燕亭》、《会景亭》七首、《和文与可洋州园亭》三十咏之《霜筠亭》一首、《吕希道少卿松局图》、《子瞻惠双刀》、《次韵子瞻系御史狱赋狱中榆》、《黄州陪子瞻游武昌西山》、《除夜泊彭蠡湖遇大风雨》、《次韵侯宣城垒障楼双溪阁长篇》、《顾子敦奉使河上席上再送》、《题王生画三蚕蜻蜓》二首、《程之元表弟奉使江西次前年送赴楚州韵戏别》、《燕山》、《木叶山》、《夏夜对月》，七言古如《江上看山》、《严颜碑》、《竹枝歌忠州作》、《襄阳古乐府野鹰来》、《王维吴道子画在普门及开元寺》、《次韵子瞻宿南山蟠龙寺》、《柳湖感物》、《和子瞻金山》、《和子瞻焦山》、《次韵子瞻游径山》、《和子瞻煎茶》、《次韵子瞻游道场山何山》、《西湖二咏》之《食鸡头》一首、《赠净因臻长老》、《游钟山》、《次韵孔武仲三舍人省上》、《韩幹三马》、《次韵子瞻好头赤》、《出山》、《虏帐》、《求黄家紫竹杖》、《任氏阅世堂前大桧》、《梦中咏醉人》、《种松》，五言律如《次韵子瞻题长安王氏中隐堂》之三四，七言绝如《次韵子瞻望湖楼上》五绝之一五、《次韵子瞻登望海楼》五绝之四、《和毛君州宅八咏》之《翠樾亭》一首、《南斋竹》三绝之一二等篇，咸可诵览。大抵意趣以婉惬出旷真，敩韦以希陶；波澜以坦迤为跌宕，由白以窥杜；而造语时参以王维之清丽，韩愈之生划，跌宕昭彰，亦自成其为苏门之诗，与轼同一机杼；而笔不如轼之灵，意不如轼之警。独辙论诗，极推杜而不甚许李，以为："李白诗类其为人，骏发豪放，华而不实，好事喜名，不知理义之所在也。唐诗人李杜称首，今其诗皆在；杜甫有好义之心，白所不及也。"然杜诗奇横，辙亦尽见得；每曰："事不接，文不属，如连山断岭，虽相去绝远，而气象联络，观者知其脉理之为一也；盖附丽不以凿枘，此最为文之高致耳。老杜诗长篇纪事，予特爱其词气如百金战马，注坡蓦涧，如履平地。如白乐天诗词甚工;然拙于纪事,寸步不遗,犹恐失之;此所以望老杜之藩垣而不及也!"亦可谓知言矣。

苏轼有子过,辙有孙籀,翰墨文章,咸擅家学。过,字叔党,轼之第三子也。轼谪知英州,贬惠州,迁儋耳,旋徙廉永,诸子中独过随侍,凡生理昼夜寒暑所需者,一身百为,口不言瘁。初至海上,为文曰《志隐》;轼览而善之,曰:"吾可以安于岛夷矣。"因命作《孔子弟子传》。辙言:"吾兄远居海上,惟成就此儿能文也。"既而轼卒于常州,过扶榇葬汝州颊城小峨眉山;遂家颍昌,营湖阴水竹数亩,名曰小斜川,自号斜川居士,传有《斜川集》六卷。碑传叙事,本非苏门所长。而过得父之笔,亦长于议论;如《论海南黎事书》、《萧何论》、《书张骞传后》、《书周亚夫传后》,虽不如乃翁之俊迈,而曲尽情事,辞能爽朗,一时以小坡目之。晚而游大阉梁师成之门;师成自谓轼遗腹子,待过如亲兄弟也。士论丑之。苏籀者,辙之孙,迟之子也;传有《双溪集》十五卷。集中《上秦桧》二书,献谀干进,亦殊不称家儿。其文则雄骏疏畅,犹不失苏门矩矱云。

第七节　曾巩　王安石附司马光

欧阳修之风神骀宕,苏氏父子之辞笔雄骏,咸以所能擅雄宋代。其有骏爽不如苏,渊永尤逊欧;而特以醇粹明白,得西汉董仲舒刘向之意,而开南宋朱熹理学之文者,曾巩、王安石也。

曾巩,字子固,建昌南丰人。生而警敏,读书数百言,脱口辄诵;年十二,试作六论,援笔而成,辞甚伟。甫冠,名闻四方。欧阳修见其文而奇之。登嘉祐二年进士第,调太平州司户。守张伯玉,前辈人也。欧阳修王安石咸誉巩能文,伯玉殊不顾,一日语巩:"吾方作六经阁,其为之记。"巩易稿六七,而伯玉意不当,则谓巩曰:"吾自为之。"乃援笔曰:"六经阁者,诸子百家皆在焉,不书,尊经也"云云。巩大服，自此益自励于峻洁。如《送刘希声序》曰：

东明刘希声来临川。见之，其貌勉于礼，其言勉于义，其行亦然，其久益坚，其读书为辞章日盛。从予游三年，予爱之。今年庆历五年，还其乡，过予别。与之言曰："东明，汴邑也，子之行，问道之所向者，以告子。子也一趋焉而不息，至乎？尔也。苟为一从焉，一违焉，虽不息，决不至也。子也好问圣人之道，亦如是而已矣。五月四日序。"

又《鹅湖院佛殿记》曰：

庆历某年某月日，信州铅山县鹅湖院佛殿成，僧绍元来请记。遂为之记曰：自西方用兵，天子宰相与士大夫劳于议谋，材武之士劳于力，农工商之民劳于赋敛。而天子尝减乘舆掖庭诸费，大臣亦往往辞赐钱，士大夫或暴露其身，材武之士或秉义而死，农工商之民或失其业。惟学佛之人，不劳于谋议，不用其力，不出赋敛，食与寝自如也；资其宫之侈，非国则民力焉；而天下皆以为当然。予不知其何以然也。今是殿之费，十万不已，必百万也；百万不已，必千万也；或累累而千万之，不可知也。其费如是广，欲勿记其日时，其得耶？而请余文者，又绍元也；故云尔。

短章寂寥，而一出一入，笔力崭然。召编校史馆书籍，迁馆阁校勘、集贤校理，为实录检讨官，通判越州，知齐州，历襄州、洪州、福州、明州、亳州、沧州。巩负才名，久劳于外，世颇谓偃蹇不偶。一时后生辈锋出，巩视之泊如也。神宗召见，劳问甚宠。帝以太祖、太宗、真宗三朝与仁宗、英宗两朝国史，各自为书，宜合而为一；加巩史馆修撰，专典之，不以大臣监总。诏自择属官。巩以陈师道荐，朝廷以布衣难之。未几，撰《太祖皇帝总叙》一篇以进，请系之《太祖本纪》篇末，其说以为太祖大度豁如，知人善任使，与汉高祖同；而汉高祖所不及者其事有十，因具论之，累二千余言。神宗读之不悦曰："为史但当实录以示后世，亦何必与先代帝王较优劣乎？且一篇之赞如许之多，成书将复几何?”既而不克成。会官制行,拜中书舍人,时自三省百执事,选授除书,日至十数,人人举其职,史称其训辞典约而尽也。为文章原本六经,纡徐而不烦,简奥而不晦,传有《元丰类稿》五十卷。其文欲为果锐而不达,所以不如苏之发人意;欲为茹涵而不沉,所以不如欧之耐人味。方其肆意有所作,随笔曲注,从容浑涵,不大声以色,而波澜老成,自然郁厚;如《宜黄县县学记》曰:

古之人,自家至于天子之国,皆有学;自幼至于长,未尝去于学之中。学有《诗》《书》六艺,弦歌洗爵,俯仰之容,升降之节,以习其心体耳目手足之举措;又有祭祀乡射养老之礼,以习其恭让;进材论狱出兵授捷之法,以习其从事。师友以解其惑,劝惩以勉其进,戒其不率。其所以为具如此。而其大要,则务使人人学其性,不独防其邪僻放肆也;虽有刚柔缓急之异,皆可以进之于中,而无过不及;使其识之明,气之充于其心,则用之于进退语默之际,而无不得其宜;临之以祸福死生之故,而无足动其意者。为天下之士,而所以养其身之备如此。则又使知天地事物之变,古今治乱之理。至于损益废置,先后终始之要,无所不知。其在堂户之上,而四海九州之业,万世之策皆得。及出而履天下之任,列百官之中,则随所施为,无不可者。何则?其素所学问然也。盖凡人之起居饮食动作之小事,至于修身为国家天下之大体,皆自学出,而无斯须去于教也。其动于视听四支者,必使其洽于内;其谨于初者,必使其要于终;驯之以自然,而待之以积久。噫,何其至也!故其俗之成,则刑罚措;其材之成,则三公百官得其士;其为法之永,则中材可以守;其入人之深,则虽更衰世而不乱。为教之极至此。鼓舞天下而人不知其从之,岂用力也哉。

及三代衰,圣人之制作尽坏。千余年之间,学有存者,亦非古法。人之体性之举动,惟其所自肆;而临政治人之方,固不素讲,士有聪明朴茂之质,而无教养之渐,则其材之不成,夫其固然。盖以不学未成之材，而为天下之吏，又承衰敝之后，而治不教之民。呜呼！仁政之所以不行，盗贼刑罚之所以积，其不以此也欤？

宋兴几百年矣。庆历三年，天子图当世之务，而以学为先，于是天下之学乃得立。而方此之时，抚州之宜黄，犹不能有学。士之学者皆相率而寓于州，以群聚讲习。其明年，天下之学复废，士亦皆散去；而春秋释奠之事，以著于令，则常以庙祀孔氏，庙废不复理。皇祐元年，会令李君详至，始议立学。而县之士某某与其徒，皆自以谓得发愤于此，莫不相励而趋为之；故其材不赋而羡，匠不发而多。其成也，积屋之区若干，而门序正位，讲艺之堂、栖士之舍皆足；积器之数若干，而祀饮寝食之用皆具。其像孔氏而下，从祭之士皆备。其书经史百氏翰林子墨之文章，无外求者。其相基会作之本末，总为日若干而已，何其周且速也！

当四方学废之初，有司之议，固以为学者人情之所不乐。及观此学之作，在其废学数年之后，惟其令之一唱，而四境之内，响应而图之，如恐不及，则夫言人之情不乐于学者，其果然也欤？宜黄之学者固多良士，而李君之为令，威行爱立，讼清事举，其政又良也。夫及良令之时，而顺其慕学发愤之俗，作为宫室教肄之所，以至图书器用之须，莫不皆有以养其良材之士。虽古之去今远矣，然圣人之典籍皆在，其言可考，其法可求，使其相与学而明之。礼乐节文之详，固有所不得为者；若夫正心修身，为国家天下之大务，则在其进之而已。使一人之行修，移之于一家；一家之行修，移之于乡邻族党；则一县之风俗成、人材出矣。教化之行，道德之归，非远人也，可不勉欤！县之士来请曰："愿有记。"故记之。十二月某日也。

浑雄博厚。而记事之作，取舍廉肉不失法，尤善部勒，简以驭繁，详而有纪，三苏之所不及，而足与欧阳相颉颃；特有笔法而无笔情，不能如欧之余味曲包，风神骀宕耳。集中议论如《唐论》、《为人后议》、《救灾议》，序跋如《太祖皇帝总叙》、《列女传目录序》、《礼阁新仪目录序》、《战国策目录序》、《梁书目录序》、《陈书目录序》、《先大夫集后序》、《范贯之奏议集序》、《越州鉴湖图序》，奏疏如《移沧州过阙上殿札子》、《乞赐唐六典状》、《乞登对状》，书牍如《上欧阳学士第二书》、《上蔡学士书》、《上杜相公书》、《与孙司封书》、《再与欧阳舍人书》、《寄欧阳舍人书》，赠序如《送刘希声序》、《赠黎安二生序》、《送周屯田序》、《送江任序》、《送李材叔知柳州序》、《送赵宏序》、《送王希序》、《送蔡元振序》，碑志如《虞部郎中戚公墓志铭》、《戚元鲁墓志铭》、《尚书都官员外郎陈君墓志铭》、《都官员外郎曾君墓志铭》、《王容季墓志铭》、《都官员外郎胥君墓志铭》、《司封员外郎蔡公墓志铭》、《赠职方员外郎苏君墓志铭》、《库部员外郎知临江军范君墓志铭》、《赠大理寺丞致仕杜君墓志铭》、《胡君墓志铭》、《殿中丞监扬州税徐君墓志铭》、《永州军事推官孙君墓志铭》、《尚书都官员外郎王公墓志铭》、《卫尉寺丞致仕金君墓志铭》、《抚州金溪县主簿徐洪墓志铭》、《金华县君曾氏墓志铭》、《寿安县君钱氏墓志铭》、《天长县君黄氏墓志铭》、《仁寿县太君吴氏墓志铭》、《寿昌县太君许氏墓志铭》、《夫人周氏墓志铭》、《永安县君谢氏墓志铭》、《永安县君李氏墓志铭》、《试秘书省校书郎李君墓志铭》、《池州贵池县主簿沈君夫人元氏墓志铭》、《双君夫人邢氏墓志铭》、《旌德县太君薛氏墓志铭》、《永兴尉章佑妻夫人张氏墓志铭》、《福昌县君傅氏墓志铭》、《寿安县太君张氏墓志铭》、《江都县主簿王君夫人曾氏墓志》、《知处州青田县朱君夫人戴氏墓志铭》、《光禄少卿晁公墓志铭》、《天长朱君墓志铭》、《亡妻宜兴县君文柔晁氏墓志铭》、《仙源县君曾氏墓志铭》、《二女墓志铭》、《秘书少监赠吏部尚书陈公神道碑铭》，传状如《故朝散大夫尚书刑部郎中赐紫金鱼袋孙公行状》，杂记如《鹅湖院佛殿记》、《宜黄县学记》及《筠州学记》、《分宁县云峰院记》、《仙都观三门记》、《墨池记》、《抚州颜鲁公祠堂记》、《齐州二堂记》、《齐州北水门记》、《杂识》二首等篇；咸可诵览。

自韩愈因文以见道，而未探心性之微。至欧阳修乃为之说曰：

"君子之于学也，务为道，为道必求知古，知古明道而后履之以身，施之于事，而又见之于文章而发之以信后世。若夫性非学者之所急，而圣人之所罕言也。"独曾巩原本大学，穷理致知；而《宜黄》、《筠州》两《学记》，尤为后世言理学者所宗。朱熹爱慕其文，以为："文字依傍道理做，不为空言。"又曰："《宜黄》、《筠州》两《学记》好，说得古人教学意出。"屡见语类。于是理学家之古文仿焉；亦以其不矜才使气，醇实明白，易为依仿也。苏氏父子善于论兵，而曾巩独明水利荒政，如《救灾议》、《越州鉴湖图序》、《襄州宜城县长渠记》、《越州赵公救灾记》，语繁不杀，详悉如画，可以为后世法。仁人之言，其利溥哉！

碑志如蔡邕《郭有道》、《陈太丘》诸碑，皆虚摹风采，不详叙事实，令读者想见其生平于事为功业之外。至韩愈、欧阳修，始抒以史传之体，称美不称恶，只以详略见意为斡旋。巩之为碑志，其文格自承韩欧一脉，而特多摹想风采之作，与韩欧攸异。如《赠大理寺丞致仕杜君墓志铭》曰：

> 君姓杜氏，澶州濮阳人，卒于皇祐元年十月庚申，葬于熙宁八年十月丁酉。其墓在濮阳县桂枝里之栾村，以夫人仙居县太君潘氏祔。君曾王考祐，王考延嗣，考珣。子男三人：曰言，曰宗谏，皆蚤世；曰宗诲，殿中丞。女二人，嫁马氏，栾氏。孙男二人，曰良辅；余未名也。
>
> 君讳莹，字德温，赠大理评事，又赠大理寺丞。为人孝友温良，以清静为学，而以淡泊自足，行修于家，而誉闻于乡、其自得者，寿考见于身；其有余者，流泽见于后。故其年至于八十，而有子能大其门。言理之士，以此多君也。
>
> 宗晦为人质厚恬夷，世俗之所为，有不为者。余为襄阳，宗晦实佥书节度判官公事。爱其所守而知其有所受也；其以君之墓乞于余，故不辞。铭曰：
>
> 有以养其内，克遐者寿。有以行于远，克昌者后。帝原厥初，追锡命书。余与此铭，贲于幽墟。

此虚摹耆德以称其福寿者也。又《胡君墓志铭》曰：

> 君名敏，生于天禧之戊午，卒时皇祐之辛卯也。既卒之明年，葬于其所家抚州金溪县之东某里某原。字某，姓胡氏。父名晏，教君学，已为之求师，又为之求四方善人君子与之接，致其力，不敢懈；至于老以死，不敢变。君亦能奉其意。故君之为进士，其强学，其广记，其能文辞，于其业可以谓之修。其事亲，其居家，其与人游，不见其缺亏，其约，其质，其不苟，其寡言，于其行可以谓之修。夫积其勤以至于业之修，而止荐于乡；积其谨以至于行之修，而不克显于世；此世之所以哀君也。然君有可以慰其亲而不疚于其内，比于得其欲，富贵于一时，而有愧于其心者，其得失何如，固易知也。母某氏，妻某氏，子某，弟某。君尝学于余也，故铭之。铭曰：
>
> 慰其亲，学也勤。短而屯，塞不伸。震无垠，瑑斯珉。

此虚摹才俊以悼其不遇者也。他如《戚元鲁墓志铭》、《都官员外郎曾君墓志铭》、《王容季墓志铭》、《都官员外郎胥君墓志铭》、《司封员外郎蔡公墓志铭》、《卫尉寺丞致仕金君墓志铭》、《抚州金溪县主簿徐洪墓志铭》、《金华县君曾氏墓志铭》、《永兴尉张佑妻夫人张氏墓志铭》，只为其人未有功业可见，写其生平，正于虚处著神；每从诸人旁衬见身分，不以细琐事刻画，卓然大方，正与蔡邕《郭有道》、《陈太丘》两碑同一机杼。惟蔡邕以雅练胜，以淡远见风度；巩则以跌宕胜，以议论为波澜，即有叙事，亦如画龙之一鳞一爪，出以烘托，无取铺排。王安石碑志亦多乃尔，亦文章得失之林也。

曾巩为诗则又语质而意警，气雄而格老，不为东坡之烂漫，亦异山谷之生僻；而跌宕昭彰，自然遒变，远绍杜陵，近追欧公。五言古如《杂诗》四首之一二、《至荷湖》二首、《送徐竑著作知康州》、《写怀》二首、《茅亭闲坐》、《靖安县幽谷亭》、《青云亭闲望》、《答裴煜》二首、《寄王介卿》、《游琊琊山》、《高松》、《庭木》、《李节推亭子》、《答葛蕴》、《北湖》、《秋怀》二首、《招隐寺》、《汉阳泊舟》，七言古如《一鹗》、《里社》、《南源庄》、《论交》、《种园》、《叹嗟》、《侯荆》、《黄金》、《初夏有感》、《东津归催吴秀才寄酒》、《溯河》、《边将》、《麻姑山送南城尉罗君》、《明妃曲》二首、《南湖行》二首，五言律如《和郑微之》，七言律如《闲行》、《送觉祖院明上人》、《甘露寺多景楼》、《大乘寺》，七言绝如《城南》二首、《夜出过利涉门》、《西楼》，纵横开合，韩笔杜势，虽大家不过；而世论谓巩短于韵语，非其实也。巩与王安石少年交好。安石声誉未振，巩导之于欧阳修而与以书曰："巩之友王安石，文甚古，行甚称文。虽已得科名，居今知安石者尚少也。彼诚自重，不愿知于人；尝与巩言：'非先生，无足知我也。'如此人，古今不常有。如今时所急，虽无常人千万，不害也；顾如安石，千万不可失也。先生傥言焉，进之朝廷，其有补于天下。"盖推重之如此，而安石之名乃著。

王安石，字介甫，抚州临川人。晚年居金陵之钟山，自山距城道里适相半，因号半山。登庆历三年进士上第，历仕仁宗、英宗、神宗三朝。神宗以为参知政事，厉行新法，谤议朋兴；罢而再起，封舒国公，改封荆，卒谥曰文，配食孔庙，追封舒王。传有《临川先生集》一百卷。少好读书，一过目，终身不忘。其属文动笔如飞，初若不经意，既成，见者服其精妙。曾巩以视欧阳修。修得之，爱叹诵写，而传语曰："更少开廓其文，勿用造语及模拟前人。孟韩文虽高，不必似之也，取其自然耳。"巩作书以告安石。安石作许氏世谱，写致修。修一日曝书见之，取看，不记是谁作，意以为安石作，既而曰："介甫不能如此，其曾子固之文乎？"盖气体略相似也。曾巩与安石，以文章相赏会，亦以学术相契合。安石有《洪范传》，而巩亦有《洪范传》；安石喜扬雄书，而巩亦喜扬雄书；安石以《周官》行新法，而巩亦欲以《周官》明职掌，有《请以近更官制如周官六典为书札子》、《乞赐唐六典状》、《乞登对状》，皆论建官制理之方，宜上稽《周礼》，旁求六典也。韩愈《原道》而不言心性，欧阳修则曰："君子之于学也，务于道，而性非学者之所急。"盖以性与道为二事，与程朱理学不合。至曾巩始以《熙宁转对疏》言："大学之道，在致知，在得之于心。"而为《宜黄县县学记》，以谓："其大要，则务使人人学其性。"至安石《虔州学记》，则直曰："先王所谓道德者，性命之理而已。而性命之理，出于人心，《诗》《书》能循而达之，非能夺其所有而予之以其所无也。"盖揭率性为道之义，而合于程朱之说焉。朱熹谓："南丰文却通质，他初亦只是学为文，却因为文渐见些子道理，故文字依傍道理做，不为空言。欧公文字敷腴温润，曾南丰文字又更峻洁，虽议论有浅近处，然却平正好。到得东坡，便伤于巧，议论有不正当处。老苏尤甚。荆公之文，他却似南丰文。"说见《语类》。大抵安石与曾巩学术相同，意气相投，文章不期而似。人只知南丰文字平正，而朱熹却道"更峻洁"；人尽说荆公文字精悍，而朱熹却道"似南丰"；骤听不解，而朱熹实见其深。读巩之集，如《送刘希声序》、《送赵宏序》、《送蔡元振序》、《鹅湖院佛殿记》、《胡君墓志铭》、《永州军事推官墓志铭》，寂寥短章，而一出一入，笔力崭然；何减安石《原过》、《伤仲永》、《读孟尝君传》、《读柳宗元传》、《书刺客传后》、《读孔子世家》、《答司马谏议书》、《答钱公辅学士书》、《度支副使厅壁题名记》、《抚州祥符观三清殿记》、《送李著作之官高邮序》、《石仲卿字序》、《祭王回深甫文》、《宝文阁待制常公墓表》、《长安县太君王氏墓志》、《鄞女墓志铭》诸文之气峻体洁。录安石《度支副使厅壁题名记》曰：

三司副使，不书前人名姓。嘉祐五年，尚书户部员外郎吕君冲之始稽之众史，而自李纮已上至查道，得其名；自杨偕已上，得其官；自郭劝已下，又得其在事之岁时；于是书石而镵之东壁。夫合天下之众者财，理天下之财者法，守天下之法者吏也。吏不良，则有法而莫守；法不善，则有财而莫理；有财而莫理，则阡陌闾巷之贱人，皆能私取予之势，擅万物之利，以与人主争黔首，而放其无穷之欲，非必贵强桀大而后能如是。而天子犹为不失其民者，盖特号而已耳。虽欲食蔬衣敝，憔悴其身，愁思其心，以幸天下之给足而安吾政，吾知其犹不得也。然则善吾法而择吏以守之，以理天下之财；虽上古尧舜犹不能毋以此为急务，而况于后世之纷纷乎？

三司副使，方今之大吏，朝廷所以尊宠之甚备。盖今理财之法有不善者，其势皆得以议于上而改为之；非特当守成法，吝出入，以从有司之事而已。其职事如此，则其人之贤不肖，利害施于天下如何也！观其人，以其在事之岁时，以求其政事之见于今者，而考其所以佐上理财之方；则其人之贤不肖，与世之治否，吾可以坐而得矣。此盖吕君之志也。

又《祭王回深甫文》曰：

嗟嗟深甫，真弃我而先乎？孰谓深甫之壮以死，而吾可以长年乎？维吾昔日，执子之手；归言予之所为，实受命于吾母。曰："如此人，乃与为友。"吾母知子，过于予初。终子成德，多吾不如。呜呼天乎！既丧吾母，又夺吾友；虽不即死，吾何能久？搏胸一痛，心摧志朽。泣涕为文，以荐食酒。嗟嗟深甫，子尚知否？

又《宝文阁待制常公墓表》曰：

右正言宝文阁待制特赠右谏议大夫汝阴常公，以熙宁十年二月己酉卒；以五月壬申葬。临川王某志其墓曰：公学不期言也，正其行而已。行不期闻也，信其义而已。所不取也，可使贪者矜焉，而非雕斫以为廉。所不为也，可使弱者立焉，而非矫抗以为勇。官之而不事，召之而不赴；或曰："必退者也，终此而已矣。"及为今天子所礼，则出而应焉。于是天子悦其至，虚己而问焉；使莅谏职，以观其迪己也；使董学政，以观其造士也。公所言乎上者无传，然皆知其忠而不阿；所施乎下者无助，然皆见其正而不苟。诗曰："胡不万年。"惜乎既病而归死也！自周道隐，观学者所取舍，大抵时所好也。违俗而适己，独行而待起，呜呼！公贤远矣！传载公久，莫如以石！石可磨也，亦可泐也！谓公且朽，不可得也。

其他称是，而所以为难能者，为其简老严重，而无害于笔力天纵，以折为峭，特峻而曲，辞简而意无不到，格峻而笔能驶转，愈峭紧，愈顿挫；此其似于巩者一也。

至巩所为《战国策目录序》、《范贯之奏议集序》、《先大夫集后序》、《上杜相公书》、《与孙司封书》、《宜黄县县学记》、《移沧州过阙上殿札子》诸文，长篇大论，纡徐委备之作，而运以隽杰廉悍之笔，随事曲注，而浑雄博厚之气，郁然纸上，沉着顿挫，乃深得西汉贾董笔意。亦岂苟为平正，而提不起，放不下，失其所以为峻者耶？

安石之文，亦有洋洋大篇，浑灏流转，而抒以隽杰廉悍之笔，沉着顿挫者，如《答韶州张殿丞书》曰：

> 某启：伏蒙再赐书，示及先君韶州之政，为吏民称颂，至今不绝；伤今之士大夫不尽知，又恐史官不能记载，以次前世良吏之后。此皆不肖之孤，言行不足信于天下，不能推扬先人之功绪余烈，使人人得闻知之，所以夙夜愁痛，疚心疾首而不敢息者以此也。先人之存，某尚少，不得备闻为政之迹。然尝侍左右，尚能记诵教诲之余。盖先君所存，尝欲大润泽于天下，一物枯槁，以为身羞。大者既不得试，已试，乃其小者耳，小者又将泯没而无传。则不肖之孤，罪大衅厚矣，尚何以自立于天地之间耶？阁下勤勤恻恻，以不传为念，非夫仁人君子乐道人之善，安能以及此？
>
> 自三代之时，国各有史，而当时之史多世其家，往往以身死职，不负其意，盖其所传皆可考据。后既无诸侯之史，而近世非尊爵盛位，虽雄奇俊烈，道德满衍，不幸不为朝廷所称，辄不得见于史。而执笔者，又杂出一时之贵人。观其在廷论议之时，人人得讲其然不，尚或以忠为邪，以异为同，诛当前而不栗，讪在后而不羞，苟以餍其忿好之心而止耳；而况阴挟翰墨，以裁前人之善恶，疑可以贷褒，似可以附毁，往者不能讼当否，生者不得论曲直，赏罚谤誉，又不施其间，以彼其私，独安能无欺于冥昧之间耶？善既不尽传，而传者又不可尽信如此。唯能言之君子，有大

公至正之道，名实足以信后世者，耳目所遇，一以言载之，则遂以不朽于无穷耳。伏惟阁下于先人非有一日之雅，余论所及，无党私之嫌。苟以发潜德为己事，务推所闻，告世之能言而足信者，使得论次以传焉；则先君之不得列于史官，岂有恨哉！

其行文遒以婉，镵以刻，曲折淋漓，字句亦觉锋棱隐起。又如《给事中赠尚书工部侍郎孔公墓志铭》曰：

宋故朝请大夫给事中知郓州军州事兼管内河堤劝农同群牧使上护军鲁郡开国侯食邑一千六百户实封二百户赐紫金鱼袋孔公者，尚书工部侍郎赠尚书吏部侍郎讳勖之子，兖州曲阜县令袭封文宣公赠兵部尚书讳仁玉之孙，兖州泗水县主簿讳光嗣之曾孙，而孔子之四十五世孙也。其仕当今天子天圣、宝元之间，以刚毅谅直，名闻天下。尝知谏院矣，上书请明肃太后归政天子，而廷奏枢密使曹利用、尚御药罗崇勋罪状。当是时，崇勋操权利，与士大夫为市；而利用悍强不逊，内外惮之。尝为御史中丞矣，皇后郭氏废，引谏官御史伏阁以争，又求见，上皆不许，而固争之，得罪然后已。盖公事君之大节如此，此其所以名闻天下，而士大夫多以公不终于大位，为天下惜者也。

公，讳道辅，字原鲁，初以进士释褐，补宁州军事推官，年少耳；然断狱议事，已能使老吏惮惊。遂迁大理寺丞，知兖州仙源县事，又有能名。其后尝直史馆，待制龙图阁，判三司理欠凭由司，登闻检院，吏部流内铨，纠察在京刑狱，知许、徐、兖、郓、泰五州，留守南京，而兖、郓，御史中丞皆再至，所至官治；数以争职不阿，或绌或迁；而公持一节以终身，盖未尝自绌也。其在兖州也，近臣有献诗百篇者，执政请除龙图阁直学士。上曰："是诗虽多，不如孔道辅一言。"乃以公为龙图阁直学士。于是人度公为上所思，且不久于外矣。未几，果复召以为中丞。而宰相使人说公稍折节以待迁，公乃告以不能，于是人又度公且不得久居中，而公果出。初开封府吏冯士元坐狱，语连大臣数人，故移其狱御史。御史劾士元罪止于杖，又多更赦。公见上。上固怪士元以小吏与大臣交私，污朝廷，而所坐如此；而执政又以谓公为大臣道地，故出知郓州。公以宝元二年如郓，道得疾，以十二月壬申卒于滑州之韦城驿，享年五十四。其后诏追复郭皇后位号，而近臣有为上言公明肃太后时事者，上亦记公平生所为，故特赠公尚书工部侍郎。公夫人金城郡君尚氏，尚书都官员外郎讳宾之女。生二男子：曰淘，今为尚书屯田员外郎；曰宗翰，今为太常博士；皆有行治世其家。累赠公金紫光禄大夫，尚书兵部侍郎，而以嘉祐七年十月壬寅，葬公孔子墓之西南百步。

公廉于财，乐振施，遇故人子，恩厚尤笃。而尤不好鬼神禨祥事。在宁州，道士治真武像，有蛇穿其前，数出近人，人传以为神。州将欲视验以闻，故率其属往拜之，而蛇果出，公即举笏击蛇杀之。自州将以下皆大惊，已而又皆大服。公由此始知名。然余观公数处朝廷大议，视祸福无所择，其智勇有过人者，胜一蛇之妖，何足道哉？世多以此称公者，故余亦不得而略也。铭曰：

展也孔公，维志之求。行有险夷，不改其辀。权强所忌，谗谄所雠。考终厥位，宠禄优优。维皇好直，是锡公休。序行纳铭，为识诸幽。

笔笔腾涌，句句逆折，故峭劲百倍。其他如《上仁宗皇帝言事书》、《上时政疏》、《复雠解》、《太子太傅致仕田公墓志铭》、《广西转运使屯田员外郎苏君墓志铭》、《太常博士曾公墓志铭》、《兵部员外郎马君墓志铭》、《度支郎中葛公墓志铭》，势尽宽衍，气自峻遒；此其似于巩者又一也。安石之文，亦有平正而不甚峻遒者；如《周礼义序》曰：

士弊于俗学久矣。圣上闵焉，以经术造之，乃集儒臣训释厥旨，将播之校学。而臣某实董《周官》。惟道之在政事，其贵贱有位，其后先有序，其多寡有数，其迟速有时。制而用之存乎法，推而行之存乎人。其人足以任官，其官足以行法，莫盛乎成周之时。其法可施于后世，其文有见于载籍，莫具乎《周官》之书。盖其因习以崇之，赓续以终之，至于后世，无以复加。则岂特文武周公之力哉？犹四时之运，阴阳积而成寒暑，非一日也。自周之衰以至于今，历岁千数百矣。太平之遗迹，扫荡几尽。学者所见，无复全经。于是时也，乃欲训而发之。臣诚不自揆，然知其难也。以训而发之之为难，则又以知夫立政造事，追而复之之为难。然窃观圣上，致法就功，取成于心；训迪在位，有冯有翼，亹亹乎乡六服承德之世矣。以所观乎今，考所学乎古，所谓见而知之者。臣诚不自揆，妄以为庶几焉；故遂冒昧自竭，而忘其材之弗及也。谨列其书为二十有二卷，凡十余万言，上之御府，副在有司，以待制诏颁焉。谨序。

又《书义序》曰：

熙宁二年，臣某以尚书入侍，遂与政，而子雱实嗣讲事，有旨为之说以献。八年，下其说太学班焉。惟虞、夏、商、周之遗文，更秦而几亡，遭汉而仅存，赖学士大夫诵说，以故不泯。而世主或莫知其可用。天纵皇帝大知，实始操之以验物，考之以决事。又命训其义，兼明天下后世。而臣父子，以区区所闻承乏与荣焉。然言之渊懿，而释以浅陋，命之重大，而承以轻眇，兹荣也，只所以为愧也欤。谨序。

无意高奇而自然雅驯。其他如《进戒疏》、《本朝百年无事札子》、《易泛论》、《卦名解》、《周公》、《杨墨》、《老子》、《庄周》上下、《答曾子固论读经书》、《上邵学士书》、《上人书》、《虔州学记》、《君子斋记》、《余姚县海塘记》、《游褒禅山记》、《慈溪县学记》、《扬州龙兴讲院记》、《送陈升之序》、《送孙正之序》、《许氏世谱》、《先大夫述》、《尚书兵部员外郎谢公行状》、《叔父临川王君墓志铭》、《亡兄王常甫墓志》、《金溪吴君墓志铭》、《节度推官陈君墓志铭》、《曾公夫人万年太君黄氏墓志铭》、《永安县太君蒋氏墓志铭》、《金太君徐氏墓志铭》、《仁寿县君杨氏墓志铭》，醇粹明白，而出之以优游缓节，不为险仄，而亦不为支蔓，意尽言止；则似曾巩之平正矣。朱熹所谓"似南丰文"者，盖指此。然安石之文，亦有低徊感慕，风神骀宕，而不徒为峻洁者；如《芝阁记》、《大中祥符观新修九曜阁记》、《灵阁诗序》、《王深父墓志铭》、《泰州海陵县主簿许君墓志铭》、《王逢原墓志铭》、《祭欧阳文忠公文》、《祭李省副文》，情文相生，余味曲包，则又欧阳修之唱叹矣。欧阳修乐易长者，苏轼名士放旷，独曾巩、王安石严气正性，而所为文，庄厉谨洁，类其为人。

安石以为："文者，礼教政治云尔；其书之策而传之人，大体巍然而已。而曰'言之不文，行之不远'云者，徒谓辞之不可以已也，非圣人作文之本意也。自孔子之死久，韩子作，望圣人于千百年中，卓然也。独子厚名与韩并，亦豪杰可畏者也。韩子尝语人以文矣，曰云云，子厚亦曰云云；疑二子者，徒语人以其辞耳。作文之本意，不如是也。孟子曰：'君子欲其自得之也；自得之，则居之安；居之安，则资之深；资之深，则取诸左右逢其原。'孟子之云，非直施于文而已；然亦可托以为作文之本意。且所谓文者，务为有补于世而已矣。所谓辞者，犹器之有刻镂绘画也。诚使巧且华，不必适用。诚使适用，亦不必巧且华。要之以适用为本，以刻镂绘画为之容而已。不适用，非所以为器也；然容亦未可已也，勿先之，其可也。"是其论文直以孟子为宗，而韩柳尚非屑；以二人断断于辞，而非圣人作文之本意也。

安石所为四六文，跌宕昭彰，亦不苟为炳炳琅琅，如《答吕吉甫书》曰：

> 某启：与公同心，以至异意，皆缘国事，岂有他哉。同朝纷纷，公独助我，则我何憾于公。人或言公，吾无与焉，则公何尤于我。趣时便事，吾不知其说焉；考实论情，公宜昭其如此。开喻重悉，览之怅然。伏以昔之在我者，诚无细故之可疑；然则今之在公者，尚何旧恶之足念？惟公以壮烈，方进为于圣世；而某则

衰疢，特待尽于山林。趣舍异路，则相呴以湿，不如相忘之愈也。想趣召在朝夕，惟良食为时自爱。

其他如《辞免平章事监修国史表》之二、《除平章事监修国史谢表》、《辞免除平章事昭文馆大学士表》二道之二、《辞免使相判江宁府表》二道之二、《李舜举赐诏书药物谢表》、《乞罢政事表》三道之一、《乞退表》四道之三四、《手诏令视事谢表》、《代王鲁公乞致仕表》三道之二、《贺韩魏公启》、《贺韩史馆相公启》、《谢知制诰启》、《回谢馆职启》、《知常州上中书启》、《谢孙龙图启》，深切遒举，使人读之激昂，讽咏不厌。时论四六，以欧阳修第一，苏轼、王安石次之。然宋朝四六，以杨亿刘筠为体，必谨四字六字律令，故曰四六。首变其体者苏舜钦，而欧阳修和之，谓："四六非修所好。少为进士时，不免作；自及第，遂弃不作。"然欧阳修本工时文，早年所为，排比绮靡，仍是四六；及为古文，方一洗去；如曰："造谤于下者，初若含沙之射影，但冀阴以中人；宣言于庭者，遂肆鸣枭之恶音，孰不闻而掩耳。"遂与初作迥然不同。既而见苏氏轼辙之作，叹赏以为不减古文。而轼四六，有曰："禹治兖州之野，十有三载乃同；汉筑宣防之宫，三十余年而定。方其决也，本吏失其防，而非天意；及其复也，盖天助有德，而非人功。"其排宕顿挫，盖与古文同一波澜，而四六之法则亡矣。然二苏四六，尚议论，有气焰；而王安石则以辞趣婉切为主；兼之者，惟欧阳修耳。则是四六之变，惟欧阳修兼苏王之长，而古文亦惟欧阳修碑传、议论，兼能并擅。苏氏轼辙，策论得欧阳修之明快，而碑传殊无体要。曾巩、王安石，碑传同欧阳修之峻洁，而议论未极警发。曾巩、王安石以平实发灏瀚，得西汉董仲舒刘向之意，此宋人之学汉人文也；苏洵以廉悍为疏纵，有先秦孟轲韩非之风，此宋人之学周人文也；学焉而皆得古人之所近。惟欧阳修之容与闲易，苏轼之条达疏畅，虽是急言竭论，而无艰难劳苦之态，以自在出之，行所无事；是则宋人之所特长，而开前古未有之蹊径者也。然安石之四言祭文，诙诡发趣，矫厉落笔，如《祭范颍州文》、《祭丁元珍学士文》、《祭高师雄主簿文》、《祭曾博士易占文》、《祭周幾道文》，峻洁直上，语经百炼；其源出韩愈《祭河南张员外》、《柳子厚》、《侯主簿》、《穆员外》诸人文，知用力于韩文者深矣。而安石则讥韩文以为“可怜无补费精神”也。

安石初不识欧阳修，曾巩力荐之，而安石终不肯自通。及为群牧判官，修还朝，始见知，遂有“翰林风月三千首，吏部文章二百年”之句。然安石不以为知己，酬之曰：“他日倘能窥孟子，此身安敢望韩公”，自期以孟子，处修以韩公。修亦不以为嫌。及在政府，荐可以为相者三人，同一札子，吕公著、司马光及安石也。安石议论高奇，慨然有矫世变俗之志；于是《上仁宗皇帝言事书》，以为：“今天下之财力日以困穷，风俗日以衰坏，患在不知法度，不法先王之政故也。法先王之政者，法其意而已。方今虽欲改易更革天下之事，合于先王之意，其势必不能。何也？以方今天下之人材不足故也，而不患财之不足。盖因天下之力以生天下之财，取天下之财以供天下之费；自古治世，未尝以不足为天下之公患也。所患者，异时欲有所施行变革，顾有一流俗侥幸之人，不悦而非之，则遂止而不敢。夫法度立，则人无独蒙其幸者；故先王之政虽足以利天下，而当其承弊坏之后，侥幸之时，其创法立制，未尝不艰难也。惟其创法立制之艰难，而侥幸之人不肯顺说而趋之。故古之人欲有所为，未尝不先之以征诛而后得其意。诗曰：‘是伐是肆，是绝是忽，四方以无拂。’此言文王先征诛而后得意于天下也。”及相神宗以行新法，其所注措，大较不外此书，乃为时贤诋排。而苏氏轼辙擅文章议论，管其喉舌，虽曾巩不能无微辞。而司马光亦与安石素厚善也，三贻书规之。而安石欲以自明其意，乃答书曰：

某启：昨日蒙教。窃以为与君实游处，相好之日久，而议事每不合，所操之术多异故也。虽欲强聒，终必不蒙见察，故略上报，不复一一自辨。重念蒙君实视遇厚，于反覆不宜卤莽，故今具道所以，冀君实或见恕也。

盖儒者所争，尤在于名实，名实已明，而天下之理得矣。今

> 君实所以见教者，以为侵官生事，征利拒谏，以致天下怨谤也。某则以为受命于人主，议法度而修之于朝廷，以授之于有司，不为侵官。举先王之政以兴利除弊，不为生事。为天下理财，不为征利。辟邪说，难任人，不为拒谏。至于怨诽之多，则固前知其如此也。人习于苟且非一日，士大夫多以不恤国事、同俗自媚于众为善。上乃欲变此；而某不量敌之众寡，欲出力助上以抗之，则众何为而不汹汹然？盘庚之迁，胥怨者民也，非特朝廷士大夫而已。盘庚不为怨者故改其度，度义而后动，是而不见可悔故也。如君实责我以在位久，未能助上大有为，以膏泽斯民，则某知罪矣。如曰今日当一切不事事，守前所为而已；则非某之所敢知。无由会晤，不任区区向往之至。

辞意侃侃，一心奉公，以天下为己任；而于世俗之毁誉，私人之恩怨，漫不措意。虽伊尹、周公，何以加焉。然而憎兹多口。朱熹《语类》谓："新法之行，诸公实共谋之，虽明道先生程灏不以为不是，盖那时也是合变时节。但后来人情汹汹，明道劝之以不可做逆人情底事。吕氏家传载荆公当时与申公吕公著极相好，新法亦皆商量来，故行新法时，甚望申公相助。又用明道作条例司，皆是望诸贤之助。当时神宗令介甫行《三经义》，意思本好。所以王介甫行《三经》、《字说》，是一道德，同风俗；是他真个使天下学者尽只念这物事，更不敢别走、别胡说；上下都有个据守。东坡之德行，那里得似荆公？东坡初年若得用，未必其患不甚于荆公。但东坡后来见得荆公狼狈，所以都自改了。初年论甚生财，后来见青苗法行得狼狈，便不言生财。初年论甚用兵，如曰'用臣之言，虽北取契丹，可也'；后来见荆公用兵用得狼狈，更不复言兵。他分明有两截的议论。"当时情实如此。

安石以进士沉溺诗赋而疏于经术，习为浮华而无当大道，欲试经义以革士风，而自为之程文：或洁净精微，附题诠释；或震荡排奡，独抒己见。一则制义之祖也，一则古文之遗也。如《论语五十以学易》曰：

有是心而后可以观是书。书具一天理,必待天其心者,始足以契之;不然,非惟龃龉不合而适以自病。五十以学《易》,洙泗之教。何其详而有节,从容而不骤也?设教之时,自十五至三十,至四十时而不惑,犹未足以语天命。圣人何吝如此?此非圣人所能吝也。力未壮,不可以语学搏。年未至,不可以讲冠婚。此天理不可强,不可勉。使其欲以不然之心,而读夫自然之书;三多凶,五多功,始冀其功,而且以获凶;四多惧,二多誉,始望其誉,而且以致惧;吉未居其一,凶悔吝吾已备其二。信乎,书之天,不可强契以心之人。虽然,画于羲,重于文,系于孔,非人乎?使三圣人之心不天,则画可增,重可减,而系可去矣。人能迟是心以待其天之全,其三圣人之天可以触,一书之天可以会。若夫躐等之学,试一语之。

着眼做“以”字,而力阐五十学《易》之所以;此附题诠释,制义之祖,而特为洁净精微者也。又《参也鲁》曰:

所学有迟敏,所悟无昏明。圣人之于学者,岂以不敏之害道也哉?造道有在,不在于机慧,而在于一念之觉;则今日之鲁,未必非他日之大智也。参也鲁,夫子取之。刃刺之芒,不如缓绠之可以入坚;竹箭之利,不如缓绠之可以达石。大抵进锐者其退速,而钝者乃所以为利也。善观人者,不于其迟速之间而优劣之。盖易晓者亦易昏,而难入者必难忘。遽得者亦遽失,而久成者必久安。故窒者未通则已,如其通也,必异于人之通之也。晦者未明则已,如其明也,必异乎人之明之也。

夫子之论仁也,不与巧言而与木讷;于礼乐也,亦进野人而退君子。何哉?木讷非巧言之可求,而野人或君子之过也。人之得道,固在朴拙而不在儇巧也。参也之鲁,其圣人之深取乎?观其辨速朽速贫之言,不如有若;辨袭裘裼裘之礼,不如子游;而一贯之妙,自子贡不能领其旨,而曾子会一唯之间,果何谓者耶?

以鲁得之矣。虽然，以参之鲁，视回之愚何如也？参也不鲁之鲁，回也不愚之愚也。惟不愚以愚处之，兹所以为盛德者也。宜乎曾子之守约，不如颜子之坐忘。

不呆诠“鲁”字，而深发“鲁”之何以可造道，此独抒议论，古文之遗，而发以震荡排奡者也。制义之兴始于安石，安石之作，大较不出二者：观其诂经析义，苦心分明，瘦硬而出以辨析，骏快而务为曲达，往复百折，笔笔驶转，而笔以折而入深，义以显而发奥；议论之文，必从此下手，而后辞祛庸肤，理必明当，无模糊影响之谈，亦无饾饤琐碎之习；所谓文理密察，足以有别；斯诚说理之示范，岂特制义之开山。制者，学士之制，义者，诂经之义。制义云者，谓士应举之经义也。

苏氏轼辙尤不快于安石之变法，而于贡举亦有违议。然二苏经义，颇多传诵，而辙为胜。盖论与经义同原。论，才气胜者也；经义，理法胜者也。轼则长于才者疏于理，雄于气者轶于法；辙之经义，亦论也，而其理较醇，其法较密。苏辙经义，如《孟子其为气也至大至刚以直养而无害则塞乎天地之间》曰：

天下之人莫不有气，气者，心之发而已。行道之人，一朝之忿，而斗焉以忘其身，是亦气也。方其斗也，不知其身之为小也，不知天地之大，祸福之可畏也，然而是气之不养者也。不养之气，横行于中，则无所不为而不自知；于是有进而为勇，有退而为怯。其进而为勇也，非吾欲勇，不养之气盛而莫禁也。其退而为怯也，非吾欲怯也，不养之气衰而不敢也。夫志意既修，志盛夺气，则气无能为而惟志之从。志意不修，气盛夺志，则志无能为而惟气之听。故气易致也，而难在于养。昔之君子，以其眇然之身而临天下，言未发而众先喻，功未见而志先信，力不及而势先之者，以有是气而已。故曰：“志，气之帅也；气，体之充也。”养志以致气，盛气而充体，体充而物莫敢逆，然后其气塞于天地之间。

观其所作篇无冗句，句无冗意，以瘦硬祛肤辞，以层析抉奥义，笔笔驶转，一层深似一层，题蕴毕宣，与安石同一机杼，遂为元明两代举业之所托始焉。

唐宋八家，惟安石为人风裁峻整，绝去一切声色绮纨之好，尤为素朴而纯实，所以见于文章，醇粹明白，语无枝叶。及其形之诗什，峻洁深婉，态有余妍，峻于风裁，挚于性情，其素所蓄积然也。

王安石诗，五言古如《示元度营居半山园作》、《月夜》二首之二、《两山间》、《洊亭》、《新花》、《再用前韵示蔡天启》、《用前韵戏赠叶致远直讲》、《与僧道昇》二首之一、《独卧有怀》、《同沈道源游八功德水》、《杂咏》三首、《即事》三首、《送李宣叔倅漳州》、《思王逢原》、《登景德塔》、《两马齿俱壮》、《结屋山涧曲》、《少年见青春》、《秋枝如残人》、《山田久欲拆》、《今日非昨日》、《秋日不可见》、《骐骥在霜野》、《日出堂上饮》、《游章义寺》、《答瑞新十远》、《别孙莘老》、《乙巳九月登冶城作》、《寓言》九首之二、《答陈正叔》、《和平甫舟中望九华山》二首、《有感自舒州追送朱氏女弟憩独山馆宿木瘤僧舍明日度长安岭至皖口》、《白纻山》、《泊舟姑苏》、《昆山慧聚寺次孟郊韵》、《秃山》、《寄虔州江阴二妹》，七言古如《元丰行示德逢》、《后元丰行》、《纯甫出释惠崇画要予作诗》、《陶缜菜》、《同王浚贤良赋龟得升字》、《法云》、《春日晚行》、《白鹤吟示觉海元公》、《和王微之登高斋》三首、《和吴冲卿鸦鸣树石屏》、《和刘贡父燕集之作》、《阴漫漫行》、《一日归行》、《阴山画虎图》、《杜甫画像》、《估玉》、《和王乐道烘虱》、《赠曾子固》。五言律如《欣会亭》、《岁晚》、《半山春晚即事》、《攲眠》、《秋夜》二首之一、《即事》、《旅思》、《将次洺州憩漳上》、《游赏心亭寄虔州女弟》、《自白土村入北寺》二首之二、《次韵冲卿过睢阳》、《昆山慧聚寺张祜韵》、《吴江》、《游杭州圣果寺》，七言律如《送陈舜俞制科东归》、《和杨乐道见寄》、《寄友人》三首之二、《法喜寺》、《长干寺》、《清风阁》、《留题微之廨中清辉阁》、《金明池》、《次韵舍弟赏心亭即事》二首之二、《寄友人》、《太湖恬亭》、《自金陵至丹阳道中有感》，五言绝如《聊行》、《沟港》、《霹雳沟》、《台上示吴愿》、《山中》、《南浦》、《杂咏》四首之四、《春晴》、《浦叶》，七言绝如《初夏》、《竹里》、《与道原自何氏宅步至景德寺》、《北山》、《杨柳》、《寄蔡天启》、《同熊伯通自定林过悟真》二首、《书湖阴先生壁》二首之一、《望淮口》、《泊船瓜州》、《赠外孙》、《乌塘》、《城北》、《午枕》、《钟山即事》、《暮春》、《雨晴》、《邵平》、《王章》、《重将》、《若耶溪归兴》、《乌石》、《定林所居》、《游钟山》、《松间被召将行作》、《题张司业诗》、《崇政殿后春晴即事》、《夜直》、《后殿牡丹未开》、《春日》、《和惠思岁二日》二绝、《赴召道中》、《夜闻流水》、《次韵杏花》三首、《访隐者》、《山前》、《江雨》、《独卧》二首之二、《贾生》、《杏花》、《又游钟山》、《天童山溪上》诸篇，原本杜甫，旁逮诸家而兼撷其长。大抵五言古，五言律绝，旷真参盛唐王维，妙有怅惘不甘之意，抒其微喟。七言古奇崛出中唐韩愈，颇得硬语盘空之致，发其诙诡。七言律绝清遒似晚唐司空图、方干，不乏弦外澄敻之韵，寄其深致。知用力于唐诗者深矣。独不为白居易之乐易，李商隐之绮靡，匪惟体格不相近，抑亦性行有不类也。其他摘句，五言如"春风取花去，酬我以清阴"，"微风淡水竹，净日暖烟萝"，"朝随云暂出，暮与鸟争还"，"坐对青灯落，松风咽夜泉"，"邻鸡生午寂，幽草弄秋妍"，"花发蜂递绕，果垂猿对攀"，"城云漏日晚，树冻裹春深"，"水漾青天暖，沙吹白日阴"，"紫苋凌风怯，青苔挟雨骄"，"水远浮秋色，河空洗夜氛"，"日转山河暖，风含草木葩"，"树疏啼鸟远，水静落花深"，"雨过云收岭，天空月上湾"，"烟云藏古意，猿鹤弄秋声"，七言如"江月转空为白昼，岭云分暝与黄昏"，"露鹤声中江月白，一灯岑寂拥书眠"，"缭绕山如涌翠波，人家一半在烟萝"，"直以文章供润色，未应风月负登临"，"高论颇随衰俗废，壮怀难值故人倾"，"尽取繁华供侠少，只分牢落与衰翁"，"背城野色云边尽，隔屋春声树外深"，"北城红出高枝靓，南浦青回老树圆"，"残红已落香犹在，羁客多伤涕自挥"，"野林细错黄金日，溪岸宽围碧玉天"，"云归山去当檐静，风过溪来满坐凉"，"山从树外青争出，水向沙边绿半涵"，"病身最觉风露早，归梦不知山水长"等语；凄婉深秀，咸耐讽味。乃袁枚《随园诗话》，以谓："昔人言白香山诗无一句不自在；故其为人和平乐易。王荆公诗无一句自在，故其为人拗强乖张。愚谓王荆公作文，落笔便古；王荆公论诗，开口便错。何也？文忌平衍，而公天性拗执，故琢句选词，迥不犹人。诗贵温柔，而公性情刻酷，故凿险缒幽，自堕魔障。其平生最得意句云：'青山扪虱坐，黄鸟挟书眠。'余以为首句是乞儿向阳，次句是村童逃学。"辞极揶揄。其实安石诗什，名章迥句，处处间起；正不必得意青山两语；而检集中亦不见也。自我论之，安石之诗，妙能以凄婉出深秀，寓悲凉于夷旷，正合诗教温柔敦厚之旨，非如枚所云"凿险缒幽，自堕魔障"。至七言古学韩，"凿险缒幽"，务为奇崛，又固其所。安石之文，尤能以平正为通达，寓顿挫于委备，深得汉文雄直浑灏之致；非如枚所云"琢句选词，迥不犹人"；至碑志刻石，"琢句选词"，力求峻洁，亦体之宜。袁枚所以诮安石之诗者固谬；而世论所以称安石之文者亦非也。只缘"拗相公"三字，横梗在人胸中，牢不可破。不知相公当官尽拗，而行己自厚；人固不易知，知人亦未易也。昔李翱状韩愈，谓其气厚而性通；吾论安石以谓行峻而情挚。人岂可以一端尽？而君子立身自有本末，亦未易以成败论英雄也。余故特著而辨之。

司马光，字君实，陕州夏县人。仁宗时，与安石同官侍从，特相友善，暇日多会于僧坊，往往谈宴终日，他人莫与。及两人同差修起居注，安石辞，而光亦辞，上疏谓："王安石文辞宏富，当世少伦；如臣空疏，何足称道，乃与同被选擢，岂不玷朝廷之举，为士大夫所羞哉？"所以推崇之如此。及神宗下诏起安石为翰林学士兼侍讲，安石未赴召，先遣其子雱之京师寻宅，谓："须与司马君实相近。此人家居，事事可法。"既而安石行新法，光不谓然，三以书规，谓："其失在于用心太过，自信太厚，欲求非常之功，而忽常人之所知。古者国有大事，谋及卿士，谋及庶人。《诗》曰：'询于刍荛。'自古立功立事，未有专欲违众，而能有济者。"安石复书以自解，而光不以为可也，再三上疏论之。推安石变法之初衷，亦欲以福国利民，顾自用太过，施行未善。而论新法之害，未有如光之指事类情，深切著明者也。累官尚书左仆射兼门下侍郎。卒，赠太师温国公，谥文正。为人直谅多闻，不以文章自许，独以忠诚为天下倡；与人书札，谦不能文，而以为："古之所谓文者，乃《诗》《书》礼乐之文，升降进退之容，弦歌雅颂之声，非今之所谓文也。今之所谓文者，古之辞也。孔子曰：'辞达而已矣。'明其足以通意，斯止矣；无事于华藻鸿辩也。"及为文章，探怀以抒，文彩不艳，亦不矜才使气；而经事综物，公诚之心形于文墨，乃似蜀汉诸葛亮。传有《传家集》八十卷，中如《进交趾献奇兽赋表》、《为文相公许州谢上表》、《论张尧佐除宣徽使状》、《请建储副或进用宗室》第一状、第三状、《论麦允言给卤簿状》、《论正家上殿札子》、《辞知制诰》第二状、第六状、《治平元年五月二十八日上皇太后疏》、《言任守忠》第三札子、《乞罢刺陕西义勇上殿》第二札子、第四札子第五札子、《治平二年八月十一日上皇帝疏》、《论风俗札子》、《上体要疏》、《乞罢条例司常平使疏》、《应诏言朝政阙失状》、《起请科场札子》、《回状元第二第三先辈书》、《答谢公仪书》、《与范景仁书》、《答刘贤良蒙书》、《答周同年源书》、《范景仁传》，宅心平实，发言恳到，辞直而不讦，识明而不炫。是则光之所独至，而为欧、苏、曾、王之所莫逮，不于文章论工拙也。

第八节 周邦彦

方新法纷纭，苏王角张之日，而有一士焉，萧然尘外，模写物态，虽文章议论无裨于治道，而声律揣摩有补于词学者，是则周邦彦也。邦彦，字美成，钱唐人。神宗时，以献《汴都赋》，召为太学正；历哲宗、徽宗，仕至徽猷阁待制，出知顺昌府，徙处州。好音乐，能自度曲。徽宗尝以提举大晟乐府，比切声律，十二律各有篇目。词韵清蔚，所制诸调，不独音之平仄宜遵，即仄字中上去入三音，亦不容混。而用唐人诗句，檃栝入调，浑然天成；长篇富艳，尤善铺叙。自号清真居士，传有《清真词》二卷，亦名《片玉词》。一时贵人学士，倡妓市井，无不爱诵，以为深美闳约，二百年来，乐府独步也。其实密而不闳，美而未深，铺叙有余，深秀不足；工于造语，而未融于造境；浑于入律，而不遒于运笔；谐于歌讽，而不耐于味咏；不知何以推崇之过也。独长调《六丑》之《蔷薇谢后作》，尤为有口能诵。其词曰：

正单衣试酒，恨客里光阴虚掷。愿春暂留，春归如过翼，一去无迹。为问花何在？夜来风雨，葬楚宫倾国。钗钿堕处遗香泽。乱点桃蹊，轻翻柳陌。多情最谁追惜。但蜂媒蝶使，时叩窗槅。　东园岑寂，渐蒙笼暗碧，静绕珍丛底，成叹息。长条故惹行客，似牵衣待话，别情无极。残英小，强簪巾帻。终不似一朵钗头颤袅，向人攲侧。漂流处莫趁潮汐；恐断红尚有相思字，何由见得？

此阕一笔驶折，有转无竭，颇得歌行以气承转之意。至中调小令如《玉团儿》曰：

铅华淡伫新妆束，好风韵天然异俗。彼此知名，虽然初见，情分先熟。　炉烟淡淡云屏曲，睡半醒生香透肉。赖得相逢，若还虚过，生世不足。

又《红窗迥》曰：

几日来真个醉，不知道窗外乱红已深半指，花影被风摇碎。　拥春醒乍起，有个人人生得济楚，来向耳畔问道，今朝醒未？情性儿慢腾腾地，恼得人又醉。

又《意难忘》曰：

衣染莺黄，停歌驻拍，劝酒持觞。低鬟蝉影动，私语口脂香。檐露滴，竹风凉。拼剧饮淋浪。夜渐深，笼灯就月，子细端相。　知音见说无双，解移宫换羽，未怕周郎。长颦知有恨，贪耍不成妆。些个事恼人肠，试说与何妨。又恐伊寻消听息，瘦损容光。

浑脱浏亮，俚处得隽，异黄庭坚之鄙。《诉衷情·残杏》曰：

> 出林杏子落金盘，齿软怕尝酸。可惜半残青子犹印小唇丹。　南陌上，落花间，雨斑斑。不言不语，一段伤春，都在眉间。

又《一落索》曰：

> 眉共春山争秀。可怜长皱。莫将清泪湿花枝，恐花也如人瘦。　清润玉箫闲久，知音稀有。欲日日倚栏愁，但问取庭前柳。

又《南柯子》曰：

> 宝合分时果，金盘弄赐冰。晓来阶下按新声，恰有一方明月可中庭。　露下天如水，风来夜气清。娇羞不肯傍人行。扬下扇儿拍手引流萤。

婉媚清新，丽处能朗，得张先之意。然志不出于淫荡，词不免于哀思，既无晏欧高秀超诣之境，亦不如东坡之辞锋横溢，以其无抱负，无意境也。虽是当行，未见出色。至于《青玉案》、《花心动》、《风来朝》等词，床笫之言，不羞逾阈；好色而淫，以视柳永，尤为变本加厉矣。然自来论词者，胥推邦彦为一代词宗，而以结北宋之局云。

第四章　南　　宋

第一节　汪藻附綦崇礼 孙觌等　洪迈附兄适 遵　李刘

东汉文章，不同西汉。南宋诗文，一衍北宋。所以东京为西京之别出，而南宋只北宋之附庸。南宋之文学，苏氏之支与流裔也。盖词为苏词，文为苏文；四六则苏四六，独诗渊源黄陈以为江西派尔。方高宗之南渡也，王言纶綍，江淮风动，而协赞中兴，以文章随跸，涣然大号，而集宋人四六之大成者，盖以汪藻为首出云。

汪藻，字彦章，饶州德兴人，崇宁二年进士。博极群书，尤喜读《左传》、《汉书》；工四六。历徽宗钦宗两朝，累官太常少卿。金人陷汴京，立宰相张邦昌为楚帝，而俘徽钦二宗以北。邦昌知众心之不附也，奉哲宗废后孟氏曰元祐皇后，入居禁中，垂帘听政；藻乃《为后草手书告中外以康王即位》曰：

> 比以敌国兴师，都城失守。祲缠宫阙，既二帝之蒙尘；诬及宗祊，谓三灵之改卜。众恐中原之无统，姑令旧弼以临朝。虽义形于色而以死为辞，然事迫于危而非权莫济。内以拯黔首将亡之命，外以抒邻国见逼之威；遂成九庙之安，坐免一城之酷。乃以衰癃之质，起于闲废之中，迎置宫闱，进加位号；举钦圣已行之典，成靖康欲复之心。永言运数之屯，坐视邦家之覆；抚躬独在，流涕何从！

缅惟艺祖之开基，实自高穹之眷命。历年二百，人不知兵；传序九君，世无失德。虽举族有北辕之衅，而敷天同左袒之心。乃眷贤王，越居近服；已徇群情之请，俾膺神器之归。繇康邸之旧藩，嗣我朝之大统。汉家之厄十世，宜光武之中兴；献公之子九人，惟重耳之尚在。兹为天意，夫岂人谋。尚期中外之协心，共定安危之至计，庶臻小愒，共底丕平。用敷告于多方，其深明于吾意。

其中斡旋邦昌，妙在有意无意，轻描淡写，曲尽情事。而劝进康王，则又大书特书，长言永叹，力占地步；使笔如舌，固已极辞令之妙。及康王即位，为高宗，召试中书舍人，转翰林学士，草《责张邦昌授昭化军节度副使潭州安置制》曰：

以死偿节者，臣子之宜。求生害仁者，圣人所嫉。傥或志存于躯命，则将义薄于君亲。具官某身受国恩，位登宰辅。方宗社有非常之变，乃人臣思自尽之时；而不能抗虎狼强暴之威，徒欲为雀鼠偷生之计，陷于大恶，所不忍言。虽天夺之明，坐愚至此；然君异于器，代匮可乎？宜大正于典刑，用肃清于名分。尚以本繇于迫胁，恻然姑示于矜容，出授散官，窜投荒服。其体好生之德，毋忘自讼之心。

前书辞婉而章，似乎情有可原；此制义正以严，又使喙无可置。同此一人，犹是一事，而予夺操之寸管，功罪可以异辞。然张邦昌就贬潭州，而谢高宗表，有曰："孔子从佛肸之召，盖欲兴周。纪信乘汉王之车，固将诳楚。"胡颜之厚，亦善斡旋，其党颜博文之辞也。时高宗起李纲为相，而纲以主战，议不合，又中谗，落职鄂州居住，而群情方向。藻《草制》曰：

朋奸罔上，有虞必去于欢兜；欺世盗名，孔子首诛于正卯。肆朕纂承之始，昧于考慎之宜，相靡有终，刑兹无赦。具官某空疏而不学，凶愎而寡谋，志轻天下而自谓无人，权轻朝廷而不知有上;靡顾国家之大计,但营市井之虚名。专杀尚威,伤列圣好生之德;信狂喜佞,为一时群小之宗。比再被于延登,朕颇怀于虚伫。而果于修怨,奸以事君,庇己姻亲,至擅刊夫诏令;括民财力,曾罔恤于基图。念存体貌之恩,姑解钧衡之任,虽居远外,犹极优崇。谓上印以投闲,能阖门而讼过。乃倾家积,阴与贼通。伊举错之非常,于听闻而实骇。宜镌宠秩,移置偏州。昔汉弃京房,罪本由于不道;唐诛元载,恶盖在于罔悛。往革乃心,毋忘予戒。

众望所归,岂得为罪;而以群情之爱戴,为朋奸之佐验;抹杀公论,归重主断,有笔如刀,当躬失色。先是纲相钦宗,主战守;以金人来责言罢斥,而士民上书请起用,乃复纲尚书右丞。于是藻投启贺曰:

伏审躬被策书,进居丞弼。精忠贯日,正二仪倾侧之中;凛气横秋,挥万骑谈笑之顷。国须贤立,天为时生。恭以某官厚德镇浮,英材经远,得文武弛张之枢要,独运胸中;明古今治乱之渊源,不专纸上。爰自践扬之始,每勤献纳之忠,老成尚有于典刑,天下想闻其风采。昨属殊邻之扰,上贻当宁之忧,夕烽既彻于甘泉,清跸将游于汾水。

惟公夙夜,与国存亡,挺身六品之卑,抗议九重之邃,留家誓死,镵血书词;销大变于胚胎,转危机于呼吸。洎干戈之指阙,援桴鼓以登陴。义动三军,人皆奋死;气吞异类,寇辄请盟。身且九殒以一生,国则崇朝而再造。昔李晟子仪之功高矣,而未尝定策;张良谢安之谋至矣,而初不临戎;永惟元勋,敻绝前古。既名高而众娼,乃谗就而身危。

士讼公冤,亟举幡而集阙下;帝从民望,令免胄以见国人。洊经艰难,益见奇倚。方主上大明之今日,实邦家希阔之昌期,欲众贤同建于事功,非雅望孰为之师表。将万世维持之是赖,何一时康济之足言。藻久托余光,欣闻盛事,虽无缘进旅退旅,陪

> 宾客之后尘；岂不能大书特书，续山林之野史。岩廊多暇，岁律方春，愿精寝馃之调，用副华夷之望。

所以推崇之者至矣。及草落职之制，乃有"朋奸罔上"云云；或以相诘。藻曰："我前启自值一翰林学士，而彼不我用，安得不丑诋之也！"以此颇为士论所薄；然跌宕昭彰，独超众类，无不达之辞，有必显之情。既而随扈南渡，属时多事，诏令类出其手。而金人大举渡江，高宗航海播越，乃命藻草诏罪己曰：

> 御敌者莫如自治，动民者必以至诚。朕自缵丕图，即罹多故。昧绥怀之远略，贻播越之深忧。虽眷我中原，汉祚必期于再复；而迫于强敌，商人几至于五迁。兹缘仗卫之行，尤历江山之阻。老弱扶携于道路，饥疲蒙犯于风霜。徒从或苦绎骚，程顿不无烦费。所幸天人协相，川陆无虞；仿治古之时巡，即奥区而安处。言念连年之纷扰，坐令率土之流离。乡闾遭焚劫之灾，财力困供输之役。肆夙宵而轸虑，如冰炭之交怀。嗟汝何辜，由吾不德！故每畏天而警戒，誓专克己以焦劳。欲睦邻休战，则卑辞厚礼以请和；欲省费恤民，则贬食损衣而从俭；苟可坐销于氛祲，殆将无爱于发肤。然边陲岁骇，而师徒不免于屡兴；馈饷日滋，而征敛未遑于全复。
>
> 惟八世祖宗之泽，岂汝能忘；顾一时社稷之忧，非予获已。少俟寇攘之息，首图蠲省之宜。况昨来蒙蔽之俗成，致今日陵夷之祸亟。虽朕意日求于民瘼，而人情终壅于上闻，主威非特于万钧，堂下自遥于千里。既真伪有难凭之患，则遐迩衔无告之冤。已敕辅臣，相与虚怀而听纳；亦令在位，各须忘势以咨询。直言者勿遣危疑，忠告者靡拘微隐。所期尔众，咸体朕怀。于戏！王者宅中，夫岂甘心于远狩？皇天助顺，其将悔祸于交侵。惟我二三之臣，与夫亿兆之众，亟攘外侮，协济中兴。

诏命所被，无不凄愤激发，天下传诵，以比陆贽。说者谓其措辞得体，足以感动人心，实为辞命之极则，四六之宗匠；固不仅属对精整，擅绝一时。其他制诏如《隆祐太后推赠曾祖制》、《滕康初任执政封赠曾祖制》、《吕好问除尚书右丞制》、《修职郎王伦改朝奉郎充大金通问使制》、《徽猷阁待制邢焕换授正任观察使制》、《京东路转运判官柴天因升转运副使兼知青州制》、《姚平仲复吉州团练使所在出榜召赴行在制》、《陆藻李邴复旧职制》、《给事中王绹复朝散郎制》、《新除中书舍人孙觌可待制与郡制》、《武义大夫董植可落致仕制》、《苏轼孙从事郎符改宣教郎制》、《谭世绩赠延康殿学士制》、《知怀州霍安国赠延康殿学士制》、《刘韐赠特进制》、《韩世忠起复检校少师武成感德军节度使制》、《降杜充观文殿学士提举江州太平观制》、《知淮宁府李弥大隆两官制》、《谢克家范宗尹落职宫祠制》、《新除起复镇潼军节度使开府仪同三司充醴泉观使孟忠厚辞免恩命乞许终丧制不允诏》、《新除淮南路宣抚使刘光世辞免恩命不允诏》、《复观文殿学士知潭州吴敏乞辞免恩命不允诏》，章表如《车驾亲征起居表》、《车驾巡幸起居太上皇表》、《己酉年冬至遥拜道君皇帝表》、《辛酉年正旦表》、《谢授新安郡侯表》、《代宰臣星变待罪表》、《代汪伯彦枢密辞免表》、《代宰臣星变放罪表》、《代王枢密谢知建康府表》、《代刘相公谢给展省先茔表》、《代汪枢密谢子自北归不令入城降诏奖谕表》，笺启如《上常州钱舍人启》、《永州上宰相陈情启》、《答黄解元》、《谢汪澥可成荐举启》、《谢胡司业荐举启》、《谢馆职启》、《除授谢舍人启》、《徽州到任谢丞相启》、《解镇江任谢执政启》、《为人谢薛昂大资启》、《贺何㮚中书启》、《贺张丞相启》、《贺朱丞相启》、《贺秦丞相启》、《贺秦丞相子状元及第启》；抒所欲言，明白洞达，无不意到笔随，其源出于欧阳修、苏轼，浏亮顿挫，而不乖四六之体；然尚气调而不贵绮错，议论澜翻，自是欧苏一脉；而与西昆体之举体华美、出于李商隐之唐四六者异趣。然而世论徒称藻四六之感激顿挫，意到笔随；而莫知其古文之跌宕昭彰，辞达理举。

汪藻古文，制诏如《皇叔祖郑州观察使同知宗正司寺仲晌可承宣使制》、《中书舍人范宗尹御史中丞制》、《赵鼎除司谏吕祉除正言制》、《贵州刺史知顺安军徐沆转团练使制》、《随龙康益特转团练使监御辇院制》、《王敏文潼川府路转运副使制》、《陈起宗直徽猷阁都大提举川陕路茶马制》、《知兴仁府邓绍密右文殿修撰制》、《进士周义起刘宜孙充大金通问使属官特授从事郎制》、《张昱转两官阁门只候知慈州制》、《知东平府卢益落职宫观制》、《新除兵部侍郎胡直孺辞免恩命乞除台严一州差遣不允诏》、《新除户部侍郎孟庾辞免恩命不允诏》、《守尚书左仆射同中书门下平章事吕颐浩辞免恩命不允诏》、《新除少保尚书左仆射同中书门下平章事吕颐浩辞免恩命不允诏》、《吕颐浩辞免少保恩命不允诏》、《王绹为从弟投拜金人自劾不允诏》、《新除端明殿学士签书枢密院事富直柔辞免恩命不允诏》,奏议如《行在越州条陈时政》、《抚州奏乞罢打造战船等事》、《奏论诸将无功状》,传状如《郭永传》、《奉议公行状》、《夫人陈氏行状》,碑志如《信州二堂碑》、《镇江府金山神霄宫碑》、《赠端明殿学士程公神道碑》、《故徽猷阁待制致仕苏公墓志铭》、《尚书礼部侍郎致仕赠大中大夫卫公墓志铭》、《左朝散大夫直徽猷阁刘君墓志铭》、《朝请大夫直秘阁致仕吴君墓志铭》、《左中大夫致仕吴公墓志铭》、《户部尚书许公墓志铭》、《赠少师傅公墓志铭》、《赠通议大夫周公墓志铭》、《赠少师谥僖简庄公墓志铭》、《赠左大中大夫致仕陈君墓志铭》、《左朝请大夫主管台州崇道观庄君墓志铭》、《左朝奉郎知处州江君墓志铭》、《朝散郎致仕王君墓志铭》、《主簿胡君墓志铭》、《判官程克一墓志铭》、《赠朝请大夫刘君墓志铭》、《奉议郎知舒州曾君墓志铭》、《右中大夫右文殿修撰致仕赵公墓志铭》、《承议郎通判润州累赠朝议大夫赵君墓志铭》、《徽猷阁待制致仕蒋公墓志铭》、《赠特进显谟阁直学士蒋公墓志铭》、《右中大夫直宝文阁知衢州曾公墓志铭》、《谭章墓志铭》、《詹太和墓志铭》、《安人汪氏墓志铭》、《孺人晁氏墓志铭》、《安人王氏墓志铭》、《王夫人墓志铭》、《吴国夫人陈氏墓志铭》、《令人施氏墓志铭》,记如《翠微堂记》、《镇江府月观记》、《永州玩鸥亭记》,咸可诵览。大抵碑传以逶迤为提挈，不支不蔓，本末粲然，其体出欧阳修。他文以议论为澜翻，有识有笔，辞意旷如，其体源于苏轼。抑扬爽朗，正复使人读之激卬，讽味不已。岂特四六之独出冠时，足以润色偏安，协赞中兴也哉？特其诗学苏轼，乐易疏快，有气调而无远韵，不免肤滑尔。顾四六尤有名，而竞爽一时者，莫如高密綦崇礼。

綦崇礼之四六文。先是徽宗之世，以进筑顺州，得枸杞宿根于土，其形獒伏，仙家以为千载所化，驰献阙廷。而徽宗生于壬戌，正符所属之辰，尤以为善祥。百寮欲以诘朝拜表，而羌无故实，诸公阁笔不知所措。自王安石制经义以颁庠序，而士不习为词章。天子幸太学，欲进一表而无能应者。崇礼方为诸生，出稿袖间，无不惊服。至是已为学官。有相荐者，延致东阁。从容属联，首曰："灵根夜吠，胎仙犬于千年；驿骑朝驰，荐圣人之万寿。眷荒裔沉藏之久，实王师恢复之初。物岂无知，时各有待。"既进，徽宗动容，喧传京师，名公咸自以不及也。及高宗驻跸扬州，崇礼航海来朝，召试中书，文不加点，累官翰林学士。方当羽檄旁午，书诏填委之会，而播告之修，不匿厥指；如《赐新除镇江府建康府淮南东路宣抚使韩世忠诏》曰：

> 朕惟时已戒寒，守当严备，循江流而振险，顾力散以难周；联形胜以宿师，则势专而易应。眷升润东西之府，据江淮南北之冲，走集所趋，舳舻交会；封疆之接，鸡犬相闻；曾无数舍之遥，奚假两军之重。乃命江东之戍，更莅池阳；遂因京口之屯，并临建邺。仍资威望，分控长淮。惟卿勇不顾身，忠无择事。宽其分部，庶能展足以赴功；睦乃比邻，尚克同心而济务。念国家之至计，翳将相之协恭；勉就大勋，毋怀小忿。譬犹捕鹿，要为犄角之图；有若献豜，皆获公私之利。往体朕意，伫观厥成。

奖其协恭，勖以立功，兵形地势，不啻聚米画沙，诸大将奔走承命。而吕颐浩以首相开督府训辞，尤为宏肆，有曰："尽长江表里之封，悉归经略；举宿将王侯之贵，咸听指呼。"其能布宣将略，张皇国势类此。

至草《秦桧罢右相制》曰："自初豫政，疑若献忠。从其长，则未尝争议于当然；私于朕，则每独指言其不可。"又曰："念方委听之专，更责寅恭之效。而乃凭恃其党，排斥所憎。进用臣邻，率面从而称善；稽留命令，辄阴怵以交攻。"鬼蜮倾轧，情状如睹。先是桧为御史中丞，以抗议张邦昌为帝；金人怒，絷以北。及南归参政，高宗称其朴忠过人；至是词播中外，人始知桧之奸也。既而桧当国专政，欲甘心焉。盖其博览强记，以直道自任，才高而气刚，沛然出之，不为崖异之言，而气格浑然天成。传有《北海集》四十六卷，诸体寥寥，惟制诰表启之四六最多，亦惟四六最工。然宋之四六，亦几变矣：四六为句，本以文从字顺，便于宣读；至宣和间，能者争名，恐无以大相过，则又习为长句，全引古语，以为奇倔，而一联或至数十言，硬语盘空，诵者不以为谐也，独崇礼与汪藻，动宕开阖，而谨四六之体；不乖杨刘之律令，运以欧苏之气调，一出一入，所以为能。崇礼，字叔厚，北海其自号也。

其次晋陵孙觌，字仲益，亦以四六黼黻南渡，管王喉舌，为汪藻所推；累官尚书，以奉祠提举鸿庆宫，遂以名集，传有《鸿庆居士集》四十二卷。其中碑志谀颂宦寺，排抑忠良，殆不知人间有羞恶是非之心；而四六铿訇，则汪藻、綦崇礼以外，罕与抗行。《试词科代高丽国王谢燕乐表》曰："玉帛万国，干舞已格于七旬；箫韶九成，肉味遽忘于三月。"又曰："荡荡乎无能名，虽莫见宫墙之美；欣欣然有喜色，咸预闻管籥之音。"自中书舍人出知和州，而抵境拒不纳，乃以启答郡僚曰："虽文书衔袖，大人不以为疑；然君命在门，将军为之不受。"既履任，邻郡无为军不办上供钱米，委取勘。觌漫不省，而事寻解。无为守驰启来谢。答曰："包茅不入，敢加问楚之师；辅车相依，自作全虞之计。"比事精当，属辞警策，洪迈每诵举之以为四六名对，而融裁古语，尤妙浑成也。洪迈言："四六骈俪，于文章家为至浅，然上自朝廷命令诏册，下而搢绅之间笺书祝疏，无所不用；属辞比事，固宜警策精切。"特风气所趋，好用成语；而不难闳肆，难短峭；不难排奡，难妥帖。有一联四六用两处古人语，而雅驯妥帖如己出者。绍兴间，刘□□字美之除工部侍郎兼直学士院；吉水丞汤尹字正子以启贺曰："技巧工匠精其能，自元成之间鲜能及；号令文章焕可述，虽诗书所补何以加。"尹又《上丞相汤思退》曰："生民以来，未有盛于孔子；天下之士，岂复贤于周公。"后二语用韩愈《上宰相书》。王□□字履道草《执政以边功转官制》曰："惟皇天付予，庶其在此；率宁人有指，敢弗于从。"前二语用韩愈《平淮西碑》。《贺王秘校及第启》曰："得知千载，上赖古书；作吏一行，便废此事。"前二语用陶渊明诗"得知千载事，上赖古人书"，剪去两字，后二语用嵇康书"一行作吏，此事便废"，而皆倒易二字。中书舍人张孝祥，字安国，出知抚州，移苏州，《谢上表》曰："虽自西徂东，周爰执事；然以小易大，是诚何心。""虽""然"二字增，而两州东西小大，乃甚的切。中书舍人洪迈知婺州，召至都下，而侍从未有虚位；孝宗除为在京宫观兼侍读。太府少卿张抑，字子仪，以启贺曰："珍台间馆，冠皋伊之伦魁；广厦细旃，论唐虞之圣道。"前二句，用扬雄赋全语；后二句，用王吉疏全语；皆西汉文章也。蒋子礼拜右相，王调贺启曰："早登黄阁，独见明公之妙年；今得旧儒，何忧左辖之虚位。"上二句，用"扈圣登黄阁，明公独妙年"，下二句用"左辖频虚位，今年得旧儒"，皆杜甫诗也。四六有一联而用四处古人语者，张栻，字钦夫，答一教官启曰："识其大者，岂诵说云乎哉？何以告之，曰仁义而已矣。"而徽宗时，王履道《行少宰余深制》曰："仰惟前代，守文为难；相我受命，非贤不乂。"又曰："盖四方其训，以无竞维人；必三后协心，而同底于道。"时次蔡京、王黼为三相也。四六有用古人全语而全不用其意者：《行苇》之诗云："仁及草木，牛羊勿践履。"此盛世之事也。又《鸱鸮》之诗云："曰予未有室家，风雨所漂摇。"此谓鸱鸮之毁巢。王履道生长河洛，以金人之乱，避兵而南，思家园丘墓，而剪裁两诗以撰青词曰："万里丘坟，草木牛羊之践履；百年乡社，室家风雨所漂摇。"运古入化，匪夷所思矣。如此之类，熔铸经营，而不以长句破格，不以硬语损谐，虽全引古语，而何害四六焉。凡此儒林扬休，传诵当时者也。其后番阳洪适，与弟遵、迈，吉安周必大，相继以四六有名；而洪迈尤自负四六为其家学云。

洪适，字景伯；遵，字景严；迈，字景卢。父皓，亦工四六，以徽猷阁待制奉高宗命使金，而遭徽宗之丧，泣血撰文以祭，有曰："故宫为禾黍，改馆徒馈于太牢；新庙游衣冠，招魂漫歌于楚些。虽置河东之赋，莫止江南之哀。遗民失望而痛心，孤臣久縶惟欧血。"金人诵之亦挥涕，而为所拘留。适才十三岁，已任门户，督二弟遵、迈，刻意问学，而承母沈以奉祖母。沈，无锡之所自出也；既而母卒，遂奉丧以依舅氏焉。

洪适四六。时金人以河南归宋，因拟宰相贺表，有曰："宣王复文武之土，光启中兴；齐人归郓欢之田，不失旧物。"舅氏沈松年以宿学官博士，诵而奇之曰："此博学宏词之选也！"绍兴十二年，与弟遵同中博学宏词科。高宗询知为皓子，曰："父效命出疆，而二子自力，此忠义之报也。"适以启谢宰相曰："骤掇虚名，敢自希于双璧；尚遗季弟，终有恧于三珠。"后三年，迈亦中选；于是三洪名满江东，兄弟竞爽。而适于孝宗朝，累官尚书右仆射同中书门下平章事，遵至翰林学士承旨，迈至端明殿学士。殁皆有谥，适谥文惠，遵文安，迈文敏。而迈尤以博洽受知孝宗，谓其文备众体。遵有《小隐集》，不传。迈有《野处类稿》二卷，有诗无文。独适有《盘洲集》八十卷行于世；其中诗古文条畅而出以乐易，四六警切而务为疏宕，其体一出苏轼。而迈撰《容斋随笔》，有"吾家四六"之记，称："乾道初年，张魏公以右相都督江淮；议者谓两淮保障不可恃，公往视之。会诏归朝，未至而免。文惠公当制，词曰：'棘门如儿戏耳，庸谨秋防；衮衣以公归兮，庶闻辰告。'所谓儿戏者，指边将也，而议者乃以为诋魏公。其尾句曰：'《春秋》责备贤者，慨功业之惟艰；天子加礼大臣，固始终之不替。'所以怅惜之意至矣。《王太宝致仕词》曰：'闵劳以事，圣主隆待下之仁；归絜其身，君子尽衣锦之美。'太宝有遗泄之疾，或以为有讥，而实不然。罢相后起帅浙东，《谢生日时词启》曰：'五十当贵，适买臣治越之年；八千为秋，辱庄子大椿之寿。'时正五十岁，而生日在秋也。绍兴壬戌词科,《代枢密使谢赐玉带表》,文安公曰:'有璞于此必使琢,恍惊制作之工;匪伊垂之则有余,允谓便蕃之赐。'主司喜焉,擢为第一。乙丑《代谢赐御书周易尚书表》。予曰:'八卦之说谓之索,奉以周旋;百篇之义莫得闻,坦然明白。'尾句曰:'但惊奎壁之辉,从天而下;莫测龟龙之妙,行地无疆。'亦忝此选。《代福州谢历日表》曰:'神祇祖考,既安乐于太平;岁月日时,又明章于庶证。'正用《诗·凫鹥序》:'太平之君子,能持盈守成,神祇祖考安乐之也。'《洪范》:'庶证岁月日时无易,百谷用成,乂用明,俊民用章。'皆上下联文,未增一字。《渊圣乾隆节疏》曰:'应天而行,早得尊于《大有》;象日之动,偶蒙难于《明夷》。'《易·大有》卦'柔得尊位,应乎天而时行'。《左传》叔孙豹筮遇《明夷》,象日之动,故曰:'君子于行。'《彖辞》云:'内文明而外柔顺,以蒙大难。'亦用本文。叶子昂参知政事,为谏议大夫林安宅击罢,已而置狱治,林责居筠,叶召拜左揆,予草制曰:'既从有北之投,亟下居东之召。有欲为王留者,孰明去就之忠;无以我公归兮,大慰瞻仪之望。'本意用公归之句,指邦人而言也,故云瞻仪;而御史单时疑之,谓人君而称臣为我公,盖不详味词理耳。《赐宰臣辞免提举圣政书成转官诏》曰:'为天子父尊之至,永惟传序之恩;问圣人德何以加,莫越重华之孝。'《叶资政召命诏》曰:'见晛曰消,顾何伤于日月;得时则驾,宜亟会于风云。'《赐史大观文以新蜀帅改越辞免诏》曰:'王阳为孝子,敢烦益部之行;庄助留侍中,姑奉会稽之计。'吴璘在兴元修塞坏渠为田,奖谕诏曰:'刻石立作三犀牛,重见离堆之利;复陂谁云两黄鹄,讵烦鸿却之谣。'用老杜《石犀行》云:'秦时蜀太守,刻石立作三犀牛。'及翟方进坏鸿却陂,童谣云'反乎覆,陂当复,谁云者,两黄鹄'等语也。刘共甫自潭帅除翰林学士,答诏曰:'不见贾生,兹趣长沙之召;既还陆贽,宜膺内相之除。'《批执政辞经修哲宗宝训转官词》曰:'念叠矩重规,当贤圣之君七作;而立经陈纪,在谟训之文百篇。'哲庙正为第七主,而宝训百卷也。《答蒋丞相辞免诏》曰:'永惟万事之统,知非艰而行惟艰;有不二心之臣,帅以正则罔不正。'《礼部为宰臣以显仁皇后小祥请吉服奏》曰：‘练而慨然，理应顺变；期可已矣，惧或过中。’又曰：‘汉中天二百而兴，益隆大业；舜至孝五十而慕，独耀前徽。’时高宗圣寿五十四也。辛巳《亲征诏》曰：‘惟天惟祖宗，方共扶于基绪；有民有社稷，敢自佚于晏安。’又曰：‘岁星临于吴分，定成淝水之勋；斗士倍于晋师，可决韩原之胜。’是时岁星在楚，故云。《檄书》曰：‘为刘氏左袒，饱闻思汉之忠；徯汤后东征，必慰戴商之望。’又曰：‘侯王宁有种乎？人皆可致；富贵是所欲也，时不再来。’《修圣政转官词》曰：‘念五马浮江之役，光启中兴；述六龙御天以来，式时猷训。’《汪观文复官词》曰：‘作雷雨之解而宥罪，在法当原；如日月之食而及更，于明何损。’《步帅陈敏制》曰：‘亚夫持重，小棘门霸上之将军；不识将屯，冠长乐未央之卫尉。’《吴挺兴州制》曰：“能得士心，吴起固西河之守；差强人意，广平开东汉之兴。’《起复知金州制》曰：‘惟天不吊，坏万里之长城；有子而贤，作三军之元帅。’《萧鹧巴词》曰：‘随会在秦，晋国起六卿之惧；日磾仕汉，秺侯传七叶之芳。’《姚平仲复官制》曰：‘李广数奇，应恨封侯之相；孟明一眚，终酬拜赐之师。’《追封皇四子邵王词》曰：‘举汉武三王之策，方茂徽章；念周文十子之宗，独留遗恨。’时已封建三王也。《赵忠简谥制》曰：‘见夷吾于江左，共知晋室之何忧；还德裕于崖州，岂待令狐之复梦。’《王彦赠官词》曰：‘申带砺以丹书之誓，方休甲第之功臣；挂衣冠于神武之门，竟失戊营之校尉。’《向起赠官词》曰：‘驰至金城郡，方思充国之忠；生入玉门关，竟负班超之望。’《李师颜赠官制》曰：‘青天上蜀道，久严分阃之权；黑水惟梁州，怆失安边之杰。’《襄帅王宣赠官词》曰：‘黄河如带，莫申刘氏之盟；汉水为池，空堕羊公之泪。’王瀹以太常少卿朔祭太庙忘设象尊牺尊降宫词曰：‘牺象不设，已废司彝之供；饩羊空存，殊乖告朔之礼。’《潼川神加封词》曰：‘驾飞龙兮灵之斿，具严涣命；驱厉鬼兮山之左，终相此邦。’《青城山蚕丛氏封侯词》曰：‘想青神侯国之封，自今以始；虽白帝公孙之盛，于我何加。’《阳山龙母词》曰：‘居然生子，乘云气以为龙；惟尔有神，时雨旸而利物。’《魏丞相赠父词》曰：

‘大名之后必大，非此其身；和戎如乐之和，幸哉有子。’魏盖以使金议和而致大用。《赠母词》曰：‘藏盟府之国功，不殊魏绛；成外家之宅相，重见阳元。’《封妻姜氏词》曰：‘筮仕于晋曰魏，方开门户之祥；娶妻必齐之姜，孰盛闺闱之美。’《虞丞相赠父词》曰：‘活千人有封，非其身者在其子；德百世必祀，畸于人者侔于天。’《周仁赠父词》曰：‘有子能贤，高举而集吴地；受予显服，会同而朝汉京。’用东方朔《非有先生传》‘高举远引，来集吴地’及《两京赋》‘春王三朝，会同汉京’也。《奖谕吴挺诏》曰：‘阃外制将军，方有成于东乡；舟中皆敌国，应无虑于西河。’《梁丞相答诏》曰：‘一言可以兴邦，念为臣之不易；三宿而后出昼，勉为王而留行。’余不胜书。惟记从兄在泉幕，淮东使者，其僚婿也。发京状荐之；为作谢启曰：‘襟袂相连，夙愧末亲之孤陋；云泥悬望，分无通贵之哀怜。’皆用杜诗。其下句人人知之，上句乃《赠李十五丈》云：‘孤陋忝末亲，等级敢比肩，人生意气合，相与襟袂连。’比事适著题，而与前《送韦书记诗》句，偶可整齐用之。附记于此，但以传示子孙而已。”盖父子兄弟，世擅四六；而比事属辞，则事无泛用；古语新裁，斯语妙浑化；亦庶几不乖四六之律令，而善运欧苏之气调者也，可以耀世美而征家学焉。然有词未以箦王命，而篇独工于书记者，曰李刘。

李刘，字工甫，崇仁人。嘉定七年进士，累官宝章阁待制。生平无考。独工四六；所著《类稿》、《续类稿》、《梅亭四六》，皆不传，独《四六标准》四十卷，乃其门人罗逢吉所编，以刘初年馆宰相何异家，及在湖南、四川所作，汇为一集，题曰《标准》，盖门弟子尊师之词也；凡一千九十六首，以类相从，分七十一目。其中言时政如《上史丞相》、《上曾枢密》，贽见如《上魏运使》、《上吴宣抚》，荐举如《谢林提举举关升》、《谢卫参帅特荐》、《代谢帅座》契家子弟谢合光、《代回危教授谢列荐》，举科目如《谢刘阁学举节操方正可备献纳科》、《代虞制参谢刘阁学举科目》、《谢赵尚书举可备著述科》，谢到任如《荣州到任谢桂制置》、《通判到任谢签枢》，谢除授如《代江淮陈制干除监丞谢丞相》、

《除国子录谢执政》、《除国录谢葛祭酒》、《除成都漕谢李制置》，谢辟置如《谢董制置辟充成都抚干》，举自代如《谢李侍郎举自代》，被召如《贺绵州高知府赴召》，宫观如《贺泸帅杨尚书进职奉祠》，杂谢如《谢魏侍郎为先祖先父作墓志》、《代袁子固谢县宰宽假不杖责》、《回蹇学谕贺得粟九穗》，谢惠诗文如《谢监镇陆子遹惠诗》、《谢朱新恩投书》、《谢周秘校惠梅诗》、《回刘进士惠诗及封事稿》、《回罗省元》，科举如《回免举士人谢启》，生辰如《代胡侍郎谢朝士贺生日》、《谢潼川提刑谢太博贺生日》，宰相如《贺郑参政除右相兼枢密使进光禄大夫》，参政如《贺宣参政》，枢密如《贺俞佥书》，中书如《贺太府俞大卿除中书舍人兼右司除户部侍郎兼知临安》，台谏如《贺董司谏》，制帅如《回赵副帅》，提舶如《回赵市舶》，漕司如《代回江西李运使》、《代回江西胡漕》，太守如《贺赵尚书知平江府》、《代回傅赣州》，教官如《代回王教授》，州官如《通潭州于节推》，宰如《回资官文知县》；四十八首，为一集之胜。自六代以来，笺启即多骈偶；然其时文体皆然，非以是别为一格也。至宋而岁时通候，仕宦迁除，吉凶庆吊，无一事不用启，无一人不用启；而其启必以四六，遂于四六之内，别成专门。而刘所作，隶事精切，措语朗畅，衍欧苏一脉，而谨四六之体；泯尽堆垛，捃摭之迹，而才华富有，辞意铿訇，实集笺启之大成，而极四六之能事。南渡而下，足当后劲。肆笔如舌，纡余委备。尤善议论，澜翻不竭。如《上史丞相》曰：

索长安之米，拟就辟书；伏光范之门，尚干宾谒。特有惓惓之意，未敢察察而言。辄以万分，写之四六。仪图爱助，此周人待山甫之情；翕受敷施，亦虞舜举皋陶之意。他无求者，公幸听之。窃惟国家闲暇之时，当思文武长久之术。况外夷之云扰，贵内治之日严；讵云行李之通，可缓包桑之虑？国虚难动，民困易摇，岂待谋国之数公，知讳用兵之两字。然能应则乃可谓定，故欲翕者未始不张。今徒千里而畏人，未思四境之不治，一气先竭，百为弗开。群材付之乍佞以乍贤，正论听其自鸣而自息。耳目之受既狭，心腹之委亦偏。为赤子，为龙蛇，未始得敌情之实；以皮币，以犬马，但云量事力之宜。军籍既隐于蔽蒙，将材又厄于媢嫉。舟师未练，马政不修。凿斯池，筑斯城，岂可无九攻之具；锻乃戈，厉乃矛，孰能遏再鼓之衰？仰而思之，无非事者。上作而下不应，朝廷每有是言；外呼而内不闻，郡国亦为此论。惟事事备，乃可无患；言人人殊，何以成功。周得上，汉得中，策将安决？蠡治内，种治外，责恐宜分。试考先朝立四总管之谋，及观诸儒分三大镇之说，皆欲取之人望，从而假以事权。一用孔明陆逊之规模，力行晁错充国之论议。移江上之屯于淮上，实关表之粟如关中。使权守御之方，渐讲招怀之略。众犬方狺，则养威持重；两虎既伤，则取乱侮亡。是为屈群策以共图，奚至无寸功之可论？与其待一朝之患，始出于兹；孰若折千里之冲，早为之所？若任人而疑，疑人而任，则闻事不实，实事不闻。何怪草野之私言，动违槐棘之成算？日月逝矣，风雨萃之。无谓天变不足虑，人言不足从；庶几君子有所恃，小人有所畏。

恭惟某官堪舆间气，社稷世臣。砥柱不移，回平原黄河之决；终风且曀，洗咸池白日之光。力调更化琴瑟之弦，复享和戎金石之乐。如将道古今而誉德，亦可纪简策以垂功。然太师维垣，辅隆兴不满一岁；今西平有子，相嘉定行且十年。此非门户之私荣，实负乾坤之重寄。用药莫先于无病，止车当在于未奔。相亦惟终，邦其无斁。如某者，拙由地禀，狷不时宜。独窃考治乱之原，知当谨几微之会。贫贱不能以达志，忧患又从而熏心。昔在服中，欲上范文正之书而无路；今来阙下，愿作石徂徕之颂而难言。荐之吾相者欲令主金耀之书，谋及乃心则姑愿应铜梁之辟。等勤大播，盍进小忠？敢输肺腑之微诚，尽告腹心之元老。一毫有补，万坐亦甘。平津之招贤有三，惜难受汲生之戆；洛阳之太息者六，实欲全周勃之功。

曲尽时宰玩愒之情，当日因循之态，大声疾呼，不乞相公之垂怜，而规相公以谋国，侃侃而陈，胜韩愈《三上宰相书》矣。又如《贺董司谏》曰：

进思补阙，仍侍迩英。责重寄隆，益可告嘉猷于后；谋从言听，转当下膏泽于民。朝野喧然，宗社幸甚。恭惟某官所养刚大，而道中庸。人方此重而彼轻，公独以退而为进。廷臣无出右者，天子居然器之。拔自州麾，遍仪朝著。亟拜拾遗之命，仍陪劝诵之联。缉日月之光，良多启沃；犯雷霆之怒，大有激扬。不卖直以取名，惟格王而正事。简在中扆，遂升左垣。考司谏七品官之阶，虽云序进；然大人一正君之事，正属司存。

今目前无必至之忧，而天下有未形之患。戎心外狡，民力中干。天文变怪而难谌，人才卑少而不竞。民保于信而信屡爽，位守以仁而仁不流。吏惰且贪，兵虚仍脆。无非事者，请先大者之图；彼何人斯，尤愿辨之之早。自古建久安之势，成长治之业，莫若杜群枉之路，开众正之门。国人曰贤，左右皆曰贤，无使淹滞之久；君心以正，远近一以正，切防浸润之行。阃内阃外，不容二心；宫中府中，当为一体。舍豺问狸，则民不服；如鹰逐雀，则君自尊。察嫠妇之私忧，回仓公于惊走。庶淮南知惮于汲黯，而昌黎无惑于阳城。名节皎然，芬芳多矣。富贵乃吾所有，何足计哉；忠良得路之难，切宜念此。某当献嘉颂，愿进苦辞，盖有感平日之知，不敢作细人之爱。诸公不喜生语，柔则茹之；善人能受尽言，退不谓矣。尚欲作石守道纪德之颂，幸勿还李师中落韵之诗。

颂不忘规，慨当以慷，不徒翩翩书记，直是炎炎大言。他如《贺宣参政》曰："今海内之事势，若火未然；公主上之信臣，知风之自。夷情外狡，民力中干。即戎七年而无休息之期，拓地千里而无坚凝之术。使能定未保其能应，则所忧将重于所欣。实赖同心同德之臣，亟合群策群力以御。收草茅之公议而用之邦国，推槐棘之和气而达之闾阎。"

《贺俞签书枢密》曰："春秋九世之雠，固将必报；匈奴百年之运，未有不亡。今犬羊交噬之已深，计蚌鹬相持之不久。下策莫危于浪战，上兵实贵于伐谋。在帝王之万举万全，固求耆定；然疆埸之一彼一此，正欠坚凝。幸而及闲暇之时，亟宜定修攘之计。取乱侮亡兼弱也，时则易然；同寅协恭和衷哉，政将焉往？"综观所作，不难在经史纷纶，隶事必精；而难在气调磊落，脱口如生。不啻西汉贾董政事贤良之策疏，特托西昆杨刘四六骈俪之笺启。跌宕昭彰，精能之至也，岂得以寻常酬应薄之哉。

第二节 朱熹 陆九渊 吕祖谦附陈亮 薛季宣 陈傅良 叶适附真德秀

南宋四六固是苏格，散文尤有苏气，文出东坡，诗宗山谷。而论学，则尤排王安石而崇苏轼。独朱熹以为苏轼之学，祸甚王氏；而文则不为苏轼，为曾巩；诗不宗黄庭坚，宗魏晋选体；盖翘然有以自异而不囿于风气云。

朱熹，字元晦，以元为四德之首，易为仲晦；曾结草堂于建阳芦峰之云谷，扁以晦庵，又号云谷老人，更署云台真逸；既又创竹林精舍，号沧州病叟；晚因筮易，遇《遁》之《同人》，更名遁翁；小名沈郎，小字季延；婺源人。父松，官南剑尤溪县尉，遂侨寓焉而生熹。生而颖悟；甫能言，父指天示之曰："天也。"即问曰："天之上何物？"而欲穷其源。十岁，读《孟子》，至"圣人与我同类者"，喜不可言，即厉志圣贤之学。父松，师事豫章罗从彦，而与延平李侗游，得闻将乐杨时所传二程之学，日诵《大学》、《中庸》以用力于致知诚意。及其殁也，而熹才十四岁，遂托之友人籍溪胡宪、白水刘勉之、屏山刘子翚，且顾语曰："三人学有渊源，吾所敬畏。"遂受学焉。以十九岁，举绍兴十八年进士，铨试中等，授泉州同安县主簿；将赴官，乃谒李侗于延平。

初，熹师刘子翚、胡宪。宪学于崇安胡安国，又好佛老，以安国之学为论治道则可，而道未至，然于佛老亦未有见。子翚少年能为举业，及官莆田，接塔下一僧，能入定数日。老而归家，读儒书，以为与佛合也，作《圣传论》。子翚先卒，独事宪为最久，至是谒侗而诵其所闻。侗之接后学也，答问穷昼夜不倦，随人浅深而诱之各不同，而要以反身自得而可以入于圣贤之域。于时，熹务为侻侗宏阔之言，好同而恶异，喜大而耻于小。而侗不谓然，曰："吾儒之学，所以异于异端者，理一分殊也。理不患其不一，所难者分殊耳。若以理一而不察其分之殊，此学者所以流于疑似乱真之说，而不自知也。"顾熹不服。而侗为人简重讷言语，惟教以读圣贤之书。久之，研诵而渐有会，乃大服，谒侗称弟子。于是刻意治经，推见实理，著有《易本义》、《启蒙》、《诗集传》、《大学、中庸章句》、《或问》、《论语、孟子集注》，为学者所宗。其为学，大抵穷理以致其知，反躬以践其实，而以居敬为入德，以读书为穷理。

宁宗闻熹名久，及即位，召起焕章阁待制侍讲，寻以直言忤旨，除提举鸿庆宫。既而韩侂胄当国，诬熹伪学不轨，谪永州落职。饬毁所著书，科举取士稍涉义理者，辄见黜落，六经《语》、《孟》、《大学》、《中庸》之书，为世大禁。于是谤议朋兴，以学为"伪"；盖谓贪黩放肆，乃人真情，其廉洁好修者伪也。从游之士，依阿巽懦者，更名他师，过门不入，甚至变易衣冠，狎游市肆以自别其非道学。然熹讲学不休。有劝以谢遣生徒者，熹应曰："祸福之来，命也，今为避祸之说者，固出相爱，然得某壁立万仞，岂不更为吾道之光？其默足以容，某不上书自辨，便是默，不成屋下与朋友讲习古书，说这道理，亦不敢也。"老而多病，气痛脚弱，缠以泄泻，已不自支。或劝晚起，曰："某自不能晚起，虽甚病，才见光，亦要起寻思文字，才稍晚，便觉似晏安鸩毒，便似个懒惰底人，心里不安；须是早起了，却觉得心上松爽。"已而病甚，犹修书不辍。夜为诸生讲诵，孜孜不休。将卒之前三日，起改订《大学·诚意章》注；年七十一。侂胄诛，赠熹宝谟阁直学士，谥曰文，寻赠太师，封徽国公，从祀孔子庙庭。

其弟子黄干曰："道之正统，待其人而传。由孔子而后，曾子、子思继其微，至孟子而始著。由孟子而后，周、张、二程继其绝。至朱子而始著。"盖以熹传周、张、二程之学，而为道统之所系焉。然道学之传，始自程氏颢、颐兄弟受学周敦颐。敦颐言："文，所以载道也；轮辕饰而弗庸，徒饰也，况虚车乎？文辞，艺也，道德，实也，不知务道德而第以文辞为能者，艺焉而已。噫，弊也久矣！"或问程颢"作文害道否？"曰："害也！凡为文，不专意则不工；若专意，则志局于此，又安能与天地同其大也。《书》曰：'玩物丧志。'为文，亦玩物也。"颐则曰："不求诸己而求诸外，以博闻强记，巧文丽辞为工，其言鲜有至于道者。"盖专心致知以求道之所为明，而不屑屑于文，以为徒雕琢其辞，末乎云尔。独熹则以谓："意中了了，而言不足以发之，则亦不能传于远矣。故孔子曰：'辞达而已矣。'程子亦言：'《西铭》，吾得其意；但无子厚笔力，不能作耳。'正谓此。"以故颇致力于文章也。传有《晦庵集》一百卷，《续集》十卷，《别集》十卷。

先是孝宗时，侍郎胡铨以诗人荐。熹曰："仆不能诗，平生侥幸多类此。"然熹用力于古诗者实深，而其下手则以拟古为功夫，谓："向来初见拟古诗，将谓只是学古人之诗，元来却是。如古人说'灼灼园中花'，自家也做一句如此；'迟迟涧畔松'，自家也做一句如此；'磊磊涧中石'，自家又也做一句如此；'人生天地间'，自家也做一句如此。意思语脉，皆要似他底，只换却字。某后来依如此做得二三十首诗，便觉得长进。盖意思、句语、血脉、势向，皆是他底。亦尝间考诗之原委，因知古今之诗，凡有三变：盖自书传所记虞夏以来，下及魏晋，自为一等。自晋宋间颜谢以后，下及唐初，自为一等。自沈宋以后定著律诗，下及今日，又为一等。然自唐初以前，其为诗者，固有高下，而法犹未变。至律诗出，而后诗之词与法始皆大变，以至今日，益巧益密，而无复古人之风矣。尝欲抄取经史诸书所载韵语，下及《文选》汉魏古词，以尽乎郭景纯、陶渊明之所作，自为一编，而附于《三百篇》、

《楚辞》之后，以为诗之准则。又于其下二等之中，择其近于古者，各为一编，以为之羽翼辅卫；其不合者，则悉去之，不使接于耳目而入于胸次，要使方寸之间，无一字世俗言语意思，则其为诗，不期于高远而自高远矣。且以李杜言之，则如李之《古风》五十首，杜之秦蜀纪行、遣兴、出塞、《潼关》、《石壕吏》、《夏日》、《夏夜》诸篇，律诗则如王维、韦应物辈，亦自有萧散之趣；未至如今日之细散卑冗，无余味也。坡公病李杜而推韦柳，盖亦自悔其平时之作，而未能自拔者。但余诋江西而进宛陵，不能不骇俗听耳。少时尝读梅诗，亦知爱之，而于一时诸公所称道，如《河豚》等篇，有所未喻；至于寂寥短章，闲暇萧散，犹有魏晋以前高风余韵，而不极力于当世之轨辙者。夫古人之诗，本岂有意于平淡哉？但对今之狂怪雕镂，神头鬼面，则见其平；对今之肥腻腥臊，酸咸苦涩，则见其淡耳。自有诗之初以及魏晋，作者非一，而其高处无不出此。渊明诗，人皆说平淡，据某看，他自豪放，但豪放得来不觉耳。古人诗中有句，今人诗更无句，只是一直说将去，这般诗，一日做百首也得。如陈简斋诗'乱云交翠壁，细雨湿青松'，'暖日熏杨柳，浓阴醉海棠'，他是甚么句法。古人做诗，不十分著题，今人做诗，愈著题，愈不好。李、杜、韩、柳，初亦学选诗；然杜韩变多，而李柳变少；变不可学，而不变可学。故自其变者而学之，不若自其不变者而学之。"其意在宗魏晋选体以斥江西诗。

今诵其诗，矜炼婉秀，而《游仙》诙诡，时出轶宕，似有得于柳宗元而参以郭璞。五言古如《拟古》八首、《丘子野表兄郊园五咏》、《古意》、《客舍听雨》、《雨中示魏惇甫兼怀黄子厚》二首、《读道书作》二首、《病中呈诸友》、《月夜述怀》、《春日即事》、《晚步》、《秋怀》、《垂涧藤》、《悬压水》、《穿林径》、《病告斋居作》、《感事有叹》、《山居即事用叠翠亭韵》、《秀野以喜无多屋宇幸不碍云山为韵赋诗率尔攀和》十首、《拜张魏公墓下》、《大雪马上次敬夫韵》、《九月六日早发潭溪夜登云谷翌旦赋此》，七言古如《伏蒙秘阁张丈宠顾下邑并以长篇为贶降叹之余牵勉继韵》、《五禽言和王仲衡尚书》，五言律如《过黄塘岭》、

《冬日》二首、《登祝融峰用择之韵》、《安仁晓行》，五言绝如《闻蝉》、《杂记草木》九首之《天门冬》《红蕉》二首、《九日山石佛院乱峰轩》二首，七言绝如《涉涧水作》、《入瑞岩道间得四绝句呈彦集充父二兄》、《方广睡觉次敬夫韵》、《武夷櫂歌十首呈诸同游》、《夜》等诗，咸可诵览。大抵七言不如五言，绝句胜于律体，秀润而力祛缛藻，矜炼而不为驰骤，盖所谓不作江西社里人者。至《斋居感兴》二十首，得意自以追陈子昂，而明李东阳《怀麓堂诗话》，谓："《感兴》之作，盖以经史事理播之吟咏，岂可以后世诗家者流例论哉。"然兴寄不高远，而未免堕理障，不足以方驾子昂《感遇》也。

古文则于韩、柳、欧、苏、曾、王，无所不学，而长于诂经说理，明白醇实，而出以纡徐委备；不矜才气，而波澜老成，自然顿挫，独有得于曾巩者为深。如《参伍以变错综其数说》、《定性说》、《观心说》、《释氏论》上、《开阡陌辨》、《语孟集义序》、《中庸集解序》、《诗集传序》、《大学章句序》、《中庸章句序》、《跋朱喻二公法帖》、《记参政龚公陛辞奏稿后》、《书临漳所刊四经后》、《书临漳所刊四子后》、《跋俞岩起集》、《题赵清献事实后》、《跋曾裘父赠屈待举诗》、《跋曾仲恭文》、《跋郑宣抚帖》、《再跋王荆公进邺侯遗事奏稿》、《送黄子衡序》、《送陈宗之序》、《送张仲隆序》、《送夏医序》、《林贯之字序》、《壬午应诏封事》、《甲寅拟上封事》、《癸未垂拱奏札》一、《行宫便殿奏札》二、《答梁丞相书》、《与史太保书》、《与周丞相书》、《与赵尚书书》、《与留丞相书》一、《与留丞相书》二、《甲申十月二十二日答汪尚书》、《答林正夫》、《答戴渊》、《答林峦》、《答吕侁》、《答蔡季通》第二首、《答汪太初》、《答王季和》第二首、《答卓周佐求荐》、《招举人入白鹿咎目》、《漳州教授厅壁记》、《存斋记》、《隆兴府学濂溪先生祠记》、《徽州休宁县厅新安道院记》、《福州学经史阁记》，其尤可诵者也。

其他山水之记，随景抒写，教柳州之警秀而逊其韵味，以其工刻镂而寡咏叹也。碑传之作，因事冗蔓，同东坡之缓散而失于裁制，以其有铺叙而无提挈也。特有寂寥短章，随笔曲注，韵流简外，足以追东坡小品之逸致者，如《记和静先生五事》、《偶读漫记》之《释氏有清草堂者》一则、《跋欧阳文忠公帖》、《题曹操帖》、《跋唐人暮雨牧牛图》、《跋刘叔通诗卷》、《跋周益公杨诚斋送甘叔怀诗文卷后》，闲暇萧散，不矜声色而德意自远。

自谓："未冠而读南丰先生之文，爱其词严而理正，居常诵习，以为人之为言必当如此，乃为非苟作者。人做文章，若是仔细看得一般文章熟，少间做文字，意思语脉，自是相似。读得韩文熟，便做出韩文底文字。读得苏文熟，便做出苏文底文字。若不曾仔细看，少间，却不得用。古人文章，大率只是平说而意自长。后人文章，务意多而酸涩；如《离骚》初无奇字，只恁说将去，后来如鲁直恁地着力做，却自不好。大率古人文章，皆是行正路；后来杜撰底，皆是行狭隘邪路去了。而今只是依正路底路脉做将去，少间，文章自会高人。试取孟韩子、马班书，大议论处，熟读之，及后欧、曾、老苏文字亦当细考，乃见为文用力处。今人多见出《庄子》题目，便用《庄子》语；殊不知此正是千人一律文章。若出《庄子》题目，自家却从别处做将来，方是出众文字也。但恐亦当更考欧曾遗文，料简刮磨，使其清明峻洁之中，自有雍容俯仰之态。刘侍读文，气平文缓，乃自经术中来；比之苏公，诚有高古之趣；但亦觉词多理寡，苦无甚发明耳。大抵古人文字，要当随其所长取之，难以一时所见，遽定品目也。东坡文字明快。老苏文雄浑，尽有好处。如欧公、曾南丰、韩昌黎之文，岂可不看？柳文虽不全好，亦当择。合数家之文，择之，无二百篇；下此则不须看，恐低了人手段。韩文高。曾文一字挨一字谨严，然太迫。

"欧公文，锋刃利，文字好，议论亦好。欧公为蒋颖叔辈所诬，既得辨明，谢表中自叙一段，只是自胸中流出，更无些窒碍，此文章之妙也。欧公文，亦多是修改到妙处。顷有人买得他《醉翁亭记》稿，初说'滁州四面有山'凡四十字；末后改定，只曰'环滁皆山也'五字而已。欧公之学，虽于道体犹有欠阙；然其用力于文字之间，而溯其波流以求圣贤之意，则于《易》，于《诗》，于《周礼》，于《春秋》，皆尝反复穷究以订先儒之谬。而《本论》之篇，推明性善之说，以为息邪距詖之本。《五代史记》，善善恶恶，如《唐六臣传》之属，又能深究国家所以废兴存亡之几，而为天下深切著明之永监者，固非一端。其他文说，虽或出于游戏翰墨之余，然亦随事多所发明，而词气蔼然，宽平深厚，精切的当，真韩公所谓仁义之人者。

“至于王氏、苏氏，则皆以佛老为圣人，既不纯乎儒者之学矣。而王氏支离穿凿，本不足以惑众，徒以一时取合人主，假利势以行之，至于已甚，故特为诸老先生之所排诋。在今日，则势穷祸极，故其失人人皆得见之。至若苏氏之言，高者出入有无而曲成义理，下者指陈义理而切近人情，其知识才辨，谋为气概，又足以震耀而张皇之，使听者欣然而不知倦，非王氏之比也。然语道学，则迷大本；论事实，则尚权谋；衒浮华，忘本实；贵通达，贱名检；此其害天理、乱人心、妨道术、败风教，亦岂出王氏下哉？但其身与其徒，皆不甚得志于时，无利势以辅之，故其说虽行而不能甚久。凡此患害，人未尽见。使其行于当日亦如王氏，则其为祸不但王氏而已。盖王氏之学，虽谈空虚而无精彩，虽急功利而少机变，其极也陋，如薛昂之徒而已。蔡京虽名推尊王氏，然其淫侈纵恣，所以败乱天下者，不尽出于王氏也。若苏氏，则其律身已不若荆公之严，其为术要未忘功利，而诡秘过之。其徒如秦观、李廌之流，皆浮诞佻轻，士类不齿，相与扇纵横捭阖之辨以持其说，而漠然不知礼义廉耻为何事。虽其势利未能有以动人，而世之乐放纵、恶拘检者，已纷然向之。使其得志，则凡蔡京之所为，未必不身为之也。苏氏以雄深敏妙之文，煽倾危变幻之习，上谈性命，下述政理；学者始则以其文而悦之，以苟一朝之利，及其既久，则渐涵入骨髓，不复能自解免。坏人材，败风俗，盖不少矣！欧公文字，敷腴温润。曾南丰之文，又更峻洁；虽议论浅近，然平正。到得东坡，便伤于巧，议论不正。老苏尤甚。荆公之文，却似南丰，但比南丰亦巧。荆公作《许氏世谱》，写与欧公看。欧公一日因曝书见之，不记谁作，意以为荆公；但又曰：‘介甫不解做得恁地，恐是曾子固。’如退之、南丰之文，却是布置。某旧看二家之文，复看坡文，觉得一段中欠了句，一句中欠了字。向尝闻东坡作《韩文公庙碑》，一日思颇久，忽得两句云：'匹夫而为百世师，一言而为天下法。'遂扫将去。黄门之文衰，远不及也。

"欧阳公之文虽平淡，其中却自美丽有好处，有不可及处；却不是阘茸无意思。欧文如宾主相见，平心定气说好话相似。坡公文，如说不办后，对人闹相似，都无恁地安详。人有才性者，不可令读东坡等文。有才性人，便须取入规矩，不然，荡将去。然今人作文，皆不足为文，大抵专务节字，更易新好生面辞话；至说义理处，又不肯分晓。观前辈欧苏诸公文，何尝如此？圣人之言，坦易明白，因言以明道，正欲使天下后世由此求之；使圣人立言，要教人难晓，圣人之经定不作矣。学者玩味深思，何尝如今人欲说又不敢分晓说，不知是甚所见，毕竟是自家所见不明，所以不敢深言。苏子由有一段论人做文章自有合用底字，只是下不著。又如郑齐叔云：'做文章自有稳底子，只是人思量不著。'横渠云：'发明道理，惟命字难。'要之做文字，下字实是难；不知圣人做出来底，也只是这几字，如何铺排得恁地安稳。然而人之文章，也只是三十岁以前，气格都定；但有精与未精耳。"

观其论诸家文章，洞见利病，宜其意到笔随，理明而辞达。大抵醇实出曾巩，疏快似苏轼；而结笔稍弛，流韵不长；未若欧公之谨于布置，饶有风神也。然而《晦庵集》中，却有一种文言杂俚，笔舌互用，而明白透快，警切耸动，别饶风致者。如《答陈肤仲》曰：

> 承以家务丛委，妨于学问为忧，此固无可奈何者。然亦只此便是用功实地，但每事看得道理，不令容易放过，更于其间见得平日病痛，痛加剪除，则为学之道，何以加此？若起一脱去之心，生一排遣之念，则理事便成两截，读书亦无用处矣。但得少闲隙时，不可闲坐说话，过了时日，须偷些小工夫，看些小文字，穷究圣贤所说底道理，乃可以培植本原，庶几枝叶自然张皇耳。

又《谕学者》曰：

书不记，熟读可记。义不精，细思可精。惟有志不立，直是无着力处。只如而今贪利禄而不贪道义，要作贵人而不要作好人，皆是志不立之病。直须反复思量，究见病痛起处，勇猛奋跃，不复作此等人；一跃跃出，见得圣贤所说千言万语，无一事不是实话，方始立得此志。就此积累工夫，迤逦向上去，大有事在。诸君勉旃，不是小事。

又《答应仁仲》曰：

《大学》、《中庸》，屡改，终未能到得无可改处。道理最是讲论时说得透，才涉纸墨，便觉不能及其一二；纵说得出，亦无精彩。以此见圣贤心事，今只于纸上看，如何见得到底？每一念此，未尝不抚卷慨然也。

又《答黄直卿》曰：

辂孙不知记得外公否？渠爱壁间狮子，今画一本与之，可背起与看，勿令揉坏。此是陆探微画，东坡集中有赞。愿他似此狮子奋迅哮吼，令百兽脑裂也。

语录之文，不嫌杂俚，始于佛氏；而儒家之讲道学者因之，取其朴实说理，明白易晓也。然如熹之透快处斩截，纡徐处妍媚，愈质实，愈标致者，所见亦罕矣。

至于贡举之文，熹则以谓："王安石制经义以试士，一道德，同风俗，惟此乃使天下学者念兹在兹，不敢走作胡说，上下都有个守也。然治经者必守家法，命题者必依章句，答义者必通贯经文，条举众说，而断以己意。近年以来，习俗苟偷，学无宗主。治经者不复读经文传注，但取科举中选之文，讽诵摹仿；择取经中可为试题之句，以意扭捏。而主司命题，又多为新奇以求出于举子之所不意，于所当断而反连之，于所当连而反断之，大抵务欲无理可解，无说可通，以观其仓卒之间，趋附离合之巧。主司以此倡，举子以此和，平居讲习，专务裁剪经文，巧为饾饤，明知不是经意，但取便于行文，转相祖述，慢侮圣言。名为治经，而实为经学之贼；号为作文，而实为文字之妖，又不止于家法之不立而已也。今既各立家法，此弊势当自革，而必使答义者通贯经文，条陈众说，而断以己意者。盖今日经学之难，不在于治经，而在于作义；大抵不问题之小大长短，而必欲分为两段，仍分作两句对偶破题，又须借用他语以暗贴题中之字，必极于工巧而后已。其后多者三二千言，别无他意，不过止是反复敷衍破题两句之说而已。如此不惟不成经学，亦复不成文字。"于是命题之搭截饾饤，作文之分股破题，已具明清制义八比之雏形，而熹颇思有以振厉之也。然熹又曰："学者之害，莫大于时文。此亦救弊之言。然论其极，则古文之与时文，其使学者弃本逐末，为害等尔。但此等物如淫声美色，不敢一识其趣，便使人不能忘，政当以为通人之蔽。"盖熹一生讲学以阐周子二程之说，诗文特其余事；而于《大学》之正心诚意，致知格物，独自以为深造而有得也。

于时陆九渊讲学江西，独以心之所得者为学，曰："六经当注我，我何注六经。"提撕本心，不复以言语文字为意。而吕祖谦、陈亮讲学浙东，侈言经制，极论古今兴亡之变，而不察此心存亡之端，亦各以其所学为说。熹与诸人上下议论，独以为："学者既学圣人，当以圣人之教为主。今六经，《语》、《孟》、《中庸》、《大学》之书俱在，彼以了悟为高者，既病其障碍而以为不可读；此以记览为重者，又病其狭小而以为不足读。则是圣人所以立言垂训者，徒足以误人而不足以开人，孔子不贤于尧舜，而达摩、迁、固贤于仲尼矣；毋乃悖之甚耶？然则海内学术之弊，不过两说；江西顿悟，永康事功。若不极力争辨，此道无由得明。"大声疾呼，不惮辞而辟之。而吕祖谦虑议论异同，欲会归于一以定适从，乃约九渊与熹会于信之鹅湖寺。九渊因举途中得诗曰："墟墓兴哀宗庙钦，斯人千古不磨心。涓流滴倒沧溟水，拳石崇成泰华岑。易简功夫终久大，支离事业竟浮沉。"诵至此，熹色变；至"欲知自下升高处，真伪先须谈只今。"熹于是大不怿也。论及教人，九渊之意，欲先发明人之本心，而后使之博览；而熹之说，欲博学详说而后返之约。九渊以熹为支离，熹以九渊为太简；于是朱陆分途，而各以名家。然熹之守南康也，九渊访之。熹与至白鹿洞，九渊为讲《论语》"君子喻于义，小人喻于利"一章。听者至泣下，熹以为切中学者隐微深痼之病云。

陆九渊，字子静，金豁人；乾道八年进士，累官将作监丞。光宗即位，差知荆门军，卒于官，谥文安。其治学直指本心，吃紧做人，而不为章句训诂。以其道聚徒讲习于贵溪之应天山，山形似象，学者称象山先生。传有《象山先生全集》三十六卷。其为文章疏快而能达，意无扞格，颇出苏轼。而制义之作，清空辨析，尤得苏辙之法。然诂明经旨，密证心体，亦以发挥所学，而不徒为干禄之文。如《好学近乎知》曰：

圣人之言，有若不待辨而明，自后世言之，则有不可不辨者。夫所谓知者，是其识之甚明，而无所不知者也。夫其识之甚明，而无所不知者，不可以多得也。然识之不明，岂无可以致明之道乎？有所不知，岂无可以致知之道乎？学也者，是所以致明致知之道也。向也不明，吾从而学之，学之不已，岂有不明者哉？向也不知，吾从而学之，学之不已，岂有不知者哉？学果可以致明而致知，则好学者，可不谓之近智乎？是所谓不待辨而明者也。然大道之不明，斯人之陷溺，古之所谓学者，后世莫之或知矣。

今自童子受一卷之书，亦可谓之学。虽学农圃技巧之业，亦不可不谓之学。人各随其所欲能者而学之，俗各随其所渐诱者而学之，均之为学也。虽其学之也，有好有不好；其好之也，有笃有不笃；而当其笃好之也，均之为好学也。今学农圃技巧之业者，姑不论。而如童子受书，如射御书数，专为一艺者，亦姑不论。又如诡怪妖妄之人，学为欺世诬人之事者，亦姑不论。而世盖有人焉，气庸质诬，溺于鄙陋之俗，习于庸猥之说，胶于卑浅零乱之见。而乃勉勉而学，孜孜而问，勤勤而思，汲汲而行，闻见愈杂，知识愈迷，东辕则恐背于西，南驾则恐违于北，执一则惧为通者所笑，泛从则惧为专者所非，进退无守，旁皇失据，是其好之愈笃，而自病愈深。若是而学，若是而好学，果可谓之近于智乎？此所谓自后世言之，则有不可不辨焉者也。

起立两柱，竟分两比，意翻空而易奇，文鞭辟以入里，笔笔驶转，层层推勘，借题发挥，以刺朱熹也。熹诏学者曰："子思教人，尊德性，道问学。今子静所说，尊德性。而熹则致力于道问学。所以为彼学者，持守可观，而见理不细。熹自觉于义理上不乱说，却于为己为人上不得力。今当反身用力，去短集长，庶不堕一边耳。"九渊闻之曰："元晦欲去两短，合两长。然吾以为不可。既不知尊德性，焉有所谓道问学？"熹则曰："务为学而不观书，此固子静之病。然近有从吕伯恭学者，废经而治史，略王道而尊霸术；极论古今兴替之变，而不察此心存亡之端，若只如此读书，则又不若不读之为愈"云。

吕祖谦，字伯恭，自其祖尚书右丞好问南渡始居婺州，有中原文献之传。孝宗隆兴间，举进士，又中博学宏词科，以召对勉孝宗留意圣学。奉诏选录宋文，断自南渡以前，为一百五十卷，赐名《皇宋文鉴》，谓其"采取精详，有益治道"。官至著作郎，兼国史院编修官，卒谥曰成。其学以二程为宗，而亦喜称苏轼，好议论古今成败得失；于书无所不读，其所讲画，将以开物成务。诏门人读《左传》，以次及诸史；而六经、《论》《孟》，则恐学者徒托空言，而不以告也。朱熹数贻书砭切之，而祖谦不省。传有《东莱集》三十六卷。其为文博辨宏肆，朱熹病其不守约；然祖谦博览群书，学有根柢；而于《易》、《书》、《诗》、《春秋》，咸能究明古义而有述造；独深于《春秋左氏传》，据事发挥，指陈得失，有《春秋左氏传说》二十卷，《续说》十二卷；而《左氏博议》八十六篇，自谓少年场屋所作，议论不及传说之密，而辞气铿訇，与传说之朴实说理如语录者异趣，读之令人亹亹寻绎不倦。如《卫懿公好鹤》曰：

卫懿公以鹤亡其国。玩一禽之微，而失一国之心。人未尝不抚卷而窃笑者。吾以为懿公未易轻也。世徒见丹其顶，素其羽，二足而六翮者，谓之鹤耳；抑不知浮华之士，高自标致，而实无所有者，外貌虽人，其中亦何以异于鹤哉？

稷下之盛，列第相望，大冠长剑，褒衣博带，谈天雕龙之辩，风起泉涌，禹行舜趋者相摩于道；然擢筋之难，松柏之囚，曾无窥左足而先应者，是亦懿公之鹤也。鸿都之兴，鸟迹虫篆，自衒鬻者日至；受爵拜官，光宠赫然，若可以润色皇猷。及黄巾之起，天下震动，未闻有画一策，杖一戈，佐国家之急，是亦懿公之鹤也。永嘉之季，清言满朝，一觞一咏，傲睨万物，旷怀雅量，独立风尘之表，神峰俊拔，珠璧相照；而五胡之乱，屠之不啻几上肉，是亦懿公之鹤也。普通之际，朝谈释而暮言老，环坐听讲，迭问更难，国殆成俗；一旦侯景逼台城，士大夫习于骄惰，至不能跨马，束手就戮，莫敢枝梧，是亦懿公之鹤也。是数国者，平居暇日所尊用之人，玩其词藻，望其威仪，接其议论，挹其风度，可嘉可仰，可慕可亲，卒然临之以患难，则异于懿公鹤者几希，是独可轻懿公也哉？所用非所养，所养非所用，使亲者处其安，而使疏者处其危；使贵者受其利，而使贱者受其害；未有不蹈懿公之祸者也。

抑吾又有所深感焉，鹤之为禽，载于《易》，播于《诗》，杂出骚人墨客之咏，其为人之所贵重，非凡禽匹也。懿公乘之以轩，而举国疾之，视如鸱鸮然；岂人之憎爱遽变于前耶？罪在于处非其据而已。以鹤之素为人所贵，一非其据，已为人疾恶如此，苟他禽而处非其据，则人疾恶之者复何如耶？吾于是乎有感。

又《宋华耦辞宴》曰：

君子之立论，待天下甚尊，期天下甚重，识虽在天下之先，而心常处一世之后。非自托于谦退也，降衷在天，秉彝在民，凡具耳目口鼻号为人者，罔不备参赞化育之神，经纬幽明之用，吾其

> 敢以浅心隘量大弃之于罢冗无能之地乎?《左氏》,世传以为鲁史;则鲁,其父母之邦也。其载华耦来聘,无故扬其先人之恶以辞宴,乃系之曰"鲁人以为敏"。《左氏》之意,岂不以耦之辞令,鲁人之所夸,而非君子之所贵乎? 耦之言,少知礼义者皆知贱之,虽当时二三浮薄辈,忘相矜衒,然曲阜龟蒙七百里之封,宁无一人知其非者? 今概称"鲁人以为敏"。果哉《左氏》之论也,概称"鲁人以为敏",是谓鲁国空无君子。抑不思所谓鲁人者,谁非尔之僚友乎? 谁非尔之姻戚乎? 谁非尔之师长乎? 一出言而尽致于庸鄙之域;倨傲暴慢之气,勃然可掬,归之以不孙不弟之名,吾意《左氏》不能解也。昔吾夫子亦尝称鲁矣,曰"鲁无君子,斯言取斯";是夫子一言而待鲁为君子,《左氏》一言而待鲁为小人。人心之不同如是哉!
>
> 　　或谓:"《左氏》之言鲁人,特蚩蚩之流耳;至于闳达博雅之君子,敢名之以鲁人哉?"曰:"闳达博雅之君子,其材虽出人千百等;然履鲁地,啜鲁泉,食鲁粟,岂不名之以鲁人乎? 一为君子而背乡里,蔑名教,不以鲁人自命,是外父兄而耻与同类也,夫岂君子之所敢安哉? 吾益见《左氏》之误也。"

其为文章长于比例,工于推勘,急言竭论,往复百折,而无艰难劳苦之态;能近取譬,尤巧设喻,波澜顿挫,盖原出苏轼而能自变化,妙以东坡疏快之笔,能参西昆弘润之气,衔华而佩实,一时士流倾动。然朱熹则诮之曰:"向见吕伯恭爱与学者说《左传》。某戒之曰:'《语》《孟》、六经,许多道理不说,恰限说这个;纵那上有些零碎道理,济得甚事?'伯恭不信,后来又说到《汉书》,若使其在,今又不知说到甚处,想益卑矣,宜为陆子静所笑也。子静底是高,只是下面空疏无物事承当。伯恭底甚低,如何得似也。"

永康陈亮,字同甫,谈兵善议论,与吕祖谦同郡切宄,而不尽用其说。独推朱熹"杰特宏深,负孔融李膺之气,有霍光张昭之重";顾不肯为之下。《与熹书》曰:"亮虽不肖,然口说得,手去得,本非闭眉合眼，蒙瞳精神以自附于道学者也。研穷义理之精微，辨析古今之同异，原心于秒忽，较礼于分寸，以积累为功，以涵养为正，睟面盎背，则亮于诸儒诚有愧焉。至于堂堂之阵，正正之旗，风雨云雷，交发而并至，龙蛇虎豹，变而出没，推倒一世之智勇，开拓万古之心胸，差有一日之长。”传有《龙川集》三十卷。

其中自谓：“穷天地造化之初，考古今沿革之变，以推极皇帝王霸之道，而得汉、魏、晋、唐长短之繇，天人之际，昭昭然可察而知也。”然论学亦袭二程之绪余，而故为权谲；论政不出三苏之窠臼，而益自夸大。头出头没于苏程二氏门下，欲以兼综，而未有真实见地以自名一家。及其发为文章，有东坡之容易，异东坡之警发，早熟而老未成，畅达而语多肤，看似持之有故，其实按之无物；识力不到，气调有余，殆晚唐杜牧之流亚乎。亮上孝宗书曰：“今世之儒士，自谓正心诚意之学者，皆风痹不知痛痒之人也。”然永嘉薛季宣贻亮书曰：“以同父天资之高，检察之至，信如有见，必能自隐诸心。如曰未然，则凡平日上论古人，下观当世，举而措之于事者，无非小知谀闻之累，未可认以为实。第于事物之上，习于心无适莫，则将天理自见，持之以久，会当知之。”则以正心诚意为经世致用之本，而欲有以规亮矣。

薛季宣及其徒陈傅良、叶适，问学主于经世，与吕祖谦、陈亮同；而文章不为苏轼，则与吕祖谦、陈亮异。盖南渡以来，尚苏轼文，学者翕然诵习，而蜀中尤盛，语曰：“苏文熟，吃羊肉。苏文生，吃菜羹。”及陈傅良为举子业，其所论著如《六经论》等文，所在流播，文体一变；而傅良之学，则出于薛季宣者也。

薛季宣，字士龙，号艮斋，永嘉人。六岁而孤，从伯父敷文阁待制宦游，逮事过江诸贤，闻中兴经理大略，喜从老校退卒语，志意荦荦。十七岁，从妻父荆南帅孙汝翼辟书写机宜文字；事孝宗，累官大理寺正，知湖州，移常州。与朱熹、吕祖谦讲学往来。熹谈心性；祖谦重事功，而季宣欲以正心诚意之学，成辅世长民之功。其为学于人无不友，必略短而取长；于书无不读，必通今而据古。每以口耳之习，为学者之戒。百氏群籍，山经地志，断章缺简，研索不遗，过故墟废都，环步移日以验其迹，参绎融洽。凡疆里卒乘，封国行河，久远难分明者，听其讲画，缕贯脉连，于古必有合，于事必可行。莅官所至，文武之职不同，随所措施，而寓通经学古之意，于簿领期会之间。其后同郡陈傅良、叶适递相祖述，蕲于经世致用，可见之行事；而永嘉之学，遂以异军突起，则季宣为之开山也。传有《浪语集》三十五卷。南宋作者，诗多出西江，生拗粗硬以为杰；文好斅东坡，疏快驰骋以肆辩。而季宣独不为风气所囿。诗五言古流连光景，饶有理趣，能以朗丽出恬适，而悠远隽永，超以象外，极似王维学陶之作；顾亦有警丽遒隽斅鲍照者。七言古挥斥纵横，出以顿挫，时得杜陵之沉郁，而不为梅圣俞之促数，黄庭坚之槎枒。文则学古功深，辞赋力摹骚汉，而时臻瑰伟；祝告范制典诰，而特为矜重；序跋依仿刘向刘歆，而能挈要领；序记亦拟司马迁班固，而出以弘润；至于书牍之文，剀切敷陈，通达事理，而辞气重难，不如苏轼之放言高论，孔子所谓"仁者其言也讱"。若陈亮之为苏轼，则不免"其言之不怍，则为之难"也。

陈傅良，字君举，温州瑞安人。自幼于学问心悟神解，而苦志自勉。兴化刘朔以南省第一人来为司户参军，摄教官；得其程文，以为绝出。年甚少也，而从游者众，讲业于仙岩僧舍。薛季宣相见，问所安，傅良曰："毋不敬。"季宣曰："比参倚如何？"傅良释然而归心焉。先是永嘉许景衡、周行己，亲见程颐，得其传以授永嘉学者，为儒宗。薛季宣稍后出，而加以经制；自井田、王制、司马法、八阵图之属，临军治民，蕲可施之实用。惟傅良从游最久，造诣最深，以之研精经史，贯穿百氏，综理当世之务，考核旧闻，于治道可以兴滞补弊，条画本末，粲如也。既而入太学，与吕祖谦交。祖谦为言《春秋左传》经世之旨，及本朝文献相承条序，博极群书，而于《春秋左氏》尤究圣人制作之本意，成《春秋后传》十二卷；则祖谦之所牖启也。登乾道八年进士，历孝宗、光宗、宁宗三朝，累官中书舍人侍讲，同实录院修撰，直学士院，传有《止斋先生文集》五十一卷。其为诗文，用力于古者深；惟诗则格老而味不永，笔遒而语欠警，虽当行而未名家。其可诵者，亦复顾视清高气深稳，不同江西派诗之犷俚拗蹇，盖其原出于杜甫，而卓然有以自立于风气之外者也。古文则密栗坚峭。如《民论》曰：

> 古者有畏民之君，是以无可畏之民。后之人君，狃于民之不足畏，而民之大可畏者始见于天下。嗟乎！民而至于见其可畏，其亦无及也夫！秦之先，盖七国也。自孝公至于庄襄，亟耕力战，荐食诸侯之境，历七世而并于始皇之手。吁，亦艰矣！始皇惟知天下之难合，而其患在六国，故危其社稷，裂其土地，而守置之以绝内争之衅。中国不足虑，而所以为吾忧者，犹有四夷也；于是郡桂林，城碛石，颈系百粤而却匈奴于千里之外。始皇之心，自以天下举无可虞，足以安意肆志，拱视于崤函之上，而海内宴然者万叶矣。而不知夫天下之大可畏者，伏于大泽之卒，隐于钜鹿之盗，而其睥睨觇觎者，已满于山之西、江之东也。一呼而起，氓隶云合，虽邯郸百万之师建瓴而下，而关中之地已税驾于灞上之刘季矣。呜呼！秦以七世而亡六国，而六国之民，以几月而亡秦。以秦之强，不能当民之弱；天下真可畏者，果安在乎？人君不得已而用其民以从事于敌国，可不惧哉！

其他论说如《文章策》、《策问》十四首，序跋如《义役规约序》、《跋周伯寿画猫》、《跋徐夫人手写佛经》，奏议如《绍熙三年十月□日封事》、《缴奏给事中黄裳改除兵部侍郎第二状》，书牍如《答林宗简》、《与王亚夫运使》、《谢诸司列荐》、《与史丞相》，碑志如《赵夫人墓志铭》、《胡少宾墓志铭》、《叔祖母韩氏墓志铭》、《冯司理墓志铭》、《张忠甫墓志铭》、《章端叟墓志铭》、《刘端木墓志铭》、《林民达墓志铭》、《胡彦功墓志铭》、《新归墓表》、《林懿仲墓志铭》、《族叔祖元戚墓志铭》、《洪君墓志铭》，赠序如《周子名说》，祭文如《祭张南轩》、《祭薛常州先生》、《祭林安之》、《祭张简之》、《祭郑龙图》、《祭朱处士》、《祭章端叟》、《祭张忠甫》、《祭沈叔阜》、《祭族八一叔》、《祭张国纪》、《祭郑龙图母夫人》、

《祭梁丞相》、《祭苏训直》、《祭令人张氏》，波澜老成，语无枝叶，一洗南渡后为苏文者浮夸烂漫之习；而词必典则，气能端凝，亦无讲学家言冗沓肤俚之气。内外制不拘属对，务为纯厚明切，其原出于元稹；而随职称举，诰训周尽，用意婉笃，真三代诰命之遗，宋人之所罕也。

叶适，字正则，温州永嘉人。登淳熙五年进士，历孝宗、光宗、宁宗三朝，累官宝谟阁待制，知建康府，兼沿江制置使。志意慷慨，与陈傅良切究当世之故，雅以经济自负，而张皇永嘉之学，以谓："昔周行己首闻程吕氏微言，始放新经，黜旧疏；挈其俦伦，退而自求，视千载之已绝，俨然如醉忽醒，梦方觉也。颇益衰歇，而郑伯熊出，明见天理，神畅气洽，笃信固守，言与行应；而后知今人之心，可即于古人之心矣。故永嘉之学，必兢省以御物欲者，周作于前，而郑承于后也。薛季宣愤发昭旷，独究体统，兴王远大之制，叔末寡陋之术，不随毁誉，必摭故实；如有用我，必可措施。至陈傅良学而加密，民病某政，国厌某法，铢称镒数，各到根穴，而后知古人之治，可措于今人之治矣。故永嘉之学，必弥纶以通世变者，薛经其始，而陈纬其终也。"然陈傅良精密于事为，未得其要领，犹为偏而不全；未及适之发愤于弱势，探源于纪纲之为有本有末，得其大体。传有《水心集》二十九卷。藻思英发，其为诗文，原本唐人。文则偶必错奇，得韩柳之意，不如欧苏之条达疏畅，一往不返；诗亦疏不害妍，则李杜之遗，不如黄陈之生犷拗蹇，披猖失谐；似欲力复古调，不逐时贤后尘。

诗五言古如《冯公岭》、《再过吴江赠僧了洪》、《灵岩》、《张氏东园送王恭父得殿字》、《宿石门》、《怀远堂哀巩仲至自罗浮行田宿华岩寺》、《端午思远楼小集》、《题处州翔峰阁》、《读王德甫文卷因送省试》、《林和叔见访道旧感叹因以为赠》、《上滩》，七言古如《赠讷相》、《送李郛》、《朱娘曲》、《露星亭》、《明觉寺》、《送蒋少韩》、《潘广度》、《赠林秀才》、《许敬之用余言作松山草堂然游山之意未已也申以为箴》、《寄柳秘校》、《魏华甫鹤山书院》、《题郑大惠诗卷》、《孔炼士话龙虎山之胜于其行因以送之》、《虎长老修双峰》、《赵振文在城北厢两月无日不游马塍作歌美之请知振文者同赋》、《赠祈雨妙阁黎》、《和汪提刑祈雨》、《王宗卿答春堂》，七言绝如《橘枝词三首记永嘉风土》、《余泛舟不能具舫创为隆篷加牖户焉》、《锄荒》、《营师常秉烛为人说气色戏成此绝寄题叶路分与君楼》、《送吕子阳》二绝之二、《再过云庵》、《次王道夫舟中韵》三首之一、《因在秀州寄王道夫诗》三首之一二，无排迮刻绝之迹；丽而能朗，故不腻；疏不害妍，故不野；藻丽茂典之什，而有抑扬爽朗之致，如杜牧之学杜甫也。每曰："魏晋名家，多发兴高远之言，少验物切近之实。及沈约、谢朓，永明体出，士争效之；初犹甚艰，或仅得一偶句，便已名世矣。夫束字十余，五色彰施，而律吕相命，岂易工哉？故善为诗者，取成于心，寄妍于物，融会一法，涵受万象；豨苓桔梗，时而为用，无不按节赴之，君尊臣卑，宾顺主穆，如丸投区、矢破的，此唐人之精也。然遂谓如天机自动，不待雕琢，证此地位，则不其然。功犹未深，若便要放下，随语成章，则必有退落；反不逮雕刻把握得住者。"亦可知其蕲向所在，功力所致矣！

文亦才华富有，笔势放纵。论说如《取燕》一二三、《亲征》、《实谋》、《治势》、《纪纲》一二三四、《终论》一二三四五六七、《兵论》二，序跋如《丁少詹文集序》、《松庐集序》、《法明寺教藏序》、《胡尚书奏议序》、《题唐诰书》，书牍如《与赵丞相书》，赠序如《送刘茂实行》、《送卢日新序》，碑志如《陈少南墓志铭》、《林处士墓志铭》、《陈君墓志铭》、《故太硕人臧氏墓志铭》、《厉君墓志铭》、《郭府君墓志铭》、《高夫人墓志铭》、《陈彦群墓志铭》、《丁君墓志铭》、《张令人墓志铭》、《参议朝奉大夫宋公墓志铭》、《丁少詹墓志铭》、《姚君俞墓志铭》、《宋邹卿墓志铭》、《承仕郎致仕黄君墓志铭》、《夫人薛氏墓志铭》、《高永州墓志铭》、《朝散大夫主管冲佑观鲍公墓志铭》、《庄夫人墓志铭》、《宝谟阁待制中书舍人陈公墓志铭》、《朝请大夫司农少卿高公墓志铭》、《夫人林氏墓志铭》、《林正仲墓志铭》、《夫人徐氏墓志铭》、《蔡知阁墓志铭》、《徐道晖墓志铭》、《戴夫人墓志铭》、《刘子怡墓志铭》、《刘夫人墓志铭》、《校书郎王公夷仲墓志铭》、《华文阁待制知庐州钱公墓志铭》、

《陈彦伯墓志铭》、《高令人墓志铭》、《李仲举墓志铭》、《朝请大夫主管冲佑焕章侍郎陈公墓志铭》、《太府少卿福建运判直宝谟阁李公墓志铭》、《太常少卿直秘阁致仕薛公墓志铭》、《国子监主簿周公墓志铭》、《朝奉郎致仕俞公墓志铭》、《文林郎前秘书省正字周君南仲墓志铭》、《故吏部侍郎刘公墓志铭》、《邵子文墓志铭》、《虞夫人墓志铭》、《故礼部尚书龙图阁学士黄公墓志铭》、《太学博士王君墓志铭》、《直龙图阁致仕沈公墓志铭》、《宜人郑氏墓志铭》、《宝谟阁待制知隆兴府徐公墓志铭》、《中奉大夫尚书工部侍郎曾公墓志铭》、《毛积夫墓志铭》、《徐文渊墓志铭》、《夫人陈氏墓志铭》、《郑景元墓志铭》、《中大夫直敷文阁两浙运副赵公墓志铭》、《赵孺人墓志铭》、《故知广州敷文阁待制薛公墓志铭》、《故朝奉大夫知峡州宋公墓志铭》、《故大宗丞兼权度支郎官高公墓志铭》、《舒彦升墓志铭》、《巩仲至墓志铭》、《宣教郎夏君墓志铭》、《故大理正知袁州罗公墓志铭》、《夫人钱氏墓志铭》、《滕季度墓志铭》、《周镇伯墓志铭》、《故枢密参政汪公墓志铭》、《陈同甫王道甫墓志铭》，杂记如《司马温公祠堂记》、《绩溪县新开塘记》、《醉乐亭记》、《晋元帝庙记》、《北村记》、《温州新修学记》、《宝婺观记》、《宜兴县修学记》、《栎斋藏书记》，随笔曲注，情事都尽；而波有余渟，笔无滞机。自称："如人家觞客，虽或金银器照座，然不免出于假借。惟自家罗列者，即仅瓷缶瓦杯，然都是自家本色。"惟胸中有物，故腕下有神。而碑志之作，尤极铿锵鼓舞，如奔风逸足，和以鸣鸾，而俯仰于节奏之间，篇有余态，事可考信。如《陈同甫王道甫墓志铭》曰：

志复君之雠，大义也。欲挈诸夏、合南北，大虑也。必行其所知，不以得丧壮老二其守，大节也。春秋战国之材，无是也。吾得二人焉：永康陈亮，平阳王自中。亮，字同甫。童幼时，周参政葵请为上客；朝士白事，参政必指令揖同甫，因得交一时豪俊，尽其论议。隆兴再约和，天下欣然幸复苏息，独同甫持不可。婺州方以解头荐，著《中兴五论》，奏入，不报。后十年，同甫在太学，睨场屋士余十万，用文墨少异雄其间，非人杰也，弃去之。更名同，复上书至再。天子始欲召见，幸臣耻不诣己，执政尤不乐，复不报。又十年，亲至金陵视形势，复上书："陛下试一听臣，用其喜怒哀乐之权，鼓动天下。"上顾内禅决矣，终不报。繇是在庭交怒以为怪狂。前此乡人为宴会，末胡椒特置同甫羹胾中，盖村俚敬待异礼也。同坐者归而暴死，疑食异味有毒，已入大理狱矣。民吕兴、何北四殴吕天济，且死，恨曰："陈上舍使杀我。"县令王恬实其事。台官谕监司选酷吏讯问，数岁，无所得，复取入大理。众意必死，少卿郑汝谐直其冤，得免。未几，光宗策进士，擢第一。既知为同甫，则大喜曰："朕亲览，果不谬。"授建康军签判。同甫虽据高第，忧患困折，精泽内耗，形体外离，未至官，病一夕卒，哀哉！葬家侧龙窟马铺山，世所谓陈龙川也。

自中，字道甫。岸谷深厚，山止时行，所历虽知名胜人，或官序高重，逆占其无忧当世意；直嬉笑视，不与为宾主礼。一日，赴丞相坐；有馈鹿至，请赋之，韵得方字，摇膝朗唱曰："世间此物多谓马，宝匣还宜出上方。"相惨愠，亟入复出，出入数四。客皇恐不自得。道甫神色不异，饮啖自若，以此甚不悦于流俗。乾道四年，议遣归正人。伏丽正门争论，且曰："今内空无贤，外虚无兵，当网罗英俊，广募忠力，为中原率。"坐斥徽州。每应试，皆陈实策，无一语类时文。或笑曰："此札子也。"然竟亦得乙第。中书舍人王蔺荐于上。蔺，上所厚；得召对，上壮其貌，亲其言，改官，为籍田令。又使举其所知，将用矣，以谏官蒋继周疏罢。上徐悔，差通判郢州，遂知光化军。还朝，光宗曰："寿皇以卿属朕，姑为郎相伴乎？"公谢："臣已累寿皇，不敢复累陛下。"固请知信州。复召，以王恬疏罢。知邵州，以谢原明罢。知兴化军，以高文虎罢。是其人之于二公，非有睚眦激发之愤，肤奏噆螫之苦也，相传以嫉，望风而忌尔。然二公自料苟其人志不复君之雠，虚不足挈诸夏合南北，固不与并立矣，则进退离合之不相容，亦其势也。然党偏而方隅乱，说胜而白黑混，至使旁观不敢平论，后世不能分别，又足悲夫。道甫既罢兴化而死，始道甫乐仙坛山北之原，即其葬焉。

外戚擅事累世，必其危汉者，刘向耳。宦官擅事累世，必其亡唐者，刘蕡耳。以穷乡素士，任百年复雠之责，余固谓止于二公而已。彼舅犯、先轸，识略犹不到；公子胜、新垣衍，奚繇知之？余固谓春秋战国之材无是也。虽然，上求而用之者也，我待求而后用者也；不我用，则身藏景匿而人不能窥，必我用，则智运术展而众不能间。若夫疾呼而后求、纳说而后用者，固常多逆而少顺，易忤而难合也。二公之自处，余则有憾矣。

同甫称信州韩筋柳骨，笔砚当独步，自谓不能及；又谓今日人材众多，求如道甫仿佛，邈不可得；盖亦指文墨少异者言之，犹前意也。今同甫书具在，芒彩烂然，透出纸外，学士争诵惟恐后，则既传而信矣。道甫乃独无有，是信而不传也。鲍叔、管仲，友也；鲍卑而管贵，美在叔也。王猛、薛强，友也；王显而薛晦，过在强也。同甫得无以死后余力引而齐之，使道甫亦传而信乎？是以并志二公，使两家子弟刻于墓，若世出则碑阴叙焉。铭曰：

哦彼黍离，孰知我忧？竭命殚力，其为宗周。

古人有合传，而未有两人墓而合志者，自适创之矣。而排宕顿挫，振笔直书，感喟之意，溢于纸墨；莽莽苍苍，乃深得太史公发愤为作之意，韩愈肆意有作之势焉，抑亦文章之奇也。碑志之作，陈傅良简峻而体以洁，适则雄迈而势以横；仿佛先汉，皆不安于为苏轼之文者也。朱熹不喜苏轼之学，而亦颇诋苏轼之文。顾有为朱熹之学，而擅苏轼之文者，浦城真德秀也。

真德秀，字希元。幼而颖悟，家贫无所得书，往往假之他人，及剽学里儒，为举子业。未几，登第，为世儒宗。自朱熹以伪学禁锢，理学之书，刮禁毁绝。德秀晚出，独慨然以明道为己任，讲习服行，诏学者："且将朱文公《四书》涵泳；既深达其旨矣，然后以次及于《太极》、《西铭解》、《近思录》诸书，如此数年，则于义理之精微，不患无所见矣。又必合知行为一致，讲贯乎此，则必践履乎此，而不堕于空虚无实之病。”于是道学绝而复续，则德秀之力也。历仕宁宗、理宗两朝，拜参知政事，卒谥文忠，传有《西山先生真文忠公文集》五十一卷。其学修齐诚正，本朱熹而肤；其文洞爽轩辟，依苏轼而达。奏议急言竭论，而纡徐委备以曲尽情事，固苏文所长；碑志综事经物，而提挈顿挫而不冗，则尤苏文所短也。

第三节　陈与义　吕本中　曾几　陆游附楼钥　杨万里附范成大　永嘉四灵　严羽

南宋诗人，师法黄庭坚。庭坚于苏轼为转手，而陈与义、吕本中、曾几，又于庭坚为转手；三人之所以为转者不同，而欲化饾饤而成章，变捃摭以造语则一也。

陈与义，字去非，号简斋，洛阳人。儿时已能作文致名誉。学诗于崔德符，问作诗之要，应曰：“工拙所未论，且先免于俗。”登政和三年上舍甲科，尝作《墨梅诗》，见知于徽宗。宋室南渡，诗人凋零；惟与义巍然名宿，又以“客子光阴诗卷里，杏花消息雨声中”为高宗所赏，累擢至参知政事，传有《简斋集》十六卷，其中十四卷为诗也。

自来论江西诗者，以杜甫为一祖，而以与义继黄庭坚、陈师道为三宗。今诵其诗，创意造言，辞必己出，非同黄庭坚、陈师道之捃摭古人以夸奇骋博；而以简严敛驰骋，以雄浑代生新，跌宕昭彰，境更老成，亦与黄陈之以拗硬粗犷为老境者异趣。自言：“时至老杜极矣，苏黄复振之而正统不坠。东坡赋才大，故解纵绳墨之外，而用之不穷。山谷措意深，故游泳玩味之余，而索之益远。要必识苏黄之所不为，然后可以涉老杜之涯涘。”则知取法乎上，直探杜甫，固不屑江西门里讨生活也。

五言古如《次韵谢文骥主簿见寄兼示刘宣教》、《题刘路宣义风月堂》、《书怀示友》十首之二四、《风雨》、《观我斋再分韵得下字》、《次韵谢天宁老见贻》、《浴室观雨以催诗走群龙为韵得走字》、《夏日》、《试院春晴》、《寄题衮州孙大夫绝尘亭》二首之二、《休日早起》、《早起》、《登城楼》、《游董园》、《夏雨》、《美哉亭》、《十七夜咏月》、《独立》、《与信道游涧边》、《咏西岭梅花》、《游东岩》、《雨晴徐步》、《暝色》、《开壁置窗名曰远轩》、《六月六日夜题长乐亭》，七言古如《寄若拙弟兼呈二十家叔》、《送秘典座胜侍者乞麦》、《食齑》、《秋雨》、《送王周士赴发运使属官》，五言律如《宿资圣院阁》，五言绝如《出山》二首、《入山》二首、《与夏志宏孙信道张巨山同集涧边以散发岩岫为韵赋四小诗》，七言古如《纵步至董氏园亭》二首之一、《夏夜》二首，咸可诵览。大抵七言不如五言，古体胜于律体。而五古之作，尤工体物，融情入景，由质得研，神情傅合，丽而为朗，旁参王维，上攀陶潜，而不仅为杜之学陶。五言绝亦然。其表侄张嵲为作墓志云："公诗体物寓兴，清邃超特，纡余宏肆，高举横厉，上下陶谢韦柳之间。"谢灵运滞闷而与义遒健，固为拟非其类；然陶韦柳，则体气相为出入，其论亦非无见。《宋史》本传采之，而《四库提要》必一笔抹倒，谓"以陶谢韦柳拟之，殊为不类"。亦知其一而未知其二三也。

摘句五言如"不肯兄事钱，但欲仆命骚"，"风霜要饱经，独立晚更好"，"庭柏不受寒，依然照人绿，雾收晨光发，可玩不可掬"，"竟夜闻落木，雨歇窗如新。披衣有忙事，檐前看归云。初阳上林端，鸦背明纷纷"，"新晴草木丽，落日淡欲收，远川如动摇，景气明田畴"，"地旷多雄风，叶声无时休"，"散坐青石床，松意淡欲秋。薄雨青众卉，深林耿微流"，"修竹恬变化，依然半窗影"，"叠云带余愤，远树增新绿"，"水容淡春归，草色带雨濡"，"丛薄凝露气，群峰带春昏"，"雨后众压碧，白处纷寒梅，遥遥迎客意，欲下山坡来"，"新晴远村白，薄暮群峰青"，"雪消众绿净，雾罢群峰立"，"雨歇淡春晓，云气山腰立"，"是时雨初霁，众绿带微湿，晓泽淡不波，菰蒲觉风入"，"幽卧不知晴，樯梢见斜日。披衣起四望，天际山争出。光辉渚浦净，意气沙鸥逸"，"微阴拱众木，静夜闻孤泉"，"暝色著川岭，高低郁轮囷。水光忽到树，山势欲傍人"，"月明苍桧立，露下芭蕉舒"，"远山云迷岭，近山净如沐"，"东风所经过，林水一时绿。疏雨忽飞坠，声在道边木"，"列宿雨后明，流云月边速"，"茂林榴萼红，细雨鸳黄湿"，"见客深藏舌，吟诗不负丞"，"云气昏城壁，钟声咽寺楼"，"疏疏一帘雨，淡淡满枝花"，"两鹊翻明月，孤松立快晴"，"晴云秋更白，野水暮还明"，"古泽春光淡，高林露气清"，"雨余山欲近，春半水争流"，"云物淡清晓，无风溪自闲"，"微雨洗春色，诸峰生晚寒"，"举头山围天，濯足树映潭"，其中体物寓兴之句，清遒超逸，原本王维，而上下于陶韦柳之间，其迹不可没也。陈与义寓清新于沉鸷，吕本中以锻炼出妥帖。

吕本中，字居仁，吕祖谦之诸父也；世以别于祖谦，称曰大东莱。南渡后，累官中书舍人。其论诗尝作《江西宗派图》，列陈师道以下二十五人，而归宗于黄庭坚，盖江西诗派之所由张也。其为诗骨力坚卓，亦得法庭坚，妥帖自然过之，而才力富健不如，所以格较浑而语为驽。五言古如《夜作呈诸公》、《赠汪莘叔野》、《赠信民》、《寄张益中》、《雨后月夜怀沈宗师承务》、《遣怀》三首、《春风》、《出门见明月》、《南山》、《同狼山印老早饭建隆遂登平山堂》、《学道》、《拟古》、《早出》、《两鹤行》、《大雪不出寄阳翟宁陵》、《读秦碑》、《寄晁以道》、《杂诗》三首之"饥蚊青而化"一首、《恶木》、《宿颍昌范氏水阁》、《登太室绝顶》、《术煎》、《浮梁道中见小松数寸与蓬蒿杂出余伤之作诗寄范四弟》、《离洪州渡西江至翠微寺紫清宫》、《贞女峡》、《寺居夜起》、《送周灵运入闽浙》、《永州西亭》、《与钱逊叔饮酒分韵得鸟字》、《夜凉早起寻李贻季陆庆长所惠诗有作》、《严州春晓》、《畜犬》、《曾吉父横碧轩》，七言古如《赠谢无逸山水图歌》、《济阴寄故人》、《晁叔用得古镜二一以遗法一上人一求记于予因为作歌》、《别离行》、《送晁季一罢官西归》、《古剑歌》、《余病不能蔬食惧有五味口爽之责作诗自戒》、《夜坐》、《久雨路绝宾客稀少闻后土祠琼花盛亦未一往也》、《和赵承之》、《正月十五日试院中烹茶因阅汉碑》、《印累累》、《陵城歌》、《画马图》、《新郑路中》、《将游嵩少题石淙》、《李文若季敌访余高安留连累日临行赠之》、《送宋仲安往虔州》、《山水图》、《浯溪》、《吴傅朋游丝书》，五言律如《小园》、《晚晴》、《广陵》、《王氏郊居雨后至江上有怀诸子》、《大雪不出》、《寄崖德符》、《断桥》、《与范益谦炳文叔仪步月》，七言律如《暮步至江上用寄璧上人韵寄范元实赵才仲及从叔知止兼率山伯同赋》、《春晚郊居》、《试院中呈工曹惠子泽教授张子实》、《孟明田舍》、《雪后》、《题筠州僧房》、《夜坐》，五言绝《如梦》、《春日》、《夜雨》、《自祁门至进贤路中怀旧》二绝，七言绝如《睡》、《游北李园三绝》之一、《正月十三日河堤上作》、《昨日晚归戏成四绝》之一二、《广陵道中寒食日二绝》之一、《秋日三首》之二、《木芙蓉》、《寄临川亲旧十首》之一三，卓尔可诵，不愧吐言天拔。然格老而气不警遒，波峭而思欠沉鸷；特以视陈师道之拗而得蹇，朴而为伧，捋扯饾饤，不成片段者，则警发之意多，而锻炼之功苦，转觉后来居上矣。

摘句五言如"晴空落雁小，古木聚鸦稀"，"燕巢楼阁闲，莺语花柳静"，"乾坤已新主，草木自秋声"，"野鸟晴相唤，残萤晚自飞"，"清风不时来，晓月仍半吐"，"荒林挂落日，古寺叠疏钟"，"短檠仍有味，高枕自无缘"，"老树春难到，深檐鸟或鸣"，"草暗黄沙尽，风吹白日愁"，"好诗能愈疾，浊酒不胜浑"，"断云吹雨过，涨水没桥流"，"汤熨徒增病，文章不疗饥"，"桥断客逾少，春深花已休"，"虚庭觉气润，远视萤火湿"，"事随新境转，人与旧情疏"，"僧居隔长溪，屋古柱础润。不知市声远，但觉山色近"，七言如"树阴不碍帆影过，雨气却随潮信来"，"山似故人堪对饮，花如遗恨不重开"，"惟有双丛庭下菊，殷勤还作去年花"，"古坛背日藏芳草，小树留春放晚花"，"病去渐于文字懒，南来犹觉岁时公"，"江回夜雨千岩黑，霜著高林万叶红"，"千山不碍一月晓，北树不见南枝春"，"残花过雨飘零尽，好鸟穿林自在飞"，"低迷帘幕家家雨，淡荡园林处处花"，"平生谬欲师古人，遇事始知吾不及。正须眼底去泾渭，便自胸中无戟级"，"平生万事不如意，病后一身私自怜"，"忍穷有味知诗进，处事无心觉累轻"，"妻孥转觉为身累，岁月终难望汝留"，"往事高低半枕梦，故人南北数行书"，"溪山冷淡泥三尺，故旧飘零酒一杯"，"薄酒向人殊有味，长年于世已无求"，"山路雨余新笋出，江城春晚杂花香"，"厨烟已逐钟声远，树色初随塔影长"，"晓寒已净千山瘴，宿雾先吞万瓦霜"，"江横晚照凫鸥乱，春到空山草木香"，"荒城日短溪山静，野寺人稀鹳鹤鸣"，"午枕久拼闲事业，夜窗新有静工夫"，"雨侵田水连溪白，春入山花带蜜香"，隽语络绎，亦复朴老清新。传有《东莱先生诗集》二十卷。赣川曾几题其集曰："伏念与居仁皆生元丰甲子，又有连，雅相好也。绍兴辛亥，几避地柳州，居仁在桂林，是时年皆未五十；居仁之诗，已独步海内，几亦妄意学作诗。居仁一日寄近诗来；几次其韵，因作书请问句律。居仁教我甚至，且曰：'和章固佳，本中犹窃以为少新意。'又曰：'诗卷熟读，治择工夫已胜，而波澜尚未阔。欲波涛之阔，须令规模宏放以涵养吾气而后可。规模既大，波澜自阔，少加治择，功已倍于古矣。'"所以告于几者是也。然观本中之诗，规模欲放而未臻宏，波澜颇峻而尚欠阔；傥"所谓治择工夫已胜，而波澜尚未阔"者乎？

曾几，字吉父，赣县人。未冠，从兄官郓州，补试州学，为第一。教授孙勰，亦赣县人也，异时读诸生程试，意不满，辄曰："吾江西人属文不尔。"诸生不晓。及是持几试卷，矜语诸生曰："吾江西人之文也。"乃皆大服。已而入太学，屡中高等，以兄遗泽补将仕郎，试吏部铨中等，赐上舍出身，擢国子正，迁太学博士。时禁元祐学术以为苏黄之文者，程试文颓阘熟烂，博士弟士更相授受，少自激昂，辄摈不取曰："此元祐体也！"几独愤叹。一日，得经义绝伦，而他场已用元祐体黜，几争之不可。明日，会堂上，出其文诵之，一坐耸听称善，而持不下者亦夺气，卒列高第焉。文体为少变。南渡后，累官尚书礼部侍郎，中间以忤秦桧失职，寄居上饶茶山寺，因自号茶山居士，卒谥文清。几贯通六经，尤长于《易》、《论语》。夙兴，正衣冠读《论语》一篇，迨老不废。发于文章，雅正纯粹，而诗独遒健，传有《茶山集》八卷。其诗原出黄庭坚，而语必己出，不好隶事，为小异。初与吕本中、徐俯、韩驹唱酬。

韩驹，字子苍，蜀仙井监人。其学出苏轼，固自以为蜀学也，而吕本中列之《江西宗派图》，驹意不乐。传有《陵阳集》四卷。其诗磨淬剪截，颇涉庭坚之格；而终身改窜不已，有已写寄人数年，而追取更易一二字，其勤苦如此。

徐俯，字师川，则庭坚之甥也，亦列《江西宗派图》，然意以自为一家。庭坚赋《雪》诗，有句曰："卧听疏疏还密密，起看整整复斜斜。"而俯咏《雪》，得句曰："积得重重那许重，飞时片片又何轻。"因诵庭坚之句曰："我则不敢容易道。"意谓庭坚草率，而己语为工也。然曾几尝语人称："徐师川拟荆公'细数落花因坐久，缓寻芳草得归迟'，云'细落李花那可数，偶行芳草步行迟'。初不解其意，久乃得之，盖师川专师陶渊明者也。渊明之诗，皆适然寓意而不留于物，如'悠然见南山'。东坡所以知其决非'望南山'也！今云'细数落花'，'缓寻芳草'，留意甚矣，故易之。"盖意在以琢炼出自然也；岂以庭坚诗为琢炼者不自然，自然者不琢炼，而思有以易之乎？

吕本中尝推庭坚以诏人学诗曰："学诗当识活法。所谓活法者，规矩备具。而能出于规矩之外；变化不测，而亦不背于规矩也。是道也，盖有定法而无定法，无定法而有定法；知是者，则可以与语活法矣。谢玄晖有言：'好诗流转圆美如弹丸。'此真活法也。近世惟豫章黄公变前作之弊，而后学者知所趋向，毕精尽知，左规右矩，庶几至于变化不测。"自来学西江而宗庭坚者，偭规背矩以为变化，避熟就生以矜骨力，往往拗体破律，硬语盘空。庸知作《江西宗派图》之吕本中，乃以"流转圆美如弹丸"为好诗，以活法为法；蕲于规矩备具，而能出于规矩之外，变化不测，而亦不悖于规矩也乎？"弹丸"之语，以喻"流转圆美"，更岂体拗语蹇之谓乎！本中又言："诗欲字字响。"本中及韩驹、徐俯先后死；独几巍然老寿，而诗名益高；后生归仰，而尤袤、杨万里、范成大、陆游，皆捧手执弟子礼焉，所谓南渡四大家也。而游新变代雄，独为圆润，所谓"好诗流转圆美如弹丸"矣。少以诗贽谒曾几；

几谓曰:“君之诗,渊源殆自吕紫微。恨不一识面。”

陆游,字务观,越州山阴人。母梦秦观而生,因以其字为名,其名为字。十二岁,即工诗文。二十九岁,应浙漕举;而秦桧专国政,有孙埙以右文殿修撰就试,直欲首送,而游第一,埙次之。桧怒。明年,试礼部,又首列也,桧黜落。及桧死,始赴福州宁德簿,累迁枢密院编修官兼编类圣政所检讨官。孝宗一日问宰相周必大曰:“今代诗人有如唐李白者乎?”必大以游对。人呼为小李白。史浩荐游善词章,谙典故,召见,赐进士出身。久之,通判夔州。范成大帅蜀,辟游参议官。以文字交,不拘礼法,人讥颓放,因自号放翁,而乐蜀中风土,宿留十载。孝宗念其久外,召东归,然未尝一日忘蜀也。因题平生诗卷曰《剑南诗稿》,所以志也。顾谓“剑南乃诗家事,不可施于文”。工骑射,好击剑。而王炎先宣抚川陕,辟游干办公事。刺虎射麋,形之歌咏,而为炎陈进取之策,以为:“经略中原,必自长安始。取长安,必自渭南始。当积粟屯兵,有衅则攻,无则守。”见其意于五言绝《谒汉昭烈惠陵及诸葛公祠宇》曰:

尚想忠武公,身任社稷重。整整渭上营,气已无岐雍。

又七言绝如《感昔》曰:

五丈原头秋色新,当时许国欲忘身。长安之西过万里,北斗以南惟一人!

又《感事》曰:

鸡犬相闻三万里,迁都岂不有关中?广陵南幸雄图尽,泪眼山河夕照红。

堂堂韩岳两骁将,驾驭可使复中原。庙谟尚出王导下,顾用金陵为北门。

渭上昼昏吹战尘,横戈慷慨欲忘身。东归却作渔村老,自误青春不怨人。

其他七言古如《楼上醉书》、《游诸葛武侯书台》，七言律如《忆昔》、《秋夜思南郑军中》，七言绝如《排闷》三首，皆东归以后作。盖惓惓于渭南而以示不忘中原之意，及其老也，而封渭南伯以酬其志，遂署文集曰《渭南》也。然朱熹每虑其能太高，迹太近，恐为有力者牵挽，不得全晚节！游早求退，及宁宗即位，而韩侂胄以定策擅国，固邀之出，已归四十五年矣，起游同修国史实录院同修撰，免奉朝请，寻兼秘书监。侂胄喜游之为己起也，至出所爱四夫人擘阮琴起舞，游为词，有"飞上锦裀红绉"之语。及侂胄有南园之赐，求游为记。既而侂胄诛死，游亦以罪放。然文采风流，照耀一时。读书自怡，饮食坐卧，必与书俱；每至欲起，书围绕左右，转身不得。有客造谒，不知所从入，入则不能出，相与大笑，名曰书巢。至八十五岁而死。传有《剑南诗稿》八十五卷，《渭南文集》五十卷。

游才气超逸，少历兵间，晚栖农亩，中间浮沉中外，在蜀之日为多。其感激悲愤，爱国忧时之诚，一寓于诗；酒酣耳热，跌荡淋漓，至于渔舟樵径，茶碗炉熏，或雨或晴，一草一木，莫不著为歌咏以寄其意，多至万首。传者谓其得法曾几，而原出吕本中。然游之于本中，未尝奉手；而于曾几，亦仅知己之感而已，未尝有请业请益之事也。盖吕本中、曾几皆江西诗派之健者，以黄庭坚为宗；而游之于庭坚，称其书法，访其游踪，具见诗稿文集，顾无一言及其诗。诗稿有《读渊明诗》、《读李杜诗》、《读岑嘉州诗》、《读王摩诘诗》、《读乐天诗》、《读韩致光诗》、《读许浑诗》、《读宛陵先生诗》、《读林逋魏野二处士诗》，而无读山谷诗之作；有《效香奁集体》、《效宛陵先生体》诸诗，而无效山谷体之诗；似在存而不论之列。固与吕本中之作《江西宗派图》，而以庭坚为宗者异趣也。自言："吾年十三四时，侍先少傅居城南山隐，偶见藤床上有渊明诗，因取读之，欣然会心。日且暮，家人呼食，读诗方乐，至夜卒不就食。自少时绝好岑嘉州诗，以为太白子美之后一人而已。十七八时，读摩诘诗最熟。近世诗人，老而益严，盖未有如东坡者也。学者或以易心读之，何哉?"所以自道诗学蕲向之所在者，大略具此，而无一字及庭坚也。至玉局观拜东坡先生画像，赋五言古诗，而以“千古尊正统”属之苏轼；则不慊庭坚，意在言外。庭坚之诗，遒宕而务为危仄，而游之诗，则遒宕而出以圆润。观其咏岑参曰：“工夫刮造化，音节配韶頀。”则欲以琢炼出圆润；咏苏轼曰：“气力倒犀象，律吕谐鸾凤。”则欲以律吕谐气力。以清新为琢炼，此游与庭坚之所同。以生拗出遒宕，盖庭坚与游之所异。吕本中、曾几宗主庭坚以祀杜甫，而游则出入梅苏以追杜甫；感激豪宕，岑参而亦兼李白；清新闲适，摩诘而参以香山；错综诸家而欲以自名一家，固非于江西门下讨生活者也。今诵所作，有感激豪宕而出以沉郁者，五言古如《风云昼晦夜遂大雪》曰：

大风从北来，汹汹十万军。草木尽偃仆，道路暝不分。山泽气上腾，天受之为云，山云如马牛，水云如鱼鼋。朝暗翳白日，暮重压乾坤。高城岌欲动，我屋何足掀。儿怖床下伏，婢恐坚闭门。老翁两耳聩，无地着戚欣。夜艾不知雪，但觉手足皲。布衾冷似铁，烧炕作微温。岂不思一饮？流尘暗空樽。已矣可奈何，冻死向孤村。

七言古如《醉后草书歌诗戏作》曰：

朱楼矫首隘八荒，绿酒一举累百觞。洗我堆阜峥嵘之胸次，写为淋漓放纵之词章。墨翻初若鬼神怒，字瘦忽作蛟螭僵，宝刀出匣挥雪刃，大舸破浪驰风樯；纸穷掷笔霹雳响，妇女惊走儿童藏。往时草檄谕西域，飒飒风动中书堂。一收朝迹忽十载，西掠三巴穷夜郎，山川荒绝风俗异，赖有美酒犹能狂。醉中自脱头上帽，绿发未许侵微霜。人生得丧良细事，孰谓老大多悲伤。

又《冬夜闻雁有感》曰：

从军昔戍南山边，传烽直照东骆谷。军中罢战壮士闲，细草平郊恣驰逐。洮州骏马金络头，梁州球场日打球；玉杯传酒和鹿血，女直降虏弹箜篌。大呼拔帜思野战，杀气当年赤浮面；南游蜀道已低摧，犹据胡床飞百箭。岂知蹭蹬还江边，病臂不复能开弦。夜闻雁声起太息，来时应过桑乾碛。

七言律如《月下醉题》曰：

黄鹄飞鸣未免饥，此身自笑欲何之？闭门种菜英雄老，弹铗思鱼富贵迟。生拟入山随李广，死当穿冢近要离。一樽强醉南楼月，感慨长吟恐过悲。

又《江楼醉中作》曰：

淋漓百榼宴江楼，秉烛挥毫气尚遒。天上但闻星主酒，人间宁有地埋忧？生希李广名飞将，死慕刘伶赠醉侯。戏语佳人频一笑，锦城已是六年留。

又《遣兴》曰：

勋业如今莫系怀，开单日日学僧斋。谗深只有天堪问，忧极浑无地可埋。看镜已成双白鬓，登山犹费几青鞋。晚来诗兴谁能那？雀噪空囷叶拥阶。

七言绝如《寝疾示儿》曰：

死去元知万事空，但悲不见九州同。王师北定中原日，家祭无忘告乃翁！

其他五言古如《寄酬曾学士学宛陵先生体》、《送韩梓秀才十八韵》、《送陈德劭宫教赴行在二十韵》、《次韵张季长题龙洞》、《太息宿青山铺作》二首、《长木夜行抵金堆市》、《壬辰十月十三日自阆中还兴元游三泉龙门十一月二日自兴元适成都市复携儿曹往游赋诗》、《宝剑吟》、《观大散关图有感》、《长门怨》、《塞上曲》、《古意》、《雨中登安福寺塔》、《步出万里桥门至江上》、《剑客行》、《别后寄季长》、《登黄州泊巴河游马祈寺》、《婕妤怨》、《书悲》二首之一（“今日我复悲”起句）、

《三江舟中大醉作》、《秋花叹》、《十月四日夜纪梦》、《感兴》（"文章天所秘"起句）、《对酒》（"新酥鹅儿黄"起句）、《致斋监中夜与同官纵谈鬼神效宛陵先生体》、《醉歌》（"读书三万卷"起句）、《雨夜书感》二首（"宦游四十年"起句）、《自规》（"陆君拙自谋"起句）、《拟古》四首（"牛迹可使圆"起句）、《夜卧久不得寐复披衣起呼灯作草书数纸乃复酣枕明旦作此诗记之》、《鼠败书》、《杂感》五首以"不爱入州府"为韵之不字韵一首、《二感》（"狸奴睡被中"起句）、《寄太湖隐者》，七言古如《喜小儿辈到行在》、《无咎兄郡斋燕集有诗末章见及敬次元韵》、《夜宿阳山矶将晓大雨北风甚劲俄顷行三百余里遂抵雁翅浦》、《往在都下时与邹德章兵部同居百官宅无日不相从仆来佐豫章而德章亦谪高安感事述怀作歌奉寄》、《夜闻松声有感》、《石首县雨中系舟戏作短歌》、《醉歌》（"老夫樯竿插苍石"起句）、《风雨中望峡口诸山奇甚戏作短歌》、《山南行》、《木瓜铺短歌》、《游锦屏山谒少陵祠堂》、《东津》、《东山》、《三月十七日夜醉中作》、《护国天王院故神霄玉清万寿宫也废圮略尽而规模尚极壮丽过之有感》、《玻璃江》、《九月十六日夜梦驻军河外遣使招降诸城觉而有作》、《成都行》、《闻虏乱有感》、《闻王嘉叟讣报有作》、《金错刀行》、《胡无人》、《蜀酒歌》、《古藤杖歌》、《春愁曲》、《客话成都戏作》、《池上醉歌》（"我欲筑化人中天之台"起句）、《病酒新愈独卧苹风阁戏书》、《对酒叹》（"镜虽明"起句）、《秋声》（"人言悲秋难为情"起句）、《观小孤山图》、《饮酒》（"陆生学道欠力量"起句）、《山中得长句戏呈周辅并简朱县丞》、《斋中夜坐有感》（"荒山为城溪作濠"起句）、《春感》（"少时狂走西复东"起句）、《游圆觉乾明祥符三院至暮》、《题醉中所作草书诗卷后》、《松骥行》、《与青城道人饮酒作》、《出塞曲》、《和范舍人永康青城道中作》、《浣花女》、《赠宋道人》、《大雪歌戏赋》、《晚登子城》、《故蜀别苑在成都西南十五六里梅至多有两大树夭矫谓之梅龙予初至蜀尝为作诗复赋一首》、《大风登城》、《醉中下瞿唐峡中流观石壁飞泉》、《怀成都十韵》、《长歌行》（"人生宦游亦不恶"起句）、《醉中怀江湖旧游偶作短歌》、《雨后极凉料简箧中旧书有感》、《十月二十六日夜梦行南郑道中》、《城西接待院后竹下作》、《读书》（“放翁白首归刻曲”起句）、《寄仗锡平老借用其听琴诗韵》、《草书歌》（“倾家酿酒三千石”起句），《读书》（“读书四更灯欲尽”起句）、《后春愁曲》、《记梦》（“夜梦有客短褐袍”起句）、《山中夜归戏作短歌》、《狂歌》（“少年虽狂犹有限”起句）、《书生叹》（“君不见城中小儿计不疏”起句）、《咸齑十韵》、《坐客有谈狄鱼眼眶之美者感叹而作》、《衰病不复能剧饮而多不见察戏作此诗》、《或以予辞酒为过复作长句》、《闻鼓角感怀》、《初冬风雨骤寒作短歌》、《书感》（“丈夫本愿脱世軏”起句）、《估客乐》、《桐江行》、《次韵和杨伯子主簿见赠》、《鲤鱼行》、《夜闻蟋蟀》、《醉卧道边觉而有赋》、《登鹅鼻山至绝顶访秦刻石且北访大海》、《城南上原陈翁以卖花为业为赋一诗》、《壬子除夕》、《避世行》、《稽山农》、《僧庐山头石》、《古别离》（“孤城穷巷秋寂寂”起句）、《赛神曲》、《书叹》（“夜深青灯耿窗扉”起句）、《董逃行》、《悲歌行》（“士如天龙马为友”起句）、《贫甚作短歌排闷》、《寒夜》（“陆子七十犹穷人”起句）、《对酒怀丹阳成都故人》、《悲歌行》（“有口但可读《离骚》”起句）、《壮士吟次唐人韵》、《寄题李季章侍郎石林堂》、《读老子次前韵》（“平生好大忽琐细”起句）、《短歌行》（“冠一免”起句）、《屠希笔》、《寒夜吟》（“仕宦孰不愿美官”起句）、《短歌行》（“富贵得意如登天”起句）、《二月二十四日夜大风异常》、《短歌行》（“上樽不解散牢愁”起句），五言律如《海中醉题时雷雨初霁》、《晚泊慈姥矶下》二首之一、《夜梦从数客雨中载酒出游分韵得游字》、《江陵道中作》、《再过龙洞阁》、《沔阳夜行》、《南沮水道中》、《行绵州道中》、《五十》、《双柏》、《宿沱江弥勒院》、《江楼》、《访杨先辈不遇因至石室》、《遥夜》、《夜意》二首、《枕上》、《寒夜》（“小隐谢城市”起句）、《冒雨登拟岘台观江涨》、《五云门晚归衰病有感》三首之一（“衰与病相乘”起句）、《题跨湖桥下酒家》、《纵笔》（“山合水将穷”起句）、《山寺》（“信步得佳寺”起句）、《夜坐》二首（“万螘披书卷”起句）、《儒生》（“儒生安义命”起句）、《七月十八夜枕上作》、《书感》（“投老羁孤久”起句）、《夜坐闻大风》、《衰疾》（"衰疾怜新鬼"起句）、《远游》（"少年游宦日"起句）、《初秋夜赋》之二（"炎熇犹未伏"起句）、《后死》，七律如《三月二十四日作》、《寄答绵州杨齐伯左司》、《吊李翰林墓》、《黄州》、《哀郢》二首之二、《夜抵葭萌惠照寺寓榻小阁》、《阆中作》二首、《驿亭小憩遣兴》、《归次汉中境上》、《书事》（"生长江湖狎钓船"起句）、《宿武连县驿》、《即事》（"渭水岐山不出兵"起句）、《登荔枝楼》、《晓出城东》、《连日扶病领客殆不能支枕上怀故山偶成》、《独坐》（"巾帽欹倾短发稀"起句）、《读胡仲基旧诗有感》、《离成都后却寄公寿子友德称》、《秋思》三首之一二（"大面山前秋笛清"起句）、《夜读了翁遗文有感》、《西楼夕望》、《牛饮市小饮呈坐客》、《自警》（"乳烹物粥遽如许"起句）、《春残》（"石镜山前送落晖"起句）、《武担东台晚望》、《行武担西南村落有感》、《次韵范文渊》、《过野人家有感》、《躬耕》（"莫信躬耕落蜀山"起句）、《晚兴》（"老病愁趋画戟门"起句），《野外剧饮示座中》、《百岁》（"百岁纷纷易白头"起句）、《和范待制秋兴》之一三、《岁晚》（"岁晚城隅车马稀"起句）、《城东马上作》二首、《晚步江上》、《病酒述怀》（"闲处天教着放翁"起句）、《醉中出西门偶书》、《华发》（"华发萧萧老蜀关"起句）、《书叹》（"历尽危涂井与参"起句）、《次韵季长见示》、《客愁》（"骑马出门无所见"起句）、《倚楼》（"减尽朱颜白发新"起句）、《寄王季夷》、《初春遣兴》三首之二三（"大隐悠悠未弃官"起句）、《初发夷陵》、《南楼》、《将至金陵先寄献刘留守》、《大雨中离三山宿天章寺》、《夜行宿湖头寺》、《得京书或怪久不通问》、《遣兴》（"小麦登场雨熟梅"起句）、《雨后独登拟岘台》、《秋思》（"黄落梧桐覆井床"起句）、《别杨秀才》、《雨村醉归》、《闲中颇有四方之志偶得长句》、《冬暖颇有春意追忆成都昔游怅然有作》、《冬夜不寐至四鼓起作此诗》、《夜饮示坐中》、《独孤生策字景略河中人工文善射喜击剑死于忠涪间感涕赋诗》、《久雨小饮》、《有怀独孤景略》、《雨夜》（"急雨如河泻瓦沟"起句）、《秋兴》二首（"白发萧萧欲满头"起句）、《浪迹》（"浪迹人间四十年"起句）、《夜步庭下有感》、《幽居书事》二首之一（"莫叹人间苦不谐"起句）、《感愤》（"今皇神武是周宣”起句）、《蓬户》（“蓬户真堪设爵罗”起句）、《夏日小宴》、《醉中夜自村市归》、《悲秋》（“病中支离不自持”起句）、《得所亲广州书》、《野饮》（“青山千载老英雄”起句）、《独酌有怀南郑》、《秋日泛镜湖憩千秋观》、《病中久废游览怅然有感》、《新年》、《因王给事回使奉寄》、《灯下阅吏牍有感》、《纵笔》二首之二（“东都宫阙郁嵯峨”起句）、《夜登千峰榭》（“夷甫诸人骨作尘”起句）、《登千峰榭》（“纵观危栏缥缈中”起句）、《自嘲》（“贪禄忘归只自羞”起句）、《衰病》（“衰病龙钟已要扶”起句）、《累日文符沓至怅然有感》三首之二三、《寓叹》（“江上霜风透皮袍”起句）、《寒夜移疾》二首、《到严十五晦朔郡醖不佳殊惘惘也》、《闭阁》（“闭阁孤城剩放佣”起句）、《感愤秋夜作》、《反感愤》、《闲中戏书》三首之三（“钓竿风月起沧洲”起句）、《舟中大醉偶赋长句》、《有感》（“温洛荣河感旧京”起句）、《幽居》三首之二三（“百顷菰蒲古泽中”起句）、《遣怀》）“秋风策策冷吹衣”起句）、《寓叹》（“荷戈常记壮游时”起句）、《冬夜读书忽闻鸡唱》（“龌龊常谈笑老生”起句）、《沽棣西酒小酌》、《遣兴》（“勋业如今莫系怀”起句）、《狂夫》（“狂夫与世本难谐”起句）、《春社有感》（“憔悴前朝白发郎”起句）、《溪上作》二首（“落日溪边杖白头”起句）、《忧国》（“恩许还山已六年”起句）、《舟中戏书》（“平生万事付之天”起句）、《蜀僧宗荣来乞诗三日不去作长句送之》、《老学庵》（“穷冬短景苦匆忙”起句）、《枕上偶成》（“放臣不复望修门”起句）、《忆昔》（“忆昔轻装万里行”起句）、《吴体寄张季长》、《对酒》（“老子不堪尘世劳”起句）、《春思》（“兀兀治聋酒未醒”起句）、《陈阜卿先生为两浙转运司考试官得予文卷擢置第一追感平昔作长句》、《五鼓起坐待旦》、《元儿子》（“禄食无功我自知”起句）、《北望感怀》（“荣河温洛帝王州”起句）、《养生》（“受廛故里老为氓”起句）、《观画山水》、《枕上作》二首之一（“萧萧白发卧扁舟”起句）、《风雨》（“七十年来乐太平”起句）、《秋思》（“利欲驱人万火牛”起句）、《自述》二首之一（“意望天公本自怜”起句）、《纵笔》四首之四（“未说无功爵位叨”起句）、《不寐》（“丽谯听尽短长更”起句）、《遣怀》（“宽衵新裁大布裘”

起句)、《冬夜对书卷有感》、《书感》("老荷宽恩许退耕"起句)、《梦中作甲子十月二日夜》、《有所感》("世事真成风马牛"起句)、《自规》("忿欲俱生一念中"起句)、《枕上作》("一室幽幽梦不成"起句)、《衰疾》("衰疾支离负圣时"起句)、《蜀汉》、《唐虞》、《秦皇酒瓮下垂钓偶赋》、《记梦》("久住人间岂自期"起句)、《秋晚》("鸡声喔喔频催晓"起句)、《绍兴辛未至丙子六年间予年方壮每遇重九多与一时名士登高于蕺山宇泰阁距开禧丁卯六十年追数同游诸公无一人在赋诗识之》、《北窗》("半世蝉嘶坐北窗"起句)、《遁迹》("遁迹荒村惯忍贫"起句)、《寓叹》二首之二("忆昔建炎南渡时"起句)、《感旧》("莫惜山翁老欲僵"起句)、《梅村夜人家小憩》、《偶思蜀道有赋》,五言绝如《秋兴》五首("秋风吹我衣"起句),七言绝如《越王楼》二首、《夜坐》("大风横吹斗柄折"起句)、《十一月三日过升仙桥作》、《过灵石三峰》二首、《灌园野兴》("玉门关外何妨死"起句)、《题四仙像之蓟子训》一首、《文章》("文章在眼每森然"起句)、《杂赋》十二首之六七("昔人莽莽荒丘里"起句)、《杂感》六首之一四(自古文章与命仇"起句)、《感事》四首("鸡犬相闻三万里"起句)、《白露前一日已如深秋有感》二首、《醉中信笔作》五首之四五("老觉人间足畏途"起句)、《观诸将除书》、《扪腹》,此原本杜甫,旁参李白岑参,而下概梅圣俞者也。

陆游诗有抑扬爽朗而出以闲适者,五言古如《舟中咏孟浩然耶溪泛舟诗"落景余清晖,轻桡弄溪渚"之句因以为韵赋诗》之景余桡三韵曰:

维舟入谷口,信步造异境。隔篱鸡犬声,满地梧楸影;瓦甑炊香稻,石泉及新井。人间苦逼仄,爱此须臾景。

老圃发如霜,见客能废锄。与坐使之年,自云八十余,老身六朝民,草舍数世居;力守远祖言,一字不学书。

朝发云根寺,暮宿烟际桥。冷萤湿不飞,潜鱼惊自跳。菱船歌袅袅,荻蒲风萧萧。平明宿鸟起,我亦理归桡。

七言律如《临安春雨初霁》曰：

> 世味年来薄似纱，谁令骑马客京华？小楼一夜听春雨，深巷明朝卖杏花。矮纸斜行闲作草，晴窗细乳戏分茶。素衣莫起风尘叹，犹及清明可到家。

又《出游归鞍上口占》曰：

> 渺渺烟波飞桨去，迢迢桑野策驴还。寄怀楚水吴山外，得意唐诗晋帖间。每惜好春如我老，谁能长日伴人闲？世间自是无兼得，勋业元非造物悭。

其他五言古如《朱子云园中观花》、《航海》、《金山观日出》、《将离江陵》、《系舟下牢溪游三游洞二十八韵》、《自兴元赴官成都》、《初入西州境述怀》、《十月十四日夜月终夜如昼》、《醉书》（“似闲有俸钱”起句）、《寓居小庵偕袤丈戏作》、《登域望西崦》、《晚步》（“院荒有古意”起句）、《寺居夙兴》、《游学射山遇景道人》、《秋日登仙游阁》、《大醉归南禅弄影月下有作》、《白鹤馆夜坐》、《南津胜因院亭子》、《登邛州谯门门三重其西偏有神仙张四郎画像》、《幽居院》、《中溪》、《心太平庵》、《宿龙华山中梅花盛开月夜独观》、《中夜对月小酌》、《月夕》（“醉从东郭归”起句）、《月夕》（“开户满庭雪”起句）、《寓怀》（“脱粟未为饥”起句）、《夜汲井水煮茶》、《盟云》、《冬夜》（“百钱买菅席”起句）、《群儿》、《与子坦子聿游明觉十二韵》、《春晚书斋壁》、《牧牛儿》、《读何斯举黄州秋居杂咏次其韵》十首之一七、《书志》（“著书汗马牛”起句）、《闲适》二首（“饮酒不至狂”起句）、《秋夜读书》（“门前客三千”起句）、《过邻家》、《杂兴十首以“贫坚志士节病长高人情”为韵》之士病长三韵、《记东村父老言》、《小饭赏菊》、《若耶村老人》、《哺猿》、《山行》（“山光秀可餐”起句）、《齿落》、《感遇》六首（“仕宦五十年”起句）、《东斋杂书》十二首之三九、《杂兴》四首（“锄草春愈茂”起句）、《书戒》（“我幼事父师”起句）、《自诘》（“修行力量浅”起句）、《近村》（“家居每思出”起句）、《修居室赋诗自警》、《病戒》、《人寿至耄期》、《晚闻庭树鸦鸣有感》、《闲行至西山民家》、《冬日斋中即事》六首、《闻吴中米价二十韵》、《夜坐戏作短歌》、《瓮池》、《文章》(“文章本天成”起句),七言古如《题阎郎中溧水东皇园亭》、《闰二月二十日游西湖》、《醉中歌》、《上巳临川道中》、《雨霁出游书事》、《岳池农家》、《木山》、《瑞草桥道中作》、《初春出游》、《八月十四夜三叉市对月》、《二月十六日赏海棠》、《步虚》四首、《吴娘曲》、《秋夜歌》、《雪晴游香山》、《东吴女儿曲》、《故山葛仙翁丹井有偃松夭矫寄题》、《示儿》(“舍东已种百本桑”起句)、《醉卧松下短歌》、《镜湖女》、《病起游近村》、《三山卜居今三十有三年作诗以示后人》、《薪米偶不继戏书》、《西湖春游》、《醉歌》(“不痴不聋不作翁”起句)、《对镜》。

五律如《溪行》二首(“篷弱鸣春雨”起句)、《幽居》(“翳翳桑麻巷”起句)、《秋风》(“秋风吹客樯”起句)、《白塔院》、《作雨不成终夜极凉井研道中》、《夜登小南门城上》、《月夜江渎池纳凉》、《睡起》、《峡州甘泉寺》、《抚州上元》、《一室》(“九万笑鹏抟》起句)、《初夏夜赋》、《小垒》、《晨起》(“倦枕廉纤雨”起句)、《游石帆玉笥石旗诸山》、《用短》(“用短定非痴”起句)、《泛舟》(“去去泛轻舠”起句)、《雨夕排闷》二首之二(“烟雨暗郊墟”起句)、《春晚杂兴》六首之三六、《暮春》(“季子黄金尽”起句)、《露坐》(“星稀避月明”起句)、《泛舟至东村》(《野水如天远”起句)、《野兴》(“荷锄通北涧”起句)、《晨起》(“鸡已参差唱”起句)、《山园书触目》、《秋晚寓叹》五首之二四(“野处仍多病”起句)、《九月十八日至山园是日颇有春意》、《遂初》、《壬戌正月十四日》、《衰疾》(“衰疾怜新鬼”起句)、《初秋》四首之二三(“藉草沾衣露”起句)、《初秋夜赋》之二(“北斗垂欲尽”起句)、《秋怀》四首之二(“苦雨无时止”起句)、《秋日次前辈新年韵》五首之五(“残年垂九十”起句)、《小江》。七言律如《二月二十四日作》、《雨晴游洞宫山天庆寺坐间复雨》、《望江道中》、《秋夜读书每以二鼓尽为节》、《寒食临川道中》、《家园小酌》二首之一、《晚泊》、《初寒》(“船尾寒风不满旗”起句)、《长木晚兴》、《赴成都泛舟自三泉至益昌谋以明年下三峡》、《深居》(“作吏难堪簿领迷”起句)、《独坐》(“巾帽攲倾短发稀”起句)、《游修觉寺》、《湖上笋盛出戏作长句》、《东湖新竹》、《寓驿舍》、《月中归驿舍》、《次韵周辅雾中作》、《平云亭》、《客多福院晨起》、《秋夜怀吴中》、《将之荣州取道青城》、《喜雨》(“黄尘赤日欲忘生”起句)、《寓舍书怀》、《成都书事》二首之一、《明日午睡至暮复次前韵》、《对酒》(“扇边生怕庾公尘”起句)、《卜居》二首(“历尽人间行路难”起句)、《闲中偶题》二首、《感事》(“青鬓当时映绿衣”起句)、《十日夜月中马上作》、《幽居》二首(“殊方漂泊向谁论”起句)、《自咏》(“华发萧萧居士身”起句)、《访昭觉老》、《昼卧》(“秋暑侵人气力微”起句)、《夜行》(“红藤拄杖扶衰病”起句),《暇日行城上同行追不能及》、《书寓舍壁》二首(“天与痴顽不解愁”起句)、《闲意》(“柴门虽设不曾开”起句)、《忠州醉归舟中作》、《客怀》(“客怀耿耿向谁语”起句)、《寓馆晚兴》(“随牒人间不自怜”起句)、《春晚》(“五十六翁身百忧”起句)、《新作山亭戏作》、《感秋》(“南山射虎漫豪雄”起句)、《泛舟》(“女墙罂匕带斜晖”起句)、《庄器之作招隐阁》、《春夏雨旸调适喜而有作》、《秋夜》(“老病龙钟不入城”起句)、《夜步》(“市人莫笑雪蒙头”起句)、《作六十二翁吟》、《新霁城南舟中夜兴》、《自咏》(“钝似窗间十月蝇”起句)、《病起小饮》(“病起新霜满鬓蓬”起句)、《冬夜读书》(“莫笑灯檠二尺余”起句)、《灯下阅吏牍有感》、《园中归戏作》、《地僻》、《吏责》、《晚游东园》、《自笑》、《秋光》(“年年最爱秋光好”起句)、《故山》二首、《寒食省九里大墓》、《自东泾度小岭闻有地可卜庵》、《暮秋书事》(“暮秋风雨卷茆茨”起句)、《闭户》(“箪瓢虚道不堪忧”起句)、《山园》(“山园寂寂闭春风”起句)、《寄宇文成州》、《春日》(“节节足足雀噪檐”起句)、《闲趣》(“老子即今双白鬓”起句)、《正月二十日晨起弄笔》、《新辟小园》六首之四五、《闲中》(“闲中高趣傲羲皇”起句)、《晨起》(“晨起梳头拂面丝”起句)、《书室明暖终日婆娑戏作长句》二首之二、《闲中富贵》、《醉中自赠之明日自和》、《夏雨初霁题斋题》、《六月二十四日夜分梦范至能诸公请予赋诗记江湖之乐诗成而觉》、《浮生》(“浮生真是寄邮亭”起句)、《闲居自适》（“自书山翁懒是真”起句）、《秋雨初霁试笔》（“墨入红丝点漆浓”起句）、《暮春》（“数间茅屋镜湖滨”起句）、《七十三吟》、《春近山中即事》三首、《初春欲散步畏寒而归》、《东窗小酌》二首之一、《夏日》四首之三（“吴中五月暑犹微”起句）、《秋思》四首之一二（“秋毫不受俗尘侵”起句）、《自遣》（“踽踽人间未死身”起句）、《新作火阁》二首之二、《祠禄满不敢复请作口号》二首之一、《春日园中作》（“杏花开过尚轻寒”起句）、《寒食日九里平水道中》、《五月七日拜致仕敕口号》二首之二、《题庵壁》二首、《晓赋》（“八月江湖风露秋”起句）、《八月九日晚赋游近山》（“羸病知难赋远游”起句）、《梦题驿壁》、《十二月二十七日夜》、《东园小饮》四首之一四（“少年万里走尘埃”起句）、《龟堂晚兴》、《五月十一日睡起》、《述怀》（“宦游轻用不赀身”起句）、《道室书事》、《立夏前二日作》、《西村》（“乱山深处小桃源”起句）、《题斋壁》（“镜水西头破茅屋”起句）、《偶作夜雨诗明日读而自笑别赋一首》、《舍西晚眺示子聿》、《自颂》（“年少宁知道废兴”起句）、《秋晓书感》、《出游暮归戏作》、《纵笔》四首之四（“未说无功爵位叨”起句）、《枕上》（“呼儿初夜上门关”起句）、《冬日》（“室中恰受一蒲团”起句）、《野兴》（“晨炊畬粟荐园蔬”起句）、《闲游》（“已破梅花一两枝”起句）、《有道流过门与之语颇异口占赠之》、《连阴欲雪排闷》、《春晚雨中作》、《东窗遣兴》、《闲游》四首之三四（“过尽僧家到店家”起句）、《遣兴》（“聒聒鸣鸠莫笑渠”起句）、《湖塘夜归》、《睡起已亭午终日凉甚有赋》、《自扁门归》、《舟中口占》（“养生妙理本平平”起句）、《出游》五首之三五（“山有蓝舆步有舟”起句）、《贫中自戏》、《风雨夜坐》、《月夕幽居有感》、《舟中坐》（“一叶轻舟一破裘”起句）、《闭门》二首之二（“衰疾厌厌不易医”起句）、《书叹》（“无能自号痴顽老”起句）、《寄子簾子聿》、《读赵昌甫诗卷》、《小雨》（“赤日炎熇势未回”起句）、《纵游》（“人事元知不可谐”起句）、《戏遣老怀》（“本意归来老故丘”起句）、《梅市暮归三山》、《春晚》（“门巷萧条老病侵”起句）、《舟行鲁墟梅市之间感赋》、《闭户》（“乞身林下养衰残”起句）、《出游归鞍上口占》、《幽居遣怀》三首之三（“习气深知要删除”起句）、《山房》（“扰扰人间岁月移”起句）、《草亭独坐》（“扫地垂帘坐草亭”起句）、《春晴登小台》、《鲁墟舟中作》、《题苏虞叟岩壑隐居》、《浴罢闲步门外而归访村老》（“强健如翁举世稀”起句）、《书意》二首之二（“秋江菰米喜新尝”起句）、《秋夜斋中》（“木落烟深江上村”起句）、《书剑》（“书剑当年遍两川”起句）、《梅村野人家小憩》、《书叹》二首之二（“尺椽不改结茅初”起句）、《书意》（“养得山林气粗全”起句）、《晚兴》（“并檐幽鸟语璁珑”起句）。

五言绝如《夏日》三首之一（“微风过中庭”起句）、《夜归》（“疏钟度水来”起句）、《北窗偶题》四首之二（“晓晴林鹊喜”起句）、《柳桥晚眺》（“小浦闻鱼跃”起句）、《日用》四首之一三（“旧好疏毛颖”起句）。七言绝如《看山》（“小葺茆茨紫翠间”起句）、《剑门道中遇微雨》、《迓益帅马上作》、《秋夜池上作》、《高秋亭》、《花时遍游诸家园十绝》、《海棠》二首、《华亭院僧房》二首之二、《杂咏》四首之一（“青羊宫中竹暗天”起句）、《江上散步寻梅偶得三绝句》、《看梅归马上戏作》五首之一三五、《道上见梅花》、《梅花绝句》十首、《雪中寻梅》二首之二、《感旧绝句》七首之四五六（“十月新霜兔正肥”起句）、《夜意》二首之一（“幌外灯青见鼠行”起句）、《小舟航湖夜归书触目》三首之一二、《闰月三夜舍西观新月》、《过杜浦桥》、《柯桥客亭》二首、《晓枕》、《马上作》、《还舍》、《社日小饮》二首之二、《小舟自红桥之南过吉泽归三山》、《题剡溪莹上人梅花小轴》、《起晚》、《欲出遇雨》、《春晚怀山南》四首、《山茶一树自冬至清明后著花不已》、《斋中杂题》四首之一三、《东窗》、《梅花》六首之三（“一花两花春信回”起句）、《园中偶题》四首之二（“春深无处不春风”起句）、《沈园》二首、《闲中自咏》二首、《恩赐龟紫》二首、《秋日杂咏》八首、《客去》、《对酒戏作》二首、《夏初湖村杂题》八首、《春日绝句》八首之一三四五六、《杂兴》十首之二四五六七九（“南山手自劚苍苔”起句）、《昔感》五首之二五、《暮秋》六首之四、《出游至僧舍及逆旅戏赠绝句》二首、《村居书事》六首之一四六、《东窗》四首（“九折危途寸步艰”起句）、《春游》四首（“方舟冲破湖波绿”

起句)、《初冬杂咏》八首之七八、《自法云归》、《春日杂兴》十二首之六七九十一十二("更事多来见物情"起句)、《窗下戏咏》三首之二三、《夏日》十二首之三四("竹根断作眠云枕"起句)。此原本白居易,上参王维孟浩然,而下概梅圣俞苏轼者也。时朱熹不慊于诗人之为江西派者,独称"放翁诗,读之爽然,近代惟见此人为有诗人风致"。大抵其诗出入宛陵东坡,上溯香山以学少陵,而以苏之谐畅,化梅之促数,而归于曲达;以杜之沉郁,参白之容易,而发其感激。

陆游诗隽语络绎,不绝于篇。写景,五言如"浪蹴半空白,天浮无尽青","月碎知流急,风高觉笛清","山形寒渐瘦,雪意暮方酣","荷空湖面阔,叶脱树枝劲","江迮滩声壮,云停雪意酣","地瘦竹无叶,风干茅有声","侵云千嶂合,披草一僧迎","市灯疏欲尽,楼月淡初生","拂天松盖偃,入水山脚插","秋灯依壁暗,夜雨挟风豪","开户满庭雪,徐看知月明。微风入丛竹,复作雪来声","向人灯欲语,绕舍露如倾","四邻悄无语,灯火正凄凉。山童亦睡熟,汲水自煎茗","雾收山淡碧,云漏日微红","孤灯如秋萤,清夜自开合","春光向客淡,夜漏为愁长","湖水绿于染,野花红欲燃","藤络将颓石,松号不断风","风声初卷野,雨气已吞山","天阔三更月,篷低一尺窗","奇云去人近,淡月傍檐低","叶凋山寺出,溪瘦石桥高","林深栗鼠健,屋老瓦松长","无情五更雨,便送一年春","木落山尽出,钟鸣僧独归","乱云俄卷尽,孤月却徐行","闲云不成雨,故傍碧山飞","幽禽窥户语,落日傍窗妍","萤孤无远照,蝉断有遗声","悲蛩草根语,孤燐竹间流","暮云如泼墨,春雪不成花","溪添半篙绿,山可一窗青","鸦翻半天黑,鹭起一川明","草生三径绿,花发一窗红","夕霭山常淡,山芜路欲迷","山深云满屋,夜静月当门","云生半岩润,麝过一林香"。

七言如"卷地黑风吹惨澹,半天朱阁插虚无","断桥烟雨梅花瘦,绝涧风霜槲叶深","山晴更觉云含态,风定闲看水弄姿","月明何与浮云事,正向圆时故故生","老柏干霄如许寿,幽花泣露为谁妍","溪鸟孤飞寒霭外，野人参语夕阳中"，"烟柳不遮楼角断，风花时傍马头飞"，"月似有情迎马见，莺如相识向人鸣"，"妍日渐催春意动，好风时卷市声来"，"山平水远苍茫外，地辟天开指顾中"，"丹枫断岸秋来早，淡日孤村客到稀"，"云如山坏长空黑，风似潮回万木倾"，"溪桥烟淡偏宜晚，野寺花迟未觉春"，"目穷落日横千嶂，肠断春风把一枝"，"月当三五初盈夜，河直西南欲落时"，"山川惨澹秋多感，灯火青荧夜少眠"，"木叶经霜浑欲尽，人家近水自相依"，"一窗萝月禁春瘦，万壑松风撼昼眠"，"遥看渔火两三点，已过暮山千万峰"，"未霜村舍秋先冷，无月江天夜自明"，"风递钟声云外寺，水摇灯影酒家楼"，"残红犹有数枝在，涨绿真成一倍深"，"浮云尽敛出青嶂，孤月徐升行碧天"，"雨余涧落双虹白，云合山余一发青"，"杨柳不遮春色断，一枝红杏出墙头"，"水落才余半篙绿，霜高初染一林丹"，"庭空日暖花自舞，帘卷巢干燕新乳"，"傍水断云含暮色，拂檐高竹借秋声"，"月昏当户树突兀，风恶满天云往来"，"墙头杨柳知秋早，窗外芭蕉受雨多"，"傍水无家无好竹，卷帘是处是青山"，"枫叶欲丹先惨澹，菊丛半倒不支持"，"闲随戏蝶忘形久，细听啼莺得意同"，"半颗鸦残墙外杏，一枝鹊袅涧边藤"，"草根萤堕久开合，云际月行时吐吞"，"乍飞乳燕低无力，自落来禽静有声"，"幽禽叶底吟风久，残雨枝间照日明"，"露浓双鹊移枝宿，风急孤萤堕草明"，"山衔落日青横野，鸦起平沙黑蔽空"，"雨声欲与梦相入，春意不随人共衰"，"山禽乍暖殷勤语，野花无风自在香"，"林暖墙头双鹊语，水清池面小鱼行"，"花睡柳眠春自懒，谁知我更懒于春"，"风高木叶危将脱，月上天河淡欲无"，"重帘不卷留香久，古砚微凹聚墨多"，"霜野草枯鹰欲下，江天云湿雁相呼"，"晓树好风莺独语，夜窗细雨燕相依"，"惜花委去常遮日，待燕归来始下帘"，"燕低去地不盈尺，鹊喜傍檐时数声"，"急雨声酣战丛竹，孤灯焰短伴残书"，"白菡萏香初过雨，红蜻蜓弱不禁风"，"雨声已断时闻滴，云气将归别起峰"，"意行舍北三差路，闲看桥西一片秋"，"一溪水浅梅枝瘦，四野云酣雪意骄"，"中庭日正花无影，曲沼风生水有纹"，"断虹千尺卷残雨，新月一钩生暮天”，“地偏幽草为谁绿，雨霁新花如许红”，“北临积水风来壮，东恨长林月上迟”，“天际挂虹初断雨，云头翳日又成阴”，“天高月破残云出，野旷风惊蠹叶飞”，“夜静月惊林鹊起，水凉风飐露荷倾”，“东窗换纸明初日，南圃移花及小春”，“木槁不知年自往，云闲已与世相忘”，“夜雨长深三尺水，晓寒留得一分花”，“小鱼出水圆纹见，轻燕穿帘折势成”，“帘栊无影觉云起，草树有声知雨来”，“月色横分窗一半，秋声正在树中间”，“寒雨似从心上滴，孤灯偏向枕边明”，“枫叶欲残看愈好，梅花未动意先香”，“取将月去辟娱客，携得云归远寄人”，“花气袭人知骤暖，鹊声穿树喜新晴”，“倚天青嶂迎船出，扑马红尘转眼空”，“花气袭人浑欲醉，鸟声唤客又成愁”，“涧深松老忘荣谢，天阔云闲任卷舒”，“钓收鹭下虚舟立，桥断僧寻别径归”，“绿叶忽低知鸟立，青萍微动觉鱼行”，“鸭冲细雨桥阴出，蝶弄微风草际来”，“孤灯无焰穴鼠出，枯叶有声邻犬行”，“横林露塔犹远见，暮霭笼山淡欲无”，“水生溪面大鱼跃，风定草头双蝶飞”，“出谷钟声知过寺，隔林人语喜逢村”，“人家远火林间见，船底微波枕上闻”，“山口正衔初出月，渡头未散欲归云”，“南临大泽风来远，东限连山月出迟”，“静爱白云归远岫，时邀明月下层峦”，“满洞晓云春酿雨，一池秋水夜涵星”，“寻深巧被闲云到，破静时闻幽鸟啼”，“水边更觉梅花瘦，云外谁怜雁影孤”。

抒慨，五言如“安知花无情，不解替人愁”，“抚事惊年往，怀人有梦知”，“乡遥归梦短，酒落客愁浓”，“阅世易成古，刳心不复春”，“老态人未觉，孤愁心自知”，“畏客常称疾，耽书不出门”，“心虽了是非，口不给唯诺”，“如今老且病，鬓秃牙齿落。仰天少吐气，饿死实差乐”，“世事粗能识，吾生安用长”，“相法无侯骨，生年直酒星”，“处世已如客，伤春无复心”，“转喉畏或触，唾面敢自拭”，“马以鸣当斥，龟缘久不灵”，“用可重九鼎，穷宁直一钱”，“生涯数畦菜，心事一溪云”，“旧交故剑在，壮志短檠知”，“饭香贫始觉，睡味老偏知”，“醉嫌天地迮，老觉岁时公”。

七言如“幽居不负秋来睡，末路偏谙世上情”，“岂是天公无皂白，独悲世俗异酸咸”，“吾道将为天下裂，此心难与俗人言”，“万事可怜随日出，一生常是伴人忙”，“自信前缘与人薄，每求宽地寄吾狂”，“痴顽直为多更事，莫怪胸怀抵死宽”，“但恨见疑非节侠，岂忘小忍就功名”，“道废尚书犹乞米，时来校尉亦封侯”，“老病已全惟欠死，贪嗔虽断尚余痴”，“青山是处可埋骨，白发向人羞折腰”，“平生不可俗子眼，后世谁知吾辈心”，“一樽何处无风月，自是人生苦欠闲”，“纷纷万事反乎覆，落落一身淹此留”，“已因积毁成高卧，更借阳狂护散才”，“人情静处看方见，诗句穷来得最多”，“万事看山差入眼，百年把酒独关身”，“志士凄凉闲处老，名花零落雨中看”，“扫榻欲招贫与语，杜门聊以醉为乡”，“衰容病后如添岁，遥夜冬来抵过年”，“镜明不为人藏老，酒薄难供客散愁”，“薄俗更堪开眼看，老翁宁办折腰趋”，“强颜懒复看人面，何地真堪着此身”，“世味老来无奈薄，土思病后不胜浓”，“人情正可付一笑，生世元知无百年”，“得闲要及身安日，到死应无睡足时”，“壮心自笑老犹在，狂态极知人不容”，“太阿匣藏不见用，孤愤书成空自哀”，“衰迟更觉岁时速，疏贱空先天下忧”，“壮心无复在千里，老气尚能横九州”，“世事熟看无一可，古人不作与谁评”，“痴腹何由有鳞甲，俗情自未去皮毛”，“屈子所悲人尽醉，郦生常谓我非狂”，“绝世本来希独立，刺天不复计群飞”，“纵旷劫来俱有死，出青天外始无愁”，“神仙不死成何事，只向西风感慨多”，“寸心未与年俱老，万事惟凭酒暂忘”，“戆愚酷信纸上语，老病犹先天下忧”，“天下可忧非一事，书生无地效孤忠”，“议论孰能忘忌讳，人才正要越拘挛”，“正令未死有几日，那得残年丛百忧”，“英雄到底是痴绝，富贵但能妨醉眠”，“吾心本自同天地，俗学何知溺粃糠”，“睡少始知愁有力，病深方叹药无灵”，“发无可白方为老，酒不能赊始觉贫”，“此身幸已免虎口，有手但能持蟹螯”，“钱多孰谓可使鬼，人定何尝能胜天”，“大事竟为朋党误，遗民空叹岁时遒”，“万事已随春枕断，故人何啻晓星疏”，“十事真成九败意，一春知复几衔杯”，“交情最向病中见，世事常于醉后齐”，“四海故人强半死，一襟清泪对谁倾”，“人生十事九堪叹，春色三分二已空”，“浩歌纵酒愁仍在，作意观书睡已来”，“造物偶容穷不死，众人共养老无能”，“欲寻共语人难得，却是封侯印易求”，“旧交只有青山在，壮志旨因白发休”，“上策莫如扃户坐，苦闲犹复取书看”，“方书无药医治老，风雨何心断送春”，“大道岂容私学裂，专门常怪世儒非”，“每惜好春如我老，谁能长日伴人闲”，“古人亦自逢时少，吾辈何疑忤俗多”，“静觉此身犹外物，懒思与世永相忘”，“细看高人忘宠辱，始知吾辈可怜伤”，“只知闲味如茶永，不放羁愁似草长”，“安乐本因无事得，功名常忌有心求”，“门无客至惟风月，案有书存但《老》《庄》”，“花如解笑还多事，石不能言最可人”，“一生忧患如山重，此日安闲抵蜜甜”，“太空不碍云舒卷，高枕宁论梦短长”，“万卷虽多当具眼，一言惟恕可铭膺”，“止足极知于道近，痴顽更喜与人疏”，“党祸本从名辈出，弊端常向盛时生”，“欹枕旧游来眼底，掩书余味在胸中”，“闲知睡味甜如蜜，老觉羁怀淡似秋”，“此心少忍便无事，吾道力行方有功”，“无意诗方近平淡，绝交梦亦觉清闲”，“身游与世相忘地，诗到令人不爱时”，“诗才适意宁求好，醉即成眠不暇狂”，“花开款款宁为晚，诗出迟迟却是晴”，“正使老来无老伴，未妨闲处作闲人”，“是非无定言何益？穷达徐观得孰多”，“客散茶甘留舌本，睡余书味在胸中”，则尤练达人情，洞明世故，矜平躁释，味之无穷。大抵托物抒兴，因事见道，称心而出，振笔以书；而不以饾饤成语，融裁古人为功；此亦所以异于黄庭坚而不欲逐其后尘。

黄庭坚言：“老杜作诗，退之作文，无一字无来处。盖后人读书少，故谓韩杜自作此语耳。古之能为文章者，真能陶冶万物，虽取古人之陈言，入于翰墨，如灵丹一粒，点铁成金者也。”此庭坚之所以告其外甥洪刍。而陆游则曰：“今人解杜诗，但寻出处；不知少陵之意，初不如是。且如《岳阳楼》诗：‘昔闻洞庭水，今上岳阳楼。吴楚东南坼，乾坤日夜浮。亲朋无一字，老病有孤舟。戎马关山北，凭轩涕泗流。’此岂可以出处求哉？纵使字字寻得出处，去少陵之意益远矣。

盖后人元不知杜诗所以妙绝古今者在何处，但以一字亦有出处为工。如《西昆酬倡集》中诗，何曾有一字无出处者，便以为追配少陵可乎？且今人作诗，未尝无出处；若为之笺注，亦字字有出处，但不妨其为恶诗耳。"不知所谓"今人作诗"者何指，傥亦可玩味耶？

陆游以诗名一代，而文章不甚著，有诗《与儿辈论李杜韩柳文章偶成》曰："吏部仪曹体不同，拾遗供奉各家风。未言看到无同处，看得同时已有功。"则知用力于韩柳者深，然而不为韩柳。议论疏快同苏轼，而意尽则言止，差逊轼之澜翻不竭。碑传清省似欧阳修，而语宕则气舒，差有修之情韵不匮。不大声色，此所以为宋人之文，而不同于韩柳。不极驰骋，此所以为陆子之文，而亦异于轼辙。大抵古人之所难言者，而游抒之以容易；古人之所直言者，而游出之以深婉；于诗然，于文亦然。其咏《文章》一诗，有曰："文章本天成，妙手偶得之。粹然无瑕疵，岂复须人为？君看古彝器，巧拙两无施；汉最近先秦，固已殊淳漓。胡部何为者？豪竹杂哀丝。后夔不复作，千载谁与期。"则固以随时为义，而不以敩古为高。自言："某少之时，学文而不工；及其老，妄意于道，亦未敢为得也。虽然，科举之文，固亦尊王而贱霸，推明六艺而诵说古今，虽小出入，要其归，亦何负于道哉。若言之而弗践，区区于口耳而不自得于心，则非独科举之文为无益也。近时颇有不利于场屋者，退而组织古语，剽裂奇字，大书深刻以眩世俗；考其实，更出科举下远甚，读之使人面热，果可言文章乎？故自科举取士以来，如唐韩氏、柳氏，吾宋欧氏、王氏、苏氏，以文章擅天下，莫非科举之士也。此无他，徒以在场屋时，苦心耗力，凡陈言浅说之可病者，已知厌弃，如都市之玉工，珉玉杂治，积日既久，望而识之矣；一旦取荆山之璞，以为黄琮苍璧，万乘之宝，珉其可复欺耶？今不利场屋，而名古之文者，往往未尝识珉者也，安知玉哉？"乃至不以科举之文为非文；而组织古语，剽裂奇字，大书深刻以眩世俗而名古之文者，且訾之谓未尝识珉焉。则其不以拟古剽窃为文，意尤明白。而跋《前汉通用古字韵编》，则曰："古人读书多，故作文时偶用一二古字，初不以为工;亦不自知孰为古,孰为今也。近时乃或钞缀《史》、《汉》中字入文辞中,自谓工妙;不知有笑之者。偶见此书,为之太息,书以为后生戒。”不啻发声征色。故其自为文,以自然省净为美,而祛拟古剽窃之病。

序跋如《容斋燕集诗序》、《云安集序》、《持老语录序》、《师伯浑文集序》、《晁伯咎诗集序》、《徐大容乐府序》、《吕居仁集序》、《会稽志序》、《跋真庙赐冯侍中诗》、《跋武威先生语录》、《跋周茂叔通书》、《跋唐修撰手简》、《跋历代陵名》、《跋晁百谷字叙》、《陵阳先生诗草》、《跋东坡诗草》、《跋傅正议至乐庵记》、《跋李庄简公家书》、《跋兰亭乐毅论并赵岐王帖》、《跋刘凝之陈令举骑牛图》、《跋张监丞云庄诗集》、《跋巴东集》、《跋吕侍讲岁时杂记》、《跋范巨山家训》、《跋张安国家问》、《跋居家杂议》、《跋朱新仲舍人自作墓志》、《跋乐毅论》、《跋东方朔画赞》、《跋王右丞集》、《跋韩晋公牛》、《跋画橙》、《跋范元卿舍人书陈公实长短句后》、《跋韩干马》、《跋林和靖帖》、《跋松陵倡和集》、《跋花间集二首》、《跋韩晋公子母犊》、《跋韩立道所藏兰亭序》、《跋曾文清公奏议稿》、《跋曾文清公诗稿》、《跋周侍郎奏稿》、《跋张魏公与刘察院帖》、《跋唐昭宗赐钱武肃铁券文》、《跋司马端衡画传灯图》、《跋秦淮海诗》、《跋柳书苏夫人墓志》、《跋傅给事竹友诗稿》、《跋陈予所藏乐毅论》、《跋詹仲信所藏诗稿》、《跋陈伯予所藏兰亭帖》、《跋程正伯所藏山谷帖》,辞赋如《禹庙赋》、《丰城剑赋》,书启如《贺谢提举启》、《贺汤丞相启》、《贺叶枢密启》、《贺龚参政启》、《知严州谢王丞相启》、《贺留枢密启》、《贺贾大谏启》、《贺周丞相启》、《上虞丞相书》、《答邢司户书》、《答陆伯政上舍书》,奏议如《论选用西北士大夫札子》、《壬午十一月上殿札子》三首之二、《上二府论都邑札子》、《己酉四月十二日上殿札子》二首之一。

碑传、杂记、铭赞,如《南唐书》宋齐丘、周宗、徐锴、查文徽、边镐、周本、柴克宏、何敬洙、王会、刁彦能、徐玠、高审思、钟谟、常梦锡、史虚白、沈彬、陈曙、陈陶、江梦孙、毛炳、刘彦贞、陈觉、李德诚建勋父子、皇甫晖、冯延巳延鲁兄弟、孙忌、韩熙载、朱元、刘仁赡、张易、郭廷谓、张彦卿、林仁肇、卢绛、陈乔、萧俨、卢郢诸传，及《姚平仲小传》、《陈君墓志铭》、《曾文清公墓志铭》、《青阳夫人墓志铭》、《陆孺人墓志铭》、《浙东安抚司参议陆公墓志铭》、《山阴陆氏女女墓铭》、《尚书王公墓志铭》、《杨夫人墓志铭》、《陆郎中墓志铭》、《中丞蒋公墓志铭》、《吕从事夫人方氏墓志铭》、《夫人陈氏墓志铭》、《方伯謩墓志铭》、《程君墓志铭》、《夫人樊氏墓志铭》、《求志居士彭君墓志铭》、《孙君墓表》、《何君墓表》、《祖山主塔铭》、《定法师塔铭》、《良禅师塔铭》、《高僧猷公塔铭》、《别峰禅师塔铭》、《海净大师塔铭》、《松源禅师塔铭》、《退谷云禅师塔铭》，杂记如《书浮屠事》、《书杜觉笔》、《书二公事》、《云门寿圣院记》、《灊亭记》、《烟艇记》、《复斋记》、《王侍御生祠记》、《东屯高斋记》、《乐郊记》、《对云堂记》、《静镇堂记》、《藏丹洞记》、《筹边楼记》、《铜壶阁记》、《抚州广寿禅院经藏记》、《成都犀浦国宁观古楠记》、《书巢记》、《景迂先生祠堂记》、《建宁府尊胜院佛殿记》、《严州重修南山报恩光孝祠记》、《会稽县重建社坛记》、《广德军放生池记》、《镇江府驻札御前诸军副都统厅壁记》、《居室记》、《智者寺兴造记》、《常州奔牛闸记》、《盱眙军翠屏堂记》、《上天竺复庵记》、《东离记》、《南园记》、《桥南书院记》、《天彭牡丹记》，铭赞如《梅子真泉铭》、《司马温公布被铭》、《蛮溪砚铭》、《王仲信画水石赞》、《大洪禅师赞》，咸可诵览，根柢不必其深厚而修洁有余，波澜不必其壮阔而尺寸不失，论者以士龙清省为比，固其宜也。然碑传含铿訇于渟蓄，饶有欧味；短题小记，以谈言为微中，尤擅苏笔；盖欧韵而苏笔，余味有在清省之外，特笔意之得于苏者为多。

深通禅乘，能传其人，所为《别峰禅师塔铭》、《松源禅师塔铭》、《大洪禅师赞》，一声棒喝，触处洞然，辞指精诣，欧阳未有也。如《别峰禅师塔铭》曰：

> 南山自长安秦中西南驰，为嶓为岷。岷东行，纡余起伏，历蛮夷中，跨轶且千里，然后秀伟特起，为三峰，摩星辰，蓄雷雨，龙

蟠凤翥，是名峨眉山。通义、犍为二郡，实在其下。人钟其气，为秀民杰士，出而仕者，固多以功业文章擅名古今；至于厌薄纷华，弃捐衣冠，木食涧饮，自放于尘垢声利之外，而不幸为人知，不能遂其隐操，亦卒至于光显荣耀者，如别峰禅师是也。

师，名宝印，字坦叔，生为龙游李氏子，世居峨眉之麓。少而奇警，日诵千言，然不喜在家，乃从德山院清远道人得度。自成童时，已博通六经及百家之说，至是复从华严起信诸名师，穷源探赜，不高出同学不止；论说云兴泉涌。众请主讲席，谢不可。圜悟克勤禅师有嗣法上首安民号密印禅师，说法于中峰道场；乃挈一笠，往从之。一日，密印举僧问："岩头起灭不停时，如何岩头?"叱曰："是谁起灭!"师豁然大悟。自是室中锋不可触。密印恨相得之晚。会圜悟自南归成都昭觉，乃遣师往省；因随众入室。圜悟举从上诸圣以何法接人，师举起拳。圜悟曰："此是老僧用者；孰为从上诸圣用者?"师即挥拳。圜悟亦举拳相交，大笑而罢。圜悟难异之曰："是子他日必类我。"师留昭觉三年，密印犹在中峰，以堂中第一座致师。师辞。密印大怒曰："我以法得人；人不我传，尚何以说法为!"欲弃众去。众皇恐，亟趋昭觉，罗拜恳请。圜悟亦助之请，始行。道望日隆，学者争归之！虽圜悟、密印不能掩也。久之，南游，见沩山佛性泰、福严月庵果、疏山草堂清，皆目击而契。或以第一座留之，师潜遁以免。

最后至径山，见大慧杲。大慧问曰："上座从何处来?"师曰："西川来。"大慧曰："未出剑门关，与汝三十棒了也。"师曰："不合起动和尚。"时径山众千七百，虽耆宿名衲，以得栖笠地为幸；顾为师独扫一室。堂中皆惊。大慧南迁，师亦西归，始住临邛凤凰山，举香嗣密印；历往广汉崇庆、武信东禅、成都龙华、眉山中岩，复还成都住正法。道既盛行，士大夫亦喜从之游；筑都不会庵，松竹幽邃。暇日，名胜毕集，闻师一言，皆自谓意消；稍或间阔，辄相语曰："吾辈鄙吝萌矣。"其道德服人如此。

俄复下硖，抵金陵。应庵华方住蒋山，馆师于上方，白留守张公焘，举以代己。师闻，即日发去。会陈丞相俊卿来为金陵，以保宁延师；俄徙京口金山，学者倾诸方。金山自兵乱后，虽屡葺，莫能成；至是始复大兴，如承平时而有加焉。异时居此山，鲜逾三年者。师独安坐十五夏。潭帅张公孝祥尝延以大沩山，师与张公雅故，念未有以却，而京口之人，自郡守以降，力争之，卒返潭使。魏惠宪王牧四明，虚雪窦来请。师度不可辞，乃入东，凡住四年，乐其山林，有终老之意。而名益重，被敕住径山，淳熙七年五月也。

七月，至行在所。至尊寿皇圣帝降中使召入禁中，以老病足蹇，赐肩舆于东华门内，赐食于观堂，引对于选德殿，特赐坐，劳问良渥。师因举古宿云："透得见闻觉知，受用见闻觉知，不堕见闻觉知。"上悦曰："此谁语？"师曰："祖师皆如此提倡，亦非别人语。"上为微笑。时秋暑方炽，师再欲起；上再留，使毕其说，乃退。后十余日，又命开堂于灵隐山，中使赍赐御香，恩礼备至。十年二月，上制《圜觉经注》，遣使驰赐，且命作序。师乃筑大阁秘奉以侈上恩。师老，益厌住持事。门人惧其远游不返，相与筑庵于山北，俟其归。今上在东宫，书"别峰"二大字，榜之。十五年冬，奏乞养疾于别峰，得请。明年，上受内禅，取向所赐宸翰，识以御宝，复赐焉。绍熙元年冬十一月，忽往见今住山智策，告别。策问行日。师曰："水到渠成。"归取幅纸，大书曰："十二月七日夜鸡鸣时。"如期而化。奉蜕质返寺之法堂，留七日，颜色精明，须发皆长，顶温如沃汤。是月十四日，葬于别峰之西冈。寿八十有二，腊六十有四。得法弟子：梵牟、宗性、道奇、智周、慧海、宗璨等，得度弟子：智穆、慧崇等，百四十有七人。有慧绰者，山阴陆氏子，当以荫得官，辞之；从师祝发，又得记莂，遁迹岩岫，终身不出。师既示寂，上为敕有司定谥曰慈辩，且名其塔曰智光，庵曰别峰，极方外之宠。

师说法数十年。所至，门人集为语录。晚际遇寿皇，被宸翰咨询法要，皆对使者具奏。将化，说偈尤奇伟，已别行于世，此不悉著。三年三月，法孙宗愿走山阴镜湖，属某铭师之塔。某与师交最久，尝相约还蜀结茅青衣唤鱼潭上。今虽老病，义不可辞。铭曰：

圜悟再传，是为别峰。坐十道场，心法之宗。渊识雄辩，震惊一世，矫乎人中龙也。海口电目，旌期称道，卓乎涧壑松也。叩而能应，应已能默，浑乎金钟大镛也。师之出世，如日在空。升于旸谷，不为生；隐于崦嵫，其可以为终乎？

唐僧多律，宋释多禅。柳宗元、刘禹锡善志律师，而陆游及鄞人楼钥导扬禅宗，亦各以其时也。

楼钥自明非学佛者，而深得禅意，所为《径山涂毒禅师塔铭》、《天童大休禅师塔铭》、《瑞岩石窗禅师塔铭》、《雪窦足庵禅师塔铭》、《瑞岩谷庵禅师塔铭》、《延庆月堂讲师塔铭》，抉幽发隐，左右逢源，如可挹酌；而取舍廉肉，辞义可诵。如《雪窦足庵禅师塔铭》曰：

师，讳智鉴，滁之全椒人，俗姓吴。自儿时，已喜佛书，每以白纸为经，跏趺端坐诵之，琅琅然。母尝与洗手疡，因曰："是什么手？"忽对曰："我手是佛手。"遂视母大笑。少长，日记经文千余言；连遭亲丧，决意出家，誓修苦行以报罔极之恩。真歇禅师方住长芦，径往依投。一见异之。师勤苦精进，终岁胁不至席。大休小珏禅师领千七百众，为首座，独指师为法器，曰："汝当振吾宗。"已而侍真歇来四明，至补陀山，遇群盗蜂起，避地之马秦，骇浪翻空，举舟惊惧。师坐篷外，独不沾湿。真歇益异之。会京城三藏道法师讲菩萨戒。师受戒已，背若负万金然。道曰："汝真得上乘戒之证也。"徐即身轻。真歇住雪峰，服勤三载，虽日亲示诲，终未超彻。复回四明，遁于象山县之郑行山，乃海岸孤绝之处，相传山有怪妖不可入，人亦多以惊异逃归。师曰："吾为法忘形，何惧耶？”乃即山中盘石，缚茅为庵。地高无泉脉。师祷曰：“吾办道来此，山神其惠吾泉！”因锄小坎，移时而水溢。食不继，则啖松枝以疗饥。时绍兴二年也。一日，有巨蟒入庵，矫首怒视；越数日，复旋绕于床。师不顾而去。夜闻庵后岩谷震响如霆击。旦起视之，有巨石飞坠，越庵而立于门；并庵大木，皆为之摧拉。变怪百出，略可记者如此。师不为动，终不能害也。

明年正月十四夜，于深定中豁然开悟。师自念云：“威音王以前，无师自证。威音王以后，无师自证者，皆天魔外道。”遂下山，见延寿然曰：“日来肚大无物可餐，庵小无床可卧。若能与食展庵，则住；不然，则去。”然与师反复问答，不能屈，因叩师见地。师云：“一坐四旬，身心莹彻，忽尔古镜现前，非由天降，不从地出，自是本有垢净光通，不劳心力自照也。昔真歇尝于室中举问‘一物上拄天，下拄地，常在动用中；动用中，收不得，是什么物得恁么？’而今照破，方知天盖不及，地载不起；唤作古镜，亦是谤他。遂有颂云：‘个镜光流遍刹尘，鉴照无碍体难分。群灵巨德皆称妙，凡圣无非里许身。’”然云：“不易到者田地。”师至陈山，欲航海。或指曰：“此郑行山中肉身菩萨也。”人皆环绕求偈。时天大风不可渡。师谓篙人曰：“吾为汝借风。”洎登舟，俄顷而济。抵岸，则逆风如故。径至岳林，见大休云：“久违尊颜。即不无悟。如何是同风不间底人？”珏云：“井底虾蟆吞却月。”师云：“宾主不立，报化平吞。”珏云：“向宾主不立处道。”师云：“不辞道，恐涉唇吻。”珏云：“只今将什么抵对？”师云：“不借。”珏云：“佛祖不奈尔何。”师礼拜，遂令受具。闻翠山宗白头机锋峻峭，往叩焉。时师方为岳林行匄，担二布囊，随得即受，备历艰勤，人所不堪。宗云：“为众竭力，不无其劳。”师云：“须知有不劳者。”宗云：“尊贵位中收不得时何如？”师云：“触处相逢不相识。”宗云：“犹是途中宾主，作么生是主中主？”师曰：“丙丁吹灭火。”宗以手掩师口。师拂袖出。宗迁雪窦，挽师偕行，荷负众事，会法新饬，且命为师众普说。宗叹曰:"吾生有耳未尝闻也!"丛林愈加敬焉。宗乃宏智高第,师因造宏智室,动辄深契。二十四年,遂举住栖真,隆兴二年,移定水。

侍郎赵公子潇闻师名,属侍御王公伯庠制疏,备开堂礼,嗣法大休,实曹洞十一世孙也。乾道五年,退席,遂之天台。八年,嗣秀王来镇,请住广慧。淳熙四年,皇子魏惠宪王请住香山。七年,参政范公移主报恩。十年,遂归西山,为终焉计。十一年,雪窦虚席,众皆以师为请。师念明觉知觉场,勉为起废,一住八载。所在这俗归仰,至是尤盛;随力葺理,内外一新。绍熙二年,谢事,止于寺之东庵。太守林公枅稔闻道价,命师再住;不从,必欲识面。既见,问道终日,致请益坚,力辞而归。三年七月乙未,示疾。己亥,亲笔遗书晦日以道具抄录。八月哉生魄夜分,戒其徒曰:"吾行矣。送终,其务简约,勿用素服哀恸。"言讫,书偈趺坐而化。时暴雨疾风,震动山谷,人尤嗟异。四远闻者,奔赴尽哀;于是相与建塔于山之左,戊午,奉全身以葬。寿八十八,腊五十三。嗣法及受度三十余人。

师素与余厚。在雪窦,作锦镜以蓄飞雪上流,为一山奇观,尝为之记。师且死,手书遗余告别,以大休塔铭为属。余既铭之。师之徒又以此请,不忍拒也。余不习释氏学。然闻古德相与传授之际,多藉导师有以启发之;惟师根器过绝人,自誓不悟不为僧,则识趣已不凡。操心如铁石,视身犹土芥,又有人所不能及者。初虽久依真歇,郑行之居,略无怖畏,非有师传而遂得道,禅门少见其比。是时自觉般若有灵,真有饥则一与之食,寒则一与之衣之验。夜行深雪,自然得路,若有阴相,自以为大千世界,无如我者。一见大休,诵言所历。休徐曰:"但尽凡心,勿为异解。"师为之濯然意消而归心焉。师天资朴厚,见地真实,业履孤峻,苦行坚密,至死不少变。等慈接物,法施不吝。具大辩才,浩博无碍。为人说法,或自晓至暮,或自昏达旦,至连日,亦无倦色，音吐洪畅，晚亦不衰，闻者耸服。学徒每出衣资，请师演说，此尤禅林所未有也。云深火冷，尸居渊默，有召之者，虽祁寒隆暑，不拒。一毫施利，悉为公用，丈室萧然；故六主废刹，积逋动数千缗，不过期月，百废具举。若祷雨旸，救疾苦，其应如响。神祠烹宰物命，辄为易以素馔。有藏其须发而得舍利者，地皆世俗所创见，师不欲人言之，以为非此道之极致，使其有之，亦皆师之余也。师既亡，太师史文惠公祭之以文，有曰："了悟圆通，如观音大士。随机化俗，如善导和尚。"人不以为过也。师生于淮南，而化缘独在四明。屡易法席，名震江湖，而终不越境。自号足庵；人以古佛称之，惟师可以无愧云。铭曰：

祖师西来，乃始有禅。灯灯相续，皆有师传。师之得道，几于神曜，心镜孤圆，大千俱照。曹洞正宗，实艰其承。十有一传，至师中兴。蛇虺之宅，闻者怖恐，惟师宴坐，曾不为动。振锡出山，据大道场，四众归仰，广为津梁。生于淮壖，缘在甬东。名震江湖，卒老吾邦。法施不吝，辩才无碍。行实坚苦，而大自在。人称古佛，师则无愧。铭以表之，用诏末世。

楼钥，字大防，自号攻媿主人，鄞人。历仕孝宗、光宗、宁宗三朝，至吏部尚书兼翰林侍讲。年过七十，精力绝人，词头下，立进草，院吏惊诧。累拜参知政事，卒谥宣献。博极群书，尤精许慎《说文》，识古今奇字。而文备众体，传有《攻媿集》一百十二卷。其诗抑扬爽朗而不为僻涩，文则曲折明鬯而时有滐洄，皆出苏轼。援据该洽，辞理明白，虽意境欠开拓，风骨未遒上；然序跋散朗而出以典核，碑状详尽而不害体要，尤多资于考证，而补史家所未备。特善志释，以附于陆游云。

杨万里，字廷秀，吉州吉水人。南宋诗集传于今者，惟杨万里及陆游最富。游清新刻露而出以圆润，为媲于苏。万里清新刻露而特为生拗，则原出黄。万里，绍兴二十四年进士，为永州零陵丞。时张浚以故相谪永州，勉以正心诚意，万里服膺终身，乃名读书之室曰诚斋。历仕孝宗、光宗，至秘书监兼实录院检讨官，乞祠归。宁宗嗣位，一再收召不起，即家除为焕章阁待制。韩侂胄用事，网罗四方知名士相羽翼。尝筑南园，属万里为记，许以掖垣。万里曰："官可弃，记不可作也。"侂胄恚，起陆游为之，得除从官。万里寄诗规之，有"不应李杜翻鲸海，更羡夔龙集凤池"之句。卒谥文节，传有《诚斋集》一百三十二卷。其为文章，含危仄于爽朗，以白俗为生拗，避熟而不避俗，涵今而亦茹古，以故为新，以俗为雅，由黄庭坚以攀韩愈，诗如是，文亦如是。然诗特擅名。其诗有《江湖集》、《荆溪集》、《西归集》、《南海集》、《朝天集》、《江西道院集》、《朝天续集》、《江东集》、《退休集》，不仅一官一集。五言古如《明发陈公径过摩舍那滩石峰下》曰：

遥松烟未销，近竹露犹滴。石峰矜孤锐，喜以江自隔。清潭涵曦紫，碧岫过云白。回瞻宿处堤，路转不可觅。

地迥人绝影，山僻虎留迹；下有无底潭，上有欲落石。是间一径横，夹以万松直。树从何时有？陈公所手植。陈公今焉在？径松自寒碧。

昨宵望石峰，相去无一尺。今日行终朝，只绕石峰侧。石峰何曾远，江路自不直。仰瞻碧孱颜，清峻如立壁。反覆得细看，何必更登陟。

危峰莹无土，平地岌孤石。如何半岩间，亦有小树碧？走空根苦辛，倚险干寒瘠。芳兰间丛生，紫蕤濯幽色。近香许世闻，远秀绝人摘。而我云外身，方兹胥行役。

七言古如《惠山云开复合》曰：

二年常州不识山，惠山一见开心颜。只嫌雨里不子细，仿佛隔帘青玉鬟。天风忽吹白云坼，翡翠屏间倚南极；政缘一雨染山色，未必雨前如此碧。看山未了云复还，云与诗人偏作难。我船自向苏州去，白云稳向山头住。

五言律如《灵山》曰：

饶水回回转，灵山面面逢。展成青步障，敛作碧芙蓉。变态百千样，尖新三两峰。远看方更好，还隔翠云重。

七言律如《明发周村湾》曰：

不住宽乡住瓮门，那知世上有乾坤。环将峻岭包深谷，围出余天与别村。茅屋相挨无著处，花溪百折不教奔。江淮地迥寒无价，宣歙山寒更莫论。

七言绝如《闲居初夏午睡起》曰：

梅子留酸软齿牙，芭蕉分绿与窗纱。日长睡起无情思，闲看儿童捉柳花。

又《过宁国县》曰：

晴明风日雨干时，草满花堤水满溪。童子柳阴眠正著，一牛吃过柳阴西。

以生拗立格，以渊永出味；而才思健拔，趣味澄夐。白居易以文言道俗，万里则以俚语生新，而硬语说得适，韵语不害俚。

其他五言古如《戊子正月六日雷雨感叹示寿仁子》、《人日诘朝从昌英叔出谒》、《暮宿半涂》、《次日醉归》、《至鹧鸪洞》、《晚步南溪弄水》、《读书》、《卧治斋晚坐》、《休日清晓读书多稼亭》、《夜雨》、《宿湖甫山》、《四月十三日度鄱阳湖》、《晚出郡城往值夏谒胡端明泛舟夜归》、《得寿仁寿俊二子中涂家书》三首、《寒食对酒》、《明发白沙滩闻布谷有感》、《正月三日宿范氏庄》四首、《九月十日同尤延之观净慈新殿》、《看刘寺芙蓉》、《柴步滩》、《东碛滩》、《将至地黄滩》、《苏木滩》、《辽卓滩》、《舟中新暑止酒》、《秋暑》、《感秋》五首之二三四、《筠庵》、《筠庵午憩》、《玉井亭观荷花》、《后圃散策》、《雨后晓登碧落堂》、《碧落堂晓望荷山》、《午憩筠庵》、《题无讼堂屏上袁安卧雪图》、《微雨玉井亭观荷》、《观书》、《观水叹》二首之二、《轿中看山》、《宿鸡林坊》、《初晓明朗忽然雾起已而日出光景奇怪》、《题栖贤寺三峡桥》、《读唐人于渍刘驾诗》、《观鱼》、《六月十六日夜南溪望月》、《岁暮归自城中一病垂死病起遣闷》四首、《东园醉望暮山》、《读白氏长庆集》、《夏夜玩月》、《病中止酒》。七言古如《除夕前一日归舟夜泊曲涡市宿治平寺》、《迓新守值雨》、《题唐德明秀才玉立斋》、《题潘彦政叔侄濯缨斋》、《赠蜀中相士范思斋往全州见范先之教授》、《罢丞零陵忽病伤寒谒医两旬如负担者目远日重改谒唐医公亮九日而无病矣谢以长句》、《送张倅》、《跋马公弼省干出示山谷草堂浣花醉图歌》、《都下和同舍客李元老承信赠诗之韵》、《三辰砚屏歌》、《上元夜里俗粉米为茧丝书古语以占福祸谓之茧卜戏作长句》、《送邹元升归安福》、《和昌英叔雪中春酌》、《登乌石寺》、《夜宿杨溪晓起见雪》、《送蜀士张之源二子维焘中童子科西归》、《题张兴伯主簿经训堂》、《瓶中梅杏二花》、《重九前五日再游翟园》、《醉吟》、《胡达孝水墨为余作枯松孙枝石间老柏谢以长句》、《太平寺水郡人徐友画》、《梅花下遇小雨》、《书莫读》、《过雪川大溪》、《插秧歌》、《中秋月长句》、《西斋旧无竹予归自毗陵斋前忽有竹喜而赋之》、《题赵昌父思隐堂》、《谢吴德华送东坡新集》、《春晴怀故园海棠》、《过乌沙望大塘石峰》、《竹鱼》、《题兴宁县文岭瀑泉》、《题瘦牛岭》、《正月十二日游东坡白鹤峰故居》、《题南海东庙》、《舟人吹笛》、《光口夜雨》、《正月晦日自英州舍舟出陆北风大作》、《英石铺道中》、《圣笔石湖大字歌》、《晓泊兰溪》、《题曹仲本出示谯国公迎请太后图》、《云龙歌调陆务观》、《再和云龙歌》、《醉卧海棠歌赠陆务观》、《赠都下写真叶德明》、《初秋玩月》、《光尧御书歌》、《跋京仲远所藏杨补之红绫上所作著色掀篷梅》、《行路》五首之二三四五、《和姜邦杰续丽人行》、《买菊》、《经和宁门外卖花市见菊》、《张功甫请祠得之简以长句》、《题毕少董翻经图》、《谢谭德称国丘惠诗》、《跋王顺伯藏欧公集古录序真迹》、《跋袁起岩藏后湖帖并遗像一轴》、《谢曹宗臣惠双溪集》、《过查濑》、《龟峰》、《初二日苦热》、《贺必远叔四月八日洗儿》、《七月二十三日南极老人星歌上叔父十三致政》、《送曾无逸入为掌故》、《暖热两生行》、《雪晓舟中生火》、《雪霁晓登金山》、《题金山妙高堂》、《再并赋瑞香水仙兰三花》、《谢王恭父赠梁杲墨》、《回望惠山》、《渎头阻风》、《瓜州遇风》、《跋吴箕秀才诗》、《记丘宗卿语绍兴府学前景》、《跋眉山程仁万言书草》、《跋丘宗卿侍郎见赠使北诗一轴》、《赠写真永鉴处士王温叔》、《秋浦登舟阻风泊池口》、《舟中排闷》、《晨炊杜迁市煮笋》、《嘲道旁枫松相倚》、《雨中春山》、《过白土岭望见芙蓉峰七八峰最东一峰特奇名为芙蓉尖》、《宿庐山栖贤寺示如清长老》、《过江岸回望庐山》、《大孤山》、《过湖口县上下石钟山是夕宿其下》、《小孤山》、《小螳螂歌》、《十月四日同诸弟访三十二叔祖于小蓬莱成长句》、《重九后二日同徐克章登万花川谷月下传觞》、《题曾无愧月窗》、《题李子立知县问月台》、《送安成罗茂忠》、《寄王用之判府监簿》、《族人同诸友问疾送吉州解魁左人杰》、《寄题永新昊天观贺知宫方外轩》、《题王晋辅专春亭》、《送药者陈国器》。

五言律如《自音声岩泛小舟下高溪》、《龚令国英约小集感冷暴下归卧感而赋焉》、《仲良见和再和谢焉》四首之一、《和仲良春晚即事》五首之一三五、《早行见萤》、《和周仲觉》三首、《夜雨不寐》、《山居》、《饭罢登山》、《病后觉衰》、《过皂口》、《晨炊皂径》、《步过分水岭》、《晓晴过猿藤径》、《晨炊浦村》、《清猿峡》四首、《北风》、《瑞香花新开》五首之二、《宿兰溪水驿前》三首之三、《睡觉》。七言律如《送文黼叔主簿之官松溪》、《苦热登多稼亭》二首、《社日南康道中》、《三月一日过摩舍那滩阻雨泊清溪镇》二首、《真阳峡》、《泉声》、《十五日明发石口遇顺风》、《早炊童家店》、《过谢家湾》、《中秋前一夕雨中登双溪叠嶂已而月出》、《过主岭》。

五言绝如《宿长岭》、《春日》六绝之一三。七言绝如《再病书怀呈仲良》四首之二、《又题寺后竹亭》、《醉后题壁》、《同君俞季永步至普济寺晚泛西湖以归得四绝句》、《小雨》、《分宜逆旅逢同郡客子》、《晚过黄洲铺》二绝、《立秋后一日雨天欲暮小立问月亭》、《南溪山居秋日睡起》、《初夏》三绝句、《小池》、《秋雨叹》十解之三四七、《宿小沙溪》两首、《春寒》、《春晓》三绝之二三、《寒食相将诸子游翟园得十诗》之

二三七、《晚步追凉》二绝、《雨后晚步郡圃》二绝、《暮热游荷池上》五绝之四、《晓坐多稼亭》、《桧径晓步》二绝、《晚衙夜望》、《晚坐卧治斋》、《晚风寒林》二绝、《晴望》、《冬日归自天庆观》二绝、《苦寒》三绝之二三、《城头晓步》二绝、《游翟园》三绝、《舟过望亭》三绝之三、《舟中晚酌》二绝、《小舟晚兴》四绝之一四、《午憩》二绝、《宿灵鹫禅寺》二绝之二、《晨炊玉田闻莺》、《二月一日晓渡太和江》三绝、《明发海智寺遇雨》二绝之一、《万安道中书事》三绝、《道旁小桃》、《小溪至新田》四绝之一四、《过鼓鸣寺小雨》二绝、《明发韶州过赤水渴尾滩》、《小泊英州》二绝、《过真阳峡》六绝之二五、《晚登连天观望越台山》、《新晴西园散步》四绝之一三、《岭云》、《憩楹塘驿》二绝之一、《明发泷头》、《明发曲坑》二绝之一、《过五里径》三绝之二三、《明发房溪》二绝之一、《宿南岭驿》二绝、《出真阳峡》十绝之一二三八九、《山云》、《正月二十八日峡外见燕子》二绝之一、《跋尤延之山水》二绝、《雪中送客过清水闸》二绝之二、《上巳同沈虞卿尤延之王顺伯林景思游湖上》得十绝句之六七八、《和张功甫梅诗》十绝句之一二、《将赴高安出吉水报谒县官宿五峰寺》二绝之二、《郡圃晓步因登披仙阁》四绝之一二、《嘲报春花》、《晓过丹阳县》四绝之二、《瓦店雨作》四绝之二、《过宝应县新开湖》十绝之八、《金陵官舍后圃散策》二绝、《昼倦》、《发孔镇晨炊漆桥道中纪行》十绝之七八、《宿新市徐公店》二绝之一、《过杨二渡》三绝之三、《题青山市汪家店》、《桑茶坑道中》八绝之七、《过松源晨炊漆公店》六绝之三五、《和王道父山歌》二绝之一、《题东西二梁山》三绝、《东园社日》、《夏至雨霁与陈履常暮行溪上》二绝之二、《壬戌人日南溪暮景》三绝之二。大章短篇，意趣横生，以俗为雅，以故为新。

夫“以俗为雅”，其说始于苏轼，而盛于黄庭坚；但苏以谐畅，黄以生拗，万里则异于苏而媲于黄。然万里谓：“诗固有以俗为雅，然亦须曾经前辈取镕，乃可因承尔。如李之‘耐可’，杜之‘遮莫’，唐人之‘里许’‘若个’之类是也。昔唐人寒食诗有不敢用‘饧’字，重九诗有不敢用‘糕’字，半山老人不敢作郑花；‘以俗为雅’，彼固未肯引里母田妇而坐之于平王之子、卫侯之妻之列也；何也？彼固有所甚靳而不轻也。”至“以故为新”，其说亦出苏轼，而衍于黄庭坚，然不详所以。至万里则详研于字法句法而明“以故为新”之所以；谓：“初学诗者，须用古人好语，或两字，或三字。如山谷猩猩毛笔‘平生几两屐，身后五车书’，‘平生’二字，出《论语》；‘身后’二字，晋张翰云‘使我有身后名’；‘几两屐’，阮孚语；‘五车书’，庄子言惠施；此两句乃四处合来。又‘春风春雨花经眼，江北江南水拍天’，‘春风春雨’、‘江北江南’，诗家常用。杜云‘且看欲尽花经眼’，退之云‘海气昏昏水拍天’，此以四字合三字，入口便成诗句，不至生硬。要之诵诗之多，择字之精，始乎摘用，久而自出肺腑，纵横出没，用亦可，不用亦可。”融铸古人语如己出，此“以故为新”之一法也。

又谓：“诗家借用古人语而不用其意，最为妙法。如山谷猩猩毛笔，猩猩善着屐，故用阮孚事；其毛作笔用之抄书，故用惠施事，二事皆借人以咏物，初非猩猩毛笔事也。《左传》云：‘深山大泽，实生龙蛇。’而山谷中秋月诗云：‘寒藤老木被光景，深山大泽皆龙蛇。’《周礼·考工记·车人》：‘盖圆以象天，轸方以象地。’而山谷云：‘丈夫要弘毅，天地为盖轸。’《孟子》云：‘《武成》取二三策。’而山谷称东坡云：‘平生五车书，未吐二三策。’”借用古人语而不用其意，此“以故为新”之又一法也。又谓：“庾信《月诗》云：‘渡河光不湿。’杜云：‘入河蟾不没。’唐人云：‘因过竹院逢僧话，又得浮生半日闲。’坡云：‘殷勤昨夜三更雨，又得浮生一日凉。’杜《梦李白》云：‘落月满屋梁，犹疑照颜色。’山谷《簟诗》云：‘落日映江波，依稀比颜色。’退之云：‘如何连晓语，只是说家乡。’吕居仁云：‘如何今夜雨，只是滴芭蕉。’此皆用古人句律而不用其意，以故为新，夺胎换骨。”用古人句律而不用其句意，此“以故为新”之又一法也。

又曰：“孔子老子相见倾盖；邹阳云：‘倾盖如故。’孙侔与东坡不相识，以诗寄，东坡和云：‘与君盖亦不须倾。’刘宽为吏，以蒲为鞭，宽厚至矣，东坡云：‘有鞭不使安用蒲。’杜诗云：‘忽忆往时秋井塌，古人白骨生苍苔，如何不饮令心哀。'东坡云：'何须更待秋井塌，见人白骨方衔杯。'此皆翻案法也。唐律七言八句，一篇之中，句句皆奇；一句之中，字字皆奇；古今作者皆难之。余尝与林谦之论此事。谦之慨然曰：'但吾辈诗集中，不可不作数篇耳。'如杜《九日》诗：'老去悲秋强自宽，兴来今日尽君欢。'不待入句便字字对属。又第一句顷刻变化，才说'悲秋'，便又'自宽'，以'自'对'君'，'自'者我也。'羞将短发见吹帽，笑倩旁人为正冠。'将一事翻腾作一联；又孟嘉以落帽为风流，少陵以不落为风流，翻尽古人公案，最为妙法。'蓝水远从千涧落，玉山高平两峰寒。'诗人至此笔力多衰；今方且雄桀挺拔，唤起一篇精神，非笔力拔山，不至于此。'明年此会知谁健，且把茱萸子细看。'则意味深长，幽然无穷矣。友人安福刘浚字景明《重阳诗》云：'不用茱萸子细看，管取明年各强健。'盖翻杜九日诗案也。东坡《煎茶诗》云：'枯肠未易禁三碗，卧听山城长短更。'翻却卢同公案；同吃到七碗，坡不禁三碗。"翻古人句案，亦"以故为新"之又一法也。

又曰："诗有实字，而善用之者以实为虚。杜云：'弟子贫原宪，诸生老伏虔。''老'字盖用'赵充国请行，上老之。'""实字虚用"，亦"以故为新"之一法也。又曰："诗句固难用经语，然善用者，不胜其韵。李师中云：'夜如何其斗欲落，岁云暮矣天无晴。'又：'山如仁者寿，风似圣之清。'又：'诗成白也知无敌，花落虞兮可奈何。'"亦融铸古人语之例也。又曰："句有偶似古人者，亦有述之者。杜子美《武侯庙》诗云：'映阶碧草自春色，隔叶黄鹂空好音。'此何逊《行孙氏陵》云'山莺空树响，陇月自秋晖'也。杜云：'薄云岩际宿，孤月浪中翻。'此庾信'白云岩际出，清月波中上'也。'出''上'二字胜矣。阴铿云：'莺随入户树，花逐下山风。'杜云：'月明垂叶露，云逐度溪风。'又云：'水流行地日，江入度山云。'此一联胜。庾信云：'永韬三尺剑，长卷一戎衣。'杜云：'风尘三尺剑，社稷一戎衣。'亦胜庾矣。苏子卿《梅诗》云：'只言花是雪，不悟有香来。'介甫云：'遥知不是雪，为有暗香来。'述者不及作者。陆龟蒙云：'殷勤与解丁香结，纵放繁枝散诞春。'介甫云：'殷勤为解丁香结，放出枝头自在春。'作者不及述者。"亦用古人句律之例也。此万里之明"以故为新"也。

尝论："'八句律诗，落句要如高山转石，一去无回。'盖金针法云尔。余以为不然。诗已尽而味方永，乃善之善也。子美《重阳诗》云：'明年此会知谁健，醉把茱萸子细看。'《夏日李尚书期不赴》云：'不是尚书期不顾，山阴野雪兴难乘。'诗有一句七言而三意者；杜云：'对食暂餐还不能。'退之云：'欲去未到先思回。'有一句五言而两意；陈后山云：'更病无可醉，犹寒已自和。'诗有句中无其辞，而句外有其意；杜云：'遣人向市赊香杭，唤妇出房亲自馔。'上言其食贫，故曰'赊'；下言其无使令，故曰'亲'。又：'东归贫路自觉难，欲别上马身无力。'上有相干之意而不言；下有恋别之意而不忍。又'朋酒日劝会，老夫今始知。'嘲其独遗己而不招也。"

五言古诗，句雅淡而味深长者，陶渊明、柳子厚也。如少陵《羌村》，后山《送内》，皆有一唱三叹之致。五言长韵古诗，如白乐天《游悟真寺》一百韵，真绝唱也。七言长韵古诗，如杜少陵《丹青引》曹将军画马、《奉先县》、《刘少府山水障歌》等篇，皆雄伟宏放，不可捕捉。学诗者于李、杜、苏、黄诗中，求此等篇诵读沉酣，深得其意味，则落笔自绝矣。夫诗何为者也？尚其词而已矣。曰善诗者去词。然则尚其意而已矣，曰善诗者去意。然则去词去意，则诗安在乎？曰：去词去意而诗有在矣。然则诗果安在？曰：尝食夫饴与荼乎？人孰不饴之嗜也？初而甘，卒而酸。至于荼也，人病其苦也；然苦未既而不胜其甘。诗亦如是而已矣。昔者暴公谮苏公，而苏公刺之；今求其诗无刺之之词，亦不见刺之之意也，乃曰："二人纵行，谁为此祸？"使暴公闻之，未尝指我也；然非我其谁哉？外不敢怒而其中愧死矣。三百篇之后，此味绝矣！惟晚唐诸子差近之。寄边衣曰："寄到玉关应万里，戍人犹在玉关西。"吊战场曰："可怜无定河边骨，犹是春闺梦里人。"折杨柳曰："羌笛何须怨杨柳，春光不度玉门关。"三百篇之遗味，黯然犹存也；读之，使人发融冶之欢，于荒寒无聊之中；动惨戚之感，于笑谈方怿之初。近世惟半山老人得之。江西宗派诗者，诗，江西也，人非皆江西也。人非皆江西，而诗曰江西者，系之也；系之者何？以味不以形也。形焉而已矣，高子勉不似二谢，二谢不似三洪，三洪不似徐师川，师川不似陈后山，而况似山谷乎？味焉而已矣，酸咸异和，山海异珍，而调胹之妙，出乎一手也。似与不似，求之可也，遗之亦可也。读双桂老人冯子长诗，其清丽奔绝处，已优入江西宗派；至于惨淡深长，则浸淫乎唐人矣。近世此道之盛者，莫盛于江西。然知有江西者，不知有唐人；或者左唐人以右江西，是不惟不知唐人，亦不可谓之知江西者。"观其绝句有《读笠泽丛书》曰：

> 笠泽诗名千载香，一回一读断人肠。晚唐异味同谁赏？近日诗人轻晚唐。

《答徐子材谈绝句》曰：

> 受业初参且半山，终须投换晚唐间。国风此去无多子，关捩挑来只等闲。

综其所说，论字，论句，而归之于"味"，称江西，称半山，而归之于晚唐；固不仅为江西之直致所得，以格为奇；其字，其句，"以俗为雅"，"以故为新"；而其味则以苦出甘，所贵"发融冶之欢于荒寒无聊之中，动惨戚之感于笑谈方怿之初"，味美于回，语不害质，欲以西江"清丽奔绝"之句，而发晚唐"惨淡深长"之味；司空图所谓"辨于味"，所谓"韵外之致"，盖万里之所断断；而以晚唐韵外深搜之致，救江西末流粗犷之弊者也。自言："少作诗千余篇，至绍兴壬午七月，皆焚之，大概江西体也。今所存曰《江湖集》者，盖学后山、半山及唐人者也。予之诗始学江西诸君子，既又学后山五字律，既又学半山老人七字绝句，晚乃学绝句于唐人；学之愈力，忽若有悟，于是辞谢唐人及王陈江西诸君子，皆不敢学，而后欣如也。"盖以西江入，而以晚唐化：其始也，生拗以立格，由黄庭坚以仿佛韩愈，而上欲攀杜甫；其变也，渊永以出味，参王安石以学晚唐，而浸淫于柳宗元、刘禹锡；所以气格清迴，意度闲远，味幽而格瘦，外枯而中膏。《四库提要》称“其诗沿江西末派，不免粗厉颓唐”，而不知语粗而致韵，气厉而脉细，宋面唐骨，于西江为转手；正不得以江西末派一笔抹之已。

杨万里之古文则以涩出拗，以蹇佐利，得韩愈嵚崎峻重之体，抒苏轼抑扬爽朗之笔。意到笔随，辞能条达，苏之意也；体峻势蹇，句有生拗，韩之体也。非不能为容易，而特出以蹇难，字字如履危崖而下，落纸迟重绝伦。碑志之作，尤多橅韩。陆游苏文而欧韵，万里苏笔而韩格；盖游神愉而体轻，万里机利而语蹇也。

杨万里之四六文。万里顾独自喜其四六文，集中《与张严州敬夫书》曰：“鄙性好为文，而尤喜四六，近世此作，直阁独步四海。其竭力以效体裁，或者谓其似吾南书，不自知似犹未也？”其辞若有谦焉，其实乃深喜之。今诵所作：属联切而不束，词气肆而能拗，融铸成语，浑如己出，特用心于生造，岂苟以为爽朗；盖衍欧苏四六一脉，而震荡陵厉以造极诣者。如《贺张丞相判建康启》曰：“人仰傅岩之雨，天开衡岳之云。帝亟召之，已恨不早；公其来止，勿徐其驱。”《贺张魏公少傅宣抚启》曰：“太上皇非不知耆德之深，留遗嗣圣；新天子欲尽复中原之旧，首擢我公。于皇彼天，将降是任；必有所试，使大其成。彰之于大夫破斧之时，凛其不折；启之于族庖更刀之后，用则无前。厥惟相之，夫岂人只。”又曰：“一饭不忘于君尊，四海复愁于公老。今而复起，时正可为。”又曰：“得一韩以在军中，倚而须庆历之捷；卷三秦而取天下，当不使汉高之淹。”《贺张丞相除枢密使都督》曰：“盖欲倾海以洗乾坤，公之始愿；则不以贼而遗君父，誓不俱生。”《贺陈应求右相启》曰：“非难得宰相之位，进贤则其国尊；不必问太平之期，用公则其效敏。天有所待，世或未知。”又曰：“动容貌以肃天下，已皆趋风；举夷夏而置胸中，了如观火。召来两地，亦既三年。所挟愈大而合愈难，求去者艰而留者众。深观其守道之如许，不付之大事而其谁。用之小迟，是以国人怀不满之意；试之既效，然后圣主有必信之心。”《贺陈丞相拜左相启》曰：“亲其恢张万化之意，固非卤莽一切之图。民亦有言，得无委付之未尽；上既历试，是用尊信而愈隆。”又曰：“置乾坤一掷之中，世岂不为之快？然帝王万全之举，公必有处于斯。”《贺虞枢密还朝启》曰：“当旌旆欲东之初，国威已壮；举关河以北之外，敌氛自销。如何四海之轻重，止在一贤之出处。恭惟某官所学自得于圣，非天不知其忠。三顾隆中，此岂有求于斯世；一匡天下，其来盖为于生民。”又曰：“见则尽欢，去乃太息。退而矜国士之遇，闻者犹疑；虽未拜知己之恩，此已不浅。”《贺虞右相启》曰：“只召自西，爰立在右。何国人喜极而继以恨，不曰大用之迟？当天下将合而未有形，庸非今日之俟。”又曰：“足居首上，病惟贾生之能医；兵在胸中，贼见范老而破胆。畴昔之役，殄歼彼渠；于是时而相之，则中兴之久矣。小人何怨而愿其去，君子欲留而莫之能。上非不知，天则未定。”又曰：“今孰非相国之人，惟我所用；而况于门下之士，当忧其遗。”《代何运使贺史参政启》曰：“光尧之托以子，不待致商山之老人；嗣皇之选于朝，无以易甘盘之旧学。望重，故人不以为骤；功高，故位必极其酬。凛然风生，闻者心服。”又曰：“天之欲平治也，时则可为；学焉而后臣之，政将焉往？”《贺周子充察院》曰：“士之未用，志亦甚高。环而顾天下之无人，为之太息；及乎受主知于当世，竟以无闻。众皆艳于公荣，愚独知其任重。责备者四面而毕至，过时则多悔而弗追。他人处之，辄以作仕途之嵩少；贤者得此，定知为群枉之鹰鹯。”《贺周子充参政启》曰：“当众正缀旒之日，倚一贤砥柱之功。欲今延登，或谓皋缓。抑尝历选于贤圣，未始轻试于进为。顾其道显晦之如何，岂其身淹速之是计？故莘渭布衣而涉三事，莫之或非；若夷夔终身而效一官，则又谁怼？季世寖薄，古风不归。至于一游说之间，便萌取卿相之意。岂有平日不为当世之所许，乃欲任人之事权；彼其初心惟以无位而为忧，不思既得之愧怍。今执事致身于台斗，而旷怀寄梦于江湖。半生两禁之徘徊，五载六官之濡滞。逮其望磅礴郁积而极其盛，维岳峻天；举斯民咨嗟叹息而屈其淹，如防止水。上心雪释，涣号雷行，酌彼公言，置诸近弼。然后谈者，罔不翕如。”《贺王宣子舍人知吉州启》曰：

"又屈云霄之步,何足为君子而喜之;独念父母之邦,今乃得大夫之贤者。"又曰:"人谓非久而大用,叹其不可及之年;公乃特立而径行,耻为无甚高之论。"又曰:"知鲰生旧出于门阑,皆寄声问讯于治状。虽愧周昌之吃,口不能言;为赋少陵之诗,眼未见有。"又曰:"然无疾其驱,士方惜陆君之去;而最宜为诰,帝且思王某之文。正恐未开府之间,既有不俟驾之召。"《贺黄侍御启》曰:"士有攸挟,恨无所施。靖而观流涕太息之书,孰不以古人而自诡;起而当君子小人之会,其无负所学者几希。"《与洪帅吴明可启》曰:"提孤身而进门下,将何从而信之;恃我公之如古人,盖有望而来者。不然以县令之贱,而仰望大帅之光;以言自鸣,于分则僭。非旷度脱拘挛之表,敢尽情写归依之诚。"《代李省干直卿通长沙帅刘舍人恭父启》曰:"掌制西垣,寓直内阁;人皆以为公喜,公岂以为己荣。盖其所期,有不在是。以中兴未成为大戚,以生民尚困为深辜。今非无人,谁有此意?置之于湖山之远,了不闻知;倚之以边疆之宁,是则谈笑。"《与郑惠叔签判启》曰:"举首子大夫之中,盖今日之董相;诵言诸宦寺之辈,乃登第之刘蒉。奏篇一传,纸价十倍。何上意骤用而不可,犹旧章相袭之或拘。翩然斜飞,来此外补。民岂无瘼,正恐非在位之敢陈;公于是时,力行其所言而孰御。"又曰:"六月之息鹏背,未必云然;十年而到凤池,故应无晚。"《通问广西漕梁次张寺丞启》曰:"少而怪怪,老矣休休。诵北山之移文,长惭夜鹤之见怨;登东皋而舒啸,自怜倦鸟而犹飞。"《与吉州守王弱翁启》曰:"就荒三径,喜渊明松菊之犹存;愿受一廛,效许子衣冠之自织。"《谢张丞相荐举启》曰:"上既起公,将属之大事;公初荐士,宜简于异能。何误及于羁单,雅不缘于造请。众皆歆艳,己则惧思。窃以士有常言,每病于时之无遇;古之炯戒,又叹知人之甚难。且如门下之旁招,前此人材之岂少?不负所举,于今几何?或卖知己以进身,居之罔怍;或自毁节以求合,秽不忍闻。谓惩羹而吹齑,听悬榻之挂壁。而大丞相好贤之诚意,终不少衰;视小丈夫败类之深情,付诸一莞。惟忠义专图于报国,凡荐延本务于灭私。觊得其真,以裨于治。”又曰：“为老聃之役，亦既数年；于相国之恩，了无半语。此其所向，夫岂自他。盖身在于鸿钧，何忧不达；恐名浮于实行，以累所知。”《除国子博士谢虞丞相启》曰：“士自有吾相以为之师，如周公者；愚当与诸生而激于义，独何蕃欤。”《谢胡侍郎作先人墓铭启》曰：“昔昌黎独擅碑版之任，未免刘叉之讥；至东坡不作铭志之辞，乃为陈慥之传。岂要人有卖文之瓜李？而匹士无点人之埃尘。并韩之文而去其贪，践苏之戒而兼其妙。是惟具美，不在我公；岂翳寒门，独彰潜德。兹盖伏遇某公古遗爱直，志在《春秋》。观其请剑以断佞臣，夫谁或恕；今也纳石而铭处士，独得曰私。”《代罗武冈得祠禄谢蒋右相启》曰：“作吏而信所学，众方尊城旦之书；干时而售以文，彼焉用毛锥之子。晚得小垒，邈在三湘。方汉宣帝循名责实之秋，此其时矣；诵孟浩然多病不才之句，其如命何。退无族亲朋友之依，进无蚍蜉蚁子之援；方将四顾，聊复一鸣。人皆谓愚，公独怜我。”又曰：“颂圣主贤臣之盛，虽曰未能；当门人小子之勤，则从此始。”《代李直卿谢漕司发解启》曰：“扁舟径下，颇欲快秋水落霞之观；破砚久荒，岂复作春草生池之梦。”又曰：“题于淡墨，岂以为士君子之荣；造在彤庭，庶少吐子大夫之对。”《谢曾主簿启》曰：“恭承车辙，肯顾田庐。识异人于山林幽独之中，偶然不后于众；称弟子于科第光华之始，意者其近于欺。礼有逾于其情，世久无于此事。”《入城回周丞相远迎》曰：“市有虎以杀人，久不梦碧瓦朱甍之城郭；门登龙而为御，愿再瞻青天白日之清明。”又曰：“头白眼暗，安得拜北平王于马前；意豁神倾，即当候庞德公之林下。”《答周监丞餽贺冬启时周益公冬启同至》曰：“方与南北院之族，小语竹林；忽报东西周之师，并攻杨邑。云合雾集，车驰卒奔，焉敢仰关而攻，分甘曳兵而走。尚蒙榼酒，以饮子反；先以乘韦，而犒孟明。既效郤至之趋风，即出檀公之上策。左支伯兮，伟节之怒；右梧仲氏，丞相之嗔。纷纭之间，应接不暇。”《答本路陈漕宝谟大卿启》曰：“谭子贺齐，已幸逃不至之伐；李白道甫，乃首寄何如之声。”《回谭提举启》曰：“载惟南溟抟扶之地，未远中州清淑之气。山有龙眼离支之实，水有夜光明月之珍。盖地产不足以当其奇，故人物间出而蔚其杰。曲江振开元天宝之烈，余襄起嘉祐庆历之名，今兹复见于一贤，吾亦何畏于二老。"《回二广谭提举贺新除秘书少监启》曰："伏以作掾西曹，安得将无同之对；校文东观，俾读所未见之书。可能下笔之有神，自笑上车而不落。"又曰："远所不如，故应举韩泰而自代；佩之无斁，应勿忘王粲之好音。"《回郴州丁端叔直阁谢到任启》曰："御板舆，升轻轩，不妨将母而行乐；凌太虚，横碧落，即看奋翼而怒飞。"《答吉州余倅启》曰："有若欧阳詹之文行，再秀全闽；岂使余襄公之功名，独高吾宋。"《回施少才谢漕司发解第一名启》曰："文之勍者，不应无以异于人；举以裒然，抑或足以当其价。翳外台之论秀，任一路之拔尤。私忧无瑰奇杰出之英，以塞属望；竟得此简古天成之作，更益光华。"又曰："方当新天子太息愿治之初，敷求剀切；行上子大夫悉意正议之对，愿毕忠精。"《回黄监库谢解》曰："说经之宏以肆，得臣与寓目焉；论秀之抑以扬，士燮有何力也。"观其议论澜翻，辞笔山卓，成语融铸而臻老横，长句生拗而能盘屈，倚天拔地，叠浪层波，硬语盘空，强对峙峡；固不欲以隶事精切，制语宏润，与汪藻、綦崇礼、洪迈抗手；而特以风格遒上，思力沉鸷，自辟蹊径。汪藻、綦崇礼之伦，开合动宕，而未破四六之体；至万里则力破余地，谓"四六有作华润语，而重大者最不可多得"，所以辞笔务为重大，妥帖而出排奡，古事古语，剪裁镕铸，如诗家之有西江，词宗之有苏辛乎？固天下之健也。

杨万里之经义。经义始于王安石，清空辨析，惟苏辙与抗手，而陆九渊颇衍其体。独杨万里则以藻耀高翔，自树一格，而合秦汉雄峭、齐梁缛丽而效之风檐寸晷，而为一手。如《至于治国家则曰姑舍汝所欲而从我》曰：

时君为国家图治，不为国家惜才。国家需才甚急，摈贤能而不用，曰欲治，得乎？孟子借玉论治，谓齐王曰："至于治国家，则曰姑舍汝所学而从我！"谓国家与璞孰重？爱国与爱玉孰急？王知用玉人以治玉。至贤人也者，金玉其相，追琢其章，是诚治国

> 大匠良工也。擢之鸾坡凤阁，必能骋调燮之才；置之蓬山德海，必能展判花之手；置之郡邑，必能坐啸黄堂而鸣琴花县；任之按察，必能气摇山岳而威耸鹰鹯。吾意王且大其所用，尽究其施矣；奈何不曰弃吾所短，用彼所长，乃曰舍汝所学，从吾所好。德足以肩袂伊吕，名期于奴婢管晏，英词可以润金石，高义可以薄云天；王皆不顾，惟欲其家修庭坏，而弃之如敝屣也。勇足以逆龙鳞，辨足以劘虎牙，直气吐而星斗寒，忠言进而天颜动；王皆不恤，惟欲其穷养达违，而付之若罔闻也。
>
> 王治国家，必赖此种学绩文之士，坐致太平；然后日转棠阴，风清榆塞耳。今已有怀莫吐，足将进而咨趄。王治国家，必赖此龙奋鹭集之朋，立登三五；然后边亭不鼓，烽燧不烟耳；今已有才莫用，技虽工而莫好。豪杰林立，英俊纷至，不可谓齐无人，而目为平平，不使其枉道徇己不已也。貂珰满座，朱紫盈朝，不可谓齐乏士；而视为卑卑，不使其贬道徇人不已也。治璞玉，玉人得显削剧之余能；治国家，贤才不倒胸中之圭璧；何尊玉人而轻幼学壮行者哉？夫梁惠、齐宣，固皆弃士之君；而时髦名彦，又皆自弃之士。上不以所学求下，下不以所学事上；君曰姑舍汝所学从我，士曰吾舍吾所学从君；固非有君无臣，亦非有臣无君；君臣上下，相率为乱如此。此仁义道德之士，尧舜汤武之佐，最得所学之正者，略无一人鱮饵经网以立其朝也。夫小人进，君子退，天下纷纷，何时定乎？可慨也，噫！

恺切而足才藻，如范晔《后汉书》诸传论。其他如《国家将兴必有祯祥》一义，则又揄扬而为雍容，如王褒《圣主得贤臣颂》也。惜所传不多。然王安石、苏辙笔皆单驶，而万里则成排比之体；王安石、苏辙语必己出，而万里则开代言之风。明代制义文破承起讲股对大结之具体而微，当以万里为大辂椎轮也。顾特以弘润发藻，与诗之以生拗立格者不同。

范成大，字致能，吴郡人。绍兴擢进士第，历仕孝宗，累拜参知政事。以诗人荐陆游。所居石湖,在太湖之滨,孝宗宸翰扁之,因以题集;传有《石湖诗集》三十四卷。其诗与陆游、尤袤及万里,号南宋四大家。异陆游之圆润,同万里之清迥,以故万里极推重之,而序其集,以谓:"大篇决流,短章敛芒,缛而不酿,缩而不窘,清新妩丽,掩有鲍谢;奔逸隽伟,穷追太白。予之于诗,岂以千里畏人者?而于范公独敛衽焉。"然"清新妩丽",似欲追参鲍谢,而未"掩有"、"奔逸隽伟",如曰"穷追太白",夫岂其然?"缛而不酿","短章敛芒",则诚有之;"缩而不窘","大篇决流",非曰能焉。今诵其句:五言如"涧声穿竹去,云影过山来","天高月徘徊,野旷山突兀,暗蛩泣草露,怨乱语还咽,凉萤不复举,点缀稻花末,惟余络纬豪,悲壮殷林樾,小虫亦何情,孤客心断绝","稻穗黄欲卧,槿花红未落,秋莺尚娇姹,晚蝶成飘泊,犬駃逐车马,鸡惊扑篱落","宿云拂树过,飞泉劈山响","人稀山木寿,土瘦水泉香","未熟灯前梦,闲寻道上诗","尽日风长籁,无时地不梅","山外江水黄,江外满城绿,城外杳无际,天低到平陆","晓梦孤灯见,春阴病骨知","束江崖欲合,漱石水多漩","云头隤铁山,日脚迸金瀑","泥干马蹄松,路坦亭堠速","云薄竟悭雪,酒泼先受春","雁声凌急雨,灯影战斜风","瘦比中年甚,寒惟病骨知,羡渠儿女健,绕屋探南枝","退闲惊客至,衰懒怕书来"。七言如"百尺西楼十二阑,日迟花影对人闲,春风已入片时梦,寒食从今数日间","事如梦断寻无处,人似春归挽不留","无风杨柳漫天絮,不雨棠梨满地花","飞絮著人春共老,片云将梦晚俱还","叶底青梅无数子,梢头红杏不多花","随风片叶乡心动,过雨千峰病眼明","草色有无春最好,客心去住水长东","雨脚远连山脚暗,杏梢斜倚竹梢红","幽禽不见但闻语,野草无名都著花","江头一尺稻花雨,窗外三更蕉叶风","残更未尽鸦先起,虚幌无声鼠自惊","节物何曾欺老病,书生自惯说悲辛","偶问客年惊我老,忽闻莺语叹春深","身闲一日似两日,春浅南枝如北枝","牡丹破萼樱桃熟,未许飞花减却春","云堆不动山深碧,星出无多月淡黄",亦皆风趣幽隽,音节清脆。大抵得笔之峭秀于西江,得味之幽隽于晚唐，味幽而格瘦，与杨万里略似。惟万里以西江入，而以晚唐化；成大则以晚唐始，而以西江终。《四库提要》著录称："初年吟咏，实沿溯中唐以下。观第三卷《夜宴曲》下注'以下二首效李贺'，《乐神曲》下注'以下四首效王建'，已明明言之。其他如西江有《单鹄行》、《河豚叹》，则杂长庆之体；《嘲里人新婚诗》、《春晚》三首、《隆师四图》诸作，则全为晚唐五代之音；其门径皆可覆按。自官新安掾以后，骨力乃以渐而遒；盖追溯苏黄遗法，而约以婉峭，自为一家。"似矣而未尽。其实得山谷之遒炼，而不为捃摭；逊东坡之豪放，而约以婉峭；异陆游之熟易，而同其清新；有万里之幽瘦，而避其俗俚。万里善用其长，肆意有作；成大则避所短，敛手勿犯。陆游语多乐易；万里、成大意含怅惘。皆出入江西，而欲有所变以自名家者也。

永嘉四灵为徐玑号灵渊，徐照字灵晖，翁卷字灵舒，赵师秀号灵秀。自江西诗兴而唐诗废，永嘉徐玑与同郡徐照、翁卷、赵师秀议曰："昔人以浮声切响，单字只句计巧拙；盖风骚之至精也。近世乃连篇累牍，汗漫而无禁，岂能名家哉？"四人者，皆游叶适之门。而适欲振唐诗以挽江西；四人受其学，而诗功所至，刻意瘦炼，不为硬语之盘空，而为秀语之出幽。玑有《二薇亭诗》，照有《芳兰轩集》，卷有《西岩集》，师秀有《清苑斋集》，各一卷，传于世。其原出于贾岛姚合。惟贾岛姚合之为瘦炼者，不能为韩愈之妥帖力排奡，避所短而不犯；四人之为瘦炼者，则有见西江之恣睢流猖狂，矫其枉而相救；一为元和之余波，一则西江之转手，瘦炼同，而所以为瘦炼者不同；不同其指而同其格，尤尚五言律体，师秀曰："一篇幸止有四十字，更增一字，吾末如之何矣。"其精苦如此。然有幽韵而无深致，语尽秀而笔或率，取径太狭，可惋在碎；但当其得机得神，融情入景，清便宛转，自然韵流；而七言不如五言；七言以绝为胜，五言之律尤秀。五言律如赵师秀《雁荡宝冠寺》曰：

行向石栏立，清寒不可云。流来桥下水，半是洞中云。欲住逢年尽，因吟过夜分。荡阴当绝顶，一雁未曾闻。

又《刘隐君山居》曰：

嫌在城中住，全家入翠微。开松通月过，接竹引泉归。虑淡头无白，诗清貌不肥。必无车马至，犹掩向岩扉。

翁卷《处州苍岭》曰：

步步蹑飞云，初疑梦里身。村鸡数声远，山舍几家邻。不雨溪长急，非春树亦新。自从开此岭，便有客行人。

徐照《石门庵》曰：

庵是何年作？其中住一僧。苍崖从古险，白日少人登。众物清相映，吾生隐未能。夜来新过虎，抓折树根藤。

徐玑《山居》曰：

柳竹藏花坞，茅茨接草池。开门惊燕子，汲水得鱼儿。地僻春犹静，人闲日更迟。山禽啼忽住，飞起又相随。

七言绝如赵师秀《数日》曰：

数日秋风欺病夫，尽吹黄叶下庭芜。林疏放得遥山出，又被云遮一半无。

又《玉清夜归》曰：

岩前未有桂花开，观里闲寻道士来。微雨过时松路黑，野萤飞出照青苔。

徐照《舟上》曰：

小船停桨逐潮还，四五人家住一湾。贪看晓光侵月色，不知云气失前山。

徐玑《建剑道中》曰：

云麓烟峦知几层，一湾溪转一湾清。行人只在清湾里，尽日松声杂水声。

又《新秋》曰：

新秋一雨洗林关，晚色清澄满望间。风静白云横不断，山前又叠一重山。

幽秀窈折。其他摘句：五言如赵师秀“瀑近春风湿，松多晓日青”，“诗好逢人诵，琴清只自弹”，“一片叶初落，数联诗已清”，“水禽多雪色，野笛忽秋声，必有新诗句，溪流合让清”，“雁落遥渺小，人登废垒闲，因怜一州景，皆在夕阳间”，“地静微泉响，天寒落日红”，“莺啼声出树，花落片随波”，“野水多于地，春山半是云”，“忙是僧相过，闲惟雨可听”，翁卷“果落群猿拾，林昏独虎行”，“幽鹭窥泉立，闲童跨犊眠”，“一阶春草碧，几片落花轻”，“乱山秋雨后，一路野蝉鸣”，“一片太湖色，远涵秋气空”，“石老苔为貌，松寒薜作衣”，“巷湿人行少，空寒雁叫多”，徐照“千岑经雨后，一雁带秋来”，“水边山出月，松上雨沾衣”，“殿高灯焰短，山合磬声圆”，徐玑“江迴风来急，山低月落迟”。

七言如赵师秀“有约不来过夜半，闲敲棋子落灯花”，“岩竹倒添秋水碧，渚莲平接夕阳红”，“笱从坏砌砖中出，山在邻家树上青”，徐照“扫地就凉松日少，煮茶消困石泉新”，“叶著地飞随步履，鹤于人熟听吟哦”，徐玑“眼看别峰云雾起，不知身也在云间”，“溪流偶到门前合，山色偏来竹里青”。如晓钟疏响，尘襟自清。叶适为照志墓，称：“其诗数百，琢思尤奇；横绝歘起，冰悬雪跨，使读者变掉憀栗，肯首吟叹，不能自已。然无异语，皆人所知也，人不能道耳。”所以奖许之者甚至。然《跋刘潜夫诗卷》，则又曰：“谢显道称不如流连光景之诗，此论既行，而诗因以废矣。潜夫能以谢公所薄者自鉴，而进于古人不已，参雅颂，轶风骚，而及乎开元元和之盛，可也；何必四灵哉。”盖四灵之诗，止于“流连光景”而已；无胸襟，故无抱负；无寄托，故无比兴；斯所以不能“参雅颂，轶风骚，而及乎开元元和之盛”也；要其清隽者在此，而其卑薄者亦在此。于是进而益上，严羽出，而标举盛唐以为说焉。

严羽，字仪卿，福建邵武人。见南渡以来，江西诗派盛行，始而捃摭饾饤以矜出处，继则肤粗浅俚以为雄肆；而矫之者如永嘉四灵，又落晚唐江湖破碎尖巧之习。因标举盛唐之兴象，补偏救弊，而著《沧浪诗话》一卷；欲以运实于虚，药西江之捃摭粗俚；化零为整，救四灵之破碎尖巧。首《诗辨》，次《诗体》，次《诗法》，次《诗评》，次《考证》。括囊古今，而主于妙悟，以禅为喻。

其《诗辨》曰："禅家者流，乘有小大，宗有南北，道有邪正。学者须从最上乘，具正法眼，悟第一义。若小乘禅，声闻辟支果，皆非正也。论诗如论禅。汉、魏、晋与盛唐之诗，则第一义也。大历以还之诗，则小乘禅也；已落第二义矣。晚唐之诗，则声闻辟支果也。大抵禅道惟在妙悟，诗道亦在妙悟。且孟襄阳学力，下韩退之远甚；而其诗独出退之之上者，一味妙悟而已；惟悟乃为当行，乃为本色。然悟有浅深，有分限，有透彻之悟，有但得一知半解之悟。汉魏尚矣，不假悟也。谢灵运至盛唐，透彻之悟也。他虽有悟，皆非第一义也。夫学诗者以识为主，入门须正，立志须高。以汉、魏、晋、盛唐为师，不作开元天宝以下人物；若自退屈，即有下劣诗魔，入其肺腑之间，由立志之不高也。行有未至，可加工力；路头一差，愈骛愈远，由入门之不正也。工夫须从上做下，不可从下做上。先须熟读《楚词》，朝夕讽咏以为之本；及读《古诗十九首》，乐府四篇，李陵、苏武，汉魏五言，皆须熟读；即以李杜二集枕藉观之，如今人之治经；然后博取盛唐名家，酝酿胸中，久之，自然悟入。虽学之不至，亦不失正路，此乃从顶门上做来，谓之向上一路，谓之直截根源，谓之顿门，谓之单刀直入也。夫诗有别材，非关书也；诗有别趣，非关理也；然非多读书，多穷理，则不能极其至。所谓不涉理路，不落言诠者上也。诗者，吟咏情性也。盛唐诸人，惟在兴趣，羚羊挂角，无迹可求，故其妙处，透彻玲珑，不可凑泊，如空中之音，相中之色，水中之月，镜中之象，言有尽而意无穷。近代诸公，乃作奇特解会，遂以文字为诗，以才学为诗，以议论为诗，夫岂不工？终非古人之诗也，盖于一唱三叹之音有歉焉。且其作多务使事，不问兴致。用字必有来历，押韵必有出处，读之反覆终篇，不知著到何在。其末流甚者，叫噪怒张，殊乖忠厚之风，殆以骂詈为诗。诗而至此，可谓一厄也。国初之诗，尚沿袭唐人。王黄州学白乐天，杨文公、刘中山学李商隐，盛文肃学韦苏州，欧阳公学韩退之古诗，梅圣俞学唐人平淡处。至东坡、山谷，始自出己意以为诗，唐人之风变矣。山谷用功，尤为深刻，其后法席盛行，海内称为江西宗派。近世赵紫芝、翁灵舒辈，独喜贾岛、姚合之诗，稍稍复就清苦之风。江湖诗人，多效其体，谓之唐宗，不知止入声闻辟支之果，岂盛唐诸公正法眼哉？嗟乎，正法眼之无传久矣！唐诗之说未唱，唐诗之道，或有时而明也。今既唱其体曰唐诗矣，则学者谓唐诗诚止于是耳，得非诗道之重不幸耶？故予不自长度，定诗之宗旨，借禅以为喻，推原汉魏以来，而截然谓当以盛唐为法。”

论《诗评》曰：“看诗须著金刚眼睛，庶不眩于旁门小法。辨家数，如辨苍白，方可言诗。诗有词理意兴。南朝人尚词而病于理，本朝人尚理而病于意，唐人尚意兴而理在其中。汉魏之诗，词理意兴，无迹可求。汉魏古诗，气象混沌，难以句摘。晋以还，方有佳句，如渊明‘采菊东篱下，悠然见南山’，谢灵运‘池塘生春草’之类。谢所以不及陶者，康乐之诗精工，渊明之诗质而自然耳。建安之作，全在气象，不可寻枝摘叶。灵运之诗，已是彻首尾成对句矣，是以不及建安也。黄初之后，惟阮籍《咏怀》之作，极为高古，有建安风骨。晋人舍陶渊明、阮嗣宗外，惟左太冲高出一时。陆士衡独在诸公之下。颜不如鲍，鲍不如谢。谢灵运之诗，无一篇不佳。谢朓之诗，已有全篇似唐人者。《拟古》惟江文通最长；拟渊明似渊明，拟康乐似康乐，拟左思似左思，拟郭璞似郭璞，独拟李都尉一首，不似西汉耳。虽谢康乐拟邺中诸子之诗，亦气象不类。至于刘玄休《拟行行重行行》等篇，鲍明远《代君子有所思》之作，仍是其自体耳。盛唐人有似粗而非粗处，有似拙而非拙处。李杜二公，正不当优劣。子美不能为太白之飘逸，太白不能为子美之沉郁。太白《梦游天姥吟》、《远离别》等，子美不能道；子美《北征》、《兵车行》、《垂老别》等，太白不能作。论诗以李杜为准。少陵诗法如孙吴，太白诗法如李广。少陵如节制之师。少陵诗，宪章汉魏，而取材于六朝；至其自得之妙，则所谓集大成者也。观太白诗者，要识真太白处。太白天材豪逸，语多卒然而成者；学者于每篇中，要识其安身立命处可也。太白发句，谓之开门见山。李杜数公，如金鸡擘海，香象渡河；下视郊岛辈，直虫吟草间耳。人言太白仙才，长吉鬼才，不然。太白，天仙之词；长吉，鬼仙之词耳。玉川之怪，长吉之瑰诡，天地间自欠此体不得。孟浩然之诗，讽咏之久，有金石宫商之声。高岑之诗悲壮，读之使人感慨。孟郊之诗刻苦，读之使人不欢。孟郊之诗，憔悴枯槁，其气局促不伸，退之许之，何耶？盛唐人诗，亦有一二滥觞晚唐者；晚唐人诗，亦有可入盛唐者；要当论其大概耳。戎昱在盛唐为最下，已滥觞晚唐矣。戎昱之诗，有绝似晚唐者；权德舆之诗，却有绝似盛唐者。权德舆，或有似韦苏州、刘长卿处。冷朝阳在大历才子中为最下。马戴在晚唐诸人之上。刘沧、吕温，亦胜诸人。李濒不全是晚唐，间有似刘随州处。大历之诗，高者尚未识盛唐，下者渐入晚唐矣。大历以后，吾所深取，李长吉、柳子厚、刘言史、权德舆、李涉、李益耳。大历后，刘梦得之绝句，张籍王建之乐府，吾所深取耳。柳子厚五言古诗，尚在韦苏州之上；岂元白同时诸公所可望耶？唐人惟柳子厚深得骚学，退之、李观皆所不及。退之《琴操》极高古，正是本色，非唐贤所及。唐人七言律诗，以崔灏《黄鹤楼》为第一。和韵最害人诗，古人酬唱不次韵，此风始盛于元白皮陆；本朝诸贤，乃以此而斗工，遂至往复有八九和者。唐人好诗，多是征戍、迁谪、行旅、离别之作，往往能感动激发人意。唐人与本朝人诗，未论工拙，直是气象不同。雄深雅健四字，但可评文，于诗用健字不得。坡谷诸公之诗，如米元章之字，虽笔力劲健，终有子路事夫子时气象。盛唐诸公之诗，如颜鲁公之书，既笔力雄壮，又气象浑厚，不同如此。唐人命题言语，亦是不同。杂古人之集而观之，不必见诗，望其题引，而知为唐人今人矣。”

论《诗法》曰:"诗之品有九:曰高,曰古,曰深,曰远,曰长,曰雄浑,曰飘逸,曰悲壮,曰凄婉。诗之法有五:曰体制,曰格力,曰气象,曰兴趣,曰音节。其用功有三:曰起结,曰句法,曰字眼。其大概有二:曰优游不迫,曰沉着痛快。诗之极致有一,曰入神,至矣尽矣,蔑以加矣;惟李杜得之,他人得之盖寡也。学诗先除五俗:一曰俗体,二曰俗意,三曰俗句,四曰俗字,五曰俗韵。须是本色,须是当行。对句好可得,结句好难得,发句好尤难得。发端忌作举止,收拾贵在出场。不必太著题,不必多使事。押韵不必有出处,用字不必拘来历。下字贵响,造语贵圆。意贵透彻,不可隔靴搔痒;语贵脱洒,不可拖泥带水。最忌骨董,最忌趁贴。语忌直,意忌浅,脉忌露,味忌短。音韵忌缓散,亦忌迫促。诗难处在结裹;譬如番刀须用北人结裹,若南人便非本色。须参活句,勿参死句。词气可颉颃,不可乖戾。试以己诗置之古人诗中,与识者观之而不能辨,则真古人矣。律诗难于古诗,绝句难于八句。七言律诗难于五言律诗,五言绝句难于七言绝句。学诗有三节:其初不识好恶,连篇累牍,肆笔而成。既识羞愧,始生畏缩,成之极难。及其透彻,则七纵八横,信手拈来,头头是道矣。"自谓:"断千百年公案,至当归一之论。其间说江西诗病,真取心肝刽子手。"又曰:"仆于作诗不敢自负;至识则自谓有一日之长,于古今体制,若辨苍素。"及自为诗,纯任性灵,清音独袅,切响遂稀,传有《沧浪集》二卷。然承西江叫嚣之余,变以兴象,如词家苏辛之后有姜夔;要其选言新秀,吐属天然,盖清初王士祯诗派之所自出云。

第四节　张孝祥　辛弃疾附刘过　刘克庄　蒋捷　姜夔　吴文英　周密　史达祖　高观国　王沂孙　张炎

张孝祥,字安国,号于湖,蜀之简州人也,徙居历阳。绍兴二十四年廷对第一，出高宗亲擢；秦桧孙埙居其下，为桧所忌，以事傅致于狱。桧死，益以是得高宗知，擢中书舍人，直学士院，知潭州。因宴客，妓歌陈济翁《蓦山溪》词，至"金杯酒，君王劝，头上宫花颤"，首为摇动者数四。坐客忍笑指目，而孝祥不觉也。其诗文皆追摹苏轼；而平昔为词，未尝著稿，笔酣兴健，得苏轼之浩怀逸气，襟抱开朗，仍是含蓄不尽。如《念奴娇·过洞庭》曰：

> 洞庭青草，近中秋更无一点风色。玉界琼田三万顷，著我扁舟一叶。素月分辉，明河共影，表里俱澄澈。怡然心会，妙处难与君说。　　应念岭海经年，孤光自照，肝肺皆冰雪。短发萧骚襟袖冷，稳泛沧浪空阔。尽吸西江，细斟北斗，万象为宾客。扣舷一笑，不知今夕何夕。

又《六州歌头》曰：

> 长淮望断，关塞莽然平。征尘暗，霜风劲，悄边声，黯销凝。追想当年事，殆天数，非人力。洙泗上，弦歌地，亦羶腥。隔水毡乡，落日牛羊下，区脱纵横。看名王宵猎，骑火一川明。笳鼓悲鸣，遣人惊。　　念腰间箭，匣中剑，空埃蠹，竟何成！时易失，心徒壮，岁将零，渺神京。干羽方怀远，静烽燧，且休兵。冠盖使，纷驰骛，若为情。闻道中原遗老，常南望翠葆霓旌。使行人到此，忠愤气填膺，有泪如倾。

在建康留守席，赋此阕，感慨淋漓，主人为之罢席。传有《于湖词》一卷。其词与辛弃疾同出苏轼。然弃疾恣意横溢，简直文势；孝祥则抗首高歌，犹有诗情；所以发扬蹈厉之中，犹有宛转悠扬之致也。至弃疾则张脉偾兴，而粗厉猛起奋末广贲之音作矣。

辛弃疾，字幼安，历城人。耿京聚兵山东以抗金，留掌书记。绍兴中，令奉表南归。高宗大喜，授承务郎，累官浙东安抚使，进枢密都承旨。先是蔡元工于词，靖康中，陷金。弃疾以诗词谒。元曰："子之诗则未也；当以词名家。"传有《稼轩词》四卷。抚时感事，慨当以慷，其源出于苏轼，而异军突起。苏轼抗首高歌，以诗之歌行为词；弃疾则横放杰出，直以文之议论为词。苏轼之词，雄矫而臻浑成，其笔圆；弃疾之词，恣肆而为槎枒，其势横。词之弃疾学苏，犹诗之昌黎学杜也。周邦彦隐栝唐诗入词，弃疾则隐栝经子语、史语、文语入词，纵横跳荡，如勒新驹，如捕长蛇，不可捉摸。如《霜天晓角·旅兴》曰：

> 吴头楚尾，一棹人千里。休说旧愁新恨，长亭今如此。
> 宦游吾倦矣，玉人留我醉。明日落花寒食，得且住为佳耳。

又《品令·庆族姑八十》曰：

> 更休说便是个住世观音菩萨。甚今年容貌八十岁，见底道才十八。　　莫献寿星香烛，莫祝灵椿龟鹤；只消得轻轻去"十"字上添一撇。

又《卜算子·齿落》曰：

> 刚者不坚牢，柔的难摧挫。不信张开口角看，舌在牙先堕。
> 已阙两边厢，又豁中间个。说与儿曹莫笑翁，狗窦从君过。

又《西江月·遣兴》曰：

> 醉里且贪欢笑，要愁那得工夫。近来始觉古人书，信著全无是处。　　昨夜松边醉倒，问松"我醉何如?"只疑松动要来扶，以手推松曰"去"!

又《鹊桥仙·赠鹭鸶》曰：

> 溪边白鹭，来吾告汝：溪里鱼儿堪数。主怜汝，汝又怜鱼，要物我欣然一处。　　白沙远浦，青泥别渚，剩有鰕跳鳅舞。听君飞去，饱时来，看头上风吹一缕。

又《玉楼春·戏赋云山》曰：

> 何人半夜推山去？四面浮云猜是汝。当时相对两山峰，走

遍溪头无觅处。　　西风瞥起云横度，忽见东南天一柱。老僧拍手笑相夸："且喜青山依旧住！"

又《南乡子·登京口北固亭有怀》曰：

何处望神州？满眼风光北固楼。千古兴亡多少事，悠悠，不尽长江滚滚流。　　年少万兜鍪，坐断东南战未休。天下英雄谁敌手？曹刘。生子当如孙仲谋。

又《归朝欢·题赵晋臣敷文积翠岩》曰：

我笑共工缘底怒，触断峨峨天一柱。补天又笑女娲忙，却将此石投闲处，野烟荒草路。先生拄杖来看汝，倚苍苔摩挲，试问千古几风雨。　　长被儿童敲火苦，时有牛羊磨角去。霍然千丈翠岩屏，锵然一点甘泉乳。结亭三四五。会相暖热携歌舞。细思量，古来寒士不遇有时遇。

又《贺新郎》曰：

甚矣吾衰也！怅平生交游零落，只今余几？白发空垂三千丈，一笑人间万事，问何物能令公喜？我见青山多妩媚，料青山见我应如是。情与貌，略相似。　　一尊搔首东窗里，想渊明《停云》诗就，此时风味。江左沉酣求名者，岂识浊醪妙理？回首叫云飞风起。不恨古人吾不见，恨古人不见吾狂耳！知我者，二三子。

奋笔为之，直是以文为词；篇章腾跃，糅杂经语、子语、史语、俚俗语，动荡蟠屈，如黄河九曲，挟泥沙俱下，不害浑灏流转，苏轼之所无也。其中抗首高歌，如苏轼之以歌行为词者，则《南乡子·登京口北固亭有怀》一阕，是也。又如《摸鱼儿·淳熙己亥自湖北漕移湖南同官王正之置酒小山亭赋》曰：

更能消几番风雨，匆匆春又归去。惜春长怕花开早，何况落红无数！春且住，见说道天涯芳草无归路。怨春不语。算只有殷勤画檐蛛网，尽日惹飞絮。　　长门事，准拟佳期又误。蛾眉曾有人妒。千金纵买相如赋，脉脉此情谁诉？君莫舞！君不见玉环飞燕皆尘土，闲愁最苦。休去倚危栏，斜阳正在烟柳断肠处。

又《贺新郎·别茂秦十二弟》曰：

绿树听鹈鴂，更那堪鹧鸪声住，杜鹃声切。啼到春归无尽处，苦恨芳菲都歇。算未抵人间离别。马上琵琶关塞黑，更长门翠辇辞金阙。看燕燕，送归妾。　　将军百战身名烈。向河梁回头万里，故人长绝。易水萧萧西风冷，满座衣冠似雪。正壮士悲歌未彻。啼鸟还知如许恨，料不啼清泪长啼血。谁共我，醉明月。

绸缪宛转之情，沉郁顿挫之笔，逸怀浩气，贯注乎绮罗香泽，慷慨悲歌，一笔驶转，亦以歌行为词，而原出苏轼者也。欲知辛之所以为辛，当知辛之所以异苏。时论以东坡为词诗，稼轩为词论，罕譬而喻；而观诸家词选之于辛，皆以其为苏者为辛也。然弃疾亦有清切婉丽，儿女喁喁，衍花间之余韵者，如《祝英台近·晚春》曰：

宝钗分，桃叶渡，烟柳暗南浦。怕上层楼，十日九风雨。断肠点点飞红，都无人管，更谁劝流莺声住？　　鬓边觑，试把花卜归期，才簪又重数。罗帐灯昏，哽咽梦中语："是他春带愁来。春归何处，却不解带将愁去。"

又《小重山·舟中记梦》曰：

攲枕舻声边，贪听咿哑聒醉眠。梦里笙歌花底去，依然翠袖盈盈在眼前。　　别后两眉尖，欲说还休梦已阑。只记埋冤前夜月，相看；不管人愁独自圆。

特寓深婉于疏俊，以妍媚出沉郁，与晏幾道、秦观同工；而与晏殊、欧阳修异趣。盖晏殊、欧阳修，衍南唐之绵丽；晏幾道、秦观，出花间之疏俊；深婉同，而所以为深婉者不同。晏殊、欧阳修，深婉而出以舒徐，晏幾道、秦观，深婉而发以灵警；而弃疾，则承晏幾道、秦观一脉者也。弃疾有艳歌闺情，而清空辨折，一洗绮罗香泽者，如《丑奴儿》曰：

少年不识愁滋味，爱上层楼，爱上层楼，为赋新词强说愁。

而今识尽愁滋味，欲说还休，欲说还休，却道"天凉好个秋"。

又《武陵春》曰：

走来走去三百里，五日以为期。六日归时已是疑，应是望多时。　　鞭个马儿归去也，心急马行迟。不免相烦喜鹊儿，先报那人知。

运笔灵警，笔曲而机利，直似花间之韦庄焉。大抵弃疾之词，得灵警松秀之笔于花间，得浑灏排荡之气于东坡；而镕经铸史，糅杂俚俗，发以粗大，溢为奇恣；此所以异军突起，而名一家言也。

刘过，字改之，太和人；放浪湖海，而家于西昌，自号龙洲道人。传有《龙洲词》一卷；疏狂不羁，独辛弃疾客之；故其为词生拗盘屈，得法弃疾，亦不以粗重为嫌。弃疾之为浙东安抚使也，以书招；而过不应，答以《沁园春》曰：

斗酒彘肩，风雨渡江，岂不快哉！被香山居士，约林和靖，与东坡老，驾勒吾回。坡谓："西湖正如西子，浓抹淡妆临照台。"二人者俱掉头不顾，只管传杯。　　白云："天竺去来！看金碧峥嵘图画开；更纵横一涧东西水，绕两山南北，高下云堆。"逋曰："不然！暗香疏影，何似孤山先探梅？"须晴去，访稼轩未晚，且此徘徊。

弃疾以议论为词；而过此作直以传记之笔，而为设想之词，与三贤游，固可睨视稼轩；然视香山和靖之清风高致，则东坡所谓"淡妆浓抹"，尚且掉头不顾；稼轩富贵，更焉能相浼哉！磊落英多，盘空硬语，直欲推倒一时豪杰，开拓万古心胸矣。稍后出，而宗弃疾以称健笔者，曰刘克庄。

刘克庄，字潜夫，号后村，莆田人。以荫仕，累官仙都令。而咏落梅，有“东君谬掌花权柄，却忌孤高不主张”句，得罪宰相史弥远，罢仕。及弥远死而起废，累官龙图阁直学士。传有《后村别调》一卷。其为词原出弃疾，如论说，如传记，以文为词，才力雄放，议论澜翻。如《沁园春·梦方孚若》曰：

何处相逢，登宝钗楼，访铜雀台。唤厨人斫就，东溟鲸脍；圉人呈罢，西极龙媒。天下英雄，使君与操，余子谁堪共酒杯！车千乘，载燕南代北，剑客奇材。　饮酣鼻息如雷。谁信被晨鸡催唤回。叹年光过尽，功名未立；书生老去，机会方来。使李将军遇高皇帝，万户侯何足道哉！推衣起，但凄凉感旧，慷慨生哀。

又《寄九华叶贤良》曰：

一卷阴符，二石硬弓，百斤宝刀。更玉花骢喷，鸣鞭电抹；乌丝栏展，醉墨龙跳。牛角书生，虬须豪客，谈笑皆从折简招。依稀记曾请缨系粤，草檄征辽。　当年自视云霄。谁信道凄凉今折腰。怅燕然未勒，南归草草；长安不见，北望迢迢。老去胸中有些磊块，歌罢犹须著酒浇。休休也，但帽边鬓减，镜里颜凋。

又《赠孙季蕃》曰：

岁暮天寒，一见飘然，幅巾布裘。尽侵云鸟道，跻攀绝顶；拍天鲸浸，笑傲中流。畴昔期君紫髯铁面，生子当如孙仲谋。谁知道、到中年，犹未建节封侯。　南来万里何来，因感慨乔公成远游。怅名姬骏马，都如昨梦；只鸡斗酒，难到新丘。天地无情，功名有数，千古英雄只么休！平生独羊昙一个，泪洒西州。

笔酣墨饱，慷慨悲歌，壮语足以立懦，雄力足以排奡。但宋代词人，柳永、周邦彦，调情卖俏，无一念关怀君国；固是浪子行径，而见惑溺之深。刘克庄伤时忧乱，无一词不感沧桑，亦是文士张致，而非性情之真。柳永、秦观，秽言不忌，读之羞口。辛弃疾、刘克庄，大言不惭，亦为赧颜。柳永、周邦彦无胸襟，无抱负，所以不知比兴，不知寄托。辛弃疾、刘克庄有胸襟，有抱负，而亦不知比兴，不知寄托。事著而文不微，言外而意无内，一览无余，其病只在直写。

蒋捷，字胜欲，宜兴人。德祐进士。传有《竹山词》一卷，亦原出辛弃疾者也。其词横放杰出，以生拗见笔力；如《霜天晓角·折花》曰：

> 人影窗纱，是谁来折花？折则从他折去，知折去，向谁家？
> 檐牙枝最佳，折时高折些。说与折花人，道须插向鬓边斜。

又《贺新郎·兵后寓吴》曰：

> 深阁帘垂绣。记家人软语灯边，笑涡红透。万叠城头哀怨角，吹落霜花满袖。影厮伴东奔西走。望断乡关知何处，羡寒鸦到著黄昏后。一点点，归杨柳。　　相看只有山如旧。叹浮云本是无心，也成苍狗。明日枯荷包冷饭，又过前头小阜。趁未发且尝村酒。醉探枵囊毛锥在，问邻翁："要写牛经否？"翁不应，但摇手。

以粗为朴，以俗为雅，涉笔成趣，别饶诙诡；而《贺新郎》一阕，沉郁苍凉，以辛参苏。唐太宗云"人言魏徵举止疏慢，我视之更觉妩媚"，正不必绮妮风光以矜姿致也。然捷亦有风情绰约，而尽脱畦径者；如《虞美人·梳楼》曰：

> 丝丝杨柳丝丝雨，春在溟蒙处。楼儿忒小不藏愁，几度和云飞去觅归舟。　　天怜客子乡关远，借与花消遣。海棠红近绿阑干，才卷珠帘，却又晚风寒。

辞笔生动，意境深婉，亦正不减秦观。大抵捷之词，其豪健者出辛弃疾，其清丽者出秦观，然有余于疏快，不足于沉郁；而宛转悠扬，词品固当在刘过之上尔。

姜夔,字尧章,鄱阳人,寓居吴兴之武康,与白石洞天为邻,自号白石道人。庆元中,上书乞正太常雅乐,得免解,迄不第也。传有《白石道人歌曲》四卷,绵密而不为浓丽,深婉而出以空灵,于南宋特为词宗。苏轼、辛弃疾,逸怀浩气,腾跃于行墨之间;夔则深情密意,宛委于篇章以外。苏轼、辛弃疾,发之尽而肆有余劲;夔则敛为不尽而婉有余味。如《点绛唇·丁未冬过吴淞》曰:

> 燕雁无心,太湖西畔随云去。数峰辛苦,商略黄昏雨。　第四桥边,拟共天随住。今何许?凭阑怀古。残柳参差舞。

又《少年游·戏张斗甫》曰:

> 双螺未合,双蛾先敛,家在碧云西。别母情怀,随郎滋味,桃叶渡江时。　扁舟载了匆匆去,今夜泊前溪。杨柳津头,梨花墙外,心事两人知。

又《淡黄柳·客合肥》曰:

> 空城晓角,吹入垂杨陌。马上单衣寒恻恻。看尽鹅黄嫩绿,都是江南旧相识。正岑寂。　明朝又寒食。强携酒小桥宅。怕梨花落尽成秋色。燕燕飞来,问春何在?惟有池塘自碧。

风流婉约,原出晏殊;清便流易,亦参秦观;然婉而不丽,此所以异于《珠玉》也;清而不切,此所以异于《淮海》也。顾一时论者谓"其精妙不减清真,而高处有美成所不能及"。则拟之不尽于伦。不知周邦彦精而不妙,夔则妙而未精。盖邦彦有余于功力,夔则或伤于滑易。邦彦笔之沉着,语之华艳,远过于夔;而辞之清,境之真,则不如夔。邦彦特工造语,而夔则能造境;夔意余于词,味美于回,邦彦则极意作艳词耳。邦彦浓妆,夔则淡抹。邦彦之后有夔,犹古文韩之后有欧乎?及其蔽也,虚神摇曳,空而伤泛,清而不切;亦犹欧归之流为桐城末派已。独张炎以为:"词要清空,不要质实;姜白石如野云孤飞,去留无迹。”则可谓知夔之深者也。

南宋词人，罕兼能诗。独夔则词宗，而诗亦别出江西以欲自名家。夔少学诗于萧𣂏字东夫；𣂏爱而妻以兄子。杨万里，𣂏之诗友也，因折节与夔交；而范成大更相友善。传有《白石道人诗集》二卷。其诗力湔肤廓，格老而韵高，视万里为和雅；比成大尤峻洁，冥心独往。五言古如《夏日寄朴翁朴翁时在灵隐》、《春日书怀》四首、《箜篌引》、《昔游诗》十五首，七言古如《送王孟玉归山阴》、《乌夜啼》、《送陈敬甫》、《生韵轩》、《契丹歌》，五言绝如《同潘德久作明妃诗》三首之一，七言绝如《沪上寓居杂咏》十四首之一至一四、《平甫见招不欲往》二首、《登乌石寺观张魏公刘安成岳武穆留题》、《访费山人》、《武康丞宅同朴翁咏牵牛》、《下菰城》、《萧山》，咸为一集之胜。大抵古胜于近，律不如绝。

姜夔尝著《诗说》，以谓：“僻事实用，熟事虚用，学有余而约以用之，善用事者也。意有余而约以尽之，善措词者也。句中无余字，篇外无剩语，非善之善者也；句中有余味，篇中有余意，善之善者也。始于意格，成于句字。”盖承西江之极盛，而欲以优游救西江之迫切，以精约救西江之滥漫，以高秀救西江之伧俗者也。《自序》称：“三薰三沐师黄太史氏，居数年，一语不敢吐。始大悟学即病，顾不若无所学之为得；作者求与古人合，不若求与古人异；求与古人异，不若不求与古人合而不能不合，不求与古人异而不能不异。彼其有见乎诗也，故向也求与古人合，今也求与古人异；及其无见乎诗已，故不求与古人合而不能不合，不求与古人异而不能不异。”则其自负不浅已。其实清拔之笔，不出西江，而敛之为约，以蕴藉救其尽；幽隽之味，只是晚唐，而发之以永，以优游博其趣。所以西江入而晚唐出，蹊径与万里略同。特是万里才大而气粗，夔则语约而趣博。《四库提要》称“夔拔于宋人之外，傲视诸家”，亦未深究本末而为知言也。

吴文英，字君特，号梦窗，四明人。尝与辛弃疾、姜夔游，以词唱和，为时所宗，传有《梦窗甲、乙、丙、丁四稿》。同时尹焕曰：“求词于吾宋，前有清真，后有梦窗。此非焕之言，天下之公言也。"然周邦彦工于造语，而特未融于境；尚有驱迈之气，运遣之笔，撮得事切，炼得意警。文英丽于缀字，而并未适于语；又无驱迈之气，运遣之笔，砌得词多，讲得意晦。沈泰称其"深得清真之妙，但用事下语太晦处，人不易知"。而张炎比之"七宝楼台，炫人眼目，拆碎下来，不成片段"。当日固有定论。然亦有缀得词丽，而不害炼得意警者，如《如梦令》曰：

秋千争闹粉墙。闲看燕紫莺黄。啼到绿阴处，唤回浪子闲忙。春光春光，正是拾翠寻芳。

又《如梦令》曰：

春在绿窗杨柳，人与流莺俱瘦。眉底暮寒生，帘额时翻波皱。风骤风骤，花径啼红满袖。

又《点绛唇·和吴见山韵》曰：

金井空阴，枕痕历尽秋声闹。梦长难晓，月树愁鸦悄。梅压檐梢，寒蝶寻香到窗黏了。翠池春小，波冷鸳鸯觉。

又《唐多令·惜别》曰：

何处合成愁？离人心上秋。纵芭蕉不雨也飕飕。都道晚凉天气好，有明月，怕登楼。　　年事梦中休。花空烟水流。燕辞归、客尚淹留。垂柳不萦裙带住，谩长是，系行舟。

又《双双燕》赋题曰：

小桃谢后双双燕，飞来几家庭户。轻烟晓暝，湘水暮雨。遥度。帘外余寒未卷，共斜入红楼深处。相将占得雕梁，似约韶光留住。　　堪举翩翩翠羽。杨柳岸，泥香半和梅雨。落花风软，戏从乱红飞舞。多少呢喃意绪，尽日向流莺分诉。还过半墙，谁会万千言语。

以沉郁顿挫之笔，写绮丽绵密之词，片段亦尽浑成，楼台何害七宝。

然而世之选梦窗者，只见其雕缋满眼，炫于七宝，而不见楼台；而不知楼台乃成气象，七宝岂漫灿璀。而七宝之所以成楼台，可组织而不可拆碎；镕铸以精心，运遣以遒笔，化零为整，以成片段；此藻采之所以组织，而七宝之所以楼台。就词论词，所以见作者之技巧，而供文学之吟玩者，在楼台弹指，而不在七宝拆碎。如云拆碎，岂惟七宝楼台，零珠碎玑，不成片段；即非七宝楼台，颓砖碎瓦，亦同零落。其故不在七宝而在拆碎，当为张炎进一解也。昔钟嵘品诗，谓："任昉博物，动辄用事，所以诗不得奇。"文英多文，亦辄用事，所以词不得奇；而名章俊语，转有在不用事者。如《瑞鹤仙》曰："掩庭扉蛛网黏花，细草静摇春碧。"《玉烛新》曰："嫩篁细掐相思字，堕粉轻黏练袖。"《点绛唇》曰："嫩阴绿树，政是春留处。"又一阕曰："雁将秋去，天远青山暮。"《诉衷情》曰："东风不管燕子初来，一夜春寒。"《醉桃源》曰："凭阑人但觉秋肥，花愁人不知。"《西江月》曰："绿阴青子老溪桥，羞见东邻娇小。"《朝中措》曰："木落秦山清瘦，西风几许工夫。"《一剪梅》曰："萼绿灯前，酒带香温。风情谁道不因春，春到一分，花瘦一分。"《探芳信》曰："为春瘦，更瘦如梅花，花应知否。"《杏花天》曰："东风入户先情薄，吹老灯花半萼。"《菩萨蛮》曰："人瘦绿阴浓。"风流蕴藉，自然清丽。而梦窗之所以为梦窗者，固在字句之精深华艳，七宝庄严；然其化堆垛为烟云者，却以有神来之笔，运实于虚，羌无故实，而后血脉跳荡，神情传合也。

周密，字公谨，号草窗，济南人，流寓吴兴，与吴文英过从，以词唱和，一时有二窗之目，传有《苹洲笛渔谱》二卷。独标清丽，不为堆垛，视梦窗松秀过之，比白石深婉差似。如《好事近》曰：

> 秋水浸芙蓉，清晓绮窗临镜。柳弱不胜愁重，染兰膏微沁。
>
> 下阶微折紫玫瑰，蜂蝶扑云鬟。回首见郎羞走，罥绣裙微褪。

又《明月引》曰：

> 雁霜苔雪冷飘萧，断魂潮，送轻桡。翠袖珠楼清夜梦琼箫。江北江南云自碧，人不见，泪花寒，随雨飘。　　愁多病多腰素销。倚清琴，调大招。江空年晚凄凉句，远意难描。月冷花阴，心事负春宵。几度问春，春不语，春又到，到西湖，第几桥。

其他摘句如《解语花》曰："睡起折花无意绪，斜倚秋千立。"《桃源忆故人》曰："相思谩寄流红杳，人瘦花枝多少。"《唐多令》曰："门外绿阴深似海，应未比旧愁多。"《瑶花慢》曰："叹轻别；一襟幽事，砌蛩能说。"《曲游春》曰："看湖船尽入西泠，闲却半湖春色。"又曰："良宵岑寂，正满湖碎月摇花，怎生去得。"《忆旧游》曰："撚残枝重嗅，似徐娘虽老，犹有风情。"《玲珑四犯》曰："凭问柳陌旧莺，人比似垂杨谁瘦？"《谒金门》曰："日迟帘幕静。"《齐天乐》曰："花自多情，看花人自老。"《大酺》曰："一池萍碎，半檐花落。"《浣溪纱》曰："石床闲卧看秋云。"《清平乐》曰："人与杏花俱醉，春风一路闻莺。"眼前事，心头感，自然馨逸，固不必如梦窗之敷陈华藻。然饶韵致而乏意境，颇婉秀而未沉郁；所以味不厚，焰不长也。

史达祖，字邦卿，号梅溪，汴人，流寓于浙，以词唱和，与姜夔相得。而韩侂胄为平章，用为堂吏；赋《满江红·书怀》曰：

> 好领青衫，全不向诗书中得。还也费区区造物许多心力。未暇买田清颍尾，尚须索米长安陌。有当时，黄卷满前头，多惭德。　　思往事，嗟儿剧；怜牛后，怀鸡肋。奈棱棱虎豹，九重九隔。三径就荒秋自好，一钱不直贫相逼。对黄花，常待不成诗，诗成癖。

盖自伤也。然专权用事，奉行文字，拟帖拟旨，俱出一手。赋《满江红·九月二十一日出京怀古》，有云："老子岂无经世术，诗人不预平戎策；办一襟风月看升平，吟春色。"盖讥士大夫风月吟弄，不如己之图匡复，有经世术也。及侂胄用兵而败，遂黥焉。其人品至不足道，而词则抗手作者，传有《梅溪词》一卷，名章俊句，出入苏、秦，而有笔仗，有韵致；婉秀处似淮海，俊迈处似东坡；不为黄庭坚、辛弃疾之粗硬，亦无柳永、秦观之亵诨。如《双双燕》曰：

过春社了，度帘幕中间，去年尘冷。差池欲住，试入旧巢相并。还相雕梁藻井，又软语商量不定。飘然快拂花梢，翠尾分开红影。　　芳径。芹泥雨润。爱贴地争飞，竞夸轻俊。红楼归晚，看足柳昏花暝。应自栖香正稳。便忘了天涯芳信。愁损翠黛双蛾，日日画栏独凭。

姜夔诵其词，极赏"柳昏花暝"之句。其他摘句如《绮罗香》曰："临断岸新绿生时，是落红带愁流处。记当日门掩梨花，剪灯深夜语。"《杏花天》曰："栖莺未觉花梢颤，踏损残红几片。"《三姝媚》曰："讳道相思，偷理绡裙，自惊腰衩。"《祝英台》曰："多少莺声，不敢寄愁与。"《钗头凤》曰："莺声晓，箫声短，落花不许春拘管。"《点绛唇》曰："独卧氍毹，明月知人瘦。"又一阕曰："多少荷花，不盖鸳鸯冷。"《青玉案》曰："绿染遍江头树。日午酒消听骤雨。青榆钱小，碧苔钱古，难买东君住。"《过龙门》曰："夜来风雨晓来收。几点落花饶柳絮，同为春愁。"姜夔谓其"能融情景于一家，会句意于两得"。而张镃序其词，则曰："有瑰奇、警迈、清新、闲婉之长，而无訑荡污淫之失。"是已。然镃序又言："分镳清真。"而近人陈廷焯《白雨斋词话》，遂谓其祖清真。不知清真辞精而情或掩，不如达祖之情深而文明，语俊而韵秀；于淮海词近，而与清真异趣。

高观国，字宾王，山阴人。与史达祖交谊极挚，而词之疏俊相似，亦出秦观。惟达祖参以东坡，笔仗较豪放；观国则参以清真，铺叙较华藻。传有《竹屋痴语》一卷，其中婉秀可诵者，皆敩秦观者也。如《菩萨蛮·春思》曰：

春风吹绿湖边草，春光依旧湖边道。玉勒锦障泥，少年游冶时。　　烟明花似绣，且醉旗亭酒。斜日照花西，归鸦花外啼。

又《醉落魄》曰：

钩帘翠湿;寒江上雨晴风急。乱峰低处明残日。雁字成行,界破暮天碧。　　故人天外长为客,倚栏一望情何极。新来得个归消息;去棹归舟,数过几千只。

融情于景,极疏俊,极含蓄。其他摘句,如《金人捧露盘》曰:“新愁万斛,为春瘦,却怕春知。”《杏花天》曰:“一春多少相思意,说与新来燕子。”《清平乐》曰:“云压前山群翠失,烟水满湖轻碧。”《更漏子》曰:“云恼月,月羞云,半溪梅影昏。”《兰陵王》曰:“斑驳止还作。听点点檐声,沉沉春酌。只愁入夜东风恶,怕催教花放,趁将花落。”《思佳客》曰:“断云万一成疏雨,却向湖边看晚阴。”又一阕曰:“春思俏,画窗深。谁能拘束少年心?莺来惊碎风流胆,踏动樱桃叶底铃。”《玲珑四犯》曰:“驻马桥西,还系旧时芳树。不见翠陌寻春,问著小桃无语。恨燕莺不识闲情,却隔乱红飞去。”《霜天晓角》曰:“春云粉色,春水和云湿。试问西湖杨柳,东风外几丝碧?”《卜算子》曰:“屈指数春来,弹指惊春去。檐外蛛丝网落花,也要留春住。”朗而为丽,秀而不滞。

陈慥序其词曰:“高竹屋与史梅溪,皆出周秦之词,所作要是不经人道语。其妙处,少游、美成亦未及也。”人谓推崇过当,我嫌流别欠明。秦观自为史达祖与观国之所宗,而观国特润泽以周邦彦之华藻,达祖则与邦彦异趣。而论词者好揭举清真以绳墨诸家,不知清真词剪裁古语,镕铸己出,而神情未尽傅合,特如诗家之有黄庭坚耳。“惟古于词必己出,降而不能乃剽贼”,山谷之诗,清真之词,皆所谓“降而不能”者也。陈师道学山谷而不至,遂成硬砌。吴文英学清真而不至,亦为堆垛。陈师道生吞活剥,而病未嚼碎;吴文英碎珠零玑,而苦无片段;所蔽不同,而失之饾饤,一也。若论思路之隽,能出新意,化堆垛为烟云,梅溪竹屋之视清真,自较后来居上耳。南宋词家,如张孝祥,如辛弃疾,则学苏轼;如刘过,如刘克庄,又学辛弃疾;由俊迈而粗豪,由感慨而叫嚣,变本加厉。物极攸反,至姜夔、周密、史达祖、高观国之伦,则以叫嚣非敦厚,粗豪非温柔,继迹秦七,上攀晏欧;未能敦厚,且先温柔;蕴藉而不为柳永、秦观之亵诨,朗丽而亦异周邦彦、吴文英之饾饤；风流婉约，自然隽致，以易张脉偾兴之叫嚣；一张一弛，势之自然也。乃论者动以清真相誉，求形似于字句，而昧于大体。如陈廷焯《白雨斋词话》，至谓“白石，梅溪，皆祖清真”。又云“周公谨词，刻意学清真”。不知名家后出，多识前言；一字一句，偶相形似；而神色气味，或别有会。苟非好学深思，心知其意，固难为浅见寡闻道也。

王沂孙，字圣与，号碧山，会稽人，以工词与张炎唱和。及宋之亡，而两人身更沧桑，陶写以词。然张炎空灵而近泛，不如沂孙之沉郁以耐思。传有《碧山乐府》一卷。炎为题《琐窗寒》、《洞仙歌》两词以冠卷端，而称“琢语峭拔，有白石意度”。然白石意度，造语空灵，超乎象外；而非“琢语峭拔”之谓。沂孙同白石之灵而异其空，以其有精意也；得清真之艳而益为妍，以其能造境也。看似粉怯珠愁，其实麦秀黍离；感喟苍凉之意，而托之风花雪月，秀采照人，沉哀入骨。辛弃疾有其感慨，而亡其深婉；张先同其深婉，而逊其沉郁；盖深得清真语之艳、律之浑，而兼有白石词之清、境之真；以此为宋代词人之殿，可谓深美闳约，而集诸家之大成者也。但其词有直抒所怀者；如《绮罗香·秋思》曰：

> 屋角疏星，庭阴暗水，犹记藏鸦新树。试折梨花，行入小阑深处。听粉片簌簌飘阶，有人在夜窗无语。料如今门掩孤灯，画屏尘满断肠句。　　佳期浑似流水，还见梧桐几叶，轻敲朱户。一片秋声，应做两边愁绪。江路远归雁无凭，写绣笺倩谁将去？谩无聊犹掩芳樽，醉听深夜雨。

又《扫花游·秋声》曰：

> 商飙乍发，渐淅淅初闻，萧萧还住。顿惊倦旅。背青灯吊影，起吟愁赋。断续无凭，试立荒庭，听取在何许？但落叶满阶，惟有高树。　　迢递归梦阻。正老耳难禁，病怀凄楚，故山院宇。想边鸿孤唳，砌蛩私语。数点相和，更著芭蕉细雨。避无

处，这闲愁夜深尤苦。

史载元巴延入临安，以全太后、幼帝㬎、两宫宫人、百官及三学生等北去，宋亡。而沂孙在行，两阕皆羁北而思南之作也。又《齐天乐·赠秋崖道人西归》曰：

> 冷烟残水山阴道，家家拥门黄叶。故里鱼肥，初寒雁落，孤艇将归时节。江南恨切，问还与何人共歌新阕。换尽秋芳，想渠西子更愁绝。　　当时无限旧事，叹繁华似梦，如今休说。短褐临流，幽怀倚石，山色重逢都别。江云冻结；算只有梅花尚堪攀折。寄取相思，一枝和夜雪。

“冷烟残水”十三字，一起已令人魂销。“国破山河在，城春草木深。”杜甫写春感，此写秋怀。“江南恨切，问还与何人共歌新阕”，真如丁令威化鹤而归，城郭犹是，人民已非。“算只有梅花”云云，乃以寄怀遗民贞士之隐遁不仕元者。又《醉蓬莱·归故山》曰：

> 扫西风门径，黄叶凋零，白云萧散。柳换枯阴，赋归来何晚。爽气霏霏，翠娥眉妩，聊慰登临眼。故国如尘，故人如梦，登高还懒。　　数寒英为谁零落，楚魂难招，暮寒堪揽。步屧荒篱，谁念幽芳远。一室秋灯，一庭秋雨，更一声秋雁；试引芳樽，不知消得几多依黯。

风景不殊，举目有山河之异；“登高还懒”，“几多依黯”，此皆以赋出之。笔情婉秀而出以低徊，不为叫嚣，此所以异于辛弃疾之慷慨悲歌也。有托物寄兴者，如《齐天乐·蝉》曰：

> 绿槐千树西窗悄，厌厌昼眠惊起。饮露身轻，吟风翅薄，半剪冰笺谁寄。凄凉倦耳，漫重拂琴丝，怕寻冠珥。短梦深宫，向人犹自诉憔悴。　　残虹收尽过雨，晚来频断续，都是秋意。病叶难留，纤柯易老，空忆斜阳身世。窗明月碎，甚已绝余音，尚遗枯蜕。鬓影参差，断魂青镜里。

此托蝉以喻全太后祝发为尼也。“短梦深宫，向人犹自诉憔悴”，身分已见。史称宋太后全氏至京，不习风土；世祖皇后翁吉喇特氏屡奏乞令回江南。意全太后必有诉苦于世祖皇后而托代奏之事；“向人”之人，疑即世祖皇后也。“病叶难留，纤柯易老，空忆斜阳身世。窗明月碎，甚已绝余音，尚遗枯蜕”，自恨老病不死也。“鬓影参差，断魂青镜里”，则祝发矣。又《齐天乐·蝉》曰：

一襟余恨宫魂断，年年翠阴庭树。乍咽凉柯，还移暗叶，重把离愁深诉。西窗过雨，怪瑶珮流空，玉筝调柱。镜暗妆残，为谁娇鬓尚如许。　　铜仙铅泪似洗，叹移盘去远，难贮零露。病翼惊秋，枯形阅世，消得斜阳几度。余音更苦，甚独抱清高，顿成凄楚。谩想薰风，柳丝千万缕。

此托蝉以喻王昭仪改装女冠也。曰“乍咽凉柯，还移暗叶”，言宋亡而北徙也。“镜暗妆残，为谁娇鬓尚如许”，言国破身虏，不欲为容也。“余音更苦，甚独抱清高，顿成凄楚。谩想薰风，柳丝千万缕”，则矢艰贞以自洁，而不欲为杨柳之随风作舞，趋炎想薰矣。又《水龙吟·白莲》曰：

翠云遥拥环妃，夜深按彻霓裳舞。铅华净洗，涓涓出浴，盈盈解语。太液荒寒，海山依约，断魂何许？甚人间别有冰肌雪艳，娇无那，频相顾。　　三十六陂烟雨，旧凄凉向谁堪诉？如今谩说，仙姿自洁，芳心更苦。罗袜初停，玉珰还解，早凌波去。试乘风一叶，重来月底，与修花谱。

此借白莲以喻贞臣遗老，如谢枋得一流人也。“海山依约，断魂何许”，明指崖山之难，主臣蹈海。“甚人间别有冰肌雪艳，娇无那，频相顾”，言世间别有才士，而我何频相顾。史称世祖诏程文海以集贤学士拜侍御史，行御史台事，往江南博采知名之士。帝素闻赵孟頫、叶李名，谕必致此二人。文海复荐宋宗室赵孟頫及遗民三十人。谢枋得与焉，遗书文海，谓：“自今无意人间事矣。亡国之大夫，不可与图存。”辞甚激抗。留梦炎，宋宰相也；既降元贵仕，尤力荐之。枋得贻书辩论数千言，卒不出；所谓“仙姿自洁，芳心更苦，罗袜初停，玉珰还解，早凌波去”也。以叶李、赵孟頫文采风流，亦宋遗民之铮佼者；故以“甚人间别有冰肌雪艳”称之，“别有”者，谓不同于“仙姿自洁芳心更苦”之“早凌波去”者也。又《无闷·雪意》曰：

阴积龙芳，寒度雁门，西北高楼独倚。怅短景无多，乱山如此。欲唤飞琼起舞，怕搅碎纷纷银河水。冻云一片，藏花护玉，未敢轻坠。　　清致，悄无似。有照水南枝，已搀春意。误几度凭栏，莫愁凝睇。应是梨花梦好，未肯放东风来人世。待翠管吹破苍茫，看取玉壶天地。

雪取其洁，亦以喻宋遗民之洁己以遁，而不应征辟者。曰“欲唤飞琼起舞，怕搅碎纷纷银河水”，言世祖搜采纷纭以征江南遗民也。“冻云一片，藏花护玉，未敢轻坠”，言隐姓埋名以不降志辱身也。“有照水南枝，已搀春意”，则以讽叶李、赵孟頫辈之弹冠欲起耳。《一萼红·石屋探梅》曰：

思飘飘，拥仙姝独步，明月照苍翘。花候犹迟，庭阴不扫，门掩山意萧条。抱芳恨佳人分薄，似未许芳魄化春娇。雨涩风悭，雾轻波细，湘梦迢迢。　　谁伴碧樽雕俎，笑琼肌皎皎，绿鬓萧萧。青凤啼空，玉龙舞夜，遥睇河汉光摇。未须赋疏香淡影，且同倚枯藓听吹箫。听久余音欲绝，寒透鲛绡。

此以梅喻谢枋得之孤芳独抱，屡荐不起，而继之以死也。曰“花候犹迟，庭阴不扫，门掩山意萧条”，入山惟恐不深。史称程文海荐枋得，枋得遗书，有云“稍知诗书，识义理，不可以辱召命”，所谓“抱芳恨佳人分薄，似未许芳魄化春娇”者也。“倚枯藓听吹箫”，“疏香淡影”之“未须赋”，遁世无闷何疑焉。及魏天祐为参知政事，欲起枋得为功，遣使诱之入城，与之言，坐而不对，或嫚言无礼。天祐怒，逼之北行。枋得以死自誓，上道即不食；二十余日不死，乃复少茹蔬果，积数月，困殆。至燕，问全太后榇所及瀛国公所在，再拜恸哭。疾甚，留梦炎使医持药杂米饮进之。枋得怒，掷诸地，不食五日死。则所谓“听久余音欲绝，寒透鲛绡”矣。“久”者，言其死之难；“余音”，谓恸哭也。《疏影·咏梅影》曰：

琼妃卧月。任素裳瘦损，罗带重结。石径春寒，碧藓参差，相思曾步芳屧。离魂分破东风恨，又梦入水孤云阔。算如今也厌娉婷，带了一痕残雪。　　犹记冰奁半掩，冷枝画未就，归棹轻折。几度黄昏，忽到窗前，重想故人初别。苍虬欲卷涟漪去，慢蜕却连环香骨。早翠荫蒙茸，不似一枝清绝。

此以梅为两喻；如谢枋得其人者，“梦入水孤云阔，算如今也厌娉婷”，自恨为才名所误，以不安于遁世无闷也；如叶李、赵孟頫之流，不能洁己，而高冠华盖以食元禄，则所谓“慢蜕却连环香骨，早翠荫蒙茸，不似一枝清绝”矣！“一枝清绝”，以喻谢枋得之孤芳独抱也。《一萼红·丙午春赤城山中题花光卷》曰：

玉婵娟。甚春余雪尽，犹未跨青鸾。疏萼无香，柔条独秀，应恨流落人间。记曾照黄昏淡月，渐瘦影，移上小栏杆。一点清魂，半枝空色，芳意班班。　　重省嫩寒清晓，过断桥流水，问计孤山。冰粟微销，尘衣不浣，相见还误轻攀。未许讶东南倦客，掩铅泪看了又重看。故国吴天树老，雨过风残。

此亦为谢枋得作。起“玉婵娟”十三字，言世人惊怪枋得如此才华，而元之景运维新，不应征辟也；“玉婵娟”，以喻枋得之芳洁。“疏萼无香，柔条独秀，应恨流落人间”，乃枋得自明所以不应征辟之由。枋得遗程文海书，引“亡国之大夫，不可与图存”，所谓“疏萼无香”也。又曰“某自今无意人间事矣”，所谓“柔条独秀，应恨流落人间”也。“记曾照黄昏淡月”，言曾仕宋也；“黄昏淡月”，以象征宋末国势之陵夷。而“冰粟微销，尘衣不浣，相见还误轻攀”，则以自明降志辱身，不堪世用；而程文海、留梦炎之伦，则所谓“相见还误轻攀”者也。结“故国吴天”十字，低徊欲绝，柔厚之至。《一萼红·红梅》曰：

> 占芳菲。趁东风妩媚，重拂淡燕支。青凤衔丹，琼奴试酒，惊换玉质冰姿。甚春色江南太早，有人怪和雪杏花飞。藓珮萧疏，茜裙零乱，山意霏霏。　空惹别愁无数，照珊瑚海影，冷月枯枝。吴艳离魂，蜀妖浥泪，辜负多少心期。岁寒事无人共省，破丹雾应有鹤归时。可惜鲛绡碎剪，不寄相思。

此以梅而红，喻宋遗民而仕元也。曰“惊换玉质冰姿，甚春色江南太早，有人怪和雪杏花飞”，明讥江南遗民，如叶李、赵孟頫辈，不知亡国之恨，不能淡泊明志，薰心富贵以应元征。曰“辜负多少心期，岁寒事无人共省”，几乎发声征色。而《庆清朝·榴花》阕末有曰：“颠倒绛英满径，想无车马到山中。西风后尚余数点，还胜春浓。”榴红照眼明，而不引车马以“余数点”于“西风后”，正与此“玉质冰姿”之梅而红，“岁寒事无人共省”者激映；而以喻少数遗民之隐遁不仕元者。“还胜春浓”之“春浓”，即指起而肮仕之叶李、赵孟頫辈也。“春浓”与《齐天乐·蝉》第二阕“谩想薰风，柳丝千万缕”之语相发；彼著一“想”字，此用一“浓”字，描写热中心事，绘影绘声。又《水龙吟·牡丹》曰：

> 晓寒慵揭珠帘，牡丹院落花开未？玉栏干畔，柳丝一把，和风半倚。国色微酣，天香乍染，扶春不起。自真妃舞罢，谪仙赋后，繁华梦如流水。　池馆家家芳事，记当时买栽无地。争如一朵，幽人独对，水边竹际？把酒花前，剩拚醉了，醒来还醉。惟洛中春色匆匆，又入杜鹃声里。

此以牡丹喻留梦炎也。梦炎以状元宰相，显仕于宋，如牡丹之为富贵花；而相业无称，如随风杨柳，依违取容，不能扶衰以当大事，所谓“玉阑干畔，柳丝一把，和风半倚，国色微酣，天香乍染，扶春不起”者也。“争如一朵，幽人独对，水边竹际”，则借宾定主，而形谢枋得之幽贞，以愧留梦炎之富贵焉。“扶春不起”之“春”以喻宋；与“春浓”之“春”以喻新朝者不同。《扫花游·绿阴》曰：

卷帘翠湿，过几阵残寒，几番风雨。问春住否，但匆匆暗里，换将花去。乱碧迷人，总是江南旧树。谩凝伫，念昔日采香，今更何许。　　芳径携酒处，又荫得青青嫩苔无数。故林晚步，想参差渐满，野塘山路。倦枕闲妆，正好微曛院宇。送凄楚，怕凉声又催秋暮。

又《摸鱼儿》曰：

洗芳林夜来风雨，匆匆还送春去。方才送得春归了，那又送君南浦。君听取，怕此际春归也过吴中路。君行到处，便快折湖边千条翠柳，为我系春住。　　春还住。休索吟春伴侣，残花今已尘土。姑苏台下烟波远，西子近来何许？能唤否？又恐怕残春到了无凭据。烦君妙语，更为我将春连花带柳，写入翠微句。

两阕皆以“春住”为言，“春”亦喻宋；春欲去而系之住，犹之国将亡而延其绪也。前阕曰“过几阵残寒，几番风雨，问春住否”；后阕曰“千条翠柳，为我系春住”；其殆有望于厓山将相，排万难，历百险，同心戮力以延宋一脉乎？而无如“匆匆暗里，换将花去”，春终不住，宋亦不延也。“乱碧迷人，总是江南旧树”，言元用以前驱伐宋，而勘定江南者，如范文虎、吕文焕、夏贵之徒，皆宋之降将耳。此皆以比兴为寄托。白石灵而或空；沂孙则运笔轻灵，而字字如抛砖落地，无一语无着落；所贵好学深思，心知其意，而证之以史，会之于词耳。自有沂孙而词乃尊，以风花雪月之词，而有家国沧桑之感，意内言外，真得《离骚》之意；否则以为诗之余事，游戏之作耳。必读沂孙词，乃知词所以补诗之阙，非诗之余也。惟周密《绝妙好词》，录沂孙词十阕，多采其似白石者，虽会清空婉秀之妙，而未极沉郁顿挫之致。张惠言《词选》，录沂孙词四阕，多采其似美成者，差得华美浑雅之致，而未尽感喟苍凉之意。《词选》每阕下注，亦多望文凿空，谩为大言，而未贯串史实，以得其意也。

张炎字叔夏，南渡大将循王张俊之后。居杭，号玉田，又号乐笑翁。有《词源》二卷,《山中白云词》八卷。舒岳祥序称:"玉田张君,自社稷变置,凌烟废堕,落魄纵饮。""扁舟浙水东西,为漫浪游。"仇远序称:"《山中白云词》意度超玄,律吕协洽,方之古人,当与白石老仙相鼓吹。"刘熙载《艺概》卷四,称:"张玉田词,清远蕴藉,凄怆缠绵,大段瓣香白石,亦未尝不转益多师。""如玉田《高阳台》之'接叶巢莺',与碧山(王沂孙)《高阳台》之'残萼梅酸',尤同鼻息。"又称:"玉田论词曰:'莲子熟时衣自落。'予更益以太白诗二句,曰:'清水出芙蓉,天然去雕饰。'"张炎词绵密深婉,出以空灵,与姜夔先后齐名,号姜张,盖以姜夔为宗云。刘熙载所称张炎《高阳台·西湖春感》云:

> 接叶巢莺,平波卷絮,断桥斜日归船。能几番游,看花又是明年。东风且伴蔷薇住,到蔷薇、春已堪怜。更凄然,万绿西泠,一抹荒烟。　　当年燕子知何处,但苔深韦曲,草暗斜川。见说新愁,如今也到鸥边。无心再续笙歌梦,掩重门、浅醉闲眠。莫开帘,怕见飞花,怕听啼鹃。

此词"万绿西泠,一抹荒烟",有《黍离》《麦秀》之悲。"东风"两句,有才人遘末造之悲。"新愁"两句有王孙泣路歧意。词意深婉。

张炎《八声甘州》,题称:"辛卯岁,沈秋江同余北归,秋江处杭,余处越。越岁,秋江来访寂寞,晤语数日,又复别去。赋此饯行,并寄曾心传。"

> 记玉关、踏雪事清游,寒气脆貂裘。遍枯林古道,长河饮马,此意悠悠。短梦依然江表,老泪洒西州。一字无题处,落叶都愁。　　载取白云归去,问谁留楚珮,弄影中洲。折芦花赠远,零落一身秋。向寻常、野桥流水,待招来、不是旧沙鸥。空怀感、有斜阳处,却怕登楼。

按元世祖二十七年(一二九〇)庚寅,征发张炎等赴大都缮写金字藏经,次年辛卯,张炎事毕南归,沈秋江名尧道与张炎同归。词记北行事，“寒气脆貂裘”，北行苦寒。“短梦依然江表”，梦想南归，不愿仕元，“老泪洒西州”，感念南宋人物而洒泪。“载取白云归去”，表达归隐心情。“零落一身秋”，甘于漂泊清苦生涯。此词足见其志事。清邓廷桢《双砚斋词话》称张炎词，“论者以为堪与白石老仙相鼓吹，要其登堂拔帜，又自壁垒一新。盖白石硬语盘空，时露锋铓，玉田则返虚入浑，不啻嚼蕊吹香。如《长亭怨慢》之‘恨西风不庇寒蝉，便扫尽一林黄叶’；《西子妆慢》之‘杨花点点是春心，替风前万花吹泪’；《木兰花慢》之‘流光惯欺病酒，问杨花过了有花无’；《渡江云》之‘空自觉围羞带减，影怯灯孤。常疑即见桃花面，甚近来翻致无书。书纵远，如何梦也都无’；《探春慢》之‘才放些晴意，便瘦了梅花一半’；《解连环》咏《孤雁》云‘写不成书，只寄得相思一点。料因循误了餐毡拥雪，故人心眼’。类皆遣声赴节，好句如仙。”深得清代浙派词人之称赏。

第五节　金党怀英　赵秉文　王若虚　元好问

女真以骑射起东北，灭辽伐宋，划江淮以北，而奄有中原，国号曰金，兵力莫强焉。特文学则宋之余波所沾溉尔，故以附于宋之末云。

金初未有文字，而太宗嗣位，因辽宋之旧，以词赋经义取士。及伐宋，得宋文臣宇文虚中、蔡松年辈，草创典礼，润色书命。而汴京经籍，满载以归，于是伧荒之俗，泽以诗书。熙宗瞻拜孔子庙，北面伏谒如弟子礼。更世宗、章宗，历世承平，文物彬彬，庠序日盛，而士之得与科举者，选曹以为贵科；荣路所在，人争趋之。然经义则王学之唾余，词赋则西昆之末光，固已占高爵而钓厚禄，无当于大雅也。若其名高一代，而以诗古文为儒宗者，当首推党怀英。

党怀英，字世杰，泰安人。以世宗大定十年举进士，事章宗为翰林学士承旨。章宗称之曰：“近日制诏，惟党怀英最善。”始生及长，仪观若神。儒道释诸子百家之说，乃至图纬篆籀之学，无不讨求。而文章字画盖天性。文宗欧阳，诗仿陶谢。而工篆籀八分，尝谓"唐人韩蔡不通字学，八分自篆籀中来"。欲以上轨钟蔡；而小楷如虞褚，大书宗颜真卿，士论称第一。独赵秉文推本欧阳以论定其文，谓："文章非能为之为工，乃不能不为之为工也；非要之必奇，要之不得不然之为奇也。韩文公之文，汪洋大肆，如长江大河，浑浩运转，不见涯涘，使人愕然不敢睨视。欧阳公之文，如春风和气，鼓舞动荡，了无痕迹，使读之亹亹不厌。凡此皆文章之正也。文以意为主，辞以达意而已。古之文，不尚虚饰，因事遣辞，形吾心之所欲言者；间有心之所不能言者，而能形之于文，斯亦文之至乎。亡宋三百余年间，惟欧阳公之文不为尖新艰险之语，而有从容闲雅之态，丰而不余一言，约而不失一辞，读之亹亹；盖非务奇之为尚，而其势不得不然之为尚也。翰林党公天资既高，辅以博学，文章冲粹，如其为人。当明昌间，以高文大册主盟一世。自公之未第时，已以文名天下。然公自谓入馆阁接诸公游，始知为文法，而以欧阳公得其正；则信乎公之文，有似乎欧阳公也。"顾其集不传。间得读其遗文，抑扬爽朗，失之于尽；盖得欧之笔，而失欧之韵；有欧之朗，而逊欧之茹；行百里者半九十，傥学欧而得苏者乎。赵秉文稍后出，而声名过之。

赵秉文，字周臣，号闲闲老人，磁州滏阳人。登大定二十年进士第，历世宗、章宗、卫绍王、宣宗、哀宗五朝，累拜礼部尚书，改翰林学士。乐平杨云翼与秉文迭主文柄，高文大册，多出二人；而秉文名尤重。传有《滏水集》二十卷，而云翼序其端，推"为斯文主盟，天下学者景附风靡，有如李之尊韩，苏之景欧"焉；盖为当代所重如此。特其门人元好问为志墓，亦以唐昌黎、宋欧阳为况，历叙宋辽金文学盛衰之迹，而归重于秉文；以谓："沈潜乎六经，从容乎百家，其文出于义理之学，故长于辨析，极所欲言者，不以绳墨自拘。七言长诗，笔势自放，不守一律。诗壮丽。小诗精绝，多以近体为之。至于五言古诗，则沉郁顿挫似阮嗣宗，真淳简淡似陶渊明。"褒大师门，不免阿其所好。而

《四库提要》谓“才高学博，一世之雄”。抑亦寻声逐响之谈。今观其文，主于浩浩直达，而畅所欲言，其原出于苏轼。然辞为爽朗，而无警切之论，徒见其肤，而未得为“才高”。学主义理，而无深沉之思，斯伤于浅，而未征其“学博”。义理之学，欲以自外于宋儒，而未能有独见；条畅之文，不过依稀于苏笔，而未能以自发；不拘绳墨，徒失体要。诗则为顿挫而欠沉郁，欲真淳而流浅率，亦是东坡之格调，参以香山之容易，而无其理趣，失其波澜。有时七言古学李太白，五言古拟陶渊明、拟韦苏州，亦东坡之学太白、学陶韦也；“唐昌黎，宋欧阳”云乎哉！集中《双溪记》之摹韩愈《送李愿归盘谷序》，《涌云楼记》之摹范仲淹《岳阳楼记》，《寓乐亭记》之摹苏轼《超然台记》，如小儿仿红，字摹句拟，未足语于大方家也。至撰《党怀英神道碑》，谓“文章非能为之为工”云云，则袭苏轼《南行唱和诗序》语尔。然党怀英、赵秉文，名曰宗欧祖韩而实为苏。而王若虚，则更排韩轻欧以言宗苏。

王若虚，字从之，藁城人。以章宗承安二年经义进士，历仕宣宗、哀宗，官直学士，秉史笔十五年。新进入馆，日有记录之课；书吏以呈宰相，“必问王学士曾点窜否？”为文不事雕琢，惟求当理；传有《滹南遗老集》四十五卷，其中文仅五卷；而自卷一之四十，皆以辨证经史，考论诗文，褒弹古人，累千百条。

论史不取司马迁、宋祁，以谓：“司马迁之法最疏，开卷令人不乐；然千古推尊，莫有攻其短者。惟东坡不甚好之；而陈无己、黄鲁直怪叹以为异事。呜呼！吾亦以千古雷同者为不可晓也。晋张辅评迁固史云：‘迁叙三千年事，止五十万言；固叙二百年事，乃八十万言；繁省不同，优劣可知。’此儿童之见！迁之所叙，虽号三千年，其所列者几人，所载者几事，寂寥残缺，首尾不完，往往不能成传。或止有其名氏。至秦汉乃始稍详，此正获疏略之讥者，而反以为优乎？且论文者求其当否而已；繁省岂所计哉！抑余尝考之：迁记事疏略而剩语甚多，固记事详备而删削精当；然则迁似简而实繁，固似繁而实简也；安得以是为优劣哉？迁之胜固者，独其辞气近古，有战国之风耳。迁虽气质近古，以绳准律之，殆百孔千疮；而世家最无谓。颜师古曰：'世家者，子孙为大官不绝也。诸侯有国称君，降天子一等耳；虽不可同乎帝纪，亦岂可谓之世家！且既以诸侯为世家，则孔子、陈涉、将相、宗室、外戚等复何预也！'抑又有大不安者：曰纪，曰传，曰表，曰书，皆篇籍之目也；世家特门第之称，犹强族大姓云尔；乌得与纪、传字为类也！语世家往往随年附见他国大事；至于列传，亦或有之；徒乱其文，无关义理。夫《左氏》编年，本纪诸国之事，或先经以始事，或后经以终义，互相发明，故可也。如迁史者，各有传记，足以自见，何必尔耶！

"迁采摭异闻小说，习陋传疑，无所不有；亦多牴牾而不合。《周本纪》云：'成王既迁殷遗民，周公以王命告。作《多士》、《无逸》。'《鲁世家》云：'周公恐成王有所淫佚，乃作《多士》、《无逸》。'自今考之：《多士》为殷民而作，《无逸》为成王而作者也；在《周本纪》，则并《无逸》为告殷民；在《鲁世家》，则并《多士》为戒成王；混淆差误一至于此。盖不惟牴牾于经，抑亦自相矛盾甚矣。《史记》载伍员父子语言，本传与世家参差不同。或云此变文也。予谓不然：言出于一人之口，书出于一人之手，而自变其文，人何以取信哉？凡称某王，类加国号；凡举人名，每连姓氏，冗复芜秽。《律书》之首以为：'律为万事根本，而其于兵械尤重。武王伐纣，吹律听声，推孟春以至于季冬，杀气相并而音尚宫。同声相从，乃物之自然。'此固可矣。乃复备论帝王以来用兵之事，而终于汉文厌兵，百姓乐业，几七百言，何关于律意哉？斯实无谓之甚。而邵氏极称之，以为'此其高古雄深，非他人拘窘所能到'，呜呼！文章必有规矩准绳，虽六经不能废；顾乃以疏阔为高深，以致密为拘窘，何等谬论！伍被谏淮南王，'王于是气怨结而不扬，涕满匡而横流'，其词似赋，岂史记实录之体哉。"

"欧公与宋子京分修唐史，文体不同，犹冰炭也。初书成将进；吏白旧例止署官高者一人姓名，云某等撰；而欧公官高当书。公曰：'宋公列传，用功深而为日久，岂可掩其名？'于是纪、志书公，而列传书子京。以予观之：欧公正不肯承当耳。作史与他文不同，宁失之质，不可至于华靡而无实；宁失之繁，不可至于疏略而不尽。宋子京不识文章正理，而惟异之求，肆意雕镌，无所顾忌，至于字语诡僻，殆不可读，其事实则往往不明，或乖本意。自古史书之弊，未有如是之甚者。呜呼！笔力如韩退之，而《顺宗实录》不慊众论。或劝东坡重修《三国志》，而坡自谓非当行家，不敢当也。子京讥旧史猥酿不纲，而以传远自许；今之学者类皆欣艳以为新奇，旧史几废。以愚观之：旧史虽陋，犹为本分，且不失当时之实，宁无《新书》可也。子京于文字，其实处不及古人，而专以易置字语为新。人皆言'利病'，而子京每云'病利'；人皆言'可否'，而子京或云'否可'；虽义理无异，而读之不明矣。此犹求异于人，不已甚乎？古人文字中，时有涉俗语者，正以文之则失真，是以宁存而不去；而子京直要句句变常，此其所以多戾也。《魏氏春秋》好用《左传》语以易旧文；裴松之讥弹甚当。凡人文体，固不必拘，至于记录他人之言，岂可过加润色而失其本真？子京《唐书》，虽诏敕章疏，类皆变乱以从己意；至于诗句谚语，古今成言，亦或芟改，不已甚乎！刘器之尝曰：'《新唐书》好简略其辞，故其事多郁而不明。迁固载相如文君事几五百字，而读之不觉其烦；使子京记之，必曰"少尝窃卓氏以逃"而已！'文章岂有烦简？要当如风行水上，出于自然；不出于自然而有意于烦简，则失之矣。《唐书》进表曰：'其事则增于前，其文则省于旧。'《新唐》所以不及两汉文章者，正在此；而反以为工，何哉？"

论文不取韩愈、柳宗元、欧阳修，以为："凡文章须是典实过于浮华，平易多于奇险，始知本末。世之作者，往往致力于其末，而终身不返；其颠倒亦甚矣。陈后山曰：'扬子云之文，好奇而卒不能奇，故思苦而辞艰。善为文者，因事出奇。江河之行，顺下而已；至其触山赴谷，风抟物激，然后尽天下之变。子云惟好奇，故不能奇也。'此论甚佳，可以为后学之法。退之《盘谷序》云'友人李愿居之'，称友人，则便知为己之友；其后但当云'予闻而壮之'，何必用'昌黎韩愈'字？柳子厚《凌准墓志》，既称'孤某以先人善予，以志为请'，而终云'河东柳宗元哭以为志’。山谷《刘明仲墨竹赋》，既称‘故以归我’，而断以‘黄庭坚曰’，其病亦同。盖‘予’‘我’者自述，而姓名则从旁言之耳。退之《送李愿序》‘粉白黛绿’一节，病在太多，且过于浮艳；余事皆略言，而此独说出如许情状，不惟为雅正之颣，而于文势亦滞矣。退之《送温处士赴河阳军序》云：‘洛之北涯曰石生，其南涯曰温生。’全篇皆从旁记录之词；而其末云‘生既至，其为吾以前所称为天下贺，以后所称，为吾致私怨于尽取’，此乃方与他人言，而遽与本人语。亦有方与本人语，而却与他人言者。自古诗文如此者，何可胜数哉？‘伯乐一过冀北之野而马群遂空。夫冀北马多天下，伯乐虽善知马，安能遂空其群耶？解之者曰：吾所谓空，非无马也，无良马也。’此一“吾’字害事。夫言群空及解之者，自是两人；而云‘吾所谓空’，却是言之者自解也；若作‘彼’字，或云“所谓空者’可矣。退之评伯夷，止是议论散文，而以颂名之，非其体也。陈后山云：‘退之作记，记其事耳；今之记，乃论也。’予谓不然。唐人本短于议论，故每如此。议论虽多，何害为记？盖文之大体，固有不同，而其理则一；殆后山妄为分别，正犹评东坡以诗为词也。且宋文视汉唐，百体皆异；其开廓横放，自一代之变；而后山独怪其一二，何耶？子厚才识不减退之；然而令人不爱，恶语多而和气少耳！”

“欧公《昼锦堂记》大体固佳，然辞困而气短，颇有争张妆饰之态；且名堂之意，不能出脱，几于骂题。或曰‘记言魏公之诗，以快恩雠，矜多誉为可薄，而以昔人所夸者为戒’，意者魏公自述甚详，故记不复及，但推广而言之耳。惜未见魏公之诗也。然记自记，诗自诗，后世安能常并见而参考哉？《史记》用‘而’字多不安；用‘于是’‘乃’‘遂’等字，冗而不当者十有七八。而欧公多错下‘其’字。如《唐书·艺文志》云：‘六经之道，简严易直而天人备，故其愈久而益明。’《德宗赞》云：‘耻见屈于正论，而忘受欺于奸谀，故其疑萧复之轻己，谓姜公辅为卖直，而不能容。’《薛奎墓志》云：‘遭时之士，功烈显于朝廷，名誉光于竹帛，故其常视文章为末事。’《苏子美墓志》云：‘时发愤闷于歌诗，又喜行草书，皆可爱，故其虽短章醉墨落笔，争为人所传。’《尹师鲁墓志》云：‘所以见称于世者，亦所以取嫉于人，故其卒穷以死。’此等‘其’字皆当去之。《五代史·蜀世家论》云：‘龙之为物，以不见为神。今不上于天，而下见于水中，是失职也，然其一何多欤。’‘然其’二字，尤乖戾也。欧公散文，自为一代之祖；而所不足者，精洁峻健耳。《五代史》论，曲折太过，往往支离蹉跌，或至涣散而不收；助词虚字，亦多不惬；如《吴越世家》尤甚也。张九成云：‘欧公《五代史》论，多感叹，又多设疑。盖感叹则动人，设疑则意广；此作文之法也。’欧公之论，则信熟矣；而作文之法，不必如是也。邵公济云：‘欧公之文，和气多，英气少。东坡之文，英气多，和气少。’其论欧公，似矣；若东坡，岂少和气者哉？文至东坡，无遗恨矣。赵周臣曰：‘党世杰尝言文当以欧阳子为正；东坡虽出奇，非文之正。’定是谬语。欧文信妙，讵可及坡？坡冠绝古今，吾未见其过正也。东坡自言：‘其文如万斛泉源，不择地而出，滔滔汩汩，一日千里无难；及其与山石曲折，随物赋形而不自知所之者，常行于所当行，而止于所不可不止。’论者讥其太夸，予谓惟坡可以当之。夫以一日千里之势，随物赋形之态；而理尽辄止，未尝以驰骋自喜，此其横放超迈而不失为精纯也耶。东坡之文具万变，而一以贯之者也；为四六，而无俳谐偶俪之弊；为小词，而无脂粉纤艳之失；楚辞则略依仿其步骤，而不以夺机杼为工；禅语则姑为谈笑之资，而不以穷葛藤为胜；此所以独兼众作，莫可端倪。而世或谓四六不精于汪藻，小词不工于少游，禅语楚辞不深于鲁直，岂知东坡也哉。或问文章有体乎？曰：‘无。’又问无体乎？曰：‘有。’然则果何如？曰：‘定体则无，大体须有。’扬雄之经，宋祁之史，江西诸子之诗，皆斯文之蠹也。散文至宋人，始是真文字；诗则反是矣。”

论四六不取杨亿、刘筠，以谓：“邵氏云：‘杨刘四六之体，必谨四字六字律令，故曰四六；然其弊类俳可鄙。欧苏力挽天河以滌之，偶俪甚恶之气一除，而四六之法则亡矣！’夫杨刘惟谨于四六，故其弊至此；思欲反之，则必当为欧苏之横放。既恶彼之类俳，而又以此为坏四六法，非梦中颠倒语乎？且四六之法亦何足惜也？四六，文章之病也；而近世以来，制诰表章，率皆用之。君臣上下之相告语，欲其诚意交孚；而骈俪浮辞不啻如俳优之鄙，无乃失体耶！”

论诗不取黄庭坚，以谓："东坡，文中龙也，理妙万物，气吞九州，纵横奔放，若游戏然，莫可测其端倪。鲁直区区持斤斧准绳之说，随其后而与之争，至谓未知句法。东坡而未知句法，世岂复有诗人？而渠所谓法者，果安出哉！老苏论扬雄以为'使有孟轲之书，必不作《太玄》'。鲁直欲为东坡之迈往而不能；于是高谈句律，旁出样度，务以自立而相抗，然不免居其下也。古之诗人，虽趣尚不同，体制不一，要其出于自得；至其辞达理顺，皆足以名家，何尝有以句法绳人者？鲁直开口论句法，此便是不及古人处。而门徒亲党以衣钵相传，号称法嗣，岂诗之真理也哉！鲁直于诗，成得一句而终无好对，或得一联而终不能成篇，或偶有得而未知可以赠谁；何尝见古之作者如是哉？

"鲁直论诗，有夺胎换骨、点铁成金之喻；世以为名言。以予观之，特剽窃之黠者耳！鲁直好胜而耻其出于前人，故为此强辞而私立名字。夫既已出于前人，纵复加工，要不足贵。虽然，物有同然之理，人有同然之见，语意之间，岂容全不见犯哉。盖昔之作者，初不校此；同者不以为嫌，异者不以为夸；随其所自得，而尽其所当然而已；至于妙处，不专在于是也。故皆不害为名家，而各传后世，何必如鲁直之措意耶。山谷自谓得法于少陵，而不许东坡。以予观之：少陵，典谟也；东坡，孟子之流；山谷，则扬雄《法言》而已。吾舅儿时便学工部，而终身不喜山谷也。若虚尝乘间问之，则曰：'鲁直雄豪奇险，善为新样，固有过人者；然于少陵初无关涉。前辈以为得法者，皆未能深见耳。'山谷之诗，有奇而无妙，有斩绝而无横放；铺张学问以为富，点化陈腐以为新，而浑然天成，如肺肝中流出者，不足也。善乎吾舅周君之论也，曰：'宋之文章，至鲁直已是逼仄处。陈后山而后，不胜其弊矣。人能中道而立，以巨眼观之，是非真伪可望而见也。'若虚虽不解诗，颇以为然。朱少章论江西诗律，以为'用昆体工夫，而造老杜浑全之地’。予谓用昆体工夫，必不能造老杜之浑全；而至老杜之地，亦无事乎昆体工夫；盖二者不能相兼耳。”

若虚论诗论文，一以苏轼为宗，而主于条达疏畅，意到笔随。顾诵所作，未能相副；笔势缓懦，疏而不快；辞意肤浅，率而无味；以视赵秉文，尤为每况愈下。特其辨章述作，褒弹古今，虽多寻章摘句，尽有惬心贵当者焉。其他金人文集之仅见者，王寂有《拙轩集》六卷，李俊民有《庄靖集》十卷；而观其诗主清新，文必疏达，要不出苏门范围，而为时所囿，未能以别树一帜也。独元好问力追杜韩以变苏格，而欲挽宋弛以张唐风云。

元好问，字裕之，太原秀容人。七岁能诗。年十有四，从陵川郝天挺学，淹贯经史百家，六年而业成。下太行，渡河而南，赋《箕山琴台》等诗。赵秉文方官礼部，见之，以为少陵以后无此作也。名震京师，目为元才子。遂出秉文之门，以登兴定五年进士；历官尚书省左司员外郎，入翰林，知制诰。金亡，东平路行军万户严实辟置于幕，遂依居而锐意著述。以金有天下，典章法度，几及汉唐，国亡史兴，己所当为，而国史实录在顺天道万户张某所。乃言于章，使之闻奏，愿为撰述。奏可，欲开馆，而为人所沮。好问曰：“不可遂令一代之美，泯而不闻。”乃为《中州集》百余卷。又为《金源君臣言行录》，往来四方，采摭遗逸；有所得，辄以寸纸，细字记录，积百余万言，委积塞屋，名之曰野史亭。元世祖在藩邸，闻其名，召见；及即位，欲征修辽金二史，未及下命而卒。传有《遗山先生文集》四十卷。一时称者以其诗直配苏黄；而文则不使奇字，新之又新；不用晦事，深之又深；但见其巧，不见其拙；但见其易，不见其难。东坡之后，继以元子，可也。然好问诗文，非东坡之流亚也；盖志不在东坡之快利，而出以重缓；又不为山谷之生拗，而力求弘润；沉着痛快，固不仅浩浩直达，如赵秉文、王若虚之为苏轼者也。文为韩愈之排奡，而无其妥帖。诗得杜甫之沉郁，而逊其渊永。而《论诗绝句》三十首，欲挽江西诗派而反之于正；录二十一首，辞曰：

汉谣魏什久纷纭，正体无人与细论。谁是诗中疏凿手？暂教泾渭各清浑。

曹刘坐啸虎生风，四海无人角两雄。可惜并州刘越石，不教横槊建安中。

邺下风流在晋多，壮怀犹见缺壶歌。风云若恨张华少，温李新声奈尔何。

一语天然万古新，豪华落尽见真淳；南窗白日羲皇上，未害渊明是晋人。（自注：柳子厚，唐之谢灵运。陶渊明，晋之白乐天。）

纵横诗笔见高情，何物能浇块磊平。老阮不狂谁会得，出门一笑大江横。

慷慨歌谣绝不传，穹庐一曲本天然。中州万古英雄气，也到阴山敕勒川。

沈宋横驰翰墨场，风流初不废齐梁。论功若准平吴例，合著黄金铸子昂。

排比铺张特一途，藩篱如此亦区区。少陵自有连城璧，争奈微之识碔砆。

望帝春心托杜鹃，佳人锦瑟怨华年。诗家总爱西昆好，独恨无人作郑笺。

万古文章有坦途，纵横谁似玉川卢。真书不入今人眼，儿辈从教鬼画符。

东野穷愁死不休，高天厚地一诗囚。江山万古潮阳笔，合在元龙百尺楼。

谢客风流映古今，发源谁似柳州深？朱弦一拂遗音在，却是当年寂寞心。

窘步相仍死不前，唱酬无复见前贤。纵横正有凌云笔，俯仰随人亦可怜。

奇外无奇更出奇，一波才动万波随。只知诗到苏黄尽，沧海横流却是谁？

曲学虚荒小说欺，俳谐怒骂岂诗宜；今人合笑古人拙，除却雅言都不知。

有情芍药含春泪，无力蔷薇卧晚枝。拈出退之山石句，始知渠是女郎诗。

金入洪炉不厌频，精真那计受纤尘。苏门果有忠臣在，肯放坡诗百态新！

百年才觉古风回，元祐诸人次第来。讳学金陵犹有说，竟将何罪废欧梅。

古雅难将子美亲，精纯全失义山真。论诗宁下涪翁拜，未作江西社里人。

池塘春草谢家春，万古千秋五字新。传语闭门陈正字，可怜无补费精神。

撼树蚍蜉自觉狂，书生技痒爱论量。老来留得诗千首，却被何人较短长。

玩其词意，殊不慊于苏黄；而门人弟子乃谀以直配苏黄。王若虚不满于黄，而好问则并不慊于苏。苏轼吐言天拔，黄庭坚锻炼辛苦；苏为其熟，而黄为其生。好问则生熟难易之间，大概以脱弃凡近，澡雪尘翳，驱驾声势，破碎阵敌，囚锁怪变，轩豁幽秘，笼络今古，移夺造化为工；钝滞、僻涩、浅露、浮躁、狂纵、淫靡、诡诞、琐碎、陈腐为病。五言古如《颍亭留别》、《滮亭》、《送钦叔内翰并寄刘达卿郎中白文举编修五言》之三四五、《饮酒》五首、《后饮酒》五首、《龙潭》、《北邙》、《龙门杂诗》二首、《丰山怀古》、《乙酉六月十一日雨》、《种松》、《杂诗》四首之一二、《观淅江涨》、《五松平》、《阻雨张主簿草堂》、《送诗人李正甫》、《万化如大路》、《放言》、《李道人崧阳归隐图》、《学东坡移居》八首、《历下亭怀古分韵得南字》、《别李周卿》三首、《九日读书山用陶诗"露凄喧风息，气清天旷明"为韵赋十诗》之一二三四六、《赵吉甫西园》、《临汾李氏任连堂》二首之二、《题张左丞家范宽秋山横幅》、《宿张靖田家》、《曲阜纪行》一首、《宝严纪行》，七言古如《秋蚕》、《范宽秦川图》、《西园》、《西窗》、《游黄华山》、《荆棘中杏花》、《萧仲植长史斋》、《读书山雪中》、《蟾池》、《天涯山》、《过刘子中新居》，杂言古如《去岁君远游送仲梁出山》、《此日不足惜》、《饮酒》、《送高信卿》、《寄赵宜之》、《段志坚画龙为刘邓州赋》、《纪子正杏园燕集》、《送李参军北上》、《王黄华墨竹》、《泛舟大明湖》、《赋邢州鹊山》、《送王亚夫举家归许昌》、《涌金亭示同游诸君》、《癸卯岁杏花》、《赠答赵仁甫》、《水帘记异》、《裓谷圣灯》、《李峪园亭看雨》、《游龙山》、《游泰山》，乐府如《天门引》、《蛟龙引》、《孤剑咏》、《芳华怨》、《后芳华怨》、《结杨柳怨》、《秋风怨》、《归舟怨》、《西楼曲》、《后平湖曲》、《洧川行》、《解剑行》、《望归吟》，五言律如《老树》、《少林雨中》、《十二月六日》二首、《短日》，五言长律如《怀益之兄》，七言律如《岐阳》三首之二、《玄都观桃花》、《汴梁除夜》，五言绝如《山居杂诗》六首，七言绝如《惠崇芦雁》三首、《梁县道中》、《俳体雪香亭杂咏》十五首、《春夕》、《内乡杂诗》，绝去雕琢，自然新丽，巧缛而幹以风力；抚时感事，闲婉浏亮，而无乖律切；自学杜尔。尝谓："唐人之幽忧憔悴，寒饥困惫，一寓于诗；而其阨穷而不悯，遗佚而不怨者故在也。至于伤谗疾恶，不平之气，不能自掩；责之愈深，其旨愈婉；怨之愈深，其辞愈缓；优柔餍饫，使人涵泳于先王之泽；情性之外，不知有文字。幸矣，学者之得唐人为指归也！文字以来，诗为难。魏晋以来，复古为难。唐以来，合规矩准绳尤难。夫因事以陈辞，辞不迫切而意独至，初不为难；后世以不得不难为难耳。初予学诗以十数条自警，云：'无怨怼'，'无谑浪'，"无傲狠'，'无崖异'，'无狡讦'，'无媕阿'，'无傅会'，'无笼络'，'无衒鬻'，'无矫饰'，'无为坚白辩'，'无为贤圣癫'，'无为妾妇妒'，'无为仇敌谤伤'，'无为聋俗哄传'，'无为瞽师皮相'，'无为黥卒醉横'，'无为黠儿白捻'，'无为田舍翁木强'，'无为法家丑诋'，'无为牙郎转贩'，'无为市倡怨恩'，'无为琵琶娘魂黯词'，'无为村夫子兔园册'，'无为算沙僧困义学'，'无为桃梗治禁词'，'无为天地一我，古今一我'，'无为薄恶所移’，‘无为正人端士所不道’。信斯言也，诗其庶几乎？虽然，方外之学，有‘为道日损’之说，又有‘学至于无学’之说；诗家亦有之。子美夔州以后，乐天香山以后，东坡海南以后，皆不烦绳削而自合；非技进于道者能之乎？诗家所以异于方外者：渠辈谈道，不在文字，不离文字；诗家圣处，不离文字，不在文字；唐人所谓情性之外，不知有文字云尔。”

古文尤擅碑志，一时之铭功德者，咸趋其门。有例有法，有宗有趣，而根柢盘深，雄浑挺拔，不可以绳墨拘。及其世涉沧桑，人有殄瘁，慨当以慷，则尤沉郁顿挫，令人读之神往。如《雷希颜墓志铭》曰：

> 南渡以来，天下称宏杰之士三人：曰高廷玉献臣，李纯甫之纯，雷渊希颜。献臣雅以奇节自负，名士喜从之游，有衣冠龙门之目。卫绍王时，公卿大臣多言献臣可任大事者。绍王方重吏员，轻进士，至谓："高廷玉人才非不佳，恨其出身不正耳。"大安末，自左右司郎官，出为河南府治中，卒以高材为尹所忌，瘐死洛阳狱中。之纯以蓟州军事判官，上书论天下事。道陵奇之，诏参淮上军，仍驿遣之。泰和中，朝廷无事，士大夫以宴饮为常。之纯于朋会中，或坚坐深念，咄咄嗟喈，若有旦夕忧者。或问之故。之纯曰："中原以一部族待朔方兵；然竟不知其牙帐所在；吾见华人为所鱼肉去矣。"闻者讪笑之曰："四方承平余五六十年，百姓无狗吠之警；渠不以时自娱乐，乃妖言耶？"未几，北方兵动。之纯从军还，知大事已去，无复仕进意，荡然一放于酒；未尝一日不饮，亦未尝一饮不醉，谈笑此世，若不足玩者。贞祐末，尝召为右司都事，已而摈不用。希颜，正大初，拜监察御史。时主上新即位，宵衣旰食，思所以宏济艰难者为甚力。希颜以为天子富于春秋，有能致之资，乃拜章言五事，大略谓："精神为可养。初心为可保。人君以进贤退不肖为职，不宜妄费日力以亲有司之事。"上嘉纳焉。庚寅之冬，朔方兵突入倒回谷，势甚张，平章芮公逆击之。突骑退走，填压溪谷间，不可胜算，乘势席卷，则当有谢玄

淝水之胜。诸将相异同，欲释勿追。奏至，廷议亦以为勿追便。希颜上书以破朝臣孤注之论，谓："机不可失。小胜不足保。天所予，不得不取。"引援深切，灼然易见；而主兵者沮之，策为不行。后京兆凤翔报北兵狼狈而西，马多不暇入衔；数日后知无追兵，乃聚而攻凤翔。朝廷始悔之，至今以一日纵敌为当国者之恨。凡此三人者，行辈相及，交甚欢，气质亦略相同；而希颜以名义自检，强行而必致之，则与二子为绝异也。盖自近朝士大夫，始知有经济之学，一时有重名者非不多，独以献臣为称首。献臣之后，士论在之纯；之纯之后在希颜。希颜死，有人物渺然之叹。三人者，皆无所遇合，独于希颜尤嗟惜之云。

希颜，别字季默，浑源人。考讳思，大定末，仕为同知北京路转运使事。希颜，其暮子也。崇庆二年，中黄裳榜进士乙科，释褐泾州录事。不赴，换东平府录事，以劳绩遥领东阿县令，调徐州观察判官，召为荆王府文学兼记室参军，转应奉翰林文字，同知制诰，兼国史院编修官，考满再任；俄拜监察御史，以公事免。用宰相侯莘卿荐，除太学博士，还应奉，终于翰林修撰，累官太中大夫。娶侯氏，子男二人：公孙八岁，宜翁四岁。女二人：长嫁进士陈某，其幼在室。

初希颜在东平；东平，河朔重兵处也，骄将悍卒，倚外寇为重，自行台以下，皆务为摩拊之。希颜莅官，所以自律者甚严。出入军中，偃然不为屈，故颇有喧哗者。不数月，闾巷间，家有希颜画像，虽大将，亦不敢以新进书生遇之。尝为户部高尚书唐卿所辟，权遂平县事。时年少气锐，击豪右，发奸伏，一县畏之，称为神明。及以御史巡行河南，得赃吏尤不法者，榜掠之，有至四五百者。道出遂平，百姓相传雷御史至，豪猾望风遁去。蔡下一兵，与权贵有连，脱役遁田间，时以药毒杀民家马牛，而以小直胁取之。希颜捕得，数以前后罪，立杖杀之。老幼聚观，万口称快，马为不得行。然亦坐是失官。

希颜三岁丧父，七岁养于诸兄，年十四五，贫无以为资，乃以胄子入国学，便能自树立如成人。不二十，游公卿间，太学诸人莫敢与之齿。渡河后，学益博，文益奇，名益重。为人躯干雄伟，髯张口哆，颜渥丹，眼如望羊。遇不平，则疾恶之气，见于颜间，或嚼齿大骂不休，虽痛自摧折，猝亦不能变也。食兼三四人，饮至数斗不乱，征酒淋漓，谈谑间作，辞气纵横，如战国游士；歌谣慷慨，如关中豪杰；料事成败如宿将；能得小人根株窟穴，如古能吏；其操心危，虑患深，则又似夫所谓孤臣孽子者。平生慕孔融、田畴、陈元龙之为人，而人亦以古人期之。故虽其文章，号一代不数人，而在希颜，仍亦余事耳。希颜年四十六，以正大八年辛卯八月二十有三日，暴卒。后二日，葬戴楼门外三王寺之西若干步。好问与太原王仲泽哭之，因谓仲泽言："星殒有占，山石崩有占，水断流有占，斯人已矣。瞻乌爰止，不知于谁之屋耳！"其十月，北兵由汉中道袭荆襄，京师戒严。铭曰：

维季默父起营平，弱龄飞骞振厥声。备具文武任公卿，百出其一世已惊。紫髯八尺倾汉庭，前有赵张耻自名。目中中敌无遁情，太息流涕请进兵。掩聪不及驰迅霆，一日可复齐百城。天网四面开鲵鲸，砥柱不救洪涛倾。望君佐王正邦经，或当著言垂日星；一偾不起谁使令。如秦而帝宁勿生，不然亦当蹈东溟。玄精炯炯赋子形，溘焉宁与一物并。千年紫气郁上征，知有龙剑留泉扃。何以验之石有铭。

志雷希颜，而一时豪俊以类见，此太史公附传之法。而笔势奇纵，兔起鹘落。其他赋如《秋望赋》，序跋如《章宗皇帝铁券行引》、《琴辨引》、《太原昭禅师语录引》、《跋国朝名公书》、《跋松庵冯丈书》、《跋紫微刘尊师山水》、《跋韵嵓书柳子厚独觉一诗》，赠序如《送秦中诸人引》，赞如《手植桧圣像赞》、《赵闲闲真赞》二首、《写真自赞》，碑志如《平章政事寿国张文贞公神道碑》、《王黄华墓碑》、《闲闲公墓志铭》、《寄庵先生墓碑》、《朝列大夫同知河间府事张公墓表》、《内相文献杨公神道碑铭》、《内翰王公墓表》、《通奉大夫钧州刺史行尚书省参议张君神道碑铭》、《资善大夫集庆军节度蒲察公神道碑铭》、《御史程君墓表》、《平叔墓志铭》、《聂元吉墓志铭》、《太中大夫刘公墓碑》、《奉直赵君墓碣铭》、《御史孙公墓表》、《刘景玄墓志铭》、《南峰先生墓表》、《蘧然子墓碣铭》、《族祖处士墓志铭》、《敏之兄墓志铭》、《顺天万户张公勋德第二碑》、《赠镇南军节度使良佐碑》、《千户乔公神道碑铭》、《千户赵侯神道碑铭》、《故帅阎侯墓表》、《冠氏赵侯先茔碑》、《西宁州同知张公之碑》、《五翼郡总领豪士信公之碑》、《清凉相禅师墓志铭》、《华严寂大士墓志铭》、《坟云墓志铭》、《孙伯英墓志铭》、《紫虚大师于公墓碑》、《天庆王尊师墓表》、《圆明李先生墓表》、《通玄大师李君墓碑》、《藏云先生袁君墓表》,杂记如《市隐斋记》、《临锦堂记》、《王无竞题名记》、《济南行记》、《成然院功德记》、《竹林禅院记》、《紫微观记》、《朝元观记》,咸可诵览。大抵省净不如欧,唱叹而出以宏赡;疏快亦逊苏,徐重而能为峻健。复体单语,杂厕奔迸,而飞腾瑰玮,仿佛韩愈;盖不为宋文而力追唐格者也。于是唐风振,而元之诗文渐变,则好问为之枢也。

好问既搜金人诗以成《中州集》,而又采金人词以为《中州乐府》。其词以豪俊出生拗,亦衍苏辛一脉,而与姜张异趣。或谓好问之选,皆取其近己者;然王寂《拙轩集》、李俊民《庄靖集》两家之词皆不入《中州乐府》,而清雄顿挫,以视《中州乐府》,格调亦无二致。宋词深致能入骨;金词清劲能树骨;宋或失之绮靡,近于雕文刻镂之技;金或失之伧荒,无解深裘大马之讥。独白朴幼育于好问家,学有端绪,而词则清婉秀逸,亦如南宋之有姜张云。传有《天籁集》二卷。

第五章 元

第一节 发凡

元以蒙古起朔方，牧马南下，吞金灭宋而抚有中国；然元能兼并金宋之土地，而未统一南北之文学。北方文学，衍金之元好问一脉，文宗韩以矫苏，诗反黄以为唐，蕲于积健为雄，反宋入唐；而姚燧元明善为之宗盟。南士则承南宋，文格不变，而诗格变，以唐矫宋，以晋参唐，意趣冲旷，语参游仙，一祛西江粗犷之弊而趋于和雅；虞集、揭傒斯、黄溍、柳贯，联翩起东南，号为儒林四杰，亦一时之盛也。北学作色张之，以奇崛作气势。南文坦迤出焉，以婉惬为真率。独袁桷濡染北学，文笔拗强，南风以竞，浸欲争长。及吴莱、杨维桢继踵浙东西，所为诗文磊落而英多，欲以生气勃发，出奇制胜。南方之强，北方之强，矜才使气，孰为高下。然而北人之语句佶屈，不如南文之篇章浑成也。独吾诵元人诗文集，其中碑传所志勋臣元僚，克城数十百，莫非我汉族暴霜露、斩荆棘之所垦辟以世世长子孙者也。杀贼几百万，莫非我汉族同仇敌忾之为国干城者也。于时杀其壮佼，系累旄倪，子女玉帛，惟所有之；迁我重器，载宝而朝；在彼之丰功伟烈，在我汉族则奇冤大愤；而誉凶人以为元勋，侈屠僇以张德威，执简以书，非异人任；其人则刘因、姚燧、元明善、赵孟頫、袁桷、虞集、揭傒斯、黄溍、柳贯；其邑里有南北，而其人为汉族，一也；顾认贼作父，歌功颂德，如不容口；而不知其颡之有泚焉。呜呼！哀莫大于心死，而丧心病狂以为盛德形容，斯诚民族之奇耻，斯文之败类已！然丧心病狂，而有征其不病不狂者；心死而有明其不死者。独其吟咏情性，见于诗什；虽以赵孟頫之盛宠极显，虞集、揭傒斯之世久情迁，抑亦不无沧桑之感，悲凉之音焉。元之季也，吴莱以《春秋》举于乡；而题《春秋通指》后，内中国而外夷狄，欲树之坊，大义凛然矣。况其为遗民贞士谢翱、方凤之俦者乎！或者几希之仅存，以明人心之终不死，而萌吾民族复兴之新运耶。

第二节　耶律楚材　郝经附阎复 刘秉忠　刘因附安熙　姚燧附张养浩　元明善附马祖常 苏天爵

元与辽金同出游牧；金之盛也，元为臣仆，及金之衰，而元太祖举兵以叛，克燕京，得耶律楚材。耶律楚材，字晋卿，辽东丹王托云八世孙也。父履，仕金，终尚书右丞。楚材生三岁而孤，母杨教之学。及长，博极群书，旁通天文、地理、律历、术数，及释老医卜之说。下笔文成如宿构。金制，宰相子例试补省掾，楚材欲试进士科。章宗诏如旧制，问以疑狱数事。问试十七人，楚材第一，遂辟为掾。既而元兵逼，宣宗徙汴，完颜复兴行中书省事，留守燕，辟为左右司员外郎。太祖定燕，闻其名，召见。楚材身长八尺，美髯弘声。帝伟之，曰："辽金世雠，朕为雪之。"对曰："臣父祖委质事之，君臣分定，不敢雠也。"帝重其言，处之左右，遂呼曰"长髯人"而不名，日见亲用。事太宗，拜中书令；遂宪章宋金，立法定制，以润色鸿业，为开国文臣之首，卒谥文正。传有《湛然居士集》十四卷。其中诗多而文少。惟第十三卷、第十四卷，以书序碑记与诗杂编。其诗不甚修辞，多参禅悦。万松野老行秀序其端曰："湛然居士年二十有七，受显诀于万松，尽弃宿学，冒寒暑，无昼夜者三年；以至扈从西征六万余里，历艰险，困行役，而志不少沮；跨昆仑，瞰瀚海，而志不加大。客问其故。曰：'汪洋法海，涵养之力也。'片言只字，皆出于万化之原；而肤浅未臻其奥者，方索诸声偶锻炼之余；正如检指蒙学对句之牧竖，望涯于少陵诗史者矣。"盖明其有得于禅以抒为诗；而肆笔顿挫，不乖惬适，盖学杜甫以矫江西之拗体者也。摘句如"瀚海月明千里雪，天山风吼万林丹"，"昆仑碧耸日落处，渤海西倾天尽头"，塞外景色，描写如绘，雄丽得未曾有。然气调差肆而骨力不坚，辞意太尽而识趣不永；遂成浮响，而无茂意。

耶律楚材，诗欲为唐而未跻于熟者也。独陵川郝经，奉手于元好问而得其指授；其文丰蔚豪宕，其诗苍凉沉郁，不安为宋，而差跻唐。

郝经，字伯常；其先潞州人，徙泽州之陵川；家世业儒。祖天挺，元好问所从受学也。金亡，而经奉母徙顺天，负米读书，为守帅张柔、贾辅所知，延为子师。二家藏书皆万卷，恣其搜览。元好问语之曰："子貌类汝祖，才器非常。"与论作诗作文之法。宪宗元年，世祖以皇弟开邸，召经，谘以经国安民之道；遂从世祖总师南伐，屡陈大计。及世祖即位，以为翰林侍读学士，充国信使，入宋通好，盖用经之议也。然为宋所拘，馆之真州者十六年，愤闷无聊，益肆力于文章。至元十一年，丞相伯颜奉诏讨宋，问执行人之罪；乃得释归。先是汴中民射雁金明池，得系帛书诗云："霜落风高恣所如，归期回首是春初。上林天子援弓缴，穷海累臣有帛书。"后题曰："中统十五年九月一日放雁，获者勿杀。国信大使郝经书于真州忠勇军营新馆。"是时南北隔绝，但知纪元为中统也。诗奏，遂致讨焉。既归而卒，谥文忠。传有《陵川集》三十九卷。其中《遗山先生墓志铭》，阐扬师法，明其流变，笔力健举，沛然出之若有余，几欲追好问而肩及之。而称好问之诗，以谓："沉郁太和，力出意外，巧缛而不见斧凿，新丽而绝去浮靡，造微而神采粲发。杂弄金碧，粉饰丹素，奇芬异秀，动荡心魄。看花把酒，歌谣跌宕，挟幽并之气，高视一世。以五言雅为正，出奇于长句杂言。"所以心维力摹，盖经之所以志师，抑经之所自为力。今诵其诗，可覆按也。

金之亡也，元好问依东平路行军万户严实以居。而实招诸生，以付好问校试其文，而与选者四人焉，高唐阎复其首也。

阎复，字子靖，美风仪，七岁读书，颖悟绝人。弱冠，入东平学，及是为实掌书记。至元八年，以荐为翰林应奉，扈驾上京，赋诗应制。世祖顾宰相曰："有才如此，何可不用?"遂掌诏命。历世祖、成宗、武宗，出纳王言，久官翰林，卒谥文康。有《靖轩集》五十卷。所为文章，力矫平易，以茂藻为雄文，而或失之缛；以飞腾振块玮，而不免于踬；抑固得法好问，而欲以希韩者也。

邢州刘秉忠，初名侃，字仲晦；亦事世祖皇弟潜邸。及欲正位，郝经定策以班师，而刘侃显庸于创制；累官光禄大夫、太保、参领中书省事。早岁为僧，游云中，居南堂寺。世祖开邸，海云禅师被召，过云中，闻其博学于文，邀与俱；应对称旨，屡承顾问，论天下事如指诸掌；遂辅世祖以缵大统，而犹不改僧服。及是赐名秉忠。诏以翰林学士窦默之女妻之，赐第奉先坊；而斋居蔬食，终日淡然，不异平昔。自号藏春山人。每以吟咏自适。经歌谣跌宕，挟幽并之气，出奇于长句杂言；而秉忠巧缛新丽，尤工七言律绝；其风力不如经之腾骧，而雕缋满眼，才亦足以发藻。传有《藏春集》六卷，盖振唐风之朗丽，而救宋诗之伧野者也。

刘秉忠以释能诗，刘因以儒有文；刘秉忠诗嗣唐音，而刘因学承宋儒。

刘因，字梦吉，保定容城人。父述，刻意问学，邃性理之说，好长啸。年四十未有子，因梦有神人马载一儿至其家，曰："善抚之。"后果得子，乃名曰骃，字梦骥，后改今名及字。三岁受书，过目成诵。六岁赋诗，七岁属文，落笔惊人。才器超迈，日阅方册。初为经学，究训诂疏释之说，辄叹曰："圣人精义殆不止此。"及读宋儒周、程、张、邵、朱、吕之书，一见能发其微，曰："我固谓当有是也。"既而深究得失，曰："邵，至大也；周，至精也；程，至正也；朱子极其大，尽其精，而贯之以正也。"顾家居教授，以发六经皆史之义；而诏学者，亦不废汉唐训诂之说，旁推交通，著有《叙学》一篇。大旨主博学于文，读书穷理。其学原出朱熹之道问学，而参以吕祖谦之经世读史，亦不尽用朱子。弟子数百人，而得其传者曰真定安熙。

安熙，字敬仲，有《默庵集》五卷。其学汪洋而静深，谓文以载道，不胜，不足以穷理，故言修道以立文。于诗章幽而不伤，慕贞洁之实。教人也，持敬为本。解经必毫缕以析，果知之，必验其所行。弟子相从常百余人，出入闾巷，佩矩带规，望而知为安门弟子。其于刘因也，未尝一见；盖执读其书，默焉以求其通者也。世祖初即位，姚枢、许衡，咸在中朝，号大儒。既而两人相继告老。士大夫多属意于刘因，丞相不忽木尤力荐之。至元十九年，征拜右赞善大夫，以母疾请归。二十八年，召为集贤学士，固辞不起，寻卒。生平爱诸葛亮"静以修身"之语，表所居曰静修；因以题集，传有《静修集》三十卷。其中诗五卷，号《丁亥集》，因所自定，余皆门人所掇拾也。诗抑扬爽朗，得苏之笔，而理趣稍逊。文则由宋攀唐，以自出机杼，如《田景延写真诗序》曰：

> 清苑田景延善写真，不惟极其形似，并与夫东坡所谓"意思"，朱子所谓"风神气之天者"而得之。夫画形似，可以力求；而意思与天者，必至于形似之极而后可以心会焉；非形似之外，又有所谓意思与天者也；亦下学而上达也。予尝题一画卷云："烟影天机灭没边，谁从毫末出清妍？画家也有清谈弊，到处南华一嗒然。"此又可为学景延不至者之戒也。

又《新安王生墓志铭》曰：

> 新安王纲居母丧，以哀毁致疾；既而其父病作，而纲竟以忧终。其师容城先生为铭其墓。其辞曰：
>
> 礼之未制也，人或径情。人之未知也，礼有失平。生制礼之后，为学礼之人；不俯就之，而夭祸是婴。如九原之可作，将声言以责生。虽然，出继有嗣，终养有兄。入土而安，勿震以惊。吾当作铭。

遒宕拗兀，不为危仄。其他序跋如《庄周梦蝶图序》、《赐杖诗序》，赠序如《李公勉初名序》，碑志如《中顺大夫彰德路总管源孙公先茔碑铭》、《怀宁万户刘公先茔碑铭》、《明威将军后卫亲军总管李公先茔碑铭》、《正议大夫礼部尚书王公神道碑铭》、《泽州长官段公墓碑铭》、《清苑尹耶律公遗爱碑》、《武强尉孙君墓志铭》；杂记如《驯鼠记》、《退斋记》，咸为一集之胜。议论醇粹明白，不激不随，而出以坦迤；碑志遒宕排奡，不蹇不拗，而能为高迈；笔有裁制，语无冗絮，简括有法，胜于朱熹。盖有元一代，义理而擅文章，北方之学者，莫之或先也。先是许衡之应召也，道过因。因曰："一聘而起，得无遽乎？"衡曰："不如此，则道不行。"及因不就集贤之召；人或问之，乃曰："不如此，则道不尊！"然因制行之峻过于衡，博学有文过于衡，而高尚其志，遁世无闷，位不如衡之显，名不如衡之高，徒从亦不如衡之众。学统不在焉，文统亦不系焉。北方之学统，系许衡；北方之文统，系衡之弟子姚燧。

姚燧，字端甫，号牧庵，河南人，姚枢之从子也。北学之开，实大以衡而自于枢。元初建国，无汉人士大夫；及破许州，而枢以金军资库使见获，太祖甚喜。既而太宗遣其从子库腾南下伐宋，俾枢从，即军中求儒释道医卜之人。及拔德安，以尝逆战，其民数十万，皆俘戮无遗；而枢力拯拔儒生之在俘者，于其中得江汉先生赵复，见枢戎服而髯，以为蒙古人也。及之帐中，见案有琴书，骇曰："胡人乃解此乎？"枢为一笑，而与之言，信奇士。出所为文数十篇付枢，自以九族殚残，得死为幸。枢慰藉百端，留共宿。中宵而寤，月皓而盈，索复不得，惟寝衣存，遽驰马周号积尸间，而得之水滨，则见被发仰天，号而欲投水。枢晓以："徒死无益。汝存，则子孙或可传绪百世。吾保而北，无他也。"遂引之燕，谒世祖。问曰："吾欲取宋，卿可导之。"复应曰："宋，吾父母国也，义不为。"世祖亦不强之，而以付枢。枢建大极书院，请复讲授。复以所记程朱所著诸经传注，尽录以授枢，北方道学自此始。郝经、刘因、许衡，转相传录，而枢亦以精研性理之学，历任太宗、定宗、宪宗、世祖，累拜中书左丞、昭文馆大学士、翰林学士承旨，卒谥文献，以儒学为元朝开国名臣。

姚燧三岁丧父而依于枢，自幼服教，而随枢隐苏门讲学，耳目濡染。堂龛孔子容，傍垂周、两程、张、邵、司马六人像，读书其间，衣冠庄肃。后生薄夫，或造庭除，出语人曰："几褫吾魄。"枢汲汲以化民成俗为心，自版《小学书》、《论孟或问》、《家礼》、《近思录》与东莱经史说，散之四方。时河内许衡在魏，诏学者出入经传子史，泛滥释老，下至医药卜筮兵刑货殖水利算数，靡所不究。而枢过相见，诵说所学。衡遂造苏门，尽录程朱氏书以归，谓其徒曰："曩所授受皆非。"今始闻进学之序。若必欲相从，当尽弃前习，以从事于《小学》、《四书》为进德基。不然，当求他师。"众皆曰："惟先生命。"既而衡尽室来辉，相依以居。而燧出拜焉，时年十三岁也；迨十八岁而从学于衡。衡以讲学受知世祖，累官进集贤大学士兼国子祭酒，亲为择蒙古贵姓子弟，俾教之，而道大行。顾不以文章为事，亦未诏燧学为文也。及燧二十四岁，始取韩文读之，走笔试为，或谓有作者风；而就正于衡，衡亦赏其辞。以荐为秦王府文学，历世祖、成宗、武宗、仁宗，官至翰林学士承旨，集贤大学士；卒谥曰文，时论以韩愈待之，故与同谥。传有《牧庵集》三十六卷。宋濂撰《元史》，称："其文闳肆赅洽，豪而不宕，刚而不厉，舂容盛大，有西汉风；宋末弊习为之一变。"而《四库提要》亦谓："燧学出许衡，而文章出衡远甚；雄深雅健，绰有古风。碑志尤足补史阙。有元一代，自虞集之外，罕能旗鼓相当也。"无不推崇备至。其实燧为碑志，叙述详尽，其中多名臣大僚，如《湖广行省左丞（阿尔哈雅）神道碑》、《平章政事蒙古公（博啰罕）神道碑》、《平章政事徐国公（伊札吉台彻尔）神道碑》、《中书左丞姚文献公（枢）神道碑》、《董文忠公神道碑》、《平章政事史公（格）神道碑》、《福建等处行中书省平章政事大司农史公（燿）神道碑》、《便宜副总帅汪公（忠臣）神道碑》、《兴元行省瓜尔佳公（隆古岱）神道碑》、《封雍国公谥忠贞贺公（仁杰）神道碑》、《领太史院事杨公（恭懿）神道碑》、《参知政事贾文正公神道碑》、《叙州等处行中书省平章政事游公（显）神道碑》、《真定新军万户张公

(兴祖)神道碑》、《中书左丞李忠宣公(德辉)行状》,信足以辅《元史》诸传之缺,而搜其佚闻。然文章欲学韩愈之生奡,而以救宋金诸家之滑易。盖宋金诸家,习于苏文,条达疏畅,而不免滑易;流风所靡,独燧以韩文自振拔,见者遂以为高不可攀耳。此实苏文盛极而衰之机,而非燧之文真能"雄深雅健"也。其实以蹇涩支离之笔,抒广末猛贲之调,而无大力控抟,无豪气运贯,欲为"盛大"而未见"舂容"。议论好为矜张而无精识,"雄"而不"深";抑非"雄"也,肤也,廓也。辞笔特为拗强而疏脉理,"健"而不"雅",抑非"健"也,犷也,伧也。"闳"而不"肆",则成襞积;"该"而不"洽",徒见虚憍。叫嚣而无所见,拉杂而不知裁。至于"无恙"必曰"不恙","呜呼天乎"则曰"呜呼哉天乎",有意立异以为学韩;不惮支离其辞,增减其字;其原出于韩愈《曹成王碑》、《试大理评事王君墓志铭》、《贞曜先生墓志铭》、《郓州谿堂诗序》、《汴州东西水门记》、《送穷文》、《祭河南张员外文》;生字拗语,怪怪奇奇,在愈文章狡狯,以备集中之一格,而中有精识,运以逸气。乃后之学者,不知知言养气为何事;而顾字句剽拟,好奇矜诞。皇甫湜学之以矜气夸调,则为生吞;宋祁《新唐书》效之以省字改语,则为活剥;无当奥奇,徒成拙累。而燧则以皇甫矜气夸调之生吞,兼有宋祁省字改语之活剥,刺口棘舌,风斯为下。而披沙拣金,差为可诵;则有序跋如《书米元晖画山水》,赠序如《送郭肃政安道序》、《梁氏三子名说》,传如《太华真隐褚君传》,碑志如《湖广行省左丞相神道碑》、《平章政事蒙古公神道碑》、《平章政事徐国公神道碑》、《便宜副总帅汪公神道碑》、《兴元行省瓜尔佳公神道碑》、《百夫长赠中大夫轻车都尉曹南郡侯坤都岱公神道碑》、《邓州长宜赵公神道碑》、《真定新军万户张公神道碑》、《招抚使李君阡表》、《河东检察李公墓志铭》;杂记如《序牡丹》、《康瓠亭记》、《赫羲亭记》,皆辞笔较省净,文字较从顺。诗笔疏快,不如文之涩蹇,苦乏意境。独《易天地交泰后以裁成天地之道辅相天地之宜》经义一首,条达疏畅,意到笔随。辞曰:

造化之奠位,必合两而成其和;圣人之成能,必参两以用其中。盖和者致泰之极功，中者致和之大本也。徒知保合太和，而气化之流行者，固所以通乎两间之天地；乃不知允执厥中，而道化之运行者，实有以位乎一身之天地。吾恐道化之中，有时而偏；则气化之和，亦有时而郁矣。圣人之宗主是泰，岂其然哉？天秉阳而居上，确乎其体也，而气则下交乎地；地秉阴而居下，隤然其形也，而气则上交乎天。气化交感，细缊旁薄，至和流通，在在无间。造化之泰，何其盛也，其必有致此者矣。

曰有元后焉。天地之道，或太过也，而元后则以此之中而财成之；天地之宜，有不及也，而元后则以此之中而辅相之。道化潜通，无过不及，一中懋建，天地不悖。圣人之泰，不亦溥乎！合两以致化者，造化之泰，此泰之蟠际也；参两以赞化者，圣人之泰，此泰之宗主也。有圣人以宗主是泰，则成位乎上下者，无非中；而奠位乎上下者，无非和矣。《泰》之《象》云云，其意如此。或者昧之，往往谓高明博厚，天地之体也；下降上腾，天地之气也。体立而气行，交通而旁达，则形和气和，而天地之和应矣，于圣人奚赖焉？吁！是未知天地之化，而范围者圣人也；天地化育，而参赞者圣人也。圣人者，拟天地而参诸身，以一身而赞化育，阴阳阖辟，我转其机；寒暑推迁，我总其运。此精神之感召，和气之流通，使之三光全而日月无薄蚀之虞，五纪协而风雨无凄苦之变。财之成之，辅之相之，而无过不及之偏；太和之应，何莫非大中之感？呜呼！和在天地，则天地一圣人之应也；中在圣人，则圣人一天地之感也。要其所应，则太和所播，上际下蟠，无彼此也，无间断也。天地之泰，天地之气化所由通也；而位天地，育万物，元后之于天地，实有功焉。太过，其财成之；不及，其辅相之。以斯中也，致斯和也，气化之和，即道化之所由验也。原其所感，则大中一建，万物咸睹，无偏党也，无反侧也。圣人之泰，圣人之道化所由通也；而亶聪明，作父母，天地之于元后，实有赖焉！寒暑，其教化之；日月，其顺动之；以斯和也，验斯中也；

道化之中，即气化之所由基也。然则中和无二致，感应无二机，在天地者非有余，在圣人者非不足，浑浑乎一中和之盛，此其所以为泰治之极欤。

今夫成气化之泰者在天地，而开道化之泰者在圣人。圣人者出，父乾母坤，而藐然中处，则成位乎天地矣。大生广生，而大宝曰位，则成能乎天地矣。聪明作元后也，而有道以运焉；两仪同流，一中不逾。阴惨而阳舒，天地之道也，过则不能和。春生而秋敛，天地之宜也，不及不能和。一喜怒，有同乎阴阳之惨舒；惟皇作极而财成之，则无愆阳，无伏阴，而天地之道所由泰。一赏罚，有同乎春秋之生杀；惟皇作极而辅相之，则无暑雨，无祁寒，而天地之宜所由泰。协施中矣，中斯泰矣。将见王道正直，荡荡平平，会其有极，是行是训。吾之道，无非天地之道。吾之宜，无非天地之宜。鼓元气，雷域中，天地之《豫》也，即圣人之中也。腾百川，雨天下，天地之《解》也，即圣人之中也。由此中而推之，其平秩平在，寅饯寅宾，其在璇玑玉衡，无非此中之弥纶曲成也。

大抵有气化之泰，有道化之泰。气化之泰，一天地之和也；道化之泰，一圣人之中也。若不相关也，而实相为因；若不相与也，而实相为用；其殆一道气之相为贯通者乎。何者？有道，斯有气。道降而气，其在天地，则为阴阳之运；其在圣人，则为中节之和。气通于道，其在天地，则为阴阳之粹；其在圣人，则为未发之中。天地以气运，则有上下交通之妙，气即道之流行焉耳。圣人以道运，则有财成辅相之功，道即气之主宰焉耳。融道气，致中和，天地大造化也，圣人权造化也；天地，圣人，同一中和之泰也。使天地徒以气化之泰奠位乎上下，而不有圣人以道化之泰成位乎其中，则阴阳失其道，寒暑失其宜，日月失其经，和者流矣，其何泰也哉？

抑尝考《泰》之为卦而有疑焉？天尊地卑而乾坤以定，皇极建中而彝伦以叙。今而象《泰》之卦，则有取于乾下而坤上；元后之任，则有反于天地之道与宜。何也？盖天地以形言，乾坤以气言。天地奠位，而乾下坤上者，气也；天地之交，以气而交，是之谓《泰》。乾坤，其父母也；元后，其宗子也。乾坤以气化而赋形赋色于元后，元后其可不存吾顺事而财成辅相之以尽其宗子之职哉？是知乾下坤上，气化以交而成和矣，而乾坤以定，则和者未有不中。曰道曰宜，元后财成辅相之以中矣，而彝伦攸叙，则中者未有不和。虽然，圣人之用中，其应在天地，其感在民心，民心罔中，惟尔之中，则人和，而天时地利无不应矣。古之圣人，端居乎宥密之中，而尸财成辅相之职；岂必曰夏则天地之阳气而导行之，冬则闭藏之欤？又岂必曰秋则取天地之阴气而施用之，春则闭止之欤？夫乖气致异，和之反也。和气致祥，泰之极也。

礼乐所以合天地之化，中和所以致万物之育。吾之于民，苟能以礼乐导其中和之教，以中和行其左右之道；则吾民之中，即天地之中也；吾民之和，即天地之和也。地天象泰，以财成辅相之任，属之圣人；而必以左右民继言之，厥旨深矣。昔之言泰和者，必曰唐虞，则唐虞之时，地天交泰之时也。以言其治，则地平天成也；以言其道，则精一执中也；以言其化，则黎民于变也。中和之应，未有盛于此时也。然要其所以致中和，无非用中于民；始之作讹成易有其时，析因夷隩有其序，六府则孔修，三事则元治。彼其潜通天地之和，默制造化之机，固有左右尔民之治存焉。如曰舍斯民而他有所谓财成辅相之事，特阴阳固闭之学，聋瞽巫史之为，尧舜其然乎？不然也。春秋以来，日蚀有书，地震有书，不雨又有书，是何阴阳缪戾如是耶？得非治不唐虞，世则春秋，大中之治不建，而太和之治不复乎？吁！是必有寤寐尧舜于千百载之上，而为天地立极，为万世开太平者。

以《中庸》补《易》义，以中致和，吃紧做“以”字，以天地之中和归之于我民之中和，惜未能如《荀子》之以人定胜天行，而深切喜往复，排比之中，饶能辨折，足以追攀宋之王安石、苏辙，而笔有余爽，义无剩蕴，胜为古文也。特济南张养浩以奉手于燧，而序其集曰：

> 皇元宅天下百许年，倡明古文，才牧庵姚公一人而已。盖常人之文，多剽陈袭故，窘于识趣，弗克振拔。惟公才驱气驾，纵横开阖，纪律惟意。其大略如古劲将率市人战，彼虽素不我习，一号令之，则鼓行六合，所向风从，无敌不北。虽起绝海岳，亦莫不迎锐而开，犹度平衍；视彼选兵而阵，择地而途，才一再敌，辄衰焉且老者相万矣。
>
> 走年二十四，见公于京师。时公直学士院，每有所述，于宴酣后，岸然瞑坐，词致砰隐，书者或不能供；章成，则雄刚古邃，读者或不能句。尤能约要于繁，出奇于腐，江海驶而蛟龙挈，风霆薄而元气溢，森乎其茫寒，皜乎其辉煜。一时名胜，靡不鳃鳃焉自闵所有，伏避其路。而将相鼎族，辇金篚币，托铭先世勋德者，路谒门趋，如水赴壑，厥问之崇，学者仰之山斗矣。每往来江湖间，眍饯宴劳，月无虚朝。二千石趋翼下风，吟啸自若，巷陌观者谓君神仙人。尝谓唐三百年，文为世所珍者，李邕、韩愈二人，或所暨若市，或酬金牣门。最其凡论之，公盖兼有。至其外荣达，喜施与，宏逸高朗，中表惟一，年愈艾而气节愈隆，顾有前人所未备者；然则公之奇伅瑰异者，独文乎哉。
>
> 公殁之十一年，当泰定改元，江西省臣求所述于家，凡如干篇，将板行世。郎中贾焕华甫走书济南，以文序请。窃惟韩昌黎文，李汉氏序。欧阳公文，苏辙氏序。公与二子，代虽不同，要皆间气所钟，斯文宗匠，振古之人豪也。走何人，敢于焉置喙？辞不获，因纪平昔所尝得诸心目者，姑副所恳。公，讳燧，字端甫，仕至翰林学士承旨，荣禄大夫，集贤大学士，太子宾客。牧庵其自号云。

可谓推崇备至。其实燧之为文，只是“剽陈袭故”，不过时人因袭苏调，而燧据摭韩语；"窘于识趣"，何尝"振拔"？"才"不"驱"，"气"不"驾"，何色张之？欲为"纵横开阖"而未能"纪律惟意"；"刚"而不"雄"，则为傲狠；"古"而不"邃"，则见堆垛；拉杂成章，嗷齿佶屈，宜"读者或不能句"也；更何"约要于繁"，"出奇于腐"之有哉？养浩之言，未免阿私所好也。

张养浩，字希孟，自幼以才行名。游京师，献书平章不忽木，大奇之，辟为掾。历武宗、仁宗、英宗，累拜礼部尚书陕西行御史台中丞，卒谥文忠，别号云庄，有《云庄类稿》二十四卷。江浙行省参政孛术鲁翀为之序曰："本朝牧庵姚文公以古文雄天下。天下英才振奋而宗之，卓然有成，如云庄张公，其魁杰也。其文渊奥昭朗，豪宕妥帖，辞必己出，凛有生气。"抑亦北学之宗匠，而以嗣响于牧庵。虽豪宕而未妥帖，不免与燧为同病，然昭朗而免僻塞，抑亦祛燧之一蔽焉。然养浩一代名臣，不以词章工拙为重轻。独元明善早以文章自豪，务为雄丽以矫滑易，体气与燧同，而年辈视燧后，遂以继燧为北学所宗云。

元明善，字复初，大名清河人。童而过目成诵。稍长游吴，以古文有声，用荐为安丰建康两路学正，辟掾行枢密院。佥院事董士选钦重而宾待焉。名达中朝，历转中书左曹掾。仁宗居东宫，召为太子文学。及即位，改翰林待制，累升翰林侍讲学士。延祐二年，始会试天下进士，明善首充考试官。及廷试，又为读卷官，所取士后多名臣，而马祖常尤擅文学之誉焉。英宗嗣位，尤眷遇之，授翰林学士，卒谥文敏。有文集行世，而不多见。苏天爵《元文类》所录碑传序记之文，如《大兴府学孔子庙碑》、《太师淇阳忠武王碑》、《丞相东平忠宪王碑》、《丞相淮安忠武王碑》、《平章政事廉文正王神道碑》、《河南行省左丞相高公神道碑》、《藁城令董府君神道碑》、《藁城董氏家传》、《张淳传》、《杈楼亭记》、《顺州仪门记》、《武昌路学记》、《虚室记》、《万竹亭记》、《吴幼清先生南归序》、《送马翰林南归序》诸篇；大抵以才发藻，以茂求雄，大声以色，而抒以排宕；则固衍韩文之一体，而以嗣响于燧者也。如《杈楼亭记》曰：

汲人张君锡氏作杈槎之亭。志怪者云：海与天河通，盖有人乘槎至斗牛间；征而慕之，故以名亭。昔君锡挟能放游，浮河达淮，乱江而南，历吴越，西至鄂衡，又至于沅澧，逾洞庭，下彭蠡，内赍刳中，息于水腹，夺品于覆，袽渐于罅，或再月不得抵所止；舟师候祥，盲风猋作，水与风争，舮舳崩倾，樯折柁败，淼无底戾，又雨且暮。游二十年，不知幾此遭矣。怠而北归，有官留中。意必夜悸于梦，朝怵于见。犹事于槎，亦何谓耶？

曰："怖吾之南，信如子言。今吾完然我也。不亦有不水死者众乎？环燕千里，无湖江浸也，依龙光，被休风之人也，耇寿昌嗣，终不逢不若，宜也。尝试征余二十年间，或者服食百忌，步乘有择，武导昼兵卫，夜临避而吻动又噤，见获则声功亟诧，非不牢自谋也。一旦若轻尘惊风，漠无踪响者，何也？其所居甚海涛，所乘甚胶舟，风水不争，立将解剥；彼且安之，固亦危我矣。虽然，世所共安而不之危者，非大地乎？然载万物者地也，载地者水也；火水石土，合为地体，并水而载之者，天也。地不为大舟乎？天不为大水乎？实大舟，运大水，其不有大危乎？道虽无泯，器当有敝；十二万年之后，又谁知果不并大舟大水而趋于大坏也欤？槎本无也，无又何待于杈？亭亦无也，有亭必基于土；地且不能自有，何有于物？虽然，寄吾于槎，犹万物之寄于地；同寄也，又奚安奚危哉！"

余曰："子之号达矣旷矣，其情盍求夫称也？夫槎者，沟中断也，利小涉，不大受也；胡不虚其中，使无不容；牢诸外，使无不载；道为之檝，时为之帆，泊之于义渚，系之于德渊？若然，效大舟之实而不泄，托大水之运而不覆；沨沨乎，潎潎乎，槎之进乎是也至矣。"

诙诡雄骜，自诩出入秦汉。初佐董士选为江西省掾，随转南京行御史台掾，而临川虞集，亦为士选礼延以教子弟。二人者，议论以相切劘。明善言："君治诸经，惟朱子所定者耳。自汉以来，先儒所尝尽心者,考之殊未博。”集则曰:“凡为文辞,得所欲言而止;必如复初言,若雷霆之震惊,鬼神之灵变,然后可;岂性情之正耶?”盖集承宋学以为宋文,而明善不安于宋,则欲矫以变也。二人之讼议,抑以征南北之异学。初相得甚欢,而官京朝,乃更不能相下。董士选之自中台行省江浙也,二人者,俱送出都门外。士选曰:“伯生,国子官,以教导为职,宜早还。复初,掾我者也,可更送我。”集还;明善送至二十里外。士选下马入邸舍中,为席,出橐中肴,酌酒同饮;乃举杯属明善曰:“我以功臣子出入台省,无补国家,惟求得佳士数人,为朝廷用之。如复初与伯生,他日必皆光显;然恐不免为人构间。复初,中原人也,仕必当道;伯生南人,将为复初摧折。今为我饮此酒,慎勿如是!”明善受卮酒,跽而釂之,起立言曰:“诚如公言。无论他日,今隙已开矣。请公再赐二卮,明善终身不敢忘公言。”乃再饮而别。真人吴全节,亦江西人也,与明善交亲,乞为文。既成,明善谓曰:“伯生见吾文,必有讥弹。吾所欲知。成季为我治具,招伯生来观之。若已入石,则无及矣。”明日,集至;明善出其文,问何如?集曰:“公能从集言,去百余字,则可传矣。”明善即泚笔属集,凡删百二十字,而文益精当。明善大喜,乃欢好如初。集每见明经之士,亦以明善之言告之。

马祖常,字伯庸。光州人。才力富健,以博赡鸿丽之文,见赏明善,而为考试所取士。明善之殁也,祖常为《翰林学士元公神道碑》曰:

> 有元古文之宗,曰翰林学士清河元公,以至治二年壬戌二月七日,薨于位。葬而墓碑未刻。其长子奉议大夫同知峡州路事晦又死,次子翯七岁,一女病而未嫁,一孙尚乳也。夫人,清河郡夫人李氏,累然抱其孙,僦船归清河,织纴以居。宾客僚隶皆四散,无一顾之者。独其友玄教大宗师吴全节谓马祖常曰:“清河公以文起家,可谓贵显光荣矣,而既葬之后,无碑以载其官阀世次行事之实。尔宜为文,我求善楷书者砻石以刻焉。”祖常曰:

“嗟乎！世之士，一得志，则攘袂于所亲；一不得志，则褫魄若不能生者，比比也。今子托迹老氏，而以礼义之事振吾徒，何能哆言以饰愧哉?”

谨按公，讳明善，字复初。资颖悟绝出，读书，目所过即记。诸经皆有师法，尤深于《春秋》。弱冠游吴中，奋宋金季世之习，已名能古文，流转江淮间。浙东部使者荐之行省，辟正安丰路学，再正建康路学。居岁余，行枢密院辟充令史。故辨章董公士选实佥院事，敬之如宾，不以曹属御之也。董公迁江西行省左丞，复罗致之省中。会赣贼刘贵反，从左丞将兵讨之，擒贼三百人；议缓诖误，得全活者百三十人。又将斩一贼，命公临斩。左丞曰:“掾儒生，能临斩乎？当震怖矣。”终刑已，色不变。将佐曰:“宜多戮人，及尸一切死者，用张军声。”公固争，以为:“王者之师，恭行天罚。若等小贼跳梁，杀其渠魁耳，余何辜焉?”贼贵盗书民丁十万于籍；有司喜，欲发之。公夜置火籍稿中，焚之以灭迹，赣吉遂安。南行台闻之，亦辟为掾。未几，进登仕佐郎枢密院照磨，转中书省左曹掾，曹无留事。坐诬免，不辨。侨寓淮南，文学益肆。既而诬白，复掾省曹。

至大戊申，我仁宗皇帝养德东朝，左右文化，选天下髦俊之士，列在宫臣。公首被简拔，授以直郎，太子文学。仁宗即皇帝位，迁翰林待制，承直郎，兼国史院编修官，与修《成庙实录》。明年，与修《顺庙实录》，加奉议大夫。是年，升翰林直学士，朝列大夫，知直诰，同修国史。有诏命节书文，译其关政要者以进。公请与宋忠臣子集贤直学士文陞同译润。书成，每奏读一篇，上必善之曰:“二帝三王之道，非卿莫闻也。”太皇太后既受尊号，朝堂集议宜赦。公曰:“数赦非善人福。宥过可也。”乘传出赈山东河南饥，彭城下邳诸州，连数十驿，保马民饥，官无文书。公专以钞万二千定分给之，民免死徙。皇庆壬子，修《武宗皇帝实录》。明年，迁翰林侍讲学士，中奉大夫，预议科举服色。延祐乙卯，国家始策试士子，选充考官。廷对，又充读卷官，迅笔详定试卷，数语，辞义咸委曲详尽，他人抒思者不及也。改礼部尚书，正孔氏宗法，以五十四世孙思晦袭封衍圣公。事上，制可之。参议中书省事，毗赞良多。知戊午贡举，复入翰林，为侍读学士，通奉大夫。岁中，拜湖广行省参知政事。便道过家上冢，乡之父老子弟迎谒劳问，礼意周洽。庚申，英宗践阼，征入为集贤侍讲学士，召至上都，议广庙制。授翰林学士，资善大夫，修《仁庙实录》。百官迎仁庙圣容，云有庆云见，承诏为文以纪之，赐酒嘉赏。英宗亲祼太室，礼官进祝册，奏请署御名。上命代署者三，眷遇褒优，近世无有之。

既薨之三月，归葬于清河生家原之先茔西三里。泰定间，得请于朝，赠资善大夫，河南江北等处行中书省左丞，追封清河郡公，谥文敏。曾祖讳兴，不仕。曾祖妣杨氏。二世以下，皆以公贵。祖讳海，赠嘉议大夫，秘书卿，上车轻都尉，追封清河郡侯，谥贞惠。祖妣高氏，追封清河郡夫人。考讳贡，将仕佐郎，同管句芦盐场，赠中奉大夫，吏部尚书，护军，追封清河郡公，谥孝靖。妣弭氏，追封清河郡夫人。元氏，盖拓跋魏之苗，南北转徙，不知所系，家清河者，至公四世矣。享年五十有四。

其文有赋五，诗凡一百六十三，铭赞传记五十九，序三十，杂著十五，碑志一百三十，出入秦汉之间，本之于六经以涵泳其膏泽，参之于诸子百家以骋其辩。刻而不见其迹，新而必自己出，蔚乎其华敷，镄乎其古声。倡古学于当世，为一代之文宗者，柳城姚燧暨公而已，信乎其必传也。虽然，才用而未尽，积厚而施寡，征之于天，其祚后也无疑。祖常曩从公游；及公考士，又辱第下列，义当铭。铭曰：

于维公文并古立，大沛厥辞世莫蹶，震聋瞽聩力不克，蜚声天衢名巍巍。位臻公卿发轫迹。蕴而不施用弗极，神棍其驰学乃硕。天藻掞缛琢圭璧，五十四年返玄宅。

其叙次颇能寓雄骜于平实，而不为支蔓，盖《元史》取材以为《元明善传》者也。马祖常，世为雍古部，居靖州之天山。其高祖锡里吉思，金末，为凤翔兵马判官，子孙因号马氏。曾祖月合乃投元，从元世祖南伐，留汴。父润，监光州，乃家焉。祖常七岁知学，长而工诗能文，问业于明善，得其指授。仁宗延祐初，始行科举法。祖常乡贡会试皆第一，而会试出明善门。及廷对，明善读卷，列祖常第二，授应奉翰林文字。历英宗、文宗，至顺帝，累拜御中丞，转枢密副使，卒谥文贞。文宗尝驻跸龙虎台，祖常应制赋诗，尤被叹赏，曰："孰谓中原无硕儒乎！"盖北学之健者。辞笔宏赡，才力富健，其文生戛而排宕，原本韩柳。其诗藻丽而遒举，出入晋唐，殆不安于为宋。而文以唐矫宋，诗以晋参唐，然无精实之思，渊永之味，外嚣中枵，不免赝格。观其序周刚善文稿，谓："六经之文，尚已。先秦古文虽淳驳庞杂，时戾于圣人，然亦浑噩勿雕，无后世诞诡骫骳不经之辞。"因举司马迁而下，于唐称韩愈、柳宗元，于本朝推姚燧、元明善；而合之此《明善神道碑》，则其师承可知已。盖承姚燧、元明善一脉，以力湔南宋之滑易冗沓，而欲积健以为雄，返古以为茂，别出于南学以为北宗。然祖常之跌宕昭彰，气盛则言宜，胜于姚燧之堆垛襞积，字蹇而语踬也。其《石田集》十五卷，苏天爵为浙东廉访，请于朝，刻以行世，而序其端，谓："后生争效慕之，文章为之一变"云。

苏天爵，字伯修，真定人。在顺帝至元之末，累拜江浙行省参知政事。于是中原文献，凋谢殆尽；天爵独身任一代文献之寄，讨论讲辩，纂有《元文类》七十卷，所录诸作，自元初迄延祐，正元文极盛之日。而天爵妙解文章，工于鉴别，其去取又极精审；故与宋姚铉《唐文粹》、吕祖谦《宋文鉴》，鼎立而三。其学出安熙；而词章淹雅，根柢深厚，波澜意度，出入欧苏，乃过安熙。其为文长于叙事，碑版诸作尤足补史阙；盖自从沉酣典籍，练习掌故而来，非得之于安熙也。学者因其所居，称之为滋溪先生。传有《滋溪文稿》二十卷。

第三节　方回　戴表元　谢翱附方凤　牟巘
赵孟頫附邓文原　袁桷

北方之学，承朱熹以化于南；北方之文，沿元好问以殊于南。而文摹韩，积健为雄，以救东坡之滑易；诗学杜，以悃为浑而矫西江之生硬。而南宋遗献一脉相绳，文史自娱戏以偷生视息；方回扬西江之余波，而称诗伯；戴表元擅东坡之机趣，以为古文；风流照映，其尤焯焯者已。

方回，字万里，晚以所居别署虚谷，徽州歙县人也。宋度宗景定壬戌别省登第，已以诗古文有声京朝。而戴表元以童子从父兄得其文词，诵之。沾沾然喜也。及表元年二十六入太学，而回为国子师，遂奉手焉。于时，士大夫贤者高谈性命；其次不过驰骛于竿牍俳谐场屋破碎之文以哗众取宠列；无有以诗为事者。惟夫山林之退士，江湖之羁客，乃仅为之；而馆阁名成艺达者，亦往往以余力及。回魁然其间，外兼江湖山林清切之能，内收馆阁优游之望，而一时归能焉。越二年，表元亦成进士，欲捐俗学以从为诗，而元兵南下矣。回出知严州，元兵至，迎降，即以为建德路总管，寻罢，徜徉杭歙间以老。回傲睨自高，不修边幅。贾似道师溃江上，抗疏陈十可斩，而不能见危授命，以州降元，卒放废不用，乃益肆意于诗，有《桐江续集》三十七卷，自序谓："予自桐江休官闲居，万事废放，独于读书作诗，未之或辍。"有《秋晚杂诗》十首以见意，曰：

昔闻有烈士，哀歌缺唾壶。衰暮心不已，徇名殆忘躯。我老讵复尔，一壑不愿余。外物百无嗜，唯喜读我书。空樽已绝沥，寒庖仅微蔬。儿啼得非馁，尘编聊自娱。弊庐匪无山，犹兹寄城隅。车马不至处，愿言迁林居。

赋诗学渊明，诗故未易及；饮酒慕渊明，酒复罕所得。荒凉数亩园，卜筑未成宅。此或类陶家，秋菊亦可摘。古群士希贤，将无肖厥德？如我于柴桑，往往似其迹。储粟既以瓶，子尤不胜责。有时醉欲吟，坌集索逋客。

堂堂陈去非，中兴以诗鸣；吕曾两从橐，残月配长庚；尤萧范陆杨，复振乾淳声。尔后顿寂寥，草虫何薨薨。永嘉有四灵，词工格乃平。上饶有二泉，旨淡骨独清。学子孰取舍，吾非私重轻。极玄虽有集，岂得如渊明。

吾家一何奇，奇峰照南窗。是为紫阳山，万木青枞枞。上有出岫云，下有见底江。江清云无心，伴此眉宇庞。诗思忽飞来，时有白鸟双。落日澹秋色，寒沟度枯杠。归欤书屋夜，昏灯剔幽釭。怀人良未远，遁翁生是邦。

窃尝评少陵，使生太宗时，岂独魏郑公，论谏垂至兹。天宝得一官，主昏事已危。脱命走在所，穷老拜拾遗；卒坐鲠直去，漂落西南垂。处处苦战斗，言言悲乱离。其间至痛者，莫若《八哀诗》。我无此笔力，怀抱颇似之。

人言太白豪，其诗丽以富；乐府信皆尔，一扫梁隋腐。余编细读之，要自有朴处。最于赠答篇，肺腑露情愫。何至昌谷生，一一雕丽句？亦焉用玉溪，纂组失天趣？沈宋非不工，子昂独高步。画肉不画骨，乃以帝闲故！

六经天日月，诸子如四时。史自班以上，语奇文亦奇。踵武蔚宗辈，语有文无之。小宋刊《新唐》，不瘖胥寐规。以艺传李杜，待之无乃卑？他人有遗集，一览不再窥。惟此与韩柳，咀嚼无厌期。侪彼枫落生，吾欲镌此疵。

道自汉魏降，裂为文与诗。工诗或拙文，文高诗或卑。香瓯《假山序》，不妨自一奇。鲥橘多骨核，乃至肆诋訾。恭惟陈无已，此事独兼之；五七掩杜集，千百臻秦碑。四海紫阳翁，归美岂其私；所以此虚叟，取为晚节师。

世称陶谢诗，陶岂谢可比？池草故未凋，阶药已颇绮。如唐号元白，白岂元可拟？中有不同处，要与分朴诡。郑圃赵昌父，颍川韩仲止，二泉岂不高，顾必四灵美？咸潮生姜门，虾蜞以为旨。未若玉山雪，空铛煮荒荠。

三月三十日，唐有穷诗人，惜春不肯舍，共坐夜达晨。此得守岁意，事愚意已神。寸阴以分计，一分直千囷。窃虑假寐顷，倏忽失我春，今此九月晦，虚叟尤酸辛。摇落始云悲，回首忽复陈。讵忍弃菊旧，遽喜迎梅新。

格力苍坚，意兴婉惬，殆不以西江为囿。而戴表元序其诗，以谓："平生于诗无所不学；盖于陶谢学其纡徐，于韩白学其条达，于黄陈学其沉鸷；大篇清新散朗，天趣流洽，如晋宋间人醉语，虽甚亵不及声利；小篇沉鸷峻整，如李将军游骑远击，自成部伍。"盖亦不仅以西江推之。顾方回尝选唐宋以来近体诗评论之，名曰《瀛奎律髓》，于情景虚实之间，三致意焉，又多标字眼之说，而一以西江为衡；序于端曰：

宋铲五代旧习，诗有白体、昆体、晚唐体。白体如李文正、徐常侍昆仲、王元之、王汉谋。昆体则有杨、刘《西昆集》传世；二宋、张乖崖、钱僖公、丁崖州，皆是。晚唐体则九僧最逼真；寇莱公、鲁三交、林和靖、魏仲先父子、潘逍遥、赵清献之徒，凡数十家。深涵茂育，气极势盛，欧阳公出焉，一变为李太白、韩昌黎之诗；苏子美二难相为颉颃。梅圣俞，则唐体之出类者也；晚唐于是退舍。苏长公踵欧阳公而起。王半山备众体，精绝句，五言或三谢。独黄双井专尚少陵，秦、晁莫窥其藩。张文潜自然有唐风，别成一宗；惟吕居仁克肖。陈后山弃所学学双井；黄致广大，陈极精微，天下诗人北面矣。立为江西派之说者，铨取或不尽。然陈简斋、曾文清为渡江之巨擘。乾淳以来，尤、范、杨、陆、萧其尤也。高古清劲，尽扫余子，又有一朱文公。嘉定而降，稍厌江西，永嘉四灵，复为九僧晚唐体，日浅日下。然尚有余杭二赵，上饶二泉，典型未泯。今学诗者不于三千年间上溯下沿，穷探邃索，而徒追逐近世六七十年间之所偏，非区区所敢知也。

其大旨则跻西江而祧晚唐。然方回为律绝，体物写怀，以愁苦出清新，以瘦炼臻幽秀，则有不期而比于四灵以攀晚唐者。五言律如《出马家坞》曰：

野迥夏无暑，坞深朝更凉。路随流水转，山背古城荒。县宇欹红阁，僧庵缺粉墙。暗惊兵乱后，犹有数莲塘。

又《虚谷志归》之四首曰：

闻我解征鞍，相看喜复叹。主贫奴仆傲，兵起道途艰。药许分钟乳，花先问牡丹。亲朋聊共醉，老幼幸俱安。

浪走千山外，乾忙四月余。隔篱分浊蚁，共座擘枯鱼。婢瘦慵施粉，儿顽失寄书。少陵亦曾尔，来往浣花居。

共道归何晚，犹能喜欲狂。幼儿初拜揖，痴女仅梳妆。有笔修花谱，无钱辟草堂。新添竹逾百，风径细寻香。

衰晚真当戒，疏慵竟未能。病专从酒得，谤辄为诗兴。每悔居城市，常思绝友朋。谁来敲竹户，又见醉吟僧。

七言绝如《过长安市》曰：

算橘租菱小市哗，堰头桥尾约千家。人家已尽无人处，时见芙蓉一岸花。

又《过崇德县》曰：

枯柳无风影不摇，败墙颓屋意萧萧。忽然唤醒承平梦，犹有红阑夹画桥。

流连光景，同于四灵；感喟身世，则似司空图、方干；而瘦炼出秀，澄复发趣，此固晚唐之所以开宗，而禅永嘉之清音者已。

戴表元奉手于方回，而诗与回不同。回张江西，而表元则颇薄江西而不欲为，尝以蜜为喻，谓："酿诗如酿蜜，酿诗法如酿蜜法。山蜂穷日之力，营营村壥薮泽间，杂采众草木之芳腴，若惟恐一失；然必使酸咸甘苦之味，无可定名，而后成蜜；若偏主一卉，人得咀嚼其所从来，则不为蜜矣。诗，三四百年来，大抵并缘唐人数家：豁达者主乐天，精赡者主蒙山，刻苦者主阆仙，古澹者主子昂，整健者主许浑。惟豫章黄太史主子美。子美之于唐为大家。豫章之于子美，又亢其大宗者也；故一时名人大老，举倾下之，无问诸子。自是以后，学豫章之徒一以为豫章支流余裔；复自分别标置，专其名为江西派，规标音节，岂不甚似？似而伤于似矣。”观其所作，五言古如《大名元复初郎中携示感遇五言八章次韵》、《次韵答朱侠招游海山》、《书叹》七首、《山中玩物杂言》十首之一四五九十五首，《辛巳之秋山田可拟上熟乃和渊明贫士》七首之一二三四六五首、《丁巳厚德堂》、《老树》、《伯收东冈麦》、《陈晦父赴铨十三韵》、《朱使君家诸郎将别十二韵》、《掩篋》、《信府同知黄侯名其读书之堂曰广居》、《宿福海寺》、《六月十三日寿陈子徽太傅》十首之官一身三韵、《春风》、《九日与儿辈游中溪》、《古诗十五韵送胡天放西游》、《舟中望紫岩》、《秋虫叹》，七言古如《听琴行赠沈秀才》、《赤泥岭行》、《建溪精舍得本字》、《夜寒行》、《昨日行》、《少年行赠袁养直》、《坐隐辞》、《飞花行赠马衢州》、《题李伯时画五马图》、《看花曲》，五言律如《苕溪》、《道桐川欲访梅右司不知其处》、《证道寺》、《客言刘樗翁事》，七言律如《乙亥岁毗陵道中》、《丙子除夜》、《过应浩然先生墓》、《过清凉寺王参预墓下》、《己卯岁初葺剡居》、《秋尽》、《王丞自鄞城归又许入剡》，清深雅遒，其中七言古，五七言律，律切而能健爽，跌宕以为沉郁，犹是杜陵矩矱，不为西江之生拗，亦异东坡之容易，已为返宋入唐。而五言古则以高朗为古淡，体物入微，寓兴于旷，由陈子昂、李白以出入阮籍、陶潜，抑更以晋参唐。如《书叹》曰：

王生困缧绁，刘子急征追。舒叟挈家走，几遭鞭与笞。我无三人辱，阖门但穷饥。饱死世更多，徒忧何以为？敢作小夫叹，聊为才士悲。

舒子高品藻，王生怪衣冠。处世那得尔，读读真自残。刘子最多爱，逢人倾肺肝。劝我学其道，缩身可泥蟠。胡为亦不免？念此坐长叹。

英英天上星，落落涧中石，升沉虽不同，精爽或相激。我有知名交，四海邯郸璧。赵子昂遭逢不自闳，颇为谈者惜。谈者自不知，斯人宁易得？

结友何用多，管鲍无三人。读者何用多，得少全其身。君有徇名子，扰扰起风尘。朝逐富儿餐，暮联豪士茵。归来反如客，鱼鸟亦相嗔。

苏州米空熟，越州人不来。缓急托远婚，不如傍蒿莱。蒿莱在篱落，为我障浮埃。生女属他人，生男尚婴孩。从何得饘粥？作此聊自咍。

又《山中玩物杂言》曰：

见狗须不走，见蛇须拱手。不走尔非偷，拱手亦相厚。无欺物自信，能忍谁肯负？不见吴山虎，郭文探其口。

蚯蚓食土壤，蚩蚩何所为？蜩蝉饮风露，蜕上高高枝。卑者慕其仙，飘飖安可追？傥令智相及，无羡亦无悲。

又《六月十三日寿陈子徽太傅》曰：

青青泽中蒲，九夏气凄寒。翾翾翠碧羽，照影苍溪间。巢由薄天下，俗士营一官。小大各有适，自全良独难。

穷居无公忧，私此长夏日。蚊蝇如俗子，正尔相妒嫉。麾驱非吾任，遁避亦无术；惟当俟其定，静坐万虑一。

流萤出草莽，空飞乱星辰。蜻蜓水虫质，一变能轻身。物情羡速化，过眼异新陈。嗟嗟白屋士，吾方保吾真。

又《古诗十五韵送胡天放西游》曰：

有铁莫妄镕，镕作侠士锥。有帛莫妄缝，缝作山人衣。君看天放翁，气貌绝清羸；濩落七尺身，仁义充肤肌。无家救人穷，无田恤人饥。江湖三十秋，白头转岖崎。余情尚洒洒，不吐酸寒辞。事慕古豪杰，诸儿那得知。或云有仙骨，深中愈难窥。矫腾华陀戏，偃蹇梁鸿噫。世态贵反复，口语澜翻飞；夫子顾之笑，百触不发机。宁当待沟壑，西山古谁悲。佩君珊瑚钩，酌以玻璃卮。相知岂云无，去去勿复疑。

又《次韵答朱侯招游海山》曰：

江南春草黄，江北秋燕飞。穷居念还往，故物悉已非。我有青云交，山林可同归。十年学抚琴，对客辄累欷。岂不愿和悦？调苦心则为。青天无古今，白日相因依。向来炎炎人，所得一何微。成者化埃尘，不成翻祸机。玉美受雕镌，马良遭绊靰。所以旷达士，但贵知我希。请休接舆歌，且急梁鸿噫。名微少士责，身闲免官饥。宁无一日力，相寻尽崎岖？霜鱼碧玉鲙，冰菊食金辉。君歌我按筑，我舞君揽衣。此日为君欢，醉游敞船扉。

力祛雕琢凡近之气，而亦不为犷伧驰骤之语，吐属婉惬，寄趣旷真，庶几晋宋之遗音乎？

戴表元，字帅初，一字曾伯，庆元奉化人。宋度宗咸淳中登进士乙科，除建康教授，迁临安，又迁行户部掌故，国子主簿，皆以兵乱，不就。至元成宗大德八年，年六十余矣，以荐除信州教授，调婺州，移疾归。翰林集贤以修撰博士交荐，不起，叹曰："老矣。"然性好山水，每杖策东游西眺不十里，近才数百步，不及劳，意倦辄止。以所居自号曰剡源先生，有《剡源集》三十卷，自序称："五岁知读书，六岁为诗，七岁习古文，十五学词赋。十七试郡校，连优。游杭，作书言时政，激摩公卿大人，无所避。中乙科，赐进士及第。会兵起。及丁丑兵定，三十四岁矣，乃始专意读书，授徒为文。"诗格变宋，而文则得宋之趣。

及明洪武初，宋濂修《元史》，搜访得其集，为刊而序之，以谓："新而不刊，清而不露，如青峦出云，姿态横逸，而连翩弗断；如通川萦纡，十步九折，而无直泻怒奔之失。”其中序跋如《先天图义序》、《桐江诗集序》、《周公谨弁阳诗序》、《张仲实文编序》、《李时可诗序》、《张君信诗序》、《洪潜甫诗序》、《长汀和渔歌序》、《牡丹宴集诗序》、《游两岩诗序》、《王敬叔诗序》、《题徐可与诗卷》、《题吕复初所藏大父放翁二诗卷》、《题姚秀实家藏陈所翁画龙》、《题子昂作画》、《题吴兴钱选画》、《题卢鸿草堂图》、《题画卷》、《题胡瑰报尘图》、《题温上人心经》、《书张浮休郴行录后》、《题梅庵柴君自书所作诗后》、《题赵郎中诗卷》、《题汤仲友诗卷》、《题万竹王君诗后》、《题袁通父词卷》、《题赵子昂摹龙眠飞骑习射图》、《题明皇听乐图》、《题李端叔帖》、《题茅生刻字后》、《题唐师善谈乘》、《跋宋元献韩献肃二公流杯小饮倡和诗帖》，赠序如《袁氏子字说序》、《史昭父字序》、《陈景惠诸子名字序》、《陈氏三子字序》、《凌氏二子字序》、《送屠存博之婺州教序》、《送白廷玉赴常州教授序》、《送盛元仁赴吉水教授序》、《送杜子问赴学官序》、《送赵生游吴序》、《送陈养晦远游序》、《送郑若晦游建业序》、《送张叔夏西游序》、《送王月友游华阳洞序》、《送邓善之序》、《送曹士宏序》、《送李公度归三茅序》、《送郭以南为道士北游序》、《送铅山王亦诜归乡序》、《送郑南仲赴昌化主簿序》，碑志如《故礼部进士徐君墓志铭》、《徐耕道迁葬碣》，杂记如《秀野堂记》、《清华堂记》、《居清堂记》、《水心云意楼记》、《困学斋记》、《学古斋记》、《爱日斋记》、《清峙轩记》、《容膝轩记》、《余轩记》、《省轩记》、《清茂轩记》、《充安阁记》、《拂云阁记》、《玉林记》、《蕺隐记》、《计筹山升元报德观记》、《邢州秀野堂记》、《豢夸二氏诫》，理趣洋溢，出入庄周；辞笔爽朗，依稀苏轼；意存牢落而抒以放旷，语涉诙嘲而不废法戒。叙事少平，议论明通；而题跋、赠序、杂记，随事抒论，尤为集中之胜。如《送屠存博之婺州教序》曰：

> 古之君子，可以仕乎？曰：可以仕而可以不仕者也。今之君子，不可以仕乎？曰：不可以仕而不可以不仕者也。可以仕而可以不仕，何也？其材与学可以仕，而其身可以不仕者也。不可以仕而不可以不仕，何也？其材与学不可以仕，而其身不可以不仕

者也。古之君子，其得材也亦厚矣；其师良，其学之之法备。上之人时其可仕也，然后仕之，然而不必皆仕也。不必皆仕，而为民则亦无不乐也。今之君子，其材不及古矣，师不必皆良也，学之之法不必皆备也。其可仕也，上之人不必皆仕之也。然而皆有欲仕之心焉，以为不仕而为民，则其身将不免于劳辱也。故古之君子，可以仕而仕，则为仕者皆为贤公卿大夫；可以不仕而不仕，则不仕者皆为良民。今之君子，其仕者既无以心服不仕之民；而不仕者，至于无以自容其身。今古之不齐，与其俗之静躁，人之治乱，如斯而已矣。

然余犹有欲言焉：夫人之生于世劳矣，其不劳者非人道也。古之为民，无刑狱猝至之忧，无赋役淹久之苦，人知其可羡如彼也。然其筋骸肤体，疲于田畴而拘于耒耜，狎习于风寒暑湿之事，与今之农夫正等耳。居之久也，以百里奚、宁越之贤，不免于叩角而嗟，释锄而起；他可知已。今之民一名为士，则其处也唾壶而麈尾，其出也高车而驷马，乃有古时已仕在官者之所不及。呜呼！古之君子，自孩童以上，粪除趋走，弦歌舞蹈，弓矢羽籥之类，及诸贱事，无不娴熟。故平居多劳而少疾，一旦驱之临烦而处剧，则亦无趑趄畏懦之色者，余于身也。齐民之伦，莫贵于士。士之为言事也，士而不识其事，愦焉与凡民何异？岂独不异，仕而縻之，则反以为贼；不仕而侪之，则反以为蠹。

存博，士而得仕，仕而教士矣。将何以仕，抑何以教乎？于其行也，盍为吾一言之？

又《题温上人心经》曰：

温上人面目严冷，人欲求一笑不可得，亦不肯轻谄人。而遇其性所喜悦，欢然自留。得钱，出户即散施贫者；或多，则袖携以访失职贤士大夫而与之。布袍葛裾，放浪啸傲于西湖三竺间五十年。吾观其人，视策名货利为何等物。故其翰墨流落人间，足堪把玩。又善以意写蒲萄游戏，遇物立成。至有气力者具纸素邀之，辄又一笔不与。闻东昌徐仲彬云："时时过其家，倾怀尽兴，淋漓挥洒，不求而作。"此卷心经，乃其行书，尤难得也。徐氏幸宝藏之。

又《题吴兴钱选画》曰：

吴兴钱选能画嗜酒，酒不醉不能画，然绝醉不能画矣，惟将醉醺醺然，心手调和时，是其画趣。画成，亦不暇计较，往往为好事者持去。今人有图记精明，又旁附缪诗猥札者，盖赝本，非亲作；设亲作，亦非得意画也。此卷烟林水屿，伸纸数尺，自非须臾可就；想见经营布置时累醉不一醉。祝提学云："有人仕吴，诣钱生，值醉得之。"良是。

又《题姚秀实家藏陈所翁画龙》曰：

所翁画龙虽近出，真者世不多有！其法当欲画时，游戏取人缣素，取墨澜泼，有及有不及，乘快隐隐数笔，龙藏其中矣。凭陵傲兀，恍惚变灭，盖君自以寄意为乐。龙成，傍附题述，辞翰散朗，与画相入，真奇物也。世人见其易就，辄亦造次拟为之，不满一笑。此卷微澜细霭，弥漫通幅，前冲后拥，略具鳞鬣，点染精致，殆非一时信手之作。姚氏谨藏之。

又《题子昂作画》曰：

子昂作画，初不经意，对客取纸墨游戏点染，欲树即树，欲石即石。然才得少许便足，未尝见从容宛转如此卷十余尺者。昔有送长缣于郭恕先；恕先意所不乐，而不得已，为作小手轮，牵一丝，劲直终幅，系以纸鸢；还之。其人愠不敢言，然不害为奇笔。子昂才气不减恕先，乃能为求者委曲至此，殆其人有得之耶？

随笔挥洒，逸趣横生，阿堵传神，其原出于苏轼。是时宋之遗民故老，伊忧抑郁，每托诗篇以自放，大抵得趣于苏轼，学恬于陶潜。然戴表元辈犹不免出为师儒，以升斗自给。独谢翱皭然不滓，行吟踯躅，念念不忘故宋。顾诗文则力铲宋调以变唐格，亦一反也。

谢翱，字皋羽，福建福安人，后徙浦城。宋咸淳初，试进士不第。元兵下临安，宋丞相文天祥亡命之闽，檄州郡勤王，署翱咨事参军。天祥兵败被执，而先遣翱以获免。翱只身走浙东，遇山川台榭，云岚草木，与天祥别处偶似者，则悲不自禁，低回顾盼，失声哭，如是者数。及登严子陵钓台，设天祥木主于荒亭隅，酹酒，以竹如意击石，歌招魂之辞曰："魂朝往兮何极，暮归兮关山黑。化为朱鸟兮，有咮焉食？"歌阕，竹石俱碎；哭失声曰："阮步兵死，空山无哭声，且千年矣。"闻者伤之。意有所郁结不得摅，则陶情于山水，搜奇抉秘，寻隐者方凤，以诗文陶写胸中郁勃。当其执笔时，瞑目遐思，身与天地俱忘，每语曰："用志不分，鬼神将避。"其苦索类此。白云村者，在严子陵钓台南，唐玄英处士方干旧隐处也。翱与凤游而乐焉，"愿即此为葬地"。作《许剑录》。已而去之杭，访佚老，咸诧相见晚。有刘氏者，妻以女，病肺，将死，属其妻曰："吾去乡千里，交游惟方韶卿最亲，不啻兄弟。好收吾文并吾骨授之，必葬我许剑之地。"

方凤，字韶卿；宋末，以太学生授容州教授，治《毛诗》。陈宜中为宰相，礼下之，命二子受业焉。有《存雅堂遗稿》五卷，其诗文皆嵚崎磊落，语无凡近，然意象方圆，自有法度。其门人黄溍、柳贯、吴莱，皆得其绪论，而以文章自振于一代者也。及翱之死，而凤果至，葬翱子陵台南，伐石表墓，而以文稿殉，从翱志也。后人哀其志而为搜刻，有《晞发集》十卷，《晞发遗集》二卷，《遗集补》一卷。凤为翱行状，称："慕屈原怀郢都，托兴远游，以晞发自命。为诗厌近代，一意溯盛唐而上；文规柳及韩。"

谢翱诗，五言古如《结客行》曰：

结客卫京师，弃家南斗陲。相看各意气，欲取辽阳归。事左脱身去，岂为无所为？家藏楚王子，手执五陵儿；泣奉先主令，白旗向天挥。鞭尸雠必报，函首捷终驰。力尽志不遂，以死谢渐离。

又《池上萍》曰：

浮萍随涨水，上到荷叶端；水退不得下，犹黏花萼间。花殷青已见，叶翠枯始斑。何如根在水，根蒂相团圞？人生慕高远，风云事跻攀。绝髯尚号叫，化为鹤与猿。幸未及枯槁，万里吾当还。

七言古如《望蓬莱》曰：

青枝啼鸟波延延，方士指海谈神仙。五云垂天光属夜，老父相传说车驾。千官此地佩宛宛，舟发黄门止供顿。绕樯赤日护龙旗，西北驿书驰羽箭。百年尘空沧海晚，月落无人度灞浐。鸡鸣白石烂如银，蓬莱不见夷州远。

又《古别离》曰：

仙人别母母哭啼，遗以神药乃醉之，醒来哭定记儿语，食此庭前双橘树。叶能御饥病能愈，岂似当时逐儿去。邻翁有女立我前，取刀剖腹尔勿怜。但尔嫁夫能治田，生子不愿生神仙。

又《觅紫芝》曰：

少微昏见觜觿中，山深夜气光流虹。青芝独产林下石，染根湿云如紫漆。天门梦断路初回，山鬼守根不敢食。银泥彻锁守者疲，老翁持呪取夜归。明当食之闻鬼哭，对尔洗肠还入腹。

敩诡丽于李贺，得幽悄于孟郊，取顿挫于张籍，而参以汉魏乐府之铿锵，泽以齐梁绮体之藻采；只是取径中唐，何尝一意盛唐。他如《宋铙歌鼓吹曲·日离海》、《母思悲》，五言古《落梅词》、《夏日游玉几山中》、《翠锁亭避雨》、《铁蛇岭长耳僧》、《九日黎明发新昌望天姥峰》、《铁如意》，七言古《赋得北府酒》、《折杨柳》、《赵安天北游求诗》、《种葵蒲萄下》，五言律《暮春感兴》、《无题》、《沙岸登舟》，七言绝《过杭州故宫》二首、《舣舟江心寺》，意主怨悱，词参游仙。然宋之诗人，我见三反：寇准显达而诗多恻怆，林逋肥遁而语为赶热，至翱则好为仙语而饶有鬼气，凄神寒景，悄怆幽邃，乃鬼才，非仙才也。文则山水陶情，游必有记，峭洁幽怆，其原出于柳宗元。然气不舒，句不茂，得柳之廉而无其悍，有柳之俊而逊其杰；规柳之不尽，更何论韩之浑灏流转，万怪惶惑。而方凤乃曰："文规柳及韩"乎？特有厌于近代而欲反宋为唐，文以幽峭刮宋文之冗絮，诗以奇丽药宋诗之犯犷尔。戴表元诗格变宋，而文不变；翱则诗文并变。

牟巘，字献之，井研人，徙吴兴，为大理少卿。宋亡不出。学者称陵杨先生。以文章见推东南，而志节皭然，抑翱之亚，尝有《仲九和陶》以见志曰：

惊飙举落叶，意气何轩轩。秋高百卉尽，寂寞但空阑。何异富与贵，变灭随云烟。缅怀陶彭泽，平生极几研。

好恶岂不察？凿垣植蒿蓬；而此庭前菊，锄灌少人工。此物抱至洁，有似楚两龚。留香待严凛，意与烈士同。

又《赠俞山月》曰：

童奴从长耳，万里声萧骚。归从半山路，问字良亦劳。卧闻饿虎啸，唤醒平生豪。前山忽涌月，始觉所见高。欣然有远孙，载酒江湖敖，胸中湛水镜，邂逅得所遭。古月还相照，了不隔秋毫。但怜露草湿，时复暮虫号。

又《赠厉白云上人》曰：

双径闻钟罢，而今但熟眠。事须红日上，身在白云边。古貌应违俗，高吟不碍禅。炉头煨芋火，相对各欣然。

恬澹夷犹，清音独远，不务奇气兀傲，而尚气韵冲澹；有《陵阳集》二十四卷，其诗以苏学陶，而出入唐之王维、韦应物，一扫江西之伧音；则亦以唐变宋，以晋参唐，轨辙略与表元同。顾表元论文学，于侪辈，必推赵孟頫，尤称其诗“古体沉潜鲍谢，自余诸作，犹傲睨高适李翱。”盖亦以晋参唐为孟頫誉云。

元平江南，而士大夫未为所用也。建昌程巨夫者，叔父飞卿为宋建昌通判，元兵至，以城降，而入巨夫为质子。巨夫文章典雅，有北宋馆阁余风，而为古诗落落遒警，有《雪楼集》三十卷。其入质也，世祖召见，给笔札，千言缅缅，遂大爱幸，累官翰林集贤学士。陈乞遣使江南搜访遗逸，帝嘉纳，拜侍御史，行御史台事。奉诏求贤于江南，儒林文苑罔不毕进，而东南遗献为网罗以尽，东南士节亦扫地以尽矣。而儒者得吴澄，文士则赵孟頫，尤一时之秀，众望所归。

赵孟頫，字子昂，宋太祖子秦王德芳之后。五世祖秀王子偁，实生孝宗，高宗立以为嗣，赐第于湖州，故孟頫为湖州人。年十四，以荫补官。宋亡，家居，益自力于学。既为巨夫所罗致，以入见。孟頫才气英迈，神气焕发，如神仙中人。世祖顾之喜，使坐。会立尚书省，命以草诏，览之，喜曰：“得朕心之所欲言。”欲大用之，贵臣不可，授兵部郎中。历成宗、武宗、仁宗，累拜翰林学士承旨。初，孟頫以程巨夫荐，起家为郎，及巨夫为翰林学士承旨，致仕，孟頫代之，先往拜其门而后入院。封魏国公。仁宗眷之甚厚，以字呼之而不名。尝与侍臣论文学之士，以孟頫比唐李太白、宋苏子瞻。四方万里重其诗文，所至车马填咽。画入神品，尤以书法称雄一世。妻管，名道昇，生子雍、奕，咸能书工画。仁宗命管书千文，敕玉工磨玉轴，送秘书监装池收藏。因又命孟頫书六体为六卷，雍亦书一卷，且曰：“令后世知我朝有善书妇人，且一家皆能书，亦奇事也。”管又尝画墨竹及设色竹图以进，诏奖赐内府上尊酒。风流儒雅，与孟頫称佳偶。孟頫自号松雪道人。有《松雪斋诗文集》十一卷。其诗则戴表元论定而为之序曰：

> 吴兴赵子昂与余友十五年，凡五见，必以诗相振激。子昂才极高，气极爽，余跂之不能及，然而未尝不为余尽也。最后又见于杭，始大出其平生之作曰《松雪斋集》者若干卷，属余评之。余惟人之各以其才自致于世，必能相及也，而后相知；必相知也，而

后能相为言。余于子昂不相及，而何以知，何以言乎？子昂曰："虽然，必言之。"余曰："必言之，则就吾二人之今所历者，请以杭喻。"

"浙东西之山水，莫美于杭，虽儿童妇女，未尝至杭者，知其美也。使之言杭，亦不敢不以为美也，而不如吾二人之能言。何者？吾二人身历而知之，而彼未尝至也。他日试以其说问居杭之人，则言之不能以皆一，彼所取于杭者异也。今人之于诗，之于文，未尝身历而知之，而欲言者皆是也。幸尝历而知之，而言之同者，亦未之有也。子昂未弱冠时，出语已惊其里中儒先。稍长大，而四方万里重购以求其文，车马所至，填门倾郭，得片纸只字，人人心惬意满而去。此非可以声色致也，而子昂岂谓其皆知我哉？故古之相知，必若韩、孟、欧、梅，同声一迹，绸缪倾吐而后为遇；而后世乃欲望此于道途邂逅之间，则又过矣。余评子昂古赋陵历顿迅，在楚汉之间；古诗沉潜鲍谢；自余诸作，犹傲睨高适李翱云。子昂自知之，以为何如？"

盖所以称其诗者如此。其实孟頫书，喜临智永千文以窥二王，欲以晋化唐；而孟頫诗则出入陈子昂、李白，以攀郭璞、陶潜，亦以晋化唐；盖宋之诗格与书势并尽，不得不反本修古；然谓"沉潜鲍谢"，诚所未喻，盖视谢，则秀朗而无其滞闷；于鲍，则婉惬而逊其劲挺也。五言古如《古风》十首之二三四七十五首、《有所思》、《咏怀》六首之一、《咏逸民》十一首、《岁暮和刚父杂诗》之四、《游南山憩山下人家和人韵》、《罪出》、《拟古》、《新秋》、《述怀》、《赠恢上人》、《露坐》；七言古如《赠相士》、《赠相者》、《秋夜曲》二首、《赋张秋泉真人所藏研山》；五言律如《春寒》、《大都遇平江龙兴寺僧闲上座话唐綦毋潜宿龙兴寺诗因次其韵》；七言律如《和姚子敬秋怀》五首、《闻捣衣》、《岳鄂王墓》、《次韵信仲晚兴》、《多景楼》、《东阳八咏楼》，五言绝如《天冠山题咏》二十八首之《长廊岩》《玉帘泉》二绝、《玄洲十咏寄张贞居之隐居松》，七言绝如《次韵刚父即事绝句》四首、《东城》、《湖上暮归》；清才逸调，读之有飘飘出尘之想。然孟頫以宋王孙仕元为显官，而不无沧桑之感，悲凉之音。五言古如《有所思》曰：

思与君别来，几见芙容花。盈盈隔秋水，若在天一涯。欲涉不得去，茫茫足烟雾。汀洲多芳草，何心采蘅杜。青鸟翱云间，锦书何时还。君心虽匪石，只恐凋朱颜。朱颜不可仗，那能不惆怅？何如双翡翠，飞去兰苕上。

又《露坐》曰：

露坐夜将半，澹然无所为。草根虫鸣歇，松梢萤度迟。城市多尘杂，令人心不怡。兹丘亦可老，已与白云期。

七言律如《和姚子敬秋怀》曰：

搔首风尘双短鬓，侧身天地一儒冠。中原人物思王猛，江左功名愧谢安。苜蓿秋高戎马健，江湖日短白鸥寒。金尊渌酒无钱共，安得愁中却暂欢。

野旷天高木叶疏，水清沙白鸟相呼。胡笳处处戎尘满，鬼哭村村汉月孤。新亭举目山河异，故国伤神梦寐俱。黄菊欲开人卧病，可怜三径已荒芜。

又《闻捣衣》曰：

露下碧梧秋满天，砧声不断思绵绵。北来风俗犹存古，南度衣冠不及前。苜蓿总肥宛腰袅，枇杷曾泣汉婵娟。人间俯仰成今古，何待他年始惘然。

憔悴行吟，刻意唐音，而参晋韵；笔性柔和，虽未雄浑；然一唱再叹，开阖动宕，宋人粗犷之习，盖知免矣。文则纡余委备，而辞尚体要，不矜才气，言尽则意止，有宋人之条达而无其冗絮；为学戒于速成，论文必宗六经；序跋如《古今历代启蒙序》、《叶氏经疑序》、《阁帖跋》、《洛神赋跋》；碑志如《大元追封赵国公谥文定全公神道碑》、《追封鲁国公谥文贞康里公碑》、《田氏贤母之碑》、《有元故征士王公墓志铭》、《任叔实墓志铭》；杂记如《吴兴山水清远图记》；其可诵者也。风流文采，炤映一世，诗变宋格，而文不变，亦与戴表元同。

元兴，承宋金之季；元好问以金遗老轶宕俊迈，大笔淋漓以振声中州；而郝经、刘因之徒继之；故北方之文，至中统至元而大盛。及孟頫以宋王孙征起，风流儒雅，天子侧席；邓文原、袁桷连茹接踵，而南风亦竞，于是虞、杨、范、揭，南州之秀，一时并起；而大德延祐之际，雍容揄扬，继中统至元而为元文之极盛，则邓文原有以倡之也。

邓文原字善之，杭州人。成宗在位，以儒学教授用荐擢应奉翰林文字。承旨阎复，北学之健，于寮友少所假借；独重袁桷及文原，凡大撰著，必属焉。文原由应奉升修撰。成宗崩，预修《实录》。东平王构与姚燧并以北学耆英而为承旨，持见不同；阅文原所具稿，互有指摘；文原不与辩也，椟藏以俟后数日，二人自草，莫适当也，然后取视，卒不易一字。累官翰林侍讲学士，知制诰，同修国史。文原于经史百氏之书，无不究极根柢，而发于文章；东南遗老，凋落既尽，士论归重焉。及在朝廷，典著作，施于训诰，温润而有体；志于简册，确实而有征。诗则变宋格以臻简古丽逸，而遗文零落，传有《巴西文集》一卷，仅杂文七十余首，未尽所长也。尤工书，与孟頫齐名。而袁桷者，尝奉手戴表元，称弟子，而文章不尽用师法。表元抒以疏快，依旧苏统；而桷矫为迟重，欲变宋格，盖以南学而染北风者乎？

袁桷，字伯长，庆元鄞县人也，宋同知枢密院事资政殿大学士韶之曾孙也。生长富贵，而为学清苦，自言："少读书，有五失焉：雅观而无择，滥阅而少思，其失也博而寡要。考古人之言行，意常退缩不敢望，其失也儒而无立。纂录史籍之故实，一未终而屡更端，其失也劳而无功。闻人之长，惟恐不及，将疾趋从之而转出其后，其失也欲速而过高。好学为文，未能蓄其本，经术隐奥，茫乎其无所适从，泛然而无所关决，是又失之甚者也。夫为学之道，用志不能不一，用力不能不专。农夫莽而广种，不如狭垦之为实也；工人泛而杂学，不如一艺之为精也。”

宋末，父洪通判建康府，而戴表元为建康府教授，既而俱罢官归，遂使桷受业。表元则为言：“后宋百五十余年，理学兴而文艺绝。永嘉之学，志非不勤也，挈之而不至，其失也萎。江西诸贤，力肆于辞，断章近语，杂然陈列，体益新而变日多；故言浩漫者荡而倨，极援证者广而颣。俳谐之词，获绝于近世，而一切直致，弃坏绳墨，棼烂不可举。文不在兹，其何以传后？”既而从同邑王应麟讲求典故制度之学，从天台舒岳祥习词章。家故多藏书，又接见南宋文献之渊懿，于近代礼乐之因革、官阀之迁次、朝士大夫之族系、九流诸子之略录，悉能推本原委而言其归趣。

大德初，朝官交章荐举，征为翰林院国史院检阅官。承旨阎复，色庄慎许可；待院属必面质其长，犹以为疑；卒询于尝往还以考其词学焉。袁桷入院五日，阎复召堂上曰：“子能为制诰乎？”出片纸令试草制；即具以进，阅一月，召撰《庙学诏》，云“如汉诏令体”。寻大会院属，令拟进《五朝实录表》；独奖桷，即署为应奉翰林文字。自此践历清华，历成宗、武宗、仁宗、英宗，再入集贤，八登翰苑，官至翰林直学士。在词林几三十年，朝廷制册、公卿碑传，多出其手。所撰《柱国封播国公谥忠宣杨公汉英神道碑铭》、《上柱国永国公谥文康阎公复神道碑铭》、《戴先生表元墓志铭》、《赠大司徒鲁国王文肃公构墓志铭》、《真定安敬仲熙墓表》、《翰林学士赵公与票行状》、《翰林承旨王公构请谥行状》、《泽国公谥忠宣郑公制宜行状》、《肃御史泰登家传》、《玄教大宗师张公留孙家传》、《通真观徐君懋昭墓志铭》、《空山雷道士思齐墓志铭》、《定水源禅师塔铭》、《延庆良法师塔铭》、《拜住元帅出使事实》，皆可以参证《元史》列传而搜其佚闻。右丞相拜住礼重桷宿学，欲委桷撰宋、辽、金史；而桷奋然以《宋史》自任，条列事状，以为必从搜访遗书入手。及顺帝诏修宋、辽、金史，遣使者分行郡国，网罗旧文，而江南旧家尚多畏忌，秘其所藏。而桷已卒，其孙同知诸暨州事俨乃以家书数千卷来上，桷之志也。有宋文物，萃于东南，而流风不坠，得垂于后，盖桷实有力焉。卒谥文清。传有《清容居士集》五十卷。

袁桷诗格俊迈而出以茂典，文笔拗强而不为疏快，皆欲以力矫宋风。其论谓："渡江以来，诸贤蹈袭苏学，以雄快直致为夸，诗与文相率成风。《诗》有经纬焉，诗之正也。有正变焉，后人阐益之说也。伤时之失，溢于风刺者，果皆变乎？乐府基于汉，实本于《诗》，考其言，皆非愉悦之语，若是则谓之"变"矣乎？建安黄初之作，婉而平，羁而不怨，拟《诗》之正，可乎？滥觞于唐，以文为诗者，韩吏部始；然而舂容激昂，于其近体，犹规规然守绳墨；《诗》之法犹在也。宋世睹儒一切直致，谓理即诗也，取乎平近者为贵；禅人偈语似之矣。拟诸采诗之官，诚不若是浅。苏黄杰出，遂悉取历代言诗者之法而变焉，音节陵厉，阐幽揭明，智析于秋毫，数殚于章亥，故今世学诗者咸宗之。风雅异义，今言诗者一之！然则曷为风？黄初建安得之。雅之体，乐府诸诗近之。萧统之集，雅未之见也。诗近于风，情性之自然；齐梁而降，风其熄矣。由宋以来，有三变焉：梅欧以纡徐写其材，高者陵山岳，幽者穿岩窦，而其反复蹈厉，有不能已于言者，而风之变尽矣。黄陈取其奇以为言；言过于奇，奇有所不通焉。苏公以其词超于情，嗒然以为正，颓然以为近，后之言诗者争慕之。音与政通，因之以复古，则必于盛明平治之时，唐之元和，宋之庆历，斯近矣。感昔时流离兵尘之冲，言不能以宣其愁，而责之以合乎古，难矣。夫诗之言风，悲愤怨刺之所由始，去古未远，则其道犹在。越千百年以日趋于近，是不知《国风》之作，出于不得已之言也。李商隐诗，号为中唐警丽之作，其原出于杜拾遗；晚自以不及，故别为一体；然命意深切，用事精远，非止于浮声切响而已也。自西昆体盛，襞积组错；梅欧诸公，发为自然之声，穷极幽隐，而诗有三宗焉：夫律正不拘，语腴意赡者，是为临川之宗。气盛而力夸，穷抉变化，浩浩焉沧海之来碣石也，为眉山之宗。神清骨爽，声振金石，有穿云裂竹之势，为江西之宗。二宗为盛，惟临川莫有继者，于是唐声绝矣。至乾淳间诸老，以道德性命为宗，其发为声诗，不过若释氏辈条达明朗，而眉山江西之宗亦绝。永嘉叶正则，始取徐翁赵氏为四灵，而唐声渐复。至于末造，号为诗人，极凄切于风云花月之描写，力孱气消，规规晚唐之音调，而三宗泯然无余矣。余尝以为声诗述作之盛；四方语谚若不相似，考其音节，则未有不同焉者。诗盛于周，稍变于建安黄初，下及于唐，其声犹同也。豫章黄太史出，感比物联事之冗，于是谓声由心生，因声以求，几逐于外，清浊高下，语必先之，于声何病焉。法立则弊生，骤相摹仿，豪宕怪奇，而诗益浸淫矣。临川王文公语规于唐：其自高者始宗师之，拘焉若不能以广；较而论之，其病亦相似也。"则其不慊于宋贤而别有蕲尚，可知矣。

袁桷所为诗，五言古如《舟中杂咏》十首之二七八三首、《饯王参议以"风帆自力短，江空岁年晚"为韵》、《鞭马图为狄诚父作》、《再次韵答仲章仲宝》十首之三四六、《次韵仲章蔡村阻风》、《次韵陈畲斋七首"明月明年何处看为韵》、《集廉园》、《次韵杂诗》五之二五、《别仲章》、《赠昌上人》二首、《宿竹院次珙横川韵》、《送马伯唐御史奉使河西》八首、《天师留公返真空洞步虚词》十章、《大名刘节妇吟》、《饮酒杂诗》十二首，《述郭楚望步月秋雨琴调》二首、《次韵盘山黄伯玉东汉名士十咏》、《次韵元复春思》三首之一二、《节妇吟为蒙氏作》、《有感》、《忆昔》三首，七言古如《赋广帅平寇还》、《谢王参议送练春红二枝》、《燕吴闲闲冰雪相看》、《仲章与余连舟而行夜泊夹马营余舟适先至仲章有诗因以奉戏》、《雪污斋》、《赠钱唐吴月湖》、《送赵君佐茶使》、《次韵段惟德右司》、《张氏女》、《近有善书僧日温妙明遂各为一章美之》、《善之携酒招游西湖值雷雨分韵得杯字》、《赋金华方君双鱼砚》、《送马季权之官平江州》、《宋诚甫押送交趾使之武昌》、《过高邮湖》、《赵昌荷花》、《乘鸾吹箫图》、《与相士王月屋》、《次韵蒋远静》二首、《题黄居采苍鹰击雉图》、《赠番阳刘生振》、《吴船行》、《淮船行》、《越船行》、《清明行》、《河船行》、《天禄砚滴歌》、《新安芍药歌》、《晋宁丁节妇歌》、《哀牢夷》、《李宫人琵琶行》、《渝州老人歌》、《龙尾歌送文子方著作》、《敬亭歌送郑子真》、《安南行》、《秋江钓月图歌》、《行路难》五首；五言律如《次韵善之杂兴》七首、《赠瑛上人住洞林》，五言长律如《次韵仲章过陈氏城南书隐十韵》、《入南城遇老医言山阳旧事因成十六韵》、《寿李承旨四十韵》，七言律如《过扬州忆昔》六首、《宜远楼》、《寄城南友人》、《题郝伯常雁足诗》、《伯庸关平书事次韵》四首；五言绝如《鬼谷岩钓台》、《一线天》、《寒月泉》、《凤山》、《逍遥岩》、《墨兰》、《题应德茂游吴纪事二绝》、《古寺垂虹》、《朱窝杨柳青》三首，七言绝如《童时侍先人泊京口旅楼一月追忆旧事因成绝句》十首、《送吴成季五绝》、《静芳亭》、《次韵马伯庸应奉绝句》一十八首、《次韵继学夫宝宫祷雨见怀》四首，铺陈藻丽，气调振拔。其中五言古如《集廉园》曰：

　　芳菲廉家园，换我尘中春。古树不受采，白云为之宾。中列万宝枝，夭娜瑶池里。背立饮清露，耿耿猩红新。幽蜂集佳吹，炯鹭摇精银。层台团松盖，其下疑有人，弈罢忽仙去，飞花点枰茵。高藤水苍佩，再摘谁为纫。濯缨及吾足，照映须眉真。暝色起孤鸟，寒光荡青苹。信美非吾土，整马来城闉。

七言古如《李宫人琵琶行》曰：

　　先皇金舆时驻跸，李氏琵琶称第一。素指推却春风深，行云停空驻晴日。居庸旧流水，浩浩汤汤乱人耳。龙冈古松声，寂寂历历不足听。天鹅夜度孤雁响，露鹤月唳哀猿惊。鹍弦水晶丝，龙柱珊瑚枝。愿上千万寿，复言长相思。广寒殿冷芙蕖秋，簇金雕袍香不留。望瀛风翻浪波急，兴圣宫前敛容立。花枝羞啼蝶旋舞，别调分明如欲语。

　　忆昔从驾三十年，宫闱法锦红茸毡；驼峰马湩不知数，前部声催檀板传。长乐画浓云五色，侍宴那嫌头渐白。禁柳慈乌飞复翻，为言反哺明当还；朝进霞觞辞辇道，母子相对犹朱颜。君不闻出塞明妃恨难赎，请君换谱回乡曲。

五言绝如《朱窝杨柳青地近沧洲余爱其名雅作古调三首》曰：

朱窝杨柳青，明日是清明。地下不识醉，悲欢总人情。

朱窝杨柳青，黄河泻如注。还俟飞絮时，相同入海去。

朱窝杨柳青，自爱青青好。亦如送行客，相逢不知老。

七言绝如《次韵马伯庸应奉绝句》曰：

肥红盈盈锦步障，浅蓝深深绿油幕。绝怜旧嫁小娉婷，一曲生香泪双落。

垂髫双双白马郎，看花不语愁昼长。堂前有妇不肯守，遍看吴姬与赵娼。

小楼昨夜听琵琶，推手却手怨王家。不辞远嫁卢龙道，可怜长城骨如沙。

谁家弄玉矜少年，采莲艇子歌娟娟？转首那知颜色老，犹抹横云啼镜前。

又《静芳亭》曰：

帘外群山当画屏，白云如水度中庭。松花落径无人扫，失却莓苔一半青。

语多比兴，杂以游仙，其原出于陈子昂、李白，而上阐张协、郭璞，下参晚唐李商隐，以博丽救宋诗之野，以缥缈药宋诗之直者也。以唐救宋，以晋参唐，亦与戴表元同蹊径。惟表元美于回味，其意旷；而桷则才能发藻，其趣博也。

袁桷文则颇仿韩愈，避熟就生，而拗蹇迟重，以异苏轼之快利；然阔适邕遂，亦非宋祁之茁轧。辞赋如《凝云石赋》、《九华台赋》、《墨竹赋》、《冬窝赋》、《榕轩赋》、《复庵赋》、《余轩赋》、《隐居图赋》、《愍誓》、《广招》、《七观》、《石田山房辞》；序跋如《辅汉卿先生语孟注序》、《郭好德论语义序》、《龚氏四书朱陆会同序》、《五经约说序》、《题惠崇小景》、《黄太史松风阁诗》、《王生鬼戏图》、《出山佛像》、《隆茂宗罗汉》、《唐摹钟繇贺捷表》、《王振鹏锦标图》、《题薛绍彭帖》、《书梅圣俞诗后》、《黄华帖》、《书孔子庙堂碑》、《书皇甫君碑》、《书徽宗御书诗》、《跋李时雍墨迹》、《跋蔡忠惠帖》、《题唐玉真公主六甲经》、《题唐临讲堂司州帖》、《跋郑太宰奏撰乐章》、《书唐临兰亭》、《跋齐竟陵王萧子良书》、《跋柳诚悬陇西李夫人志》、《跋欧阳询隅隩帖》、《跋蔡君谟汶岭帖》、《秘阁续帖刘无言双钩开皇兰亭》、《跋米元章书》、《题李龙眠十六罗汉象》、《题彦敬子昂兰蕙梅菊画卷》、《书汤西楼诗后》、《书余国辅诗后》、《书程君贞诗后》、《书杜东洲诗集后》、《书括苍周衡之诗编》、《书鲍仲华诗后》、《跋汪龙溪外制草》、《跋柳公权书清静经》、《跋颜真卿诰》、《书李巽伯小楷梦归赋》、《题东坡岭表书归去来辞》、《书世纶堂雅集诗卷》、《题乐生诗卷》、《题闵思齐诗卷》、《题噩上人叠秀轩赋后》、《跋亲禅师石菖蒲赋后》，赠序如《示罗道士》、《赠番阳笔工童生》、《送邓善之应聘序》、《送吴成季归省序》、《送薛景询教授常熟序》、《李庆御史饯行序》、《平章政事王公归省鲁公饯行诗序》、《王正臣浙东廉司经历饯行诗序》、《送朱君美序》，碑传如《萧御史家传》、《陈士直墓志铭》、《戴先生墓志铭》、《刘隐君墓志铭》、《河间清监使郝君墓志铭》、《宣武将军寿春副万户吴侯墓志铭》、《史景贤墓志铭》、《真定安敬仲墓表》、《周夫人墓志铭》、《方夫人墓志铭》、《卢母王夫人墓志铭》、《韩夫人墓志铭》、《定水源禅师塔铭》、《延庆良法师塔铭》、《空山雷道士墓志铭》、《通真观徐君墓志铭》，杂记如《鄞县小溪巡检司记》、《墅月观记》、《竹风石屏记》、《小领水亭记》、《友恭堂记》、《乐善堂记》、《亦乐斋记》、《古剑记》、《昭真山水记》、《采芝亭记》、《梅亭记》、《通玄观贾道士记》、《拜住元帅出使事实》，议论则惬心贵当，叙事亦辞尚体要，谙练掌故，元元本本，尤足征文考献。姚燧谙练掌故，而文章学韩以为北学之宗；桷则谙练掌故，而文章学韩以变南宋之文。顾同一学韩也，姚燧摹其造语以病诘屈；桷则得其运笔以为矜重，虽不如元好问之雄俊，而颇胜于燧之蹇踬矣。自桷之继赵孟頫而以文章显用也，于是临川虞集、豫章揭傒斯、义乌黄溍、浦阳柳贯联翩起东南，有声中朝，典制作，号为儒林四杰。然诗格变宋而文不变宋，与戴表元、赵孟頫同，而与桷则异。

第四节　虞集　欧阳玄　揭傒斯附范梈 杨载 黄溍　柳贯附戴良

元之有天下也，北有许衡，南有吴澄，讲明理学，相继主国子监事。并称儒宗。许衡之弟子有姚燧，以文章雄河朔，润色鸿业；而吴澄之从游有虞集，以文章起东南，领袖文苑。后先辉映，而称文宗，亦一代之盛也。

虞集，字伯生，本蜀人，宋丞相允文五世孙也。父汲，黄冈尉，宋亡，侨居临川崇仁，与吴澄为友。澄称其文清而醇。晚起家教授，于诸生中得欧阳玄而奖进之。以翰林院编修官致仕。娶杨氏，国子祭酒文仲女也；咸淳间，文仲守衡，而汲以黄冈尉奉檄湖南，在甥馆，文仲以其未有子，为祷南岳而生集。集齠龀时，常梦在高山长松间；既婚而不复梦也。宋亡，随汲避兵岭表。无书可携。杨氏口授《论语》、《孟子》、《左传》及欧苏文，过耳成诵。比还长沙，就外傅，得刻本，授之，则已烂熟胸中，尽通其大义矣。文仲世以《春秋》名家；而族弟参知政事栋，明于性理之学。杨氏在室，受其说，而集与弟槃皆受母教。既侨崇仁，则以父命从吴澄游，授受具有源委。左丞董士选自江西除南行台中丞，延集家塾。成宗大德初，以荐除大都路儒学教授，转国子助教，即以师道自任。诸生时其退，每挟策趋门下卒业。他馆生多相率诣集请益。仁宗即位，责成监学，起吴澄为司业，欲有更张以副帝意。集力赞其说。有为异论以沮之者，澄投檄去，集亦以病免也。乃发愤而为《送李扩序》以见意曰：

国学之置，肇自许文正公。文正以笃实之资，得朱子数书于南北未通之日，读而领会，起敬起畏；及被遇世祖皇帝，纯乎儒者之道，诸公所不及也。世祖皇帝圣明天纵，深知儒术之大，思有以变化其人而用之，以为学成于下而后进于上，或疏远未即自达，莫若先取侍御贵近之特异者使受教焉，则效用立见。故文正自中书罢政，为之师。是时风气浑厚，人材朴茂，文正故表章朱子《小学》一书以先之，勤之以洒扫应对以折其外，严之以出入游息而养其中，掇忠孝之大纲以立其本，发礼法之微权以通其用。于是数十年彬彬然，号称名卿材大夫者，皆其门人矣。呜呼！使国人知有圣贤之学，而朱子之书得行于斯世者，文正之功甚大也。文正没，国子监始立官府，刻印章如典故。其为之者，大抵踵袭文正之成迹而已。然余尝观其遗书，文正之于圣贤之道，《五经》之学，盖所志甚重远焉。其门人之得于文正者，犹未足以尽文正之心也。子夏曰："君子之道，孰先传焉，孰后倦焉。"程子曰："圣贤教人有序。"非是先教以近者小者，而不教之远者大者也。

夫天下之理无穷，而学亦无穷也；今日如此，明日又如此，止而不进，非学也；天下之理无由而可穷也。故使文正复生于今日，必有以发明道德之蕴，而大启夫人心之精微，天理之极致；未必止如前日之法也。而后之随声附影者，谓修词申义为玩物，而从事于文章；谓辩疑答问为躐等，而姑困其师长；谓无所猷为为涵养德性，谓深中厚貌为变化气质。是皆假美言以深护其短，外以聋瞽天下之耳目，内以蛊晦学者之心思；此上负国家，下负天下之大者也。而谓文正之学，果出于此乎？

近者吴先生之来为监官也，见圣世休明、而人材之多美也；慨然思有以作新其人。而学者翕然归之，大小如一。于是先生之为教也，辨传注之得失，而达群经之会同；通儒先之户牖，以极先圣之阃奥；推鬼神之用以穷物理之变，察天人之际以知经纶之本，礼乐制度之具，政刑因革之文，考据援引，博极古今，各传其当，而非夸多以穿凿；灵明通变，不滞于物，而未尝析事理以为二。使学者得有所据依以为日用常行之地，得有所标指以为归宿造极之处。噫，近世以来，未能或之先也！惜夫在官未久，而竟以病归。呜呼！文正与先生，学之所至，非所敢知、所敢言也，然而皆圣贤之道则一也。时与位不同，而立教有先后者，势当然也。至若用世之久速，及人之浅深，致效之远近大小，天也，非人之所能为也。

仆之为学官，与先生先后而至。学者天资通塞不齐，闻先生言，或略解，或不解，或暂解而旋失之，或解而推去渐远，退而论集于仆，仆皆得因其材而达先生之说焉。先生虽归，祭酒刘公以端重正大临其上；监丞齐君严条约，以身先之；故仆得以致其力焉。未几，二公有他除；近臣以先生荐于上；而议者曰："吴幼清，陆氏之学也，非朱子之学也，不合于许氏之说，不得为国子。是将率先天下而为陆子静矣。"呜呼！陆子岂易言哉？彼又安知朱陆异同之所以然？直妄言以欺世拒人耳。是时，仆亦孤立不可留！未数月，移病自免去。

邓文善之以司业召至，会科举诏行，善之请改学法，其言曰："今皇上责成成均，至切也，而因循度日，不惟疲庸者无所劝，而英俊者惧败，无以见成效。"议不合，亦投劾去。于是纷然言吴先生七不可，邓司业去而投劾为矫激，而仆之谤尤甚，悲哉！

归德李扩事吴先生最久，先生之书皆得受而读之；先生又尝使来受古文，故于仆尤亲近。去年以国子生举，今年有司用科举法依条试之，中选，将命以官。间来谒曰："比得官犹岁月间，日归故乡，治田亩，益得温其旧学，请一言以自警。"会仆将归江南，故略叙所见以授之，使时观之，亦足以有所感而兴起矣。

其文纡余委备而条达疏畅，急言竭论而容与闲易，盖得笔于欧阳修，而韵不如，言之太尽也。集自以先生长者奉手吴澄，而欲有以张大其学；澄则受学于新安程若庸，以传朱子之学，质疑问难，多出若庸意表，若庸器重之，以属于族子巨夫曰："吾未见有如此子之警问。汝年相若，可共学也。"及巨夫奉诏搜遗逸江南，遂强起澄以进于朝。中遭挫排，然卒显用，浸篡北学之统，而以代兴于许衡焉。许衡不工为文，朴实说理。而澄则词华典雅，质有其文，传有《吴文正集》一百卷。澄，字幼清，崇仁人，起家国子监，累官翰林学士，卒谥文正。

虞集既以澄去官，再起太常博士，历英宗、文宗，累迁翰林直学士，奎章阁侍书学士。文宗下诏修《经世大典》，命为总裁。御史中丞赵世安尝谓集久居京师，且病，宜假一外职就医。文宗怒曰："一虞伯生，汝辈不能容耶！"于时，宗庙朝廷之典册，公卿大夫之碑版，咸出其手；而嫉之者往往摘文词以指为讪讥。文宗察知其故，不能中伤。马祖常，故以气类相许与而文字交也，及为御史中丞，遂以语倾集而挤之，集乃谢病归。顺帝即位，屡召不起，被旨就其家撰文，卒谥文靖。传有《道园学古录》五十卷，《道园遗稿》六卷。

元文之有虞集，陶铸群材，主持风气，如金之有元好问。然好问排荡生奡，欲攀韩愈以变宋文；集则纡余委备，一本欧阳以衍宋脉。每谓："宋之将亡，士习卑陋，以诗文相同；病其陈腐，则以奇险相高；江西尤甚。识者病之。昔者庐陵欧阳公秉粹美之质，生熙洽之朝，涵淳茹和；作为文章，上接孟韩，发挥一代之盛，英华醲郁，前后千百年，人与世未有如此者也。苏子瞻以不世之材，起于西蜀，英迈雄伟，亦前世之所未有。曾子固博考经传，知道修己，伊洛之学，未显于世，而道说古今，反复世变，已不失其正，亦孰能及之哉？然苏氏之于欧公，则曰："我老归休，付子斯文；虽无以报，不辱其门！"子固之言曰："今未知公之难遇也，后千百世，思欲见公而不可得，然后知公之难遇也。"然则二君子之所以心悦诚服于公，返而观其所存。至于欧公，则暗然而无迹，渊然而有容，挹之而无尽者乎？三公之迹熄，而宋亦南渡矣。乾淳之间，东南之文，相望而起者，何啻十数：若益公之温雅，近出于庐陵。永嘉诸贤，若季宣之奇博而有得于经，正则之明丽而不失其正，彼功利之说驰骋纵横其间者，其锋亦未易婴也。文运随时而中兴概可见焉。

然余窃观之：朱子继先圣之绝学，成诸儒之遗言，固不以一艺而成名；而义精理明，德盛仁熟，出诸其口者，无所择而无不当；本治而末修，领挈而裔委，所谓立德立言者，其此之谓乎？学者出乎其后，知所从事而有得焉，则苏曾二子望欧公而不可见者，岂不安然有措足之地，超然有造极之时乎？而宋之末年，说理者鄙薄文辞之丧志；而经学文艺，判为专门。士风颓弊于科举之业。岂无豪杰之出？其能不浸淫汩没于其间，而驰骋陵厉，已为难得，而宋遂亡矣。中州隔绝，困于戎马。风声气习，多有得于苏氏之遗，其为文亦曼衍而浩博矣。

国朝广大，旷古未有，起而乘其雄浑之气以为文者，则有姚文公其人，其为言不尽同于古人，而伉健雄伟，何可及也？是时南方新附，江乡之间，逢掖缙绅之士，以其抱负之非常，幽远而未见知，则折其奇杰之气，以为高深危险之语，视彼靡靡浑浑，则有间矣。然不平之鸣，能不感愤于学者乎？而一二十年，向之闻风而仿效，亦渐以熄。循习成弊，于是执笔者肤浅则无所明于理，蹇涩则无所昌其辞，斯文斯道，所以可为长太息。集故极道夫欧阳子之所未易知，而辄及于予之所欲求知于欧阳子者。”盖有意于欧阳子之容与闲易，而不为姚燧之奇险相高。

其可诵者：序跋如《张师道文稿序》、《题杨将军往复书简后》、《题朱侯所临智永千文》、《跋鲜于伯机与严处士翰墨》、《跋鲜于伯机小篆》、《跋吴兴公书阴符经》、《跋谢太傅中郎帖》、《题申屠子迈画马图》、《题米南宫墨迹》、《子昂墨竹跋》、《题吴傅朋书并李唐山水跋》、《书赵学士经筵奏议后》、《题黄勉斋所藏醴泉铭》，赠序如《送文子方之云南序》、《送苏子宁北行诗序》、《送李亨赴广州教授诗序》、《送廉充赴浙西宪司昭磨序》、《送李榕序》、《送赵茂元序》、《送李仲渊云南廉访使序》、《送翰林编修王在中奉祠西岳序》、《送祠天妃两使者序》、《送江西行省金平章诗序》、《送李道济之官夷陵诗序》、《陈云峤省亲诗序》、《送赵茂元归乡序》、《送常伯昂序》、《送昌上人诗序》、《送吉上人序》、《李士弘二子字说》、《李克畯字说》，碑传如《赵文惠公淇神道碑》、《淮阳献武王张洪范庙堂之碑》、《知昭州秦公仲神道碑》、《牟伯成墓碑》、《洛阳杨氏先茔碑》、《御史中丞杨襄愍公朵儿只神道碑》、《大宗王府也可札鲁火赤高昌王神道碑》、《孙都思氏锁儿罕世刺及其子保世勋之碑》、《徽政院使张忠献公神道碑》、《宣徽院使贾公秃坚里不花神道碑》、《翰林学士承旨刘公赓神道碑》、《高鲁公鸘神道碑》、《贺丞相胜墓志铭》、《蔡国张公珪墓志铭》、《熊与可朋来墓志铭》、《王知州墓志铭》、《曾巽初墓志铭》、《胡彦明墓志铭》、《赵曼龄墓志铭》、《王诚之墓志铭》、《王公信墓志铭》、《倪行简墓志铭》、《汪夫人墓志铭》、《周夫人李氏墓志铭》、《王伯益墓表》、《句容郡王士土哈创儿儿父子世绩碑》、《曾肃王也柳干阿刺罕父子勋德碑》、《高昌王火赤哈儿的斤父子世勋之碑》、《夏国公谥襄敏杨公教化神道碑》、《断崖和尚塔铭》、《陈真人道行碑》，杂记如《吴张高风图序》、《国子监学题名序》、《知还斋记》、《刘正奉塑记》、《顾吴氏春晖堂记》；不矜张而取舍廉肉不失法，自然顺成。其中高昌王、曹南王、句容郡王、张氏淮阳献武蔡国父子、杨氏襄敏襄愍兄弟、张忠献公、高鲁公、贺丞相诸碑志，皆为《元史》列传所本；其他足以拾史遗，资考论者，亦多有之。然叙事不免冗漫，议论亦少警发。及其得意疾书，随事曲注，亦有水到渠成之乐；坦易以为宋，与黄溍、揭傒斯同一蹊径；特驽于溍而雄于傒斯。

虞集诗则自诩"如汉廷老吏"，笔老而意到，语舞枝叶，实胜文之辞繁不杀。五言古如《月出古城东》曰：

> 月出古城东，海气浮空濛。车骑各已息，宫阙何穹窿。牧马草上露，吹笳沙际风。帐中忽闻雁，传令彀雕弓。

七言古如《赋洛川老人九十》曰：

> 洛川老人年九十，须眉如画身玉立。锦袍金带方乌巾，手挽强弓无决拾。八月平原秋气高，闻有狡兽依蓬蒿。清晨上马薄暮返，累骑毛血悬鞬櫜。身是前朝将家子，生逢太平百无事：都

将英气化高年，何物小儿堪指使！

又《吴中女子画花鸟歌》曰：

吴中女儿颜色好，洗面看花花为俏。调朱弄粉不自施，写作窗间雪衣鸟。绿窗沉沉春昼迟，半生心事花鸟知。花残鸟去人不归，细雨梅酸愁画眉。

七言律如《挽文山丞相》曰：

徒把金戈挽落晖，南冠无奈北风吹。子房本为韩仇出，诸葛宁知汉祚移。云暗鼎湖龙去远，月明华表鹤归迟。不须更上新亭望，大不如前洒泪时。

五言绝如《燕陈公子宅赠燕学士》曰：

落日照大堤，花间闻马嘶。城头鼓角起，相送五门西。

七言绝如《院中独坐》曰：

何处他年寄此生，山中江上总关情。无端绕屋长松树，尽把风声作雨声。

质实中神理绵邈，具体盛唐之气韵。其他五言古如《后续咏贫士》四首之一二、《盗发亚父冢》、《送张道士归上清》、《赠写真佟士明》、《赠藏庵道者》二首、《赋茅山道士云松巢》、《酬上清道士钞阴何诗》、《赵千里出峡图》、《滕昌祐怀香睡鹅图》、《记梦》、《次韵答袁伯长十首之一三四八、《夜坐》二首之二、《题王眉叟真人溪居对月图》、《题天台柯东谷》、《答胡士恭》二首、《梦旧游诸友》、《记梦》二首，七言古如《张令鹿门图》、《题简生画涧松》、《题柯博士画》、《题滦阳胡氏雪溪卷》、《刘益之题其居曰云松巢赋诗与之》、《为燮元圃题鳌溪春晓图》、《题羁竹所画》、《题村田乐图》、《江贯道江山平远图》、《为汪华玉题所藏长江万鸦图》、《赠羽士费无隐》、《题渔村图》、《题韩干画马》、《天涯山歌为崞山公赋》、《金人出塞图》、《送吕教授还临川》、《三凤行赠海东之下第南归》、《戴和父归越》、《城南春晓图》、《天台图》、《桃源图》、《金马图》、《柯丹邱画松竹》二首、《陈容画龙》、《送胡士则》、《按弓图》、《汪华玉所藏李息斋古木竹石图》，五言律如《林皋亭》、《雪谷早行》、《代众仲作》、《戏作试问堂前石》五首之一二、《山水图》、《题马竹所画》、《到寺》，七言律如《安庆路双连寺得上人超然亭》、《予与亚仙自剑池观山水访自牧长老于昭福寺寺方卜门向予与亚仙皆以正对大罗为妙为赋诗》、《谢子棕雨笠》，五言绝如《京师秋夜》、《题何玉泉钱唐诗卷后》，七言绝如《子昂人马图》、《题柯敬仲画》、《次韵东山凤栖别墅四时词》之春、《癸酉岁晚留上方观》四首之二三，咸为一集之胜。其中五言古襟怀冲旷，辞笔轩爽，而出以游仙，发其逸趣，欲攀陈子昂，上参郭璞。七言古朗丽而出以驰骤，惝恍而不害现实，俊迈跌宕，具体李白。五言律意趣清真，妙能秀润，王维之遗音也。七言律格律深严，绰有变化，杜陵之矩矱也。其诗颇以唐音之柔厚，而欲湔宋诗之伧野；文则欲为欧阳之纡余，而不免南宋之庸滥。文无笔力，而诗有笔力；文无远韵，而诗有远韵；似出两手，与揭傒斯同。性好宏奖，草茅之士，知古学者，必折节下之。其为国子助教也，父汲，方分教于潭，得欧阳玄所为文，大惊，手写成帙，题寄于集曰："此子才儁，必与吾儿抗行！"于是集荐玄升朝，遂以文章显用；而声名相亚，卒如父言。

欧阳玄，字原功，其先出江西之宜春；曾祖新，以应湖南转运司试，遂徙浏阳。父龙生，以宋大学上舍生，为岳麓书院讲书。母李，颇通书史，襁褓即授《孝经》、《论语》、《小学》诸书，无不成诵。八岁，始就外傅。有黄冠至，注视久之曰："儿耳白过面，异日必以文章冠世，名满天下。"亟追与语，已失所之。经史百家，靡不研究；伊洛诸儒源委，尤所淹贯。以荐为道州路儒学教授。及为集父子所提奖，而声名彰著于朝矣。延祐二年，进士及第。历仁宗、英宗、泰定、文宗、顺帝四十余年，三任成均而两为祭酒，六入翰林而三拜承旨。修《经世大典》、《三朝实录》，及宋、辽、金三史，皆大制作。屡主文衡，两知贡举及读卷官。凡宗庙朝廷册诰制诏，多出其手；名山大川释老之宫，王公贵人墓隧之碑，必以玄撰文为荣。卒谥曰文。传有《圭斋集》十五卷。

论文主于廉静而深醇，抑亦异于北学。每语学者曰："吾江右文章名四方也久矣，以吾六一公倡为古也。窃怪近年江右士为文，间使四方学者读之，辄愕相视曰：'欧乡之文乃险劲峭厉如此！'何不舒徐和易以宗吾六一公乎？盖尝究其源焉：吾乡山水奇崛，士多负英气；然不免上人之心，足为累焉。夫文，上者载道，其次记事，其次达意：乌以上人为哉？欧阳公生平于'平心'两字用力甚多；晚始有得。人能平其心，文有不近道者乎？此其所以廉静而深醇也。夫文，廉则不夸，静则不躁，深则不肤，醇则不靡。尚愿羽翼吾欧阳公之学以模楷后生。将见江右之文章，粹然为四方师表矣。"今诵其文，虽未深醇，而颇不夸不躁以跻于廉静。如《罗舜美诗序》曰：

> 江西诗，在宋东都时宗黄太史，号江西诗派；然不皆江西人也。南渡后，杨廷秀好为新体诗，学者亦宗之。虽杨宗少于黄，然诗亦小变。宋末，须溪刘会孟出于庐陵，适科目废，士子专意学诗。会孟点校诸家甚精，而自作多奇崛，众翕然宗之，于是诗又一变矣。我元延祐以来，弥文日盛；京师诸名公咸宗魏晋唐，一去金宋季世之弊，而趣于雅正。诗丕变而近于古；江西士之游京师者，其诗亦尽改其旧习焉。
>
> 庐陵罗舜美以诗一帙属余题其端。读之，佳句叠出；诗不轻儇，则日进于雅；不锲薄，则日造于正；诗雅且正，治世之音也，太平之符也。郑笺言"诗可以观治道之盛衰"，岂不信哉？楚与吴之诗，不列《国风》；而近世江表诗什多，他日必有置诸乐府者矣。

其叙元诗之所以变宋，甚辨以析；而辞尚体要，不为冗絮。虽不如欧阳之深情流韵，而颇能湔苏文之躁气夸调。然亦有如苏文之以议论驰骋见雄快者，如《为宋濂潜溪后集序》、《江陵王阿里海涯新庙碑》是也。其他碑志之文，如《追封魏国公谥文正许先生衡神道碑》、《魏国赵文敏公孟頫神道碑》、《元故翰林学士中奉大夫知制诰同修国史贯公云石神道碑》、《元故奎章阁侍书学士翰林学士通奉大夫虞雍公集神道碑》，皆以儒林丈人，为名卿大僚；而玄气沛而文赡，事详而辞核，亦足以参证《元史》，搜补佚闻。揭傒斯序其文，以为："丰蔚而不繁，精密而不晦，有典有则，可讽可诵；无南方啁啾之音，无朔士暴悍之气"，盖亦钦重之至矣。与揭傒斯并命为辽、金、宋史总裁官；《辽史》成而傒斯卒，独玄老寿始终其事。而始事之日，右丞相脱脱为都总裁，问玄如何下手。玄曰："是犹作室，在于聚材择匠；聚材则先当购书，择匠则必遴选史官。"于是遣使购书，增设史官，立三史凡例，皆元有以发之。

揭傒斯，字曼硕，占籍豫章之丰城。年十二三，读书已见古人大意。家贫自奋励，经史百氏，无不贯通，而发之为文章。年二十余，出游湘楚。程巨夫方持节使湖北，而奇其才，妻以从妹。及仁宗即位，巨夫在翰林，招之入都，而馆于家。是时东南文章巨公如赵孟頫、邓文原、袁桷、虞集，咸萃辇下；而傒斯与临江范梈、浦城杨载继至，以文墨议论与相颉颃，而名暴著。以荐授翰林国史院编修官。平章李孟读所撰功臣传，叹曰："是方可名史笔；若他人，则吏牍尔。"在翰林久，文宗尤眷遇，擢授经郎，以教勋戚子弟，字呼之而不名。中书荐用儒臣，必问曰："其才何如揭曼硕？"累进翰林侍讲学士。

顺帝至正初，诏修辽、金、宋三史，以为总裁官。而右丞相脱脱为总裁，问修史以何为本。公曰："用人为本。有学问文章而不知史事者，不可与。有学问文章，知史事，而心术不正，尤当以心术为本也。"每与僚属言："欲求作史之法，须知作史之意。古人作史，善虽小必录，恶虽小必记。不然，何以示劝戒乎？"毅然以笔削自任。凡政事之得失，人才之贤否，吾一切律以是非之公；至于物论之不齐，必力与之辨以归于至当而止。《辽史》成，有旨奖谕，勖以早成金、宋二史。辰入酉出，惫而不休，暴得寒疾，卒。谥文安。

黄溍为撰神道碑，极推崇其诗文，称："为文叙事严整而精核；持论一主于理，语简而洁。诗长于古乐府选体，清婉丽密，而不失性情之正；律诗伟然有盛唐风。”传有《文安集》十四卷。而《四库提要》则约其词以为论定，谓：“其文叙事严整，简而有要；诗则清丽婉转，如出二手。”其别白诗文以出二手，是也。然据黄溍一诗谀墓之语，而为斯文千载之论定，则大非。傒斯名在四杰，而与黄溍相参随；然文则远逊于溍。溍警发，而傒斯则平钝。议论习见，无所警发；叙事缓散，不得体要，庸肤冗漫，如金人之学苏轼，得其率易而失其警快者也。

傒斯诗则以秀爽出婉媚，力湔浮藻而自然朗丽，不无故国之思，遗民之感。五言古如《贫交行》、《春日杂言》、《游麻姑山》五首、《京城闲居杂言》四首、《赠王朗》、《赋得吴歌送人归吴中》、《寒夜作》，七言古如《李将军歌一首送李天民赴邵武军□巡检》、《寄题张齐公庙》、《寄题武宽则湖山堂》，五言律如《山庄晚立有怀舍侄沅督栈临川》、《泊安庆时再北游》、《史馆独坐》；七言律如《宿梁安峡梦故室有感时还盱江》、《送蔡思敬还豫章有怀辽阳李提举》，殊为胜篇；古体尤胜近体。其中五言古如《春日杂言》曰：

> 幂历杨柳枝，蒙茸春草齐。夭夭谁家妇，采桑临路歧。零露沾其裳，蛛丝卷其衣。树高身苦弱，蚕饥行复迟。辛苦事姑嫜，宿昔减容辉。见者皆叹息，此心知独谁。良人日暮至，醉问尔何为？

又《京城闲居杂言》曰：

> 朝从猎城南，暮从猎城北。白马喻飞翰，轻裘如膏泽。尘起知兽骇，风高验鸟疾。只箭落双鸶，千金出俄刻。归来拜恩宠，乐饮过一石。僮奴增意气，宾客改颜色。常恐文法士，轻薄多瑕摘。高门临广衢，秋风上荆棘。
>
> 朔土高且厚，民生劲而强。榆柳虽弱质，生植益繁昌。桃李大于拳，枣栗充糇粮。谁谓苦寒地，百物莫得伤。青青云梦竹，宿昔傲雪霜。移植于此庭，不如芥与杨。竹性岂有改？由来非

本乡。

眇眇寒门士，客游燕蓟城。上无公卿故，下无旧友朋。裘褐不自蔽，藿食空营营。

四顾灾沴余，但闻号哭声。自负道德懿，敢怀轩冕荣。节食慎所欲，聊以厚我生。

高步览九州，谁独无与亲。同室不相喻，矧彼途路人。诱诎更驱迫，巧诈日眩真。共美为善乐，莫知与善邻。未足保厥躬，已谓贻子孙。一言易为义，一恩易为仁。世无鲁东叟，何以慰心神。

又《寒夜作》曰：

疏星冻霜空，流月湿林薄。虚馆人不眠，诗闻一叶落。

七言古如《李将军歌一首送李天民赴邵武军口巡检》曰：

李将军，材且武，儒冠换得兜鍪去。身疑南极老人星，气食阴山雪毛虎。雕弧白马金仆姑，天地昂昂此丈夫；五十方为求盗使，人生何用苦诗书。寄言邵武诸官长："不是寻常一腐儒！"

擅有左思之风力，发以明远之警挺，卓荦为杰。而律绝之作，亦婉秀顿挫，绰有笔意，不仅风神独绝。与虞集、杨载，范梈唱酬而以齐名，称虞、杨、范、揭。顾傒斯不快于集之高自位置以菲薄三人；乃见意于《范先生诗序》曰：

范先生者，讳梈，字德机，临江清江人也。少家贫力学，有文章，工诗，尤好为歌行。年三十余，辞家北游，卖卜燕市。见者皆惊异之，相语曰："此必非卖卜者。"已而为董中丞所知，召置馆下，命诸子弟皆受学焉，由是名动京师。遂荐为左卫教授，迁翰林国史院编修官，与浦城杨载仲弘、蜀郡虞集伯生齐名，而余亦与之游。伯生尝评之曰："杨仲弘诗如百战健儿。范德机如唐临晋帖。"以余为三日新妇，而自比汉廷老吏也。闻者皆大笑。余独谓范德机诗，以为唐临晋帖，终未逼真；今故改评之曰："范德机诗如秋空行云，晴雷卷雨，纵横变化，出入无朕；又如空山道者，辟谷学仙，瘦骨崚嶒，神气自若；又如豪鹰掠马，独鹤叫群，四顾无人，一碧万里，差可仿佛耳。"晚尤工篆隶。吴兴赵文敏公曰："范德机汉隶，我固当避之；若其楷法，人亦罕及。"居官廉直，门不受私谒，历佐海北、江西、闽海三宪府。而弃官养母，天下称之。尝一拜应奉翰林文字，而有闽海之命，不果行。至顺元年，年五十九，卒。其诗道之传，庐陵杨中得其骨，郡人傅若金得其神，皆有盛名。其平生交友之善，始终不变者，郡人熊钠也。杨中将刻其诗，命其子继文请序，为书其始末如此。呜呼，若德机者，可谓千载士矣！杨中，字伯允。傅若金，字与砺。熊钠，字敬舆。诗凡若干卷。

盖不欲为自己鸣不平以抒愤于虞集，而特见意于张范椁也。虞集以"三日新妇"称傒斯，尤为傒斯不悦，作《忆昨》诗，有"学士吟成每自夸"之句。虞集得诗，谓门人曰："揭公才力竭矣。"因答以诗曰："故人不肯宿山家，夜半驱车踏月华。寄语傍人休大笑，诗成端的向谁夸！"并题其后曰："今日新妇老矣。"特一时文人相轻。其实傒斯清词，运以逸气，如太原公子轻裘缓带，顾盼自俊；非新妇诗也。文则缓散而不紧健，与诗如出两手云。

范椁诗有《燕然稿》、《东方稿》、《海康稿》、《豫章稿》、《侯官稿》、《江夏稿》、《百丈稿》，总十二卷；后人并为七卷。五言古如《送张炼师归武当山》、《九日报熊敬舆》、《赠安西王提举别》、《宿夏庄》、《赠方永叔往教重庆路》、《古干将》、《二杏》、《饶国吴氏晚香堂》，七言古如《王人能远楼》、《钱舜举画马歌》、《掘塚歌》、《怀旧游赠别杜君还益津》，五言律如《秋山图》，七言绝如《渡端州峡》、《临高阻雨》、《卧病》、《绝句》；豪宕清遒，足为高调。

其中五言古如《宿夏庄》曰：

阴晴知何如？开户月满地。主家种长榆，竟夕薰风至。半生朝市踪，颇负山林意。及兹登览余，亦复缠世累。疏篱临大道，嘶马骇童稚。众卧复离披，踌躇独无寐。江山转寥落，星斗亦联缀。丈夫千载间，岂独铅椠事。

萧闲之境，沉郁之意，令人味之亹亹不倦。惟律绝近体，气调警而意不新，趣不永。古体胜于近体，五言古出陈子昂，七言古敩李太白，达而能敛，秀而不绮，虞集谓如"唐临晋帖，终未逼真"。傒斯作序，特不平之，则又推之过当而弥失真。其实梈诗如晓钟疏唱，清音独远，意有沉郁，语会缥缈，以魏晋之缥缈，发唐人之沉郁，此所以谓"唐临晋帖"；而不免有疏涩处，故曰"终未逼真"。然魏晋诗格，明而未融，亦尽有疏涩之笔而转饶古媚；安知集之所谓未逼真者，乃所以为逼真耶？特嫌其五言古辞烦不杀，尚失魏晋高简之意耳。读者须知陈子昂之学魏晋，尽多明而未融，异于李杜之机杼自运；然陈似魏晋，而李杜不似，亦如唐初褚虞临王右军帖，得其萧闲之味多，而异于后来颜柳书法之雄肆，骨腾肉飞也。知陈子昂，则知"范德机如唐临晋帖"之说矣。其诗比虞集变化不如而较雅适；视杨载则惊丽少逊而特清遒。

杨载字仲弘，建之浦城人，徙家于杭。四十不仕，以布衣召为翰林国史院编修官。仁宗延祐初，行科举，乃登进士第，授饶州路同知浮梁州，迁宁国路总管府推官，卒。初赵孟頫在翰林，得载文，极称重之，由是名动京师。凡撰述有成，人争诵写。虞集推其诗法，而黄溍从论文法。及其卒也，溍为志墓，"于书无所不读，而其文益以气为主，毫端亹亹，纵横巨细，无不如意之所欲出。"然文不多见，惟以诗传，有集八卷。虞集评其诗如"百战健儿"；而范梈则序之曰："仲弘天禀旷达，气象弘朗，开口论议，直视千古。每大众广集，占纸命词，傲倪横放，尽意所止。众方拘拘，己独坦坦；众方纡余，己独驰骏马之长阪而无留行，要为一代杰作也。皇庆初，与余偕为史官，每同舍下直，回翔留署，或至见月，月尽，继烛相语。刻苦淡泊，寒暑不易者，惟余一二人耳。虞文靖公与仲弘同在京师，每载酒诣仲弘，问作诗之法焉。仲弘酒既酣，尽为倾倒。他日，见文靖诗，叹曰：‘此非伯生不能作也。’三人相与切磋如此。尝谓学者曰：‘诗当取材于汉魏，而音节则以唐为宗。’”今诵所作，发唱高圆，造语雅练，其原出于唐音，而意境则取材晋宋。

又如《次韵景远学士立春日》二首之二曰：

> 人事重名实，趋向尽百端。丈夫负雄气，动欲追古贤。于意少不惬，自放江海边；登高望八极，云气生我前。万事何足问，所须惟酒钱。

又《遣兴偶作》曰：

> 春蔬茂前畦，蒨蒨有颜色。珍禽叫深树，过耳亦一适。用是易吾虑，毋为自䕫积。放浪天地间，无今亦无昔。古人得意处，相与元不隔。如何故人心，未照我胸臆。征言及纤芥，实出左右力。岂惮决系蹯？人生且为客。

沉郁之怀，而托之于冲旷；委曲之笔，而发之为高亮；词参游仙，气必为遒，盖出入陈子昂、李白，以追攀郭璞、左思，与虞集同其机杼者也。驰骤变化不如集；而风规雅赡，则过于集。宋人之伧，一洗而空；而亦不为元诗之纤。其他五言古如《塞上曲》、《偶题》、《书怀寄杜原父》二首、《赠执中允上人》，七言古如《题秋雨长吟图》、《题温日观葡萄》，五言律如《东阳十题》之《焦桐》、《奉题伯父双峰樵隐》四首，七言律如《留别京师》、《湖上》、《遣兴》、《夏夜对月》，亦皆有意有笔，词气豪迈而风调清深。虞集“百战健儿”之喻，尚为得其豪迈，而未及其风调也。

黄溍，字晋卿，婺州义乌人。童而授以诗书，不一月皆成诵。下笔顷刻数百言。尝著《吊诸葛武侯辞》，其表叔刘应龟，老儒也，见之，叹曰：“此儿必以文辞鸣！”因留受业。弱冠，游杭州，宋遗老宿学萃焉，益究心南渡文献。奉手隐者方凤，请业请益而从之游，诗歌唱和，若将终身。延祐初，行科举，县官强起溍，中延祐二年进士第；殿试对策，以“用真儒，行仁义”为言，词特剀切。历仁宗、英宗、泰定帝、文宗、顺帝，累官翰林侍讲学士，知制诰，同修国史，同知经筵事，进讲经筵者三十有二年。顺帝语中书右丞朵尔直班曰：“文臣年老，正宜在朕左右。”经筵无专官，曰领，曰知，咸宰执近臣；而溍以同知，有进讲，必以属稿，非有关治道之大不以陈。

其为学，博极天下之书而归于至精。有问经史疑难，古今因革，与夫制度名物之属，旁引曲证，语蝉联不休。至于剖析异同，谳决是非，一折衷于朱子。及为文章，布置谨严，援据精切，俯仰雍容，不大声色，议者谓温醇类欧阳永叔。与杨载以文章相切劘，溍谓“载之文，博而敏，直而不肆。”极推服之。而载则语于溍曰：“子之文气，有未充也；然已密矣。”溍叹服其言。卒谥文献，传有《黄文献集》十卷，《补遗》一卷。

黄溍文为苏轼之疏畅，而归本欧阳修之纡徐；学则朱熹之义理，而兼擅吕祖谦之文献。承宋人之学，为宋人之文，朝掌国故，多著于篇。

其文章：议论不为矜张而有深识，叙事焯有裁制而无遁情；尽而不污，婉而章，虽无欧阳之流韵，而有欧阳之洁致。

序跋如《跋苏公父子墨迹》、《跋东坡赠巢三诗》、《书王申伯诗卷后》、《书余姚新学诗后》、《记石经》、《跋李西台书》、《跋荆公帖》、《跋吴兴赵公书洛神赋》、《题东坡临钟繇书》、《题云山图》、《跋项可立序旧》、《跋兰亭序》、《跋米元章书兰亭序》、《跋唐临王右军二帖》、《跋东坡临明远帖》、《跋李西台书》、《跋范文正书伯夷颂》、《跋范文正公与尹舍人帖》、《跋赵魏公书欧阳氏八法》、《跋钱翼之千文》、《跋褚河南书倪宽赞》、《跋唐临兰亭》、《跋晦庵先生帖》、《跋温公通鉴草》、《钱氏科名录序》、《科名总录序》、《彭克绍诗序》、《师友集序》，赠序如《送叶审言诗后序》、《送曹顺甫序》、《送郑生序》、《送王云卿教授诗序》、《送高承之诗序》、《送李子贞序》、《送饶安道序》、《送慈溪沈教谕诗序》。序跋纡余委备，婉转而远，无不尽之意。

传状如《柳立夫传》、《俞器之传》、《山南先生述》、《追封魏国公谥文忠李公行状》，碑志如《江浙行中书省左右司都事刘君墓志铭》、《深州知州致仕刘公墓志铭》、《杨仲弘墓志铭》、《黄彦实墓志铭》、《茶陵州判官许君墓志铭》、《乡贡进士项君墓志铭》、《秋江黄君墓志铭》、《信州路总管府判官谢公墓志铭》、《青田县尉郑君墓志铭》、《江浙官医提举葛公墓志铭》、《钱翼之墓志铭》、《邹府君墓志铭》、《蒋君墓碣》、《杭州富阳县尹致仕倪公墓志铭》、《程先生墓志铭》、《上海县主簿吴君墓志铭》、《追封滨国公谥文忠张公祠堂碑》、《敕赐康里氏先茔碑》、《赠太傅安庆武襄王神道碑》、《追封鲁国公札剌尔公神道碑》、《宣徽使太保定国忠亮公神道碑》、《辽阳等处行中书省左丞亦辇真公神道碑》、《陕西诸道行御史台御史中丞董公神道碑》、《御史中丞追封冀国公谥忠肃董公神道碑》、《文安揭公神道碑》、《格庵先生赵公阡表》、《故民应公碑》、《董秉彝墓碣》、《陈子中墓碣》、《蒋君墓碣》、《石先生墓表》、《盘峰先生墓表》、《翰林待制柳公墓表》、《张子长墓表》。传状碑志，同欧阳修史传之裁核，尤其所长。可以备《宋史》《元史》列传之所取资，亦可以补列传之佚文。

杂记如《翰林国史院题名记》、《上都翰林国史院题名记》、《中书省右司题名记》、《上都御史台殿中司题名记》、《净居教寺碑记》，得苏轼之畅达，虽未得其风韵，咸可诵览。其中短跋小记，得苏轼之简隽，尤为可喜。

黄缙诗则不苏不黄，超绝町畦。五言古如《效古》五首曰：

> 上山见明月，下山月相随。月岂知爱我？我行自见之。故山日以远，故人不可思；殷勤对明月，愿尔无时亏。
>
> 女美众所悦，士穷世所轻。轻重安足言，泥尽水自清。淮阴初寄食，曲腰跨下行。季子黄金多，妻嫂来相迎，自古已复然，叹息空吞声。
>
> 击石乃有火，石火光不扬。攀天亦有路，天高路何长。嵯峨万古云，下覆歌哭场。富贵诚足多，贫贱不可忘。

落花随风吹，各自东西飞。花飞既不息，水流复无极。同生不同归，能勿异颜色？木生则有枝，豹生则有皮。悠悠歧路间，多言亦奚为。

饮酒莫尽醉，尽醉无余欢。读书莫吊古，吊古多悲酸。萧艾蔽中野，白露摧芳兰。凤饥不得食，鸱枭食琅玕。去去复去去，采芝青云端。

七言律如《上岩寺访一公》曰：

晓色微茫尚带星，修蹊荦确断人行。独支瘦竹身犹健，高入重云地忽平。落月正当山缺处，细泉频来作雨声。上方灯火青林曲，隐隐疏钟一再鸣。

五言绝如《夜坐》曰：

凉风动千里，孤坐思沧州。白露洗明月，青天此夜秋。

七言绝如《宣和画木石》曰：

石边古木尚青枝，地老天荒石不知。故国小臣谁在者？苍梧落照不成悲。

雄茂之气，修洁之词，不专事模拟，讲格律，而卓然以自名家。其他五言古如《人事如草木》、《煌煌明月珠》、《连雨杂书》五首之三五、《晚晴》、《夜归》、《夜兴》三首之一二、《秋夜观书作》、《登钱山望菰域慨然而赋》、《逸山过姚紫英别业》、《金华北山纪游》八首、《雍熙僧舍偶书》、《游西山同项可立宿灵隐西庵》、《上京道中杂诗》十二首、《雪宝纪游》八首、《岁晏》、《送陈太祝》、《题松声楼》，七言古如《可怜行》、《金华山赠同游者三十韵》、《甲辰清明日陪诸公入南山拜胡侍郎墓回泛舟湖中作》、《苕溪风雨中章德茂同泛》、《番阳周节士歌》；五言律如《八咏楼》、《溪南即事》、《题石门净胜寺》、《癸酉四月同子长至赤松》，七言律如《独立》、《即事》、《山中夜归》、《夏日漫书》；五言绝如《山中偶题》，七言绝如《叶审言张子长同游北山智者寺既归复与子长至赤松由小桃源登炼子山谒二皇君回宿宝积观赋绝句》十首;其可诵者也。清音独远,虽律绝近体,亦主运气用意,不为雕章镂句;而五言古以坦迤出雄迈,含茂丽于简澹,卓尔大雅,足以上攀陈子昂,而远窥陶元亮已。学者经其指授,其诗文具有法度。弟子宋濂、王祎名尤著也。

柳贯,字道传,婺州浦江人。父金,以武科进士及第,官高邮军高邮县令。贯幼侍父谒神祠,得人遗金珠直万缗,默不语,伺得其人而还之。父知其器量不凡,遣受学于同郡金履祥。履祥绍述朱子之学,贯刻意问辨,即能究其旨趣。既又从乡先生方凤游,历考先秦两汉以求文章利病,大肆于文。然不以为足。出游于杭,至则谒紫阳方回、淮阴龚开、南阳仇远、奉化戴表元、永康胡之纯长儒兄弟,益咨叩其所未至。诸人皆故宋遗老,无不为之倾尽。隆山牟应龙得李心传史学统绪,谙胜朝文献渊源之懿,仪章官簿族系如指诸掌,贯又造谒,悉受其说,而发于论议,言必有征,不徒以文章惊世也。年三十一,而用察举为江山县学教谕,迁昌明州学正。考满至京师,一时名公争相延誉。翰林学士吴澄语人曰:"柳君,卿云甘雨也,天下士将被其泽。"而程巨夫为翰林学士承旨,以墨一丸授之,曰:"文章正印,今属子矣。"历仁宗、英宗、文宗,累官江西等处儒学提举。满秩而归,杜门不出者十余年。至顺帝至正元年,起贯翰林待制兼国史院编修官,年七十二矣,未及赴朝而死。黄溍为表其墓,盛称:"其文涵肆演迤,春容纡余,才完而气充,事详而辞核,蔚然成一家言。"传有《待制集》二十卷。

柳贯诗不为黄溍所称,贯则有句云:"诗成置我江西社,兔苑梁园隔几尘",盖不安于江西之槎丫为横恣,而蕲于为唐诗之妥贴出高浑者也。五言古如《秋晓行园览物咏苦瓠》曰:

> 苦瓠若悬瘿,宜瓢亦宜笙;笙将用合雅,瓢以供酌烹。吾为苦瓠谋,任力不任声。荐劳铏鼎间,自足资养生。物贱终反质,吹万岂其情。

又《月夜下通明堰》曰：

> 挽舟下通明，初宵落潮后。两犍才负枙，十夫齐奋肘。引重如举虚，欻过姚江口。江静不生波，月色金光走。蟹窟在芦根，西风吷泽薮，开篷挹微凉，众黔予白首。欲持浩浩歌，往和呜呜缶。隔云呼长星："劝汝一杯酒！"

七言古如《出北城独上秋屏阁望西山烟霭中漠无所见》曰：

> 北江负城沙似碛，帖岸微行谁所辟？折旋殆类蚁缘封，漫滤犹如鸿印迹。风鬃披披鞍儿兀，去马浮曦正相逆。入门平步得高层，身与危阑争几尺，缁袍年少不嗔来，拂掠胡床趣敷席。钩帘意拟见西山，云亦何心故蒙幂。我疑玉女畏迎将，且惧词锋恣弹射；豹藏惜此管中斑，黛点羞渠眉上碧。不然洪崖仙者过，雾帔烟軿罗什伯；讵容左右觌昌丰，只许依微揽芳泽。我时坐定深得之，小大往来成一易。青天白日岂尝无，好怀转眼难寻绎。

以唐矫宋，以晋参唐。其他五言古如《雪霁得风径过高邮》、《宜春卢仲谟将老好游》、《岁暮杂言》四首、《郑景明载醪携饷招游左溪访朗大师遗迹归而成诗》、《旦发渔浦夕宿大浪滩上》、《晚泊贵溪游象山昭真观》、《过轻山不得留至车厩却乘小艇至门》、《中秋看月有怀僧正宗》；七言古如《为蒋仲英作颜辉画青山夜行图歌》、《题高彦敬尚书竹石图》、《三月十日观南安赵使君所藏书画古器物》、《中秋夜半起看月戏题长句调静远子安二友山长》、《寄题惠山华氏溪山胜概亭》、《题赵敬叔所藏龙眠飞骑习射图》、《题钱选画仙居图》、《松雪老人临王晋卿烟江叠嶂图歌》、《题临本捕鱼图》、《商学士画云壑招提歌》，五言律如《同杨仲礼和袁集贤上都诗》十首、《二月七日与陈新甫甘允从饮范使君亭》二首，七言律如《阅进士卷赋呈同院诸公》、《与晋卿夜坐道旧因书赠别》、《春尽日雨中宴坐次刘士干宪见贻之作》二首、《观发襄樊兵》、《送夏仲文主簿赴遂安》，七言拗律如《晨度居庸至南关门》、《送文著作奉御帛往鄂省即赐南交贡吏》，七言绝如《洪州歌》十五首，咸可诵览。五七言律，俪不犯纤，健不乖律，跌宕昭彰，大体不离于杜者近是；而七言古则以李白参杜甫，五言古则以阮籍、郭璞参陈子昂、李白。顾诗无藉藉名，独以文章有名当世而厕四杰。四杰之中，虞集最擅高名，不免缓散；其次揭傒斯，尤伤肤慵；不如黄溍及贯之才完而气充，事详而辞核，皆善学宋人而祛其蔽；而黄溍春容纡徐，以欧参苏，而态有余妍；贯则醇粹明白，以曾参苏，而文无躁气。

柳贯文序跋如《理成隐居图后序》、《上京纪行诗序》、《开元宫图后序》、《嘉溪图序》、《瀛海集序》、《跋虞司业撰岭北行省左右司郎中苏公墓碑文》、《跋鲜于伯几与仇彦中小帖》、《跋陈庆甫所藏鲜于伯几书自作饮酒诗》、《题秋池楼观图》、《书文集贤撰欧阳复初父墓志后》、《题江矶图卷后》、《跋韩魏公手帖》、《跋范贤良手帖》、《跋蔡忠惠公谈宴帖》、《题高尚画云林烟嶂》、《题唐临吴兴二帖》、《题刘原父书庄子秋水篇》、《跋赵文敏行书千文》、《跋赵文敏帖》、《题倪生兰亭二十本》、《题赵龙潭草书坡公赤壁二赋》，赠序如《送刘宣宁序》、《送王吏部签宪燕南序》、《宪幕诸公送许仲谦北上诗序》、《义乌王宰二子字序》、《送王云卿教授赴官严陵序》、《送赵永嘉序》；碑传如《故宋迪功郎史馆编校仁山先生金公行状》、《护国寺碑》、《李武愍公冲庙碑铭》、《东阳县秃满长官去思碑颂》、《嘉兴盐运分司纪惠颂》、《代赵承旨作有元福建闽海道肃政廉访副使仇君墓碑铭》、《监察御史席公墓志铭》、《亡舅故宋太学进士俞公墓志铭》、《元赠太中大夫东平路总管轻车都尉雁门郡侯出公墓碣铭》、《元故大司农史义襄公墓志铭》、《师氏先茔碑铭》、《周东扬墓志铭》、《陈母丁孺人墓碣铭》、《澹居处士马君墓碣铭》、《故平阳州判官陈君墓志铭》、《卢氏墓碣铭》、《圜一道人墓碣铭》、《夷门老人杜君行简墓碣铭》、《元故太中大夫海道都漕运元户周公碣铭》、《无为子碣铭》、《刘彦明墓志铭》、《追封静安县男靳公墓碑铭》、《马仲珍墓志铭》、《故宋孙明府碣铭》、《万寿长老佛心宝印大禅师生塔碑铭》、《婺州路浦江县君金府君阡表》、《代张公作官原墓表》、《武德将军刘公墓表》、《太康王氏扶城墓表》、《双峰先生墓表》、

《金溪羽人查广居墓表》;杂记如《重修省府记》、《遗清堂记》、《退藏山居镇江路录事司题名记》,咸可诵览。其中如《马仲珍墓志铭》曰:

睦州诗,在唐中季,有章协律、方处士、李建州;在宋渡江后,有高师鲁、滕元秀,皆清峻简远,各自名家。仲珍袭其芳华,沐其膏润,问诗法于耆老成人,尽得肯綮;措意遣辞,初犹稍尚葩葎,晚更脱累边幅,直窥微妙;往往年自为卷,而制名述序要有深意,统曰岁迁,凡四十卷;溢之为铭、赞、记、序,杂古赋又十有二卷,亦各自名编。盖其学本之经,验之人事,而概发之于言,故能致多如是。然反而求之,见其约,不见其博。呜呼!仲珍死矣,计当得传如前数公无疑;爵位功业,孰久孰近,何足计哉。

仲珍,马氏,讳莹,其字仲珍,世家建德之新亭乡。族故大也,乾道淳熙间,有与徽文公仕学相上下,官至礼部尚书讳大同者,于仲珍为七世叔祖矣。曾祖讳治凤,祖讳之友,父讳维桂,皆吝德不试。母濮氏,亦里中望宗。仲珍少而颖发,长益潜深,精研经史,旁连诸子百家,下逮山经地志,谣俗方言,朝披夕揽,搴华哜英,中虽秾郁,而外实夷澹。乡邻子弟,来学往教,就其矩度,莫不卓见端绪。一时名人胜士,景响声求,邮诗愿交,争取力挽。延祐科举兴,议者评量人材,咸谓仲珍有以自效;而有司苟知仲珍,亦望其出奇一胜以售其明,始用《春秋》举上,不利;后更开《礼记》,亦不利。人意仲珍怠矣;方益厉气贾勇,为其文,不少辍;久之汇次所著《五经大义》,《四书答疑》,及自问自答策,合若干篇,题曰《困天集》;而其志孤矣。仲珍尝仿汉魏乐府辞,唐柳柳州新体,制《皇元铙歌鼓吹曲》十有二章,将橐之走京师,冀尘乙夜之览,而未及脱橐。又尝手选《唐五百家诗》五卷,《宋南渡诸家诗》,别有《讲义》、《读书记》各二卷,藏于家。其学横骛捷出,如车适御、矢破的也。仲珍娶翁氏,生子男二:曰钧,曰铉。仲珍生至元庚辰,卒元统甲戌,得年五十五。闲居善自修饰,或佳客时至,情景俱胜,促觞命釂,取琴鼓一再行,自吹洞箫倚歌和之，一毫不以贫窭累心。自署号雪梦居士。天趣自得，可涯涘哉？

元统元年，予客吴下。腊将尽，仲珍扁舟款门语，夜参半，请曰："夫子知我文，莫为有司；为则有以振我！"度岁别归，神色扬扬。予方张之，期其晚达。是冬，予东还次睦，则闻仲珍十一月五日以疾卒家。先一日，语子钧曰："我死，必求柳先生铭。不得铭，则无以葬。"钧既卜藏域冯坞祖茔之次，惟食，将以明年某月某甲子窆，乃具行治为状，衰绖踵吾庐，泣拜道遗命请辞。呜呼，余尚忍不铭吾友也耶！铭曰：

孰昌其诗，不售于艺？亦啬其年，字卒殄瘁。得深行远，要以永世。我铭斯阡，质之无愧。

涵肆演迤而不浮夸，舂容纡余而不冗絮，驰骤有度，四杰之秀也。传业弟子百十人，最著者戴良、宋濂。

戴良，字叔能，与贯同邑里，受业焉，亦游黄溍吴莱之门，而事贯尤笃。贯卒，为持心丧三年。至正末，以荐授淮南江北等处儒学提举。明太祖起兵江淮，挈家浮海，欲北投，不达。变姓名，归隐，自以居九灵山，遂号九灵山人。明太祖征起，欲官之，不肯，系狱死。传有《九灵山房集》三十卷。其诗依仿晋宋，颇得其明丽；而文则沿袭宋格，然不安于为宋，时参拗调缛语，而未能独裁一气；所以生铲而不免拗蹇，条畅而或失庸絮；知其沿宋而未安，欲以变宋而不能者也。

第五节　吴莱　杨维桢附吴复 李孝光 张雨 顾瑛 倪瓒　王逢

吴莱与柳贯同邑，而同奉手于乡先生方凤。凤之弟子黄溍、柳贯，皆以文章显名中朝，而莱晚出独不遇，然文章磊落有奇气而以得凤传者，莫及莱。贯平生极慎许与，每称莱为绝世之才。而溍晚年谓人曰："吾纵操觚一世，又安敢及莱哉？莱之文崭绝雄深，类秦汉间人所作，实非今世之才也。"

吴莱，字立夫，初名来。父集贤大学士直方。母盛，盛颇知书。来年四岁，授以《孝经》、《论语》、《春秋穀梁传》，随口成诵。七岁善属文，有奴仆命骚之言。方凤见而奇之曰："此国器也！"取《南山有台》诗语，更今名。凡书一经目，辄成诵。族父幼敏家有藏书，莱时过与其儿敖，私挟一编以归，尽夜读竟，又复往易。一日幼敏迫而据之，乃《汉书》也；幼敏指《谷永杜邺传》，谓曰："尔窃吾书读，能记，乃贳不汝责。"莱琅然诵，无一字遗；三易卷，皆如之。貌寝陋，言语若不出诸口，而敏悟过人。凤许妻以女孙，而授《易》、《书》、《诗》三经义，暨秦汉而下诸家文章。莱一览即悉其指趣。凤每诧于人人曰："吾择婿明睿，虽汝南应世叔。政不足多也。"延祐七年，以《春秋》举于乡。试礼部，报罢。退居深袅山中。益博极群书，至于阴阳律历，兵谋术数，山经地志，字学族谱，无所不通。而尤邃于《春秋》，取《春秋》家五十余家，各随言而逆其意以为折衷，颇张皇夷夏之说，指趣殊常，见谊于《春秋通指后题》曰：

> 自宋季德安之溃，有赵先生者，北至燕，燕赵之间学徒从者殆百人。尝手出一二经传及《春秋胡氏传》，故今胡氏之说特盛。行《胡氏正传》三十卷，传外又有《总贯条例》，证据史传之文二百余章；子宁集之，名曰《春秋通旨》，辅传而行。当胡氏传《春秋》时，光尧南渡，父雠未报，国步日蹙，将相大臣去战主和，浸忘东京宫阙，西京陵寝，而安之若素以不有者，是故特假《春秋》之说，进之经筵，且见内夏外夷若是之严，主辱臣死若是之酷，冀一悟主听，则长淮不至于自画，江左不可以偏安，此固非后世学《春秋》之通论也。然而胡氏传文，大概本诸程氏；程氏门人李参所集程说，颇相出入，胡氏盖多取之。欲观正传，又必先求之《通旨》；故曰："史文如画笔，经文如化工；若一以例观，则化工与画笔何异？惟其随事而变化，则史外传心之要典，圣人时中之大权

也，世之读《春秋》者自能知之；固不可以昔者歆向之学而异论矣。

赵先生者，讳复，字仁甫。国初南伐，攻德安，溃之；仁甫遭掳，遇文献公军中。文献与言，信奇士。仁甫方以国破家残，不欲北，且蕲死，会夜月出即逃。乃亟被鞍跃马号积尸间，见其解发脱履，仰天呼泣，盖欲求至水裔而未溺也。文献晓以徒死无益，乃还。然后尽出程朱性理等书及诸经传，故今文献与许文正公，遂为当代儒宗，仁甫为有以发之也。先正有云："世之去圣日远，故学者惟传经最难。"仁甫当天下扰攘之际，乃能尽发先儒传疏而传之，不亦难乎。上在潜邸，尝召见曰："我欲取宋，卿可导之乎？"对曰："宋，父母国也；未有引他人之兵以伐父母者。"故仁甫虽在燕久，常有江汉之思；诚若是，则吾仁甫亦无愧乎《胡传》之学矣！

其文质重，自然回澜，异于黄溍、柳贯之疏畅出宋人；所以疏而不快，缓而非懦。其他为《亡友赵生哀辞》、《李仲举岑尚周哀诔辞》、《张定传》，亦复生气勃发，磊落英多。每语人曰："作文如用兵。兵法有正有奇；正是法度，要部伍分明。奇是不为法度所缚，举眼之顷，千变万化，坐作进退发刺，一时俱起。及其欲止，什伍各还其队，元不曾乱。"盖有意于为奇。传有《渊颖集》十二卷。其文寓陵厉于峭实，以汉窥秦；其诗以雄怪发才藻，以韩学杜；势崭语重，殆欲抗行北学之亢厉，而以力湔宋文之冗絮。尝客浦江郑氏；郑氏子铭，与金华胡翰，一时同受业以治古文。而莱品评严，一辞不饬，辄诟厉。二人咸以成学；而铭之文幅尺宏而体式备，翰之文意度密而波澜张。郑铭，字景彝。胡翰，字仲申，而翰入明，以大臣荐，授衢州教授。会修《元史》，以宋濂为总裁，而征起翰佐之；其文章号与濂相上下，传有《胡仲子集》十卷。而濂得莱之传，遂为明代开国文臣之首，而阐复古之风焉。宋濂亦推杨维桢文，志其墓，谓："非先秦两汉弗之学，久与俱化，见之论撰，如睹商敦周彝，云雷成文，而寒光横逸，夺人目睛。诗震荡陵厉，鬼设神施，尤号名家。”盖亦浸染北学之亢厉，而以不安宋文之冗絮者也。顾维桢尤自得意其乐府。雄杰排奡，人称铁体；及门者称铁门云！

杨维桢，字廉夫，山阴人；少时日记书数千言。父宏，筑楼铁崖山中，绕楼植梅百株，聚书数万卷，去其梯，俾维桢读楼上者五年，因自号铁崖。泰定四年成进士，署天台尹，改钱清场盐司令，狷直忤物，十年不调。会修辽、金、宋三史成，维桢著《正统辨》千余言；而总裁官欧阳玄读之，叹曰：“百年后公论定于此矣！”欲荐，未果，转建德路总管府推官；擢江西儒学提举，未上；会兵乱，避地富春山，徙钱唐。张士诚据苏州，累招不赴；遣其弟士信咨访，因撰五论具书复士诚，晓以顺逆成败，士诚不能用也。又忤达识丞相，徙居松江之上，东南才俊，造门无虚日；酣酒以往，笔墨横飞；或戴华阳巾，披羽衣，坐船屋上吹铁笛，作《梅花弄》；或呼侍儿歌《白雪》之辞，自倚凤琶和之；宾客蹁跹起舞。明太祖有天下，以洪武二年召诸儒纂礼乐书；而维桢前朝老文学，必欲致之；遣翰林詹同奉币诣门。维桢谢曰：“岂有老妇将就木而理嫁者耶?”明年，复遣有司敦促，赋《老客妇》一章进御，曰：“皇帝竭吾之能，毋强吾所不能。否则有蹈海死耳！”太祖许之，赐安车。诣阙廷，留百有一十日，所纂叙例略定，即乞骸骨，仍给安车还山。史馆胄监之士祖帐西门外，宋濂赠之诗曰：“不受君王五色诏，白衣宣至白衣还。”抵家卒，年七十五。传有《铁崖古乐府》十卷、《咏史诗》八卷，《铁崖诗古乐府逸编》八卷、《东维子文集》三十卷。名擅一代。诗尤名家。

维桢论诗，尝谓：“诗与文一技；而诗工为难；不专业，不成家，冀传于世，妄也。”闻一名能诗者，未尝不候其门，采其诗，顾未足以发，历十有余年而言：“得七家：其一昆山顾瑛仲容，其一永嘉李孝光季和，其一天台项炯可立，其一东阳陈樵君采，其一无锡倪瓒元镇。其二老释氏，曰句曲外史张雨伯雨，云门师断江也。盖仲容、季和，放乎六朝而归准老杜。可立有李骑鲸之气。而君采得元和鬼仙之变，元镇轩轾二陈而造乎晋张。断江衣钵乎老谷。句曲风格,夙宗大历,而痛刮磨纤艳不逞之习。七人作备见诸体。”张雨谓:“《铁崖古乐府》出入少陵二李间,有旷世金石声。”而维桢则曰:“律诗不古,不作可也。”在钱唐时,为诸生请律体,始作二十首,多奇对,起兴如杜甫,用事如李商隐,江西诗体为之一变。然于律中又作放体,不拘四声八病,挥斥以出。张雨言:“无老铁力者,便堕落作死大虫耳。”然其中自有张弛,而非漫破律度。诏学者曰:“诗至律,诗家之一厄也!东坡尝举杜少陵曰:‘五更鼓角声悲壮。三峡星河影动摇’,‘五夜漏声催晓箭。九重春色辞仙桃’,是后寂寥无闻。吾亦有云:‘露布朝驰玉关寨,捷书夜报甘泉宫’,‘令严钟鼓三更月,野宿貔貅万灶烟’,为近之耳。余尝奇其识而韪其论;然犹以为未也。余每就律举崔颢《黄鹤》,少陵《夜归》等篇,先作其气而后论其格也。崔杜之作,虽律而有不为律缚者;惜不与老坡参讲之。”盖欲以作乐府之法,神明律意,而不为所缚。今诵其诗,乐府如《凤锵锵》曰:

凤锵锵,求其凰。凰既得,不复念母将。不如城头乌,日日夜夜哺母与母翔。

又宋李芾守潭州,命刽子沈忠杀一家妻子;忠亦杀其妻子而自杀也,为作《沈刽子辞》曰:

沈刽子,人中豪!手执法家三尺刀,誓言不食刀生毛。常拔剑匕骂荆高。首披曼胡挥孟劳,怒斫佞肉为鹈膏。潭州安抚脱战袍,身与城毙无逋逃。夜呼尔刽话白旄:上及笄珥下发髦。苍精一动扪赤绦,锋如猛将鏖兰皋。君不见大将夏(贵)吕(文焕)旌节高,犬尻羊膝朝北朝。上方之剑不使操!呜呼,上方之剑不使操!

又《傅刽子歌》曰:

祈连山人天骨奇,十五能运朱屠椎,二十报仇许人死,杀人不数武阳儿。乡里不见容，官府不见治。猛气奚所托，仗剑归京师。京师杀柄司秋官，假尔牙爪虎豹关。今日尸一逆，明日诛一奸。朝食悖臣胆，暮食凶人肝。龙蛇见血性思改，鸠隼化质身无难。寻师度关陕，弃家入嵩山。只今啖松久辟谷，剑埋三井飞精服。能联弥明石鼎句，能和商颜《紫芝曲》。客来启关不一语，但闻鼻息声满屋。

又《战城南》曰：

昨日战羊逻堡，今日战羊皮航。篁竹之丁屡鸱张，上山跳踉捷鹿獐。将军马无骎蹄跻，安能为之相陆梁？昨夜将军获生口，什什伍伍童及叟；问之半是良家儿，贼中驱来帕红首。五花刽子牛头神，五十八人同斧斤。乌鸢飞来百，成群驱不得；衔啄飞去野水滨，乃知鸦粮十字街头陈。鸦飞鹊噪，多谢将军百战身！

又《李铁枪歌》曰：

王铁枪，五代烈。李铁枪，当代杰。红巾昨夜斩关来，防关老将泣作孩。铁枪手持长丈二，铁马突出刬红魁。吸红血，嚼红骨，誓红不同生，歼红捣红窟。君不见钱唐城中十万家，十万男儿色无血。嘘枯回春有枪铁。枪不铁，鼓声绝。

又张士诚驸马潘，醉而杀姬苏氏，国色也，以金盘荐首娱客。既而国亡伏诛，投其首于溷。为赋《金盘美人》曰：

昨夜金床喜，喜荐美人体。今日金盘愁，愁荐美人头。美人宛转著体酥，横陈昨夜娇作羞。玉软香温春何限，蹙额金盘怨凝眸。枉自红茵暱就抱，昨夜恩情今朝休。明朝使君在何处，溷中人溺血髑髅。

又《饥不从虎食行》曰：

西方有白额虎，东方有苍头狼。太室为尔宅，孟门为尔场。

饥以人为食，渴以血为浆。人尽食万伥，自矜无对当。无数自相啖，相雄不两强。朝食其子暮食妃，而况尔汝呼弟兄。党从皆灭，身随之亡。惟有慈乌喜鹊，噪其四旁。君不见博浪椎，淮阴胯；两人未遇时，其事足悲咤。饥不从虎食，倦不息狼舍。待时以售，如藏待价。刘季得之天下王，项羽失之楚不霸。

七言律如《留别浯溪诸友》曰：

浯溪长揖向兰溪，偶及高秋欲半时。明月不分天远近，故人相望浙东西。青山木落千樯立，沧海潮来万马驰。倚棹歌阑离思作，今宵风树倍凄凄。

又《过沙湖书所见》曰：

五月落残梅子雨，沙湖水高三尺强。大风开帆作弓满，白浪触船如马狂。唱歌买鱼赤须老，打鼓踏车青苎娘。故人相忆在楼上，坐对玉山怀草堂。

又宋临海王烈妇为元兵所劫，过清风岭，乃啮指血写诗石上而投崖死；血渍入石，天阴则坟起如新；吊以诗曰：

天荒地老妾随兵，天地无情妾有情。沥血啮开霞峤赤，啼痕化作雪江清。能从湘瑟声中死，那忍胡笳拍里生！三月子规啼尽血，春风无泪写哀鸣。

其诗以写人所不写，道得情事出为工。乐府则拗语强调，陵纸怪发；律绝亦淫情古意，妙笔艳吐；而七律之作，直起直落，中四语排奡震荡，以生语作拗对，其原亦出杜甫。然七律《香奁八咏》，七绝《续奁集》二十首，以艳语作戏墨，不免贻人口舌。其他乐府如《别鹄操》、《眉忤词》、《大唐公主嫁匈奴行》、《湖》、《中女》、《奔月卮歌》、《李卿琵琶行》、《张猩猩胡琴行》、《邯郸美人》二首、《主家词》、《招农篇》、《南妇还》、《反顾狼》、《妾薄命》、《金盘美人首》、《老客妇谣》、《山鹿篇》、《浴官马》、《借南狸》、《洞天谣》、《谢吕敬夫红牙管歌》、《畹兰词》、《题履元陈君万松图》、《奉题子昂骝马图》，七律如《承天阁》、《挽达兼善御史》、《寄秋渊沈炼师所居号琅玕所》、《石女》，七绝如《题春江渔父图》、《题芭蕉美人图》、《续奁集·理绣》；其可诵者也。其诗以妥帖力排奡。

维桢文则寓雄骜于明通，每谓："言有高而弗当，义有奥而弗通，若是者后世有传焉，无有也。又况言庞而弗律，义淫而无轨者乎？姑以唐人言之：卢殷之文千余篇，李础之诗八百篇，樊绍述著《樊子书》六十卷，杂诗文九百余篇，今皆安在哉？非其文不传也，言庞义淫，非传世之器也。逮乎我朝，姚公燧、虞公集、吴公澄、李公孝光，凡此十数君子，其言皆高而当，其义皆奥而通，善言世故，综之以往史，而宿之以圣贤之理；非代之学者缪悠无边畔，芜涩险怪以为辞者之所可及也。自天历来，文章渐趋委靡，不失于搜猎破碎，则沦于剽盗灭裂。能卓然自信，不流于俗者希矣。我朝文章雄唱推鲁姚公，再变推蜀虞公，三变而为金华两先生也。"李孝光问："金华两先生则如何？"维桢曰："柳太常如东鲁杜翁，课闺阃子弟，言言有遗事。黄太史如独茧遗丝，初不谐众响，至趣往絙弦，激绝之音出于天成者，亦非众音可谐也。"孝光以为然。而黄溍之提学杭州也，谒文者填至，必取维桢笔代应，且又不掩于人曰："吾文有豪纵，不为格律囚者。此非吾文，乃杨廉夫文也。"若欲自外于黄溍以别树一帜矣。

今观其文集：序跋如《渔樵谱序》、《李经历治续序》、《两浙作者序》、《高僧诗集序》，赠序如《送三士会试京师序》、《送张宪之汴梁序》、《送倪进士中会试京师序》、《送海盐知州贾公秩满序》、《送旌德县监亦怜真公秩满序》、《送理问所知事马公序》、《送马彦远旌德教谕序》、《送朱女士桂英演史序》、《谢生君举北上序》、《送郑处士序》、《赠櫛工王辅序》、《送墨生沈裕序》、《赠笔史陆颖贵序》、《送乡人韩道师归会稽序》、《赠杜彦清序》、《赠相士孙德昭序》、《送陈生彦高序》，杂记如《朱明优戏序》、《听雪舟记》、《月山记》、《借巢记》、《榆溪草堂记》、《有竹人家记》、《桂隐记》、《耕闲堂记》、《听雪斋记》、《石林茅屋记》、《吕氏楼真赏记》、《移春亭记》、《江声月色楼记》、《舒啸台记》、《读书堆记》，传如《曲生传》、《冰壶先生传》、《白咸传》、《璞隐者传》、《竹夫人传》、《小鸦传》，随事抒论，往往即小以见大，而寓感喟于诙诡，以谈笑为讽谕。如《赠柳工王辅序》曰：

> 嘉定王辅，世食于柳。自幼机警，聪记强识，能诵余古歌行百十首。介其乡闻翁先生拜余草玄阁下，自陈曰："辅承周左辖公赠以'柳耕'二大字；人遂以柳耕道人呼辅。敢乞大人先生一言以发之。"先生笑曰："子以镊代耒，岂果知耕者乎？虽然，世以不耕为耕者多矣：渔以钓耕，贾以筹耕，工以斧斤耕，医以针砭耕，卜以蓍蔡耕，兵者以弓刀耕，胥者以笔牍耕，伶者以管弦耕，游说者以颊舌耕，浮屠氏以梵呗耕，老子氏以步虚耕，神仙方士以丹田耕；高至于公卿大吏，以礼乐文法耕。耕虽不一，其为不耕之耕则一也，岂止辅之柳也哉！"
>
> 然余有诘于辅曰："尔柳之耕，耕于田叟野叟之顶而已耳。亦尝耕于搢绅第一流人乎？"辅曰："辅虮虱汉，乌知第一流人乎？万一大人指教之。"余曰："代有中秉钧轴，外揽英俊，纳天下于太平之域者，发常一沐而三握之。子以吾言往拜其履，进尔柳以握其所三握者，为余祝曰：'中国有圣相，越裳氏之雉其来矣。'"辅再拜领言去。

又《赠相士孙德昭序》曰：

> 战国以来，圣人之道不行。士之急功利者，变而为游说，为滑稽，为刑名。然以三寸舌簧鼓天下之向背者，则莫甚于纵横捭阖之术也。汉有天下，既定于一，彼纵横捭阖者知其伎之穷；则又转而为谈天相人之术，败君误世者，往往有焉。而名昭往史以神于验者，亦不少也。唐以后，习相人术者益纷纷焉藉是以为食；则其售于人者急，而罔于人者宜无所不至；揣摩臆度，言与其术自兵而有弗计也。嘻！以相求相者，将有利于己之富贵庆祥；

以相相人，尤将有利于人之富贵庆祥耳。故相人者言庆言祥，则求相者喜；言妖言祸，则求相者怒。相人者将以为利也，又安得言妖言祸以犯人之怒而绝己之利哉？毋怪其揣摩臆度之说，与其术自兵而有所弗计也。

云间孙德昭氏于金陵山中得异人相术，其授受不苟。其谈相于人也，善则云善，恶则云恶，善不善也由乎人，利不利也由乎天；而吾所明之术不售，由人由天者所改也；由于吾者，抑仰何愧，俯何怍欤？相者而若是，盖亦近乎道。以君子之论，有所不屑也，因其乞言而写以贻云。

维桢欲作色张，以雄怪发才藻，由张籍、李贺以攀韩愈，而出入李杜。文亦颇振笔书，以诙诡发识趣，由苏轼以参韩愈，而希踪秦汉；虽未反虚入浑，而差积健为雄，盖同吴莱之雄峭，而异四杰之演迤者也。顾名之所归，谤亦随之，嘉定王彝至作《文妖》一首以相诋诽，谓："其文以淫词谲语，裂仁义，反名实，浊乱先王之道。顾乃柔曼倾衍，黛绿朱白，奄然以自媚。"亦可谓毁出于不虞者矣。观于维桢论文，以言庞义淫为大戒，而蕲于"言高而当"，"义奥而通"，"善言世故，综之以往史，而宿之于圣贤之理"，岂欲"以淫词谲语，裂仁义，反名实，浊乱先王之道"者欤？其诗以雄桀之才，悯时病俗，制为乐府；而陈善闭邪之中，又时出龙鬼蛇神，以眩荡一世之耳目；亦岂徒为"柔曼倾衍，黛绿朱白，奄然以自媚"者耶？维桢少好读史，在乡里时，日课诗一首，以乐府体为之，陈古监今，出入史传，积至千余篇。晚年取而读之，忽自笑曰："此岂有诗哉？"亟呼童焚之、不遗一篇。其弟子吴复辑录钱唐以后所作。得十卷，人称"铁雅"。

吴复，字见心，富春人。性喜吟哦，效白居易乐府，讽切时政；人欲以危法中之，不为屈。而维桢之避兵富春山也，复遗书，愿为弟子。及维桢徙钱唐，遂从之游，始持所作诗见，盛自夸也。维桢览之笑曰："子欲辈李唐，伎亦至高；欲追古，必焚灭旧语。"复色变，徐取楮笔录维桢诗二十余首去。越一月，复造谒曰："先生诗法得矣！吾旧诗亦焚矣。第出语犹吾前日诗也,奈何?”维桢曰:“姑歇汝哦,静读古风雅骚及古乐府,再说。”又退而阅三月来,出所作曰:“余旧语忘,新语出矣。赖先生教,幸而或驯致于古也。”遂为写定《铁崖乐府》十卷,而加以评注。维桢曰:“是能道吾意所欲言也。”维桢诗有佚者,复辄补之,诵者谓可乱真;自后下笔必出人意表。尝雪夜与维桢游东西洞庭,徒步登七十二峰,其语益振拔,为维桢赏叹也。

维桢与永嘉李孝光、茅山张雨、无锡倪瓒、昆山顾瑛,为诗文友。瑛顾号玉山道人,卓然以诗画隐,工山水花卉翎毛。家有池馆宾客之盛,甲于江左;而瑛诗词语流丽,亦足与维桢相唱和。传有《玉山璞稿》一卷。张雨,字伯雨,与杨载、虞集为文字交,尝居茅山,著《茅山志》,自号句曲外史。以道士而工翰墨,有《句曲外史集》三卷,《补遗》三卷,《集外诗》一卷;其诗文豪迈洒落,结体遒逸。虽托迹黄冠,而儒林丈人,不以方外轻之。

李孝光,字季和,少居雁荡山五峰下。四方之士远来受学,名誉日闻,泰下花以师事之。至正七年,诏征隐士,以秘书监著作郎召,应诏赴京,见帝于宣文阁,进《孝经图说》,帝大悦,赐上尊。明年,升文林郎秘书监丞,卒于官。孝光以文章负名当世,其文取法古人,非先秦两汉语,弗以措辞。尤力求复古,有《五峰集》六卷;乐府古体,刻意奋厉,不作庸音;近体五言疏秀,有唐调;七言颇出江西派,而俊伟之气乃不可遏。文二十首,气调落落,亦无凡语;四人之中,才力最健,差与维桢颉颃,而维桢最相契也。东南士林为之语曰:“前有虞范,后有李杨!”

倪瓒,字元镇,无锡人。家雄于赀。工诗,善书画。所居有阁曰清闷,幽迥绝尘,四时卉木萦绕其外,高木修篁,蔚然深秀,故自号云林居士。名士四方至,至日夕觞咏;求缣素者踵至,亦时应之,尤喜画竹。每曰:“余之竹,聊以写胸中逸气耳;岂复较其似与非,叶之繁与疏,枝之斜与直哉?或涂抹久,他人视以为麻为芦,仆亦不能强辨为竹,真没奈览者何!”及兵兴,而瓒扁舟箬笠,往来震泽三泖间。张士诚据苏州，累欲钩致，不应。其弟士信以币乞画，瓒斥去；士信怒，然不可踪迹。一日，从宾客游湖上，闻异香出葭苇间，疑为瓒也；物色渔舟中，果得之，抶几死，终无一言。既而人问"何无一言？"曰："一言俗矣。"明太祖定天下，而瓒黄冠野服，混迹编氓，亦以隐逸有高名。传有《清闷阁集》十卷。与维桢唱和，而诗格不同：维桢以雄怪参才藻；瓒则以真率出清迥。尝曰："诗亡而为骚，至汉为五言。吟咏得性情之正，其惟陶渊明乎？韦柳冲淡萧散，皆得陶之旨趣；下此则王摩诘矣。富丽穷苦之词易工，幽深闲远之语难造。至若李、杜、韩、苏，固已烜赫焜煌，出入今古，逾前而绝后：校其情性有正始之遗风，则间然矣。"其于唐人右韦柳而抑李杜。

其五言诗如《为方厓画山就题》曰：

摩诘画山时，见山不见画。松雪自缠络，飞鸟亦闲暇。我初学挥染，见物皆画似。

郊行及城游，物物归画笥。为问方厓师，孰假孰为真？墨池挹涓滴，写我无边春。

又《蛛丝网落花》曰：

落花缀蛛网，蜀锦一规红。既映绮疏外，复照碧池中。含凄恋余景，散魄曳微风。昔人问荣秽，讵识本俱空。

又《资赠吕志学》曰：

江云昏绝巘，汀树犹斜阳。独立霜柳下，渺然怀故乡。归来茅屋底，篝灯写微茫。

又《赠惟寅》曰：

隐几方熟睡，故人来扣扉。一笑无言说，清坐澹忘机。衣上松萝雨，袖中南涧薇。相告山中来，山中无是非。

五言律如《悼项山清上人》曰：

幽旷山中乐，飘飖物外踪。梵余闲憩石，定起独哦松。花落春衣静，云垂涧户重。依依植莲处，林暝只闻钟。

五言绝如《题临水兰》曰：

兰生幽谷中，倒影还自照。无人作妍暖，春风发微笑。

适然寄意，而神思散朗，气韵自高。其他五言古如《春日云林斋居》、《冬日窗下水影》、《古诗二首奉送友仁贤良之京师》，七言古如《送徐君玉》、《醉题许空败壁》、《醉歌行次韵酬李征君春日过草堂赋赠》，五言律如《画江天晚色赠志学》、《垂虹亭》、《题渔樵友卷》、《画吴松山色赠潘以仁》，七言律如《次韵萨天锡寄张外史》、《东林隐所次韵》、《杭人有传余死者贞居闻之怆然因赋以寄》二首、《寄朱府判》、《赠周校书》、《送叶道士再用悬字韵》二首，七言绝如《村居》、《三月五日为吴溥泉画窠石平远并诗》、《雪中所折枇杷花寄吴寅夫》、《为吴处士画乔林涧石》、《秋容轩》四首，亦为可诵。其中七言不如五言。大抵抑扬爽朗，不废俪语，以澹为绮，以晋参唐；于唐则韦应物参王维，于晋则陶潜参谢灵运，而润泽以陆机，秀爽于谢朓，有余于秀韵，不足于雄才；自是南风之敷柔，不同北调之亢厉矣。然意兴婉惬，中有恻怆。不肯仕明，而亦未必忠元也。

有《西湖竹枝词》见意曰：

钱王墓田松柏稀，岳王祠堂在湖西。西泠桥边草春绿，飞来峰头乌夜啼。

湖边儿女十五余，乌纱约发浅妆梳。却怪爷娘作蛮语，能唱新声独当垆。

湖边女儿红粉妆，不学罗敷春采桑；学成飞燕春风舞，嫁与燕山游冶郎。

心许嫁郎郎不归，不及江潮不失期。踏尽白莲根无藕，打破蜘蛛网费丝。

阿翁闻说国兴亡，记得钱王与岳王。日暮狂风吹柳折，满湖烟雨绿茫茫。

辫发女儿住湖边，能唱胡歌舞踏筵。罗绮薰香回纥语，白毡蒙头如白烟。

遗民之恫，以戏谑出之；盖讽元兵下杭州，而西湖女儿胡歌胡语，胡装胡舞以得盼睐荐陈为幸也。阿翁闻说兴亡，女儿不学采桑，冶容诲淫，唱新声而蒙白毡，不羞自身之服妖，而怪爷娘之语蛮，憨态可掬；与唐人司空图诗之"汉儿尽作胡儿语，却向城头骂汉人"，同一哭不得而笑。谈笑而道，沉哀在心，何异谢翱之慷慨悲歌也！斯诚西子之不洁，而贻湖山以蒙羞者已。《云汉》之诗曰："周余黎民，靡有孑遗"；非无孑遗也，遗民而犬戎化也，耗矣哀哉！

江阴王逢，字原吉，亦以诗人而不仕于明。至正中，作《河清颂》；被荐不起。避兵无锡。而张士诚据吴，其弟士德用逢策，归命于元以抗明。而明兵日迫，转徙松江，筑室上海之乌泾。士诚败，有《闻吴门消息》二律、《舟过吴门感怀》二律及《无题》诸律以哀之；又哀士诚之妻而作《刘夫人歌》，慷慨伤怀。明太祖欲辟用之，坚卧不起。而以转徙去乡之日久，追惟其大母徐尝手植双梧于故居潢河之上，因自号梧溪子。传有《梧溪集》七卷。其中赋颂杂文，亦间有之，而诗为多。逢早年学诗于延陵陈汉卿；而汉卿则学诗于虞集。集具体盛唐，不主一家，而欲窥晋宋；逢则气疏而才俊，仿佛杜牧，能以豪迈发才藻，盖得杜牧之一体。五言古如《摅怀》曰：

大星动欲落，草木气含霜。惊风薄前营，步骑势翕张。美哉同心友，剑佩相徊徨；游鸿激荒徼，毚兔窜云冈。旁顾阻太湖，不见舟与梁。苟容谅非道，单居念流光。寒菊已复花，蟋蟀鸣我床。结交两相厄，夙好终不忘。

征尘一何黄，征衣一何素。衣素易染尘，况复冠带具？忽忽叶变秋，瀼瀼草溥露。莽莽关山长，悒悒岁月度。岂无新相知？恋恋情如故。范叔未至寒，绨袍受良难。

又《将归》曰：

> 梧桐生朝阳，凤凰鸣高冈。嗟我羁旅人，弥年独彷徨。非不善趋走，玉珮垂双璜。君侯多车从，瞻者亦辉光。如何日同游，忽忽我鬓苍。衡茅龙江上，儿耕妻蚕桑，夜来得家书，云当奉烝尝。去去甘贫贱，零露沾衣裳。
>
> 尽欢非全交，去国难洁名；中心默揆量，惟有归为荣。张翰不知幾，直待秋风生；陶潜懒束带，千世莫与京。故邑变大荒，坟隧走狐麖，杀人肆高座，噤口难为情。天末厌乱离，且从寄佣耕，安得将周处，挈我斩蛟鲸。

荐更丧乱，悲歌慷慨。其他五言古如《玉山道中》、《自乾封归省祖陇过大南岭向玉山》、《命妇词》二首、《旧衣篇唁失位者》、《无家燕》、《古从军行》七首、《青青孤生麻》、《岁旦未起宋安道税使袖至倪元镇书因述怀答倪》、《慈报寺长老南岳云画云山间松图各有诗次韵》二首，七言古如《小匕首歌》、《奉陪神保大王宴朱将军第闻弹白翎雀引》、《叹病驼》、《吏骡儿》、《辞帅幕后王左丞复以淮省都事过访且送马至以诗辞还》、《浦东女》、《刘夫人》，五言律如《梧溪有怀》二首、《天池石壁》，七言律如《登信州溪山第一亭》、《简谢性原》、《秋感》六首、《无题》五首、《后无题》五首、《书无题后》凡三首、《偶感燕太子事》、《怀故园》；亦复壮能发采，华而不靡，所以风骨警挺，音节铿锵。五言古感喟苍凉，风流条达，语丽而气遒，其源远追张协《杂诗》。七言律沉郁顿挫，不害用事，干以风力，臻于刘亮，则杜牧、李商隐之学杜也。其诗发潜阐幽，尤致意于宋元之际，表章忠贞。杨维桢序其诗，比之杜陵诗史。而逢自撰圹铭，有曰："首西正丘狂斐士，诗旌忠孝节义鬼。"盖自道其实也。每作一诗，必系小序以具本末，尤补史传所未及。亦与倪瓒唱和，而诗格不同：瓒以幽澹，逢以警丽。

钱基博著作集

中国文学史

下

钱基博 著

上海古籍出版社

第六编
近 代 文 学

自　　序

自来论文章者，多侈谈汉魏唐宋，而罕及明代。独会稽李慈铭极言明人诗文，超绝宋元恒蹊，而未有勘发。自我观之：中国文学之有明，其如欧洲中世纪之有文艺复兴乎？明太祖开基江淮，以逐胡元，还我河山；用夏变夷，右文稽古，士大夫争自濯磨。而文则奥博排奡，力追秦汉，以矫欧、苏、曾、王之平熟；而宋濂、刘基骅骝开道，以著何、李、王、李之先鞭。诗则雄迈高亮，出入汉、魏、盛唐，以救宋诗之粗硬，革元风之纤浓；而高启、李东阳后先继轨，以为何、李、王、李开山。曲则明太祖导扬高则诚《琵琶》一记，尽洗胡元古鲁兀剌之风，而易之以南词之缠绵顿挫。至八股文，则利禄之途，俗称时文者也。然唐顺之、归有光纵横轶荡，则以古文为时文，力求返虚入浑，积健为雄；虽与诗古文体气不同，而反本修古一也。然则明文学者，实宋元文学之极王而厌，而汉魏盛唐之拔戟复振；弹古调以洗俗响，厌庸肤而求奥衍，体制尽别，归趣无殊。此则仆师心自得，而《明史》序《文苑传》者之所未及知也。顾论文者，则狃桐城家言之绪论，而极称归氏，妄庸七子。不知明有何李之复古，以矫唐宋八家之平熟；犹唐有韩柳之复古，以救汉、魏、六朝之缛靡；有往必复，亦气运之自然。明有唐顺之归有光辈，振八家之坠绪以与七子相撑拄；不过如唐之有裴度段文昌等，与韩柳为异，以扬六朝之颓波耳。而一代文章之正宗，固别有在也。

又论者以钱谦益文章为秽为杂，此亦拾桐城家之唾余，而不免求全之毁。钱氏以明代文章巨公，而冠清贰臣传之首，人品自是可议。至于极推欧阳修，以为真得太史公血脉，而下开归氏；又翘归氏以追配唐宋大家，因校刻《震川集》而序之以发其指；然后知桐城家言之治古文，由归氏以踵欧阳而窥太史公；姚鼐遂以归氏上继唐宋八家，而为《古文辞类纂》一书；胥出钱氏之绪论，有以启其涂辙也。特其为文章，盛气缛语，错综奇偶，七子之习湔洗不尽；自与桐城之清真雅澹而得归氏之洁适者异趣。然以视湘乡曾国藩之为文，从姚鼐入手，而益探源扬马，复字单谊，杂厕其间，务为厚集其气，使声采炳焕，而戛焉有声者，何必不与钱氏后先同符？钱氏从王李入，而不从王李出；湘乡从姚氏入，而不从姚氏出；自出变化，以不姝暖于一先生之言，亦何必此之为是，而彼之为非？然世论不敢薄湘乡，而务集谤于钱氏，多见其不知类也，此与以耳食者何以异。

至于谈诗者，则多为朱彝尊《明诗综》所囿，而以钱氏《列朝诗集》为口实。不知朱氏以《明诗综》而诋《列朝诗集》，譬如蠹生于木，还食其木。何者？《列朝诗集》，《明诗综》之底本也；何焯尝恶而揭发之。不过文人矜诞，好谤前辈耳。诗至晚明，钟谭异军别张，钱氏朱氏皆所不喜，竟陵遂为谤府。而夷考其实，钟谭之诗，蹊径别开，蕲以幽冷救七子之绚烂，而为秀峭以矫公安之容易；诗道穷而必变，亦如肥鱼大肉，餍饫之过，而不得不思菜羹也。其诗出入中晚唐郊、岛、皮、陆之间，幺弦侧调，亦有渊源，避熟就生，人自少见多怪耳。要之盛唐李杜，摹拟势尽，厌故喜新，人情皆然。王士祯《唐贤三昧集》不取李杜一首，何尝不与钟谭所选《唐诗归》同指？而士祯诗为秀丽疏朗，钟谭出以幽深孤峭，皆欲以偏师制胜。或诋钟谭格局未完，雕镵愈工，不知真气弥伤；然士祯缥渺取神，风华富有，亦病性情不真。而一尸亡国之大诟，一为盛世之元音，岂非所遭之时有幸不幸耶？

仆怀此久，未有以发。商务印书馆主人属为撰论。用布所蓄，以俟论定。而读《四库提要》著录明人诗文集，睹记所及，每有寻声逐响之谈，并为随事举正以著于篇。中华民国二十二年六月三日，无锡钱基博。

第一章　明　　文

第一节　总　　论

近代文学之有明，如近古文学之有唐；盖承前代文学之极王而厌以别开风气者也。明有何景明、李梦阳之复古以矫唐宋八家之庸懦，犹唐有韩愈、柳宗元之复古以救汉、魏、六朝之缛靡。唐有裴度、段文昌等扬六朝之颓波；亦与明有唐顺之、归有光辈振八家之坠绪，仿佛差似。大抵宋元以来，文以平正雅驯为宗，其究渐流于庸肤。庸肤之极，不得不变而求奥衍。何李之起，文以沉博奥峭为尚，其极渐流于虚侨。虚侨之过，不得不返而求平实。一张一弛，盖理势之自然。然汉魏之声，由此高论于后世，而与韩愈、欧阳修争长；唐宋之文运，于是乎变，迁流以至晚明。钱谦益、艾南英准北宋之矩矱；张溥、陈子龙撷东汉之芳华，旗鼓相当而文，亦斐然有彩。明文源流，大抵如此。今博考诸家之集，参以众论，录其著者。

第二节　杨维桢　宋濂附张孟兼　刘基附王祎　徐一夔　胡翰　苏平仲

明太祖起自畎亩，开国文臣，首称金华宋濂字景濂；次则青田刘基字伯温。其时前朝文学家，风流照映，独推会稽铁崖杨维桢字廉夫为首，其生平行事已见于前。有大名于时。诗擅一时之雄，号铁崖体。其为诗以奇谲兀奡，自辟町畦；而文则文从字顺，演迤澄泓。传有《东维子文集》三十一卷，附录一卷(《四部丛刊》景印江南图书馆藏鸣野山房钞本)，其中文二十八卷。维桢遨嬉同尘，而自谓无所浼于世也。

维桢文有《竹夫人传》以见志曰：

夫人，竹氏，名茹，字珍珑，自号抱节君。其先为孤竹君之子曰智，谏武王伐纣，不听，遂不食周粟，饿于首阳山。且死，以其族告曰："吾不食死。百年后，当有不食饮者为吾女氏以救世之浊热，然未尝如锁子妇之隳其节也。"越若干世，为宋之元祐年，果生夫人。夫人生而瘠如篾器，成将作匠之罗织；巧慧其中，玲珑空洞无他肠。又善滑稽圆转；虽与人狎，其情邈，亦如木偶氏。诮夫人者无螽斯分；而善之者，则无内荒长舌之祸也。尝见聘赵氏子充家奴畜之。豫章黄太史庭坚闻其人，作诗雪之，以为："憩臂体膝，辱夫人；而况又奴之乎？"夫人亦犯而不校。夫人自以家世素青节，终耻屈身于人。铅华眉黛，弗之御矣；荆钗棘簪之微，一皆弃斥。而王后嫔妃下至公卿百执事，无不器重之。召亦无不往，然所在抱节，终身未尝少污其洁。先是得长生久视术于羿娥氏，用能辟谷导引以应鼻祖氏之言。其踪迹诡秘，当炎而出，方秋节遁去，或谓尸解，不知其终。

史氏曰：庄周称："姑射山有神人，肌肤若冰雪，绰约若处子。"夫人岂其流亚欤？惟其辟谷不食饮，故老不死，人疑为女仙。后人有见于葛陂者，与壶丈人同蜕去云。

其辞坦迤，绝无雕藻淫艳之态。维桢之为《鹿皮子文集序》曰："言有高而弗当，义有奥而弗通，若是者，后世有传焉？无有也。又况言庞而弗律，义淫而无轨者乎？"是其为文，言求有当而合于文律，义求能通而避淫僻。宋濂志其墓，谓"非先秦两汉弗之学，久与俱化，见诸论撰，如睹商敦周彝，云雷成文，而寒光横逸，夺人目睛”；则有过情之誉矣。维桢之文，虽其志在力驾宋人而卒未能力破宋人之藩篱，气畅而词适，亦不堕恶道，尚未能与韩柳争长，而比之于先秦两汉之文，则不相类。故其文故与宋濂同其冲融清遒夷犹耳。惟维桢词笔瘦拗，而濂则才章富健，则又不同。

元末文章以浦阳吴莱字立夫、浦江柳贯字道传、金华黄溍字晋卿为一朝之后劲。而宋濂初从莱学，又学于贯与溍，其授受具有源流。自少至老，未尝一日去书卷，于学无所不通，下笔缅缅不能自休。及事明太祖，在朝郊社宗庙山川百神之典，朝会宴享律历衣冠之制，四裔贡赋赏劳之仪，旁及元勋巨卿碑记刻石之辞，咸以委濂，屡推为开国文臣之首。士大夫造门乞文者后先相踵。外国贡使亦知其名，每问宋先生无恙。高丽、安南、日本至出兼金购文集。修《元史》，充总裁官。累官翰林院学士；四方学者悉称为“太史公”，不以姓氏。为文章醇深演迤，而乏裁剪之功；体流沿而不返，词枝蔓而不修，此其短也。吴莱恃气纵横，笔情闳肆；论者谓他人患其浅陋，而莱独患其宏博。濂则得法于莱，而以才多为累，亦与同讥。惟莱雄崭矫举而失之矜张，濂则敷腴朗畅而不免冗芜；顾笔力遒足以自振，故不以冗芜为病。传有《宋学士文集》七十五卷（《四部丛刊》影印明正德间张溍刻本，内分《銮坡集》，即《翰苑前集》、《翰苑后集》，又《翰苑续集》、《翰苑别集》、《芝园集》、《芝园后集》、《朝京稿》），又《宋文宪全集》五十三卷，卷首四卷（清嘉庆间严荣刻本）。其为《竹溪逸民传》曰：

竹溪逸民者，幼治经，长诵百家言；造文蔚茂喜驰骋，声闻烨烨起荐绅间。意功名可以赤手致。忽抵掌于几曰：“人生百岁，能几旦暮？所难遂者适意尔，他尚何恤哉！”乃戴青霞冠，披白鹿裘，不复与尘事接。所居近大溪，篁竹翛翛然生。当明月高照，水光潋滟，共月争清辉。逸民辄腰短箫，乘小舫，荡漾空明中；箫声挟秋气为豪，直入无际，宛转若龙鸣深泓，绝可听。箫已，逸民叩舷歌曰：“吹玉箫兮弄明月，明月照兮头成雪。头成雪兮将奈何，白沤起兮冲素波。”人见之，叹曰：“是诚世外人也。欲常见且不可得，况狎而近之乎！”性嗜鞠，种之满园，顾视若孩婴；黄花一开，独引觞对酌，日入不倦。人让其留物。怒曰：“举世无知我，知我惟此花尔。一息自怡，尚可谓滞于物耶？”复爱梅；梅孕绿萼微吐，赤脚踏雪中若温，见辄凝视移时，目不瞬，且大言曰：“知我者惟鞠；鞠已谢我去，幸汝梅继之。汝梅脱又谢我去，我当上白鹤山采五芝耳！”白鹤山盖溪上诸峰云。

逸民年五十，益恬泊无所系；间私谓其友曰：“吾于世味愈孤矣，将渔于山樵于水矣。”其友疑其诞。逸民曰：“樵于水，志岂在薪？渔于山，志岂在鱼？是无所利也。无所利，乐矣。子以予果滞于梅与鞠耶？”君子以其语近道，有类于古隐者，相与传其事。逸民所未尝言，则无从知之矣。逸民，陈姓，洄其名，乌伤人。

史官曰：昔者李白与孔巢父等六人隐居徂徕山，世仰之以为不可狎近，因号为竹溪六逸。寥寥七百年后，而逸民亦以竹溪自名，若出一辙。岂闻风而兴起欤？纵曰其地或殊，人之众独有异；高风绝尘，照映后先，其安有不同者欤？士之沉酣声利而弗返者，盍亦知所自警欤！夫自范蔚宗著《后汉书》以隐逸登诸史传，历代取法而莫之废者，其意又岂无所激欤？虽然，逸民之自为则善矣。

或以濂一代文宗，比之宋之有欧阳修，而文章实非其伦。欧阳态有余妍，而出之容与闲易。濂则笔无剩肆，而好为纵横驰骤。欧裕于养，濂逞其才。刘基负气甚豪，明太祖尝以文学之臣为问。基对曰：“当今文章第一，舆论所属，实在翰林学士臣濂。其次臣基，不敢他有所让，又次则太常丞臣孟兼。”孟兼，张氏，名丁，以字行，浦江人，传有《白石山房逸稿》二卷（南京龙蟠里图书馆藏有钞本）；其诗文温雅清丽，而奇气烨然，不可掩抑，亦以追踪于濂。宜基有以亟称之也。

刘基雄迈有奇气，而宋濂自命儒者。然基炼气入遒，而不为濂之泛滥；又造辞欲洁，亦不如濂之曼衍。濂蛟腾凤起，其文赡；基剑气珠光，其辞崭。清臣修《明史·基传》，称："基所为文章，气昌而奇。"奇则有之，昌非所尚。而《四库全书提要》则曰："濂文雍容浑穆，如天闲良骥，鱼鱼雅雅，自中节度。基文神锋四出，如千金骏足，飞腾飘瞥，蓦涧注坡；虽皆极天下之选，而以德以力，则有间矣。"此亦似是而非之论。其实濂闳放若有余肆，差似雍容，未为浑穆。而基则敛抑如恐绝尘，自中节度，岂欲飞腾。一肆一遒，其大较也。基博通古今，文章精卓；传有《诚意伯刘文成公文集》二十卷（《四部丛刊》影印明隆庆壬申刻本，又清乾隆丙子刻本）；其中《郁离子》二卷，杂文六卷。而《郁离子》者，在元季屏居青田山时所著之书，发愤而有作，正名察治，托物取譬，以自命一家言者也。其辞曰：

楚太子以梧桐之实养枭而冀其凤鸣焉。春申君曰："是枭也，生而殊性，不可易也。食何与焉？"朱英闻之，谓春申君曰："君知枭之不可以食易其性而为凤矣。而君之门下，无非狗偷鼠窃亡赖之人也，而君宠荣之，食之以玉食，荐之以珠履；将望之以国士之报。以臣观之，亦何异乎以梧桐之食养枭而冀其凤鸣也？"春申君不寤，卒为李园所杀，而门下之士无一人能报者。（《千里马篇》）

郁离子曰："豺之智，其出于庶兽者乎？呜呼！岂独兽哉，人之无知也，亦不如之矣。故豺之力，非虎敌也，而独见焉则避；及其朋之来，则相与犄角之。尽虎之力，得一豺焉，未暇顾其后也，而犄之者至矣。虎虽猛，其奚以当之？长平之役，以四十万之众，投戈甲而受死，惟其知之不如豺而已。"（《鲁般篇》）

瓠里子自吴归粤。相国使人送之，曰："使自择官舟以渡。"送者未至，于是舟泊于浒者以千数，瓠里子欲择之而不能识。送者至，问之曰："舟若是多也，恶乎择？"对曰："甚易也。但视其敝篷折橹而破帆者，即官舟也。"从而得之。瓠里子仰天叹曰："今之治政，其亦以民为官民欤？则爱之者鲜矣。宜其敝也。"（《灵丘丈人篇》）

楚有养狙以为生者，楚人谓之狙公。旦日必部分众狙于庭，使老狙率以之山中，求草木之实，赋什一以自奉；或不给，则加鞭棰焉。群狙皆畏苦之，弗敢违也。一日，有小狙谓众狙曰："山之果，公所树欤？"曰："否也，天生也。"曰："非公不得而取欤？"曰："否也，皆得而取也。"曰："然则吾何假于彼而为之役乎？"言未既，众狙皆寤。其夕，相与伺狙公之寝，破栅毁柙，取其积相携而入于林中，不复归。狙公卒馁而死。

郁离子曰："世有以术使民而无道揆者，其如狙公乎？惟其昏而未觉也。一旦有开之，其术穷矣。"（《瞽聩篇》）

孽摇之虚有鸟焉，一身而九头；得食则八头皆争，呀然而相衔，洒血飞毛，食不得入咽，而九头皆伤。海凫观而笑之曰："胡不思九口之食同归于一腹乎，而奚其争也？"（《省敌篇》）

辞谲而义贞，指小而喻大。其他《九难》仿《七发》，遒丽得枚乘之体；会稽山水诸记，幽秀有柳州之意；其音清越，殊胜濂也。义乌王祎字子充，与濂偕总裁修《元史》。太祖谓濂曰："浙东人才，惟卿与王祎。才思之雄，祎不如卿。学问之博，卿不如祎。"传有《王忠文公集》二十四卷（南京龙蟠里图书馆藏有明万历刊本）。而濂为之序，称："其文凡三变：初年所作，幅程广而运化宏。壮年出游之后，气象益以沉雄。暨四十以后，乃浑然天成，条理不爽。"则亦服祎之深矣。祎尝荐天台徐一夔字大章者同修《元史》。一夔不出，而有《与祎论修史书》；诵者称其有鉴裁。传有《始丰稿》十四卷（南京龙蟠里图书馆藏有钞配明初刻本）。又濂乡人胡翰字仲子，从吴莱学，与濂同门；其文亦为黄溍柳贯所称；传有《胡仲子集》十卷（南京龙蟠里图书馆藏有明洪武刻本），其中文九卷，持论多切世用，文章与宋濂王祎相上下。而濂独亟称苏平仲，以为不求似古人，而未尝不似也。平仲，名伯衡，亦濂乡人。濂以翰林学士承旨致仕。太祖问代者。濂对曰："臣乡人苏伯衡学博行修，文词蔚赡有法。"传有《苏平仲集》十六卷（《四部丛刊》景印明正统壬戌本）。而濂序其书曰："精博而不粗涩，敷腴而不苛缛。"盖文章蹊径与濂同；故相契合如此。而濂与基，皆不安为宋人之文。明之有濂基以开何李之复古，犹唐之有燕（张说）许（苏颋）以为韩柳之前茅也。

第三节 方孝孺附解缙

宁海方孝孺，字希直，一字希古，从宋濂学；濂门下知名士皆出其下。先辈胡翰、苏伯衡亦自谓弗如。孝孺顾末视文艺，恒以明王道、致太平为己任；欲以驾轶汉唐，锐复三代；而毅然自命之气，发扬蹈厉，时露于笔墨之间。其文章纵横豪放，颇出入南北宋苏轼陈亮之间；与濂同其赡肆，而不同其枝碎。濂宏博而不免缓散；所病在取径太阔大，遣词太繁缛，未能浑灏流转；故不如孝孺之直抒欲言，纵笔所之，疏快成片段也。传有《逊志斋集》二十四卷（《四部丛刊》影印明嘉靖辛酉刻本）。感物写怀，每有悲天悯人之意。录《蚊对》曰：

天台生困暑，夜卧絺帷中。童子持翣飏于前，适甚，就睡。久之，童子亦睡，投翣倚床，其音如雷。生惊寤，以为风雨且至也，抱膝而坐。俄而耳旁闻有飞鸣声，如歌如诉，如怨如慕，拂肱刺肉，扑股噆面，毛发尽竖，肌肉欲颤；两手交拍，掌湿如汗，引而嗅之，赤血腥然。大愕不知所为，蹴童子，呼曰："吾为物所苦，亟起索烛照。"烛至，絺帷尽张；蚊数千皆集帏旁，见烛乱散，如蚁如蝇，利嘴饫腹，充赤圆红。生骂童子曰："此非噆吾血者耶？皆尔不谨，褰帷而放之入。且彼异类也，防之苟至，乌能为人害？"童子拔蒿束之，置火于端，其烟勃郁，左麾右旋，绕床数匝，逐蚊出门，复于生曰："可以寝矣，蚊已去矣。"生乃拂席将寝，呼天而叹曰："天胡产此微物而毒人乎？"

童子闻之，哑尔笑曰："子何待己之太厚，而尤天之太固也？夫覆载之间，二气细缊，赋形受质，人物是分。大之为犀象，怪之为蛟龙，暴之为虎豹，驯之为麋鹿与庸狨，羽毛而为禽，裸身而为人为虫，莫不皆有所养；虽巨细修短之不同，然寓形于其中则一也。自我而观之，则人贵而物贱。自天地而观之，果孰贵而孰贱耶？今人乃自贵其贵，号为长雄；水陆之物，有生之类，莫不高罗而卑网，山贡而海供；蛙黾莫逃其命，鸿雁莫匿其踪。其食乎物者，可谓泰矣，而物独不可食于人耶？兹夕蚊一举喙，即号天而诉之。使物为人所食者，亦皆呼号告于天，则天之罚人，又当何如耶？且物之食于人，人之食于物，异类也，犹可言也。而蚊且犹畏谨恐惧，白昼不敢露其形，瞰人之不见，乘人之困怠，而后有求焉。今有同类者，啜粟而饮汤同，畜妻而育子同也，衣冠仪貌，无不同者；白昼俨然乘其同类之间而陵之，吮其膏而盬其脑，使其饿踣于草野，离流于道路，呼天之声相接也，而且无恤之者。今子一为蚊所嘬，而浸辄不安；闻同类之相嘬而若无闻，岂君子先人后身之道耶？”天台生于是投枕于地，叩心太息，披衣出户，坐以终夕。

顿挫浏亮，一洗宋濂冗滞之敝，不得不有出蓝之誉也。孝孺既以不事成祖诛死，其文章亦禁不行。门人王稔藏遗稿，宣德（宣宗年号）间始稍传播。原本凡三十卷，拾遗十卷，附录一卷，乃黄孔昭谢铎所编。世所传二十四卷本，则正德（武宗年号）中顾璘守台州时所重刊也。

吉水解缙，字大绅，与孝孺同辈，而才气放逸，下笔不能自休；当时有才子之目。迄今委巷流传其少年宿慧诸事，多鄙诞不经；传有《解学士文集》十卷（南京龙蟠里图书馆藏有明嘉靖刻本）。其奏议如《大庖西封事》、《白李善长冤》诸篇，俱明白剀切，有孝孺之风。大抵宋濂刘基，饱更世难，其辞敛，其意深。缙及孝孺新进用事，其文激，其气锐。

第四节　杨士奇附杨荣 黄淮 金幼孜　杨溥

太祖之世，运当开国，多峭健雄博之文。成祖而后，太平日久，为台阁雍容之作。作者递兴，皆冲融演迤，不矜才气；而泰和杨士奇名寓（以字行）、建安杨荣字勉仁、石首杨溥字弘济并世当国，历相仁宗、宣宗、英宗三朝，黼黻承平；中外翕然称三杨。推士奇文章特优，一时制诰碑版，出其手者为多。仁宗雅好欧阳修文。士奇文平正纡余，时论称其仿佛。后来馆阁著作，沿为流派，所谓台阁体是也。传有《东里全集》九十卷，别集四卷（南京龙蟠里图书馆中藏有明天顺刊本）。录《沈学士墓碑》曰：

呜呼！此吾友翰林学士沈公之墓。沈世家松江华亭。大考讳德辉，尝为郡史，平反冤狱百数十人；乡称长者。妣宋氏。考讳易，仕为谘议参军；无几，弃官养亲，而授徒里中，惇行伦谊，集《五伦诗》以教学者；而甘贫乐义，人号苦节先生。妣顾氏，有善德。二子：长即公，讳度，字民则。次粲，字民望。公天资温雅敦实；自幼嗜学，博涉经史。洪武中，郡邑交举文学，弗就。坐累谪云南，跋涉万里，处患难，其中裕然。时同谪者多名人，率于公交。达官重帅，争欲迎致公馆下。岷王具礼币聘之。既至，屡进直言，居无几，辞去。都督瞿能知贤下士，延于家塾为弟子师，旦暮躬请益焉。其入京师也，以公偕行。

时太宗皇帝初临御，命翰林举贤才。今礼部尚书江陵杨公为编修，以公名上，擢翰林典籍。方时，制敕填委，既视草，学士以下，率分书之。上独览公书称善。一时翰林善书，如解大绅之真行草，胡光大之行草，滕用亨之篆八分，王汝玉、梁用行之真，杨文遇之行，皆知名当世；而解及公之书，独为上所爱。凡玉册金简，用之宗庙朝廷，藏秘府，施四裔，刻诸贞石，传于后世，一切大制作，必命公书。公之书婉丽飘逸，雍容矩度，兼篆八分；八分尤高古，浑然汉意。而日侍清密无间，赏赐二品金织衣，新制象笏镂公氏名，涂金以赐。以其弟与子皆善书，皆官之近侍；父子兄弟，并荣于朝。古今以书遭承宠遇，莫或加公。书盖公一艺耳。为文章，尚兴致，平淡雅则，不为浮靡。事上必尽诚，被顾问

> 必以正对。由典籍升检讨，复升修撰，遂升侍讲学士奉直大夫。仁宗皇帝赐诰命，进协正庶尹；赠其考奉直大夫协正庶尹，翰林侍讲学士；其妣宜人。予诰归焚黄，赐钞给驿传。宣宗皇帝临御，进翰林学士，奉政大夫。年逾七十，再上章乞致仕归，不听。
>
> 公事亲孝，与弟粲友爱相笃终身；与人交，久益敬。为人贞静不苟附。初入翰林，乡人有为大宗伯者，得君，有气势赫赫；朝士希进者日奔走其门。公以故旧独自守，未尝轻造；间或邀公，辄以礼辞；士论高之。闲暇，闭户焚香，鸣琴赋诗以自乐，人号自乐先生。襟宇澄澹，风韵萧散；所好惟载籍法书，名画古器，自题其斋居曰乐琴书处，杂列花卉奇石。高人韵士至，必具觞酌，或吟或弈，意度翛然。所作诗文有《滇南稿》、《随笔录》、《西清余暇》、《自乐稿》，藏于家。年七十有八。一日微疾，犹作《和王行俭詹事小洞天词》，明日捐馆，宣德甲寅十月二十二日也。讣闻，上遣礼部郎中陈谟赐祭，给驿舟归丧，命有司营葬。元配顾，赠宜人。继陈。子二：芹，先十五年卒。藻，中书舍人，升右大理寺副。孙男二：潮，秀敏好学，先十年卒。次源。女三：长归俞珙，余在室。曾孙男一。士奇与公同入翰林，相交三十有三年，最相得。其殁也，盖哭之恸。于是粲及藻求予表墓。予忍以衰朽而忘情老友哉？敬为之表。

遣言措意，切近的当；然遽以拟欧阳修，亦似少过。欧阳气逸韵流，意态无穷。士奇言尽而意止，趣味不长。只是纡徐委备，无艰难劳苦之态，所以得欧阳之仿佛；然亦以启冗弱之病。欧阳意有余于词，故耐咀味，士奇词或饶于意，不免芜弱也。

杨荣与士奇同主一代之文柄，而传有《杨文敏集》二十五卷（南京龙蟠里图书馆藏有明正统刻本）。其文章雍容平易，体格与士奇略同。虽无深湛幽渺之思、纵横驰骤之才足以震耀一世，而逶迤有度，醇实不炫。其他永嘉黄淮字宗豫，有《省愆集》二卷（南京龙蟠里图书馆藏有明正统刊本）。新淦金幼孜名善（以字行），有《金文靖集》十卷

（南京龙蟠里图书馆藏有明弘治间刻本），春容雅步，颇亦肩随。盖其时天下康乐，故廊庙赓飏，具有气象，操觚者亦不知也。

杨溥以弘识雅操骖驾三杨，而刻意遒古，力摹昌黎；而不以文名，其集亦不传。睹所为《承恩堂记》曰：

皇上嗣登天宝，嘉念苍生，期底雍熙，图任老成人，弥纶治化；少师吏部尚书蹇公实为之冠。宣德七年秋，诏有司，若曰："予有辅臣，粤自先朝，伟著德望，暨于今启沃居多。予于庶政咨焉，予于庶官审焉。克允克谐，实惟其人。欲新厥居以称予优礼之意；其绘图以进。"有司明日以图进，弗称。又明日更为图进，弗称。上乃自规画授有司。乃卜地于都城东南，厥位维阳，厥土维刚；董材于肆，厥木维良，厥石维贞，陶瓦维坚；乃卜日之吉鸠工；裒高以平，筑虚以实，引绳缩板，以垣厥周。乃建厥堂，翼之以室；乃辟厥路，重之以门；甓之甃之，涂之沐之，不逾月告成。祀先有庙，礼宾有馆，庖有厨，汲有井，有库有厩，以储以牧。轮奂咸美，百用具备。复命大臣燕饮以落之，肴核酒醴，咸出大官。

公谓翰林学士杨溥曰："昔晋献文子成室，诸大夫发焉。当时善颂善祷者见称于君子。子何以语我？"溥不敢以不敏辞，乃酌而祝曰："惟天佑国家，乃实以贤哲简畀平格，复锡以寿，若周之毕公，策名文武之世，相成王，相康王，永光周室。公历四朝，进位师保，享高年，辅圣天子丕隆太平之运。溥于斯为国家贺。"又酌而祝曰："明盛之世，惠归之德，君子享多福，而民咸乐其乐。是以锡马蕃庶，昼日三接，乃惟康侯。溥于斯为天下苍生贺。"又酌而祝曰："福善之报，惟有德于民者为盛。古昔名臣辅君致治，实功允德，孚达神明，身被光荣，泽流子孙，与国同久。《诗》曰：'惟其有之，是以似之。'溥于斯为公贺！"公酌而复曰："圣天子之恩笃不敢忘。子亦可谓善颂者矣。"谨名其堂曰承恩堂，请书此以为记。

取材结体,摹诰范颂,有意矜练,又是一格;而与士奇、荣之汗漫演迤者不同。虽出以平实雅淡,而矜持少变化,光焰不长。然何李之前轨也。

第五节　李东阳附邵宝

茶陵李东阳,字宾之,历相孝宗、武宗,工为文章,朝廷大著作,多出其手。自明兴以来,宰臣以文章领袖搢绅者,杨士奇后,东阳而已。传有《怀麓堂集》一百卷,其中文稿六十卷;文章在难易之间,视士奇为刻意,而语未坚卓;比宋濂稍安闲,而意则肤泛。《明史》以典雅流丽称之,不免誉非其实。然其为之工者,亦能舂容尽意,无矫揉造作之致,故能继踪士奇而主文章之坛坫。录《甲申十同年图诗序》曰:

> 《甲申十同年图》一卷,盖吾同年进士之在朝者九人,与南京来朝者一人而十,会于太子太保刑部尚书吴兴闵公朝瑛之第,图焉者也。图分为三曹:自卷首而观,其高颧多髯,髯强半白,袖手右向而侧坐者,为南京户部尚书公安王公用敬。微须,鬓斑白,鸢肩高耸,背若有负而中坐者,为吏部左侍郎泌阳焦公孟阳。微须,多鬓,白毵毵不受栉,面骨棱层起,左向坐,右手持一册,册半启闭者,为礼部右侍郎掌国子祭酒事黄岩谢公鸣治。又一曹,微须赪面,笑齿欲露,左手握带,右向而半者,工部尚书郴州曾公克明。虎头方面,大目丰准,须髯微白而长,右手携牙牌,左握带,中左坐者,闵公也。白须,黎面,面老皱,两手握带,中右坐者,工部右侍郎泰和张公时达。无须,赪面,耸肩袖手而危坐,且左顾者,都察院左都御史浮梁戴公廷珍。又一曹,为户部右侍郎益都陈公廉夫者,面微长且赪,眉浓,发半白,稍右向而坐。为兵部尚书华容刘公时雍者,面微方而长,须鬓皓白,左手握带,右手按膝而中坐。予则面微长而臞,髭数茎,白且尽,中若有隐忧,右手持

一卷如授简状，坐而向左，居卷最后者，是也。九人者，皆画工面对手貌，概得其形模意态。惟焦公奉使南国，弗及会，预留其旧所图者而取之，故仅得其半而已。是日谢公倡为诗，吾八人者皆和。焦公归亦和焉。

传有之："物之不齐，物之情也。"十者数之成，而亦数之渐。以吾十人者，得之于四十年之余，良不为少。然以二百五十人者，而不能二十之一；则谓之多，亦不可也。以年论之：闵公年七十有四，张公少二岁，曾公又少二岁，谢焦二公又少一岁，刘、戴、陈、王四公又递少一岁。予于同年为最少，今年五十有七，亦已就衰。追忆曩时之少者壮者，使猝然而逢之，若不相识也。且以地以姓论之，无一同者。以官，则六部之与都察院，其署与职，亦莫能以皆同。盖所谓"不齐"者如此。然摅志效力，各执其事，以赞扬政化，期弼天下于熙平之域，则未始不同。语有之："人心不同，有如其面。"今固不可以貌论也，又何爵齿族里之足云乎？孔子论成人，以"久要不忘"为次，而廉知勇艺，"文之礼乐"者为至。兹九人者之才之行，汇征类聚，建功业于天下，固将以大有成。惟予蹇劣无似，方惧名实之不副；而是心也，不敢以相负也。然则今日之会，岂徒为聚散离合，时考而世讲之具哉？唐九老之在香山，宋五老之在睢阳，歌诗宴会，皆出于休退之后。今吾十人者，皆有国事吏责，故其诗于和平优裕之间，犹有思职勤事之意。他日功成身退，各归其乡，顾不得交倡迭和，鸣太平之乐以续前朝故事；则是诗也，未必非寄情寓意之地也。因萃而序之以各藏于其家。

闵公名珪，张公名逵，曾公名鉴，谢公名铎，焦公名芳，刘公名大夏，戴公名珊，王公名轼，陈公名清，今各以字举。而余则太子太保户部尚书谨身殿大学士长沙李东阳宾之也。进士举于天顺之八年，会则于弘治十六年癸亥三月二十五日；越翼日，乃序。

意度娴雅，步骤谨严，集中如此者不多见也。好文章，尤奖成后进，推挽才彦；学士大夫出其门者，卒粲然有所成就。

无锡邵宝字二泉，乡试出东阳之门；故其诗文矩度，皆宗法东阳。东阳于其诗文亦极推奖，曾作《信难》一篇以赠，称："其集出入经史，搜罗传记，该括情事，摹写景物，以极其所欲言，而无冗字长语、辛苦不怡之色，若欲进于古之人。"且以欧阳修之知苏轼为比。传有《容春堂集》六十六卷（南京龙蟠里图书馆藏有明嘉靖刻本）。其文边幅少狭，而部勒有度，易而不率，畅而不芜，体近东阳而无其末流冗阘肤廓之失，亦卓然以成一家者矣。

第六节　李梦阳　何景明附康海王九思 王廷相

庆阳李梦阳字献吉，起自穷边，而才思雄骜，卓然以复古自命。弘治时，李东阳以宰相主文柄，翕然为天下宗。梦阳亦尝执贽焉，独讥其萎弱，倡言"文必秦汉，诗必盛唐"。非是者弗道。与何景明、徐祯卿、边贡、康海、王九思、王廷相号七才子，而梦阳为之魁。传有《空同集》六十六卷（南京龙蟠里图书馆藏有明万历刊本），盛气矜心，欲驾八家而上之。其文则故作聱牙，范经铸子，以艰深文其浅易。而雄迈之气，足以振啴缓；生撰之句，足以矫平熟；风气鼓荡，观听变易，所谓"虽以无道行之，必可畏也"。录《禹庙碑》曰：

李子游于禹庙之台，鉴长河之防，孤城故宫，平沙四漫，遐盼故流，北尽碣石，九派湮淤，云草浩浩。于是怆然而悲曰："嗟乎！予于是知王霸之功也。"霸之功欢，久之疑。王之功忘，久之思。昔者禹之治水也，导川为陆，易氿为宁；地以之平，天以之成。去巢就庐，而粒而耕，生生至今者，固其功也，所谓万世永赖者也。然问之耕者弗知，粒者弗知，庐者弗知，陆者弗知。故曰"王之功忘"。譬之天生物而物忘之，泳者忘其川，栖者忘其枝，民者忘其圣人；非忘之也，不知之也，不知自忘。及其菑也，号呼而祈恤，于是智者则指之所从来，而庙者兴矣。河盟津东也，飋旷肆悍，势犹建瓴，堤堰一决，数郡鱼鳖。于是昏垫之民，匍匐诣庙，稽首号曰："王在，吾奚役斯？"所谓思也。故不忘不大，不思不深。深莫如地，大莫如王，天之道也。霸者非不功也，然不能使之不忘，而不能使之不疑。何也？不忘者小，小则近，近则浅，浅则疑，如秦穆赐食善马肉者酒是也。夫天下未闻有庙桓文者也，故曰"予观禹庙而知王霸之功也"。或问汤文不庙。李子曰："圣人各有其至：尧仁舜孝，禹功汤义；文王之忠，周公之才，孔子之学，是也。夫功者，切于菑者也。大梁以菑故，是故独庙禹。"

是时监察御史澶州王子会按江南，登台四顾，乃亦怆然而悲曰："嗟乎！余于是而知功之言征也。吾少也览，尝蹑州城，眺沧渤，南目大梁之墟；乃今历三河，揽淮泗，极洪流而尽滔滔，使非有神者主之，桑而海者久矣，尚能粒耶、耕耶、庐耶？能氿者宁耶、川者陆耶？嗟乎！予于是而知功之言征也。所谓'微禹吾其鱼'者耶？所谓'美载勤而不德'者耶？"于是饬所司葺其庙，而属李子碑焉。王子，名溱，以嘉靖元年春按江南，明年秋，代去。乃李子则为迎送神辞三章，俾祭者歌之以侑神焉。其辞曰：

天门兮显辟，赫赫兮云吐。窈黄屋兮陆离，灵总总兮上下。羌若来兮倏不见；不见兮奈何？望美人徒怨苦，横四海兮怒波。緪弦兮铛鼓，神不来兮谁怒。　　执河伯兮显戮，饬阳侯兮清路。灵霮霴兮来至，风泠泠兮堂户。舞我兮我酹，尸既饱兮颜酡。惠我人兮乃土乃粒，日云暮兮尸奈何？　　风九河兮涛暮云，曀曀兮昏雨。王驾凤兮骖文鱼，龙翼翼兮两旆。怅佳期兮难屡，心有爱兮易离。爱君兮思君，肴芳兮酒芬，君归来兮庇吾民。

不懈及古，力求拔俗，大率类是。然不免雕琢伤元气，未能浑成天然。杨士奇李东阳以啴缓见余力，而或懦不能以自振，芜不能以自裁。李梦阳何景明以生奥得古致，而卒涩不能以自运，格不能以自吐。傥知此之所以得，即征彼之所为失，亦文章得失之林也。

信阳何景明字仲默，与李梦阳俱倡为复古之学。梦阳最雄骏。景明稍后出，相与颉颃。然二人天分各殊，规模不同。梦阳才雄而气盛，故枵张其词。景明虑详而力缓，故敛抑其气。而未脱尽古人畦封以造于浑化则一；斯摹拟之蹊径也。景明传有《大复集》三十八卷（清乾隆间何氏重刻本咸丰重刻本）。录《师问》曰：

有问于何子者曰："今之师，何如古之师也?"何子曰："古也有师，今也无师。""然则今之所谓师者何称也?"曰："今之所谓师也，非古之所谓师也。其名存，其实亡，故曰无师。"曰："古之师可得闻欤?"曰："古者教之之法：曰性曰伦。性则仁、义、礼、智、信是也；伦则君臣、父子、兄弟、长幼、朋友是也。于是而学焉以由之曰道，学焉以得之曰德，用之而足以举于天下曰业。是故古之师，将以尽性也，明伦也，则其道德而蓄其业也，是谓古之师也。"曰："何谓今之师?"曰："今之师，举业之师也。执经授书，分章截句，属题比类，纂摘简略，剽窃程式，传之口耳，安察心臆，叛圣弃古，以会有司。是故今之师，速化苟就之术，干荣要利之媒也。"

曰："师止是二者乎?"曰："否，不止是也。汉有经师，作训诂以传一家之业者也；君子有尚之。唐宋以来，有诗文师，辨体裁，绳格律，审音响，启辞发藻，较论工鄙，咀嚼齿牙，媚悦耳目者也；然而壮夫犹羞称之。故道德师为上，次有经师，次有诗文师，次有举业师。师而至于举业，其卑而可羞者，未有过焉者也。"曰："然则废举业已乎?"曰："何可废也？今之取士之制也，士进用之阶也。"曰："是既不可废，子何谓其卑而可羞也?"曰："吾所谓卑而可羞者，非其制使然也，师举业者之敝也。古之师之教者，立廉耻之节，守礼义之闲，不重贵富，不羞贫贱，不诎身于威武，不失志于患难，故上乐得人而用之。夫今独不欲得是人用哉？顾以身求之，势为难也，故以言观之；以言观之，故有科举之制。岂逆其师之教弟子之学,乃以为利之门也?尝见今之为其子弟求师,及其子弟之愿学者,口访耳采;有告之曰:'某,高官也。其前,高第也。其举业,则精也。其师之。'于是虽千里从之也。又告之曰:'某,未有高官也,未有高第也。其道德则可师也。'于是虽比舍弗从之矣。夫巫医乐工与凡百工相师法以习其技艺,所以求食也;安有士相师以求食而可为也?此吾所谓卑而可羞者也。"曰:"若是则何如而可也?"曰:"今之举业,所习者固古圣人之言也;因其言,求其道,修之内而不愿乎其外,达则行之,困则存之;兴斯教也,安知今之师非古之师哉?"问者于是避席曰:"今日乃承益我以师之说。"

景明志操耿介,尚节义,鄙荣利,与梦阳并有国士风。两人为诗文,初相得甚欢;名成之后,互相诋諆。梦阳主摹仿,而景明则主创造,各树坚垒不相下。两人交游,亦遂分左右袒。景明之才,本逊梦阳,而其文章闲雅稳称,不如梦阳之奇崛博奥,而亦无梦阳张脉偾兴之敝。然天下语诗文,必并称何李;又与边贡、徐祯卿并称四杰。

边贡,字廷实,历城人,有《华泉集》十四卷;徐祯卿,字昌谷,吴县人,有《迪功集》六卷;皆以诗名,而文非所长。七子之中,惟武功康海字德涵,文章岸异,何景明异厥驱迈,李梦阳谢其雄浑,笔力夭矫。有《对山集》十卷。其拟《廷臣论宁夏事状》及《铸钱论》诸篇,尤洞爽轩辟,称心而谈,虽不如梦阳之遒炼;然其逸气往来,翛然自异,固在梦阳之割剥秦汉者上也。鄠县王九思,字敬夫,有《渼波集》十六卷,自序称:"始为翰林时,诗学靡丽,文体萎弱,其后德涵、献吉导予易其习。献吉改正予诗稿,而文由德涵改正者尤多"云云。诗体文格,差得二人仿佛。然诗之富健,不及梦阳。文之粗率,尤甚于海。虎贲貌似,无足贵尔。仪封王廷相,字子衡,传有《王氏家藏集》六十八卷,其诗文列名七子之中;而轨辙相循,亦不出北地信阳门户云。

第七节　王守仁　杨慎

何李复古之声既高，天下从风而靡，以艰深钩棘，相与剽剟古人，求附坛坫。而于时有大儒出焉，曰余姚王守仁字伯安，特以致良知绍述宋儒象山陆氏之学。而发为文章，缘笔起趣，明白透快，原本苏轼；上同杨士奇李东阳之容易，而力裁其冗滥；下开唐顺之归有光之宽衍，而不强立间架。初与李何诸人倡和，后大有所悟，断然弃去，社中人皆深惜之，曰："学如韩柳，不过文人；辞如李杜，不过诗人；惟志心性之学，以颜闵为期者，乃人间第一等德业也。"身系风气之中，而文在风气以外，直抒胸臆，沛然有余，不斤斤于格律法度之间；而不支不蔓，称心出之，傥亦致良知之形诸文章者耶？传有《王文成全书》三十八卷(《四部丛刊》影印明隆庆间谢廷杰刻本，清光绪间浙江书局刻本)；其中《文录》五卷，《别录》十卷。录《寄杨邃庵阁老书》曰：

> 前日尝奉启，计上达。自明公进秉机密，天下士夫忻忻然动颜相庆，皆为太平可立致矣。门下鄙生独切生忧，以为犹甚难也。亨屯倾否，当今之时，舍明公无可以望者；则明公虽欲逃避乎此，将亦有所不能。然而万斛之舵，操之非一手；则缓急折旋，岂能尽如己意。临事不得专操舟之权，而偾事乃与同覆舟之罪，此鄙生之所谓难也。夫不专其权，而漫同其罪，则莫若预逃其任；然在明公，亦既不能逃矣。逃之不能，专又不得，则莫若求避其罪，然在明公，亦终不得避矣。天下之事，果遂卒无所为欤？夫惟身任天下之祸，然后能操天下之权。操天下之权，然后能济天下之患。当其权之未得也，其致之甚难；而其归之也，则操之甚易。万斛之舵，平时从而争操之者，以利存焉。一旦风涛颠沛，变起不测，众方皇惑震丧，救死不遑，而谁复与争操乎？于是起而专之，众将恃以无恐，而事因以济。苟亦从而委靡焉，固沦

胥以溺矣。故曰“其归之也，则操之甚易”者，此也。

古之君子，洞物情之向背而握其机，察阴阳之消长以乘其运，是以动必有成而吉无不利。伊旦之于商周，是矣。其在汉唐，盖亦庶几乎此者。虽其学术有所不逮，然亦足以定国本而安社稷，则亦断非后世偷生苟免者之所能也。夫权者，天下之大利大害也，小人窃之以成其恶，君子用之以济其善，固君子之不可一日去，小人之不可一日有者也。欲济天下之难，而不操之以权，是犹倒持太阿而授人以柄，希不割矣。故君子之致权也有道，本之至诚以立其德，植之善类以多其辅，示之以无不容之量以安其情，扩之以无所竞之心以平其气，昭之以不可夺之节以端其向，神之以不可测之机以摄其奸，形之以必可赖之智以收其望，坦然为之下以上之，退然为之后以先之，是以功盖天下而莫之嫉，善利万物而莫与争。此皆明公之能事，素所蓄而有者；惟在仓卒之际，身任天下之祸，决起而操之耳。夫身任天下之祸，岂君子之得已哉？既当其任，知天下之祸将终不能免也，则身任之而已；身任之，而后可以免于天下之祸。小人不知祸之不可以幸免，而百诡以求脱；遂致酿成大祸，而已亦卒不能免。故任祸者，惟忠诚忧国之君子能之，而小人不能也。某受知门下，不能效一得之愚以为报，献其芹曝，惟鉴其忱悃而悯其所不逮，幸甚。

守仁未讲学时先与同辈学作诗文；故讲学之后，其往来论学书及奏疏，皆纡徐委备，如晓事人语，洞彻中边。虽识见之高，学力之到，然其得力，未始不在少年时一番简练揣摩也。《寄杨邃庵阁老书》，集中题下注癸未；按年谱，为嘉靖二年，守仁五十二岁作。条达疏畅，如水到渠成，自然洄澜，所谓“文章老更成”也。而其早年之作，亦有摹拟为古，未臻于浑化者。如《黄楼夜涛赋》文尾署弘治甲子，为弘治十七年，时守仁三十三岁。而《卧马冢记》、《宾阳堂记》、《重修月潭寺建公馆记》、《玩易窝记》诸篇，题下注戊辰，则正德三年，守仁三十七岁。是时学道未成，而刻意为文，吐词命意，力求遒古；想与何李为声气之求耶？然气疏以达，不如梦阳之矜重；而亦无其僻涩聱牙之病。简炼醇雅，波澜气焰未极傲奇伟丽之观；而春容尔雅，无艰难劳苦之态；条达疏畅，故天性也。至《浚河记》题下注乙酉，为嘉靖四年，守仁五十四岁时作，亦简练以为古者。然抑遏蔽掩，敛气为劲，亦与梦阳之叫嚣恣肆者不同，然故集中之别出机杼者矣。余故特表而出之。

与何李诸子交游接席，而文章不在声气之中者；曰王守仁，曰新都杨慎字用修。然慎与守仁蹊径亦不同。守仁春容疏快，体出宋人，于杨士奇李东阳为近；而不同杨李之庸肤。慎则博奥奇丽，推本秦汉，与何景明李梦阳略同；而不为何李之僻涩。盖皆卓然有以自树立于斯文绝续之会，而不苟徇风气，亦不故为违异者也。慎幼警敏，十一岁能诗，十二岁拟作《古战场文》、《过秦论》，长老惊异。入京赋《黄叶诗》，李东阳见而嗟赏，令受业门下；而文章肆力于古，不落东阳窠臼；传有《升庵集》八十一卷（南京龙蟠里图书馆藏有明万历刻本，又有乾隆六十年养拙山房重刻本）。明世记诵之博，著作之富，推慎为第一。然论说考证，往往恃其强识，不及检核原书；而恃气求胜，证佐不足，辄造古书以实之；因搜考妇人弓足，遂造《汉杂事秘辛》，以为起于后汉也。其文曰：

> 建和元年四月丁亥，保林姁姁以丙戌诏书下中常侍超曰："朕闻河洲窈窕，明辟思服。择贤作俪，隆代所先。故大将军乘氏忠侯商所遗少女，有贞静之德，流闻禁掖。其与姁并诣商第，周视动止，审悉幽隐，其毋讳匿。朕将采焉。"姁即与超以诏书趋诣商第。第内欢噪。食时，商女女莹从中阁细步到寝。姁与超如诏书周视动止，俱合法相。超留外舍；姁以诏书如莹燕处，屏斥接侍，闭中阁子。
>
> 时日晷薄辰，穿照蜃窗，光送著莹面上，如朝霞和雪，艳射不能正视；目波澄鲜，眉妩连卷，朱口皓齿，修耳悬鼻，辅靥颐颔，位置均适。姁寻脱莹步摇，伸髻度发，如黝髹可鉴；围手八盘，坠地加半。握已，乞缓私小结束。莹面发赪抵拦。姁告莹曰："官家

> 重礼，借见朽落，缓此结束，当加鞠翟耳。”莹泣数行下，闭目转面内向。姁为手缓，捧著日光，芳气喷袭；肌理腻洁，拊不留手。规前方后，筑脂刻玉。胸乳菽发，脐容半寸许珠。私处坟起，为展两股，阴沟渥丹，火齐欲吐；“此守礼谨严处女也。”约略莹体，血足荣肤，肤足饰肉，肉足冒骨。长短合度，自颠至底，长七尺一寸；肩广一尺六寸；臀视肩广减三寸；自肩至指，长各二尺七寸；指去掌四寸，肖十竹萌削也；髀至足长三尺二寸，足长八寸，胫跗丰妍，底平指敛，约缣迫袜，收束微如禁中。久之，不得音响。姁令催谢“皇帝万年”。莹乃徐拜，称“皇帝万年”，若微风振箫，幽鸣可听。不痔不疡，无黑子创陷及口鼻腋私足诸过。“臣妾姁女贱愚憨，言不宣心，书不符见；谨秘缄，昧死以闻。”时夜漏三下，太后犹御寿安殿，发缄欢喜，顾语帝曰：“吾入宫后知有幼妹；然中外隔阔，目所未见，不谓争达如尔。”明日诏下有司议礼。有司奏曰：“谨按《春秋》，迎王后于纪，在途则称后。故大将军乘氏忠侯商女，今大将军参录尚书事乘氏侯冀女弟，膺绍圣善，旧协潜邸。结婚之际，有命既集。宜备礼章，时进征币，请下三公太常按礼仪。奏可，一准孝惠皇帝纳后故事。”

杨慎序称“《汉杂事》一卷，得于安宁州土知州董氏；卷首有‘秘辛’二字不可解，要是卷帙甲乙名目。”然《御览》诸书，亦有《汉杂事》，而略不及此；按之《后汉书》，事实乖剌不相应；即慎所伪作也。特以多见古书，含英咀华，事尽淫艳，文极朴古，不见鄙秽，吐属馨逸；贤于何李诸家窒塞艰涩、不可句读者远已！

第八节　王世贞附李攀龙　宗臣附吴国伦

明代文章，自前后七子而大变。前七子以李梦阳为冠；何景明附翼之。后七子以历城李攀龙字于鳞者为倡；太仓王世贞字元美者应和之。后攀龙先逝，而世贞名位日昌，声气日广，著述日富，坛坫遂跻攀龙上。然尊李梦阳，排李东阳，重振前七子之旂鼓者，攀龙实先登之枭也。其持论谓："文自西京，诗自天宝而下，俱无足观。"于本朝独推李梦阳。而世贞与谢榛、宗臣、梁有誉、徐中行、吴国伦翕然和之；非是则诋为宋学。诸人多少年，才高气锐，视当世无人，互相标榜，号七才子。攀龙才思劲鸷，名最高；独心重世贞；天下亦并称王李；又与何景明李梦阳，并称何、李、王、李。第世贞声华意气驾出何景明。而攀龙才思识力远逊李梦阳。何者？才不如梦阳之大，斯气不能以自运；学不如梦阳之深，故句不能以自造；而割剥秦汉，生砌硬填，徒见诘屈其词，涂饰其字。传有《沧溟集》三十卷，附录一卷（南京龙蟠里图书馆藏有明隆庆刻本，又有清道光重刻本）。其中文十六卷，聱牙棘口，读者至不能终篇。而世贞则亟称之曰："李于鳞如商彝周鼎，海外瑰宝；身非三代人与波斯胡，可重不可议。"然其辞愈古，其章弥碎。其气愈矜，其意弥隐。世贞始与攀龙狎主文盟；攀龙殁，独操柄二十年，才最大，地望最显，令闻广誉，笼盖海内。其持论"文必西汉，诗必盛唐；大历以后书勿读"；一本攀龙。而读其文，奇桀自喜，出之沛然；记事文尤蔚跂，反复低昂，不似《沧溟集》兀臬也；《嘉靖以来首辅传》词气铿訇，仿佛《史》《汉》，使人精神振发；第字句剽袭，往往不能帖妥，斯则攀龙之同调，而何李之嗣响也已。传有《弇州山人四部稿》一百七十四卷，《续稿》二百七卷（南京龙蟠里图书馆藏有明世经堂刻本）；又有《弇山堂别集》一百卷（广州局刻本）。自来文集之富，未有过于世贞者。录《华孟达集序》曰：

> 无锡有华孟达者，一日而以书数百言自通，且贽其诗若文三卷，曰："今天下称龙门者必以子。夫龙门者，其左右夹上造霄汉；西来之流，径万里而下，束三级，齿石成霜雪，噫声成霆霹。倍寻之鲤一过之，则神灵起于鬐鬣间；上帝飨之，爵为应龙。乃不佞之鲤则异是。子幸而汰之乎？吾将去而攻吾疾。其又幸而姑志之乎？吾将去而益炼吾质以俟乎他日。"

余既异其言，为之稍读其书；而中有与其宗人往复者，亦类是云。宗人而好慕为古文辞，则从臾为古文辞；其欲梓行之，则勿敢也，曰："吾且折衷于衡艺者。远而左、马、庄、屈、建安、杜、李，吾师之。近而北地济南，吾仪之。然无若王子之当吾世也，吾其从折衷矣。"余益异之，乃为竟其诗若文。诗体出入中古，躐长庆而揽永嘉，清楚冲夷，有悠然自赏之味。文笔尤峻洁，裁之，则驷、邕之小言也；畅之，则昌黎、河东之顺轨也；乃尺牍萧萧乎人意表矣。夫此孟达境也，孟达之为识，逾是境而三舍矣，毋乃犹有待者才也。其才佹及境矣；毋乃犹有待者学也。夫学者，充才者也。才者，趣识者也。吾姑志之，而孟达姑听之。虽然，孟达以吾言而信可也，是亦且梓而行矣。其所以行者何也？对授人以弹射也。

昔者文信侯为《吕览》，布之咸阳市，而榜其上曰："有能增损一字者，予千金。"而人莫敢增损也。其识者窃笑之矣。异代子云闻而诧曰："惜不以我往，将席卷其金以归。"则又笑之。其所以笑者何也？为文信侯之挟诈，而子云之见事晚也。今孟达居贫贱，而名未即就，不足以胁人之耳目而易其真。天下而信之，则真信也。其犹有弹射者，皆孟达之不朽地也；是何世之为孟达龙门者众也？孟达亟称有郁人文者，其鲤耶？其龙门耶？请质之而不以非，则置弁焉。

是世贞之学秦汉而臻于浑化者；节节顿挫，不矜奇辞奥句，而字字若履危崖而下，落纸乃迟重绝伦，得古人遒峻之致，而不袭奥僻之词，学秦汉者当以此为法。而《明史》以"藻饰太甚"为世贞病，此或论其诗耳。若就文论文，则摹秦仿汉之中，自有灏气行乎其间，抑扬爽朗；如《书应生事》一篇，遥逸横生，于诘屈之中，发挥奇趣；何可以摹拟二字一笔抹杀耶？所以世贞之与攀龙，摹拟秦汉同；而所为摹拟则异。攀龙只剽其字句，世贞时得其胎息。然七子之学，得于诗者较深，得于文者颇浅；故其诗多自成家，而古文则钩章棘句，剽袭秦汉之面貌者，比比皆是，故不独一攀龙。若乃跌宕俊逸，不徒以钩章棘句为能事者，七子中，惟世贞。

其次则兴化宗臣字子相；传有《宗子相集》十五卷（南京龙蟠里图书馆藏有明嘉靖刻本）；文笔疏爽，无剽剟填砌之习。录《报刘一丈书》曰：

数千里外，得长者时赐一书以慰长想，即亦甚幸矣，何至更辱馈遗，则不才益将何以报焉？书中情意甚殷，即长者之不忘老父，知老父之念长者深也。至以"上下相孚，才德称位"语不才；则不才有深感焉。夫才德不称，固自知之矣。至于不孚之病，则尤不才为甚。

且今之所谓"孚"者何哉？日夕策马候权者之门，门者故不入；则甘言媚词，作妇人状，袖金以私之。即门者持刺入，而主人又不即出见，立厩中仆马之间，恶气袭衣袖，即饥寒毒热不可忍，不去也。抵暮，则前所受赠金者，出报客曰："相公倦，谢客矣。客请明日来。"即明日又不敢不来，夜披衣坐，闻鸡鸣，即起盥栉，走马抵门。门者怒曰："为谁？"则曰："昨日之客来。"则又怒曰："何客之勤也，岂有相公此时出见客乎？"客心耻之，强忍而与言曰："亡奈何矣，姑容我入。"门者又得所赠金，则起而入之。又立向所立厩中。幸主者出，南面召见，则惊走匍匐阶下。主者曰："进！"则再拜，故迟不起，起则上所上寿金。主者故不受，则固请；主者故固不受，则又固请；然后命吏纳之，则又再拜。又固迟不起，起则五六揖始出。出揖门者曰："官人幸顾我。他日来，幸无阻我也。"门者答揖。大喜奔出，马上遇所交识，即扬鞭语曰："适自相公家来，相公厚我厚我！"且虚言状。即所交识，亦心畏相公厚之矣。相公又稍稍语人曰："某也贤，某也贤。"闻者亦心计交赞之。此世所谓"上下相孚"也。长者谓仆能之乎！

前所谓权门者，自岁时伏腊一刺之外，即经年不往也。间道经其门，则亦掩耳闭目跃马疾走过之，若有所追逐者。斯则仆之褊衷，以此长不见悦于长吏。仆则愈益不顾也。每大言曰："人生有命，吾惟守分而已！"长者闻之，得无厌其为迂乎？乡园多故，不能不动客子之愁。至于长者之抱才而困，则又令我怆然有感。天之与先生者甚厚，无论长者不欲轻弃之，即天意亦不欲长者之轻弃之也。幸宁心哉！

淋漓喷薄，无复摹秦仿汉之习；而感慨中出恢诡，乃极似太史公《游侠列传叙》、杨恽《报孙会宗书》。至其《西门》、《西征》、《二曾夜谈》诸记，则摹拟之迹未化，而气体便形窘拘；然纡徐委备，雅健有度，绝无叫嚣矜张之态；斯则攀龙之所不如者已。

临清谢榛，字茂秦，传有《四溟集》十卷（明俞宪编《盛明百家诗》中有之）；诗独有名。长兴徐中行，字子舆，传有《天目山堂集》二十卷，附录一卷（南京龙蟠里图书馆藏有明万历刊本）。兴国吴国伦，字明卿，于七子中最老寿后死；好客轻财，声名藉甚。求名之士，不东走太仓，则西走兴国。世贞殁，国伦犹无恙，传有《甔甀洞稿》五十四卷，续稿二十七卷，亦伙颐沉沉者也。

第九节　王慎中　茅坤
唐顺之　归有光

何、李、王、李后先炫耀，方以钩棘涂饰相高。而有人焉，独以欧曾相撑拄，章妥句适，雍容和雅，卓然以名家者；曰晋江王慎中字道思。慎中为文，初主秦汉，袭何李之论，谓东京下无可取；已悟欧曾作文之法，乃尽焚旧作，一意师仿，尤得力于曾巩。唐顺之初不服，久亦变而从之。天下称之曰王唐。家居问业者踵至。李攀龙王世贞后起，力排之，卒不能掩；亦犹何景明李梦阳之于李东阳，能掩而胜之，终不能挤而废之也。而攀龙亦慎中提学山东时所取士。慎中传有《遵岩集》二十五卷。有李东阳之演迤详赡，而无其庸音肤词。得曾巩之醇厚典硕，而饶有悠情逸韵。录《送程龙峰郡博致仕序》曰：

嘉靖二十三年，制当黜陟天下百司，庶职报罢者凡若干人。而吾泉州儒学教授程君龙峰名在有疾之籍，当致其事以去。程君在学，方修废起坠，搜遗网失，以兴学成材为任。早作晏休，不少惰怠。耳聪目明，智长力给，非独精爽有余，意气未衰；至于耳目之所营注，手足之所蹈持，该涉器数而周旋仪等，纤烦劳惫，莫不究殚胜举。不知司枋者奚所考而名其为疾也。黜陟之典，将论贤不肖以驭废置。人之有疾与否，则有命焉；贤不肖之论非可倚此以为断也；况于名其为疾者，乃非疾乎？人之贤不肖藏于心术，效于治行，其隐微难见而形似易惑，故其论常至于失实；非若有疾与否可以形决而体定也。今所谓疾者，其失若此；则于贤不肖之论，又可知矣。此余所以深有感也。

又有异焉：古者宪老而不乞言。师也者，所事也，非事人也；所谓"以道得民"者是也。责其筋力之强束，课其骸骨之武健，是所以待猥局冗司之末也。古之事师也，其饮食，于饭患其噎，于胾患其哽，而祝之也；其居处，于坐则有几，于行则有杖，皆所以事师而修其辅羸摄痾之具。未闻以疾而罢之也。古之道，其不可行于今乎！程君之僚与其所教诸生皆恨程君之去，谓其非疾也。余故论今之失而及古之谊，使知程君虽诚有疾，亦不可使去也。君去矣，敛其所学以教乡之子弟。徜徉山水之间，步履轻翔，放饭决肉，矍铄自喜。傥有讶而问者，"君胡无疾"也？聊应之曰："昔者疾而今愈矣，不亦可乎！"

优游缓衍而不矜张作态，繁简廉肉不失法；入后余韵悠然，戏笑甚于怒骂，是悟欧曾作文之法者也。以视七子之气嘶响嚣，作如许张致者，真觉春容大雅矣。

归安茅坤，字顺甫；少喜为文，每谓当跌宕激射似太史公。尝梦共太史公抽书石室，面为指画；唐以后若薄不足为者。及从唐顺之游。顺之乃疾折之曰："唐之韩，犹汉之马迁；宋之欧、曾、二苏，犹唐之韩子。不得致其至，而何轻议为也！"久而从其说；则以为："唐韩愈、柳宗元、宋欧阳修、曾巩、苏氏兄弟之于汉马迁，大略琴瑟柷敔，调各不同；而其得万物之情以肆于心，则一也。近代以来，学士大夫之操觚为文章无虑数十百家；其以云吻露噏、虎啮鸷攫之材扬声艺林者，亦星见踵出。然于仆所谓万物之情，或在置而未及也。嗟乎！隋唐之文，其患在靡而弱；而退之出而振之，固已难矣。乃若近代之文，其患在剿而赝；有志者苟欲出而振之，而其为力也，不尤戛戛乎其难矣哉？"顾所蕲向在太史公；其次韩愈。而谓："昌黎之奇，于碑志尤为巉削。予窃疑其于太史公之旨，或属一间；以其盛气掏抉，幅尺峻而韵折少也。太史公所为《史记》百三十篇，除世所传褚先生别补十一篇外，其他帝王世系或多舛讹，制度沿革或多遗佚，忠贤本末或多放失，而要之指次古今，出入风骚。譬之韩白提兵而战河山之间，当其壁垒部曲，旌旗钲鼓，左提右挈，中权后劲，起伏变化，若一夫剑舞于曲旃之上，而无不如意者。西京以来，千年绝调也。班固《汉书》严密过之，而所当疏宕遒逸，令人读之，杳然神游于云幢羽衣之间，所可望而不可挹者，予窃疑班掾犹不能登其堂而洞其窍也，而况其下者乎！唐以来，独韩昌黎为文，极力镵画，不可不谓之同工也。间按《顺宗皇帝实录》与《秦始皇本纪》，读之夐不相及；抑可概见其微矣。"而明以来，学者知由韩欧沿洄以溯太史公，而定清三百年文章之局者，坤实有开山之功也。王慎中优游缓衍，得欧阳修曾巩之法。而坤则疏宕遒逸，有苏轼王安石之态；传有《白华楼藏稿》十一卷，《续稿》十五卷，《吟稿》八卷，《玉芝山房稿》二十二卷，《耄年录》七卷。录《与查近川太常书》曰：

林卧既久，遂成懒癖。春来读岁书，始知浮生已四十九。因忆解印绶五六年，别兄京兆来则又八九年。仆束发来所深交如兄者能几？荏苒离愁，倏若羽驰如此。间抽镜对之，发虽未茎白，渐索矣；颜亦渐黝且槁矣。向之所欲附兄辈驰驱四方，数按古名贤传记所载当世功业，辄自谓未必不相及，气何盛也，而今何如哉！顷者候董甥之使自京邑还，得兄与施验封书，大略并嗟仆日月之如流，林壑之久滞，谓一切书问，不当与中朝之士遂绝；非肉骨心肾之爱，何以及此。甚且一二知己，或如汉之人所以嘲子云者，面嗔仆曰："某，今之贤者也。彼方位肘腋，中外之士所藉以引擢者若流水；若独流滞中林者，殆以世皆尚黑，而子独白耳。"仆笑而不应。而使自兄所来，辱兄口谕之，亦且云云。嗟乎！兄爱矣，而未之深思也。

仆尝读韩退之所志《柳子厚墓铭》，痛子厚一斥不复，以其中朝之士，无援之者。今之人或以是罪子厚气岸过峻，故人不为援。以予思之，他巨人名卿，以子厚不能为脂韦滑泽，遂疏而置之，理固然耳；独怪退之于子厚，以文章相颉颃于时，其相知之谊不为不深，观其于叙子厚以柳易播，其于友朋间，若欲为欷歔而流涕者。退之由考功晋列卿，抑尝光显于朝矣。当是时，退之稍肯出气力谒公卿间，如《三上宰相书》十之一二焉，子厚未必穷且死于粤也。退之不能援之于绾带而交之时，而顾吊之于墓草且宿之后，抑过矣。然而子厚以彼之才且美，使如今之市人搂十金之利者，凫喽蒲伏以自媚于当世；虽无深交如退之，文章之知如退之，当亦未必终摈且零落以至于此。而今卒若尔者，寸有所独长，尺有所独短。子厚宁饮瘴于钴鉧之潭，而不能遣一使于执政者之侧；宁以文章与椎髻卉服之夷相牛马，而不能奴请于二三故知如退之辈者；彼亦中有所自将故也。后之人宁能尽笑而非之耶？吾故于退之所志子厚墓，未尝不欲移其所以吊子厚者而咭且诘乎退之也。然子厚在当时，其所同刘梦得附王叔文辈，盖已陷于世之公议然耳。

后有士，其文章之盛，虽或不逮；而平生所从吏州郡及佩印千里之间，文武将吏，未尝不怜其能而悲其罢官之无从者。假令有当世之交如退之，官不特考功，显不特列卿；其他所引擢天下之士踵相接也。其独嗔子厚所不能，而为之耳无闻、目无见乎？抑亦怜其文章不遽在子厚下，故所并声而驰者；其官业所奋犹炯然其在世之耳目，或不当终摈而萎翳之也；将矜其愚，引其不能，而移其所引擢他人者而为之力乎？噫！仆至此，亦可投笔而自嘲矣，又何必人之嘲我为也？适遣使护少弟某谒选京邑，当过兄所问起居，且思有以复兄之口谕云云也。不觉呕吐至此。幸兄共一二知己，度仆生平之交，其文章之深，气力之厚，有如子厚之于退之者乎？脱或过焉，幸以其勿独嗔子厚而少为之巽言而请也。退之苟有知，未必不自悔恨于九原也已。何如何如？

坤为古文，刻意学司马迁韩愈而不能；乃似苏王。最心折唐顺之。顺之喜唐宋诸大家文，所著《文编》，唐宋人自韩、柳、欧、三苏、曾、王八家外，无所取。故坤选《八大家文钞》以与《史记钞》相表里；《文钞》行而《文编》废。乡里小生无不知茅鹿门（坤别号），以《八大家文钞》也。而唐宋八大家之目自此始。

武进唐顺之，字应德，学问渊博，自天文地理乐律兵法以至句股壬奇之术，无不精研。其文章法度，具见《文编》一书，所录上自秦汉以来，而大抵从唐宋门庭沿溯以入，分体排纂，盖清姚鼐《古文辞类纂》之所昉，而辟清代三百年文学之径涂者也。虽义例不免踳驳，进退亦多失据，不及姚氏纂之矜慎；然荜路之功，不可没也。尝谓“汉以前之文，未尝无法而未尝有法；法寓于无法之中，故其为法也密而不可窥。唐与宋之文，不能无法，而能毫釐不失乎法；以有法为法，故其为法也严而不可犯”。其言皆妙解文理。而所自为文章，则浑茫演迤，庶几灭尽针线迹，以跻于无法；而洮汰锻炼之功，或有未暇。盖其中年自诡讲学，而又不能忘情用世；又其学博而杂，自以为徙业者不啳其蔵也。传有《荆川集》十八卷（清康熙间唐氏刻本。光绪间武进盛氏《常州先哲丛书》重刻康熙本。又《四部丛刊》影印明万历刻本十七卷，外集三卷。又江宁局本十二卷）。集中书牍最多，大半肤言心性，多涉禅宗，而喜为语录鄙俚之言，殊为不取。惟《答曾石塘总制第二书》，感慨振发，学韩愈《与鄂州柳中丞书》，逊其雄遒；而言外见讽，意思深长，则故过之。其他序记诸作，则多简雅清深，不失大家矩矱。而传志表墓之文，最为可观。其尤著名者，《叙沈希仪广右战功》一篇，至八千二百言，古今推为奇作。其中叙次历历如绘，备极声色；《明史·沈希仪传》采之，焯有生气。然自捕韦扶谏以下，稍嫌支蔓。所记诱缚岑金事，虽曲折尽情，而亦拉杂有小说气。且此两事皆不得谓之"战功"；若改其题为"书事"，则无病矣。其他叙事谨严，确有史裁；而于故旧之际，情韵不匮，抑扬往复，上接欧阳修，下开归有光，在有明中叶，屹然为一大宗。录《旸谷吴公传》曰：

公名杰，字士奇，武进人也。其为医始公之高祖肇。父宁，赠太医院判。公之学，自青乌氏书、风角、云气、占经、李虚中子平之术、金丹内外秘诀，无所不通，医特其一技耳。然竟以医至大官。其于医，精究古方书而善脉。其治病，不纯主古方书，而一切以脉消息之，有初若与证相反，而卒无不效者；其余奇疾尤效也。弘治间，以明医征至京师，遂以医游诸公卿间。公医既精，而仪观磊落，阔达善谈说，颖然见锋锷。于是诸公卿争迎致为上客。京师诸老医与公同时所征诸郡国医，莫不望风下之。是时都御史王钺镇大同，奏乞吴某调治边军。未及行，御史颜颐寿、给事中李良度皆奏言："吴某宜在供奉，不宜弃之边地。"下礼部。礼部尚书集所征郡国医，试之，卒无逾公者。故事，高等入御药房，中等入院，最下遣还郡，而当遣者若干人。公为之请曰："国家三四十年，才一征医耳。若等幸被征，又待次都下十余年，而又遣还，诚流落可悯。愿不入御药房，而与若等同入院。"尚书义而许之。

正德几年，掌院事李宗周竟荐公入御药房；而同荐者凡八人。有与宗周同官争权者，因左右谗之上曰："宗周所荐多私人，且通贿，实不能医。"上曰："吾当自试之。"时上病喉痹，遂按名召公，一药而愈。上喜甚，叹曰："有医若此，乃不以医朕耶！"因厚赐公，诘责谗者，而谓宗周为忠。公自是得幸于上。每病，未尝不属公；公治之，未尝不立愈。一日，上猎射还，惫甚，感血疾，公进犀角汤愈，命进一官，赐彪虎衣一。上尝幸虎圈，虎腾而惊，公疗之愈，命进一官，赐银五十两，表里一。顷之，试马，御马监腹卒痛，公进理中汤立愈，赐绣春刀一，银三十两。自是上所游幸，公必从。尝侍上卧，至以肩荷上，或摩抚玉体，有不以属左右近幸而以属公。其分御膳啖公，有左右近幸所不能得，而公得之。自医士十日而迁御医，自御医三月而迁院判。凡一愈病，则一迁，为院判当迁者数矣。公固让，三年而迁院使。上亲宠益笃，尝欲以禁卫衔公，赐蟒衣。公谢曰："臣以药囊侍陛下，此非臣职也。"上乃止。

某年上南巡。公以医谏，且泣曰："圣体尚未安，不宜远行。"上怒曰："汝医官也，敢乎！"叱左右掖出。公留京师。驾行至淮，渔于清江浦，遂病。还临清，梦见公，急遣校尉召公。公驰至临清，见上。上泣曰："而不忆我耶？"公亦泣。遂扈从还通州。时权彬握兵在左右，见上病，一旦不讳，惧诛，欲据窟穴为乱，力请复幸宣府。公脉已惊甚，言诸大奄曰："疾亟矣，幸可及还内耳！脱至宣府不讳，吾与若辈即死，宁有葬地乎！"奄以为然，乘间百方说上。上意动。而彬亦数从公觇问："上病何如？"即诡言曰："且愈矣！勿忧也！"已而驾还京师崩。彬坐诛。毅皇崩之几月，而公亦致仕去矣。既致仕，留居京师，遣其二子遍从翰林诸名公游。壬辰，子希孟举进士，以才廉擢给事中，于是以恩进公阶朝列大夫。甲午，子希鲁举于乡。

自某年，公还武进，稍葺室庐，治田园为终焉之计。公既老，居乡，不复为人治病。而亲戚故人有奇症，或病危甚，众医所不治者，乃以请公。公亦间往，往则应手愈。居闲诵老庄氏书，益究金丹内外秘诀，以冀所谓长生者。其自号旸谷，谷者，谷神也。或曰"旸谷，海东仙人所庐"。岁时与里中故人雅歌弹棋饮酒为

> 乐；酒酣，数语及毅皇时事，出所赐衣物，未尝不泫然流涕也。久之，希孟为广信知府，恳乞致仕归养。归数月而公卒。公每自诧得丹诀，指其小腹，谓人曰："此中有物矣。"先卒之一日，余往候公。公紫色莹然如平生。希孟曰："唐翰林在。"公点头。卒时，神气不乱，整衣端坐，口云"好好"，遂卒。年七十有八。嗟乎，公信多奇矣哉！希孟居乡有志向，师事徐养斋先生而友余。余是以得备闻公之行事为传；而叙公在毅皇时事独详焉，以见公之遭遇，以俟国史传方技者有考云。

顺之为文之以唐宋为法，实自王慎中发之。然慎中按部就班，蕲乎毫厘不失法；而顺之则欲以法寓于无法之中，虽文章时有利钝，而一洗比拟间架，描头画角之习。顾不语人以求工文字。每谓："两汉而下，文之不如古者，岂其所谓绳墨转折之精之不尽如哉？本色不如也。秦汉以前，儒家者有儒家本色；至如老庄家有老庄本色；纵横家有纵横家本色；名家、墨家、阴阳家皆有本色。虽其为术也驳，而莫不皆有一段千古不可磨灭之见。是以老家必不肯剿儒家之说，纵横必不肯借墨家之谈，各自其本色而鸣之为言；其所言者，其本色也，是以精光注焉，而其言遂不泯于世。唐宋而下，文人莫不语性命，谈治道，满纸炫然，一切自托于儒家。然非其涵养畜聚之素，非真有一段千古不可磨灭之见；而影响剿说，盖头窃尾，如贫人借富人之衣，庄农作大贾之饰，极力装做，丑态尽露；是以精光枵焉，而其言遂不久湮废。然则秦汉而上，虽其老、墨、名、法、杂家之说而犹传；今诸子之书是也。唐宋而下，虽其一切语性命、谈治道之说，而亦不传；欧阳永叔所见唐《四库书目》百不存一焉者是也。仆居闲偶想起宇宙间有一二事，人人见惯而绝是可笑者，其屠沽细人有一碗饭吃，其死后则必有一篇墓志。其达官贵人与中科第人稍有名目在世间者，其死后则必有一部诗文刻集；如生而饭食、死而棺椁之不可缺。此事非特三代以上所无；虽秦汉以前亦绝无此事。幸而所谓墓志与诗文集者，皆不久泯灭；然其往者灭矣，而在者尚满屋也。若皆存在世间，即使以大地为架子，亦安顿不下矣。此等文字，傥家藏人畜者，尽举祖龙手段作用一番，则南山煤炭竹木尽减价矣。可笑可笑！"闻者怃然。盖精神意量，有在笔墨蹊径之外者矣。

王世贞绍述李攀龙之说，以秦汉之文倡率天下。而唐顺之则从唐宋门庭沿洄以溯秦汉。晚乃摈绝文字，无意与世贞拄撑。昆山归有光字熙甫稍后起，而名位不显；独抱唐宋诸家遗集，与二三弟子讲授于荒江老屋之间，毅然出其言论以与世贞相驳难，至诋之为"妄庸巨子"。世贞大憾。迨于晚年，乃始心折，题有光遗集，赞曰："风行水上，涣为文章。风定波息，如水相忘。千载有公，继韩欧阳。"虽以世贞之高名盛气；而有光拔帜易帜以屹自树立，开清桐城之文，而妙出以纡徐。其文由欧阳修以几太史公；虽无雄直之气，驱迈之势，而独得史公之神韵。传有《震川文集》三十卷，别集十卷（清康熙间归庄刻本，《四部丛刊》影印归庄刻本，光绪间归氏重刻本）。发于亲旧及人微而语无忌者，盖多近古之文；至事关天属，其尤善者，不事修饰，而情辞并得，使览者恻然有隐，其气韵盖得之史公。而或者亦讥之曰："彼其所为抑扬吞吐、情韵不匮者，苟裁之以义，或皆可以不陈。浮芥舟以纵送于蹄涔之水，不复忆天下有曰海涛者也。"特于不要紧之题，说不要紧之话，却自风神疏淡，是于太史公深有会处。盖有光以前，上而名公硕卿，下而美人名士之奇闻隽语，刿心怵目，乃以厕文人学士之笔。至有光出，而专致力于家常琐屑之描写。其尤恻恻动人者，如《先妣事略》、《归府君墓志铭》、《周弦斋寿序》、《寒花葬志》、《项脊轩记》诸文，焯亡念存，极挚之情，而写以极淡之笔，睹物怀人，此意境人人所有，此笔妙人人所无；而所以成其为震川之文，开韩、柳、欧、苏未辟之境者也。录《项脊轩记》曰：

项脊轩，旧南阁子也。室仅方丈，可容一人居。百年老屋，尘泥渗漉，雨泽下注，每移案顾视，无可置者。又北向，不能得日，日过午已昏。余稍为修葺，使不上漏。前辟四窗，垣墙周庭，以当南日，日影反照，室始洞然。又杂植兰桂竹木于庭，旧时栏楯，亦遂增胜。借书满架，偃仰啸歌，冥然兀坐，万籁有声；而庭阶寂寂，小鸟时来啄食，人至不去。三五之夜，明月半墙，桂影斑驳，风移影动，珊珊可爱。然余居于此，多可喜，亦多可悲。

先是庭中通南北为一，迨诸父异爨，内外多置小门，墙往往而是。东犬西吠，客逾庖而宴。鸡栖于厅。庭中始为篱，已为墙，凡再变矣。家有老妪，尝居于此。妪，先大母婢也，乳二世。先妣抚之甚厚。室西连于中闺。先妣尝一至，妪每谓余曰："某所，而母立于兹。"妪又曰："汝姊在吾怀呱呱而泣，娘以指扣门扉曰：'儿寒乎？欲食乎？'吾从板外相为应答。"语未毕，余泣，妪亦泣。余自束发读书轩中。一日，大母过余曰："吾儿，久不见若影，何竟日默默在此，大类女郎也？"比去，以手阖门，自语曰："吾家读书久不效，儿之成则可待乎？"顷之，持一象笏至，曰："此吾祖太常公，宣德间执此以朝。他日，汝当用之。"瞻顾遗迹，如在昨日，令人长号不自禁。轩东故尝为厨，人往，从轩前过。余扃牖而居，久之，能以足音辨人。轩凡四遭火，得不焚，殆有神护者。

项脊生曰："蜀清守丹穴，利甲天下，其后秦皇帝筑女怀清台。刘玄德与曹操争天下，诸葛孔明起隆中。方二人之昧昧于一隅也，世何足以知之？余区区处败屋中，方扬眉瞬目，谓有奇景；人知之者，其谓与陷井之蛙何异？"

余既为此志，后五年，吾妻来归，时至轩中，从吾问古事，或凭几学书。吾妻归宁，述诸小妹语曰："闻姊家有阁子。且何谓阁子也？"其后六年，吾妻死，室坏不修。其后二年，余久卧病无聊，乃使人复葺南阁子，其制稍异于前。然自后，余多在外，不常居。庭有枇杷树，吾妻死之年所手植也，今已亭亭如盖矣。

杨士奇与有光同一学欧阳修。然士奇宽衍而伤于肤，辞繁情隐。有光优游而归之洁，言简旨永。盖一如香蕉之熟而过烂；而一则谏果之味回于甘；有寥寥短章而逼真《史记》者，乃其最高淡处。如《项脊轩后记》，所以寄其悼亡之思，著墨不多，萧然高寄，而有弦外之音。又如《寒花葬志》曰：

> 婢，魏孺人媵也。嘉靖丁酉五月四日死，葬虚邱；事我而不卒，命也夫！婢初媵时，年十岁，垂双鬟，曳深绿布裳。一日，天寒，爇火煮荸荠熟，婢削之盈瓯。余入自外，取食之。婢持去不与。魏孺人笑之。孺人每令婢倚几旁饭。即饭，目眶冉冉动，孺人又指余以为笑。回思是时，奄忽便已十年。吁，可悲也已。

皆所谓"于不要紧之题，说不要紧之话，却自风神疏淡"者也。然有光之文，高者在神境；而稍病虚，声几欲下，亦有近俚而伤于繁者。特自何李崇茁轧之习，号为力追周秦；王李重扬其波，天下从风靡。而有光一切刮磨，不事涂饰，而选言有序；不刻画而足以昭物情，与古作者合符，而后来者取则焉，可不谓之特立独行之士乎哉！

第十节　袁宏道附徐渭　袁宗道　钟惺　谭元春

方何、李、王、李之极盛，茅坤唐顺之以疏快救板重，王慎中归有光以洁适变奥古，此变而得其正者也。山阴徐渭字文长、公安袁宏道字中郎以清真药雕琢，而不免纤窕，则江湖才子之恶调也。竟陵钟惺字伯敬、谭元春字友夏，以幽冷裁肤缛，而仍归涩僻，又山林充隐之赝格也。一则漫无持择，一又过为尖新，虽蹊径不同，而要之好行小慧，以便空疏不学则一。此变而不得其正者也。

当嘉靖时，王李倡七子社，谢榛独以布衣被摈。渭自以诸生不得意，愤其以轩冕压韦布，誓不入二人党。殁二十年，袁宏道游越中，得渭残帙，以示祭酒陶望龄，相与激赏，刻以行世。传有《徐文长集》三十卷，中多代总督胡宗宪之作。其文则源出苏轼，唐顺之、茅坤诸人皆相推挹；独不得志于王李，遂不在声气之中。而宏道为之传曰："文有卓识，气沉而法严，不以模拟损才，不以议论伤格，韩曾之流亚也。文长既雅不与时调合，当时所谓骚坛主盟者，文长皆叱而奴之，故其名不出于越。悲夫。”然渭本俊才，不幸而学问未充，声名太早，一为权贵所知，遂任情放诞。及乎时移事易，侘傺穷愁，益放言高论，不复问古人法度为何物；只见为调靡而机利而已，何所谓气沉而法严也？然故公安一派之滥觞矣，宜宏道有以亟称之也。

宏道与兄宗道字伯修，弟中道字小修，并有才名；时称三袁。先是王李之学盛行，遂以仿汉摹唐转移一代之风气，迨其末流渐成伪体，涂泽字句，钩棘篇章，万喙一音，陈因相厌。于是三袁乘其弊而排抵之，而宗道实倡其说。于唐好白乐天，于宋好苏轼，名其斋曰白苏。至宏道益矫以清新轻俊，传有《袁中郎集》四十卷；然戏谑嘲笑，间杂俚语。录《拙效传》曰：

> 家有四钝仆：一名冬，一名东，一名戚，一名奎。
>
> 冬，即余仆也，掀鼻削面，蓝睛虬须，色若绣铁。尝从余武昌，偶令过邻生处，归失道，往返数十回，见他仆过者，亦不问，时年已四十余。余偶出，见其凄凉四顾，如欲哭者；呼之，大喜过望。性嗜酒。一日，家方煮醪，冬乞得一盏，适有他役，即忘之案上，为一婢子窃食尽；煮酒者怜之，与酒如前。冬伛偻突间，为薪焰所著，一烘而过，须眉几火。家人大笑，仍与他酒一瓶。冬甚喜，挈瓶沸汤中，俟暖即饮，偶为汤所溅，失手堕瓶，竟不得一口，瞠目而出。尝令开门，门枢稍紧，极力一推，身随门辟，头颅触地，足过顶上。举家大笑。今年随至燕邸，与诸门隶嬉游半载，问其姓名，一无所知。
>
> 东貌亦古，然稍有诙气，少役于伯修。伯修聘继室时，令至城市饼；家去城百里，吉期已迫，约以三日归。日晡不至，家严同伯修门外望，至夕，见一荷担从柳堤来者，东也。家严大喜，亟引至舍，释担视之，仅得蜜一瓮；问“饼何在”。东曰：“昨至城，偶见蜜价贱，遂市之。饼价贵，未可市也。”时约以明日纳礼，竟不

得行。

戚、奎皆三弟仆。戚常刈薪，跪而缚之，力过绳断，拳及其胸，闷绝仆地，半日始苏。奎貌若野獐，年三十尚未冠，发后攒作一纽，如大绳状。弟与钱市帽，奎忘其纽。及归，束发加帽，眼鼻俱入帽中，骇叹竟日。一日，至比舍，犬逐之，即张空拳相角，如与人交艺也，竟啮其指。其痴绝皆此类。

然余家狡狯之仆，往往得过，独四拙颇能守法。其狡狯者相继逐去，资身无策，多不过一二年，不免冻馁，而四拙以无过坐而衣食，主者谅其无他，计口而授之粟，唯恐其失所也。噫，亦足以见拙者之效矣。

不事修饰，其意在变板重为轻巧，变粉饰为本色，致天下耳目于一新，学者多舍王李而从之，目为公安体。然王李犹根于学问；公安则惟恃聪明；其尤甚者，轻薄以为风趣，矜诞以为吊诡。而金圣叹一派之放诞灭裂以自命才子，未必非公安阶之厉也。学王李者，不过奥坚以赝古。而学公安者，乃至矜其小慧，反道而败德，名为救王李之弊，而弊又甚焉。其后王李风渐息，而钟谭之说大炽！

钟谭者，钟惺谭元春也。惺貌寝，羸不胜衣，为人严冷不喜接俗客，由此得谢人事，肆力为文章。其宗旨具见所辑《周文归》、《宋文归》，与论诗同一蹊径，点逗一二新隽字句，矜为奇秘。周文质奥，宋文畅适，而惺一切以纤巧之法选之，以佻薄之语评之，撮新标奇，亦时有发。其文集不见，睹所为《游武夷山记》，洁情秀韵，颇工刻画，亦以幽秀孤峭，性与境称也。然有隽语而无快笔，不免失之枝碎；亦以生平著意字句，而无篇章之功也。其辞曰：

入闽，自崇安县南至省会八百余里，周始于山。去县三十里之裴村，隔溪望，形神狯谲，疑不为山；疑不为山，而山之习者创，恒者奇，人始作山想，欣然思一至者，武夷山也。山之情候在溪，溪九曲，山或应或违，而无所不相关。往往用舟，由一至九，终武夷游事。而自县南来者，去山十里，有水帘洞最胜。洞在山之万年宫左，而北接口，乃与一曲诸峰钩连，异岭同胜，如两人背立，游宜从此始。或曰："七曲有径，可达此洞。"则其离合断续之故，又不可问也。

余以天启三年癸亥归楚，则路先裴村，度溪，憩山于万年宫；虽欲始水帘洞而不能。为二月初八日，友人商梅送余至此；曰："游武夷，右之右之耳。"盖九曲在宫右故也。大要宫在山为邮舍，在他处已作深山；然大王与幔亭二峰，似处宫后，入即见之；入舟始一曲而正立溪左，庄甚。迤逦至二曲，乃更枕藉，傍小峰轩举作态；然游者皆以为一曲中物也。而一曲所有之峰，如大小观音与狮子，与二曲之玉女，入舟皆见；舟行稍远，则狮子没，三峰去一为二；又远，则小观音没，二复为一；然三峰不以出没为有无也。玉女屡迁多姿，一曲之未至，与三四之已过者，心目延返皆不能忘；于此虽欲专属二曲而不能也。然二曲用此为标。标三曲者，峰不可数，小藏为最。四曲者不可数，大藏为最，其下有卧龙潭焉。标五曲者不可数，仙掌、大隐、屏接笋为最。六曲则天游观左右之；晚对苍屏、三教、大小城、高岩为最；若一曲之大王、幔亭，二曲之玉女也。

余初八日之游，至六曲止。第以舟行，而二曲之灵岩、一线天、虎啸岩诸处，不能往；往非舆行六七里不可；如是则以二曲专一日，亦不为过。而念霁甚，是夜天游观之月，居高及远，当为溪山之鉴，宿无良于此者。出舟，仰小藏壁中仙船，而至乃绕其背，至卧龙潭。潭在大藏峰下；九曲之水，清无隐鳞，虽浅亦自可；而此水以潭名，极为静深，渊渊然如不恒流焉。由此趋平林渡，未终五曲，以舆代舟。寻太隐屏，朱晦翁书院在焉；当诸曲之中，溪山所会也；翁自有记。接笋峰雁次相缀；书院在峰前，而云窝在其后。云窝者，陈少司马省所营。公，长乐人，住山十二年，因崖割胜，居处门庭，部署历历，法趣相生，使后至者有鸠借鹊巢之思焉。余留诗见志。乃循仙掌峰，曲折缘流，步夕阳空翠而上；由石门上天游观。是夜宿焉。频接笋峰，地高天近，云水烟霜，俱化为月；月光所往，未见其止；始知身在山中。与商子亭中坐立相对，惟恐其旦。旦则登一览台；台高于观，三曲之水，反在其下；见大王峰，复庄甚。

降复开舟，盖初九日也。意当从五曲始；不知六七曲边际，已销付仙掌笋舆中，舟待于七曲久矣。乃从此入舟；以故六曲之苍屏、上下城、高岩、小桃源，俱未及问焉。标七曲者为北廊岩、天壶峰。八曲为鼓子、三教峰、百花庄。九曲为寒岩、灵峰。观恬目愉，趣佳处领其要而已。行至九曲，径夷神旷，有出山之意。念岩壁之散处溪左右，为舟所未及；舟至而步未及至者，雅不欲以既倦之心目偿之。乃回舟。棹声未灭，已过天游观；诵谢康乐"空翠难强名"之句，望昨夜所坐立亭子，危仄似非可著足处。仙掌虽一峰，横据甚广，笼映可数曲；缘壁甫穷，遂发五六曲之舟，有以也。将达五曲，步至接笋峰下，欲登而不敢，必陈力进止。由一小门入，入得一亭，可憩；其绝顶有鸡胸岩，受趾以外，深不见底；以绖度，而峰本不甚高，依壁为木梯，级不盈尺，凡七十级；而余以病后不能；有诗云："自叹来偏晚，非关上独难"；谓游山须及时，兴日进而具日减，年所为也。一道士手茶菓，蹑梯下，步甚安，承饮焉。山中人以种茶代耕，茶惟接笋为妙。舆而舟，舟而又舆，返寻六曲之苍屏峰城、高岩；岩半庐一僧，僧亦山中所少也。舆而又舟，度溪，问所谓小桃源者。按图：旧有石堂寺，宋天圣间中夜风雨所陷之石，倚垂者为洞，坠者为梁；水声出洞梁中戛戛者为涧；凡为石门者二。既进，乃有田园庐舍，桑麻鸡犬，不知其山中也。幽险之极，得坦旷者，反以为异。武夷可居，无过此者。入舟，过四三曲，玉女、大王诸峰，数面成故。返宿万年宫，游事可终。念山中宿处，高莫如天游，深莫如虎啸，乃舍舟横斜行六七里许，问灵岩。岩不甚高，石覆如廊，洞如比屋，堂寝略具。檐牙所交，天光入隙，广不逾寸、长百之如线者，一线天也。横有隙，由一洞又穿一洞，既至，寒吹如晚如秋者，风洞也。望衡对宇，可往可来者，伏羲洞也。日暮矣，返宿虎啸岩。岩高于灵岩，立而微頫以覆缀壁之屋，僧居之，屋亦瓦，然终古不知有雨。是夜，月光如水，使人欲泛；余诗所谓"置身星月上，魄濯水烟中"者是也。

明日，由二曲入舟，寻止止庵。山中无桃花，大要为茶所夺；惟灵岩以往及止止庵，稍灿灿若瓶中物。还万年宫，具威仪而行。左行十里，道旁得一门如窦，易笋舆而入，坦步二里许，丹霞及火焰三峰桀竖，上乱烟日；群峰夹之，径渐仄，两壁相拒，如行三峡中。水间关扼于石，纡直不自由者，为涧而不能为溪。而舁者亦跣而频济，石益束，厥势始交，交则为洞如小桃源，而大且险倍之。洞穷径出，复有天日，乃观水帘洞石壁。壁高而頫，故所覆甚远。去壁数百武，晴日阴曀，雾飞如雨。久之，始知流从壁上来，屋挂于壁，栏周之，拾级凭栏，如人执喷壶往来绝顶，滴沥如丝，东西游移，或东西分，弱不能自主，恒听于风。洞以水得名。峰势雄整，而水之思理反细，声光微处，最宜静者，非浮气人听睹所及也。余初不知水帘洞与武夷已隔一溪，相去又十里，何以相隶。既而悟舁人频济处，已还度溪，原未尝隔也。钟子往返武夷三日，觉远望疑不为山者，身到处无非山。山不知有曲，溪为之。溪不自谓曲之必九，泛溪者为之。水帘洞与武夷，一而二，二而一，自县南来者，宜以此为游事之始。来者甚锐，望九曲不能待，姑俟其归，则韵者如食已饫，俗者如倦欲寝，故竟亦过而不问也。商子导余，决计以水帘洞终武夷游事，为月之初十日。

文见《武夷山志》。考其时，乃惺丁忧去职，枉道而为此。昔苏氏轼辙兄弟去丧，禁断诗文；再期之内，不著一字。而惺素称严冷，具至性，何乃不如二苏之放旷者欤？况登山何事，闻讣何时，而竟优游为之耶？顾谭元春撰《墓铭》，不为隐避，不为微词，反称其哀乐奇到，非俗儒所能测。噫！三年之丧，天下之通丧也，岂不俗人之所能免欤？

谭元春最喜读郦道元《水经注》，刻有评本，虽识堕小慧，而趣绝恒蹊，意想所营，颇多创得。而为文章，亦得力焉，模山范水。传有《谭友夏合集》二十三卷。中《鹄湾文草》九卷，传志诸篇，立言无体，几为笑柄，多类稗官。而书牍序言，颇有意致。铭辞游记，尤可取裁；叙泉石之奇，能超形想；写友朋之乐，足散人怀。铭或具体于东坡，记多得力于郦注，洁情隽致，亦自足多；然有好句而无完篇。今最其文之佳者：如《游玄岳记》，有曰："涧上置桥，高壁成城，相围如一瓮。树色彻上下。波声为石所迫，人不能细语；桃花方自千仞落，亦作水响。"又曰："众山纷纷委于壑，松柏如随其山下伏，偃然与荇藻无异。"《游南岳记》，有曰："入丹霞寺，栋宇飘摇，若欲及客之身。自此以上，云雾僦居，冬夏一气，屋往往莫能自坚。"又曰："指隔山上封寺，道有级路，趾斜垂若蚁缘。人与云遇于途，云不畏人。趾穷，坦然得寺，亭午弄旭，澹若夕照。"又曰："上祝融峰顶，数人各据一石。晴漾其里，云缝其外，上如海，下如天，幻冥一色，心目无主；觉万丈之下，漠漠送声。"又曰："久之，云动。有顷，后云追前云，不及，遂失队。万云乘其罅，绕山左飞。飞尽日现，天地定位，下界山争以青翠供奉。四峰皆莫能自起，远湖近江，皆作丝缕白。"又曰："宿上封寺，云有去者。星月雍然，磬声不壮。"又曰："善游岳者先望。善望岳者逐步所移而望之，雨望于渌口，月望于山门，皆不见。都市乃得见之，深于云一纸耳。将抵衡，触望庄栗，空中欲分天。又望于县之郊庵，云顶一二片定者，的的见缥碧。又望于道中，万岭皆可数，然是前山，非郊庵所望缥碧者也。"《初游乌龙潭记》，有曰："有舟自邻家出，与阁上相望者，往来秋色。"《再游乌龙潭记》有曰："电与电相后先。电光熠熠入水中，深入丈尺，而吸其波光以上于雨，作金银珠圆影，良久乃已。"《三游乌龙潭记》，有曰："残阳接月，晚霞四起，朱光下射，红在莲叶下起；已而尽潭皆赪，明霞作底。”此皆写景之妙者也。

《退谷（钟惺别号）墓志铭》，有曰：“退谷改南时，僦秦淮一水阁，闭门读史。每游人午夜棹回，曲倦酒尽，两岸寂不闻声。而犹有一灯荧荧，守笔墨不收者，窥窗视之，则嗒然退谷也。”《三十四舅氏墓志铭》，有曰：“农暇或一至予家，问吾母安否。夏月稻登场，必贻以新。仲秋月圆酒熟，必寄予兄弟。每过予家，则教以安分行乐。予兄弟往拜舅室，见其与妇乔孺人，子女四五人，所畜童婢二人，料理鸡埘牛圈，屋茆酌缗，宽然无辱于担石之中。应酬不烦，王税不逋，贵不知敬，富不知羡。若以今世士大夫稍能知苦乐安危者，闻舅氏事，岂有不窃叹者哉！”《求母氏五十文说》，有曰：“春兄弟六人，百亩之田，三尺之童，母乘其俱出析之；曰：‘非儿曹意也。吾见魏氏数世同居，子孙不知世务，卒以此愦懦落其家声；徒存义名，无补门户。且吾所为析者，使诸妇不凌杂耳，其母妹兄弟同食如故，人直供一日。’薄暮取酒相对，谈学业世事。母亦喜出听，自出饼饵蔬醴，佐春兄弟啖。兄弟中有求益者。母喜曰：‘吾见汝曹争食；家中长若此可矣！’”此皆写情之真者也。

至铭赞之佳，如《端石研铭》曰：“无旁无足，无口无目。墨易生如蓄，水自出如瀑。大人书之金如玉，野人书之石如木。”《连环研铭》曰：“石田苍苍，一区二唐。”《女士程辟支所绣观音颂》曰：“腾腾白光，一针所始。何以竟之？既结旋委。稽首审听，瓶摇新水。春闺无怨，丝丝神理。幅帛莫增，扪如其指。送大士行，月出烟止。”《宋绣观世音赞》曰：“我闻绣佛，慎哉劈丝。离朱晨曦，目午则疲。莲花瓣瓣，紫竹枝枝。视手中线，观音在兹。”名章迥句，处处间起；与钟惺齐名，亦以易天下之耳目；有竟陵体之称。然竟陵特以诗著，而文章亦自成一格。公安结调太熟；而竟陵又过生新。公安造语近俚；竟陵构篇不完。公安无絜情，而竟陵乏远韵。若夫言择雅驯，文忌枝碎，结调在生熟之间，而余味包篇章之外者；其惟归有光乎，其惟归有光乎！

第十一节　钱谦益　艾南英附罗玘

有导扬归有光之学，以自振拔于王李，而湔洗不净者，曰常熟钱谦益，字受之。自言：年十六七岁，已好陵猎为古文；李梦阳《空同》、王世贞《弇山》二集，澜翻背诵，暗中摸索，能了知某纸；摇笔自喜，欲与驱驾。父世扬见之曰："此唐荆川所谓三岁孩作老人形耳。"而谦益自若。为举子，偕李长蘅，视所作。长蘅笑曰："子他日当为李王辈流。"谦益惊曰："李王而外，尚有文章乎？"长蘅为言唐宋大家，与李王迥别，而略指其所以然。谦益为之心动。既而从练川二三长者得闻归有光之绪论，与近代王李剽贼之病。客从临川来，汤显祖寄声相勉曰："本朝文，自空同已降，皆文之舆台也。古文自有真，勿漫视宋濂。"于是始覃精研思，刻意学唐宋古文，因以及金元元好问、虞集诸家；而尤喜欧阳修《五代史记》，以为"真得太史公血脉，而下开震川。如震川之《李罗村行状》《赵汝渊墓志》，虽欧公复生，何以过此？以震川追配唐宋大家，其于介甫子由，殆有过之，而与古人参会于毫芒杪忽之间也。士生于斯世，尚能知宋元大家之文，可以与两汉同流，不为王李所澌灭。震川之功，岂不伟哉！"因校刻《震川集》而序之。盖清桐城家言之治古文者，胥由有光以踵欧阳而窥太史公；姚鼐遂以有光上继唐宋八家而为《古文辞类篹》一书；何莫非谦益之绪论，有以启其涂辙也。

特谦益自为文章，则以早年寖馈于《空同》、《弇山》者深，而洗伐不尽。有光之文，顺理成章，自然隽永深折。谦益之文，盛气缛语，不免峻厉矜肆。杨士奇、李东阳气体阔大，而骨力甚平；其流为庸熟。而谦益则又骨力开张，而脉理不细；其弊为矜诞。然杨李所谓雍容之音，讵耐咀味；而谦益妙有噍杀之节，时能激发。传有《初学集》一百十卷（《四部丛刊》景印明崇祯癸未刻本，又清宣统间吴江薛凤昌邃汉斋铅排本），《有学集》五十卷（《四部丛刊》景印清康熙甲辰刻本，又宣统间薛凤昌铅排本）。录《矐目篇赠华征君仲通》曰：

周室东迁后，垂二百年，蛮夷交侵，三纲沦替。生斯世也，伥伥乎无所之，胥天下皆瞽人矣。孔子出，作《春秋》以相之；左目日，右目月，视为昼，瞑为夜；故曰“圣人者，时人之目也”。吾于斯世，得二瞽人焉！《春秋》未作，得一人焉，曰师旷。《诗》不云乎：“蠢尔荆蛮，大邦为雠。”齐桓公以悬车束马之余威，凭陵方汉；胶舟之问，委诸水滨。子野，一瞽工耳；骤歌南风，知楚师之不竞，何其神也。管夷吾死，楚氛蔽华夏，惟师旷为有目，焉得瞽？《春秋》既作，得一人焉，曰左丘明。史不云乎：“丘明失明，厥有《国语》。”言天道，征人事，采毫末，贬纤介，如抉目之金镵，如照世之宝玉。“左丘明耻之”，孔子盖三叹焉。孔子，时人之目也。左丘明，以孔子为目者也。万古长夜，《春秋》复旦，鲁君子之四目，至今炯如也；焉得瞽？由是推之，自《春秋》以后二千余年，暴于秦，乱于五代，僭于耶律、蒙古、完颜，稽天吞日，万倍荆蛮；于其中不瞽不盲者有几人哉！瞽者两目眏矣，犹恐人之一目眏也，汲汲然思厚其膜，滋其眵，又集矢以中之，胥天下拍肩取道而后已。秦始皇之于高渐离，畏忌而矐其目，亦犹是也。虽然，始皇矐渐离之目，自以为无患矣；近不矐胡亥、赵高、李斯之目；远不能矐陈涉、吴广、刘季、项羽之目；所谓“千秋万岁，传之无穷”者，亦终如瞽者之摸象，归于何有，则亦可为一笑而已矣。

梁溪华仲通，怀文抱质，鲁君子之徒也；不幸而有丧明之疾。铅椠削笔，尊周王鲁，未尝一息而忘《春秋》之志也。居环堵之室，咏歌先王之风，曳杖抱膝，声满户牖；徐而听之，泣铜盘，弹翎雀，湫乎攸乎，如师旷之骤歌南风而有余思也。仲通居蒙瞽之世，以有目取憎；天之矐其目也；所以全仲通也。屏居内视，玄览中区，目光如炬，庶几半头天眼；此人之所不能憎，而天之所不能矐者也。虽有百始皇，如仲通何！吾于师旷、丘明二瞽之后，窃取仲通以配之曰：“此宇宙间三有目人也”不亦可乎！仲通今年

> 六十，人争引唐文昌以城南复明为祝。而余则诵元遗山之诗曰："无穷白日青天在，自有先生引镜时。"以为天之所不能瞎者，复明与否，非所急也。作《矐目篇》以贻之。

谦益目睹明社之屋，而不能死；又以身事新朝，微文见意，时有弦外之音，而出以诙诡。清帝恨之，遂禁其集不得行。然在明清易代之际，江以南言文章者，必以谦益为巨擘焉。

东乡艾南英，字千子，起于江西，亦衍归有光之说以斥王世贞，而与谦益相应和。自李梦阳之说出，而学者剽窃班、马、李、杜。自世贞之集出，学者遂剽窃世贞。南英每痛切言之曰："后生小子不必读书，不必作文。但架上有《弇州前后四部稿》；每遇应酬，顷刻裁割，便可成篇。骤读之，无不浓丽鲜华，绚烂夺目；细案之，一腐套耳。"传有《天佣子全集》十卷（有清康熙道光两种刊本）。其文学欧阳修，然根柢少薄，模拟有迹。录《重刻罗文肃公集序》曰：

> 有明文章之盛，莫盛于太祖朝。刘文成、宋文宪、王文忠、陶姑孰辈，不独帷幄议论，佐圣神文武，佑启后人之谟烈；而文章亦遂为当代之冠。至于苏平仲、高季迪、解大绅、方希古，或专以诗文，或兼有节义，后先二祖之世。虽由草昧开天，士崇实学，不惑于流俗苟且之见；亦由唐宋大家之流风遗韵，典型未远。洪永而后，文章浸衰矣。杨文贞、王文成虽卓然自成一家，而两公以相业事功，不专名文章；风矩所激，后进无由睹其标指。一时文章之权，无所主持。于是弘治之世，邪说始兴，至劝天下士无读唐以后书；又曰"非三代两汉之书不读"。骄心盛气，不复考韩欧大家立言之旨。又以所持既狭，中无实学，相率取司马迁、班固，摘其句字，分门纂类，因仍附和。太仓、历下两生，持北地之说而又过之。持之愈坚，流弊愈广。后生相习为腐剿，至于今而未已。
>
> 天祐斯文，笃生豪杰。南城圭峰罗文肃公当邪说始兴之时，矫俗自立，力追古大家体裁；当时以为直逼柳州。天下后进，读

公之集，始知刻厉为文，不袭陈言，不厌薄韩柳，以为可师；皆公之力也。《易》曰“硕果不食”，其公之谓欤？公殁且百年，为北地之徒者，日归于腐败；而公之文愈著。天下言文之士，由当代而溯韩柳氏者，必以公为小宗。然后知后世之公论，作者之精神，有以致之也。公所为文，在翰林应酬之作为多；较之宋文宪、方希古、苏平仲辈，虽篇幅谨严，稍逊前人之宽博；至其冥思入微，命词遣意，境界一新；其师摹得力，自柳子《愚溪》诸记而来；即起方宋于九原，未敢多让。加以力持风节，尝谏言官诤外戚之狱；为吏部侍郎，因群盗窃发，疏请早建储贰以系属人心。家居却宁庶人馈遗。盖方正学之风节，《大庖西封事》之遗概，庶几似之！予既序选公集，列之有明大家，而复因其玄孙栗口之请，序其全。公集刻盱郡，刻南国子监。此本较二刻稍备。近武进尚书淇澳孙公复有选本；然吾不乐其与北地并推也。

罗文肃公者，南城罗玘，字景鸣，与何李同时，而不涉声气；著有《圭峰文集》三十卷。其文规模韩愈，戛戛独造，多抑掩其意，迂折其词，所争在句法奇险之间；而磊落嵚崎，有意作态，不能如韩愈之浑噩。艾南英模放欧阳，而生吞活剥，亦落肤剿，不能如归有光之神逸。以视李梦阳、王世贞之模秦仿汉，亦复鲁卫之政；何必此之为是而彼之为非。学秦汉文之落窠臼，而不免于肤剿者，李梦阳、王世贞也。学唐宋文之落窠臼，而壹出于摹拟者，罗玘、艾南英也。钱谦益学欧阳修，面目全不似；而错综震荡，亦有气概。而艾南英学欧阳修，字句似；而拘挛系著，绝无神彩。独论文诸书，抑扬爽朗，颇尽利钝；而《与陈子龙书》，尤极峻厉。

第十二节　张溥　陈子龙

方明之季，艾南英倡豫章社，衍归有光等之说而畅其流。而华亭陈子龙字卧子者，则结几社，承王世贞等之说而涤其滥。是时，太仓张溥字天如、张采字受先共学齐名，号娄东二张，集吴中名士相与复古学；而溥为主盟，编有《汉魏六朝百三家集》一百十八卷，名其文社曰复社。而子龙则与同里夏允彝等倡几社相应和，以昭明《文选》为门庭。而子龙最为雄桀，天才迅发，好上下古今，切合时务，而敷以藻艳。艾南英至云间，抗颜南面。惟子龙以少年与之争。南英主理学；子龙主议论；南英主秦汉；子龙主魏晋；互持不相下，至于攘臂；要其独主所见，不肯雷同，亦足以自豪也。早为警丽，晚而趋于平淡，悔其少作；则南英亦为降心相推焉。录《横云山石壁铭》曰：

横云山者，松之屏蔽。其山偃卧凭隆，平冈削麓。含泉窟石，气理顽秀；凿山消精，岁积齿齿，盖僻迥残壤，远寄者绝其盘游，荒荒莫纪。有石壁焉，削成岿崎，肤色黄赩，方数十丈，猿鸟莫度。下临石池，嶙峋笋起。右转而北，石貌横出，两峰交会，中涧深寂。涧末委潭，测之以绠，未及垂止。斯亦方内之邃迹，浅境之壮观矣。环壁包池，则李氏之园在焉。既翦丛棘，遂有堂宇。濯洼以俟雨，植枫而缀秋。涉冬之阳，李氏携客信宿。落叶零翠，寒山冻青，风消夕醉，月照宵遨，辨隔浦之归渔，习空山之啸鬼，横览凄恻，悲凉莫罄。壁立峣屼，颓兮千古。乃作铭曰：

石髓凝风，云堆乾雨。穴锁龙符，壁开灵斧。萝篆玄文，藓留青妩。滑磴疑猿，颓峰碍羽。泉覆群月，天空一秋。飞霜鸟路，结雾仙楼。碧摩傥莽，红落浮游。涧鬼恒聚，石鼠尝游。竹响无羁，草香不扫。风堕岩危，波摇木娇。地骨黄初，山眉黛老。矗望当星，潜看逼昊。窦乳欲泫，择沙若明。傍崿虎瞰，阴濑蛟擎。岳堂中镇，湍桥宛萦。主情燕豫，客性峥嵘。考义古昔，揽时欣赏。酒寄怀深，诗安心荡。击火浮烟，缘溪拾橡。夜黑虚峤，幽魂下上。

语出生撰，调操险急，有李梦阳之奥古，而谢其剽袭；同王世贞之绚烂，而出以卓炼。雄骏驱迈不如李王，而短峭精悍亦非李王所及。李王之文，排奡陵厉而出之，故浑灏流转之势盛。子龙之文，刮磨琢炼而出之，故遒峭峻险之意多。其后峥嵘极而归平淡，如所为《仙都山志》，绝去雕饰，而突起纡行，峭收缦回，章妥句适，而出以千锤百炼。牢笼百态，旷如也，奥如也，虽柳州不加焉。陈子龙遒丽惊挺，归有光简澹隽永，二子之文，吾未知所先后也。顾余姚黄宗羲梨州与子龙交契，而所选《明文授读》，不登子龙一篇；自来选家，亦罕有及之者，宁得谓之知言哉？惜其文不多见耳。

张溥高名盛气，以汉魏为东南倡，而笔力凡近，所为《五人墓记》，急转直落，有意敩太史公之跌宕激射；而提不起，放不下，欲为雄骏而曾不能以疏快，且不得与艾南英比；调已靡矣。其稍入奥者，则又堆垛襞积，捃摭古语；而意涉于晦，不可以句读者，亦往往有焉。桐城方以智字密之，贵公子，而撰《文章薪火》，以唐宋大家为东南倡；特议论好为穿凿。然玄黄之会，文多伪体；而云间以华，桐城以朴，差有宗尚。陈子龙之于东汉，含英咀华，所得者多。而以智志于马、班、韩、欧，则寝馈不深。后来西泠十子陆圻胡辈出于云间，而骈俪之体日雅。戴名世、方苞辈大昌桐城，而散体之文以洁。贞下起元，固始基之矣。

第二章　明　诗附词

第一节　总　论

自来文人好标榜，诗人为多，而明之诗人尤甚。以诗也者，易能难精，而门径多歧，又不能别黑白而定一尊；于是不求其实，相竞于名，树职志、立门户。明太祖时，吴则有北郭十子，为高启、杨基、张羽、徐贲、余尧臣、王行、宋克、吕敏、陈则、释道衍。越则有会稽二肃，谓唐肃、谢肃。粤则有南园五子，为孙蕡、黄哲、王佐、李德、赵介。闽则有十子，为林鸿、王恭、王偁、高廷礼、陈亮、郑定、王褒、唐泰、周玄、黄玄。景帝时，有景泰十才子，为刘溥、汤胤绩、苏平、苏正、沈愚、晏铎、王淮、邹亮、蒋主忠、王贞庆。孝宗时，有前七子，为李梦阳、何景明、徐祯卿、边贡、王廷相、康海、王九思；七子中，去王廷相，加朱应登、顾璘、陈沂、郑善夫，号十子。世宗时，有嘉靖八才子，为李开先、王慎中、唐顺之、陈束、赵时春、任瀚、熊过、吕高。有后七子，为李攀龙、王世贞、谢榛、梁有誉、宗臣、徐中行、吴国伦。后五子，为张九一、张嘉胤、汪道昆、余曰德、魏裳；广五子，为卢柟、欧大任、俞允文、李先芳、吴维岳；续五子，为黎民表、王道行、石星、赵用贤、朱多煃；末五子，为屠隆、胡应麟、李维桢、吴旦、李时行。而梁有誉、欧大任、黎民表、吴旦、李时行，又为南园后五先生。神宗时，有嘉定四先生，为程嘉燧、李流芳、娄坚、唐时升。又有公安派，则袁宗道、袁宏道、袁中道；竟陵派，为钟惺、谭元春。然此百十人中，没世有称者，不过三四十人。而极其流变，则在振唐格以革元风，矫纤浓而为雄遒。元末明初，杨维桢最为巨擘；然险怪仿昌谷，妖丽出温李，以之自成一家则可；究非康庄大道。刘基独标骨干，时能规模杜韩。而高启则才气超迈，音节响亮，出入于汉、魏、六朝、唐、宋诸家，而自出新意；振元末纤秾缛丽之习，而开何李复古之风，博大昌明，泱泱乎开国之气象也。要之明初诗人，以二公为冠；袁凯、杨基次之，张以宁、徐贲、张羽又次之；其以高、杨、张、徐为明初四家，固不若是班也。永乐以还，崇尚台阁体。李东阳力挽颓波。何李七子，起而振之，诗遂复归于正。而李梦阳雄浑悲壮，鼓荡飞扬；何景明秀朗俊逸，回翔驰骤；同一宪章少陵，而所造各异；骎骎乎一代之盛，有非徐祯卿、边贡、王廷相、王九思、康海所可及者。而其时杨慎负高明伉爽之才，空所倚傍，拔戟于李何之外而自成一队。薛蕙、高叔嗣并以冲淡为宗；华察希韦柳之风；皇甫冲得晋宋之意；亦正嘉时之尔雅者也。后七子：王世贞乐府古体，卓尔名家；李攀龙七言近体，高华矜贵。未尝不各有所长，但其他锻炼未纯，摹古大甚。而谢榛、吴国伦、徐中行、宗臣、梁有誉等辅之，沿袭雷同，致来攻击之口。于是一变为公安之轻隽，再变为竟陵之僻涩，三变为陈继儒、程嘉燧之纤佻，而每况愈下矣。议者或极推嘉燧，刻论李何，究不过为门户之见耳。万历以来，高攀龙雅淡清真，得陶公意趣；陈子龙垦辟榛芜，上窥正始；斯为不染时趋者矣。明诗源流，大抵如此。今博考诸家之集，参以众论，录其著者。

第二节　杨维桢附贝琼　刘基　高启附杨基张羽 徐贲 袁凯 林鸿等

易代之际，杨维桢诗名盖代，号铁崖体；而乐府其尤擅场者也。乐府始于汉武，后遂以官署之名，为篇章之名。其初郊祀等歌，依律制诗，横吹诸曲，采诗协律，与古诗原不甚分。后乃声调迥殊，与诗异格，或拟旧谱，或制新题，辗转日增，体裁百出。大抵奇矫始于鲍照；变化极于李白；幽艳奇诡，别出蹊径，歧于李贺。元之季年，多效温庭筠体，柔媚旖旎，全类小词。维桢以横绝一世之才，乘其弊而力矫之，根柢于青莲昌谷，纵横排奡，自辟町畦；传有《铁崖古乐府》十六卷（《四部丛刊》影印明成化刊本）；其高者或突过古人，其下者亦多堕入魔趣，故文采照映一时，而弹射者亦复四起。录两章。

湖中女

湖中水，滑如脂。湖中女，夫容姿。湖中小桨荡莲叶，唱得吴王白雪词。轻裾利屐踏雁足，为客高歌激明目。生年不作人家妇，东人西人换恩主。主家薄幸非三从，归来抱瑟弹孤鸿。君不见，东家女伴粗且丑，嫁得比邻呼何忪（读作钟）。

五湖游

鸱夷湖上水仙舟，舟中仙人十二楼。桃花春水连天浮，七十二黛吹落天外如青沤。道人谪世三千秋，手把一枝青玉虬。东扶海日红桑樛，海风约住吴王洲。吴王洲前校水战，水犀十万如浮沤。水声一夜入台沼，麋鹿已无台上游。歌吴歈，舞吴剑，招鸱夷兮狎阳侯。楼船不须到蓬丘，西施郑旦坐两头。道人卧舟吹铁笛，仰看青天天倒流。商老人，橘几弈？东方生，桃几偷？精卫塞海成瓯窭。海荡岷山漂髑髅。胡为不饮成春愁。

维桢诗以奇逸矫变凌跨一世；特其才务驰骋，意务新异，不免滋末流之弊。宋濂撰《维桢墓志》称："其于诗尤号名家，震荡陵厉，骎骎将逼盛唐；骤阅之，神出鬼殁，不可察其端倪。"而《答章秀才论诗书》，则曰："近来学者类多自高，操觚未能成章，辄阔视前古为无物，故其所作往往猖狂无伦，以扬沙走石为豪，而不复知有纯和冲粹之意；可胜叹哉！"意似为维桢发也，则固不无微词矣。

崇德贝琼，字廷琚；从学于维桢，而其言曰："立言不在崭绝刻峭，而平衍为可观；不在荒唐险怪，而丰腴为可乐。"盖虽出于维桢之门，

而宗旨颇不相袭者也。传有《清江贝先生集》四十一卷(《四部丛刊》影印明洪武刻本),其中诗集十卷,录《经故内》:

山中玉殿尽苍苔,天子蒙尘岂复回。地脉不从沧海断,潮声犹上浙东来。百年禁树知谁惜,三月宫花尚自开。此日登临解题赋,白头庾信不胜哀!

其诗温厚之中,自然高秀;不同维桢之力为奇矫也。

青田刘基,字伯温,锐意摹古,独标高格。不同于杨维桢以乐府擅声;构新题为古体,辞华洗伐不尽。而刘基则力追杜韩,而出以沉郁顿挫,遂开明三百年风气。而乐府高于古诗,古诗高于近体,五言近体又高于七言。元诗态浓而语纤;刘基干之以风力,辞意非常,骨气奇高,感慨同刘越石,险峻出韩退之,错综震荡;谢灵运《邺中诗》所谓"刘桢卓荦偏人,而文最有气,所得颇经奇"者也。若《二鬼》一篇,直欲破刘叉之胆矣。录《杂诗》:

小鱼头如针,大鱼须如松;小大各生育,孰私天地功?坤灵发淫怒,溟海簸惊风。大鱼食小鱼,陂池为之空。陂空水亦竭,小大相喁喁。但见灌莽间,颅骨成崆岏。残膏饫蝼蚁,孰辨鲸与鳆?

人生如浮云,飘摇无根蒂,昨暮青山阿,今朝沧海澨。风波无定时,沦踬难为计。是中苟不爽,曷问耿与翳?申胥存楚国,仲连却秦帝;此士虽则亡,英名千万世。

鹰本是鸷鸟,爪利翮劲疾;胡为化为鸠,钝拙无与匹?栖迟荆棘间,粒啄营口实。暮啼墙角雨,朝啼屋头日。昔为众鸟畏,今为众鸟咥。运命苦不常,孰为金石质?

急雨涨潢潦,沟池成五湖。青蛙与耿黾,得意鸣相呼;自谓乐无似,至足不求余。蓬莱有玄鹤,曾见东海枯;清夜唳长风,哀音绕天衢。使我起太息,黑鬓变霜须。

惟豺知祭兽,獭亦知祭鱼。豺獭有报本,人道当何如?华堂饫玉食,盗贼塞中途。那能不自愧,而以耀庸愚?吁嗟千载下,枯骨空专车。

天地若大瓮，万物生其腹。人犹腹中虫，蠢蠢随化育。钻攻无时休，脏腑为翻覆。帝青调元气，岂不畏戎毒？皤然命涤荡，汗下兼涌衄。蚩蚩自狂猘，涫沸交杀戮。何当瞑眩定，风止水归渎？铸铁作锄犁，春耕待秋熟。

言在耳目之内，情寄八荒之表；雅壮而多风，造语奇伟，如千金骏足，飞腾飘瞥，蓦涧注坡，不如维桢之有意奇诡，而自然高骧；一则文人之偏师出奇，一为志士之忧时托愤。是故非奇逸之难，有其胸次为难也。

长洲高启，字季迪；天才高逸，独为明开国诗人之冠。其于诗拟汉魏似汉魏，拟六朝似六朝，拟唐似唐，拟宋似宋，凡古人之所长，无不兼之，传有《诗集》十八卷（《四部丛刊》影印明景泰元年徐庸刻《大全集》本，清雍正六年桐乡金檀集注之文瑞楼刊本，近上海文瑞楼书庄影印文瑞楼原刊本），一洗元诗纤丽肤缛之习，而返之于古，启实为有力。然得名太早，殒折太速，未能镕铸变化，自为一家；故备有古人之格，而反不能名启为何格，此则天实限之，非启过也。特其摹仿古调之中，自有精神意象存乎其间。录《忆昨行寄吴中诸故人》。

忆昨结交豪侠客，意气相倾无促戚。十年离乱如不知，日费黄金出游剧。狐裘蒙茸欺北风，霹雳应手鸣雕弓。桓王墓下沙草内，仿佛地似辽城东。马行雪中四蹄热，流影欲追飞隼灭。归来笑学曹景宗，生击黄獐饮其血。皋桥泰娘双翠娥，唤来尊前为我歌，白日欲没奈愁何！回潭水绿春始波，此中夜游乐更多。月出东山白云里，照见船中笛声起。惊鸥飞过片片轻，有似梅花落江水。天峰最高明日登，手接飞鸟攀危藤；龙门路黑不可上，松风吹灭岩中灯。众客欲归我不能，更度前岭缘崚嶒。远携茗器下相候，喜有白首楞伽僧。馆娃离宫已为寺，香径无人欲愁思。醉题高壁墨如鸦，一半攲斜不成字。夫差城南天下稀，狂游累日忘却归。座中争起劝我酒，但道饮此无相违。自从飘零各江海，故旧如今几人在？荒烟落日野乌啼，寂寞青山颜亦改。须知少年乐事偏，当饮岂得言无钱。我今齿发虽未老，豪健已觉难如前。去日已去不可止，来日方来犹可喜。古来达士有名言，只说“人生行乐耳”。

顿挫浏亮，自选定其诗为《缶鸣集》；而王祎序而评之曰：“季迪之诗，隽逸而清丽，如秋空飞隼，盘旋百折，招之不肯下。又如碧水芙渠，不假雕饰，翛然尘外，有君子之风焉。”明初吴下多诗人，启与杨基、张羽、徐贲称四杰，以配唐王杨卢骆云。基，字孟载，传有《眉庵集》十二卷（南京龙蟠里图书馆藏有影写明重刊成化本）。其诗颇沿元季纤秾之习，不如启之冲雅遒炼；然其五言古诗，风格颇上。羽，字来仪，传有《静居集》四卷（南京龙蟠里图书馆藏有钞明万历刊本）。其律诗意取俊逸，失之平熟；而五言古体，低昂婉转，殊有浏亮之作。至于歌行，笔力雄放，音节谐畅，足以方驾于启而为一时之豪。贲，字幼文，传有《北郭集》十卷（南京龙蟠里图书馆藏有影写明成化刊本）。其诗才气不及高、杨、张，而法律谨严，字句熨贴，长篇短什，并首尾温丽，于三家别为一格。然唐四杰以材章丽赡为美；而明四杰以风骨腾骞为高，故龙头不得不属启也。华亭袁凯，字景文，以《白燕诗》得名，时称袁白燕。启赠诗曰：“清新还似我，雄健不如他。”传有《海叟集》四卷（南京龙蟠里图书馆藏有明万历刊本，又清光绪癸巳年徐氏观自得斋刊本）。而何景明序谓：“明初诗人，以凯为冠。”盖凯古体多学《文选》，近体多学杜甫；与景明持论颇契，故有此语也。景明又极称：“歌行得杜之体。”然伤乎直，殊少变化。七言断句，在李庶子、刘宾客间；高启、杨基俱不及也。然吴诗尚风骨。而闽派讲格调，其诗派祢三唐而祧宋元；善诗者称十才子，而福清林鸿字子羽者推巨擘焉。十才子者：闽郑定，侯官王褒、唐泰，长乐高棅、王恭、陈亮，永福王偁及鸿弟子周元、黄元，时人目为二元者也。鸿论诗，大指谓“汉魏骨气虽雄，而菁华不足。晋祖玄虚。宋尚条畅。齐梁以下，但务春华，少秋实。惟唐作者可谓大成。然贞观尚习故陋；神龙渐变常调；开元天宝间声律大备，学者当以是为楷式。”闽人言诗者，率本于鸿；传有《鸣盛集》四卷，宗法唐人，绳趋尺步，而无鹰扬虎视之致。“袁凯《海叟集》专学杜；而鸿《鸣盛集》专学唐；盖能极力摹拟，不但字面句法，并其题目亦效之；开卷骤视，宛若旧本。然细味之，求其流出肺腑，卓尔自立者，指不能一再屈也。”李东阳云。

第三节　李东阳　李梦阳　何景明　徐祯卿附祝允明　唐寅　文征明　边贡等　杨慎附高叔嗣　华察　皇甫冲等

诗必盛唐以上，李梦阳、何景明所以高唱复古也。然李东阳实有开山之功。东阳宏奖群英，力追正始；由其天材颖异，长短丰约，高下疾徐，滔滔莽莽，惟意所如。其自序谓：“耳目所接，兴况所寄，左触右激，发乎言而成声，虽欲止之，有不可得而止者。”此自得之言也。录《灵寿杖歌》。

吾闻武当之山四万二千丈，半在云根半天上。不知三十六宫何处称绝奇，产出灵株非一状。蛟螭盘拿露头角，熊经树颠虎山脚。根蟠节错相纠缠，含风饱云经炎寒。九年洪水之水浸不杀，十日之日暴烈何时干。梯悬蹬接跬步不可上，谁采青璧红琅玕。见之羡者不容口，锡以嘉名曰灵寿；爪之不入行有声，金可同坚石同久。吾家此物旧所有，神与相扶鬼为守。自从病足跛曳不得前，已觉山林落吾手。一病经旬不出门，手中此杖嗟犹存。下床跛足立不定，此时托子以为命。不顾四体无微疴，但愿谢病归山阿；左扶右策夹以二童子，下可涉园径，上可陵陂陀。愿栽万木截万杖，穷崖阴谷生森罗。灵兮寿兮此物倘可致，直遣四海赤子头俱皤。

纵横跌宕，能盘硬语，极意规模少陵，何必李梦阳《空同集》耶？而梦阳轻之，何也？近体雅驯清澈，律圆而调响，亦深得唐意。录《游岳麓寺》：

危峰高瞰楚江干，路在羊肠第几盘？万树松杉双径合，四山风雨一僧寒。平沙浅草连天远，落日孤城隔水看。蓟北湘南俱入眼，鹧鸪声里独凭栏。

永乐以后诗，台阁体平熟，而理学诸公则近俚；得东阳起而振之，如老鹤一鸣，喧啾俱废。后李梦阳、何景明继起廓而大之，骎骎乎一代之盛矣。李梦阳、何景明文必秦汉，诗必盛唐以上。而东阳文非秦汉，诗则盛唐也。

李梦阳五言古源本陈王、谢客，初不以杜为师；所云杜体者，乃其摹拟之作，中多生吞语，偶附集中，非得意诗也。而学陈王、谢客者，亦过雕刻，未极自然。惟七言古及近体专仿少陵，超然蹊径之外。七言古雄浑悲壮，纵横变化；《明星》、《去妇》、《杜炼师》、《刘大司马》等篇，跌宕奇矫；《士兵》、《豆莝》之作，学杜而智过其师，俚质生硬处正不易到。而七言近体，开合动宕，不拘故方，准之杜陵，亦几具体；故当雄视一代，邈焉寡俦。至五言律颇伤质直，而长律整栗，亦有支弱之习。《灵济宫》一篇，高出《松陵》；余则《华岳》、《简何舍人》、《鄱阳湖》诸作，亦可诵。七言绝，则学供奉；而五绝如《狱中》、《咏将》诸篇，奇特可喜，是亦逸品。录二首：

去妇词

孔雀南飞雁北翔，含颦揽涕下君堂，绣幕空留并菡萏，罗袪尚带双鸳鸯。菡萏鸳鸯谁不羡？人生一别何由见；只解黄金顷刻成，那知碧海须臾变。贱妾甘为覆地水，郎君忍作离弦箭。忆昔嫁来花满天，贱妾郎君俱少年，瑶台筑就犹嫌恶，金屋装成不论钱。重楼复道天中起，结绮、临春照春水。宛转流苏夜月前，萋迷宝瑟烟花里。夜月烟花不相待，安得朱颜常不改？若使相逢无别离，肯放逝波到东海？薄命难教娣姒知，衰年恨少姑嫜在。长安大道接燕川，邻里携壶旧路边。妾悲妾怨凭谁省，君舞君歌空自怜。郎君岂是会稽守，贱妾宁同会稽妇。郎乎幸爱千金躯，但愿新人故不如。

秋望

黄河水绕汉边墙，河上秋风雁几行？客子过壕追野马，将军弢箭射天狼。黄尘古渡迷飞挽，白月横空冷战场。闻道朔方多勇略，只今谁是郭汾阳？

华州王维桢以为："七言律自杜甫以后，善用顿挫倒插之法，惟梦阳一人。"而何景明则讥之曰："子高处是古人影子耳。其下者，已落近代之口。未见子自筑一堂奥，突开一户牖，而以何急于不朽也？"梦阳论诗称陆谢。而景明则箴之曰："陆诗，语俳，体不俳也。谢则体语俱俳矣。"又曰："空同刻意古范，铸形宿模，而独守尺寸。仆则欲富于材积，领会神情，临影构结，不仿形迹。诗曰：'惟其有之，是以似之。'以有求似，仆之愚也。近诗以盛唐为尚。宋人似苍老而实疏卤。元人似秀俊而实浅俗。今仆诗不免元习；而空同近作，间入于宋。譬之乐，众响赴会，条理乃贯；一音独奏，成章则难。故丝竹之音要眇，木革之音杀直；若独取杀直，而并弃要眇之声，何以穷极至妙，感精饰听也？空同丙寅间作，叩其音尚中金石；而江西以后之作，辞艰者意反近，意苦者辞反常；色澹黯而中理披慢，读之若摇鞞击铎耳。夫声以窍生，色以质丽。虚其窍，不假声矣。实其质，不假色矣。苟实其窍，虚其质，而求之声色之末，则终于无用矣。"梦阳主摹仿，景明则主创造。然景明不如梦阳之才大，梦阳亦逊景明之气清。梦阳诗以雄丽胜，景明诗以秀朗胜；同是宪章少陵，而所造各异。名成之后，互相诋諆。何诮李摇鞞振铎，李诮何抟沙弄泥。何病李之杀直，李病何之缓散。两君皆负才傲物，而何稍和易，以是人多附之。亳州薛蕙诗云："俊逸终怜何大复，粗豪不解李空同。"自此诗出，而抑李申何者日渐多矣。

何景明题画诸诗，源出少陵，非徒貌似，神亦似之。而五言古，有三谢体，有少陵体。七言古则深崇唐四杰转韵之格。录《明月篇并序》：

仆始读杜子七言诗，爱其陈事切实，布词沉着。鄙心窃效之，以为长篇圣于子美矣。既而读汉魏以来歌诗及唐初四子者之所为，而反覆之；则知汉魏固承三百篇之后，流风犹可征焉。而四子者，虽工富丽，去古远甚；至其音节，往往可歌。乃知子美词固沉着，而调失流转，虽成一家语，实则歌诗之变体也。夫诗本性情而发者也，其切而易见者，莫如夫妇之间。是以三百篇首乎《关雎》，六义始乎风。而汉魏作者，义关君臣朋友，辞必托诸夫妇，以宣郁而达情焉；其旨远矣。由是言之：子美之诗，博涉世故，而出于夫妇者常少；致兼雅颂，而风人之义或缺。此其调，或反在四子下欤？暇日为此篇，意调若仿佛四子；而才质偎弱，思致庸陋，故摛词芜紊，无复统饬。姑录之以俟审音者裁割焉。

长安月，离离出海峤。遥见层城隐半轮，渐见阿阁衔初照。潋滟黄金波，团圞白玉盘；青天流影披红蕊，白露含辉泛紫兰。紫兰红蕊西风起，九衢夹道秋如水。锦幌高褰香雾浓，琐闱斜映轻霞举。雾沉霞落天宇开，万户千门月明里。月明皎皎陌东西，柏寝岧峣望不迷；侯家台榭光先满，戚里笙歌影乍低。濯濯芙蓉生玉沼，娟娟杨柳覆金堤。凤凰楼上吹箫女，蟋蟀堂前织锦妻。别有深宫闭深院，年年岁岁愁相见；金屋萤流长信阶，绮栊燕入昭阳殿。赵女通宵侍御床，班姬此夕悲团扇。

秋来明月照金微，榆黄沙白路逶迤。征夫塞上行怜影，少妇窗前想画眉。上林鸿雁书中恨，北地关山笛里悲。书中笛里空相忆，几见盈亏泪沾臆；红闺貌减落春华，玉门肠断逢秋色。春华秋色递如流，东家怨女上妆楼；流苏帐卷初安镜，翡翠帘开自上钩。河边织女期七夕，天上嫦娥奈九秋。七夕风涛还可渡，九秋霜露迥生愁。九秋七夕须臾易，盛年一去真堪惜。可怜扬彩入罗帏，可怜流素凝瑶席。未作当垆卖酒人，难邀入座援琴客。客心对此叹蹉跎，乌鹊南飞可奈何。江头商妇移船待，湖上佳人挟瑟歌。此时凭阑垂玉箸，此时灭烛敛青蛾。玉箸青蛾苦缄怨，缄怨含情不能吐。丽色春妍桃李蹊，迟辉晚媚菖蒲浦。与君相思在二八，与君相期在三五，空持夜被贴鸳鸯，空持暖玉擎鹦鹉。青衫泣掩琵琶弦，银屏忍对箜篌语。箜篌再弹月已微，穿廊入闼霭斜晖。归心日远大刀折，极目天涯破镜飞。

此篇词彩秾丽，音律婉谐，而未极秀朗；于景明为变格，乃极意摹唐四杰者。其他歌行如《听琴》、《猎图》、《送徐少参》、《津市打鱼》诸篇，深得少陵之髓，特以秀色掩之耳。

景明与梦阳书曰："仆尝谓诗文有不可易之法者，辞断而意属，联类而比物也。上考古圣立言，中征秦汉绪论，下采魏晋声诗，莫之有易也。夫文靡于隋，韩力振之；然古文之法亡于韩。诗溺于陶，谢力振之；然古诗之法亦亡于谢。"而梦阳则应之曰："假令仆即今为文一通，能辞不属，意不断，物联而类比矣；然于中情思涩促，语险而硬，音节生拗，质直而粗，浅谫露骨，爰痴爰枯，则子取之乎？故辞断而意属者，其体也，文之势也；联而比之者事也，柔澹者思也，含蓄者意也，典厚者义也，高古者格也，宛亮者调也，沉着雄丽、清峻闲雅者，才之类也，而发于辞；辞之畅者其气也，中和者气之最也；夫然又华之以色，永之以味，溢之以音。是以古之文者，一挥而众善具也。然其翕辟顿挫，尺尺而寸寸之，未始无法也，所谓圆规而方矩者也。然仆犹谓不证诸事，则空言不切；不切不信。夫子近作乖于法者，何也？盖其诗读之，若抟沙弄泥，散而不莹；又粗者弗雅也，如《月蚀诗》、《妖遮赤道行》是也。然阔大者鲜把持，又无针线。古人之作，其法虽多端；大抵前疏者后必密，半阔者半必细，一实者必一虚，叠景者意必二，此予之所谓法，圆规而方矩者也。沈约亦云：'若前有浮声，则后须切响。一简之内，音韵尽殊。两句之中，轻重悉异。'即如人身以魄载魂，生有此体，即有此法也。诗云：'有物有则。'故曹、刘、阮、陆、李、杜，能用之而不能异，能异之而不能不同。今人止见其异，而不见其同；宜其谓守法者为影子，而支离失真者以舍筏登岸自宽也。且仲默‘《神女赋》、《帝妃篇》、南游日、北上年’，四句接用，古有此法乎？水亭菡萏，风殿薜萝，意不一乎？盖君诗徒知神情会处，下笔成章为高；而不知高而不法，其势如搏巨蛇，驾风螭，步骤即奇，不足训也。君诗结语太咄易。七言律与绝句等更不成篇，亦寡音节。‘百年’‘万里’，何其层见而迭出也？七言若剪得上二字，言何必七也？”即此可征何李之异趣焉。

宏正间，诗流特众；然皆近逐李何。丰城熊卓字士选、寿张殷云霄字近夫、宝应朱应登字升之，梦阳派也。吴县顾璘字华玉、亳州薛蕙字君采、信阳戴冠字仲鹖、孟洋字望之，景明派也。

徐祯卿虽服膺梦阳，然绝自名家。其与梦阳书曰：“古诗三百，可以博其源；遗篇十九，可以约其趋；乐府雄高，可以励其气；《离骚》深永，可以裨其思；然后法经而植旨，绳古以崇辞。”揆其涂径，与梦阳不异。特梦阳才雄而气盛，故恢张其辞；祯卿虑澹而思深，故密运以意。当时不能与梦阳争先，日久论定，亦不与梦阳俱废也。

祯卿少时，已工诗歌，多学六朝，旁参白居易刘禹锡。及见梦阳，初犹倔强，赋诗曰：“我虽甘为李左车，身未交锋心未服。顾余多见不知量，此项未肯下颇牧。”既而梦阳诒以书曰：“仆窃谓足下过矣！夫诗，宣志而道和者也，故贵宛不贵险，贵质不贵靡，贵情不贵系，贵融洽不贵工巧；故曰：‘闻其乐而知其德。’故音也者，愚智之大防，庄诐简侈浮孚之界分也。至元、白、韩、孟、皮、陆之徒出，始连联斗押，累累数千百言不相下，此何异于入市攫金，登场角戏也？三代而下，汉魏最近古。乡使繁巧险靡之习，诚贵于情质宛洽；而庄诐简侈浮孚，意义无大高下；汉魏诸子，不先为之耶？”祯卿折服，遂变面目。是时李何并陈，未决雌雄。祯卿雄不及李，秀不及何，而风骨超然，遂成鼎足。咀六朝之精音，采初唐之妙则，其诗不专学太白，而仿佛近之。七言胜于五言，绝句尤胜诸体，《古宫词》、《送萧若愚》等作，虽龙标太白复生，何多让焉。录二首：

春思

渺渺春江空落晖，行人相顾欲沾衣。楚王宫外千条柳，不遣飞花送客归。

送萧若愚

送君南下巴渝深，予亦迢迢湘水心。前路不知何地别，千山万壑暮猿吟。

祯卿未遇梦阳之时，先与祝允明、唐寅、文征明善，号吴中四才子。允明与寅并以任诞为世指目。寅诗颓唐浅率，老益潦倒。而允明诗则取材颇富，造语亦妍，下撷晚唐，上薄六代，与祯卿别稿《鹦鹉编》、《花间集》风格差似，有《竹枝》、《杨柳》之韵。征明诗则雅饬之中，时饶逸韵；自云："吾少年学诗，从陆放翁入；故格调卑弱，不若诸君皆唐音也。"此所谓如人饮水，冷暖自知；皎然不诬其本志者矣。边贡与李梦阳、何景明、徐祯卿并称四杰；其诗才力雄健不及梦阳景明；善于用长，意境清远，不及祯卿；而平淡和粹，能于沉稳处见其流丽；善于用短，而夷犹于诸人之间，以不战为胜者也。

杨慎以宰相子，文采照映，独不在七子声气之中；而其诗含吐六朝，以高明伉爽之才，鸿博绝丽之学，随题赋形，一空依傍；而于李何诸子之外，异军特起。《南中稿》秾丽婉至，一集之胜。录《柳》：

垂杨垂柳管芳年，飞絮飞花媚远天。金距斗鸡寒食后，玉蛾翻雪暖风前。别离江上还河上，抛掷桥边与路边。游子魂销青塞月，美人肠断翠楼烟。

慎诗多用新事，工于设色，搜罗刻削，无出其右。而骈绘既繁，性情或尽，传谓美能没体，诗亦有之。此其蔽也。

杨慎以意度秾丽，冠绝当代。而祥符高叔嗣字子业、无锡华察字子潜、长洲皇甫冲字子浚，又以造诣古澹，骖驾一时。

高叔嗣初以诗受知于李梦阳；然摆脱窠臼，自抒性情，乃迥与梦阳异调，传有《苏门集》八卷（南京龙蟠里图书馆藏有明嘉靖刊本）。五言尤工，冲淡得韦苏州体。录《病起偶题》：

空斋晨起坐，欢游罢不适。微雨东方来，阴霭倏终夕。久卧不知春，茫然怨行役。故园芳草色，惆怅今如积。

叔嗣诗如空山鼓琴，沉思忽往，木叶尽脱，石气自青。

华察亦以五言古诗风韵冲淡，欲追陶韦，传有《岩居稿》；然垢氛已离，未穿溟涬。录《惠山寺与施子羽话别》：

看山不觉暝，月出禅林幽。夜静见空色，身闲忘去留。疏钟隔云度，残叶映泉流。此地欲为别，诸天暮生愁。

境事超诣，正复何减叔嗣。而叔嗣独憔瘁婉笃。

皇甫冲与弟涍、汸、濂并有盛名，称四皇甫。而冲传有《华阳集》；其诗源出韦柳，兼取材于潘、左、江、鲍，清音亮节，无一点纤浓之习；高叔嗣、华察而外，无有及之者。录《维摩寺雨坐》：

回岭无仄径，陟冈有夷壤。展�入空蒙，游心益昭朗。长风吹轻衣，飘摇翠微上。古寺迷夕烟，明灯淡绡幌。冥雨从东来，惊雷自西往。林峦忽不见，但闻山涧响。景寂非避喧，心莹乃成赏。为礼沉疴踪，因之知幻象。

绝去雕藻，益臻遒亮。此则超绝风气，而自树帜于李何之外者焉。

第四节　李攀龙　王世贞　宗臣　谢榛附徐中行　吴国伦

王李七子绍述何李，而李攀龙为之倡，极为王世贞所推，至谓“文许先秦上，诗卑正始还”，誉过其实。攀龙乃居之不疑。今观其诗，古乐府及五言古体，临摹太过，痕迹宛然。七言律及七言绝句，高华矜贵，脱弃凡庸；而七言律人所共推，心摹手追者，王维李颀也。录二首：

秋杪登太华山绝顶

缥渺真探白帝宫，三峰此日为谁雄？苍龙半挂秦川雨，石马长嘶汉苑风。地敞中原秋色尽，天开万里夕阳空。平生突兀看人意，容尔深知造化功。

寄王元美

蓟门城上月婆娑，玉笛谁为出塞歌？君自客中听不得，秋风吹落小黄河。

七言律已臻高格，未极变态。七言绝句有神无迹，语近情深，故应跨越余子，为集中之冠。

嘉靖七子，王世贞才气十倍李攀龙；惟病在爱博，自珊瑚木难以及牛溲马勃，无所不有。乐府变化，奇奇正正，推陈出新，远非攀龙生吞活剥者可比。律体高华，绝亦典丽，虽锻炼未纯，不免华赡之余，时露浅率；亦未遽出攀龙下也。当日名虽七子，实则一雄；其自述曰："野夫兴就不复删，大海回风吹紫澜。"言虽大而非夸。录二首：

战城南

战城南，城南壁；黑云压我城北。伏兵捣我东，游骑抄我西，使我不得休息。黄尘合匝，日为青，天模糊。钲鼓发，乱欢呼。胡骑敛，飙迅驱。树若荠，草为枯。啼者何？父收子，妻问夫。戈甲委积，血淹头颅。家家招魂入，队队自哀呼。告主将，主将若不知；生为边陲士，野葬复何悲。釜中食，午未炊。惜其仓皇遂长诀，焉得一饱为。野风骚屑魂依之；曷不睹主将高牙大纛坐城中，生当封彻侯，死当庙食无穷。

陵祀

松楸何不极，复道见行宫。剑佩千官月，桥陵万马风。地回山尽拱，云合树俱雄。白首先朝事，伤心涕泪中。

世贞诗唱盛唐，然其诗亦有清透似宋人者。余爱其《短歌》数句云：

“不必名山藏，不必千金悬。归去来，一壶美酒抽一编，读罢一枕床头眠。天公未唤债未满，自吟自写终残年。”又《弃官》云：“人生求官不可得，我今得官何弃之？六月绣襦黄金垂，行人拍手好威仪。与君说苦君不信，请君自衣当自知。”《明史》本传称世贞论诗，呵叱宋人，晚年临终犹手握《苏子瞻集》。此二诗果似子瞻。

嘉靖七子之有宗臣，犹徐祯卿之于何李。诗才秀爽，与王李同声气而不同格调。录《登云门诸山》：

> 山头月白云英英，千峰倒插千江明。手把芙蓉步石壁，苍翠乱射猿鸟惊。谁其云外吹紫笙，欲来不来空复情？天风吹我佩萧飒，恍疑身在昆仑行。

其诗跌宕俊逸，颇能取法太白；而自入七子之社，渐染习气，日以窘弱。然天才婉秀，吐属风流，究无剽剟填砌之习，本质犹未尽漓也。

七子结社之初，尚论有唐诸家，茫无适从。谢榛以布衣执牛耳，主选十四家诗，读熟之以夺神气，申咏之以求声调，玩味之以裒精华；得此三要，造乎浑沦，不必塑谪仙而画少陵。李攀龙极推之，赠诗曰：“谢榛吾党彦，咄嗟名士籍。遂令清庙音。乃在褐衣客。”既而布衣高论，不为同社所安。攀龙乃遗书绝交，而其称诗之旨要，皆自榛发，诸人实心师其言也。榛近体工力深厚，句响而字稳。七子之流，莫之与京也。录二首：

> **榆河晓发**
>
> 朝晖开众山，遥见居庸关。云出三边外，风生万马间。征尘何日静，古戍几人闲？忽忆弃繻者，空惭旅鬓斑。
>
> **有感**
>
> 薄伐原中策，论兵自古难。汉唐频拓地，将帅几登坛。绝漠兼天尽，交河荡日寒。不知大宛马，曾复到长安。

榛五言近体，句烹字炼，气逸调高；当与李攀龙七言，骈称七子之冠云。七子中，徐中行、吴国伦咸工律绝。大抵七子可厌者，拟古乐府之生吞活剥耳。五古亦鲜真诣。七古高亮华美之作，自为可爱。至于七律七绝，则虚实开合，非仅浮声为贵。如谓其用字多同，格调若一，则又不尽然；观其随物赋形，古泽可掬，何尝不典且丽？至诗中常用好字，本自不多。陶、谢、韦、杜、王、孟诸公，无论何家，一集之中，比而观之，多有雷同；较其直际，亦不数见。则亦无事苛绳于七子矣。

第五节　袁宏道附弟中道　高攀龙

王李七子之派，极王而厌。徐渭欲以李长吉体变之，不能也。临川汤显祖欲以南宋四家尤、杨、范、陆体变之，不能也。长洲王稚登、吴江王叔承、鄞县屠隆虽迭有违言；然壁垒不张，均未足以相代。于是三袁兄弟起而乘之；其论诗以为："唐自有古诗，不必选体。中晚皆有诗，不必初盛。欧、苏、陈、黄各有诗，不必唐人。唐诗色泽鲜妍，如旦晚脱笔砚者；今诗才脱笔砚，已是陈言；岂非流自性灵，与出自剽拟所从来异乎？"一时闻者涣然神悟，若良药之解散，而沉疴之去体也。宗道首出，既以白苏名斋而导其源。宏道、中道继之，流波大畅，遂有公安体之目。而宏道最为白眉，中郎之名独著。白苏诗以容易出清真，自有神采，厥旨渊放，使人忘其鄙近。而宗道则颓波自放，舍其高洁，专尚鄙俚；作法于凉，后将何观，此则宗道之失也。惟宏道清新轻隽，时有合作。录二首：

横塘渡

横塘渡，郎西来，妾东去，感郎千金顾。妾家住红桥，朱门十字路；认取辛夷花，莫过杨柳树。

妾薄命

落花去故条，尚有根可依。妇人失夫心，含情欲告谁。灯光不到明，宠极心还变。只此双蛾眉，供得几回盼。看多自成故，未必真衰老；譬彼盛开花，不若初生草。

其集中诗亦时涉俳谐调笑，如《西湖》云："一日湖上行，一日湖中坐。一日湖上住，一日湖上卧。"《偶见白发》云："无端见白发，欲哭反成笑。自喜笑中意，一笑又一跳。"《严陵钓台》云："人言汉梅福，君之妻父也。"其弟中道为之说曰："吾兄《锦帆》、《解脱》等集，意在破人执缚；间有率意游戏之语。或快爽之极，浮而不沉；情景太真，近而不远；要出自性灵，足以荡涤尘坌。"学者不察，效颦学语，其究为俚俗，为纤巧，为莽荡；乌焉三写，弊有必至，非中郎之本旨也。中道才逊中郎，而雅饬过伯氏，传有《珂雪斋集》二十四卷。

无锡高攀龙字云从，理学大儒，与三袁同时，其为诗亦尚清真，而冲澹入古，不事俳佻；足拔戟自成一队。传有《高子遗书》十二卷；其第六卷，则诗也。录二首：

夏日闲居

长夏此静坐，终日无一言，问君何所为，无事心自闲。细雨渔舟归，儿童喧树间。北风忽南来，落日在远山。顾此有好怀，酌酒遂陶然。池中鸥飞去，两两复来还。

夜步

幽人夜未眠，月出每孤往。繁林乱萤照，村屋人语响。宿鸟时一鸣，草径露微上。欣然意有会，谁与共心赏。

无心学陶，天趣自会；以视公安之俳俚杂出者，何啻雅俗之别。然后知涂王李之富丽，而返正始之元音者，当在此而不在彼也。

第六节 钟惺 谭元春附程嘉燧 陈继儒 陈子龙

钟惺与谭元春评选唐人之诗为《唐诗归》，又评选隋以前诗为《古诗归》，风行一时，几于家弦户诵，而竟陵派之名以起。盖承前后七子藻丽矞皇之后，所选《唐诗》，专取清瘦淡远一路。其人人所读，若李太白之《古风》，杜少陵之《秋兴》、《诸将》，皆不入选。公安以轻俊矫王李之缛重；而竟陵以幽冷洗王李之绚烂；所谓厌刍豢，思螺蛤也。盛名之致，会当其时；纤巨高卑，视所成就。要亦秉其夙悟，运以苦思，执专门之巨规，树并时之壁垒。而小道易泥，攲器惧盈；于诗学虽不甚浅，而他学问实未有得，故说诗既不能触处洞然，自不能抛砖落地；往往有“说不得”“不可解”等评语，内实模糊影响，外似超超玄箸；虽惊流俗之观，益来识者之诟。根本不实，洼水即干，吹毛索瘢，遂无全体。然极可医庸肤之病。而惺生当晚明，复为党论所挤，当时以大行拟科，忽出而为南仪曹，志节不舒，而不肯赶热；“冷”之一言，其诗文、其学行皆主之。平日究心经史《庄》《骚》，以官为隐，以读书为官，其人其品实不可及。而其诗有《隐秀轩集》分三十三集；其手近隘，其心独狠，要是著意读书人；可谓之偏枯，不得目为肤浅。其于师友骨肉存亡之间，深情苦语，令人酸鼻，则又未可以一“冷”字抹煞。大抵惺之诗，如橘皮橄榄汤，在醉饱后，洗涤肠胃最善；饥时却用不得。然当其时，天下文章，酒池肉林矣，那得不推为俊物也。录二首。

上巳雨登雨花台

去年当上巳，小集寇家亭。今昔分阴霁，悲欢异醉醒。可怜三月草，未了六朝青。花作残春雨，春归不肯停。

巴东道中示弟恮

山中未必雨，云起已生愁。峡窄天多暮，江高地易秋。连朝皆陟巘，兹路独临流。欲画瞿塘胜，归途定觅舟。

幽深孤峭，手眼别出。而情性所姱，时有名理；山水所发，弥见清思。惟才小气窄，体轻腹陋，意邻浅直，格囿卑寒，故为不了之语，每涉鬼趣之言；故或片语可称，全篇鲜取，此其蔽也。然惺为人严冷，不喜接俗客，湖海之声气未广。籍谭元春应和之，派乃盛行。而元春才不如惺，诗为幽峭则一；传有《岳归堂集》十卷。录二首。

夜次阳逻同夏平寻山

静人真可偕，高趣脱无逆。人家残涨后，初干沙纹迹。软步过秋草，寂寂林下宅。宅边如有径，谅为兹山辟。微茫犬吠巅，向下人声积。高处天地灵，长江动空碧。一灯磬杳然，岭为溪所隔。不必诣其所，惆怅亦有获。

游九峰山

众山作寺围，群松作山护。缠绵青翠光，山欲化为树。根斜即倚磴，枝隙已通路；阴云贯其下，常令白日暮。藤刺裹山巅，飞鸟慎勿度。

模山范水，特工五言；朗秀处似王右丞，险健处似孟东野。其病在时涉俳俚，重字复意，不免间出，作枯窘寒俭相，又往往上下语不相应。如能芟去芜枝，迥然孤秀，亦复何减古人。然竟陵之体靡天下，而后进之学者，大江以南更甚，得其形貌，遗其神情。有贾岛之苦僻，无孟郊之坚苍，以寂寥言精练，以寡约言清远，以俚浅言冲澹，以生涩言新裁。篇章字句之间，每多重复，稍下一二助语，辄以号于人曰："吾诗空灵已极。"空则有之，灵则何曾；见斥艺林，盖有由已。然而非钟谭之罪也。

歙县程嘉燧，字孟阳，亦不为何、李、王、李者，诗亦娟秀少尘，而不免纤窕；著有《松圆浪淘集》。钱谦益深惩何、李、王、李流派，乃于明三百年中，特尊之为诗老。然格调极卑，时涉秽俚；近体多于古风，七律多于五律，才庸而气弱，固卑之无甚高论矣。华亭陈继儒字仲醇，以处士虚声，倾动朝野；传有《眉公集》，而纤词浮语，更下《松圆》一等。

王李道尽，公安之派浸广，竟陵之焰顿兴，一时好异者诪张为幻。而有振七子之坠绪，返俚浅于茂典者，陈子龙也。实以沈博绝丽之才，领袖几社。而同郡夏完淳字存古，髫龄崛起，如响斯应。誉之者谓其廓清榛芜，力追先正；而诋之者则曰七子窠臼，徒为虚嚣。然以此结明三百年之诗局，而与开一代风气之高启，后先辉映；亦足以觇复古为明文学之主潮，诗亦不在例外；所谓君以此始，亦以此终也。子龙有《白云草庐居》、《湘真阁》诸稿，尤工七言古。录二首。

小车行

小车斑斑黄尘晚，夫为推，妇为挽。出门何所之？青青者榆疗吾饥，愿得乐土共哺糜。风吹黄蒿，望见墙宇，中有主人当饲汝。叩门无人室无釜，踯躅空巷泪如雨。

边词

大同女儿颜如花，十五学得筝琵琶。莫向中宵弹一曲，清霜明月尽思家。

八城亦是古辽西，大纛高牙万马齐。壮士锦衣行乐地，十年无梦到春闺。

子龙七古跌宕自喜，取藻于六朝四杰，而出入太白昌谷。所惜铺叙华缛，动出一轨，不免与七子同讥；又时杂以豪粗耳。然子龙之诗，不脱王李之窠臼；而子龙之词，则直造唐人之奥宇。词至南宋之季，几成绝响；知比兴者，元张翥之《蜕岩词》而已。明初作者，犹承张翥之规，不乖于风雅。永乐以后，南宋诸名家词，皆不显于世；盛行者为《花间集》、《草堂诗余》二选。杨慎王世贞辈之小令中调，犹有可取；长调皆失之俚。惟陈子龙之《湘真阁》、《江篱槛》诸词，风流婉丽，足继南唐后主，则得于天者独优也。观其所作，神韵天然，风味不尽，如瑶台仙子，独立却扇时；而《湘真》一刻，晚年所作，寄意更绵邈凄恻，言内意外，已无遗议。故附论之。

第三章　明　　曲

曲，有杂剧，有传奇。明代诗文与宋元异；而明曲亦与元曲异；大抵由俗而文，用夏变夷。杂剧极盛于元。南戏继起有明。而原南戏之兴，当在宋光宗朝，永嘉人作《赵贞女》、《王魁》二传，实为首唱。或云：宣和间已有萌芽，至南渡时，则盛行，号曰永嘉杂剧。其文字即本宋人词，而益以里巷歌谣，不协宫徵。至元时杂剧蔚兴，南戏衰熄。迨高则诚《琵琶记》出，尽洗胡元古鲁兀剌之风，而易之以缠绵顿宕之声，明太祖亟称焉；于是海内向风，别名为南曲，以元套杂剧为北曲，而相骖靳。此一时也。澉川杨康惠公梓在元时，得贯云石之传，尝作《豫让》、《霍光》、《尉迟敬德》诸剧，流传宇内，与中原弦索抗行。而公子国材，复与鲜于去矜交游，以乐府世其家；总得南声之秘奥，别创新音，号为海盐调；西江两京间翕然和之。此一时也。徐渭著《四声猿》杂剧，中《女状元》一剧，独以南词作之；破杂剧定格。而太仓魏良辅、昆山梁辰鱼以善讴名吴中。良辅探讨声韵，坐卧一小楼者十余年，考订《琵琶记》板式，造水磨调。辰鱼作《浣纱记》付之，流丽稳协，天下始有清音，号曰昆曲，历世三百，莫不颊首倾耳，奉为雅乐。然梁辰鱼以南词负盛名，北剧亦雅擅场，而所为《红线》一剧，宾白科段，纯为南态；所异者，止用北词耳。此又一时也。明之中叶，杂剧亦用南词，传奇间取北曲者，此又事之变也，不可绳之以法也。大抵元词以拙朴胜，明则妍丽矣。元剧排场至劣，明则有次第矣。故曰明曲与元曲不同也。吾友吴瞿安先生梅有专书备论之，兹不具述。而要删其指以备一格。大抵明文之异于宋元者，排唐宋以力追秦汉也。明诗之异于宋元者，排宋元以还之汉、魏、盛唐也。明曲之异于元曲者，排胡音以还我夏风也。要之反本修古，不忘其初而已矣。

第四章 明八股文

第一节 总论

八股文，亦名《四书》文。《四书》文者，以命题言之也。八股文者，以体制言之也。或称帖括，即唐帖经。亦名经义，即唐墨义。顾唐人帖经，犹今默写经书，无文词之发；非八股文比。而明之八股文，排比声调，裁对整齐，即唐人所试之律诗、律赋，貌虽殊而其体则一也。亦称时文，则对古文而言。其初宋仁宗笃意经学；王安石请兴建学校，因言："学者专意经术，庶几可以复古。"于是改取士之法，罢诗赋、帖经、墨义，士各占治《易》、《书》、《诗》、《周礼》、《礼记》一经，兼《论语》、《孟子》，每试四场，初大经，次兼经，大义凡十道；后改《论语》、《孟子》义各三道；命中书撰大义式颁行。王安石奋笔为之，存文十篇；或谨严峭劲，附题诠释；或震荡排奡，独抒己见；一则时文之祖也，一则古文之遗也。眉山苏氏父子，亦出其古文之余，以与安石抗手；然皆独摅伟论，不沾沾于代古人语气。其代古人语气者，自南宋杨万里始。此则《四书》文所由昉也。第北宋只《论》、《孟》命题，不及《大学》、《中庸》；有之，当在南渡以后。朱子尝为私议，欲罢诗赋，而分诸经、子史、时务之年。诸经以子午卯酉四科试之，皆兼《大学》、《论语》、《中庸》、《孟子》义一道。元仁宗皇庆二年，中书省臣奏科举事，专立德行明经之科，乃下诏及条目颁行，出题用《四子书》。明初即制国学，每月试经书义各一道。洪武三年八月，京师及各行省开乡试；初场《四书》疑问，本经义，及《四书》义各一道。诸生应试之文，通称举业；《四书》义一道，二百字以上；经义一道，三百字以上；取书旨明晳，不尚华采；其命题专取《四子书》及《易》、《书》、《诗》、《春秋》、《礼记》五经，遂为定制。然英宗天顺以前，举业之文亦不过敷衍传注，或对或散，初无定式。而宪宗成化以后，始为八股。其法：截本题为两截，每截作四股，每四股之中，一反一正，一虚一实，一浅一深。其两扇立格，则每扇之中，各有四股，其次第之法亦如之，故谓之八股。而未入口气以前，先以破题，次以承题；篇末敷衍圣人言毕，自摅所见，或数十字，或百余字，谓之大结，可以发挥时事。以后功令益密，恐有藉以自衒者，但许言前代，不及本朝，大结无可发挥，止三四句而已。明初举业文多散佚。开国会元，首推黄子澄。而成祖时，登第者，则于谦、薛瑄，差有传作。谦英风飙发，瑄醇白无疵，各肖其人。英宗嗣位，商辂、陈献章、岳正、王恕蝉联鹊起。及邱浚教习国子，人材蔚起；乙未主试，冠会榜者王鏊，魁大廷者谢迁，则浚之有以乐育之也。其时李东阳屡掌文衡，振起之功，亦复不少。罗伦、章懋、林瀚、吴宽诸人，云蒸霞蔚，济济盈门；而林瀚之文，谈理真实，而行之以繁重纡曲；吴宽则春容大雅，不动声色，尤文之以养胜者。然称为斯文宗主，则首推王鏊，虽谢迁之清刚古朴，不让于鏊；究不若其神完气足，理法纯备也。至孝宗弘治庚戌，钱福会榜第一；因而王钱并称。其后冠会榜者，惟董圮可与二家鼎足而立。大抵王翱长于论议；钱福善于刻画；而圮则游行理窟，自成大家，非他人所可及，亦非识者莫能辨。故王钱文易读，而圮文难读；王钱体正大，圮格孤高。王钱之后，衍于唐顺之，终明之世，号曰元灯。而圮之文，其传遂绝，三百年间无问津者。今读其文，神骨高骞，绝似古文之韩愈，知其用功者深也。唐顺之传王鏊之法，而运以唐宋古文雄肆之气，以世宗嘉靖已丑得隽会榜，遂冠绝诸家；盖其于经史子集，靡不贯通，而融裁之以八股文字。浑灏流转，品独高绝。而瞿景淳又以精确冲夷，别树一帜；合之王、钱、唐三人，因有四家之目。薛应旂贯通六经，发而为文，如金出冶，如玉离璞，光芒焕发；遂有退钱而进薛以合王唐瞿为四家者。而究其以古文为时文，使天下复见宋人经义之旧者，则惟归有光之功独称茂焉。王鏊善用偶。有光善用奇。有光宗法在钱，而名理过之。观其高古，则秦汉也；其疏畅排宕，则唐宋八家也；而其法律精严，于题位不溢不漏，则又为时文之大宗；而跌宕磅礴，看似散行，细玩乃见其股法之变；实有明一代八股文大宗也。其后胡友信相继而起，则又家数纯似王鏊，而出以浩气，不为鏊之熟圆。或以友信与有光追配王唐，所谓王、唐、归、胡者也。茅坤与唐顺之讲贯，善抉古人之奥，以太史公为师，以韩、柳、欧、苏为友，而施之举业，亦为别调独弹。艾南英论举业首推归有光，继又以坤为上，二说相持未定。要之有光文固涵盖一世；而古雅温醇，坤亦何遽不相及也。乃至神宗万历一变而为陵驾，再变而为斫削。降逮熹宗天启，文章削薄已极。一时转移风气，豫章四家之力为多。陈际泰文最奇横，如苏海韩潮。章世纯幽深劲骜，如龙蟠蛟起。罗万藻清微澹远，如疏雨微云。而艾南英则所谓公输运斤，指挥如意；师旷辨音，纤微必审者也。世人翕然归之，称为章、罗、陈、艾。大抵天启之文，深入而失于太苦。崇祯之文，畅发而又嫌太尽。独金声崛起为雄，幽深矫拔，力退古初。而陈子龙清奇冷隽，取材于韩非《八奸》、《五蠹》、《说难》、《孤愤》诸篇，而运以魏晋风藻，故足别开生面者也。自科举废而八股成绝响，然亦文章得失之林也。明贤抉发理奥，洞明世故，往往以古人为时文，借题发挥，三百年之人文系焉。吾友吴瞿安先生尝言："明代文章，止有八比之时文，与四十出之传奇，为别创之格。"（语见《顾曲麈谈》）吾友既备论曲学矣；独八股文阙焉放废。遂为明其流变，著其名家，以俟成学治国闻者有考焉。

第二节　黄子澄　姚广孝附于谦

分宜黄子澄名湜，以字行，洪武十八年会试第一。首题为《论语》

"天下有道,则礼乐征伐自天子出",其文章庄重典雅,自来著录八股文者,以此为台阁文字,开国之冠。其辞曰:

治道隆于一世,政柄统于一人。夫政之所在,治之所在也。礼乐征伐,皆统于天子,非天下有道之世而何哉!昔圣人通论天下之势,首举其盛为言,若曰:天下大政,固非一端;天子至尊,实无二上。是故民安物阜,群黎乐四海之无虞;天开日明,万国仰一人之有庆。主圣而明,臣贤而良,朝廷有穆皇之美也;治隆于上,俗美于下,海宇皆熙皞之休也。非天下有道之时乎!当斯时也,语离明,则一人所独居也;语乾纲,则一人所独断也。若礼若乐,国之大事,则以天子制之,而掌于宗伯;若征若伐,国之大柄,则以天子操之,而掌于司马。一制度,一声容,议之者天子,不闻以诸侯而变之也;一生杀,一予夺,制之者天子,不闻以大夫而擅之也。皇灵丕振,而尧封之内,咸懔圣主之威严;王纲独握,而禹甸之中,皆仰一王之制度。信乎非天下有道之盛世,孰能若此哉!

时未立试牍科条,雍容揄扬,颇涉颂体。而收纵之机,浩荡之气,呵成一片,元气浑囵。亟应首录以存举业之河源。其直射本题下文"诸侯""大夫"字样而不为侵下,亦可知当日格式尚宽也。

长洲姚广孝,为僧,名道衍。洪武中,诏通儒书僧试礼部,不受官。以僧服与谋人家国,佐成祖起兵。而为《大学》"所谓诚其意者,毋自欺也,与恶恶臭,与好好色,此之谓自慊,故君子必慎其独也。小人闲居为不善,无所不至,见君子而后厌然,揜其不善而著其善;人之视己,如见其肺肝然,则何益矣。此谓诚于中,形于外,故君子必慎其独也"题文。至云:"虽以圣人帝王,而不能无杂霸之心,即不能无盗跖之心";语奇辟未经人道,亦可见心术形于文章,有不自掩者。其辞曰:

诚意之功在独,非慎不可也。夫不慎独,则意得欺之,此君子而小人也。盖闻明德以天下为体，然每为天下之念所昏。圣经以致知言诚意而求端于格物，此有深意焉。夫所格者何物也？若曰：一人明德耳，何为天下国家之皆贯其间，则必有为人一念欺吾初心，是与小人之不格物者一也；如何修身然后齐治平皆在其间，又有求人一念并欺我知，是与小人之不能致知者一也。凡好恶发于赤子之真，皆可通之天下，此圣贤之意，亦帝王之意自慊也；凡好恶为天下而饰，即非赤子之真，此杂霸之意，即盗跖之意自欺也。虽以圣人帝王，而不能无杂霸之心，即不能无盗跖之心，故君子必慎其独也。慎之何如？时时格物，则时时知致矣。小人惟致知格物之间，略有不慎，而求之天下。圣人王者方持大鉴以照心中之盗跖，而天下之盗跖，皆入其鉴，此小人之所以不免也。嗟乎！小人亦误求之天下之间，而失之于先后焉者也。其害如此，可不慎哉！惟慎，故格物致知；格物致知，正慎也，此明明德也；诚意者可不知哉！

隽桀廉悍，其气卓荦，自与黄子澄之雍容揄扬不同。然一浑雅，一奇警，虽规模粗具，而气象岸异，大朴不雕，可以概见。世论多以八股文代古人语气，未易见抱负，然非所论于豪杰。而明贤借题发挥，往往独抒伟抱，无依阿澳涊之态；如姚广孝之放言不顾，其一例也。又如钱唐于谦字廷益，遭逢国变，主虏寇深；而扶危定倾，措置若定，然亦蕴之有素。观其为孟子"不待三。然则子之失伍也亦多矣"题八股文，起讲云："且国家之倚重者有二：遇战斗，则用介胄之士。遇绥靖，则用旬宣之臣。故兵法严，则士奋勇。吏治肃，则官效职。人君以驭兵之法驭臣，则吏治精矣。人臣以死绥之义死职，则官职当矣。"而后幅则曰："一失伍，则执而论之有司，何至于再。再失伍，则缚而僇之于社，何至于三。盖有死无犯，军之善政也。信赏必罚，国之大经也。此大夫之所素明也。今子莅官以来，所谓奉职循理者安在？其于怠事，不啻再矣；岂士以贱刑，官以贵贷耶？由子旷官以来，所谓省愆讼过者安在？拟之以失伍，亦已多矣；岂士不致于再，官不惮其多耶？"

辣手铸文章，天下逃将旷官，一齐胆破。心存开济，吐言天拔，其素所蓄积也。亦何嫌于举业之消磨志气哉？无亦志气之自不振耳。

第三节　唐顺之附王鏊　归有光附胡友信

吴县王鏊，字济之；少善八股文，及贵显，数典乡试，程文魁一代。八股文之有鏊，如诗之有杜甫，古文之有韩愈。前此风会未开，鏊无所不有；后此时流屡变，鏊无所不包。前人语句，多对而不对，参差洒落，虽颇近古，终不如鏊裁对整齐，机调熟圆，为举业正法眼藏。若乃手眼别出，我行我法，而以古文为时文，于熟圆出苍坚者，则自唐顺之倡之也。如《孟子》“子莫执中，执中为近之。执中无权，犹执一也”题文曰：

时人欲矫异端之偏，而不知其自陷于偏也。盖不偏之谓中，而用中者权也。子莫欲矫杨墨之偏而不知权焉，则亦一偏而已；此孟子斥其弊以立吾道之准也。且夫吾道理一而分殊，而为我之与兼爱，固皆去道甚远者也。吾道以一而贯万，而执其为我与执其兼爱者，固皆执一而不通者也。于是有子莫者，知夫杨墨之弊，而参之于杨墨之间，以求执乎其中焉。盖曰：其孑孑然以绝物如杨子者，吾不忍为也，但不至于兼爱而已矣；其煦煦然以徇物如墨子者，吾不暇为也，但不至于为我而已矣。自其不为为我也，疑于逃杨而归仁；自其不为兼爱也，疑于逃墨而归义。子莫之于道，似为近也；然不知随时从道之谓权，以权应物之谓中；而杨墨之间，非所以求中也。徒知夫绝物之不可，而不知称物以平施，则为我固不为也，而吾道之独善其身者，彼亦以为近于为我而莫之敢为矣。徒知夫徇物之不可，而不能因物以付物，则兼爱固不为也，而吾道之兼善天下者，彼亦以为近于兼爱而莫之肯为矣。虽曰将以逃杨也，然杨子有见于我，无见于人，而子莫有见于固，无见于通，要之均为一曲之学而已，知周万变者果如是乎？

虽曰将以逃墨也，然墨子有见于人，无见于我，而子莫有见于迹，无见于化，要之均为一隅之蔽而已，泛应不穷者果如是乎？夫为我，一也；兼爱，一也；故杨墨之为执一易知也。中，非一也；中而无权，则中亦一也；故子莫之为执一难知也。非孟子辞而辟之，则人鲜不以子莫为能通乎道者矣。

其文内坚凝而外浑厚，如一笔书成，而曲折相生，反正相顾，平舒叠幻，如山川之出云；而其实熟极生巧，故能神明于王鏊之矩矱以自出变化。大抵举业之文，体气至王鏊而正；规模至顺之乃大。顺之有自为诗云："文入妙来无过熟，书从疑处更须参"；此顺之自道其所得也。其举业文，纵放出东坡，拗峭敩荆公，放而能收，散而能敛，一开一合，规矩出神明；凡八股文两扇中作一纽遥对，始自顺之。

归有光亦以古文为时文，古文出欧阳修，而举业则取径于苏氏父子，肆之为恢闳，泽之以经史，融裁古人语，浑如己出；实大声闳，驾顺之而出其上。如《孟子》："天子一位，公一位，侯一位，伯一位，子男同一位，凡五等也。君一位，卿一位，大夫一位，上士一位，中士一位，下士一位，凡六等"题文曰：

大贤详周室班爵之制，内外各有其等也。夫爵者，先王所以列贵贱也；内外异等，而天下之势成矣。且夫有天下者不以自私，而选贤与能以与天下共焉，兹明王所以奉若天道者也，而制尽于成周矣。自其通于天下者言之：盖无所不统谓之天子，天子无爵也，而爵之所尊也；六合之内，无以加矣。于是乎天子端冕于内，六服承辟于外，锡之命而重藩翰之寄，胙之土而同带砺之盟。公也，侯也，伯也，各一位也，名异而等不同也；子也，男也，同一位也，名异而等不异也；合之凡五等矣。要之先王非私天下而相与为赐也；顾寰宇之广，亿兆之众，苟非闻见之所及，则智虑有所不周，而天下之情，必有壅而不通者矣。故为之众建诸侯，而使之错壤以居，以大弼成之义；而内外相统，远近相维，则运臂使指之势以成；而五服之长，外薄四海矣。然则有天子必有诸侯，有诸侯必有公侯伯子男者，势也，此先王所以联属天下而尽其大者也。自其施于国中者言之：盖自天子至于子男，皆谓之君；君诏爵者也，而爵之所先也，域中之大，无以加矣。于是乎各君其国，则各统其臣，论官材而俾之咸熙庶绩，亮天工而俾之弼予一人。卿也，大夫也，各一位也，官异而秩亦异也；上士也，中士也，下士也，各一位也，士同而品不同也；合之凡六等矣。要之先王非侈名号而相与为荣也；顾委寄之重，几务之丛，苟非耳目之所寄，则聪明有所不及，而天下之事，必有偏而不举者矣。故为之广置官属，而使之分职以治，以尽协恭之义；而上下相承，体统相系，则丝联绳牵之势以成；而九牧之长，阜成兆民矣。然则有君必有臣；有臣必有卿大夫士者，亦势也，此先王所以经理一国而尽其细者也。是知合六等以治五等之国，合五等以一天下之势，周室班爵之制，有如此者。

其为文高视阔步，置身题外以写题中，绝去时文束缚之苦；凡直起直落，承题不复破题，起讲不复承题，是古文佳境，惟有光能之。后德清胡友信与齐名，世并称归胡。友信亦博通经史，沛然出之，无事长篇大论，局敛而气自开拓。

第四节　陈际泰　艾南英附章世纯　罗万藻　邱义等

嘉靖以前，如王、唐、归、胡，文以实胜。而隆庆、万历以后，文以虚胜。嘉靖文转处皆折，隆、万始圆；圆机，邓以赞开之也。嘉靖文妙处皆生，隆、万始熟；熟调，许獬开之也。圆之极而趋于薄，熟之极而入于腐，艾南英深嫉之，起于江西，与同郡章世纯、罗万藻、陈际泰以兴起斯文为己任，乃刻四人所作行之世，以开天、崇两朝清刚警卓之风，而结有明三百年八股之局，世翕然称豫章四家。而临川陈际泰，字大士，积健为雄，返虚入浑，万流景仰，尤为绝出。际泰产于贫家，常借邻人书读之，不受师传，卒成大家。其学无所承藉，一览数行，手口耳目并用，质甚奇；日构数十艺，作文盈万，才甚捷；变通先辈，自为面目，法甚高。为诸生时，所作文遍天下，士大夫皆愿与交。有以《四书》疑义质者，辄口占以示，即未成章，或二股，或四股，出没纵横，每多精义，后遂集为《四书读》。其稿中一题数义者甚多；如《孟子》"充类至义之尽也"题文凡五篇，一气衔接，意境如辘轳之相引；举业家以此为直接贾谊《过秦》三论、柳宗元《西山八记》，分之则一篇自为首尾，合之则数篇自为首尾。时文之快且多，无有如陈际泰者。录《大学》"欲齐其家者先修其身"题文曰：

家取则于身，故君子谋所以齐之者焉。夫以不德之身，强行于物，即家且先格矣，岂能齐乎？且夫家之难齐，甚于国之难治也。所谓甚于国者有二：国者，威权之所可驭也，用恩之地，而威权之分失矣；国者，耳目之所不接也，匿就之人，而耳目之际真矣。威权不得而施，则反其道乃可以相易；耳目不得而匿，则益其事乃足以相当。其必先修身乎！一家之中，其为贤不肖者，不一而足，齐之者将使人人有士君子之行，夫狭邪淫比，禁之而不止者，无术以主之也；吾修吾身，言必称先王，动必稽古昔，则作事可法，而无自恣其偷越之思，故其子弟之教，不肃而成。一家之中，其爱恶相攻者，亦不一而足，齐之者将使人人有秉礼度义之意，夫诟谇嚣陵，调之而愈棼者，无道以御之也；吾修吾身，情欲之感无介乎仪容，晏安之私不形于动静；则用情正大，而无自开其偏溺之端，故其起伏之情，不剂而平。夫治家以和者，固不以乖戾致恩义之睽，而其弊或致于无节；治家以严者，固不以亵狎致妇子之嬉；而其弊或致于不乐。故齐家莫修身若也。身修，固去其和与严之名，而兼乎和与严之利者乎？盖《关雎》、《麟趾》之休，本于文德；而风火利贞之义，究归言行。然则欲齐其家者，其所先盖可知矣！

际泰文于四家中最奇横，如风发泉涌，兔起鹘落；而此独体质纯茂，又变其平日纵横跌宕，而一归于经术。理题文，前此多直用朱熹《集注》以诂之；至际泰出，乃挹取群言，自出精义，与相发明；故能高步一时，终莫之逾也。自言："余文数变；然其意皆以一己之精神，透圣贤之义旨为旨；而所独得者乃在分股。前人定为八股者，言之不已，而再言之，明为必如是而后尽也。若每股合掌，则四股可矣，何必八股哉？而吾则对股与出股一字不同，对股既严而后出股不苟；然不合掌，又非于题外求不合掌也。文未至于一字不移，是八寸三分头巾，随人可戴也；病又不在世俗合掌下。必明于此，而后文始刻，始高，行文之手始快。至于微远以取致，博奥以取理，所谓加务善之，而所要不存焉。"

艾南英少负异才，倡其同志为《四大家稿》，名动海内。而泛舟吴越间，以文贽者如云，总束而庋于几。每当风日清美，纵棹明湖，酒酣兴至，开评圈乙，出其甲者特置之艇尾。侦者得，走报各家曰："某某文中选矣。"趋贺者倾闾，筵晏累日；于时与选者，几如登第之荣。而南英一老诸生，力肩斯文，裁成振作，一时风气，遂为所移。顾持论刻核，亦以树敌。复社为太仓张溥、杨枢等所结，而宜兴周钟为之长，尝自镌《经翼》诸选，比之咸阳国门之书。南英力讥贬之，语见所选《明文定》中。然以文论，南英文无一语不原本经传，却不用一经传语，补题之妙，皆王鏊钱福旧法，而出以朴质坚辣，非王钱所及；钟则气体阔大，骨力平庸，诚不足以当南英之一吷。几社则创自陈子龙，附者尤众。其学好读《文选》，务怪奇，务藻思。独包尔庚有峭拔之笔，文情摇曳，则为子龙所不喜，而同社不贵也。南英尤斥子龙，与际泰及章世纯、罗万藻相砥砺。几社中人忌之，为驳四家文以解，故为抑扬；际泰、世纯不悦，故四家之交合而不终；而世纯亦折而入几社。南英势孤，意有郁结不得摅，乃发愤拈《孟子》曰"无伤也"题为文以见意曰：

知人言之不足恤，而人当自信矣！夫礼义之或愆，则所患也；彼不理于口，是何伤哉！闻之曰：伤人以言，甚于戈矛；此特世俗之常情，而非所论于君子也。子告我曰：大不理于口，忧谗畏讥之心，何皇皇耶？夫君子禔躬，何至以心为垢府，然有人于此，终其身无诖误可摘者，其中亦可疑也；君子涉世，何至以身为诟端，然有人乎此，终其身无毁言能加者，其品亦可知也。子之不理于口，吾直以为无伤耳。闻世俗之繁言，而奭奭然惊，规规然自失；此怯胆也；夫丈夫固当有相旷之怀，宁使有瑜有瑕，不甘无举无刺；谣诼之口何足介其念也！患物议之相侵，而平情以合污，辍行以弭怨，此俗肠也。夫丈夫固当有超胜之韵，尊之圣贤不喜，呼之牛马不怒，诪张之舌何足动其衷也！嗟乎！何物庸众，而能誉豪杰也？谤固其所耳。一忌而欲杀，一恶而欲死，吾以闲心观焉，天下有可解颐如此者哉！嗟乎！何物庸众，而敢誉豪杰也？毁固其分耳。造谗者手足俱乱，吠声者耳目若狂，吾以冷眼视焉，天下有可鼓掌如此者哉！故褊衷者闻谤若刺于肌肤，而冥之以至理，则群声汹汹犹婴儿之啼呼也，何相忤也；盛气者闻毁不安于梦寐，而对之以达观，则群口嗷嗷犹鸟兽之鸣号也，何相怒也。夫为士者，识欲其超，骨欲其劲。以天下誉之，夷然不屑；以天下非之，倘然不顾。若夫忧谗畏讥，则妾妇之事也。

有笑有骂，亦愤极而为旷达之言。世论以八股代言，此之优孟衣冠，啼笑皆非其真；如此之感慨激发，亦何尝不出于性情之真也。性不俯仰随俗，而清刚之气，贯注行墨。遭时丧乱，跋履间关，同时名士，狼藉载路，而南英独视死如归，游说万端，终莫之屈，不愧为笃信好学，守死善道者矣。又明之亡也，满洲入关以主诸夏。而宁化邱义字明大者，崇祯末，补诸生；易代后，义不就试。其父诘之。对曰："世代既变，人心亦变，即文字亦变。以前文应今试，徒取黜辱，无益。"父曰："不必言遇合，但功令不许不应试耳。"义乃就试，题为《大学》"之其所哀矜而辟焉。"义乃振笔直书以抒《黍离》之恫曰：

（破题承题佚）当可哀可矜之世，必无不哀不矜之人。世有辟于哀矜之人，必世有不胜哀矜之事也。今夫无怙无恃，哀之至

> 也；乃至宗庙邱墟，鼎社迁改，哀又过之；《诗》所谓“哀恫中国，具赘卒荒”是也。更取父母之遗体而毁伤之，取圣王之冠裳而灭裂之，哀哉，维今之人，不尚有旧哉！鳏寡孤独，矜之至也；乃至天潢沟壑，宫闱泥涂，矜百倍之；《诗》所谓“爰及矜人，哀此鳏寡”，抑末矣。更取匹耦而秽乱之，夫鳏而妻不寡；取耄倪而仆隶之，父独而子不孤，哀哉，倬彼昊天，宁不我矜哉！乃哀未毕也而和悦继之，髡钳之不为辱，呼蹩之不为愤，即屠门覆祀，不敢仇也。矜未毕也而安乐继之，谓他人父而忘其孤，谓他人夫而忘其寡；他人不子不妻而奴婢之，不悔其贱也！此之谓失其本心！故曰：“哀莫大于心死，而形死次之。”吾哀夫当哀而不知哀者，又哀夫己不能自哀而反哀他人之哀者，又哀夫己不哀而反禁人之哀者；又哀夫恣胸行臆，挤人于可哀可矜，而自为愉快者；又哀夫助虐相淫，陷万家于可哀可矜，而仅奉一人欢笑者。盖至此而荼毒攒心，无可告诉，徒饮痛衔恤而已。岂非之其所哀矜而辟乎！

怨恫愤盈，溢于纸墨。提学道闵度阅而判曰：“文心如此，何必应试！”除名免责。榜揭而诸生哗然，取原卷争相传写，一时纸贵；亦可见人心不死，情到真处，无不感孚也。虽然，哀莫大于心死，当哀而不知哀尤岂独明清易代之际也哉？

明代八股文选本，如苏苞九《甲癸集》，捃摭之多，至一百二十四种。黎淳《国朝试录》六百四十卷，辑成化以前之文，邱浚为序。而《四书程文》二十九卷，亦明初举业程式，见《明史·艺文志》，不载选者姓氏。然而恢闳其义，足为准绳者，要不得不推艾南英为宗匠；其所选《明文定》、《明文待》诸书，大纲既举，众目具张，黜富强而归于王，辨禅墨而宗于儒，究周秦议论之失，斥汉唐训诂之浮，一代风气，皆其论定。然犹不如后来俞长城所选《百二十名家稿》之备。自宋王安石、苏辙以迄清初诸家，其所持择，不名一格，每人各序出处于简端，皆忠义文章之士，其人品佥壬者不与焉。用功甚巨，用心甚深，见者谓其以史法论文，五百年之文即可以当五百年之史，亦洋洋乎大观也哉！

附　录

清代文学纲要

自明之季，学者知由韩、柳、欧、苏沿洄以溯秦、汉者，归有光之力也。虽然，有光之文，亦自有其别成一家而不与前人同者。盖有光以前，上而名公巨卿，下而美人名士之奇闻隽语，刿心怵目，斯以厕文人学士之笔。至有光出而专致力于家常琐屑之描写。桐城方苞，谓"震川之文，发于亲旧及人微而语无忌者，盖多近古之文。至事关天属，其尤善者，不事修饰，而情辞并得，使览者恻然有隐；其气韵盖得之子长！"而姚鼐亦以为"归震川之文，于不要紧之题，说不要紧之语，却自风神疏淡，是于太史公深有会处。"其尤恻恻动人者，如《先妣事略》、《归府君墓志铭》、《寒花葬志》、《项脊轩记》诸文，悼亡念存，极挚之情而写以极淡之笔，睹物怀人，户庭细碎，此意境人人所有，此笔妙人人所无！而所以成其为震川之文，开韩、柳、欧、苏未辟之境者也！

清代中叶，桐城姚鼐称私淑于其乡先辈方苞之门人刘大櫆，又以方氏续明之归氏而为《古文辞类纂》一书，直以归方续唐宋八家，刘氏嗣之；推究阃奥，开设户牖，天下翕然号为正宗。此所谓桐城派者也。方是之时，吾家鲁思先生实亲受业于桐城刘氏之门，时时诵师说于阳湖恽敬、武进张惠言。二人者，遂尽弃其考据骈俪之学而学焉。于是阳湖古文之学特盛，谓之阳湖派。而阳湖之所以不同于桐城者，盖桐城之文，从唐宋八家入；阳湖之文，从汉魏六朝入。迨李兆洛起，放言高论，盛倡秦汉之偶俪，实唐宋散行之祖；乃辑《骈体文钞》以当桐城姚氏之《古文辞类纂》；而阳湖之文，乃别出于桐城以自张一军。顾其流所衍，比之桐城为狭。然桐城之说既盛，而学者渐流为庸肤，但习为控抑纵送之貌而亡其实，又或弱而不能振。于是仪征阮元倡为文言说，欲以俪体嬗斯文之统。江都汪中质有其文，镕裁六朝，导源班蔡，祛其缛藻，出以安雅；而仪征一派，又复异军突起以树一帜。道穷斯变，物极则反，理固然也。厥后湘乡曾国藩以雄直之气，宏通之识，发为文章，而又据高位，自称私淑于桐城，而欲少矫其懦缓之失；故其持论以光气为主，以音响为辅，探源扬、马，姱宗退之，奇偶错综，而偶多于奇，复字单词，杂厕相间，厚集其气，使声彩炳焕而戛焉有声。此又异军突起而自为一派，可名为湘乡派。一时流风所被，桐城而后，罕有抗颜行者。门弟子著籍甚众，独武昌张裕钊、桐城吴汝纶号称能传其学。吴之才雄，而张则以意度胜；故所为文章，宏中肆外，无有桐城家言寒涩、枯窘之病。夫桐城诸老，气清体洁，海内所宗。徒以一宗欧、归，而雄奇瑰玮之境尚少；盖韩愈得扬、马之长，字字造出奇崛。至欧阳修变为平易，而奇崛乃在平易之中。桐城诸老汲其流，乃能平易而不能奇崛；则才气薄弱，势不能复自振起，此其失也。曾国藩出而矫之，以汉赋之气运之，故能卓然为一大家，由桐城而恢广之，以自为开宗之一祖。殆桐城刘氏所谓"有所变而后大"者耶？

自明以来，言文学者，汉、魏、唐、宋，门户各张，一阖一辟，极纵横轶宕之观；而要其归，未能别出于汉、魏、唐、宋而成明之文学、清之文学也，徒为沿袭而已。清初诗家有声者，如钱谦益、吴伟业、龚鼎孳为江左三大家，皆承明季之旧，而曹溶诗名，亦与鼎孳相骖靳。大抵皆步武王、李也。明末公安袁宏道矫王、李之弊，倡以清真。竟陵钟惺复矫其弊，变为幽深孤峭，与谭元春评选唐人诗为《唐诗归》，又评隋以前为《古诗归》。钟、谭之名满天下，谓之竟陵体；亦一时之盛也。新城王士祯肇开有清一代之诗学，枕葄唐音，独嗜神韵，含蓄不尽，意有余于诗，海内推为正宗。与秀水朱彝尊、宣城施闰章、海宁查慎行、莱阳宋琬所汇刻者，曰《六家诗》。彝尊学富才高，始则描摩初唐，继则滥泛北宋，与士祯齐名，时人称为"朱贪多，王爱好。"又有南施北宋之目；盖闰章以温柔敦厚胜；琬以雄健磊落胜也。当是时，商丘宋荦亦称诗宗，与士祯颉颃，而诗主条畅，又刻意生新，其源出于苏轼；游其门者，如邵山人长蘅等靡然从风，亦于士祯之外自树一宗。独王士祯名最高，然清诗之有王士祯，如文之有方苞也。清初诗人皆厌王李之肤廓，钟谭之纤仄，谈诗者颇尚宋、元，而宋诗之质直，流而为有韵之语录；元诗之缛艳，化而为对句之小词。王士祯崛起其间，独标神韵；所选古诗及《唐贤三昧集》，具见其诗眼所在；如《三昧集》不取李、杜一首，而录王维独多，可以知其微旨，蔚然为一代风气所归。但士祯之诗，富神韵而馁气势，好修饰而略性情。汪琬戒人勿效其喜用僻事新字，而益都赵执信本婴士祯女甥，习闻士祯论诗，谓"当如云中之龙，时露一鳞一爪"，而执信作《谈龙录》纠之，谓"诗当指事切情，不宜作虚无缥渺语，使处处可移，人人可用"。论者以为足救新城末派之弊。大抵士祯以神韵缥渺为宗，而风华富有。执信以思路巉深为主，而刻画入微。王之规模阔于赵，而流弊仍伤肤廓；赵之才力锐于王，而末派再病纤仄。两家并存，其得失适足相救也。执信既著《谈龙录》，发难士祯，而山左之诗一变。钱唐厉鹗《樊榭山房诗集》，精深峭洁，参会唐宋，于王士祯、朱彝尊外，又别树一帜，而两浙之诗一变。钱唐袁枚、铅山蒋士铨、阳湖赵翼并起，号江左三大家；而大江南北之诗无不一变矣。然乾、嘉之际，海内诗人相望，其标宗旨，树坛坫，争雄于一时者，要推沈德潜、袁枚、翁方纲。王士祯之诗，既为人所不餍，于是袁枚倡性情以矫士祯之好修饰而涉于泛。翁方纲拈肌理以救士祯之言神韵而落于空。沈德潜论格调以药士祯之工咏叹而枵于响。袁枚论诗，以为"诗者，人之性情也。性情之外无诗。王士祯主修饰而略性情，观其到一处必有诗，诗中必用典，此可想见其喜怒哀乐之不真！"此袁枚论诗之旨也。翁方纲以学为诗者也。其论诗，谓："士祯拈神韵二字，固为超妙！但其弊恐流为空调。"故特拈肌理二字，盖欲以实救虚也。所为诗，自诸经注疏以及史传之考证，金石文字之爬梳，皆贯彻洋溢于其中。王士祯之后，诗有翁方纲；犹桐城之后，文有曾湘乡乎？然言言征实，亦非诗家正轨。故其时大宗，不得不推沈德潜。德潜少从吴县叶燮受诗法，其论诗最崇格律。尝曰：

“诗以声为用者，其微在抑扬抗坠之间。”此说本发之赵执信，谓“汉魏六朝至唐初诸大家，各成韵调；谈艺者多忽不讲，与古法戾。”乃为《声韵谱》以发其秘；亦犹曾湘乡论文从声音证入，以救桐城懦缓之失也。德潜又曰：“诗贵性情，亦须论法。所谓法者，行所不得不行，止所不得不止；而起伏照应，承接转换，自神明变化；贵能以意运法，而不能以意从法。”及自为诗，古体宗汉、魏，近体宗盛唐，尤所服膺者为杜，选《古诗源》及《三朝诗别裁》以标示宗旨。天下之谭诗者宗焉。踵其后而以诗名者：大兴有舒位，秀水有王昙，昭文有孙原湘，世称三君。四川有张问陶，常州有黄景仁、洪亮吉，江西曾有燠、乐钧，浙中有王又曾、吴锡祺、许宗彦、郭麐，岭南则有冯敏昌、胡亦常、张锦芳三子，而锦芳又与黄丹书、黎简、吕坚为岭南四家。大率皆唐人之是学，未尝及德潜门，而实受其影响者。其中以舒位、孙原湘、黎简三家，尤为特出。位与原湘皆自昌黎、山谷入杜；而简则学杜而得其神髓者也。于是宋诗之径涂渐辟。道光而后，何绍基、祁寯藻、魏源、曾国藩之徒出，益盛倡宋诗；而国藩地望最显，其诗自昌黎山谷入杜，实衍桐城姚鼐一脉。鼐每诏人，谓“学诗，须先读昌黎，然后上溯杜公，下采东坡，于此三家，得门径寻入，于中贯通变化，又系各人天分。”及其自为诗，则以清刚出古澹，以遒宕为雄，由韩学杜，已开挽清同光体之先河，与文之萧然高寄者异趣；而特为文所掩抑不甚著。至国藩乃昌言“姚氏诗劲气盘折，能以古文家之义法通之于诗”；而用其法，旁参山谷，益恣为生崭奥衍。洞庭以南，言声韵之学者，稍改故步，而湘潭王闿运则为骚选盛唐如故，比之古调独弹矣。王闿运始与武冈邓辅纶、邓绎，长沙李寿蓉，攸县龙汝霖四人者相善也，喜吟咏，日夕赓和；而辅纶尤工五言，每有作，皆五言，不取宋唐歌行近体，故号为学古，标曰湘中五子。而五子之中，闿运独推服邓辅纶云。

清诗有唐宋之殊；而词则宗宋。词学至南宋之季，几成绝响；知比兴者，金之白朴、元之张翥而已。朴词曰《天籁集》，清隽婉逸，意惬韵谐，可与张炎《玉田词》相匹，而翥《蜕岩词》，婉丽风流，亦有南宋旧格。惟璞所宗者，多东坡、稼轩之变调；而翥所宗者，犹白石、梦窗之余音；门径微有不同。明初作者，犹沾溉张翥之旧，不乖于风雅。永乐以后，南宋诸名家词，皆不显于世；盛行者，为《花间集》、《草堂诗余》二选。杨慎、王世贞辈之小令中调犹有可取，长调皆失之俚。惟陈子龙之《湘真阁》《江篱槛词》，直接唐人，可谓特出。明社既屋，京兆士大夫，虽依新朝，犹慨沧桑，特假长短之句，藉抒抑郁之气，始而微有寄托，久则务为谐畅；而吴越操觚家闻风兴起，作者选者，妍媸杂陈，遂不免有怪词鄙词游词之三大蔽。王士祯之数载广陵，实为斯道总持。盖皆祖述南宋，唯《草堂诗余》是规，罕及北宋以上。殆若文之祢唐宋八家而祧东西京；诗之学苏、黄而不知有苏、李十九首；未可谓善学也。洎士祯在朝，位高望重，绝口不谈倚声。独朱彝尊、陈维崧两人并世齐名，妙擅倚声，合刻《朱陈村词》，而清朝词派始成。惟朱才多，不免于碎。陈气盛，不免于率。朱之情深，所作词高秀超诣，绵密精美，其蔽为饾饤。陈之笔重，所作词天才艳发，辞锋横溢，其蔽为粗率。继之而起，名重一时者，实惟纳兰成德，门地才华，直越北宋之晏小山而上之。其词缠绵婉约，能极其致，南唐坠绪，绝而复续。故论清初词家，当推成德为一把手，朱、陈犹不得为上。所惜享年不永，门户未张耳。然乾隆以前，言词者莫不以朱、陈为范围。钱塘厉鹗，吴县过春山，近朱者也。兴化郑燮，铅山蒋士铨，近陈者也。其后作词者遂分浙西、常州两派。浙西派始于厉鹗，鹗词宗彝尊，而数用新事，世多未见，故重其富；后生效之，每以捃摭为工，后遂浸淫而及于大江南北。然抄撮堆砌，音节顿挫之妙，未免荡然。特是绮藻韵致，词家之有厉鹗，如诗之有王士祯。有《樊榭山房词》一卷，续集一卷，生香异色，超然神解，如入空山，如闻流泉，节奏精微，辄多弦外之音。然标格仅在南宋，以姜夔、张炎为登峰造极之境。流极所至，为饾饤，为寒乞。亦与诗之渔洋末派同。武进张惠言乃起而振之，与其弟琦选唐宋词四十四家百六十首，为《词选》一书，阐意内言外之旨，推文微事著之原，比傅景物，张皇幽渺，虽町畦未辟，而奥突已开；盖以深美闳约为主，其意在尊清真而薄姜、张，视苏、辛尤为小家，贵能以气承接，通首如歌行然，又须有转无竭。嘉庆以来名家，大抵自张惠言而出。其学于惠言而有得者，歙县金应城金式玉也。其以惠言之甥，而传其学者，则武进之董士锡也。此常州派之所由起也。荆溪周济稍后出，尝谓："词非寄托不入，专寄托不出。"其所立论，实足推明惠言之说而广大之，盖自济而后，常州派之壁垒益固矣。词之有常州，以救浙派俳巧之弊；犹之文之有湘乡，以矫桐城懦缓之失也。桐城之文，富神韵而馁气势，略如诗之有渔洋，词之有浙派；然而有不同者，盖崇雅澹而排涂饰，不如渔洋诗、浙派词之好修饰而略性情。此以流派论。若就词论词，南宋而还，极盛于清；然惟纳兰成德、项鸿祚、蒋春霖三人为当家耳。成德《饮水词》，哀感顽艳，得南唐后主之遗；虽长调多不协律，而小令则格高韵远，极缠绵婉约之致。鸿祚《忆云词》、《甲乙丙丁稿》，古艳哀怨，如不胜情；荡气回肠，一波三折，有白石之幽涩而去其俗，有玉田之秀折而无其率，有梦窗之深细而化其滞，殆欲前无古人。其《乙稿自序》云："近日江南诸子竞尚填词，辨韵辨律，翕然同声，几使姜、张頫首；及观其著述，往往不逮所言。"云云，婉而可思。又《丁稿自序》云："不为无益之事，何以遣有涯之生！"亦可以哀其志矣。以成德之贵，项氏之富，而填词皆幽艳哀断，异曲同工，所谓别有怀抱者也。浙中填词为姜、张所缚；百年来屈指惟项鸿祚有真气耳。蒋春霖为诗，恢雄肮脏，若《东淘杂诗》二十首，不减少陵《秦州》之作；乃易其工力为长短句，镂情刿恨，转毫于铢黍之间，直而致，沈而姚，曼而不靡。文字无大小，必有正变，有家数。春霖《水云词》，固清商变徵之声，而流别甚正，家数甚大；与纳兰成德、项鸿祚二百年中，分鼎三足。咸丰兵事，天挺此才，为倚声家杜老；而晚唐、两宋一唱三叹之意则已微矣。或曰："何以与成、项并论?"应之曰："清初王士祯、钱芳标钱芳标字葆馚，华亭人，所著《湘瑟词》有惊才绝艳之誉。一流，为才人之词；张惠言、张琦、周济一派，为学人之词。惟三家是词人之词；固不以流派限矣！"

读清人集别录

近人侈言文学史，而于名家集，作深刻之探讨者卒鲜！余读古今人诗文集最夥，何啻数千家；而写有提要者，且不下五百家。唐以前略尽。严可均《全上古三代秦汉三国六朝文》、邑人丁福保《全汉三国晋南北朝诗》及清修《全唐诗》《全唐文》，通读一过，人有论评；而于其人之刻有专集者，必取以校勘篇章，著录异同。儿子钟书能承余学，尤喜搜罗明清两朝人集。以章氏文史之义，抉前贤著述之隐。发凡起例，得未曾有。每叹世有知言，异日得余父子日记，取其中之有系集部者，董理为篇。乃知余父子集部之学，当继嘉定钱氏之史学以后先照映；非夸语也！近代姚鼐曾国藩张裕钊吴汝纶咸能文章，而罕知流别；又乏深沉之思；即如桐城为一代文宗；而桐城三家于古人文得失离合之故，及三家之何以自为不同；即四人集中，亦未能辨白言之。又如吾常州人好张阳湖；而阳湖挥张之何以不同于桐城三家，究亦莫明所以也！同学有以为问，遂剌取所记，写付校刊，以昭流别而备考论云。中华民国二十四年二月二十一日，钱基博自记于光华大学。

望溪先生文集十八卷　集外文十卷
集外文补遗二卷

桐城方苞，字灵皋撰。其乡人后学戴钧衡搜辑，以苞晚年自号望溪，学者称望溪先生，遂以题其集。初苞门人王兆符程崟辑所为文以相质正。兆符早卒，其后增辑付刊者惟崟，而亦随时有删削；传世者数本，不分卷，而篇数多寡不一。钧衡乃就所见篇数最多之本，凡三百八十四首，排次为十八卷。其他苞曾孙传贵刻《集外文》五十二篇，仁和邵懿辰录奏议十九篇，太仓王宝仁录逸文六十四篇，又苞来孙恩露所藏遗文十九首，诗十五章；钧衡乃删其冗复，而合所搜得尺牍二十三首，并次之，得百八十二首，为集外文十卷。既又搜得宝应汤聘三藏逸文一篇，高密单氏藏逸文十九篇，读书笔记数十则，邵懿辰录《史记》评语，与旧所检时文稿自记二则，及与沈畹叔尺牍三通，汇为《集外文补遗》二卷；先后刻于咸丰元年二年，而殿以其乡人苏惇元撰《方望溪先生年谱》，以备知人论世之资。苞少时论行身祈向曰："学行继程朱之后，文章在韩欧之间。"观其论学，于明之王守仁，平时之颜元李琺，皆思有以矫其枉而折衷于程朱。治经深于《礼》《春秋》。治史深于《史记》。治子深《管》《荀》二子。辨正《诗》《书》《周官》《戴记》子史为刘歆所伪托者十余篇，以为文奸言以佐新莽，而证以《汉书·王莽传》，条举件系，卓然有以自信其说；疑为后来南海康有为《新学伪经考》之蓝本焉？其为文章，恪有义法，而短于气韵；不敢为韩愈之雄丽恣奇，亦不如欧阳修之纡徐委备，而特谨严朴质，高浑凝固，足以戢学者之客气而湔其浮言。其乡人姚鼐辑《古文辞类纂》，特以继明人归有光之后，然有光神溢篇外。苞则韵尽语内。桂林吕璜《初月楼古文绪论》，录其所闻于宜兴吴德旋者，曰："方望溪直接震川矣；然谨严而少妙远之趣，如人家房屋门厅院落厢厨无一不备，但不见书斋别业；若园亭池沼，尤不可得也。"余则谓有光尚气韵而不免曼衍，何如苞之谨义法以截断枝蔓。有光之韵逸，而苞之辞洁。巴陵吴敏树《柈湖文集》有《与欧阳筿岑论文派书》曰："归氏之文，高者在神境，而稍病虚，声几欲下。望溪之文，厚于理，深于法，而或未工于言。"斯足以尽归方之利钝矣！特是有光当太仓王世贞之盛，刮去涂饰；苞则承虞山钱谦益之后，力矫浮靡；归真返朴而选言有序，不刻画而足以昭物情，则两家无不同。然苞之为文，言尽则意止；而抑扬吞吐以事所谓情韵不匮者，则苞之所未有，而为桐城文者之所亟喜。吴敏树《记钞本震川文后跋尾》曰："近时为古文，以仿归氏，故喜为闲情眇状，摇曳其声，以取恣媚，以为归氏学《史》之遗。"此自归之血脉，而非方之矩矱也！世人混言归方，又以苞为桐城派开山。而不知苞之文，本不同于归。而文贵有事外远致，则归之所以亟称于桐城。若苞之文，有余于质实，不足于妙远。然则桐城之文，宗归而不必祢方；特以乡人推重之尔！摭录可诵，篇目如左：

论辩类　周官辩伪两篇　辩明堂位　文王十三生伯邑考辩　成王立在襁褓之中辩　汉高帝论　汉文帝论　蜀汉后主论　宋武帝论　原人下

序跋类　读古文尚书　读尚书记　读尚书又记　书考定仪礼丧服后　书考定文王世子后　读管子书史记十表后　书刺客传后　书萧相国世家后　书淮阴侯列传后　又书货殖传后　书汉书礼乐志后　书汉书霍光传后　书王莽传后　书五代史安重诲传后　周官析疑序　畿辅名宦志序　教忠祠规序　吴宥函文稿序　储礼执文稿序　熊偕吕遗文序　左华露遗文序　杨黄在时文序　青要集序　书韩退之学生代斋郎议后　书韩退之平淮西碑后　书朱注楚辞后　书烈妇东鄂氏事略后　古文约选序例　张彝叹稿序　刘巽五文稿序　朱字绿文稿序　佘西麓文稿序　溧阳会业初编序　跋先君子遗诗

奏议类　请定经制札子　请矫除积习兴起人材札子　拟请纂修三礼条例札子　贵州苗疆议　台湾建城议

书牍类　与翁止园书　与吴见山书　与某公书　与鄂张两相国论制驭西边书　与谢云墅书　与某书　与熊艺成书　与白玫玉书　与王昆绳书　与刘言洁书　与韩慕庐学士书　与徐贻孙书　与刘大山书

赠序类　送徐亮直册封琉球序　送刘函三序　赠潘幼石序　送左未生南归序　赠李立侯序　送李雨苍序　送钟励暇宁亲宿迁序　送张又渠守扬州序　赠宋西琊序　送雷惕庐归闽序　送官庶常

觐省序　赠石仲子序　赠介庵上人序　送冯文子序　送韩祖昭南归序　通蔽

传状类　孙征君传　白云先生传　四君子传　三山林湛传　二山人传　二贞妇传　高节妇传

碑志类　李刚主墓志铭　杜苍略先生墓志铭　刘古塘墓志铭　左未生墓志铭　礼部侍郎蔡公墓志铭　礼部尚书赠太子太傅杨公墓志铭　广东副都统陈公墓志铭　李抑亭墓志铭　中议大夫知广州府事张君墓志铭　白玫玉墓志铭　翰林院编修查君墓志铭　安徽布政使李公墓志铭　教授胡君墓志铭　张朴村墓志铭　刘紫函墓志铭　陈驭虚墓志铭　尹元孚墓志铭　龚君墓志铭　佘君墓志铭　大司寇韩城张公继室王夫人墓志铭　工部尚书熊公继室李淑人墓志铭　谢母王孺人墓志铭　王孺人墓志铭　许昌桢妻吴氏墓志铭　高善登妻方氏墓志铭　赠孺人邹氏墓志铭　季瑞臣墓表　万季野墓表　梅征君墓表　田间先生墓表　吏部侍郎姜公墓表　刑部右侍郎王公墓表　朱字绿墓表　汪武曹墓表　黄际飞墓表　宋山言墓表　兵部尚书法公墓表　赵处士墓表　内阁中书刘君墓表　谢孺人叶氏墓表　赠淑人尤氏墓表　曾孺人杨氏墓表　中宪大夫鄂公夫人撒克达氏墓表　陈太夫人王氏墓表　林母郑孺人墓表　礼部尚书郑公神道碑　理藩院员外郎赠资政席公神道碑　杜茶村先生墓碣　鲍氏女球圹铭　礼部尚书韩公墓表　都察院副都御史巡抚贵州刘公墓表　武强县令官君墓表　明故兵部郎中刘公墓志铭　翰林院掌院学士兼礼部侍郎汤公墓志铭　彭讱庵墓志铭　顾饮和墓志铭　长宁县令刘君墓志铭　杨千木墓志铭　刑部郎中张君墓志铭　大理卿熊君墓志铭　少京兆余公墓志铭　兄百川墓志铭　弟椒涂墓志铭　张文端公墓表

杂记类　左忠毅公逸事　高阳孙文正公逸事　石斋黄公逸事　明禹州兵备道李公城守死事状　将园记　游丰台记　游潭柘记　再

至浮山记　记寻大龙湫瀑布　题天姥寺壁　游雁荡记　封氏园
观古松记　汤司空逸事　汤潜庵先生逸事　安溪李相国逸事
记长洲韩宗伯逸事　记徐司空逸事　记所闻司寇韩城张公事
记太守沧州陈公罢官事　记姜西溟遗事　狱中杂记　结感录

颂类　圣主亲征漠北颂

哀祭类　驸马孙公哀辞　宣左人哀辞　武季子哀辞　阮以南哀辞
张彝叹哀辞　仆王兴哀辞　婢音哀辞　祭顾书宣先生文　亡妻
蔡氏哀辞　舒子展哀辞

右文一百八十三篇。尝以古文义法绳班史柳文，尚多瑕疵。而论义法以《史记》为准。论学则以宋儒为归。

其砭当世之显学曰："仆少所交多楚越遗民，重文藻，喜事功，视宋儒为腐烂；用此年二十，目未尝涉宋儒书。及之京师，始寓目焉；其浅者皆吾心所欲言；而深者则吾知力所不逮也！然尚谓汉唐以来，以明道著书为己任者众矣；岂遂无出宋五子之右者乎？二十年来，于先儒解经之书，自元以前，所见者十七八。然后知生乎五子之前者，其穷理之学，未有如五子者！生乎五子之后者，推其绪而广之，乃稍有得焉！其背而驰者，皆妄凿墙垣而殖蓬蒿，乃学之蠹也！学之废久矣；而明之衰，则尤甚焉！浙以东，黄君黎洲宗羲坏之。燕赵间，颜君习斋元坏之。盖缘治俗学者，懵然不见古人之樊。稍能治经史承学为古文，则皆有翘然自喜之心；而二君以高名耆旧为之倡，立程朱为鹄的，同心于破之；浮夸之士皆醉心焉！夫儒者之学，所以深摈异端者，非贵其说之同也；学不明，则性命之理不顺。汉代儒者，所得于经甚浅，而行身皆有法度，遭变抵节，百折而其志必伸。魏晋以后，工文章垂声于世者众矣；然叩其私行，不若臧获之庸谨者；少遇变故，背君父而弃名节，若唾溺然。由是观之，不出于圣人之经，非学也。乃昔之蠹学者，显出于六经之外；而今之蠹学者，阴托于六经之中，其可忧弥甚矣！"见《再与刘拙修书》。"习斋之学，其本在忍嗜欲，苦筋力，以勤家而养亲；而以其余习六艺、讲世务。以备天下国家之用；以是为孔子之学，而自别于程朱；其徒皆笃信之。余谓程朱之学，未尝不有事于此；但此乃道之法迹耳！使不由敬静以探其根源，则于性命之理，知之不真；而发于身心，施于天下国家者，不能曲得其次序。”见《李刚主墓志铭》。“阎百诗若璩病程朱删易经字，则不敢不多为反覆。盖专易经字者，汉儒之病也！程朱删易甚少而皆依于理。仆每见周秦以前古书，字形与声近，则众书所传多异；即一书诸本中，亦有增损改易。窃叹古书不可通者，多以字讹而人莫辨也。如《商书》‘自周有终’，《酒诰》‘尔尚克羞耈惟君’，解者支离牵合，终不可通；若‘君’与‘周’互易，则其义不待诂而自明矣；盖篆体二字本形似也。韩退之《罗池庙诗》：‘乃此方之人，惟侯是非。’按其前后，辞意明白；而‘此’以形讹‘北’，‘唯’以声讹‘为’，子瞻不能辨，又自为之说而大书深刻焉；则其读书观理之不详可见矣！《庄子·外篇》：‘舜将死，真泠禹曰。’不易为‘遗泠’得乎？《史记·封禅书》：‘至梁父矣而德不洽。’谓‘梁父’非衍可乎？仆尝自恨寡陋，见古书字讹，无所证据而不敢擅易；愿得博极群书者以正之。”见《与阎百诗书》。

其论《史记》义法曰：“《五帝纪》后具列三代世系。《陈杞世家》后，具列十一臣之后及三代间封小不足齿列者，乃通部之关键。陈杞以后，不复总束；以卫晋郑出于周，宋出于商，楚出于颛顼，越出于夏，赵韩魏瓜分于晋，田氏袭夺于齐，孔子出于宋，无庸更著也。”《五帝本纪》“敬王以后，赧王以前，二百年无一事；以《史记》独藏周室，遭秦火；所据独《左传》《国语》《国策》耳！此迁所以深惜之也。晚周事少，故详录《国策》，而义鄙辞佻，不似本纪中语，且与篇首严重深广之体不称；不若略取事实，删其蔓辞，为得体要。”《周本纪》“《秦纪》多夸语，其世系事迹，独详于列国，而于他书无征；盖秦史之旧也。不载《国策》一语，体制遂觉峻洁；盖由国史具存，有事迹可纪故也。”《秦本纪》“楚与秦合兵由赵，而怨结于齐；羽之东归，又二国首难，而其国事亦多端；故因与齐将田荣救东阿，入诸田角立之衅；于救赵，入张耳陈余共持赵柄，以为后事张本；然后脉络分明。韩魏及燕，于秦楚刘项兴亡，无关轻重，则于羽分王诸将见之。先后详略，各有义法，所以能尽而不芜也。《高祖纪》独举赵歇而不及张陈，则《羽纪》之详，以标前后脉络明矣！”《项羽本纪》“《高祖本纪》遣魏人宁昌使秦，使者未来；因宁昌使秦未还而侧入章邯之降；因邯之降，而追叙羽之救赵破秦；然后以赵高来约，遥承秦使未来；以袭攻武关，遥承攻胡阳，降析郦；参差断续，横纵如意，章法颇似《左传》邲与鄢陵之战。又《项羽本纪》，高祖留侯项伯相语，凡数百言；而此以三语括之；盖其事与言不可殁，而于帝纪则不可详也。高祖与项伯语，必载《羽纪》以见事情，则与留侯语，宜以类相从，故于《留侯世家》亦略焉。且《留侯世家》，实传体也；即载立六国后问答，复载此，则辞气近复，而体制亦病于重腿。《羽纪》则间架阔远，不重腿为病矣！《晋语》齐姜语重耳凡数百言；而《左传》以八字括之；盖纪事之文，去取详略，措置各有宜也。”《高祖本纪》“《吕后本纪》，‘是时高祖八子’一句提挈；以刘吕之祸，成于分王诸吕；故具列旧封，则后此地势事情，了然在目；与《秦纪》将叙孝公修政廓土，先列六国疆界，及摈秦而不与盟同。长沙独标非刘氏，以功而王，正与吕氏无功相对。”《吕后本纪》“《孝文本纪》诸诏，皆帝战战恐惧，克己循道以怀安天下之大政；他事则各入本传；观此可识本纪列传记事与言之义法。而‘从代来即位二十三年’句以下所叙列，视前诸大政为小，故总束于后；韩欧墓志多用此法。”《孝文本纪》。以上见《史记》评语。

“迁序十表，惟十二诸侯、六国、秦楚之际、惠景间侯者，称‘太史公读’，谓其父所欲论著也；故于高祖功臣称‘余读’以别之。周之衰，礼乐征伐自诸侯出，事由五伯；而其微兆，则在共和之行政。秦并六国，以周东徙，乘其险固形势，故僭端见于始封。自虞夏殷周及秦代兴，皆甚难；而汉独易，以秦之重而无基也。先王之制封建，本以安上而全下，故惟小弱，乃能奉职效忠。此数义者，实能究天人之分，通古今之变；或迁所闻于父者信如斯；或其父所未及，而以所学推本焉。其自序曰：‘请悉论先人所次旧闻，不敢阙。’而本纪、八书、世家、列传，无称其父者，故揭其义于斯；则踵春秋以及秦灭，汉兴文景以前，凡所论述，皆其父所次旧闻具见矣。十篇之序，义并严密而辞微约；览者或不能遽得其条贯，而义法之精变，必于是乎求之，始的然其有准焉。欧阳氏《五代史》志考序论，皆遵用其义法；而韩柳书经子后语，气韵亦近之；皆其渊源之所渐也。”见《书史记十表后》。“六国并于秦，史记为秦所焚；所表六国事迹，独据《秦记》；故《六国表序》，通篇以秦为经纬；而自汉以后，所用皆秦法；史公盖心伤之而不敢正言，故微词以见之；非果以秦可法也！”《六国表序》。见《史记》评语。“《礼》《乐》《律》《历》四书，或曰褚少孙所补，或曰子长为之而未具，皆非也。其序《礼》《乐》，用意尤深。盖太初所定改正朔，易服色，已具《历书》及《封禅书》；至宗庙百官之仪，则袭秦故，不合圣制者。汉之乐，文景以前，袭常肄旧而已！武帝作《十九章》，文虽尔雅；然自《青阳》《朱明》《西皞》《元冥》而外，多谀诞，且非雅声；其甚者，如《太乙马歌》，则汲黯所谓先帝百姓不知其音者，故止序其大略，而不复排纂为书；盖伤汉之兴，无所谓礼乐也。故于四时之歌，明著其指曰：‘世多有，故不论。’则非为之而未具，明矣！汉之乐既无可次，而律则往古成法，故独著其通于兵事以为法戒。武帝改历，虽由公孙卿札书，而洛下闳运算日顺夏正，于历术则无可议者，故直述其事。凡此皆著书之义法。其后四书，论系于书后，亦各有义焉。盖《河渠》《平准》，非若《礼》《乐》《律》《历》，可前序其事，而以名物度数次列于后者。《封禅书》所载诸畤诸祠，虽有方色牲币之数，而皆秦汉间妖妄不经之制，且与封禅无与也。故其事并详于书，而略见己意于后。惟《天官》宜与《律》《历》一例；特家世所掌，有独传其精义者；灾异之变，有亲得之见闻者；诸家之占，有考之而不合者；故列次众法于前而以己意详论于后，所由与《律》《历》二书异也。七书皆通古今；而《平准》则汉一代之制，故独以古事附论于后而志慨焉。”见《读史记八书》。

“《晋世家》，通篇以世数纪年为章法。桓叔受封纪年，武公得国纪年，卒又纪年。武公即位，追叙其父大父；悼公即位，亦追叙其父大父；故文公之立，覆举献公之子，因以为章法。文公少而得士纪年，其出也纪年，入而得位纪年，因以为章法。”《晋世家》“《句践世家》，先世无所考，子孙事亦甚略，亦传体也。范蠡谋吴霸越，具见句践语中；其浮海以后事，不足别立传；而史公惜其奇，故用合传体附载于后，非常法也。”《句践世家》“《萧相国世家》，首举收秦律令图书，进韩信，镇抚关中；而功在万世可知矣！末记与曹参素不相能，而举以自代；则公忠体国具见矣！中间但著其虚己受言以免猜忌，虽定律受遗，概不著于篇。观此可识立言之体要。”《萧相国世家》“《曹相国世家》，条次战功，不及方略，所以能简。治齐相汉，止虚言其清静，不填实一事。”《曹相国世家》。以上见《史记》评语。“古之晰于文律者，所载之事，必与其人之规模相称。太史公传陆贾，其分奴婢装资，琐琐者皆载焉。若《萧曹世家》，而条举其治绩，则文字虽增十倍，不可得而备矣！故尝见义于《留侯世家》曰：‘留侯所从容与上言天下事甚众，非天下所以存亡，故不著’；此明示后世缀文之士以虚实详略之权度也。宋元诸史，若市肆簿籍，使览者不能终篇，坐此义不讲耳。”见《与孙以宁书》。“《陈丞相世家》，六出奇计，阴谋也；其后避谗伪，听吕后，亦阴谋也；故用此总结通篇。”《陈丞相世家》“绛侯安吕氏之功，具《吕后》《孝文本纪》，故世家首叙战功，承以可属大事；其后独载惧祸遭诬二事。条侯亦首叙将略，后独载争栗太子之废，抑王信徐卢等之侯。其父子久任将相，岂他无可言者乎？盖所记之事，必与其人之规模相称，乃得体要。子厚以洁称太史，非独辞无芜累也，明于义法，而所载之事不杂，故其气体为最洁也。此意惟退之得之；欧王以下，不能与于斯矣！绛侯则高祖预识其可任大事。条侯则文帝决其可将兵。绛侯气质之偏，则东乡责诸生。条侯则顾命尚席取櫡。微小处亦间出相映，其法取诸左氏。”《绛侯周勃世家》

“本纪、世家、列传后皆有论；惟伯夷孟荀，合传与论而为一，故无后论。”《伯夷列传》“管仲之功，焜燿史籍，于本传叙列则赘矣。其微时事，则以称鲍叔者见之。此虚实详略之准也。其书不可多载，故揭其指要。其事人所共知,故著其权略。晏子之事,亦人所共见,故本传不复叙列,与管仲同;而总论其为人,即于叙次其显名于诸侯见之,与管仲异。此章法之变化也。于管仲传,举鲍叔能知其贤,于晏子传,举其能知越石父及御者。三归反坫,正与食不重肉,妾不衣帛反对。观此可知文之义法,无微而不具也。管晏事迹见于其书及他载籍者不可胜纪;故独论其轶事。"《管晏列传》。以上见《史记》评语。"太史公传老子,著其国焉,著其邑焉,著其乡焉,著其里焉,外此无有也。著其氏焉,著其名焉,著其字焉,著其谥焉,著其官守焉,外此无有也。著其子焉,著其孙焉,著其孙之元来焉,于其子孙元来,仍著其爵焉,著其封焉,著其仕之时与国焉,著其家之地焉,外此无有也。盖世传老子,多幻奇荒怪之迹,故特详之,以见其生也有国邑乡里名字,其仕也有官守,其终有谥,其身虽隐,而子孙世有封爵里居,则众说之诞,不辨而自熄矣!"见《书老子传后》。"孙武吴起论兵具有书。阖闾破楚入郢,北威齐晋,武与有力;楚悼王南平百越,北并陈蔡,却三晋,西伐秦,以相起;则武与起之战功,不必言矣。故以虚语总括,而所载皆别事。孙膑在齐,田忌之客耳;其再破魏,主兵者田忌;故详著其兵谋。此虚实之义法也。武与起之书,世多有,于论见之。膑之书则无传焉,故于传曰'世传其兵法'。楚之战功,吴起实专之。吴则申胥华登之谋居多,故曰'武与有力焉'。盖古人之不苟于言如此!"《孙子吴起列传》"管子治齐,萧何定律,皆略而不具。而详记商君之法,著王道所由灭息也。"《商君列传》。以上见《史记》评语。"驺衍以下十一人,错出《孟子荀卿传》,若无伦次;及推其意义,然后知其不苟然也!盖战国之时,守孔子之道而不志乎利者,惟孟子耳!其次荀卿而少驳矣!故首论商鞅吴起田忌以及纵横之徒,著仁义所由充塞也。自驺衍至驺奭,说犹近正;而著书以干世主为志,则已骛于功利矣。其序荀卿于衍奭诸人后者,非独以时相次也;荀卿之学,虽不能无驳,而著书则非以干世;所以别之于衍奭之伦也。自公孙龙至吁子,则舛杂鄙近,视衍奭而又下矣!至篇之终,忽著墨子之地与时,而不一言其道术。盖世以儒墨并称久矣，其传已见于荀卿所序列而不必更详也。自汉及唐，庄列皆列学官，而孟子未兴。以韩愈之明，犹曰‘孔墨必相为用’；而较孟子于荀杨之间。子长独以并孔子，一篇之中，其文四见。至荀卿受业于孔氏之门人，则弗之著也。老庄申韩衍奭诸人，皆有传，而墨子无；盖孟子距而放之之义。然则子长于道，岂概乎未有闻者哉！”见《书孟子荀卿列传后》。“平原君所喜策士也，而终以著书谈道之士，因与虞卿著书相映。”《平原君列传》“乐氏多贤，故乐毅列传，详其前后世系，因以为章法。而结赵破齐，具毅报惠王书，故叙次不得过详。”《乐毅列传》“赵奢李牧将略，及赵括之败，具详始末。假而牧再破秦，颇破齐燕，复一一叙列，则语芜而气漫矣；而出以简括。变化无方，各有义法；此史之所以能洁也！”《廉颇蔺相如列传》“夏太后华阳太后薨葬，不应载《不韦传》。以夏太后有后百年旁当有万家邑语，史公好奇，欲传之；而以入《秦本纪》，则无关体要；故因庄襄王之葬，牵连书之。而庄襄王之葬，所以见《不韦传》，又以后与庄襄王合葬芷阳者，乃不韦姬也。但此等止为文章波澜而设；据史法则不宜书。”《吕不韦列传》。以上见《史记》评语。“太史公裁割更易《尚书》《左传》，或辞意不完；而于《国策》有远过本文者。其序聂政事曰：‘其姊荌闻之，乃于邑曰：是吾弟欤？嗟乎！严仲子知吾弟！’盖韩卫悬隔，政又自刑以绝踪；其姊非闻而骇且疑，无缘遂如韩市也；既见政尸，而列其名，并为严仲子死，则他无可言者矣；故曰：‘乃大呼天者三，于邑悲哀而死政之旁。’其本文一切不具，乃曰：‘美哉气矜之隆，可以过贲育，高成荆矣！’世有乍见所亲皮面抉眼屠肠，而从容赞美如途人者乎！观太史公所增损，乃知本文之疏且拙也！盖《国策》本纪言之书，中间序事者多不过数语，而亦未有殊绝者！余少读《燕策》荆轲刺秦王篇，怪其序事类太史公。先秦人叙事皆廉峭；纡余曲畅，自史公作乃有此。及见《刺客传赞》，乃知果太史公文也！彼自称得之公孙季功董生所口道，则非《国策》之旧文，决矣！盖荆轲之事虽奇，而于策则疏。意《国策》本无是文，或以《史记》之文入焉，而削高渐离后事，以事在六国既亡后耳！《楚世家》说顷襄王，真战国之文也；而《国策》无之。盖古书遭秦火，杂出于汉世；其本文散佚，与非其所有而误入焉者多矣；不独刺客为然也！”见《书刺客传后》。

“赵高谋乱，入《李斯传》；以高之恶，斯成之；秦之亡，斯主之也。其始迹入《蒙恬传》，以蒙毅曾治高，当其罪死；而高因此有贼心也。”《李斯列传》。见《史记》评语。“太史公于汉兴诸将，皆列数其成功，而不及其方略，以区区者不足言也；惟于信详哉其言之。盖信之战，刘项之兴亡系焉。且其兵谋足为后世法也。然自井陉而外，阳夏潍水之迹盖略矣；其击楚破代，亦约举其成功；至定三秦，则以一言蔽之，而其事反散见于他传；盖汉楚之争，惟定三秦为易，虽信之部署，亦不足言也。左氏纪韩之战，方及卜徒父之占，而承以三败及韩；乍观之，辞意似不相承；然使战韩之前，具列两国之将佐，三败之时地，则重膇滞壅，其体尚能自举乎！此纪事之文，所以《左》《史》称最也！其详载武涉蒯通之言，则微文以志痛也。方信据全齐，军锋振楚汉，不忍乡利背义，乃谋畔于天下既集之后乎！其始被诬，以行县陈兵出入耳；终则见绐被缚，斩于宫禁；未闻谳狱而明征其辞，所据乃告变之诬耳；其与陈豨辟人挈手之语，孰闻之乎？列侯就第，无符玺节篆，而欲与家臣夜诈诏发诸官徒奴，孰听之乎？信之过，独在请假王，与约分地而后会兵垓下。然秦失其鹿，欲逐而得之者多矣；蒯通教信以反，罪尚可释；况定齐而求自王，灭楚而利得地，乃不可末减乎！故以通之语终焉。”见《书淮阴侯列传后》。“汉初文臣，御史大夫与丞相并重。张苍申屠嘉兼两职，故合传。其余为御史大夫者五人，具有声绩，故列叙之。为丞相者六人，皆无所发明，故总记其名以为娖娖备员者戒焉。汉兴，为御史大夫者五人，皆在张苍之前。张苍既相，而申屠嘉代之；故于苍相淮南，预书十四年迁为御史大夫；然后五人之为御史大夫，脉络相贯，而主客之分判然。苍以前为丞相者，名迹显著，故不复言。嘉以后为丞相者六人，别无所表见，故最其名氏而以娖娖备员蔽之，别有见者不列，皆义法之不得不然者。”《张丞相列传》“《礼书》痛汉用秦仪，三代圣制由是沈湮；而成之者实通。然时主之所用也，不敢斥言其非，故于后论隐约其辞，若褒若讽；而希世之污，则假鲁两生以发之。篇首载秦二世之善其对，以为面谀之征也。末载原庙之立，果献之兴，著其凭臆无稽，以示所言汉仪法，皆此类也。”《刘敬叔孙通列传》“盎忌刻，错刻深，而邓公持议平，故得善终，因以为章法。其子修黄老，亦与错学申商相映。”《袁盎列传》“《吴王濞列传》侧入逆叙处，酷似《左传》。盖以吴及六国之败亡，必牵连以书。设篇终更举周邱之师及汉制诏，则为附赘悬疣。故因叙吴兵之起，而及周邱之别出；因周邱之胜，而侧入吴王之败走；因吴王之败走，而及天子之制诏；然后追叙吴楚之攻梁及亚夫之守战，吴王之走死，六国之灭亡；而弓高侯出诏书以示胶西王，亦自然而合节矣！凡此皆义法所当然，非有意侧入逆叙以为奇也。”《吴王濞列传》“《魏其武安列传》，以魏其灌夫生平事迹，并正叙于前；故武安事迹，皆与魏其夹叙。其初起也，著魏其方盛而卑事之。其益贵用事而下宾客，进名士也，以欲倾魏其诸将相。其让魏其为丞相也，以天下士素归之，而用以钓让贤之名。其好儒术，兴礼度也，与魏其俱。其益横益骄也，以言事多效，天下吏士皆去魏其而归之。吏士去魏其，归武安，则魏其与灌夫相欢相倚之由也。武安益横益骄，则怒魏其，激灌夫之由也。中间魏其夫妇治具，旦及日中；与武安往来侍酒跪起如子侄相对。灌夫尤敬诸士贫贱者，与武安折诎诸侯王，坐其兄南乡相对。好陵贵戚有势在己之右者，为后争酒骂坐张本。而魏其初致名誉，及后锐身救灌夫，则以沾沾自喜，多易蔽之。章法蔽遏，览者心怡目眩而莫知所以然，所谓工倕旋而盖规矩也。”《魏其武安侯列传》“‘安国为人多大略’三话，括尽安国平生。管子韩非文，有置枢纽于中间以要绾前后者；后来惟太史公韩退之能为此。”《韩长孺列传》“《平津侯主父列传》，以恢奇多诈蔽宏之为人。惟恢奇，故多诈而天子以为敦厚也。惟天子以为敦厚，故不惟汲黯之诘不能动，即左右佞幸之毁，亦不能入也。其称人主病不广大，及阳屈于买臣之议，阴祸主父，徙董相；诈也。而使匈奴还报，不合上意；数谏通西南夷，筑朔方，置沧海郡；汲黯廷诘，反称其忠，使天子察其行而以为敦厚；所谓恢奇也。黯诘以背约不忠，则曰：'知臣者以臣为忠，不知臣者以臣为不忠'；黯诘其俭以饰诈；则曰：'管仲侈拟于君而桓公以霸，晏婴下比于民而齐国亦治'，所谓辨论有余也。淮南衡山之反，泛引传记，莫识其意向；而究其隐私，则自引咎以释人主之惭；所谓习文法而又缘饰以儒术也。凡此类，皆以恢奇行其诈也。天子报书，一则曰君宜知之，再则曰君宜知之；而其曲学逢君，饰诈不忠之实，不可掩矣！"《平津侯主父列传》"《史记》所载赋颂书疏甚略，恐气体为所滞壅也。长卿事迹无可称，故独编其文以为传，而各标著文之由，兼发明其指意以为脉络；匪是则散漫而无统纪矣！"《司马相如列传》

"《淮南衡山列传》，备著淮南二王逆节，见汉法非过也。厉王反迹，皆于狱辞具之。故安之事既毕叙，乃曰'伍被自诣吏告与淮南王谋反'，踪迹如此，而狱辞则甚略。观此传，益信淮阴之枉；始则诈而禽之，而告反者无闻也；既则诈而斩之宫中，而上变者无征也；使果有踪迹，何难具狱而明征其辞哉！著以传著，疑以传疑，俾百世以下，可寻迹推理而得其情，此之谓实录也。"《淮南衡山列传》"循吏独举五人，伤汉事也。孙叔顺民所欲，不教而从化；以视猾贼任威，使吏民重足一迹而益轻犯法者何如？子产既死而有遗爱；以视张汤死而民不思；王温舒同时五族而众以为宜者何如？公仪子使食禄者不得与民争利；以视置平准，笼盐铁，纵告缗以巧夺于民者何如？石奢李离以死守法；以视用爱憎挠法，视上意为轻重者何如？史公盖欲传酷吏，而先列古循吏以为标准；故序曰'奉职循吏，亦足以为治，何必威严哉！'然酷吏恣睢，实由武帝侈心不能自克，而倚以集事。故曰'身修者，官未曾乱也。'子产事具《左传》，故略举其成功。"《循吏列传》"汲黯治东海，为九卿，徙内史，居淮阳，而传不填实一事；止虚言其性情气象，略举其语言及君臣上下之严惮，遂使千载下可闻风而兴起，必如此乃与黯之为人相称。黯学黄老之言，好清静，正与武帝与诸臣好兴事病民相反。'治务在无为而已'，语近复；然前郡守之治，后九卿之治也，其体各异,故分言之;且与张汤文深小苛,武帝分别文法反对;'面折犯颜'云云,亦与公孙宏怀诈饰智,阿谀取容反对。此传盖伤武帝有社稷臣,克知灼见而终不能用也。篇首称黯以数直谏不得久留内,则进言多矣!为右内史,守东海淮阳,列九卿,事迹众矣!而见于传者止此;盖非关社稷之计,则不著也。其直攻武帝之多欲,社稷臣所以格君也。矫节发粟以振贫民;奉使东越,不至而返;谏征匈奴,迎浑邪,罪民匿马及贾人与市者;社稷臣所以安民也。面诘宏汤;责李息;社稷臣所以体国也。始仕为太子洗马,即以庄见惮;及列九卿,与丞相大将军抗礼;致天子敬礼,不冠不敢见;社稷臣所以持身也。史公于萧相国,非万世之功不著;于黯,非关社稷之计不著;所谓辞尚体要也。黯之为社稷臣,不独庄助知之,淮南谋逆者惮之;武帝实自发之,而终不能用,则内多欲之故也。黯之为人,不独卫人惮之,大将军贤之,即武安侯亦不闻含怒;而宏汤独深心嫉之,欲挤之死,则宏汤为人,又出武安侯下矣!入后叙上曰'人果不可以无学',与篇首称黯好学语反;以黯为无学,故以儒术任宏也。"《汲郑列传》"《酷吏列传》:宁成周阳由之前,不过吏之治酷而已!赵禹张汤而后,则朝廷之用法益刻;由上以为能,而丞相宏数称其美也。因汤与禹共定律令而及其交欢;因交欢而及其为人;以其后汤败,天子使禹责之,因以为章法也;故不与禹事连书而入《汤传》。'汤为御史大夫七岁败';汤所以败,事绪多端,非用此为关键,则散漫无纪。'三长史皆害汤欲陷之'句法,与先揭'汤为御史大夫七岁败'同。禹与汤同起,而死在汤后,故牵连以书。义纵守南阳,宁成奔亡而其迹终焉,故叙列于《纵传》。'弃纵市,后一岁,张汤亦死。'汤诛在纵后,以天下事皆决于汤,故连书其败露诛死之由,不暇书其年,至是始补记年岁也。尹齐与王温舒相代为中尉,而死又相次,故牵连以书。减宣出前早,而系于篇终,以死后也。宣死而杜周任用。禹汤尚能贫;而周则家訾累巨万矣!郅都尚能死节官下,不顾妻子;而周且为子孙营窟,故以是终篇。"《酷吏列传》"《大宛列传》:'大宛之迹,见自张骞';汉伐大宛,在张骞死后,而此篇前幅，乃通西北诸国事；非此二语，首尾不能相应。诸国地势道里，皆以大宛四面言之，列序诸国，皆牵连大宛，以为征宛立传也。‘骞因分遣副使’云云；大宛之迹，见自骞使月氏，其兵端起于使西北国者称宛多善马，故用此为关键。此篇前半记通使西北国，后半记以通使起兵端，而终于伐宛，故因乌孙献马，预入后得宛马，以为中间之关键。而通乌孙，乃骞本谋；故特书‘自博望死后’，与篇首相应，然后首尾脉络，并相贯注。‘乌孙多马，其富人至有四五千匹马’，二语非多骈；见乌孙富人有马至数千匹，则其王以马千匹聘汉女，未为重币；而汉群臣廷议，要以先纳聘，始遣女，大辱国也。使端无穷，每遣赍金币直数千万，而所得仅此；与后天下骚动传相奉伐宛而仅得善马数十匹、中马以下三千余匹相应。”《大宛列传》。以上见《史记》评语。

“《春秋》之制义法，自太史公发之，而后之深于文者亦具焉。义即《易》之所谓言有物也；法即《易》之所谓言有序；义以为经，而法纬之，然后为成体之文。《货殖传》两举天下地域之凡，而详略异焉；其前独举地物是衣食之源，古帝王所因而利道之者也；后乃备举山川境壤之支凑，以及人民谣俗性质作业，则以汉兴海内为一，而商贾无所不通；非此不足以征万货之情，审则宜类而施政教也。两举庶民经乐之凡，而中别之；前所称农田树畜，乃本富也；后所称贩鬻僦贷，则末富也。上能富国者，太公之教诲，管仲之整齐，是也。下能富家者，朱公子贡白圭，是也。计然则杂用富家之术以施于国，故别言之，而不得侪于太公管仲也。然自白圭以下，皆各有方略，故以能试所长许之。猗顿以下，则商贾之事耳；故别言之，而不得侪于朱公子贡白圭也。是篇大义，与《平准》相表里，而前后措注，又各有所当如此；是之谓言有序，所以至赜而不可恶也！夫纪事之文，成体者莫如左氏；又其后则昌黎韩氏；然其义法皆显然可寻。惟太史公《礼》《乐》《封禅》三书及《货殖》《儒林传》，则于其言之乱杂而无章者寓焉；岂所谓定哀之际多微辞者耶！”见《又书货殖传后》。其论《汉书》疏于义法，不如太史公曰：“太史公序礼乐，而不条次为书，盖以汉兴，礼义皆仍秦故，不合圣制，无可陈者。郊庙乐章，并非雅声；故独举《马歌》，藉黯言以及明己意；其称引古昔，皆与汉事相发，无泛设者。《汉书·礼乐志》，乃漫原制作之义，则古礼乐及先圣贤之微言，可胜既乎？是以不贯不该，倜然而无所归宿也！其于汉之礼仪则阙焉；而独载房中郊祀之歌及乐人员数。夫郊庙诗歌，乃固所称体异雅颂，又不协于钟律者也；既可备著于篇，则叔孙所撰，藏于理官者，胡为不可条次以姑存一家之典法乎？用此知韩柳欧苏曾王诸文家，叙列古作者，皆不及于固；卓矣哉，非肤学所能识也！”见《书汉书礼志后》。“《春秋》之义，常事不书；而后之良史取法焉！昌黎韩氏目《春秋》为谨严，故撰《顺宗实录》，削去常事，独著其有关治乱者。班史义法，视子长少漫矣！然尚能识其体要。其传霍光也，事武帝二十余年，蔽以‘出入禁闼，小心谨慎’；相昭帝十三年，蔽以‘百姓充实，四夷宾服’；而其事无传焉；盖不可胜书，故一裁以常事不书之义，而非略也；其详焉者，则光之本末，霍氏祸败之所由也。古之良史，于千百事不书，而所书一二事，则必具其首尾，并所为旁见侧出者而悉著之，故千百世后，其事之表里，可按而如见其人。后人反是；是以蒙杂暗昧，使治乱贤奸之迹，并昏微而不著也。是传于光事武帝，独著其出入殿门下，止进不失尺寸；而性资风采，可想见矣！其相昭帝，独著增符玺郎秩，抑丁外人二事；而光所以秉国之钧，负天下之重者具此矣！其不学专汰，则于任宣发之，而证以参乘，则表里具见矣！盖其详略虚实，措注各有义法如此！然尚有未尽合者！昌邑失道之奏，不详，不足以白光之志事。至光之葬具，显及禹山之奢纵，宣帝之易置其族姻，则可约言以蔽之者也；具详焉，义无所当也；假子长退之为之，必有以异此！”见《书汉书霍光传后》。“《王莽传》，尤班史所用心，其钩抉幽隐，雕绘众形，信可肩随子长；而备载莽之事与言，则义焉取哉！莽之乱名改作，不必有征于后也；其奸言虽依于典诰，犹唾溺耳；虽用文者无所取也；徒以著其诪张为幻，则举其尤者以见义可矣；而喋喋不休以为后人诙嘲之资，何异小说家驳杂之戏乎！汉之朝仪礼器，一切阙焉；而具详莽所易职官地域之号名，不亦舛乎！冯道事四姓十君，窃位固宠于篡弑武人之朝，其丑行秽言必多矣；欧公无一及焉；而转载其直言美行，及所自述，与当时士无贤愚，皆喜为称誉，至拟之于孔子；是之谓妙远而不测也！”见《书王莽传后》。其论《五代史》得《史记》法，而犹未详其义曰：“记事之文，惟《左传》《史记》各有义法；一篇之中，脉相灌输，而不可增损；然其前后相应，或隐或显，或偏或全，变化随宜，不主一道。《五代史·安重诲传》，总揭数义于前，而次第分疏于后；中间又凡举四事，后乃详书之；此书疏论策体；记事之文，古无是也！《史记·伯夷·孟荀·屈原传》。议论与叙事相间；盖四君子之传以道德节义，而事迹则无可列者；若据事直书，则不能排纂成篇；其精神心术所运，足以兴起乎百世者，转隐而不著；故于《伯夷传》，叹天道之难知；于《孟荀传》，见仁义之充塞；于《屈原传》，感忠贤之蔽壅，而隐以寓己之悲愤。其他本纪世家列传，有事迹可编者，未尝有是也！《重诲传》乃杂以论断语。夫法之变，盖其义有不得不然者。欧公最为得《史记》法；然犹未详其义而漫效焉；后之人，可不察而仍其误耶！”见《书五代史安重诲传后》。

其论古文之渊源曰：“古文所从来远矣！六经《语》《孟》，其根源也。得其枝流而义法最精者，莫如《左传》《史记》。《易》《诗》《书》《春秋》及《四书》，一字不可增减，文之极则也！降而《左传》《史记》韩文，虽长篇，句字可薙芟者甚少。其余诸家，虽举世传诵之文，义枝辞冗者，或不免矣！古文气体，所贵清澄无滓；澄清之极，自然而发其光精，则《左传》《史记》之瑰丽浓郁，是也。始学而求古求典，必流为明七子之伪体。《三传》《国语》《国策》《史记》为古文正宗；然皆自成一体；学者必熟复全书，而后能辨其门径，入其窔奥。周末诸子，精深闳博；汉唐宋文家，皆取精焉；但其著书主于指事类情，汪洋自恣，不可绳以篇法。子长世表年表月表序，义法精深变化；退之子厚读经子，永叔史志论，其源并出于此。孟坚《艺文志·七略序》淳实渊懿；子固序群书目录，介甫序《诗》《书》《周礼》义，其源并出于此。退之永叔介甫俱以志铭擅长；但序事之文，义法备于《左》《史》；退之变《左》《史》

之格调，而阴用其义法；永叔摹《史记》之调，而曲得其风神；介甫变退之之壁垒，而阴用其步伐。学者果能探《左》《史》之精蕴，则于三家志铭，无事规模，而自与之平矣！在昔议论者，皆谓古文之衰，自东汉始，非也。西汉惟武帝以前之文，生气奋动，倜傥排宕，而法度自具；昭宣以后，则渐觉繁重滞涩；惟刘子政杰出不群，然亦绳趋尺步，盛汉之风，邈无存矣！"见《古文约选序例》。

其论唐宋八家曰："古文自周以来，各自名家，仅数十人，其艰可知。苟无其材，虽务学，不可强而能也。苟无其学，虽有材，不能骤而达也。有其材，有其学，而非其人，犹不能以有立焉。盖古文之传，与诗赋异道。魏晋以来，奸佥污邪之人，而诗赋为众所称者有矣；以彼瞑瞒于声色之中，而曲得其情状，亦所谓诚而形者也；故言之工而流俗所不弃。若古文，则本经术而依于事物之理，非中有所得，不可以为伪；故自刘歆承父之学，议礼稽经而外，未闻奸佥污邪之人，而古文为世所传述者！韩子有言：'行之乎仁义之途。游之乎诗书之源。'兹所以能约六经之旨以成文，而非前后文士所可比并也！姑以世所称唐宋八家言之。韩及曾王，并笃于经学，而浅深广狭，醇驳等差，各异矣。"见《答申谦居书》。"子厚自述为文，皆取原于六经；甚矣其自知之不能审也！彼言涉于道，多肤末支离而无所归宿；且承用诸经字义，尚有未当者。盖其根源杂出周秦汉魏六朝诸文家，而于诸经特用为采色声音之助尔；故凡所作效古自汩其体者，引喻凡猥者，辞繁而芜，句佻且稚者，记序书说杂文皆有之；不独碑志仍六朝初唐余习。其雄厉凄清浓郁之文，世多好者；然辞虽工，尚多町畦，非其至也！惟《读鲁论》、辨诸子、《记柳州近治山水》诸篇，纵心独往，一无所依藉，乃信可肩随退之，而峣然于北宋诸家之上！惜乎其不多见耳！"见《书柳文后》。"欧阳永叔粗见诸经之大意，而未通其奥赜。苏氏父子，则慨乎未有闻焉。此核其文，而平生所学不能自掩者也。韩、欧、苏、曾之文，气象各肖其为人。子厚则大节有亏而余行可述，介甫则学术虽误而内行无颇。其他杂家，小能以文自襮者，必其行能少异于众人者也！非然，则一事一言偶中于道而不可废，如刘歆是也；然若歆者，亦仅矣！以是观之，苟志乎古文，必先定其祈向，然后所学有以为基；非是则勤而无所！若夫《左》《史》以来相承之义法，各出之径途，则期月之间，可讲而明也！”《答申谦居书》其论明归有光曰“震川之文，乡曲应酬者十六七；而又徇请者之意，袭常缀琐，虽欲大远于俗言，而道无由。其发于亲旧，及人微而语无忌者，盖多近古之文。至事关天属，其尤善者，不俟修饰，而情辞并得，使览者恻然有隐，其气韵盖得之子长；故能取法于欧曾而少更其形貌耳！孔子于艮五爻辞，释之曰‘言有序’。家人之象，系之曰‘言有物’。凡文之愈久而传，未有越此者也！震川之文，于所谓有序者，盖庶几矣；而有物者则寡焉！又其辞号雅洁，仍有俚而伤于烦者。”见《书震川文集后》其论钱谦益曰：“余初至京师，见时人言古文，多称虞山钱受之。尝私语其文，秽恶藏于骨髓，一如其人；有或效之，终不可涤濯！”见《汪武曹墓表》其辨文体曰：“乔侍讲莱一生大节，在争开海口；而其子索为墓志及家传。以鄙意第可记开海口始末，而以侍讲奏对车逻河事及四不可之议附焉，传志非所宜也！诸体之文，各有义法。表志尺幅甚狭，而详载本议，则拥肿而不中绳墨；若约略翦截，俾情事不详，则后之人无所取鉴，而当日忘身家以排廷议之义，亦不可得见矣！《国语》载齐姜语晋公子重耳，凡数百言；而《春秋传》以两言代之；盖一国之语可详也；传《春秋》者总重耳出亡之迹，而独详于此，则义无取；今试以姜语备入传中，其前后尚能自运掉乎？世传《国语》，亦邱明所述；观此可得其营度为文之意也。家传非古也，必阨穷隐约，国史所不列；文章之士，乃私录而传之。独宋范文正公范蜀公有家传；而为之者，张唐英、司马温公耳；此两人故非文家，于文律或固不审。若八家则无为达官私立传者。韩退之传陆贽、阳城以载《顺宗实录》。顺宗在位未逾年，而以贽与城之传附焉，非所安也；而退之以附焉者，以附实录之不安，尚不若入私集之必不可也！”见《答乔介夫书》“文士不得私为达官立传。李习之与退之游，此义宜夙讲；而集有《东川节度卢坦传》，事迹平叙，无杼轴经纬，后无论赞；岂习之尝欲笔削国史，故于所闻见偶录以备取材；其后史卒未成，而编者误以入集耶？吾观周秦间诸子，其传显著者，尚多为后人伪乱。太史公作《史记》，藏之名山，副在京师，然中间多骈旁枝，如《秦纪》后覆出襄公至二世六百一十年事，《田单传》别载君王后王蠋语，盖当日摭拾群言，以备采择而未用者；不知者乃取而附录焉。故退之自言所学，首在辨古书之正伪。然则文之义法，不独作者宜知之也！”《书李习之卢坦传后》“退之、永叔、介甫俱以志铭擅长。退之诸志，奇崛高古；而马少监柳柳州二志，皆变体。盖志铭宜实征事迹；或事迹无可征，乃叙述久故交亲而出之以感慨，马志是也。或别生议论，可兴可感，柳辅志是也。永叔善叙述亲故，介甫则别生议论，其体制皆师退之。”见《古文约选序例》。“介甫志钱公辅母，以公登甲科为不足道，况琐琐者乎！余文乃用欧公法，若参以退之介甫，尚可损三之一；假而周秦人为之，则存者十二三耳。诵欧公文，试思所熟者，王武恭杜祁公诸志乎？抑黄梦升张子野诸志乎？然则在文言文，虽功德之崇，不若情辞之动人心目也；而况职事族姻之纤悉乎！夫文未有繁而能工者，如煎金锡，粗矿去，然后黑浊之气竭而光润生。《史记》《汉书》，乃事之体本大，非按节而分寸之不遗也！”见《与程若韩书》。“志铭每事必详，乃近人之陋！古作者每就一端引伸以极其义类。”见《与陈沧洲书》。“古者妇人祔葬无特铭。”见《刘中翰孺人周氏墓表》。“余生平非亲懿故旧，未尝一与之铭。盖铭者，谥诔之遗也。古者非贵而有功德不为诔；而谥则虽君父不敢有私焉。今于素所不识之人而与之铭，设实背于所称，是嚮言也！”见《葛君墓志铭》。“碑记墓志之有铭，犹史有赞论，义法创自太史公；其指事辞事，必取之本文之外。班史以下，有括终始事迹以为赞论者，则于本文为复矣！此意惟韩子识之；故其铭辞，未有义具于碑志者；或体制所宜，事有覆举，则必以补本文之间缺；如《平淮西碑》兵谋战功详于序；而既平后情事，则以铭出之。其大指然也。前幅盖隐括序文；然序述比数世乱，而铭原乱之所生；序言官怠，而铭兼民困；序载战降之数，铭具出兵之数；序表洄曲文城收功之由，而铭备时曲、陵云、邵陵、郾城、新城比胜之迹。至于师道之刺，元衡之伤，兵顿于久屯，相度之后至，皆前序所未及也。欧阳公号为入韩子之奥突，而以此类裁之，颇有不尽合者。介甫尽之矣，而气象则过隘。夫秦周以前，学者未尝言文，而文之义法，则无一之不备焉！”见《书韩退之平淮西碑后》。“墓之有志，以纳于圹，义主于识其人之实；其道宜一而已，唐柳宗元以哀其姊而贰之，非古也！外碑之表，依表之者以重；缘孝子之心，所以光扬其亲者不一而足，则受其请者，各以意为之可也！”见《黄际飞墓表》。“散体文惟记难撰结。论辨书疏，有所言之事。志传表状，则行谊显然。惟记无质幹可立，徒具工筑兴作之程期，殿观楼台之位置，雷同铺叙，使览者厌倦，甚无谓也。故昌黎作记，多缘情事为波澜。永叔介甫则别求义理以寓襟抱。柳子厚惟记山水，雕刻众形，能移人之情。至监察使四门助教武功县丞厅壁诸记，则皆世俗人语言意思，援古证今，措事指语，皆有现成文字一篇，不假思索；是以北宋文家，于唐多称韩李，而不及柳氏。凡为学佛者，传记用佛氏语，则不雅；子厚子瞻皆以此自瑕；至明钱谦益，则如涕唾之令人呕矣。岂惟佛说，即宋五子讲学口语，亦不宜入散体文；司马氏所谓言不雅驯也。”见《答程夔州书》。苞以文章为天下宗；而世之治桐城文者，持其言论以为准式；遂要删之以备一家之学云。

集虚斋学古文十二卷

《集虚斋学古文》，签题《方璞山古文》，还淳方婺如字文辀所撰。婺如与其宗人苞同时有名，而文章各出一途。方苞质厚以为浑，清约以见洁，而不敢出奇；盖由李翱以得韩愈之体段，而稍短气韵，不如翱之优游缓衍。婺如峭厉以为雄，吊诡以出奇，而不欲为平；盖从皇甫湜孙樵以学韩愈之章句，而特为警切，力矫湜之堆砌肤缛。苞之文朴，而婺如之辞华。苞之势平，而婺如之笔峭。婺如气肆不平，而苞不敢不平。婺如辞华不澹，而苞不能不澹。昌黎《上宰相书》所谓“时有感激怨怼奇怪之辞”，惟婺如为有之能之，而苞不能！集为光绪十年甲申仲秋，淳安县署重刊；前有乾隆二十年岁在旃蒙大渊献端阳日，虞山王应奎一序，文格略仿皇甫湜《韩文公墓铭》，盖亦以韩公待之也，颇足以尽婺如之意趣。其辞曰：“本朝文教讫乎四海，而江浙之间，渐被尤深；于是得强笔之儒二人焉，制义之外，兼以古文词伏一世，而其人皆出方氏，一为望溪先生，一为赋溪先生云！天不慭遗，又弱一个。而赋溪先生乃以耆年宿德，巍然鲁灵光特闻！先生秀气孤禀，而笃嗜惟书，怠以为枕，飡以饴口，寖馈既久，富若生蓄；发而为文，割其膏腴，入我炉鞲，罗络蟹蛤，拘致鲲鹏，众美辐辏，与古大适；周情孔思，流溢简外；班香宋艳，浮动毫端；与世之貌为欧曾以文其空疏者，判若筳楹矣！在昔义山之称《韩碑》也，谓为‘点窜《尧典》《舜典》字，涂改《清庙》《生民》诗。’然后知为古文者，非点窜涂改，伏材于古，而理以贯之，气以使之，则不能句奇语重，入人肝脾，使人钦其宝而莫名也！而或者谓点窜涂改，乃王李故智，非大雅所尚。而不知王李之所以为伪体者，以其文不从，字不顺，饾饤而不贯串，驳杂而不雅驯也；而岂点窜涂改之为病哉！今观先生之文，融经液史，范秦铸汉，而所谓点窜涂改者，绝无痕迹；如千狐之腋，会粹成裘，而灭尽针线也！如百花之萼，酝酿成蜜，而化尽渣滓也！又如五侯之鲭，熊蹯豹胎，猩唇象约，合并一器，而不辨为此饷自某甲，彼饷自某乙也！当此人不悦学之世；而先生之文出焉，用以钳持啾发，吹回虫滥，庶空脊枵腹之士，搁指而退；而读书汲古之士，侠毂以起乎！应奎沟瞀无识，安有述造；而辱先生妄叹，赐以良书，方滋愧悚！兹又检寄文集，属题卷端。顾余何人，而敢为先生皇甫氏哉！重违嘉命，勉效一言，终不能研其才外之致；而区区愿附于李汉裴延翰之流，藉以致其钦挹之私于退之牧之者，固于是乎在！”观王氏序婺如之文，谓“为古文者，非点窜涂改，伐材于古，而理以贯之，气以使之，则不能句奇语重，入人肝脾。”若方苞则谓“古文气体，所贵清澄无滓；澄清之极，自然而发其光精，则《左传》《史记》之瑰丽浓郁，是也。始学而求古求典，必流为明七子之伪体。”见《望溪文集·古文约选序例》而婺如则不惮求古求典，而贯以理，使以气，顺理成章，以不同于王李伪体之饾饤驳杂焉！大抵方苞之文，所贵澄清无滓。而婺如之文，难在茂典有致。摭录可诵，篇目如左。

论说类　道与文俱

序跋类　读史记游侠列传　刻读书记题词　书蒋东委孟子读后　书外舅徐宝名先生诗后　书桐野先生诗集后　听雨楼乐府题词　题邹古岳云根楼草　小山堂唱酬诗题词　书春浮书屋印谱　郑注拾沈自序　重修嵊县志序代　严州救灾图序　云洞叶氏宗谱序　蒋峰方氏谱序　应氏续修谱序　金氏续谱序　述本堂三世诗集序　梦月岩诗集序　石川诗序　施竹田诗序　鲍西冈闽江集序　石帆诗钞序　鲒埼集序　亡弟药房缘情诗序　王榛逸遗集序　某人诗序　金先生文录序　陈先生文录序　百川先生遗文序　吴竹城先生文序　姜自耘文序　墨汀初刻序　刘万资文序　程爽林遗文序　叶丽南遗文序　吴协南遗文序　序钱载锡文　储于宾文序　徐笠山文后序　龚硕果文序　杭大宗文序　蔡桐川文序

书牍类　奉辞檄试鸿博揭子　奉辞王少司马荐举札子　与周白民书　与储大雅书壬寅　与王虚舟书　与王汉阶　与王立甫书　奉王少司马　奉家学士灵皋二兄书　与储于宾先生　与吕待孙先生书　与全绍扆　答谢生书　答何汉勋

赠序类　送何汉勋入都序　送胡方二子试礼部序　越州太守周公考绩序　赠甸宾序　赠汪聿昭序　贺两浙鹾使御史中丞谢公序代　吴尺凫五十寿序　徐笠山先生夫妇双寿序　同学王君七十初度序　史拙圃夫妇七十双寿序　张母李太君八秩序　邵翁泉若八十寿序　宗人维章兄八十寿序　家从名卿五十寿序　族诸母王少君六十寿序　范鹤亭六十寿序

传状类　百五岁老妪　述吕节妇　吴征君传　李培园传　学博应孔昭家传　方石卿志

碑志类　嵊县崇祀贝子惠献公神祠碑铭　严州太守周公德政碑铭　温州府创建育婴堂碑代　捐修将盈库署碑　清故诰封恭人张母李太夫人墓志铭　翰林院编修赠侍读学士义门何先生墓志铭　清故奉政大夫陶君暨元配宜人胡太君墓志铭　清故敕封文林郎知惠安县钱君暨孺人墓志铭　贞孝沈先生暨节孝陈太君墓志铭　明经处士周六云先生墓志铭　文学应次鲁墓志铭　清故摄知合州事定远县知县吴君墓志铭　诰封中宪大夫学博周澹庵先生墓志铭　先兄若远暨嫂吴氏墓志铭　先兄若召墓志铭　亡弟药房墓志铭　继室徐氏墓志铭　药房弟妇沈氏墓志铭　从子栗夫墓表

杂记类　灵皋文稿后书事　书华豫原事　记长老言　应东白筑室记

右文一百零三首。集中与方苞何焯以学问文章相商榷者数见，而各行其是。论学，则右汉而抑宋，又极称王安石之学。论读书则不尚宋本。

其论读书不尚宋本曰："今本《大戴礼》第七十九篇目为《公符》；大抵所言皆冠礼，而发云'公符自为主'；初不知公符何解也？既读《仪礼·士冠礼》贾疏引《大戴礼·公冠篇》者三，求之今本目次，顾无之；举其词，即今《公符篇》所云；然后知'符'字即'冠'字之三豕，以草笔涉误耳！尝试改'符'为'冠'，则篇首'公冠自为主'，与后文'太子与庶子，其冠皆自为主'之句，一一珠穿矣！然高安朱文端公抚浙时，尝开此书，自谓得宋刻善本于满制府案头，其篇目亦为《公符》；而潜邱阎氏义门何氏各有校正《困学纪闻》一书，今方流布，所引者仍作《公符》；则州铁铸错，所从来久。世尝宝宋版本书，谓可是正文字；即如此，岂不疑误后生也！"见《书大戴礼后》。

其论王氏新学曰："吾尝怪陆农师方性夫辈，皆从介夫新学；然说经铿铿，类能敷通危疑，桀然自建。而号为得不传之学，其门徒昏昏索索，乃反十三四不逮之！端居多暇，点勘经解，有蔡元度《毛诗名物解》二十卷，阅之，叹其穿穴囚锁，远有致思；自《杂解》以下诸条尤奇；因念其人为鬼为蜮，狗彘不食汝余；而缘饰经术乃如此！然则妙解文章之味者，不独章子厚也！又念子厚且不免以世故废学；元度贪顾凶叫，岂办仰屋梁著书！意渠妇翁偶遗下兔园册子，从道旁拾得耳！既阁李迂仲黄实夫两家《诗解》，其中往往摭王氏之说而反之；而意语强半与此编相出入，又多同陆农师《埤雅》，然后决其为安石碎金，无疑也！窃计经义字说中，如此类者非一！何等腐生，因其衰也而攻之；吠虚哐实，狺狺相索；而妙析奇致，竟以此无种矣！惜哉！”见《书毛诗名物解后》。

其论道与文俱以砭宋儒之著书曰：“欧阳子曰：‘吾所为文，必与道俱。’某则一言以变之曰：吾所为道，必与文俱。今称载道之文者《五经》；然文必如《五经》，始能以载道。自《五经》后，言道者世多有其书。至宋而益浩浩若烟海；其间号为得不传之学者，仰视天，俯画地，中更人事，旁涉物怪，上追本始之茫，下极诸元会运世之穷无所入，以复归于溟涬，皆言其理而笔之于书，精无伦而大不可围，往往出于《五经》之文之所不到；意且超而越焉。然而《五经》之文，回薄万古，光景若日月。凡此儒书，则使人读未竟一纸，欠申思睡者过半；是何也？道有余而文不足起之也！文不足起之，而至使人欠申而思睡，则道翳翳而愈伏；不惟不并驱《五经》，而并不能与扬子之《法言》，王氏之《中说》，韩子之《原道》《原性》诸篇，争黄池之长！夫此皆诸儒所不满，以为道不足而强言者也；而因文见道，文极于工，遂耸其书于得不传之学者之上！且夫左氏之诬也，《公羊》之短也，《穀梁》之俗也，史迁之是非谬于圣人也，班氏之排正直，否死节也，皆非知道者也！老、庄、列则道其所道。荀之于道，亦同门而异户。外此法家、名家、杂家如韩公子、《吕览》、《淮南》之属，战国短长家言，倾危权变，其于道疑无一毫可论。而学士家玩其华，食其实，直与《五经》流通相肴馔；任诸儒老先生排摈毁斥之，口燥唇干，卒不能使之回面易向，举所业而投之水火；盖文之入人肝脾有如此，虽无道者犹将申焉！然则道之必与文俱也决矣！抑非独此而已！经故以道法胜；然唯《易》与《春秋》无间然！《诗》《书》虽经圣人手，而如《吕刑》《文侯之命》，儒先既有违言矣！又谓《郑风》即郑声之淫；夫淫复何道！《礼记》成于汉人，由诸儒言之，其背理伤道者难遍以疏举。将以《周礼》当之；而或诋为渎乱不经之书；或又以为六国阴谋之书。《仪礼》则形而下者耳，虽号为经，未多乎道。而其光景之回薄万古者，诸经若一，不以损其毫毛；顾反苦绳诸文人，若有一言之不几乎道，即贬剥之，令一钱不直；以己之不好，而并禁人之好之；呜呼！此何理也！相马者期于骥。骥之德力，不可必得，而必待骥而乘之；不得骥，虽马之奔踶，力可致千里，皆斥弃异皂，不以服箱，为其将折轭而摧辕也；而反任驽下以睎骥之乘，驾蹇驴而无策，驷跛鳖而上山，将没世不行寻常，而又何路之能极！是故有道而文者上也。道不足而文者次之。文不足而道者又次之。虽诡于道，而其文深妙，使人不觉入其玄中者又次之。言之无文，而托诸道以逃其朴钝枯朽，则无次！某之为此言也，重文也，乃所以重道也！昔者庄周言道，盖无所不在，稊稗瓦甓，每下愈况。其序《天下篇》，凡一曲百家，皆标为古之道术有在者。是故荀卿之非十二子也，必曰'其持之有故，言之成理'，夫其有故而成理也，即道也。朱子讥苏氏，亦曰'出入有无，曲成义理。'夫其出入而曲成也，即道也。诡乎道以为文，要之文仍不离所谓道。而或者谓辨道不可耀文，欲以朴钝枯朽之学，嚅哜道真。夫人之弃其文也，若弃泥涂矣！又安所得道而辨之！然则无文者，道之贼也。重文乃所以重道，虽谓某之说，即欧阳子之说，可也！"见《文与道俱》。

其论文以韩愈为宗，而志不在唐以下曰："仆幼狂蠢，起辰终酉，读书不能度十行；居三家村中，亦无与道古者。先君子不知其驽下，经书外，颇授以《三传》《史》《汉》韩柳文，而旁及牧之可之辈；曰：'成学治古文当取是！'退而寻今世古文，乃无一毫相似！仆尝以古文盛于唐；而论文之旨，亦莫如唐备！昌黎语刘正夫曰：'文无难易，惟其是。'习之语王载言曰:'文无难易,极于工。'此二言者,如左右手,断其一则两俱废;不是,非工也;不工,非是也。故皇甫持正之志昌黎也,曰:'至是归工',则既尽之矣。虽然,为此者,有族有祖。昌黎盖祖左、史、扬子云,而以刘向班固辈为之族,故其文奇而法。河东盖祖《国语》《汉书》,而以杜钦谷永辈为之族,故其文密而至。樊川则已固矣;然所祖者,尚在贾太傅晁家令,而以韩柳为之族,故其文散朗劲侠,得韩一体,习之持正及可之辈,不能纪远,祖于韩而还相为族;故论者以为学韩而不至;夫其学韩也,兹所以不至也!赖其才力雄独,故尚能持门户。苟才减诸人,则不胜困踬矣;如义山袭美等,是也。锐意钻仰,盖不在唐以下;苟叩其祖与族之所处,而倍道趋之,于韩、柳、樊川,尚可得意仿佛;次不失持正可之诸公;下亦径到义山、皮、陆辈。故曰:'图王不成,其弊犹可以霸。'"见《与王立甫书》。综所云云,生平宗尚可知矣!

刘海峰集十九卷 附时文三册

《刘海峰集》,古文八卷,诗古体五卷,今体六卷,附时文即四书文三册;桐城刘大櫆字耕南撰。大櫆于桐城年辈视方苞为后,而以古文继起有名,骈称方刘。苞亟赏叹,至谓:"苞何足算!刘生乃国士尔!"苞不能诗,而大櫆兼能诗;五言尤胜七言。近体运古于律,秀丽而出以疏朗,韵高气清,仿佛王维。古体风骨峻拔,兴象渊微,盖得元亮之古澹,而协左思之风力者。七言古错综震荡,逸气干云,其原出李太白,而微欠卓炼。此集为前清光绪二年,其族孙少涂游宦河南所重刊,冠以《国史·文苑传》,谓:"大櫆虽游方苞之门,所为文造诣各殊。苞盖择取义理于经,所得于文者义法。大櫆并古人神气音节得之,兼集《庄》《骚》《左》《史》韩、柳、欧、苏之长。尝著《观化篇》,奇诡似《庄子》。诗雄豪奥秘,挥斥出之。"尚非过誉之论!特谓"大櫆并古人神气音节得之，兼集《庄》《骚》《左》《史》韩、柳、欧、苏之长”，则不免故相矜诩耳！大抵方苞取义理于程朱，取体段于史公。而大櫆取诙诡于《庄子》，取音节于韩愈。大櫆之气矜肆，而方苞之文醇茂。然大櫆虽好为诙诡，而学庄学韩，模拟之迹太似；转不如方苞之放笔灏落，脱尽畦径！桂林吕璜录宜兴吴德旋《初月楼古文绪论》曰：“刘海峰文，最讲音节，有绝好之篇。其摹诸子而有痕迹，非上乘也！”然吾以为大櫆之文，有音节而无风力，描头画角，未能如韩愈之肆意有所作！墓志神道碑，尤伤庸絮，殆不足法；而铭傲诡有光响，往往遒变；庶几韩愈之具体乎！论桐城文者必及大櫆。然大櫆特桐城人尔！而读其文，则阳湖张惠言之所自出，而不合世之所谓桐城宗派。桐城以震川教欧公，而蕲于洁适；大櫆以庄子化韩愈，而故为矜诞；故不同也。采录可诵，篇目如左。

诗类　杂诗十四首　观鱼　登金谷岩　江乡　宿合明寺　过周山人庄居　不寐　山中　夜行　送周大汝调之官福建　感怀七首　羁旅行二首　杂诗八首　饮酒五首　雨后　田居诗　借酒　晓望北齐校书图　宿山中古寺　舟行见月有怀倪九司城　题巴船出峡图　杂感十一首　赠徐昆山　结交篇以上古体　山居雨后　五印寺听吴少峰弹琴　山行　与诸君泛舟荷花盛开　夏日暝兴　独坐有怀　独宿　雨晴　访鹤鸣寺僧不遇　春日有怀方二颂椒　对酒　江村独宿　晚行　竹圃独游古寺　真州作　归雁　送何渊若将军　送人赋西域　过大慧寺　独酌思归　山中暮归　家在　江乡　江口晚泊　宿胜福寺　蹦跌　感怀　怀姚姬传　郧阳客舍　怀方颂椒　怀跂三二首　宿山寺　闻雁以上今体

论说类　观化　心知　天道上中下　息争　焚书辩　雷说　续难言

序跋类　书荆轲传后　海舶三集序　见吾轩诗集序　马湘灵诗集序　倪司城诗集序　王天孚诗集序　海日楼诗集序　海门初集序　江若度文集序　郑山子诗集序　张讷堂诗集序　张秋浯诗集

序　张荔亭诗集序　顾备九时文序　綦白堂时文序　潘在涧时文序　徐笠山时文序　朱子颍诗集序

书牍类　与吴阁学书　再与吴阁学书　与李侍郎书　答吴殿麟书

赠序类　赠张絅儒序　送张福清序　送姚姬传南归序　送沈菽园序

传状类　胡孝子传　江先生传　郑之文传　樵髯传　钱节妇传　胡节妇传　芋园张君传　少宰尹公行状　章大家行略

碑志类　方府君墓志　江西吉南赣道副使方君墓志铭　海门鲍君墓志铭　许游击墓志铭　吴萼千墓志铭　吴锦怀墓志铭　谢师其墓志铭　方桤林墓表　舅氏杨君权厝志　下殇子张十二郎圹铭

杂记类　浮山记　游黄山记　游晋祠记　游大慧寺记　游三游洞记　游百门泉记　窦祠记　游万柳堂记　漱润楼记　半野园图记　贲趾堂记　一掌图记　金陀图记　无斋记　如意寺记　缥碧轩记

祭文类　祭尹少宰文　祭望溪先生文　祭张闲中文　祭左和中文　祭余少京兆文　祭邵开府文　祭左茧中文　祭史秉中文

右诗一百零一首，文七十八首。古文前有《论文偶记》，四书文前有《时文论》，可以觇蕲向所在。

其论文以神气为主，而不以理为主曰："行文之道，神为主，气辅之，曹子桓苏子由论文以气为主，是矣。然气随神转，神浑则气灏，神远则气逸，神伟则气高，神变则气奇，神深则气静，故神为气之主。至专以理为主，则未尽其妙！盖人不穷理读书，则出词鄙倍空疏。人无经济，则言累牍不适于用。故义理书卷经济者，行文之实；若行文自别是一事。譬如大匠操斤，无土木材料，纵有成风尽垩手段，何处设施！然有土木材料而不善设施者甚多，终不可为大匠。故文人者，大匠也。神气音节者，匠人之能事也。义理书卷经济者，匠人之材料也。作文本以明义理，适世用；而明义理，适世用，必有待于文人之能事。程子谓：'无子厚笔力发不出。'文章最要气盛；然无神以主之，则气无所附，荡乎不知其所归也！古人文章，可告人者惟法耳；然不得其神而徒守其法，则死法而已！要在自家于读时微会之。李翰云：‘文章如千军万马，风恬雨霁，寂无人声。’此语最形容得气好。然论气不论势不备。昔人云：‘文以气为主。气不可以不贯。鼓气以势壮为美，而气不可不息。’此语甚好。今粗示学者：古人行文至不可阻处，便是他气盛；非独一篇为然，即一句有之。古人下作一语，如山崩峡流，觉拦当他不住，其妙只是个直的。气最要重。予向谓文须笔轻气重，善矣而未至也。要得气重，须便是字句下得重。此最上乘，非初学笨拙之谓也。文法至钝拙处，乃为极高妙之能事；非真钝拙也，乃古之至耳！古来能此者，史迁尤为独步！”

其论神气见于音节，音节托于字句曰：“文章最要节奏，譬之管弦繁奏中，必有希声窈渺处。神气者，文之最精处也。音节者，文之稍粗处也。字句者，文之最粗处也。然余谓论文而至于字句，则文之能事尽矣！盖音节者，神气之迹也。字句者，音节之矩也。神气不可见，于音节见之。音节无可准，以字句准之。音节高，则神气必高。音节下，则神气必下。故音节为神气之迹。一句之中，或多一字，或少一字；一字之中，或用平声，或用仄声；同一平字仄字，或用阴平阳平上声去声入声，则音节迥异，故字句为音节之矩。积字成句，积句成章，积章成篇，合而读之，音节见矣！歌而咏之，神气出矣！近人论文不知有所谓音节者，至语以字句，则必笑为末事；此论似高实谬！作文如字句安顿不妙，岂复有文字乎！但所谓字句音节，须从古人文字中实实讲贯通始得；非如世俗所云也。凡行文多寡短长，抑扬高下，无一定之律，而有一定之妙，可以意会而不可以言传；学者求神气而得之于音节，求音节而得之于字句，则思过半矣！其要只在读古人文字时，便设以此身代古人说话，一吞一吐，皆由彼而不由我；烂熟后，我之神气，即古人之神气；古人之音节，都在我喉吻间；合我喉吻者，便是与古人神气音节相似，久之，自然铿锵发金石声。记得多，便可生悟；譬如弈棋，记得着多，便须有过人之着。文章到极妙处，便一字不可移易；所谓无一定之律，而有一定之妙。”

其论文之所贵曰："行文最贵者品藻；无品藻，便不成文字，如曰浑，曰灏，曰雄，曰奇，曰顿挫，曰跌宕之类，不可胜数；然有神上事，有气上事，有体上事，有色上事，有声上事，有味上事，有识上事，有情上事，有才上事，有格上事，有境上事，须辨之甚明。文章品藻最贵者，曰雄，曰逸。欧阳子逸而未雄。昌黎雄处多，逸处少。太史公雄过昌黎，而逸处更多于雄处，所以为至！文贵奇。所谓珍爱者，必非常物；然有奇在字句者，有奇在意思者，有奇在笔者，有奇在邱壑者，有奇在气者，有奇在神者。字句之奇，不足为奇；气奇，则真奇矣！神奇者，古来亦不多见。次第虽如此；然字句亦不可奇，自是文家能事。扬子《太玄》《法言》，昌黎甚好之，故昌黎文奇。奇气最难识，大约忽起忽落，其来无端，其去无迹；读古人文，于起灭转接之间，觉有不可察识处，便是奇气。奇正与平相反。气虽盛大，一片行去，不可谓奇。奇者，于一气行走之中，时时提起。文贵高。穷理则识高。立志则骨高。好古则调高。文到高处，只是朴淡意多；譬如不事纷华，翛然世味之外，谓之高人。昔人谓子长文字峻，震川谓此言难晓；要当于极真极朴极淡处求之。文贵大。道理博大。气脉宏大。邱壑远大。邱壑中必峰峦高大，波澜阔大，乃可谓之远大。而文之大者，莫如史迁。震川论《史记》谓为大手笔，曰'起头处来得勇猛'，又曰'连山断岭，峰峦参差'；又曰'如画长江万里图'；又曰'如大塘上打纤，千船万船不相妨碍'；此气脉洪大，邱壑远大之谓也。文贵远。远必含蓄；或句上有句，或句下有句，或句中有句，或句外有句，说出者少，不说出者多，乃可谓远。昔人论画曰：'远山无皴。远水无波。远树无枝。远人无目。'此之谓也。远则味永。文至味永，则无以加。昔人谓：'子长文字微情妙旨，寄之笔墨蹊径之外。'又谓：'如郭忠恕画，天外数峰，略有笔墨，而无笔墨之迹。'昔人谓：'意尽而言止者，天下之至言也；然言止而意不尽者尤佳。'意到处，言不到；言尽处，意不尽；自太史公后，惟韩欧得其一二。文贵简。笔老则简。意真则简。辞切则简。理当则简。味淡则简。气蕴则简。品贵则简。神远而含藏不尽则简。程子云:‘立言贵含蓄意思,勿使无德者眩,知德者厌!’此语最有味。文贵疏。宋画密,元画疏。颜柳字密,钟王字疏。孟坚文密,子长文疏。凡文力大则疏;气疏则纵,密则拘;神疏则逸,密则劳;疏则生,密则死。子长拿捏大意,行文不妨脱略。文贵变。易曰:‘物相杂,故曰文。’一集之中篇篇变,一篇之中段段变,一段之中句句变。而文法有平有奇,须是兼备,乃尽文人之能事。上古文字初开,实字多,虚字少。典谟训诰,何等简奥;然文法自是未备!至孔子之时,虚字详备,作者神态毕出。《左氏》情韵并美,文彩照耀,至先秦战国,更加疏纵;汉人敛之,稍归劲质;惟子长集其大成!唐人宗汉多峭硬。宋人宗秦,得其疏纵而失其厚懋,气味亦稍薄矣!文必虚字备而后神态出,何可节损;然枝蔓软弱,古人厚重之气少,自是后人文渐薄处!司马迁句法似赘拙,而实古厚可爱。文贵瘦,须从瘦出而不宜以瘦名。盖文至瘦,则笔能屈曲尽意而言无不达;然以瘦名,则文必狭隘。公、縠、韩非、王半山之文极高峻难识,学之有得,便当舍去。文贵华,华正与朴相表里,以其华美,故可贵重。所恶于华者,恐其近俗耳。所取于朴者,谓其不著脂粉耳。昔人谓‘不著脂粉而清真刻削者,梅圣俞之诗也。不著脂粉而精彩浓丽,自《左传》《庄子》《史记》而外,其妙不传’。此知文之言。天下之势,日趋于文而不能自已。上古文字简直。周尚文,而周公孔子之文最盛。其后传为《左氏》,为屈原宋玉,为司马相如,盛极矣。盛极则转衰,流弊遂为六朝。六朝之靡弱,屈宋之盛肇之也。昌黎氏矫之以质,以六经为文。后人因之为清疏爽直,而古人华美之风亦略尽矣!平奇华朴,流激使然,末流皆不可处。唐人之体,较之汉人微露圭角,少浑噩之象;然陆离璀璨,犹似夏商鼎彝。宋人文虽佳,而万怪惶惑少矣!文贵参差。天之生物,无一无偶而无一齐者。故虽排比之文,亦以随势曲注为佳。文贵去陈言。昌黎论文,惟陈言之务去;又极言去之之难。盖经史诸子百家之文,虽读之甚熟,却不许用他一句;另作一番语言,岂不甚难!《樊宗师墓志》云:‘必出于己,不蹈袭前人一言一语,又何其难也!’正与‘戛戛乎难哉'互相发明。李习之亲炙昌黎之门,故其论文必以创意造言为宗。所谓创意者,如《春秋》之意,不同于《诗》;《诗》之意,不同于《易》;《易》之意,不同于《书》,是也。所谓造言者,如述笑哂之状,《论语》曰莞尔,《易》曰哑哑,《穀梁》曰粲然,班固曰攸尔,左思曰辗然;后人作文,凡言笑者,皆不宜复用其语。习之此言,虽觉太过;然彼亲聆师长之训,故发明之如此;亦可窥见昌黎学文之大旨矣!《樊志铭》云:'惟古于词必己出,降而不能乃剽贼,后皆指前公相袭,自汉迄今用一律。'今人行文,反以用古人陈语,自谓有出处,自矜典雅;不知其为袭也,剽贼也。昔人谓杜诗韩文,无一字无来历;来历者,凡用一字二字,必有所本也,非直用其语也。况诗与古文不同;诗可用成语,古文则必不可用;故杜诗多用古人句,而韩于经史诸子之文,只用一字或至两字而止。若直用四字,知为后人之文矣。大约文字是日新之物,若陈陈相因,安得不目为朽腐!原本古人意义,到行文时,却须重加铸造一样言语,不可直用古人,此谓去陈言;未尝不换字,却不是换字法。"

其论《庄子》《史记》之文曰:"理不可以直指也,故即物以明理。情不可以显言也,故即事以寓情。即物以明理,《庄子》之文也。即事以寓情,《史记》之文也。"以上见《论文偶记》。

其论时文与古文之不同曰:"八比时文,是代圣贤说话,追古人神理于千载之上,须是逼真;圣贤意所本有,我不得减之使无;圣贤意所本无,我不得增之使有。然又非训诂之谓;取左马韩欧的神气音节,曲折与题相赴,乃为其至者。作时文要不是自我作论,又不是传注训诂,始得。要文字做得好,才不是传注训诂。要合圣贤当日神理,才不是自我作论。故曲折如题而起灭由我,八字是要言。作时文,使不得才情,使不得议论,使不得学问,并使不得意思,只看当日神理如何;看得定时,却用韩欧之文,如题赴之;须先洗涤心地,加以好学深思,令自家肺肠,与古圣贤肺肠相合,然后吐出语言,自然相似。如今人作文字,便不见圣贤神理;待摹神理时,又不见今人作文字的人;须是取自家行文神理，去合古圣贤神理；有古人有我；即我即古人，大非易事。古文只要自己精神胜。时文要己之精神，与圣贤精神相凑合。时文摹绘圣贤神理，而神尤重于理，作者以兼至为上。神重于理，则写神为主，而理自无不至。理重于神，则说理为主，而神自无不合。写神者宜少说理，恐碍神也。说理者忌恐写神，贵明理也。明代以八比时文取士，作者甚众。日久论定，莫盛于正嘉！其时精于经，熟于理，驰骤于古今文字之变；震川先生一人而已。荆川之神机天发，鹿门之古调铿锵，卓然自立，差可肩随。唐、归、茅三家，皆有得于《史记》之妙。荆川所得，多在叙置曲尽处。鹿门所得，多在歇脚处，逸响铿然。震川所得，多在起头处；所谓来得勇猛也。谈古文者，多蔑视时文；不知此亦可为古文中之一体；要在用功深，不与世俗转移。”以上见《时文论》。造论入微，语无泛设。董理其说，以俟考论。

惜抱轩文集十六卷　文后集十卷　诗集十卷　诗后集一卷　诗外集一卷　尺牍八卷

桐城姚鼐字姬传撰。《诗集》与《文集》，皆鼐及身刊定。而《诗后集》、《文后集》，则其门人娄县姚椿字春木出赀，上元梅曾亮字伯言、管同字异之校刊；而尺牍，则其门人新城陈用光字硕士搜刻者也。桐城文学，姚鼐继方苞刘大櫆而自用我法；遣言措意，切近的当；不如方之质厚，而胜以澹远；不为刘之雄奥，而力求洁适；奇辞奥句，湔洗净尽，已不敢为韩昌黎之怪怪奇奇；而迂回荡漾，余味曲包，深得欧阳永叔纡徐委备，容与闲易之致。《刘海峰先生八十寿序》、《登泰山记》，皆发愤为雄，于集中为别调；然光焰不长，终是遒而未雄！余独喜诵《范蠡》《翰林》《李斯》《贾生明申商》诸论，事核而理当，尽明爽而避剽滑，不为苏老泉之笔情踔厉，而为王介甫之笔力拗峭。又《庄子章义序》、《左传补注序》、《读司马法六韬》、《读孙子》、《书货殖传后》，长于道古，辩证而出以裁制，辞气芳洁；观其意绪风规，盖由柳子厚以上窥刘氏向歆，而不为曾子固之持论，可谓善自得师！诗则以清刚出古澹，以遒宕为雄深，由韩学杜，已开晚清同光体之先河；特不为生崭奥衍，与文之萧然高寄者，别一蹊径！大抵姚氏之文，由归学欧；而诗则由韩学杜。姚氏之文，纡徐为妍；而诗则卓荦为桀。姚氏之文，长于掉虚，短于用实，气有余韵，文无遒力；而诗则体骨坚苍，衔华佩实，力破余地；此其较也。要其归皆出宋贤江西；特文为庐陵之不尽，而诗则不惮为西江之尽耳！采录可诵，篇目如左。

诗类　山寺　感春杂咏　柬王禹卿病中　临清雨夜　酬胡君　望庐山　漫咏三首　田家　送子颖之　湖南　邳州黄山　赠沈方谷　与王禹卿泛舟至平山堂即送其之临安府　柬张橿亭庶子　次橿亭韵寄张安履　景州开福寺塔　九月八日登千佛山顶　大明湖夜　安肃道中　获嘉渡河　许州　寄仲孚应宿　岳麓寺　定州遇雪　王少林读书图　送沈观察赴四川同知任　万寿寺松树歌呈张祭酒　严侍读散木庵集时严将南旋　花朝雪集覃溪学士家归作此诗　钱詹事座上观沈石田画桧歌　王舍人友亮坐看云起图　篆秋草堂歌赠钱献之　岁除日与子颖登日观观日出作歌　杂诗　舟中望板子矶以南山势甚奇因题长句　同王禹卿冯拙斋游八公洞循招隐寺归　惠照寺分韵得自字　潘惟勤弟兄有小园在城北当龙眠山口林麓豁嶂蟠拥最为可爱惟勤于松下作亭余为名之曰谷口亭　夏昼斋居　王叔明山水卷　偕方坳堂登牛头回至献花岩宿幽栖寺　雨晴出庐江寄诸同学　舟中漫兴　金麓村招游莫愁湖偕浦柳愚毛俟园陈硕士醉中作歌　秋斋有述　三月九日郑三云通守邀于隐仙庵看牡丹竟日翌日雨毛俟园复邀同往赋呈两君　题叶君云海移情图　送胡豫生之山西赵城将访乃翁旧知　阙口阻风　次日又阻风　酬释妙德　米友仁楚江风雨图卷　王麓台山水　赠孙雨窗　吊朱二亭　登天平山观白云泉　观飞来峰入灵隐寺由寺西北上韬光庵乃北高峰上也　戊午九

月十四日出云栖寺作　次韵答秦小岘观察赠别并以别谢蕴山方伯以上古体　贵池道中　出池州　送人往郧　宿德化县　送客之南昌　太白楼　由仪真至滁州口号三首　过江浦县　法源寺　官塘　万年庵次刘石蒡韵以呈补山　论墨绝句　乔鸥村江村图　饮郑前村寓舍观其两郎君新作文艺前村本出先伯之门追感往昔作此二首　次韵子颍送别三首　江行绝句　夏夜　泥汊阻风　竹林寺怀王禹卿　招隐寺　寄王禹卿　凉阶　敬敷书院值雪　霄汉楼　春日漫兴　又绝句　销暑　夏日绝句　夏夜　榖树　入龙眠　野戍　江路又一首　寄灵谷僧　天门　四合　山阻风　天门阻风　翠微亭　怀祝芷塘　洲上见桃花　葆光寺　归舟　过黄陂湖　王太常雨景　秋至　入山　晓过苏堤作　洪造深深柳读书堂图　题甘梦六桐阴小筑照

论说类　范蠡论　翰林论　李斯论　贾生明申商论　议兵

序跋类　庄子章义序　左传补注序　代州道后冯氏世谱序　食旧堂集序　左仲郛浮渡诗序　吴荀叔杉亭集序　张仲絜时文序　高常德诗集序　读司马法六韬　读孙子　书货殖传后　方坳堂会试硃卷跋尾　孙文介公殿试卷跋尾　朱二亭诗集序　方恪敏公诗后集序　南园诗存序　跋盐铁论　左兰成诗题辞

书牍类　答翁学士书　复张君书　复鲁絜非书　复蒋松如书　复休宁程南书　答鲁宾之书

赠序类　送右庶子毕公为巩秦阶道序　送龚友南归序　赠钱献之序　赠程鱼门序　刘海峰先生八十寿序　陈东浦方伯七十寿序　家铁松中丞七十寿序　旌表贞节大姊六十寿序　陶慕庭八十寿序　陈约堂七十寿序

传状类　朱竹君先生传　张逸园家传　何季甄家传　方染露传　礼恭亲王家传　刘海峰先生传　吴殿麟传　方恪敏公家传　周梅圃君家传

碑志类　郑大纯墓表　疏生墓碣　蒋君墓碣　内阁学士张公墓志铭

赠太傅钱文端公墓志铭　赠武义大夫贵州提标右营游击何君墓志铭　副都统朱公墓志铭　原任少詹事张君权厝铭　翰林院庶吉士侍君权厝铭　严冬友墓志铭　孔信夫墓志铭　陕西道监察御史兴化任君墓志铭　夏县知县新城鲁君墓志铭　建昌新城陈母杨太夫人墓志铭　章母黄太恭人墓志铭　袁随园君墓志铭　江苏布政使德化陈公墓志铭　方侍庐先生墓志铭　奉政大夫江南候补府同知军功加二级仁和严君墓志铭　歙胡孝廉墓志铭　继室张宜人权厝铭　东阁大学士王文端公神道碑文　吏部左侍郎谭公神道碑文　石屏罗君墓表　臧和贵墓表　博山知县武君墓表　方母吴太夫人墓表　安徽巡抚荆公墓志铭　广西巡抚谢公墓志铭　通奉大夫广东布政使许公墓志铭　中议大夫通政使副使婺源王君墓志铭　中宪大夫云南临安府知府丹徒王君墓志铭　中宪大夫松太兵备道章君墓志铭　苏宪之墓志铭　浮梁县知县黄君墓志铭　赠光禄寺少卿宁化伊君墓志铭　封文林郎巫山县知县金坛段君墓志铭　中议大夫太仆寺卿戴公墓志铭　新城陈君墓志铭　资政大夫光禄寺卿加二级宁化伊公墓志铭　举人议叙知县长洲彭君墓志铭　中宪大夫顺德府知府王君墓志铭　知县衔管石牌场盐课大使事师君墓志铭　周青原墓志铭

杂记类　仪郑堂记　宝扇楼后记　快雨堂记　游媚笔泉记　登泰山记　游灵岩记　晴雪楼记　游双溪记　观披雪瀑记　袁香亭画册记　少邑尹张君画罗汉记　宁国府重修北楼记　游故崇正书院记　朱海愚运使家人图记

哀祭类　祭林编修澍蕃文　祭张少詹曾敞文　祭侍潞川文　祭朱竹君学士文

右诗一百又六首，文一百十一篇。大抵论学主义理而不废考据；作文偏阴柔而亦称阳刚。

其论学问之事有三曰："义理、考据、词章，三者苟善用之，则皆足以相济；苟不善用之，则或至于相害。今夫博学强识而善言德行者，固文之贵也。然而世有言义理之过者，其辞芜杂俚近如语录而不文。为考证之过者，至繁碎缴绕而语不可了当。以为文之至美，而反以为病者，何哉？其故由于自喜之太过，而智昧于所当择也。夫天之生材，虽美不能无偏；故以能兼长者为贵。"见《述庵文钞序》。"夫以考证断者，利以应敌；使护之者不能出一辞。然使学者意会神得，犁然当乎人心者，反更在义理文章之事也！"见《尚书辨伪序》。"今世天下相率为汉学者，搜求琐屑，征引猥杂，无研寻义理之味，多矜高自满之气；愚鄙窃不以为安！"见《复汪孟慈书》。其论义理考证之迭为兴废曰："孔子没而大道废。汉儒承秦灭学之后，始立专门，各抱一经，师弟传受，侪偶怨怒嫉妒，不相通晓；其于圣人之道，犹筑墙垣而塞门巷也！久之，通儒渐出，贯穿群经，左右证明，择其长说；及其蔽也，杂之以谶纬，乱之以乖僻猥碎，世又讥之！盖魏晋之间，空虚之谈兴；以清言为高，以章句为尘垢，放诞坏乱，迄亡天下。然世犹或爱其说辞，不忍废也！自是南北乖分，学术异尚，五百余年，唐一天下，兼采南北之长，定为义疏，明示统贯，而所取或是或非，未有折衷。宋之时真儒乃得圣人之旨，群经略有定说。元明守之，著为功令。当明佚君乱政屡作，士大夫维持纲纪，明守节义，使明久而后亡，其宋儒论学之效哉！且夫天地之运，久则必变；是故夏尚忠，商尚质，周尚文。学者之变也，有大儒操其本而齐其弊，则所尚也贤于其故；否则不及其故；自汉以来皆然已！明末至今日，学者颇厌功令所载为习闻，又恶陋儒不考古而蔽于近；于是专求古人名物制度训诂书数，以博为量，以窥隙攻难为功；其甚者，欲尽舍程朱而宗汉之士，枝之猎而去其根，细之搜而遗其钜，夫宁非蔽欤！"见《赠钱献之序》。"自秦汉以来，诸儒说经者多矣；其合与离固非一途。逮宋程朱出，实于古人精深之旨，所得为多；而其审求文辞往复之情，亦更为曲当；非如古儒者之拙滞而不协于情也！而其生平修己立德，又实足以践行其所言，而为后世之所向慕。故元明以来，皆以其学取士；利禄之途一开，为其学以进趋富贵而已！其言有失，犹奉而不敢稍违之；其得亦不知其所以为得；斯固数百年以来学者之陋也！然今世学者，乃思一切矫之，以专宗汉学为主，以攻驳程朱为能，倡于一二专己好名之人，而相率而效者，因大为学术之害！夫汉人之为言，非无有善于宋而当从者也；然苟大小之不分，精粗之弗别；是则今之为学者之陋，且有胜于往者为时文之士，守一先生之说而失于隘者矣，博闻强识以助宋君子之所遗，则可也。以此跨越宋君子，则不可也！"见《复蒋松如书》。

其论清代学者之蔽曰："近世论学，喜抑宋而扬汉，吾大不以为然！正由自奈何不下腹中数卷书耶！"见《尺牍与胡雄君》。"初以人所鲜闻而吾知之，以赅博自喜；及久入其中，自喜之甚，而坚据之，以至迂谬纷纠不能自解。即如孔扮约广森，岂可谓非通人，而所说《公羊》，有甚无理者！祭仲卫辄皆以谬说为正论；至滕侯褒称一条，乃绝可笑！无论鲁侯未甚足言；即使文王复生，一子爵者朝之，亦未必骤与进爵二等，且追赠及其父也！此岂若杜元凯以滕本侯爵，桓公时，王降之之说为明通哉！夫汉儒所言易学推衍取象之故，非精心穷之，不能得其解也。班固所云少穷一经，白首始能言也；及能言而却于圣人之旨未当；不若读程朱之书，用功之劳同，而所得者大且多也！凡为经学者，贵此心宏通明澈，不受障蔽。近时为汉学者，不深则不能入；深则障蔽生矣！"见《尺牍与陈硕士》。"夫为学不可执汉宋疆域之说，但须择善而从，此心澄空，自得恬适。"同上。"惠氏栋《左传补注》，亦自见读书精密处；特嫌其所举太碎小，近世为汉人学者，率有斯病！愚意不喜之，觉殊不能逮顾亭林也！阅其书，见为用力劳而受功寡！"同上。"如王伯申引之之小学，实可贵；其余艺或是努末，亦可勿论矣！李安溪光地虽未是真道学，而所论义理自可取；而侈言文章，乃殊可笑！戴东原震言考证岂不佳；而欲言义理以夺洛闽之席，亦可笑之甚矣！"同上。"夫汉儒之学，非不佳也；而今之为汉学乃不佳，偏徇而不论理之是非，琐碎而不识事之小大，哓哓聒聒，道听涂说，正使人厌恶耳！且读书者，欲有益于身心也。程子以记史书为玩物丧志。若今之为汉学者，以搜残举碎，人所少见者为功；其为玩物，不弥甚耶！"同上。“博闻强识，而用心宽平，斯为善学。守一家之言则狭！专执己见则陋！”见《尺牍与吴子方》。“且汉人各守师法，不肯相通，固已拘滞矣；然彼受业于先师，不敢背，犹有说也。吾生于后世，兼读各家之书，本非受一先生之言，而不欲兼以从是，而执一家之言为断；是辟之甚也！”见《尺牍与陈硕士》。

其自叙治学之功夫曰：“凡人学问，千歧万派，但贵有成，不须一辙；实有自得，非从人取，斯为豪杰矣！”同上。“凡书少时未读，中年阅之，便恐难记。必须随手钞纂。退之记事提要，纂言钩玄，固古今为学之定法也！但此等只为求记之方，一人所为，于他人无用；后人往往刊行，等于著述，乃是谬也！地理乃史学中之一端，须足行多所历，方能了了；或觅得当今之全图有百里方格者，时悬于前，其间虽有小误，大体不失；若止于史志上，终不能分明也！”见《尺牍与刘明东》。“近时史学无过钱莘楣大昕。然吾有所辩论，殆足俪之；恨吾书彼不得见耳！凡说一事，欲使闻吾说者触处更无窒碍，乃佳！”见《尺牍与陈硕士》。“经学用功，诚为要务。窃谓学者以潜心玩索，令胸中有浸润深厚之味；不须急急于著述，斯为最善学也！”同上。“窃谓说经古今自有真是非，勿循一时人之好尚。如近年海内诸贤所持汉学，与明以来讲章诸君，何以大相过哉！鼐所愧者，功不沉密，不能专治一经；然每于一经内有一二条的论，自当为后之专治一经者所采用。”同上。“鼐昔在馆中，见宋元人所注经，卷帙甚大；而其间足存之解，或仅一二条而已！意以为何须为是繁耶！故愚见有所论，但专记之；如是历年所记，每经多者数十条，少则数条而已；谓之私说，不敢谓之注。”见《尺牍与翁覃溪》。“夫说经有数条之善，足补昔贤所未逮则易，专讲一经，首尾无可憾则甚难。窃谓生朱子后，朱子已注之经，但当为之疏；而朱子误处，不妨正之，用范宁注《穀梁》之法；如此则体谨小而意宏大，贤于自注一书也！”见《尺牍与陈硕士》。“又注书之体，欲简严，勿与人争；争辩，是疏非注矣！”同上。“凡人不能静坐，须以读书写字自遣者，亦是心不宁帖，无胸中真乐故也。鼐近深觉平生爱作文章，于自己本分事，全乏工夫；今虽欲自勉，薄收桑榆之效，其可得乎！”同上。“鼐于学儒学佛，皆无所得；正坐工夫怠惰耳；却非谓所读之书有难解也。《安般守意经》，吾所未见；然佛经大抵相仿，能用功者皆可入也。惟教意则需略问人。《世说》所谓殷深源未解事数，遇一道人，问以所签，便豁然者也。此与禅悟事不同，而理亦通。”同上。“阅佛书与佳僧谈论，胜于服药；此急救心火妙方也。盖世缘空，则心病必愈矣！”见《尺牍与鲍双五》。

其论文章之原，本乎天地，而有阴阳刚柔之分曰：“天地之道，阴阳刚柔而已！文者，天地之精英，而阴阳刚柔之发也。惟圣人之言，统二气之会而弗偏；然而《易》《书》《诗》《论语》所载，亦间有可以刚柔分；值其时其人告语之体，各有宜也。自诸子而降，其为文无弗有偏者。其得于阳与刚之美者，则其文如霆，如电，如长风之出谷，如崇山峻崖，如决大川，如奔骐骥；其光也如杲日，如火，如金镠铁；其于人也，如凭高视远，如君而朝万众，如鼓万勇士而战之。其得于阴与柔之美者，则其文如升初日，如清风，如云，如霞，如烟，如幽林曲涧，如沦如漾，如珠玉之辉，如鸿鹄之鸣而入廖廓；其于人也，漻乎其如叹，邈乎其如有思，暖乎其如喜，愀乎其如悲。观其文，讽其音，则为文者之性情形状，举以殊焉！且夫阴阳刚柔，其本二端；造物者糅，而气有多寡进绌，则品次亿万以至于不可穷，万物生焉；故曰‘一阴一阳之为道’。夫文之多变，亦若是已；糅而偏胜，可也。偏胜之极，一有一绝无，与夫刚不足为刚，柔不足为柔者，皆不可以言文。”见《复鲁絜非书》。“然古君子称为文章之至，虽兼具二者之用，亦不能无所偏优于其间，其故何哉？天地之道，协合以为体，而时发奇出以为用，理固然也。其在天地之用也，尚阳而下阴，伸刚而绌柔，故人得之亦然。文之雄伟而劲直者，必贵于温柔而徐婉，温深徐婉之才，不易得也；然其尤难者，必在乎天下之雄才也。”见《海愚诗钞序》。其论文章尚意气，贵自然，而欲以变化运用义法曰：“今天下之善射者，其法曰：‘平肩臂，正脰；腰以上直，腰以下反句磬折，支左诎右；其释矢也身如槁木；苟非是，不可以射！'师弟子相授受，若此而已！及至索伦蒙古人之射，倾首欹肩偻背，发则口眼皆动；见者莫不笑之！然而索伦蒙古之射远贯深而命中，世之射者常不逮也！然则射非有定法明矣！夫道有是非，而技有美恶。诗文皆技也。技之精者必近道；故诗文美者命意必善。文字者，犹人之言语也；有气以充之，则观其文也，虽百世而后，如立其人而与言于此；无气，则积字焉而已！意与气相御而为辞，然后有声音节奏高下抗坠之度，反复进退之态，采色之华；故声色之美，因乎意与气而时变者也；是安得有定法哉！"见《答翁学士书》。"夫古人文章之体非一类；其瑰玮奇丽之振发，亦不可谓尽出于无意也。然要是才力气势驱使之所必至，非勉力而为之也！后人勉学，觉有累积纸上，有如赘疣。故文章之境，莫佳于平淡，措语遣意，有若自然生成者；此熙甫所以为文家之正传！"见《与王铁夫书》。"而熙甫能于不要紧之题，说不要紧之话，却自风韵疏淡；此乃是于太史公深有会处。文家有意佳处，可以着力；无意佳处，不可着力，功深听其自至可也！"见《尺牍与陈硕士》。"震川论文深处，望溪尚未见。望溪所得，在本朝诸贤为最深，而较之古人则浅。其阅《太史公书》，似精神不能包括其大处，远处，疏淡处及华丽非常处；止以义法论文，则得其一端而已！然文章义法，亦不可不讲。如梅崖便不能细受绳墨，不及望溪矣！"同上。"文章之事，能运其法者才也，而极其才者法也。古人文，有一定之法，有无定之法。有定者，所以为严整也。无定者，所以为纵横变化也。二者相济而不相妨。故善用法者，非以窘吾才，乃所以达吾才也；非思之深，功之至者，必不能见古人纵横变化中所以为严整之理。思深功至而见之矣；而操笔而使吾手与吾所见之相副，尚非一日事也！"见《尺牍与张阮林》。

其论文体曰："西汉人文传者，大抵官文书耳；而何其雄骏高古之甚！昌黎官中文字，止用当时文体；而即得汉人雄古之意。欧、曾、荆公官文字，雄古者鲜矣！然词雅而气畅，语简而事尽，固不失为文家好处矣！熙甫于此体，乃时有伤雅不能简当之病。"见《尺牍与陈硕士》。

"墓表自与神道碑同类，与埋铭异类。神道碑有铭，似墓表用铭亦可通，然非体之正也。吾谓文章体制，当准理决之；不得以前贤有此，便执为是。如赠序中用不具某顿首，与书同；此颜鲁公《蔡明远序》体也，直当断以为不是耳；安可法之耶！"同上。"大抵作金石文字，本有正体；以其无可说，乃为变体，始于昌黎作《殿中少监马君志》，因变而生奇趣；文家之境，以是广矣！"同上。"墓志文不宜繁；必欲简峻，莫若更读荆公，则笔间自有裁制矣！叙事之文，为繁冗所累，则气不能流行自在；此不可不知也。"同上。"大抵颂辞每以嗫嚅为病；能如孟坚《典引》；已大难；况西京乎！""东汉六朝之志铭，唐人作赠序，乃时文也；昌黎为之，则古文矣！明时经艺寿序，明时文也；熙甫为之，则古文矣！作古文者生熙甫后，若不解经艺，便是缺陷。本朝如李安溪，所见不出时文；其评论熙甫，可谓满口乱道！望溪则胜之矣；然于古文时文界限犹有未清。大抵从时文家逆追经艺古文之理甚难；若本解古文，直取以为经义之体，则为功甚易；不过数月，功可成也！"见《尺牍与管异之》。

其论古人文曰："大塘打纤，移入议论；此岂易言！必如此言，则如《报任少卿书》，足以当之耳！"见《尺牍与陈硕士》。"大抵《汉书》惟宣帝以前之传，可以肩随子长。元成以后，则弥劣矣！"同上。"汉人之文，如《论衡》乃不足道；谓蔡伯喈秘其书，乃越中伪造之辞；伯喈何至贵是书！其言平者则陋，奇者乃悖。"同上。"凡言理不能改旧，而出语必要翻新。佛氏之教，六朝人所说，皆陈陈耳！达摩一出，翻尽窠臼；然理岂有二！但更搬陈语，便了无意味。移此意以作文，便亦是妙文矣！"同上。"大抵简峻之气，昌黎为最！"同上。"宋朝欧阳曾公之文，其才皆偏于柔之美者也。欧公能取异己者之长而时济之。曾公能避所短而不犯。"见《复鲁絜非书》。"虞伯生文去震川甚远，其才识皆不逮归；但诗字杂艺胜之，又是元，前于明人，故翰墨家重之耳！"见《尺牍与陈硕士》。"如直求可当古文家数者，则南宋虽朱子不为是；况元及明初诸贤乎！如宋金华直是外道；而朱竹君以为妙绝，遂终身为所误。

此等非所见亲切，安得无妄说也！”同上。“凌仲子至以《文选》为文家之正派，可笑如此！”见《尺牍与石甫侄孙》

其自论定曰：“鼐于文章之事，何敢当作者之目！但平生所闻于长者，差异于俗学。”见《尺牍与周希甫》。“夫学问之事，天下后世之事，非自亢者所能高，亦非自抑者所能下。鼐于文事粗识门径，而才力不足尽赴其识。鼐以是更望诸年少者，假令更有韩欧之才出；而世第置吾于独孤及穆修之伦，则吾心所大快矣！”见《尺牍与王惕甫》。“夫文章之事，望见涂辙，可以力求；而才力高下，必由天授。鼐所自歉者，正在才薄耳！顷见王铁夫文规模颇正，其才恐不免与吾辈上下，无复古人意致佳处也！”见《尺牍与陈士石》。“铁夫集中，有《跋惜抱集》一篇。此君乃未识面之人，而承其推许；使人有知己之感！其论鄙作，所最许者叙事之文，甚爱《朱竹君传》，而不甚喜考证之作。愚意以考证累其文，则是弊耳；以考证助文之境，正有佳处，夫何病哉！铁夫必欲去之，亦偏见耳！其文章不愧雅驯，亦今之奇士矣！”同上。“韩理堂诚为好手，其论宋太宗事，与常州恽敬旨同而文胜。恽亦今一作手也！”同上。“理堂果胜于理境；文笔则苦有区牖，无纵横超妙处；此亦是天限之，第胜于他人之猥陋耳！”同上。“鼐近作《礼亲王传》，似可胜《道园学古录》中文；以较韩欧便觉远在，况子长乎！然只可如此做去；若勉强作汉人，则反成明人之伪体矣！”同上。“吾近钞取所作古文未入集者，寄松江姚春木。春木欲为吾刻续集，成否不可知。大抵人入集之文，亦欲其少，不欲其多也！”同上。“近人刻集务多，此最可笑！其间不足录而录入者几半。然久之世自有定论，一时之好尚何足凭！且文集多亦自难于传播。王元美《四部稿》，人家得观者希矣！此亦其多之为害矣！”见《尺牍与张阮林》。

其诏门弟子学文，熟读勤作，从摹拟入手曰：“文章一事，而所以致美之道非一端。命意立格，行气遣辞，理充于中，声振于外，数者一有不足，则文病矣！作者每意专于所求，而遗于所忽；故虽有志于学，而卒无以大过乎凡众！故必用功勤而用心精密，兼收古人之具美，融合于胸中，无所凝滞；则下笔时自无得此遗彼之病也！”见《尺牍与陈硕士》。“深读久为，自有悟入。夫道德之精微，而观圣人者，不出动容周旋中礼之事。文章之精妙，不出章句声色之间；舍此无可窥寻矣！”见《尺牍与石甫侄孙》。“大抵学古文者，必要放声疾读，又缓读，只久之自悟；若但能默看，即终身作外行也。”见《尺牍与陈硕士》。“诗古文各要从声音证入。不知声音，终为门外汉耳！”同上。“文韵致好，但说到中间忽有滞钝处，此乃是读古人文不熟，急读以求其体势，缓读以求其神味，得彼之长，悟吾之短，自有进也。”同上。“学文之法无它，多读多为以待其一日之成就，非可以人力速之也。士苟非有天启，必不能尽其神妙；然苟人辍其力，则天亦何自启之哉！”同上。“夫文章之事，有可言喻者，有不可言喻者，不可言喻者，要必自可言喻者而入之。韩、柳、欧、苏所论言文之旨，彼固无欺人语。后之论文者，岂能更有以逾之乎，若夫其不可言喻者，则在乎久为之自得而已！”见《尺牍答徐季雅》。“夫学文者利病短长，下笔时自知之；更取以与所读古人文较量得失，便无不明了，充其得而救其失，可入古人之室矣。”见《尺牍与鲁宾之》。“凡作古文，须知古人用意冲澹处，忌浓重；譬如举万钧之鼎如一鸿毛，乃文之佳境；有竭力之状，则入俗矣！”见《尺牍与石甫侄孙》。“风味疏淡，自是好处，从此做深，或更入古人奇妙之境；然不可强为，反成虚㤭。”见《尺牍与陈硕士》。“大抵文字须熟乃妙；熟则利病自明，手之所至，随意生态，常语滞意，不遣而自去矣！”同上。“文之出奇怪，惟功深以待自至，却又须常将太史公韩公境悬置胸中，则笔端自与寻常境界渐远也！”同上。“大抵文章之妙，在驰骤中有顿挫，顿挫处有驰骤。若但有驰骤，即成剽滑，非真驰骤也！更精心于古人求之，当有悟处耳！”见《尺牍与石甫侄孙》。“世人习闻钱受之偏论，轻讥明人摹仿。文不经摹仿，安能脱化！观古人之学前古，摹仿而浑妙者自可法；摹仿钝滞者自可弃！”见《尺牍与管异之》。“然文家之事，大似禅悟；观人评论圈点，皆是借径；一旦豁然有得，呵佛骂祖，无不可者！此中自有真实境地，必无疑于狂肆忘言，未证为证者也！”见《尺牍与陈硕士》。

“欲悟亦无他法,熟读精思而已!大抵古文深入难于诗,故古今作者少于诗人;然又有能文而不能诗者,此亦自由天分耳!”见《尺牍与石甫侄孙》。

其诏弟子学诗,熟读精思,亦以摹仿为说曰:“吾以为学诗,不从明李、何、王、李路入,终不深入;而近人为红豆老人所误,随声诋明贤,乃是愚且妄耳!”见《尺牍与陈硕士》。“近人每云作诗不可摹拟,此似高而实欺人之言也!学诗文不摹拟,从何得入!须专摹拟一家,已得似后,再易一家,如是数番之后,自能镕铸古人,自成一体。若初学未能逼似,先求脱化,必全无成就。譬如学字而不临帖,可乎!”见《尺牍与纾侄》。“今日诗家大为榛塞,虽通人不能具正见。吾断谓樊榭简斋,皆诗家恶派;此论出,必大为世怨怒;然理不可易!”见《尺牍与鲍双五》。“五七言《今诗体钞》,吾意以捄俗体诗之陋,钞此为学者正路耳!使学者诵之,纵不能尽上口,然必能及其半,乃可言学;故惟恐其多,不嫌其少。以为此外绝无佳诗可增,此绝无之理;欲使人知吾意所向耳。”见《尺牍与陈硕士》。“吾向教后学学诗,只用王阮亭五七言《古诗钞》;然阮亭诗法,五古只以谢宣城为宗,七古以东坡为宗。今所宗正当以李杜,越过阮亭一层。然王所选,亦不可不看以广其趣。《崆峒集》亦正为李杜先导。”见《尺牍与管异之》。“凡学诗文之事,观览不可以不泛博。若其熟读精思,效法者,只欲其少,不欲其多,如渔洋《五言诗选》,吾犹觉其多耳!其选不及杜公;此是其自度才力不堪以为大家;而天下士之堪学杜诗者亦罕见,故不以杜诗教人;此正其不敢自欺处耳!今若病其缺此大家,只当另选一杜诗,或益以昌黎,以待天下才力雄健者之自取法,可也!若此外别家,只有泛览之诗,实无当熟读效法之诗。吾尝谓袁简斋尝云:‘人只可以名家自待;后世人或置吾于大家之中;切不可以大家自待,俾后世人并不数吾于名家之内。’此言最妙!简斋岂世易得之才!欲得笔势痛快,一在力学古人,一在涵养胸趣。夫心静,则气自生矣!”同上。“近体只用吾选本;其间各家门径不同,随其天资所近,先取一家之书,熟读精思;必有所见，然后又及一家，知其所以异，又知其所以同。同者必归于雅正，不著纤豪俗气，起复转折，必有法度，不可苟且牵率，致不成章；至其神妙之境，又须于无意中忽然遇之，非可力探；然非功力之深，终身必不遇此境也！”见《尺牍与伯昂从侄孙》。“但就愚《今体诗钞》，更追求古人佳处，时以己作与相比较，自日见增长。大抵作诗平易，则苦无味；求奇，则患不稳；去此两病，乃可言佳！至古体诗，须先读昌黎，然后上溯杜公，下采东坡，于此三家，得门径寻入；于中贯通变化，又系各人天分。”同上。“五言诗每欲押强韵，辄不能妙。此处惟涪翁为独胜！此天赋，不可强学也！”见《尺牍与陈硕士》。“杜公排律，布置局格，开合起伏变化，大约横空而来，意尽而止，而千形万态，随时随地溢出；此他人诗中所无有；惟韩文时有之，与子美诗同耳！然作诗心之所向，必须在此；否则止是常境耳！李玉溪、白太傅、朱竹垞，皆刻意作排律之人，而不能得此妙！”见《复刘明东书》。“然观人之才，须正变兼论之，得其真境，乃善！夫文章之事，欲能开新境。专于正者，其境易穷，而佳处易为古人所掩。近人不知诗有正体，但读后人集，体格卑卑，务求新而入纤俗，斯固可憎厌！而守正不知变者，则亦不免于隘也！”见《尺牍与石甫侄孙》。“大抵其才驰骤而炫耀者宜七言，深婉而澹远者宜五言；虽不可尽以此论拘，而大概似之矣！”见《尺牍与陈硕士》。

泾县包世臣著《艺舟双楫》，以姚鼐行草书入妙品；以故论书亦极有真见。其论二王独推大令书曰：“论二王书，譬之论李杜之诗。太白作五言诗，固为妙矣。然必至其歌行，瑰诡纵荡，穷态极变，乃所以为大家而与杜并也！大令草书，能变右军之法，极其笔力，雄奇怪伟，绝超古今，此所以并称二王也！近王虚舟辈评大令书，但取其清迴和雅，似右军之书。至其狂草，变化无方，率加诋毁，此不可谓善论书矣！譬如读《太白集》者，但取《牛渚西江》等制；而弃《蜀道难》《远别离》诸篇，是尚为能读李诗者乎！世传《桓江州》及《委曲前书》等帖及以子敬书误入张芝《知汝殊愁帖》，皆古今绝出之奇笔，如祖师禅，入佛入魔，无不可者！书品以大令草书列右军上，虽未必至当，要非无理！”见《法帖题跋三》。“至《辞令帖》，未见古摹；而明嘉靖中，吴章杰摹本，多姿媚而少古韵，乃有唐李北海等笔法，窃疑非子敬迹也。”见《跋王子敬辞令帖》。其论褚河南书曰：“褚书《圣教序》，于用笔极细瘦中，有起伏转变之妙。”见《跋褚书圣教序》。其论颜鲁公书曰：“鲁公书多取篆籀法入真行。”见《跋颜鲁公刘太冲序》。论八分书曰：“吾见未能楷书，学八分，终不佳！惟本善楷书，故进为八分，极有笔力也！”见《尺牍与伯昂孙侄》。并附录之。

中复堂全集九十八卷

《中复堂全集》，内《东溟文集》六卷，《外集》四卷，《东溟文后集》十四卷，《外集》二卷，《东溟奏稿》四卷，《后湘诗集》九卷，《二集》五卷，《续集》七卷，《识小录》八卷，《寸阴丛录》四卷，《东槎纪略》五卷，《康辎纪行》十六卷，《姚氏先德传》六卷；桐城姚莹字石甫所撰。其子浚昌以同治丁卯八月，刻于安福县署；盖浚昌方为安福县知县也，而以南丰吴嘉宾所撰《姚公传》，合肥徐子苓撰《墓志铭》，桐城徐宗亮撰《墓表》，及浚昌撰其父《年谱》与其母《方淑人行略》为附录一卷，殿焉。莹为姚鼐从孙，从受义理考据词章之学。湘乡曾国藩为《欧阳生文集序》，谓：“姚先生晚而主钟山书院，门下著籍者，上元有管同异之、梅曾亮伯言，桐城有方东树植之及莹，四人者称高第弟子。”观莹之集。诗胜于文，浑脱浏亮，其诗由明何景明李梦阳入，而以盛唐李杜为宗。古体胜于近体；七古尤胜五古，震荡错综，阖辟顿挫，其原出李白；而近体亦颇脱去纤秾，独抒高浑，嗣响杜陵，不为格律所拘；庶几姚鼐之血脉！文章善持论，忼慨深切，亦得姚鼐之一体。然上者为东坡之快利；其下者急言极论，不免再衰三竭；无姚鼐《李斯》《翰林》等论瘦峭拗劲，往复百折之致。叙事好为尽而涉覼缕，又少变化；未若鼐之控驭归于含蓄，余味醰然！采录可诵，篇目如左。

诗类　处女篇　游子篇　采葛篇　拟古八首　杂诗　飞龙引四首　夜饮方竹吾北园偕左匡叔徐六襄方履周光律原张阮林诸君　白沟河大风　月下有怀　辞家曲　咏古七首　十九夜待月不见　咏怀十三首　梦归　从大奎阁归途中忆在榄山日开元寺一僧穷老且病客至亦不为礼然枯寂有禅意余梅花时辄访之今此间有僧颇能诗乃不及也　寄希光侄　七月五日用东坡韵　愁来　中秋日出游　溪山夜兴　番禺段纫秋佩兰招同薛南洲敬茂黄香石培芳游白云山自蒲涧至安期岩夜雨止宿　九月二十一日至羊城谋归忽闻故人张阮林殁于京师惊哀有作成七十四韵　述忧四首　三月朔日自台湾放舟至澎湖遇北风舟南驶不可收越两日夜达粤东之惠来乃舍舟登陆间道至潮州偕方子步琛登江楼小饮凭槛有作寄颖斋观察　自梅硿换舟至赤石　新城道中二首　湖口夜下三首　山中人日　荆州晤光律原第一首　再呈律原　丁酉六月十二日偕潘四农毛生甫游金山放舟焦山宿松宁阁赋柬二君并示从游诸子四首　高旻寺夜舟　金带围　活鱼　观物八首　出游两首　赠梅伯言　梅山园微雪以上五言古　赠彬卿　采石矶遇汪梦塘　庐山谣　峡江歌　忆昨行寄吴子方　观梅舞剑行寄梅壮士　海船行　台湾行　晚泊延平城下喜张庆斋见过且馈茶笥　舟中午梦到一园亭有轩池竹石之胜主人煮茗邀客甚殷作诗以赠觉乃仅忆八句遂率成之　山水大涨舟不得进泊葭苇中遥望断山一缺登岸攀缘久之得一狭口更百余步豁然开朗稻田数百顷嘉禾青秀可爱山泉乱响沟渠满溉四面山围绿合竹树甚茂平畴中起一小山高里许岩谷天然时雨初晴四山草香扑鼻野鸟杂色格磔飞鸣不可名状裴回经时心甚羡之归询舟人不知地名亦未尝至也　苦雨　守水　蜻蜓　舟行触鱼跃起丈余惜不能得之　独酌偶忆昔在粤中有术者言余前身为王无功戏赋此篇　舟起早发　寒知阁在龙眠山内左忠毅少时读书于此张文端尝作诗和者颇多春麓侍御属作长句　邓湘皋先生松堂读书图　湘皋有田在新化之南村

其兄云渠隐焉以湘皋常游外恐其仕作书招之湘皋乃作南村耦耕图以见志　酬别同年金鹤皋大令周伯恬陆绘山及里中诸子时众人宴集北园为饯凡三十二人诸君皆有诗　微雨登小孤山用东坡焦山诗韵　饶河舟中　寄光律原　古庙　下滩歌　己丑四月方竹吾来漳州邀同汪味根二丈胡晓峰同年陈澧西滕蓝村二明府文谦之二尹游开原寺观唐咸通石塔遂登芝山谒道原堂还至僧寮听蔡香谷秀才弹琴蔡石坪明府后至　漳浦黄忠端公先茔在云霄道光八年有欲侵葬山麓者一夜山上石苔无数尽作黄山字凹凸大小不一或篆或隶天成奇绝柳孝廉廷爵作黄山苔字歌作和　至福州喜晤杨笙友水部林梅友谢硕甫刘芑川三孝廉及亨甫弟子余柏溪茂才小集寓舍诸君各有诗文见赠既登舟诸君复置酒洪山桥饯送作长句酬别是时亨甫方游河洛　李生歌　峡中作示同行诸子　折多山雪　高日寺　将至巴塘见松林口花树二株一红一白叶似枇杷花皆一干数朵每朵十数小花合抱状如蜡梅磬口檀心特红白异耳询其名曰达麻花为长句赏之　还度飞越岭大雪　食橘　苑中芙蓉一树高出檐花开百数十朵大者如碗色红而瓣多自中秋后终九月未已　出游两首以上七言古　谣变六首树有枝客宴客至同声和歌老女叹腷膊鸡　逼仄行　相逢行送董定园　镊白发歌　双姑谣　白芍药歌以上杂言古　芦沟桥晚眺　南旅舟中杂咏五首　乌程道中　寄二内首　湖口渡江两首　出湞阳峡　秋日登粤秀山和曾宾谷方伯原韵同王壄樵　晓望　魏默深赠佛书数种　凤台夜坐　头塘晓起冒雪登山以上五言律　孙秀林斋中夜话　春日登粤王台　书怀　寄方竹吾　三十　酬张南山孝廉见赠　书斋春日　许昌怀古　鹿春如召同张亨甫张竹虚陈梁叔陆次山家兄伯符集白公祠下时方七夕　三月十五日赴蜀前二日邀同马元伯光律原家兄伯符弟绪周携浚昌游谷林微雨迟方植之不至　自折多山至提茹道中　夜坐二首以上七言律　鸳鸯曲四首　洞房曲四首　柳枝词四首　明珠曲三首以上五言绝　东流夜思　皖

江杂诗　望小孤山　清明日登大奎阁见桃花一枝半落矣怅然有作二首　杂诗四首　论诗绝句六十首　感怀杂诗二十首　寓舍海棠　旅店山丹属客　坊口晓发二首　廿八都二首　寓里塘僧楼即景以上七言绝

赋类　怪鸥赋

论说类　通论上下　贾谊论　说鹰

序跋类　吴子方遗文序　吴子山遗诗序　刘薇卿诗序　孔蘅浦诗序　论语集注书后　张南山诗序　松坡诗说序　黄香石诗序　香苏山馆诗集序　北园宴集诗序　侯冠芳遗集序　惜抱先生与管异之书跋

书牍类　与张阮林论家学书　上座师赵分巡书　复赵尚书言台湾兵事两书　上韩中丞书　与吴岳卿书　与吴春麓员外书　复方彦闻书　复管异之书　奉逮入都别刘中丞书　复鹰青一兄书

赠序类　王石卿寿序

传状类　仲童子传　张阮林传　朝议大夫刑部郎中加四品衔从祖惜抱先生行状　万孝子传　张亨甫传　汤海秋传

碑志类　孙宜人墓志铭　广东盐运使知事王府君墓表　光禄大夫兵部尚书戴公墓志代

杂记类　游榄山记　粤东学使后园记　桐城麻溪姚氏登科记　噶玛兰台异记　一乐居记　游白鹤峰记　李凤冈生圹记　桐乡书院记

右诗二百七十三首，文四十五篇。论学论文，壹本家学。其论学必宗程朱曰："仆承家业，治经史，为诗古文之学三世矣！先曾祖姜坞先生为文根柢经史，指渊思深，必得古人精意，不为放谲踳驳之论，取快一时。至其天资沉笃，强记博闻，自束发以终其身无间；故能淹通宏洽，不为拘墟孤陋之见，空疏无据之谭。论者以为可差肩阎惠诸君。然阎君龂龂博辨，以摘发前人自喜。惠君凿凿训诂，以搜求古义专门；二君精博，均不可及！然其于圣人之道，曾未望藩离，乃与宋儒为难，欲以寸筳破巨钟！若先曾祖则以考博佐其义理，于程朱之学，见之真而守之笃，固与二君大异；以为'非考证，不足以多闻；而舍身心，亦何以为学。汉儒谨守师法，训诂略备于前。宋儒讲论修明，义理大著于后。其道在守先待后，其功在风俗人心。学者当识其大以体其微；去其矜心，与其昏气，乃可以为学。俗儒务毁人以成已名，邪说好立异以乱是，非卮言日出，贻害人心，亦何异乱法舞文之吏耶！'莹之生，距先曾祖殁已十余年；家中落，藏书为人窃取尽！又十余岁，稍解读书；二十四岁，编录遗集，又六七年，然后有以见先曾祖为学之实。从祖惜抱先生以诗古文鸣海内，学者宗之！然惜抱先生孤立于世，与世所称汉学异趣；而海内学者徒以诗古文相推；于其说经治学，罕有从者！风气使然，不能以一人挽也！"见《与张阮林论家学书》。"顾学术是非，非文章不能以自显！莹于经术之文，尝慕董胶西刘中垒；论事之文，尝慕贾长沙苏眉山父子；非徒悦其文章；以为数子之学，皆精通明达，所谓其言有物者。至于天人之际，性命之微，则非殚究于濂、洛、关、闽，不足以定极中至正之归；而又必考索于汉、唐、元、明诸儒经说以明其章句；辨核于正通别霸历代史书以观其事迹；泛滥于九流百家以博其趣；出入于释老二氏以穷其说。若夫陶冶性情，抒写景物，则诗歌之作，即古乐之遗，所以宣道幽滞，寄哀乐于声音者也。"见《再复赵分巡书》。

其论学不废老释曰："释氏与老庄，有同有异；其同处，在收心返观，净静为体以制群动；其异处则不免索隐行怪。然其观心之法，实能体勘种种偏私傲辟、嫉妒忿狠、谄媚贡高、矜已慢人、损物自利一切贪嗔妄见，切中隐微。士大夫终日儒行者，多护已非；其自讼之诚，或未能逮也！虽其深妙之义，不出吾教；而所行坚忍，则有不止于富贵不淫、贫贱不移、威武不屈者，恐亦未可厚非；非特《中庸》所云知者过之耳！果能如其推勘私心，毫无已见，亦何害于人耶！世俗崇奉彼教，多悚于祸福死生之说，固鄙陋可嗤。若上智不以福祸死生为念者，往往亦喜观之；故程朱大儒皆尝从事。惟能透过此关，所以为程朱也!”见《复光律原书》。

其论道不可道曰:“方植之书皆卫道,见真语确,多前儒所未发;然所论辨,皆在学者用功着力处,苦心苦口,开悟来兹。若道之本原,则有不可言、不容言者;斯理浑然,无有畔岸;人皆窥寻,就见为说,皆非道体。生平最喜《阿含经》众盲言象一段,与吾儒仁者见之谓之仁,知者见之谓之知同意。儒先诸说,往往小言破道,但取能救学者之失,有功世道人心,可矣。忠敝而救之以质、质敝而救之以文、文胜则返之于质,如五行之相克而相生,其用无穷;而于天之所以为天,道之所以为道,则皆非也!害道之事多矣!圣人随事立法,以救世耳!邪固害道。正而非当,害与邪同。吾观前贤之书,虽有浅深纯杂不同;但就我所蔽而救其失,则皆神农之《本草》也。参苓朮草;各适其用,是为得之。必使天下人蓄参苓朮草;其他一切屏弃,必有待桂附乌头,不得而死者矣!特参苓朮草之性质功用为良,使天下人知其良而近之;桂附乌头之性质功用为劣,使天下人知其劣而远之;可也。过为去取,则非道矣!”见《与方植之书》。

其论《论语》莫精于朱注曰:“朱子生平用力《四子书》训解,屡有更易。盖见道愈精,析义愈密,而训诂文字初不少略焉。《论语》成书凡四本:最先作《论语要义》,在隆兴元年;盖病王氏新学之穿凿,而诸儒说经,又或支离,未能卓然不畔于道;慨然发愤,取平生所编古今诸儒之说,以及门人友朋之议,尽删其穿凿支离及不得圣人之微意者,定为一书;而以二程子为宗。此皆讲明大义,不解章句;以为文义名物之详,当求之注疏,有不可略者;未尝废注疏也!既因训诂略而义理详,非初学宜习;复加删录,作《训蒙口义》,本之《注疏》以通其训诂,参之《释文》以正其音读,然后会之以诸儒之说以发其精微;一句之义,系之本句之下;一章之旨,刊之本章之左;又以生平所自得者附见一二,然后训诂音义备焉!既又取二程子讲论之语,及横渠张子、范氏、二吕氏、谢氏、游氏、杨氏、侯氏、尹氏九家之说,作《论孟精义》。《集注》之成,盖在晚年;然犹随时更改。先贤大儒好学之勤,体道之深乃如此；而于百家之说，未尝尽废也！故作《论孟精义序》曰：‘汉魏诸儒，正音读，通训诂，考制度，辨名物，其功博矣？学者苟不先涉其流，则亦何以用力于此。而近世二三名家，与夫所谓学于先生谓二程子之门人者，其考证推说，亦或时有补于文义之间。学者有得于此而后观焉，则亦何适而无得哉！特所以求夫圣贤之意者，则在此而不在彼耳！’呜呼！朱子述而不作，皎如天日，所以为天下万世计者，无非欲下学上达，由粗入精，同底于大中至正；岂小儒俗学，专以一己之私说，欺世取名，假博闻多识以自文其不肖者所能望其万一哉！”见《论语集注书后》。

其论《左传》莫善于杜注曰：“《左氏传》自贾太傅始为训诂，刘子骏创通大义。后汉郑仲师、贾景伯、服子慎、许惠卿、颖子严之徒，皆有注。马季长谓：‘贾君精而不博；郑君博而不精；已无可复加。’但作《三传异同说》，则贾郑之书可知矣；魏世王子雍亦有《左传》解，此皆通师硕儒之说也。至杜氏以为诸家皆肤引《公羊》《穀梁》以释《左氏》，适足自乱，乃著《经传集解》，专修丘明之传以释经，其所论三体五例，详哉言也！又作《长历》以推其岁时，撰《释例》以通其条辨，殚毕生之勤，成专家之业；大义举而训诂明，天文昭而地理核；自有左氏以来，传注未有若元凯者也！故南北学者皆为之疏义。刘光伯虽曾规其过失一百五十余条，未害其美。且隋世诸传，尚多存者；光伯独为杜氏作疏，岂非其长不可掩耶！疏其书而规其短，乃光伯通见，足破疏家袒护之陋，非好攻之以为异同也！夫长短不容相掩，功过可以互明，贾、服、刘、马之异同，要当并著其书，使后学有所钻仰。自唐世奉敕修定《正义》，独用征南，而诸家注说，如爝火辰星，荧然暗灭；此固当时学人之陋，亦孔冲远颜师古之徒，不能请闻于朝，兼存古训；通人至今为恨！然以诸家之废，而大不平于杜氏；此何说哉？亦犹朱子表章六经《四书》，原令人先习注疏以通其训诂；其后学者不能兼习，乃自放弃注疏，专治宋儒注义。今举世驳辨，咸谓宋儒灭绝旧注，徒言义理而废训诂；此何异盲人道黑白乎！《左传补注》之作，发端于元人赵汸；盖以杜为主，不足，以陈傅良之说通之；非纠杜也！国朝顾宁人作《杜解补正》三卷，朱鹤龄作《读左日钞》十二卷，补录二卷，始有意正其阙误；而曰补曰钞，不居攻辨之名。近世惠定宇以古义名家，特搜辑服贾之说，为《左传补注》。吾乡马器之慕惠氏之风，援光伯之说，亦有《补注》之作，意乃颇攻杜氏；向尝疑之！若惜抱先生亦尝撰《三传补注》，在马氏之先，则又不过随所考证，其有未安，间为之说，并无意于长短之见。说经砼砼，贵渊通，不在攻击也！”见《与张阮林论家学书》。

其论史注之得失曰："自古史书，惟《史记》《前、后汉书》《三国志》有注；通史惟《资治通鉴》而已。裴骃、司马贞、裴松之、刘邵、李贤、颜师古、胡三省，皆博极群书，学通今古；且经昔人注本，乃集其成；然皆殚毕生之精力，或数十年而成之，千百年来，犹时为人所纠。信乎注书难，注史尤不易也！李氏之为《南、北史》也，取宋、齐、梁、陈、魏、齐、周、隋八代之书，芟其繁芜，而通著之；世皆称善；犹有未尽，朱子讥之！然非取八代之书互观，乌知其所以善，与朱子所以讥哉！特是古书存者日少，征引无其广博；所恃不过晋、宋、齐、梁、陈、魏、齐、周、隋诸书及《通鉴》而已；此外皆少全书。不得已于古类书，如《初学记》《艺文类聚》《白孔六帖》《太平御览》《册府元龟》《北堂书钞》各种中，有涉及南北朝事文者，遍加考索以为之注；一字一句，或烦旬日，非可定拟为之。夫正史久已昭垂，而犹注之者，非欲著其所未明，详其所未备乎？天文，职官，地理，制度，典章，代有不同，本书有志，可无费词。若其无之，则非注不能明了矣！其未备者，亦非即为病；昔人去取，不无意义；诸家异闻，必有汰削，或始末未赅，或存舍未审；故当博收旁证，即本书去取之旨益明；此注所由作也；非是则无须矣，然注家得失，亦有可言。弇陋者，失在简而多阙。繁博者，失在滥而鲜当。此其蔽也。大小颜注《前汉书》，刘昭李贤注《后汉书》，裴松之注《三国志》，胡三省注《通鉴》，可谓善矣！《前、后汉》自有志；地理职官制度可无详，而前人犹多所援引。《三国》《通鉴》本无志，故注者考证益详,此后人所当取法也。然考《通鉴》上采千数百年之事,卷帙已富,则注不容更繁。《三国》卷轴无多,则注不妨广博。此又相体为通,不可不察也。元明以来,学人著书,但严取义,而事实辄从疏略,读者病焉!乃矫之者又但尚广博而昧于体裁;苟能两祛其蔽,斯为善耳!李清注《南北史稿本》已见;此是李清自修《南北史》耳!李乃明季人,相沿元明人习气,妄以本书书法失当,辄凭己见任意删改原文,而自注其下;荒略武断甚矣!本朝彭文勤因徐无党旧注《五代史》,过于荒略;欲更搜讨古书,凡关五代事实者,悉为援引以成补注。然文勤亦仅发凡起例;更以属之刘金门先生。五代距今千余年耳;当时书籍已多放佚。"见《与童石塘论注南北史书》。"往在杭州金门先生学使署中,见彭补注,大约以薛书割裂,分系欧史每条之下;而于他书少所征引。窃谓欧《五代史》体严义精,考博家漫谓其纪事疏略,不如薛书之详,为可叹也!盖公未作此书,先为《十国志》,原亦多取繁载;及与尹师鲁论之,乃大芟削改并为正史,初与师鲁分撰,后独成之。公在夷陵,与尹师鲁书云:'开正以来,始以无事治旧史,前岁作《十国志》,务要卷多;今若变为正史,尽宜芟削,存其大要。至于细小之事,虽有可纪,非干本体,自可存之小说,不足以累正史。数日检旧本,因尽芟去矣!'此可见公载笔之精义。又云:'师鲁所撰,在京师不曾细看;路中细读,乃大好!师鲁素以史笔自负,果然!河东一卷大妙,修本所取法。'是公此书,经与师鲁商榷,从其芟削者也。至云'修本所取法';时公以文章自命,上追龙门,而虚心如此!至和二年,与徐无党书云:'《五代史》,昨见曾子固议,今重头改换,未有了期。'则又经与南丰商榷而改定之者也。又皇祐五年,与梅圣俞书云:'闲中不曾作文,只整顿《五代史》,成七十四卷,不敢多令人知。'盖是书初成,人见其简,必多议之者,故不欲轻以示人;及后始从南丰说而自改定。然则此书以著五代之得失为本;其事实繁琐,无关法戒者,固非正史之所宜载。若夫典章制度,则有志在;纪传中不必淆入;而五代纷纷,为国日浅,制度盖无可言,故并不立志。世人浅见,喜广异闻,以为详备,乃谓公学《史记》，故为高简；不顾事实阙略，岂非不辨正史载记之各有体裁而轻议昔贤乎！今注称徐无党撰，或疑其陋；然公与徐书，已言作注之难，则未必后人讹撰；安知非以公当日意在简严，即注亦不取繁芜耶！然鄙意作注与著书不同；而注史尤与注经不同。盖著书病在芜杂。注经病在支离。注史者，旁引广证以存事实，正可多引本书所不载，使人得以观其去取之意，抑何害乎！昔刘昭既有著《续汉志》，以刘昉注《后汉书》一百二十卷，仅及范书所见，乃更搜广异闻，作《后汉书补注》五十八卷，可云宏富！而刘知幾讥之，《史通·补注》篇云：'蔚宗之芟《后汉》也，简而且周，疏而不漏，盖云备矣！而刘昭采其所损以为补注，言尽非要，事皆不急。'知幾此言，可谓精史体者；世俗纷纷，争咎蔚宗欧公之缺略，当以此说示之；而其责注家不当广引为非体，无乃过乎！愿更深味欧公命笔之意以立其本；而于薛史外，更博考别史载记，如王禹偁《五代史阙文》、陶岳《五代史补》、马令陆游《南唐书》、龙衮《江南野史》、陈彭年《江南别录》、张唐英《蜀梼杌》、钱俨《吴越备史》之类，参比之以存其事；搜讨于诸家，如司马公《通鉴考异》、吴缜《五代史纂误》、朱子《语类》、胡三省《通鉴注》、胡一桂《十七史举要》及近代杭大宗钱莘楣《廿二史考异》之类，缕析之以证其文；务揭所长，勿讳所短。"见《与徐六襄论五代史书》。

其论古诗独存于乐府曰："《书》曰：'诗言志。歌永言。'古人诗与乐合，未有不可歌者，故贵乎长言永叹。《记》曰：'情动于中，故形于声，声成文谓之音。'孔子曰：'诗可以兴、观、群、怨。'声音之道微矣！故诗之不可以歌，不得为善诗。歌之不能以感人，不得为善歌。夫《三百篇》，多愚夫妇之所讴吟。其人岂尝习金石、谙宫商之奏哉？然而自合于乐者，天籁也。后人不求自性之真籁，而摩古人之音节，即之愈真，去之愈远矣！汉魏以后，诗与乐分，其道遂亡！流变至于唐宋，古意益远，无复永言之旨；兴、观、群、怨，鲜有合焉！独乐府一体，可见古人遗意；为其据事写情，感深语挚，辞直而思曲，节短而音长，意有怨抑，语无褒讥，使人闻声自不能已，是其至也！然其体亦自有二：如郊祀、房中、铎舞、巾舞等词，皆文臣所作，故多润色，极奇古奥驳而不能起发人意；盖其源出于雅颂。若铙歌、瑟调、杂曲，则采民间歌谣为之；此皆人情天籁，无假修饰，最有兴观群怨之旨，即古之变风也。历代文士最喜为之；鲍明远、李太白为最；元次山、韩退之、孟郊、张籍次之。惟杜子美、白乐天，则师其体而不用其题，自为新声以写世事；论者以为转得古意。自是乐府又为二派。明人诗称复古，作者集中，无不以拟古乐府居首。其善用变者，惟王弇州而已！余幼读诗，则喜言兴观群怨大意；每至《谷风》《式微》诸诗，未尝不流涕反覆！及阅汉以来乐府歌谣，辄低徊永叹，以为古诗之存，独有此耳！”见《诗集谣变序》。

其论诗以李、杜、韩、苏为极诣曰：“诗有可以学而至者，有不可以学而至者；有可以悟而得者，有不可以悟而得者。格律之精深，声响之雄切，笔力之沉劲，藻饰之工丽，此可以学而至者也。意趣之冲淡，兴象之高超，神境之奇变，情韵之绵邈，此不可以学而至者也，非悟不能。若夫忠孝之怀，温厚之思，卓越之旨，奇迈之气，忽而沉挚，忽而激烈，作之者歌哭无端，读之者哀乐并至；是则天趣天籁，又岂可以悟得者乎！汉魏以前是已！盛唐作者，妙悟为多。李杜二公，可悟不可悟之间者也，天与学两至之矣！昌黎眉山，则其诗也，即其文也；去风骚、汉魏之音远矣！虽然，性情正，胸襟旷，才力峻，问学博，得之于心，应之于手，举人世可惊可喜可哭可笑之事，一于诗发之；千载以下，读其诗，如见其人，如见其世；此则天与人合，不学焉不至，不悟焉不得，而实不关乎悟与学者也；夫如是，则其文也，皆其诗也；所以并称于李杜也！世之为诗者，其以学至耶？以悟得耶？抑不由学与悟而得之天也？明何李之论诗，以学至也；学之失，则有形合神异者矣！王阮亭之言悟，捄其失也，而非废学也；悟之失，则又有以不至为至，以不得为得者矣！沈归愚是也。于是钱箨石翁覃溪辈，思有以振之，取杜与苏，日伐其毛而洗其髓；于杜苏则有功矣，要亦言其辞句体制耳；有不得而言者，二君未由及之也！故二君之诗，虽异俗学之浮声，实亦古人之游魄;天趣天籁,吾未之见也!真气不存焉耳!近一二名贤,取材六朝,而借径于少陵眉山;其家法,吾莫能非也;然而有剪彩为花,范土为人者矣!门下从而和之,出入攀援,自以为工。吾读其诗,泛泛然不能得其人与世也;不得已而强指之,则曰某者六朝,某者杜,某者苏而已!”见《张南山诗序》。

其论杜诗曰:“七律诗五六两句最难工;以上四句雄骏直下,至此力竭,气难转运故也。昔人论此,推义山《马嵬》一首;其五六云:‘此日六军同驻马,当时七夕笑牵牛’,盖用逆挽法也。然此法亦本少陵。《诸将》第一首云:‘见愁汗马西戎逼,曾闪朱旗北斗殷。’第二首云:‘胡来不觉潼关隘,龙起犹闻晋水清。’义山实本于此;盖以锁上斗转,更开收结,章局既变化,而气骨益见开拓;此等当从《国策》《史记》来。如《史记》叙荆轲刺秦王一篇,而秦法云云,忽然拓开,即此法也。杜七律当以《诸将》第一,《秋兴》次之,《咏怀古迹》又次之。若《白帝城最高楼》及《暮归》二首,虽是拗体,而雄炼自然,老横无敌,笔力真可屈铁,无一弱字,岂非空前绝后!后来得此种奡兀之妙者,惟山谷一人而已!东坡亦间有之,而沉雄不及,惟得其横放耳!太白登谢朓楼诗,末云:‘人生在世不称意,明朝散发弄扁舟。’杜《暮归》诗末云:‘年过半百不称意,明日看云还杖藜。’语意极相似,而气象迥然不同;李则豪放,杜则悲壮也。”见《识小录》。

其论清人诗曰:“国朝诸公,病明代复古之弊;乾隆嘉庆以来,多避熟就生以变其体;大约不出苏黄二公境中,究未能自开生面也!古今作者,文质相宣,繁简递嬗,要当抒轴性情,雕绘景物,风骨坚壮,才思高翔,格高体正,绝除卑俗,则其善也!若必以常见为非,力求新异;即明珠白璧,等诸瓦砾;特牲太牢,不登肴俎。此乃赋七之奇,岂复言志之旨;虽复自矜沉奥,及乎群辈为之,久更生厌,犹然炫烂之极,归平淡耳;前后易观,何足深讥乎!”见《鹰青诗集序》。“至于论诗,自以阮亭为正,所谓妙悟天成也;乃其自运,又失之靡弱;虽力追唐贤,实则不异金元诸家;识者谓学似遗山,才力微不逮焉!归愚以吴人言诗，颇能脱去纤秾，别裁伪体；而才质凡近，骨力不腾，每多死句滞意！近世虚憍之流，又以其有豪艳狷薄，伤风败俗之辞，倡导后生，自比铁崖。然铁崖当日已有文妖之目，斯又下矣！又有工应试举诗者数家，能以唐音入于体制；于是学者又相仿效；及取全集观之，则所谓古近体者，犹然应试举诗也！又或真情不足，假故实以文疏舛，由温李之余波，益加繁博，自矜选体；而不知与曹、刘、沈、谢有天壤之殊，其甚者，乃更孜孜考证，好古搜奇，破碎繁芜；其于文章论说，犹失廉肉取舍之道；而况诗之风雅乎！”见《孔蘅浦诗序》。

其论文以八家为涂轨，以沉郁顿挫为极诣曰：“文章一事，盛于周秦，衰于建安。自士衡《文赋》子桓《典论》出，而斯道为之极坏矣！周秦以上，惟六经之文，大纯无疵。诸子亦各出其瑰玮之言；大抵义丰词约，气固神完，以道为标，以志为的；采其一言，终身可行；究其全归，六合不尽；是以繁简微显，荡志惬心；凡所修辞，立诚为本。自贾、董、扬、马，恢张宏肆，已觉词胜于义，气王于神。建安以来，则专精词赡，而高古坚朴之意尽矣！然风骨矫骞，神气遒迈，创语造意，廉杰精奇，誓不相袭；盖道衰而文盛，亦升降之大端也！唐宋诸贤，有见于斯，然望道未至，果于自矜，修辞之工，或反不逮；特其取义甚正，立体尤严；譬诸乐然，虽非清明广大之奏，已绝烦数淫滥之音矣！先正论文，所以必主八家，非谓文章极于八家；谓八家乃斯文之涂轨耳！斤斤一先生，不敢失其趋跄謦咳；又岂八家之意哉！”见《复方彦闻书》。“古人文章妙处，全是沉郁顿挫四字。沉者，如物落水，必须到底，方著痛痒，此沉之妙也；否则仍是一浮字。郁者，如物蟠结胸中，展转萦遏，不能宣畅；又如忧深念切，而进退维艰，左右窒碍，塞阸不通，已是无可如何，又不能自已；于是一言数转，一意数回，此郁之妙也；否则仍是一率字。顿者，如物流行无滞，极其爽快，忽然停住不行，使人心神驰向，如望如疑，如有丧失，如有怨慕，此顿之妙也；否则仍是一直字。挫者，如锯解木，虽是一来一往，而齿凿巉巉数百森列，每一往来，其数百齿必一一历过，是一来凡数百来，一往凡数百往也；又如歌者一字，故曼其声，高下低徊，抑扬百转，此挫之妙也；否则仍是一平字。文章能祛其浮率平直之病，而有沉郁顿挫之妙，然后可以不朽；《楚辞》、《史记》、李杜诗、韩文，是也。嗟乎！此数公，非有其仁孝忠义之怀，浩然充塞两间之气，上下古今穷尽情态之识，博览考究山川人物典章之学，而又身历困穷险阻惊奇之境，其文章亦乌能若是也哉！今不惟数公之所以为人，而惟求数公之所以为文，此所以数公之后，罕有及数公者也！”见《康輶纪行》。

其论清人文曰：“古人文章，所重于天下者，一以明道，一以言事。理义是非不精，则道敝。利害得失不核，则事乖。然理义可以空持；利害必以实验，故言事之文为尤难也。唐之陆宣公，宋之苏文忠公，皆善言政事者，文与实俱茂焉；他人为之，非诡则萎矣！本朝作者，如方望溪朱梅崖能为古人之文，海内无异辞也！望溪之后，有刘海峰及吾家惜翁。梅崖之后，则称鲁山木。山木又自以所得者就惜翁商榷之；其文章渊澹处，真可以追古人矣；而政事之文，特为茂实，所陈得失利害皎如也。”见《重刻山木居士集序》。“山木之甥陈硕士诗文醇雅，得惜翁正传。然硕士殊推上元管异之同，比之六祖，而自居秀上座。余谓吾桐方植之东树、刘孟涂开、上元梅伯言曾亮及异之，皆惜翁高足，可称四杰。”见《感怀杂诗自注》。“然孟涂异之皆蚤卒。植之著述虽富，而穷老不遇，言不出乡里。独伯言为户部郎官二十余年，植品甚高，诗古文无与抗行者！以其所得为好古文者倡导，和者益众；于是惜翁之说益大明。”见《惜抱先生与管异之集跋》。

其论姚鼐《惜抱轩诗文》曰：“《惜抱轩诗文》，皆得古人精意。文品精洁似柳子厚，笔势奇纵似太史公；若其神骨幽秀，气韵高绝，如入千岩万壑中，泉石松风，令人泠然忘返，则又先生所自得也！或谓文学六一。余意不尔！集中文以记序墓志为最。铭辞不作险奥语，而苍古奇肆，音节神妙，殆无一字凑泊。昔范蔚宗自称其《后汉书》论赞，以为奇作。吾于先生碑铭亦云。”“文章最忌好发议论，亦自宋人为甚。汉唐人不然！平平说来，断制处只一笔两笔，是非得失之理自了；而感慨咏叹，旨味无穷；此盖文章深老之境，非精于议论者不能；东坡所谓绚烂之极也！先生文不轻发议论，意思自然深远，实有此意；读者言外求之！""诗以五古为最！高处直是盛唐三昧，非肤袭貌取者可比！七古用唐调者时有王李之响，学宋人处时入妙境，尤不易得！七律功力甚深，兼盛唐苏公之胜。七绝神俊高远，直是天人说法，无一凡近语矣！""五古中如《送演纶归里》《邳州黄山》二首，俊逸神到，居然太白！《景州开福寺塔》一首，岂逊盛唐诸公《慈恩寺塔》耶！他如《山寺》《题沈学子步屧寻幽图》《赵北口》《舟中作》《吴成桥》《南旺湖》《岳麓寺遇刘朴夫》等作，神似崔王。《田家》一首，虽学渊明，却近储大祝。《由桥头驿至长沙》一首，则步骤大谢；《九日渡湘水》一首，则小谢也！""七古中，《泖湖渔舍图》《送朱子颖之淮南》《送余扶重游武昌》等作，是东川龙标逸篇。《酬胡君唐伯虎匡庐瀑布图》《赠沈方谷唐伯虎赤壁图》等作，横逸之气，直逼太白。《万寿寺松树歌》《沈石田画桧歌》《赠钱鲁思》等作，则沉壮苍老，入少陵之室。若《元人散牧晚归图》《延祐元年江西乡试卷》《魏三藏菩提流支译金刚经拓本》《新城道中书所见》《唐人关山行旅图》等作，则东坡得意之篇，真杰作也！七律中，全篇如《古意》，效西昆体。《出塞》《南朝》《金陵》《晓发河上杂诗》《彰德怀古》《吊王彦章》《怀刘海峰》《怀王禹卿》《临江寺》等作，皆沉雄高浑，调响气劲，唐音之尤者。若《清苑》《望郎山》《漫兴》《泥汊阻风》《谢简斋惠黄精》诸作，则尤苏黄妙谛也！佳句尤多！七言如：'伊阳风雨从中出，洛下山川向北多。''行穷南汶山初见，吟到澄江叶尽飞。''斜阳万里背人去，落叶千声与客悲。''寒吹满空云出塞，暮天无色日平关。''寒潮不隔中原望，白日遥悬大海流。''沧海雾摇孤月上，青天影合二流来。''中原日落关城白，西楚河来天地黄。''春草不知韩信来，秋风曾到项王台。''千秋遗迹寻黄石，一片寒阳下白楼。''屠市故人从偶语，屏风侍史不知名。''紫陌莺花故人陕，黄河风雨郡城楼。''归人夜夜听山雨，落雁声声下郡楼。''尽室相看浮汶去，数山如画入船来。''贾舶霾云吹暗浪，佛图悬日照空矶。'

'藏史著书归苦县,祠官侍礼在甘泉。''安定有城名第一,陇西出将每无双。''十月清霜天地肃,一江空水古今寒。''南国市朝非曩日,西风阑槛又经年。'五言如:'水澹松兹郭,月生天柱峰。''河水流中国,寒阳下塞门。''连峰渤海外,流畎穆陵西。''筒水浇青圃,檐风陨白花。''单车度淇水,秋雨绿王刍。''闭门生径草,空砌堕邻花。''风丝垂缢女,雨蔓长牵牛。''连朝江路冷,数点岸花春。''帆势遥投戍,涛声故近人。'凡数十联,皆精深华妙。七言绝句如《送人往郧》《出湖口》《淮上有怀》《留别扬州诸君》《湘阴》《江上送吴殿麟》诸首,在唐人中犹为高作。若《黄河曲》二首,则'黄河远上'之亚。秦汉宫辞,即似龙标。竹枝等篇,何殊梦得。若明贤中,使王李见之,能不击节耶!"见《识小录》。所以阐扬姚鼐之学者甚尽!要删其语以俟考论。

柏枧山房文集十六卷 续集一卷 骈体文二卷 诗集十卷 续集二卷

上元梅曾亮字伯言撰。曾亮,道光壬午进士,官户部郎中,以为古文有名京朝。其诗文集,乃其同年友江南河道总督杨以增,以咸丰五年为刻于清江节署而祝七十之寿者也。曾亮少好骈体文;年近三十,始事姚鼐以肆力为古文,不事涂饰而选言有序。惟姚鼐洁而适。曾亮洁以峻。姚鼐纡回荡漾,余味曲包。曾亮抑扬爽朗,余地力破。独其论议切核,善剽剥古今;盖以半山之瘦劲拗折,参永叔之纡徐委备,于姚氏为得师法。传志之文,则辞喜简练,而事贵刻画,与姚氏之容与闲易以摄虚神者,蹊径不同。若夫容与闲易,余味曲包者,集中亦时时遇之,如《观渔》、《读庄子书后》、《费昆来西园感旧图叙书后》、《韩氏藏明题名录书后》、《江亭消夏记》、《通河泛舟记》、《侯子有先生墓志铭》、《男八十墓碣》、《邹孺人墓表》、《舒伯鲁集序》等篇,率以出真,淡而有味,可谓步趋姚氏而得其神髓者也!骈文则意境尚沉郁,而气调欠岸异，辞句不新丽，然有意鲍照刘峻之遒警，而不为徐陵庾信之华艳者也。诗则汰肤存骨，由瘦得坚，以崚嶒出妥贴，以清削见识趣，盖亦衍韩退之黄山谷一派；然无退之之大力控抟，亦无山谷之拗调诘屈，此其较也。采录可诵，篇目如左。

诗类　赠胡圣基　哭幼弟曾诰　秋怀五首　呈管异之　偕异之游东城　避暑过管异之斋是日小雨未成同坐者朱干臣吏部马韦伯茂才侯振庭舅氏　赠左匡叔桐城　放歌行示植之异之韦伯彦勤弟暑甚与钮非石顾千里夜坐　岁暮感旧用东坡聚星堂雪韵　题陈仰韩读书秋树根图　秋日偶书　春日杂咏　过滕县作时县令赵毓驹贵州人　暑甚喜雨　自都中赴栾城省视家弟仲卿　方子范故园樽酒图　出京自德州赴历城泥水失路　回宣城谒墓夜泊江宁镇作　铜井泊舟　薛家渡夜泊　苦雨作　急雨歌　六月十五日柏枧山飞桥纳凉作　归舟至江东门　过方村晤外兄崔芝田自郡城赴坐吉村过峄阳桥　村中杂咏　夏日杂咏　和明叔见怀用其韵不复次　和瑄香地楼看雪韵　过当涂黄山寺　为人题跨牛图　题许心梅如意图　题张渊甫图　得家书口号寄仲卿彦勤弟及淑仪妹　偶出　买书四友歌　赠黄景濂友莲　赠李莲舫冬夜偶成二首　送黄香铁归岭南　赠邹松友　程春海侍郎人日雪后招饮龙树寺中　赠陈小松　悼汪均之　七月十七日作　书示张生端甫　赠冯鲁川　和余小坡躄翁诗　赠余小坡　追悼程春海侍郎　即事呈伯韩小坡鲁川　可叹　悼柏云伯父　也似　种竹　题戴云帆寒斋味雪图　与方慎之夜话寄示仲卿弟　苦雨作　喜晴　和邵位西游书肆诗　和吴箹庵枕上偶成　苦雨叹四首　为蔡友石先生题董羽六龙图　钟山寒烧　腊八粥　送穷　燕行九村居无书无墨无砚无纸无衣作六无叹　示家人　有客　杂咏　当书　杂咏　赠杨至堂　七十自嘲　三月十日看花作　秋虫　有客

骈文类　姚姬传先生八十寿序　答惠川书　寄汤燮堂书　吊梁武帝

文　书陈保田男文保圹铭后　普洱茶赋

论说类　士说　韩非论　民论　观渔　晁错论　刑论　臣事论

序跋类　钮非石非石子书后　秦远亭诗书后　读庄子书后　梅氏宗谱书后　费昆来西园感旧图叙书后　董文恪公诗集叙　桑弢甫先生集叙　繁昌县志叙　抚吴草序　缘园诗序　管异之文集书后　陈拜芗诗序　黔记序　郭羽可竹册跋　韩氏藏明题名录书后　朱蕴山诗序　刘帘舫先生行状书后　帝鉴图诗序　阴晋异函序　叶耳山遗稿书后　孙秋士诗存序　耻躬堂文集序　阮小咸诗集序　舒伯鲁集序

书牍类　上汪尚书书　覆上汪尚书书

赠序类　赠陈仰韩序　赠汪平甫序　送姚建木序　送张梧岗序　送张渔篁序　赠孙秋士序　送马止斋序　送蔡友石先生序　秦稚堂五十寿序　邓嶰筠先生七十寿序

传状类　书杨氏婢事　侯起叔先生家传　书李林孙事　叶应传　汪泊斋先生家传　书邓中丞决狱事　鲍母谢孺人家传　艾方来家传　总兵刘公家传　王刚节公家传　栗恭勤公家传　秦省吾家传　黄个园家传

碑志类　侯子有先生墓志铭　王惠川先生墓志铭　男八十墓碣　朝议大夫贵州遵义府知府胡君墓志铭　崔恭人墓志铭　黄先生墓表　陈师吾墓志铭　光禄大夫兵部尚书王公墓志铭　朝议大夫台湾府知府盖君墓志铭　汤府君墓表　诰封中宪大夫安襄郧荆道即墨县教谕杨府君墓志铭　原任予告大学士戴公墓碑　方彦闻墓表　朱仁山墓志铭　汤海秋墓志铭　朱孺人墓志铭　馆陶县知县张君墓表　邹孺人墓表　驰赠奉直大夫陈府君墓志铭　翁母张太淑人墓志铭　国子监学正刘君墓表　朝议大夫南昌府知府吴君墓志铭　胡母龚宜人墓志铭

杂记类　游小盘谷记　钵山余霞阁记　周石生授经图记　记棚民事　谒墓记　冯晋渔舍人梦游记　游瓜步山记　吴淞口验功记

昼樵夜读图记　江亭消夏图记　宣南夜话图记　通河泛舟记　金山寺藏鼎记

右诗八十首，骈文六篇，古文九十二篇。论学不喜汉学，而以义理为无与文事；论文独贵汉文，而以诵读为急所先务；或出师说而不必尽同。

其论宋明人语录曰："向于性理微妙，未尝窥涉；稍知者，独文字耳。昔孔子之门，有善言德行者，有善为说词者，此自古大贤不能兼矣。谓言语之无事乎德行，不可也；然必以善言德行者，乃得为言语，亦未可也！庄周列御寇及战国策士，于德行何如？然岂可谓文字之不工哉！若宋明人所著语录，固非可以文词论，于德行亦未为善言者也！窃以为读古人书，求其为吾益者而已；求其疵而辨胜之，无当也！专求其疵，则可为吾益者寡矣！方其得一说焉，皆自以为维世道，防人心也；然人心久存而不毁者，自有在焉；虽朱陆之是非，良知格物之同异，犹未足为其轻重也。况所辨有下于此者，或前人所已辨而不必置辨者，愈少味矣！"见《答吴子序书》。

其砭清学曰："昔侍坐于姚姬传先生，言及于颜习斋李刚主之非薄宋儒。先生曰：'习斋犹能溪刻自处者也。若近世之士，乃以所得之训诂文字，讪笑宋儒。夫程朱之称为儒者，岂以其训诂文字哉！今无其躬行之难，而执其末以讥之，视习斋又何如也！'昔李文贞、方侍郎苞以宋元诸儒议论，糅合汉儒，疏通经旨，惟取义合，不名专师；其间未尝无望文生义揣合形似之说；而扶树道教，于人心治术有所裨益；使程朱之学，远而益明；虽不必尽合于经，而不失圣人六经治世之旨；则固可略小疵而尊大体；弃短取长，积义成章；治经之道固如是也。后之学者，辨汉宋，分南北，以实事求是为本，以应经义不倍师法为宗；其始亦出于积学好古之士，为之倡；而末流浸以加厉，言《易》者首虞翻而黜王弼；言《春秋》者，屏左氏而尊何休；至前贤义理之学，涉之惟恐其污，矫之惟恐其不过，因便抵巇，周内其语言文字之疵，以诡责名义，骇误后学，相寻逐于小言群说而不要其统，党同妒真而不平其情，安其所习，毁所不见，终以自蔽；此其患未可谓愈于空疏不学者也！”见《九经说书后》。

其论文不尚骈体，而欲参会汉宋曰：“某少喜骈体之文，近始觉班、马、韩、柳之文为可贵。盖骈体之文，如俳优登场，非丝竹金鼓佐之，则手足无措；其周旋揖让，非无可观；然以之酬接，非人情也！”见《复陈伯游书》。“文章至极之境，非可骤喻；以言有用，则论事者为要耳！宋人文明健酣适，然时失之冗。战国策士文，可谓雄矣；然抑扬太甚，有矜气，令人生不信心。简而明，多而不令人厌生者，惟汉人耳！苟得其意，而为宋人之文从字顺，论事之道，莫善于是矣！”见《与姚柏山书》。

其论学文必自诵读入手曰：“古文与他体异者，以首尾气不可断耳！有二首尾焉，则断矣！退之谓‘六朝文杂乱无章’，人以为过论！夫上衣下裳，相成而不复也，故成章。若衣上加衣，裳下有裳，此所谓无章矣！其能成章者，一气者也。欲得其气，必求之于古人；周、秦、汉及唐、宋人文，其佳者，皆成诵乃可。夫观书者，用目之一官而已！诵之而入于耳，益一官矣！且出于口，成于声，而畅于气。夫气者，吾身之至精；以吾身之至精御古人之至精，是故浑合而无有间也！国朝人文，其佳者，固有得于是矣！”见《与孙芝房书》。“罗台山氏与人论文，而自述其读文之勤，与读文之法；此世俗以为迂且陋者也！然世俗之文，扬之而其气不昌，诵之而其声不文，循之而词之丰杀厚薄缓急与情事不相称；若是者，皆不能善读文者也！文言之，则昌黎所谓养气；质言之，则‘端坐而诵之七八年’；明允之言，即昌黎之言也。文人矜夸，或自讳其所得，而示人以微妙难知之词；明允可谓不自讳者矣！而知而信之者或鲜！台山氏能信而从之，而所以告人者，亦如老泉之不自讳；吾虽不获见其人，其文固可以端坐而得之矣！”“诵之而成声，言之而成文，而空疏寡情实者，盖亦有焉！则闻见少而蓄理不富也。故诗之道，性近者皆能工之。古文而成体，非博学而心知其意者不能！”见《与孙芝房书》。

其论陈言务去曰:"文章之事,莫大乎因时。立吾言于此,虽其事之至微,物之甚小,而一时朝野之风俗好尚,皆可因吾言而见之。使为文于唐贞元元和时,读者不知为贞元元和人,不可也!使为文于宋嘉祐元祐时,读者不知为嘉祐元祐人,不可也!韩子曰:'惟陈言之务去';岂独其词之不可袭哉!夫古今之理势,固有大同者矣;其为运会所移,人事所推衍而变异日新者,不可穷极也;执古今之同而概其异,虽于词无所假者,其言固已陈矣!"见《答朱丹木书》。

其论结体贵屈曰:"凡诗阅一二字,可意得其全句者,非佳诗也!文气贵直而其体贵屈;不直,则无以达其机;不屈,则无以达其情,为文词者,主乎达而已矣。"见《舒伯鲁集序》。

其自叙曰:"曾亮年十三四,学执笔为诗文;见时贤集多快语无忌惮,大以为佳!二十余,见王惠川,云:'君博览而不循其本,未终卷,已易他书,不足以为学也!博书当先求其古者;专治一书,熟其神情词气,再易他书;数年后,视近人当何如耳!'其时闻言,面赤汗沾衣也!稍取《史记》,点定两三次;继以《汉书》及先秦子书,渐及诸史;数年前所叹赏者,渐化去无顾藉心!尝除夕,阅旧作诗文不可者,裂然炉中;下布栗子数十,且燃且阅,遂尽无一纸存者;时栗子则大熟矣,作爆竹声,跃起触人面。是后人皆戒子弟以无交梅管两生,两生多误人。管生者,异之也。"见《与容澜止书》。"曾亮少好为骈体。异之曰:'人有哀乐者面也;今以玉冠之,虽美,失其面矣!此骈体之失也。'余曰:'诚有是!然《哀江南赋》、《报杨遵彦书》,其意固不快耶;而贱之也!'异之曰:'彼其意固有限。使有孟荀庄周司马迁之意,来如云兴,聚如车屯,则虽百徐庾之词,不足以尽其一意。'余遂稍学为古文词。异之不尽谓善也,曰:'子之文病杂!一篇之中,数体互见。武其冠,儒其衣,非全人也!'余自信不如信异之深,得一言,为数日忧喜!"见《管异之文集书后》。"昔会课钟山书院,每论文,讼议纷然,忘所事事。异之色独庄,盛言古文。余曰:'文贵词达耳!苟叙事明,述意畅,则单行与排偶一也。'异之不复难曰:'君行自悟之!'"见《马韦伯骈体文序》。

其论诗毋为学所累曰："国初以诗鸣者，王渔洋、施愚山，皆不以考证为学。其以是为学者，如阎百诗、惠定宇、何义门，于学各有所长，而诗非其所好。兼之者，惟顾亭林朱竹垞而已！亭林不以诗人自居。竹垞于诗则求工而务为富者矣；然其诗成处多而自得者少，未必非其学为之累也！尝谓诗人不可以无学；然方其为诗也，必置其心于空远浩荡；凡名物象数之繁重丛琐者，悉举而空其糟粕；夫如是，则吾之学常助吾诗于言意之表而不为所累；然后可以为诗！"见《刘楚桢诗序》。

其论诗贵肖乎吾，当乎物曰："诗至今日，难言工矣！言唐者容，言宋者肆，汉魏者木，齐梁者绮，矜其所尚，毁所不见，舌未干而名磨灭者，不可胜数也！然则孰探其所从生？曰：空而善积者，人之情也。习而善变者，物之态也。积者日故，变者日新，新故环生，不得须臾平，而激而成声，动而成文；故无我不足以见诗；无物亦不足以见诗；物与我相遭，而诗出于其间也。今以吾一人之身，俄而廊庙，俄而山水，俄而斋居，俄而觞咏，将拘拘然类以居之，派以别之，取古人之所长而分拟之；是知有物而不知有我也！若昧昧焉不揣其色，不则其声，而好为大，曰不则其境隘；好为庄，不则其体俳；好为悲，不则其情荡；是知有我而不知有物也！知有物而不知有我；则前乎吾，后乎吾者，皆可以为吾之诗，而吾如未尝有一诗！知有我而不知有物，则道不肖乎形，机不应乎心，日与万物游而未尝识其情状焉；谓千万诗如一诗，可也！然则诗恶乎工？曰：肖乎吾之情性而已矣！当乎物之情状而已矣！审其音，玩其辞，晓然为吾之诗，为吾与是物之诗，而诗之真者得矣！"见《李芝龄先生诗集后跋》。

其论诗不规规于一家，乃为善学一家曰："吾尝谓东坡之诗，出于刘梦得，而读者或不能知。盖有过乎前人之材，而所旁涉者，又广博而无涯涘；故使人移易耳目而忘其源流之所自出；古之善学人者，固皆如是；不独东坡然也！法可庵于诗，盖深学东坡而不规规于一人一境，且旁及大历以下诸子，游其思而博其趣；故所作得东坡清旷之气，而运以唐贤之调适澹沱；亦时有感激振厉；而离合微至，不大声色。

然则东坡之于梦得，其所学有高出于梦得者，而可庵之于东坡，其所学有不专于东坡者也。惟其不专于一人也，乃合乎东坡之所以学梦得，而为善学古人也！”见《法可庵诗序》。要删其语，以备考览。

因寄轩文初集十卷　二集六卷　补遗一卷

上元管同字异之撰；附《小异文》四篇，为其子嗣复所著。同好谈经世之学，而文章则师姚鼐。鼐以古文名一世，少许可；顾独称同。而同自以意为古文，故不之袭也！道光乙酉举于乡；公车辄报罢，无所用其学；则退论天下大计，洎流极所至，往往若逆睹：若所拟《风俗》《积贮》及《与凤阳守令》诸书议，是也。是故同学于姚氏，自陈用光梅曾亮，类率相推下；非特以其文也！即言乎文，其劲气峻骨，亦绝出流辈云。所著有《七经纪闻》《孟子年谱》《文中子考》《战国地理考》《皖水词》等书。其《文集》，则其乡人安徽巡抚邓廷桢以道光十三年，为刻于皖中，而属曾亮编校。同以前一年卒，年四十七。邓廷桢亦姚鼐弟子，与同为同门，而序其集曰：“桢为诸生时，肄业钟山书院，从姚姬传先生游。先生古文为一时宗匠，慎所许可；惟亟称吾友异之以为得古人雄直气。同年陈石士侍郎亦为姚先生弟子；而异之即侍郎己酉所得士。侍郎每为余言，不以持节校两江士为荣，而以得一异之自憙也！及桢巡抚安徽，延异之为儿子师，益悉其底蕴。盖宋以后，言文者约有数派：司马子长之文，雄阔而澹远。得其澹远者，欧阳庐陵也；而归熙甫继之。董生刘子政之文，浑噩朴茂。曾子固朱文公取之。苏长公取《国策》《庄子》而参以班孟坚。明允之文，峻厉严切，甚似贾生，其原出于韩非荀子。能学孟子者，惟昌黎而已！长公之学，盛于南宋，而师明允者甚少！学庐陵而兼子固者，方望溪；学庐陵而兼长公者，刘海峰也；然皆不及熙甫！姚先生文师庐陵而上溯子长，故与熙甫皆神似庐陵而不以貌也。异之学于姚先生，而文似明允；其平居亦未尝诵法宋人，独好贾生。不好明允而好贾生，所以能明允欤！师姚先生之文而不袭其派，此先生所以以文事深许欤！”集中《与友人论文书》，称“与其偏于阴也，无宁偏于阳”；则与姚鼐言“文章之境，莫佳于平淡，措语遣意，有若自然生成者，此熙甫所以为文家之正传”；《与王铁夫书》。而“文之雄伟而劲直者，必贵于温深而徐婉”，《海愚诗钞序》。意趣迥殊。今观其文章，工于持论；如集中论议书疏诸类之文，深切喜往复，而特瘦折曲达，无不尽之情与理；其言峭以肆，虽不如鼐之纡徐委备，而得其一体，足与梅曾亮伯仲者也！题跋如《读晏子春秋》、《读墨子》、《读司马法》、《读六韬》、《读汉书货殖传》及《重修甘敬侯墓碑记跋》诸篇，辩证而成章以达；辞笔简峻而波澜澹荡，其原出于柳宗元经子诸跋；而与鼐《左传补注序》、《读司马法六韬》、《读孙子》、《书货殖传后》诸篇，意境仿佛似之。传志亦喜以刻画为写生，而辞笔不如梅曾亮之峻重，时失之絜！词赋则以贾谊学屈原，其气喷薄，其辞俶诡，其文也纵而后反。要之同好为峭悍，能为尽而不欲为不尽，与曾亮为同调，于师门为转手矣！采录可诵，篇目如左。

赋类　吊邹阳赋　悼亢宗赋　暑赋

论著类　原仙　除奸　蒯通论　韩信论　范增论上下　禁用洋货议　说士上下

序跋类　读晏子春秋　读司马法　读六韬　读汉书货殖传　重修甘敬侯墓碑记跋　舅氏邹君诗稿序　严小秋诗词集序　许叔翘文集序　书李伯时圣贤画像后　书李伯时白描追龛图后　姚庚甫集序　饯秋倡和诗序　陈竹如诗序　书梅伯言马韦伯诗后　跋团勇助军约记

书牍类　拟言风俗书　拟筹积贮书　拟与凤阳守令书　与朱干臣书　与吴仲伦书

赠序类　送李理问序　送朱干臣为浙江按察使序　赠汪孟慈序　送李海帆为永州知府序

传状类　先大父家传　王砺可家传　邹梁圃先生传　罗彬文传　资

政大夫刑部右侍郎致仕王公行状　附小异张炳垣传

碑志类　举孝廉方正李君墓志铭　资政大夫兵部侍郎都察院右副都御史总督江南河道黎公墓志铭

杂记类　登扫叶楼记　过关山记　宝山纪游　饿乡记　灵芝记　包孝肃公像记　安徽巡抚部院题名记代　观潮图记　抱瓮园游宴记　继园记　附小异书汪马二秀才书

颂赞类　画龙赞　欧阳文忠公画像赞

祝祭类　祭方明府文　祭王秀才文　祭赵司马文代　祷雨龙神文

右文六十二篇。综其所学，解经兼综汉宋，此与姚鼐同也。论文偏尚阳刚，此与姚鼐异也。

其论《尚书·洪范》曰："《洪范》三德之章，自'一曰正直'至'高明柔克'，其义止矣；而其下忽缀以'惟辟作福'至'民用僭忒'之辞，于三德何相关涉？初读而甚疑之！及后观韩非《有度篇》载先王之法曰：'臣无或作威！无或作利，从王之指。无或作恶，遵王之路。'始知此十语乃《皇极章》文；旧本在'无偏无颇'之上，而编书者乱其次耳！《皇极》一章，言人君有锡福之事，故承上言人臣毋作威福，而所当得为者，绝偏颇以遵王之义也；苟作福焉，则作好而不遵王道；苟作威焉，则作恶而不遵王路；如此连属，其文义致为通贯；知古书本必如此尔！及汉后，简编失错，马郑辈乃不能晓；其解三德，乃以诛治人臣为说。夫《左氏》宁嬴引《尚书》刚克，明言治性；安得以为治人！盖不悟简编有误，遂并其本不误者而亦牵率解之矣！"见《答孙渊如观察书》。

其论解经曰："朱子解经，于义理决无谬误；至于文辞训诂名物典章，则朱子不甚留神，其中不能无失！义理之得，贤者识其大也。文辞训诂名物典章之得，不贤者识其小也。世之善学者，当识大于朱子，识小于汉唐诸儒及近代经生之说；而又必超然有独得之见，然后于经为能尽其全体而无遗。求胜焉，曲徇焉，非私则妄；均之无补于经也！"见《答陈编修书》。

其论《司马法》曰："姚姬传先生尝谓今《司马法》为东晋后伪书，

非汉人所言之本。同谓今《司马法》后二篇文甚古，恐非东晋后人所能伪作；若前三篇，则其辞诚浅，不可谓之洪阔深远矣！然考魏武序《孙子》，引是书云：'人故杀人，杀之可也。''故杀'，谓有意杀人；今律文犹有是语。今本乃于'人'下增'是'字，而'杀人'下增'安人'二字；则其上语意不可复通。又今本云：'国容不入军。军容不入国。军容入国，则民德废！国容入军，则民德弱！'上二语见《汉书》，下四语，始亦疑其伪作。及观刘渊林《吴都赋注》全引是文，而'民德废'，作'民德粗'；'粗'与'弱'对，且语意绝精；作'废'者乃以字形相近而讹。乃知古书庸浅，大抵传久舛误；而浅者以意增损其间耳；非其书本固然也。夫作伪者不能无依据；故采撷他书，十常八九。今《司马法》于《汉书》《周礼注》所引之文，同者仅十一，而不见者且十八九焉；使其作伪，夫岂不知多取之而割弃若斯乎？《汉书·艺文志》《司马法》百五十五篇；及《隋志》乃云三卷。而李善注《文选》所引是书，多同《孙子》之文；然则今之五篇，尚非《隋志》三卷之全；古书所引，多不在其中，盖无足怪矣！又考《隋志》贾诩注《司马法》三卷。今《文选》李注载《司马法》曰：'古者以仁为本，以义治之之谓正。'曹操曰：'古者，五帝三王以来也。仁者生而不名。义者成而不有。'是此书在唐时犹有孟德注，而《隋志》无之。然则古书或著录而亡，或无录而在者，诚亦众矣；未可以篇章语句之不符，而遂疑其伪也！"见《读司马法》。

其论《晏子春秋》曰："阳湖孙督粮星衍甚好《晏子春秋》，为之音义。吾谓汉人所言《晏子春秋》，不传久矣！世所有者，后人伪为者耳！何以言之？太史公为《管晏传赞》曰：'其书世多有，故不论；论其轶事。'仲之传，载仲言交鲍叔事独详悉；此仲之轶事，管子所无也。以是推之，荐御者为大夫，脱越石父于缧绁，此亦婴之轶事，而《晏子春秋》所无也。假令当时书有是文，如今《晏子》，太史公安得称曰轶事哉！吾固知非其本也。柳宗元知疑其书而以为出于墨氏。墨氏之徒，去晏子固不甚远；荀所为，犹近古；其浅薄当不至是！是书自管、孟、荀、韩下逮韩婴、刘向书，皆见剽窃；其诋訾孔子事，本出《墨子·

非儒》篇；为书者见《墨子》有是，意婴之道必有与翟同者，故既采《非儒》篇入《晏子》，又往往言墨子闻其道而称之；是此书之附于墨氏，而非墨氏之徒为是书也！且刘向歆、班彪固父子，其识皆与太史公相上下；苟所见如今书，多墨氏说；彼校书胡为入之儒家哉！”见《读晏子春秋》。

其论《离骚》曰："同幼好是书，广览诸注，尚愧不能尽晓；后乃愤发，舍注而专诵本文；诵之仅百余过耳；第觉其书辞义显，始终条理，无世所云难晓之处也！既又取注以解之，则不可晓者如故；然则是书岂有难晓哉！注累之也！古今注《骚》者，如王逸洪兴祖，其用意固已勤矣！大要专心名物训诂，置意不求。朱子欲求其意者也，牵于兴赋，亦不能尽得。至近世若张凤翼、林云铭，盖无足道矣！夫注《骚》者，节次不分，则言辞多杂；言辞多杂，则意旨不明；是皆读之不精之故耳！而猥谓《离骚》兴寄不一，非可言诠，壹以《史记》所云'三致意'者了之；是使屈子史公交受过矣！首贵分其节次；节次既分，则言辞不杂；言辞不杂，则意旨随之而皆明；虽不敢谓古人之意，必当如此；而其间不得古人之意者，必已寡矣！”见《与梅孝廉论离骚书》。

其论《招魂》曰："旧皆谓《招魂》为宋玉作。太史公赞屈原曰：'予读《离骚》《天问》《招魂》《哀郢》，悲其志。'《招魂》亦原之为耳；岂玉作哉！其文之旨，首言魂魄离散，盖谓故国难安，亦尝有九州相君之志矣；《卜居》所云'心烦虑乱'时也；顾以义不可去，故招使归来。然招之必托于帝告巫阳者何也？孝子之于亲，天性也；忠臣之不忍离君，亦天命而已！其文之中，至乱辞之首，乃盛陈楚邦繁盛，则意讥顷襄，犹庄辛论幸臣之旨；父死于秦，不思报复，而乃逞声色，纵猎游；侈陈之，正以见王之不道而难与有为也。其文辩博闳丽，殊不易晓；故于篇终明见其意曰：'魂兮归来哀江南。'君子之居季世也，欲他去，则于义难安；欲不去，则其忧不可解；在位而极言之，犹冀其君之一悟也；而为君者必屏弃放逐，遏其身而杜其口，虽不去，亦何能为哉！则戚戚焉惟日忧故国之将亡而已矣！哀江南者，即庾信哀江南意也。自王逸以来，率不达其旨，猥以玉招原魂释之。是文首即曰'朕幼清以廉洁’；玉招原魂，而谓原为朕耶！”见《读招魂》。

其论文贵阳刚而戒剽袭曰：“文之大原出于天，得其备者，浑然如太和之元气，偏焉而入于阳，与偏焉而入于阴，皆不可以为文章之至境。然而自周以来，虽善文者，亦不能无偏！仆谓与其偏于阴也，则无宁偏于阳。何也？贵阳而贱阴，信刚而绌柔者，天地之道，而人之所以为德者也！孔子曰：‘吾未见刚者！’曾子曰：‘士不可以不宏毅，任重而道远。’圣贤论人，重刚而不重柔，取宏毅而不取巽顺。夫为文之道，岂异于此乎！古来文人，陈义吐辞，徐婉不失态度，历代多有；至若骏桀廉悍，称雄才而足号为刚者，千百年而后一遇焉耳！甚矣阳之足贵也！然仆以为是有天焉，有人焉；得天之刚，世亦无几；其余必进之以学。进之以学，孟子所云‘以直养而无害’是也。日蓄吾浩然之气，绝其卑靡，遏其鄙吝，使夫为体也常宏，而其为用也常毅；则一旦随其所发，而至大至刚之概，可以塞乎天地之间矣！如此，则学问成，而其文亦随之以至矣！取道之原，六经其至极也；而论其从入之涂，则《公羊》《国策》贾谊太史公，皆深得乎阳刚之美者；诚熟复之，当必更有所进耳！”见《与友人论文书》。“后人为文，不能不师古；上者神合之；次者貌肖之，最下者贩其辞。故曰：‘惟古于辞必己出，降而不能乃剽贼。’何也？以其中不见己作也。荀子曰：‘古之学者聚道。’吾辈生来，才思有几；故惟多见古书；博览而熟诵，重积而迟发，深造自得时，左右逢源，自无陈言到笔下；此非旦夕可为而勉强可致者也！”见《答侯念勤书》。

其论文贵体直而势曲曰：“体不直，不可以为杰；势不曲，不可以为妍；如长江大山，千里万仞，而峰峦岛屿，层见叠起，望之茫然而即之竦然，是故养气必盛，而储思必深。思深矣而气不盛，弱焉而已尔！气盛矣而思不深，平焉而已尔！今夫为文一篇，其始终必贯以一意，此不待能者而后知也；然而按文之首而可测其尾，读文之上而便知其下；其陈义遣辞，纵使明当，而欲执以论文章之奇妙，远矣！世之为文者，亦皆知文章贵乎奇妙，而卒至于弱且平者，何哉？读之不精，而临文时不知迎而距之之说也。仆幼为文章，私持谓文贵宏毅，具所答友人论文书；近乃知文人之心，控引天地，囊括万物，神机阖辟，不知其故，乃为能尽文章之极致，而宏毅乃其一端耳！”见《又答念勤书》。

其论别裁伪体曰：“文辞者，人之所自为也；自为之，则宜有工拙之殊，而不当有真伪之辩。而古之人有言曰：‘别裁伪体’，此何说也？无得于已而剽贩古人，是谓无情之辞。无当于道而涂泽古语，是为无理之作。之二者，是为伪体而已矣！文辞之有伪体，岂独明中叶为然！精而言之，子云之《法言》，犹剽贩也！元和之雅颂，犹涂泽也！设使后世复有删定之圣人，则二者亦必归诸伪体；何者？为其专事诗文，而情理中有不足故也。”见《蕴素阁全集序》。

其论临文下笔，有情有理曰：“偶见陆祁孙《续集》，有与吴仲伦论吾师姚鼐序王惕甫文事一书；检吾师《前后集》无此序文；惟《后集》中有《与惕甫》一书。则同有说焉！吾师之为是书，方植之谓誉之过甚，同亦未以为然！吾师终写而与之者，诱掖奖劝，君子所以成人之美也。惕甫七十老翁，负海内文誉，以文集求张于吾师；实非如后生之求益也！岂得不稍假借之！天下之道，有情有理；徇情而不依理，固非；执理而不言情，必蹈于好刚好直不好学者之所为矣！前辈岂肯出此！昌黎于文，最多徇情之作。《唐书》称韩宏玩寇；而《平淮西碑》云‘都统宏责战益急’。《顺宗实录》备书李实之恶；及自与书，又极口称之。吾师所论者文耳，虽曲笔焉，未若昌黎徇情之害理！况乎其言亦尚有斟酌也！惕甫文诚不能得熙甫之传；而在今日，要为好手！但闻其人狂傲暴戾，不可向迩。祁孙恶其人，遂痛诋其文，谓吾师誉之太过；爱人者爱及屋乌，憎人者憎及储胥，其立论毋乃已甚乎！吾师于当代公卿，不为过誉；作《江上攀辕图记》，但美孙文靖厚于故交；作《王文端神道碑》，数十年宰相一事不书；惕甫，穷老学博耳！何所攀援，何所畏葸，而曲笔谄谀焉，其处此盖必有道矣！仲伦以为反言讥之，亦未然也！”见《与吴仲伦书》。

其论著书不宜自称字曰：“古人著书，必自称名。《易大传》《论语》诸书则每篇称子，其始盖门人所记录；而沿及周末，则无不自子者矣！其在古未必然也！然以周人创之，则其例可用。唐宋人文，则柳子厚称柳子，苏子瞻称苏子，王介甫称王子，依仿古书，其称为有据。若夫字以表德，出于朋友之相呼；《论语》记颜渊子贡云者，大抵他人所载述；古人著书，必无自表其字者也！顷见恽氏《大云山房文集》，动于篇中署'恽子居曰'四字，意甚以为不典！恽氏孤学无师，不足怪！桐城王悔生从海峰游，于此等宜素讲；而集首《孟献子论》亦自署'王悔生曰'；是岂合古人之义法哉！悔生文专学海峰，序事颇有佳者；此则不当律令！"见《题王悔生文集》。

其勖姚鼐之子以继文章绝业曰："庚甫，吾师惜抱先生之冢嗣也；二十举于乡，四十得县令；江南属县仪征、江都、泰兴，皆世所云好缺也；君连得之，不余一钱；既而失官寓江宁，穷益甚！始犹租屋以居，负屋值；主人厌而逐焉，乃移家入书院。所居粪墙土舍，上穴旁穿，不蔽风雨。客至，则君衣垢衣揖坐后，抗声高语，其出如渊泉不竭，多惊绝可喜之论；然久坐或不能具茗饮，客苦之，多不至；庭下草深尺许，岑寂极矣！然君乃更力于学；自义理经济考证，下逮阴阳星命，皆精究焉；而于诗文尤用意。自失官穷居，所作至数百篇，属同为序。嗟夫！同生也晚，不及知君少年事矣！顾犹见君为县令，服蟒服，冠朝冠，设乐于庭，为吾师寿，宾友杂遝，僮仆舆马丽都；今数年耳！吾师门生故旧，富贵者有人；何君乃一穷至此哉！然当君之得意也，其气甚盛，茐乎不知今之有失意也！及其穷也，气不少衰，浑乎不知前之尝得意也！然则如君者，非所谓'素位而行，无入而不自得'者欤！昔韩苏诸公皆自斥谪后，道益进，文益工；同所望君继吾师之绝业者在此！"见《姚庚甫集序》。

其论诗贵遒健曰："《记》曰：'温柔敦厚，《诗》教也。'夫柔也者，情之所以蹈和；健也者，辞之所以取胜；养温柔以为质，积雄健以为文。景星庆云，必无耿耿之光。凤凰鹓鸾，必无啾啾之响。酌之乎雅以范才，养之乎奇以足气，其始也纵其所之；其继也归其所舍；使夫识者观吾之容，肃然无不齐之步；听吾之声，铿然无不谐之律；以是为诗，虽未能与天为徒哉；抑其去于人也则远矣！虽然，是特言诗之末节也！古之为诗者，其情与古合，其作与经通，究万物之情而定以中正，极夷险之变而出以和平；其为道也，第囿于诗者能之乎！彼世之人，沉酣声色之中而曲得其情状，可以为诗，而终无与于古作诗者之事。由是言之，志在于为诗而已；则其诗必未足言也！”见《答花学博书》。“同少时求友于乡中，其先得而交厚者，强圉而不移，深沉而不露，处事精明劲悍，是梅君伯言之行也。而伯言之于诗也，意欲其深，词欲其坚；一思之偶浅，必凿而幽之；一语之稍粗，必砻而精之；赋一诗，或累日逾时而后出。”见《书梅伯言马韦伯诗后》。

其辟诗贵性灵曰：“诗之为道，意欲其高，卑则下；辞欲其雅，俚则俗。夫高必视乎所怀，雅必视乎所学；然则诗之为道，舍立志读书，无他术矣！今之论者，援《国风》《乐府》之作，以为诗贵性灵，不取学问。夫《国风》《乐府》，出于闾巷小夫幽闺妇女；彼其人皆偶然得之，而执笔不能再作者也！周召之雅颂，屈宋之《骚辞》，汉魏唐宋十数大家之作，闳阔而典厚，变化而离奇，取之不穷，探之不竭，是则出于学问之诗，而后人之所当效法矣！今为诗者，不以十数大家自命，而窃附于古小夫妇女之偶然；小夫妇女之偶然，卒不可得；遂乃率其胸臆，肆其手口，不根之谈，无稽之说，鄙倍浅薄，丛积乎纸上；此今人所以日为诗，而诗日不善也！论者又谓诗本性情，必学古人，则古人又何学？是大不然！古之圣人，观鸟迹而造书，睹科斗而作字。今为书者，舍《说文》《玉篇》，则不能知笔画。祖述宪章，自孔子不能不师古；而为诗文者，矜其智出于孔子之上，不亦傎乎！由前之说，可以植诗之本。由后之说，可以得诗之径。同之所闻于师者如此！”见《答甘畴人书》。要删其语，以备考览。

刘孟涂诗前集十卷　后集二十一卷
文集十卷　骈体文二卷

桐城刘开字孟涂撰。开幼而神隽，十四岁，上书乡先辈姚鼐。鼐奇赏之，语人曰："此子他日，当以古文名家；望溪海峰之坠绪，赖以复振；吾乡之幸也！"由是著名，遂受业称弟子。而自以意为诗古文，不用姚鼐法。早喜为骈体文。晚乃肆力古文，谓："韩退之取相如之奇丽，法子云之闳肆，故能推陈出新，征引波澜，铿锵镗石以穷极声色；欲以汉人之气体，运八家之成法，本之以六经，参之以周末诸子。"语详集中《与阮芸台宫保论文书》。昔遵义黎庶昌自叙《续古文辞类纂》，谓"湘乡曾文正公出，扩姚氏而大之。循姚氏之说，屏弃六朝骈俪之习，以求所谓神理气味格律声色者，法愈严而体愈尊。循曾氏之说，将尽取儒者之多识格物，博辩训诂，一纳诸雄奇万变之中，以矫桐城末流虚车之饰。"桐城吴汝纶《与姚仲实》尺牍，谓："桐城诸老，气清体絜，海内所宗，独雄奇瑰玮之境尚少；则才气薄弱，不能复振。曾文正公出而矫之，以汉赋之气运之，而文体一变，故卓然为一代大家。"而兴化李详《论桐城派》，则称："文正之文，虽从姬传入手，后益探源扬马，姱宗退之，奇偶错综，而偶多于奇，复字单谊，杂厕相间，厚集其气，使声采炳焕而戛焉有声；此又文正自为一派，可名为湘乡派。"而莫知开之先曾氏而发其涂辙！姚鼐之文洁适；而开之辞博丽。姚鼐以永叔之纡徐，用苏王之爽朗，意思安闲，如不欲战。而开得昌黎之健举，发扬马之醲郁，辞气铿訇，欲自名家。集中书牍赠序二体，纵横排宕，尤多杰作；气往轹古，辞来切今，其格调风力，在桐城三家中，于海峰为近，而与姚鼐则异。诗则覃精极思，颇喜巧琢，词务妍炼，格求生峭，五古由鲍明远以学陈思，七古由李昌谷以宗太白，七律由李义山以追杜陵，新裁古藻，触手缤纷，发唱惊挺，不避危仄，与姚鼐之不贵绮错，由韩学杜，以坚苍出古澹者，体气迥异。至骈文情密古初，力疏凡近，不读唐以后书，不作宋以下语，得明远之俶诡，含开府之清新，连气而走千言，百炼而铸一字，古秀之艳，隐于幽奇；郁怒之思，出以温顺；有清一代，亦罕觏也！开怀才不遇，自刻诗十卷，即《前集》也；即殁之后，同门姚莹访遗稿，得《诗后集》二十二卷，缺第八卷；《文》十卷，《骈体文》二卷，付其兄元之柬之刻之，并重刻其《诗前集》，实为道光六年。《诗前集》有南城曾燠序;《后集》有姚元之及鄱阳陈方海所为《刘孟涂传》;而诗古文卷后各殿以诸家评语。《骈体文》有陈方海书后。采录可诵,篇目如左:

诗类　杂诗四首　杂兴六首　杂感八首　即事　遣兴四首　里巷吟六首　秋夜　晚眺　独坐　赠张二小阮　述怀二首　与石甫夜话有赠　黄鹄行　艳歌行　杂忆十三首　感遇十八首　读史四首　看花曲三首以上五言古　登太白楼　江楼醉题　次彭泽作题友人居　题师荔扉明府纪游图八首　春晓词　道中见枯松感赋　送别陈大冶　野乌行　咏砚　食蕨叹　催科吏　力役谣岁暮别　少年游　月下吟　江南曲四首　春闺曲　相逢曲　秦淮曲　抵星渚赠郑梦白明府　赠方茶山太守兼以留别　别郑梦白明府　题海帆孝廉海上钓鳌图　秦淮曲　赠王四　平山堂醉题　重过星渚奉赠郑明府尊人柳门先生　寄周涧东　董竺云以所画海棠见赠　望西山歌　笠帆方伯招同解铁樵高苍崖查花农宋于庭诸君宴集飞霞阁　过娄妃墓　螺墩行　抵广州呈曾宾阁方伯　白云山歌赠胡春海司马时春海约游不果兼以嘲之　梦游罗浮　酒楼赠石甫　择交行　短歌行　忆浮山寄光栗园比部抵济南观趵突泉　陈笠帆中丞邀同观珍珠泉喜周南卿回都即送回里　绛桃歌为杜虚斋赋　衰柳词　寄怀鲍觉生侍郎　素云曲　放歌行赠陶珠泉司马　弄珠楼宴集即席醉赋并赠竹屿　游黄山登莲花峰抵炼丹台　题周南卿品茶图　游金精洞作歌　十万松园歌为少伯山人作　亳州观牡丹歌　牡丹后歌　偕陈丈晚香任砚香至城东观芍药复作长歌以上七言古　夜泊　皖城即事二首　闺情　离家　过家敏斋比部丛桂山房　夜宿　石上　晚归　静坐　秋夜怀人　偶感　怀郑明府　题小孤山三首　题姚听泉忆故居图二首　别李啬生先生二首　别潘柳堂　平野　即事七首　即事续咏十一首　题小松长夏读书图　归至江右　江岸独立　麻山　逆旅夜饮　园居五首　星子署偶咏三首　过友人

居　游白云崖　游三公山三首　隐几　题黄明府竹里弹琴图　与栗原夜话　抵顺德　即事有怀姚幼槽　过龙门寺　白麻山夜归留赠　客至　西湖寓楼与梅麓刺史小住　夜归湖上以上五言律　秣陵口号　颍州感赋八首　金陵怀古八首　客馆咏怀八首　病中　客路有怀　咏古六首　咏史八首　过左叔旧宅有怀二首　瑶台八首　道中　山中夜坐　楚中怀古二首　偶成　漫兴　即事　过姑塘　登金山寺四首　归自平山堂道中口占　将去扬州　题焦山四律　晓发栖霞最高峰　滕王阁　楚中杂感八首　粤中杂咏八首　望远简石甫　小园　重经栖贤寺　宿寺　夜感　江行即事　宿迁道中　燕台有怀六首　重有怀六首　偕海帆自灵隐登韬光寺　游云栖寺　阜阳道中口占以上七言律　再上姬传先生二十二韵　留别李苏门赞府兼示沈文浦二十二韵　寄怀张小阮二十二韵即送其公车北上　再寄陈大冶以上五言长律　题剪衣图　闺情五首　静坐二首　古意十一首　有怀四首　宴集二首　闺怨五首　拟古五首　偶成　采莲曲十三首　幽居　独坐　春闺曲十一首　闺中消夏词十一首　湖上曲　忆昨五首　闺忆　春思　古意三首　闺意　山居　闺情　小别　新月二首以上五言绝　偶兴二首　拟唐人边庭四时词四首　宫怨三首　即事二首　皖城口占　秋怀　夜集　偶句　闺情　闺词三首　途中口占抵扬州　渡漳河　将抵里门阻雨　题程赤霞白秋海棠诗后三首　渡木樨河至金山古寺以上七言绝

骈文　游石钟山记　枞江游记　与吴理庵先生书　与光律原书　与许农生书　赠郑梦白明府序　再与光律原书　书司马迁货殖列传后　小园记　赠陶子静序　赠沈闰生序　与周伯恬书　与方彦闻书　与王子卿太守论骈体书　书文心雕龙后　雩都行记　孔城北游记　嘉树记　查口记　与朱鲁岑书　赠查梅史明府序　赠章完素明府序　艺园记

论说类　义理说　贾谊论　荀卿论　学论上中下　贵齿论　春秋责

贤者备论

序跋类　书韩退之伯夷颂后　书退之与于襄阳书后

书牍类　复陈编修书　上蒋砺堂大司马书　上曾宾谷方伯书　与阮芸台宫保论文书　与张古余太守书　上汪瑟庵大宗伯书　与朱鲁岑书　与倪颖符书　再与倪颖符书　再与鲁岑书

赠序类　赠周海樵先生序　赠万香海序　赠吴子方序　赠陆子愉序　赠龚若士检讨序　赠左筐叔序　送宋思安归里序　送吴孝廉至京师序

传状类　张阮林传　吴生甫先生传

杂记类　游三叠泉记　过岐岭记　游小龙兴记　游寨山林记　游九龙山记　游乍浦记　渡海登小落伽山记　云心草堂图记　江右行记

词赋类　越游解

右诗四百四十六首，骈文二十三篇，古文四十篇。论学主程朱而不废考据，一承姚氏之说。论文尚汉魏而颇主偶丽，则异姚氏所论。

其论文以汉人之气体，运八家之成法曰："文章之变，至八家而极盛。文章之道，至八家而始衰。谓之盛者，由其体之备于八家也，为之者各有心得，而后乃成为八家也。谓之衰者，由其美之尽于八家也，学之者不克远溯，而亦即限于八家也。夫专为八家者，必不能如八家；其道有三：韩退之约六经之旨，兼众家之长，尚矣！柳子厚则深于《国语》；王介甫则原于经术；永叔则传神于史迁；苏氏则取裁于《国策》；子固则衍派于匡、刘；皆得力于汉以上者也！今不求其用力之所自，而但规仿其辞，遂可以为八家乎！其失一也。汉人莫不能为文，虽素不习者，亦皆工妙；彼非有意为文也，忠爱之谊，悱恻之思，宏伟之识，奇肆之辩，诙谐之辞，出之于自然，任其所至而无不咸宜，故气体高浑，难以迹窥；八家则未免有意矣！夫寸寸而度之，至丈必差；效之过甚，拘于绳尺而不得其天然；其失二也。自屈原宋玉工于言辞。庄辛之说楚王，李斯之谏逐客，皆祖其瑰丽。及相如子云为之；则玉色而金声。枚乘邹阳为之，则情深而文明。由汉以来，莫之或废。韩退之取相如之奇丽，法子云之闳肆，故能推陈出新，征引波澜，锵镍金石以穷极声色。柳子厚亦知此意，善于造练，增益辞采，而但不能割爱。宋贤则洗涤尽矣！夫退之起八代之衰，非尽扫八代而去之也，但取其精而汰其粗，化其腐而出其奇；其实八代之美，退之未尝不备有也！宋诸家叠出，乃举而空之。子瞻又扫之太过，于是文体薄弱，无复沉浸酰郁之美，瑰奇壮伟之观；所以不能追古者，未始不由乎此！夫体不备，不可以为成人。辞不足，不可以为成文。宋贤于此不察，而祖述之者，并西汉瑰丽之文而皆不敢学。其失三也。然而志于为文者，其功必自八家始。何以言之？文莫盛于西汉；而汉人所谓文者，但有奏对封事，皆告君之体耳。书序虽亦有之，不克多见。至昌黎始工为赠送碑志之文；柳州始创为山水杂记之体；庐陵始专精于序事；眉山始穷力于策论；序经以临川为优；记学以南丰称首；故文之义法，至史汉而已备；文之体制，至八家而乃全；彼固予人以有定之程式也。学者必先从事于此，而后有成法可循，否则虽锐意欲学秦汉，亦茫无津涯。然既得门径而犹囿于八家，所见不高，所挟不宏，斯为明代之作者而已！故善学文者，其始必用力于八家，而后得所从入；其中必进之以《史》《汉》，而后克以有成。然犹未足以尽之也！退之以六经为文，而徒出入于《诗》《书》，他经则未能也！

夫孔子作《系辞》，孟子作七篇，曾子阐其传以述《大学》，子思困于宋而述《中庸》，七十子之徒各推明先王之道以为《礼记》，岂独义理之明备云尔哉，其言固古今之至文也。世之真好学者，必实有得于此，而后能明道以修辞；于是乎从容于《孝经》以发其端，讽诵于典谟训诰以庄其体，涵咏于《国风》以深其情，反覆于变雅、《离骚》以致其怨；如是而以为未足也，则有《左氏》之宏富，《国语》之修整，益之以《公羊》《穀梁》之清深；如是而以为未足也，则有《大戴记》之条畅，《考工记》之精巧，兼之以荀卿扬雄之切实；如是而犹以为未足，则有《老子》之浑古，庄周之骀荡，《列子》之奇肆，管夷吾之劲直，韩非之峭刻，孙武之简明，可以使之开涤智识，感发意趣；如是术艺既广而更欲以括其流也，则有《吕览》之赅洽，《淮南》之瑰玮，合万物百家以泛滥厥辞，吾取其华而不取其实；如是众美既具而更欲以尽其变也，则有《山海经》之怪艳，《洪范传》之陆离，《素问》《灵枢》之奥衍、精微，穷天地事物以错综厥旨，吾取其博而不取其侈。凡此者，皆太史公所遍观以资其业者也，皆汉人所节取以成其能者也；而变而出之，又有自道；食焉而不能化，犹未为神明其技者也。有志于文章者，将殚精竭思于此乎？抑上及《史》《汉》而遂已乎？将专求之八家而安于所习乎？且八家之称何自乎？自归安茅氏始也。退之之才，上比扬子云，自班固以下皆不及，而乃与苏子由同列于八家，异矣！退之之文，冠于八家之前而犹屈。子由之文，即次于八家之末而犹惭。使后人不足于八家者，苏子由为之也！使八家不远于古人者，韩退之为之也！

吾乡望溪先生深知古人作文义法，其气味高澹醇厚，非独王遵岩、唐荆川有所不逮；即较之子由亦似胜之。然望溪丰于理而啬于辞，谨严精实则有余，雄奇变化则不足，亦能醇不能肆之故也！夫震川熟于《史》《汉》矣，学欧曾而有得，卓乎可传；然不能进于古者，不能不囿于八家也。望溪之弊，与震川同；然其大体雅正，可以楷模后学，要不能不推为一代之正宗也！学《史》《汉》者，由八家而入；学八家者，由震川望溪而入；由是明道修辞，以汉人之气体，运八家之成法，本之以六经，参之以周末诸子，则所谓争美古人者，庶几其有在焉！”见《与阮芸台宫保论文书》。

其论《文心雕龙》与退之之论有合曰：“永嘉以降，文格渐弱，体密而近缛，言丽而斗新，藻绘沸腾，朱紫夸耀，虫小而多异响，木弱而有繁枝，理诎于辞，文灭其质；求其是非不谬，华实并隆，以骈俪之言而有驰骤之势，含飞动之彩，极瑰玮之观，其惟刘彦和乎！以为：钟鼓琴瑟，所以理性也，而亦可以慆性。黼黻文章，所以饰情也，而亦可以掩情。故名川三百，非无本之泉；宝璧十双，皆自然之质也；是宜寻源于经传，毓材于性灵，问途于古先，假径于贤材，求溢藻于神爵而后，想盛事于青龙以前，磅礴以发端，感叹以导兴，优柔以竟业，慷慨而命辞；故论及神思，则寸心捷于百灵；论及体性，则八途包乎万变；论及风骨，则资力于天半之鸾凤；论及情采，则借色于木末之芙蓉；论其夸饰，则因山而言高；论其隐秀，则耸条而独拔；示人以璞，探骊得珠，华而不汩其真，炼而不亏于气，健而不伤于激，繁而不失之芜，辨而不逞其偏，核而不邻于刻，文犀骇目，万舞动心，诚旷世之宏材，轶群之奇构也！前修言文，莫不引重。自韩退之崛起于唐，学者宗法其言；而是书几为所掩。然彦和之生，先于昌黎，而其论乃能相合；是其见已卓于古人，但其体未脱夫时习耳！夫墨子锦衣适荆，无损其俭。子路鼎食于楚，岂足为奢。夫文亦取其是而已，奚得以其俳而弃不重哉！然则昌黎为汉以后散体之杰出，彦和为晋以下骈体之大宗，各树其长，各穷其力，宝光精气，终不能掩也！”见《书文心雕龙后》。

“夫文辞一术，体虽百变，道本同源，经纬错以成文，元黄合而为采。故骈之与散，并派而争流，殊涂而合辙；千枝竞秀，乃独木之荣；九子异形，本一龙之产。故骈中无散，则气壅而难疏；散中无骈，则辞孤而易瘠；两者但可相成，不能偏废。世儒执墟曲之见，腾坎井之波，宗散者鄙俪词为俳优，宗骈者以单行为薄弱；是犹恩甲而仇乙，是夏而非冬也。夫骈散之分，非理有参差，实言殊浓淡，或为绘绣之饰，或为布帛之温；究其要归，终无异致；推厥所自，俱出圣经。夫经语皆朴，惟《诗》《易》独华。《诗》之比物也杂，故辞婉而妍。《易》之造像也幽，故辞惊而创。骈语之采色，于是乎出。《尚书》严重而体势本方。《周官》整齐而文法多比。《戴记》工累叠之语，《系辞》开属对之门。《尔雅·释天》以下，句皆珠连，《左氏》叙事之中，言多绮合。骈语之体制，于是乎生。是则文有骈散，如树之有枝干，草之有花萼，初无彼此之别；所可言者，一以理为宗，一以辞为主耳。夫理未尝不藉乎辞；辞亦未尝能外乎理；而偏胜之弊，遂至两歧；始则土石同生，终乃冰炭相格。由唐及宋，骈俪之文，变体已极，而古法浸微，国朝作者起而振之，因骨理而加肤泽，易红紫而为朱蓝，穷波讨源，以雅代郑，意云善矣，法云正矣！然袭末流者既不归准衡，追古制者亦多滞形貌，八珍列而味爽，五官具而神离；良由胎意尚薄，藻饰徒工，情旨未深，意兴不飞之所致也。”见《与王子卿太守论骈体书》。所以推勘骈散相用之理者甚尽，抑与师门殊趣焉。

仪卫轩诗集五卷　文集十二卷　文外集一卷

桐城方东树字植之撰。东树与同邑方苞同姓而别族。曾大父泽，优贡生，候选知县。生平论学宗朱子，而为科举文宗明艾千子，诗似宋杨秘监；姚鼐尝师事焉。父绩，诸生，事鼐为弟子；著有《经史札记》《屈子正音》《鹤鸣集》。生东树，自少喜为古文辞；二十二岁，之江宁。时鼐主钟山书院，东树遂受学焉，与同里刘开及上元梅曾亮、管同，并为鼐所亟赏，称姚门四杰。东树自少力学，泛览经史百家之书，而独契朱子之言，每日鸡初鸣即起，矻矻铅椠，至漏下三十刻就寝，有得辄记之；或中夜揽衣起，书所记，名《待定录》，百余卷，凡格致修齐治平之理，无不备。乾嘉间，学者崇尚考证，专求训诂名物之微，名曰汉学，穿凿破碎，有害大道，名为治经，实足以乱经；又复肆言攻诋朱子。道光初，其焰尤炽！东树忧之，乃著《汉学商兑》上中下三卷，其指在申宋学以绌汉学，箴废起疾，议论凿凿，词笔既明快，足以达其所见；考据尤详该，足以证其不诬。汉学家每以考据傲宋学之不逮，而东树即以考据发汉学之覆；晰而不枝，核而能当，即以其人之道，还治其人之身；实开后来陈东塾朱无邪一派，博学明辨，未可以文章之士而少之也。仪征阮元方以名士为达官总督两广，而创建学海堂，辑刻《皇清经解》，以汉学唱导多士；东树授经其幕，兼阅学海堂课文，遂以是书上之；元意大忤！东树又以元落成学海堂之明年初春，首以学者愿著何书策堂中学徒；东树因慨后世著书太易而多，殆有孔子所谓不知而作者，因诵往哲遗言及臆见所及，为十有六论以成《书林扬觯》二卷。又著《昭昧詹言》十卷,论诗学旨要。大略谓古人诗,学者当求之于义理蕴蓄、本领根源、精神气脉,不可袭其形貌;宜力守韩公"陈言务去"之戒,及山谷"随人作计终后人"二语,而又以"文从字顺各识职"为归。它所著书,有《大意尊闻》《一得拳膺录》《进修谱》《未能录》《最后微言》《思适居铃语》《山天衣闻》等书,好构深湛之思,博辨醇茂,而言必有物;学问宏通,四杰之冠;而文章则于四人为最下。好为持论,由苏轼以教庄周,骏利而未免滑易,顿宕而嫌未沉着;自序称:"吾为文务尽其事之理而足乎人之心,窃希慕乎曾南丰朱子论事说理之作,顾不善学之,遂流为滑易好尽,发言平直,措意儒缓,行气柔慢而失其国能;于古人雄奇高浑,洁健深妙,波澜意度全无。"寸心得失,匪不自知!然弥纶群言,研精一理,无辞不达,有意必透,抑扬爽朗,殊豁人意!骈文则仗气爱奇,不为纤靡;然而疏宕有余,藻采不足!至诗则横空盘硬,好作生语;评某人诗云:"只因词熟,转晦意新!"由黄庭坚教韩愈以窥杜甫,力避俗熟,自是姚门师法,惜其词句排奡而未臻妥帖,意境兀傲而未及华妙!而五七言绝,独缘情绮靡,出以清丽,不为拗体。其诗文集皆自定,而同邑后学郑福照辑《年谱》以殿文集之末焉。采录可诵,写目如左。

诗类　云泉山馆拟王右丞蓝田石门精舍　西郊游眺拟柳　柳州南涧中题　读孟郊诗　闻莺　真州城东观荷　丙申六月初六日同人宴集西郊吴氏似园作此呈主人　华阳镇阻风　马当遇风变　上滩　始兴江口望韶州石多奇念昔人吟咏皆傅著舜乐既辞客而意痴土人言其气凶恶主盗亦昧其佳折而作诗　浈阳峡　观音岩　清远峡　飞来寺　将至广州舟中遣怀寄故乡诸友　遣兴六首　月　九日登粤秀山过曾勉士红棉寺寓馆以上五言古　庭前红梅花三首　小孤山扶桑花　梦游罗浮拟李翰林梦游天姥吟　游六榕寺拟韩退之山石　试西樵茶恩平绿石砚　拟黄山谷团茶洮州绿石砚诗　儒林乡渔庄图拟虞道园渔村图　中秋玩月拟高青邱张校理宅得南字　唐荔园为阮公子赋以上七言古　春怨词三首

秋柳以上五言绝　庐江道中　晚抵临安　玉山道中效元人体二首　赠别梅花以上七言绝

骈文　孔雀赋　学海堂铭　汉晋名誉考　谢邓中丞启

论说类　原学　辨道论　杂说一　化民正俗对

序跋类　汉学商兑序　汉学商兑重序　节孝总旌录序　马氏诗钞序　刘悌堂诗集序　书法言后　书望溪先生集后　书惜抱先生墓志后　马一斋先生遗书跋　族谱序　族谱后述上下篇

书牍类　答叶溥求论古文书　答人论文书

赠序类　送毛生甫序

传状类　先友记　曾大父逸事

碑志类　管异之墓志铭　刘君应台暨夫人吴氏合葬墓志铭

右诗四十三首，骈文四篇，古文二十三篇。自谓："仆之文粗，而犷气未除；其于古人精醇境地，实未能臻！"见《复戴存庄书》。"在岭南所为者，尤粗豪放纵，时乱以浅俗常语，无复古人韵格；独其论议稍有可采。"见《复罗月川太守书》。"性喜庄老及程、朱、陆、王诸贤书，读之若其言皆如吾心之所发者；以观近时人文字，辄见其踳驳谬盭为不当意。"见《答姚石甫书》。论学以明道为要归，宗朱子而斥考据；论文以精诵为入手，师姚氏而戒剽袭。

其论清儒之言汉学曰："三代以上，无经之名。经始于周公孔子。乐正崇四术，春秋教以礼乐，冬夏教以《诗》《书》。及至春秋，旧法已亡，旧俗已熄，诈谋用而仁义之路塞。孔子惧，乃修明文、武、周公之道以制义法而作《春秋》。《春秋》亦经也，孔子虽未尝以是教人，然其平日所雅言于人者，莫非《春秋》之义也！卫君待子为政。子曰：'必也正名乎！'陈恒弑其君，请讨之。季氏伐颛臾，旅泰山，则便欲止之。此皆《春秋》之义也。故庄子曰：'《诗》以道志。《书》以道事。《礼》以道行。《乐》以道和。《易》以道阴阳。《春秋》以道名分。'六经之为道不同，而其以致用则一也；此周公孔子之教也。及秦兼天下，席狃诈之俗，肆暴虐之威，遂乃荡灭先王之典法，焚烧《诗》《书》；于时不特经之用不兴，并其文字而殄灭之矣！汉兴，购求遗经。于是群经始稍稍复出，或得之屋壁，或得之淹中，或得之宿儒之口授；而固已残缺失次，断烂不全；赖其时一二老师大儒，辛勤补缀，修明而辑治之；于是《易》有四家，《书》与《诗》三家，《礼》《春秋》二家，号为十四博士；则章句所由兴，家法所由异；汉儒之功，为不可没矣！自是而至东京、魏、晋以逮南北朝诸儒，递相衍说，辨益以详，义益以明，而其为说亦益以多矣！及至唐人，乃为之定本定注，作为《释文》，举八代数百年之纷纭，一朝而大定焉，然其于周公孔子之用，犹未有以明之也！及至宋代，程朱诸子出，始因其文字以求圣人之心，而有以得于其精微之际，语之无疵，行之无弊；然后周公孔子之真体大用，如拨云雾而睹日月。由今而论：汉儒宋儒之功，并为先圣所攸赖，有精粗而无轩轾，盖时代使然也！道隐于小成，辩生于末学，惑中于狂疾，诞起于妄庸！南宋庆元以来，朱子既没，微言未绝；而有钜子数辈，蜂起于世，奋其私智，尚其边见，逞其驳杂，新慧小辩，各私意见，务反朱子；其所谓道非道，而所言之韪，不免于非；其于道概乎未尝有闻者也。逮于近世，为汉学者，非蔽益甚，其识益陋；其所挟惟取汉儒破碎穿凿谬说，扬其波而汩其流，抵掌攘袂，明目张胆，惟以诋宋儒攻朱子为急务；要之不知学之有统，道之有归，聊相与逞志快意以骛名而已。吾尝譬之：经者，良苗也。汉儒者，农夫之勤菑畬者也，耕而耘之以殖其禾稼，宋儒者，获而舂之，蒸而食之，以资其性命，养其躯体，益其精神也。非汉儒耕之，则宋儒不得食。宋儒不舂而食之，则禾稼蔽亩，弃于无用，而群生无以资其性命。今之为汉学者，则取其遗秉滞穗而复殖之，因以笑舂食者之非，日夜不息，曰吾将以助农夫之耕耘也。卒其所殖，不能用以置五升之饭，先生不得饱，弟子长饥，以此教人，导之为愚；以此自力，固不获益；毕世治经，无一言几于道，无一言及于用，以为经之事尽于此耳矣！其生也勤，其死也虚；其求在外，使人狂，使人昏荡！”见《汉学商兑重序》。而“以言心言性言理为厉禁，著书以辟宋儒，攻朱子，海内名卿巨公，高才硕学数十家，递相祖述，膏唇拭舌。究其所以为之罪者，不过三端：一则以其讲学标榜，门户分争，为害于家国。一则以其言心言性言理，堕于空虚；心学禅宗，为歧于圣道。一则以其高谈性命，束书不观，空疏不学，为荒于经术。而其人所以为言之指，亦有数等：若黄东发、万季野、顾亭林辈，自是目击时弊，意有所激，创为拯病之论，而析义未精，言之失当。杨用修、焦弱侯、毛大可辈，则出于浅肆矜名，深妒《宋史》创立《道学传》，若加乎《儒林》之上；缘隙奋笔，忿设诐辞。若夫好学而愚，如东吴惠氏，武进臧氏，则为暗于是非。自是以来，汉学大盛，新编林立，声气扇和，专与宋儒为水火，而其人类皆以鸿名博学，为士林所重，驰骋笔舌，贯穿百家；遂使数十年间承学之士，耳目心思，为之大障！历观诸家之书，所以标宗旨，峻门户，上援通贤，下詟流俗，众口一舌，不出于训诂小学名物制度；弃本贵末，违戾诋诬，于圣人躬行求仁修齐治平之教，一切抹杀，名为治经，实足乱经；名为卫道，实则畔道。昔孟子不得已而好辩，欲以息邪说，正人心。窃以孔子没后千五百余岁，经义学脉，至宋儒讲辩，始得圣人之真。今诸人边见颠倒，利本之颠，必欲寻汉人纷歧异说，复汩乱而晦蚀之，致使人失其是非之心；其有害于世教学术，百倍于禅与心学！又若李塨等以讲学不同，乃至说经必故与宋人相反，虽行谊可尚，而妒惑任情，亦所不解！”见《汉学商兑序》。“至于考证之学，盖自汉代以还，通儒宿学，读书审慎，是正脱误，辨审异同，诂解音声，钩釽章句，其大者毛音郑简，与道相扶；其次者名物典章，于政为辅；历世既远，著述转纷，通才硕彦，接踵而出；使来学者变学究，破伧陋，以炳于经籍之府；其用亦可谓宏矣！国朝考据之学，超越前古，其著书专门名家者，自诸经外，历算，天文，音韵，小学，舆地，考史，抉摘精微，折衷明当，如昆山、四明、太原、宣城、秀水、德清，根柢学问，醇正典雅，言论风采，深厚和平，夐矣尚矣！虽汉唐名儒，不过于斯矣！及乎惠氏戴氏之学出，以汉儒为门户，诋宋学为空疏；一时在上位者，若朱笥河先生及文正公昆弟，纪尚书、邵学士、钱宫詹、王光禄及兰泉侍郎、卢抱经学士十数辈，承之而起；于是风气又一变矣！此诸公者，类皆天姿茂异，卓越等伦，强识博辩，万卷在口，能使有学者骛厥耳，无闻者荡厥心，驰骋笔舌，论议涛涌。然而末流易杂，变本加厉，弊亦生焉！海内英俊，倾其风，艳其舌，怀其利，相与掇拾破碎，搜觅群书，苟获一字新义，即诧为贾人得宝，违背理本，弃心任目，不顾文义之安，但出于汉者主之，出于宋者非之，诧为辅经，实足乱经，始不过主张门户，既肆焉无忌，则专以攻宋儒为功，主名诋骂，视同仇敌，几于恶闻其声而比之于罪人；此其风实自惠氏戴氏开之，而扬州为尤甚！及其又次者，行义不必检，文理不必通，身心性命未之闻，经济文章不必讲，流宕风气，入主出奴，但手一部《说文》，即侈然自命绝业。朱子有言：'书愈多而理愈昧，读书愈勤而心愈肆。浮名愈盛，而行义德业愈无以逮乎古人。'不知孔子所以教人为学者，果若是已乎！昔孔子辞多能博学，而诏及门'文莫吾犹人'。孟子曰：'博学而详说之，将以反说约也。'学不反约，而以有涯之知，逐于无涯之场，其间岂不有才，所患在于无本！"见《复罗月川太守书》。"有正言繁称，而人不悟，且厌之者。有旁见侧出，无意立言，自然流出，见者如获异闻，深解意趣而因以明道者；古之善言者，盖尝有若是！之人也，之言也，非蕲取于人而以求售其言也。孟子曰：'观水有术，必观其澜。日月有明，容光必照焉。'有本焉如是耳！见世之著书，剽窃苟且，速以岁月而邀名者皆是；渊潜静深于大本，积而厚发者不数遘；卒其速成邀名者终速朽，而无名而不数遘者，人转以其希有而贵之，如法物焉！于是浩帙重编，有不若微文细意者矣！竟陵胡承诺著《绎志》六十一篇，辑粹儒门精言；而侊侗纷沓，心尚粗粗，如库藏簿，大官庖，以夸窭人饿夫；又如以饴蜜粔籹喂婴儿；未饱者不得饱，既饱者虑或损肠胃；嗟乎！《绎志》其一耳！"见《马二齐先生遗书跋》。"近世言考证之宗，首推深宁王氏、亭林顾氏、太原阎氏。吾观王顾二家之书，体用不同，而皆足资于学者而莫能废；非独其言核实而无诬罔之失；亦其著书旨趣，犹有本领根源故也，阎氏则不逮矣！然亦颇博物条畅，多所发明；读其言如循近涧，观清泉，白石游鳞，一一目可数，指可掬，其用功涂辙，居然可寻见；异于池竭而自中不出者也！特其体例不免伧陋，气象矜忿迫隘，悻悻然类小丈夫之所发；故不逮王顾两家渊懿渟蓄，托意深厚，类例有伦；此固存乎其人之识与养焉已！”见《潜邱札记书后》。

其论汉学之敝，必归陆王曰：“以孔子为归，以六经为宗，以德为本，以理为主，以道为门，旁开圣则，蠢迪检押，广而不肆，周而不泰；学问之道，有在于是者，程朱以之！以孔子为归，以六经为宗，以德为本，以理为主，以道为门，以精为心，以约为纪，广而肆，周而泰；学问之道，有在于是者！陆王以之！以六经为宗，以章句为本，以训诂为主，以博辨为门，以同异为攻，不概于道，不协于理，不顾其所安，骛名干泽，若飘风之还而不傥，亦辟乎佛，亦攻乎陆王，而尤异端寇仇乎程朱；今时之敝，盖有在于是者，名曰考证汉学，其为说以文害辞，以辞害意，弃心而任目，刓敝精神而无益于世用；其言盈天下，其离经畔道，过于杨、墨、佛、老，而吾置不辨者，非为其不足以陷溺乎人心也；以为其说粗，其失易晓而不足辨也。使其人稍有所悟而反乎己，则必翻然厌之矣！翻然厌之，则必于陆王是归矣！何则？人心之荡而无止，好为异以矜己，迪知于道者寡；则苟以自多而已！方其为汉学考证也，固以天下之方术，为无以加此矣！及其反己而知厌之也，必务锐入于内。陆王者，其说高而可悦；其言造之之方，捷而易获；人情好高而就易；又其道托于圣人，其为理精妙而可喜；托于圣人，则以为无诡于正；精妙可喜，则师心而入之也无穷；如此，则见以为天下之方术，真无以易此矣！故曰：人心溺于势利者可回；而溺于意见者不可回也！吾为辨乎陆王之异以伺其归，如弋者之张罗于路歧也，会鸟之倦而还者，必入之矣！陆、王、程、朱，同学乎圣，同明乎道，同欲有以立极于天下；然而不同者，则以所从入有顿与渐之分也。程朱者取于渐，陆王者取于顿。传曰：‘自诚明谓之性，自明诚谓之教。’以其学而言，曰性曰教；以其候而言，曰顿曰渐。回其顿乎？参其渐乎？然而孔子立教，顿非所以也，必以渐焉。《论语》曰：‘吾十有五而志于学。三十而立。四十而不惑。五十而知天命。六十而耳顺。七十而从心所欲，不逾矩。’《中庸》曰：‘君子之道，譬如行远，必自迩；譬如登高，必自卑。’其列诚之目五曰：‘博学之。审问之。慎思之。明辨之。笃行之。’颜子之照，邻于生知矣，而夫子教之，必曰‘博文’，曰‘约礼’。及颜子既见卓尔，而追思得之之功，叹以为循循然善诱人。则夫子立教，不惟顿之以，而惟渐之以，亦明矣！并曾子而闻一贯者，惟子贡；而子贡之言夫子曰：‘性与天道不可得闻。’故以实，则颜渊子贡贤于陆王；以迹，则陆王贤于颜渊子贡。且夫由颜渊子贡而至陆子，是千年而后生也；由陆氏而至王氏，是数百年而后见也！古今学者不绝于中，则渐之所磨以就者多也！渐者，上不至颜渊子贡，而不至欲从末由；下不至下愚，亦可攀援而几及；是故程朱之道，为接于孔门之统者，惟其渐之足循而万世无弊也！夫顿之所得者，心悟也；悟心之妙，上智之所难明，今为众人法，而以上智之所难明，则中人不得与焉矣！为其德之弗明也，而教之以明德；今以德之不明，而绝于明之望也，则其于教亦反矣！故圣人之教如天，陆王之教亦如天。圣人之教如天云者，苍苍然，东面西面，南面北面，立于地而无不见也。陆王之教如天云者，天不可阶而升，则将永为凡民以没世焉耳矣！虽然，成陆王者之过者，孟子也！子贡之称夫子曰：‘夫子之不可及者，犹天之不可阶而升也。’公孙丑之称孟子曰：‘道则高矣美矣，宜若登天然！何不使彼为可几及而日孳孳也！’公孙丑之言，则适得孔子之意；而孟子引而不发，故曰：‘成陆王之过者，孟子也。’孟子曰：‘人皆可以为尧舜。’‘人皆可以为尧舜’云者，是瓦石亦有佛性之说也。以实言之，孔孟及佛及陆王，其等不同，其皆得乎性之上者也。惟圣、人知人性之不能皆上，亦不皆下；故不敢为高论，而恒举其中焉者以为教；此所以为中庸也！孟子、陆王则不然！以己之资，谓人亦必尔；虽曰诱之以使其至，而不顾导之以成其狂。故观于孟子之门，检押斧械，蔑如也！攀龙附凤，巽以扬之，益寡矣！陆氏方河决而天踔，其御心犹役奴隶也；然扇讼发明，止于心之精神一语，可谓率矣！及至王氏，一传而离，再传而放，不亦宜乎！故自孟子、陆、王至今，远或千年，近者数百年，而不闻复有孟子及陆王者，则孟子及陆王，固自由天授焉！夫以千年数百年而止有一孟子、陆、王，则是孟子及陆王，固不能人人皆尔；而孟子及陆王，必谓人皆可以为己者，其意甚仁，而其实固莫得也！则皆过高而失中焉之过也！孟子学乎孔子而正其统。陆王学乎孟子而流于佛。夫孟子于孔子，不可谓有二道也，而其流已如此；则百家所从分之异路，往而不返，何怪其然也！'耳目之官，不思而蔽于物；物交物，则引之而已矣！心之官则思，思则得之，不思则不得也，此天之所与我者。先立乎其大者，则其小者不能夺也。'此孟子之言也，而陆氏之学执之以为之术。'人之所不学而能者，其良能也。所不虑而知者，其良知也。孩提之童，无不知爱其亲也；及其长也，无不知敬其兄也。亲亲，仁也；敬长，义也；无他，达之天下也。'亦孟子之言也，而王氏之学执之以为之术。陆氏王氏，其取于孟子也同，其流而入于佛也亦同，而王氏之失弥甚！惟其人心道心之辨，执之者坚也！夫谓心惟一心，非有二心，佛氏之指，不可谓非妙契也。惟所谓一心者，与生俱生，人皆有之，然固失之六合之里，四方之内；往古来今，放而不知求者，几千年矣！孟子言本心云者，指道心而言之也；其言放而不知求，则以有人心之故也。人心乍出乍入，实止一心也。孔子曰：'操则存，舍则亡，出入无时，莫知其乡，惟心之谓欤！'程子之意，则谓出入也者，以操舍而言之也；心固无出入也。而佛氏直指道心，因诬谓无人心，遂诬谓无出入，甚而并心亦诬之谓无，而相与苦守一空，而尊谓之曰真如。呜呼！此亦求圣人从容中道而不得，因歧而迷惑之如此，可怜哉！其莫有觉而已其迷者也！尧、舜、孔子以道心人心出入言之，其为解至确，而其为方甚密。惟不敢忽乎人心也，所以有克治；有克治而后有问学；有问学而后有德，勤而后获；及其获之也，乃其所固有也，贞固不摇，历试而不可渝。若夫所谓一心者，转乎迷悟而为之名也；转乎迷悟而为之名，转者一，其不转者又一也。顿悟者，迪乎悟而为之名也；迪乎悟而为之名，悟者顿，其不悟者，顿不顿终莫可必也！然则所谓顿者未尝顿，所谓一者未尝一也！虽然，此其大介也。若夫彼学行业名实之所立，又非小儒粗学所能历其藩，了其义者也！吾尝学其道而略能语其故矣！盖彼所谓顿悟云者，其辞若易，而其践之甚难；其理若平无奇，其造之之端，崎岖窈窕，危险万方而卒莫易证；其象若近，其即之甚远；其于儒也，用异而体微同，事异而致功同，端末异而矼乎无妄同。世之学者弗能究也，惊其高而莫知其所为高，悦其易而卒莫能证其易，徒相与造为揣度近似之词；而影响之谈，或毗之，谓吾能知之；或呵之，谓吾能辟之；以是欲附于圣人之徒，而以羽翼夫大道也，而其说愈歧矣！夫惟不能无人心，故曰危。惟不能常道心，故曰执。今曰：'道心之外，不可增一人心'也。又曰：'天理在吾心，本完全而无待于存'也。呜呼！谭何容易耶！未尝反躬，故其言诬！未尝用力，故其言僭而不可信！颜渊问仁，子曰'克己复礼'；及请其目，则告之以非礼勿视听言动。今曰'学者但明理，理纯则自无欲'。呜呼！为此言者，是求胜于尧、舜、孔子也。"见《辨道论》。

其论文以知其所以为为难曰："古人文章，皆由自道所见；平日读书考道，胸中蓄理至多；及临事临文，举而书之，若泉之达，火之然，江河之决，沛然无所不注；所以义愈明，思愈密，而其文层见叠出而不可穷。使待题之至而后索之，乌有此妙哉！虽然，文章之道，得之非难，而为之难；为之非难，而知其所以为为难！"见《复罗月川太守书》。"若夫所以为之之方，可一朝讲而毕也。然而群喙鸣动，蓄心各异，是其所非，非其所是，颠倒妒惑，昧没不返。后学之士，欲求闻古人之真，举一世空无人焉。夫古之人，以其本而发之为文，轨迹不侔，家自为则；其人已亡，不能复起自言。俗士浅学，各蔽其愚，人各云云，吾亦云云；则乌知吾言之独是耶？人言之且非耶？就令吾言是矣，而古人已死，其孰从而定之！且人之言曰：'为文宜何若，何去何取'；吾弗过而问焉。吾之言曰：'为文宜何若，何去何取'；人亦弗过而问焉。退之有言：'究不知直似古人，又何得于今人也！'而要有不易之论，不可已之情者，吾取不诡古人，不迷来学，自是吾心而已。故凡吾所论文，每与时人相反，以为：文章之道，必师古人，而不可袭乎古人；必识古人之所以难，然后可以成吾之是；善因善创，知正知奇，博学之以别其异，研说之以会其同。方其专思壹虑也，崇之无与为对，信之无与为惑，务之无与为先，扫群议，遗毁誉，强植不可回也，贪欲不可已也。及乎议论既工，比兴既得，格律音响既肖，而犹若吾文未足追配古作者而无愧也；于是委蛇放舍，绵绵不勤，舒迟黯会，时忽冥遇，久之乃益得乎古人之精神而有以周知其变态。是故文章之难，非得之难，为之实难！道德以为体，圣贤以为宗，经史以为质，兵刑政理以为用，人事之阴阳善恶，穷通常变，悲愉歌泣，凌杂深赜以为之施，天地风云，日星河岳，草木禽兽，鱼虫花石之高旷夷险，清明黪露，奇丽诡谲，一切可喜可骇之状以为之情；及其营之于口而书之于纸也；创意造言，导气扶理，雄深骏远，瑰奇宏桀，蟠空直达，无一字不自己出；而后吾之心胸面目，声音笑貌，若与古人偕出没隐见于前；而又惧其相似也而力避之，恶其露也而力覆之，嫌其费也而力损之；质而不俚，疏而不放，密而不僿，阴阳蔽亏，天机阖开，端倪万变，不可放物。盖自孟、韩、左、马、庄、骚、贾谊、扬雄、韩、欧以来，别有能事；而非艰深险怪，秃削浅俗，与夫饾饤剿袭，所可袭而取之者也！夫文，亦第期各适一世之用而已，而必刿心刳肺，龂龂焉以师乎古人，若此者何也？以为不如是，则不足以为文也；此固无二道也！尝观于江河之水矣！谓今之水，非昔之水耶？则今之水所以异于昔者安在？谓今之水，犹昔之水耶？则昔之水已前逝，今之水方续流也；古之人，不探饮乎今之水；今之人，不扱酌乎古之水；古水今水，是二非一，人皆知之；古水今水，是一非二，则慧者难辨矣。蚩蚩者日饮乎今之水，有人曰吾必饮乎古之水，而不饮今之水；则人必笑之矣。蚩蚩者日饮乎今之水，有人曰若所饮今之水，实仍即古之水；则人猝然未有不罔于心而中夫惑疾者也。夫有孟、韩、庄、骚而复有迁、固、向、雄，有迁、固、向、雄而复有韩、柳，有韩、柳而复有欧、苏、曾、王；此古今之水相续流者也；顺而同之也。而由欧、苏、曾、王，逆推之以至孟、韩，道术不同，出处不同，论议本末不同，所纪职官名物时事情状不同；乃至取用辞字句格文质不同；而卒其所以为文之方，无弗同焉者，此今水仍古水之说也；逆而同之也。古今之水不同，同者湿性；古今之文不同，同者气脉也。虽然，使为文者，古人已云云矣；吾今复取古人所云而亦云之，则古人为一文，已足万世之用；而复何待于吾言乎！夫文犹己也；生民以来，四海之众，而中以有己；立己于此，将使天下确信知有是人也，则必不俟假他人之衣冠笑貌以为之，亦明矣！奈何世之为文者，徒剽袭乎陈言，渔猎乎他人而以之为己也；是故为文之难，非合之难，而离之实难！虽然，合可言也，离不可言也；故凡论文者，苟可以言其致力之处，惟在先求其合。苟真知所以为合，则以语于离，不难知矣！若于古人艰穷怪变之境，不知其艰，而以为与己不甚相远也；则其人又不足以语于合之说者也！真力不至，则精识不生！史言大秦国有骇鸡犀，置犀于地，鸡见之却走；而人之过之者，蹴踏践履，童孺丈夫，千百而无稍异也；岂人之智不若鸡欤？彼其性不相习，则其天弗能通也！世之俗士，名为读书；彼其于古作者之制，实未尝相习；故其天弗能通，亦若是也已！粤无雪，士人见微霜，目之为雪；此不可以口舌喻也！是故文章之难，非真信之难，真知之实难！”见《答叶溥求论古文书》。“退之论文，屡称扬子，而不及董子；盖文以奇为贵，而董子病于儒；余闻之刘先生说如此。然窃以退之所好扬子文，亦谓其赋及他杂文耳；若《法言》《太玄》，理浅而词艰，节短而气促，非文之工者也！退之所好不在此！夫立言者，皆欲其不弃矣；而不能为不可弃者，理不当而辞不文也！文其辞而无当于理者，有之矣；未有当于理而其辞不文者也。扬子徒知为不可弃，而不务培其本；毕生用力造字句已耳！或曰：扬子成《太玄》，桓谭以为后世复有子云者，必能好之；及宋司马温公果笃嗜其书，意有其奥而世鲜知耶？余曰：不然！夫孟、荀、扬、韩虽并称；然孟氏之道，班于圣人；今读其书，充然沛然，高下曲折，涵天地而无极，指事而无不尽焉；曷尝待于入黄泉，出青天，若扬子之所为耶！夫以扬氏书与孟氏相比，差等殊绝，若河潦之不可同观如彼；而司马氏犹非孟子而尊扬子，是尚得为知言乎哉！”见《书法言后》。

其论学古人之文，宜精读而出之勿易曰："自明临海朱右伯贤定选唐宋韩、柳、欧、曾、苏、王六家文；其后茅氏坤析苏氏而三之，号曰八家。五百年来，海内学者，奉为准绳，无敢异论，往往以奇才异资，穷毕生之力，极精敏勤苦，踊跃万方，冀得继于其后，而卒莫能与之并；盖其难也！夫唐以前，无专为古文之学者；宋以前，无专揭古文为号者。盖文无古今，随事以适当时之用而已；然其至者，乃并载道与德以出之，三代、秦、汉之书可见也。顾其始也，判精粗于事与道；其末也，乃区美恶于体与辞；又其降也，乃辨是非于义与法。噫！论文而及于体与辞，义与法，抑末矣！而后世至且执为绝业专家，旷百年而不一遘其人焉！岂非以其义法之是非，辞体之美恶，即为事与道显晦之所寄，而不可昧而杂，冒而托也！文章者，道之器；体与辞者，文章之质；范其质，使肥瘠修短合度，欲有妍而无媸也，则存乎义与法。近世论者谓八家后，于明推归太仆震川；于国朝推方侍郎望溪、刘学博海峰以及姚惜抱先生而三焉！余读侍郎文，叹其说理之精，持论之笃，沉然黯然，纸上如有不可夺之状；而特怪其文重滞不起，观之无飞动票姚跌宕之势，诵之无铿锵鼓舞抗坠之声，即而求之，无玄黄采色；不能创造奇辞奥句，又好承用旧语；而于退之论文之说，未全当焉！而笃于论文者，谓自明归太仆后，惟侍郎为能得唐宋大家之传。惟余亦心谓然也！盖退之因文见道，其所谓道，由于自得；道不必粹精，而文之雄奇疏古，浑直恣肆，反得自见其精神。侍郎则袭于程朱道学已明之后，力求充其知，而务周防焉，不敢肆；故议论愈密，而措语矜慎，文气转拘束，不能宏放也。先后诸公，学既不能如侍郎之深，而又懵于所谓义法者；故文不能如侍郎之洁，而知所镕裁以合化于古；而侍郎遂翛然于二百年文家之上，而莫敢与抗矣！侍郎之文，静重博厚，极天下之物赜而无不持载，泰山岩岩，鲁邦所瞻；拟诸形容，象地之德焉；是深于学者也。学博之文，日丽春敷，风云变态，言尽矣，而观者犹若浩浩然不可穷；拟诸形容，象太空之无际焉；是优于才者也。姚氏之文，纡余卓荦，樽节檃括，托于笔墨者净洁而精微，譬如道人德士，接对之久，使人自深，是皆能各以其面目自见于天下后世，于以追配乎古作者而无忝也！学博论文主品藻，侍郎论文主义法。要之不知品藻，则其讲于义法也悫。不解义法，则其貌夫品藻也滑耀而浮。姚氏后出，尤以识胜；知有以取其长，济其偏，止其敝，此所以配为三家，如鼎足之不可废一！凡今东南学者，多好言古文，而盛推桐城三家；于三家之中，又喜称姚氏，有非姚氏之说，莫之从。呜呼！可谓盛矣！而吾独以为人知姚氏之文之美，犹未有能得其微妙深苦之心也；不得其心，则其于知也终未尽！夫学者欲学古人之文，必先在精诵，沉潜反覆，讽玩之深且久，暗通其气于运思置词迎距措置之会；然后其自为之以成其辞也，自然严而法，达而臧；否则心与古不相习，则往往高下短长，龃龉而不合；此虽致功浅末之务，非为文之本；然古人所以名当世而垂为后世法，其毕生得力，深苦微妙而不能以语人者，实在于此！”见《书惜抱先生墓志后》。“世之为文者，不乏高才博学，率未能反覆精诵以求喻夫古人之甘苦曲折；甘苦曲折之未喻，无惑乎其以轻心掉之而出之恒易也！若夫有知文之失在易，而出力以矫之，又往往辞艰而意短。辞艰意短者，气必弱，骨必轻，精神气脉音响必不王；是则其辞虽不易，而其出言之本领未深，犹之失于易而已！古之能精读者不若是！是故扬子云教桓谭作赋，必先读千赋。明归太仆尝于公车上取曾子固《书魏郑公传后》文，读之五十余遍，左右厌倦，而公犹津津余味未已！嗟乎！此所以继韩欧阳而独立，三百年无人与埒，岂偶然哉！”见《答人论文书》。“今为文者多，而精诵者少，以轻心掉之，以外铄速化期之，无惑乎其不逮古人也！”见《书惜抱先生墓志后》。要删其指，以备考论。

梅崖居士文集三十卷　外集八卷

建宁朱仕琇字斐瞻撰。仕琇，乾隆戊辰进士，散馆出为山东夏津县知县，以足疾改福宁府教授。其生平以古文词自力，其始欲抗周、秦、两汉，与荀卿、屈平、马迁、扬雄诸子搏，必伏而盬其脑，然后导而汇之韩、柳、欧阳、王、曾、姚、虞以下，若首受而委逆也。及其晚而反复于遵岩震川诸家，心愈降而客气尽；于是奇辞奥旨，不合于道者鲜矣！所以自命者如此。而要其刻意学韩，力矫熟俗；虽造语未能如韩之雄奇瑰丽，而运笔实能得韩之盘折拗怒，曲而劲，峭以肆，笔情瘦硬，盖得孙樵王安石学韩之一体。晚乃心折归有光，蕲于辞简体峻，而出以优游，取其自然，则与桐城姚氏之学，殊涂同归；特其为文简峻有余，优游不足，自是能品；故与姚鼐之逸品有间耳！盖仕琇学韩而媿于荆公之峻；鼐则由归以上窥永叔之逸也。其文始刻于乾隆二十四年乙卯，雷鋐、林明伦、朱雍及其兄仕玠为序之。仕玠与仕琇兄弟齐名；仕玠以诗；仕琇以古文。此本乃乾隆四十七年壬寅所刻。其弟子新城鲁仕骥于仕琇卒之明年，汇其已刻未刻遗文，属大兴朱珪校而刻之，为《文集》三十卷，《外集》八卷。而《外集》第八卷后附《梅崖山人诗偶存》，四言三首，五言三十六首；其诗骨力峻苍，质而为绮，不尚矜饰，笃意真古，乃学陶渊明者也。三十卷之前，冠以朱珪序；而《外集》则殿以朱筠墓志铭及仕骥所为行状焉。采录可诵，篇目如左：

诗类　辛巳孟冬过松谷拟留肄业简栎园子用韦苏州司空主簿琴席与韩库部会王祠曹韵二首　水口精舍访族兄耘庐二首　松谷夏夜　暮春宁立孚招饮一枝山房同人即席赋诗以鸣鸠乳燕青春深为韵分得鸠字　杂诗衰周起游说，神仙传不死，水牛狞行状，叔孙在患难，雾豹无隐姿，采药采参苓六首

论说类　原法　尧论上下

序跋类　迎銮曲序代　乐闲图序　崇本山房文集序　吴士林诗序　屏风集序　溪音序　鲁远怀诗集序　留踪集序　朱南冈诗集序　澄碧斋诗集序　黄石山人诗集序　莆风清籁集序代　莲麓画册诗序　半江书屋课艺序　徐郯侯制义序　金芑汀制义序　李早川制义序　余羽皋制义序　温陵先正文藏序　石臼陈氏族谱序

建宁大南何氏族谱序

书牍类　复沈侍郎书　上沈尚书书　答雷宪副书　与林穆庵书前作一字起句　与林穆庵书前作二札起句　重与林穆庵书　与林穆庵书东闱同事起句　又与陈绳庵书　复陈绳庵书　答陈来章书　三与李郁斋书　复李郁斋书　复家石君书　答鲁絜非书足下书辞起句　复答李絜非书　复黄临皋书　答金生芑汀书　答李磻玉书　又答李磻玉书　与筠园书　复涂荣诏书　与潘立人书　复上杨副使书　答王光禄西庄书窃仕琇闽西之鄙人起句　与余羽皋书去岁闻欲起句　与族兄可南书　示子文佑书

赠序类　送傅少尹序　送同年荆荫南序　送叶蔚文南归序　送筠园之京师序　赠族兄羽健序　赠黄君序　巡抚余公七十寿序　邑侯余公寿序　李枥园六十寿序　鲁致堂七十寿序　屏峰山人六十寿序　伯兄七十寿序　侄孟豪五十序　林母郑太夫人六十寿序　朱母鄢太夫人八十寿序

传状类　方天游传　李世升传　陈太学传　叶绍期传　晚含山人传　诰封宁化李太夫人传　岵庵先生行状　岵庵先生六十述

碑志类　通奉大夫都察院左副都御史雷公墓志铭　封朝议大夫提督四川学政吏部考功司郎中兼翰林院编修赓亭孟公墓志铭　赐进士出身资政大夫吏部左侍郎念修何公墓志铭　诰授奉直大夫云南镇南州知州龚君墓志铭　连城司训杨君墓志铭　太学生姜公墓志铭　明经席先生未亭墓志铭　郡文学宁君墓志铭　孝廉李君墓志铭　李君墓志铭　县文学鄢君墓志铭　从兄太学君理山墓志铭　乡饮宾明经朱公墓志铭　庠生朱公墓志铭　太学生朱君墓志铭　文仪墓志铭　文仁墓志铭　伯兄太学生默轩先生墓志铭　仲兄县文学恒庵墓志铭　筠园先生墓志铭　皇清诰封宜人晋封夫人黄太夫人墓志铭代　皇清敕赠太安人黄夫人墓志铭　李母余夫人墓志铭　皇清旌表节妇谢夫人二子从葬墓志铭　淑英墓志铭　先母李氏墓志铭　诰封奉直大夫例授州同知立轩陈

公暨元配诰封太宜人鲁氏合葬墓表　庠生朱公墓表　拟提督学院新建周公去思碑　松溪令潘公去思碑

杂记类　兰陔爱日图记　游鼓山记　重游灵隐峰记　山池荷花记　髻亭记　题泰宁宝盖岩

颂赞类　皇帝南巡颂　杜可权像赞　朱太翁引泉筑室图赞

哀祭类　雷时若哀辞　祭雷宪副文　祭妹丈黄君及亡妹文

右诗十二首，古文一百十七篇。其为文章自始学韩愈；其后更博采秦汉以来诸家之长，而独成其体于韩子之后。其教学者为文，即举韩子之所以教人者；而综其要，以立诚为本，以文从字顺各识职为旨归，以中有自得而能自为为究竟。而论学则不慊于时贤之为汉学者。论文则不慊于近世文人为程朱之学者。

其论治经曰："古人治经，非专门名家教授者；皆取大义通，不为章句；若孟子、荀卿、李斯、贾生、司马迁、刘向、扬雄、班固是也；故迁称李斯知六艺之归，固谓向父子扬雄为湛深经术，谓优于其义也。至于物名器械之详，则季汉通儒徐伟长之流，亦知鄙之矣！近时人不悦学，士多疏陋；故豪杰之士，率以博览自喜，夫经言精奥，史籍纷繁，加人自为之书，与世而增，虽有上智，岂能遍理；至传闻回互，文义点窜，先后相积，疑窦半毛，但当存而不论；岂能穷其自出。古人于事讹误未有折衷者，但云当考，或云慎取，如是而已；其言诚有味也！夫子曰：'我知之矣，如尔所不知何！'此圣人所以为万世法也。近世士多奋其私智以诬古籍，凿空立说，日出新奇，征引繁富，足佐其谬，其弊始宋之一二名人自喜之过；后遂益甚！扬子云曰：'多闻则守之以约，多见则守之以卓。寡闻，则无约也。寡见，则无卓也。'孤陋固不足以尽道。然荀况载孔子论士之言曰：'不务多知，务审其所知'；则所以主乎闻见者，必有道矣！"见《答王光禄西庄书》。

其论古人文利病曰："凡为文不宜太切；其陈义类迂诞而咀之有余味，使人心宽厚愉悦，风清而神远，穆然而近古，最为文家高致；若《公》、《穀》、《戴记》、《诗小序》、《春秋繁露》、《说苑》、《新序》、《列女传》是也。”见《梅崖杂录》。“仕琇治古文，自晚周下迄元明百余家，虽不能尽识，亦尝行其崖畔，知其升降所由。六经之作，圣人本诸身，垂教天地万物，理毕备。孟轲七篇，明仁义。荀况辅之。斯、非背师以售术。聃、周假道德放言。管、商新法。不韦吕览。下有脱文。穰苴、孙、吴申军制。丘明传《春秋》，灾异于董刘。《诗》变于原。史变于迁。《易》绍于雄。相如好靡，韩愈救其弊。此周、秦、汉至唐为辞之大较也。”见《与胡稚威书》。“孟、荀、屈原之后，能为六经之辞，惟扬雄、韩愈氏耳！李翱之文，温靖隐厚，犹有《诗》《书》遗风。他若百家杂术，出于周秦之间；汉氏作者益众，所著皆伟丽可喜，而害人心者亦已多矣！左氏、司马迁、董生、刘向、班固、欧阳、曾巩、王安石，其特淳者。若柳宗元、苏洵，亦其杰然者也。至子瞻、子由氏，挟其才智以倾一世；其徒晁、张、秦、黄从之，而法度一变矣！宋之南渡，作者率依附古籍而不能自为辞。陈亮、叶适、陆游、文天祥，稍治气格，有二苏遗风；盖晁张之亚也。元姚燧始法韩氏，而于仁义蔼如之旨远矣。虞集益求北宋大家之遗，而气格少陁。顾终元之世，论文未有先二家者也。明时作者，推王顾为最，归尤俊伟，骎骎乎轶元代，而追欧阳诸人以为徒者。盖自周以降，二千余年间，文章每降益衰，然其中辄有振起之者。故文衰于六朝，韩愈振之，降而五代，欧阳振之。及其又衰，姚燧振之。明文何、李、王、李之伪，王慎中、归有光振之。若今之为遵岩震川者，盖不知何人也。昔邵子湘、方望溪尝轻震川，至今日论定之下，二人视震川，果何如耶？人苦不自知，正坐此耳！”见《与石君书》。

“大约唐长庆后，其气伤；宋熙宁后，其理滤；二者交讥。古文道缺不全以迄于今，虽其间数十豪杰，力自振颓废中；然以二者追随终始，卒不能脱也！”见《与胡稚威书》。“近世文人为程朱之学者，如前明宋景濂、方希直之类，按其所著，大抵情僻而辞矜，辞陈而指浅，求其诗人优柔之风，书人灏噩之遗，邈不可见，以此自诩治经，岂非荀卿所称口耳之间，不足以美七尺之躯者耶！”见《答雷宪副书》。“又其淫则公偭规矩，裂六经以逞强，欲不囿于世而纳于作伪之类，若前代济南新安之类，皆厮养仆隶僭主人，曾不得比庶孽；沐猴而冠，妄自侈大，亦可哀也！”见《与胡稚威书》。“仕琇少孤，学无师传；其古今文，辄以意取通于古人，得其相属条理之一二；然治经卤莽，昧于史事，故措注处不能穷极原委以尽文之变化，使考古者望而意满；要其精神所著，则亦有不可诬者耳。古人之文，直书情事，而本末具见；后人繁征博引，弥形疏陋。尽古人根源盛大，所著皆自得之余。后人弱材薄植而速华，浅流自盈而务竭；故其文之工拙，行之远近，各称其精神为限；非口耳渔猎所得与也！”见《复涂荣诏书》。“《庄子》书谓宜熟读，其说理精处，吾儒不能过也；又条畅通贯于俗情人事，以之处世最宜；但文太疏快，久服伤人元气；又当以六经、荀、扬、《左》、《国》重厚淳朴之意，镇压之耳！”见《复李郁斋书》。“学六朝，去其排偶最善。若又能从此上穷屈、宋、扬、马，即与唐宋大家，岂殊源哉！至起伏照应，三国六朝，原不以此为工；盖其气韵轻清，苦神短耳！如流泉入花，虽有小潆洄激射映带，以幽迥取胜；然浩渺掩漾，万怪惶惑，终让江河也！然人才视志所趣，亦当量远近以自定；果能魏晋，亦岂易得！”见《与枏庭书》。“文章气大则力浑；凡以力见者，皆有畔岸，则害广博易良之体，而隘于气；此峭紧之文所以未达一间也！欲知韩、柳、欧、王文高下，于此观之。”见《乡饮朱公墓志铭后自题》。“硬排比对，相角而下，中无转捩虚机躲闪处，最窘笔力；此法昌黎独擅。柳州《咸宜》等篇，亦复雅健可喜。”见《规友后自题》。“退之《张彻》《王适》等铭，乃从《大雅》诸篇，兼采《瓠子》《天马》等乐歌，奥崛深洞，奇气横溢，直与《九章》《天问》相为彪炳；后之铭者皆法之；惟欧公《孙明复》《苏舜钦》《尹源》诸铭得其神髓。王介甫极力追摹，终于肤壳未化！”见《李君墓志铭后自题》。“退之摹《骚》，视柳为深；盖河东凄情哀怨处，得《九歌》神韵；然体过峻厉，与骚人之浑然无涯，尚属一间未达。退之邃于雅诰，故温柔敦厚，与《骚》不谋而合，未尝抒号哀怨而浏焉忽至；此惟深于文者知之耳！”见《祭李母姜夫人文后自题》。“四言祭文。《昌黎集》不用韵者甚多。”见《祭族叔乔瞻后文自题》。“柳子厚文树骨左马，采神《骚》《穀》，涵掩韩非、贾谊、子云、相如诸家，取源甚富；即西京亦少其敌，不论异代也！特其崖岸太峻，稍乖平康正直之体；以之载道，颇似未宜；要其文自卓绝也！近世有人疑指方苞以宋末诂训之遗，为腐木湿鼓之音，不解柳文，妄肆诋欺，其言尤怪诞痴僭可笑！盖垩髹泥墡，而訾虎豹之炳蔚，不知者嗤其妄，知者乃深哀其愚也！悲夫！积一生之力，精治古文，不知好学深思以增益其所未足者，而长伪饰骄，将以愚人，其究自愚而已！”见《福州郑鱼门文后自题》。“欧、苏、曾、王，各自成家；驯至姚牧庵、虞伯生渐合源流；至震川而益备，向时志意高，颇轻视之；今阅历久而心降，乃知前辈之未易及也！”见《答黄临皋书》。“震川《王邦宪墓志》《戴锦衣家传》，高卓郁动，得史迁之神；然《王志》气尚微滞，不逮《戴传》之豪俊，挥霍如意也！”见《孝廉李君墓志铭后自题》。“顾读曾子固《王容季集序》，以《书》善序事，简而无不足；继《诗》《书》孔子而作者，孟轲扬雄为最；而卜商、左丘明、司马迁、韩愈其次也。震川之业，视诸君子为稍繁；而世乃以太简少之，可笑也！”见《答族弟和鸣书》。“但当时寻绎欧阳、曾、王之文，使之日就简古坚朴为佳，震川文根本盛大而约省出之，固已脱落修洁；然终不若三君子之淳实切至也！”见《答鲁絜非书》。“仕琇自视所学，不敌震川十一；向时不自量，欲以简自名；出吏后，浸颓散不能制，日所书者，皆俗言也！我朝学者浸少。侯、魏、汪、姜诸家皆杰出者；然视元明皆不及。邵青门、储画溪、方望溪益求真素，而颇病肤浅。仕琇之文，亦诸人辈耳！”见《答族弟和鸣书》。“仕琇少年虚憍负气，更世事深，颇悔悟其妄；近稍敛就平实，检阅明朝归熙甫、王遵岩、方希直、高子业、徐昌谷诸人诗文，觉已有所未及。熙甫、子业尤高；其寄托真率，迈远自然，视后来摹拟牵附者，文采非不斐然可观，而终自言无与于中，令人寥绝不能明其志；若是著述虽多，只益伪耳！”见《答李千人书》。

其论学古文曰：“学古文，宜且先看曾子固、王介甫作者，得其澹朴淳洁之趣；储氏选本，于二家太略；当求得《鹿门文钞》读之。即欧阳文亦然；必合《五代史》读之，佳处始见也。至近世《三家文钞》、《青门篦稿》、《草堂文集》，亦宜博观识其利病。不如此，文章之变不尽。故经浚其源，史核其情，诸子通其指，《文选》辞赋博其趣，左氏太史劲其体，孟、荀、扬、韩正其义，柳、欧以下诸子参其同异，泛滥元明近世以极其变。归诸心得以保其真，要诸久远以俟其化。”见《答黄临皋书》。“固知积渐之功，不可诬也！杯勺不已，可生蛟龙。沟浍皆盈，顿生枯鲋。惟真故微，微故渐，渐可积而大也。惟伪故张，张故骤，骤者不终日而败也。所愿虚衷下气，深中厚蓄，以大其造就。大由于积，积由于微而渐，微者人忽之，渐者人迟之；不存人之见于胸中，则自不见为微与渐，见其为真而已！”见《与余羽皋书》。“所著文力求峻洁而养气未裕，则于立言之义不得其安，而声之高下长短，时有拂戾，此盖望速成之蔽也！韩子曰：‘无望其速成’；又曰：‘优游者有余。’欧阳子曰：‘孟韩文虽高，不必似之也，但取其自然耳。’此言甚精，久体之，当自悟也。大抵知言养气，二者为立言之要。知言在积；读书而慎取之，得其正且至者。所以载言者气也；气宜清明和平，不可过求紧健，既作之，又宜息之，顺乎其理，不以己与其间，斯得之矣！左氏、司马迁二史，荀、扬、庄、屈四子宜熟复；大指归于《诗》《书》，如此学韩乃为得其要领；仍取李习之、欧阳永叔、老苏、曾、王二公文观之，察其取于韩之异者；又时观柳柳州以见同时异趣，而本末之相去，有不可揜者；此尤为学之要也。”见《复黄临皋书》。

其论作文曰：“至著文之道，第本其所得于古人者，调剂心气，诚一以出之，齐庄以持之，优游以深之，曲折以畅之，援引古昔以矜重之，使其言粲然各识其职而不乱，澹然各止其所而不过，则虽寻常问讯起居之辞，而人宝之如金玉，袭之如兰芷，听之如笙瑟，味之如牢醴，有不忍去者矣！何也？则以其心气之清和恻怛。感人于微，而人乐之，亦自得其志也；故自贵者，人贵之；自爱者，人爱之。《传》曰：‘芷兰生于空林，不以无人而不芳’。斯为自著者也！后之作者，夸严自喜，动曰言思可法，或曰言必有用，故所为皆依仿缘饰以动于世；二者岂非教之所崇！第以古人出之，皆流于内足之余，其言信也。后之人未必然也，而驰骛心气以逐于外，色取声附以事观听，中枵源醨，美先尽矣；又何以永学者之思慕乎！”见《答王光禄西庄书》。“文章之贵，在于天人相兼，思学融会；忌用成句；语有出处，固为无病。然必其取喻亲切，方为有味；否则易涉苟便，反不如用己意点化之为得也！黄山谷云：‘韩杜诗文，皆有来处；后人读书少，便谓自作语耳。’李穆堂因此遂注《原道》用语来处，此拙于知言者也。退之谓‘唯古于辞必己出’。六经之文，中贯精意，何有沿袭！偶阅周亮工评文云：‘文莫妙于杜撰’；不觉惊叹，以周非文家，何其精于文事如此！孙樵谓世言俚言奇健，可为史笔精魄，因牵韩吏部云如此；孙樵当时谓为不然，易以典要二字，要岂得谓世言之无因哉！往时与先兄筠园论诗，谓自宋后无能自造语者，正谓杜撰之难也。”见《答蔡苍屿明府书》。“铭辞奇伟，要于义正句凿，不落模糊；否则堕入伪境矣！”见《族祖朱公墓志铭后自题》。“有韵之文，出于《诗》《骚》，辞意哀丽，上也。浑浩流转，次也。敷陈完饬，斯为下矣！若填缀杂乱，或遂混入后世诗句中语，风云月露，虫鸟花草，则恶道魔趣，徒供呕哕，不足与于此；而或犹尚之，可笑也！”见《古堂王公文后自题》。

其论学诗不如学古文曰：“古文之名起于唐；是时作者皆沿六代之遗，以偶俪为工；韩退之出，始深探六艺，凌骤诸子，脱落时体，粹然一出于正；子厚习之辅之，而有唐之文，遂与三代西汉同风。诗自《十九首》讫刘宋陶谢，作者古音不绝。齐梁始敝。至唐陈子昂《感遇诗》气格豪迈，又复于古。太白子美，每出益奇，然诗自鲍照至子美仅百年；自子昂太白而外，中间能者无数。古文自汉建武至唐贞元，惟得退之等数人而已！甚矣其难也！然古文之道，正大重厚，非学士大夫，立心端悫者莫能习；诗歌之靡，则儇人佻士，率往趋之；以故诗人之无行者不可胜数；而古文之传，皆正人君子也。严羽曰：‘诗有别才。’夫诗之道，虽易于古文；然非可一蹴至也，必沉酣《诗》《骚》，熟精《文选》，属思于有无之际，着笔于近远之间，发兴苍茫，开倪寥廓，无意而合，自然而成，触绪而悟，或则怒生豪出，嘘吸百川，喷字如珠，洒墨成雨，神歌鬼泣，混连元气，归于淡无；如此等境，皆诗家上乘，岂初学所能知哉！至若言取清虚，意求闲适，亦出天然，不可凑泊。古文虽难，然随人材质习之，即其所得浅深，皆可以正心术，导迎善气。且先录韩柳与人书及诸赋碑志，见其清深渊古者，日夕复之；然后乃及序记。次阅欧阳公《五代史》及《唐书》诸论赞，又次阅其碑志，乃及序记；因之乃及曾南丰、王介甫，因之又复于韩；又因韩以及李习之，及于柳，以见诸家同异；因是以上及于扬雄、刘向、董生、司马迁、相如、宋玉、屈原、荀况、左丘明、孙武、尉缭、管仲、穰苴、庄周、列御寇、《国语》、《国策》，因以下及于苏老泉，如此又数往复焉，乃及于西京诸作者，及于班固、张衡，及于东京，及于唐诸杂家，及于东坡、颍滨并宋诸杂家，及元、明、本朝诸家，又如是以复于唐宋；又复于诸子六经；诚如是渐进而自得焉。古文既立，其于诗盖顺而推之耳；若韩、柳、欧、王、苏之于诗，皆高出诸家，此其明验也。”见《示子文佑书》。

其论诗曰：“诗力求紧怒而乏疏奇之致，盖镕炼未造轻净，见滞闷而已；杜韩不如是也！”见《复李郁斋书》。“昔人论诗，谓七言其靡者，然唐时每以长句相矜，如杜甫之赠薛华，是也。甫后，工长句者，韩文公外，推宋苏文忠、黄文节；迄于南迁，金源氏之北渡，陆游、元好问，益讲明二公之遗。明之中世，北地李梦阳者出，始绌其前名家者，而专修杜甫氏；然后之论互有同异。赋为六诗之一，而其后《离骚》、《九歌》、《九章》、《九辨》，音节已渝。至于《招魂》、《高唐》、《上林》、《子虚》、《大人》、《七发》、《甘泉》、《长杨》、《羽猎》，则务为闳衍夸侈，竞于使人不可加矣！《大雅》‘维昔之富不如时’。‘今也日蹙国百里’，盖长句所昉；其后《牛角》、《垓下》、《大风》、《瓠子》、《柏梁》继作，迄后汉、魏、晋、六代益衍，至杜甫氏而极盛。甫尝自喜其诗能愈疟，因诵生平佳篇，皆长句也。盖长句与赋，皆诗之歧出者；迄宋而赋道几绝。苏黄二公长句法杜甫氏，而傅以己趣，自成阡术，票姚搜剔，畅悦精紧，卓立风气转侧之余，不袭取前人而自与合，故足贵也。北地一力摹拟，欲如优孟之肖孙叔，而忘始末简巨之不同揆，斯其蔽矣！国朝王尚书士正，始复寻陆氏元氏之遗绪，以韩、苏、黄三家长句为法；然王氏自著，亦兼采王维高适之遗，而杂出于元明诸家。”见《鲁远怀诗集序》。“王尚书惩空同、于鳞二李之弊，力矫荒伧，以清新俊逸为宗。数十年来，遂成风气；前后二宋玉叔、绵津颇以健格撑拄其间而力不胜。于时李天生独探源经术，其后铁君稍循岭南诸家之径，别立风格。”见《复家石君书》。仕琇文章为闽士所宗；其弟子新城鲁仕骥诵其师说以奉手姚鼐，用详次其说以备一家之学焉。

太乙舟文集八卷

新城陈用光字硕士撰。用光，嘉庆辛酉进士，累官礼部左侍郎。自其少小好为文章，学诗于铅山蒋士铨，学古文于舅氏同里鲁仕骥。而仕骥为建宁朱仕琇弟子，既受古文法，而其所自得，冲澹夷犹，别成其体于梅崖之外，与桐城姚鼐略同；遂通书问以相质正，又命用光从学于鼐，遂兼受两家法。今观其文，不为刻深毛鸷之状，而条达疏畅，浩浩乎随流平进，辞明而理举，意尽则言止，与世之为桐城，抑扬吞吐以事所谓情韵不匮者异趣；顾辞或芜烦，韵味亦短；而扶植理道，朴实无华，乃近方苞，而特逊其高浑凝固！其集初刻于道光十七年；用光先以十五年卒，其友人梅曾亮为编定，而冠以祁寯藻梅曾亮序，吴德旋为神道碑，梅曾亮为墓志铭，以备读者知人论世焉；至光绪乙未，重刻于长沙。诗则用光自刻，久罕传本；其裔孙陈赣一为《青鹤杂志》，选登第四、五卷。跌宕昭彰，仿佛蒋士铨；而无士铨之顾视清高，笔情雄骞；尝以诗质正大兴翁方纲。方纲评之曰：“作不入，所以作不出”；亦天资所限也！采录可诵，篇目如左。

序跋类　翠微山纪游诗序　银藤花馆词序　红叶山房文集序　南石先生制义序　振绮堂书目序　观斋集序　王述庵与蓉裳尺牍书后　袁简斋尺牍跋　山木先生书册跋

奏议类　论攻滑县贼折子　应诏言事折子
书牍类　与伯芝书顷检取姬传起句　再与国史馆总裁书　上王侍御书
赠序类　送登之以通判分发江苏序　送刘孟涂南归序　送童观察序　送胡墨庄给谏擢延建邵道序　送刘松岚为河东道序　送何兰士为宁夏守序　送服斋给谏外擢之官山左序　送邓鹿耕擢鹿港同知序　赠谭琴岩序　送黄初甫前辈乞养南归序　送程梓庭提刑之任江西序　送邓嶰筠同年廉访湖北序　送贺藕耕赞善出守南昌序　送梁芷邻仪曹擢守荆州序　果堂五叔父六十寿序　仲兄朗亭四十序　赠集正五十序　鲁南畹七十寿序　绎堂制府六十寿序　十五弟彪字说　四子字说
传状类　先母事述　姚先生行状　齐召南传　武虚谷家传　忻州知州鲁公家传　蒋省斋家传　费给谏家传
碑志类　从兄仁山侍郎墓志铭　从兄子玉方墓志铭　从兄子钟溪侍郎墓志铭　兄子兰祥墓志铭　贵州巡抚鹤樵程公墓志铭　光禄大夫经筵讲官户部左侍郎致仕歎斋顾公墓志铭　工部左侍郎浙江学政李公墓志铭　刘芝崖墓志铭　姚子方墓志铭　王叔和墓志铭　盐源县知县襄城常君墓志铭　吏部左侍郎谭公墓志铭　宝庆府知府谭子受墓志铭　鲁宾之墓志铭　寿晖厝志　韩理堂先生墓表　邓篑山墓表
杂记类　记先赠大夫画像始末　菊隐图记　蜀冈纪游图记　游石门洞记
哀祭类　鲁习之哀辞

右文六十五篇。论学，则宗义理而兼尚考据；论文则主疏澹而不废声色；一推本其师姚鼐之说。

其论经学曰："用光比为《论语义疏》，泛滥于诸经传说；益知朱子之学，诚为己耳，非有为乎人也；今之为汉学者，诚为人耳，非有为己也。胡氏之传《春秋》，前乎朱子者也。蔡氏之注《尚书》，后乎朱子者也。二子者，论议之迂，名物之略，诚有过焉；而攻朱子者丛击之不遗余力，曰吾汉学也。《春秋》每月书王，以为孔子之笔，此服虔说也；而胡氏因之。其不书王以治桓，贾逵说也；而胡氏取之。曰服贾而党之，曰胡蔡而伐之，党乎其所异，而不知固伐乎其所同，曾是以为愈乎！人心之相胜，至无已时也；不顾义理之安，而攻乎名之所难犯以为己名；夫胡蔡其嚆矢也。生心作事之害，非独儒生之论而已！”见《与姚先生书》。“阅近儒陈启源《毛诗稽古编》，其说专与朱子为难，独其考订名物，颇有是者；惟颇不喜惠定宇《明堂大道录》。比见翁覃溪先生《与胡雒君书》，亦以此为畔道之作，所当辞而辟之。覃溪先生又言：‘与其过信汉儒，无宁过信宋儒。’此非近日诸儒所能为之言也！”见《寄姚先生书》。“覃溪先生穷经，以博综汉学而归于勿背程朱为主，其识自非近人所及。然其论吾师姚鼐经说，谓‘不当自立议论；说经文字，不可以作古文。’则用光不敢谓然！欧阳子曰：‘经非一世之书也。’前人成说，有可以为左证者，有不可以为左证者。儒者学古，以其自得义理，兼所目验事实，参互考订，归于一是；必欲于前人成说，一字不敢移易，是今人所嗤为应声虫者也。虽依附郑孔，安能免门户之见哉！朱子之学，所以上接洙泗者，固其躬行心得，非诸儒所能几及；而其穷经之余，又精通文律，故其诂经文义，十得七八。用光尝谓东汉人拙于文辞，虽邠卿康成亦然；凡其说之难通者，皆其拙于文辞所致也。文辞之在人，乃天地精华所发；周秦人无不能文者。诸经虽不可以文论，然固文也；不知文不能文者，则不可以通经。今人读孔贾疏，未终卷，辄思卧；其为说轇轕缭绕，不能启发学者志意；非疏于文事之过耶！然则说经而以古文行之，其有益于后人，岂独文字之间而已哉！韩昌黎所注《论语》，惜后世无传本；使其传于世，朱子必亟称之矣。”见《寄姚先生书》。

其论史传曰：“善为政者，无变今之法，而能行古之道，善为文者，无变今之体，而能用古之法。繁简张弛，与时消息；虽在为文，何独不然！史传贵在传其人，俾可见于后世而已。马班诸史，无所谓附传也。刘向歆宜专传，而见于《楚元王传》中，不云附；犹曰其子孙也。

《孟子荀卿列传》列慎到、田骈、三邹子之属，而标题但曰‘孟荀’，不注旁以附。其《严朱徐贾诸传》，俱平标诸人，不云徐贾以附严朱也。惟范氏《蔡茂传》附‘郭贺’，则以贺释梦，而茂辟以为掾也；然贺居官有殊政，尝为显宗所褒异。盖以类附从，各有命意。今之为传，虽不能全用其体，而未尝不当略存其意。又昔之为《文苑传》者，边让赵壹之流，其人皆偏宕之士。今既严绝偏宕之士，则入传者必皆有守有为，不独其文学可称，而政事亦当纪；虽不能尽然，而可纪者，必当详纪之，以待后人之采择。用光撰国史，于《汪尧峰传》，舍芸台先生录《四库提要》议论之虚语，而录陈午亭相国纪载之实事。其《朱竹垞传》，用光所附者尚有数人，以馆中诸君谓附传不宜多列人数，姑徇其意；而独存谭吉璁者，以其为朱之中表，又同举鸿博，而尝有守城之功也。抑用光观古人列传之意，更有一说：林苑云者，群材总集之区也；若其人有杰出之材，则以专传为贵；董江都郑康成不入儒林，司马长卿不入文苑是也。今之列儒林文苑者，异日苟有马班之才出焉，岂无特取而为专传者乎？其余儒林文苑中人，不啻皆异日之附传者也。”见《再与国史馆总裁书》。

其论古文曰：“古文辞传之于世，必材与学兼备而后能有成；才不可能，而学则可勉致。然学有二：其存乎修辞者，异乎南北朝人之所学，为古文而得其途者知之矣！其存乎学而铢积寸累以求其义理；为古文而得其途者，其所得又有浅深之分焉；得于此者深，虽修辞之功不至，而固可自立；得于此者浅；虽修辞之功至，而未必其能自立也！苏氏曾氏之于欧阳，才与学兼备者也；继欧阳而庶几及之。李习之、皇甫持正、孙可之，学不足，而修辞之功至焉者也；继韩而瞠乎其后焉！然习之、持正、可之尚足以自立；生宋人之后而学不足，微特不能挈习之、持正、可之诸君子；且不能如为南北朝人之所学者之有成矣。”见《与管异之书》。“柳子厚云：‘铿锵陶冶，时时见古人情状。’此言格律声色也；无格律声色，不足以言古文辞。夫天下之道，有本有末，有浅有深。局于浅且末，固不足道矣；求其本与深焉者，而遗其末与浅焉者，此高语性命之学而不求诸事物之失也。为古文辞，乃亦类乎是。格律声色，古文辞之末且浅焉者也；然不得乎是，则古文辞终不成。自韩欧而外，惟归震川得此意；故虞文靖、唐荆川皆莫逮焉。”见《答宾之书》。“比读王遵岩文，觉其辞繁而不能成音。震川则虽常语而亦可成诵；以此知震川之不可及也！”见《寄姚先生书》。“曩时阅《梅崖集》，以为不可及；比乃觉其气少懈而骨格未坚；譬之乐，鲜纯绎之音；譬之木，鲜密栗之致；二者望溪似犹未至焉；梅崖于望溪，乃弥不能及已！近时王铁甫为文不可一世；用光得见其十二三，诚有过于梅崖者；然其于冲淡自然之诣，则似未之有得！”见《寄姚先生书》。“铁甫尝自言：‘生平所较胜于人者，东京六朝之功颇深也。’为用光言：‘宜留意兼采左、史、班固之茂密。’夫以东京六朝入西汉，是缀狐白以羔裘也；其兼采左班之茂密，譬列鸡彝龙勺而不废敦卣，意其言固犹有可采者乎？”见《寄姚先生书》。“夫昌黎变排比之习，而以疏胜；昌黎不独以疏胜也。欧阳、曾、王氏取其疏而得其所以为疏者，故能各独成其体。后之人无其学，而徒为冗散汗漫，使不可合于尺度；固宜其见诟病于世。然司马子长所以胜孟坚者，曷尝必以缜密为贵乎！吾师谓‘欧公能取异己者之长而时济之’，非独济之以密也。吾师谓‘曾公能避所短而不犯’，其所长在于疏；固非冗散汗漫而不合于尺度也。”见《寄姚先生书》。“孙过庭言作字云：‘先求平正，后追险绝。’作文正复如此。未能平正而遽求险绝，譬之孩提之童而遽欲举乌获之鼎，效魏犨为距跃曲踊也；其不至于绝膑折足者无几！然某君所见似尚未及此；其所见未忘乎六朝之绮丽，而震慴简斋之炫耀耳。用光比年乃知简斋之才虽横绝，而用之于古文，则全无是处！”见《与梅伯言书》。“用光之师先舅氏山木先生受古文法于朱梅崖，其在吾江西，卓然成一家言者也。姬传先生之门人，有管异之同、梅葛君曾亮，皆深造有得，胜于用光。”见《再与吕礼北书》。“吾今作诗文颇多，而总无惬心处；看来吾于虚处，总不能步趋吾师；惟当努力于实处，以冀步趋十分之一二耳。”见《与伯芝书》。“夫文有虚有实。虚者，骨脉神气也；实者，名物度数之见于文字间者，非考证之博，则每患其疏；故姬传先生尝以考证诲学者也。仆侍姬传先生久，又尝旁采莘楣覃溪诸君说，于考证知其途辙焉；而笔不足以副之，尝以气弱为恧！”见《致鲁宾之书》。“今之为汉学者，破碎穿凿，令人不乐观，虽仆亦以为然。顾舍是而使人得以空疏诋我，徒以机轴气体为古文辞，虽明之茅鹿门，今之朱梅崖，皆深有所得于古文者，而不免病是也！”见《答宾之书》。“吾师独举义理考据词章三者并重之说，以诲示人；而所自著，复既博且精，掩有三者之长，独辟一家之境；论文章于今日，先生功迈于震川矣！铁甬见未及此，固宜其以考据为病也！”见《寄姚先生书》。“且如阎百诗以汉学訾宋学，其词气之偏驳，非学者所当法也；其考证之精核者，则固古人实事求是之学，不可不法矣！朱竹垞为人不足论，其学亦不逮百诗；然博闻强识，则今人固未易几也！其文字虽无当于古文之业；然以其该洽，凡言学者往往不能废之！往日吾乡亦有闻山木之风而为古文者矣；然卒之无成者，以其无学也；无学，则无以辅其气，定其识。世人以古文学者多空疏，职是故也。且能以考证入文，其文乃益古。吾师尝语用光曰：‘太史公《周本纪赞》所谓周公葬我毕，毕在镐东南杜中；此史公之考证也；其气体何其高古，何尝如今人繁称博引，刺刺不休，令人望而生厌乎！’史公此等境诣，吾师文中时时有之，此固非百诗竹垞之所能知也。然则以考证佐义理，义理乃益可据；以考证入词章，词章乃益茂美矣！”见《复宾之书》。

其论骈文曰：“余未尝为骈俪之学，顾于其源流派别，考核之尝熟。往者喜杨蓉裳农部芳灿之文也。蓉裳之言曰：‘吾之为俪体文，色不欲其炫，音不欲其谐，以阏采而得古锦之观，以阏响而得孤弦之韵；是则吾之所取于玉溪生也。’盖本朝之为俪体文者至众，而讨论之精，则后来者往往轶出前人之上。若蓉裳之文，取格近于邵叔宝、孔巽轩，而易其朴而为华；取材富于陈其年、吴薗次，而易其熟而为涩；其次此事可云三折肱焉。”见《方彦闻俪体文序》。其他论保甲，则曰：“今之行保甲者，失《周官》比闾族党佐行教化之意，而反邻于商君相连坐之法，非徒其法之未究，抑亦其用意之相左矣！”见《与刘仲矩书》。“昔惠先生士奇之说地官，吾有取焉；其言曰：‘管子法周官，事类相近，凡孝弟忠信，贤良隽才，由其下以次复于上；有过恶，由其下以次及于上；犹是周官比闾族党州乡，劝善纠恶，庆赏相共，刑罚相及之意；非若商君什伍连坐之法，益之以暴也。’盖市者政详于下，故其上之政简。夫相受相保，相赒相救，民之所自致其恩谊也。”见《屈氏义庄书田序》。信可为世之言保甲法者当头下棒喝焉！

大云山房文稿初集四卷　二集四卷
言事二卷　文稿补编一卷

阳湖恽敬字子居撰。敬，乾隆癸卯举人，历官浙江江山、山东平阴、江西新喻瑞金知县；其《文稿初集二集》，皆敬手定，各有《序目》。《初集序目》自道早年学古文之攻苦以厘有成，略脱胎韩愈《答李翊书》。《二集序目》则以诸子流别之法，论定文章，而谓文集之衰，当救之以百家；同于章学诚《文史通义》之所论。又为《文稿通例》二十五条刊卷末，以见文章之义法。《初集》以嘉庆二十年刻于南昌；而《二集》则以是年刻于广州；至咸丰庚申，太平军略地常州，而板以毁；其孙念孙以同治八年，重刻于四川，而附《言事》二卷，《补编》一卷。阳湖古文以恽敬张惠言为开山，而出于桐城。阳湖陆继辂与恽张同时交好，而按其所著《崇百药斋文集》，有《七家文钞序》曰：“我朝自望溪方氏别裁诸伪体，一传为刘海峰，再传为姚惜抱；桐城一大县耳，而有三君子接踵辉映其间，可谓盛矣！然世之沉溺于伪体者，固未尝一日而息。乾隆间，钱伯坰鲁思亲受业于海峰之门，时时诵其师说于其友恽子居张皋文。二子者，始尽弃其考据骈俪之学，专志以治古文。盖皋文研精经传，其学从源而及流；子居泛滥百家之言，其学由博而反约。二子之致力不同，而其文之澄然而清，秩而有序，则由望溪而上求之震川，又上而求之庐陵，如一辙也。”然敬则不安于桐城之所为，自言：“古文法尽出子长，其孟坚以下，时参笔势而已。”见《与黄石书》。又谓：“变化取子长，严整取孟坚。”见《上举主陈笠帆先生书》。今观其文，言厉气雄，若肆意出之，而下笔特矜慎。姚鼐如敛而促，意余于词而不欲尽，敬则特悍以矜，气溢于篇，而不敢尽。曾国藩用扬马司马相如、扬雄以捄桐城之希淡，而瑰丽间出；其蔽也杂！敬则学马班司马迁、班固以药桐城之芜近，而遒变时臻；其蔽也矜！其辞净而无滓：斯敬之所以同于桐城，而与曾国藩为异。其气厉而为雄，斯敬之所以异于桐城，而与曾国藩为同。采录可诵，写目如左。

论说类　三代因革论八首　西楚都彭城论

序跋类　子居决事序　秋潭外集序

书牍类　上曹俪笙侍郎书　答蒋松如书　上举主笠帆先生书　答张翰风书

传状类　前翰林院编修洪君遗事述　前济南府知府候补郎中徐君遗事述　杨中立战功略

碑志类　前太子少保云贵总督刘公祠版文　前四川提督董公神道碑铭　太子少师体仁阁大学士戴公神道碑铭　张皋文墓志铭　舅氏清如先生墓志铭　前临川县知县彭君墓志铭　兵部额外主事王君墓志铭　宁都州学正闻君墓志铭　彭泽县教谕宋君墓志铭　宁都营参将博罗里公墓志铭　刑部主事曹君墓志铭　甘宜人祔葬墓志铭　姜太孺人墓志铭　亡妻陈孺人权厝志　光孝寺碑铭　赠光禄大夫陈公神道碑铭　刑部尚书金公墓志铭　国子监生钱君墓志铭　孙九成墓志铭　万孺人祔葬墓志铭　浙江提督李公墓阙铭　翰林院庶吉士金君华表铭

杂记类　新喻东门漕仓记　重修万公祠记　东路记　游翠微峰记两首　纪言　书山东知县事　书获刘之协事　游庐山记　游庐山后记　舟经丹霞山记　游罗浮山记　分霞岭记　茶山记　酥醪观记　游通天岩记

右文五十七篇。大抵论学兼通儒释，不以为混；论文推本经子，必裁以义。其论古文之源流及其治法曰："昔者班孟坚因刘子政父子《七略》为《艺文志》，序《六艺》为九种，圣人之经，永世尊尚焉；其诸子则别为十家，论可观者九家，以为虽有蔽短，合其要归，亦六经之支与流裔。敬尝通会其说：儒家体备《礼》及《论语》《孝经》，墨家变而离其宗。道家、阴阳家支骈于《易》。法家、名家疏源于《春秋》。纵横家、杂家、小说家适用于《诗》《书》；孟坚所谓'《诗》以正言，《书》以广听'也；惟《诗》之流，复别为诗赋家，而乐寓焉。农家、兵家、术数家、方技家，圣人未尝专语之；然其体亦六艺之所孕也。是故六艺要其中，百家明其际会；六艺举其大。百家尽其条流，其失者，孟坚已次第言之；而其得者，穷高极深，析事剖理，各有所属；故曰：'修《六艺》之文，观九家之言，可以通万方之略。'后世百家微而文集行，文集弊而经义起；经义散而文集益漓。学者少壮至老，贫贱至贵，渐渍于圣贤之精微，阐明于儒先之疏证，而文集反日替者，何哉？盖附会《六艺》，屏绝百家，耳目之用不发，事物之赜不统，故性情之德不能用也。敬观之前世：贾生自名家纵横家入，故其言浩汗而断制。鼂错自法家兵家入，故其言峭实。董仲舒、刘子政自儒家道家阴阳家入，故其言和而多端。韩退之自儒家法家名家入，故其言峻而能达。曾子固、苏子由自儒家杂家入，故其言温而定。柳子厚、欧阳永叔自儒家杂家词赋家入，故其言详雅有度。杜牧之、苏明允自兵家纵横家入，故其言纵厉。苏子瞻自纵横家道家小说家入，故其言逍遥而震动。至若黄初甘露之间，子桓、子建，气体高朗；叔夜、嗣宗，情识精微；始以轻隽为适意，时俗为自然，风格相仍，渐成轨范；于是文集与百家判为二途。熙宁宝庆之会，时师破坏经说，其失也凿；陋儒襞积经文，其失也肤。后进之士，窃圣人遗说，规而画之，睇而斫之，于是文集与经义并为一物。太白、乐天、梦得诸人，自曹魏发情。静修、幼清、正学诸人，自赵宋得理。递趋递下，卑冗日积；是故百家之敝，当折之以《六艺》，文集之衰，当起之以百家。"见《二集序目》。"是何也？孔子曰：'辞达而已矣。'

孟子曰:‘诐辞知其所蔽。淫辞知其所陷。邪辞知其所离。遁辞知其所穷。’古之辞具在也,其无所蔽、所陷、所离、所穷四者,皆达者也。有所蔽、所陷、所离、所穷四者,皆不达者也。然而是四者有有之而于达无害者焉,列御寇、庄周之言是也,非圣人之所谓达也!有时有之,时无之,而于达亦无害者焉;管仲、荀卿之书是也;亦非圣人之所谓达也!圣人之所谓达者何哉?其心严而慎者,其辞端。其神暇而愉者,其辞和。其气灏然而行者,其辞大。其知通于微者,其辞无不至。言理之辞,如火之明,上下无不灼然,而迹不可求也。言情之辞,如水之曲行旁至,灌渠入穴,远来而不知所往也。言事之辞,如土之坟壤咸泻而无不可用,此其本也。盖犹有末焉。其机如弓弩之张在乎手,而志则的也。其行如挈壶之递下而微至也。其体如宗庙圭琮之不可杂置也,如毛发肌肤骨肉之皆备而运于脉也,如观于崇冈深岩,进退俯仰,而横侧乔堕无定也,如是其可以为能于文者乎!若其从入之途,则有要焉。曰:其气澄而无滓也,积之,则无滓而能厚也。其质整而无裂也,驯之则无裂而能变也。”见《与纫之论文书》。“然必有性灵有气魄之人,方能语小则直凑单微,语大则推倒豪杰。本源秽者,文不能净;本源粗者,文不能细;本源小者,文不能大也。”见《与来卿》。“治之之法,须平日穷理极精,临文夷然而行,不责理而理附之;平日养气极壮,临文沛然而下,下袭气而气注之;则细入无伦;大含无际,波澜气格,无一处是古人而皆古人至处矣!看文可助穷理之功,读文可发养气之功。看文,看其意,看其辞,看其法,看其势,一一推测备细,不可孤负古人。读文则湛浸其中,日日读之,久久则与为一;然非无脱化也。欧公每作文,读《日者传》一遍;欧文与《日者传》,何啻千里;此得读文三昧矣!今举看文之法:譬如《史记·李将军列传》:‘匈奴惊上山陈。’一山字,便是极妙法门。何也?匈奴疑汉兵有伏,以冈谷隐蔽耳;若一望平原,则放骑追射矣;李将军岂能百射直前,且下马解鞍哉!使班孟坚为之,必先提清汉与匈奴相遇山下,亦文中能手;史公则于匈奴惊下销纳之,剑侠空空儿也。此小处看文法也。《史记·货殖列传》，千头万绪，忽叙忽议，读者几于入武帝建章宫，炀帝迷楼，然纲领不过‘昔者’及‘汉兴’四字耳；是史公胸次，真如龙伯国人，可块视三山，杯看五湖矣！此大处看文法也。其读文之妙无可言，当自得之而已！”见《答来卿》。“至于作文之事，曰典。典者，所以尊古也；若单文无故实，则比于小学诸书；当时语，据制诏及功令，是也。曰自己出。毋勦意，毋勦辞，是也。曰审势。能审势，故文无定形；古之作者，言无同声，章无同格，是也。曰不过乎物。不过乎物者，必称其物也；言事言理言情皆以之。”见《初集序目》。“作文之法，不过理实气充。理实先须致知之功，气充先须寡欲之功。故知非枝枝节节为之，不过其心渊然于万物之差别，一一不放过；故古人之文，无一意一字苟且也。寡欲非扫净斩绝为之，不过其心超然于万事之攻取，一一不黏着；故古人之文，无一句一字尘俗也。其尺度，则《文心雕龙》、《史通》、《文章宗旨》等书先涉猎数过，可以得典型焉。若其变化之妙，存乎一心而已！”见《答来卿》。

其论古今文家利钝，如论太史公曰：“敬十五六时，读《史记》，以孟子、荀卿与诸子同传，不得其说，问之舅氏清如先生。先生曰：‘此法史家亡之久矣。太史公传孟子，曰受业子思之门人，曰道既通；盖太史公于孔子之后，推孟子一人而已；而世主卒不用；所用者，孙子、田忌，战攻之徒耳！次则三驺子、淳于髡诸人，其术皆足以动世主，传中所谓牛鼎之意也；而孟子独陈先王之道，岂有幸耶！荀卿者，非孟子匹也；然以谈儒墨道德废；况孟子耶！盖罪世主之辞也。其行文如大海泛荡，不出于厓；如龙登玄云；远视有悠然之迹而已；孟坚、蔚宗不能至也！然世主所以不用孟子者，何也？陷于利也；而不知即所以亡：故以梁惠王言利发端，又引孔子罕言利，以明孟子之所祖。是以荀卿形孟子，以诸子形孟子、荀卿，故题曰《孟子荀卿列传》。若孟坚蔚宗，当题孟、二驺、淳于列传矣。此《史记》所以可贵也。’后见敬读《文选》，曰：‘汝知纵横之道乎？言相并必有左右，意相附必有阴阳，错综用之，即纵横也。’敬思之竟日，仍于先生之言《史记》得之。于是读天下之书皆释然矣。”见《孟子荀卿列传书后》。又曰：“作史之法有二，太史公皆自发之。其一《留侯世家》曰‘所与上从容言天下事甚众，非天下所以存亡故不书’；此作本纪世家列传法也；而表书亦用之。其一《报任少卿书》曰：‘究天人之际，通古今之变。’此作表书法也；而本纪世家列传亦用之。《史记》七十列传，各发一义，皆有明于天人古今之数；而十类传为最著。盖三代之后，仕者惟循吏、酷吏、佞幸三途；其余心力异于人者，不归儒林，则归游侠，归货殖，天下尽于此矣！其旁出者为刺客，为滑稽，为日者，为龟策，皆畸零之人。”见《读货殖列传》。

读《论衡》曰：“吾友张皋文尝薄《论衡》，诋为鄙冗，其《问孔》诸篇，益无理致。然亦有不可没者；其气平，其思通，其义时归于反身。盖子任禀质卑薄，卑薄故迂退，迂退故言烦而意近；其为文以荀卿为途轨而无其才与学，所得遂止此；然视为商韩之说者，有径庭焉。卑薄则易近于道；高强则易入于术；斯亦兼人者之所宜知也！”

论汉人文曰：“近有言汉人文多如经注，唐宋文，乃汉之变体者，吾谁欺，欺天乎！汉人文如经注者，止经师自序之文。其他奏疏、上书、记事、言情之文具在，皆与唐宋之文出入者也。推而上之，圣人之六经，文之最初者矣；唐宋诸大家悉与之相肖。《仪礼》之细谨，《考工记》之峭岩，其相肖者，如《画记》、《说车》是也。若汉之经师，肖六经何体耶！且文固不论相肖也。”见《与赵石农》。

论韩愈曰：“《平淮西碑》，是摹《书》《诗》二经，已为人读烂，不可学；《南海庙碑》，是摹汉人文，亦不可学；如书字摹古之帖，若复摹之，乃奴婢中重儓也。《送李愿序》，浅而近俗。《与于襄阳书》，俳而近滞。《释言》窠臼太甚。《上宰相书》亦有窠臼；其后两篇，夭矫如龙矣！学韩文，先须分别其不可学者，乃最要也；此外可学者，大都识高则笔力自达，力厚则调采自腴；而其用意用法之巧，有不可胜求者，略举数篇以为体例：如《汴州水门记》，节度使是何官衔，陇西公是何人物，水门之事则甚小，若一铺叙，不成话矣！故记止三行，诗中详其事业，于水门止一两语点过；此是小题不可大作也。有大题亦不可大作者，李习之《拜禹言》是也。禹之功德，从何处赞扬，故止以数言唱叹之；知此虽著述汗牛充栋，岂有浮笔浪墨耶！如《殿中少监墓志》，竟用点染法，韩公何以有此种笔墨？盖因少监无事可书，北平王事业涵盖天地，若不叙北平王，于理不可；然轻叙则不称北平王，重叙则少监一边寥落，喧宾夺主矣；是以并叙三代，均用喻言，使文体均称，翻出异样采绘，照耀耳目；且恐平叙三代，有涉形迹，是以将纳交作连络，存没作波澜，真鬼神于文者也！如《滕王阁记》有王子安一篇在前，其文较之韩公，乃瑜珈僧之于法王，寇谦之、杜光庭等之于仙伯，何足芥蒂，然工部所谓当时体也，其力亦足及远。即有此文，不可不避，故韩公记从未至滕王阁用意，笔墨皆烟云矣！如《贞曜先生》《施先生墓志》，不列一事；以贞曜诗人，施先生经师，止此二意，便可推衍成绝世之文，若列一事，体便杂也。又如《曹成王碑》、《许国公碑》，尽列众事；以二人均有大功于民生国计，其事皆不可削，须择之，部署之，铺排之，以成吾之文；若一虚摹，文与人与官皆不称也。以上意法引而伸之，可千可万，可极无量。欧公盖能得之而尽易其面貌，故差肩于韩公。若各大家，各名家，均有所得；不如欧公所得之多也；倘不如此看，则欧公之文，与凡庸恶软美之文何别哉！”见《答来卿》。又曰：“余少读韩退之《南山诗》及子厚《万石亭记》、《小邱记》，喜其比形类情，卓诡排荡，及长，始知其法自周秦以来体物者皆用之；非退之、子厚诗文之至者也！退之以重望自山阳改官京曹，方有大行之志；故其诗恢悦。子厚负衅远谪，故其文清浏而迫隘。”见《沿霸山图诗序》。

其论明清人文曰：“文章之事，工部所谓大成；着力雕镌，便觌面千里；俪体尚然，何况散行；然此事如禅宗，箍桶脱落，布袋打失之后，信口接机，头头是道，无一滴水外散，乃为天成；若未到此境界，一松口，便属乱统矣；是以敬观古今之文，越天成，越有法度。如《史记》，千古以为疏阔，而柳子厚独以洁许之。今读《伯夷》《屈原》等列传，重叠拉杂，及删其一字一句，则其意不全；可见古人所得矣。至所谓疏古，乃通身枝叶扶疏，气象浑雅；非不检之谓也。敬于此事，如禅宗，看话头，参知识，盖三十年；惜钝根所得，不过如此；然于近世文人痛病，多能言之。其最粗者，如袁中郎等，乃卑薄派，听明交游客能之。徐文长，乃琐异派，风狂才子能之。艾千子等，乃描摹派，占毕小儒能之。侯朝宗、魏叔子，进乎此矣；然枪楷气重。归熙甫、汪苕文、方灵皋，进乎此矣；然袍袖气重。能捭脱此数家，则掉臂游行，另有蹊径，亦不妨仍落此数家；不染习气者，人习气所不染；即禅宗入魔法也。”见《与舒白香》。又曰：“古文，文中之一体耳；而其体至正；不可余，余则支；不可尽，尽则敝；不可为容，为容则体下。方望溪曰：‘古文虽小道，失其传者七百年。’望溪之言若是；是明之遵岩王慎中震川归有光，本朝之雪苑侯朝宗勺庭魏禧尧峰汪琬诸君子，皆不得与乎望溪之所许矣！盖遵岩、震川，常有意为古文者也；有意为古文而平生之才与学，不能沛然于所为之文之外，则将依附其体而为之；依附其体而为之，则为支、为敝、为体下，不招而至矣！是故遵岩之文赡，赡则用力必过，其失也少支而多敝；震川之文谨，谨则置辞必近，其失也少敝而多支；而为容之失，二家缓急不同，同出于体下；集中之得者十有六七，失者十而三四焉；此望溪之所以不满也。李安溪先生曰：‘古文韩公之后，惟介甫得其法。’是说也，视望溪有加甚焉！敬当即安溪之意推之，盖雪苑、芍庭之失，毗于遵岩，而锐过之，其疾征于二苏氏。尧峰之失，毗于震川，而弱过之，其疾征于欧阳文忠公。欧与苏二家，所蓄有余，故其疾难形；雪苑、勺庭、尧峰，所蓄不足，故其疾易见。然望溪之于古文，则又有未至者；是故旨近端而有时而歧，辞近醇而有时而窳。近日朱梅厓等于望溪有不足之辞，而梅厓所得，视望溪益庳隘。文人之见，日胜一日，其力则日逊焉！敬生于下里，同州诸前达，多习校录，成考证专家；为赋咏者，或率意自恣，而大江南北以文名天下者，几于猖狂无理，排溺一世之人，其势力至今未已！疑指袁枚敬幸少乐疏旷，未尝捉笔，求若辈所谓文之工者而浸渍之，其道不亲，其事不习，故心不为所陷而渐有以知其非；后与同州张皋文、吴仲伦、桐城王悔生游，始知姚姬传之学，出于刘海峰；海峰之学，出于方望溪；及求三人之文观之，又未足以餍其心所欲云者！由是由本朝推之于明，推之于宋唐，推之于汉与秦，断断焉析其正变，区其长短，然后知望溪所以不满者，盖自厚趋薄，自坚趋瑕，自大趋小；而其体之正，不特遵岩、震川以下，未之有变；即海峰、姬传，亦非破坏典型，沉酣淫诐者；若是，则所谓为支、为敝、为体下者，皆其薄、其瑕、其小为之。如能尽其才与学以从事焉，则支者如山之立，敝者如水之去腐，体下者如负青天之高；于是积之而为厚焉，敛之而为坚焉，充之而为大焉。然所谓才与学者何哉？曾子固曰：'明必足以周万事之理，道必足以适天下之用，智必足以通难知之意，文必足以发难显之情，'如是而已！皋文最渊雅，中道而逝。仲伦才弱，悔生气败。"见《上曹丽笙侍郎书》。又曰："《海峰楼文集》细检量，论事论人未得其平，论理未得其正；大抵笔锐于本师方望溪而疏朴不及；才则有余于弟子姚姬传矣。而或者以洁目之；鄙见太史公之洁，全在用意捭落，千端万绪，至字句不妨有可议者；今海峰字句极洁，而意不免芜近，非真洁也！姬传以才短不敢放言高论；海峰则无所不敢矣，惧其破道也；又好语科名得失，酒食微逐，胸中得无滓秽太清耶！"见《与章澧南》。又曰："朱梅崖，始终学韩公者也。大抵韩公天资近圣贤豪杰，而为文从经诸子入，故用意深博，用笔奥衍精醇。梅崖止文人，而为文又从韩公入，故词甚古，意甚今，求炼则伤格，求遒则伤调。自皇甫持正、李南纪、孙可之以后，学韩者皆犯之；然其法度之正，声气之雅，较之破度败律以为新奇者，已如负青天而下视矣！"见《答伊扬州书二》。又曰："仲伦达心而懦。愓甫强有方而自是。仲伦之于道也俭，愓甫之于道也越。"见《上秦小岘按察书》。

其自叙学古文之经历以及临文之甘苦曰："敬生四年，先府君教之四声，八年，学为诗，十一，学为文；十五，学六朝文，学汉魏赋颂及宋元小词；十七，学汉、唐、宋、元、明诸大家文，先府君始告以读书之序，穷理之要，摄心专气之验，非是不足以为文；于是复反而治小学，治经史百家，凡先府君手录天官地志物理人事诸书，亦得次第观之；然未有所发也，时于一二日中得一解而油油然；数十日中得一解而油油然；至索之心，诵之口，书之手，仍芒芒乎摇摇乎而已！先府君曰：‘此心与气之故也，不可以急治；当谨而俟之，减嗜欲，畅情志；嗜欲减，则不淆杂；情志畅，然后能立，能立然后能久大！’自是之后，敬不敢言文者十年！旋走京师，游中原，南极黔楚，与天下笃雅恭敬之士交，窃窥其言行著述，因复理先府君之言，欲有所论撰，而下笔迂回细谨，块然不能自举！呜呼！天地万物，皆日变者也，而不变者在焉，不变者，所以成其日变也。文者，生乎人之心。天地万物之日变，气为之，心之日变，神为之，神之变；速于气之变；而迂回之敝，循循然而缓，谨细之敝，切切然而急；于神皆有所阂焉，敢不力充之以求所以日变者哉！然而有不可变者。《典论》曰：‘学无所遗，辞无所假。’《史记》曰：‘择其言尤雅者著于篇。’可以观矣！”见《初集序目》。又曰：“近作《后二仆传》，见《初集》。仆人止可作小传，若将陈明光缘起叙入，亦非法，且笔下纠扰矣！细审之，其法皆自《史记》《汉书》来，无他谬巧，不过安放妥当耳！观此便可知前明及国朝诸家仆人传之非法也。张彦远《名画记》曰：‘失于自然而后神。失于神而后妙。失于妙而后精。精之为病也，而成谨细。自然者上品之上，神者上品之中，妙者上品之下。精者中品之中，谨细者中品之中。’不佞之文，其精与谨细之间乎！然《名画记》不列中下品；以下者即所谓‘近今之画，焕烂而求备，错乱而无旨’者是也。画如是；文可知矣。”又曰：“书日之法，始于《尚书》而详于《春秋》。《春秋》书鲁大夫之卒，《穀梁》言：‘日者正也；不日者恶也。’《公羊》则以不日为远。今考公子牙以后二十三人，贤与不肖，卒皆日；则不日者以远失之，《公羊》为是；故古者金石文卒皆书日也。《左传》：‘众父卒，公不与小敛，故不书日。’孔疏以季孙行父等证之；是君临宜日也。《文端碑》：原题《太子少师体仁阁大学士戴公神道碑铭》，见《初集》。书‘甲寅，皇上亲临丧次’，其法本此。至赐谥，赐祀贤良，赐祭，《春秋》无明文可比；然不日，则疑于与临丧同日矣，故谨书之。《春秋》于丧之归皆书日，桓公、昭公是也；故文端之丧至南昌，亦谨书之。葬之日不日，《公羊》有渴葬漫葬之说，而以不日为正；

然《春秋》书鲁公之葬、夫人之葬各十，皆日；则他国之不日者，亦以远失之；非如《公羊》之说也；故文端之葬，亦谨书之。数条皆金石文通例也。若书三代封赠之法，其以一笔书者，必官封无异焉；今筤圃先生，文端之父有官阶，不可没；彭太夫人受夫封，亦不可没；是以前后详书，而中以如曾祖、如曾祖妣变文以隔之；此亦金石文通例也。其所以必三代排比书，不合书有官无官，有封无封，而一笔以封赠结之者，抑更有说。此文自嘉庆元年至如公式，以日排比书；举人，中书，以文端之年排比书；赐及第以后，以国家年号排比书；而于赐及第书文端之年，为上下转捩；盖前后数百言皆排比法，以见谨也；若书三代独不排比，则为文体不纯矣！《史记》《汉书》有排比数千言者，其后必大震荡之。此文实在前，虚在后；所以如此者，因通篇不书文端一事，故用排比法叙次家世科名官位，然后提笔作数十百曲，皆盘空捣虚，右回左转，令其势稽天匝地，以极震荡之力焉；此法近日诸家无人敢为，亦无人能为也！东坡《司马公神道碑》，虚在前，实在后；所以如此者，由一切事业，不足以尽文正，故竭力推阐在前，后列数大事，止闲闲指示，如浮云，如小石；此文正人之大，东坡手笔之大也！文端虽贤，必不敢自侪古人；敬才弱，必不敢犯东坡，因颠倒其局，用之；至变化则窃取子长，严整则窃取孟坚也。自南宋以来，束缚修饰，有死文，无生文；有卑文，无高文；有碎文，无整文；有小文，无大文。韩子诗曰：'想当施手时，巨刃摩天扬。'南宋以后，止于水航之尺寸粗细用心，而不想施手时，故陵夷至此也！妇人称太，始于太姜、太任、太姒。战国始见太后之称。汉晋以来，有太夫人之称。其夫在不称太，乃定制于北宋，至今沿之。而夫妇皆亡，则仍不称太，与历代升祔不称太同。文端为修撰之时，筤圃先生夫妇相继而逝，故封一品时，应去太字。"见《上举主陈笠帆先生书》。又曰："春麓先生乃天下后学典型，不止仕宦上流而已；敬初至浙江，即蒙异赏。今先生身后，得操笔墨以论次功德，何乐如之！原题《浙江分巡杭嘉湖道陕西候补道李公墓表》，见《初集》。惟是墓表之法，止表数大事，视神道碑庙碑体不同；视墓志铭体亦不同；墓志铭可言情言小事，表断不可；神道碑庙碑，凡崇宏宽博之言皆可揄扬，墓表必发明实事；故墓表之善最难。今止表浙江二事，其二事自为首尾，文即以之为首尾，而中间檃括诸事以隔之，此法《史记》《汉书》常用之而能使人不见；韩公偶用之即见，乃才之大小浅深也。昔欧公志尹河南，不知者颇有他说，欧公至为文力辩。今敬表春麓先生，自谓举一羽而知凤，睹一毛而知麟。”见《与李爱堂》。又曰：“作《同游海幢寺记》。见《二集》。此文儒为主中主，禅为主中宾，琴与诗为宾中主，画与棋与酒为宾中宾。其次序，前五节皆以禅消纳之，为后半重发无和尚张本；而儒止瞥然一见，如大海中日影，大山中雷声，此子长《河渠》《平准书》《伯夷》《屈原贾生列传》法也。海幢形势佳胜，先于独游时写足；入同游后，不必烦笔墨；此子长《项羽本纪》《李将军传》法也。敬古文尽出子长；其孟坚以下，时参笔势而已！”见《与黄香石》。又曰：“光禄公人伦模楷，专立祠堂，颂述功德，敬得附名其间，可谓幸甚！惟命以作记。敬思记体谨严，唐宋诸名人，虽破体为之，不过抑扬唱叹以远神激荡而已；氏族官位，既不能详列；学问事功，又不能实载；是以改作祠堂碑铭，原题《前光禄寺卿伊公祠堂碑铭》，见《二集》。可以用大笔发扬，用重笔结束。太夫人祔庙，亦于体得书矣。古者讲学之人，祠堂记多称号称先生，今用祠堂碑例，宜称官称公。道学异同，若入碑文中，少涉笔，则不透彻；多涉笔，则辩体论体矣；不涉笔，则通篇之文如玉卮无当，玉盘缺角；故起首推明朱子之学，后列高宗之谕及文恭之论，君友共证明之，递入铭中，可以纵横往来，使铭辞浏然确然，与碑文相照耀；乃变法中正法也！”见《答伊扬州书三》。又曰：“史笔不难于简，难于有余，最为高识名论。敬更有进者；王右军写《乐毅》，则情多拂郁；书《画赞》，则意涉瑰奇；《黄庭经》则怡怿虚无；《太史箴》又纵横争折。此如太史公传《儒林》《循吏》，皆笔笔内敛，与《游侠》《酷吏》不同。是以敬于《邓公志》文，不敢纵宕行之，遂致神太迫，气太劲！原题《汉中府知府护汉兴道邓公墓志铭》，见《二集》。若《儒林》《循吏》，神与气何尝不有余；此古人之不可及也！”见《答邓鹿耕书》。

其论佛经之文曰："凡佛经之说，其辞旨无甚大异。《楞伽经》不立一义，而诸义皆立，悉与《金刚经》相比；惟艰晦过当。达摩至中国，扫除一切文字，以此经付慧可大师；盖艰则难入；晦则难出；难入则意识无所用；难出则怡然涣然者，皆得之自然；乃即文字中断文字障法也！至鸿忍大师易以《金刚经》，简直平易，人皆乐从，故道法大行，而禅复流于文字；此五宗语录之所以歧互也！经中开卷斥百八句皆非，则全经语句无著为最胜处。盖《金刚经》先说法，后说非法；此经先说非法，后说法；一而已矣！其言不离妄想，即见正智；与《楞严》无始生死，根本无始元清净体义同；与《法华经》是法非思量分别之所能解，惟有诸佛乃能知之义亦同。佛法岂在多求耶！"见《楞严经书后一》。"如此下语，人以恽子居为宋学者固非，汉唐之学者亦非；要之男儿必有自立之处，不随人作计，如蚊之同声，蝇之同嗜，以取富贵名誉也！"见《得方九江》。又曰："《维摩诘经》，鸠摩罗什所译大乘经，史称与释道安相合，白大传曰：'证无生忍，造不二门，住不可思议解脱，莫极于《维摩经》'；盖指其中精语言之，行文则弇陋平杂，不足观也。其经之全指，在注明维摩诘示疾为缘起；盖佛教人出家，而维摩诘以居士见身，故此经佛道品言烦恼泥中有众生起，佛法乃即病与药耳！然执药治病，药即病矣；故下章入不二门品，尽扫除之，所以为大乘经也！如此义谛，惟佛地位能决之，诸弟子并大菩萨，岂任问此疾耶！盖全指皆出于佛，而笔授非过量人，虽释道安、鸠摩罗什无如之何也。"见《维摩诘经书后》。持之有故，强辩急论，要删其指以备一家之言云。

茗柯文初编一卷　二编二卷　三编一卷　四编一卷　补编二卷　外编二卷

武进张惠言字皋闻撰。惠言，嘉庆己未进士，官编修；其文初二三三编皆惠言自定；四编则其甥董士锡选录；而《补编》《外编》，则其门人仁和陈善以所藏遗稿属光泽高澍然写定。《四编》以上，其师仪征阮元于嘉庆十四年序而刊之。至同治八年，惠言之曾孙曰式曾者写录重刻；湘乡曾国藩序焉。惠言由词赋以为古文，盖吾宗伯埛及桐城王灼开其涂辙，而因以得法于刘大櫆者也。惠言与恽敬同里欢好，观其议论文章，礲切道德，以为凡余之友，未有如子居之深相知者。而敬《大云山房文稿》有《与汤编修书》，论惠言之所以为学者甚详。其辞曰："皋闻为人，其始为词章，志欲如六朝诸人之所为而止；已迁。而为昌黎、庐陵；已迁而为前后郑；已迁而为虞、许、贾、孔诸儒；最后迁而为濂、洛、关、闽之说；其所学皆未竟，而世徒震之，非知皋闻者也！皋闻寡欲多思；寡欲，故言行多行于自然，而有为者鲜；多思，故事艺皆出于必然，而无为者亦鲜。自然必然二者合之，进道之器也；然有为者鲜，则于道易近；无为者亦鲜，则于道易远；必也有为者亦归于无为，则庶几于斯道乎！"今按集中，有词赋之文，有韩欧之文，亦有汉儒虞郑之学，而无濂洛关闽之说，意为之而未及发也。而曾国藩序，则盛推惠言之不以考据之琐碎害词章，不以词赋之涂泽为古文，并行不悖，各适其可；其辞曰："文章之变多矣，高才者好异不已，往往造为瑰玮奇丽之辞，仿效汉人赋颂，繁声僻字，号为复古，曾无才力气势以驱使之，有若附赘悬瘤，施胶漆于深衣之上，但觉其不类耳！叙述朋旧，状其事迹，动称卓绝，若合古来名德至行，备于一身；譬之画师写真，众美毕具，伟则伟矣；而于其所图之人，固不肖也！吾尝执此以衡近世之文，能免于二者之讥实鲜；蹈之者多矣！皋闻先生编次《七十家赋》，评量殿最，不失铢黍；自为赋亦恢宏绝丽；至其他文，则空明澄澈，不复以博奥自高。平生师友，多超特不世之才；而下笔称述，适如其量，若帝天神鬼之监临，褒讥不敢少溢；何甚慎欤！自考据家之道既昌，说经者专宗汉儒，厌薄宋世义理心性等语，甚者诋毁洛闽，披索疵瑕，枝之搜而忘其本，流之逐而遗其源；临文则繁征博引，考一字，辨一物，累数千万言不能休，名曰汉学；前者自矜创获；后者附和偏诐而不知返，君子病之！先生求阴阳消息于《易》虞氏，求前圣制作于《礼》郑氏，辨《说文》之谐声，剖晰毫茫；固亦循汉学之轨辙；而虚衷研究，绝无陵驾先贤之意，萌于至隐；文词温润，亦无考证辩驳之风；尽取古人之长，而退然若无一长可恃，其蕴蓄者厚，遏而蔽之，能焉而不伐，敛焉而愈光，殆天下之神勇，古之所谓大雅者欤！”大抵惠言与恽敬同开阳湖，出于桐城而自为变化。姚鼐由归有光以敩欧阳修而蕲于洁适，其蔽也，谨细有余而不足于雄奇！惠言由刘大櫆以模韩愈而持以庄敬，其蔽也，矜持太过而或损其神明！恽敬取变化于史公，取严整于班书，而词笔则出王介甫；其为文也峭悍以肆。惠言取变化于庄子，取色泽于《骚》赋，而体段则学韩退之；其为文也瑰丽而矜。恽敬敩史公之遒变，而恢诡不如；惠言有韩笔之紧健，而气焰特逊。恽敬予智自雄，不免矜厉；而惠言泽古者深，又患模拟；如《黄山两赋》之模《离骚》，《七十家赋钞目录序》之模《庄子·天下篇》，《周易郑荀义序》之模太史公谈《六家要指》，《毕训咸咏史诗序》之模韩愈《原毁》，《庄达甫无名人诗序》之模《送王埙序》，《先祖妣事略》《先妣事略》之模归有光《先妣事略》，《书左仲甫事》之模韩愈《柳州罗池神庙碑》及孙樵《书何易于》，蹊径未化，其昭然者也；差幸智过其师，自出机杼，故不以模拟为嫌。采录可诵，写目如左。

赋类　游黄山赋　黄山赋　寒蝉赋　秋霖赋　望江南花赋　竹楼赋　蕉花赋　馆试灵台偃伯赋　馆试蜡宾说礼赋　馆试大恺乐赋　爱石图赋　拟庾子山七夕赋

序跋类　七十家赋钞目录序　庄先生遗文后序　周易虞氏义序　周易郑荀义序　易义别录序　词选序　毕训咸咏史诗序　庄达甫无名人诗序　杨云珊览辉阁诗序　庄达甫摄山采药图序　说江安甫所钞易说　雁黄残稿序代

书牍类　与左仲甫书　上阮中丞书

赠序类　送张文在分发甘肃序　赠毛洋溟序　送钱鲁斯序　送计伯英归吴江序

传状类　周维城传　济南知府庄君传　先府君行实　先祖妣事略

先妣事略　赃赠文林郎袁君家传　袁太孺人传　陈长生传

碑志类　庄君墓表　封文林郎恽君墓志铭　杨君茹征墓志铭　恭城知县陆君祠版文　江安甫葬铭　陆以宁墓志铭　例赠文林郎许君墓志铭　故儒林郎祝君墓志铭

杂记类　书左仲甫事　书山东河工事　关东纪程

哀祭类　祭江安甫文　告安甫文三首　祭金先生文　祭曹大司农文代　公祭汤太夫人文

右文五十六篇。大抵文章原本词赋，经学尤邃《虞易》。其论《易纬》曰："纬者，其原出于七十子之徒，相与传夫子之微言，因以识阴阳五行之序，灾异之本也。盖夫子五十学《易》而知天命。子贡曰：'夫子之言性与天道，不可得而闻！'是以其言者，六艺之文著之。其难言者，游夏之徒，或口受其传指，益增附推阐以相传授。秦汉之间，师儒第而录之，其亦有技术之士，以其所能推说于篇，参错间出，故其书杂而不能醇。刘歆之于纬，精矣！当其时，河洛之文大备。而《七略》不著录，将以符命之学，出于其中，在所禁秘耶？郑康成氏，汉之大儒，博通古文，甄录而为之注；则纬之出于圣门，而说经者之不可废也审矣！至隋，而六经之纬亡灭，惟《易》独存！《后汉书注》载其目曰：《稽览图》、《乾凿度》、《坤灵图》、《通卦验》、《是类谋》、《辨终备》；宋而更有《乾元序制记》、《乾坤凿度》。宋儒排而摈之，讫于元明，亡佚既多；其近完存者；《稽览图》、《乾凿度》、《通卦验》。《稽览图》论六日七分之候，《通卦验》言八卦晷气之应，此孟京氏阴阳之学。《乾凿度》论乾坤消息，始于一，变而七，进而九，一阴一阳相并而合于十五，统于一元，正于六位，通天意，理人伦，明王度，盖《易》之大义，条理毕贯，自诸儒莫能外之；其为夫子之绪论，田杨以来先师所传习，较然无疑！"见《易纬略义序》。"《易》之传，自商瞿子以至田生惟一家，焦氏后出；及费氏为古文，而汉之《易》有三。自是之后，田氏之《易》，杨、施、孟、梁邱、高氏而五，惟孟氏久行。焦氏之《易》，为京氏。费氏兴而孟京微焉！夫以传述之统，田生、丁将军之授受，则孟氏为《易》宗无疑；而其行不及费氏者，以传授者少；而费氏之经，与古文同，马融、郑康成为之传注故也。王弼注行而古师说微！孔颖达正义行而古《易》书亡！”见《易义别录序》。

其论汉《易》三家曰：“汉儒说《易》，大致可见者三家：郑氏、荀氏、虞氏。郑、荀，费氏《易》也。虞，孟氏《易》也。郑氏言礼。荀氏言升降。虞氏言消息。昔者伏羲作十言之教，曰乾坤震巽坎离艮兑消息；郑氏赞《易》实述之。至其说经，则以卦爻无变动，谓之彖辞。夫七八者彖；九六者变；经称用九用六，而辞皆七八，名与实不相应，非伏羲之旨也；爻象之区既隘，则乃求之于天，乾坤六爻，上系二十八宿，依气而应，谓之爻辰，若此，则三百八十四爻，其象十二而止，殆犹嫌焉；此又未得消息之用也。然其列贵贱之位，辨大小之序，正不易之伦，经纶创制，吉凶损益，与《诗》《书》《礼》《乐》相表里，则诸儒未有及之者也。荀氏之说消息，以乾升坤降，万物始乎泰，终乎否。夫阴阳之在天地，出入上下，故理有易有简，位有进有退，道有经有权，归于正而已；而荀氏言阳常升而不降，阴常降而不升，则姤遁否之义，大于既济也。然其推乾坤之本，合于一元，云行雨施，阴阳和均，而天地成位，则章章乎可谓得《易》之大义者也！虞氏考日月之行以正乾元，原七九之气以定六位，运始终之纪以叙六十四卦，要变化之居以明吉凶悔吝，六爻发挥旁通，乾元用九，则天下治，以则四德，盖与荀同原而闳大远矣！王弼之说，多本郑氏而弃其精微，后之学者习闻之，则以为费氏之义如此而已！其盈虚消长之次，周流变动之用，不详于《系辞》《彖》《象》，概以为不经。若观郑荀所传卦气十二辰八方之风，六位世应，爻互卦变，莫不彰著。刘向有言：‘《易象》皆祖田何，杨叔、丁将军大谊略同’；岂不信哉！”见《周易郑荀义序》。

其论《虞氏易》曰：“自汉成帝时刘向校书，考《易》说，以为诸家皆祖田何，杨叔、丁将军大义略同，惟京氏为异。而孟喜传《易》家阴阳，其说《易》本于气，而后以人事明之，八卦六十四象，四正七十二候，变通消息，诸儒皆祖述之，莫能具。当汉之季，扶风马融作《易传》，授郑康成。康成作《易注》。而荆州牧刘表，会稽太守王朗，颍川荀爽，南阳宋忠，皆以《易》名家，各有所述。惟翻传孟氏学，作《易注》，自称高祖父故零陵太守光少治孟氏《易》。曾祖父故平舆令成缵述其业。至祖父凤，最有旧书，世传其业；至翻五世。其言《易》以阴阳消息六爻，发挥旁通，升降上下，归于乾元用九而天下治，依物取类，贯穿比附，始若琐碎，及其沉深解剥，离根散叶，鬯茂条理，遂于大道，后儒罕能通之！自魏王弼以虚空之言解《易》，唐立于学官；而汉世诸儒之说微；独资州李鼎祚作《周易集解》，颇采古《易》家言，而翻注为多！其后古书尽亡，而宋道士陈抟以意造为《龙图》，其徒刘牧以为《易》之《河图》《洛书》也。河南邵雍又著《先天后天》之图，宋之说《易》者翕然宗之，以至于今，牢不可破；而《易》阴阳之大义，盖尽晦矣。清兴百年，元和征士惠栋始考孟、京、荀、郑、虞氏古义，作《易汉学》；又自为解释，曰《周易述》；然掇拾于已废之后，左右采获，十无二三，其所述大抵宗祢虞氏，而未能尽通，则旁征他说以合之。盖从唐、五代、宋、元、明，朽坏散乱千有余年，区区修补摭拾，欲一旦而其道复明，斯固难也！翻既承世学，又具见马、郑、荀书，考其是非，故其义为精。又古书亡，而汉魏师说可见者十余家，惟郑、荀、虞三家，略有梗概可指说；而虞又较备，然则求七十子之微言，田何、杨叔、丁将军之所传者，舍虞氏之注，何所自焉！”见《周易虞氏义序》。

其论赋之原流曰：“赋乌乎统？曰统乎志。志乌乎归？曰归乎正。夫民有感于心，有概于事，有达于性，有郁于情，故有不得已者而假于言。言，象也，象必有所寓；其在物之变化，天之漻漻，地之嚣嚣，日出月入，一幽一明，山川之崔蜀杳伏，畏佳林木，振硪溪谷，风云霜雾，霆震寒暑，雨则为雪，霜则为露，生杀之代新而嬗故，鸟兽与鱼，草木之华，虫走螘趋，陵变谷易，震动薄蚀，人事老少，生死倾植，礼乐战斗，号令之纪，悲愁劳苦，忠臣孝子，羁士寡妇，愉佚愕骇，有动于中，久而不去，然后形而为言；于是错综其词，回牾其理，铿锵其音以求理其志，其在六经则为《诗》。《诗》之义六：曰风，曰赋，曰比，曰兴，曰雅，曰颂。六者之体，主于一而用其五，故风有雅颂焉，《七月》是也；雅有颂焉，有风焉，《烝民》《崧高》是也。周泽衰，礼乐缺，《诗》终三百，文学之统息。古圣人之美言，规矩之奥趣，郁而不发，则有赵人荀卿，楚人屈原，引词表恉，譬物连类，述三王之道以讥切当世，振尘滓之泽，发芳香之鬯，不谋同称，并名为赋；故知赋者，诗之体也。其后藻丽之士，祖述宪章，厥制益繁；然其能者之为之，愉畅输写，尽其物，和其志，变而不失其宗；其淫宕佚放者为之，则流遁忘返，坏乱而不可纪！谲而不觚，尽而不觳，肆而不衍，比物而不丑，其志洁，其物芳，其道杳冥而有常，此屈平之为也，与风雅为节，涣乎若翔风之运轻赮，洒乎若玄泉之出乎蓬莱而注渤澥！及其徒宋玉、景差为之，其质也华然，其文也纵而后反，虽然，其与物椎拍宛转，冷汰其义，毂锞于物，芴芴乎古之徒也！刚志决理，輐断以为纪，内而不污，表而不著，则荀卿之为也，其原出于礼经，朴而饰，不断而节。及孔臧、司马迁为之，章约句制，奡不可理，其辞深而旨文，确乎其不颇者也！其趣不两，其于物无强力，若枝叶之附其根本，则贾谊之为也，其原出于屈平，断以正义，不由其曼。其气则引费而不可执，循有枢，执有庐颉，滑而不可居，开决宧窔而与万物都，其终也芴莫而神明为之橐，则司马相如之为也，其原出于宋玉。扬雄恢之，胁入窍出，缘督以及节，其超轶绝尘而莫之控也。其波骇石咢而没乎其无垠也。张衡盱盱，块若有余，上与造物为友，而下不遗埃墟；虽然，其神也充，其精也茶！及王延寿、张融为之，杰格拮搰，钩孑菆牾而俶佹可观，其于宗也无蜕也。平敞通洞，博厚而中，大而无瓠，孙而无弧，指事类情，必偶其徒，则班固之为也，其原出于相如，而要之使夷，昌之使明。及左思为之，博而不沉，赡而不华，连犿焉而不可止。言无端厓，傲倪以为质，以天下为郛廓，入其中，眩震而谬悠之，则阮籍之为也，其原出于庄周；虽然，其词也悲，其韵也迫，幽患之词也！涂泽律切，荂蘛纷悦，则曹植之为也，其端自宋玉，而椭其角，摧其牙，离其本而抑其末，浮华之学者，相与尸之，率以变古；曹植则可谓才士矣，搰搰乎改绳墨，易规矩，则佞之徒也！不搰于同，不独于异，其来也首首，其往也曳曳，动静与适，则陆机、潘岳之为也，其原出于张衡、曹植，矫矫乎振时之俊也！以情为里，以物为襮，鑱雕风云，琢写支鄂，其怀永而不可忘，岔乎其气，煊乎其华，则谢庄、鲍照之为也，江淹为最贤，其原出于屈平《九歌》；其掩抑沉怨，泠泠轻轻，其纵脱浮宕而归大常，鲍照、江淹，其体则非也，其意则是。逐物而不反，骀宕而驳舛，俗者之囿而古是抗，其言滑滑而不背于涂奥，则庾信之为也，其规步矱骤，则扬雄、班固之所引衔而控辔；惜乎，拘于时而不能骋；然而其志达，其思哀，其体之变则穷矣！后之作者概乎其未之闻也。”见《七十家赋钞目录序》。

其《自序》曰："余少学为时文，穷日夜力，屏他务为之十余年，乃往往知其利病。其后好《文选》辞赋，为之又如为时文者三四年。余友王悔生灼见余《黄山赋》而善之，劝余为古文，语余以所受于其师刘海峰者；为之一二年，稍稍得规矩。已而思古之以文传者，虽于圣人有合有否，要就其所得，莫不足以立身行义，施天下，致一切之治。荀卿、贾谊、董仲舒、扬雄以儒。老聃、庄周、管夷吾以术。司马迁、班固以事。韩愈、欧阳修、曾巩以学。柳宗元、苏洵、轼、辙、王安石虽不逮，犹各有所执持，操其一以应于世而不穷。故其言必曰道，道成，而所得之浅深醇杂，见乎其文。无其道而有其文者，则未有也！故乃问而考之于经，求天地阴阳消息于《易》虞氏，求古先圣王礼乐制度于《礼》郑氏，庶窥微言奥义以究本原。已而更先太孺人忧，学中废。嘉庆之初，退郑学于歙金先生，三年图《仪礼》十卷，而《易义》三十九卷亦成，粗以述其迹象，辟其户牖。若乃微显阐幽，开物成务，昭古今之统，合天人之纪，若涉渊海其无涯涘。贫不能自克，复役役于时；自来京师，殆又废弃。呜呼！余生四十矣。计自知学在三十以后，中间奔走忧患，得肆力于学者才六七年；以六七年之力而求所谓道者，敢望其有得耶！使余以为时文辞赋之时毕为之，可得二十五年；其与六七年者相去当几何！惜乎其弃之而不知也。然余之知学于道，自为古文始！”见《文稿自序》。“钱鲁斯伯坰长余二十四岁，以尝从先君子受经，故余幼而兄事之。鲁斯以工作书为诗名天下，交友遍海内。余年十六七岁时，方治科举业，间以其暇学鲁斯为书，书不工；又学鲁斯为诗，诗又不工；然鲁斯尝诲之。越十余年，余学为古辞赋；乾隆戊申自歙州归，过鲁斯而示之，鲁斯大喜，顾而谓余：'吾尝受古文法于桐城刘海峰先生，顾未暇以为。子倪为之乎？'余愧谢未能。已而余游京师，思鲁斯言，乃尽屏置曩时所习诗赋若书不为而为古文，三年乃稍稍得之，而余留京师六年，归更太孺人之忧，复游浙中，转入歙；而鲁斯客湖南北久乃归，参差不得见者十三年。今年夏，余自歙来杭州；留数月，一日，方与客遇，有覢然而来者，则鲁斯也！其言曰：'吾见子古文，与刘先生言合。今天下为文，莫子若者！子方役役于世，未能还乡里。吾幸多暇，念久不相见，故来与子论古文。'鲁斯遂言曰：'吾曩于古人之书，见其法而已，今吾见拓于石者，则如见其未刻时；见其书也，则如见其未书时。夫意在笔先者，非作意而临笔也。笔之所以入，墨之所以出，魏、晋、唐、宋诸家之所以得失，熟之于中而会之于心，当其执笔也，繇乎其若存，攸攸乎其若行，冥冥乎，成成乎，忽然遇之而不知所以然，故曰意。意者非法也，而未始离乎法，其养之也有源，其出之也有物，故法有尽而意无穷。吾于为诗，亦见其若是焉；岂惟诗与书，夫古文亦若是则已耳！'呜呼！鲁斯之于古文，岂曰法而已哉！抑余之为文，何足以与此！"见《送钱鲁斯序》。

其论篆书曰："凡事得其所从入，然后可以决是非。夫篆径生隶，隶密生分，分饬生楷，原流体降，不紊由来，则笔法可知。而分楷之法，所以传者，由作者代工，而古刻多有。今篆文之存于金石者尠矣！讹赝者又甚焉！学者不见古文，各以意为点画。至如《琅邪》《峄山》，形具焉尔，《陈仓石鼓》，世疑非真；然揆厥典型，此为最也！若乃汉人之书，碑碣额署，粲然犹存；大都奇恣纵宕，鸟骇龙扰，其笔墨之所出入，意象之所来往，隅锷之所激厉，波澜之所动澹。盖亦足以寻其毛角，会其神恉者矣！唐李阳冰书自出新意，一为工整；昔人谓其笔法如虫蚀鸟步：今观所传《怡亭石刻》，奔放跳跃，其于古法，轨辙犹存；余者率婀媚纤脆，盖是俗工摹刻，非其始然！而世之学者，局于所见，苟遂固陋，谓传刻之形为真，訾汉人之书谓诡异，谓篆法不得与楷分同，岂不谬哉！今钱献之坫以其妍俗鄙陋之书，自是所学，以为斯冰之后，直至小生。京师名士盛为篆学，大抵无虑奉为宪章，横街塞衢，牢不可破！余夙好此，未能用力，偶以意作书，为诸老先生所诃怪！独见当世能篆书者，有怀宁邓石如字顽伯，为之甚工；曾一至京师，京师之名能书者，争摈斥之，默默以去。而惜其人拓落，又无他才，众人见其容貌，因而轻之，不足以振所学！”见《与钱鲁斯序》。凡所论议，逐迹穷源，次取其语，足备考览。

养一斋文集十九卷　补遗一卷

武进李兆洛字申耆撰。兆洛，嘉庆进士，官安徽凤台县知县；以通儒硕望有闻州部；藏书卷逾五万，皆手加丹铅，校羡脱，正错牾；矢口举《十三经》辞，无遗失，上自汉唐，下及近世诸儒说，条别得失，不检本。尤嗜舆地学，备购各省通志，较亘千余年来水地之书，证以正史，刊定顾祖禹《读史方舆纪要》之与原史不符者。同时交好，如泾县包世臣、仁和龚自珍，敛手交推。集首冠《李凤台传》，即出包世臣手。晚年主江阴之暨阳书院；余伯祖荫湘公，讳维樾余祖榕初公，讳维桢皆受业为弟子。集中《钱君鉴远传》，即余高祖，讳士镜而卒之曰：“子浩，能守其业，而阔达如之，延名师课子，尽其敬。维樾、维桢皆补弟子员矣，亹然进取，所至未可量也！”又系赞曰：“食其报者，其在维樾、维桢矣！”又《似山居图记》为余曾祖观涛公作，讳即浩也；文中称“使令子维桢，索余记之。”又《跋恒星图》云：“命江阴六生承如、宋生景昌、六生严、徐生思锴、无锡钱生维樾，谨遵《钦定仪象考》，成《岁差加减表》。”又《陆傅严元鼎易参跋》云：“无锡钱生荫湘家藏是书，持以示余。”兆洛与桐城方东树、姚莹、新城陈用光、宜兴吴德旋，上下议论，四人者，皆治桐城家言，而兆洛不囿于其说，其论文以不分骈散，导源汉魏，实开同光以来不立宗派古文家法脉；张之洞《书目答问》古文家有不立宗派古文家一目。包世臣所为传，谓“时论盛推归方，崇散行而薄骈偶；君则谓唐宋传作，皆导源秦汉，秦汉之骈偶，实唐宋散行之祖”者也；以故集中所录，骈散杂出；然议论非不俊伟，而诵所作，殊未成家！骈文气敝色黯，绝无光响。散文体窳辞肤，不见精悍。时欲为魏晋之朗润，而无其风华；亦有放欧苏之机利，而逊其气调；左支右诎，无适而可；视张惠言，无其骨重；比之恽敬，又嫌气薄；阳湖三家，不无蛇足之诮！观集中《复陈石士侍讲书》曰：“兆洛质仅中人，学乖深造，虽不废诵读，而以粗致驳，以驳致陋，迄无所就；至所为诗文，类多牵率酬应，阅时见之，未尝不赧然汗下也！况敢自彰露以播其恶哉！”则亦未尝无自知之明；然其至者，亦复矜平躁释，自然和雅。而遗集编录，出之及门，徒以多为贵。《初刊本》，为咸丰二年高承钰裒辑同门所藏，以聚珍板排印为二十六卷，尤卑弱猥琐，且有私意窜改糅杂其间；识者病之！此二十卷，为光绪四年戊寅，兆洛之曾孙曰阳者所重刊本，云已删汰讹伪；然犹有未尽善者！采录可诵，篇目如左。

序跋类　骈体文钞序　凤台县志序　凤台食货志序　凤台沟洫志序　凤台选举志序　凤台人物志序　蔬园诗序　凤氏经说序　皇朝文典序　旧言集序　鸥亭诗集序　太玄阐秘序　周官记序　诗古微序　诒经堂续经解序　两汉五经博士考序　珍艺先生遗书序　小湖诗钞序　邹道乡先生集序　郑愿廷先生集序　赵厚子岱顶看云图序　姚石甫文集序　天籁集序　爱石图题辞续编序　十三经断句序　诗经申义序　过学斋诗钞序　南汉纪序　抱经堂诗钞序　说文述谊序　后汉三公年表序　杨舍郭氏宗谱序　梦游图序　师竹轩赋钞序　跋咸淳毗陵志　跋孙文介公书　跋孙虔礼书景福殿赋　跋恽南田书　跋吴山子游小幕山记后　跋米襄阳书高渤海诗真迹　书完白翁传后　唐荆川先生墨迹书后　跋杨忠烈公手札　跋左忠毅公手札　跋张子琴缙封藏文衡山札　跋唐营若千字文　皇明修文备史书后　跋恽

南田楷书杜诗　跋邓完白真书　跋方彦闻隶书　跋祝京兆小草书杜诗卷　跋元人画卷　鹅群帖跋　自题草书临本后

奏疏类　谢赐平定教匪纪略疏代

书牍类　与祝子常三首　答陶云汀宫保　答汤子垕　与方植之　与邓生守之三首　答穆鹤舫中堂

赠序类　送沈侠侯学博归老序　邓守之字说

传状类　伯兄五初先生行述　江苏学政辛公行述　光禄寺卿康公行状　孝廉方正祝君行状　附监生考取州吏目庄君行状　明登莱巡抚陶朗先传　桐城姚氏姜坞惜抱两先生传　庄珍艺先生传　循吏静溪康公传　外祖奚蕉峰先生传　无心居士小传　沈君梦塘传　董君方立传　礼部刘君传　张君翰风传　陆君劭文传　方君彦闻传　祝君赓飏家传　贤令黄君仁山传　管生孝逸传　黄潜夫家传　沙生慎之小传　旧言集诗人小传

碑志类　永康州知州方君墓志铭　庆阳府知府盛君墓志铭　东湖县知县洪君墓志铭　旌德县知县陈君墓志铭　石如邓君墓志铭　北江邹君祠版文　署礼部左侍郎康公太夫人顾氏神道碑　魏母符宜人墓志铭　湖南巡抚左公墓志铭　贵溪县知县陆君墓志铭　庆阳府知府薛君墓志铭　涧蒉顾君墓志铭

杂记类　墨石潭顺济龙王庙碑记　玛瑙泉别墅记　移建奎星阁碑记　修凤台县署续记　怀远县重修文庙碑　修承贤馆记　赵收庵先生行药图记　同车图记　季仙九天香常伴图记　陶氏复园记　隐真居记　康竹吾主客图记　似山居图记　游浮山记

箴铭类　凤台厅壁二箴　淮南旧垒甓铭　制古砖砚橱铭其扉　闲啄斋铭　墨磨铭　端砚铭　灯屏铭　周忠毅公遗印铭　笔筒铭

颂赞类　皇上六旬万寿恭颂　再为宜兴史自怡题蒲团小照　题汪稚山独立大师禅话　题东魏永平四年玉佛造像本偈

哀诔类　赵收庵先生诔辞　青州府同知赵公沈宜人哀赞　萧母吴太宜人诔　江苏学使辛筠谷先生诔

右文一百三十四篇。论文不分骈散，论学兼综汉宋。其论治经之法曰："无独是之见者，不可与治经，蔽于所不见也，众喙若雷，此挽彼推，颓靡而已。守独是之见者，不可与治经，蔽于其所见也；盛气所铄，不顾迕错，虚诡而已。"见《诗古微序》。"是故治经之途有二：一曰专家；确守一师之法，尺寸不敢违越，唐以前诸儒类然。一曰心得；通之以理，空所依傍，惟求乎己之所安，唐以后诸儒类然。孔子曰：'述而不作，信而好古。'专家是也。孟子曰：'以意逆志，是谓得之。'心得是也。能守专家者，莫如郑氏康成，而其于经也，泛滥博涉，彼此通会，故能集一代之长。能发心得者，莫如朱子，而其于经也；搜采众说，惟是之从，故能为百世之宗。孟子曰：'博学而详说之，将以反说约也。'不约，不足以成学。不博，则约于何施！彼治专家而遂欲尽废后来之说；矜心得而遂欲悉屏前人之言；皆专己守残，自益其孤陋者也！"见《治经堂读经解序》。"尝谓汉宋纷纭，亦事势相激使然！明代以八股取士，学士低首束缚于集注之日久；久则厌而思遁！一二才智之士，凿空造奇，一遁而之子，再遁而之史，然皆不能越集注范围。汉学兴，于是乎以注攻注，以为得计；其实非为解经，为八股耳！一二君子倡之于前，无识者乃藉以取名，或甚以此希取富贵，波流至今日而极；而掇拾愈细，其味愈薄，亦稍有厌之者矣！"见《与方植之》。

其论治经必先断句曰："授句读，童子师事也，言学者或略焉！夫经之为书，托于文字，传于声音，显于训诂，定于章句；因文以记音，音别而后求训焉；累文以成句，句别而后求章焉。独文为训，连文而殊。孤句立解，累句而异。句者，文字声音诂训之会，而发挥事理，斐然成章之所始也。故大学始事，即曰离经；离之而后合之也。独字不可诵，句而后可诵，声之引也。声之引资乎气，当讽诵时，缓急出入周疏迟速高下之节出焉，而气随之，而心之解悟因之。善讽诵者，句读明而义理自见，入于耳而不烦于言，气为之也。气之所为眇矣，能授诸神而达之于心。古人诵诗即以学乐，即诗之句读，而乐之曲直，繁缛节奏，一以贯之也。古人之文，如其口语；句读即其辞气云尔。辞气得，则诵其文，如闻其语。故《殷盘》《周诰》，号为诘屈；讽诵之久，心神爽然，有心能领之而口不能传之者焉！至于义理之释，凭于字句；一字之上属下属，一句之或绝或连，其差甚微，违迕斯大！刘歆移让博士，已有分文析字之讥，虎观诸儒，此类弥广。康成以下经师竞出新致，几于望文生义，各以意属；而持之成理，或末师贤于往古。此又多师之藉也；而徒以为童子师之事乎哉！”见《十三经断句序》。

其论古文之出于骈以砭末流曰：“天地之道，阴阳而已；奇偶也，方圆也，皆是也。阴阳相并俱生，故奇偶不能相离，方圆必相为用。道奇而物偶，气奇而形偶，神奇而识偶。孔子曰：‘道有变动，故曰爻。爻有等，故曰物。物相离，故曰文。’又曰：‘分阴分阳，迭用柔刚，故《易》六位而成章。’相杂而迭用，文章之用，其尽于此乎！六经之文，班班具存，自秦迄隋，其体递变，而文无异名。自唐以来，始有古文之目，而目六朝之文为骈俪；而为其学者，亦以是为与古文殊路。既歧奇与偶为二，而于偶之中，又歧六朝与唐与宋为三。夫苟第较其字句，猎其影响而已；则岂徒二焉三焉而已，以为万有不同可也。夫气有厚薄，天为之也。学有纯驳，人为之也。体格有变迁，人与天参焉者也。义理无殊途，天与人合焉者也。得其厚薄纯杂之故，则于其体格之变，可以知世焉；于其义理之无殊，可以知文焉。文之体，至六代而其变尽矣；沿其流极而溯之以至乎其源，则其所出者一也。吾甚惜夫歧奇偶而二之者之毗于阴阳也！毗阳则躁剽，毗阴则沉膇，理所必至也！于相杂迭用之旨，均无当也！”见《骈体文钞序》。“古之言文者，吾闻之矣，曰云汉之倬也，虎豹之文也，郁郁也，彬彬也；非是谓之野！今之言文者，吾闻之矣，曰孤行一意也，空所依傍也，不求工也，不使事也，不隶词也；非是谓之骈！唐以前，为文者必宗秦汉；唐以后皆曰宗韩退之。退之亦宗秦汉者也；而裴晋公之讥退之也，曰：‘恃其绝足，往往奔放，不以文立律制，而以文为戏。’又曰：文之异，在气骨之高下，思致之深浅；不在磔裂章句，隳废声韵也。’昔之病退之者，病其才之强；今之宗退之者，则又病其才之弱矣！然则今之所谓文，毋乃开蔑古而便枵腹矣乎！业此者，既畏骈之名而避之；或又甘乎骈之名，而遂以齐梁为宗。夫文果有二宗乎？吾欲人知骈之本出于古也，为选以式之，而名之曰《骈体文钞》；亦欲使人知古者之未离乎骈也。”见《答庄卿珊附代作骈体文钞序》。“今之古文家，但言宗唐宋，而不敢宗两汉；所谓宗唐宋者，又止宗其轻浅薄弱之作，一挑一剔，一含一咏，口牙小慧，谫陋庸词，稍可上口，已足标异；于是家家有集，人人著书；其于古则未敢知，而于文则已难言之。窃以后人欲宗两汉，非自骈体入不可。今日之所谓骈体以为不美之名也，而不知秦汉子书，无不骈体也！窃不欲人避骈体之名；故因流以溯其源；岂第屈、司马、诸葛以为骈而已；将推而至老子、管子、韩非子等，皆骈之也，今试指老子、管子为骈，人必不能辞也；而乃欲为司马、诸葛避骈之名哉！《报任安书》，谢朓、江淹诸书之蓝本也；《出师表》，晋宋诸奏疏之蓝本也；皆从流溯源之所不能不及焉者也。其余所收秦汉诸文，大率皆如此，可篇篇以此意求之者也。”见《答庄卿珊》。“文章之道，君子之道也，贵近信，贵远暴慢，贵远鄙倍。矫饰造作，不信也。张脉偾兴，暴也。任意指挥，慢也。诙谑杂至，鄙也。不应经法，倍也。盖辞而曰气，则容貌颜色皆举之矣。古无古文之名，昌黎始发之；六代衰飒，昌黎振之也；其振之者，变其容貌颜色耳，辞气未尝有所易。后之为昌黎者日益衰，并辞气而易之；作意奋迅者，非暴则慢；率情抒写者，非鄙则倍。”见《享帚集文钞序》。“其实古所谓文者，温润缜密，有至德焉；未有佻佼鄙僿躁剽而可以为文者也！然昌黎惟序记之作，逞其笔势，小乖体裁；而堤防一坏，狂澜乘之，不可复挽，此亦风会使然！”见《答屈促甫》。“至于古文义法之说，自望溪张之。私谓义充则法自具，不当歧而二之。文之有法，始自昌黎，盖以酬应投赠之义无可立，假于法以立之，便文自营而已。习之者遂藉法为文，几于以文为戏矣！宋之诸儒，矫之以义，而讲章语录之文出焉，则又非也！荀子曰：‘多言而类’，兹毋乃不类矣乎？八股，义取语录，法即古文之流弊。今又徒存其法，则不类之尤者也！抱此鄙陋，故每有所述，称心而言，意尽辄止，不足与于古文之数也；然犹牵率时俗，为不衷之言，只益赧然！”见《答高雨农》。

其论骈体曰：“齐梁绮丽，都非正声。末学竞趋，由纤入俗；纵或类凫，终远大雅！施之制作，益乖其方。文章之家，遂相诟病！窃谓导源《国语》及先秦诸子，而归之张、蔡、二陆，辅之以子建、蔚宗，庶几风骨高严，文质相附。要之此事雅有实诣，非可貌袭。学不博，则不足以综蕃变之理；词不备，则不足以达蕴结之情；思不极，则不足以振风云之气。”见《答汤子垕》。

其论律赋曰：“文之制，大小惟其称。大宜宏深，小宜清省。大宜密丽，小宜疏隽。律赋体裁，尤当辨此；一语失当，全篇减色。小试之式，同于馆阁，而题益纤琐，惟有浚发巧思，加意吐属，所谓争价一字，得意数联者也。”见《师竹轩赋钞序》。

其论书法曰：“草书绍源于汉张芝；皇象始著精能；逮于二王，其体弥备。原其形用，厥有二端：或法天地之回旋，或象龙蛇之夭矫。回旋者其用圆，夭矫者其势长。右军之作，取圆者多；大令之章，于长为近。其在唐人，孙虔礼，得法于右军者也；长史《藏真》，得法于大令者也。自尔以外，合作盖寡！晋唐名贤，墨迹既不复可得，摹刻则往往失真，甚或长短乖方，点画倒置，以斯传习，遂堕迷津；非悉意追求，冥心体会，略其皮毛，取其精神，固未易语于此道矣！至于用笔之法，则虔礼所云：‘始求平正，继追险绝，终归平正。’斯言不可易也！”见《自题草书临本后》。“世传《黄庭内景小楷》，为是右军换鹅书。《外景楷》，则香光以为杨羲和书；唐以前，别未闻有右军草书《黄庭》。宋徽宗乃刻此自题之；而宋以后，选刻家亦无及者；故前人品评无得而详。余偶得此，甚秘之；示泾包慎伯，绝叹赏，以流传无绪，疑黄山谷赝为之。予谓其瘦劲则山谷能之；古奥则山谷不能。怀素《自叙》，似得此法，而肆而不靖。道君《绛霄文》亦有意，而俗而不淳。《戏鸿》所刻谢客诗顿掣，不若此流行自在；且其笔中时挟篆籀遗法，当非右军不能！吴江吴山子以予言为然！江阴陈学博子珊惊异此帖，借以属孔君省吾，双钩重刻。省吾竭数月之力，始成之，极得真际；盖唐人碑版，今人无从拟似；宋人之作，尚有墙壁可傍也；自是此帖遂得不泯于世。”见《鹅群帖跋》。“宋曾开之《跋孙虔礼书景福殿赋》曰：‘用笔淳古，有汉魏之风。’可谓妙会！又云：‘见《书谱》真迹，与此赋极相类似。’未然也！《书谱》以隽拔取神韵，全法大王；此赋以坚劲出淳古，专追章草；用笔结字，截然分途，各诣其极！学《书谱》者，或姿媚涉俗。学此赋，则雄浑静深，自然古异；而流传不广，亦自知之者稀！”见《跋孙虔礼书景福殿赋》。“米书出于褚。褚摧刚为柔，宛转蕴藉。米恐流为软媚，尽出其锋棱，明其使转盘旋之力，则风韵稍卑矣；然夺门而出，正是智过其师！真迹不可得；得之能细审之，即可悟血脉所自。”见《跋米襄阳书高渤海诗真迹》。“文衡山先生导源诚悬，气体峭劲，而不免鼓努取势。行书则肆力怀仁《圣教》，左宫右祉，动合方圆。先生喜书，作之不倦，而年又难高，故吴中传流极夥。”见《跋张子琴藏文衡山札》。“作书小楷难，小草尤难。楷以法胜；草以神胜；法可勉强合；神非绝迹无行地，不能超脱。八法之外，游行九宫之中。唐褚登善《阴符经》。参以《急就》。以楷法行之，遂为千古绝作；其后无闻焉！祝京兆大草，深得右军神理而时露伧气；小草则未之见；独见瞿君子雍所藏京兆《小草书杜诗卷》，风骨开展，顿宕纯和，行间茂密，而风致萧远，所录杜诗至四十余首，岂非希世之奇！”见《跋祝京兆小草书杜诗卷》。“籀史之制远矣！今存者惟《猎碣》，其文融会六书，而增损变通之；惜许氏仅存数字；而《汗简》《四声韵》等，多凿空虚造，不可依准也！邓完白翁《籀篆阴符经书》，乃仅见之作；意取参古文小篆而用之，行笔则一以《猎碣》为法，可为后来作籀书者轨范。”见《完白翁籀篆阴符经书后》。“完白真书，深于六朝人，盖以篆隶用笔之法行之；姿媚中别饶古泽，固非近今所有！”见《跋邓完白真书》。“方彦闻之为学善变。其为骈体也，初爱北江洪先生，效齐梁之体，绮隽相逮矣；已而曰：‘此不足以尽笔势！’则改为初唐人规格，雄肆亦复逮之；自以为未成也！其为隶书，慕完白邓先生，为之传赞，精心仿之；既又以不能出完白上，思别出一奇，变为古瘦，亦未成也！方其学完白时所为，体势毕肖，而古俊之气，流溢毫端，要能自成其家！”见《跋方彦闻隶书》。于书法源流正变，缕悉如指上螺纹，尤足备后来考论云！

龙璧山房文集五卷

马平王拯字定甫撰。拯，元名锡振，号少鹤，道光二十一年进士，官至通政使。方清咸丰初，太平军洪秀全发难广西。清帝出大学士赛尚阿督师；拯以兵部曹郎随参军务。集中有《复前教授唐先生书》，于广西当日兵事利钝，言之綦详；诸将独推向荣；姚莹方以宿望为按察使，总理南北两军，拯书中亦致不满，谓“姚公虚声士耳；耄昏荒怪，与官民龃龉，竟不为用”；足备史料之考论。而其文章为梅曾亮所赏，至以归熙甫相许。尝自刻《龙璧山房诗集》；而文集五卷，都凡九十八篇，乃光绪癸未仲冬，善化向万鑅刻于平南官舍，记称“此其手录，择存率经上元梅伯言郎中订正”；冠以长沙徐桢立序，而以山阳秦焕一跋殿焉。焕跋称：“获睹《龙璧山房诗集》，缠绵沉着，嗣响杜陵。”惜未之见！今诵其文，虽词笔未臻洁净精微，而气调则颇倜傥岸异，在唐宋八家中，气体于柳子厚、苏东坡为近；特为子厚之警遒，而无其雅练；学东坡之议论，而逊其疏快；而亦时喜为闲情眇状，以为归氏学史之遗，而意味不深长辞趣不隽永！采录可诵，写目如左。

论说类　汲黯论

序跋类　武夷山志序　泰山纪游图序　存恕堂遗诗序　先大父端溪砚说后序　媭碪课诵图序

书牍类　复前教授唐先生书　与朱濂甫侍御书　答彭子穆书

赠序类　送龙翰臣典试粤东序　送陈伯渊赴官东河序　送范伯崇教谕万县序　送苏虚谷序　送汪仲穆序　彭母甘太孺人寿诗序　张母王太夫人六十寿诗序　刘母蒋太宜人寿诗序

传状类　计参龙传　袁乐忠传　户部江南司郎中汤君行状

碑志类　休致直隶广平府知府杨君墓表　陈冀子先生墓表　翰林院编修曾君墓表　翰林院检讨时君墓表　彭子穆墓表　东城兵马司副指挥刘君墓志铭　湖北松滋县知县张君墓志铭　广东遂溪县知县曹君墓志铭　龚孝先墓志铭

杂记类　独曜斋记　待苏楼记　游百泉记　游衡山记　游石鱼山记　游七星岩记　游天湖山记　波罗观日记　罗浮观瀑记

哀祭类　张亨甫哀词　赖子莹哀词　黄香甫哀词

右文四十一篇，集中《与梅伯言先生书》，谓："熙甫之文，昌黎、庐陵而后，殆数百年一人而已！""我朝二百年间，继有明归熙甫氏起者，惟方灵皋氏、姚姬传氏。彼其所为，皆上承先圣所遗，中有关于人心学术之大，而下可征于来世。"而《与陈抱潜书》，则谓："方氏以文章为当世宗；观其治经，能得古圣微言大义，不为丛琐固僻之谈；而于《周官》《仪礼》，尤能剖析真伪，发微阐幽，举刘歆等窜乱之罪，启千古之蒙。其为文章，笃雅淳厚，去一时才人策士乡塾稗官之习；心诚好之！比来京师，稍见当时贤豪者所为文章，或博辩而多诡杂；或澹泊而实空疏；或俗俚之见，未去于胸，则其言恒弇鄙而背道；求其趋向之正，无与方氏比者！独惜其规轴微隘，而文采勿彰，未能兼采古人，如老、庄、淮南、列御寇、孙、吴、贾、朝之众长，出以弹压一世高才博学之士；此其未竟之绪，有贤哲者衍而充之，去其隘以即于宏，俾天下长短巨细魁哀奇特之众长，咸乐就吾之径途而一出于正；此为功于圣贤立言之道甚巨，所日企之而未见也！"即此可阈论文之宗趣焉。

经德堂文内集四卷　外集二卷　别集二卷 经籍举要一卷　汉南春柳词一卷 附梅神吟馆诗草一卷

临桂龙启瑞字翰臣撰。附《梅神吟馆诗草》一卷，则启瑞继室善化何慧生字莲因撰。启瑞，道光二十一年进士一甲第一人，授修撰，累官江西布政使。曾国藩《欧阳生文集序》称："乾隆之末，桐城姚姬传先生鼐，善为古文辞，慕效其乡先辈方望溪侍郎之所为，而受法于刘君大櫆及其世父编修君范，治其术益精，由是学者多归向桐城，号桐城派。其不列弟子籍，同时服膺，有新城鲁仕骥絜非，宜兴吴德旋仲伦。仲伦与永福吕璜月沧交友。月沧之乡人，有临桂朱琦伯韩、龙启瑞翰臣、马平王拯定甫，皆步趋吴氏吕氏，而益求广其术于梅伯言；由是桐城宗派，流衍于广西矣。"方启瑞仕宦京朝，与朱琦王拯论文章，必以梅氏为宗。启瑞《上梅伯言先生书》，至云："比尝与少鹤言，继自今吾党有所作，当一以寄正于先生。"是于梅氏为亲接，于桐城为转手。今诵其文，条达疏畅，意尽则言止，词足而理明，与王拯《龙壁山房文集》伯仲之间，而不同桐城之含茹吞吐，有余不敢尽。大抵明畅差似东坡，而逊其警辟；拗折亦敩半山，而无其瘦硬。《外集》后附骈文，其原出于庾信，颇为排荡开合，而意欠警炼，词未朗秀。《别集》及《经籍举要》，则视学湖北时条教，诰诫诸生而作。词工小令，凄丽清婉，颇得晏殊父子之遗焉。其子继栋以光绪四年刊于京师；文集前有吾邑邹鸣鹤序；而检词后有继栋跋，知尚有《诗内集》三卷，《别集外集》各一卷，与《文别集》同时刊，惜轶未见！采录可诵，写目如左：

骈文　跋长沙黄虎痴先生所藏颜帖后　征和芙聘女史绝命诗启　题明茶陵陈氏文选补遗后

论说类　明论　隐公论　伊尹五就桀解　病说

序跋类　张氏说文谐声谱序　谌云帆诗序　彭子穆遗稿序　粤西团练辑略序　读曹参传书后

书牍类　到任告示　致曾涤生侍郎书

赠序类　赠潜山李大令序　送顾太守序　赠吕介存南游序　赠周熙桥序　赠唐子实序　韦寿岩先生五十寿序　座师王雁汀先生五十寿序

传状类　麻公家传　何雨人家传　皮靴和尚传　老仆秦寿传

碑志类　兵部侍郎都察院右副都御史江南河道总督杨公神道碑　陈梓丞墓志铭　谷城县知县表兄黎君墓志铭

杂记类　劝学记　过绎山记　月牙山记　东乡桐子县先茔记　大冈埠团练公局记　江亭闻笛记

哀祭类　祭座主杜文正公文　李鼎西哀辞　再祭刘恭人文

附词　临江仙　湘春夜月秋燕　蝶恋花秋海棠　如梦令　满庭芳江城子绰约新娇生眼底侵寻旧事上眉尖问君别后愁多少得似春潮夜夜添此蔡君谟绝句也余甚爱之因作此词以寄其意　洞仙歌听书声　琐窗寒书中干蝴蝶　踏莎行　菩萨蛮　忆萝月　摊破浣溪沙　望江南双调　南乡子　又　摸鱼儿　如梦令　探芳信　江城子　蝶恋花　阮郎归　临江仙

右文三十四篇，词二十二阕。大抵论学不废考据，而不甚重考据；论文不废义法，而不专重义法；皆承桐城家言之绪论。

其论朱子《诗集传》曰："自来说《诗》之家，厥有二道：汉儒多墨守经师之古训。宋后儒者，始务竞心得，扫弃旧说，而以己意测古人于千百载之上；其能得古人之意者，固时有之，而其空疏无据者，亦往往然矣！自朱子《集传》出，乃克荟众说而折其衷。观其集中与门人言作书之大意，实与孟子以意逆志，不以辞害志者若合符节；举凡汉儒胶固拘滞之蔽，是书出，始一洗而空之；有宋诸儒之说，亦至是始得所论定。故自春秋以来，善读《诗》者，惟孟子；而善会孟子之言，则朱子一人而已矣！后之言汉学者，以其毁斥《小序》过甚，又解诂多不从古义，遂致不满之词。不知朱子当日精择详辩于汉儒之堂奥，固已足履而身亲之；特其所见以为如此，圣经至重，不敢迁就以自成一家之说，然其教门人看《集传》者必兼读古注；是知朱子之心，原未尝因已有成书而遂废儒先之说，乃欲人并习儒先之说以知己求是之意也。近世学者于毛郑传笺，概置高阁。不知古贤传授渊源具在，而朱子取舍之意，亦藉是以识别于其间。向拟辑为一书，以朱子《集传》大旨标举于各章之下，复引《小序》而下，汉儒专门之说附焉，使学者知《集传》之外，古说诗者之家法如是，又可知朱子慎择之意之所存，名曰《诗经今义证》。”见《复闵鹤子书》。

其论古韵以《诗三百》为准曰：“平上去入四声，始于永明，而定于梁陈之世；当日沈约诸人精通音律，制为四声以括天下之字，盖有必不可得而增，必不可得而减者。今以《三百篇》验之：平上去三声多通协，入声辄多独用，中惟上去二音所辨甚微，盖其高下抑扬之间，亦如平声之有阴阳也。而阴阳之分，如物之有表里；上去之辨，如音之有节奏；表里同是一物，举其表而里即在；节奏非是一声，欲废其一，则音不全；此阴平阳平之部，可以不立；而上去二声，必不可得而并也！凡入声字用平声旁纽，故凡有入声之部，皆须转音，然后得入。傥有入声在本部，而与平声为正纽者，皆非其入声字之正音也。以今音读之，如之止志职为正纽，则职当读如折，朱主住蜀为正纽，则蜀当读如濯之类。又如之部之直，支部之益，以今音皆与本部平上去三声正纽，以古音求之，则二字皆为去声，以入声于本部无正纽也。余并仿此。入声，古所谓急语，又所谓短言；并见《何休公羊解诂》盖其字多由平声矢口而得，如登为得川为祝之类，即由上去转者亦然，如趣之为促，害之为曷，恶恶度度之类，皆以两字相切而成。中间更无枢纽，不经过上去二声，即可由平得入。上去二声，由平声长言咏叹，乃可识其节族。惟入声则不然。又凡平上去三声，皆可相引而长；至入声则戛然而止，此其谓急与短之义也。凡四声相配，惟平上去可谓之叠韵；而入即谓之双声。盖平上去三声之字，其形与声皆相承而下：惟入声字不然，故皆形在此而声在彼者，为其声皆转然后得，故谓之为入；入者，言自乎此而入乎彼者也。转声之字无常，故可以数韵之平而共此一韵入声之字。转声之用又无定，故以此部之偏旁，搀入他部而不为嫌也。凡平上去之偏旁皆有自甲之乙者，必为转声，以此推之，入声之为双声益信。近之言古韵者，每谓某韵有平无上，或有平上而无去入，或有去入而无平上。吾不知所谓无者，特就古人所用之韵及《说文》谐声之字验之乎？抑将以四声递转求之乎？如以四声递转求之，则天下有有声无字者，断未有无字而并无其声者，试以《等韵》求之，可见也。如谓此字古不经见，或有此字而古未尝用为此声，遂谓某部某声，理当废绝。不知古人制字之时，原未尝求其声字俱备。且如未有四声之时，则平声可读上，上声可读平，去入声皆可读若平上，而又何有平上而无去入，有去入而无平上之可言乎？以四声较之：惟入声音节迫促，疑古韵中自为一类，其与平上去三声通用者绝少；《说文》偏旁之字，亦多与三声不合。又有偏旁之字，只有三声而无入声者；此入声无正纽之说。又有得声之字在此部，而其声多转他部者；此入声有旁纽之说。故亭林顾氏谓古无入声。而入声偏旁，又多从去声而转，此段茂堂古无去声之说所由来。要而论之：以今音证古音，以古书证古韵，其所得者已十之七；但谓某部中古无某声之字则可，谓某部中古无某声则不可也。论古韵者，自亭林以前失之疏；自茂堂以后过于密；江慎修氏酌乎其中，而亦未为尽善。亭林规模已备，中间营卫未立，小小越畔，时或有之；其考据精确，则不可磨也！茂堂细筋入骨，分肌擘理，其分之脂支三部，能发前人所未发；余所分者，求之古经，率多可据；其分配入声，未极精审，不免千虑之失；然而分合周备，条理井然。后之阳湖张氏、高邮王氏、曲阜孔氏、歙江氏诸子之学，皆博足以综其蕃变，精足以定其指归。要之诸家愈分愈密，皆由茂堂氏精而求之以极于无以复加之地。间尝取其书读之；则张皋文氏之分为二十一部者，与高邮王氏略同。张氏言：'凡言古韵者，分之不嫌密，合之不嫌广。惟分之密，其合之也，脉络分明，不至因一字而疑各韵可通，亦不至因各韵而疑一字之不可通。'其依据《说文》，折衷经韵。"见《古韵通说总论》。"以《诗》韵为经，以《说文》为纬；其于韵也，则丝联绳引，如祖孙父子，必有谱系之可寻；其于字也，则类聚群分，如主伯亚旅，各有部居而不越。因韵以考其字之偏旁，而知同形者，古音必同部；因字以考其韵之通转，而知异用者古韵必异音。其部分标目，以诗中先出字为建首，一洗纷纭轇葛之习；其书较段氏为密而不失之拘。嗣是刘申甫有《诗声衍》之作，分部较详，然皆推张氏之意而广之，未有能加密于此者！盖谈古韵之书，至此为集其大成也!”见《张氏说文谐声谱序》。“惟《诗经》中有明知为韵而龃龉不合者,如冲阴,谌终,调同,造士之类,顾氏江氏以为方音,或曰通用假借;段则以为合韵。三者之说,段为近理,而未为尽善!夫言方音者,无论圣人修辞立诚,何至于乐操土音!即谓方音可用,如《桑柔》以东韵殷,《小戎》以中韵骖,《云汉》以虫宫宗躬韵临,江氏以为皆西周及秦之诗;当日关中固有此音矣,何以夫子传《易》,于屯,于比,于艮,其用韵复与《诗》合?试思鲁地去关中千有余里,果其两地相同,即不得谓之方音;此固不待辩而明矣!段氏分部最严,于古韵所不可通者,皆谓之合韵,不止于冲阴谌终等也;而皆不至如顾氏江氏之无说。且其合韵多以异平同入为枢纽,即声近相转之例,于文字音韵之理,实能洞见本原;特不宜以合韵加之古人。夫古人之韵,吾既不得而见之矣,又安知何者之为合耶?宜乎笃守亭林十部之学者,群起而议之也!夫合韵不外乎转声,转声不外双声;今人所谓双声,即汉儒所谓声相近也。凡声近者皆可转,而不近者不能焉。今试取《三百篇》之龃龉者而论之,有一不出于双声者否?段氏知此理而不肯以立言,顾为合韵之说以自遁。夫言韵,则有一定之限,故出此入彼,人皆得以越畔讥之。言声,则递转而无穷,即又何必以实系可转之音,而乐就乎渺不可知之韵?故今之言古韵,言方音,不如言合韵;言合韵,不如言转声。转声之说,自钱竹汀詹事发之。詹事《声类》一书,近罕流传,故其说人多不省及;而实开字学音学之奥窔。《诗》之以双声为韵者,《宾筵》四章以呶韵僛,即转呶之音如疑;呶、疑,双声也;呶不与僛韵,而疑与僛韵矣。《谷风》三章以怨韵萎,即转怨之音如谓;怨、谓双声也;怨不与萎韵,而谓与萎韵矣。《桑柔》八章以瞻韵相,即转瞻之音如章。瞻、章,双声也;瞻不与相韵,而章与相韵矣。推之群经诸子用难韵之处,无不皆然。大抵古人作诗,兼用转韵。试以时音譬之;如东董洞独既是正韵,则登等嶝德即是转韵。今人但知东董洞独可为一韵;而不知登与东,等与董,亦可为韵;嶝德与洞独亦可互通为韵也。然古人用正韵之时多,而用转韵之时少;即其可通转者,亦必有通转之法，而今不可识矣；尚可考者，于许氏《说文》偏旁谐声之字，往往得之。夫谐声必取诸本韵，夫人而知之也；至有取诸转声者，小徐旁纽之说，略发其端绪；近日茂堂段氏注中屡言之；绿友王氏又于《说文释例》中详言之；而拘者未之信。试以数字明之：如曼，冒声也；冒音如帽，又读如墨，帽与墨皆曼双声；今必谓曼不与冒韵，当从又冒，删声字，则他处恐有不能尽删者矣！萑，雈声也；萑许书读若和，而雈读如桓，桓与和双声也；今必谓此两字当读为一韵，则未知当从雈入歌韵乎？抑从雈入寒韵乎？此两文之异读，不始于今日矣！推之敌从古，双声；近有谓从占声者，其说非是。凡双声为声之字，较之叠韵尤为亲切，以叠韵是旁行，其类尚宽，双声为直射，其法更密，非深思不悟。汃从八，双声；叢从取，双声；壮从土，双声；苋从苜，双声；軬从轨，双声；汨从冥，双声；宪从害省，双声；充从育省，双声；怍从作省，双声；神明变化之中，仍复条分缕析。又可证者，凡或体中所从之字，多与小篆双声递变。如黏本日声也，而或从刃作䵒，则刃与日双声矣。萉本肥声也，或从贲作蕡，则肥与贲双声矣。玭本比声也，而夏书从宾作𤣹，则宾与比双声矣。如斯之类，不可胜言。又凡古今音韵之流变，皆由双声递转，无论假借通用与夫习讹传讹及五方言语不齐，皆可于双声求之。许书中有读若读同之例，虽非尽三代以前之韵，亦非汉以后之音；其间以双声递转者，如姐，本且声也，而读若左；操，本喿声也，而读若薮；舠，本刀声也，而读若兀；穓，本橐声也，而读若靡；此亦可推寻其故者。凡汉儒解经，多通其音义以为训诂。郑注《礼器》，撕之为言芟也；芟与撕为双声，盖芟之本音如殊，有糈之读若芟者可证；而芟之转音又如衫，有罧之读若芟者可证，郑注若用芟之转音，则芟撕叠韵；若用芟之本音，则芟撕又为双声；此亦如《仪礼·士虞礼注》以禫服之禫为导；《考工记》，瓬，先郑读为甫，后郑读为放，盖因禫与导双声，甫与放双声，可通借互用也。然此岂惟郑注；许君说解固恒有之，如八，别也，粤，于也，木，冒也，鼓，郭也，倢，佽也之类，开卷即是，不假思索；又如打本丁声也，而今读答上声，则顶与打双声也；西本先音也，而今读入齐韵，则西与先双声也。推之喁禺，旂斤，荓幵，风凡之类，又无不皆然。昔者由本音而变为转韵，今也即可由转韵而知其本音。且闽人读举如鬼，读人如灵，举鬼，人灵，双声也。秦人读风如分，读宗如租，风分，宗租，双声也。凡南人入声之字，今北人多转为去，由其所转推之，固亦无不双声也。故知双声之为用不穷，然后可以推古音之原本，可以识今音之流变，可以订方音之讹误。读《诗》而不知双声可为韵，将有本韵而谓为非韵者，读《说文》而不知双声可为声，将有本声而谓为非声者，其误岂小小哉！”见《古韵通说总论》。

其论司马光《通鉴考异》朱子《韩文考异》曰：“《通鉴考异》《韩文考异》，虽善本；然非今日学者之急务。盖此等书，不过刊正讹谬，辩别同异，于全书大致，无甚损益；在学业有成者，乐藉之以为考核之助；否则初学读《通鉴》，便当明于治乱安危之故；读《韩集》，便当学其卓然自命之志，超然越俗之文；即不观考异，未为大失！近日考据家，争持于一字半句间，往往逐其末而失其本；此二书经大贤先儒手定，固与凡经生书有别；然以云导引初学，有益后进，似尚未可也！”见《复邵蕙西书》。

其论古文义法曰：“窃怪今之文所以靡弱而不逮于古者，则亦有故焉。自汉班、马、贾、董之俦，其人皆笃学早成，因以其余著书而传后世，故其文成法立；非有所规摹结束而为之也！逮唐之韩柳，宋之欧苏者出，其文乃始有法；然皆洒脱放旷，务尽其中之所欲言，且人人自为面目，初未尝画为一途，谓天下之文尽出于是也！自明归震川氏出，而论文之道，始归于一。夫归氏之文，其于韩、柳、欧、苏，诚未知何如；要可谓具体而微者也。特其生当有明文运衰薄之后，一二荒经蔑古者踳驳败坏之余，于是寻古人之坠绪，而一一以法示之；彼其心诚救时之弊耳；然而其才或有所蓄而不敢尽也！继归而起者，为本朝方灵皋侍郎，其于义法乃益深邃。方之后为刘为姚，要皆衍其所传之绪，而绳尺所裁，断断然如恐失之；故论文于今日，昭然如黑白之判于目，犁然如轻重长短之决于衡度也；

虽高才博学之士，苟欲背而驰，其势有所不能！吁！后有作者，习归方之所传而扩而大之，可也；如专守其门径而不能追溯其渊源所自，且兢兢焉惟成迹之是循，是束缚天下后世之人才而趋于隘也！揆诸古人待后之意，庸有当耶！然其中又有不可强者。当归方之时，求韩、柳、欧、苏不可得，而况于班、马、贾、董乎！而况于百余年之后，守归、方之义法而聆姚、刘之绪论者乎！夫文之尽而至于无所用力，苟徒循文以求之，亦终见其勤苦难成而居古作者之后已！此意未可与不学者道也！”见《致唐子实书》。

其论韩昌黎诗曰：“公古近诗四百一十余首，所存最精；常语皆有光彩，淡语皆有古味，故能拔出李杜之外而独树一帜！后之文人为诗者自公始；柳子厚弗能及也！有宋东坡才力杰出，纵横跌宕，然后文人之理，无不可以入诗；诗之教至此而始大，其为用亦于此始宏；较之有唐以专门名诗者，益觉其隘矣；而其源实自公发之！公之拣辞造言，屈郁盘劲，虽东坡亦不逮也！”见《书所选昌黎诗后》。

其论近人杨性农诗文曰：“所作诗文皆有标举出尘之致，而古文尤卓然为今世之所希。大约古澹而味弥长，质直凄恻而情益永，盖学临川几得神似；而清微澹远，则又震川学《史记》之文也。”见《复杨性农》。

其论词曰：“近之词家，专取曼声弱字，以为不如此则不得谓之当行；此亦如古文家之守绳尺，异己者则谓之不工也！安得一才力大、宗法正者，起其衰而返诸古乎！”见《复王少鹤书》。要删其语以俟考论。

怡志堂文初编六卷　诗初编八卷

桂林朱琦字伯韩撰。琦举道光辛卯乡试第一，乙未成进士，由翰林历官御史，章数上，有直声。太平军洪秀全起广西；琦以清廷命在籍办团练。张家祥之来降也，官吏多疑之；琦独识其人忠果可任，力保无他；后更名国梁，卒为名将。琦以团练劳，议叙道员，随浙江巡抚王有龄幕游杭州，总办团练局。既而李秀成以太平军袭陷杭州，琦死焉。琦之古文，尝奉手梅曾亮，集中有《柏枧山房文集书后》，称："梅伯言先生，道光壬午进士，不乐外吏，以赀入为户部郎，居京师二十年，笃老嗜学，名益重。一时朝彦归之，自曾涤生、邵位西、余小颇、刘椒云、陈艺叔、龙翰臣、王少鹤之属，悉以所业来质，或从容谭宴竟日。琦识先生差早，迹虽友而心师之。先生亦谓琦曰：'自吾交子，天下之士益附，而治古文辞者日益进。'"观琦为文，长于持论，文机疏快似东坡，笔情拗瘦出半山；在桂人士中，与王拯龙启瑞差相伯仲，而琦之规模稍隘。诗则自谓得法杜韩；而五七言古出入苏黄，词劲以达；律则浑脱浏亮，不为昌黎山谷之硬语拗体。独其集中《咏古》十首之八云："宋诗从韩出，欧梅颇深造。荆公独峭折，硬语自陵踔。诗教根性情，观人殊静躁。湖阴坐吟赏，于我亦私好。"又集中《答友人论诗》七古一章，有云："古声淡泊味者少，自提一律归精坚。平生宗法有数子，李、杜、韩、白、苏、黄、元。"又《六月十二日集林颖叔寓斋为山谷道人作生日》五古云："西江派自别，晁张军久敛。汗下奉瓣香，万古此坛坫。"又《月夜过润臣汀鹭次前韵》第二首云："抗今夸诗胆，望古忽懦敛。苏黄无轩轾，北宋两崇坫。"又可想见宗趣所在矣！其《诗文集》，以同治甲子冬刊于京师；而《文集》前有咸丰七年十月潘曾绶，同治七年三月谭献两人序；后有同治四年小阳中浣倭仁跋及《两浙忠义录》中《朱御史传》；《诗集》前有咸丰七年八月，阳湖杨传第序，后有钟秀及其宗人鉴成书后。采录可诵，写目如左。

诗类　群玉岩　兵书峡　浯溪镜石　漯安河　饮汤海秋师寓斋读近稿赋呈　范将军挽歌　官诫十六首　酬余小颇农部　古意一首和杨紫卿　秋感八首　酬曾涤生学士十首　林菊史移居城东出种竹图索诗　九月十日发通州　上滩五首　上滩续得三首　暮秋气渐寒作怀人诗五章寄粤中诸子同友人饮舟中二首　同王子

章罗以村游隆中谒武侯祠二首　梁园三先生诗　至京馆翰臣寓斋叶润臣思归不得作江汉归舟图示意　亦梅索题天竹斋图　绣山致经堂图　润臣出示犀角槎杯席间索句　萧芗泉旧藏尺五庄探雪图笔意疏淡展玩久之因感昔时春游漫题数语图为万廉山作西江高手也以上五言古　同竹轩宗老游隐山　石门道中　大雪示陈艺叔并简梅伯言农部　酬冯鲁川比部　老兵叹　朱副将战殁他镇兵遂溃诗以哀之　校正亨甫遗集作诗志哀　张受之空斋昼静图子贞太史既用东坡墨妙亭韵为题一诗又云受之名辛善篆刻欲得余诗镌两印见贻余感其意为次前韵奉酬　况芝房炊雪图　子寿将归作螺洲曲见志余为广其意得七章　和汤敦甫师相游龙杖歌　刘宽夫侍御招集同人寿东坡先生忽忽今数月矣为补此诗　冯少渠大令空山吟趣图　招集钱石叶饮藉园临别赠之以诗　越日湖口风未息示何镜海　湖上观打鱼再次前韵　建阳怀古寄子寿比部并呈展云廉舫　司马绣谷善绘事醉后尤奇席间出采芝图索诗　黄少兰司马自江南来席间话张殿臣镇军战事歌以纪之　酬王少摩大令即送之官豫中　符南樵索题半亩园订诗图越日复招子贞润臣同饮　同润臣仲穆至极乐寺看海棠因游万寿寺而归　润臣席上食笋甚美戏为长句并呈汀鹭　钱南园侍御画马诗为润臣阁读作以上七言古　新铙歌四十章　狼兵收宁波失利书愤　浮丘子挽歌　长安两少年行和湘帆农部即赠逸斋叔起并简子寿　钱冬士破车图歌　题金陵被难记抒愤　长沙官吏祭军门塔齐布诗以纪哀　读王子寿论史诗为广其意得七章　陈凝甫舍人出示尊甫九香大令紫云研册　四月三日叶润臣孔绣山招集同人于慈仁寺为展禊之会是日先致祭顾先生祠然后与会　绣山尊人宰瓢城有惠政作瓢城吏歌美之　六月廿一日欧阳文忠生日林颖叔水部同少鹤农部招集松筠庵拜公绢本遗像润臣舍人亦携诗龛摹本张壁间图为颖叔所藏上有乾隆御墨并晁李二跋分得宜字　安园古松歌以上杂言古　陈东桥招饮秋庐　寄杨紫卿零

陵集杜五首　当阳道中　长阪瞻关坡遗迹　晨起　元夕独坐忆弟　月下再寄舍弟容庵以上五言律　彰德道中同友人作　冯展云有诗仆欧阳泰持诗送行聊答其意　饮丰乐酒自嘲　胡新泉出示石臣姻丈遗墨山水长卷自题云零落人间一角山和者多次韵适余亦编次先大夫遗诗感题卷末　移居萧芗泉侍御紫藤山馆雨后简仲穆并示陈凝甫中翰　夜雨次前韵寄鲁同甫以上七言律　李小庐招饮藤花馆赏藤花三首　杂咏十五首　湘中杂咏九首以上七言绝

论说类　辨学上中下　孟子说一二四三首　名实说

序跋类　读货殖传　读酷吏传　藤花馆诗序　蔡槑盦太史诗集序　王少参遗疏书后　书欧阳永叔答师鲁书后　自记所藏古文辞类纂旧本　书郑比部四策后　潘四农手札书后　书黄鹄山人诗卷后

右诗二百又三首，文十七篇。集中《自记所藏古文辞类纂传本》曰："自桐城方望溪侍郎以义法为文。刘耕南学博继之。而姚先生以所闻授门人管异之、梅伯言，为《古文辞类纂》七十五卷，为类十三，曰论辨，序跋，奏议，书说，赠序，诏令，传状，碑志，杂记，箴铭，赞颂，词赋，哀祭；一类内而为用不同，又别之为上下篇。先生每类自为之说，分隶简首，自明去取之意；而于先秦两汉自唐宋诸家以及本朝，尤究极端委，综核正变；故曰：'学而至者，神合焉。学而不至者，貌存焉。'学者守是，犹工之有绳墨，家之有律令也，无可疑者！惟碑志类云：'志铭不分为二，不得呼前志为序。'南雷《金石文例》颇主此说。琦谓古有有志而无铭者，亦有有铭而别属他人为志者，似志铭亦当有别。古人于叙事之文，恒曰志；志者志也，不独铭墓。若谓前志不可呼为序，必别书有序二字；此则昌黎亦不尽然，非欧公不能办也。又先生于唐以后所取稍隘，虽李习之仅录《复性书》下篇，其他存者盖尠矣；而于方刘之作，所收甚多，岂侈其师门耶？同时业古文者，有无锡秦小岘、武进张皋文，于桐城为近。而新城陈硕士最笃信师说，其学初求之鲁山木，又有朱梅崖、恽子居，亦好为文，声名藉甚。山木喜称说梅崖，而材稍粗，子居材肆矣，间入伪体。故至今言文，必曰桐城。先生弟子，今存者梅伯言。伯言文与异之上下，而劲悍或过。异之惜早逝！伯言居京师久，文益老而峻，吾党多从之游；四方求碑版者走集其门。先是吾乡吕先生以文倡粤中，自浙罢官，讲于秀峰十年。先生自言得之吴仲伦；仲伦亦私淑姚先生。是时同里诸君如王定甫、龙翰臣、彭子穆、唐子实辈，益知讲学；在京师，又皆昵伯言为文字饮，日夕讲摩。当是时，海内英俊，皆知求姚先生遗书读之；然独吾乡嗜之者多！伯言尝笑谓琦曰：'文章其萃于岭西乎！'此可以见桐城文学流衍广西之端绪焉。"又《邹抚军所藏林文忠公遗诗书后》称：邹言："过南昌时，与林文忠师弟一再见，重以姻好，且曰'毋以恒仪聘！'昔欧阳子居颍，于门下士笃爱苏长公，以女妻其子迈；今岂异是耶！故于纳采，不以他物，而俪以两《文忠集》。林公顾而笑乐。"邹，即吾邑邹壮节公鸣鹤也。前辈风流，令人神往！

邵位西遗文一册

仁和邵懿辰字位西撰。懿辰，道光举人，官内阁中书，迁刑部员外郎，充军机章京。咸丰十一年十一月，太平军陷杭州，被絷不屈死。湘乡曾国藩集中有《仁和邵君墓志铭》，谓："位西之学，初以安溪李文贞公桐城方侍郎为则，摈斥近世汉学家言，为文章务先义理，不事缛色繁声，旁征杂引以追时好。至京师，与上元梅曾亮伯言、临桂朱琦伯韩数辈游处，博览国故朝章，其文益奥美盘折。乱后，仅得文三十余首，刻之淮安。"即此册也；同治四年，盱眙吴棠刊而叙之，又有山阳丁晏一序。其文凡三十五篇，大抵于梅曾亮为亲接，于姚桐城为转手，所以辞笔颇能拗折，气息未极浑古；有时紧峭沉挚，如王半山之令人竦动；亦有纡徐往复，如归震川之发人低徊；惜其拗峭而未能盘郁，则余于劲而促于气；淡荡而未能简隽，则枵于辞而啬于神；然亦桐城家之支与流裔也！采录可诵，写目如左。

论说类　文人少达多穷

序跋类　书靳文襄生财裕饷第一疏后　书太史公自序后　题寒机夜课图后

碑志类　吴子朴墓志铭　前福建水师提督许公墓表　葛壮节公墓表　钱子方墓表　易安人墓表

传状类　孝子王立斋先生传　戴文节公行状

杂记类　仪宋堂记　仪宋堂后记　记汶上刘公抚浙事

右文十三首。此册每首有墨笔批识，尾署作人弟庞祖文拜读，不知何人，录以俟考。

寓庸室遗稿一册

诸暨余坤字小颇撰。坤，道光进士，累官雅州府知府。方在京曹，以诗古文与梅曾亮相切磋。文章学韩，未臻雄浑；而瘦硬拗折，逼真荆公，所造在邵懿辰之上。而诗则五七言古排奡振荡，由韩学杜，而不为韩之槎枒；律体则以宋人之筋节，运唐贤之格调，乃衍惜抱翁一脉，思锐而律浑。此为坤手稿，有梅曾亮、姚莹、朱琦、杨彝珍及吾邑秦缃业同时诸公圈点评语。其曾孙重耀以民国七年戊午，在南昌付石印。采录可诵，写目如左：

诗类　题友人兰室　南国有佳人行　归宁篇　题杨检斋湖口揽胜图　不寐作　偶述　三哀诗以上五言古　骏马行　古从军行　对雪　李大令画鸡歌　即事　晨以职事入禁廷车中作以上七言古　微醉　夜过伯韩　赠姚石甫观察以上五言律　登龙山望海亭　感兴十二首　散直　夜坐述怀用伯言夜话见示元韵即奉答三首以上七言律　咏兰以上五言绝　德胜门外以上七言绝

文类　骆东溪墓表　书周赠君行状后　双卷竹笔筒铭

右诗三十七首，文三篇。

柈湖文集十二卷

巴陵吴敏树字南屏撰。敏树，道光壬辰举人，官浏阳县训导。集中《记钞本震川文后》曰："余既别钞震川之文而序之；后三年甲辰，携之京师。同年友武陵杨彝珍性农从余借去。阅数日，瑞安项孝廉傅霖来访余，盖从性农所见此书，袖以来，而乞钞其序目云。因为余言京师名能古文者，有江南梅郎中曾亮其人也。又数日，余往答项君，而梅先生适来，因相见于其座。余自是始识梅先生。梅先生既见余此书，因以语朱御史琦、邵舍人懿辰、王户部拯，皆京师古文学者。诸君皆来识余，皆以此书故。"顾曾亮最为老宿，方以桐城文派之说启导后进，其言由桐城姚、刘、方三氏，上溯明归震川氏以嗣音唐宋，为古文正宗。敏树顾谓文必得力于古书，不当建先生之言以自隘。其后曾国藩为《欧阳生文集序》，叙述桐城流派所衍，称引及敏树。敏树遂与友人书极论之，所以自别异甚力，即集中《与筿岑论文派书》，是也。其集为光绪癸巳仲夏思贤讲舍开雕，冠以长沙王先谦序，湘阴郭嵩焘《墓表》，杜贵墀《传》。《墓表》谓："是时上元梅郎中曾亮倡古文义法京师，传其师桐城姚先生之说；唐宋以后治古文者，独明昆山归氏，国朝桐城方氏刘氏相嬗为正宗。君少习为制艺，应科举，独喜应试之文，崇尚归氏；闻归氏有古文，求得其书，择其纪事可喜者，裒然录之成册，不知其时尚也。游京师，有见者以闻于梅郎中；于是君能为古文之名日盛于京师。而君言古文，顾独不喜归氏，以为《诗》《书》六艺，皆文也，其流为司马迁；得迁之奇者，韩氏耳！欧阳公又学韩氏而得其逸；而自言为文能得欧阳氏之逸。归氏之文，同得之欧阳氏，而语其极未逮也！故于当时宗派之说，不以自居。"又云："湖南二百年文章之盛，推曾文正公及君。”《传》则云：“厌薄时人以摇曳取媚为归体，著《史记别钞》以正之。近今称古文者，必首曾文正及先生。”而《曾文正公集》有《复吴南屏书》，谓：“大集古文谨读一过，视昔年仅见零简断幅者，尤为卓绝！大抵节节顿挫，不矜奇辞奥句，而字字若履危石而下，落纸乃迟重绝伦；其中闲适之文，清旷自怡，萧然物外，如《说钓》、《杂说》、《程日新传》、《屠禹甸序》之类，若翱翔于云表，俯视而有至乐！国藩尝好读陶公及韦、白、苏、陆闲适之诗，观其博揽物态，逸趣横生，栩栩焉神愉而体轻，令人欲弃百事而从之游；而惜古文家少此恬适之一种。独柳子厚山水记，破空而游，并物我而纳诸大适之域，非他家所可及！今乃于尊集数数遘之；故编中虽兼众长，而仆视此等尤高也。”今观其文，体洁而气舒，志和而音雅，而亦不能无为闲情眇状，摇曳其声以取姿媚，如《杂说》一首，气感而鸣不息起句。《李公盖诗序》、《欧阳功甫遗集序》、《毛西垣诗序》、《与熊秋佩书》、《序意赠西垣》、《何悫庵外兄寿诗序》、《屠禹甸夫妻八十寿序》、《业师两先生传》、《郭依永传》、《郡中三诗人传》、《南屏山斋记》诸篇，皆是也；其体实出归有光，而于姚鼐为同调；乃多自谓能与欧阳永叔同风，以得太史公之逸，多见其不知量也！时亦润泽以《楚骚》之馨逸，而能节止淫滥，不如曾国藩之闻见杂博，喜自姿肆。国藩理侈而辞溢；敏树则文洁而体清。姚鼐响逸而味永；敏树则趣昭而事博。别有《柈湖诗录》，惜未之见；而就选家所录，则为黄山谷体，造语瘦硬，而其气震荡，其味醰深，则与曾国藩为同调，而亦衍姚鼐之一脉者也！采录可诵，写目如左。

论说类　舜避南河论上中下　文敝　行军私议　杂说一首气感而鸣不息起句

序跋类　李公盖诗序　欧阳功甫遗集序　毛西垣诗序　苍莨集诗序　阳湖赵氏先世图序　赵悔庐先生岱顶看云图序　仙亭倚醉图序　自书金革无避论后　记钞本震川文后　刘霞仙中丞游君山诗序

书牍类　与欧阳筿岑书　与筿岑论文派书　与杨性农书　再与性农

书　又与性农　上曾侍郎书　己未上曾侍郎　与梅伯言先生书　与熊秋佩书　答李香洲书　与王云湖书

赠序类　送六弟退庵往游军中序　序意赠西垣　述别赠赵惠甫黎莼斋吴挚甫　为守斋五叔父暨张叔母五旬双庆之序　何悫庵外兄寿诗序　孙田庵六十寿序　屠禹甸夫妻八十寿序　方君山寿序

传状类　业师两先生传　方稼轩传　孙劭吾先生家传　黄特轩传　太常徐先生传　郭依永传　郡中三诗人传　书谢御史　亡弟云松事状

碑志类　屈子庙碑　新墙洞庭神庙碑　万石冈阡碑　秦石畲先生墓表　福建候补通判何君墓表　翰林院侍读孙君墓表　从叔守斋府君墓表　毛西垣墓志铭　欧阳功甫墓志铭　先妣氏墓道述

杂记类　南屏山斋记　移兰记　听雨楼记　北庄记　樊圃记　游大云山记　宽乐庐记　新修吕仙亭记　君山月夜泛舟记　定香室记　半芳斋记　恬园游记

辞赋类　释讥　励志赋

哀祭类　罗懒农哀辞　梦二友辞　祭毛西垣文　祭姊氏文

右文七十二篇。观其所以自叙述，谓："少读书，喜文事，弱冠忽若有悟文章之为者，读《易》《书》《诗》，皆以文读之。"见《记钞本震川文后记尾》。"读《孟子》本文，及见孟子之书，实所自著，与《论语》集自门人者不同；而章间皆有孟子曰字，殆不宜尔；意其为传书者分章所加；因试置去，别写读之，则见其文意本相连属。"见《孟子考义发序》。"自是落笔为时文辄高异；而古文之道，且跃然胸中矣！时文独高明之震川归氏及本朝方舟百川以为超绝，真得古人文章之意。间从塾童《古文观止》选本，见归氏文数篇，心独异之！思窥全稿，而湖南书肆无之；及托书贾购之吴门，而掇录其可喜者，以意评骘，且叙论焉。"见《记钞本震川文后记尾》。"携之京师，江南梅郎中曾亮既见其书，为言：归氏之学，自桐城方灵皋氏后，姚姬传氏得之。曾亮盖亲受学于姚氏，而为文之道各异。"见《记钞本震川文后》。"因钞取梅氏文数篇以归案头，用洁纸正书之；即见其多不足者。”见《桦湖文录序》。“而见时学古文者，必趋梅先生以求归方之所传，心窃隘薄，以为文必古于词，则自我求之古人而已；奚近时宗派之云！”见《梅伯言先生诔辞》。“乃日书韩文碑志，细注而读之；钞孟书，评《史记》，文且至矣！”见《桦湖文录序》。“乃叹近时为古文以仿归氏，故喜为闲情眇状，摇曳其声，以为归氏学《史》之遗，而文章始衰矣！是以有《史记别钞》之选，欲正之也！韩子云：‘无定体，惟其是而已。’又曰：‘辞不备，不可以成文。’又曰：‘惟陈言之务去，戛戛乎其难哉！’后百余年，宋有欧阳子，宗韩子，而风神独妙，又非韩之所有！余以身居野逸，为文不免类欧，且喜且惭！归氏特与我同此性质耳，焉可为天下倡乎！欧有旧本韩文，珍之如异宝，而为文辄不类之，真豪杰矣！是可师也。”见《记钞本震川文后记尾》。

其论桐城文派曰：“文章艺术之有流派，此风气大略之云尔；其间实不必皆相师，或甚有不同；而往往自无能之人，假是名以私立门户，震动流俗；反为世所诟厉，而以病其所宗主之人。如江西诗派，始称山谷、后山；而为之图，列号传嗣者，则吕居仁；居仁，非山谷、后山之比也！今之所称桐城文派者，始自乾隆间，姚郎中姬传称私淑于其乡先辈望溪方先生之门人刘海峰；又以望溪接续明人归震川；而为《古文辞类篹》一书，直以归、方续八家，刘氏嗣之，其意盖以古今文章之传系之已也。然姚氏特吕居仁之比尔；刘氏更无所置之；其文之深浅美恶，人自知之，不可以口舌争也！归氏之文，高者在神境，而稍病虚，声几欲下。望溪之文，厚于理，深于法，而或未工于言。然此二家者，皆断然为一代之文，而莫能尚焉者也！其所以能尔者，皆自其心得之于古，可以发人，而非发于人者！自来古文之家，必皆得力于古书；盖文体坏而后古文兴。唐之韩、柳，承八代之衰而挽之于古，始有此名。柳不师韩而与之并起。宋以后，则皆以韩为大宗；而其为文所以自成就者，亦非直取之韩也。韩尚不可为派，况后人乎！乌有建一先生之言以为门户涂辙，而可自达于古人者哉！”

其论为诗必本言志曰：“古今作诗之旨，实尽于虞廷言志之一语；

而自建安以下人，始以诗名家；至唐而其体大备。宋人遂颇轶出声律。元明渐返其流。我朝分驰唐宋，各为派别。余谓可一切无论也；要其为诗之善者，能自言其志而已！人之有其身于天地之间，其所遭值于家国各有分地，不与今世他人相同；亦竟无与古人尽合者；乃至耳目之所感触，山川草木，春秋岁序，居处行旅之所更历，皆一人自为一人之事，不可以相假代。而今之为诗者，率为众人通同之言；鲜有能于己事深切而著明之者，是以虽力为新异而终归臭腐也。若能各诗其所应有之诗，则无问所模仿体格何代，所依用声调何人；要之为其一人之诗也。抑唐人承汉、魏、六朝之后，为诗虽备诸体，尚皆尊重古之五言；诸家之集，此体为多；而以开露性情，包括人事，亦莫如此体为宜！古人中如曹子建、阮嗣宗、陶渊明，可谓善言其志者；而康乐、宣城，二谢山水，清真之趣，邈焉可怀！”见《十月复至君山归与退庵》。

其论为诗必谨造句曰：“古人为诗，尤喜论句；以杜陵之圣而自道其为诗之力，则曰：‘为人性癖耽佳句，语不惊人死不休。’其称李白曰：‘李侯有佳句，往往似阴铿。’及以清新俊逸，比之庾鲍，皆句之云也。今之词人，动喜狂放，句之不图，而务崇其体，使人望之，庞然廓然；及取而读之，终篇而未有得焉，终卷而未有得焉，岂其诗之固难知耶？何其与古人为诗之道相谬也！得非竞于名而眩于实者耶！欲以才贸于人而务张之者耶！宜吾之所疑而不敢与也！”见《毛西垣书》。

其自序所为诗曰：“由甘入苦，出苦得甘；如是有年。章句甫脱，若意得；然书且诵之，有易者；又屡写之数日乃已，及其定也，如其意也，而非其初草矣；如是有年。”见《柈湖诗录序》。可以想见其境诣焉。

移芝室诗古文合编
内诗四卷 古文附家传一卷

武陵杨彝珍字性农撰。在清道咸间，湘楚以南，以诗古文有名而不囿于桐城家言者，惟彝珍与吴敏树。彝珍，道光三十年进士，散馆授主事，走诣侍郎曾国藩，欲告归。国藩留之曰："子遂无意于斯世乎？"彝珍曰："吾居涧谷崎岖之间，因高下累岩石作堑，四阻以为固。环村居民数十家，多悍少，习勇技，与言战斗，辄攘臂起；吾归部署其众为守御，无事俾各散处力田作。以视浮沉郎署，无涓埃之补于国者何如也！"其在京师，尝奉手梅曾亮；而自以意为诗古文，不尽用其法。又与吴敏树齐名，而古文蹊径亦不同。敏树澹逸近欧归，彝珍刻炼敩韩柳；大抵下笔紧健出韩，而无其雄大；造语雕饰似柳，而逊其警秀；转不如吴敏树之载其清静，怡然有以自得。至于诗则自组丽雕饰中来，而造于古淡，自然高绮，突过其文；大抵得陶之意兴，杜之体气，苏之波澜；而五言古出入陶谢，尤臻超艳。诗文皆自序，而诗则有监利王柏心序，及吾邑薛福成跋。采录可诵，写目如左。

诗类　咏怀三首　春晓泛南川　舟中寄家人　登严子陵钓台　桐庐舟中　偕何子毅由韬光陟北高峰望海归宿僧房作　庚子九月十八日夜下作　古诗　山居杂诗六首　杂诗二首　冬日　群儿　辰州道中纪事　寄朱伯韩侍御　乙巳岁暮感事　四责诗犬猫豕鸡　宿山家　感事一首仍次前韵　移居三首　自丁未夏孟与独山莫子偲孝廉遇于澧城一面即别已逾五载今春忽蒙枉集见示开帙急读譬如闻韶几有不图之叹爱而不置难已于言因奉简一首即次集中赠黄虎痴教谕诗韵　癸丑夏日用渊明拟古九首诗韵寄王子寿比部　贼退示邻里六首　观园叟艺蔬和渊明始春怀古田舍韵二首　酬薛晓飒大令见赠之作　抚屏顾余山中用前韵示之　感事用前韵　海门前辈以晨灯酬唱集见示即次其韵奉赠以上五言古　送余小颇出守雅州兼简姚石甫年丈　六月于役辰州欲游桃源洞不果　泽国叹六首　鄂城哀　寄郑子尹广文即次其集中窕字诗韵　仍用前韵简莫子偲黔中　予夙不喜金石顷读郑子尹取卢丰碑石歌颇有欣然之意适刘子重广以所拓河间献王君子馆八砖墨本索题因为长歌兼以志感以上七言古　赠傅青余孝廉健

儿二首　乌雅兵以上杂言古　道中　晓征　孝感道中以上五言律　客舍除夕以上七言律　北归以上五言长律

论说类　正师　治生

赠序类　赠族子序　送林少穆制府引疾还里序　送张东墅观察守永顺序

传状类　诰授振威将军湖南提督喀屯巴图鲁予谥忠武塔公行状　太宜人行略　先伯兄仲兄事略　先从兄海樵传　亡室周孺人事略　继室金安人事略

碑志类　蝙蝠岭墓表　女兰圹志铭

杂记类　移芝室记　重至湘上园记　柚村记　求阙斋饯别记　河洑榷署记　书事五则　瑞芝室记

哀祭类　祭贺侍御文

右诗七十五首文二十一篇。